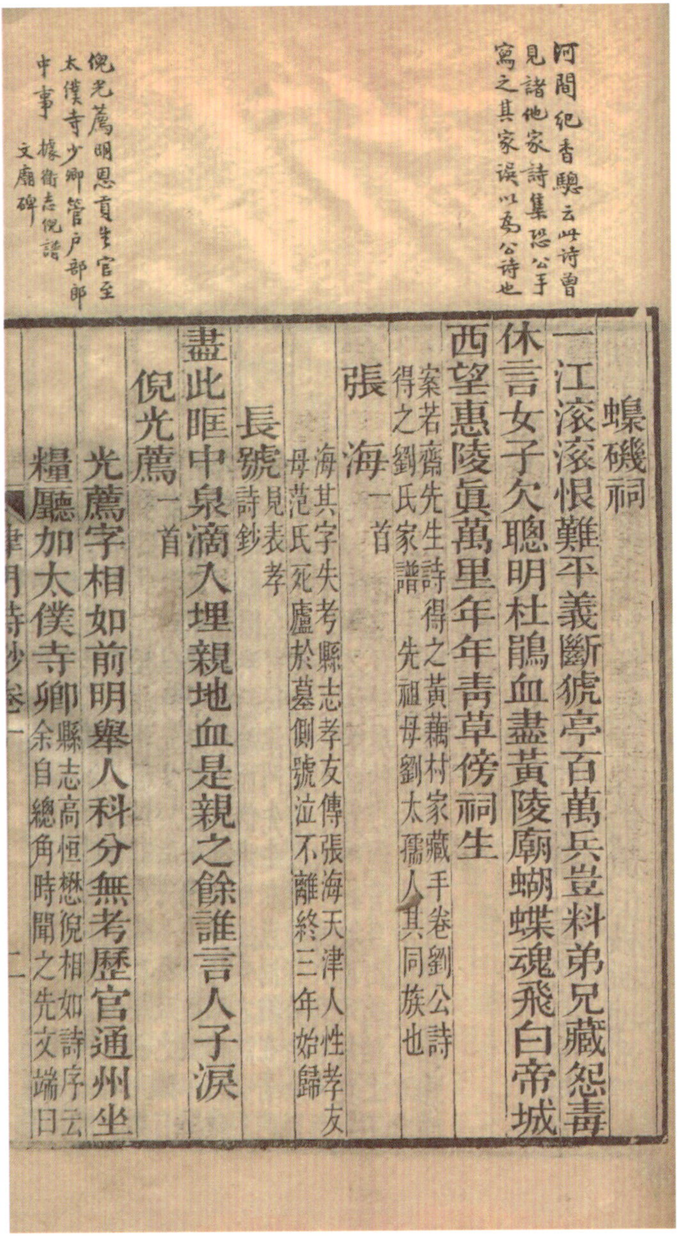

河間紀香驄云此詩曾見諸他家詩集恐公手寫之其家誤以爲公詩也

蟂磯祠

一江滾滾恨難平義斷猇亭百萬兵豈料弟兄藏怨毒休言女子欠聰明杜鵑血盡黃陵廟蝴蝶魂飛白帝城西望惠陵眞萬里年年青草傍祠生

案若齋先生詩得之黃藕村家藏手卷劉公詩得之劉氏家譜　先祖母劉太孺人其同族也

張海　一首

海其字失考縣志孝友傳張海天津人性孝友母范氏死廬於墓側號泣不離終三年始歸

長號　詩鈔　見表孝

盡此眶中泉滴入埋親地血是親之餘誰言人子淚

倪光薦　一首

倪光薦明恩貢生官至太僕寺少卿管戶部郎中事　據衛志倪譜文廟碑

光薦字相如前明舉人科分無考歷官通州坐糧廳加太僕寺卿　縣志高恒懋倪相如詩序云余自總角時聞之先文端曰

高凌雯校清道光間思誠書屋刻《津門詩鈔》三十卷

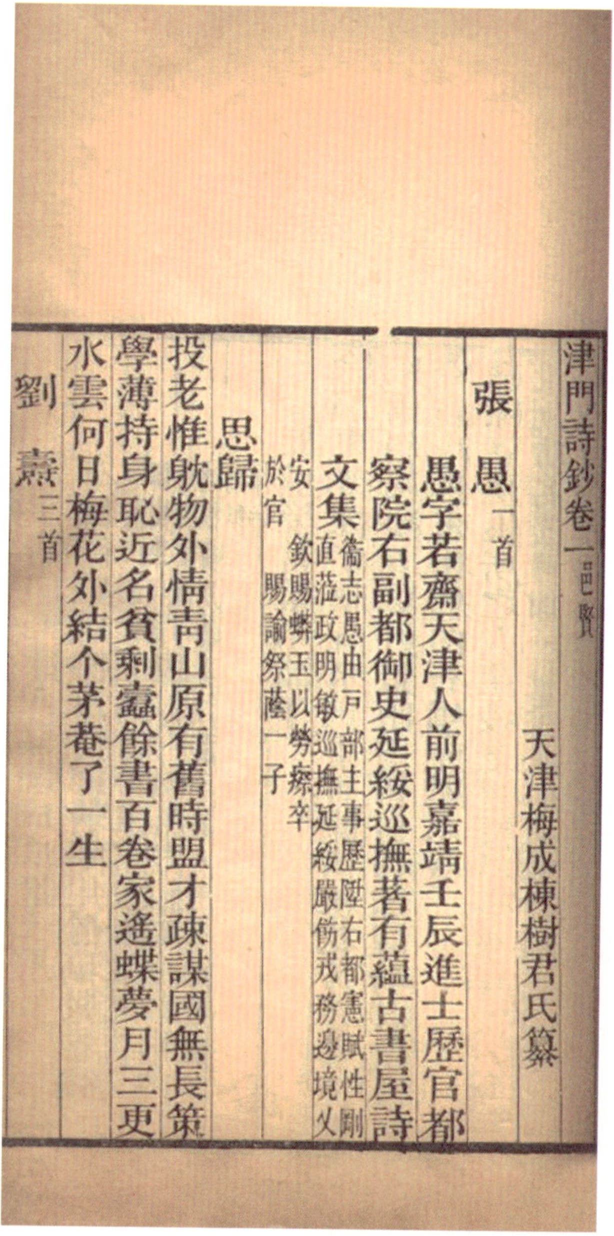

津門詩鈔卷一　邑賢

天津梅成棟樹君氏纂

張愚　一首

愚字若齋天津人前明嘉靖壬辰進士歷官都察院右副都御史延綏巡撫著有蘊古書屋詩文集（喬志愚由戶部主事歷陞右都憲賦性剛直蒞政明敏巡撫延綏嚴飭戎務邊境乂安　欽賜蟒玉以勞瘁卒於官　賜諭祭蔭一子）

思歸

投老惟躭物外情青山原有舊時盟才疎謀國無長策學薄持身恥近名貧剩蠹餘書百卷家遙蝶夢月三更水雲何日梅花外結个茅菴了一生

劉燾　三首

清道光間思誠書屋刻《津門詩鈔》三十卷

圖書在版編目（CIP）數據

津門詩鈔校箋 /（清）梅成棟編纂；楊鵬校箋. --
天津：天津古籍出版社，2021.6
（津沽名家詩文叢刊 / 王振良主編）
ISBN 978-7-5528-1090-5

Ⅰ. ①津… Ⅱ. ①梅… ②楊… Ⅲ. ①古典詩歌一詩集一中國一清代 Ⅳ. ①I222.749

中國版本圖書館CIP數據核字（2021）第064484號

津 門 詩 鈔 校 箋
JINMEN SHICHAO JIAOJIAN

〔清〕梅成棟 / 編纂　楊鵬 / 校箋

出　　版　天津古籍出版社
出 版 人　張　瑋
地　　址　天津市和平區西康路35號康岳大廈
郵政編碼　300051
郵購電話　（022）23517902

策　　劃　唐　艦
責任編輯　鄭　偉
責任校對　王羽茜
裝幀設計　黎冬瑶

印　　製　天津市天辦行通數碼印刷有限公司
經　　銷　新華書店
開　　本　880毫米×1230毫米　1/32
印　　張　47
字　　數　660千字
版次印次　2021年6月第1版　2021年6月第1次印刷
定　　價　168.00圓

津門詩鈔校箋

〔清〕梅成棟 編纂
楊　鵬 校箋

上冊

津沽名家詩文叢刊第十五種

主編　王振良

問津文庫

天津出版傳媒集團
天津古籍出版社

津沽名家詩文叢刊總序

李劍國

國人素重鄉邦文，方志多立《藝文志》，著録本地述作。至有薈萃前賢文集撰著，郡邑叢書作焉。明人海鹽樊維城纂輯《鹽邑志林》，開啓風氣，而清世、民國爲盛，若《畿輔叢書》《吴興叢書》《武林掌故叢編》《貴池先哲遺書》等，多達七八十種。郡邑書之纂，劉世珩《貴池先哲遺書序目》嘗云：『所以景仰前賢，嘉惠後學，乃士大夫鄉里所應爲之事也。』昔元代婺州蘭溪人編《敬鄉録》十四卷，録其鄉賢詩文。而民國永嘉黄群輯鄉賢著作，亦以《敬鄉樓叢書》爲名。『敬鄉』者，本《詩經·小雅·小弁》：『維桑與梓，必恭敬止。』郡邑之編，皆以見本鄉人杰地靈，文物之盛，寄托桑梓之情也。

較之古邑名都，天津建邑未久，明永樂二年（一四〇四）始置天津衛，於今方六百餘年。雍正二年（一七二四）升衛爲州，九年（一七三一）復升爲府，轄六縣一州。逮乎清季，直隸總督駐於津城，李鴻章、袁世凱相繼於此興辦洋務、新政。光緒二十六年（一九〇〇），天津陷於八國聯軍，淪爲列强租界。自此九河下梢之地，乃成百里洋場之都，天府津渡，工商重鎮，達官遺老蟻聚，騷人墨客麇集，物華之繁，超乎往昔矣。

《天津志略·文藝》云：『天津雖爲通都大埠，民風稍涉奢華，但澹泊致遠之士仍守本樸，鄙物質之享樂，而致力於藝術之陶冶，而度其「富貴如不可求，從吾所欲」之生活。以言著作，則歷代之文存詩稿，多如恒河沙數。……今日争以奢侈相炫，食多珍饈，衣錦晝行，惟三津尚發越前光，綿綿不墜，實晚近不數睹之邦矣。』津人藝文之作，《天津縣新志》著録明清二百七十七人、五百三十種。《天津志略》復益三十六人、七十二種。金大本《津人著述存目》乃增至四百人，著述近千。今人高洪鈞氏編著《天津藝文志》，又增入天津所轄郊縣鄉人著作，凡得著作千五百種左右，作者六百餘人。此中大部爲清世、民國人，三百年之文質彬彬，洵爲大觀也。

今存津人詩文别集，以康熙間刻龍震《玉紅草堂集》爲早，此後所存者甚衆，惜乎單部零種，未及彙編，管中一斑，難窺全豹。方今各地學人頗重本土文獻之整理研究，地方出版社亦引爲己任。吾津文事繁充，撰作衆多，自應不愧前賢，免落後塵。所幸者王振良君與問津書院同儕，正着手編輯《津沽名家詩文叢刊》，搜集整理王煐、查爲仁、梅成棟、楊光儀、嚴修、王守恂、華世奎、章鈺、郭則澐、李金藻、蘇星橋、陳誦洛等津人詩文集，將陸續出版，以彰顯津門藝文之盛。振良本吉林人，受業於南開，從事於報社。久居津城，認作故鄉，舊事新聞，諳熟於心。與同氣編輯《天津記憶》《品報》《問津》，十數年孜孜矻矻，鍥而不捨，世所难能，其志可嘉。而津沽名家詩文之刊，尤爲盛舉，誠儒林雅事，津門之幸也。

余生山右，讀書教學於南開已四十餘年，然居於斯而昧於斯，話及津事，每茫茫然。幸振良常臨陋室，聆其高論，閱其文編，津門數百年之事，遂知一二。前時振良索序，以弁叢刊之首。今稽考文獻，粗陳陋見，庶免『夏蟲語冰』之譏爾。

甲午歲清明後一日草於釣雪齋

（李劍國，南開大學文學院教授、博士生導師）

整理前言

『前輩有靈來紙上，舊交無數晤燈前。』這是梅成棟爲《津門詩鈔》（簡稱《詩鈔》）所作的題辭。《津門詩鈔》是一部梅成棟藉半生訪求，歷選前輩舊交之詩，遍載所見所聞而成的津門詩史。

從《津門詩鈔》所見梅成棟之親緣、交游看其選詩來源

《津門詩鈔》凡三十卷，分邑賢、閨秀、郡賢、流寓、寓賢、職官、方外諸部，選人四百餘家，輯詩三千餘首。與梅成棟曾參與編選的《畿輔詩傳》的半官方編纂背景不同，《津門詩鈔》之搜訪編訂，幾乎是梅成棟獨立完成的，所藉助者僅好友數人而已。梅氏自謂：『每過市坊，於塵編蠹卷之中，留心搜檢，遇同邑先輩舊稿，輒便鬻回。久之，同人往往出所藏，供余抄録。積年成帙。』梅氏年近五十之時，崔念堂來津探望：『同門慶雲崔君念堂來津，傾余篋而觀之。笑曰：「子徒抱殘守缺何爲乎，胡不出而公諸同好？」余韙其言，因取半生所録，并同時相知之作，彙

爲一集，即屬念堂讎校。使覽者知毓秀鍾靈，人才薈萃，典型未遠，庶服古之心有所興起焉。余數十年掇拾心勞，藉手以告其成，亦生平之一快也。』[一]至於梅氏輯詩之初是否即有成書之志，今不得而知，然其留心之力，由來久尚矣。《津門詩鈔》成書之前，除今日不傳之《津門詩彙》（簡稱《詩彙》）外，確實罕有一部以搜集津門詩作爲目標的總集出現。一如梅成棟所感嘆的：『津門名區，代有文人，惜無表章者搜輯成集、梓傳於世，遂令前輩遺墨殘編散失漫滅，都歸灰燼，良可嘆息。……間有一二嗜奇好古之士，學林輒以好事目之。嘻！使古人盡不好事，斯文一脉，泯滅久已矣。』[二]

前人談起梅成棟，往往稱道其詩壇地位，如認爲：『嘉道時期是天津詩歌發展的第三個階段。這個階段天津詩壇的代表人物是梅成棟。』[三]然而追溯梅氏生平與家境則可發現，其一生之困頓，與『詩壇代表』四字可謂對比鮮明。

梅氏一族自明永樂間北遷來津，世居兹土。梅成棟之祖父（重玉）早卒，『祖

[一]〔清〕梅成棟《津門詩鈔》弁詞，清道光刻本。

[二]〔清〕梅成棟《吟齋筆存》弁言，民國金氏《屏廬叢刻》本。此序撰於清道光二十三年（一八四三）。

[三]章用秀《沽上文譚》，天津：天津古籍出版社二〇一五年版，第三十六頁。

母劉氏，撫姊弟二孤，門户零替，煢煢靡依』[一]，其父履端（雅村），『家無半畝，蠹筆硯游半天下，卒漂泊無就』[二]。梅成棟既貧，有友劉嘯山『其貧又過之，寒假裘，飢貸粟，有無相通』[三]。梅成棟與金沅成婚時，也有『總角受聘，貧莫能娶』[四]之慨，金沅病重之時，梅氏云：『嫁得寒酸劇苦心，腰圍清減舊時裙。蕭疏我已梅花瘦，卿比梅花瘦幾分。』[五]頗可見其感慨與辛酸。梅氏依居金家，曾有詩嘆曰：『小小吟軒六窗紗，亦非作客亦非家。愁人無奈三更月，伴我猶餘一枕花。借住暫如營壘燕，聞啼空作憶巢鴉。凄涼簾幕春深後，風觸銀鉤户外斜。』[六]嘉慶十七年（一八一二），其家遭賊，其爲詩云：『深愧垂青到此廬，月明如水照紗厨。笑余寒儉無堪贈，四壁名花數卷書。』[七]可見家中窘況。

[一]《雅村府君家傳》，邱學士《梅樹君先生年譜初編·家世》引，天津龔氏一九八五年自印本，第三頁。
[二]《吟齋筆存》卷一。
[三]《梅樹君先生年譜初編》，第十頁。
[四]《問梅小草序》，載《梅樹君先生文集》卷一，天津龔氏一九九三年自印本。
[五]《吟齋筆存》卷二。
[六]《歸後仍寄居内家因病移入園東小舍》，載《欲起竹間樓存稿》卷二，民國刻《天津詩人小集》本。
[七]《九月十九日夜有偷兒穴壁來窺詩以贈之》，載《欲起竹間樓存稿》卷三。

在這樣艱苦的條件下，梅氏仍然半生致力於抄詩編詩。邱學士《梅樹君先生年譜初編》（簡稱《年譜初編》）特采梅氏『捲簾對酒逢微雪，呵凍鈔書趁夕陽』之句，明其『鈔書生涯，景況如此』[一]，頗得其實。

自梅氏起意至《詩鈔》編成，前後近三十年。邱氏在《年譜初編》中，據其所見之《吟齋尺牘》，謂道光九年（一八二九，時梅氏五十四歲）袁玉堂有書來，委搜求津人詩，梅以《津門詩鈔》前七卷底本奉之，其書云：

> 弟之底本，如蒙采取後，仍求原卷擲寄津門，弟三十年搜羅於殘篇斷簡之中，銖積纍心血盡聚於此，以待付梓。盡合盤捧獻，別無存稿，區區甘苦，想先生必鑒照也。[二]

以『三十年搜羅』之語論之，是其始當在梅氏二十四五歲前後。梅氏爲《津門詩鈔》作序在道光四年（一八二四），時年四十九歲，是其留心抄詩已有二十五六

[一]《梅樹君先生年譜初編》，第十一頁。
[二]《梅樹君先生年譜初編》，第三十七頁。

載，序中稱『因取半生所録并同時相知之作，彙爲一集』，所言實不虚也。而《津門詩鈔》所選詩人，所録詩作之來源途徑則十分多樣。今可以從梅氏生前之關係網絡，與選詩之重合處，窺見一斑。

《津門詩鈔》所選部分詩作確係録自各家已刊之別集。根據《詩鈔》中全録詩人本集之序跋者，往往可知梅氏所據之本。

如卷二周焯詩，《津門詩鈔》録仁和吴公廷華所寫傳記，英夢堂相國廉《七峰詩序》，薦青山人李鍇《周處士傳》，錢塘汪征君西灝《七峰詩序》，同里朱陸槎先生函夏《七峰詩序》，符藥林先生曾《題卜硯山房詩後》六篇傳記、序跋。按：今見清乾隆刻本《卜硯山房詩鈔》，卷首有吴廷華、朱函夏、汪沆序；《後集》首英廉序，次吴廷華《傳》、李鍇《傳》，再次朱函夏、吴廷華、符曾、陳皋題詩，末朱函夏《傳》。[一]梅氏所録與此相合，蓋即據《卜硯山房詩鈔》之刻本所録出者。

又，同卷黄謙詩，《津門詩鈔》謂黄謙有《歷下吟》一卷、《太行行草》一卷，[民國]《天津縣新志》謂：

[一] 民國《天津詩人小集》本係翻刻清乾隆本，同。

是集在乾隆初修志時已無存。殆梅成棟輯《津門詩鈔》，就訪於其家，乃出此二卷，皆有張霔評點，大喜過望，遂編録入集，即今《津門詩鈔》所存之三十九首也。今華氏家藏其詩一卷，較梅成棟所輯多八首，皆客山左時之作，前後有成棟跋識，蓋當日抄録之本，但不知爲謙完稿否。

據《津門詩鈔》所録之《出彰義門》詩下注：『以上詩《歷下吟》，以下詩《太行行草》。』亦可證梅氏所録，確據此二集。［民國］《天津縣新志》謂此二抄本尚存，今又未知所在。是又藉《詩鈔》而略存此日不傳之本也。

當然，梅氏所見之詩集，今未之傳者，自不在少數。

《津門詩鈔》卷七録查曦（漢客）詩十四首，謂其著有《珠風閣詩草》，并載許鸛湖、朱函夏序。《珠風閣詩草》今僅見山西大學圖書館藏清雍正刻六卷本，然《津門詩鈔》所録，均不見於此本中。又，清雍正本卷首僅有雍正五年（一七二七）于凝祺、王槃序，并無許、朱二序。按：《珠風閣詩草》一書，《畿輔詩傳》著録作『七卷』，并引于序、許序。［民國］《天津縣新志》著録作『《珠風閣詩草》六卷、《續集》一卷』，謂其『《續集》爲朱函夏及嘉興許玉猷所選，定務約而精，故僅存一卷』，故山西大學圖書館館藏之六卷本，蓋即梅氏所謂之《前集》，許、朱二序，則載《續集》之首，而此《續集》今或已不存耳。

再如查爲政（漢公）詩集，《津門詩鈔》謂著有《蘭亭詩鈔》，并録張廷枚、王又樸、周焯、朱函夏、梅公瑾五序。按：此書高凌雯［民國］《天津縣新志》已謂其不存。今據《津門詩鈔》所録，尚可窺《蘭亭詩鈔》之面貌。

而并非直接録自已刊行的詩人别集者，在《詩鈔》中更爲多見。高凌雯之批語及其所撰之《天津縣新志·藝文》中往往多有此種推測。如欒樟詩，高氏謂：

> 《欒樹堂遺詩》，是集爲其子立寬所輯，請序於中表周人麒，刊以行之。《津門詩鈔》所存惟客途之作，其小傳謂樟著有《粤游草》，蓋梅成棟所見，尚非全集也。［一］

雖然梅成棟或未見欒樟之全集，但十分重要的是，梅氏見到了欒樟之子所輯的《津門詩彙》一書。

［一］高凌雯《天津縣新志》卷二十三之二，民國天津金氏刻本。

《津門詩彙》係乾隆三十八年（一七七三）欒立本選編的天津地方詩歌總集，蓋有稿本而未付梓行。欒立本即欒樟之子，其有子名翀，『縣文學，公（立本）卒後，隨病殂，遂無嗣』，這或許也是《詩彙》終付湮滅的原因之一。梅成棟之『族姊適翀』，此蓋梅氏得見《津門詩彙》之緣由。《詩鈔》於欒立本之下選録其《〈慤思録〉題詞》，當亦緣親而得見者，因據以録入。

更重要的是，梅氏據《津門詩彙》選録數家詩作，皆別集之罕傳者：金璿（子衡）詩，《詩鈔》録詩二十八首，云係『見欒飛泉先生《津門詩彙》』，未詳其人』。又，周人龍詩，《詩鈔》録詩八首，云係『采於同邑欒飛泉先生立本《津門詩彙》』。按：《詩彙》之選，又録自周氏後人口述。梅成棟引《詩彙》欒立本自注，詳載其事：

表伯周躍滄先生，由西江糧道謝病回籍，易簀時，出其所作詩稿一編，囑先懟子代爲選擇，將爲鋟刻計。先君子受而存之。閲數歲，校畢，付其嗣君冰叔謀鳩匠氏。而冰叔突遘奇疾，竟付祝融。今廿年矣。乾隆癸巳歲，予有《津門詩彙》之選，每慨先生作不傳，向冰叔之子宬賓言之。宬賓謂其母石及其姑黄有能記誦者，歸録十首，寄予登之。因嘆先生之詩毁於其子，而傳於其媳其女，亦僅事也。

是周氏之詩，輾轉流傳，爲《詩鈔》所存，不可不嘆矣。

梅氏得覽《津門詩彙》，蓋由其家與欒氏之姻緣。而對於梅氏來説，頗助益於其編詩的親緣關係，尚有以下幾重：

其一則其母舅朱光覲（仰文），亦其業師也。梅成棟少即讀書於朱仰文家。按：朱光覲之父朱岷本無錫人，查爲仁延請來津，遂家焉。[一]梅氏之母朱氏，即朱岷（導江）之女。梅成棟撰有《仰文夫子家傳》，謂：『先生孤介剛方，不苟言笑，其教人也，不專文藝，先氣識，後功名，務敦實行，造就極多。游邑庠，登賢書，成進士而莅民社者數十人。』《詩鈔》除録朱光覲詩外，還選其子朱維翰詩一首。

《津門詩鈔》亦收録了朱光覲之師解秉智詩，梅氏謂其『退休後，教子侄，皆登賢書。居鄉以謙厚稱，朱仰文夫子嘗從公受學』。《詩鈔》所選蓋得之朱光覲（仰文）。

[一] 引自《梅樹君先生年譜初編·家世》，第三頁。

同時過往於朱氏者，又有史鑒（鏡湖）。梅氏謂：『楝童年讀書朱仰文夫子家。公一見期許，時公寫《四庫全書》，每來必袖筆數枝見賜，勉以學書，至今猶感其意。』同時師事於朱氏門下者，有沈士煌（階三），梅氏謂：『階三與余髫年共筆硯，同受業於朱仰文夫子。師奇其才，課最嚴，望成大器。階三少穎慧，日讀百行。弱冠騰文譽，爲邑侯李海門先生所重，釋褐最早。莅官時，好闡揚幽潛，士民懷之。』又有陳汝傑（東華），梅氏謂：『東華，余姨表兄，同受業於朱仰文舅氏。年長於余，以弟畜我，而相契最深。弱冠入泮。爲文孤秀有姿，戛戛深造，不喜時趨。屢試屢躓，憤然舍去。游於楚者數年，縱覽名勝，其詩益進。與余唱和甚多。後遭奇疾，廢卧經年，鬱憀以死。時有八旬老父，聞者哀之。其詩盡歸散亡，并筆墨亦不獲吐氣人間，其遇可謂窮矣。録其一二小詩，庶幾不没姓氏云爾。』再，孫兆麟（瑞郊），梅氏謂：『瑞郊與楝，總角受業於朱仰文夫子。天資俊朗，學力精粹，年幾五旬未獲一售。其《感懷》句云：「廿年人盡鞭先着，十上書仍説未行。」一遇亦可慨。』按：梅氏有《十君咏》詩，録其『忘形』之友十人，孫瑞郊而外，金野田、邢元植、陳靖、王成烈、湯堃、黄新泰、余堂、繆星池皆入《詩鈔》之選，詳後。

梅氏的另一重親緣則是梅氏之妻金沅，及其與金氏之關係。

《津門詩鈔》弁詞謂津門詩壇凡三，遂閑堂張氏、於斯堂查氏、子升金氏，其言曰：『大抵津門詩學，倡其風者，推遂閑堂張氏爲首。繼之者，則於斯堂查氏也。張氏自魯庵方伯、帆齋舍人，廣開館舍，延接名流。一時往來其家者，若趙秋谷、吴蓮洋、姜西溟、汪退谷、方百川、靈皋、洪昉思、張石松、王清淮、馬清癡諸先生，而邑先輩則有梁崇此、李大拙、龍東溟、黄六吉、查漢客諸公，同時唱和，翕然大振。查氏自蓮坡老人築水西莊館客，一時有萬循初、汪槐堂、陳香泉、高南村、杭大宗、齊次風、朱導江、陳蘭雪、陳石汀、周月東、僧高雲諸名輩，遞主齊盟。又頡頏於張、查間者，有子升金氏、麓村安氏，宏獎風流，争樹壇坫，人皆慕仿。故英華所萃，效亦隨之。計張氏一門，得詩人十一，而成進士者二；查氏一門，得詩人九，而成進士者三；金氏一門，得詩人八，而成進士者二。』此論已廣爲治津門詩學者所熟知。而梅氏之妻金沅（芷汀）即是金勝（嶺雲，芥舟從子）之女，金玉岡之侄孫女[二]。梅氏與其妻感情頗篤，悼亡詩有『良友交情知己泪，丈夫風格

[二]高凌雯云：『金沅爲芥舟從弟之孫。』按：邱學士《梅樹君先生年譜初編》據梅成棟三十九歲喪妻時有『念年懷抱苦吟中』之句，謂梅氏與金沅成婚在其十九歲時。

女兒身』之句。

梅氏亦頗得金勝所賞，其言曰：『楝與嶺雲先生雖翁婿，相得似朋友，每過從，話至夜分，猶不放行。迨余遭家難，避居先生家一柳園，無夕不談，無談不暢。余不能飲，先生爲設一空杯，曰「寄意焉而已」。』[一]這段寄居生涯，梅氏以『記曾掃塌借前軒，琴酒追陪一柳園』[二]二句記之。

梅氏於金氏一門之詩，最爲表彰的即是金沅之祖輩金玉岡。梅成楝所作《金芥舟先生傳》[三]云：『余娶婦金氏，爲先生之侄孫女，始於外家從觀先生平生著作，益知先生之爲人。』然金玉岡之集，今見清道光二十六年（一八四六）金漢刻本《黄竹山房詩鈔》十二卷，即係梅成楝選編者。《津門詩鈔》時所用，則爲原稿三十卷之本，今不得見矣。此事亦頗有其因由，備載金漢（杏林）刻《黄竹山房詩鈔》跋中：

[一]《津門詩鈔》卷十。

[二]《哭金嶺雲先生》，載《欲起竹間樓存稿》卷三。

[三]《致遠堂金氏家集詩略》卷二、道光本《黄竹山房詩鈔》卷首均有。

公之孫芥叔曰：『予游食四方，先人遺稿悉付麗江兄藏之。』時亦未及請而讀也，越數年。從梅樹君師游，始得讀其選本。師嘗謂漢曰：『君家芥舟翁爲吾津一大詩人，予輯《津門》《畿輔》兩詩鈔，未能盡登所作，子异日當繼予之志焉。』漢謹識之不敢忘。丙申春試後，漢將就官河南，師亦將司訓永平，會湘門兄以送漕便，相聚津門。師謂之曰：『予老矣，將遠就苜蓿，敬以稿付二君。』湘門兄携之湘南糧署，囑友校訂，友竟負所托而失之。戊戌，漢請假赴禮闈，致師書告以前稿已失。師答曰：『予尚有副本，較前本少闕，今寄諸子，此外無寸楮矣。他日見老人於地下，當告以一付湘門，一付杏林，子其慎之。』

是可知《詩鈔》編成之時，金氏之詩并非付梓，是可謂《詩鈔》得以獨選金氏之詩一百五十七首，皆緣其姻親之故也。

藉由與金氏之關係，得覽他人之稿，進而得選其詩者，又有其例。如《詩鈔》選查昌業（次齋）詩五十四首，梅氏言其：『與舅氏金芥舟先生唱和最多。……所著《篠筬館集》，未刻。所摘之詩，皆得諸金氏家存手迹。』[一]

[一]《津門詩鈔》卷八。

金氏之詩，多未刊刻，其稿多藏於家，今見有《金氏家集》之編，可窺一斑。恐非梅氏與其之關係所在，無以選抄如是也。而遂閑堂張氏之詩，亦頗相類之。

梅氏對遂閑堂張氏地位之推重，前已言之。然而張氏詩文，却向無刊行之本。嘉慶八年（一八〇三）癸亥，梅成棟在直指庵見張霔遺墨，曾有『人去空堂長不返，詩留殘墨未全消。百年詞客同朝露，一代才名付暮潮』[一]之慨。遂閑堂張氏一族之詩，梅氏盡得之於張虎士（環極）。梅成棟嘗言之：『環極與棟，并田竹溪夢熊、孫瑞郊兆麟文字至交，知其人最深。蓋孝友端謹士也，與人不輕言。嘗手輯其先人五代詩匯爲一集，屬余校勘。後又自鈔録一過，凡數十萬字，長夏不倦。鈔畢值太夫人病，晝夜侍床榻，不勝其勞，遂以哭母死。傷哉孝乎！如環極者，豈易得乎哉！棟爲詩哭之。』[二]

梅成棟以作有《遂閑堂張氏詩鈔序》，詳載其事：

今年春（道光元年），張公環極造門，懷一卷相屬，凄然曰：『余寒族五

[一]《欲起竹間樓存稿》卷一。

[二]《津門詩鈔》卷六。

世詩，僅存此耳，餘悉散亡，不可收拾矣。君其代爲勘定，并弁數言。』棟受而讀之，始獲縱觀張氏五世詩人筆墨，如游都市，珍奇炫目，且驚且快焉。嘻！風雅之難也，作者難，守者尤難。古人窮畢生心力，成爲一集，期於垂世，而活投諸敗簏，或污之溷中。幸而傳之，特千百中之一二耳。其湮没於荒烟霉雨，蟫餐鼠齧間者，烏可指數哉？今張氏詩流存百餘年矣，猶有環極君者，精心哀輯，寶先人一卷於風流絶續之餘，使手澤如新出以問世，則苦心良意，爲不可及已。然非君家禮賢愛士之仁，培植厚而留德長，烏能使君守詩書之澤，綿綿以至於今日耶？微君先世之作，則君之守也無因；微君之守，則先世之作者何述？觀環極君之用心而爲人子孫者知所勸矣。

張氏、金氏之詩多以抄本留存，這完全不能與付梓刊行多部詩集的查氏一族相比擬。而得選此二家之詩，正是梅成棟的優勢所在。

以上所及，不過是『前輩有靈來紙上』之『前輩』所來。至於『舊交無數晤燈前』之『晤』，又可再行考索。

輾轉抄詩自友人者，《津門詩鈔》中不乏記載。

《津門詩鈔》『郡賢』部分自明人張愚（若齋）、劉燾（晴川）詩選起，梅成棟謂：『若齋先生詩，得之黃藕村家藏手卷。劉公詩得之劉氏家譜。先祖母劉太孺人，其同族也。』按：黃藕村，梅成棟故友人。虎臥老人詩末之按語亦見其名：『故人黃藕村壽占藏有老人詩一卷，後卒於都門，不知流落何所。』[一]《欲起竹間樓存稿》有《初春同黃藕村周尺木游直指庵訪方持僧坐談竟日薄暮方歸即事二首》，作於嘉慶十六年（一八一一）辛未。

再如得之湯堃（厚田）者，有金世熊、湯承功二家詩。金氏詩因其『知襄城時，以平反冤獄，活三十餘命，致忤上官，改教職。雖居貧官，蕭然無物累，俸錢隨手贈人。時延良朋作田盤之游。晚年頗清苦，卒之日，幾無以葬。詩文多散失』，以至今《致遠堂金氏家集詩略》雖有《竹坡存草》一卷，亦僅録詩五首。《詩鈔》所録其詩四首，謂即『得之湯厚田堃』者。按：據金世熊《甲子秋日懷表侄湯厚田星如昆季時應京兆試》詩可知，湯係金世熊侄。湯承功者，厚田之父。梅氏按語云：『公詩多自焚，其《咏菊》詩嘗以「四時花木皆非友，九日風霜却是春」得名，所録皆令子厚田孝廉所述。』《欲起竹間樓存稿》有《爲湯厚田題張桂崖程亦園合畫竹石圖》《得厚

[一]《津門詩鈔》卷三十。

田〈懷弟詩〉感而却寄》《十月六日再接厚田書却寄》等詩，可見湯、梅之交游。

得之余階升者，有周自郃（大迂）、劉文煊（雪柯）二家詩。周自郃（大迂）小傳下，梅氏按語云：『公與康達夫、郝石臞、金野田、查次齋諸公同時唱和。勸人爲詩五言以高青邱入手，後學往往宗之。余童年輒聞人稱大迂先生，未見其詩也，所録得之余階升孝廉，惜非先生得意作，姑存之，俟再搜輯。』湯堃、黄新泰、余堂，皆梅氏《十君咏》所載『忘形之友』。黄新泰、余堂之詩亦皆入《詩鈔》之選。

劉文煊（雪柯）者，山陰人。貢生，乾隆丙辰舉博學鴻詞。著有《雪柯詩鈔》。然『公性峭峻，不屑干謁。且落落少所許可，耻詭遇取榮。以是遭忌，凡七中副車，而卒未酬其志，投老纔爲末吏』。以至『雪柯先生後裔式微，所遺詩編，都歸散落』，梅氏謂所録：『數詩俱得諸余階升孝廉家藏。與其曾大父元平徵君唱和之作，并《坐隱圖》亦在孝廉家。蓋四代通家，因劉氏無人，代爲寶存，其風誼可謂近古矣。』

得之崔旭者，有崔氏一門之詩。崔旭（字曉林，號念堂），嘉慶庚申科舉人。與梅成棟同出張問陶門下，梅氏按語云：『曉林與棟同出張船山夫子門下。爲人静細平淡，沉潛於學，出入百家，詩格清嚴雅正。船山師重之，嘗曰：「此我之崔不雕也。」贈句有「魁梧真面目，古樸舊衣冠」。故念堂寄師詩云：「呼我崔黄葉，幽居似直塘。」棟於丁丑年寄之句云：「一編詩草逢人説，沽上争傳崔慶雲。」道光甲申來寓津門，見過之日，適有人送瓶梅一枝，余有句云：「詩傳黃葉三津滿，人與梅花一日來。」爲人所傳。』《詩鈔》録崔旭之高祖崔允貞（介石）、崔旭父崔大本（溪亭）之詩，蓋皆得之崔旭。又，緣崔旭而得王禄朋之詩。王禄朋（秋坪），其事見梅氏按語：

秋坪先生少負才名，與吴念湖太守齊驅并駕，馳譽一時。工行、楷、篆、隸諸書，爲翁覃溪先生所稱。詩主晚唐，嘗有『生計一篙春水外，宦情三月落花前』之句，爲鄉人所咏。棟嘗求其遺集，苦不得。崔念堂識其嗣君，求索再三，始出所藏。念堂僅抄數首，遽匆匆攜去。念堂以貽余。非念堂，幾無以傳秋坪已。

得之寇蘭皋者，牛克敬（聚堂）、蔣玉虹（雄甫）二家詩。牛克敬，號眠雲山人，諸生，著有《眠雲山人詩稿》。其按語云：

聚堂父名琳，乾隆丁巳進士，入詞館。聚堂纍世縹緗，以名諸生困於棘闈。

半生侘傺，見之於詩，盛年以歿。嘗有《書感》句云：『才因自見閑時少，人到無情樂處多。』人皆誦之。又《自嘆》句云：『愁催白髮身先老，花隕青霜菊較遲。』其心迹可想。又曰：『浮沉世事歸萍水，慷慨功名入酒杯。』其感愴可見。所著有《臨風》《絶花》《聽雪》《玩月》等集，不下千餘首，七言長句最多。是善學大曆十子者。棟覓聚堂詩久不得。一日寇君蘭皋携一帙相示，書手甚工，完好如新。問知牛氏寶之已近六十餘年。寇與牛氏姻親，故得見其藏本，亦可謂文字有緣矣。

蔣玉虹（雄甫），廩生。《津門詩鈔》謂其著有《雄甫詩草》、《天津志》數十卷、《長蘆志》數十卷、《幽冥録》十餘卷、雜體文數卷等，按語云：

雄甫學問該通，博稽今古。初受學於同邑高濬谷先生喆，再受經於楊無怪先生一昆。有願修《天津志》，采輯二十餘年不倦。風天雪夕，袖一筆一硯，遍覓荒庵野寺間，無論數十里之遠，有殘碑斷碣、廢鼎卧鐘，必爲掘土梲苔，摩挲辨識，於金石漫漶之餘，且讀且録，積年既久，考核精詳。聞津門之忠孝節烈事，及鴻才逸品之彥，必求遺老，詳詢顛末，爲立傳志。所著詩古文詞盈篚。

然而其『卒後，其孫秘不示人』。梅成棟『求公詩不得，寇君蘭皋口述其除夜一首，』才得『録之，以存先生之爲人』。梅氏甚至感嘆：『俟大集流傳，必有能見之者。』

除藉助友人得前賢詩作外，梅成棟對於友人詩作更是盡心搜存，庶使其遺墨得傳。如前述之《十君咏》中的黄新泰（春園）。黄新泰，嘉慶甲子（一八〇四）舉人。梅成棟謂：『春園，余同硯友，共讀書幾二十年。爲文攻苦，一字嘔心。最工制藝，入名大家之室。詩賦非其專長。貌絶陋而訶鋒犀利，妙談論，偶標雋語，滿座傾靡。所居曰「慎獨軒」，院有紅杏一株，花時醵飲樹下，各舉古人軼事或名句以爲笑樂。落英繽紛，語香四溢。春園没後不數年，故宅鬻去。人往風微，此景遂如隔世。』《詩鈔》雖謂黄春園有《春園文稿》，然據高凌雯批語，以爲或是制藝。是若非《詩鈔》録其二首，是亦一無所傳矣。

又，劉維祺（介圃），科名不遂，數困名場，絶意進取。著有《延夢録》，『爲時所傳。棟與介圃爲文字至交。喜縱談今古，最慕晋人嵇阮風味，故嘗以劉伯倫目之』[一]。梅氏《題延夢録》詩有『寓言八九堪傷處，似我年來費苦吟』之句。梅氏又選其從子劉錫（韵湖）、錞（聲於）詩。韵湖年三十四而早卒，其詩集亦零落。梅氏選詩二十一首，或即據今不傳之《寫梅閣詩草》選出。民國間，高淩雯『復從其家得詩二卷，一即《韵湖偶吟》之稿本，而有集後詩若干首；其一則録由秦之楚諸詩，而題中有謂孔峻峰、温東川、袁玉堂皆歸里以後之作，匯録一帙，名《韵湖詩集》』。按：至《寫梅閣稿》，與此是一是二。詢於其家，則謂：『先世宦游山左右，琴書漂泊，百不一存，無得而知之矣。』

縱然梅氏留心搜訪，諸友人亦予以協助，然也多有因詩人身後凋零，訪而不得者。如《詩鈔》録高喆詩四首，謂高喆『著作甚多，卒後諸子相繼殂逝，未知流落何所，四詩得諸公書便面』。再如朱兆慶（午莊）之詩，《詩鈔》僅載五首。梅氏按語云：『午莊先生家津門，纍葉詩書，科目接踵，再傳而中衰。棟訪其家，詩文不可得，知半歸淹没，所搜僅此，亦足寄慨。』這種情況，恐亦不在少數。

另外值得注意的是，梅氏所編詩歌還有以事存人者。最典型的案例不外乎張湘（楚山）『竹床』事。其原事在梅成棟所撰按語中記載甚詳：

[一]《津門詩鈔》卷十九。

楚山先生性倜儻，風骨崚崚，而疏狂玩世。官餘干時，郡守某公寡廉隅，公薄之。其所諉諈，一概不應，銜公久矣。然頗愛公書，求之甚諄，公曰：『我書非大醉不工也。』一日，郡守置盛筵招公，酒酣出絹素，謂公曰：『子當爲我書矣。』公舉杯大笑曰：『公亦求我書乎，非惟筆之工拙，非公所知，并句讀恐亦非公所識。徒費筆墨，奚爲哉？』時同僚滿座，太守顔變頰赤，怒斥公曰：『我必參子！』公擲杯於地曰：『我三年於此如羈囚，待子參久矣。』拂袖出，因是罷官。囊無一錢，僅携一竹床旋里。姚公應龍爲公繪圖，同時題咏甚夥。[一]以題咏而入《津門詩鈔》者，有李玉樹、朱玉鄰二人。此外，崔振緒[二]、周人麒、金思義、徐瀾、高喆、楊廷烈諸家，則是在既選詩作上特別選入其竹床詩，前後關照，彼此相應，皆可見梅氏編排之思。

按：張楚山竹床詩册，乃至張楚山之本集，蓋亦皆得之友人張巖（魯瞻）。巖，

[一]《津門詩鈔》卷十二。

[二]高凌雯以爲『振緒』應作『緒振』。

楚山之孫，嘉慶丁卯（一八〇七）舉人。梅成棟謂其『與棟兩世交游，契分最深……數困公車，侘傺以死，不勝玉摧蘭折之痛』。梅成棟得張楚山集之本末，其道光己丑（一八二九）所作《大雅堂詩草叙》（載於《欲起竹間樓文集》卷一）云：

余家與同邑張楚山先生兩代交游，先生孫魯瞻孝廉與余少字交，尤稱莫逆。嘉慶甲戌，余寓居於外家之一柳園，魯瞻風雨過從，談輒竟夕。嘗袖楚山先生詩，屬余編次。得縱觀全集，五七言古體，芳源青蓮，奇氣奔放。如九折洪流，汪洋屈注，動宕萬象，毫無涯涘。爲談之，經月不置。已而魯瞻中年殞逝，聞先生遺籍蕩失殆盡，太夫人就養中州，從此杳無音耗。今年春，魯瞻仲弟松崖自中州回，携一卷闖然來，曰：『先君子遺集已蒙同人付梓矣，而未有序。先君子梗概，惟君知之詳，曷爲一言弁首？』余受而讀之。凡昔魯膽之相示者卷中，已不存二三焉。爲悵然久之。問之松崖，曰：『余家之所藏者盡於此矣。』嗟乎！傳世之難也，箸之祖父，得賢子孫之寶襲也難；知寶之矣，而能免播遷蕩析也難；不蕩析矣，或以貧而得授梓也難；及授梓矣，而或僅存其膚，未使其精粹者不得與焉，則甚矣傳，世之難也。以先生鴻篇巨製，其氣魄光偉，足以雄視古人，當推一代作手，而所傳乃不過如斯，誰知其挂漏哉？故爲識數言歸之，以質諸讀者，知先生之詩固不止此，幸勿窺管一斑，而遂訾全豹焉，可耳。

像張巖這樣，將先人詩集之編選工作，乃至傳記之撰寫均托付梅氏者，不在少數，《欲起竹間樓文集》中不乏梅氏所作之序、傳，皆爲其証。

當然，除前述既已編刊的詩人别集、《津門詩彙》等地方詩總集、友朋所藏所録前人詩作詩稿這三大類來源外，梅氏所據，還有諸如方志一類的文獻，其中利用最多者，當屬《長蘆鹽法志》（簡稱《鹽法志》），《詩鈔》中屢次提及。如周焯詩即取自《長蘆鹽法志》，梅成棟按語謂：『《長蘆志》載天津周焯詩甚多，今爲摘録。』又如姜森詩《堤頭晚歸》，《詩鈔》所録與《長蘆鹽法志》全同，而《國朝畿輔詩傳》所録後三聯則全异，是可知此詩梅氏或即據《鹽法志》録出。

在梅氏的竭力搜訪抄纂、親友朋好的留心協助之下，此書才成。前後三十載，可謂不易。其友崔旭有《題梅樹君竹樓編詩圖》詩云：

我生有癖愛鈔詩，殘編敗壁搜無遺。沽上梅三更好事，口吟手寫不知疲。

大張鐵網操選政，不但心專氣亦横。編罷邑人編郡人，我如六國遭兼并。更畫欲起竹間樓，著君編詩坐上頭。牙籤錯落排甲乙，清風入户吟聲幽。此樓從君意中有，此編儻傳千載後。後人見詩如見樓，詩卷長留樓不朽。君不見，宋相寇公國號萊，官居鼎鼐無樓臺。萬事不如編詩好，何日我歌歸去來？［一］

值得注意的是，這首詩所反映出的，《津門詩鈔》與崔旭《慶雲詩鈔》的關係，《津門詩鈔》卷二十四自言：『陳喜以下十餘人，多得之同門崔曉林旭所刻《慶雲詩鈔》。采輯之功，已不爲小。乃且自悔當日授梓之速，前後次第，復加更訂，兹俱照列。』這便是崔旭『編罷邑人編郡人，我如六國遭兼并』二句之所戲謔處吧。

道光四年，《津門詩鈔》編纂告竣，然而却遲遲未能付梓。《津門詩鈔》開雕之情形，邱氏《年譜初編》所考最爲詳細，兹徑録如次：

（道光十一年，先生五十六歲）考《津門詩鈔》於道光四年甲申告成，迄今七載，因貧困無力付梓。覆徐蘭生札有云：『詩抄之役，八九告竣，惟付梓

［一］徐世昌輯《晚晴簃詩匯》卷一百十四，民國退耕堂刻本。

無力，有待賢豪耳。』（《吟齋尺牘》）道光六年丙戌，余階升之廣東時，曾許代梓，至今亦五年，在此一二年間，又有沈遠亭先生許助百金之議，然僅及鍥資之半，其餘之費，先生屬意於陶鳧芗，而李雲章則勸先生集腋成之。[一]……至是年余階升索其原稿，爲梓於廣東，其議始定。

當然，道光四年編定之稿本、余堂所據刻之原稿的情形，與今日之本是否相同，尚待討論。但根據今所見之《津門詩鈔》稿本二卷，可窺見刊刻前諸階段之樣貌。

從冷香室抄本看《津門詩鈔》之原編規模

今廣東省立中山圖書館藏有《津門詩鈔》二卷，著録作『清冷香室抄本，佚名撰』。《清代稿鈔本四編》據之影印收入，著録作『梅成棟輯，稿本』。

此書分上、下二卷，每半頁十二行，行二十五字，版心上題『津門詩鈔』，中記作者及其頁數，每一作者間頁數不連排，各自起迄，下題『冷香室藏書』。每卷

[一]《年譜初編》所據係《寄李宇文孝廉雲章恒山書》及李氏來札，見《年譜初編》第三十九頁。

前各有目録，目録分別題作『津門詩鈔目録上卷』『津門詩鈔目録下卷』。

首先，最值得關注的當是冷香室抄本之編選。冷香室抄本《津門詩鈔》收詩三十四家，上卷凡二十二人：沈嶧、沈峻、沈兆澐、周自邰、康堯衢、康鈞、郝仁、湯承功、卜維吉、金坤、華蘭、馮智、馮晋、馮相芬、陳大年、孫鳴鐸、張樹之、戴思灝、史鑒、魯鍔（附高景先）、沈銓。又自第二人沈峻，題『津門詩鈔二』，以下皆類此，至『津門詩鈔廿一沈銓』。其中沈嶧、華蘭、馮智三人未題序號，即是第一、十一、十二，高景先則不占編號。

下卷凡十二人：徐壽保、高邁倫、徐通復、楊一崐、楊恒占、劉熙敬、吴雯、趙永齡、魯之裕、余崢、余杰、余懋檣。亦各有編號。除高景先詩附抄於魯鍔之末，均各自起訖，不連抄，其末均有空餘，可知均無殘缺，當是完整的兩卷内容。目録字體與正文抄寫字體相同，當是同時抄出，并非後人補作，正文選人選詩内容及次序與目録亦相符，是可證此二卷當是一全本。

此二卷之内容，上卷及下卷前半，約略相当於今本之十五、十六兩卷。次序上稍有變化：其一，今本將郝仁、湯承功与卜維吉、金坤順序對調。其二，華蘭、馮智、馮晋、馮相芬四人今本調至高邁倫之後。其三，張樹之以下至楊恒占今本爲第十六卷，再於前加入朱光覲、朱維翰二人，於後加入余大煒、余堂、于秉鈞三人。其四，抽出劉熙敬至卷十八，仍在『邑賢』之屬外，抽出徐壽保（至卷二十八）、趙永齡（至卷二十七）、余崢、余杰、余懋檣（至卷二十七）改在『寓賢』類下諸卷。抽出吴雯至卷二十六，魯之裕至卷二十九。

至於所選篇目，思誠書屋刻本上述諸家之作，内容基本不超過冷香室抄本，僅金坤條下《贈巡漕侍御周棟才先生》一詩，魯之裕條下《津門苦雨行》《玉皇閣》《環水樓》爲後之增選。其余各家詩均是在抄本之上，再加揀擇而成。

乃至亦或有原一題下二首，刻本僅選其一者。如沈峻《贈譚子受》詩，稿本凡二首：

佩劍曾爲萬里行，朱門蓬户盡逢迎。歌成白雪高難和，騎出青驄衆忽驚。那信宰官原俠客，應憐公子一書生。題襟不道分襟早，風雪隨人入帝城。

山公愛客屢銜杯，幕府何勞阮瑀陪。參佛已知無礙諦，論文真有不羈才。閨中妙侣瑶箋擘，沽上離情鐵笛催。他日逢君何處好，春風攜手步金臺。

至思誠書屋刻本定本時，則祇選其二。康堯衢《懷房楚箴表弟》詩亦是二首選其一。因一題下有數首之情形，以題計，稿本所選三十三家，計三百二十七題。思誠書屋刻本中此三十四家，計一百五十八題，僅約當稿本之半數。其再選不可不謂精矣。

據此可以再推得知的是，此抄本或是《津門詩鈔》之早期選編本中的一部分。如果大膽的推而廣之，那麼《津門詩鈔》的規模，或已倍之於今矣。

再者，深入文本細節層面，冷香室抄本的文本呈現出早期樣態，如某些待考之内容，則空而置之。周自郃之小傳，末云『著有《草龕詩集》』，稿本『詩集』二字以上空二格，蓋是未知其集之名而待考。

比較稿本之文本，其優勝之處，約有數端：

有稿本之修改，爲刻本所采者。如沈嶧《板橋雜記》題詞六首，稿本作『羅裙都作新雲飛，往事何由問板扉』。『新』字旁記『彩』字，刻本即作『彩』。

有刻本誤，而稿本不誤，知其謬出乎雕梓之失者。如沈峻《嶺南雜詩》之二尾聯『婆律貝多持獻佛，夜燈初學小乘船』。高氏校云：『「船」應作「禪」。』高氏校語是也，檢覆稿本，『船』正作『禅』，是非梅氏之訛也。今或亦當據改。又，吴雯《之津門遂留送陸天濤》詩：『車來瞻海氣，南下憶江陰』句，『車』字，吳雯集各本皆作『東』。高氏校亦云：『「車」，應作「東」。』此字與『南』相對，作『東』爲是，蓋是形近之訛。檢稿本，稿本不誤，正作『東』。

有文字脱漏錯簡，往往亦可據稿本補正之。吳雯之小傳：『康熙戊午、己未詔舉博學宏詞，在舉中。著有《蓮洋詩鈔》。』『在舉中』與『著有《蓮洋詩鈔》』，語不連屬，非史實，顯有脱漏。稿本作：『在舉中來京師，大爲王漁洋司寇所賞，重其詩，嘆曰「仙才」，卒不遇。』是王漁洋推賞之事全脱，據稿本可補之。

有可據稿本還原其詩之原有層次面貌者。如沈嶧《與齊秋帆次韵》詩，稿本後有《蜀葵》《石竹》《虞美人》詩。《虞美人》後有《嘆古詩序》：『嘆古之爲古不得志者也。古英才壯士或蹶於時，或厄於命，足爲後人慨嘆者何限，寥寥篇什安足盡之？偶舉數人，亦見其凡而已。雖然古人遠已千載而上，其亦聞此長嘆否耶？』可知其後之《荆軻》《屈原》《李廣》《李白》四詩及未選入之《虞美人》《項羽》二詩，蓋係總題《嘆古》之組詩。

按：《津門詩鈔》係余階升索梅氏原稿而梓於廣東者，此稿本又見藏於中山圖書館，此二者間是否有所關聯，尚待考察，但從冷香室本與思誠書屋刻本篇幅上的巨大差别看，其間當經過一次大規模删減的再選工作，這顯然應該是梅氏完成的，并不可能是刊刻者余堂在得到初稿後自行揀選。藉由此冷香室鈔本之樣貌，上可推梅氏初選之情形，下可知其與刊定本之間，當尚有一定稿本也。

從徐大鏞、高凌雯刻張霔詩集三種看《津門詩鈔》的校勘

《津門詩鈔》刊成後，《國朝畿輔詩傳》《津門徵獻詩》、［光緒］《重修天津府志》《光緒順天府志》諸書之小傳，多采梅氏之文。《國朝畿輔詩傳》小傳引用《津門詩鈔》者近百條，［光緒］《重修天津府志》采用《津門詩鈔》者，亦有四十餘條，頗可見其影響。

然《津門詩鈔》之編，畢竟尚有遺憾之處。且梅氏身後，津門尚有衆多詩人詩作，足資續纂。較早有意續集《津門詩鈔》者，有徐士鑾。徐士鑾雖名列［同治］《續天津縣志》（簡稱《續志》）纂修銜名中，然据張守謙先生指出，其係虚名，纂修《續天津縣志》時，徐氏亦不在天津。[一] 徐氏撰有《敬鄉筆述》一書，看似筆記，

［一］張守謙《點校説明》，《敬鄉筆述》，天津：天津古籍出版社一九八六年版。

實則是『素不滿於同治《續志》』[一]，而爲《續志》訂訛補缺而成的史料彙編。《天津縣新志·藝文》亦謂此書：『士鑾中雖歸田，潛心撰述，尤以鄉邦掌故爲重，凡有關於文獻者，雖片語隻字，罔不手録輯存，以備後來再修縣志及續纂《津門詩鈔》之助。凡二書所闕者，補之；訛者，正之。』徐氏《凡例》云：『是編所輯軼事遺詩，就余所見，謹爲録存，用備再修邑志、續集《津門詩鈔》采擇。』是此書用備再修邑志外，亦爲續集《津門詩鈔》之用。

續編《詩鈔》的基礎，便是竭力訪求先賢詩文。而徐氏除撰作《敬鄉筆述》外，於津門詩人有功者，即在於其所刻張霔詩二種。

昔梅樹君謂津門詩學，『遂閑堂張氏首倡其風，繼之者則於斯堂查氏也。張氏門業甲三津，魯庵方伯由歲貢起家』[二]。張霖（魯庵）詩并無刻本傳世，《津門詩鈔》收詩亦僅三首。《詩鈔》謂張霖『署雲南巡撫，告養家居』。實因其在雲南巡撫任上遭難：『（康熙四十四年六月）李光地疏劾，革職雲南布政司張霖，假称奉旨販

[一]引自《天津縣新志》卷二十三《藝文》。

[二]〔清〕楊鍾羲《雪橋詩話餘集》卷二，民國二年（一九一三）南林劉氏求恕齋刻本。

賣私鹽，得銀百六十餘萬兩，得旨即令李光地審擬霖論斬，家産籍没入官。』〔一〕

張霖（魯庵）、張霔（笨山）之關係，據高凌雯所述：『張氏之先有明宇、聞予兄弟，順治間，自撫寧徙家沽上。明宇之嗣爲魯庵，聞予之嗣即笨山。』〔二〕而其弟張霔之詩稿，生前亦未刊行，身後更無人付刻。《津門詩鈔》載徐大鏞《笨山詩跋》云：

> 張帆史先生與龍東溟先生交最善，鏞偶閲東溟先生《玉虹草堂詩集》，見其哭帆史先生詩甚夥，并記其交情始末，因得帆史先生之詳。先生天津人，髫齡時，便善臨鍾、王，年未冠，詩名藉甚。由明經授中書舍人，仍鄉試，纍不第，遂亦不仕。著詩萬餘首，藏之石匣，曰：『過五十載，當删定也。』乃年四十六而即逝。委化時，見兩道士迎寫《玉真經》，遂一笑而亡。先生生於順治之己亥，卒於康熙之甲申。東溟先生慮其無子，恐一生心血淹没不傳，曾有

〔一〕〔清〕蔣良騏《東華録》卷十九，《續修四庫全書》影印清乾隆刻本第三六八册，上海：上海古籍出版社一九九五年版。

〔二〕高凌雯《欸乃書屋詩集》卷末跋，載民國刻《天津詩人小集》本。

句云：『汝兄多子復多孫，五女何能慰汝魂？聞已許將侄作嗣，殘編斷簡可能存？』又云：『不知生樂死何悲，汝死空教我淚垂。三十年詩付流水，孤吟獨愧老何爲？』蓋早知遺稿無人爲付剞劂也。〔一〕

嘉慶二十四年（一八一九），徐大鏞『於某姓家購得數册，率零星割裂，或前後倒亂，方擬爲裝池，售主復携來一卷，爰重價留之，閲一載之久，爲之補綴破罅，校對次序，輯爲六頁（當作「六册」），亦以表先生吉光片羽云』〔二〕。

徐大鏞係徐基之長子，徐輝之長孫。徐士鑾係徐炌之孫。徐大鏞當爲士鑾之族兄。同治十二年（一八七三），徐大鏞去世。光緒六年（一八八〇）庚辰，徐大鏞子三子鴻泰獲捷春闈，秋間請假回豫，途經天津。光緒七年（一八八一），徐士鑾自台州任上引疾歸里，潛心著述。徐大鏞去世多年，徐士鑾衹得寄希望於『遺書有托，詩册自必存也』，徐鴻泰拜謁徐士鑾時，士鑾『以乃翁所藏笨山先生之詩詢之。明年，鴻泰供職來京，郵寄一巨卷，開緘捧讀，即此《欸乃書屋詩集》也。當再函

〔一〕《津門詩鈔》卷六。
〔二〕徐大鏞《笨山詩跋》，載《津門詩鈔》卷六。

詢六册錦帙之説，又寄到古錦裝裱册頁一本，籤題《張笨山詩册》。開册首行署有「詩會稿存」四字，下署先生姓名。册計九頁十一會，分咏之詩，次序不紊，每頁十六行，一色印藍文，格中間騎縫下有「弋蟲軒」三字，先生以精楷之，知蘭生兄不惟珍重先生之遺詩，并寶愛先生之遺文墨，鑾展玩數四，證以樹君學博之跋語，知所爲錦帙六册者，此殆其一耳。鴻泰來書，并云所見僅此一册，餘者或於咸豐三年杞縣被兵時失之，亦不能舉其詳也。册中詩概無多，且知先生《弋蟲軒詩》月爲一集，未可闌入此集内，謹將欸乃書屋詩稿照録一通，臆分二卷，并搜采諸家傳贊詩句，暨蘭生兄一跋，輯成一卷，附諸集後，擬付棗梨，刊行傳世』[二]。此本『原稿計詩二百三十八首，謹録二百十一首，未能全録者，實因詩中或有塗抹之字，或有脱落之字未經添注也』。故輯爲《摘句》一篇，附於其末。

而《讀晋書絶句》則係李其光購得於書坊。光緒十年（一八八四）甲申，楊光儀、梅寶璐得張氏後人張增裕所出之《緑艷亭稿》八卷，欲刊行之。因自李氏處借來，由徐士鑾校訂刻印者。

徐氏《敬鄉筆述》卷八『張笨山舍人』條亦載：『先生所著《晋史集》，乃讀

[二]《欸乃書屋詩集》末光緒甲午（一八九四）徐士鑾題。

《晋書》絶句二卷，光緒甲申，邑人李茂才其光，於舊書肆購得稿本，余假來照録一册，校而刊之。《欸乃書屋詩集》稿本，先年爲從堂兄蘭生明府大鏞購藏。因亦假來録分二卷，付梓以傳。余知先生後裔所藏者，《弋蟲軒稿》《緑艷亭詩文集》二種詩文集卷數較多，若《帆齋逸稿》《星閣》《秦游》諸集，想早散佚矣。』

道光元年（一八二一），梅成棟曾見《遂閑堂張氏詩鈔》一種，并爲之序，此事前節已言之，此不贅言。據梅氏序，此家集本蓋《津門詩鈔》之所本，是十分可能的。此本而外，張霔之詩集抄、刻本，今見存於各大圖書館者凡五：

其一，則中國國家圖書館藏清抄本《緑艷亭稿》十五卷，係張霔康熙二十三年（一六八四）甲子至三十年（一六九一）辛未間詩、文，除甲子年僅有詩稿外，餘皆詩稿、文稿各一。

其二，則清華大學圖書館有《緑艷亭稿甲寅詩稿》，係康熙十三年（一六七四）之作，亦爲今存最早之作。高凌雯［民國］《天津縣新志》卷二十三《藝文》著录張霔『《緑艷亭詩文稿》八卷，抄本』，謂『甲子以前詩稿悉毁於火』，是高氏未見此册。

其三，則徐士鑾刻《欸乃書屋詩集》，係康熙三十二年（一六九三）之詩。《天津詩人小集》（简称《小集》）本《欸乃書屋己亥詩集》高凌雯跋：『昔徐氏得《欸乃書屋集》一卷，梓行，以詩考之，定爲笨山康熙甲戌年作。』所指即此。

其四，則徐士鑾刻《讀晋書絶句》。

其五，則《天津詩人小集》本《欸乃書屋乙亥詩集》一卷，係康熙三十四年（一六九五）乙亥之作。此本末有高凌雯跋：『此集藏華氏家，集分十二小卷，每卷以月所得詩爲限，依次編録，而總標名乙亥詩，亦笨山手迹也。……兹取以付梓，可與徐本并行矣。但甲戌集至秋而止，是年冬笨山省兄陝西，别有《秦游詩》一卷，今已不傳。』[一]

据光緒甲午（一八九四）楊光儀序徐刻《欸乃書屋詩集》，可知未經刊版之《緑艷亭詩文集》《弋蟲軒詩》亦曾曇花一現：『曩與亡友梅小樹編輯笨山先生詩《緑艷亭詩文集》，方擬聚資刊行，旋爲其戛然索去。又布衣欒硯卿家藏先生《弋蟲軒詩》一卷，亦歸其家人，將來能刊行與否，未可知也。』

至如前述之五，民國間所刻之《欸乃書屋乙亥詩集》，實即《天津詩人小集》十二種之一，係高凌雯所編，金鉞所刻。

[一] 所不傳者，《秦游詩》外，又有《弋蟲軒詩》一卷，今未見。

高凌雯，字彤皆，光緒十九年（一八九三）癸巳恩科舉人。[一] 高氏輯《天津詩人小集》之由，實出於其與修［民國］《天津縣新志》。『乙卯秋，徐公菊人以鄉里文獻日就湮滅，倡議修志，詒書嚴先生范孫，屬與華君壁臣商其事。既而復延李君嗣香、喬君亦香、劉君幼樵、張君仲佳、徐君少笙、趙君幼梅及余出。與會商數四，議遂定。翌年丙辰，開局采訪，屬余董其役。余乃草采訪辦法，函請縣公署備案，轉牒各公署及各局所。其經費徐公月捐銀百圓，蘆綱公所月百圓，員警廳、縣公署月各五十圓。其局地則借用倉廒街北洋行營發審處西偏。采訪之事即於是年二月始，其限以三年爲期。』[二]

高氏所分任凡職官、吏政、科舉、薦紳、人物、列女、藝文、碑刻、舊迹、物産、叢餘十一門。『自己未編纂，至壬戌脱稿』，即民國八年至十一年（一九一九至一九二二）。而縣志之刊印，則『癸亥付梓，甲子刻竟』，即民國十三年（一九二四）完成。高氏所撰之《藝文》《人物》雖爲《天津縣新志》之一部分，但『至爲精審

［一］［光緒］《重修天津府志》卷十八，〔清〕徐宗亮等纂，清光緒二十四年（一八九八）刻本。

［二］高凌雯《志餘隨筆》卷一，載來新夏、郭鳳岐主編《天津通志·舊志點校卷》，天津社會科學院出版社二〇〇一年版。

詳實，迥非舊志疏略可比』[一]，而『金鉞摘《人物》《藝文》兩類爲單行本，已印行，其未成半部正在編輯』[二]。

從高氏所撰之《天津縣新志·藝文》看，志局徵書，使高氏得以寓目多種稀見的津人詩文集。《采訪辦法十九條》，其『藝文門』凡二：『一、有關本邑掌故之撰述；二、邑人所撰述之書集。』

此次修志，處於時局動蕩之中，高氏自謂之：『於舉國猖狂之際，而爲此不急之需。世運既非，人心莫屬。與之言文字，則目之爲迂，與之言家世，則鄙之曰舊，人方厭之弃之，而冀其出所知以餉我，能乎？不能乎？』

搜訪前賢著作，本非易事。『有家藏先人著作，秘不示人，百計致之，終不一睹，推其意蓋[三]別有顧忌，非僅防人攘奪也。然視爲無足重輕而惜此一舉手之勞者，亦或有之。又有恐志乘一登其名，或載其先人一串，行將强之出資刊板，故寧隱而

[一]《志餘隨筆》末民國丙子（一九三六）金鉞跋，第七三九頁。
[二]孫鵬等纂《河北通志稿·舊志源流》，民國二十四年（一九三五）鉛印本。
[三]《志餘隨筆》，第六九六頁。

弗宣也。』[一] 蓋出於藏書者如此顧慮，《采訪辦法十九條》纔約定：『一收到借用書籍，由采訪處出具收據，其書應妥善保存，俟編纂告竣再行歸還，如有秘笈孤本不欲在局久留者，商訂期限，趕速鈔録，如期奉還。』[二]

然雖如此，於今日觀之，高氏所得仍是令人羡慕的。『一日聞李子香千市上破紙堆得鄉人著作多種，亟索閱之，俱钞本，有小印曰饒荻生，中以《青蜺居士詩集》《欲起竹間樓文集》爲可貴，丁集付刊[三]，梅案付鈔，此爲采訪以來最快心之事。』按：梅成棟《欲起竹間樓文集》，今日仍是罕見之本。

再如吴曰圻之《蘿村雜體詩存》。[民國]《天津縣新志》：『鄉居授徒，不

[一]《志餘隨筆》，第六九三頁。

[二]《志餘隨筆》，第六九〇頁。

[三]高凌雯《青蜺居士集》跋：『青蜺居士之名，見諸紀載甚著，梅樹君謂其詩古體學昌谷，近體學文房。但其可誦者，僅《津門詩鈔》存十九首而已。欲窺全豹，而稿逸久矣。一日聞友人過市，從弃紙中得殘書數種，皆鄉人遺著，亟索閱之，則《青蜺居士集》儼然在也。書經傳鈔，間有訛脱，而卷帙首尾完具，其爲全稿無疑。丁公少負雋才，以詩得名，人呼『丁黄蝶』，既登進士，廷試落後，憤懣以卒。金芥舟《哭舅氏丁名揚》詩曰「人間金榜後，天上玉樓成」，又曰「詞賦已成粱苑雪，榮華盡委洛陽塵」，則當日鬱死都門，其情亦甚可悼矣。然年雖不永，而一卷長留，詩人有零，可以無憾也已。庚申七月，高凌雯識。』

慕榮利，惟時與汪舟、張映斗輩雅集思源莊，爲觴咏之樂。生平所爲詩，不自留稿，子彰從故交搜得若干首，孫士俊補綴刊行。』吴氏此本高氏當亦見之，方載入志中。今僅見山西大學圖書館藏有此道光二十三年（一八四三）吴士俊刻本，書前沈序稱《敦厚堂古近體詩》，謂：『其生平所作不下萬首，顧不自檢拾，往往爲及門諸生持去。此其喆嗣竹坡先生并父孫傅岩刺史掇拾於殘剩者共若干篇。』

徵書所得，成爲了高氏撰寫《天津縣新志·藝文》的重要基礎。然高氏亦有當年未見，引爲遺憾者。如朱函夏之《谷齋集》，高氏謂此集：

（函夏）臨卒以付其甥汪木堂舟，迄未梓行，後爲吴念湖所得，精書而寶藏之，未知何時復失去。天津詩人若龍山人、介山王氏、七峰周氏，今其後嗣皆不知所在，而遺集猶可得見者，以其付梓也。若朱集今已無人見，久且無人知之矣。然仍望此編尚在人間，他日遵適遇之，固當極爲表章，否則《津門詩鈔》存詩三十二首，《挫録》存詩二首，各書序跋可得文十餘首，輯而藏之，雖不成集，猶可見其一鱗一爪也。

高氏［民國］《天津縣新志》卷二十三《藝文》亦著録朱函夏『《朱谷齋遺詩》四卷，刻本』，謂：

函夏没後，子孫式微，詩文散失。越二三十年，吴人驥始得此稿，莊寫成帙，俾周人麒序以行之。梅成棟輯《津門詩鈔》，選其詩三十餘首，蓋猶及見此集也，其後華鼎元從書肆中檢得函夏《觀海集》一卷，存詩六十首，謂斷簡殘編，愈足寶貴，則是《谷齋全集》刻本又就蕩失，故以所得爲幸也。

又，徐士鑾《敬鄉筆述》『孫又深孝廉』條，謂：『余見周衣亭太史人麒《朱谷齋遺詩序》，序後特及孫又申先生，蓋幸谷齋先生遺詩，得吴念湖太守人驥刊傳，深冀又申先生遺文，亦顯於世也。』周人麒之序，蓋載於《谷齋集》之首。按：天津圖書館藏有清抄本《谷齋集》二卷。其末有高凌雯跋，然《津門詩鈔》《天津縣新志》均謂未及此，是高氏最終得見此集，又在《天津縣新志》成書後。

又有僅得其少作殘編，未得寓目全集而爲憾者，如康堯衢（達夫）與劉錫（韵湖）之詩集：『乾、嘉之際，康達夫實主騷壇，及今所存者僅《蕉石山房》一集，不過少作百餘首而已。而《海上樵人稿》，尚有十二卷之多，欲觀其全已不知所在。』康氏《海上樵人稿》今確不存，然天津社會科學院圖書館藏有《春及生詩草》一種，亦是高氏當日所未見之本。至於劉錫，則『韵湖才高而年不永，所著《寫梅閣》全稿湮滅不傳，其傳者又不盡可傳之作』[一]，『劉韵湖爲繼起健將，才氣縱横，不可一世，身歿無嗣，所遺殘篇斷簡，實非寫梅閣得意之作。震千兩君詩名，得其片羽，不禁珍重視之矣』。高氏不禁嘆曰：『吾重爲文人無命者悲矣！』[二]

基於志局徵書之基礎，高氏擇其中十二種，由金氏刊爲《天津詩人小集》十二種，高氏有序云：

志局徵書，得鄉人詩集最夥，强半未刊之稿，曩所未見者也。藉非有此搜羅幾何，不令前人佳什盡就沉没耶？既得之矣，更一覽而置之，無所表章焉，則所謂沉没者，异日仍難免也。修志之暇，略加甄擇，遂謀付梓，以永其傳。凡得十有二家，撫寧張氏、大興胡氏生長兹土，子孫入籍，故儕諸鄉人之列。

[一] 高凌雯《韵湖詩集》跋，載民國刻《天津詩人小集》本《韵湖詩集》卷末。

[二] 《韵湖詩集》跋，《天津詩人小集》本。

夫詩家多矣，其僅取此數者，則以其詩卷帙匪繁，雕鐫尚易，故曰小集。小集亦多矣，其必存此十數人者，則以此十數人大率家世清寒，勢不能爲先人刊集，故且代爲之謀也。余纂邑乘，於《藝文》收入詩集二百餘種，其有能詩而無集可傳者，思欲存其人并存其詩，乃别爲天津詩人輯存小傳一書，采掇又得二百餘人，數稔以來，搜討遺著，可謂不遺餘力矣。然今所梓而行之者，區區僅此。揆諸表章之心，固有未慊者。後之君子踵而行之，則兹事之幸也。

其中即有前述之《欸乃書屋乙亥詩集》一卷，係張霔康熙三十四年乙亥之作，亦是現存最晚的張氏詩作。係華氏舊藏。華長卿二跋云：

此邑先輩張帆史先生康熙三十四年詩草也，共得二百七十六首，外雜感五首，散句數聯，并錢後記古典數頁，其書古詩十九首已另爲裝幀矣。百四十餘年之墨迹，已不可多得，况其爲詩人手澤乎，當永寶之。道光乙未同裏後學華長卿識。

按先生生於順治己亥，卒於康熙甲申，年四十六，著詩萬餘首，此卷乃三十七歲作也。道光丙戌仲夏，得於費宫人故里劉氏家，鼠嚙蟫穿，凝塵盈卷，詩字并無殘缺，豈詩魂呵護耶？急藏之以爲墨寶。長卿跋。

此本末有高凌雯跋：

> 此集藏華氏家，集分十二小卷，每卷以月所得詩爲限，依次編録，而總標名乙亥詩，亦笨山手迹也。往余徵得之，影鈔一通，鈎乙點攛，及前後附記典故，朱墨紛紜，一依原式，蓋愛之至也。兹取以付梓，可與徐本并行矣。但甲戌集至秋而止，是年冬笨山省兄陝西，别有《秦游詩》一卷，今已不傳。則是甲乙兩年之交，未免中斷，斯爲遺憾耳。[一]

《天津詩人小集》十二種，書後各有跋，其時間自最初者民國六年（一九一七）丁巳跋劉錫《韵湖詩草》至最末者民國十三年甲子跋張坦《履閣詩集》，前後七年，正爲高氏在志局修志之内。

高凌雯在志局編修縣志期間，利用前述之便利條件，刊刻鄉人小集而外，還以

[一] 所不傳者，《秦游詩》外，又有《弋蟲軒詩》一卷，今未見。

其所見爲本，對《津門詩鈔》進行了校勘。高氏校本《津門詩鈔》，現即藏於天津圖書館，首有其跋語云：

是書道光間余公階升梓行，其後板藏輔仁書院，復爲余氏索回。光緒庚子遂毁於火。原著時有錯誤，刻本校讎尤不精細。往在志局，隨手簽出若干條，未遍及也。兹秋無事，通校一周，倘再鐫板，此本不無小補。鈔寫之訛，徑可改繕。至梅氏原誤，則應低格加案，附録於後，蓋先輩遺著，未可僭更也。體例亦間有所議，非敢自信，存其説以質諸後之君子。

此跋識在民國十八年（一九二九）九月。内封右上又有題識：『約簽出四百條。己巳十一月，凌雯再記。』己巳即一九二九年。［一］

［一］按：此本内有『固安賈氏藏書印』『賈廷琳印』『君玉』『謙益堂』『無悶齋』朱文印，可知係賈廷琳舊藏。賈氏自民國七年（一九一八）入徐世昌幕，至民國十一年（一九二二）退居天津。故此本自賈氏轉入高氏手中，或當在民國十一年至十八年（一九二九）間。長春書屋本《敬鄉筆述》末有辛未年（一九三一）徐世章跋，謂此書：『曩年吾邑修新志時，總纂高彤皆先生，將公所著《敬鄉筆述》八卷詳加校閲，并手題簽，識語多精當。世章今以是書付之梓人，浼固安賈君君玉爲任校勘，條析所知，附列卷末。』是二人此時有所交集之一旁證。

高氏校勘《津門詩鈔》之目的，在於『倘再鐫板，此本不無小補』，這與徐大鏞撰寫《敬鄉筆述》的目的是有相似處的。因此高氏批校中除校勘文本外，對於《津門詩鈔》之體例、梅氏之小傳，亦多有辨證。

高氏纂修《天津縣新志》時，『於人物、藝文二者致力最勤，其稿有三四易者，非求文字之工也。往往既屬稿後，又得一説焉，較前説爲確或爲前稿所無，則塗乙而增益之。方以爲稍完美矣，乃復有所考證而當增益者，復塗乙焉。甚或弃其稿而重爲之，不憚煩也』[一]。

蓋因高氏以爲：『梅樹君輯《津門詩鈔》，人各係以小傳，續志多取材於此。原書不無闕誤，餘爲簽五六十條，尚有未檢及者。先生生當乾嘉之際，國初以來鄉邦掌故，多有見聞，又喜爲表章之言，凡所稱述，盡屬藝林故事，其有功桑梓，豈淺鮮哉！但其所闕誤者，亦當補正，以成先生之志。』[二]

其所校正者，諸如：『由廪生挨次出貢者曰「歲貢」，遇覃恩之年加貢一人其居前者曰「恩貢」，統曰「正貢」。仕進之路與舉人同，其由廪生捐貢者曰「廪貢」，

[一]《志餘隨筆》，第六九八頁。

[二]《志餘隨筆》，第六九二頁。

廩貢無正途資格。五貢：拔、副、優論科分，恩、歲論年分。年分者，謂其應出貢之年，如甲年應出之貢有遲至乙丙丁始出者，仍爲甲年之貢，不得謂乙丙丁年之貢。今人往往誤廩貢爲歲貢，載諸族譜，刊諸朱卷履歷，或見於他所記載。至出貢年分，益不厝意，甚或問諸其人而茫然不解。……紀載之書時有錯誤，其雖小事，然志主紀實，不可不辨。前人之誤，抉擇者固多；今人之誤，因仍者仍恐不少。考證之勤，厘剔之勞，安得因其細小而遺之也。』[一]如朱函夏傳云：『函夏，字乾馭，號陸槎。晴崖先生同邑子。廩貢生。』高氏校：『朱函夏，恩貢生，見朱氏朱卷。』再如陳玠傳：『玠，字實人，晚號石汀，又號拙誠老人，歲貢生。』高氏校云：『陳玠，《縣志》作例貢生。』高氏於此類均簽而出之。

對於梅氏小傳之考辨，其最甚者，當屬王又樸傳，梅氏原傳云：

又樸字從先，號介山。世天津人。康熙庚子舉人，雍正癸卯進士，翰林院編修。任河東運判，無爲州同知。著有《詩禮堂文稿》梓行。

[一]《志餘隨筆》，第六九四頁。

高氏校云：『王又樸，揚州人，六歲隨父至天津，後遂入籍。（「世」字誤。）未散館授吏部職，方司主事。（「編修」誤。）出任河東運同。（「運判」誤。）終廬州府同知。（駐無爲。）著有《詩禮堂全集》。通籍後，始師事方望溪（「幼」字誤。）在官以修築堤壩工程著稱。（防水患與興水利异。）年八十餘卒。（「七」字誤。）均據《年譜》。』

校正而外，其於小傳有所補者，如姜森傳，梅氏謂『「森」字失考』。高氏校云：『姜森，字恪齋，號儀甫，交河縣教諭。』然高氏亦有所不補者，多係凡梅氏所未見之史實，自然不必補。

覆核史料亦可以發見文本之疑。如卷一徐兆慶詩之末，舊本標點作

公名見於天津《長蘆志·選舉》舉人册第二名，又進士册第二名。徐兆豐，舉順治乙亥科，官户部山東司郎中，督理宣化鎮糧儲、廣州府知府，當是兄弟。

高氏校勘時即有所發疑，謂：『徐兆慶兄名兆舉，順治丁亥進士，户部主事，督饟宣大廣州知府，見《通志》。兆豐、兆舉，未知孰是。』

按：此係衍文致標點之訛，檢［雍正］《新修長蘆鹽法志》無『選舉』一目，再檢黄掌綸修［嘉慶］《長蘆鹽法志》卷十七《人物・選舉・舉人》，第二名正作『徐兆慶』，可知梅氏所據，確係黄氏《長蘆鹽法志》。再檢此本進士第二名，作『徐兆舉，順治乙亥科，官户部山東司郎中，督理宣化鎮糧儲、廣州府知府』，與梅氏所録全同，唯梅氏於『兆舉』二字間摻入一『豐』字，致生錯訛，今據此可知『豐』係衍文，當據刪。原標點本作『公名見於天津《長蘆志・選舉》舉人册第二名，又進士册第二名』［二］，又誤將『進士册第二名』係在徐兆慶名下，今并據正之，是當作如下。

> 公名見於天津《長蘆志・選舉》舉人册第二名，又，進士册第二名：『徐兆舉，順治乙亥科，官户部山東司郎中，督理宣化鎮糧儲、廣州府知府』，當是兄弟。

除辨證、補充史實之外，高氏當然更著重於詩歌文本的校勘。其方法有二，一者據其所見之詩文集校，往往以『集作』某某的形式出現；一者則以理校之，所謂『應作』某某。前已言及，高氏所見之詩文集，借［民國］《天津縣新志》卷二十三《藝

［二］中國國家圖書館出版社二〇一七年出版之新標點本亦承此訛。

文》可窺一斑，其所見《詩集》之本末情狀，均於《藝文志》中備録之，故此次整理，亦多移而録之。

前已言之，高氏所見諸家之集多罕傳之本，用之於校勘，自然多有梅氏所未見者。如：『昔梅樹翁輯《津門詩鈔》，求王秋坪詩不得，崔念堂識其嗣君，再三求，始得借觀，甫鈔數首，匆匆索回，自此藏家且百年。王氏與嚴先生中表，先生爲之言，余遂得見兩册，紙色新舊不同，且有脱落，似是既散佚復補輯者，余鈔存一通，而以原本歸之。後聞其家竟失去。前人文字往往失之於不甚愛惜，今愛惜而亦失之，且不失之於人而失之於己，亦异矣。設其家亦若從前不許人借鈔，則此集根株絶矣。家有先人著作而秘不示人者，其取鑒於斯。』[一]

高氏之校勘，以入選詩人傳世之别集作爲對校之本，雖或非梅氏所用之本，但亦可以訂正手民之訛。此種校勘，高氏往往記『《集》作某』。今以其批校審之，又往往可知其所據之本。

如查昌業之詩集，民國以前并無刊本，今見存者僅抄本二種：其一爲清乾隆四十二年（一七七七）海昌查氏抄本《林於館詩草》七卷，《詩餘》一卷（北京大

[一]《志餘隨筆》，第六九六頁。

學圖書館藏，下稱『清抄《詩草》本』）；其二爲清抄本《林於館詩草》二卷（天津圖書館藏，未見，下稱『清抄《詩集》本』），高氏［民國］《天津縣新志》卷二十三《藝文》著录查昌業『《林於館詩集》二卷，鈔本』或即此本。［民國］《天津縣新志》謂：『是集前有梅成棟手書題詞，集内又有所注字甚多。案，《津門詩鈔》所選昌業詩，云得諸金氏家藏，是棟選詩時尚未知有此本，後乃得見之金氏所藏者。有古體數首，而此集僅五、七言詩各一卷，恐非全稿也。』『梅樹君輯鄉人詩，謂次齋《林於館集》未刊行，所録詩俱得之金氏家集，而此卷前有梅樹君手書題詞，集中又多加點墨，蓋《津門詩鈔》既成，始得見此本也。』［一］

至民國二十五年（一九三六）金氏刻《天津詩人小集》，内收《林於館詩集》二卷（下稱『民國刻《詩集》本』）。金氏刻本末有辛酉（一九二一）高凌雯識語，可知金氏所刻，即據前述之二卷本刊諸梨棗者。民國刻《詩集》本亦可代表清抄《詩集》本之文字情狀。

高氏於［民國］《天津縣新志》中衹著録清抄《詩集》本，不及清抄《詩草》本，當是未見内容更爲豐富的《詩草》七卷，故此已可推測高氏所謂的『《集》作

［一］《林於館詩集》跋，《天津詩人小集》本。

某』，當是指清抄《詩集》本。

以高氏校語檢二本之异文，更可印證上述猜測：

《送宣門叔罷舉赴河南工次》詩，『一第難憑療赤骨，十年不偶耐青衫』句，清抄《詩草》本卷四作『十年不耐束青衫』，民國刻《詩集》本作『十年不遇耐青衫』。高氏校云：『「偶」，《集》作「遇」。』

《蘇家橋》：『欲問紅橋何處所，蒼茫無迹認前朝。』『欲問紅橋何處所』，清抄《詩草》本卷四作『欲問卧虹何處是』，民國刻《詩集》本作『欲問卧虹何處所』。高氏校云：『「紅橋」，《集》作「卧虹」。』不謂『何處所』作『何處是』。

二例中高氏校語所稱之《集》，與民國刻《詩集》本往往相和。而民國刻《詩集》本係金氏據清抄《詩集》本刊行者。故可知，高氏所見之二卷抄本，確係高氏所參校之本。此本雖定非梅氏選詩時所用，但高氏亦用之。

其餘高氏之理校者，往往亦可得本集之印證。如沈峻《嶺南雜詩》：『婆律貝多持獻佛，夜燈初學小乘船。』高氏校亦云：『「船」應作「禪」。』按：檢《津門詩鈔》稿本、乾隆本沈峻《粵游詩草》卷下與道光本《欣遇齋詩鈔》，『船』均作『禅』，是，當據改。再如金至元《初夏》詩：『紅閨久誦斑姬誡，未敢拈毫著意題。』高氏校云：『「斑」應作「班」。』檢《蔗塘外集》本、《天津金氏家集四種》本《芸書閣剩稿》，『斑』均作『班』，亦當據改。

本次校勘，亦延續了高氏批校之校勘方法，以存世別集校總集。從理論上講，以《津門詩鈔》本書本位來看，其可用的參校本則衹有現藏於廣東省立中山圖書館（即冷香室抄本）和中國科學院圖書館的兩種稿本。然而稿本的面貌相對於今本仍有較大差异，當是在稿本之後，經過多次編訂，才形成刊刻的三十卷本。

而此次選擇以所録諸家之別集校勘總集的方法，在時間上、版本關係上，似乎皆存在『不合理性』。其一，今日可用之別集與總集并無文本的繼承關係。梅成棟編輯《津門詩鈔》所用之底本，有多種來源，往往并不是今日可見之版本。更甚者，梅氏所用之本，今日多已不傳。高氏校勘時所用或與梅氏所見更爲接近，然其所用之版本今日亦不可知。

其二，所用之別集實物版本的時間跨度，已超過總集的編纂、刊印時間下限。因《津門詩鈔》所録諸家之別集大多難以尋覓，此次校勘所用之本，多數抄、刻本已是道光以後乃至民國時期的印本，自然不存在其爲梅氏所用底本之可能。然而其文本版本或稍接近一些，例如民國間據清刻本、清抄本所刻之《天津詩人小集》諸書，其例前已言之。

因此，此次采用據别集校總集的方法，并非是將别集視作總集的可能性底本，試圖以底本對校的路綫；而是將别集作爲他校材料，形成範圍約略重合於總集的集合，作爲參考。相較於『正文本之是非』，其目的更傾向於試圖爲總集中難以解讀的文本提供一種釋讀的可能性。另一方面，由於《津門詩鈔》并無對校版本，因此大多數校勘祇能是理校的成果。因此，借由不同系統間的异文，則可能發現更多理校難以發現的訛誤，也爲理校提供更有力的佐證。

試先以周焯《卜硯山房詩鈔》爲例。此集之名取自周焯所得硯。其《謝文節公硯》詩云：『侍郎故宋臣，開卦建陽市。一硯晨夕隨，槁餓硯不弃。文海重其賢，鴻詞鎸厥背。不受薦者名，磨滅銘中字。世遠知亦稀，遺石埋燕地。購之歸草堂，拂拭日千計。古式存敦樸，黝光發幽异。人奇器自殊，萬物資高義。我亦懦夫儔，對之有立志。』然硯傳數百載，卜硯詩集則刊行亦有百年，已罕爲人所睹。高氏跋《天津詩人小集》翻刻清乾隆本云：『《卜硯山房詩集》刻本，楷体精槧，與查氏《蔗塘未定稿》《擬樂府》《補沽上題襟集》工緻相符，似出一手也。百數十年以來，流傳已罕，志局徵書，最後始從華氏家得之。月東詩名藉甚，當水西莊極盛之際，南北名雋相與結珮攬環，聲價增重。斯即一出，行之必遠。至今或猶有存者。而近在鄉里之人，轉不得見而讀焉，誠藝林之憾也。查儉堂謂月東歿後，書畫彝器家貧散盡，以此度之，書版必無獨存之理，然則重付剞劂，此舉豈容已哉？」

按：周焯《卜硯山房詩鈔》并《後集》之乾隆原刻本，今日誠罕見。筆者赴山西大學圖書館核校吴曰圻《蘿村雜體詩存》、查曦《珠風閣詩草》之時，亦曾於其目録中檢得一部，然其書已殘破零散，未得寓目，且無《後集》，并非完帙。後於中國科學院圖書館藏書中，再檢得一部，終得與高氏所刻《小集》本核校，知高氏所刻，確悉原書，然衹以匠體字爲之，寫刻之精神風貌已無存矣。然若非高氏重爲此刻，近在鄉里之人，欲讀此書，確需遠地而他求。

據《卜硯山房詩鈔》可正《津門詩鈔》之訛者。如《偶作》詩：『不覺微低上又高，手爬不是衹空勞。』按：『不』，清乾隆本、民國本《卜硯山房後集》作『下』。『上』『下』『高』『低』對舉，是也。高氏校亦謂『應作「下」』。再如《送朱陸槎之粵西》：『楊葉洲邊梅雨東，江山有助興何窮？二年好句奚囊滿，待子槐花秋雨中。』按：『梅雨東』，清乾隆本、民國本《卜硯山房詩鈔》作『梅渚東』。高氏校亦謂『應作「梅渚」』。

此種案例，亦復不少。如查昌業《與同學韓景忠話舊》詩：『東海播遷留鄭谷，下邦戲弄感韋莊。』『下邦』，《林於館詩草》《林於館詩集》二本均作『下邽』。高氏校亦云：『「邦」，應作「邽」。』按：作『下邽』是，係指韋莊《下邽感旧》詩，作『下邦』蓋形近而訛。

又，《送金西昆舅氏游山》詩：『一兩芒鞋一竹杖，從今踏遍萬峰雲。』『兩』，《林於館詩草》卷四、《林於館詩集》卷下均『緉』。按：《説文解字》有『緉，履雙枚也。一曰絞也』。是作『緉』於義可通，當據改。

又，戴明説《十一月風》詩：『忽憐陰積雪，漢幟可能乾。』『積雪』，《定園詩集》五律上、《滄州詩鈔》均作『磧雪』，蓋形近而訛，當據改。

又，錢陳群《孫孝子尋親骸詩》詩：『走尋父骸跋而望，枯骨遍地春草長。』『跋』疑誤，《香樹齋詩集》《兩浙輶軒録》作『跂』爲是，蓋形近而訛，當據改。

又，譚光祜《春柳》詩：『寸草春暉忽虛負，少年心事怕重撩。』『忽』，《鐵簫詩稿》作『忍』，按：作『忍』爲是，當據改。

又，華蘭《送竇相山還鄉》，檢稿本題作《送竇桐山還鄉》，《皖城集詩存》題作《送竇桐山（熙）還鄉》。按：竇熙，順天府大興縣舉人，直隸龍門縣教諭，光緒七年任廣東高州府茂名縣知縣。（見《清代官員履歷檔案全編》、〔光緒〕《惠州府志》卷二十。）作『桐山』爲是，當據改。

此外，諸如因衍文致斷句有誤之例，往往可以因此解疑釋惑。除前述『徐兆豐』之案例外，還有幾例。

張坦《飛來峰》詩首、末二聯，《津門詩鈔》均作：『噫嘻果是天竺國，小嶺飛來住此處，飛來何不更飛去？』三七字句成聯，殊爲怪异。《履閣詩集》所收此詩作：『噫嘻，果是竺國小嶺飛來住此處，飛來何不更飛去。』末聯亦同。《津門詩鈔》誤增一『天』字，以爲通順文意，實則失之，當據《履閣詩集》改正。

更有巧訛成誤者，張太復《燐火行》：『衹餘萬古不死心，追逐游光，魂逞怪變。』下句八字與上句不偶，衹得斷爲四言。然檢《因樹山房詩鈔》，并無『魂』字，『游光』下注『鬼名』。蓋夾注之『鬼名』二字訛作『魂』字，竄入正文。是此聯原作：『衹餘萬古不死心，追逐游光逞怪變。』

以别集參校，往往也可避免徑改避諱、理校之失。

金玉岡《塵網牽縈漸違初志因感舊游慨然有作》詩：『夜夜烟巒入夢青，書裁亢鳥已難憑。一笻奔日知無分，雙舄穿雲去未能。誰爲破籠飛海鶴？重來聞磬對山僧。結茆直在芙蓉頂，高卧松霞最上層。』按：『元』，卞本以之爲諱，徑改作『玄』。檢《黄竹山房詩鈔》卷二，作『猨』，是『元鳥』當爲『猨鳥』之訛，非是『玄鳥』之諱。

亦有藉由别集原本知梅氏詩題之錯亂者。

卷十收金玉岡《戊寅初親故中染疫亡者比比見吊者幾人哭者幾人然吊者哭者甚多其有動於中者誰耶因自製挽詩每獨飲時唱以侑觴亦如淵明預賦挽詩以自挽耳嗚呼他時人縱哭我何若我預哭我之爲得耶》詩，詩題凡數十字，甚長，頗似小序。檢道光二十六年家刻本《黄竹山房詩鈔》卷十、民國本《黄竹山房詩鈔》卷三，原題均作《黄竹道人生挽詩》，而以此段百餘字爲序，亦當據改。

亦有藉由异文可以發見梅氏所據之書、所據之版本者。

前已言之，根据梅氏之文，可發見其所據之本，尚有几例，自校勘而得之者，更有數端：

卷二十六徐蘭《送人出居庸關》詩：『憑山伏海古邊州，旆影風翻見戍樓。馬後桃花馬前雪，出關争得不回頭。』按：首二句康熙本《出塞詩》《海虞詩苑》、［光緒］《重修天津府志》卷四十三均作『將軍此去必封侯，士卒何心肯逗遛[一一]』。而僅見《清詩別裁集》作『憑山俯海古邊州，旆影風翻見戍樓』。可知梅氏蓋從《別裁集》。

又如卷二十五余縉之《天津晚眺》詩：『秋原鳴絡緯，落日照黄花。渡口喧津樹，漁舟動遠沙。草深常鬥鵲，檐際尚留瓜。河渚中流穩，孤城雨後斜。』按：《大觀堂文集》《長蘆鹽法志》所收此詩均非五律，而係排律，末有『田家三四媪，負子話桑麻』一聯。檢清康熙三十八年（一六九九）刻本《大觀堂文集》，此本行二十字，則四聯恰滿兩行。至『田家』一聯則在下行，抄胥或正據此本，而致遺脱。

除采別集參校外，還以同時代之總集、方志爲參校。於全書，以《國朝畿輔詩傳》校之。於『郡賢』部分，静海諸家校以[康熙]《静海縣志》，滄州諸家校以《滄州詩鈔》，慶雲諸家校以《慶雲詩鈔》，是正、旁證極多。

如宫夢仁《長安秋月篇》詩：『黄户蝦鬚捲澄潔，千門雉堞多峥嶸。』『黄户』，[康熙]《静海縣志》引作『萬户』。按：『萬户』『千門』對舉，當作『萬户』爲是。

又，『早朝晏罷修令名，鬱章之駕望舒迓』。『鬱章』，[康熙]《静海縣志》引作『鬱華』。按：葉廷珪《海録碎事·天》引《七聖記》：『鬱華赤文，與日同

[一一] 清道光本《出塞詩》《蓮坡詩話》僅『遛』作『留』，餘亦同。

居，結鄰黃文，與月同居，皆日月之神名。』『鬱華』係日之神名，『鬱華之駕』則與『望舒』，日月之駕并舉，是也。蓋『華』『章』形近而訛。

王公弼《朗吟樓呂祖祠》詩：『洞庭西放雙鳧去，滄海今隨一劍游。』『西放』，《國朝畿輔詩傳》同，然《滄州詩鈔》卷二作『昔放』。按：『昔放』『今隨』對舉，是也。

呂纘祖《過僧舍》詩：『塵門不禁貧人履，僧榻偏酣高士眠。』『塵門』，《滄州詩鈔》卷二作『鹿門』。按：此蓋用鹿門之典，較『塵門』爲勝。

劉慶藻《九日謝郭道人送菊》詩：『質酒黃公博一醉，主人脱却舊鷫鷞。』『質酒』，《滄州詩鈔》卷三作『貰酒』。按：此用『黃公酒壚』典，《世説新語·傷逝》載王濬衝經黃公酒壚下過，顧謂後車客：『吾昔與嵇叔夜、阮嗣宗共酣饮於此壚。竹林之游，亦預其末。自嵇生夭、阮公亡以來，便爲時所羈紲。今日視此雖近，邈若山河。』貰，本賒借之義，此作『貰酒』爲當，『質酒』蓋形近而訛。

因此，在以上述諸別集、總集爲參校本的基礎上，此次整理産生了大量的『校勘記』，或者説，稱之爲『校异記』更爲合適。

此次重新標點整理的另一基礎，便是卞僧慧、濮文起先生校點本。

一九八五年，卞僧慧、濮文起二先生完成了《津門詩鈔》校點本，此本係《津門詩鈔》的第一部完整整理本，作爲來新夏先生主編的《天津風土叢書》之一種，由天津古籍出版社在次年刊行。

卞、濮二先生之校點本，雖然原則上不作考證，不作過多的版本校勘，但其所作之工作，仍時時見諸行間。細細查考，往往可知其背後之心力，非僅僅如其《校點説明》之所言。

此本雖云不作版本校勘，然對於《津門詩鈔》刊本中魚魯之訛，多有校正。如龍震詩末之詩話：『麓村安氏，名尚義，字易之。』卞校本注：『此處有誤，麓村爲安尚義之子安歧號。』按：是也。此條亦見［光緒］《重修天津府志》卷四十三傳五人物三：『安尚義字易之，原籍朝鮮，僑居天津。康熙五十年，飢民載道，尚義創建粥廠門外賑之。繼此十餘年不替，全活人無算。天津城池歲久傾圮，尚義與子岐捐資修築。鹽院莽鵠立爲具題。』不作『麓村安氏』，《詩鈔》當是筆誤。

又如黄謙小傳，按語引『衛志』：『黄六吉，性曠達，不涉户外事。酷嗜詩，居恒以《少陵集》自隨，游篋所至輒滿。與張念藝霔、梁崇此洪、僧世高結草堂社，咸推主盟。禧邸耳謙名，以禮延致之，數聘始往。平生篤於友誼，廣文張爾燕之四川名山縣任，送之滄州，不忍别，競偕往蜀，家人莫知也。張石松晳父某罷事於晉，不得歸，數千里往脱之。著有《桃源日記》數卷，詩若干卷，惜未授梓，競罕存者。』然［康熙］《天津衛志》并無黄謙之傳。按：此段原載《天津縣志》［一］，《津門詩鈔》誤作『衛志』。校點本改作『縣志』，當是查核原書，方能正之者。高氏校本亦指出：『《衛志》無黄謙傳，當是《縣志》。』

再如查昌業《家母五十初度同人褒揚苦節以詩爲壽敬答三首》：『勞薪歷下回初轍，短棹飄榆問故津。』校點本謂《晉書·石季龍載記》作『漂渝津』，『飄榆』當改作『漂渝』。按：清乾隆四十二年海昌查氏抄本《林於館詩草》卷四、民國二十五年金氏刻《天津詩人小集》本《林於館詩集》卷下均作『漂渝』，《津門詩鈔》高氏批校亦指出此誤。

本次整理所用校异同的方法，其淵源在前述百年前的高凌雯批校本中，已見一斑。而三十多年前卞僧慧、濮文起二先生之校點本也或多或少地使用了這種方法。因此，本書在盡量充分利用現今便利條件的情况下，更多地調查所選詩人見存之别集作爲參校版本，以供校勘。校勘記也采用了死校的方法，對於原文之錯誤，一般

［一］［清］吴廷華等修《天津縣志》卷十八，清乾隆四年（一七三九）刻本。

不予修改，衹出校記。僅對於會干擾讀者翻檢的人名錯誤，做出適當修正。

筆者學識、學力有限，《津門詩鈔》卷帙亦復不小，恐怕全書之中，仍然有不少遺漏之處。經由天津古籍出版社的諸位編輯老師多方把關，屢次審核，已經是正極多。此書原計劃僅作校勘，但隨校本範圍的擴大，前後得覽津門三百年來詩人遺集近百種，其流傳刊刻遞藏之舊事，往往可感可嘆，故多采録於校語後，不忍捨去，庶使覽者明其校本之由來，遂多贅言，以成今本之貌。後見高洪鈞先生之《天津藝文志》刊行，更知我之贅言，實敝帚自珍也。蒙唐艦老師、鄭偉老師不弃，改題作《津門詩鈔校箋》，十分惶恐，誠不敢受。又得石玉師兄題寫書名，允賜墨寶，在此一并致謝！還要向自本書整理工作開始以來，三年間一直陪伴我，協助我，與我一同探討、研究的屈會芹博士表示感謝，她的細心閲讀也幫我避免了極多的訛誤。此外還要感謝在核查校本中，爲筆者提供便利的中國國家圖書館、上海圖書館、天津圖書館、山西大學圖書館及復旦大學圖書館古籍部的各位老師！衹恐因筆者之疏失，書中仍有魚魯之訛，尚祈讀者見諒。此外還有不少筆者未能檢校之本，衹能暫以爲憾，俟諸他日了。

辛丑年小滿後一日於滬上

整理凡例

一、《津門詩鈔》僅清道光間思誠書屋本一刻，今據以爲整理之底本。

二、參考天津古籍出版社一九八五年出版之卞僧慧、濮文起二先生所作校點本之校勘意見，附於校勘記中，以『原校本』稱之。

三、天津圖書館藏高凌雯批校本《津門詩鈔》三十卷，其校語所據之文獻，今多不存，因全照録入校勘記中，以『高氏校云』稱之。凡今所用諸參校本亦有异文者，先列今所見之异文，再附高氏校語於其下，其校勘與所見之异文相同者，亦不避繁複，以存原貌。

四、廣東省立中山圖書館藏有清冷香室謄清稿本《津門詩鈔》二卷，用以校其异同，以彰稿本定本之别，其再選删除之篇目，亦備注其下，以存其貌。

五、全書以清道光十九年（一八三九）紅豆樹館刻本《國朝畿輔詩傳》通校，存其异文。滄州、慶雲之詩人則以王國均輯清道光二十六年（一八四六）滄州葉氏刻本《滄州詩鈔》、劉希愈輯之清咸豐十年（一八六〇）刻本《慶雲詩鈔》二書校之。

六、各家之詩則分別以其今日見存之別集校之，存其异文，諸別集之版本見書末之《據校書目》。

七、前述諸校本其可正《詩鈔》之訛誤者，均出校而不改原文。僅於人名等處改正原文，以便查檢，并出校記。

弁詞

津門匯九河之秀，瀠紆注海，氣之所蓄，必有所鍾。明代甲科輩出，本朝二百餘年，斯文益盛，而詩學淵源，或缺焉未著。非擅此者無人，采輯而表章之者，曩實無人耳。棟自童年，癖嗜聲韵，景仰前修。每過市坊，於塵編蠹卷之中，留心搜檢，遇同邑先輩舊稿，輒便鬻回。久之，同人往往出所藏，供余抄録。積年成帙，於有明一代，所得無多，我朝自康熙雍正間，前輩風流，略悉梗概。大抵津門詩學，倡其風者，惟[一]遂閑堂張氏爲首。繼之者，則於斯堂查氏也。張氏自魯庵方伯、帆齋舍人廣開館舍，延接名流，一時往來其家者，若趙秋谷、吴蓮洋、姜西溟、汪退谷、方百川、靈皋、洪昉思、張石松、王清淮、馬清痴諸先生，而邑先輩則有梁崇此、李大拙、龍東溟、黄六吉、查漢客諸公，同時唱和，翕然大振。查氏自蓮坡老人築水西莊館客，一時有萬循初、汪槐堂、陳香泉、高南村、杭大宗、齊次風、朱導江、陳蘭雪、陳石汀、周月東、僧高雲諸名輩，遞主齊盟。又頡頏於張、查間者，有子

[一]『惟』，原校本作『推』。

昇金氏、麓村安氏，宏獎風流，爭樹壇坫，人皆慕仿。故英華所萃，效亦隨之。計張氏一門，得詩人十一，而成進士者二；查氏一門，得詩人九，而成進士者三；金氏一門得詩人八，而成進士者二。禮賢之報，可不謂厚歟？且夫都人士[一]之好尚，一方之風會繫焉。自近時崇尚風雅者之衰也，士大夫適於兹土，罔所栖迹，而士亦少取程焉。操觚之彦，八比外，試帖爲急。不知餖飣陳言，駢蟲儷鳥，制藝言文，未足爲文也；試帖言詩，未足爲詩也。學不汲古，何足致用；士不正性，奚足言情？是亦風會之憂也。棟生也晚，未及仰接耆宿，領其緒論。所見乾隆時詩人，僅周子大迂、金子野田。即康子達夫，曾未一面焉。兼以學識淺薄，名位無聞，未足以振一時之風氣。今年春，同門慶雲崔君念堂來津，傾余篋而觀之，笑曰：『子徒抱殘守缺何爲乎，胡不出而公諸同好？』余韙其言，因取半生所録，并同時相知之作，彙爲一集，即屬念堂讎校。使覽者知毓秀鍾靈，人才薈萃，典型未遠，庶服古之心有所興起焉。余數十年掇拾心勞。藉手以告其成，亦生平之一快也。

時道光四年甲申四月朔日，天津梅成棟樹君氏書於欲起竹間樓。

[一]『士』，原校本作『氏』。

凡例

一、集中人有科分可稽者，以科分爲先後；其無科分可考者，計其年代之前後入編。

一、集中有屬一家兄弟、父子、祖孫者，雖其人年代、科分先後不同，亦必附於一編，令其家世暸然，有便考証。集中有已仕、未仕，不别窮達，統以殁者編前，存者編後。一家附於其先人之後者，不在此例。

一、古選自《昭明》起例，已生者不録。余兹編乃抄詩，非敢言選詩也，故間入生者，以彰一邑人文之秀，非有黨援阿好之私。

一、集中詩家，有軼事可傳，散見於他書者，必附録於其詩後，以志景仰。

一、集中詩有題咏忠臣孝子、義夫節婦、高人逸士者，其人有傳紀可采，必爲附入詩後，以光幽潛。

一、詩有關人幃闥，及語涉媟褻，及譏彈時事，雖佳不録。

一、集中有其人之學品卓卓當傳，而卷帙散亡，僅得其一二詩，非得意之作者，姑録入以存其人，俟後再爲搜輯補録。

一、邑人有殘篇斷句，快炙人口者，俱附録於詩抄之後，以當詩話，并詳載其人姓名。

一、集中有『郡賢』一册，所載無多。俟有後賢輯津郡詩鈔者，稍備采録。

一、集中終册有『流寓』『寓賢』及『附見職官』數卷，非借才於异地，或因其人之子孫已占籍津門，或其詩有關於吾鄉名勝、古迹、物産、風俗，或與吾鄉名士、大夫贈答酬唱之作，或其人之功德惠政有洽此邦，存其詩懷其人，以志甘棠之愛。

一、是編徵求同志，在邑中則得文學繆君星池共位之力，都中則有編修沈雲巢兆澐。校勘則同邑王戢翁翼淳、慶雲同年崔曉林旭之力居多。

一、集中有『閨秀』一册，采輯甚少。蓋以吾鄉風俗，閨閣以針黹女紅爲先，不以染翰操觚爲急。間有工文墨者，多自緘密，不肯炫飾取名，故流傳不盛。

一、集中所輯方外仙釋數家，味含蔬笋，音帶鐘魚。雜風雨於迷離，悟烟雲於飄渺。古來選家所不廢，聊供閲者。世外遐心，塵中清境，亦藝林之一助。

一、津門人文甚夥，采輯難周。以余所見者，必爲録入；所未見者，俟後補入；非有意見，妄存弃取。

題辭

鼠嚙蟫穿二百年，搜求遺稿出塵烟。題名不比登科録，小傳如標獨行篇。前輩有靈來紙上，舊交無數晤燈前。寒窗料理閑中業，小結枌榆翰墨緣。

敢云此卷少遺珠，聞見非多愧小儒。聊爲詩人傳梗概，忍令古本盡荒蕪？海濱耆宿傷存殁，沽上風流半有無。漫道漁洋長感舊，詞壇振臂望同扶。

總目録

上册

下册

上册目録

津門詩鈔校箋卷一

津門詩鈔校箋卷二

津門詩鈔校箋卷三

津門詩鈔校箋卷四

津門詩鈔校箋卷五

津門詩鈔校箋卷六

津門詩鈔校箋卷七

津門詩鈔校箋卷八

津門詩鈔校箋卷九

津門詩鈔校箋卷十

津門詩鈔校箋卷十一

津門詩鈔校箋卷十二

津門詩鈔校箋卷十三

津門詩鈔校箋卷十四

津門詩鈔校箋卷十五

津門詩鈔校箋卷十六

津門詩鈔校箋卷一

邑賢

張愚 一首

愚，字若齋。天津人。前明嘉靖壬辰進士〔一〕。歷官都察院右副都御史、延綏巡撫。著有《蘊古書屋詩文集》。

《衛志》：『愚由户部主事歷升右都憲，賦性剛直，莅政明敏。巡撫延綏，嚴飭戎務，邊境乂安。欽賜蟒玉。以勞瘵卒於官。賜諭祭，廕一子。』

思歸

投老惟耽物外情，青山原有舊時盟。才疏謀國無長策，學薄持身耻近名。貧剩蠹餘書百卷，家遥蝶夢月三更。水雲何日梅花外，結個茅庵了一生。

〔一〕〔嘉靖〕《陜西通志》卷十九『布政使司右參政』載『張愚，字子明，直隸天津左衛籍，山東青州府諸城縣人，嘉靖壬辰進士』云云，同卷『按察使司副使』條所載亦同，是愚當字『子明』，『若齋』或爲其號。

劉燾 三首

燾，字晴川〔一〕，天津人〔二〕。嘉靖戊戌進士。歷官都察院左都御史，兵部左侍郎。著《晴川餘稿》數卷。

《衛志·名臣傳》：『燾由進士授濟南府推官，歷升都察院左都御史兼兵部左侍郎。修河防，立義冢，所至皆有惠聲。屢疏求退。家居惟以耕讀課子弟。生平撰述極多，所著奏議若干卷行世。子維成〔三〕、維垣、維墉，俱知名。』

旋里後言懷示諸子

除却東郊課子耕，歸來無事可關情。桃花芳草春三月，細雨斜風夢五更。好景

〔一〕《嘉靖十七年進士登科録》載劉燾『字仁甫』。〔乾隆〕《滄州志》卷十四載徐時作《贈太子少保兵部左侍郎劉公傳》，〔光緒〕《重修天津府志》卷四十二謂『字仁甫，號帶川』。又，〔民國〕《天津縣新志》卷二十一：『字丕冒，又字仁甫，號帶川。』

〔二〕徐時作《贈太子少保兵部左侍郎劉公傳》：『永樂間其祖自河南戍天津，遂家焉。後徙居滄州。』

〔三〕高凌雯校云：『子「維成」當作「維城」。』原校本亦作『城』。按：当據改。〔萬曆〕《河間府志》卷十二：『劉維城，以父燾蔭，河東運同。劉維垣，以父燾蔭入大學。劉維墉，補垣恩生。』〔乾隆〕《滄州志》、〔民國〕《天津縣新志》所載亦同。

眼前皆自得，遠謀身後笑徒營。鄰翁昨日來相約，白石橋頭聽水聲。

碌碌風塵悵所之，人生投老是閑時。看來場圃衰無用，説到功名淡可知。一杖挑花何處醉，半肩荷月偶成詩。潞河且喜無多步，閑學兒童理釣絲。

蟂磯祠[一]

一江滾滾恨難平，義斷猇亭百萬兵。豈料弟兄藏怨毒，休言女子欠聰明。杜鵑血盡黄陵廟，蝴蝶魂飛白帝城。西望惠陵真萬里[二]，年年青草傍祠生。

按：若齋先生詩，得之黄藕村家藏手卷。劉公詩得之劉氏家譜。先祖母劉太孺人，其同族也。

張海 一首

海，其字失考。《縣志·孝友傳》：『張海，天津人。性孝友。母范氏死，廬於墓側，號泣不離，終三年始歸。』

[一] 高氏校云：『河間紀香聽云此詩曾見諸他家詩集，恐公手寫之，其家誤以爲公詩也。』

[二]『真萬里』，《滄州明詩鈔》作『天萬里』。

盡此眶中泉，滴入埋親地。血是親之餘，誰言人子泪？

長號 見《表孝詩抄》

倪光薦 一首

光薦，字相如。前明舉人，科分無考。〔一〕歷官通州坐糧廳，加太僕寺卿。

《縣志·高恒懋〈倪相如詩序〉》云：『余自總角時，聞之先文端曰：「天津倪相如先生，爲吾郡巨擘。詩古文詞皆能自出機軸，以與古人相上下。其鄉之先達，以及宦於津門者，莫不嘆服。一時造廬而請，屨相錯，趾相踵也。」予時心識其言，而未獲見先生也。及先生以卓魯報最，晋職民部，而先文端公亦游宦京邸，余始得拜先生於庭。』『先生公政之暇，日手一編，不輟咏吟。每過先文端公，商確政事外，輒譚詩文，亹亹終日。先文端亦雅好不倦，以故，余又得竊聞其緒論，而猶未見先生之詩文爲何等也。洎余寄居津門，先生亦以冏卿在告，門庭相望。先生又以先文端之故，推好於余，余因得讀先生之詩文焉。文之沉雄博大，爲唐宋而不爲六朝。

〔一〕〔乾隆〕《解州全志》卷五：『倪光薦，天津衛貢生，崇禎十年知縣，才識敏練，在任五年，撫恤奇荒，修砌磚城，歷升太僕寺卿。』〔民國〕《天津縣新志》卷十九表在『天啓元年恩貢生』條下，又卷二十一《薦紳表》：『山東昌樂縣知縣，山西芮城縣知縣，山西岢嵐州知州，太僕寺少卿，管户部山西司郎中事，通州坐糧廳。』高氏校云：『倪光薦，明恩貢生，官至太僕寺少卿，管户部郎中事。（據《衛志》《倪譜》《文廟碑》）』《志餘隨筆》云：『光薦官知州，鼎革官太僕少卿，管户部山西司郎中事。』

詩之典華高貴，爲北地而不爲竟陵。余雖未能深窺堂奥，然以觀昔「自出機軸，上下古人」之言，先文端其真知先生者哉！先生年邁古稀，四方踵門而請者不絶，先生應之毫無倦色，則先生亦可謂性情於斯道者矣。』

西山卧佛寺聽古松聲歌

濃雨夜過朝烟凉，花氣引人來禪廊。入耳忽聞波濤狂[一]，仰見虬龍參空翔。高枝盤作春雲黄，低枝拂地清陰長。横斜都有千尺强，鱗皮脱落腹飽霜。半死未死骨不僵，千百餘年閲滄桑。不知身歷幾興亡，青枝黛色猶蒼蒼。亭午不落朱曦光，中有天風吹海洋。上有仙人騎鳳凰，月明皎皎停霓裳。遥爲細細吟笙簧，又疑玉佩鳴琮璜。寺僧夜半行郎當，鼛鷟鐘鼓開佛場。我坐松下魂迷茫，[二]神游上古溯鴻荒。何人種此形昂藏？留作濟人大慈航，慎勿遭厄值吴剛。

李友太 四首

友太，字仲白，號大拙。

[一]『入耳忽聞波濤狂』，《國朝畿輔詩傳》卷七作『入身忽聞波濤在』，疑誤。

[二]『我坐』句，《國朝畿輔詩傳》無。

朱函夏爲之傳云：『大拙少而慕義。有王金聲者，自山東携家赴京，困於天津旅次，鬻其子。同里邢秀才，亦以貧鬻其女。先生一贈金遣之，一贖而嫁之。節婦梅氏殁，無以葬，先生葬之，正書以表其墓。人以是多稱之者。讀書不爲舉業，好古其天性也，常覃精於金石之文，凡篆籀分隸、碑碣圖書，一切鼎彝古器，考核品題，摩挲不能去手。臨書無苟筆，結體方嚴，與其人適相肖也。造次舉步，亦若有繩尺焉，不容改錯。遭婦人於途，却立回身，度已去，乃進。是以避俗成迂，踽行近僻，市中兒固姍笑之矣。里人陳玠與爲忘年交。有宋某慕其爲人，欲有所問遺，而請介於陳子。陳往造之，冬月天寒，著短布襖出迎。入其屋，可五六尺許，一榻僅容身，破硯置竈側，秃筆數管，繩束之。性喜啜茗。茗熟，接膝清談。聞叩門聲，宋使來餉，却之甚力。雖陳詞懇款，十受其一，然迥非所欲也。晚歲松身鶴立，雙瞳煜煜有神。男三人，女一人。女知書工畫。先生嚴於相攸，既殁，女遂終身不嫁。』

初夏漫書

肯惜壚頭醉百錢，杜鵑聲裏换華顛。才過紅雨飛花日，又到黄雲打麥天。春色年年同逝水，世途步步怯深淵。遁身賴有華胥國，一覺南窗自在眠。

賞花作

化工生一花，結構殊苦辛。自趺到須瓣，纍積窮微塵。譬之人百骸，闕一非完人。一朝顔色萎，墮落吹繽紛。生之必一年，敗之無半旬。我故特愛惜，以答造化勤。換花試改插，又是一花身。

傳説玉盤盂，聞名頗震耳。今晨齋中花，倏然斷紅紫。一花徑五寸，在佛毫光裏。風度非尋常，白夾好名士。或似武元后，所選諸女子。狂歌與狂香，乃是酒邊妓。如何辱此花，陽秋不見美。品題到人間，誰爲修花史？

讀書吊古人，我不能問字。著書贈後人，我不能執藝。傍徨兩處心，寂寞一生志。不如來飲酒，看花百日醉。一花纔爛漫，俗眼便驚异。那知後花榮，初花積憔悴。人人作佳傳，竹書不勝記。人人要易名，柳下不勝謚。花亦猶人耳，久開不如墜。

同里張念藝先生《贈大拙》句云：『蟠泥樓上學潛夫，好古情深老鬢鬚。一度相逢一慚愧，問余新得异書無。』《晤大拙令子大讓》句云：『大拙先生生大讓，羲之之後復有之。古畫古書讀不盡，家傳豈但是臨池。』

同里王介山先生又樸《李大拙先生傳》云：『大拙先生者，姓李氏，名友太，天津人。生於前明崇禎之五年，鼎革時，年十三歲，故自號曰「逸民」而隱其身於黄冠。性迂甚，以禮法自繩，不肯少逾尺寸。皆目爲怪，不顧也。嘗過市遇雨，不覺踉蹡趨，已，自咎曰：「誤矣！」仍返始趨處徐行，行如故步。其他迂態皆類此。交游憚之，邂逅里閈中，無不引避者。然篤久要，生死不易。友人子雖已顯，拜受如平時。有隨生者，奉其父命來謁，偶忘拜，先生大聲斥責，命跪庭中，將予之夏楚。隨生叩頭謝，久之乃解。極重節義，匹夫匹婦有善行，爲表闡之。尤嗜古物，凡周秦彝器及金石刻、宋元明人書畫，一見即別其真贋，無毫髮爽。然不善治生，又以嗜古，傾易所不急物，以故家日落，而志操益勵，不少衰貶云。餉司赫公以農部督榷津關務，雅重先生名，以束帛求致先生，先生不可。乃躬造廬以請，先生則逾垣避，卒不見。先生曰：「吾勝國逸民，豈可見此日之士大夫乎？」余得見先生時，先生年已七十八，目炯炯如寒星，步履健甚，雖少年有不逮焉。生二子，不教，名其長曰狗尾，次曰滑涯，謂不足以繼，而冀幸無爲世用也。一女，知書，工繪事，白描人物，不下李龍眠。然自以女子筆墨不可爲世人見，隨作隨毀，無一存者。後以家貧，作大士像數幅，命蒼頭走京師，鬻以自給。」

《縣志·李孝女傳》云：『名芝圃，字卓庵，處士友太女也。幼穎悟，通《孝經》《列女傳》。母徐氏，名巒，字烟玉，精繪事。女得其傳，尤工，寫大士像。性至孝，不忍違親，矢志終身不字。女紅所入，佐甘脆焉。母病，侍藥餌，目不承睫，籲天減算以益母壽。迨没，痛不欲生。父患疽，女口舐所患者四旬，疾賴以除。五十四歲卒，彌留時，以二親未葬，囑弟讓殮以白衣，君子嘉其知禮。』

棟聞諸郝石臞先生曰：『大拙先生工畫人物、山水，然不爲人作。嘗於宴集揭壁上堊片盈尺，畫千岩萬壑、豆人豆馬，形態如生。爭索之，碎於地，人執一片去。有以絹素求者，弗爲也。工製硯製墨，老輩猶有藏者。與孝弟堂劉氏、遂閑堂張氏所製，并珍於時。』又按：先生子大讓，工草書，得其家法，名重一時，亦不輕爲人書。

徐兆慶 四首

兆慶，字易齋[一]。順治戊子科舉人，薦舉博學鴻詞，官山西潞安府推官。

按：易齋徵君以負不世才未捷南宫爲憾。詩規盛唐，氣骨沈雄，英姿颯爽，有褎鄂飛動之勢，非竊襲面目者比。工書法，得米南宫神髓。嘗於徐晴圃方伯家見其所書手卷，筆墨縱橫肆宕，得意作也。

初秋雜感

一葉驚時到井梧，蕭然天籟賦笙竽。芙蓉欲傍湘江冷，砧杵頻敲月夜孤。旅鬢久拼同古雪，行踪漫自説樵蘇。平分秋色奚囊裏，何事風流乞鑒湖？

風塵滿目睹飛揚，猶慮元規扇底藏。江海兵戈連肅氣，東南水旱泣辛霜。匡時盡是天人策，獻賦應推班馬良。伏我一貧堪寄傲，碧梧高月自蒼凉。

涉江踪迹采蘭秋，到處研題景不留。畫裏山川堪作主，醉鄉日月亦封侯。龍文劍氣歌聲咽，雁塞孤雲笛韵悠。泌水洋洋原可挹，幾回徙倚笑登樓。

颯颯西風雨又綿，秋聲無數到窗前。含愁[二]烏鵲難栖樹，無浪銀河不度船。

[一]《國朝畿輔詩傳》同，［康熙］《大興縣志》：『字章芸。著有《紀游集》《拙庵文集》。』［民國］《天津縣新志》亦謂：『兆慶，字章芸，號易齋。』是徐字章芸，易齋其號。

[二]『含愁』，原校本作『含秋』。

宋玉多情偏伉俠，向平無累任留連。消閑祇有楸枰可，響入梧桐落葉邊。

公名見於《天津長蘆志・選舉》舉人册第二名。又，進士册第二名徐兆豐舉順治乙亥科，官户部山東司郎中，督理宣化鎮糧儲、廣州府知府，當是兄弟。［一］

龍震 二十八首

震，字文雷，號東溟，又號由甲。世天津人。著有《玉紅草堂詩集》。［二］

［一］高氏云：『徐兆慶兄名兆舉，順治丁亥進士，户部主事，督鑲宣大廣州知府，見《通志》。兆豐兆舉，未知孰是。』按：檢黄掌纶［嘉慶］《長蘆鹽法志》卷十七《舉人》，第二名確爲『徐兆慶』，《進士》第二名則作『徐兆舉』，其下則全同梅氏所録。是『豐』字蓋衍文，當删。［康熙］《大興縣志》卷五有傳：『徐兆舉，字羽青，大興人。』《天津縣新志》亦載『徐兆舉，字羽青，大興籍，順治三年舉人，明年成進士……著有《紀游集》《拙庵文稿》』云云。又，《清秘述聞》卷一『鄉會考官類・順治八年辛卯科鄉試』條則載：『四川考官：内閣中書徐兆舉，字秘書，順天大興人，丁亥進士。刑部員外郎。』

［二］今見清康熙五十二年（一七一三）刻本《玉紅草堂詩文》十六卷、《天津龍氏家譜存略》一卷，上海圖書館、天津圖書館均有藏本。天津圖書館另藏有清刻《玉紅草堂後集散録》二卷，版心題『卷之十七』『卷之十八』，當是《詩文》之續刻。前有錢陳群《東溟先生〈又存詩稿〉序》（此序亦載《香樹齋文集》卷十一），是可知《後集散録》别有『又存詩稿』之名，非爲二書。徐士鑾《敬鄉筆述》『龍東溟處士詩集』條下之賈廷琳案語、《天津縣新志》均言東溟有《又存詩稿》一書，然皆當據錢《集》所收之序，未見其書耳。故賈氏有『然不言刊刻』之論，高氏有『《東溟又存稿》，不存』之説。又賈廷琳案語謂：『東溟先生另有《東溟書屋詩集》，爲張藝史先生所選訂，係康熙中原鈔本。……《玉紅草堂集》康熙原刊本及張選原鈔本，均曾爲廷琳所購藏，故詳識於此。』此張選抄本《東溟書屋詩集》，今未之見。

文安陳子翽先生儀爲之傳曰：『許身如杜陵野老，與時牴牾，訖無所就，而托於詩。……與同邑張笨山相得，歡然無所間[一]……皆喜爲詩歌以自娱。笨山尤稱東溟之詩「疏蕩遒逸，司馬子長[二]之文；渾脱瀏漓，公孫大娘[三]之舞劍器也」。然東溟實無意爲詩。東溟至性過人，而窮於所遇，無以通其志。引而自疏，又義不忍，則激而爲狂，憤而爲僻，幻而爲不近人情，詭而爲使酒罵座，迫而爲孤、爲曠、爲達，要皆非其真也。其以自見，則發而爲詩[四]：其遇窮，故其音悲；其痛深，故其詞婉；其刺冷，故其指微。隱而彰，邇而遠，温柔而敦厚，纏綿而悱惻，庶幾乎屈子之遺[五]。自康熙甲戌至於癸巳，凡得詩四千餘首。甲戌以前詩，皆芟去不存。其言曰：「詩也者，志也。自是之後，吾志定矣。」……晚乃築別業老夫村，自命曰「玉紅草堂」，題其詩曰《玉紅草》。』

明妃歌[六]

吁嗟明妃，自恃美容。非惜千金，以賂畫工。身歸沙漠，猶思漢庭。吁嗟明妃，

[一]『與同邑張笨山相得，歡然無所間』，《陳學士文集》卷十《龍東溟傳》作：『絶不與人交通，獨愛張仲子笨山之爲人也。』

[二]《陳學士文集》卷十《龍東溟傳》，『司馬子長』上有一『如』字。

[三]《龍東溟傳》，『公孫大娘』上有一『若』字。

[四]『其以自見，則發而爲詩』，《陳學士文集》卷十《龍東溟傳》作『其真無以自見，則鬱勃輪囷，發而爲詩』。

[五]『屈子之遺』，《陳學士文集》卷十《龍東溟傳》作『屈子之離騷』。

[六]《明妃歌》以下三首，清康熙刻本《玉紅草堂詩文》總題《讀名媛詩歌六首》，《何氏》《烏孫公主》《羅敷》三詩未録。

何思漢庭。縱入漢庭，墓草不青。

卓文君

相如病，文君奔。千古論之美且嗔，况乎無才無色人？嗚呼，無才無色無情人！

蔡文姬

身離國兮家莫知，身歸國兮子莫隨，欲歸欲住心慘悲，我忽爲之泪垂垂。但念人之有情天必摧，安能復問千古之上汝爲誰！

十諺 録五首

帝江帝江，四翼六足。雖能歌舞，却無面目。

路旁[一]花，行人難久看。折得歸時花又殘。

鸚鵡人言，使人羡慕。鷄犬人言，使人殺戮。

獍愛食父，不忍食子。梟愛食母，不忍食子。使忍食子，焉得梟獍多如此？

[一]『旁』，《玉紅草堂詩文》作『傍』。

鴟鴞[一]夜鳴，如笑如怒。烏鴉夜鳴，如泣如訴。聲本不同，同遭人惡。

不寐

少飲數杯酒，終夜成不寐。二更殘月出，遥遥暗相對。雁過窗影寒，鼠嚙屋聲碎。百感輪中腸，輾轉增憔悴[二]。始知人生樂，無如一沉醉。

自欺

世道尚周旋，奔走互參差。嗟予禮法廢，放浪已多時。禮法豈能廢[三]？機詐久在兹。今晨有二事，躊躇不能辭。整冠向西笑，轉身向東悲。悲笑情不關，爲之覺自欺。自欺反無過，人心安可知？

[一]「鴟鴞」，《玉紅草堂詩文》作「鴟梟」。
[二]「憔悴」，《玉紅草堂詩文》作「勞瘁」。
[三]「豈能廢」，《玉紅草堂詩文》作「豈宜廢」。

長嘆[一]

烈火燒頑石，可碎不可爛。利刃斫[二]流泉，可激不可斷。先王立禮法，勉强防人亂。人性本不同，善惡日相判[三]。刀鋸猶不畏，史册何足憚？代代[四]生聖賢，艱難一長嘆。

醉後神游歌[五]

獨酌復獨酌，獨酌神虚游。雙足駕羽輪，遥落高山頭。伫立一凝望，烟霧[六]頗深幽。疑有神仙居，或即是丹邱。却無金銀闕，亦無珠玉樓。園圃倚岩澗，茆茨

[一]《玉紅草堂詩文》題作《長嘆歌》。
[二]『斫』，《玉紅草堂詩文》作『砍』。
[三]『判』，《玉紅草堂詩文》作『叛』。
[四]『代代』，《國朝畿輔詩傳》卷二十六作『歷代』。
[五]上八首《玉紅草堂詩文》係在康熙甲戌（一六九四）。
[六]『烟霧』，《玉紅草堂詩文》作『烟霞』。

帶泉流。遠近花開路[一]，光景如新秋。一徑似曾過，望門竟相投。中有真美人，不作人間羞。斂衣一深拜，語簡[二]情意周：雖少三生緣，茗饌亦可留。此土妾所主，不屬郡與州。桑田歲歲豐，於世寡所求。君子有隱心，能來居此不？予聽未及對，門外聞鳴牛。有客采果來，紅綠香滿兜。借此以供客，荒山無珍饈。飽啖不知名，但覺解煩憂。客忽促我行，云我苦未休。積苦如不盡，天外何能收？語罷自長嘯，我懷甚逗留。夜深酒忽醒，殘燈[三]風颼颼。

王野鶴道士開園[四] 即今之香林院

閑閑十畝間，道士有所慕。盡除芳草根，獨留蒼松樹。開畦引流泉，往來親指顧，欲種東陵瓜，不栖南山霧。野老荷鍤至，相逢道平素。身貧當任勞，非爲圖生聚。行且移琴書，誅茅此中住。小結黃蝶庵，曲通白鶴路。茫茫滄海聲[五]，相去衹數步。

[一]『遠近花開路』，《玉紅草堂詩文》作『遠近花開落』。
[二]『語簡』，《玉紅草堂詩文》作『語軟』。
[三]『殘燈』，《玉紅草堂詩文》作『燈殘』。
[四]《國朝畿輔詩傳》題作《王野鶴道士新闢小園》。
[五]『海聲』，《國朝畿輔詩傳》作『海波』。

豈怕春雨稀，但恐秋濤怒。語罷夕陽下，風鷗亂古渡。隔岸桃李園，紅燈樓上露。

春山行［一］

山山改寒色，遠近緑雲長。去年深雪中，曾爲梅花往。梅花落已盡，春光媚林莽。不倦看花情，千崖攀躋上。香風帶雨來，鳥聲亂泉響。心悦耳目勞，一步一俯仰。人間芳草路，車馬日擾攘。王孫惜春光，可作山中想。

神仙謡

秦皇漢武求神仙，神仙聚泣仙山顛。吾輩爲仙豈得已，葉食草衣［二］苟免死。當年思立尺寸功，人間無門見天子。而今天子降心來，所期於我何有哉？推出白雲鎖蓬萊，窮麟孤鳳聲哀哀。

嗽金鳥

嗽金鳥，食龜腦，若無珍珠還不飽。時時吐金一屑小，明帝宫中争作寶。

［一］《國朝畿輔詩傳》卷二十六題作《春日山行》。按：上二首《玉紅草堂詩文》係在康熙丙子（一六九六）。

［二］『葉食草衣』，《玉紅草堂詩文》作『葉衣草食』，當據改。

緩緩歸曲［一］

誰作游子不思家？誰行春陌不看花？看花莫爲花斷腸，思家莫爲家踉蹌。子規鷓鴣雙雙啼，玉樓紅樹影迷茫。君不見，邯鄲少年花間醉，琵琶聲裏昏沉睡。黄金蕩盡不知返，春雨滴殘桃李淚。又不見，閨中少婦折柳枝，長亭短亭哭相思。馬上回頭定歸期，何暇更有看花時？吁嗟乎！春不看花花易槁，春不歸家人易老。歸與歸與緩緩行，緩緩看花歸有情。十里五里花相送，千朵萬朵香風生。好花看遍游乃止，梁間燕子迎人喜。

飲酒曲［二］

翠樓酒暖氣霏微，玉椀濃香濕舞衣。莫把芳心輕醉死，春花一片不曾飛。有酒何愁夜寂寥，春燈影裏聽吹簫。任他樓外梨花月，去照揚州廿四橋。

［一］上三首《玉紅草堂詩文》係在康熙甲戌（一六九四）。

［二］《飲酒曲》五首，《玉紅草堂詩文》係在康熙庚辰（一七〇〇），此選其一、三。

夏日閑居

僻巷清風滿，深林夏日寒。宅雖僅五畝，竹已足千竿。身懶浮雲散，亭高午夢殘。樹間蟬寂寂，門外水漫漫。洗菜童臨渚，鋤瓜人過灘。素書憑石讀，粗飯就松餐。有暑全無覺，何貧不可安？琴樽閑事業，蓑笠野衣冠。歌咏懷康樂，鬚眉愧木蘭。虛名食耳易，古道問心難。磊落頭空白，韶華指一彈。聰明皆陷阱，勛績實危欄。瓦解游仙枕，冰消承露盤。秫方得地種，酒免向鄰干。若是若非處，半醒半醉看。

客答

宛委山翁到敝廬，相逢漫問近何如。不飢不飽三餐飯，將信將疑半卷書。心向世間猶有用，交除方外盡無餘。薄田更喜前年賣，免得時人笑溺沮。

偶成[一]

勉强吟詩自解愁，何嘗借此作交游？知安命薄渾身懶，聽説才高滿目[二]羞。

[一]上二首《玉紅草堂詩文》係在康熙丙子（一六九六）。
[二]『滿目』，《玉紅草堂詩文》作『滿面』。

有句各矜追漢魏，無官便擬是巢由。風人隱士遍天下，一望朱門盡白頭。

夏日聽友人説峨嵋山雪

故人遁迹峨嵋山，偶思招隱來人間。解衣相對苦炎熱，幾番衹憶峨嵋雪。向我喜説峨嵋陰，積雪不知幾許深。雙峰日午石欲爍，兩崖草木常蕭森。有時倚杖下高嶺，望見雪光心便冷。豈怪六月[一]裘可披，長夏堅冰堆萬頃。故人説罷汗尚揮，决然欲向峨嵋歸。君如歸去我當隨，風吹一片涼雲飛。

讀《漢書》作[二]

踞床衹會[三]駡儒生，逃出鴻門事竟成。吕后幾移劉氏祚，太公拼作楚人羹。斬蛇天子傳奇迹，屠狗將軍擅大名。四百餘年觀治亂，老瞞新莽最分明。

[一]『六月』，《玉紅草堂詩文》卷七《辛巳稿》作『五月』。
[二]《玉紅草堂詩文》在卷十《丁亥稿》内。
[三]『衹會』，《國朝畿輔詩傳》作『衹解』。

戲作五平五仄體[一]

深深荒山中，小小草閣裏。幽人何貪眠，見客不肯起。猿啼孤峰雲，鹿飲古澗水。踟躕秋風寒，滿地落柏子。

夜游神[二]

十丈長人行野中，手握月光騎秋風。千塊陰火出草緑，滚滚圍住長人哭。初猶嗚咽聲漸高，有聲忽叫休嘈嘈。冷影如向長人揖，揖起白骨玲瓏立。云予俱非同時人，下及元宋上嬴秦。讀書學劍蹉跎老[三]，遺編剩史姓名少[四]。空生徒死天不聞，兒孫老盡平荒墳。風雨常刺骷髏節，星日不見狐兔穴[五]。長人點頭心頗哀，掀鬚

[一]《玉紅草堂詩文》係在康熙己卯（一六九九）。

[二]《玉紅草堂詩文》係在康熙甲戌（一六九四）。

[三]『蹉跎老』，《玉紅草堂詩文》作『蹉跎畢』。

[四]『姓名少』，《玉紅草堂詩文》作『姓名失』。

[五]『不見狐兔穴』，《玉紅草堂詩文》作『不照狐狸穴』。

大叫崩驚雷。願爲汝等叩[一]天門，遣龍來迎英雄魂。劃然語罷不知處，曉霜冷壓青松樹。

高唐思歸[二]

故園常整舊茅檐，三徑全荒我不嫌。自種葡萄自釀酒[三]，春秋重捲看花簾[四]。醉後歌成付阿咸，海門魚蟹老真饞。歸舟懶向泅流泛，欲挂春風無恙帆。

按：張笨山先生《送龍東溟之江寧》詩云：『君已高堂無老親，不妨竟作遠游身。竹林江上常開宴，楊柳津頭漫愴神。萬里江山鴻雁過，六朝金粉管弦親。孝陵詩句王蓍好，爲我留心訪此人。』又《懷東溟》詩云：『故人遠客石頭城，難慰相思夜夜情。縱識江南夢中路，江雲江樹不分明。』錢文端公陳群《香樹齋續集》，《木門行感舊》詩云：『昔者韓退之，嘲謔師命劉。越州游汗漫，一笑三年留。少海之津析木尾，七十二沽春漲水。當年下第歸未得[五]，殘書一束曾游此。游人踏春油壁車，東風吹

[一]『叩』，《玉紅草堂詩文》作『扣』。
[二]《國朝畿輔詩傳》選其一，題作《故園》。
[三]『自釀酒』，《國朝畿輔詩傳》作『供釀酒』。
[四]『春秋重捲看花簾』，《國朝畿輔詩傳》作『看花重捲水晶簾』。
[五]清乾隆刻本《香樹齋詩文集》詩續集卷三《木門行感舊記游兼示學海書院諸生》作『歸不得』。

入五侯家。販糖賣餅人不識，尋詩獨步手頻叉。偶然月下投古寺，中有幽人坐席地。爲我進酒發清吹，讀我新詩忽垂泪。自言七十無妻兒，出門帶索雙鬢絲。高歌不知白日暮，鼓琴一寫牧犢悲。』注云：『東溟山人龍震，所著有《玉紅草堂詩》。』[一]又云：『高麗流寓抗浪人，姿顏自足多精神。平生然諾重意氣，米家書畫陶家賓。三人相視成莫逆，闤市曾規子雲宅。一朝别去走京師，射策東堂便通籍。』注云：『麓村安氏，善古詩，鑒賞古迹，不爽毫髮。傾家收藏項氏、梁氏、卞氏所珍，頗爲當代所推重。』[二]麓村安氏，名尚義[三]，字易之。奉天人。原籍朝鮮，僑居天津。賦性仁厚，施予無倦色。康熙五十年灾，饑死載道。尚義創建粥廠南門外賑之。繼此十餘年不替，全活人無算。天津城池歲久傾圮，尚義與子歧[四]願捐資修築。鹽政莽鵠立代爲題請，奉旨俞允。畿南保障，遂成金湯。

[一]《香樹齋詩文集》此注在『中有幽人』下。

[二]《香樹齋詩文集》此注在『高麗流寓抗浪人』句下。

[三]原校本注：『此處有誤，麓村爲安尚義之子安岐號。』按：此條亦見[光緒]《重修天津府志》卷四十三傳五人物三：『安尚義字易之，原籍朝鮮，僑居天津。康熙五十年，飢民載道，尚義創建粥廠門外賑之。繼此十餘年不替，全活人無算。天津城池歲久傾圮，尚義與子岐捐資修築。鹽院莽鵠立爲具題。』

[四]高氏校云：『「歧」應作「岐」。』當據改。

梁洪 十七首

洪，字崇此，號芰粱。祖籍山西大同，移家天津。諸生。

崇此先生性孤潔，不樂仕進。書法宗蘇長公，詩格近韋蘇州。與龍山人東溟同爲遂閑堂張氏上客。趙秋谷、汪退谷兩先生咸推重之。有集曰《嘯竹軒詩草》[一]。詩多散逸，公之女爲先伯祖嫡配。家有藏所書横幅，筆致遒逸，又類米南宫，即公之作。後復讀《盤山志》，得先生數詩，存之。

失題

種園得果僅償勞，無奈兒童鳥雀搔。遍插棘針藩笋徑，更鋪魚網蓋櫻桃。[二]

海雨江風浪作堆，時新魚菜逐春回。荻芽插笋河魨上，楝子開花石首來。

曉晴

家住三沽口，新流直到門。每持碧玉杖，便過緑楊村。芳意春似淺，高寒日未暾。幽懷烟水外，鶴鹿向人喧。

[一]［光緒］《重修天津府志》謂有《悦志堂詩草》，今未見。

[二] 按：范成大《春日田園雜興》與此詩頗近：『種園得果僅償勞，不奈兒童鳥雀搔。已插棘針樊笋徑，更鋪漁網蓋櫻桃。』或係梁書范詩而誤收者。

秋興

佳興閑中得，鬚眉照水洪。竹林琴案雨，梧葉石床風。倚杖臨秋渚，舉頭送遠鴻。落霞當葦岸，摇蕩影玲瓏。

筚山欸乃書屋宴席龐中朗陸筠巢馮貞庵龍在田王萊賓解怡園梅嶼世公王野鶴兄駿承弟叔敏右張闔韵

凉秋竹尾拂風霄，弱草繁花笑早凋。朋喜盍簪皆俊彦，屐高登會列瓊瑶。飛觴烟舍帆當户，滌硯雲溪水正潮。賦就紛紛同落葉，南圖健翮望扶摇。

雪後夜望大悲精舍寄世高上人

雪朗天清海鶴盤，氅衣中夜倚林端。水晶宫裏僧初定，漏滴銅蓮風月寒。

簡褚西山

浮水先生自率真，蕭然氣骨老清貧。論文得失憎回首，閲世榮枯懶告人。書卷中惟存海岳，風雲外獨向松筠。交游姓字分明記，知己誰當入夢頻？

雜咏

世事争看歧路羊，窮途誰復哭倡狂？殘杯斷送英雄老，無主梅花古驛香。

同在田笨山過世高上人石室試茶歌

退居老翁茶一瓶，炭中封裹藏石壁。晴階暖日梅花天，試取開烹延佳客。緑塵翠濤雲滿鐺，散花聚蕊風生腋。既覺振枯悦其志，何期苦心嗜成癖。鹿門病客酒全醒，武夷仙人話一席。感君惠分甌蟻餘，春晝破睡南峰碧。

狂書雜言兼示笨山

溪亭烟舍何有暑，風花弄影日亭午。水鶴上天驚晝眠，芭蕉葉大向人舞。揮毫發興偶然得，心手相師物無迕。松下石床長丈餘，瓦盆研墨雙童苦。清陰滿地苔塵虚，十分神氣始展舒。捲袖力捉散卓[一]筆，拂素大書擘窠書。方圓流峙形萬變，牛鬼蛇神各露面。奇醜詭怪外雄强，心正筆正乃稱善。好事張顛早擅名，手操玉管懷藏硯。冰紈霧縠裁爲衣，揮灑淋漓墨花濺。與君同學异所趨，與君同志境自殊。

[一]『卓』，原訛作『阜』，散卓筆，宋代名筆，原校本亦改作『卓』。

同學同志無遐邇，惟有筆硯同生死。

寄南臺曾庵上人分得巢字

燕市僧如蟻，鵲惟師頂巢。南臺鐺折脚，朔雪厦無茆。半夜分香芋，三津濟苦匏。近聞龍象衆，蔬笋助寒庖。

海東行

妾家家住海東村，白魚爲食骨撑門。海畔草腥秋早死，上著單衫下短褌。翦草煮魚供姑膳，鹽泥没脛歸黄昏。吁嗟呼，男兒生長識水性，年年駕海猛如獍！

喜友見過

别離年五六，髮白十分三。不忘栖閑地，還來過草庵。蘭風吹野席，菊露滴秋潭。老友今無幾，臨觴莫惜酣。

帆齋與笨山夜坐

海天一片月，此夕得相親。石影瘦於我，竹梢高過人。世情雲去住，道意水漣淪。清賞各無語，蕭然花外身。

入盤山宿衛公庵

盤盤石路到高峰，繞寺蒼蒼萬粒松[一]。杖底泉聲青霧合，岩邊花氣白雲封。[二]塵襟遠隔離三界[三]，山色才看第一重。最喜僧龕[四]禪榻穩，不眠閑聽[五]上方鐘。

天成寺[六]

環寺山如堵[七]，參天塔似峰。上盤從此入，高衲未曾逢。積翠烟中薄，空香雨後濃。還期登絶頂，努力一支笻。

[一]『萬粒松』，［康熙］《盤山志》卷六作『萬樹松』。

[二]『杖底』一聯，［康熙］《盤山志》作『杖底泉虛青草遍，鳥邊崖斷白雲封』。

[三]『離三界』，［康熙］《盤山志》作『如千里』。

[四]『最喜僧龕』，［康熙］《盤山志》作『獨念今宵』。

[五]『閑聽』，［康熙］《盤山志》作『先聽』。

[六]［康熙］《盤山志》題作《天城寺》。

[七]『堵』，［康熙］《盤山志》同，《國朝畿輔詩傳》卷二十六作『笏』。作『堵』或是，環堵也。

春日送胡致中游盤山兼寄青溝和尚

天津華屋榱棟連，走馬鬥鷄多少年。紛紛顔色争相嚮，中有一士性獨偏。春來忽發游山想，出錢買車招同黨[一]。昨日出門别相知[二]，笋皮笠子青藜杖。驅車春田戴勝鳴，再三問我山中程。君去看花花正明，烟濕芳草輪無聲。山中有僧眉覆面，亂峰深處應相見。此僧若問滄浪人，海上春寒尚飛霰。

按：崇此先生家有七十二沽草堂，張笨山先生有《草堂詩》云：『七十二沽之草堂，主人爲誰梁芰梁。牽船岸上久已免，居人廡下今可忘。鷗影開門白皎皎，潮聲捲幔青茫茫。高枕更何以自適，海思萬里隨風長。』又《寄贈梁芰梁詩》云：『衣履清華絶點塵，松風水月寄閑身。飲非文字終難快，交到烟霞更覺親。居士通禪元佛子，書生能相豈凡人？何時得試彈琴手，一曲和平天下春。』

天津海河西岸有寺曰紫竹林，在上園之南，相傳天花和尚焚修其中。梁崇此先生贈之詩云：『萍迹今初定，新修紫竹林。一椽堪挂錫，三徑始關心。花色拈秋影，潮聲落磬音。他年成勝地，若個不追尋？』張笨山先生集中載《天花道兄住錫紫竹庵秋日携諸子過訪偶成》云：『荒山曾住慣，何况似村居？市遠難沽酒，園多可種蔬。野人驚杖履，土壁飾圖書。珍重相期意，高風慎在初。』虞山徐芝山先生詩云：『住錫聞今日，招尋曲徑通。當門雙樹老，照佛一燈紅。泉汲天心月，葵烹爨下桐。鎮山無寶帶，清話海雲紅。』芝山原名曦，後易名蘭。

［一］『出錢買車招同黨』，《國朝畿輔詩傳》作『買車折簡招吾黨』。
［二］『别相知』，《國朝畿輔詩傳》作『别所知』。

朱同邑 三首

同邑，字梁臣[一]，號晴崖。康熙己卯舉人。父承命，由進士授浙江定海令，遷户部員外郎。

《縣志·朱承命傳》：『立志嗜學，嘗讀書樓中。時端午，家供[二]角黍，置飴一盂硯側，承命誤蘸墨汁，以爲飴也。同邑克嗣其業。安溪相國視學畿輔，拔同邑爲八郡冠。己卯舉於鄉。會有詔覆試，通榜舉人皆股栗，同邑獨橐筆就乾清門試，得上等。八上公車不第，齎志以殁。爲詩雅嗜王、孟。子函夏、紹夏[三]，俱以學行知名。』

思隱

何時結屋小滄浪，數畝山田足稻粱。春夜雨聲秋夜月，一生清味在藤床。

[一] 高氏校云：『《縣志》：「朱同邑字潔臣。」《王介山詩集》、陳儀《朱同邑傳》俱同。此作「梁臣」，恐誤。』按：陳儀《陳學士文集》卷十二《公祭朱潔臣孝廉文》、卷十七《哭朱潔臣孝廉》，《國朝畿輔詩傳》卷二十五均作「潔臣」，高校爲是，當據改。

[二]『家供』，［乾隆］《天津縣志》卷十八作『家人進』。

[三]『函夏、紹夏』，［乾隆］《天津縣志》卷十八作『紹夏、函夏』。

初夏

紅藥花無信，清寒四月天。麥蘇三指雨[一]，衣減一層綿。長日詩重録，晴窗石自鎸。故人前有約，同買看蓮船。

春日懷拙公

天外諸峰雪未乾，懷人先自古田盤。春風猶記逢挑菜，秋雨相辜托買蘭。周樸巾盂白業足，謝家裙屐翠微寒。何能重聽松窗句，除賦梅花和不難。

朱函夏 三十八首

函夏，字乾馭，號陸槎。晴崖先生同邑子。廪貢生。[二]雍正[三]初年舉博學鴻詞，

[一]『三指雨』，《國朝畿輔詩傳》卷二十五作『三寸雨』。

[二][民國]《天津縣新志》作『恩貢生』，高氏校云：『朱函夏，恩貢生，見朱氏朱卷。』

[三]原校本校作『乾隆』。按：《雍正上諭》内閣卷五十四：『（雍正五年三月）吏部將順天學政吴襄保舉生員張鎮等四人帶領引見，奉上諭，生員張鎮、孟澤新、劉鵬振、朱函夏等四人俱不及。』[民國]《天津縣新志》謂：『受知於學使孫嘉淦，舉博學鴻詞。』

廷試放回。著有《谷齋集》。［一］

同邑王句香曰：『恭查朱批上諭内，直隸學院孫嘉淦保舉生員八人引見，皆不中上意，内有朱函夏之名。』

按：陸槎先生，家世詩書。祖承命，順治己丑科劉子壯同榜進士，公兄弟同舉鴻博，子法三，又爲名孝廉。公性精專，讀書必窮其蘊，遂成名儒。方嚴不苟，造就津邑名彦最多。少隨祖任，游覽遍江南。胸之所畜，到處必發於詩。沉雄渾厚，根柢盛唐。瀕卒，付其稿於受業汪楫之先生，未梓。又按：公登黄鶴樓詩，是日，某中丞開宴，文士雲集，酒酣賦詩，公時弱冠，居末席，吟至『渚宫秋色惟烟水，大别山光自古今』，合座叫絶，齊爲擱筆，一时稱王子安《滕王閣序》不是過也。

［一］《津門詩鈔》卷十三汪舟小傳謂：『受詩學於朱陸槎先生函夏。朱公《谷齋集》存先生家，臨終猶以未梓爲恨。』高凌雯《志餘隨筆》云：『朱陸槎，少以登黄鶴樓詩知名，所著《谷齋集》，臨卒以付其甥汪木堂舟，迄未梓行，後爲吴念湖所得，精書而寶藏之，未知何時復失去。……若朱集今已無人見，久且無人知之矣。然仍望此編尚在人間，他日邂逅遇之，固當極爲表章，否則《津門詩鈔》存詩三十二首，《腔録》存詩二首，各書序跋可得文十餘首，輯而藏之，雖不成集，猶可見其一鱗一爪也。』高氏［民國］《天津縣新志》卷二十三《藝文》著録朱函夏『《朱谷齋遺詩》四卷，刻本』，謂：『函夏没後，子孫式微，詩文散失，越二三十年，吴人驥始得此稿，莊寫成帙，俾周人麒序以行之。梅成棟輯《津門詩鈔》，選其詩三十餘首，蓋猶及見此集也，其後華鼎元從書肆中檢得函夏《觀海集》一卷，存詩六十首，謂斷簡殘編，愈足寶貴，則是《谷齋全集》刻本又就蕩失，故以所得爲幸也。』又，徐士鑾《敬鄉筆述》『孫又深孝廉』條，謂：『余見周衣亭太史人麒《朱谷齋遺詩序》，序後特及孫又申先生，蓋幸谷齋先生遺詩，得吴念湖太守人驥刊傳，深冀又申先生遺文，亦顯於世也。』按：天津圖書館藏有《谷齋集》，存二卷，有高凌雯跋，是高氏得見，又在［民國］《天津縣新志》成書後。

戊申九日擬采菊祀三閭大夫九歌迎送之曲

神之靈兮獨清，菊之芳兮既盈。動余心兮顑頷，駕飆輪兮往迎。神邅回兮不進，畏霜露兮寒零。屬巫咸兮達意，余懷袖兮多馨。神不來兮奈何，誰其餉兮落英？

右迎神曲

靈旗翳兮靈風灑，神之來兮冀之野。一縷騰兮香太清，引蘭佩兮翩然下。謂奇服兮不可爲，汝何取兮慕騷雅。喟中心兮默無言，顧芬芳兮浩盈把。望湘沅兮神以遥，耿離憂兮莫能捨。

右送神曲

誡諸學子

文章猶用兵，一以氣作鼓。筆鋒之所回，注精石没羽。壁中最堅處，深入勇可賈。要須潰厥圍，樹幟爲綉虎。諸君學射策，共游矍相圃。各佩朱極三，參連方齊努。老夫自無狀，率作詞壇主。司者旝已動，指揮左右拒。踴躍始克壯，翱翔終自沮。至竟爲士戲，狎以陽穀豎。徒聞終夜聲，鸛鵝盡失伍。詰朝更蒐乘，周麾必奮武。文陣誓先登，心兵亟振旅。勿令執耳人，將受侏儒侮。

誡子方

式微竟無狀，忞焉懷祖功。世德越百年，發祥奉直公。我朝初定鼎，作睹仰雲龍。已標第一人，高躅冠南宫。羌爲枋國沮，木天無由通。迨升粉署時，巒景已匆匆，我方六七歲，見人來滇中。遥傳我祖諭，詩書及早攻。牙籤殊富有，四壁芸香充。開篋認手澤，丹黄密重重。卷卷自抄録，下帷信苦工。祖有小臧獲，讀書頗惺惚。呼來賜膏環，喜氣常融融。蒼頭今有子，黄卷知所崇。肯構無貴賤，克家有污隆。念之輒憮然，汝曹非稚童。日月不貸人，腹笥枵然空。郭晞誠奴才，衛青本英雄。深爲我祖懼，繩武心忡忡。

卜硯行爲周敦夫賦

見所從來未嘗見，雀臺龍尾沙泥賤。是與日月争光人，存得不磨石一片。君直先生最爽豪，昂昂警鶴摩雲霄。問目指斥賈秋壑，彗星正出東方高。蒙古矢集馬前墜，孝忠戰死安仁潰。不須更見吕師夔，南宋山河已粉碎。唐石山中變姓名，轉茶坡下汨縱横。麻衣躡履無人識，阿誰敦迫來燕京？孤臣所欠惟一死，夢炎生亦徒然耳。泣指壁上曹蛾碑，豈不若汝小女子。笑渠銀冶病民人，朽骨多年化路塵。寧知

想像當年賣卜建陽市上物，庚庚玉理猶鮮新。何緣此硯落君手，异物應爲識者有。心，死生窮達堅其守。

和汪甥咏芭蕉

雨剥風抽次第舒，隔窗颭影碧紗虚。儘教開卷休嫌破，都是曾經讀過書。

友人招飲西園

杯至甘從罰，逡巡技已窮。象棋三局敗，壺箭五枝空。故態思歌鳳，餘酣想御風。猶然事揮灑，墨迹蚓蛇同。動輒蕭然遠，吟多率爾長。竟將槐作國，疑以酒爲鄉。夕露無端墜，歸禽有底忙。金波起東海，聿借半輪光。

登黄鶴樓

回首中原落日斜，望中吴楚浩無涯。乾坤烟雨三秋客，江漢波濤萬古槎。更有何人賦鸚鵡，不曾聞笛弄梅花。憑欄長嘯西風起，東指滄溟是我家。

其二

經過夏口一登臨，古意盈盈楚客心。抗手雲中思駕鶴，無人漢上與題襟。渚宮秋色惟烟水，大別山光自古今。果有荀懷遇仙侶，峭帆他日此重尋。

三歸臺

滿目泱泱大國風，一堆黄土霸圖空。射肩誰正千秋罪？執耳寧忘九合功。東晋茂宏慚果裸，南陽諸葛負英雄。行人莫問駢三百，碧瓦朱欄蔓草中。

鄒縣感懷

征車重向嶧山來，記得甘棠祖德栽。三載桐鄉曾有碣，一孫樗散不中材。何時得遂榆枋樂，長路空銜屺岵哀。欲采江花過江水，秋風無數木蘭開。

嶧山

孟廟門前萬粒松，望中山骨翠玲瓏。英靈北面朝尼阜，氣象東來揖岱宗。桐古有根應鳥剥，碑殘無字想苔封。七篇萬祀精華在，擁戴芝蘭最上峰。

徐州

嶧縣南來過此州，紅亭風景屬吴頭。危城枕岸河歸海，凉雨連雲燕入樓。偶向囊中隱錐穎，不妨皮裏著陽秋。錦衣富貴當年事，我欲題詩吊楚猴。

雨中渡淮

漠漠乘龍洲水邊，烟中一葉渡淮船。特衝寒雨江心驛，去試香茶白乳泉。於道無聞年四十，干人何事路三千？不須攬鏡塵容瘦，兩鬢秋風意颯然。

滁州

四山秋雨駐平沙，粉堞高低枕水斜。六一文中有豐樂，西山秀處是琅邪。漸聞幽響泉兼鳥，才見清陰竹映花。慚愧隨人旌旆後，僧藍不敢漫留茶。

中秋客上元作

异鄉况是泬寥天，弟妹抛來里數千。秋不勝悲惟我甚，月須借問爲誰圓。臨江北顧山無盡，繞樹南飛鵲可憐。莫折勞勞亭畔柳，恐驚摇落過流年。

讀毛詩有感

溱洧何嘗水不清？贈來芍藥也多情。當歌悦盡時人耳，不道淫哇是鄭聲。

玉臺金粉占時名，照眼穠華艷管城。獨愛不其山上草，欲將箋注問康成。

路旁舟歌

模糊畫鷁蒙塵土，竈作鯨呿自安堵。大川渺渺知何所，不涉焉能復用汝？沮洳當年水一鄉，司空憑汝作慈航。拯還鬼録今無恙，都頌波羅感不忘。四時之序成功退，人事從來有代謝。祇今東海見桑田，銅狄何妨閲興廢。舟兮何閑閑[一]，我家岸上無寸椽。借爲舟居殊晏然，即以無用全其天。

條縣懷古

條侯勛業未全湮，封土依然廟食新。肯以疆埸等兒戲，却緣縱理作明神。令嚴獨稱將軍職，運往難爲少主臣。何處遺營雲鳥迹，青青柳色漢時春。

[一]『舟兮何閑閑』，原校本謂疑作『舟兮舟兮何閑閑』，疑是。

謁董子祠

儒林傳内識行藏，仿佛來瞻道貌光。一代遺陵傳下馬，千秋《繁露》衍《公羊》。封侯位讓平津貴，對策源通泗水長。好在玉杯遺後學，白頭慚愧下帷忙。

將赴景州有作

海内吾何嚮？懷人起夜闌。老驚名宿少，貧購异書難。遂發山陰興，期追季札歡。扁舟落吾手，雲水蕩胸寬。

望西淀

久别蓮花淀，今來潑眼新。渚香晴貼翠，風影嫩生鱗。立愛鷺公子，眠宜鷗舍人。含情難久駐，摘嗅水花頻。

讀諸葛武侯遺文十二韵

龍德元知赤伏梦，泥蟠初意不求聞。阿衡既改耕莘志，説命常留出壁文。先儒謂前後《出師表》，當與《伊訓》《説命》相表裏。梁父五言超管晏，隆中一對起風雲。金刀難向神州礪，鼎足聊從鬼宿分。惟左將軍能具眼，是真名士自超群。胸中經緯蟠文武，言下精英括典墳。已薦鳳雛資羽翼，更令蘭草著芳芬。誡書最欲修身靜，下教常須攻己勤。議論足徵儒氣象，指揮不作霸功勛。木牛才思描餘緒，羽扇清標澈彩雯。終古星芒難泯滅，到今圖陣尚繽紛。可知十倍曹瞞子，典論如何敢擬君？

咏史

短刺徒然滅袖中，縱饒鶚薦亦難通。既知碌碌皆餘子，底事沾沾駡死公。鸚鵡才高猶是末，漁陽鼓震一何雄。誰防路粹如葵立，竟自株連到孔融。

客感

鯫生無寸田，雨足胡爲喜？欣欣皆向榮，我亦因人耳。頃自故鄉來，龜圻亘千里。恒暘非一歲，杞憂不能已。客窗未入夢，天笑電光起。坤位雲旗揚，坎方風馬駛。大涣其屯膏，錫因聖天子。盈盈析木津，庶幾無瑣尾。

客司空第逾月未歸

結夏兼甸緑野堂，案書隨手正偏旁。生憎障跟來雲母，却愛鈎詩饋酒娘。月到天心皆净域，風吹囊口有餘涼。鄴侯一架勾留住，逸興何勞問酉陽？

黄孝子尋親圖

序：孝子黄向堅，不知何許人。由黔入滇，過鶏足山北麓，奉二親以還。其始末，惜未之詳。乙丑仲夏，客司空所，見一册子，每頁各有題跋，出自向堅之手。其圖中之景，極險窮危，非等性命於鴻毛，有不如此不容立於天地之事，奚以至此？乃爲短歌，以紀其略。

惟孝通神明，即能光宇宙。想其神往時，五丁爲左右。

右麻哈葛鏡磽，其峭岩刻『神留宇宙』四字。

直上千仞尖，空空天幂頂。鳥道闃無人，爾來如是猛。

右關鎖嶺

忽入盤州關，潺潺聞響水。群獠當我前，人耶獰如鬼。

右響水關

不知清浪險，江勢急於馬。踴身上船去，命懸篾絙下。

右清浪衛

不辭逾險阻，所憂惟干戈。貔貅塞我路，白象高峨峨。

右白口坡

側身銅柱畔，躡足鐵橋來。岌岌勢欲動，其下有轟雷。

右盤江

鷄鳴杳何許？步步入蛇盤。收睛無妄視，危崖皆倒懸。

右鷄鳴關

登岡灑然喜，已到鷄足山。白雲近咫尺，努力奉慈顔。

右鷄足山

入關左右扶，磴道雨中難。失足一身可，雙親幸勿顛。

右勝武關

昔來經此坊，何知爲勝境。今乘大雪歸，萬樹梅花影。

右滇南勝境坊

朱紹夏 二首

紹夏，字羲玉，號西廬。函夏弟。廪貢生。與兄齊名，同舉鴻博。［一］

懷周蓮峰

結髮與君友，温文愜我意。近別且相思，况於杳天際。暮雲春樹間，茫茫莫能跂。但願開府公，英才早擢昇。嚮讀韓公集，《藍田丞廳記》。雅興懷崔君，君殆其儔儷。一舟之桂林，道路阻且長。迢迢六千里，景物春初芳。山川極美麗，弗覺爲殊方。官署如村落，亦足以相羊。内擢須早還，萊服欣稱觴。

盤山

四正山頭策短笻，亂雲危石踏重重。地天人籟千岩水，上下中盤萬樹松。古寺琴僧空自老，荒臺劍士有誰逢？蕭蕭祇恐風雷起，飛出深潭五百龍。

王介山太史《七憶詩·憶朱羲玉》云：『我憶朱元晦，會心在説書。乃於梅福市，獨有子雲居。零露山中蕙，清秋水上蕖。言多人不解，解者又何如？』

［一］高氏校云：『朱紹夏，歲貢生，見朱氏朱卷。』［民國］《天津縣新志》謂：『乾隆八年歲貢生。』

又《壽朱孝廉粱臣先生詩》[一]云：『太史今奏德星聚，乃在天津東郭邊。先生有子又有孫，昔日荀氏詎爲賢？浩浩長河來千里，中匯津門納洪川。公居其間爲潮海，時騎鯨背凌飛烟。爲憐凡骨一援手，欲往從之心茫然。視桃著花有小實，蓮葉出水亦田田。值此風光長日月，公將上拍洪涯肩。一時賓客齊搔首，縹緲疑到昆侖巔。昆侖高高不可上，况君德業似君年。』

同邑周七峰先生《挽西盧詩》云：『君家兄弟心傾久，彈指論交二十秋。風雨每傷形迹闊，文章雅許芥針投。清才似子真堪惜，善病如余更可憂。賴有谷齋人老健，六禽戲好獨從游。』

[一] 高氏校云：『朱粱臣，《詩禮雜咏》作「潔臣」。』

津門詩鈔校箋卷二

周焯　三十七首

焯，字月東，號七峰。世居天津。拔貢生。著《卜硯山房詩鈔》［一］。

按：月東以名諸生貢成均不第，遂弃舉子業，專力於古。工詩，精小篆、八分、摹印。仁和吴公廷華爲之傳曰：『七峰性竪確，凡所注意，輒出全力赴之，坐是貧且病［二］。少時會文友人家，門臨水窪，旁涸中淖，七峰喜其曠，徐步構思［三］，不覺陷於淖。衆驚出之，自若也［四］。』『築草堂沽上，即以七峰名。所藏多古帙名書畫、金石彝鼎。……嘗從野寺得硯［五］污泥中，浴之，則宋謝文節公賣卜硯也，愛以爲寶，遂名其集曰《卜硯山房

［一］高凌雯［民國］《天津縣新志》卷二十三《藝文》著録周焯『《卜硯山房詩鈔》一卷《後集》一卷』，謂：『乾隆辛酉，焯手録所爲詩，都爲一集，以質諸朱函夏，函夏爲之删汰過半，越七年戊辰，復輯其詩爲後集，同知英廉序以行之，時焯已病瘻，恐旦夕就木，屬函夏爲小傳附卷末，函夏謂焯四十以前詩涉筆婆娑，貌妍致隽，而真意不必盡副。五旬後，蘊情婉約，比物屬辭，理趣蠕動於含吐之表，以此觀之，前之所汰，或猶有少作，其存者皆佳構也。』今存清乾隆刻本《卜硯山房詩鈔》一卷《後集》一卷。［民國］《天津詩人小集》本係翻刻清乾隆本。

［二］『貧且病』，清乾隆刻本《卜硯山房詩鈔》作『病且貧』。

［三］『徐步構思』，清乾隆刻本《卜硯山房詩鈔》上有『從涸處』三字，下有『至極得意』四字。

［四］『自若也』，清乾隆刻本《卜硯山房詩鈔》作『而七峰自若』。

［五］『得硯』，清乾隆刻本《卜硯山房詩鈔》作『得硯材』。

集》［二］。重然諾，有大節。［三］世皆笑其痴，七峰亦自謂痴，嘗刻一石曰「痴絶」，識者以爲實云。』

贈李眉山先生

先生霞外老，壯即脱塵羈。山水心成癖，行藏世豈知？吟來五字古，到處一鐺隨。祇恐重相訪，白雲居又移。

題楊竹亭《寒釭聽雪圖》

同雲暗竹窗，夜雪明幽徑。中有未眠客，一燈寒獨映。蕭屑灑松杉，入耳了無競。那許熱中人，山齋一同聽？

初夏

海天春已去，簾捲日初長。掃徑花餘片，抄書字益行。偶閑還曝藥，小倦欲支床。持此消三夏，悠然雲水鄉。

［一］清乾隆刻本《卜硯山房詩鈔》無『愛以爲寶，遂名其集曰《卜硯山房集》』十四字。

［二］『重然諾，有大節』，清乾隆刻本《卜硯山房詩鈔》作『重然諾，喜怒過即忘，於大節所在，每百折而不回，儒者多重之』。

送陳江皋歸錢塘

心傾伯玉三年久，每許蘭言臭味同。忽動滿懷蒓菜思，難回片席鯉魚風。君歸暫作湖山主，我老真成田舍翁。折取黄花代楊柳，離情秋思[一]兩無窮。

水仙

前身本是洛濱姝，倚石含風態自殊。怪底清心常似水，人間烟火一絲無。

觀音竹

個個能參自在天，此君真意紫林傳。法身是否休饒舌，但得心空已入禪。

爲子憨上人題畫山水

山深澗自幽，水流不知處。此中白雲多[二]，定有高僧住。

[一]『秋思』，《國朝畿輔詩傳》卷三十一作『秋意』。

[二]『白雲多』，清乾隆本、民國本《卜硯山房後集》作『多白雲』。

偶作

不[一]覺微低上又高，手爬不是祇空勞。何時一倩麻姑爪，恰向中間癢處搔。

病蟬

一枝强引病中行，宿露凝胸更覺清[二]。最是酸吟聽太苦[三]，凄風黄葉了無情。

罌粟花

米價年來貴似珠，誰抛罌粟滿平蕪？不知囊有糧多少，能足蒼生一飯無？

龐公隴上行

翠羽集上林，彈射無停響。幽蘭當周道，删刈同草莽。所以明哲士，遺世有遐想。汹汹季漢間，群賢争雄長。豪杰慕功名，庸夫懷爵賞。龍德不終潛，鳳亦罹世

[一]『不』，清乾隆本、民國本《卜硯山房後集》作『下』。高氏校亦謂『應作「下」』，按：是，當據改。

[二]民國本《卜硯山房詩鈔》作『覺更清』。

[三]民國本《卜硯山房詩鈔》作『聽不得』。

綱。獨有鹿門翁，鴻軒出雲上。夫耕妻在耘，天地憑俛仰。十畝有餘安，三分笑多攘。景升木偶人，烏足測淵廣？

秋日同江岷山游香林院有懷野鶴道士

有客扶笻海上來，清秋携我訪丹臺。船隨沙雁一行渡，門對河流三岔開。行藥道人猶似鶴，題墻詩句半封苔。勝游忽憶烟霞侶，獨步長廊往復回。

立冬後一日訪子憨憨堂二上人

居幽[一]忘物候，偶爾叩禪扉[二]。坐見庭槐落，方知秋意非。一鐺雲外煮，雙麈月中揮。縱有榮枯思，潛消何處歸？

得虔州書

喜見南舟又北回，一函遠問貢江來。書中定有傷離句，手把雙魚不忍[三]開。

[一]『居幽』，清乾隆本、民國本《卜硯山房詩鈔》作『幽居』。高氏校亦謂：『應作「幽居」。』

[二]『禪扉』，清乾隆本、民國本《卜硯山房詩鈔》作『僧扉』。

[三]『不忍』，清乾隆本《卜硯山房詩鈔》作『不敢』。

送陳石汀玠之井陘［一］

君老游應倦，扃門愜素期。世緣猶未盡，征轡又長垂。山路從紆折，心鄉自坦夷。春風誰解意？青草路旁［二］知。

日暮倚修竹圖［三］

七尺琅玕六幅裙，檀欒徙倚日斜曛。隔溪桃李應相笑，不對名花對此君。

送朱陸槎之粵西

楊葉洲邊梅雨東［四］，江山有助興何窮？一年好句奚囊滿，待子槐花秋雨中。

［一］清乾隆本、民國本《卜硯山房詩鈔》題作《送陳石汀之井陘》。

［二］『旁』，清乾隆本《卜硯山房詩鈔》作『傍』。

［三］清乾隆本、民國本《卜硯山房詩鈔》作『題《日暮倚修竹圖》』。

［四］『梅雨東』，清乾隆本、民國本《卜硯山房詩鈔》作『梅渚東』。高氏校亦謂：『應作「梅渚」。』按：詩原兩首，此其二。

朱家

彬彬儒雅留東魯，任俠當年猶有君。廣柳車中人貴幸，終身不見季將軍。

吊殷貞女

序：貞女，天津人，適同里邢某。邢母素有穢[一]行，百計逼女[二]，不從，遂沃以沸湯，無完膚[三]。太守劉公聞其事，遣尉詰之，女終無言以死[四]。

一室熏蕕品自分，趨風狂犬謾狺狺。清冰肯受蒼蠅點，貞玉從教灼火焚。冤可犬伸終欲茹，肌雖全腐亦常芬。衛安門外添抔土，自此人呼五烈墳。[五]

百計摧蘭不忍聞，終能皦皦出塵氛。男兒幾個甘湯鑊，奇節何關飫典墳？事雪已消通邑憤，傳成爭讀使君文。須知法網從來大，不肯窮搜狐鹿群。

[一]『穢』，清乾隆本、民國本《卜硯山房詩鈔》均作『殺』。

[二]清乾隆本、民國本《卜硯山房詩鈔》作『百計逼女淫』。

[三]清乾隆本、民國本《卜硯山房詩鈔》作『身無完膚』。

[四]清乾隆本、民國本《卜硯山房詩鈔》作『貞女終不言，閱數日死』。

[五]清乾隆本、民國本《卜硯山房詩鈔》下有注云：『天津西門外舊有四烈墳，貞女葬其旁。』

題洪晋山先生小像[一]

衆采盲人目，繁聲聾人耳。所以據樹瞑，嗒然[二]如喪己。豈知真樂人，林泉有餘旨。拈髭桂香中，脱帽桐陰裏。秋風石上來，茶烟竹外起。時取美人琴，一寓山水理。音希情已忘，美人亦山水。

雙雛謡

吁嗟[三]！老鴻翮重飛無力，時引雙雛下灘測[四]。大雛矯矯不易群，小亦翩翩矜羽翼。飢來各爲稻粱謀，一往天南一海北。海北天南去路賒，老鴻日日宿灘沙。望雛不來心忉怛，一聲嘹唳蒼蒹葭。何日倦飛知所止？常傍老鴻浴秋水。

書《張孝婦傳略》後

不惜冰肌療病身，鸞刀引處感蒼旻。世人莫漫訾愚孝，有智何曾益爾親？

［一］清乾隆本、民國本《卜硯山房詩鈔》下有注：『科頭坐岩壑中，旁有抱琴麗人。』

［二］『嗒然』，清乾隆本、民國本《卜硯山房詩鈔》作『嗒焉』。

［三］民國本《卜硯山房詩鈔》無『吁嗟』二字。

［四］高氏校云：『「測」應作「側」。』

延師無力病翁貧，中壼居然絳帳陳。今日小郎談舊事，瓣香猶祝解圍人。

沈貞女詩八章

幽閑季女，行賦於歸。翩翩比翼，未偶分飛。
修短匪人，允由天造。既奪我儀，胡不我告。
所天惟一，秉志[一]無貳。敬達雙親，俯鑒我志。
兄弟不知，曰恐身殉。厥志未完，敢蹈白刃？
詰之[二]卜吉，往之夫家。謝彼羅綺，易爾衰麻。
入室悲摧，鄰里心惻。仰見姑嫜，截然飲泣。
飲泣云何？痛觸姑戚。子職未終，聊代我特。
心結青松，行契蒼昊。季氏[三]幽閑，守貞以老。

[一]『秉志』，清乾隆本、民國本《卜硯山房詩鈔》作『秉心』。
[二]『詰之』，清乾隆本、民國本《卜硯山房詩鈔》作『詰朝』。
[三]『季氏』，清乾隆本、民國本《卜硯山房詩鈔》作『季女』。

孝子辭五章爲張紫垣作

事驚人，符常理。銀管書之空前史。伊何人？張孝子。

母病劇，盧扁窮。綿延三百六十日，夜夜禱蒼穹。

籲帝乙，祈佛靈。書貝葉，指血零。藏之藏經閣，後世傳爲孝子經。

哀哀母病膏肓中，叩天叩佛兩俱空。孝子苦無計，直欲一身從。

母既殂，名何用！門前坊愈高，孝子心彌痛。

英夢堂相國廉《七峰詩序》[一]云。『周子月東續刻其詩成，余讀之，嘆曰：「月東真强項人哉！」客聞之，笑曰：「子不嘗見月東乎？恂恂一老書生，臞不任衣，子謂之曰强項，何其暗也？」余曰：「否！否！子不嘗見前此之學詩者乎？上者附於杜、韓，以撏扯爲竊取；次之附於蘇、陸，以規仿爲能事。求其自有之性情面目，茫乎不知安在。其不爲此者，輒群然非笑之。學杜、韓者，恒嗤人爲弱，學蘇、陸者，恒嗤人爲拘。不知其自侈爲雄者，特杜之粗、韓之拗耳。自侈其放者，特蘇之露，陸之俚耳。其真雄真放[二]，何嘗有一於此哉！余讀月東之詩，如磵溜忽鳴，如籬花自開，清微蕭遠，自寫其情性[三]所欲言，而一空撏扯規仿之習。然則月

[一] 此序載《卜硯山房後集》卷首。

[二] 『其真雄真放』，清乾隆本、民國本《卜硯山房後集》作『杜、韓、蘇、陸之真雄真放』。

[三] 清乾隆本、民國本《卜硯山房後集》作『性情』。

東乃傲然掉頭，不肯爲衆人之詩，而自爲其詩者，非强項而何？」客爲之頷首不已。』

鹰青山人李鍇《周處士傳》云：『月東縱心古處，樸淳亡雕，幾不易與人交，交輒完初終。雅嗜詩，鈎索深入，窮神遺形，不得不已。[一]嘗吟《蟲豸詩》，會將之長安，車脂牽，馬首已西嚮，忽思得之，便徒步走汪徵君齋，商確未安字，僕夫譙讓，亦弗顧也。方之唐人周樸[二]，見樵父忽抱[三]之曰：「得之矣！」人以爲獲盗。樸曰：「我得句耳。」』其風差同。

錢塘汪徵君西灝《七峰詩序》云：『予友周君，居天津東郭三里許……予來天津[四]，耳君名。明年，偕秀水萬循初、宛平查魯存訪其居。門臨官河，老屋數間，草交於檐隙，書聲琅琅從户中出。比見，無世俗寒暄語，坐甫定，盡出所藏書畫金石相評騭，駢談競玩，日暮始散去。後屢至，卒如初。七峰性情坦易，與人交，不設藩籬，邑士汲古[五]咸樂與游。家故貧，瘠田一區，頻潦勿獲，授徒自給。束脩所入，往往盡舉以償書券。家人告米匱，掉頭而哦若勿聞。其高致如此。曩在天津以詩名者，芰梁梁氏、笨山張氏及其兄子逸峰舍人，標

[一] 清乾隆本、民國本《卜硯山房後集》下有：『嘗構思所親舍出門不自覺，遂陷淖中。援之而後出，乃囅然笑曰：「我傾得新句，衣涴弗顧也。」勝日與客游城東郊，衆方把酒高吟，茫忽失處士所在。既而得之於夕陽林薄間，顧且指點蒼茫，儋然忘歸。』

[二] 『方之唐人周樸』，清乾隆本、民國本《卜硯山房後集》作『昔君家樸』。

[三] 『抱』，清乾隆本、民國本《卜硯山房後集》作『走抱』。

[四] 清乾隆本、民國本《卜硯山房詩鈔》『予來天津』上有『丙辰冬』三字。

[五] 清乾隆本、民國本《卜硯山房詩鈔》『邑士汲古』下有『者』字。

奇樹穎，各張一軍。同時，僑公寓士，遠近翕然，稱極盛焉。二十年來，聲沉響绝，不可復得。今七峰創詩社里中，里中人争附之。當年梁君、張君之緒，固藉君以不墜，而總持風雅，領袖後進，俾後之沿波討源者，論天津詩教之振，自君而始。』

同里朱陸槎先生函夏《七峰詩序》云：『余自雍正壬子灘江返棹始，息意遠游，每與儔侣三四人結文酒之宴[一]。詩不主一格，皆不流於卑；人不必同情，要不詭於正。……七峰之爲詩也，含毫婉約，抽緒芊綿，情之所至，將欲濃薰班馬，高摘屈宋[二]。若以簡古澹泊求之，或謙讓未遑。至於落花依草，鐘記室所評，夫豈當之有恧色與？吾不解七峰之詩何以睆睆然百轉而清[三]也；抑不解七峰之情，何以油油然一往而深也。』

符藥林先生《題卜硯山房詩後》云：『一卷携來開匲看，竹風捲緑玉微瀾。座中炎暑忽消却，知是清詞冰雪寒。』

查爲仁《蓮坡詩話》云：『周月東焯，天津人。賦詩務極研煉，不肯苟爲雷同，著有《卜硯山房詩》一卷。嘗作咏物詩，推敲一字未就，語人曰：「吾爲此損眠兩夜矣！」其苦吟如此。又嘗待渡河干，時已昏暮[四]，孤艇獨横，傍崖絶無人影。因得句云云，且行且誦。後有同渡者，見之匿笑。月東傲兀自喜，夷然不顧。里中

[一]『文酒之宴』，清乾隆本、民國本《卜硯山房詩鈔》作『文酒之歡』。

[二]『濃薰班馬，高摘屈宋』，清乾隆本、民國本《卜硯山房詩鈔》作『濃熏班香，高摘宋艷』。

[三]『清』，清乾隆本、民國本《卜硯山房詩鈔》作『華』。

[四]『時已昏暮』，《蓮坡詩話》作『時日已昏暮』。

人争傳述之。』按：《長蘆志》載天津周焯詩甚多，今爲摘録。

《秋坪新語》載：『天津周焯，號七峰，工詩。嘗夜歸，待渡水邊，烟昏人定，徘徊獨吟。忽得句曰：「呼船人不應，水應兩三聲。」不覺狂叫，失足落水，見者匿笑，七峰傲兀自喜，夷然不屑也。其集中有《咏緑珠》句云：「好花多自愛，寧止報齊奴。」亦可覘其寄托矣。』

《隨園詩話》載：『周月東游海潮庵，得謝文節公小方硯，額鎸「橋亭卜卦硯」五字，背有元人程文海銘。周珍重之，抱硯以寢，臨死乃贈查恂叔，一時題者如雲。錢辛楣云：「眼中祇有石丈人，江南更無厮養卒。」紀心齋云：「遠過一片寒[一]陵石，留伴千秋玉帶生。」』

查儉堂中丞《銅鼓書堂集·亡友周月東子學上索題其先人遺册援筆應之》：『病自詩中得，人從别後亡。有兒遺墨迹，無業廢珍藏。覓句神如昨，論交死不忘。平生惟剩此，一讀一沾裳。』注云：『所藏書畫彝器，殁後因家貧盡散。』

金芥舟《黄竹山房集·破硯》云：『周七峰有佳硯，忽墮爲數片，粘好如一。即作詩銘，自刻於四周，寶之更甚於未破時。易簀時，不授其子，乃贈友人高青疇寶之。七峰青疇之雅，於此可見，爰爲銘以志之：「達人之觀，無物不公。忍使玉碎，全不瓦同。玉碎瓦全，有周七峰。此石如鑄，傳必有宗。青疇高氏，墨藏之龍。寶此破石，其筆愈工。雲烟滿紙，鱗甲生風。」注：「青疇名秉，善書。」』

吴總憲省欽《白華前稿·宋謝文節橋亭卜卦硯歌序》云：『硯歙材，修九寸七分，廣緉之，程文海銘其兩

[一]原校本作『韓』。

旁。』又，閔趙元題云：『永樂丙申七月，洪水去橋亭，易爲先生祠相地得之。天津周焯月東抱硯且死，屬其子以遺查恂叔太守於粤之太平，同錢少詹載、王比部昶、許穆堂諸人賦詩。』起云：『松堂沉沉血斑見，主人示我疊山硯。建陽之市紛然哄，獨抱首陽石一片。』又云：『我儕問石石不言，回視主人慘寒顫。月東處士吾石交，卧褥傳言寄鑾甸。琉璃匣影摩日星，坐使炎州颯霜霰。今朝啓匣鋪細旃，潑墨研朱日千遍。』

慶雲崔旭《念堂詩話》云：『天津周焯，字月東。咏白蓮云：「仙葉濯濯原無染，索襪凌波更絶塵。淡影自臨秋水照，高情祇許野鷗親。但留本色還君子，何必濃妝及美人？我亦近來消綺思，風清月白好爲鄰。」』按：其他佳句如《美人蕉》云：『懶翻翠袖當瑶席，醉曳紅裙出緑天。』《荷錢》云：『規成月樣十分好，磨得銅腥半點無。』《春游》云：『雙鞋不爲尋芳草，一笠偏宜戴落霞。』皆可誦。

王句香云：『文信國玉帶生硯，在邱縣劉嵩嵐觀察家。謝皋羽賣卜硯，在天津周月東家。聞卜硯今已入大内矣。』[一]

陳玠 三首

玠，字實人，晚號石汀，又號拙誠老人，歲貢生[二]，工詩善書。

[一] 高氏校云：『建陽卜硯與皋羽無干，王公誤記，盡可不引。』

[二] 高氏校云：『陳玠，《縣志》作例貢生。』

案：石汀老人書學得之陳香泉太守奕禧，與之神肖。同時善書者張孝廉如鉽、李文學應斗[一]二公，皆學歐；梁崇此學蘇先伯祖秀岩公學米，張念藝、張石松學王右軍、張長史，徐公兆慶學淳化閣，皆名重一時。石汀老人與李大拙處士、龍山人東溟、梁崇此洪、黄六吉謙，如竹林之游，風期清尚，絶异時流。詩主淡遠，往往公自手書，楝存録無多。

偶筆

小池清碧泠梧陰，恬静虚明見此心。假使胸間留一物，閑中真樂豈能尋？

昨夕

昨夕雲開月一林，徊徘水閣到更深。負他良夜無佳句，趁興今朝又補吟。

春日憶拙公

青溝有長松，百尺風雲入。遠公别其下，依依手頻執。經許石上翻，定約花間習。胡爲兩年内，迴無岩信及？飲啄猿鶴思，夢魂[二]峰巒集。近喜早春時，凍雨海田濕。

[一]高氏云：『李應斗，雍正二年副貢生。』

[二]『夢魂』，《國朝畿輔詩傳》卷三十一作『魂夢』。

豆苗山之陽，嫩青幾回拾？萬事本浮烟，笑余但羈馵。會持九節杖，更戴曲柄笠。爲君掃雲房，山志同搜輯。

《縣志·陳應夏傳》云：『應夏，天津人。性友愛，諸弟貧，不能自存，咸贍於家，終其身，不忍别財异居。家非素豐，樂善不倦。築室趙家場渡口，冬夏施粥及茶。每年河腹既堅，往來者動患滑撲，應夏於渡口置長板，横亘兩涯，行人賴之。有徒罪者三，發遣有日，其母與妻質身具糗糧，應夏憫之，爲納贖鍰脱其罪，骨肉以全。子八人，玠工書，爲明經，有聲。』

按：陳氏至今書香未絶，子孫蕃衍，家業鼎盛，亦積修所致歟？

胡捷 四首

捷，字象三，諸生，著有《讀書軒詩文集》［一］。

《縣志·傳略》云：『胡捷，字象三，天津人。幼穎异，遇書如宿讀。長工於詩，格律秀整，爲姜編修西

［一］高氏校云：『應作《讀書舫詩文集》，此承《縣志》之訛。』按：《光緒志》亦誤作『讀書軒』。高凌雯［民國］《天津縣新志》卷二十三《藝文》著録胡捷『《讀書舫詩鈔》一卷，鈔本』，謂『是卷爲其裔孫承勛所録，欲刊行而未果，詩僅一百二十餘首，而析爲數集，甚有一集衹一題者，其間似有離合去取，非原稿也』。天津圖書館藏有民國一𦈉樓抄本《壯游草 讀畫編 鴻雪山房集 薤露集 鴻雪山房近草 薤露遺音 讀書坊詩未定》，題『胡承勛録』，蓋即自高氏所謂『析爲數集』之本録出，或可窺其原貌。

溟所賞。博學强記，撰述極多。所著有《讀書軒詩文集》若干卷。年四十，無疾終。』

正月九日過海光寺

春郊策馬[一]日初遲，正是沙平草淺時。澗道猶聞冰瑟瑟，溪頭已見柳絲絲。談玄入座翻新偈，憶往登樓檢舊詩。紅鶴白松成寂寞，海天寥闊動相思。

憫災

握筆空愁嘆，難償濟世心。疲民多菜色，去宰乏棠陰。劫大天應慘，人多地欲沉。媧皇曾補石，漏雨自霪霪。

送湘南師之杭州

船窗如坐碧紗厨，一路江村小畫圖[二]。點點梅花淺淺竹，紅香隨眼到西湖。[三]

[一]『策馬』，《讀書舫詩鈔·未定稿》作『聯轡』。

[二]『小畫圖』，《國朝畿輔詩傳》卷三十一作『似畫圖』。

[三]『點點梅花』一聯，《國朝畿輔詩傳》卷三十一作『萬樹梅花千個竹，春風隨夢到西湖』。

榆岱山莊呈查心穀學友

禾穗垂垂夾路齊，午莊相接聽啼鷄。拂雲榆柳圍墻曲，罨畫峰巒列户西。梧院獵風晴似雨，竹窗交翠曉猶迷。山翁習静開三徑，招隱堪從此共栖。

查心穀《蓮坡詩沽》：『胡象三捷，幼有神童名，十歲能詩文，與余同硯席者三十年。其詩清潤和婉，時出性靈。和余《元旦》詩云：「百歲渾消幾首詩，醉吟愁咏費相思。破正清興還無著，飛上梅花三兩枝。」又有「高下歸鴻影，紅黄老樹村」「愛閑身少累，媚俗骨無能」及「山擁白雲西塞雨，霜吹紅樹秣陵秋」「貧入愁腸偏曲折，秋來詩骨倍嶙峋」等句。象三爲梅宫詹之珩所拔士，與泉亭老人、魏燕公尚賓忘年交。』

黄謙 三十九首

謙，字六吉，號麓磧，别號抑庵。天津衛學生。著有《歷下吟》《太行行草》［一］《桃源日記》。

［一］［民國］《天津縣新志》著録：『《歷下吟》一卷、《太行行草》一卷，俱鈔本，存。』謂：『是集在乾隆初修志時已無存。殆梅成棟輯《津門詩鈔》，就訪於其家，乃出此二卷，皆有張霔評點，大喜過望，遂編録入集，即今《津門詩鈔》所存之三十九首也。今華氏家藏其詩一卷，較梅成棟所輯多八首，皆客山左時之作，前後有成棟跋識，蓋當日抄録之本，但不知爲謙完稿否。』

《衛志》[一]：『黄六吉，性曠達，不涉户外事。酷嗜詩，居恒以《少陵集》自隨，游篋所至輒滿。與張念藝霔、梁崇此洪、僧世高結草堂社，咸推主盟。禧邸耳謙名，以禮延致之，數聘始往。平生篤於友誼，廣文張爾燕之四川名山縣任，送之滄州，不忍别，竟偕往蜀，家人莫知也。張石松晳父某罹事於晋，不得歸，數千里往脱之。著有《桃源日記》數卷，詩若干卷，惜未授梓，竟罕存者。』

張節婦挽詞

娟娟弱質，入門而髽。新篁有節，古井無波。

曉發德州

一上德州路，停橈跨蹇行。桑麻耕負郭，風雨歇高城。官驛疲郵置，浮橋濟客兵。頻年游汗漫，不復畏宵征。

[一] 高氏校云：『《衛志》無黄謙傳，當是《縣志》。』原校本亦作『縣志』。

曲里店壁和建昌女郎落難韵者頗多中有成子采鴻寓意甚正因次其韵

故鄉萬里夢難還，姓氏潜從旅壁[一]傳。馬上殘書讀不得[二]，年年風雨苦[三]啼鵑。

離亂何需問阿嬌，紅顔既賦福難消。憐才誰贖文姬去，起把曹瞞墓土澆。

雨宿平原

風雨平原道，泥深没馬蹄。層雲迷泰岱，新潦漲前溪。望樹人投宿，謀餐主割鷄。北鄰雙妙發[四]，一唱白銅鞮。

渡灤河

輕篙未下野烟沉，積潦新添灤水深。酒市帘懸楊柳岸，飯棚窗起蓼花潯。蔚藍

[一]『旅壁』，《國朝畿輔詩傳》卷二十六作『店壁』。

[二]『馬上殘書讀不得』，《國朝畿輔詩傳》卷二十六作『馬上殘詩吟不得』。

[三]『苦』，《國朝畿輔詩傳》卷二十六作『怨』。

[四]『北鄰雙妙發』，《國朝畿輔詩傳》卷二十六作『旗亭雙妙妓』。

天外千峰雨，華注山頭萬木陰。詩就悄然策蹇去，敢於歷下發微吟。

趵突泉

歷下多名勝，無如趵突泉。仙踪黄鶴遠，御墨白雲鮮。石骨鑿龍髓，珠胎歎玉圓。披襟一小坐，風雨起涼天。

泉聲溯所自[一]，王屋發源來。迂極濤翻怒，渟深浪突開。逆飛天上雨，横捲地中雷。何日滌塵慮，簞瓢坐碧苔。

徑轉溪橋古，連雲一帶樓。一龕回老像，三匝碧山秋。菡萏香人語，松花戀容頭。十洲應未遠，何必訪丹邱？

拂拭殘碑讀，丹崖處處同。仙翁原浩落，泉氣自鴻濛。檻外斜飛雨，珠淵合孕龍。羡他老道士，日睡瀑聲中。

過王秋史七十二泉草堂

王子家湖上，寓歷下三世

七十二泉上，王郎結草堂。趵突泉西。開窗空翠濕，到枕芰荷香。山水容秋史，

[一]『泉聲溯所自』，《國朝畿輔詩傳》卷二十六作『名泉傳歷下』。

文章老异鄉。西湖元舊宅，風雨可相忘。

秋日游大明湖

歷城十日住，今始到荷鄉。小棹分萍浪，高臺俯柳塘。南山丹嶂合，北渚緑雲涼。卜日還重過，開樽醉夕陽。

大明湖同詹父開和中丞張南溟先生韵［一］

畢竟還輸水面亭，湖光灔灔接天青。半城山影全移翠，十里荷香不鋭丁。檀板漫敲歌水調，釣竿欲下譜魚經。一時豪飲成河朔，新月遲人渡曲欞。

乍試金風昨易棉，陰陰七月坐湖天。秋光度水波紋曲，荷蓋盛珠的皪圓。庾亮不來空對月，周郎如至囑調弦。時湘佩未至。隔溪仿佛清簫發，且逐餘音一泝沿。

七夕後一日立秋

昨夜雙星已渡河，今年秋色客中過。井闌初見飄梧葉，薄夾誰爲製芰荷？屋對

［一］高氏校云：『詹父開，後《乙丑中秋》詩作詹文開，疑此誤。』按，《乙丑中秋》云：『西湖詹文開，嗚嗚歌擊缶。』

鵲華山雨净，窗刪龍籦月光多。西風剛起蘋花末，吹落離人兩泪何。

華不注

華注千年藉甚名，登臨今始愜初情。相離谷口無多路，及到山腰僅并城。楮樹迎秋花半紫，松烟鎖寺影全平。清緣莫信曹邱輩，幽賞惟憑孤興生。

白雪樓

曉出城尋白雪樓，斷烟荒草不堪求。聲名空配華不注，伯仲誰爲王弇州？秋色依然來野徑，雜花尚自覆墻頭。中原才子凋零極，相對時時發旅愁。

課僮刪除庭階夜便坐月

課僮晚食礪腰鐮，三徑蒿萊任意殲。秋幔披書聞落葉，山窗息燭坐寒蟾。槐風送客歸孤枕，蛩語憐人依敝檐。最是今宵眠未穩，箜篌何處發廉纖？

阮疇生先生落髮遇於歷下小庵四壁秋來讀詩話舊娓娓不厭歸而和韵八章以志其感[一]

每從東海問波瀾，野寺蕭蕭木葉殘。七十泉邊新白社，廿年方外舊青氈。蓮花龕冷諸天老，薛荔門開秋水寒。往事不堪重作偈，相逢誰復説長安？

問世誰堪第一流？珠光劍氣已全收。天涯潦倒餘青眼，燕市悲歌易白頭。薙髮尚騎支遁馬，結鄰好傍漸離丘。西風易下三秋泪，回首茫茫百感愁。

秋老西山萬樹紅，去年曾住梵王宫。偶隨北澗題黄葉，恰遇新詩寄遠公。上方山僧出公詩共讀。姓字已拼千古定，名心早逐萬緣空。竭來且裹袈裟坐，世事浮雲一枕中。

四山楓葉盡書丹，讀史酣歌燭影寒。落落仲連足蹈海，蕭蕭壯士髮衝冠。寺邊鐘鼓聲猶壯，城上蓮花漏已殘。欲拔慧刀割兩斷，英雄本色去還難。

終年飄泊恨難平，伽帽蒲團過一生。秋色無端龍象合，劍芒何事斗牛横？步兵痛哭窮途得，蘇子奇文海外成。四十年前餘事業，請君收入大光明。

［一］《國朝畿輔詩傳》卷二十六題作《阮疇生先生祝髮歷下秋來遇於小庵話舊談詩娓娓不倦和韵志感》。

長安作客久無猜，海上親乘皂帽來。參府新開桑落酒，黃花正匝妙高臺。戊午九月，晤先生於雪子張參軍署。登樓人去遺明月，渡海詩來認劫灰。雪子自岳陽樓寄詩來，幾何時而櫬回閩海矣。何似先生天竺老，一聲法鼓送輕雷。

相逢君已入空門，猶把殘詩細細論。七子才名今莫續，三唐風雅久無存。濯纓湖上秋千頃，趵突泉邊雨一村。偶偈[一]楞嚴臨月讀，炎方恐有未招魂。

深岩老壑上方幽，何日誅茅共素修？少室寒螿依古佛，空山落木響高秋。新詩好勒三生石，往事期歸大願舟。去國離家天莫問，等閑撒手信浮漚。

秋雨

非是淹留慣，卬須我友還。斷雲急過嶺，秋雨夜沈山。論古期於恕，抄詩貴在刪。曰歸應不遠，終日醉斕斒。

蕭颯空庭怯，呼童竟不應。樹搖風撼屋，窗冷雨窺燈。有地誰移菊，無詩不和僧。來朝晴曳杖，一向歷山登。

[一]「偶偈」，《國朝畿輔詩傳》卷二十六作「偶借」。

乙丑中秋

皇帝二十年，曰歲爲辛酉。猶記上公車，棘闈月不受。脱稿出場屋，屯田潔桂卣。工部袁楚白設酒遲予折桂。東明袁杜少，同吟發醉後。次年予移居，海上寄八口。我館中翰家，明月相與偶。癸亥八月中，負笈萬里走。中秋宿隴州，瓜餅一無有。萬山高蒼蒼，邊月照井臼。何處歌伊梁，一夜遂白首。甲子西蜀歸，玉京復進取。魯庵張水部，廣庭招快友。樂奏大内曲，時大内製班演劇。椀注天露酒。江南皆冬青，滑縣龍庵叟。四座盡飛揚，主人酌大斗。時登捲雨樓，萬里絶纖垢。倏忽四年中，庭幃月皆負。今歲客歷城，又是中秋候。司馬張曲江，館我堂之右。談言披素心，古道最以厚。秋月下鮑山，遲遲渡廊牖。剖我青邱瓜，雪我白蓮藕。西湖詹文開，嗚嗚歌擊缶。持杯叫廣文，天河落蝌蚪。我憶北堂人，起爲明月壽。

出彰義門

以上詩《歷下吟》，以下詩《太行行草》

朝出彰義門，黄沙射人面。古道吹北風，衰柳迎人戰。所有同心人，江南皆元彦。京華走利名，爾我何傲岸。并轡如促膝，長言發浩嘆。軟塵十丈高，西山蔽不見。去去至蘆溝，相勸加餐飯。

良鄉縣

古塔蕭蕭已夕陽，傳即昊天塔。黄塵影裏客昂藏。蘆溝水自通渾谷，榆塞山能接太行。酒貰當壚人面冷，馬嘶殘菊野風香。計程纔過良鄉縣，勉我馳驅古道涼。

慶都謁堯母陵

天心未易破鴻荒，聖母於兹始發祥。祁水源流從此活，慶都風雨至今香。道經祠下松楸古，民在山中耕鑿忘。我亦當時擊壤輩，願依瞻就咏斜陽。

定州 古中山

曉角吹天白，中山古戰場。將臺空燕壘，滱水落魚梁。官道寒摧[一]柳，嚴城曉閉霜。逢人無限意，不敢問行藏。

渡滹沱

三年七次渡滹沱，水激沙飛奈若何？山氣欲吹恒岳雨，黄雲先鎖太行阿。長橋

[一]「摧」，《國朝畿輔詩傳》卷二十六作「催」。

百丈寒烟接，古岸千章落木多。從此叩關西北去，參軍劍佩尚峨峨。

入山

不厭西行路，嶙嶙叠叠來。山嵐朝作雨，石骨冷生苔。驢背披裘客，登高作賦才。遥聞香雪發，何處老梅開？

淮陰談兵處

韓子談兵處，吾儕攬轡來。臨河思背水，據石想雄才。易了藏弓業，難留拜將臺。蒯生不負汝，嗟爾自疑猜。

龍窩

拗[一]裏龍窩舊有名，峰峰環匝古先生。空山何處白雲落，敲破寒雲磬一聲。

安肅白菜

我愛安肅菜，黄芽嫩如韭。細理無寒筋，水土之德厚。當其淡碧滋，民色何爾有。

[一] 高氏校云：『「拗」，恐是「坳」。』

濯以清清波，摘以纖纖手。盤飧競芳鮮，一嚼香生口。何物差堪擬？白蓮花下藕。

憶文徵

芸窗真寂静，可以讀《南華》。和粉描蝴蝶，分題賭菊花。清疑荀令座，影上壁人車。料想餘功課，弦聲雁落沙。

黄祐 二首

祐，字履敬，號松山。父訥、伯謙，俱以詩名。雍正己酉科舉人，選江南沙務分府，擢知如皋縣事，再遷南通州、直隸州，政有惠聲，以廉愛聞。詩見《天津志》。

别準提庵

一塵不到處，强半屬僧寮。眷此身常憩，行[一]來首屢翹。世緣甘自淺，清興迴難消。何日携鷗侶，重尋過野橋？

[一]『行』，原校本作『别』。

汪槐塘《津門雜詩》題詞

瞿塘春水隋堤樹，半屬楊枝半竹枝。争似槐塘新樂府，自傳燕築付紅兒。

案：松山先生父名訥，字敏公，亦工詩。見《弋蟲軒焚餘詩略》。有《贈黄敏公》五律云：『來往頻相過，知君意氣清。自然爲逸友，絶不類狂兄。海上家非偶，桃邊硯足耕。幾時坐深柳，一聽讀書聲。』公家葛沽。兄謙，即六吉先生也。所謂『絶不類狂兄』者，即指六吉。松山先生二子，成彦、成章，俱成名孝廉。

黄碩人表叔云：『先君官南通州，以閑曹無可見，特以寬厚和平著名，而於同官不亢不卑，人皆服公之度。攝如皋篆時，多惠政，亦不能詳悉。有巨家，爲婢興訟，亦不知其事緣由，公堂問一二次，親批云：「此婢安詳静好，洵淑女也。爲擇書香之子以配之。所期望小登科後大登科，能使婢作夫人，庶不負本縣玉成之意。」遂屬雉皋書院山長詢訪之。有童生趙邦華者，寒士也，無妻室，遂作合焉。公薄助之，當堂花燭，以轎馬儀仗導送之，觀者無不感説。王竹樓先生，名國梁，楚陽名士也，贈公詩有云：「屬邑謳歌遍，捐金士女銘。」即指此事。次年，延趙通州署訓子侄。及旋津，接趙信，已入武庠。』

黄裕 四首

裕，字文饒，號問園。諸生。六吉先生從子，松山先生弟。隱居不仕。

述懷十四韵寄韓環園孝廉

静憶我生緣，此身如寄傳。白髮鏡中長，哀樂眼前變。細雨灑庭除，春風驚幕燕。顧影悲離群，誰此乳雛眷？我昔賦斷弦，爲我作冰倩。弱蔦依絲蘿，乃遂得賢媛。每以女紅勤，規我親筆硯。我愧疏慵才，甘自終微賤。維緬廿載餘，蔬布鮮金鈿。何意忽中摧，驚雷與駭電。兒女啼未休，床第空留戀。辜負生前心，枉自陳薄奠。明月照虚幃，曉風催漏箭。轉側情百端，何以爲我唁？

題范秋水碧筒小照

荷風桐葉兩扶疏，雅興真宜水石居。讀罷黄庭無個事，碧筒閑酌月痕初。

自題抱膝長吟小照

大雅蔚如林，沉吟何爲爾？搜景入香冥，掘奇眺望裏。异境若環生，抱膝酷求似。機神資銷鑠，得彼安知此？何如效羲皇，沕穆忘研揣。我友繪斯圖，焉知非有指？膏粱口所嗜，而不勤耒耜。文綉被我躬，而不親麻枲。兀坐深長思，戰厲以不已，我友嗤然笑，云胡不自理？物無有不足。道在求諸己。不觀岱岳松，矗矗凌雲起。亦有爨下桐，守質以爲美。

壬戌夏舟中憶毛琅村

荷氣送行舟，支窗晀晝永。寂寞眼前境，疏密人家影。倦翼息陰枝，丹霞燦陽景。垂垂原隰禾，薰風蕩新穎。雙眸豁寥廓，一身忘浮梗。念我同心人，居不滿二頃。近市少逢迎，澈貧[一]無徼幸。勢焰熱人間，盡於酒腸冷。我懷素絲憂，感君益自警。良晤會有期，秋空月炯炯。

黄成彦 十一首

成彦，字碩人，號約齋，松山先生長子。乾隆庚子舉人，任直隸冀州訓導。[二]

案，公居官未一年告養，家居奉母，以孝稱。生平言行不苟，與朱仰文夫子齊名。閭里重爲典型。教授生徒最衆。卒年七十餘，士林以未竟其用爲惜。

[一]『澈貧』，《國朝畿輔詩傳》卷三十一作『安貧』。

[二][民國]《天津縣新志》著録有『《約齋詩存》一卷，鈔本，存』。《志餘隨筆》：『陶梟鄉《畿輔詩傳》收録天津人詩獨多然如……黄碩人《約齋詩存》皆今有而彼所未見。』是民國時此書尚存，今未之見。

咏史

報惠書傳見性真，望諸君是古純臣。始終不負先王意，戰國高風有幾人。

畢竟英雄意氣深，能將肝膽結同心。請看涕泣行師者，不肯重爲梁父吟。

嘉慶辛酉津邑大水

最怕秋來風怒濤，况當驟雨夜騷騷。山妻愁苦翻成羨，君有迎寒舊藴袍。

曲曲愁腸日九回，儒生生計太灰隤。四圍秋水無餘地，何處堪修避債臺？

隴上口占

隴上高低土數邱，未曾行到泪先流。果然死後能知覺，轉樂團圞地下游。

戊寅嘉平仁圃弟還交河學博

總角肩隨上學堂，聰明較比阿兄强。廿年十易風檐草，童試十次。七試兩沾月窟香。甲寅副車，登戊午賢書。自分蓬茆親筆硯，敢期桃李遍門墻。寒氈一片休嫌冷，趁爾衰顔味最長。

戊寅除夕悼亡

一回懷想一潸然，事值參差憶往年。悲到歲除除不去，憑誰傳語寄黃泉？

自責

謙光德所崇，多言禍之自。况於輕率間，而忘卑牧意。大叫子無然，高呼曰予智。抵掌索解頤，誰諒前言戲？幸爲膠漆投，疵瑕莫我弃。不爾江河長，斧柯輕一試。尋思汗沾衣，愧無容足地。畏友終身依，規戒吾所冀。幸以苦口箴，無使過叢積。

貞女詞

序：貞女，餘姚謝氏女，寄居天津。幼字會稽沈紹林，將婚而沈卒。女聞訃，欲以身殉，母與姊防閑之。姑殁，翁宦於廣東之高州，女别母南行，奉事翁，且以掃姑與婿之墓。

伊惟貞女，冰雪其心。秉禮度義，立範垂箴。霜摧蘭折，痛念委禽。痛念委禽，泣思稿砧。

稿砧伊何？歸於下土。彼蒼者天，泣涕如雨。之死靡他，斯言自古。豈必結縭，殉之無苦。

苦亦如飴，哭望天涯。山川雲隔，草木風悲。椒漿桂酒，布奠莫知。形不化石，死以爲期。

死以爲期，誓同白水。母也天隻，嗟我伯姊。裂脰屠腸，昧雉彼視。趙璧秦環，幸哉無毀。

幸哉無毀，誰之永號？廿年髽髻，席草簪蒿。南山之石，北海之濤。海枯石爛，志不可撓。

志不可撓，念我姑舅。姑也不存，我操井臼。白楊蕭蕭，孤墳我守。敢顧私恩，戀我慈母。

母兮兒悲，母兮兒哀。死别吞聲，生離不回。迢迢百越，奔濤怒雷。萬里隻身，腸斷心摧。

心摧氣結，腸斷聲咽。水流嗚嗚，載將泪血。觀者飲泣，霜凄風冽。地久天長，金石不滅。

更夫嘆

殘冬狂風終日號，入夜不斷聲騷騷。嚴寒刺骨衣不暖，交手俯背尻益高。洞房深邃豪華子，狐貉輕裘長覆屣。獸炭堆爐鳳燭紅，如遇陽春淪肌髓。蓬户瓮牖亦自藏，墻角支持缺足床。牛衣破被參差擁，足拳臂曲身未僵。惟有更夫何太苦，側身聳聽譙樓鼓。忍凍循墻擊柝行，踉蹌欲作回風舞。夜闌剥剥響益繁，聳肩縮背如啼猿。肌膚栗栗聲不絶，時望明星窺天垣。爲活妻孥覓升斗，勞勞敢不如儆狗。但求能慰主人心，豈顧皴裂惜身手。鄰鷄次第號天明，前村已有牛羊聲。殘星幾點風漸止，眼光瞀亂心怦怦。矮屋栖身且忍餓，太平無事真堪賀。日色未過八花磚，傳語主人安穩卧。

喜五侄入泮即以勖之 時在冀州

珍重家書助喜欣，吾家阿買張吾軍。微名敢謂文章重，世德應知積纍勤。書卷宜將全力赴，儒冠須着好香熏。爾來離别添愁思，爲爾開懷拼一醺。

津門詩鈔校箋卷三

金璿 二十八首

璿，字子衡。

案：子衡詩見欒飛泉先生《津門詩彙》，未詳其人。棟觀諸作，純以趣勝，而學力足以副之。骨力在龍山人之右，是善學坡公者。津門後學，惟趙雪蘿得續其踪。

蜂窠老人七十歌

蜂窠老人能慎獨，行年七十目如燭。馬足車塵日僕僕，髀肉愈生神愈足。延年無過先絶欲，老人弦斷不復續。四十餘年常獨宿，情至無情乃云篤。更聞年來工煮粥，五更自持薪一束。水火殷勤會攢簇，大藥誰知在菽粟？醒則惺惺睡則熟，平生夜氣何曾梏。惟有熱腸時中毒，緩急争向老人告。東家給錢西家穀，至今一裘不能贖。橋上人聞常捧腹，咄哉老人誠不俗。金錢縱使堆滿屋，可能買得霜髯緑？古人多壽爲華祝，我曰如君方不辱。吁嗟乎，多壽如君方不辱！

酷暑菘園招賞荷花五鼓赴之

避暑如避債，赴席如赴湯。五鼓上微月，一行乘曉凉。緑乾苗望雨，紅近水生香。爲想菘園老，酣眠未起床。

酷暑行

夜半朦朧强就夢，夢中誤入周興瓮。搥床大叫奪門走，岑岑尚覺頭顱痛。吁嗟今夕爲何夕，東望妖雲半天赤。毒風扇日日迸火，几席觸人似炮炙。連朝祈雨好官府，蓬頭赤脚走日午。跪拜僕僕汗沾膺，沿街擊破鼕鼕鼓。柳枝插遍河伯廟，黎園度曲開清醮。神龍畏熱潜深淵，牧竪村童空叫笑。早凉正好補夜眠，亭長敲門來要錢。

病中吟

爲是耽吟悔噬臍，那堪病裏賦凄其？子規生就傷心鳥，血濺花枝祗愛啼。

老吏

案牘叢中老，誰憐鞅掌勞？讀書兼讀律，操筆即操刀。景迫求名急，機深斷獄高。桑榆叨一命，何敢羡蕭曹？

老兵

久絶封侯想，邊庭皓首還。流年如箭急，背影學弓彎。故里多新冢，同袍少舊班。兒孫常繞膝，聽説賀蘭山。

老將

老將諱言老，功名猶力争。喜人誇善飯，留客話從征。駿馬窗前飼，名刀枕側横。陣圖閑自覽，尚冀鎮幽并。

老僧

識破無生路，長生不係禪。電光空際永，心月鏡中圓。尚有皮囊在，還他粥飯緣。騰騰惟任運，去住兩悠然。

有索畫虎者指寫睡猫以應并題一絶

雲箋命我畫猛虎，凍指爲君寫睡猫。親見夜來擒碩鼠，山君應遜此咆哮。

家園漫興

今春準擬種芳菲，載得名葩作伴歸。未解鳩工爲屋宇，先須構木駕薔薇。花移別圃和蜂至，雀鬥疏籬墮地飛。眼底風光幽興足，自烹清茗坐苔磯。

秋日菘園即景

詩狂酒伴菘園裏，蓮影蕉陰就小凉。黄菜圃連紅葉圃，白雲鄉在黑甜鄉。水邊琴韵絲絲滑，花裏書聲字字香。無數秋蛩喧石隙，羡他應候笑他忙。

戲咏榆錢

憑誰鼓鑄作規模，意匠經營造化爐。春裏結來春裏散，免教人笑守錢奴。小於鵝眼薄於萍，幾許工夫造得成。莫謂中心難着貫，恐人呼作孔方兄。

張廬五西江孝廉也設帳河東未兩月忽早起不識一字旬餘始稍有知覺老年客路抱此奇疾詩以哀之

二豎欺人虐焰殊，頓將痴昧易通儒。夢中彩筆還持去，座上青氈祇暫鋪。難向蠹編勘亥豕，倒從素壁識之無。天涯病叟同憐恤，不獨關心是老夫。

題畫虎

前年畫虎皮，見者盡摇首。去年畫虎骨，相顧半可否。今年興致衰，十幅九類狗。索者日有人，贊者亦多口。古人論繪事，第一忌拘扭。吾取怡性情，安知記好醜。腕中倀鬼出，紙上於菟吼。一時意所到，天機任流走。

咏古

讀《書》首《堯典》，展卷疑陶唐。欲試側陋子，何至降英皇。并后與匹敵，此舉實非常。廷臣多聖人，豈盡偕糟糠？觀型用二女，後世誰頡頏？

聖人切救民，忠孝不敢顧。叩馬誰家子，出言少回護。頓令馬上君，一語不能措。哀哀遜國臣，堂堂孟津渡。永謝西山薇，死充頑民數。

人生皆十月，政生稱大期。欲實易嬴事，須令歲月移。六國仇報秦，方欲寢其皮。斯事誠曖昧，誰爲加恕詞？因知琅邪子，亦非牛氏兒。

戲書客况

撇下毛錐放下書，往來衹在此階除。藥欄西去丁香北，七載行將萬里餘。

亦識熊魚未可兼，七年留滯自生嫌。欲抽沈韵閑排悶，展卷偏逢十四鹽。

訪米菘園隱居兼述疏闊之由

廿里韓莊路，三年景仰心。聲聞傳自昔，斟酌到於今。遇客頻相訪，同人共一音。種花兼養拙，的的出塵襟。近有蒼頭至，鬚眉入畫圖。囊中携白鏹，市上易青蚨。我謂誰家叟，人稱米氏奴。寄聲爲問訊，兹語到耶無？客舍殊蕭瑟，花間獨舉杯。津門音信杳，京國阿咸來。更道菘園老，當今隱逸才。平生詩酒外，從不近塵埃。遂有封書寄，聊當一問津。未知拜石者，容我賣鹽人。報道園花滿，休教俗事頻。春光能幾日？坐待緑成陰。舍北尋鞍轡，橋東借蹇驢。暫離塵俗地，來叩考槃居。覿面精神爽，升堂鄙吝除。暗香徐入座，餘馥在琴書。

窗外即菘園，名葩開正繁。草亭中設榻，佳木外爲垣。地僻因花麗，心清任鳥喧。桃源誰謂謊？真賞在忘言。

强恕草堂漫題

私心忽動皆因己，此念人人盡有之。事合群私公便得，情通一己衆皆宜。先從難處加勉强，更向臨時力把持。霹靂聲中清夢穩，者回方不負鬚眉。

馬上美人

豈是明妃降契丹？驕驄蹀躞畫中看。湘裙蹙鐙鸞靴瘦，宫袖籠鞭玉笋寒。虢國朝天花夾路，閼氏縱獵錦成團。歸來蜂蝶還縈繞，剩有温香滿綉鞍。

沈起麟 十一首

起麟，號苑游。

案：苑游山人家小有，喜施與，恬退和平，有靖節風。著《誦芬堂詩》，已傳刻。

康園水亭即事〔一〕

此中饒鼓吹，耳畔雜鳴蛙。闢徑通流水，編籬護野花。嫩荷經雨漲，疏柳趁風斜。倘遂栖遲志，衡門自可家。

夏日張藝史招集荷亭話舊〔二〕

雨窗知與一編俱，晴日移樽到水隅。翦燭吟成新句否，聯床話及舊交無。藕花溪畔舟輕渡〔三〕，豆葉村邊酒任呼。何日得歸江口望，風前携客〔四〕醉錢湖。

經旬何事雨凄其？霽色催人踏淺泥。客到每於花底晤，詩成争向醉中題。小亭坐處襟偏爽，孤艇行時葉欲迷。遥望一灣新漲緑，紅香隱約護沙堤。

〔一〕清雍正刻本《誦芬堂詩》卷上《山水吟》題作《康園水亭即事同鐵龕子素》。原二首，此其二。
〔二〕《誦芬堂詩》題作《夏日張藝史招集荷亭叙風雨疏闊之意分韵得虞齊》。
〔三〕『渡』，《國朝畿輔詩傳》卷三十六同，《誦芬堂詩》作『度』。
〔四〕『携客』，《國朝畿輔詩傳》卷三十六同，《誦芬堂詩》作『挾客』。

買棹送家次辰南歸

蕭蕭襆被寄星艭，脉脉離情恨未降。帆挂曉風吹落月，棹分秋水渡[一]澄江。遠山青處勞雙屐，霜葉紅時醉一缸。此去苕溪何日到？好遺尺素慰寒窗。

送馬伯槐歸越[二]

頻年寄迹在津涯，每值秋風便憶家。酒熟鄉關蒓可摘，詩吟客舍月初斜。篷窗夜聽[三]錢江雨，山徑行看禹穴花。此去恰當籬菊綻，相邀村老[四]話桑麻。

咏盤山蒲團石[五]

此石名蒲團，時有老僧過。閲歷幾滄桑，阿誰能坐破？

[一]『渡』，《國朝畿輔詩傳》卷三十六同，《誦芬堂詩》作『度』。

[二]《誦芬堂詩》題作《舟中送馬伯槐歸越》。

[三]『夜聽』，《誦芬堂詩》作『卧聽』。

[四]『村老』，《誦芬堂詩》作『老友』。

[五]《國朝畿輔詩傳》卷三十六同，《誦芬堂詩》題作《蒲團石》，下注：『在東北澗庵前，廣八尺，平坦無棱，古松蔭之如覆笠。』

石上松

虬松枝夭矯，覆此蒲團石。風雨[一]作龍吟，禪關慰枯寂。

村居[二]

豈有村居僻[三]，幾同汗漫游。蓼花紅處濕，豆葉雨邊秋。步緩閑搜句，篘清暫舉甌。更看行饁婦，荷擔下田疇。天碧望無際，秋高樹色蒼。古槐喧燕雀，荒冢卧牛羊。汲女抛寒綆，歸農話夕陽。年豐多黍稷，婦子足倉箱。

[一]『風雨』，《誦芬堂詩》作『因風』。
[二]《誦芬堂詩》卷中《村居草》題作《秋村》，原十二首，此其一、六。
[三]『僻』，《誦芬堂詩》作『癖』。

西郊秋雨［一］

曉村秋雨［二］細如絲，幾點吹來［三］落酒巵。漸冷似傳紅葉信，輕寒止許碧梧知。夜分把卷還支枕，漏下挑燈自課詩。最是寂寥眠未穩，瀟瀟客思［四］動淒其。

賀袁儀文舉雙子［五］

錦綳深喜二難俱，對浴金盆信足娱。弱質已堪稱合璧，童年應解弃雙繻。試啼我早知英物，取印人争識异雛。湯餅會須連日舉，不妨重醉步兵厨。

余公尚炳跋苑游《村居詩》曰：『先生學溯休文，名齊之問。消磨歲月，常閉户以著詩［六］；謝却逢迎，偶居鄉以［七］樂志。田負郭，儒可兼農；何物攖心，入無不得。潘安仁之養拙，庶幾似之；晏平仲之囂塵，吾

［一］《誦芬堂詩》題作《西村秋雨》。

［二］『曉村秋雨』，《誦芬堂詩》作『曉風吹雨』。

［三］『吹來』，《誦芬堂詩》作『霏微』。

［四］『客思』，《誦芬堂詩》作『村舍』。

［五］《誦芬堂詩》題作《袁儀文聯舉二子索詩以賀賦贈二律》，此其二。

［六］『詩』，《誦芬堂詩》序作『書』。

［七］『以』，《誦芬堂詩》序作『而』。

知免矣。此南村雜咏所由作也。[一]對時成咏，即景肖題。聊且組織烟霞，豈作山林經濟？月來雲破，斷[二]殘照以流暉；寺冷鐘疏，雜清歌而答響。雨過而凉生蝶枕，日斜而樹挂魚罾。或賓至而野蔌隨時，或人静而書聲在野。春漲出鮫龍之勢，滿地江湖；秋成賽鷄豚[三]之供，半畝[四]男婦。[五]信[六]乎孫綽之馳神臺岳，或遥賦而未真；王維之寄興輞川，亦閑吟而未備也。」

《天津人物志》：『沈鵬鳴，字君韜。天津人。居家孝友。父志達，性嗜飲，每食必以酒進。兄怡皋，善病。鵬鳴獨謀滫瀡，兼養兄若嫂，不敢告勞。生平樂施與。康熙四十二年至四十六年，天津頻歲饑歉，鵬鳴出粟爲糜賑之。鄰縣饑民就食者，縛茅栖城根。鵬鳴每晨辨色而起，暗投以錢，不使人知。静海小村莊有地十餘畝，捐之爲義冢。親族間不能昏娶者，必資助之。他若給槥舍藥諸義行不可殫述。子起麟，純謹樂善，有父風，鄉里稱之。』

[一]《誦芬堂詩》序下有：『是詩也，兩平挨韵，盡東陽上下之音；七絶擅長，儁南畝徜徉之致。』

[二]『斷』，《誦芬堂詩》序作『繼』，是，當據改。

[三]『豚』，《誦芬堂詩》序作『犬』。

[四]『畝』，《誦芬堂詩》序作『村』。

[五]《誦芬堂詩》序下有作：『樵夫牧豎，總入詩情；古渡危堤，都成畫意。』

[六]『信』，《誦芬堂詩》序作『嗟』。

童葵園 九首

葵園，號蘭風。［一］

案：蘭風山人，居直沽之南，買負郭田數畝，取風人之意，以『閑閑』署其齋。日事吟咏，即以『閑閑』名其集，玉笋山人傅王露爲之序。

閑居

閑居忘語默，寡懷游所天。箕倨［二］憩竹陰，夕陽輝檻前。飛鳥過庭樹，暮雲交荒烟。萬類俱變態，忘形適自然。云胡役塵事，方寸百慮牽。窒欲無驕侈，富貴何用焉？淡泊以明志，簞瓢等肥鮮。安居以樂道，容膝如華椽。詩史娱歲月，涉獵勝田園。勿爲情所肆，養性得其全。

舟次漢口

漢水孤舟萬里征，一江風月不勝情。詩吟鄉國腸應斷，身在波濤夢亦驚。蠻語

［一］《國朝畿輔詩傳》卷二十六：『有《閑閑齋集》。』杭世駿《道古堂文集》卷十一有《童葵園閑閑齋詩序》，謂：『童君葵園，自蘭風鎮徙家來此。』此蓋『蘭風山人』其名之所自。

［二］高氏校云：『「倨」，應作「踞」。』

喧闐驚夕市，笛聲淒寂度山城。獨憐汀畔閑鷗鷺，來往忘機泛泛輕。

夜風吟

客館侶南容，清吟斷華燭。陡然簾幕颭，怪哉何物觸？握筆側耳聽，驚聞風翻屋。審從北方來，天地布肅穆。潮涌狀其雄，馬奔擬其速。星月斂光芒，雲烟回海谷。颼颼吼蒼松，獵獵摧枯木。寒嚴何太嚴[一]，巽令亦云酷。言念戍邊人，此日無衣服。

沽上餞别

海天新漲一杭浮，野樹鳴蟬夾岸稠。村落幾家雲脚下，夕陽一片柳梢頭。碧筒鯨吸酬吟興，紫管鸞吹送客愁。脉脉離情何處是，半灘紅染蓼花秋。

過朱仙鎮

謁岳武穆王廟，見明侍御金公『如何十二金牌召，頓捲三千鐵甲兵』之句，因和其韵

莫怨金牌到拔營，當年辜負誓軍聲。康王早就南都策，秦賊陰謀北伐兵。若使一軍歸汴水，何能九帝建杭城？獨憐松柏依然在，猶是千秋報國情。

[一] 高氏校云：『上「嚴」字當誤。』

津門重見會稽宋太守

鄉國郊迎憶昔時，春風岩壑媚仙姿。千年又見劉明府，一載旋成柳士師。鑒水雲烟成往事，稽山猿鶴有遺思。何當東海重相見，悵望甘棠感述詩。

津門九日分賦

海門九日上高臺，野色相思入望來。紅葉千林經雨落，黄花三徑帶霜開。雲連鳳闕秋將去，雁盡龍沙人未回。有客空憐同作賦，臨邛辜負長卿才。

上留田

上留田，千古哀。弟孤兄不字，輕倫重貨財。勿畏人之言，而今安在哉？荒墳凄白楊，骨埋事不埋。沈冥慘愀道路側，愁絶西風吹夜臺。獨不見夷齊讓國生不還，泰伯避位走荆蠻。又不見子臧守節以去國，季札安義欲歸田。輕視萬乘如敝屣，後世皆稱聖與賢。齷齪阿堵何足言，胡爲乎骨肉乖離失所天？跛一足，步不成；失一手，難舉擎。兄弟孔懷孰無情，試聽斗粟釜豆之歌咏，何如鶺鴒嚶其鳴？

寄戚瓶谷學士

名高仙館振雄詞，八斗才華際聖時。鳳詔草成中使取，羲文讓徹帝心知。花迎紫綬趨朝早，月映銀臺歸院遲。舉目徒勞瞻碧落，春風拂處憶丰儀。

摘句如：『竹窗聽雨留僧話，荷院敲棋看鶴行。』『菊荒雨院蒼苔老，松冷雲門白日〔一〕空。』『石徑花深藏白鶴，柳塘烟暖織黄鸝。』『月色一天同此夜，風光兩地各成秋。』『雲從山暗疑無路，溪繞花明别有春〔二〕。』『彭澤酒從花下飲，宣城詩向柳邊吟。』『納陰煮茗商花事，習静焚香讀道書。』『霜月平分松竹徑，夢魂獨繞水雲樓。』『竹侵名酒杯浮緑，花妒酡顔面映紅。』『風霜道路一千里，烟雨樓臺十二層。』『一緘遥達春風座，百感横生《秋水篇》。』

周人龍 八首

人龍，字雲上，號躍滄。世天津人，梅嶼先生式度子。康熙戊子己丑聯捷進士。歷官山西蒲州府知府、江西督糧道。著《居易堂三周文稿》。〔三〕詩采於同邑欒飛

〔一〕『白日』，《國朝畿輔詩傳》卷二十六作『白石』。

〔二〕『春』，《國朝畿輔詩傳》卷二十六作『村』。

〔三〕高氏校云：『《居易堂文稿》乃兄弟合稿，且是制藝，可以不書。』

泉先生立本《津門詩彙》。

周衣亭太史爲兄立傳云：『兄諱人龍，號躍滄。康熙己丑進士。選授山西屯留知縣，調知清源[一]。歷牧忻州，守蒲郡。丁艱服闋，補授湖北安陸府知府。以蒲州任内卓异，推升江西督糧道。享年六十有四。兄初就外傅，聰穎絶倫，塾師偶以他事歸，留《四書》題七，約於回日交閲。師去，則衆聚而嬉。師回，無以應也。師大怒曰：「限明日繳，否則笞之。」兄一夜成七藝，次早交卷，點畫無訛。師大奇之，歸以其女，即吾嫂梁恭人也。兄之莅官也，治績冠一時，而大旨歸於愛民。康熙辛丑歲六月，抵屯留。是時，平潞二郡連旱。兄下車日，大雨足，百姓歡呼曰：「此隨車雨也！」爾後，歲屢豐。偶不雨。有三峻山，去城百里，相傳其神司雷雨，徒步往禱，次日又徒步返，從者皆罷。或勸乘騎行，兄曰：「吾爲民，不言苦也。」晋省耗羡重於他省，捉短封一事，尤爲閭里害。兄惻然曰：「分厘之短，非缺正供，短封豈可捉乎？其勿行。」邑人弇鄙無文，數十年無叨鄉薦者。兄以朔望日集生童於學宫，告以讀書立品之道。次日，課於庭，授之餐。評騭指駁，一如授徒時。由是士知向學。爾後多以科名顯。壬寅秋，邑東鄙十三村被雹，捐千金以賑，民無流亡。明年，因公赴省，調知清源，遣人迎眷屬於屯留。士民送於郊，已出境，道傍候者數百人，泣如雨下，攀戀不能舍，則嚮之被雹村民也。既抵清，教養一如治屯時。清邑水患最巨：一爲汾河，繞城四面，約三十餘里。又洞渦河在汾河東，嵃峪河在汾河西南，白石溝經縣城西北，又轉而東，與汾河合。秋雨稍多，諸水齊至，沿河田廬多没，爲民害者數百年。兄悉心籌畫，

[一]《大清畿輔先哲傳》卷三十一、《清史稿》卷二六四均作『清源』，《國朝畿輔詩傳》卷二十九引及下『調知清源』均作『沁源』。

挑渠築堰，邑人賴之。署東有水一區，可十畝，蒔蓮盈沼。爛漫時，與邑中二三賢者講學談藝於其旁，邑人愛而敬之曰：「此周公蓮也。」牧忻時，會西鄙未靖，軍需旁午，承辦騾隻駝屧，養軍需馬千匹，皆報最，同官者師事焉。有善者則曰：「此忻州法也。」蒲郡瀕患黃河，河水遷徙無常，山陝之民隔河爭地互控，數十年不休，公請於上憲曰：「臨河灘地，莫若以河爲界。黃河東遷，山西地少，即將山西無地之糧，歸於陝西。黃河西遷，陝西地少，即將陝西無地之糧，歸於山西。如此，則糧隨地起，既無缺於正賦，因地納糧，又無累於民生。現在山陝沿河二千餘里，兩省各有湮没之地，飭令沿河州縣，照糧查地，按地過糧。除鹵碱之地，照例題請免糧外，其餘退水之地，招令沿河居民認糧承種，黃河之消長以漸，十年一次稽查，庶偏枯去而爭訟可息。」至今便之。時又有丁糧歸地之舉，山右已試行三十餘處，民大稱便，而紳衿富民多不悦，因有奏言便於無力之丁，不便於有田之家；便於田土肥沃之家，不便於田土瘠薄之户。山右丁糧多於他省，攤於田畝，未免有輸納艱難者。世宗下其議於晉撫，撫檄查，兄抗言曰：「無力之丁，家無寸土，終歲勤苦，糊口維艱，輸納丁糧，實同剜肉補瘡。補之不能，必至拖欠。欠之愈多，必至流亡。而丁倒累户，户倒累甲。是逋欠者在一人，而受累者在衆姓，不特下累民生，久且上虧國帑。有田之民，雖肥瘠不同，然地肥然後糧多，糧多然後丁銀之歸入者多；地瘠則糧少，糧少則丁銀之歸入者亦少。是不便於有田之民者甚微，而便於無力之丁者甚大。若以爲不便於有田之民而不可行，豈不便於無力之丁而反可行乎？不便於田土瘠薄之家而不可行，彼瘠土亦無之，赤子將何以堪乎？若云山西丁糧過多，攤於地畝，輸納艱難，夫以有力之家輸納，尚且艱難，彼無力之窮黎輸納，反不艱難乎？今爲有地之家計萬全，而不爲無力之丁求生路，殊非周急之道，亦失調劑之宜。君子平其政，焉得人人而悦之？」議出，事遂定。督糧署素稱蠹藪，莫可究詰。兄至江右，創立規條，夙弊一清。南撫建三府，爲糧道兼巡地，按巡各屬，歲一周。囹圄冤抑，多所平反。褰帷行部，守令憚丰采焉。乙丑病作，告歸而終。兄仁厚性成，尤善獎拔士類。三黨親貧不能讀書者，招於署，延師教課。張君元林者，太原寒士也，爲雍正甲辰分校武闈所得榜首，應詔保薦，令神木有聲，歷任河南開封府，識循吏於橐鞬中，尤爲僅事。乾隆丙申十一月，弟人麒謹志。』

公居官清正，廉隅自飭。幼承家學，至老勿衰。詩皆散失。案，《詩彙》本注云：『表伯周躍滄先生，由西江糧道謝病回籍，易簀時，出其所作詩稿一編，囑先君子代爲選擇，將爲鋟刻計。先君子受而存之。閱數歲，校畢，付其嗣君冰叔謀鳩匠氏。而冰叔突遘奇疾，竟付祝融。今廿年矣。乾隆癸巳歲，予有《津門詩彙》之選，每慨先生作不傳，向冰叔之子宬賓言之。宬賓謂其母石及其姑黄有能記誦者，歸録十首，寄予登之。因嘆先生之詩，毀於其子，而傳於其媳其女，亦僅事也。樂立本記。』

即事

三年三度下淮揚，楚水吴山道路長。自是鶯花稱勝地，獨憐風月在他鄉。衣冠冷暖催人老，魚雁浮沉斷客腸。遥望家園何日到，幾經游歷幾彷徨。

舟中寄衣亭五弟

宦海分飛各一方，西江離緒更茫茫。南看桂嶺雲千叠，北望燕臺樹幾行。一雁[一]天涯春信杳，孤舟江上晚風凉。年來漂泊同鷗鷺，翹首鵾鵬萬里翔。

猶記京華大被眠，塤篪互奏興怡然。那堪北轍南轅日，更值春雲暮雨天。歧路三千愁白髮，韶光九十羡青年。應知鞅掌江湖客，一片鄉思載滿船。

春日遣興

《逍遥》讀罷興何窮，簾外鶯聲趁曉風。書到會心無甚解，詩緣寫意不求工。偶逢流水凝神遠，爲惜芳春放眼空。一笠滄浪堪放棹，桃花深處覓漁翁。

江村晚步

江干寥落少垂楊，麥浪黄花路兩旁。一帶疏籬張雀網，數椽茆屋結蜂房。荒村犬吠衣冠客，蓬户鷄鳴薜荔墻。信步行來春色好，恰將野興襯詩腸。

再泊蕪湖

爲愛蕪湖風景幽，一年一度特來游。千家燈火臨花岸，萬頃烟波傍酒樓。桃李還開新歲景，鳶魚疑向故人投。却憐指日南旋去，不似長江亦北流。

[一]『一雁』，《國朝畿輔詩傳》作『獨雁』。高氏校亦云：『「一雁」原作「獨雁」。』

江樓望雨

天光水色漭無窮，誰把乾坤一氣通？上下同流雲作合，陰陽交泰雨爲功。倒垂銀綫沉江底，亂灑明珠落海東。一葦渡波何處去？渾如身在水晶宫。

浙江舟中

扁舟今日過錢塘，屈指西江路正長。萬叠奇峰排兩岸，千層頑石墊中央。船從水面穿山徑，人向山蹊渡水鄉。鼓棹不勝跋涉苦，况兼風雨更蒼茫。

附公子《雲騎尉傳》[一]，揚州焦公循撰云：『雲騎尉周公，諱大綸，字理夫。直隸天津縣人。雲騎尉，朝廷褒公殉節贈也。祖式度，以次子中丞貴，贈如其官。父人龍，康煦己丑進士，纍官江西糧巡道。公生有大志，不事家人産。幼年讀書，置之曰：「人尚行爾，奈何效章句儒？」尤鄙時藝爲淺近不足學。負性慷慨，睥睨一世，豪杰自許。時翔肘縱步，仰首大言，以爲丈夫功業重大不朽也。由貢生捐州同職，改鹽課大使，分發福建。歷官洴洒州場鹽課大使。所至稱職，商民感悦。任滿，改補興化府經歷，調莆田縣丞。公游歷海疆凡二十年，公廉儉慎，貧甚，署中無斗石儲。一日炊幾斷。有訟者持銀錢二百圓求公直其訟。公察其訟本直，斷直之，而歸其錢曰：「我雖貧，豈惜此穢貨！」其操守如此。然暇則讀書，五經傳注、濂洛關閩諸書，皆可默誦。嘗謂

[一]《雕菰集》卷二十一有《周縣丞傳》，其文較略。

宋儒濂溪先生爲杰出。以貧故，遣眷屬歸，孑然一官，特立不倚。坐是，上官多賢之，所至有聲。嗣調臺灣府彰化縣縣丞。數年，公稔知民氣凶頑，時虞失靖，憂慮見色。公狀長八尺餘，豐準、口横闊、面紫、虬髯，志形於口，直傲無顧忌。會任滿，已解任，行謁觀察，詢民風俗，公曰：「民不遜，殆將叛也。消於未成，諳無貽。」主上憂，觀察以言張大，不信。適諸羅縣有公事，命公往治。公於是至諸羅，主客民葉友伯家。未幾，賊首林爽文倡衆犯城，既陷彰化，次及諸羅，公憤然曰：「吾亦朝廷官，何坐視城陷？」乃擢須奮入縣署，縣尹適與老幕客相對張惶，見公至，謂公曰：「今無力遏賊勢，死也，死也！」公張目髯倒起，睨縣主曰：「賊烏合衆，諸羅民素尚義，城雖孤，以死力守之，未必陷也。且國家建官，冀能守，非冀能死。坐致民逆，死以塞責，此小丈夫也！」公悵悵出，猶謀所以禦賊計。是夜，賊衆犯城，公聞之，頓足長嘆曰：「不信吾言，果至此。」少選，聞在城文武官皆死據縣署。公曰：「至此，惟死已矣。」徘徊於庭，適賊酋見公，以告賊首，乃縛去。賊以公居職廉謹，不忍殺而勸之降。公且駡且諭曰：「爾輩久受國恩，何苦爲滅族事？急自新，盛朝寬大，或可赦也。」語未訖，有賊躍出，掌公頰，公撫頰大哭曰：「此頭顱，乃爲賊污！」以首觸柱，額裂血淋漓。囚之凡數日，駡詈不絶口，遂遇害。

陳名德，公僕人也。紹興府人。自諸羅縣陷，公被囚，德左右未少離。賊怒公駡詈，牽去西門外教場，德翼公脅，公顧曰：「爾尚在此？速去之！」德哭泣不去。既至，公從容北面謝闕，神色自若，駡賊益厲。賊以刀刺公乳上，德急抱持公曰：「死則死耳，未可爲賊刃污。」衆刃皆下，德以身蔽公，賊擊德蹶，公乃遇害。德見公之死也，喑嗚叱咤，奪賊手中刃，奮向將台欲擊，賊刃亂下，德亦支解死。乾隆五十一年十二月十二日事也。

葉生，名友伯。廣東嘉應州人。商於諸羅，亦慷慨士也。以公廉正，素好公，公亦往來其家。賊既縛公去，其党何北海囚公於縣治前。時冬月，公僅衣單布衫，中寒咳嗽，義不飲食。生時遣人探公，具橘餅二枚、湯一盞，冒危至囚所，勸公食。公呷湯，開目視曰：「無再來也。」既被害，公尸及陳德尸縱横狼藉於臺上下，一晝夜莫敢收者。生乃詣尸所拜哭，槀葬於地。逮大兵剿賊後，太守楊公廷樺覓公尸，生示其所。掘之，皮膚蟻食盡，白骨中惟心具存，赤色炎炎然。公長子琦，渡海移公柩，生復爲之經理盡善云。

琦，公長子也，字璞廷。公生六子，琦、璋、墦、瓚、璨、珣。瓚早卒。琦材質穎异，精力過人。聞公殉難，力貧忍瘁至諸羅，往返萬數千里，逾越險阻，往往撫函露立，哀痛不飲食。渡海遇風，驚悸遘疾，卒於揚州途次。其弟墦，扶父兄柩歸里。賊平，將軍福郡王上公死事狀，詔賜葬祭如例，予雲騎尉世職，子孫蔭襲。公遇害時，年五十二，琦年三十有八。公既死，義民以死守，諸羅不陷於賊。朝廷嘉其嚮義，故今更名嘉義縣。歲丁未，天子巡幸天津，俘臺匪至，賊渠何有志者，即害公者也，磔有志時，公子姓咸目睹焉，一時群焉稱快。』

周人驥 十首

人驥，字芷囊，號蓮峰，人龍弟。雍正丙午丁未聯捷進士。歷官禮部主事，四川學政，福建副主考，貴州道監察御史，吏科給事中，廣西右江道，陝西、湖南布政使，浙江、廣東巡撫。〔一〕著有《香遠堂詩稿》〔二〕《蓮峰宦稿》《居易堂文合稿》行世。

同邑牛次原先生坤立傳云：『周蓮峰中丞公，諱人驥。天津泥沽村人也。公生而岐嶷，卓犖有奇志，資性端重。修眉目，美須髯，狀貌甚偉。幼補博士弟子員。淹貫經史，不屑章句，於書無所不讀，爲文如泉涌。中式雍正丙午丁未進士，授禮部祠祭司額外主事。初視事禮曹，即嫻於政體，諸前輩嘆以爲不及，相推爲偉器。蒙憲皇特達之知，以主事加翰林院編修銜，提督四川學政，凡考試利弊，興剔殆盡。三載中，自青衿主文衡，士林榮之。差竣復命，補禮部精膳司主事。擢儀制司員外郎。典試福建副考官。選授貴州道監察御史。丁母憂，服闋，補廣東道監察御史，轉吏科給事中，巡視南漕。歷任科道，前後三載。時恭逢高廟御極之始，方旁求俊乂，治益求治。公既博通經史，遇事直陳，不邀名，不立异，斟酌古今，言中體要。有關國計民生者，建白最切。奏上，每蒙嘉納，故名重西臺。授廣西右江道，下車日，有苗民隔省争山，訟久不决。公爲勘定界址，遂息訟，歡呼而散。柳潯諸郡邑，文風樸陋。每集諸生討論經義，授以讀書臨文之法，不憚勤勞。於是士風丕變。擢湖

〔一〕高氏校云：『周人驥歷官，於京官不載員外郎，於御史不載廣東道，於兩司不載湖南按察，於巡撫不載貴州，未免挂漏，不如徑云官至貴州巡撫。』

〔二〕高凌雯〔民國〕《天津縣新志》卷二十三《藝文》著録周人驥『《香遠堂詩鈔》八卷，刻本』，謂：『是集爲其甥趙世杰編校刊行，其詩始於游晋，迨通籍後，督學西川，典試八閩及以御史巡視南漕，王事賢勞，不輟吟詠，莅湘稍久，篇什較多，然集亦止於此，厥後迭掌封圻，罷歸田里，不無續作，而稿之存佚，不可知矣。』按：今紹興圖書館藏有《香遠堂詩鈔》八卷。

南按察使，刑家律例，久嫺於胸中，凡輕重得失，出入生死，無不平允。沉冤滯獄，爲之一清。去任日，凡發奸摘伏，計二百案，編彙成帙，題曰《臬楚摘案》，付之剞劂，見者允服。擢陝西布政使，旋調湖南布政使。楚南風土民情，素所熟悉，一切設施，更合機宜。偶值洞庭水漲，瀕湖居民奔走入會城，鵠面鳩形，死在旦夕。公捐廉，分廠煮賑，計口授食，全活無算。調浙江布政使，入覲，以歷任藩臬，著有成效，屢蒙召見，叠沛温旨，因拜浙江巡撫之命。公撫浙江二年，除漕弊，補積逋。植樹畜以足民，禁左道以厚俗。清理積案，緝獲巨盜。請公帑修築海塘，發倉穀活窮黎被水者。凡諸惠政，莫不畢舉。以失察前撫鄂公事，致罣吏議革職。未幾，有署廣東巡撫之命，諸大惠政，一如撫浙時。調貴州巡撫，首清錢法，勸植棉麻，以充民用。奏開南明河，利銅運，節經費，避川江之險。且取道甚近，凡黔省民間百貨、絲枲鹽絺之屬，取資於鄰省者，皆因之流通。惟崖壑絶險，會有以糜帑累民爲言者，遂以此革職歸里。旋奉罰修完縣城垣，工未及半卒，年六十有八。公生平清介，才氣過人，職司言責，人謂有名臣之風。三歷封圻，廉潔自矢，未嘗謀身家之利。不與人輕交，無門户之見。每接僚屬，諮詢民生休戚，風俗好尚，語不及他。凡屬吏賢否，隨事體察，恐其病民也。一切官書，不假手賓佐。盛暑祁寒，躬親裁決，恐他手失於輕重也。善射，工詩，諸唱和者，皆海内鴻博之士。精於書法，人得片紙隻字，皆寶惜焉。著有《香遠堂詩稿》。」

商寶意《越風》載。『宗逢時[一]《八月十五夜泛舟洞庭和周蓮峰觀察七古》云：「長沙日落湘水流，素

[一]『宗逢時』原誤作『宋逢時』。

雲鱗起東海頭。客來秉燭動游興，載酒一上沙棠舟。〔一〕湖平似掌清見底，飛鏡忽向空中投。」又曰：「大珠小珠萬萬顆，玉盤零落誰能收？是時酒闌月正午，狼藉肴核傾觥籌。座中亦有洞簫客，水龍一曲風颼飀。」』

公官侍御時，彈劾不避權要，以直聞。歷任封疆，風裁嚴峻，貪墨者望風解組。清厘夙弊，廢無不興。所莅之民，畏威懷惠。卒以剛正爲權貴所中，數起數蹶，未竟其用，論者惜之。

送別欒樹堂表弟歸里

久別蠻烟瘴雨間，孤舟此日送君還。八千路遠無分水，自柳州至津一水可通。兩紀人歸有亂山。世事飄萍今古恨，宦場勞攘夢魂間〔二〕。故鄉親友如相問，祇道游人鬢未斑。

録囚

明刑肩巨任，三尺凜虛衷。執法談何易，求生計已窮。告哀衣盡赭，對泣泪疑紅。畫地胡爲入？襜帷愧罔功。

〔一〕《兩浙輶軒録》卷二十録此詩，下有：『舟人解意任迴蕩，打槳拍拍隨輕鷗。雁群高下漢陽渚，漁燈三五蘆荻洲。須臾微飆洗昏翳，天爲此夜開中秋。』共三聯。

〔二〕『間』原作『閑』。

和楊大中丞闈中即事

頻賡佳製愧衙官，蕭艾何能混芷蘭？撞罷鼓鐘無巨響，嚼殘冰雪有餘寒。未忘華燭三條景，更念青錢萬選難。利器自應脱穎出，漫期學海潤中乾。

送金中權旋吴門

江湖宜少壯，鄉國邈山雲。有句能投我，無言可贈君。聰明當愛護，謡詠漫紛紜。莫負臨歧約，清和望已深。

留行詩

宋君與偕〔一〕，客久思歸，爰集《歸去來辭》留行

懷歸首事及田園，憂戚而今去復存。事絶有時閑策杖，春來無日不關門。宋喜閉户讀書。松窗憩息誰情話？雲岫追歡獨酒尊。君反東皋知己少，嗟餘遥盼欲何言！

夕郊

夕陽衰柳暗長堤，郊外寒光入望迷。匝路藤枯猶有幹，斷橋冰合已無溪。烟荒

〔一〕高氏校云：『《香遠堂集》作「宗君與偕」，此作「宋」，恐誤。』按，陶元藻《全浙詩話》卷四十七宗逢時條：『逢時，字與偕，會稽人，太學生，著有《嚻嚻集》。』

山下樵夫路，霜印林中獵馬蹄。幽興獨來仍獨往，一聲長嘯嶺雲低。

涓陽晚眺

荒城四面是山圍，郭外人家隱翠微。積雪白侵游子鬢，夕陽紅上牧童衣。峰連暮靄千村暗，樹擁寒烟一鳥歸。薄醉吟殘猶徙倚，閑心覺與世情違。

常山過漢順平侯故里

將軍膽氣昔稱奇，伯仲關張立漢基。廟食不存千古後，書生過里一題詩。

抵成都任

丹闕天書五月擎，秋光初入錦官城。十年浪逐青山隊，萬里欣邀絳幄榮。曾向冰廳盟月朗，尚期玉壘挹風清。爲宣文教來南服，肯把迂疏謝老生？

犍爲晚泊

山城寥寂俯江隈，薄暮停舟亂石堆。麝鹿眠時香草合，蝮蛇挂處毒花開。水天清澈無人到，烟霧蒼茫待月來。幾處漁歌供客醉，好隨帆影且傳杯。

次原牛公《記周蓮峰二妾事》云：『崔氏、李氏，周蓮峰中丞公側室也。初，中丞因公革職歸里，旋奉罰修完縣城垣，家資已充帑，工未及半，中丞即謝世。崔、李方盛年，無子，家人有勸其改適者，二氏誓不從。遂脱簪珥，相與守節，生平相親猶姊妹。時中丞次子婦楊孺人，亦年未三十而寡，有二子，於是合志撫孤。中丞撫黔時，失察屬員虧空，罰令賠償銀兩。本籍僅有舊宅一區，没入於官，家益貧甚，僅賃居草房數間，存身而已。米鹽不知所出。崔、李惟長齋綉佛，絶迹户庭。所居之室，不入其户，則寂若無人；入其室，恒見其勤女紅，以之給饘粥，供佛香燭而已。所衣單衫布裙，補綻幾遍，嘗浣濯再再，絶無塵垢。歲時，非中丞至親，莫能覿其面。有時饔飧不繼，竟日一餐，皆處之晏如，無戚戚容。人以爲有士君子安貧樂道之風，不敢以妾婦之諒目之也。親友聞者，莫不异而敬焉。卒年皆七十。』

案，蓮峰先生清操剛正，聞於海内。嘗聞故老云：『公撫浙時，一郡守甚貪墨，公具疏參之。守聞信謁公面乞，口如懸河，自言幼而孤苦，歷官如何艱難，且有八旬老母，言之流涕，至於稽顙見血。公俟其語罷，徐曰：「公休矣。」守出而拜表焉。』其剛毅不惑，皆此類。

周人麒 十四首

人麒，字次游，號晴岳。衣亭其别號也。人驥從弟。乾隆戊午己未聯捷進士，欽點庶吉士，授翰林院檢討。著述甚富，載傳中。

牛次原先生坤《周太史傳略》云：『衣亭公，姓周氏，諱人麒，天津泥沽村人。公生而端方，舉動如成人。年十二，銳然以勤學自勵。初入塾受書，鍵關夜讀，聲琅琅動四鄰。聞者早識爲遠到器。故少能文，嘗落筆千言立就，文思之縱横，師友皆驚，謂公性鈍而學思遽進，蓋好學其天性也。中式乾隆戊午科舉人，明年己未成進士，蒙聖恩拔置詞垣，充《大清一統志》纂修官。乙丑五月散館，奉旨授翰林院檢討。維時方崇尚風雅，天子萬幾清晏，每引見詞臣分韵賦詩。衣亭公嘗恭進詩篇，雅意清裁，有初唐之風味，以此每邀恩賚。當道諸公與海内鴻博之士，皆相推重，聲名藉甚。惟公體氣素弱，由少奮學問，不惜精力故。勞而成疾，嗣患痰症，歷久不痊，遵例休致歸里，人皆爲公惜。卧疴沽村，家雖貧，亦不問家人産，惟閉户著書而已。於是鄉黨好學之士，從游者接踵嗣。金金門太守文淳，公同年友也，時守順德，由順德調任天津，暇即過公講道藝。以順德文風不振，數科無叨鄉薦者，敦聘主龍岡書院講席，公義不獲辭。既抵龍岡，生徒聞公講説，莫不鼓舞而前。彼處人士固敦實學，公因導以經術，漢唐以來所以爲文之法。自是肄業者日增，咸知肆力稽古，爲文學藪。太守耿公爲之嘆曰：「師道立則善人多，吾於先生見之矣。」凡七年中，登賢書者五，皆出門下，人謂公大有造於龍岡。時公年已七十，因動歸老之思，遂囊書旋里。平居品行清高，學問有本，生徒日進。年八十，卒於家。性清介，雅量不凡。孝友承家，崇尚風節，老而彌篤。家居益發憤，刻意經學，淹貫百家，以道義爲指歸。暑窗雪案，手未嘗釋卷。用力既勤，沉思既久，能發前人之所未發。觀其著述，廣集衆論，推見精義，真成大儒云。所著有《檢定唐宋文録》《解史記約録》《評解毛詩簡明録》《尚書檢明録》《禮記纂言》《昭明文選約録》《唐詩類疏》《左傳輯評》，自著《保積堂館課詩賦》《保積堂四書制藝》若干卷[一]。他如古文雜體，俱有定本。惟《孟子讀法附記》刊行於世。』

辛巳大水感懷十二首

清時萬類荷陶甄，人事無如氣化偏。常仰卿雲歌舜日，忽驚洪水見堯年。搔頭一任彌千里，隻手誰能障百川？極目河南并河北，悠悠寒浪接長天。

一自黄花著夏槐，朝雲暮雨遞相催。雨傾天漢常時決，雲鬥蛟龍總不開。兩月霪霖迷晝夜，千年老樹拔風雷。栖禽何處沾餘粒？鳴噪紛紛枉告哀。

雲飛雨散已清秋，萬落千村日夜流。沉竈清波床下出，過墻駭浪案頭留。薪芻在在尋高樹，襆被家家上小舟。訪道何須方外去？人間無處不瀛洲。

人言水涸深秋日，不道深秋水更多。百尺帆檣迷舊路，重華桃李蘸清波。蛇龍得勢偏能舞，鴻雁無糧竟不過。獨倚衡門披故絮，西風白露奈凉何。

十里晴虹護郭堤，長椿巨石捍鯨鯢。舉頭鳧鷁千山矗，放眼鄽闤萬瓦低。日落

[一]高凌雯[民國]《天津縣新志》卷二十三《藝文》著録周人麒《保積堂詩文全集》，謂：『人麒詩文俱有定本，惜未刊行，今《津門古文所見録》存文十五首，《津門詩鈔》存詩十四首。』今天津圖書館藏有清抄本《保積堂詩稿》一卷、《雜著》一卷。

兒郎猶畚鍤，風來婦子亦驚啼。交親多少城居者，惡説城頭水面齊。
雖逢佳節懶題糕，曠野茫茫水没蒿[一]。滿眼洪流誰送酒？置身乾土即登高。
鷄豚北舍空相憶，蓑笠東菑枉自勞。十畝晚粳皆秕穗，霎沉波底不堪撈。
驚聞怒浪破千家，九月十五夜。夜半風聲萬鼓撾。大木飄揚同雁鶩，飢黎顛倒似魚蝦。
號咷震地誰能拯？澎湃兼天詎有涯？兩結田廬臣力竭，可憐頃刻委泥沙。
風定遥村見鏡光，浮尸蔽水更堪傷。琴樽乘溜歸魚網，筐篋隨篙上野航。憂國
岩廊多稷契，籌時岳牧盡龔黄。天儲露積倉囷滿，聞説城中已備荒。
競傳明府布恩新，十月重開海國春。大地黄流雖浩浩，太倉紅粟尚陳陳。沿門
共慶三冬飽，記口空瞻四野均。我是玉皇香案吏，能携升斗逐飢民。
横流應不到天邊，翹首程番時四兄撫黔省一黯然。去路常輕千萬里，來書動隔
二三年。提防自愧無中策，奠定還期有大賢。安得伏波傳遠略，驅回滄海出桑田。
扶杖閑吟秋水畔，披襟空憶武昌城。簞瓢陋巷風初冷，絲管南樓月正明。時大
侄知德化。南望九江天共遠，北流萬派海同平。匡廬旅宦知如此，把酒能忘故國情。
問字亭前絳帳空，重門深閉坐秋風。知交踪迹疑天外，罔阜崔嵬入鏡中。舊業

[一] 高氏校云：『「蒿」應作「篙」，見白香山詩。』

祇餘塍上水，新詩徒剩氣如虹。三千果有神仙窟，萬里乘槎過海東。

竹床詩爲侄倩張楚山進士賦

破竹爲床樂静便，虚心高節尚依然。珊瑚玳瑁多相妒，莫遣清風四海傳。

蕭然一榻劈霜根，上有西江舊酒痕。敬拂輕塵安枕席，不教夢裏忘君恩。

按：天津周躍滄兄弟，乃周梅嶼先生子。《天津志》。桂林相國陳宏謀觀察天津時，爲周公梅嶼立傳云：『君諱式度，字貽方，梅嶼其别號也。世居津門，祖父皆有潛德。君少孤，值家道中落，思紹先緒，於治生之外，折節讀書。年三十始補博士弟子員。性甘澹泊，不慕榮進，而於書無所不讀。盛暑嚴寒，亦手一編不綴。嘗語人曰：「學期有用，士君子讀書，當以克治身心，講求經濟爲要。若風雲月露之詞，偶寄閑情，無關實用，何足尚也？」此其志趣，却春華而采秋實已，异乎世之徒事占畢，專工詞墨者矣。至於言論風采，倜儻不群，不屑屑爲迂謹狀。取與義，臨財廉，寧人負己，毋己負人。親知有急難，必多方排解，事已不爲德色。見人有片長，即卑幼，亦改容禮之，獎美不啻口出。其事不協理，即面折不少假。故少年後進皆嚴憚君，有不善，惟恐君知之也。門内肅然，一循禮法。教子弟尤嚴。所諄諄勖勉者，惟在立身行己之要，忠主庇民之大。年六十二卒。纍贈中憲大夫。子人龍、人驥、侄人騏[一]，皆爲名進士。長任蒲州守，仲任御史。論曰：「不知其人之祖父，視其子孫；不知其人之子孫，觀其祖父。予不及見贈公梅嶼，而長君人龍、仲君人驥，與予相知有素。予來津

[一]『人騏』，應作『人麒』。高氏校云：『「麒」誤「騏」。』

門，詢之士論，咸服贈公行義篤學，有古君子風。顧以富於學而嗇於遇，爲贈公惜。吾獨以爲不然。自古爲善讀書之報，不於其身，必於其子孫。惟其積之也厚，則其發之也益盛。贈公生雖不遇於時，而令子連鑣騰達，洊歷清要，治行卓卓，聲著朝端，皆贈公有以啓之。所謂因其子孫，以知祖父也。自今以後，益著匪躬之節，恢宏濟世之才，如木之培而益茂，水之蓄而益深，所以繼贈公之志而垂諸後昆者，且方興未艾焉，則又所謂因其祖父，以知子孫也，予當翹首跂之矣。」』

周南 一首

南，字雅原，衣亭太史子。諸生，落拓不偶，削髮爲僧。

叔舅殷爾璽先生歸自江左即席命賦

魚雁稀疏江水邊，崇階握手意欣然。一樽拈韵邀明月，五夜談心憶昔年。南郡曾抒經世策，東皋擬買種花田。碧霄有路終須翥，會見縈旌拂柳川。

周璠 六首

璠，字海村，躍滄先生孫。著有《海村詩草》一卷。

過嚴陵瀨

江行有客夜停船，雲水無邊訪釣仙。我亦不知高尚事，全交但覺子陵賢。

贈終南董山人

海岳尋常幾度來，閑雲野鶴識靈臺。隱居福地身將老，寄食春城口倦開。草榻不嫌風透壁，石床但聽雨生苔。蕭然興味渾無事，滿院桃花手自栽。

過桃花嶺

一層雲樹一層山，磴道梯巒雲木間。回首中峰何處是？緑蘿結[一]屈意閑閑。

春日衛源道中

關山阻滯路綿綿，一帶雲巒隔遠天。野水小橋飛柳絮，荒村古店落榆錢。紅塵自古深無底，苦海何人望有邊？堪羨道旁耕種者，力田原可樂餘年。

日暖中原寒氣消，平川遠水似通潮。營巢野鳥成新壘，芟草春農護嫩苗。山色

[一] 高氏校云：『「結」恐是「詰」。』

破雲林外見，花香帶露馬前飄。一杯濁酒荒村裏，回首關山千里遥。

春日沽上

杏花村舍水涓涓，緑野平橋接海天。楊柳陌頭三五樹，有人閑放打魚船。

津門詩鈔校箋卷四

王又樸 二十三首

又樸，字從先，號介山[一]。世天津人。康熙庚子舉人，雍正癸卯進士，翰林院編修。任河東運判，無爲州同知。著有《詩禮堂文稿》梓行。

案，公幼以古文受知於方望溪先生，許以『力追秦漢』。與王己山、張曉樓同榜，稱莫逆交。理學名儒，該通經史，文名重於日下，開天津風會之先。詩有淵源。所到之處，政有惠聲。尤精水利，返渚爲田，江南宿儒多稱之。著詩文稿外，有《讀史記》《讀孟》《易翼》諸書梓行。致仕家居，卒年七十餘。[二]

崔念堂云：『《四庫全書簡明目録》：《易翼》[三]十二卷，國朝王又樸撰，其説亦以十翼爲主，深以朱子所云不可以孔子之易，爲文王之易者爲非。其所徵引，惟李光地之説爲多，亦不甚墨守《本義》也。』

[一]《國朝畿輔詩傳》卷三十二、《四庫全書總目提要》均謂『字介山』。

[二]高氏校云：『王又樸，揚州人，六歲隨父至天津，後遂入籍。（「世」字誤。）未散館授吏部職，方司主事。（「編修」誤。）出任河東運同。（「運判」誤。）終廬州府同知。（駐無爲。）著有《詩禮堂全集》。通籍後，始師事方望溪（「幼」字誤。）在官以修築堤壩工程著稱。（防水患與興水利异。）年八十餘卒。（「七」字誤。）均據《年譜》。』

[三]即《易翼述信》十二卷，清乾隆間詩禮堂刻《王介山先生全集》有之。

勸學三十四韻[一]

日計在於寅，辨色須早起。盥沐肅冠裳，徐徐舉步履。入席更從容，置書且不理。危坐涵性情，返聽及收視。不勝思慮煩，驅除頗難耳。務令心地净，久之如止水。惟虚故能靈，然後爲吾使。展卷誦讀時，含宫并嚼徵。心口眼皆到，尋端以竟委。用志必專一，讀此如無彼。縱使掩卷餘，氣味猶在邇。慎勿生算計，最忌精神死。雒誦在循環，焚膏可繼晷。糟粕非精華，伐毛更洗髓。簡煉爲揣摩，一旦落於紙。得題勿曰難，操觚忌率爾。不在文短長，責識題起止。尤當尋去路，切莫忘要旨[二]。層次步驟清，格局已全擬。然後敷厥辭，惟達而已矣。跌宕生波瀾，一氣須到底。胸中有成竹，揮毫自然美。今之所作者，昔所讀者是。好惡异同間，兩兩常相比。苟有所不如，豈不生愧耻？吾願個中人，皆爲豪杰士。學問道無他，心在腔子裏。放而不知求，記誦奚足恃？持此惜居諸，雅言詩書禮。進鋭必退速，作輟無終始。自得由深造，功夫在寸纍。吾非托空言，身歷實如此。甘苦能親嘗，敢以

[一]《詩禮堂雜咏》收在《寒蛩集（自辛巳至壬寅凡二十二年）》内。

[二]『要旨』，《詩禮堂雜咏》作『章旨』。

告諸子。書此當座隅，勖哉勿自鄙！

望岳[一]

岩岩氣象魯齊分，遍雨崇朝此地雲。信有金泥封漢册，空留石碣斷秦文。丈人峰在烟嵐重，盆子嶪空麋鹿群。最笑村農稱解事，靈祠争説碧霞君[二]。

歸途[三]口號

纔識迷途欲返真，籜冠筇杖出風塵。十年一覺揚州夢，四海單歸六尺身。婚嫁未完兒女債，平安不厭室家貧。鄉閭應有同心侶，認取從前共學人。

抵里

到來鬢髮已蕭蕭，祇有棱嶒骨一條。趣寄庭前熏日草，波聽門外挾風潮。十年不識爲周蝶，今日方疑覆鹿蕉。但借繩床供飽睡，妻兒何用問簞瓢！

［一］《詩禮堂雜咏》收在《鼓吹集（詞館銓曹時作癸卯甲辰乙巳春）》内。

［二］《詩禮堂雜咏》下有注：『山頂有碧霞天君祠。』

［三］高氏校云：『「途」原作「路」。』

寧羌游戎爲余宗未之見也聞其知我寄贈

同心千里亦相知，慚愧終非[一]對面時。捫虱有人説景略，籠鵝何處覓羲之？游戎善作擘窠[二]大字。近來喜讀《歸田録》，他日應隨避轂師。游戎好講元功。迢遞雲山多悵望，衹從驛路寄新詩。

秋日讀《張光禄公家傳》

大義高呼走電霆，城頭刁斗射妖星。當年共作中流柱，此地還留不改亭。張氏家園有亭，顔曰『不改』。易水聲名今更烈，睢陽家譜世同馨。蕭蕭正是悲秋日，讀罷寒風日色青。

過古高陽城志慨

昔聞高陽有才子，元愷八人協治理。近聞高陽有酒徒，叩門求見吾非儒。王霸事業亦等閑，有人常釣富春山。丈夫從來各有志，處爲獨善出行義。得時席上之奇

[一] 高氏校云：『「非」原作「朝」。』

[二] 卞校作『鋌』，當作『窠』。

珍，失時江上之沉淪。世間萬物俱有主，我自爲我聽所取。胡爲勞勞過此中，荒草離離古城空。書劍飄零傷一身，回首年華四十春。出不成出處不處，俯仰身世兩無所。驅車憑吊意惘然，行當歸卧水雲邊。

獨坐

遲遲斜日上階除，不是衙齋是謫居。緑野有人初叱犢，寒廳無事獨翻書。藏經偶或逃秦火，識字誰同辨魯魚？日暮抛[一]燈掩卷後，幾番搔首賦歸歟。

春郊[二]

一抹輕雲駘蕩天，探花須及早春前。軟沙印馬蹄痕亂，細柳撩人眼界鮮。游興偏同方少日，壯懷空憶過來年。半生潦倒終逃酒，輸盡囊中增歲錢。

形影釋

世運轉萬化，衰榮遞相傳。安時以處順，所貴任其天。山木胡自寇？膏火誰爲

[一] 高氏校云：『「抛」應作「挑」。』按：《國朝畿輔詩傳》亦作『抛』。

[二] 《詩禮堂雜咏》收在《寒蛩集（自辛巳至壬寅凡二十二年）》内。

煎？明者達至理，一切委自然。麯蘖雖逃冥，狂縱即多愆。爲善苟近名，譽盛禍亦連。獨此不動心，到處無糾纏。所哀飲食人，口腹稱便便。顧盼若自得，失意何迍邅。君子養其大，豈必絶世緣？肆應苟有主，相奉聊周旋。二君無獨[一]苦，持此自忘年。

吴園即景

別院香初發，春光曉正催。日烘初綻杏，風落早開梅。曲徑藤牽引，高松鶴去來。伊人宛在處，傍水起樓臺。

新豐行

新豐市外記鴻門，斷碣斜立雲昏昏。霸圖得失原於此，英雄遺恨千古存。不殺沛公猶有度，此公天授非無故。坑卒百萬燒咸陽，子女玉帛輦歸路。我聞撫世在得民，以暴易暴孰如秦？漢主成名猶豎子，况説重瞳是楚人。將軍天下歸沛公，美人歌斷馬呼風。撞碎玉斗疽發背，漢王已失楚軍中。君不見，冠軍已殺懷王死，四海豈少赤帝子？項莊一劍事竟成，故鄉富貴終難恃。從來天下者天下人之天下，不可

[一]高氏校云：『「獨」應作「徒」。』

以力求，智計之士徒隱憂。假如高惠之後非文景，平勃未必能安劉。

前出塞五首

男兒不懼死，功成當封侯。上馬出陽關，無事久逗遛。牽襟别妻兒，啼泪誠足羞。生既爲王臣，豈不念同仇？便當馳征轡，鷹隼厲高秋。

昔我祖與父，曾預定鼎功。哈番良勿替，甲糧歲頗豐。效死厚享餘，亦足昭前忠。所以荷金戈，慷慨笑從戎。

四海全無外，哈蜜爲内臣。忠順固無匹，殘殺亦足嗔。萬里即榻側，乃敢競宵燐。中國馬素飽，士氣久騰申。聲罪致天誅，豈肯有逡巡？

前隊度樓蘭，後隊至伊水。獵獵捲風旗，凍雲結高壘。兩藏那可到，凄凉入骨髓。冰窟飲馬回，曉霜墮雙指。

王者應無戰，連年亦有征。出震綏文德，天雨洗甲兵。西陲用兵近十年，雍正改元始罷。昔日烈士軀，萬死得全生。親戚駭歸來，喜極泪縱横。

後出塞六首

擊賊勿顧身，戍邊勿邀功。審敵須審勢，要當遏其衝。哀哉一失利，天降此鞠訩。十郡良家子，慷慨盡從戎。

纔出玉門關，厲風戰兩股。及到巴里坤，涷冽五尺土。白日曳柴薪，終夜走且舞。以此暖四肢，豈曰習勞苦。未及一當敵，肌肉已全腐。縱使得生歸，體殘何可補？邊兵不足調，旋復及吴越。吴人尚嬉游，烹茶吃果核。習舟不習騎，何以爭馳突？昔日滿州兵，今日吴越卒。南風久不竞，未戰氣先奪。庶幾將略神，指顧搗賊窟。聞説武剛車，其制已失考。將軍有神契，朝令夕還造。輦甲裹糇糧，悠悠涉遠道。連環以爲營，難犯如城堡。推來一軍歡，得毋火可燎。壯士期殺敵，胡爲徒自保？逆虜今犯順，豈足煩王師。兵行貴神速，淹久亦何爲？北軍倚太僕，有兵民不知。太僕范公轉餉給軍食，故北路民不困。所嗟河隴人，轉輸敢或遲。短運既偏枯，長運亦已疲。先是餉轉各邑，輦出境即已。甘撫以各路皆遞，其地民較勞，請令長運，而三輔擾矣。安得蚩尤死，安居活烝黎。

昔年平青海，斬將卓子山。奇勇效行陣，功著鼎彝間。千金爲治裝，萬金爲治家。出門不復顧，努力赴天涯。顧金不顧死，一人敵千人。所以李牧將，萬里無胡塵。

吊金稚鶴先生

汨羅何處吊忠魂？一勺清泉千古存。西郭不攻已陷敵，南樓無鑰自開門。監軍箭折元戎令，執法星歸太乙垣。一想風流增壯烈，昭昭白日照槐根。

又，咏《温泉》詩云：『温泉未必能除垢，曾記華清洗玉環。』亦爲人稱述。《長蘆志·文藝傳》。『王又樸《文中子墓》詩序：「墓在静海縣河西南，舊東城縣之崇德鄉，俗名崇先者也。相傳父老清明日澆奠墓所，然菟絲燕麥動摇春風，而馬鬣不可復識矣。歲丁亥，耕農土中得斷碑，復志其墓。有金生者增築之，遂巋然成墳。余小試過此，拜墓下，求讀其碑，已半剥落，有慨乎中，賦以吊之：先生卜地是何年？此日聞聲拜墓前。古穴蟻封衰草下，黄昏鴉噪白楊邊。斷碑猶識千秋事，野老還焚一陌錢。大德由來堪不朽，肯教埋没在風烟。」又，《三岔河口》云：「千里長河盡，人傳是海門。地當平處圻，水統萬流尊。立浪魚龍怒，奔潮星斗翻。憑凌常落魄，何處覓真源？」』又，《長蘆志》：『三取書院在天津三岔河口南岸，舊其地有廢祠。康熙五十八年，津邑商士修築崖黄口堤岸，堤尾正處於此，乃建造書院，爲士子課文之所，名曰「三取」。乾隆二十年，廬[一]州同知王又樸呈請清理，與商士捐修學舍十二間，每歲束修膏火諸費，皆由商捐支給。嘉慶六年重加修葺。』

[一]『廬』，原誤作『盧』。高氏校云：『「盧」應作「廬」。』是，當據改。

邢琰 四首

字芸圃。康熙庚子舉人。

《縣志》：『芸圃天性孝友。父客都下，琰授徒奉母，束脩所入，悉供甘旨。母病，晝夜侍床簀，衣不解經，蟣虱盡生。瀕危，琰百計營療，爲不食纍日。殁之日，撫棺長號，遂咯血不止，旬月竟以哀毁死。吊其廬者，見泪迹血痕，交漬縿幕之上，無不哀之，稱真孝廉。』

勵志詩

夷齊耻偷生，盜跖竟壽考。修短豈天意？榮枯恒自討。不懷西山清，悠悠可終老。嘆息雲中薇，何如不死草？

漢水與湘江，溶溶一月照。默默女兒心，宫羽非同調。朝霜黄竹斑，春雨桃花笑。千秋息嬀祠，不傍黄陵廟。

讀書識忠孝，非雲鑽故紙。挾一富貴心，開卷皆金紫。巨奸與聖賢，所争一念起。曠觀莽與操，皆是讀書子。

嘯聚有大盜，不在草澤中。吮血有鷙獸，不是爪牙雄。高冠擁大袑，攫噬恣無窮。斯文〔一〕日凋喪，翳誰振清風？

《秋坪新語》：「天津孝廉邢芸圃，母亡，邢哭過哀致疾，遂亡。適其父在京師，書來，棺尚未掩，家人對尸讀之，汗出滿面，涔涔然下。後其父之旅舍，同伴見邢白衣冠拜床下。或過土地祠，見與神揖讓相先後。精誠不泯，理或有之也。詩人周七峰作誄之，極哀。」周七峰《邢孝廉誄詞》云：「邢子芸圃哭其母夫人過哀，以疾亡。冬十月，家人將厝之郊，友人周焯悼其有行無年，未竟所學而歿也，故私文以誄之：「子也無華，脱葉存木。子也善藏，含瑜抱璞。子無可喜，喜者實多。子今若此，悲者如何。賀乎才鬼，玠也姿仙。子非二子，亦隕天年。古人欺我，靜壽鈍全。子痛母亡，積思成病。骨立血枯，哀發天性。母氏已矣，尚慶嚴君。謂子死孝，子不樂聞。云胡既歿，事多傳聞。精誠不滅，理或有之。君子語常，他不敢知。平生素履，實緬我思。」」

張疊 四首

疊，字止山，號石鄰。康熙癸巳舉人，雍正癸卯進士，甲辰補廷試。官山東鄒平縣知縣。致仕，卒於鄉。〔二〕

〔一〕「斯文」，《國朝畿輔詩傳》卷三十作「廉恥」；高氏校亦云：「「斯文」，一作「廉恥」。」

〔二〕高氏云：「張疊宰鄒平，被劾落職，起補江南金山。服闋，再補昭文，改教歸。據《詩禮堂集》。」

案，止山先生少以文名重於三津，與王介山先生又樸有『二山』之稱。同成進士，士林榮之。卒之日無嗣。金芥舟挽公詩云：『老木寒鴉感舊群，等閑便有死生分，自嗟身後知誰哭，因向生前倍哭君。』康達夫挽公詩云：『文藻空鄉國，悲風起故林。斯人今已歿，誰更繼高吟？』則先生之生平可想。

題《四時佳興圖》絶句四首[一]

收取春風入畫前，錦韉珠勒鐵連錢。桃花楊柳東風路，多少詩情上綉鞭。

紅塵如此熱腸何，誰向閑中養太和？不是素心人不解，妙蓮香冷碧雲多。

踏屐秋登月下臺，碧梧陰静小徘徊。遥知鶴夢深閑[二]處，定有琴聲過水來。

紙窗竹閣捲簾看，晴雪初消小畫欄。瘦絶一枝梅應好，伴人清夢五更寒。

王介山先生又樸《七憶詩》有《憶張石粼詩》云：『我憶張平子，家貧達亦然。直多招世忌，義不受人憐。争説夷齊躓，應稱蹻跖賢。哀哉翻覆手，何處問蒼天？』注：『石粼，余同年進士，爲鄒平令，忤上官，誣以贓，問配。』

[一]《國朝畿輔詩傳》卷三十二題作《題畫》。

[二]『深閑』，《國朝畿輔詩傳》卷三十二作『幽閑』。

張如鉽 二首

如鉽，字彝伯，號蘭谷。雍正丙午科舉人。原任正定府武邑縣教諭。著有《蘭谷詩草》[一]。

先君子云：『蘭谷先生工書法，學歐陽，率更體格，傳自同邑粱崇此先生。津門前輩學歐書者，前有李公應斗，後有周公步瀛，皆足楷模後學，而蘭谷書尤最。同邑進士朱公嘉善爲公之婿[二]，朱公家多藏墨迹，今皆軼失。』

與學子閑步溪上偶然言懷得長句

一點生機道味融，不從造化問窮通。春溪草長秋猶緑，昨日花開今不紅。人境蕭條塵世外，浮雲舒捲太虚中。老來何事堪娱目？菊味荷香正好風。

春游

橋頭沽酒自提壺，來就桑陰聽鳥呼。貪飲數杯甘歲去[三]，一雙蝴蝶落霜鬚。

案，公之祖，順治庚子科舉人，原任四川名山縣知縣，諱國寯，號爾燕。黄六吉、張笨山兩先生，皆受業於門，

[一]《光緒順天府志》著録此書，謂『存』，今未之見。

[二] 高氏校云。『朱氏朱卷履歷：嘉善妻趙氏其母及其子婦，皆張氏。今謂嘉善爲張婿，當是誤記。』

[三]『貪飲數杯甘歲去』，《國朝畿輔詩傳》卷三十二作『沈醉東風渾未醒』。高氏校亦引《畿輔》。

成名士。《弋蟲軒》有《送爾燕先生之名山任》詩，詳後。公父沙河縣教諭，諱筠，亦能詩。蓋世有令聞云。

姜森 一首

森字失考。〔一〕天津人。雍正乙卯科舉人，官知縣。

《天津列女志》朱紹夏《周氏傳》云：『周氏，天津甲族，祀忠義祠。諱天命者，其叔父也。年二十歸同里姜皓，越八歲而寡，五十五載而終。方皓之歿也，遺子起渭、起濱在抱，氏撫以成立，甘苦備嘗。孫五人：模，諸生；森，雍正乙卯舉人。』

堤頭晚歸〔二〕

一棹横秋水，蒼茫渡晚烟。雲陰融岸樹，燈火静漁船。路怯新橋窄，村憐野潦穿。歸踪徒踽踽，躑躅斷流前。〔三〕

〔一〕《國朝畿輔詩傳》卷三十三：『森字恪齋，號儀甫，天津人，雍正十三年舉人，官交河縣教諭。』高氏校亦云：『姜森，字恪齋，號儀甫，交河縣教諭。』

〔二〕《長蘆鹽法志》卷十八《文藝》所載詩題同，《國朝畿輔詩傳》卷三十三題作《晚歸即事》。

〔三〕後三聯《長蘆鹽法志》同。《國朝畿輔詩傳》作『野雲低岸樹，幽火静漁船。幾處虹橋接，誰家酒旆懸。莫嫌前路暝，月上女墻邊』。高氏校亦云：『《畿輔詩傳》所載與此异。』此詩或即據《鹽法志》録出。

案，《天津名宦志》：『周天命，武舉，升天津鎮標中軍副將管參將事，唐官屯剿賊陣亡。』又，《長蘆志》：『周天命，天津人，任天津參將。順治初，土寇作亂，率兵往剿，血戰而死。事平贈恤，入忠義祠，官其弟明命都司經歷。』

孫坦 五首

坦，字白昭。乾隆戊午己未聯捷進士[一]。寄順天籍。

案，公幼慧，八九歲能詩。相傳上元夜，蒼頭負之觀燈於市，遇父執友某，遮之，云：『試吟一詩，容汝去。』時公手提蓮燈一盞，即立成云：『莫言新出水，亦向火中栽。一點通心熱，光明對佛開。』大奇之。年十九，捷南宫。及壯，性方正不苟，規步繩趨，人每笑其迂。又案，繆星池嘗云：『白昭先生訓讀於一富家，宿館中者久矣。一日過館僮之室，見其床問曰：「此汝睡處耶？」曰：「然。」先生大怒曰：「汝奈何夜夜踏我頭？」叱詈不休。蓋室與所居隔一壁，適當首向處也。居停出，謝罪移床，怒稍息。』迂拘皆此類。後宰一縣，頗著政聲云。

[一]高氏校云：『孫坦，雍正壬子舉人，此作戊午，誤。「聯捷」二字應删。』按：［雍正］《畿輔通志》卷六十六《選舉·舉人》『雍正壬子科（邵大業解元）』條有『孫坦，宛平人』，乾隆四年（一七三九）己未進士不誤，則却非聯捷，高説爲是。

閑慨三首

幽栖不受世塵侵，終日鍵關坐竹林。莫逆花中十個友，知音壁上一張琴。負些詩債還須易，除却書緣種未深。昨晤游人歸甚悔，結交無處借黄金。

何處容余些子狂？幽居事事足徜徉。偶然過飲茶須醉，久不聞煎藥亦香。卧雪自憐僵到骨，友梅難與熱爲腸。近來頗怪東林叟，不見携詩到草堂。

乾坤落落許誰知？放誕風流即我師。謗到高人常護短，情投花鳥亦無私。金蘭譜内香何在，文字禪中腐不離。早識行藏源淡泊，孤亭遠閣總相宜。

春去日

昨日韶光今日非，凝眸事事與心違。熱腸易爲紅消瘦，白眼難看緑又肥。空把榆錢買春住，誰將柳綫繫花飛？多情别賦何須咏，暮雨紛紛已送歸。

送别錢香樹

離情争似柳條柔，説是南歸不可留。兩岸鶯花三月夢，一帆風雨半囊秋。相逢畢竟誰青眼？吾道於今付白鷗。去去有懷君記取，新詩草斷寄江頭。

金相 二首

相，字琢章。雍正丙午科解元，丁未聯捷進士。庶吉士，翰林院編修。歷官詹事府右庶子，翰林院侍讀學士。[一]有詩文稿，俱軼失，《泛舟詩》見《天津縣志》。

案，先生端正廉謹，學品兼重，爲一鄉之望。與周蓮峰先生并居京職，同有清正之稱。歷掌文衡，時推得士。

登武昌城

高城空對白蘋洲，黄鶴何從問昔游？潮汐暗分湘漢水，烟雲寒合洞庭秋。千年騷賦聞湘瑟，三楚雄風入庾樓。羈客蕭凉頻北顧，大堤難繫木蘭舟。

泛舟望海寺至香林院觀衛白二水交會處

停舟碧綺寮，憩迹青華觀。晴烟冪花積，宿靄延林散。緇廬改新制，榑櫨[二]

[一]高氏校云：『金相仕至翰林院侍讀學士，降官再起，終内閣侍讀學士。』

[二]『榑櫨』，《長蘆鹽法志》卷十八作『櫨榑』，《國朝畿輔詩傳》卷三十三作『棟宇』。按：原校本校『榑』作『欂』爲是，當據改。

呼吸走風雷，一氣總輸灌。京西三百里[一]，日夜納漫汗。開門見大河，益璀璨。

憑凌[二]倒滄瀚。經營一失宜，鼉鼊窟高岸。昏鳥萬檣宿，晨火千家爨。保障有賢臣，

園葵敢興嘆。

金世熊 四首

世熊，字康侯，號力農[三]，晚號竹坡。琢章先生子。乾隆庚午舉人。歷官河南襄城縣知縣，直隸樂亭縣教諭。[四]年八十餘，嘉慶庚午科重賦鹿鳴。著有《竹坡存稿》。

案，公神情雋朗，丰度若仙。學無所不窺，尤工草書，名重一時。筆珊珊如玉骨，不著人間烟火氣。當時津門善書者，如喬公耿甫、金公銓，皆名顯一時，而不及公之超逸。知襄城時以平反冤獄，活三十餘命，致忤上官，改教職。雖居貧官，蕭然無物累，俸錢隨手贈人。時延良朋作田盤之游。晚年頗清苦，卒之日，幾無以

［一］『三百里』，《長蘆鹽法志》作『三百川』。

［二］『凌』，《長蘆鹽法志》作『陵』。

［三］『力農』，［光緒］《重修天津府志》卷四十三作『立農』。

［四］高氏校云：『金世熊，薊州學正。據《順天府志》。』

葬。詩文多散失，此得之湯厚田塋。

步督學吴白華先生見贈原韵

文社追隨憶昔年，雲衢獨步迥超然。故人猶自憐張禄，高誼從來頌吕虔。過眼鶯花成客夢，半生迂拙守書田。幸依絳帳歸鎔冶，參透玄機亦解禪。

附原詩：『短夢模糊四十年，江亭香火醉陶然。每勞文論陪吴質，競許書名敵鄭虔。輩老漸宜親藥裹，官貧容易説歸田。相逢縷述滄塵感，文字緣空不離禪。』

留别李懷芳

白首驚相見，交親[一]老倍親。君今歸故國，我尚逐風塵。往事花頭露，前途鏡裏春。停驂曾幾日，又作别離人。

甲子秋日懷表侄湯厚田星如昆季時應京兆試

一片秋容老，西風正寂寥。空庭黄葉下，凉思白雲飄。馬迹塵中没，鷄聲客裏消。殘年羞短鬢，何處問漁樵？

[一]『交親』，《國朝畿輔詩傳》卷三十八作『交情』。

此日掄才典，抽毫翦燭吟。青雲思并足，白髮早關心。老鶴歸華表，謂熙載表弟。新鶯囀上林。好憑沙上雁，扶杖聽佳音。

朱嘉善 一首

嘉善，字懷遠，號怡齋。雍正己酉舉人，乾隆丙辰進士。歷官刑部主事，擢員外郎。

西山晚步

沿溪芳草費幽探，山色青青滴晚嵐。竹外桃花花外水，水雲深處結蘿庵。

朱繼善 一首

繼善，字孝本，號澹寧，别號舒園。嘉善弟[一]。乾隆癸酉歲貢生，官河間府肅寧縣訓導。

[一] 高氏校云：『朱繼善非嘉善胞弟，據朱卷。』

九月九日[一]袁碧澗邀同登高因留小飲

菊萼飄黄楓葉丹，年光轉眼又秋殘。天空眺遠君多興，地迥登高我竟難。[二]屈指幾回人事變，開懷且盡[三]酒杯乾。漫云冷宦無供給，自有厨中苜蓿盤。

澹寧先生詩才清妙，惜多散軼。嘗見公書小詞《初春書齋偶成調寄杏花天》云：『陽和初變香猶淺。覺裊裊，東風力軟。紅梅未盡桃花鮮。杏萼纔生數點。寒仍在下簾未捲，且整理，平時書卷。開窗静護爐香篆，一段韶光自遣。』讀之清趣盎然，非素心人未易道此。

案，公家於永樂二年與棟家從成祖北來，同遷天津，土居最久。公家世有令德，每遇荒年，軫恤鄉里。至怡齋、澹寧兄弟而科第聯翩，詩書之澤最久，人謂天道報施不爽。

［一］《國朝畿輔詩傳》無『九日』二字。

［二］『天空』一聯，《國朝畿輔詩傳》卷四十三作『西風蕭瑟頻吹帽，杰閣崚嶒共倚欄』。高氏亦引《畿輔詩傳》。

［三］『且盡』，《國朝畿輔詩傳》卷四十三作『且任』。高氏校云：『「盡」當作「任」。』

朱恒慶 二首

恒慶，字念占，號椿塘。乾隆己卯舉人，壬辰進士[一]。歷官山東鄒平縣知縣、陝西安塞縣知縣。

夜坐

飲罷微覺醺，清吟入夜分。花蘇三徑雨，月破一層雲。小樹[二]生虛籟，蒼苔篆緣[三]紋。落梅何處笛，幽咽隔墻聞。

[一]高氏校云：『朱恒慶，乾隆乙未進士，壬辰誤。』按：[光緒]《重修天津府志》卷十七、《國朝畿輔詩傳》卷四十三、《晚晴簃詩匯》卷九十六及[民國]《天津縣新志》均謂朱恒慶爲乾隆四十年（一七七五）乙未科進士。惟《長蘆鹽法志》卷十七《人物·選舉·進士》謂：『朱恒慶，乾隆壬辰科，官安塞縣知縣。』及[光緒]《重修天津府志》卷十七『乾隆二十四年己卯科舉人』條下注：『天津商籍，壬辰進士。』然[光緒]《重修天津府志》同卷兩載，相互牴牾。[同治]《續天津縣志》卷十二作『乾隆三十七年乙未科吴錫齡榜』，竟合乙未壬辰而一。按：《清代官員履歷檔案全編》二十二册載乾隆五十年（一八七五）十二月所上《繕履歷》摺：『臣朱恒慶，直隸天津人，年四十八歲，由乾隆四十年進士候選知縣令，輪班擬備，敬繕履歷，恭呈御覽，謹奏。』是當從乙未説。梅氏蓋從《長蘆鹽法志》。

[二]『小樹』，《國朝畿輔詩傳》卷四十八作『老樹』。

[三]『緣』，當是『緑』之訛，原校本亦改作『緑』。

和惲鐵簫游水西園結社元韵

石欄花竹散餘芳，勝地披襟就晚凉。繞舍秋蓮含宿露，背溪村樹漏斜陽。無心結社盟鷗鷺，有客吹簫引鳳凰。一抹茶烟遮不斷，月鈎已挂水西廊。

朱兆慶 五首

兆慶，字卜工，號午莊，又號桂圃。嘉善子。乾隆丁酉舉人。工草書，與金竹坡先生筆意相似。

案，午莊先生家津門，纍葉詩書，科目接踵，再傳而中衰。楝訪其家，詩文不可得，知半歸淹没，所搜僅此，亦足寄慨。

病起

怕對晚風凉，閒行繞竹床。病多通藥性，卧久澀詩腸。明月[一]侵虚幌，瓶花散异香。餘情惟淡泊，無事可思量。

[一]『明月』，《國朝畿輔詩傳》卷四十八作『窗月』。

秋夜客中

小坐宜秋涼，苔陰菊欲黄。貧中惟對酒，閟裏倍思鄉。天净雲無迹，窗虚月有光。孤懷何處托？歸雁一聲長。

雨後

一雨送秋涼，餘清入草堂。楓林初染色，蓮渚漸無香。何處黄花酒，微醺白玉床。釣竿前日得，獨愛上沙棠。

賣磬

貧來一石不能留，解贈王郎費取酬。莊舄戀鄉聲自舊，金人辭漢泪常流。半肩荷蕢過門誚，一葉師襄入海游。寄語春秋休責備，後來能有此人不？

送金竹坡 一號力崖

好在金夫子，相交二十年。高才同謝眺，飛筆擬張顛。鐸振東山響，琴收太古弦。勸君今且醉，莫負菊花天。

朱玟 十三首

玟，字石香。嘉善曾孫。布衣。著有《石香詩草》二卷。

案，石香家世詩書，幼獨習於弓馬，訖無成就，乃詣力於詩。喜談三唐格律，學極博雅。聞余方輯詩抄，欣然寄詩二卷。爰登十餘首，以表石香半生積學云。

學詩

幽香隔壁已深沉，况復青鹽淡水尋。每讀長篇驚束手，時聞妙句又興心。精華但得留天地，肝膽何妨會古今。太息秋蟲增我愧，花前月下尚知吟。

張家灣

寥寥村店聚寒鴉，不見風帆挂錦霞。兩代名園成木末，一灣清水化黄沙。城無佳色雲猶護，人异書香氣便差。他日誰開千頃碧？好將心地種蓮花。

帳

玉漏宵殘薄霧生，芙蓉夢底鷺鷥驚。香因鼓篋掀簾入，燭爲飛花落翦輕。繞枕濃烟停小唱，印窗微月枉多情。年年促織欺人慣，衹在欄杆四角鳴。

留香

一滴薔薇寶鴨收，美人月下走蓮舟。春吟玉珮梅飄雪，水覆黄雲菊傲秋。拂几衣痕餘鼎篆，掃花簪影入簾鈎。漫誇荀令三朝座，萬古龍涎魯壁留。

燈扇

玉燭生輝小扇團，美人持重畫冰紈。承恩獨秉心中熱，抛弃真同月樣寒。顛倒一身隨物化，光明兩面任人看。出頭非避炎炎日，衹恐流螢處世難。

馬鐙

憑空汝亦利名牽，隔斷葵花望月圓。著脚頓生千里恨，騰身倏作兩心懸。此中雖小參軍幕，塞上輕敲壯士鞭。趯碎征雲勞戰馬，錚錚幾個入凌烟。

蒼帝造字臺 南樂縣文廟迤東

爲尋造字臺，追憶蒼夫子。字義或情生，事多因字起。

鐵佛寺

不見生人氣，應知鐵佛尊。生人争叩首，鐵佛終無言。

遇故

君從家中來，諸親俱平安？曾知西塘荷，花時誰人看？

讀秦淮雜詩

玉冷香寒曲上存，千金未肯一銷魂。閉門正恐花相笑，猶待爐烟掩泪痕。
畏凉低語避風檐，憶昔臨窗漫啓奩。遺恨明珠千斛泪，横波隔斷水晶簾。
不信湘蘭笑解嘲，誰家今日也吹簫？蝶衣零落半塘水，五夜琴心泣二喬。
離舟誰繫板橋頭，柳影栖鴉碧水流。剩有月明還照舊，廣寒二十四樓秋。

丁時顯 十九首

時顯，字名揚，號鵬搏，别號青蜆居士。乾隆乙丑進士。著有《青蜆居士集》

一卷［一］。

案，居士捷南宫後，以未入詞林，憤懣致疾，卒於都門。少負雋才，以『青簾楊柳市，黄蝶菜花天』二句得名，人稱爲『丁黄蝶』。期許過高，未償所志，殁以青年，士林悼惜。

金芥舟先生《黄竹山房集》中，哭丁名揚舅氏詩最多，如『人間金榜後，天上玉樓成』。又曰：『詞賦已成粱苑雪，榮華盡委洛陽塵。』蓋傷其殁於京抵［二］也。又《清明日澆丁名揚舅氏墓》云：『墓門一閉成今古，半生枉爲吟詩苦。有鳥空啼枝上花，有酒空澆墓上土。萬唤千呼聲可憐，斯人一去真不還。知君高卧重泉下，聊當生前一醉眠。』居士詩古體學昌谷，近體學文房，天才峭拔，無製不工云。

子夜歌［三］

泛泛木蘭舟，一篙春水弱。二月柳花香，風吹何處落？

［一］高凌雯［民國］《天津縣新志》卷二十三《藝文》著録丁時顯『《青蜆居士集》一卷，鈔本』，謂『是集存詩百餘首』。《天津詩人小集》本《青蜆居士集》蓋據此本刊出，高氏跋謂：『青蜆居士之名，見諸紀載甚著，梅樹君謂其詩古體學昌谷，近體學文房。但其可誦者，僅《津門詩鈔》存十九首而已。欲窺全豹，而稿逸久矣。一日聞友人過市，從弃紙中得殘書數種，皆鄉人遺著，亟索閲之，則《青蜆居士集》儼然在也。書經傳鈔，間有訛脱，而卷帙首尾完具，其爲全稿無疑。然年雖不永，而一卷長留，詩人有零，可以無憾也已。』

［二］高氏校云：『「抵」當作「邸」。』原校本亦改作『邸』。

［三］《天津詩人小集》本《青蜆居士集》詩凡六，此其一、三、六。

踏上天津橋，風吹[一]桃與李。春水多黄泥，泥多不見底。惆悵不相逢，相逢倍惆悵。清夜悄無人，風吹榴子帳。

東郊[二]

步出衛城外，行來沽水邊。青帘楊柳市，黄蝶菜花天。胸内無愁思，囊中有酒錢。自將閑杖履，行樂一年年。

張節母詩

無百年常存之形骸，有萬古不磨之氣節。卓哉張母女中杰，禁方三十傳丹訣。廿六賦孤鸞，芙蓉早摧折。堂上孀姑堂下兒，一身經理無怨觖。灼灼青燈動曉星，蕭蕭絡緯鳴寒夜。龐氏無慚躍鯉風，閔家羞説蘆花雪。奉老存孤五十秋，養生送死無虧缺。此日黄泉見故人，相逢一笑無慚色。

[一]『風吹』，《青蜺居士集》作『嫣然』。

[二]《青蜺居士集》題作《春暮東郊二律》，此其二。

題青蛸道人《松泉圖》

道人箕踞長松邊，長松百尺凌雲烟。夜半長松化龍去，旁有萬道飛流泉。老龍得水不在地，道人騎龍飛上天。

燕姬[一]

春窗爛漫花如許，窗内女兒睡初起。綉衾不暖被生寒，斜倚珊瑚倦梳洗。芳菲滿眼容易過，年少拋人去如水。楊花鋪地濕不飛，珠箔空垂三月雨。

題青蛸園中洞庭山石[二]

山欲崩，水欲起，夜半嘈嘈風和雨。老龍擘破洞庭山，紛紛亂石空中語。鬼神叱咤何可止？霹靂一驚三千里。曉起園林競作聲，一片嵯峨飛至此。

[一]《青蜺居士集》題作《燕姬曲》。
[二]《青蜺居士集》題作《再題青蛸園中洞庭山石》。

夏日園林雜興[一]

三徑無塵雜，幽居反自然。石支雲外骨，苔散雨中錢。笋老仙人杖，瓜圓稚子拳。淵明賦歸去，耕讀一年年。

茅庵深樹裏，獨坐晝冥冥。階下無閑草，床頭有藥經。松枯留琥珀，石老破空青。盡日西園裏[二]，相呼酒一瓶。

何事消炎熱？詩筒與酒筒。詩成羅袖綻，酒盡石瓶空。避世忘花甲，無人注草蟲。養生原有術，何必問崆峒？

蒲柳晝陰陰，閑居恰素心。莓苔石徑窄，風雨草堂深。書濕床頭卷，弦鬆壁上琴。不嫌魯酒薄，相對一高吟？

天氣晚來清，闌干獨自憑。禽移別院樹，犬吠隔籬燈。疏影平分竹，古香多在藤。王裒正招隱，何事費三徵？

人定月初明[三]，披襟立晚風。垂簾留燕子，握米散鷄翁。雨霽槐陰合，雲歸

[一]《青蜺居士集》詩凡十，此其一、五、六、七、九、十。《國朝畿輔詩傳》題作《園林雜興》。

[二]『裏』，《青蜺居士集》作『望』。

[三]『月初明』，《青蜺居士集》作『月初下』。

石竇空。道人無個事，常對一枝桐。

雨後納凉

楊柳枝頭新月長，水邊亭子晚生凉。半竿豆葉雨初長〔一〕，一片藕花風亦香。木杓量茶浮鴨緑，沙瓶沽酒瀉鵝黄。石闌干外松陰合，恰趁幽眠六尺床。

咏蓮寄杜五蓮友〔二〕

一池冷翠逗風凉，太華蓮開水亦香。莫向池邊摘蓮子，苦心一寸不堪嘗。森森花氣空流水，脉脉相思寄晚霜〔三〕。莫待紅衣都落盡，縱然〔四〕多子已無香。

送長蘆都轉倪象愷先生歸田〔五〕

共沐恩波數載中，忍看此日去匆匆。銅魚洲静萍花合，金鳳山高栗葉紅。應有

〔一〕『雨初長』，《青蜺居士集》同，《國朝畿輔詩傳》卷三十六作『雨初足』。
〔二〕《青蜺居士集》詩凡八，此其二、八。
〔三〕『晚霜』，《青蜺居士集》作『曉霜』。
〔四〕『縱然』，《青蜺居士集》作『總然』。
〔五〕《青蜺居士集》題作《送長蘆鹽法使倪象愷六十歸田》詩凡四，此其三。

素琴調夜月，時聞元鶴下秋空。南山依舊東籬外，重對秋陰菊數叢。

秋月詞[一]

愛月步庭前，冷風響修竹。竹方如我長，竹影高於屋。隔墻好女兒，愛月弄瑶瑟。但聞好聲音，不見好顔色。

鉢硯歌[二]

老龍震怒風雷惡，老僧咒龍龍歸鉢。誰知龍性不可羈，夜碎石鉢空中飛。鉢底曾留太陰泣，青帝呵霧蒼溟濕。至今爲硯授詞壇，猶帶當年龍氣息。氤氳筆底生雲烟，老龍飛去幾千年。老龍徜思作霖雨，還借波心[三]一勺水。

[一]《青蜺居士集》詩凡四，此其二、三。

[二]《青蜺居士集》題作《鉢硯》。詩凡三，此其三。

[三]『波心』，《青蜺居士集》作『鉢心』。高氏校云：『「波心」，一作「鉢中」。』按：作『鉢』於義爲勝。

欒樟 五首

樟，字樹堂，號緑起。世武庠［一］。著有《粤游草》［二］。

案，樹堂先生頗耽文墨，能詩。嘗偕于公豹文、朱公紹夏應古試。學使以公武人，頗以爲怪。及揭卷，閲三公詩賦，深加賞异。公夫婦俱擅吟咏，極閨房唱和之雅。性愛游，凡歷三楚百粤，遇名山川，必眺覽留句。嘗過河南襄城，雨中紆道拜漢李膺墓，其風趣如此。公次子立敬，成武孝廉。三子立本，號飛泉，爲名孝廉，輯《津門詩彙》，皆公之教。迄今欒氏書香不絶。

客中七夕 壬戌

魚雁難通滯异鄉，人間天上共茫茫。江湖百道無情水，較比銀河阻更長。

雒容灘河

又剥烟霞進幾重，榕門過後望龍城。花紅杜宇驚初見，色白鯖魚囑早烹。天氣十旬經燠冷，客途萬里歷陰晴。遠來領略江山盡，好向篷窗細細評。

［一］《國朝畿輔詩傳》、［光緒］《重修天津府志》均作『諸生』。

［二］［民國］《天津縣新志》卷二十三之二著録有《欒樹堂遺詩》，謂：『是集爲其子立寬所輯，請序於中表周人麒，刊以行之。《津門詩鈔》所存惟客途之作，其小傳謂樟著有《粤游草》，蓋梅成棟所見，尚非全集也。』

過興安陡河

歷盡烟波六十程，更衝亂石過郵亭。扁舟依岸桃源出，隨手攀花滿一瓶。

雨中

疏雨江城浥細塵，庭前淑景一時新。孤生竹似真君子，半吐花如小麗人。紅蠣堆來官舍濕，青山分到客窗勻。羽書近日無多事，且展吟箋慰客身。

秋晚

爽籟發天際，披襟出户清。碧雲生遠態，黃葉落秋聲。湖海孤踪意，關山久客情。魚書多日去，曾否達柴荆？

欒立本 九首

立本，號飛泉。樟子。乾隆癸卯科舉人。著有《慤思録》《津門詩彙》[一]。

案，飛泉先生天性醇摯，奉母王安人至孝。父母俱能詩，聲律本於家學。教授生徒最盛。守母制時，著《慤

[一]［民國］《天津縣新志》卷二十三之二著録有《蔗香詩草》。

思録》以表其親，鄉里韙之。子翀，縣文學。公卒後，隨病殂，遂無嗣。棟族姊適翀，守志終身，以節孝聞。

《愍思録》題詞[一]

剪刀纔暇理殘編，燈火熒熒手自箋。母氏批注詩文，往往逾三鼓。此日不堪披卷讀，傷心猶帶墨痕鮮。

念我嚴親見背初，煢煢家室漸蕭疏。尸饔賴有高堂母，廿載焦勞不忍書。

况當秋試倍關心，輾轉通宵悵好音。生子不才争似我，慈懷辜負到於今。

楚水吴山去路修，一生適意屬南游。那知桂節關心泪，盡灑長川向北流！

列鼎生前志已違，空餘肴核薦靈幃[二]。自慚反哺輸烏鳥，得食猶能向母飛。

追維慈範總朦朧，恨殺丹青畫不工。借問登貧舊親好，端嚴可似大家風？

鵑血啼殘强自覺，昨宵有夢更增酸。不知决别終千古，猶向窗前數問安。

百轉腸回重有思，焚香虔自禱冥司。黄泉但許依慈母，便作幽魂也不辭。

卜葬年來計始諧，一經擘畫倍傷懷。如何嫡嫡生身母，付與蓬蒿萬古埋？

[一]《國朝畿輔詩傳》卷四十九題作《自題〈愍思録〉》。

[二]『薦靈幃』，《國朝畿輔詩傳》卷四十九作『薦空幃』，誤。

雲間陸編修伯焜題《慤思録》云：『欒生立本爲余癸卯分校京闈所得士。其文銜華佩實，饒有樸茂醇摯之氣，知爲宿學。及來謁時，言論舉止，恂恂有孺慕之誠，於是又知其得力於庭訓者素也。既乃出其一編，題曰《慤思録》，首載太安人嘉言懿行，附以《南游遺草》。披覽之下，太安人之壼範與欒生之至情，均可得而見焉。太安人以次君官先膺封典，他日當絲綸寵錫，以顯榮褒，大如歐陽公所云「蓋有待者」。余將拭目以俟，且操史筆以紀之。』

胡睿烈 六首

睿烈，字炅齋。［一］

《天津縣·列女志》：『劉氏，浙江山陰人，僑居天津。少有淑德，年十九爲同邑胡利溥妻。利溥慕松喬之術，遠游不返。時妻劉氏年二十，力作養姑舅，長齋終身。有遺腹子曰忠楨，親撫成立，及長，命之遍訪四方，備極艱險終不得。卒年七十四，苦節五十五年。孫睿烈，天津諸生。』

［一］［民國］《天津縣新志》卷二十三《藝文》著録胡睿烈『《炅齋詩》一卷，刻本』，注『存』。謂：『睿烈與查氏論交最契，故查禮所輯《沽上題襟集》有其詩一卷，凡六十八首，此外鑒於《津門詩鈔》者，有三題爲《沽上題襟集》所無，可知查禮所録尚非睿烈全集也。』《天津詩人小集》本《炅齋詩集》末高氏跋又謂：『此卷從《沽上題襟集》録出，《題襟集》爲儉堂筮仕以前所輯，其後由京曹歷宦西南，遂與鄉人酬唱中輟，則《津門詩鈔》所存文錫三詩，殆與此卷同時脱稿，儉堂未選入者也。』

喜高三孝廉藹重來津門即席分賦時上巳前二日

故人不見又三年，海國重逢笑拍肩。芳草緑齊調馬路，春波晴展浴鷗天。未容車轍喧門外，依舊鶯花繞屋邊。太息流光彈指過，幾時歸辦買山錢？

卧碧堆紅[一]色斬新，由來韋杜[二]最宜春。拂欄最愛[三]惺松柳，入座都無佁儗[四]人。但乞一觴兼一咏，莫論誰主與[五]誰賓。水嬉尚有湖亭興，小海歌中走馬頻。

[一]『卧碧堆紅』，《國朝畿輔詩傳》卷五十三作『駭緑紛紅』。

[二]『由來韋杜』，《國朝畿輔詩傳》作『城南韋曲』。

[三]『拂欄最愛』，《國朝畿輔詩傳》作『當門時拂』。

[四]『佁儗』，《國朝畿輔詩傳》作『褦襶』。

[五]『與』，《國朝畿輔詩傳》卷五十三作『復』。

正月十四日查儉堂中丞[一]招集水西莊數帆亭[二]看雪分賦得風字

昔聞燕山雪花大逾掌，寒威如鏃侵貂駿。竭來歲籥倏三易，每怪玉戲慳天公。昨宵蹋燈入燈市，歌聲匝地酣春風。五光徘徊耀城郭，笑隨竹馬嬉兒童。揺鞭競走涌泉寺，墜珥争入靈慈宫。擬約排日連臂出，恣看萬樹晴霞烘。詎知滕六不解事，盡碾璧屑飛長空。黯伯停杯鬧侯卧，六街路絶游人窮。捲簾我愛風色好，争走西郊不憚裾沾霣[三]。高臺一眺懷抱豁，遠塍近壟無窪窿。回視喬木眩難辨，柳花并入梨花叢。憑欄無語衆籟寂，但見茜衣獨立垂釣翁。何必烈炬千門紅，瑞葉亦足占年豐。片雲不到塵不到，此身恍在三山宫。尊前試聽唱玲瓏，月出上下清輝通，歸鞍寄語休匆匆。

［一］高氏校亦云：「『中丞』當後人妄增。」高凌雯《旻齋詩集》跋云：「《津門詩鈔》存古近體六首，六首中未此卷所無者三，有題云《正月十四日查儉堂中丞招集水西莊數帆亭看雪》，儉堂撫湘在乾隆壬寅秋，及歲杪入覲，卒於京，以此證之，儉堂既爲中丞，必無沽園游宴之事，蓋其題爲他人竄易耳。」

［二］高氏校云「『亭』當作『臺』」。按：《天津詩人小集》本《旻齋詩集》所收，係高氏據《詩鈔》補入此詩，亦改『中丞』『亭』二處。

［三］『霣』，原校本作『濃』。按：『濃』亦作『䨨』，遂訛作『霣』。按：濃，露多也，卞校爲是，當據改。

過慶國寺訪子憨上人

乘輿來初地，風高海色殷。斜陽一磬度[一]，古道兩松間。鶴子時依佛，鮫人夜叩關。支郎緣法妙，相對説無還。

過宜亭舊址 二首

清絶城西路，繁華幾日春。管弦空燕語，屏障但凝塵。無復傳觴地，猶多看竹人。風流不可問，溪水碧粼粼。

亂石支行徑，蒼烟散客襟。蕭條懷古意，迢遞濟時心。剩草遺荒壘，飛花戀舊林。由來興廢地，自昔感登臨。

徐浩 一首

浩，字飛山。乾隆乙卯舉人，壬戌進士[二]，寄籍順天。歷官山西冀寧道。

[一]『一磬度』，《國朝畿輔詩傳》作『孤磬渺』。

[二]〔民國〕《天津縣新志》作『雍正十三年鄉試，乾隆七年成進士』。

案，先生父名安民，雍正丁未進士，禮部主客司主事。生[一]先生幼而通敏，文不加點。英年登第，居官明察，卒無嗣。

春晚

薰籠欲撤五更難，小試春衫裌體單。淺緑未回楊柳岸，新紅空憶海棠欄[二]。冷傳雁信書猶遠，凍寫魚箋墨未乾。昨夜東風何處雨？闕心樓外杏花寒。

平陽徐后山昆《柳崖外編》云：『徐飛山先生諱浩，天津人。爲冀寧觀察時，出城拜客，見頹廟廊下有小鐵獅二，頗工巧。問僧知爲前代之物，因思道署儀門左右石鼓上正宜此，命携置其上而合。夜半，聞院中有撲鬥聲。視之，二獅也。滚進滚出，如絮逐風，或前或後，砰硆皆中音節。徐叱之，不止。天明始還原處，數夜皆然。仍還諸頹廟。抵晚，窗下聞步履聲，隔窗視之，一女郎也。輕綃緗裙，立正廊南嚮，東西廊環列使婦十餘。又見一童子，年可十五六，白面，發垂地，對女而舞，衆隨之。聞呼曰「趙小姐」，趙小姐入後園去。詢園夫，後園無他，有前任趙觀察愛女瘞於山石之下，然僅七齡，不能頎而長也。徐每夜與夫人朝衣冠肅坐以鎮之。趙小姐猶時時現形，升堂入室，或笑或語，逼生人以冷氣。驚以爆竹，少退，聲住復來。飛山先生有膽量才氣，學亦上下古今者也，遂向鬼曰：「我，爾之寅伯也，有話可與我談。」小姐肅拜曰：「何以位置我？夫德耀莊姜，

[一]原校本以爲『生』字衍，是，當删。

[二]『欄』，《國朝畿輔詩傳》卷三十六作『闌』。

宜置之泉石，助其幽也；虞英源女，應置之洞天，標其爽也；大家逸調，頓之牙厨；謝韞高談，遲之錦帳。舞浄腕於風前，弄玉卮於霞上，位置既佳，神韵自絶。寅伯何以位置我？」徐因園中山石旁，構一精舍，祀以位。時與飛山先生對坐暢談，所談多皇古之事，記其最警二條云。「問：何以有神通？答：蠅能倒栖，此蠅之神通也；鳥能騰空，此鳥之神通也；役夫一日能行百餘里，我却不能，役夫之神通也。凡人以己所能者爲本等，己所不能者爲神通，其實不相遠。」又云：「常見初學道人，每行人難行之事，謂修行當如是。及其後即自己亦行不去，鮮克有終。可見順人情可久，逆人情難久也。賢智之人，以難事自律，又以難事責人，故處處有礙。」如此談者不一。署有婢，頗端淑，素不識字，後趙小姐遂附身，使之言。歷二年而後絶。飛山先生擇一文士，禮婢而嫁之。柳崖子曰：飛山先生，余師也。先生倜儻豪邁，鬼敢近之，异矣。所談又何其知道也。又聞其稱飛山先生前世爲蜃精之得道者，徐夫人爲天上水晶球，朱石君先生爲文昌帝君座前文石，奇之奇矣。是時爲乾隆三十四五年，余應京兆試，枉路太原，謁飛山先生。先生曰：「我將公出，知生今晨必至，留一日。」蓋亦趙小姐前夕所言也。朱竹君方伯、朱石君相國，爲飛山先生之甥，言之甚詳。』

荀鐸[一] 一首

鐸，字振時。

[一] 原誤作『荀鐸』，高氏校云：『「荀」應作「荀」。《香遠堂詩》作荀振時。』

燈花

萬古無根種，一枝薄暮開。吐時雖有艶，落後即成灰。

吴曰圻[一] 一首

曰圻，字藉田。[二]

[一]原誤作『吴日圻』，高氏校云：『吴曰圻，乾隆四十三年歲貢，作「日圻」誤。』按：據［民國］《天津縣新志》卷二十三，吴氏有《蘿村雜體詩存》一卷。今山西大學圖書館藏清道光二十三年（一八四三）吴士俊刻本，卷首題『藉田吴曰圻著』。又，書前沈序稱《敦厚堂古近體詩》，謂：『其生平所作不下萬首，顧不自檢拾，往往爲及門諸生持去。此其喆嗣竹坡先生并父孫傅岩刺史掇拾於殘剩者共若干篇。』［民國］《天津縣新志》：『鄉居授徒，不慕榮利，惟時與汪舟、張映斗輩雅集思源莊，爲觴咏之樂。生平所爲詩，不自留稿，子彰從故交搜得若干首，孫士俊補綴刊行。』

[二]［民國］《天津縣新志》：『乾隆四十三年歲貢生。』『日圻』，亦應作『曰圻』。

燈前漫興

有客掀髯[一]意氣饒，短檠無焰[二]夜頻挑。鶴因微禄聊居衛，菊有清標[三]合[四]姓陶。一片[五]青氈憐[六]故我，百年白酒[七]笑今朝。抗懷破浪宗生志[八]，付向[九]東流逐晚潮。

[一]『髯』，清道光二十三年（一八四三）吴士俊刻本《蘿村雜體詩存》作『鬚』。
[二]『無焰』，《蘿村雜體詩存》作『二尺』。
[三]『清標』，《蘿村雜體詩存》作『清操』。
[四]『合』，《蘿村雜體詩存》作『衹』。
[五]『一片』，《蘿村雜體詩存》作『绛帳』。
[六]『憐』，《蘿村雜體詩存》作『嗟』。
[七]『百年白酒』，《蘿村雜體詩存》作『凄風冷雨』。
[八]『志』，《蘿村雜體詩存》作『意』。
[九]『付向』，《蘿村雜體詩存》作『肯付』。

趙世烋 四首

世烋，字和六。［一］

出都留别五弟

殷勤别席酒盈卮，屈指歸程歲月遲。莫道湘南千里隔，好憑北燕寄新詩。

送補園歸里

披雲猶記日，隔歲五羊城。偶結黔南伴，同聯硯北盟。飲醇真得醉，攻玉愧難瑩。豈免莼羹憶，獨衝瘴癘行。波濤青草闊，花柳白堤明。不禁臨歧感，秋風寄遠聲。

齋前新竹

菊花未秀海棠殘，丹桂飄零不耐寒。賴有此君相慰藉，時乘清興一憑欄。

八月五日書所見

村落荒凉村日白，砧杵聲絶風索索。低田積水波浪多，高田蝗過留空柯。野花

［一］高氏校云：『趙世烋，乾隆辛酉拔貢，甲子舉人，武清籍。』

經霜色還紫，野鶩無食飛不起。纍纍流民關外行，兒啼婦怨愴人情。

解良根 一首

良根，字淡圃。官河南延津縣縣丞[一]。

玉簪花

芳徑斜抽白露微，瑶華誰爲贈湘妃？橫來翠鬢蟬驚落，界破烏雲燕誤飛。粉朵三秋留玉股，瓊枝一寸絡明璣。不嫌敲斷銀燈畔，零落餘香滿綉幃。

解秉智 二首

秉智，字萬周，號月川[二]。乾隆丁卯舉人，丁丑進士。任甘肅安化縣知縣[三]。

[一] 高氏校云：『解良根，官縣丞，署延津知縣。』[民國]《天津縣新志》：『字重夫，河南閿鄉縣、洛陽縣縣丞，署延津縣知縣。』

[二] [民國]《天津縣新志》同，[同治]《續天津縣志》卷十二、[光緒]《重修天津府志》卷四十三均作『字月川』。

[三] 高氏校云：『解秉智二詩，司訓時作。歷官應補淶水教諭。』

案，公苦於力學，性凝重，有識量。退休後，教子侄，皆登賢書。居鄉以謙厚稱，朱仲文夫子嘗從公受學。壽七十餘。

九日有感

無花無酒過重陽，獨卧寒氈秋夢長。門外白衣人寂寂，天邊歸雁意茫茫。龍山嘉會成千古，槐市生涯滯一方。冷署又逢佳節至，思親一日九回腸。

獻策前年滯帝鄉，傷心又度一重陽。淒涼院宇池無菊，落拓功名鬢有霜。詩爲感懷聊寄咏，酒因酬節勉銜觴。客亭莫話登高事，望眼何曾到北堂？

紀文達公曉嵐遺集《天津解月川先生傳》云：『先[一]自山西永濟徙天津，今六代矣。先生乾隆丁卯舉於鄉，壬申會試未售，揀授淶水縣教諭。性故端介，不能隨俗爲俯仰。一切世[二]路酬應之禮，亦落落不欲爲。惟憚竭心力，務舉其職而已。幸儒官署閑，故得與諸生晨夕講肄，文風士氣，蒸蒸日上。丁丑成進士，分發甘肅，以知縣用，得涼州府屬之永昌。永昌故衝衢，驛使往來，轉運絡繹。先生仍堅守素志，正供所應有者，纖毫不敢闕；所不應有者，亦不纖毫溢額外。竟坐是罷官。既而大吏知輿論多惜公，奏留會城使自效，隨監送新疆開墾户口，遠至伊犁，來往備極勞瘁。凡奔走五載，得復原官。乙酉八月，又授慶陽府屬之安化縣，故瘠土也。

[一]『先』下原校本補『生』字；按：清嘉慶十七年（一八一二）紀樹聲刻本《紀文達公遺集》卷十五作『先世』。

[二]『世』，原校本作『仕』。按：《紀文達公遺集》作『仕』。

甫莅任，即早霜傷稼。前署事者報未明，先生力請於上官，得闔境普賑。丁亥復霜災，視前倍重，蒙恩於正賑之外，加賑兩月。時需糧多而倉儲少，欲從部價以一石一兩折給。又糧貴而價不足。大吏遂奏請半用賑糧，半用折價，原有[一]積穀之州縣，則准以時價采買，每石較部價贏八錢。安化故無積穀，例得采買萬石。有導先生領采買之價，而以部價給民者。先生毅然不肯，且以奏定之價出示，俾通知。遂結怨於寮友。坐是公事多齟齬。乃於己丑四月移疾歸。歸而門庭蕭寂，惟日與兄弟訓課子孫，暇則以棋酒相娛樂，名其覺堂「友於」。又繪《三荆同株圖》，文士多題咏焉。如是者三十年，林下優游，不萌一出山之想。嘉慶三年八月卒，年七十有九。先生子道倬，戊申舉人，以余與先生爲同年，乞爲傳，余乃叙而論之曰：先生之仕宦，亦坎坷矣。而年未五旬，飄然解組，享林泉之樂三十年。兄弟怡怡，終身無間，而子與猶子皆登第，其所得孰爲多也？聞先生乞歸時，甘肅風氣駸駸華侈，久而遂有監糧之獄，「白首同歸」。則先生之坎坷，其亦天佑善人，使「青山獨往」與？』

解道亨 一首

道亨，字通也，一字通野，又號沽上髯。秉智從子，諸生。

案，解月川先生爲通也立傳云：『其爲人也，爽直誠樸，無委曲，少機變。數歲如成人。能苦讀，好作字，出入於趙董之間，而自成機軸，求書者日不暇給。爲文以涪、清正爲宗，與沽上諸名士游，詩文益進。十應京兆試不遇，其命也夫。居家以謹厚稱，自尊長以逮臧獲，不聞有訾議之者。其於父母，朝夕餅餌，必加意理之，

[一]『有』，原校本作『無』；按：《紀文達公遺集》作『無』，據下文亦應作『無』，當據改。

不敢忽。病則侍湯藥，衣帶不解。父患遺矢症，躬自糞除，有時以手掬之，不以爲穢。間與諸弟談文章詩字外，作人行事之道，無不諄諄及之。弟咸以師事焉。急人之難，解人之紛，不辭勞而能任怨。授徒盡心誘掖，不事敲撲。卒之日，親友及門哭之者，罔不失聲，固其所也。凡三娶，生子皆不育。是人也，既靳其科名，又促其年壽，終孤其似續，何知窮也夫！朋友作詩以歌之。其一章曰：「憶君痛君死於孝，誰非人子君難效。到頭不改赤子心，斑衣日博雙親笑。自從醫藥侍庭幃，形枯骨立神虛耗。太翁起後令子亡，茫茫天道爽其報。嗚呼一歌兮悲何深，白頭二老哭黃昏。」其二章曰：「憶君痛君孝且悌，竹林小阮同瑰异。尚嗤阿咸太疏狂，兢兢獨守猶子義。家聲繼武一生心，唾壺擊缺傷淹滯。生不成名身已死，啾啾燈底幽魂泣。嗚呼二歌兮君季父，仰天長慟哭千縷。」其三章曰：「憶君痛君未有兒，鸞膠三續石麟遲。蒼天竟吝伯道子，空房獨泣黔婁妻。昔年爲盼小星照，今年并驚玉樹摧。年去年來人已逝，逝者長恨無窮期。嗚呼三歌兮悲君後，蘭移蕙叢君知否？」其四章曰：「憶君痛君筆墨工，揮毫落紙雲烟濃。酒酣耳熱氣象雄，自稱我是硯田傭。但有髯字皆絶筆，琳琅珠玉觸處逢。逢時不敢舉頭望，拂拂壁上生悲風。嗚呼四歌兮餘故紙，銅章石硯徒然耳。」其五章曰：「憶君痛君氣象和，委心任運甘消磨。萬苦千辛秘一心，飲人自覺醇醪多。任他蟻鬥與螳怒，掀然一笑永無波。於今道路皆流涕，奈此時衰運蹇何！嗚呼五歌兮欽君量，書空咄咄間惆悵。」亂曰：「天道兮難量，噫嘻命數兮難當。哲人萎兮聲氣隔，正士逝兮朋友傷。思其肝膽兮堅於金石，嗟其遭際兮困於名場。別衰親及弱弟兮，竟撒手而長去？舍寡妻與錐女兮，胡賫恨而雲亡！某等欲搔首而問彼蒼之夢夢兮，奪此窮人其何意？更欲瓣香而質神明之赫赫兮，起此錮疾其何方？吾輩其何以祛此痛惜也，君靈其何以竟在渺茫也？君其免夫此生憂戚也，君其待夫來世軒昂也。嗟心交之不長兮，願异世之莫忘兮，換形體而不异肺腸兮，續金蘭而仍共行藏兮。同聲一哭兮敬奠壺觴，靈其奮知兮飲此椒漿！」』

同邑韓荔山先生大炤曰：『通野既歿，其季父月川先生哀其死而爲之傳，志其痛也。傳而不贊，終以同人挽歌，意在月旦於人耳。噫！通野可以不死矣！』

秋夜聞雁

楚水吴山隔暮烟，一行聯影度霜天。似謀粱稻隨風去，肯抱蒹葭澈夜眠？雲净無煩空避網，月盈不復誤驚弦。乾坤寥廓關河朗，萬里程途在目前。

津門詩鈔校箋卷五

張霖 三首

霖，字汝作，號魯庵，晚自號卧松老衲。廪貢生。歷官兵部車駕司郎中[一]、陜西驛傳道、安徽按察使、福建布政使、署雲南巡撫。告養家居。著有《遂閑堂稿》。

案，魯庵中丞天才不羈，性復慨慷。告養時，築遂閑堂、一畝園、問津園、思源莊[二]、篆水樓諸勝園亭甲一郡。款接大江南北名流，供帳豐備，館舍精雅，才人雲集。一時前輩如姜西溟、趙秋谷、汪退谷、吴蓮洋、洪昉思、王石谷、張石松、方百川、靈皋、陸石麟[三]、馬長海、徐芝仙諸公及問邑諸名宿，文酒之宴無虚日。飛箋刻燭，彬雅之風，翕然丕振。而公家亦才人輩出，科第不絶，足徵重文愛士之報。後惟查蓮坡老人能繼之。

寄懷念藝弟 時在皖江

江上不宜秋，秋容動深省。南岸楓葉丹，北岸荻花冷。天空没碧雲，雁字排高影。

[一] 高氏校云：『張霖由郎中告養，由滇藩被劾落職。』卞校謂疑爲『工部營繕司主事』之誤。

[二] 高氏校云：『魯庵所築之思源莊在撫寧本籍，天津思源莊乃其曾孫南杓築，在乾隆年間。魯庵生時天津無思源莊。』

[三] 高氏校云：『「麟」應作「麒」。』按：本卷張霔詩有《瓜棚秋集同陸石騏陳子翽李省可查漢客》，《蓮洋集》亦作『陸石騏』，卷十七有《寄吴江陸石騏陸煩筝山舍人以問至二首》。《雪橋詩話餘集》卷二則作『陸石麟』。繆荃孫纂［民國］《江陰縣續志》卷二十載『《山滿樓詩鈔》，陸石麟字寶摩撰』。

擧頭送鴻雁，目斷關山迥。豈不羨奮飛？同群苦未整。吴江接楚江，愁思徒耿耿。

公家遭籍没之後，詩文全經散失，此詩得之公曾孫環極[一]所録。

瀛津晚烟

萬家炊不止，烟起半天横。海氣東來合，雲林北望平。風寒疑作雨，月黑早關城。小艇歸何急，漁燈一路明。

雪後梅花

凍雲初散晚風微，幾樹寒香静不飛。落落向人多白眼，沈沈無語惜珠璣。骨於傲後何曾瘦，夢到清時不可肥。兩兩孤清水乳合，一尊相對莫相違。

二詩得之《弋蟲軒詩社草》。

吴天章《蓮洋集》有《張魯庵水部招集一畝居即事》詩云：『誰能無事同犀首？君已辭官似馬曹。樹杪星辰霜後近，池邊燈火夜深高。』又，《送魯庵之黔西》云：『眼底江山遵驛路，天邊雨雪計郵程。瘴花開處賓人候，巒樹交時島吏迎。』又，《寄張汝作兄》云：『慷慨成商隱，艱難就草堂。買山原所自，高誼不能忘。』趙秋谷《飴山集·篆水樓夜飲》云：『流波遥作方圓折，明月全收上下弦。客似閑雲信來往，杯將清漏共留連。』又《問津園即事》云：『緑樹自隨人遠近，斜陽不隔水西東。槐陰老屋宜清簟，蓮葉新波待碧筒。』

[一]高氏校云：『環極爲魯庵玄孫，作曾孫，誤。』

秋谷又《與王南村話津門昨事感懷》次首云：『人去朱門事事空，堂間蠟泪帶輕紅。啼烏與喚園扉日，莫遣笙歌赴夢中。』則當在魯庵因事下獄時也。

津門詩人之留連光景者，至今過思源莊墓園，猶爲感愴。如查次齋《思源莊雅集感懷》詩云：『好事嘗聞傳掌故，風流今見説思源。墓門種樹垂佳蔭，池水通潮有舊痕。』金金門太守《思源莊念舊》云：『三月春寒花尚淺，一簾烟重雨初成。』金芥舟先生《過張氏廢園》云：『野禽不見人來慣，驚上寒梢不住啼。』康達夫先生《思源莊》云：『芍藥池南柳色邊，小橋橫鎖墓門烟。幾時不到思源望，細雨春深種麥田。』盛衰之際，皆有感乎其言之也。

同邑查恂叔中丞《銅鼓書堂集》有《秋日過張氏一畝園感舊》詩云：『滿目秋光落葉黄，故家風物感蒼蒼。繁弦急管飄零盡，惟有寒蟬噪夕陽。』『羅綺成叢轉盼空，野花猶作舊時紅。砌邊多少閑金翠，寂寞荒烟蔓草中。』『三千珠履盡能文，坐上雄談蔚似雲。朱亥侯嬴俱老去，不知誰憶信陵君？』三詩悱惻纏綿，哀其豪華，比以信陵，可謂兼道其實。

《天津府志》：『霖幼岐嶷，讀書十行俱下。爲詩古文詞，卓然成一家。由歲貢生起家，歷官福建布政使司。家饒於資，推解不倦。中間緣事落職[二]，遂構問津園爲偃息地，法書名畫充溢棟宇。復招天下名流，觴咏其中，有梅定九、朱竹垞、姜西溟，查夏重、趙秋谷諸前輩，咸主其家。時人擬之月泉吟社、玉山草堂，差不愧雲。』

張霔　一百十三首

霔，字帆史，號念藝，一號笨仙，又號笨山，别號秋水道人。魯庵方伯弟[二]。

[一] 高氏校云：『魯庵落職後家被籍，庚死獄中，所云構園款客，當是告養時事，《天津府志》失實。』

[二] 高氏校云：『念藝爲魯庵從弟。』

廪貢生，内閣中書，有《帆齋逸稿》《晉史集》《欸乃書屋集》〔一〕《緑艷亭集》〔二〕。

〔一〕『欸』原誤作『欵』，『欵』，現爲『款』的异體字。高氏校云：『「款」應作「欸」』，按：今存清光緒十一年（一八八五）徐士鑾蝶園刻《欸乃書屋詩集》二卷附録一卷。又《天津詩人小集》本《欸乃書屋乙亥詩集》。

〔二〕張霔之詩集，今見存者凡五：其一爲中國國家圖書館藏清抄本《緑艷亭稿》十五卷，係張霔康熙二十三年（一六八四）甲子至三十年（一六九一）辛未間詩、文，除甲子年僅有詩稿外，餘皆詩稿、文稿各一。其二，則清華大學圖書館藏《緑艷亭稿甲寅詩稿》，係康熙十三年（一六七四）之作，亦爲今存最早之作。高凌雯〔民國〕《天津縣新志》卷二十三《藝文》著録張霔『《緑艷亭詩文稿》八卷，抄本』，謂『甲子以前詩稿悉毁於火』。是高氏所未見者。其三，則徐士鑾刻《欸乃書屋詩集》，係康熙三十二年（一六九三）癸酉之詩，原係徐大鏞舊藏，徐士鑾析爲二卷，刊之。天津詩人小集本《欸乃書屋乙亥詩集》，高凌雯跋：『昔徐氏得《欸乃書屋集》一卷，梓行，以詩考之，定爲笨山康熙甲戌年作。』所指即此。其四則《天津詩人小集》本《欸乃書乙亥詩集》一卷，係康熙三十四年（一六九五）乙亥之作。此本末有高凌雯跋：『此集藏華氏家，集分十二小卷，每卷以月所得詩爲限，依次編録，而總標名乙亥詩，亦笨山手迹也。……兹取以付梓，可與徐本并行矣。但甲戌集至秋而止，是年冬笨山省兄陝西，別有《秦游詩》一卷，今已不傳。』其五，則徐士鑾刻《讀晉書絶句》。所不傳者，《秦游詩》外，又有《弋蟲軒詩》一卷，今未見。徐士鑾刻《欸乃書屋詩集》首光緒甲午（一八九四）楊光儀序謂：『曩與亡友梅小樹編輯笨山先生詩《緑艷亭詩文集》，方擬聚資刊行，旋爲其戛然索去。又布衣欒硯卿家藏先生《弋蟲軒詩》一卷，亦歸其家人，將來能刊行與否，未可知也。』《敬鄉筆述》卷八『張笨山舍人』條：『先生所著《晉史集》，乃讀《晉書》絶句二卷，光緒甲申，邑人李茂才其光，於舊書肆購得稿本，余假來照録一册，校而刊之。《欸乃書屋詩集》稿本，先年爲從堂兄蘭生明府大鏞購藏。因亦假來録分二卷，付梓以傳。余知先生後裔所藏者，《弋蟲軒稿》《緑艷亭詩文集》二種詩文集，卷數較多，若《帆齋逸稿》《星閣》《秦游》諸集，想早散佚矣。』高凌雯〔民國〕《天津縣新志》亦著録『《弋蟲軒詩》一卷』，謂：『是集曩爲陳鼎元所藏，名曰《弋蟲軒焚詩重録略》，梅成棟猶及見之，蓋被毁後追録之稿。甲子以前之作也。後楊光儀復見之於欒氏家，今不知所在矣。』

上元道院看月作[一]

十二瓊樓不挂燈，一壺明月冷於冰[二]。阿誰能擲仙人杖，化作虹橋到廣陵。

小游仙詩

昨夜麻姑招我游，梅花如雪開羅浮。身騎大蝶逐明月，四百三十二峰頭。
多情無奈遇方平，設席松間不放行。一曲雲璈心已醉，還將十二玉壺傾。
桃源深悔問迷津，瑶圃瓊枝別有春。誰許花姑來藝子，修書記謝魏夫人。

答盛西屏夫子客潼關見懷詩

知向關西去[三]，非同淮上吟。鶯花催戰鼓，風雨壯胡琴。曾有論兵志，能無投筆心？廿年功業澹，翹望倍於[四]今。

[一] 清抄本《緑艷亭辛未詩稿》題作《道院看月作》。又按：此集前張弓天序又題作《詩星閣詩集》。
[二]『冷於冰』，《緑艷亭辛未詩稿》、《國朝畿輔詩傳》卷二十四作『冷如冰』。
[三]『去』，《緑艷亭辛未詩稿》作『客』。
[四]『於』，《緑艷亭辛未詩稿》作『如』。

天門洞

天門之高高何窮?石階萬級升蒼穹[一]。橫空一木勢將墜，飛身直度[二]如輕鴻。洞口陰黑不可測，劈面欲倒生雷風。安懼虎羆藏其下，前導亂張松火紅。舉頭欻豁閶闔開，天門反在洞之中。明兩[三]日月夾左右，海光一帶當其東。虛碧俯仰咫尺間，呼吸相與氣始終。帝閽何必扣，帝座若可通。天地一日一混沌，吾將卜居此洞日日觀洪濛。

胡介眉自柳溪來戲擬古句

柳溪柳花飛，飄飄逐游子。大道起回風，一半落溪水。入水化爲萍，不離水上青。游子何日歸，萍花不解飛。

[一]『穹』，《緑艷亭辛未詩稿》作『空』。
[二]『度』，《緑艷亭辛未詩稿》作『渡』。
[三]『明兩』，《緑艷亭辛未詩稿》作『两明』。

送吴天章還蒲州［一］

君昔到海門，動即經年住。今來未匝月，束裝便歸去。結交知無益，來隱［二］或有遇。高高太華峰，白雲想如故。

與王孟穀

獨客望海寺，强登望海樓。大海望不見，杯視三河流。清濁怒相鬥，日夜無寧休。何似楚江上，一片空明秋。

贈汪令章 自稱關山客，近有室

好識關山客，偏多花鳥情。畫痴香有韵，雲笑媚無聲。聽瑟欹紅閣，吹簫夢碧城。團團望海月，不減洞庭明。

聞李生將游盤山

十年祇喜讀書人，一朝忽發游山志。游山先自何山始？此去盤山二百四。憶我

［一］《緑艷亭辛未詩稿》題作《送天章還蒲州》。
［二］『來隱』，《緑艷亭辛未詩稿》作『采隱』。

春風躡屩時，杏花開遍無閑枝。滿山歷亂開[一]晴雪，吹面松濤寒不知。別來幾月天已秋，毒熱淫雨阻重游。七十二庵總名勝，白雲長夢尋青溝。爾去正逢秋氣爽，山空好聽百泉響。李白句携謝宣城，遠公書寄許都講。碌碌於今[二]胡爲哉？世人幾個憐君才。有峰便是問天處，此山况有舞劍臺。爾雖不慕劍俠名，登時且發長嘯聲。空谷疏林易震動，奔泉鎸石[三]防摇傾。八石五峰皆其概，千古積來惟一翠。嵐氣到地苔濕天，秋光那得不長對[四]。山水情深賦遂初，移書或卜岩中居。古人有志不可及，游盡名山讀盡書。書亦何能讀之盡，山亦何能游之盡？游山讀書過一生，千萬莫學終南隱。

送李大拙處士遠游

太上游象外，其次游山水，其次游名迹，三游同一軌。緬邈古高隱，疇能外乎

[一]『開』，《緑艷亭辛未詩稿》作『翻』。
[二]『於今』，《緑艷亭辛未詩稿》作『於世』。
[三]『鎸石』，《緑艷亭辛未詩稿》作『鋭石』。
[四]『長對』，《緑艷亭辛未詩稿》作『玄對』。

此。今人具古情，乃見李夫子。閉户將十年，塵事屏弗理。日日但堅坐，元化存内視。性耽金石奥，夢艷丘壑美。曠游貴寓目，獨處鄙食耳。久製遠游冠，新編飛雲履。游具無不具，可以出游矣。鴻雁天正高，鯉魚風漸起。此游不自輕，徒步數千里。昨日設樽罍，話别重知己。借問何處游？歷歷爲屈指：一月游三晋，雲捲太行徙；一月游三秦，雪壓太華巋；一月游三吴，照江梅花喜；一月游三楚，繞洲芳草薿。兩京路蕭凉，六朝地華靡。習俗自不同，山水自終始。游則安所悦，頓則安所止。名迹雖云多，一半或糠粃。是在能選者，如選古圖史。之子經年游，慎密非苟爾。昔爲向子平，今爲許道士。學仙乃學隱，吾將悟斯旨。

聽苦瓜上人説黄山歌即送南還兼懷南村宗長

昔逢宗人南村叟，爲游名山成白首。名山游多談始快，中有黄山不離口。千語萬語總一奇，形容拮据終難剖。正欲細細問其詳，草草南歸遂分手。七年以來絶消息，黄山亦在無何有。豈云游者乏其人？亦乃奇山難乎友。苦瓜上人本奇士，身在廬山住已久。一旦得識黄山奇，反覺廬山面目醜。黄山之奇在何處，爲余快談十八九：其要不過在在瘦，斧劈劍削毫不苟。瘦到絶頂奇乃出，天風撼動山靈守。俯視群峰無不然，芙蓉三十二其母。有時雲氣如水翻，采蓮船欲憑虚走。其下豈有神鰲戴，其上但聞天風[一]吼。惆悵難渡溪逍遥，往來直踏海前後。饕餮烟霞藴奇秀，睥睨他山盡芻狗。怪師詩畫不猶人，氣象與之同不朽。昔聞南村談黄山，黄山之奇或可扣。今聞吾師談黄山，黄山之奇真乃負。他年奮志下江帆，定游奇山覓奇偶。吾師吾師且歸矣，南村南村無恙否？采蓮船、天馬、逍遥溪、前後海，皆黄山景物。

楊部山至

百年幾聚散，一見一悲歌。聲氣久已矣，鬚眉將奈何？風塵賢令暇，貧賤故人多。把手河樓望，依然水篆波。

古意

炎烈[二]莫如火，寒潔莫如雪。鼠向火中産，蛆向雪中結。物腐蟲乃生，斯語今懸絶。

[一]『天風』，《緑艷亭辛未詩稿》作『天馬』，當據改。
[二]『炎烈』《緑艷亭辛未詩稿》作『炎熱』。

仙與仙弄術，狡獪徒見嗤。仙與凡弄術，聾聵徒受欺。在世恐機械[一]，在天難炫奇。碌碌多事仙，何不安無爲？

大雪中夢游仙詩

手招大蝴蝶，身騎白鳳凰。上視天蒼蒼，下視雪茫茫。岳失五點青，烟凝萬里黃。經過羅浮山，但聞梅花香。

古相思辭

郎是天上雲，隨風東西南北游；妾是杯中水，瀉地東西南北流。雲游去作何方雨，水流但濕庭下土。土生相思草，恨郎歸不早。雨濕合歡花，忘妾獨在家。

張怵庵索作傳余不允仍應之以長句

怵翁怵翁古鬚眉，不合時宜一肚皮。方袍竹杖自疏野，望而知爲民之遺。少壯結束事干戟，受盡顛沛與流離。祇今回想復何恨，獨恨未多讀書詩。古人讀書貴有識，徒炫文藻將焉爲？翁能處世不混混，涇渭胸如分水犀。所以逸遁得其地，卜居

[一]『機械』，《緑艷亭辛未詩稿》作『泄機』，當據改。

愛傍楚江湄。不須去飲甘谷水，不須去采商山芝，天下荒旱有饑日，楚江魚米無貴時。樂飢樂飢飢況免，家餘四壁貧未奇。謀生雖缺十畝田，娱老幸賴三男兒。不教奔走博榮利，但教日夜彈冰絲。一經寄在孤琴中，高名遂使王侯知。韋布今屬俞伯牙，蟬冕都成鍾子期。因而海内慕之者，雅聘千里來不辭。白頭深喜遇知己，不妨遠客天之涯。南國蒼茫漫回首，東海咫尺且尋師。以海爲琴今幾人，於琴我如海測蠡。凡音莫不具古調，古調一得情乃移。若使此音一媚世，豈但下同箏琶卑？翁惜古調如古道，人琴之品兩全之。品雖得全時莫遇，楚江都恐歸遲遲。楚之狂者今誰是，鳳兮鳳兮歌相隨。

晤朱贊皇

一代集唐手，才力吾所欽。讀盡古名句，乃成良匠心。色比七襄錦，聲同百衲琴。大雅寓大巧，痕迹誰能尋？

和梁崇此《感懷》

百悔成一憤，有志不在言。隱忍事磨礪，如鏡無纖昏。然後照天地，魑魅安復存？

劍士偶不遇，終朝醉醺醺。雪耻貴有濟，豈以遲早分？醉看五陵花，醒看五陵雲。

戲題自畫菊

學菊如學陶，不必求其似。祇恐欠蕭疏，見笑隱君子。

送朱錫鬯檢討南歸

夫子官雖罷，相逢無戚顔。久知金馬貴，不及布衣閑。帆近海邊鳥，雲歸湖上山。竹垞高卧穩，那復夢燕關？

坐錫鬯先生舟中值梅子定九適至

訪泊同來梅處士，樓居不羨羨舟居。脱然無累江天遠，風雨歸帆任著書。

武清投祖夢岩

驅車入武清，門軍詰姓名。可知賢宰治，更慰故人情。麥氣散千畝，棗花香一城。兹來亭咫尺，仿佛有琴聲。

觀石濤上人畫山水歌

石公奇士非畫士，惟奇始能得畫理。理中有法人不知，茫茫元氣一圈子。一圈化作千萬億，烟雲形狀生奇詭。公自拍手叫快絶，洗盡人間俗山水。人間畫師未經見，舌撟不下目光死。公之畫也不媚人，出乎古法由乎己。古法尚且不能拘，沾沾豈望時人喜。憶我初得見公畫，亦但謂其游戲耳。豈料觀其捉筆時，一點不苟乃如此。既於意外得其意，又向是中求不是。倘有痕迹之可尋，猶拾古人之渣滓。奇氣獨往以獨來，奇筆大落復大起。人間絹素空紛紛，祇畫宋明舊府紙。知公之畫世爲誰？公但揺頭笑不止。

秋槎

勞勞車馬滿人間，便是帆檣亦未閑。何以枯槎無阻滯，每當秋漲泛潺湲。碧雲冷卧千江雨，紅葉晴看兩岸山。但得筆床茶竈具，風波以外不相關。

西風蕭瑟起蒹葭，隨意中流一放槎。幻術漫疑浮竹葉，多情猶欲采蓮花。龍魚自古秋爲夜，鷗鷺從來水是家。忽憶當年河伯語，扣舷朗朗誦《南華》。

入夜秋潮四望平，孤槎泛泛寂無聲。未從碧海波中去，已在銀河水上行。萬籟俱消漁笛起，一塵不染釣絲清。橛頭衝斷雙飛雁，雪壓蘆花月不明。

呈縣宰董公葱容

一歲鄉關一度旋，從來未識縣門前。家雖種竹慚非隱，吏解看花望若仙。鶴影不離山月下，琴聲祇在海雲邊。相逢何事先相謝，收遍黄崖二頃田。

萊州刺史吴子方遣使遠接世高赴署念舊交也賦以送之兼寄吴公

退公十月賦長征，道是萊州太守迎。想已民間無訟事，故於世外重交情。鶴當放出雪千里，梅一拈時春滿城。好待携游芳野日，雙雙白鹿夾車行。

小游仙詩

作仙也是作游人，風馬烟車不起塵。一日看花天上遍，無端反憶世間春。

東過弱水捨魚槎，亦有逃秦數百家。笑與武陵春色别，滿[一]山都是白桃花。

[一]『滿』，原校本作『遍』。

春夜限韵同在田芟粱叔敏

緑上春燈影，虚窗映薜蘿。終朝成默對，深夜許狂歌。吠犬城中定，歸鴻月下過。家山連入夢，托宿白雲多。

晴

細雨初過絶點埃，晴簾高捲倚書臺。雲千萬片白將散，竹兩三竿青欲來。忽向遠樓聞弄笛，早思平渚捉流杯。年來歌嘯春風裏，愧煞閑居作賦才。

寄懷蘇州宋采城山人

洞庭春酒酌來酣，忽憶吴城隱士庵。千里鶯花羞杜牧，十年湖海老何戡。家風雖素還須守，世事多違枉自諳。可記倦游津水日，時時欲唱《望江南》？

石槽

石槽投宿早，崖畔駐鳴騶。亂石[一]開平野，圓沙送細流。松寒不近蝶，山淺

［一］『亂石』，《國朝畿輔詩傳》卷二十四作『亂樹』。

忽聞鳩。一徑蘼蕪緑，携笻思獨游。

問津亭子

亭長亭短恨如何，且坐春風發浩歌。爲愛夕陽照杯酒，嚮西楊柳不栽多。

晤贈姜西溟

直道存先輩，真堪作史才。北門艱一晤，東海喜重來。心事春雲散，聲華晚菊開。高歌人莫測，呼我上繁臺。

泛溪二首

日落村邊路，風凉溪上舟。居人多草食，釣叟幾羊裘。一葉平生志，空江五月秋。客星今寂寞，烟水共誰游？

平溪不覺遠，泛泛夕陽邊。漁子罷腥網，篙師正灑船。麥凉風岸柳，花隱水樓烟。緑鷁誰家放，隨潮競管弦。

原任泰州少府孫茂先挽詩

少府北海先生家男

共惜天卿舊典型，參軍上應少微星。悲風劍泣松楸路，冷月簫殘芍藥廳。老友早煩生作傳，孤兒不待死遺經。白雲一望迷天地，共許招魂向北溟。

望津門晚烟

家在海門住，不知海門烟。遠歸望海門，海門烟中懸。此時日初晚，羃䍥蒼蒼然。萬家影出没，孤城勢蜿蜒。微聞欸乃聲，不辨魚鹽船。自顧襆被狀，風塵多拘攣。殘陽在馬背，烟路阻歸鞭。大海去[一]百里，蜃氣相糾纏。八月起霜風，力勁可破堅。吹烟烟不散，轉驚如涌泉。邈入雲霧窟，恍遇鴻濛年。秋槎寂無聲，無乃迷張騫。俯仰三危山，或在縹緲邊。振衣不可淩，難比仙人肩。因鼓烟中棹，獨扣烟中舷。雖非烟爲車，行水如行天。星月復何賴，一路漁燈連。客久倦行役，到家勝登仙。

送慧林上人南還兼寄石濤輪庵

霜冷蕭蕭黄葦枝，不堪手折送尊師。心空海月悟何早，頭白江天歸已遲。萬恨

[一]『去』，光緒二十一年（一八九五）徐士鑾蝶園刻本《欸乃書屋詩集》卷一作『疑』。

人間輕惜别，半生世外重交知[一]。清湘客子寒溪老，相見憑君寄遠思。

寄濟南懷世公

吴公昔爲萊州守，邀師千里雪風走。吴公今爲濟南守，邀師千里霜風走。千里霜雪寒不辭，太守舊交難忘師。濟有芙蓉橋，萊有芙蓉池。霜風雪風中，都非芙蓉時。昔曾寄我梅花枝，今當寄我菊花枝。菊花枝，梅花枝，太守清風清如斯。贈師豈有買山資？吁嗟乎，吾師豈用買山資！

酬龍在田作《笨仙歌》

我豈不欲仰青雲睹白日？又豈不欲排金門歷玄闕？仙思茫茫天地間，自嘆此身[二]無仙骨。我號笨仙已十年，笨未至極不能仙。平生[三]欲作《笨仙歌》，十年不就笨奈何[四]。天津龍子聰明資，知我勝於我自知。笨仙心事歷歷寫，一歌使

[一]『重交知』，《詩集》同，《國朝畿輔詩傳》卷二十四作『重心知』。

[二]『自嘆此身』，《欸乃書屋詩集》作『此身自嘆』。

[三]『平生』，《欸乃書屋詩集》作『生平』。

[四]高氏校云：『「笨奈何」，應作「奈笨何」。』

我驚且疑。龍子好擊劍，讀書賦詩并飲酒。劍仙古已古[一]，書仙今何有？詩仙其誰耶，酒仙君是否？觀君好酒亦非真，粗遠世故全其身。詩書無益劍無用，不如飲酒過千春。觀君飲酒莫辭頻[二]，天上欲爲真酒仙，世間須作真酒人。真酒人，醉亦狂，醒亦狂，天地人我俱歸無何有之鄉。莫似我之心事，不能混沌付之於酒觴。被君笨仙一歌，歷歷知行藏。

北邙山上行

北邙山上傷心路，松柏摧殘禿無樹。今人掘盡古人墳，墳土隨風入城去。洛城車馬不畏塵，往來城中忘苦辛。功勛未必及古昔，衹有墳墓追古人。古人墳何高，今人墳何卑。時時欲覓古人迹，處處欲覓今人碑。

[一]『古』，《欸乃書屋詩集》作『無』。

[二]高氏校云：『「觀君飲酒」，應作「勸君飲酒」。』此蓋涉上而訛，當據改。

讀吴天章寄贈松陵陸石麟[一]詩同南豐梁質人皖江昝元彦漢陽王孟穀宿松朱字緑

名士如雲共酒卮，百年風雅慎交時。座中争問松陵客，爲見吴郎手寄詩。

伏枕

連朝歸雁急相呼，伏枕懷人信有無。記得梅花江上客，雪窗同看《輞川圖》。

春日雜詩同龍東溟王野鶴宋又京汪槎客孫君選查漢客分韵四首録一首

我欲聽黄鸝，黄鸝何處啼？春潮一日長，漫過大橋西。岸岸蘼蕪緑，村村楊柳迷。雙柑與斗酒，多少少年携。歲歲東海上，殘春始見春。閑吟夢草句，老作看花人。風雨三沽水，輪蹄十丈塵。槎飛仙島近，不問武陵津。

抱瓮園偕龍東溟李霖臣孫君選王野鶴作殘春詩值馬大龕自都至

幾坐津頭春水船，滔滔流水暮春天。偶逢京國飄蓬客，共話山人種杏田。積雨

［一］高氏校云：『「麟」恐是「麒」。』

半庭雙海鶴，浮雲千里一風鳶。神仙富貴都休問，且醉桃花酒瓮邊。

巫娥

煖翠小屏深疊疊，巫娥斜倚雲花裂。青絲亂雨飛欲光，七十二峰羅空床。魚冠仙佩丹霞裳，鸞旌倒曳靈風香。天潢老女隔水泣，冷綃霧薄湘玉濕[一]。

絶句

踏踏隨香緑，飛飛避軟紅。雙鳩林外雨，一蝶水邊風。

仙院

十二樓邊九子鈴，垂簾人誦蕊珠經。白鸞紫鳳無消息，鳥啄松釵滿地青。

僧房

燕子龕前蝶影斜，禪床日日學趺跏。莫教天女偷將去，如意瓶開無量花。

[一]『湘玉濕』，《國朝畿輔詩傳》卷二十四作『湘烟濕』。

飲周家墓下作

有酒便可飲，何必平原君？有土便可澆，何必劉伶墳？白楊風蕭蕭，吹來五陵雲。五陵雲氣出復没，人生百年一飄忽。生前杯酒及時樂，餘名豈足潤枯骨？

偶成二首

當年曾伴白雲夫，游屐吟鞭興不孤。春澗鳴禽閑共聽，秋山歸路醉相扶。風塵老大功名薄，田圃荒凉心計粗。漫向長安搔首望，青雲一個舊交無。

西風七月欲飛霜，千里懷人雁一行。寧可聞笳當塞上，莫教吹笛過山陽。餓來方朔還成笑，老去馮唐祇自傷。手把素書秋竹下，不知辟穀更何方？

懷揚州苦瓜上人

遥傳好事清湘老，大滌堂中隱作家。風雨淮南秋色冷，閉門祇是寫黄花。

贈王紫泉道者

曾拂烟衣上吹臺，白雲隨自大梁來。鬢邊風雨花三朵，眼底功名水一杯。寧可學仙愁有過，莫教處世[一]嘆無才。煉丹真得浮邱訣，何必黄山卧草萊？

空林巢

空林無留葉，落地片片黄。歸然見鳥巢，孤懸林中央。嗟彼巢中鳥，四顧何彷徨。寒風四面來，衰羽難禁當。思銜地上葉，欲蔽天上霜。落葉銜入巢，依舊隨風揚。

夜讀聲百侄[二]江南詩卷

今夜夜長得消遣，東海草堂詩一卷。江南山水冰雪囊，把吟不倦寒燈剪。北風簾外何其驕，滿林霜竹聲蕭蕭。恍似皖江孤舟夜，卧聽萬里空江潮。

閑身

四十閑身免逐喧，今年又閉一年門。寒松不蔽雲三徑，苦竹常埋雪滿園。逢舊交游傷白髮，送殘日月笑空樽。春風未至雁先至，思繞梅花江上村。

［一］『世』，原校本作『士』。

［二］『侄』，原誤作『姓』。按：聲百，係張霖子張壎字。高氏校亦云：『「姓」應是「侄」。』

同東溟漢客聯字

翠尾鳳子飛無聲，半天紫雲垂青城。玉樓小立衣烟輕，撲來短袖團花明。香泉不斷下泠峽，跳珠走雪鳴琮琤。濕霞欲醉春螺紅，騎羊小兒吹鵝笙。

過退院

風塵擾攘復風波，碌碌歸人扣薜蘿。烟柳迷來官路遠，春花開向草堂多。香分净土久如此，累到閑身又奈何。放鶴支公合惆悵，碧空萬里盡雲羅。

東來軒分韵得坐字

感士不遇日，大道多轗軻。閑居求苟安，遂已成嬌惰〔一〕。搔首柴門前，深柳一鶯坐。春風愛好音，吹向誰家墮？虚名竟何用，生計常相左。時還弄毫素，心隨書畫舸。海上足烟波，一竿無不可。豈爲武昌魚，乃鼓瀟湘柁。

挽王有詒

老友能餘幾，傷哉哭到君。一抔成大夢，萬卷葬孤墳。早似鄧伯道，終非楊子

〔一〕『嬌惰』，《國朝畿輔詩傳》卷二十四作『驕惰』。

雲。誰編高士傳，不使墮清芬？

博雅堂即席作

一葉浮家客，滿溪秋水澄。蘆花寒似雪，愁送渡江僧。

贈人

應笑嵇中散，辛勤論養生。雲邊携笛去，海上築樓成。水静珠飛白，天秋鳳語清。飄飄仙意足，敝屣視功名。

送陸信存歸常熟

共嘆文星隱，吴中才子還。濯衣太湖水，蠟屐海虞山。秋柳滿天下，寒松萬壑閑。讀書石若在，高卧白雲間。

寄王野鶴四首

有客客長安，而無塵事擾。相對機心人，焉能測其巧？仰視冥鴻飛，愛留雪中爪。一旦落樊籠，稻粱何日飽？

遠游抱瓮子，顛毛已種種。朝上紅螺嶮，其力一何勇。暮行烏龍潭，其心一何恐。舊廬胡不歸？歸路風波涌。

遥傳仙觀中，主人最爽塏。素心戀高士，一榻留半載。日聞簫韶聲，彈琴志不改。傳琴如得人，遣之向東海。

書來風林前，林葉書中隕。拂葉讀君書，心事言外隱。北望徒傷神，南游計未窘。早趁梅花天，飽食春江笋。

青雨山房詩

按青雨山房、欸乃書屋、帆齋乃公家竹林讀書處

三年知欲不窺園，小築新成學閉門。懸榻早如陳仲舉，藏書多似李長源。春雲入座江峰立，秋水當簾海月翻。念我疏狂全未改，竹林難忘舊琴樽。

原批：帆齋詩飄飄具有逸氣，是從太白、輞川兩家吸取得之。

長江舟中

緑楊小艇曬魚罾，大李將軍繪未能。明月不來人欲醉，一江斜日照巴陵。

送王爾溶還浙

同醉長沙酒一卮，送君不覺動歸思。六橋明月中秋近，是我孤舟北上時。

憶仲莪[一]

柳枝緑遍杏花開，新雨初晴燕子來。聞道詩人東部去，猶騎老馬看殘梅。

吹笛

一枝故長笛，吹向西風裏。腸斷孤舟人，梅花落秋水。

瓜棚秋集同陸石騏[二]**陳子翽李省可查漢客**

處處村園秋水平，自憐小院有瓜棚。偶來半是城中客，閑坐都生野外情。此地琴書聊寄托，誰家庭户不凄清？一尊記取論交日，萬里霜天白雁横。

[一] 高氏校云：『天津詩人有李莪仲，屢見《笨山集》中，今作「仲莪」，恐誤。』

[二] 高氏校云：『「騏」應作「麒」。』

春野

一聲何處曉鶯啼，東野烟消徑尚迷。短褐曾憐衝朔雪，青鞋不避踏春泥。草隨車馬關山遠，柳映漁樵門户低。種菜故人心未改，開園還傍石橋西。

聽夜泉

松館燈寒夜睡遲，流泉聲裏獨支頤。令人忽憶秋江上，明月湘靈鼓瑟時。

幽思

促促復促促，日月雙轉轂。百年遂安栖，幾間白板屋。人生慕榮利，我心同草木。搔首獨踟躕，顧瞻徑之曲。左藝孤生蘭，右藝孤生竹。佳人渺天末，閉門如空谷。

晚過草堂

草堂花已過時看，紅濕香雲片片寒。野笛一聲鐘鼓後，酒船泊處夕陽殘。

春深曲

撲人柳絮新鶯老，花鬢狼藉蝴蝶飽。翠樓十二紅欄繞，白團扇隱歌鬟小。春雲拂水鏡面平，野船弄酒多狂生。

贈陳健夫

筆下千言果有神，老來一劍尚隨身。誰知慷慨悲歌士，便是風流儒雅人。
湖海曾游幾十霜，眼中名士半存亡。吟成一卷懷人集，頭白西風舊草堂。

秋夜水亭

燈殘月復落，歷歷愛秋星[一]。高枕新凉夜，三更舊水亭。露深初警鶴，風定乍流螢。幾訝虚窗外，梧桐破曉青。

漢陽雜詩

斜風細雨濕江頭，暑氣全消大火流。磨就龍賓三四斗，醉來寫盡楚天秋。
江南江北盡秋光，任我孤舟泊大荒。一首新詩一尊酒，醉來淡墨寫鴛鴦。

[一]「愛秋星」，《國朝畿輔詩傳》卷二十四作「閃秋星」。

舟過晴川

楚江千里起寒烟，客裏思歸又一年。纔寄新詩懷岳麓，復隨秋色到晴川。抱城村落方收稻，近水人家尚采蓮。已是太平堪鼓腹，絲竿學放五湖船。

王都閫爲難女擇配周守戎

蓮花作幕久專城，常向轅門聽鼓聲。紅粉豈教都薄命，英雄未有不多情。紅絲暗繞三生夢，先是周守戎夢紅絲三繞其身。白璧雙聯百歲盟。我道一時傳勝事，武陵溪口亞夫營。

獨飲黄鶴樓

暮雲江上釣魚船[一]，湖水將平八月天。頻倒金樽看日落，欲吹鐵笛起龍眠。十年峰火留遺泪，兩度登臨嘆壯年。不是華州狂道士，畫工莫漫繪圖傳。

游水西黄檗道場

黄檗遺壇擁翠屏，千年獅象聽談經。山名青獅白象。白雲分出三層屋，分上中下三寺。

[一]『魚船』，《國朝畿輔詩傳》卷二十四作『漁船』。

紅葉深鋪一個亭。烟雨亭乃青蓮醉吟之所。護郭沙洲秋草緑，隔城烟火遠山青。我來欲結蓮花社，日向松關醉不醒。

明月歌東緒澄嵐

天愛明月陰且止，人愛明月眠復起。十個幽人九愛月，况君更乃月所喜。坐此明月下，吟君明月詩。咫尺明月空相思，月明明月無已時。

坐弋蟲軒

天豈無凉風？北窗誰能開。坐此弋蟲軒，颯颯東風來。書翻折角處，檢閲生疑猜。每愛陶潛詩，奚求深解哉。所謂羲皇人，穆穆真仙才。我欲從之游，暝心空徘徊。

祝劉珍之應孫伯繩

七十年人劉珍之，可杖於鄉與杖國。不惟不杖杖且無，是翁是翁何矍鑠。伯繩稱是少年交，至今氣骨猶如昨。令我祝之我未能，祝辭豈可憑空作？伯繩東海之雪樵，顔色如童髮如鶴。不自壽己先壽人，我即壽君以壽若。他年携手昆侖巔，一唱一和空碧落。

玉簪花歌仿六如體

玉簪玉簪簪不凡，花神倩得天工劖。海棠妝就不能戴，細腰時反帖地銜。綠雲堆裏玉生香，佳人喜插烏雲旁。頭上玉釵玉色藏，更比玉人色有光。問郎花玉孰可憐？郎道不如玉值錢。佳人默默鄙其言，玉簪玉簪雙手搴。何者不堅何者堅？可擲石上與郎看。

土燕

上燕〔一〕土燕豈無翼？欲飛下地落不得。老鵝老鵝豈無翼？欲飛上天縱無力。不及穿檐野麻雀，上天下地滑如賊。墻頭瓦縫無遺粒，飛飛終日無菜色。燕兮鵝兮休太息，東家張羅西家弋。

題馮貞庵所畫《蜀道難》送張爾燕先生之名山任

噫嘻咄哉！蜀道之難也，豈遂如斯而已乎？馮子擲筆笑，拉我試遠視。君不見十二峰，連雲之棧相表裏，陰壑時欲作風雨。又不見九折阪，曲似羊腸薄似紙，捫

〔一〕高氏校云：『「上燕」應是「土燕」。』是，應據改。

蘿衹受一人趾。噫嘻咄哉！蜀道之難也，不過如是而已矣。中有行者誰之影？曰乃爾燕先生是。一行六人相依倚，蕭然去作名山使。名山之邑巔何居？猶向千峰萬峰雲外指。噫嘻咄哉！蜀道之難也，果遂如斯而已乎？爲囑先生暗記取，他日山行行且止。開圖面與蜀山比，何處不似何處似，歸來細細質馮子。

古錢

五銖與半兩，不辨秦與漢。一自失其真，千古成流散。苔色蝕重重，珠光斑燦燦。雖弗與時行，猶弗爲時貫。重固非鼎彝，古制猶可玩。吁嗟乎，不可貴，僅可玩！

李三郎

左顧李太白，右顧楊太真。一醉妃子一醉臣，是真才人真美人。爾雖善醉我不嗔，三郎三郎信可人！

黄雀學畫眉歌

大籠籠畫眉，小籠籠黄鳥。所居雖异籠，猶得相憑眺。憑眺何以慰？時時托音好。好音鳥所私，學之恐草草。聲低不敢高，聲大不敢小。當其婉入神，交交安足道。黄鳥復黄鳥，立心何太嬌。聲音殊自天，不殊者翎爪。善養勿自弃，未必樊籠老。但看破籠時，誰先入雲表。

砌墻謡

一人砌墻外，一人砌墻裏。一砌一尺高，相語空叨叨。二砌二尺高，相語露半腰。砌完語不已，一語一屬耳。

自題

其人聿何？不夷不惠。其容聿何？不衫不履。其心聿何？不冷不熱。其文聿何？不經不史。

窗雪吟

一爐三百片，叩之不肯飛。映讀快心目，反勝晴窗時。窗僻日不到，雖晴奈爾爲！

養雪

小院方方雪鋪白，鎖門袖匙窺從隙。自囑十日不許開，待他養得堅如石。

讀李處士遺劄 號茹蘗

培之易茹蘗，苦名良足副。有生八十餘，鰥寡而孤獨。受命命無權，仰天不敢哭。吾廬任往來，足音於空谷。與人言不妄，懷袖書一束。前月惠我書，書字常三復。嗟世多僞學，因人成碌碌。依徑古佛亡，况彼尼山矗。欲鑄陽明像，朝夕供茗粥。左配王與羅，右中郎老禿。大儒骨不腐，壯士眼不肉。筆須有劍鋒，鋒須有荼毒。寧忍男子軀，下同閨中淑？所以萬山阿，思結一茅屋。中供虬髯公，藥師與紅拂。題曰三俠庵，千古同穆穆，負義人之頭，一歲一享祝。創舉不可磨，老骨不可斸。斯人既已死，斯願復誰續？

霪

片雲過即雨，天亦何其淫。閉門所得栖，耐此常陰沉。青苔半畝餘，積水可一尋。開欄出鵝鴨，争浴探其深。長鳴而振羽，小大同歡心。縱觀既已怡，時還彈我琴。一彈聲在膝，再彈聲入林。林竹相與答，山水其空音。

壽舅氏和中朗

甲子今年周可可，鬚眉淡淡如張果。若寫仙人對奕圖，添個樵夫看是我。

車上牛

耕種固云勞，負重更云苦。使以釁王鐘，血迹尚千古。一死不得所，空自委黄土。黄土果即埋，猶與勞魂主。豈知所駕車，即以負載汝。既不念汝功，還欲市汝脯。不見車上牛，腹脹聲如鼓。

津門詩鈔校箋卷六

張霔　五十一首

柬馮貞庵

老矣猶稱七步才，一篇和去一篇來。蒼頭不減花郵使，白社今添詩總裁。水國已開新菡萏，故園未辟舊蒿萊。幾時一艇荷香去，傾倒奚囊醉不回。

和贈黃滄虹先生

相逢奇氣何葱葱，知有文章老化工。瘦骨支來癯似鶴，長眉覆處面如童。輞川碧落千峰外，天禄青然一閣中。自是先生能博古，波瀾誰不嘆無窮？

和贈祖武清

使君寧不厭狂名，百里清風結遠情。花縣蝶堪偕吏隱，柳衙蟬亦學琴鳴。能詩何必推光禄，好酒還須讓步兵。他日相逢休負約，海門咫尺接蓬瀛。

七夕次日仍雨褚澄嵐過訪

不來之子不開門，屐齒容君破雨痕。昨夜空傳逢鵲渡，至今猶自泣湘魂。乞來巧句方成稿，説到新凉欲洗樽。客裏鄉思添也未？草蟲早已咽秋根。

之都别黄六吉

行行送我向都門，回首烟沽水一痕。曉色似難圓客夢，秋光何處著詩魂。北窗易老湘妃竹，燕市誰分司馬褌？不久即歸君且至，玉壺重醉蓼花根。

楊村道［一］

今復［二］楊村道上行，間關能不動幽情？野花一路開無主，水國千帆列作城。雙燕偶然同客語，數蟬隨處作秋聲。漫云馬上渾無事，敲遍西風句未成。

贈介先上人

禁足人間迹已高，况當别院自清騷。相招入社師猶遠，不飲如余笑比陶。補緑庵中存鐵限，無聲琴裏閟秋濤。談深脱盡禪家習，鐘鼓白雲任爾勞。

［一］《國朝畿輔詩傳》卷二十四題作『楊村道中』。
［二］『今復』，《國朝畿輔詩傳》卷二十四作『又向』。

和張爾燕先生葛沽贈六吉韵

不用武陵漁父引，先生弟子避秦人。偶因公事成私往，得與桃花預卜鄰。海上無槎乘古雪，詩中有石竊靈津。歸來一路風塵色，回首仙源記未真。

橘

金蓮瓣瓣絳雲封，家在巫山十二峰。香到吴姬手不去，情非陸子袖難容。藉皮尚可圖黄鶴，剖腹誰從化白龍？記得明皇持玩日，蓬萊宫裏合歡濃。

正月十五日劉介錫自鹽山持褚澄嵐手書至

春到平津近海邊，故人書倩故人傳。梅花笑我無端折，明月思君第一圓。鼓吹已勞猶夜夜，詩狂不厭自年年。何時重發津門道，風雪孤舟任往還。

六吉四十

除爾誰能恕我真？三年問不到生辰。久將梅鶴分妻子，今與桃花作主人。擲向春風果未老，斫來白雪蟹初新。詩狂莫負樽前酒，已是垂垂四十身。

贈陳仲昭

耕到石田第幾畦，峰峰影倒夜窗西。半房明月華山客，一枕梅花和靖妻。蝴蝶不知愁夢遠，鷓鴣應自解枝栖。曉來莫向平林望，萬里凄凄雪正迷。

贈章旬玉

相逢豈可説無因，難得狂言竟率真。兩字定評惟别致，半生作合盡詩人。誰於白雪容高枕？且向蓮花度此身。黄鳥交交何處柳，雙柑斗酒莫辭頻。

同爾燕先生馮黄二子訪世高上人便過問津園小飲

不計西行山路繁，且乘閑興泛潺湲。訪高僧去兼爲别，世爲爾翁初識。過野寺歸又到園。礙眼蓬科迷曲徑，隔溪碾子叫秋原。斜陽何處堪留飲？紅葉黄花照一尊。

送爾燕先生之任名山三首 并序

子修者，先生之令子也，而相樂如好朋友多。六吉者，先生之弟子也，而相愛如賢父子。某不敏，得居乎子弟之間。近三載來，坐春風，沾化雨，與時俱忘，不可名狀。不知情深十年之久，如黄子六吉者，又復何似？

今年春，先生受名山令。名山者，行難行之蜀道，歷萬里而西也。先生坦然自謂曰：『吾生於山水，家於山水，且志於山水，吟於山水，以之官於山水也固宜。』先生之風，固山高而水長也哉！今得半隱半官，與名山作主人，不惟先生自許可，即及門者莫不稱可也。但涯天角海，兩相契闊，未免有情，其何堪此！幸與令子子修以父子而如朋友者也。斯役也，一路青山勸酒，黄葉敲詩，或足以消長途、破岑寂。而某與黄子、白髮在堂，不克附驥遠游，共尋幽探勝於峨眉巫峽之間，此情尚可言哉！蓋言情之所難言者，莫如詩；而先生所雅望予二人者，亦莫如詩。於是黄子以三十韵逐吟一章，不倫不次，十年之概也。某惟得近體三首，雖以志别，情深一往矣！

何必依依遠别離，宦游到處即天涯。獨憐白首長征日，正是清秋八月時。蜀道難忘司馬檄，巫山未改少陵詩。携家借宿層巒上，鷄犬雲中信不疑。

惟有先生任此堪，臨邛大半屬烟嵐。老年偏道花成縣，萬里何防[一]路是蠶。自此名山真領受，從前僻性不虛耽。他時若問相思處，蒙頂茶聲月一龕。

此行何日下高車？較里量程看廣輿。白帝經過秋欲半，青城到處菊無餘。天將山水園官舍，月判烟霞入簿書。聞道邛崍竹可杖，探奇隨意自蘧蘧。

[一]『防』，原校本改作『妨』。

疑友

口信傳來未敢憑，如君安可去蠶叢？高堂垂老伶仃後，良友離群寂寞中。行止況兼能善病，烟霞從不受醫功。挑燈一夜狐疑甚，天外鴻聲落雨風。

東林先生批云：『六吉應留而反去，子修應去而反留，先生則往也歌，來也哭。人之聚散死生，安可憑也？詩情真藹，情溢乎辭，友道不衰，於君僅見。』

挽李茹蘗處士

贏得飄然一死足，老魂含笑水雲西。百年苦節憑誰志？兩字窮民生自題。漫恨書中埋白骨，好從夢裏執青藜。那堪重向仙廬問，冷雪淒風鳥不啼。

原批：抵得一篇死傳。

移居新築弋蟲軒

小築功成兩月餘，果然吾亦愛吾廬。一編以外無他業，十載於今有定居。懸畫壁霉從僕懶，弋蟲軒額乏人書。坐來不禁詩情涌，日照南窗正旭如。

聞某夫人家藏有小青遺照求一見不得雖真僞莫憑情深一往矣

怪煞夫人不姓楊，元元遺照苦珍藏。風流豈在圖真僞？想像偏教意渺茫。桃影一龕魂有待，梨花半枕夢無香。情痴更比情仇甚，未許王嫱畫裏彰。

金仙觀

十畝環仙境，徘徊未肯還。海風吹麥浪，厨火上榆烟。道士能留客，梢人欲放船。豈知今夜裏，明月正團圞？

送褚澄嵐歸鹽山

去去不堪留，英雄乃自由。一杯還故我，萬卷復何求？世短情難古，才高志嚮秋。別離無足問，有約在滄州。

贈李大拙

大拙乃至巧，終古謂之然。况於筆墨外，常得水雲偏。兩袖多奇石，平生不累仙。相逢無可説，賴以晉風傳。

墨葵

蜀葵多似菊，黑者勝於秋。蝶作漆園吏，花封即墨侯。燕雲何處種？僻地少人求。結子應元圃，天風細細收。

聞李大拙南游

千古遨游客，如君信可當。乾坤雙雪鬢，風雨一詩囊。桃葉非無渡，荷花自有鄉。臨清人近報，親見布帆揚。

夜色

夜色一階憑，朋尊興各乘。槐花香薦酒，蓮子冷侵冰。客倦肱爲枕，風來扇背燈。隔林呼皓月，遥聽美人譍。

看蓮得竹

看蓮而得竹，風雨一船來。君子名雙絕，幽人性各胎。題紅留蟹谷，騎鳳叩仙才。獨載瀟湘去，山窗帶月栽。

樊予咸過訪竹下偶贈

昨始稔君字，今來坐緑筠。詩耽長吉句，雨阻茂陵身。我尚爲生客，竹如見故人。清談猶未已，天外起嶙峋。

之都留别六吉

出門原不慣，况復向長安。一路分禾黍，千村漲水灘。别憐秋月白，客耐雨聲寒。握手無多囑，新筠子細看。

歸來

歸來先看竹，有笋俱成孫。十日俗難浣，一林清可捫。閉門親僕語，抽筆放詩魂。讀罷思山谷，飛鴻送葛村。

又

歸來三四日，竹色亦生香。啓户逢詩瘦，懷君得月光。山林我輩事，天地幾人狂？無語離情者，西風坐草堂。

贈李培之處士 即茹蘖

自以仙廬額，仙哉可樂飢。狂名難得老，傲骨不容肥。東海書爲約，西山飯是薇。閉門秋與卧，風雨哭江妃。

雨中僕持秋海棠至

爲惜買花錢，於君愧不賢。醉宜秋夕雨，情引菊花天。僕解主人性，兒分阿母憐。移來窗下植，題句向寒烟。

得譚友夏合集

不受苦吟戒，街頭一買詩。偶逢友夏集，倏起竟陵思。淳樸許誰派，空靈即我師。奚囊何所得，得爾以充之。

贈梅青公

十載不聞問，相逢已是官。步兵仍酒校，飛將舊詞壇。柳細春風遠，城專戍月寒。皇家久罷戰，羽扇任君攤。

聞道

聞道褚老子，新歸自趙州。故園春後別，津水夢中游。何事關花鳥，東風笑馬牛。相思誰較苦，不減去年秋。

柬世高

未答高僧拜，空將禮法分。一冰難問渡，十日遠聲聞。君自飄如鶴，予方懶似雲。梅花拈瓣瓣，擬向雪龕焚。

聞六吉蜀行

一拆滄州簡，驚君果蜀行。三秋抛母弟，萬里重師生。蓮幕原非意，陽關不及情。漫深雲樹思，去得幾程程？

贈枚公進士

瞥見如相識，何須問洛川？春光雖未盡，花事已非前。殘夢依然蝶，餘香各一天。柳堂慚晤對，讀古負年年。

憶藕絲居

老雨晴難得，居空憶藕絲。數更東道主，屢阻看花期。蕉夢清移枕，苔光緑上墀。閑心耽寂歷，飯罷一枰棋。

瓶中梅影映齋壁上畫梅影和鍾退谷先生

高格原無二，合來自有神。誰云千古意，不可一時親。仍是幻中幻，何分身外身？偶然題未就，争屬會心人？

閣夜聽凌聲

江夜冷無力，潮聲底事來？若非雲水激，應是雪山頹。閣小留清聽，更長唤酒杯。漁舟繫未穩，燈火亂張纔。

瞿庵冒雨至話舊

暮雨敲門急，知來褚子蘭。顧瓶問酒可，翻簡索詩看。文字舌猶在，風塵力已殫。床頭三尺鐵，落落向誰彈？

牡丹頌

五雲曉逐牡丹開，芍藥遥傳獻壽杯。一代君臣風雅絶，沉香亭擬柏梁臺。

築欄

方塘引水接長竿，藕重[一]新泥四月寒。未識今年花盛否，周圍先築柳欄干。

初訪世高同劉黄二子

與客容與踏草鞋，山門未入鳥聲喈。世高和尚知何處？拄著青藜看打柴。

敢言西方盡此民，鬚眉落落淡無因。相逢若不稱居士，祇道皤然一老人。

兩甌茶話一爐烟，不近人情不是禪。簾外西風多智慧，亂吹黄葉到床前。

和小青二首其八首遭焚不復記矣

零膏剩粉下場頭，百結回腸兩泪收。小閣妝成無一語，對人惟恐説風流。

殘燈冷雨説窗紗，忽憶喬家憶杜家。兩兩痴情千古絶，夢梅夢柳夢梨花。

[一]『重』，《國朝畿輔詩傳》卷二十四作『種』。

笨山自云：『聽彈詞千萬語，説古事元元本本。非不破除人悶，然不如佳人一曲，使人情移。絶句一體，蓋不可不時時學作，以造至唐人聲調之妙。』

文安陳子翽先生儀爲《玉虹草堂龍東溟傳》，云：『張笨山，名霔。兄爲方伯，門業甲三津，而笨山蕭然無所與。嘗科頭趿履行街衢，或爲車馬客所辟易。居如村舍，自題曰「帆齋」，又營別室於帆齋之右，亦曰「帆齋」。客徵其故，笨山曰：「吾所居則帆齋也，既爲帆齋，容有常處乎？此帆齋之義也。」因欷歔太息，人皆怪之，獨東溟心知其意。東溟豪氣機敏，踔厲風發。笨山則蕭散恬泊，如山間林下人，取趣不同，而相得歡然無間。笨山草書全得張顛神骨，詩似青蓮，天馬行空，不可羈絡。』

《長蘆志·文學傳》：『張霔，字念藝，號笨山。祖籍撫寧，移居天津。幼敏悟，工書，擅詩名。由歲貢生官中書舍人。纍試不第，遂閉門著書，止結二三文字交。著有《録乃書屋》《弋蟲軒》《秦游》諸集。』

吴天章《蓮洋集》有《春初同笨山過退居老人》二首云：『篷遮三月雨，舟載半塘花。浪迹猶如夢，浮生更去家。』又，《笨山舍人忽登太華詩》云：『之子東海來，千里何翩翩。朝停岳祠下，暮陟三峰巔。』又，《欸乃書屋爲笨山作》云：『舍人讀書處，近傍漕河濱。豈效臨淵客，常逢曬網人。冰開魚弄藻，花落鳥鳴春。』

龍東溟震《玉虹草堂集》[一]云：『笨山侍養不仕，抗懷古遠，品性孤逸。年未四十[二]，夢道士手持符曰：

[一] 高氏校云：『「虹」應作「紅」。』

[二] 高氏校云：『笨山卒時年四十六，應作「年未五十」。』

「天上召公書《玉真經》。」醒以告人，遂無疾卒。」

按：先生書法逸古蒼勁，人以爲寶。城内無量庵額三字，係公手書，過者無不仰羨，後爲僧換去。

徐序東孝廉大鏞《笨山詩跋》云：『張帆史先生與龍東溟先生交最善，鏞偶閱東溟先生《玉虹草堂詩集》，見其哭帆史先生詩甚夥，并記其交情始末，因得帆史先生之詳。先生天津人。髫齡時，便善臨鍾、王，年未冠，詩名藉甚。由明經授中書舍人，仍鄉試，纍不第，遂亦不仕。著詩萬餘首，藏之石匣，曰：「過五十載，當刪定也。」乃年四十六而即逝。委化時，見兩道士迎寫《玉真經》，遂一笑而亡。先生生於順治之己亥，卒於康熙之甲申。[一]東溟先生慮其無子，恐一生心血淹没不傳，曾有句云：「汝兄多子復多孫，五女何能慰汝魂？聞已許將侄作嗣，殘編斷簡可能存？」又云：「不知生樂死何悲，汝死空教我泪垂。三十年詩付流水，孤吟獨愧老何爲。」蓋早知遺稿無人爲付剞劂也。嘉慶己卯之秋，鏞於某姓家購得數册，率零星割裂，或前後倒亂，方擬爲裝池，售主復携來一卷，爰重價留之，閲一載之久，爲之補綴破罅，校對次序，輯爲六頁[二]，亦以表

[一]『先生生於順治之己亥，卒於康熙之甲申』，徐士鑾刻本《欸乃書屋詩集》引徐大鏞《帆史先生詩跋》作『歲在康熙之甲申』。

[二]『六頁』，《津門詩鈔》卷十二謂：『蘭生酷愛搜求前輩詩文，嘗得同邑張笨山先生遺草，以重價購之於零星拆裂之中。閑窗燈下，補綴年餘，得成完卷，裝潢六册，藏以錦帙，亦可謂好古情深，憐才若命者矣。』徐士鑾刻本《欸乃書屋詩集》引徐大鏞《帆史先生詩跋》亦作『六册』，當據改。

先生吉光片羽云。』[一]

棟嘗論津人詩三家，前有帆齋，中有虹亭，後有芥舟。芥舟詩骨之清，如冰壺玉碗，不著塵氛；虹亭格律清堅，選才宏富；笨山則如風鵠摩天，春鴻戲海。皆自成一家，足供後學之模楷，故編中入《鈔》獨多。

按《弋蟲軒詩》，友人陳子鼎元出所藏《弋蟲軒焚詩重録略》一卷見示，無姓名，集中與黄六吉先生唱和詩最多，間有贈世高上人詩，有送張爾燕先生之任名山詩。序云：『六吉者，先生之弟子，而相愛如賢父子。某不敏，得與夫子弟之間，近三載來，坐春風，沾化雨，與時俱忘。』似此公與六吉同受業於爾燕者然。又其《贈陳仲昭醉章歌》云：『吾家長史何其顛，醉後濡首掃雲烟。』又《書花瓣詩》云：『蓮瓣欲書還著粉，張

[一]按：徐大鏞藏本即徐士鑾刻《欸乃書屋詩集》之所本。其末有光緒甲午（一八九四）徐士鑾題謂：『雖蘭生兄墓木已拱，然有晚年所得季子名鴻泰者，已登光緒己卯賢書，知遺書有托，詩册自必存也。庚寅春闈，鴻泰獲捷，觀政西曹。秋間請假回豫，道出津門，來謁時，亟以乃翁所藏笨山先生之詩詢之。明年，鴻泰供職來京，郵寄一巨卷，開緘捧讀，即此《欸乃書屋詩集》也。當再函詢六册錦帙之説，又寄到古錦裝裱册頁一本，籤題《張笨山詩册》。開册首行署有「詩會稿存」四字，下署先生姓名。册計九頁十一會，分咏之詩，次序不紊，每頁十六行，一色印藍文，格中間騎縫下有「弋蟲軒」三字，先生以精楷之，知蘭生兄不惟珍重先生之遺詩，并寶愛先生之遺文墨，鑾展玩數四，證以樹君學博之跋語，知所爲錦帙六册者，此殆其一耳。鴻泰來書，并云所見僅此一册，餘者或於咸豐三年杞縣被兵時失之，亦不能舉其詳也。册中詩概無多，且知先生弋蟲軒詩月爲一集，未可闌入此集内，謹將欸乃書屋詩稿照録一通，臆分二卷，并搜采諸家傳贊詩句，暨蘭生兄一跋，輯成一卷，附諸集後，擬付棗梨，刊行傳世。』又其末有《摘句》一篇，按語謂：『原稿計詩二百三十八首，謹録二百十一首，未能全録者，實因詩中或有塗抹之字，或有脱落之字未經添注也。』又，《天津詩人小集》本《欸乃書屋己亥詩集》高凌雯跋：『昔徐氏得《欸乃書屋集》一卷，梓行，以詩考之，定爲笨山康熙甲戌年作。』

郎今也效何郎。』則此公張姓無疑。查《天津志·黄六吉傳略》云：『與張念藝霔、粱崇此洪、世高僧結草堂社，咸推主盟。疑此公即念藝。後閱《長蘆志》，見《張念藝傳》有《弋蟲軒詩》，其爲念藝無疑。』

按：集中佳句甚多，五言如《咏風》云：『雲流無滯影，花動有餘情。』《聽蟬》云：『調古聲無曲，風高韵自清。』《感成》云：『幽境詩爲史，花林睡作鄉。』《出都》云：『雲接峰千里，沙寒水一村。』《咏菊》云：『到汝秋難老，從前花一空。』《和友》云：『送秋辭菊圃，和句到梅村。』又云：『梅支高士骨，樹老野人村。』

張坦 二十二首

坦，字逸峰，號眉洲散人，更號青雨。魯庵方伯子。康熙癸酉科舉人，官内閣中書。著有《唤魚亭詩稿》。[一]

[一]《紅豆樹館詩話》：『逸峰昆季承其父魯庵方伯、叔笨山之學問，與同時諸名士游，故所作詩皆清逸帖妥，彬彬乎質有其文。』按：清康熙刻聶先編《百家詩抄》收有《履閣詩集》一卷，係朱廷鉉、姜宸英、陸次雲、狄億選定。内收《履閣》詩：『平生素履見班班，萬事無如學閉關，軒敞風來湖海上，林空月戀户庭見。何妨著作多垂俗，常恐光陰也妬閑。濁酒一杯書一卷，此身無處不深山。』蓋即履閣之意。高凌雯［民國］《天津縣新志》卷二十三《藝文》著録張坦《履閣詩集》，謂：『是集爲其少作，今亦不存，所存者，惟姜宸英一序耳。』《唤魚亭詩稿》，梅成棟《欲起竹間樓文稿》卷一《遂閑堂張氏詩鈔序》謂：『既讀津郡人物志，見張公逸峰名坦者小傳，稱學書於趙宫詹秋谷，學詩於王司寇漁洋，淵源有自，著《唤魚亭詩稿》，而念藝先生反無傳焉。蓋以家本撫寧，自逸峰先生始占籍津門登賢書云。然所謂《唤魚亭詩》今亦不傳。』

《縣志·人物傳》：『張坦，字逸峰。原籍永平撫寧人[一]。祖明宇遷天津，遂家焉。性嗜學，於書無所不讀，博覽窮搜，叩之立應。中康熙癸酉舉人，考授中書舍人。所著有《履閣詩集》及《喚魚亭詩文集》若干卷。幼學詩於王司寇阮亭，學書於趙宮贊執信，其淵源有自云。』

《長蘆志·文學傳》：『張坦，字逸峰。父霖，官福建布政使。坦少穎悟好學，癸酉舉人，著有《履閣詩集》。與弟壎同榜，時號「一門雙鳳」。有《二張合稿文集》行世。』

野花

幽徑疏花放，晴林細路[二]明。有香還自惜，在野不須名。游屐樽攜過，春風候至生。滿園桃李艷，車馬正縱横。

金陵歌

昔聞諸葛稱金陵，虎踞龍盤勢崚嶒。歷數六朝幾百祀，中原王業收未能。最憐

[一] 梅成棟《欲起竹間樓文稿》卷一《遂閑堂張氏詩鈔序》：『逸峰雖生長天津，仍隸撫寧，科名宦籍，歷歷可考。張氏改入津籍，雖不知何時，然非始自逸峰，可斷言也。』

[二]『路』，《天津詩人小集》本《履閣詩集》作『露』。

陳後主，後庭曲堪譜。璧月[一]雲遮瓊樹頹，身墮井中懸一縷。桑田滄海古有之，如此敗亡無須悲。但舉酒一卮，高唱竹枝詞，飛花墮葉寒雲垂。帝王之都不在此，埋金之事似可已。青青楊柳勞勞亭，憑吊無心看流水。我登花雨[二]臺，暮鳥高林來。我游烏衣巷，冷露荒草降。還留[三]佳麗歌舞中，白馬金羈行春風。珠樓銀燭夜達旦，朗吟[四]晴川[五]爵無算。桃葉渡頭流水紅，王謝風流猶未散。

程高士穆倩見過寺寓

翛翛杖履往來輕，載酒看花逐隊行。門掩舊京千里客，交論古寺百年情[六]。世傳駿骨多歌泣，君借蟲書識姓名。因嘆[七]信陵人散後，興亡猶得問侯生。

[一]『璧月』，清康熙刻百家詩鈔本《履閣詩集》作『壁月』。

[二]高氏校云：『「花雨」，應作「雨花」。』百家詩鈔本、《天津詩人小集》本《履閣詩集》均作『雨花』。

[三]『還留』，百家詩鈔本、《天津詩人小集》本《履閣詩集》均作『還餘』。

[四]『朗吟』，百家詩鈔本、《天津詩人小集》本《履閣詩集》均作『朗咏』。

[五]『晴川』，百家詩鈔本、《天津詩人小集》本《履閣詩集》均作『清川』。

[六]『百年情』，百家詩鈔本《履閣詩集》作『百年心』。

[七]『因嘆』，百家詩鈔本、《天津詩人小集》本《履閣詩集》同，《國朝畿輔詩傳》卷二十五作『嘆息』。

邗上遲燕峰費先生[一]不至

遥想城南水竹居，滄桑歷遍近何如？興酣載酒難留客[二]，貧到關門祇著書。芳岸飛花閑畫舸，朔風吹雪阻柴車。相逢共躡金山頂，萬里江天一照餘[三]。

訪鄭汝器隱居 名簠

久從谷口想風期，果得登堂慰所思。書法八分追漢魏，人高六代見鬚眉。名花别院[四]逢春早，芳草他鄉去夢遲。欲訪當年歌舞地，石頭城下雨如絲。

訪龔礎安

虎踞關前春可尋，桃花紅處寄高吟。多年争識詩人意，到此方知隱者心。山枕江流洲渚合，磯撑地軸水雲深。趨庭當日編遺事，客裏相過話古今。

[一]「燕峰費先生」，百家詩鈔本、《天津詩人小集》本《履閣詩集》同，《國朝畿輔詩傳》作「費燕峰先生」。
[二]「難留客」，百家詩鈔本、《天津詩人小集》本《履閣詩集》均作「難尋客」。
[三]「一照餘」，百家詩鈔本、《天津詩人小集》本《履閣詩集》同，《國朝畿輔詩傳》作「落照餘」。
[四]「别院」，百家詩鈔本、《天津詩人小集》本《履閣詩集》均作「别苑」。

飛來峰

噫嘻果是天竺國，小嶺飛來住此處[一]，飛來何不更飛去？山川靈氣成仙胎，老僧狂[二]語何有[三]哉？上有石笋雲挂角，下有冷泉水抱脚。玲瓏其外虚其中，塵眼對之心一空。靈隱天竺苟無此，一片蠢石[四]頑石耳。昔人驅山用赭鞭，飛來或亦有説焉。念彼國土空諸有，舍彼就此何所取？西湖歌舞連晨昏，昔是靈根今鈍根。噫嘻果是天竺國，小嶺飛來住此處[五]，飛來那得更飛去。

[一] 百家詩鈔本、《天津詩人小集》本《履閣詩集》均作『噫嘻，果是竺國小嶺飛來住此處』。當從，《詩鈔》誤補一『天』字。

[二]『狂』，百家詩鈔本、《天津詩人小集》本《履閣詩集》均作『誑』，高氏校云：『「狂」，應作「誑」。』

[三]『何有』，百家詩鈔本、《天津詩人小集》本《履閣詩集》均作『何爲』。

[四]『石』，百家詩鈔本、《天津詩人小集》本《履閣詩集》均作『山』，高氏校亦謂：『「石」應作「山」。』

[五] 百家詩鈔本、《天津詩人小集》本《履閣詩集》均作『噫嘻，果是竺國小嶺飛來住此處』，當從。此本誤補一『天』字，同前例。

勾留歌 湖心亭有匾曰『勾留處』，范忠貞公撫浙［一］時題

停舟問西湖，此湖勾留今何如？淡妝濃抹原無殊，聽人自取隨所趨。吾來桃柳初回枯，天寒水碧人影癯。古先生，林處士，君肯同舟沽百壺？一杯一杯紅日晡，招之不去［二］游何孤。山水有真在虛無，欸乃數聲情縈紆。且携烟嵐滿袖賦歸與，蓬蓽自寫雲水圖。三竺二峰與之俱，吾將歸湖［三］歸草廬。吁嗟乎，忠貞范大夫！公餘琴鶴來徐徐。高摘香山之句淋漓書，大夫無負於此湖。吁嗟乎，聞命不肯留須臾，令人徒望茫茫閶天之海隅。

遂閑堂十首

家大人備官郎署，捧檄縈懷，歸養晨昏，請告獲予。輿公遂初如願，非因泉石抽簪；安仁雅意閑居，豈爲賓僚辟徑？將娱厥志，爰構斯堂。月榭烟廊，奉板輿而周歷；花光草色，雜萊彩以將迎。小子某侍鳩杖之芳春，趨鯉庭於暇日。袖中探棗栗，笑撫孫枝；閣上擁縹緗，祗承先緒。洵屬天倫樂事，用賡家慶數章。

［一］『浙』，百家詩鈔本、《天津詩人小集》本《履閣詩集》均作『浙江』。

［二］『去』，百家詩鈔本、《天津詩人小集》本《履閣詩集》均作『出』。高氏校亦云：『「去」，應作「出」。』

［三］『歸湖』，百家詩鈔本作『勾漏』，《天津詩人小集》本《履閣詩集》作『勾湖』。高氏校云：『「歸」字原作「勾」，未解。』

潘岳賦閑居，豈爲耽冥[一]樂？朝夕定省勤，宦情因以薄。吾翁至孝身，與此同其略。奉養太夫人，承恩返丘壑。爲園非侈觀，鳩杖逞矍鑠。愛日肯斯堂，遂閑名以作。

讀書弃浮名，營園鄙巧匠。名浮心易馳，匠巧目易蕩。豈不事雕飾，但取天機暢。亭與水相涵，石與欄相讓。瀠瀠復曲曲，爲因亦爲創。碧紗擁萬書，海月歌聲亮。石不取其奇，亦不取其怪。位置憑匠心，千峰月倒挂。苔色印斕斑[二]，水氣騰沆瀣。此物昵幽崖，幾同榛莽壞。移來几席間，朝夕對之拜。頓使瀟灑身，醉餘一醒快。

鑿池不在廣，但容勺水清。悠然臨石鏡，大海明月生。緑漪漾文鱗，喜無綸餌驚。坐客可五六，流觴相與傾。談諧盡幽事，吟咏無俗情。晨昏用以永，酒罷一濯纓。

水石瀠洄中，隨池小構亭[三]。清風四面來，嘐嘐動疏櫺。遠浪渾一碧，衆木攢高青。雖然臨廛市，不异栖崖扃。耳目一以曠，身心一以寧。此外何所求，丹藥

[一]『冥』，《天津詩人小集》本《履閣詩集》作『宴』。高氏校亦云：『「冥」，應作「宴」。』是，當據改。

[二]『斕斑』，《天津詩人小集》本《履閣詩集》作『斑斕』。

[三]『小構亭』，《天津詩人小集》本《履閣詩集》同，《國朝畿輔詩傳》作『構小亭』。

延遐齡。

古人種樹法，推之可樹人。嘉木良足惜，不辭斬荊榛。長養應有候，疏密亦有因。繁香透衣袂，滿目皆陽春。曲榭環縈屋[一]，不與輪奐倫。萬彙各懷私，吾自全吾真。詩禮垂千秋，趨庭多暇日。靖節五男兒，不如[二]好紙筆。常恐饜粱肉[三]，遂耽紈絝逸。霜露一燈清，分寸四時怵。簾幕冰[四]雪寒，春和亦惴栗。何以博歡顏，提命無敢失。

壇坫稱雲門，唱和騰風雨。譬如求大木，吾翁從執斧。亭軒恣登眺，典籍爲網罟。落筆驚[五]吐珠，揮觴縱飛羽。寧惟詩酒緣，亦成禮義府。友誼重登堂，人高風亦古。左手把我衣[六]，右手把我酒。聚我昆與季，疑義時相剖。清露明篝燈，空檐

[一]『曲榭環縈屋』，《天津詩人小集》本《履閣詩集》作『曲槐環崇臺』。

[二]『如』，《天津詩人小集》本《履閣詩集》作『知』，高氏校亦云：『「如」，應作「知」。』是，當據改。

[三]『饜粱肉』，《天津詩人小集》本《履閣詩集》作『粱肉饜』。

[四]『冰』，《天津詩人小集》本《履閣詩集》作『水』。

[五]『驚』，《天津詩人小集》本《履閣詩集》作『競』。

[六]『衣』，《天津詩人小集》本《履閣詩集》作『書』。按：後云『把酒亦何益，把書靡不有』，是此亦當作『書』。

臥牛斗。委懷在素業，歲月不容狃。把酒亦何益，把書靡不有。養志在榮名，焉敢視敝帚？

何地無明月，何處無清風？勞者得其嗇，閑者得其豐。參差展樓閣，遂以奪化工。矧極天倫樂，此樂無終窮。一堂萃四世，萊彩花影重。芳菲滿庭前，多種柏與松。

醉歌行

一壺已盡月出東，百壺月當天之中。月出[一]西山不照酒，酩酊巨觥猶在手。大人先生酒德尊，何人造此覆載恩？天有酒星，地有酒泉，人無酒人，化育不全。河枯海竭無滴水，千古高陽飲乃止。人爲鈍鐵酒爲鋼，日[二]煉淬之生光茫[三]。切戒昏酣遺世事，昏酣反爲酒所弃。君不見，斗酒百篇詩；又不見，軍令酒杯持；又不見[四]，一石亦醉，滑稽如流澌。飲中何事不可爲？屈原自謂醒不迷，枯槁憔

［一］「出」，《天津詩人小集》本《履閣詩集》作「去」。高氏校亦云：「『出』，應作『去』。」

［二］「日」，《天津詩人小集》本《履閣詩集》作「百」。是，當據改。

［三］「茫」，《天津詩人小集》本《履閣詩集》作「芒」。高氏校亦云：「『茫』，應作『芒』。」

［四］「又不見」，《天津詩人小集》本《履閣詩集》作「更不見」。

悴沉沙泥。丈夫豪氣得酒養，來朝再候明月上。

秋夜寓齋偶招抱雪叔才省雲赤抒書宣穎儒小酌時叔才南旋賦別分得年字［一］

小酌秋燈亦偶然，送行詩就當離筵。名傾京國才如海，酒載［二］維揚月滿船。通籍亦知［三］非得意，論文［四］深喜得忘年。津門烟柳春風暖，遥望征帆北雁還。

題《白雪圖》

昝家兄弟《白雪圖》，見者寒栗生肌膚。茅屋參差老樹枯，中坐數老皆白鬚。外有一老孤筇扶，却似久出歸來尋故吾。昝子掩涕聲嗚嗚，『此爲吾親全而歸之

［一］《天津詩人小集》本《履閣詩集》題作《秋夜寓齋偶招昝抱雪程叔才王赤抒顧書宣陶穎儒小酌時叔才南旋賦別分得年字》。

［二］『載』，《天津詩人小集》本《履閣詩集》作『在』。百家詩鈔本、《小集》本句下注：『叔才擬維揚納姬。』

［三］『亦知』，百家詩鈔本、《天津詩人小集》本《履閣詩集》作『也知』。

［四］『論文』，百家詩鈔本、《天津詩人小集》本《履閣詩集》同，《國朝畿輔詩傳》作『論交』，蓋形近訛。

地[一]與?』康熙庚午，江南一月雪，封岩埋屋松柏折。堂上皤皤八十翁，趺坐召與家人别。乃言：『吾生有明萬曆癸丑年，大雪經旬不開天，有人送我過溪來翩翩。今日光皎適如前，吾欲不歸何待焉！』噫嘻！來騎玉龍攜縞帶，去跨白鶴歸瓊田。將毋是藐姑射山中之神仙？我聞醒者不同醉，潔者不取汚[二]，仁智[三]樂山水，返是[四]則不樂。翁之生乎可以想見其大略。嗚呼皇天！風雨暗昏朝，雪時萬里纖塵消。晳子視之，凄雲慘霧身飄飄[五]。嗚呼皇天！一歲大雪有幾時，晳子視之，日日柳絮茅檐眼迷離[六]。曾讀[七]《蓼莪》《岵屺》詩，人子思親何地何時而無之？君不見，青天渺渺生白雲，狄公遥望泪紛紛？又不見，雨雪庭幃[八]盼不到，曾子

[一]『歸之地』，百家詩鈔本《履閣詩集》作『歸之之地』。

[二]『汚』，百家詩鈔本、《天津詩人小集》本《履閣詩集》作『濁』。高氏校云：『「汚」原作「濁」。』

[三]『仁智』，百家詩鈔本、《天津詩人小集》本《履閣詩集》作『仁知』。

[四]『返是』，百家詩鈔本《履閣詩集》作『反是』。

[五]『飄飄』，百家詩鈔本、《天津詩人小集》本《履閣詩集》作『飄颻』。高氏校云：『「飄飄」原作「飄颻」。』

[六]『日日柳絮茅檐眼迷離』，百家詩鈔本《履閣詩集》作『梨花柳絮交參差』。

[七]『曾讀』，百家詩鈔本《履閣詩集》作『怕讀』。

[八]『庭幃』，百家詩鈔本《履閣詩集》作『庭闈』。

爲作《梁山操》？

佟蔗村以其姬人艷雪自製紗［一］囊見贈酬以小詩

天巧應從織女分，紗［二］囊綉就笑回文。黄金散盡身將隱，擬向蓬萊貯白雲。

按：趙秋谷《飴山集》有《贈門人張逸峰坦》詩云：『忘形信杯斝，善謔入風詩。』又《去天津》詩云：『臨岐黯無語，忍泪望風埃。』

吴天章《蓮洋集》有《柬張逸峰孝廉》詩云：『履閣藏書一萬卷，今古紛紜自凌緬。題箋花下倒披薙，吟詩竹裏獨抽繭。』

查心穀《蓮坡詩話》：『康熙乙巳重九，家松晴奕南［三］種菊顧顧齋，招同魯亮儕之裕、徐芝仙蘭、張眉洲坦、符藥林曾［四］宴賞，亮儕和余韵云：「坐擁花城賦好詩，詩成呼酒以酬之［五］。花神解撥詩人興，細細寒香出衆枝。」後十日，眉洲作展重陽詩，芝仙和之云：「落英何待展秋光，三徑風流未盡荒。佳會即今爲上九，

［一］『紗』，《天津詩人小集》本《履閣詩集》作『鈔』。高氏校云：『「紗」原作「鈔」。下同。』作『鈔』爲是，當據改。

［二］『紗』，《天津詩人小集》本《履閣詩集》作『鈔』。

［三］『奕南』，《蓮坡詩話》卷中作『奕楠』，高氏校亦云：『應作「楠」。』

［四］『曾』原誤作『會』，高氏校云『「會」應作「曾」』，原校本亦作『曾』。

［五］『以酬之』，《蓮坡詩話》作『一酬之』。

吾徒終古在高陽。賞心香泛山杯冷，照眼花迎夜雨芳。想見開成當此節，六官[一]稱慶道勝常。」十月初余又邀諸公賞於澹宜書屋，眉洲句云：「恍疑身入衆香國，共訝秋存小雪時。」藥林句云：「疏花抱短日，寒綠洗幽媚。」』

張壎 七首

壎，字聲百。魯庵方伯子，坦弟，同榜舉人。歷官内閣中書。善草書，工詩。著有《二張子合稿文集》《秦游集詩草》[二]。孫映幃[三]，嘉慶甲子舉人，道光癸未進士，湖北知縣。

[一]『六官』，《蓮坡詩話》作『六宮』。

[二]《畿輔藝文志》引姜宸英序云：『張聲百同年寄余《秦游詩》。秦游者，張子覲其尊甫觀察公於西安使署之作。辭氣飄渺恍惚，若不可測。寄興所在，求之嗣宗以下，射洪、曲江以上，要各有磊磊不可磨滅者。』天津詩人小集十二种有《秦游詩》一卷，前有姜宸英序。按：據書末高氏跋《履閣詩集》《秦游詩》二書，均係張坦之孫環極所輯之本。

[三]高氏校云：『「幃」應作「暐」。』

潼關

巨靈劈山通黄河，河流一綫山罅過。倚山截河築關隘，雄城險絶摧嵯峨。山如削壁河如箭，萬人仰攻一人捍。嗚呼宜守不宜戰，慎勿檄催哥舒翰。

暮春

飛烟無處宿，趨曉落高林。衹道青猶淺，誰堪緑已深？桃花香燕嘴，柳絮亂琴心。多少當年事，縈回感不禁[一]。

前有樽酒行

和氣拂水冰初薄，燕子雙雙來畫閣。眼前萬事付春風，前有一樽且爲樂。人生百年如電影，兒童鬢忽霜華錯。名垂史册亦何爲，吐鳳文章空寂寞。不如一醉卧山村[二]，便勝武陵桃花源。滿胸磊塊澆欲盡，静中得意果忘言。劉伶荷鍤行，畢卓瓮頭眠。古人自放君莫笑，君到醉鄉方識此中之趣真恬然。

[一]『感不禁』，《秦游詩》作『悶不禁』。

[二]『卧山村』，《秦游詩》作『卧中山』。

君子有所思

天壤何寥廓，萬物皆自然。所貴適我願[一]，無用愁憂煎。若使生才必有用，聖賢應不倫[二]庸衆。商山如何復采芝，魯叟伐檀還過宋。行藏在我事在人，人自勞勞我自真。且對梅花同酌酒，莫問人間有屈伸。

送吴蓮洋歸河中[三]

柳絮飛無賴，君歸灞水東。溪臨衫影緑，花踏屐痕[四]紅。此去[五]風生袖，重來詩滿筒。飄飄笑韓衆，空老岳蓮中。

咸陽畢陌吊古陵墓作

雲黯黯，雪霏霏。北渡渭河寒生衣，攬轡還向咸陽西。十里畢陌墳纍纍，何年

[一]『我願』，《秦游詩》作『吾願』。

[二]『倫』，《秦游詩》作『淪』。高氏校云：『「倫」應作「淪」。』

[三]《秦游詩》題作《送吴天章歸河中》。

[四]『屐痕』，《秦游詩》作『馬蹄』。

[五]『去』，原校本作『向』。

墳上鎸豐碑。云是文武成康之所葬，附以元公之墓於其限。樵采不禁陵户散，狐狸鼯鼠群相追。數千年事是耶非，茫茫一望生悲哀。我聞文武周公葬於畢，畢在鎬京南杜中。史遷劉向有明據，《皇覽》《晋書》皆符同。畢原本與畢陌别，古之祭者但於鎬與豐。元和修祠在渭北，乾德因之遂以陵墓相追崇。又聞秦之惠文悼武墓，乃在咸陽畢陌依荒叢。世之祀者毋乃謬，安得考古君子折其衷？雪霏霏，雲黯黯，歸來薄暮天色慘。周秦真僞復何如，寂寞邱陵同一覽。

春日游梁園

石徑當門薜荔長，藥欄隱隱見垂楊。風移蝶翅翻輕粉，花鬥蜂鬚落淺黄。坐久方知城市遠，烹來惟覺野蔬香。臨池小酌休惆悵，無限春光到草堂。

張瑄 四首

瑄，字元白，逸峰子。直隸州同封奉直大夫。

《長蘆志·孝行傳》：『張瑄原籍撫寧，自先世[一]遂爲天津人。祖霦，官福建藩司。父坦，舉人，官中書，

[一]原校本補『業鹺』二字，謂『原漏，今補』。按：《長蘆鹽法志》卷十七有『業鹺於蘆』四字，當據補。

受業於飴山趙執信。其家有一畝園，廣延一時名宿。後家漸貧，至不能歸先人葬。琯有至性，終其世以娱老親，不復問生事。長子映斗，庠生，承琯志，百計徒跣往撫寧，遷祖母柩至天津合祔焉。次子映辰，慷慨有幹略，歷游吴楚間，爲桐城方苞所器重。歸，復恢舊業，立宗祠，修書院，贍族黨，人咸稱其孝義萃於一家。映斗子虎拜，成進士，官宗人府主事，亦以孝聞。賦性誠慤，居官清慎。』

送陳立夫之江左訪家石麟題於《秋林送客圖》卷後

友愛如君少，情深内顧憂。救貧無善策，忍泪發孤舟。陟岦羞新遇，陳雷續舊游。雲烟合草木，觸處漫悲秋。

憶昔

祖德昭垂在皖江，静中回念倚閑窗。申冤曾解黄金印，下士先傾白玉缸。珠履三千留舊迹，清歌十載紀新腔。可憐病發經年卧，夜雨殘燈影作雙。

玩此詩則元白先生猶及見魯庵中丞之盛，然慨嘆極矣。

己酉將屆初度排悶

學劍學書總未成，行年六十一狂傖。浮家潦倒天津市，故里荒凉碣石城。文社酒壚曾浪迹，皖江閩海舊題名。隨先方伯公宦游安徽福建。前身應是寒山子，老坐蒲團送此生。

過問津園有感

荏苒韶光去不留，畫橋曲檻已成邱。兒孫誰復承先業，父老相携感舊游。紅樹枝頭啼好鳥，碧溪蘆畔牧耕牛。從來興廢尋常事，欲問當年話不休。

張鯉 四首

鯉，一名鯉涔，字禹門[一]，號沽上閑鷗。工畫善詩。其人風懷閑朗，與物無競。纍試鬱鬱不得志，以國學生終。

按《本傳》：『張鯉涔，字禹門，號子魚，别號沽上閑鷗。本榆關人，國初其曾祖希穩遷天津，遂家焉。

[一]《國朝畿輔詩傳》卷四十三作『字子魚』。

善書畫，工詩文。書學趙秋谷贊善，畫法高且園侍郎。幼爲方望溪、查初白諸前輩所器許，因祖霖任福建藩司，署撫篆被議，不得應京兆試。殁年僅三十九，爲津人所惜。』

昆璧師招玩藏畫

此身放浪似雲閑，宜與師僧數往還。繞寺緑畦聞活水，開簾素壁見真山。林巒秀潤吴淞路，筆墨清蒼文董間。静對不知天已暮，歸時明月滿柴關。

過潘五哲堂亦羃書屋 時哲堂久客京中

巷陌依然過者稀，緑蘿如幕障斜暉。盈階落蕊春前積，挂壁蝸涎雨後肥。綾刺幾曾容字滅，畫輪空自逐塵飛。京師原是[一]勞生地，回首幽居志易違。

春日集横經草堂分韵得碧字

晴暄烘草作濃碧，辟疆名勝來游屐。入門春色爾許深，文杏夭桃多綽約。酒行到手意不懌，争道狂生厭杯杓。爲語曾隨先孝廉，畫船載酒邀賓客。回首於今三十年，風流前輩成消歇。眼前亭榭尚依然，坐對斜陽憶疇昔。座中有客老而狂，笑指落花

[一]『京師原是』，《國朝畿輔詩傳》卷三十四作『京華僕僕』。

浮大白。君看幾日春風吹，枝上穠華亦摇落。丈夫有酒且須斟，瞬息枯榮何足惜。

高默村曹秀藏見訪村中值小步河干未及延款賦此見意

偶沿流水去，竟與友人違。聞説雙藤杖，同來叩板扉。痴兒驚古貌，野犬吠深衣。似不厭荒落，徘徊至夕暉。

張映斗 一首

映斗，字南杓。瑄子。逸峰孝廉之孫。歲貢生。性孝友，能承親志，雖貧窶無措，能風雪徒跣，扶祖母柩返葬於津。詩主平淡。以家學教子虎拜成名進士，公猶及養。

戊子夏日思源莊落成同二弟拱之賦

思源莊在盧龍北，祖籍撫寧原有思源莊。今向津湄築草堂。結構豈能如故里，登臨權擬到家鄉。須栽緑竹看新筍，更種黄花待晚香。素願與君何日遂，耦耕隴畔[一]老農桑。

[一]「隴畔」，《國朝畿輔詩傳》卷四十三作「隴畝」。

張標 一首

標，字蔭松。武庠生。繆星池共位曰：『蔭松先生雖業弓馬，而汲古不倦，罔墜家風。汲汲以吟咏爲樂，老而勿輟。以孝友處家，以忠厚處世。教子靖成名。』

自題對月銜杯小照

馳逐風塵四十春，良霄佳境快閑身。莫言眼底無知己，影落杯中是故人。

又，詩如：『終日銜杯酒，一編手不離。但看花似錦，那管鬢如絲。世味閑中覺，人情老漸知。近來無個事，乘醉補疏籬。』其《保陽感舊》云：『舊業已空無片土，新愁百結對孤檠。』亦可感矣。

張虎拜 三首

虎拜，字錫山，號嘯崖。映斗子。乾隆戊子己丑聯捷進士。歷官内閣中書，宗人府主事，河南學政，乾隆己亥科江西主考。著有《妙香閣詩集》。

按：嘯崖先生幼警敏，性至孝，母死廬墓三年。英年釋褐，居官清慎，善鑒别人才，所取士多騰達。尤工楷書。公相阿文勤公桂最重公之品，凡其家先人碑銘墓志篆刻，罔非先生所書。卒之前一日，夢入冥府。上坐者五人，冕服嚴肅，末坐一神揖公曰：『須公見替，當即來。』醒以告人。是日入朝回，冠裳未脱，坐逝，并無疾也。公女亦能詩，適同里牛次原坤，己未進士。

任畏齋招飲讀新春之作

一室蕭閑自嘯歌，喜逢良友慰蹉跎。年光好共新詩永，氣味濃於春酒多。長劍雄心知磊落，高冠古貌自巍峨。風雲會展平生志，他日從君願荷戈。

和篆仙觀察查世叔元韵

短什長吟荷屢頒，開緘驚見錦斕斑。每逢勝地留題遍，自古高人作宦閑。寵遇直登霄漢上，襟懷常契水雲間。殷勤寄語同懷客，好貯詩囊不可删。

晚翠山房

五載京塵白鬢鬚，丹青遐想寄衡巫。如今掃迹長林下，却對真山看畫圖。

公《菊影詩》云：『禪關瘦衲燈前坐，蓬户山妻鏡裏妝。』頗有逸致。

張虎士 八首

虎士，字環極。虎拜從弟。諸生。由實録館議叙官奉天府錦縣尉。侍養歸。

按：環極與棟，并田竹溪夢熊、孫瑞郊兆麟文字至交，知其人最深。蓋孝友端謹士也，與人不輕言。嘗手輯其先人五代詩彙爲一集，屬余校勘。後又自鈔録一過，凡數十萬字，長夏不倦。鈔畢值太夫人病，晝夜侍床榻，不勝其勞，遂以哭母死。傷哉孝乎！如環極者，豈易得乎哉！棟爲詩哭之，結句云：『不知造物誠何意？是我知心便可憐。』至今思之，猶爲增痛。

流泉

一澗清冷水，潺潺聽未休。人間多曲折，好去赴渠流。

出山海關

千里風沙付等閑，更無鄉夢苦思還。酒酣不合朦朧眼，匹馬徐行飽看山。

題魏野堂畫蟹

不住江鄉那得知？江鄉風物是如斯。紅塵滿面君休笑，記得霜清月白時。

正月五日立春得雪柬孫小航

龍公肯放一冬晴，五日新春試手行。遍地瓊花何瑣屑，昨宵鈎月尚分明。凌寒莫惜銀幡凍，盈尺須教緑野平。不是尋常空奏瑞，有人約伴欲歸耕。

告養歸里留別瀋城諸子

一笑征衫著體輕，五年勞碌太無名。不知前却心何在，陡覺崎嶇路已平。异地有緣空是夢，歸車如挽又非情。高堂近日眠應廢，默數西來第幾程。

寄懷孫小航

薄宦苦思歸，恐負林泉約。悵望玉山遥，歸來空索莫。津門二月雪消時，摇曳風多沽酒旗。帶河門北魚千網，環水樓西花萬枝。閑步復閑步，沽上垂楊路。雕輪畫舫自悠游，可憐不是相知故。六年空度春風香，眼看春去又堂堂。杏花妍媚流鶯語，每到春風憶小航。

口占

半園竹樹擬山家，四月風光興更賒。微雨夜紛晨自霽，不貪餘睡掃藤花。[一]

不寐

不寐成孤坐，開窗夜氣涼。月分金粟影，風散玉簪香。百事心回結，三生說渺茫。此身同作客，穩睡是家鄉。

環極尊人名映辰，號拱之，重復舊業，家聲一振。亦能詩，與查東軒老人交好。故後，東軒過思源莊弔之云：『最憐芳草埋知己，可惜名園無主人。』

張靖 三首

靖，字青立。乾隆己酉拔貢，官浙江浦江縣知縣，卒於任。少日以『詩成五字崔黃葉，話到三生杜紫薇』得名，嘗出所著《青立詩草》就余商訂，爰爲存之。

[一]『微雨』一聯，《國朝畿輔詩傳》卷六十作『微雨夜分晨已霽，起携樓帚掃藤花』。

秋日書懷

秋日没石根，閑情獨倚門。黄花籬下酒，紅葉雨中村。且喜琴書共，須知道義存。升沉應有數，底事莫重論。

出山海關喜逢故人

阻我東行轍，稽遲不自由。是雲皆作雨，無水不成流。山勢重關壯，邊聲萬木秋。自逢叔度後，真爾豁雙眸。

懷津門同學諸友

幾人健在舊交知，意愜情孚友即師。壯歲不堪悲己逝，浮名畢竟欲何期。東風柳絮花飛早，春水蘆芽雁到遲。紅豆自開還自謝，更無人解號相思。

摘句如：『橘泉秋老人如玉，涪水春深雨似烟。』『斜陽柳外垂竿立，又被人呼張志和。』『遍繞緑苔新雨後，亂堆黄葉著書秋。』皆可誦。先生父蔭松老人，先生祖即禹門名鯉者，其文字淵源爲有自云。

繆星池共位曰：『舅氏張青立先生，少豪放，嘗冬月與友飲於肆，醉歸，月下渡浮梁，誤水爲地，墮河中。同人驚救，已無及。忽逆流而行，於二里外上岸，迷離中不知誰拯之也。衆聞信，扶公於寺，衣皆冰。衆環伺，恐其死也。稍蘇，索紙筆書句云：「夜半歸來月滿頭，凶成滅頂竟何由？諸君且莫增惆悵，我輩猶堪競上游。」

死生危急之間，猶不忘詩，亦奇矣哉！』

津門詩鈔校箋卷七

查曦 十四首

曦，字漢客。著有《珠風閣詩草》。[一]

許鸖湖侍講爲之序曰：『漢客行詣高卓，襟懷爽朗，沈浸六籍，含英咀華。每往來奇偉卓絶之境，以自廣其胸中之氣。與燕趙間豪俊交游，不欺然諾，樽酒論文，娓娓不倦。』朱公函夏爲之序曰：『漢客因周子七峰屬予選定，務精而不務多。昔趙秋谷内翰與吴天章徵君，并以詩著名。康熙戊寅己卯之間，接踵來津。而君以穎异之才，與之周旋，有契於古作者之旨，故詩日進。』有《珠風閣前集》《後集》行世。

郊游

緩步城南郭，回看衛北天。故園春草外，歸雁暮雲邊。海月空相憶，烟花好自憐。獨游迷去處，惆悵晚風前。

[一]《珠風閣詩草》今僅見山西大學圖書館藏清雍正刻六卷本。然《津門詩鈔》所録，均不見於此本中。又，雍正本首僅有雍正五年（一七二七）于凝祺序、王磐序，并無許、朱二序。按：《國朝畿輔詩傳》卷三十一作『七卷』，并引于序、許序。[民國]《天津縣新志》著録作『《珠風閣詩草》六卷、《續集》一卷』，謂其『《續集》爲朱函夏及嘉興許玉猷所選，定務約而精，故僅存一卷』，故山西大學圖書館館藏之六卷本，蓋即梅氏所謂之前集，許、朱二序，則載續集之首，而今此續集或已不存耳。

題畫 序

陳方來元復，無錫人。山水師王石谷。戊申春，爲作册幅十二，藏之竹笥，近一年矣。己酉秋，携之采育，晴窗展玩，覺紙上嵐光與西山爽氣争奇，得詩十二。録一首。

蒹葭摵摵水漫漫，兩岸霜楓葉盡丹。誰爲黄花駕小艇，秋江風雨不知寒。冒雨尋菊。

感舊

當初結社海門邊，半是耆英半少年。玩月共持金谷酒，看花同上木蘭船。祇今剩水殘山路，猶是量晴較雨天。向秀著書嵇阮歿，蕭條竹圃起荒烟。

珠風閣同人雅集

秋庭雨過晚花新，恰喜敲門來故人。至市滿沽元石酒，供盤旋煮白河鱗。樽前索句情如縷，醉後行棋妙入神。安得各無塵事擾，長能相見倍相親。

讀《名山志》快甚客以意外筆墨相干溷濁纍日乃已復理舊籍賦此解煩

窗間快讀《天臺記》，澗水桃花滿目前。不意一塵從地起，輕輕飛到石梁邊。

試燈日周七峰龍由甲見訪限韵同作

争傳門外試燈新，戚戚誰憐失恃人？蓬徑忽來聯袂客，草堂初掃隔年塵。同期把臂行看月，獨爲思親泪染巾。不是故交遠相訪，滿街簫管不知春。

以鏡照畫上美人

圖成玉女春風面，照入銀花小有天。纔向屏間窺窈窕，又從月裏見嬋娟。吴衣陸帶人如活，寫翠傳紅影可憐。痴絶不知俱是幻，欲分身結兩重緣。

遵化道上

客裏得閑情，看春塞上行。山花明古戍，路柳暗邊城。殿閣前朝寺，村莊舊將營。斯游一何幸，身值太[一]階平。

薊州道上

秦城漢塞繞重巒，二月山陰雪未乾。沙磧偶然春草緑，罽袍猶覺曉風寒。關前

[一]高氏校云：『「太」應作「泰」。』

流水雲中落，天外奇峰馬上看。説與僕夫行莫急，但逢佳處且盤桓。

道旁冢

山前好沙水，説是某公墳。某公昔貧賤，祖壟無足云。一旦富且貴，改葬多辛勤。穹碑臨大路，華表干青雲。千金謝地師，萬貫植榆枌。云得真龍穴，生子必超群。某公埋已久，後代名不聞。墓木盡斧斤，墓田人耕耘。吾聞貽謀者，心德夙所敦。于公無冤獄，乃高大其門。竇公嫁孤女，乃發其子孫。未聞恃頑土，而能顯後昆。吾讀文公禮，青烏非所論。但得平壤土，便可妥幽魂。愚人擇佳壙，踏遍郊與原。親棺積纍纍，暴露慘難言。君不見，唐諸陵、宋寢園，一抔之土今何存？當年風水誑至尊。

中秋香林院雅集同朱陸槎趙後山周七峰

仙源再到幾中秋，握手人仍第一流。看罷小山歌桂樹，坐遲明月上簾鈎。談元[一]喜近餐霞客，作賦頻呼即墨侯。慚愧年來蠹編簡，文章端底讓曹劉。

[一]『元』，原校本去避諱改作『玄』，是。

歸里偶題

故園芳草獨歸遲，桃葉成陰柳影垂。舊燕語闌春已遠，新蟬聲動夏初宜。輕紗細葛裁衣日，小市長廊賣扇時。趁此清和好天氣，且投蓮社一題詩。

游水西園同錢幼鄰先生典三族弟菊所族侄作

名園百畝水西偏，種樹栽花已有年。勝地近村仍近郭，通衢宜騎復宜船。緑楊陰裏來佳客，紅藕香中列綺筵。頓使阿儂蕉葉量，争先醉向竹林邊。

查爲政 五首

爲政，字漢公。漢客弟。著有《蘭亭詩鈔》［一］。

遼海張厚庵廷枚《蘭亭詩鈔序》云：『查子漢公始以舌耕，不能糊口，遂至潛迹公門。時命不猶，亦屬可憫。至其胸懷磊落，才情不羈，發而爲詩，浸浸然自成一家。』

天津王介山先生又樸序云：『查子出其詩百餘篇，長吟短咏，多自寫其胸臆，聲調高朗，無不入格。』

［一］高凌雯［民國］《天津縣新志》卷二十三《藝文》著録查爲政『《蘭亭詩鈔》一卷，不存』，謂：『是集前有又樸及周焯、朱函夏、梅瑾諸序。』蓋亦據《津門詩鈔》。

周七峰焯序云：『查子漢公，乃天津詩人漢客之昆季行也。童年即以其兄之吟詩是好，家無儋石之儲而吟哦自若，正所謂窮而後工也。』

朱公函夏序云：『余自幼學詩而不工於詩，曾隨魏景州任之江浙，閲歷名山大川，訪高人逸士於山巔水涯。後於康熙庚子春，應聖祖仁皇帝詔，教習王府，獲瞻應制詩章殊多，以故余不工於詩而知詩。既而旋津，日與周子月東互相唱和，一日持《蘭亭詩》索序。余愛其五言如「烟村迷遠樹，雲水繞晴溪」「風蟬嘶樹遠，秋水漾天長」「一雁穿雲去，群帆帶日來」「荻風吹兩袖，蘆月照孤蓑」「雪冷梅偏艷，林空鳥不啼」，七言如「雲迷野寺疏鐘遠，日照長河暮靄齊」「心向静中禪自定，詩從淡處意偏長」「度水鐘鳴曉寺月，争林鴉噪夕陽烟」，皆挺然秀出之句。』

先叔父愈唐公瑾序云：『余與漢公索以筆墨交相切磋。漢公性耽於詩，偶有所作，就余商訂。將易簀，自泣其生平嘔出心血，欲付剞劂，延予删摘。頗多骨力清峭之句，又有一種從容淡遠之致。亦足以見其性情矣。』

春日同羽士過僧院

此番來古刹，羽客共携游。林外聽山鳥，花邊看水鷗。鐘鳴晚寺雨，人醉夕陽樓。莫謾逃禪去，儒生笑道流。

題廢寺

何代荒凉寺，停驂偶一過。老僧枯木似，破衲補丁多。野鼠穿厨壁，殘碑卧草坡。踟躕方丈外，古樹影婆娑。

初冬寄夢山上人

庾嶺梅開早，詩情近若何。松關塵慮絶，市井沸聲多。舊社如殘雨，新知在密蘿。溪橋霜月下，那得共吟哦？

雨中孤悶

半榻爐烟細，攤書卧短床。新蟬鳴古樹，暮雨暗空廊。病後嫌衣薄，閑中怕日長。落花聽不見，祇覺晚風香。

秋日送别

驛路樓頭柳條黄，水流古渡迢迢[一]長。行人送别西風裏，一聲鴻雁西風起。

[一]『迢迢』，原校本作『遥迢』。

西風吹樹落葉飄，行人馬上征鞭摇。馬蹄紛紛去不住，行人馬上猶回顧。馬嘶悲風聲蕭蕭，送别之人空魂銷。

查爲仁 十五首

爲仁，一名成蘇，字心穀，號蓮坡，又號花海翁。父日乾，號天行。原江西臨川人，世居天津，寄籍宛平。[一]中康熙辛卯解元，因事被劾下部獄數年。覆試得雪，賞還舉人[二]，隱居不仕。著有《蔗堂内集》《外集》[三]《蓮坡詩話》。

蓮坡天姿清粹，博學能文。受詩於高雲禪師，旁通今古。自經患難後，息意名場。尚氣誼，喜結納。所居曰『花影庵』，曰『澹宜書屋』，曰『古歡書屋』，有園在城西曰『水西莊』。大江南北才人過津門者，一刺之投，無不延款。如萬循初、余懋櫓、錢香樹、魯亮儕、劉雪柯、顧梅東、陳子翽、陳相國元龍、英相國夢堂，無不主於其家。月夕花晨，簪裾滿座，宴游觴咏，殆無虚日。一時有『庇人孫北海，置驛鄭南陽』之譽。最精賞鑒，縹緗錦軸、法物圖書、金石彝鼎，藏貯極多。其家愛養人才，詩書之澤亦最久。公之子鐵雲侍御，乾隆

[一]高氏校云：『查氏原籍海寧，遷臨川，再遷宛平，寄居天津，應改「宛平籍，居天津」。』

[二]高氏校云：『「賞還舉人」不確，可删。』

[三]高氏校云：『應作《蔗塘未定稿》《蔗塘外集》（「塘」誤「堂」）。』按：當據改。

甲戌進士。孫誠，丁酉舉人。曾孫訥勤，辛酉進士，入詞林。足徵培植斯文之厚。《長蘆志·文學傳》：『查爲仁，字蓮坡，著有《蔗堂未定稿》《游盤日記》《蓮坡詩話》。子善和，字東軒，亦工詩，著有《東軒詩稿》。』

按：天津作養斯文，自遂閑堂張氏魯庵方伯之後，嗣其美者，爲於斯堂查氏最爲著聞。當時慕效其風者，正有多族。百餘年來，此風衰熄，於今蓋罕有嗣音矣。

水西閑居

水西莊在天津城西三里近河，今爲芥園

積潤苔痕緑滿庭，此間又度一清明。擬將舊咏閑中改，無那新愁望裏生。楊柳著烟眠未起，海棠經雨[一]夢初驚。扁舟若許歸湖海，欲問沙鷗共結盟。

賞菊

黄菊窺籬作好秋，五年清夢隔悠悠。何來野老敲門入，却送霜枝破客愁。直植[二]幾叢當檻列，更删數朵小瓶留。花開便是重陽節，莫惜風軒洗盞酬。

[一]『經雨』，《國朝畿輔詩傳》作『怯雨』，或是。

[二]『直植』，《蔗塘未定稿》《花影庵集》卷上作『自植』。

桃花口[一]

柳色半黄春半露，行人正到桃花渡。桃花渡口水漫漫[二]，桃花渡外春尚寒。春風吹皺桃花水，水禽兩兩因風起。莫謂桃花猶未開，枝頭抱滿春光來。

小園道中

村園門巷半沾泥，蠟屐來游日未低。一陣棗花香裂鼻，和風吹過板橋西。

雨中懷高雲老人 號紅薑，敕賜文覺禪師

一别逾三日，驅車猶未還。却愁中道雨，定在四圍山。樓閣鷩天近，鶯花笑鬢班。無由隨杖履，坐想白雲間。

[一]《蔗塘未定稿》《山游集》卷中，此詩係《春游雜詩》其一。

[二]『水漫漫』，《山游集》作『波漫漫』。

游盤山諸作［一］

北倉

二月韶光自不同，日晴沙暖盡融融［二］。河冰初泮浮孤艇，柳意全舒受好風。社鼓聲喧村店北，酒帘影颺板橋東。纔離沽水無多路，已覺塵囂遠市中。

宿崔黄口

遠戍鳴宵柝，孤村共此廬。但期樽有酒，不計食無魚。紅燭低檐暗，黄茆野市虛。莫嫌荒僻地，聊以税行車。

大口屯

大口村臨東海濵即七里海［三］，黄沙漠漠水無痕。祇因燕市多屠販，錯使［四］人呼打狗屯。

［一］《山游集》題作《游盤雜詩》。
［二］『盡融融』，《山游集》作『晝融融』。
［三］《山游集》，有此原注。
［四］『錯使』，《山游集》作『誤使』。

入山

行來石路漸高低，馬避危橋渡淺溪。樹裏人家時隱見[一]，洲邊[二]芳草半萋迷。身因出世方知散，詩爲尋山著意題。從此不須愁道阻，穿雲入樹好攀躋。

青溝懷拙庵和尚

聞說青溝好，相將渡碧溪。到門山色净，繞屋水聲齊。岩隙[三]穿松鼠，林端叫石鷄[四]。老僧何處去？祇有白雲栖。

訪昭然和尚草庵不可得

人事有代謝，彈指成古今。去者日以遠，來者苦相親[五]。緬彼草庵叟，鑿翠居高岑。晚景憩嘉樹，朝暉晃鳴禽。語默皆入妙，山水曠其心。今來三十載，邈焉

[一]『見』，《山游集》作『現』。

[二]『洲邊』，《山游集》作『澗邊』。

[三]『岩隙』，《山游集》作『石罅』。

[四]『石鷄』，《山游集》作『竹鷄』。

[五]『親』，《山游集》作『侵』，是。高氏校亦云：『「親」出韵，應作「侵」。』

斷瑤音[一]。徘徊岩壑裹，仙源不可尋。落日隔暝水[二]，負此春晝深。孤雲飛曠野[三]，雙鶴唳岩陰。相思空延佇，何以豁幽襟。仰天成一嘯，流水鳴前林。

得茶垞弟[四]來詩訊山中游事答之

者番游屐冠平生[五]，日在山椒松頂行。若問眼前奇絶處，白雲親見脚根生。

催妝詩

十年香靄攬情塵，留得霜華百煉身。此夕星光盈錦幄，向來春色阻花晨。誰言蔗境甘無比，久識蓮心苦有因。差喜高堂稱具慶，鹿門偕隱莫辭貧。

紅燭雙行照玳筵，鳳簫吹徹下瑶天。璧存敢詡連城貴？珠在還欣合浦圓。賦就桃夭期覺後，迎來鵲駕路争先。夢中欲乞生花管，待寫春山滿鏡妍。

［一］『邈焉斷瑤音』，《國朝畿輔詩傳》作『斷絶瑤華音』。

［二］『隔暝水』，《山游集》作『隔暝色』。

［三］『曠野』，《山游集》作『野曠』。

［四］『茶垞弟』，《山游集》作『魯存弟』。

［五］『平生』，《山游集》作『生平』。

《賞雨茆屋圖》爲吴驥調題

朱樓翠箔春夢破，雨聲到枕憂無那。亦有清歌水閣頭，蕭蕭入夜迴含愁。何如達士十椽屋，不種繁花種梧竹。就中喧寂兩俱忘，爽氣盈襟抱[一]卷讀。

《隨園詩話》云：『升平日久，海内殷富，士大夫慕古人顧阿瑛、徐良夫之風，蓄積書史，廣開壇坫。揚州有馬氏秋玉之玲瓏山館，天津有查氏心穀之水西莊，杭州有趙氏公千之小山堂、吴氏尺鳧之瓶花齋，名流宴咏，殆無虚日。許佩璜刺史贈查云：「庇人孫北海，置驛鄭南陽。」其豪可想。此外公卿當事，則有唐公英之在九江，鄂公敏之在西湖，皆以宏獎爲己任。不四十年，風流頓盡。唐公號蝸寄老人，司九江關。懸紙筆墨硯於琵琶亭，有題詩者，命關吏開名以進，公讀其詩，分高下以酬贈之。』

《隨園詩話》又載：『嚴冬友侍讀出都過天津查氏，晤佟進士濬，言其母趙夫人苦節能詩，《祭竈》云：「再拜東厨司命神，聊將清水餞行尊。年年破屋多塵土，須恕夫亡子幼人。」查洵叔言其兄心穀悼亡姬詩，和者甚衆。有佟氏姬人名艷雪者一絶甚佳，其結句云：「美人自古如名將，不許人間見白頭。」此與宋笠田明府「白髮從無到美人」之句相似。』

友人王任莽藏《雙鳳圖》一册，先外祖朱導江先生題簽。圖繪二女史，鸞裾鳳釵，吹氣欲活。内查蓮坡老人《題雙鳳詞并序》云：『乾隆丙寅三月望，夜夢雙鳳自空而下，栖余屋邊，各銜一玲瓏金色篆字，一貞一福。少頃，擲二字於庭，遂翔去。既覺惺惺，究不知其何征也。秋八月，偶買一妾。詢其小字，曰「貞」。因呼之

[一]『抱』，《山游集》作『把』。

曰「貞娘」。丁卯仲春，有友自南來，贈一小囊，字曰「福」，呼曰「福娘」。因憶前夢隱符，爲之驚异。豈其投老花叢，情多子野，三生石上，尚有夙因耶？』爰倩蘇中顧方來繪爲圖，并繫以詩：『閑情何處覓相思？夢裏吹簫引鳳時。自喜老懷殊不淺，贏他白髮繫紅絲。』『霧鬟釵橫雙鳳凰，分明小字自銜將。也知比翼前生願，便欲温柔老是鄉。』『玲瓏髻子鬥芳妍，顧影含情自可憐。未許人前喚貞字，黄金小篆壓香肩。』『我見猶憐况老奴，旁人莫漫笑狂夫。香奩百福裁成處，富貴神仙勝得無？』『虎頭妙筆爲傳神，臉暈眉峰略似真。一種風懷誰解得，梅花明月證前因。』『色空空色竟如何，豈肯拖泥帶水過。聊借一天花雨散，衆香國裏坐維摩。』末署云：『花海翁查爲仁題，時年五十有四。』英相國廉詩曰：『粉壁紅窗畫不成（花蕊夫人），天風吹下許飛瓊（温庭筠）。可憐月好風凉夜（白居易），雛鳳清於老鳳聲（李商隱）。』，跋：『蓮坡老友，以慧業文心，結南柯因果。一日出此圖索題，余雅能説夢者，因飣短數語，書以歸之，將毋笑豐幹饒舌耶？丁卯小至日，夢堂學弟馮更生書。』吴東壁廷華詩云：『丹鳳諧聲徹紫霄，秦臺次第聽吹簫。若教譜作房中曲，剛稱旋宫六管調。』『是花是影印禪心，天女維摩并入林。空色參成真解脱，也應消受鉢中針。』厲樊榭鶚詩云：『娉婷影裏見雙身，好夢分明證宿因。瑶水生來千百媚，彩雲飛下一重春。』『蕙蘭元是含貞性，風月何妨號福人？（楊廉夫晚號江山風月福人。）記取辟寒金字上，香奩詩話最鮮新。（先生著有詩話。）』王昆霞來庭詩云：『玉京仙子醉瑶觴，分跨西池雙鳳凰。足下彩繩看并繫，夢中金簡示聯芳。謫來丙歲兼丁歲，名授貞娘與福娘。花影藍橋符舊約，前身端的是裴郎。』東江八十剩翁趙蔭穀虹題曰：『子雲飛白署蕭齋，鬥茗評花日夕偕。香夢乍回千蝶帳，上頭初試九雛釵。』『雲髮倭髻曉妝成，軟語如同睍睆鶯。不比後堂陳女樂，翠娥執簡喚門生。』李滄嶼元詩云：『與爾情親五十年，每從好夢證因緣。風波定後萍如幻，花影分來性自圓。有色不空非色相，此心無佛始心禪。懸崖撒手誰能解，且看瞿曇花裏眠。』此外尚有劉文煊之七律二首、余尚炳之四言五首、陳木齋皋之《憶吹簫》詞二首，難以備録，姑識此，聊見風雅之一斑云。

《蓮坡詩話》：『余居北寺九年，二三朋好，時時慰問，或投以吟筒，互相倡和，由是紙墨日多。其中名作，如沈麟州元滄「青雲早達原非幸，白首論交未是遲。」沈艮思青崖：「吟到梅花連月冷，話深爐火入灰微。」程廷儀可式「春回小院先啼鳥，香吐寒梅欲染衣。」劉雪柯文煊：「事雖千局變，心共一燈明。」高素臣日履：「拙匠長飢仍刻鵠，壯夫今老尚雕蟲。」又：「去留躑躅争枝鳥，行止飛楊繞苑蟲。」錢修亭陳群：「美人悲未嫁，多坐良媒誤。由來情好鍾，愛極翻成妒。」鮑集軒鳳翔：「草蘭香馥尋南鎮，毛笋生鮮買破塘。」許子遜廷鑅：「楊柳亂烟春店曉，海棠疏雨小樓寒。」又：「紙閣茶濃烟篆晚，板橋花拂酒旗香。」丁芝田鶴：「腸惟嗜酒時偏潤，鬢爲吟詩半已斑。」又：「蒲團佛笑拈花影，板屋人融凍雪痕。」王雨楓霖：「半生噩夢霓裳曲，此夕王郎斫地歌。」又：「銜碑石闕將誰訴，落溷花枝一任風。」皆一時酬唱之作，堪入《主客圖》也。

儉堂中丞《銅鼓書堂集·拜心穀兄遺像》句云：『前言在耳猶能述，遺像如生更可悲。』手足之情如見。

鄭方坤荔鄉《本朝名家詩鈔小傳》云：『查爲仁，字心穀，既罹患難，而導師爲贈道號曰蓮坡，故又稱蓮坡居士。十九舉鄉試第一，是爲康熙之辛卯科，主試者武進司農趙恭毅公也。公故以革銅商事，與執金吾陶和者相水火，欲甘心焉。謂榜首固富人子，且少年，名不出里閈，是奇貨可居，遂鈎致，以興大獄。既鍛煉成，而心穀當死罪，長繫請室。越八年，始邀矜釋。嗚呼，悕矣！心穀固才士既顛，蹶無生理，乃就白雲司葺板屋數間，日讀書，習静其中。高雲上人爲榜曰「花影庵」。七略四庫，恣意佃漁。結撰爲工，篇章日富。其自序云：「綴毫肺石之上，染烟牢户之中。」比諸哀雁寒蟬，自攄胸臆。含酸茹嘆，詞意欷然。然鏗訇陶冶，實能與古人相頡頏。一時名士，贈答頻煩。張得天尚書至稱爲唐子畏後身，而嘆惜其有才無命。因憶當心穀下獄之秋，余方髫齔。遠近喧傳，僉謂其不識一丁字，如虞山所嘲一元氏然者。孰知其爲慧業文人，而才藻横飛若此也哉！心穀既出獄，則結園沽水之西。臨流植椽，閉門疊石。賦夕烟於琴幌，吟曉日於書床。而津門爲水陸之衝，去京師十舍而近，冠蓋相錯，賓至如歸，投轄贈鞭，徵詩對酒，許渭符司馬所云：「庇人孫北海，置郵鄭南陽。」而高宗山孝廉亦有「東山麗句諧絲竹，北海名賢共酒樽」及「甲部攤經丁部史，紅兒記拍雪兒歌」之贈。三複微哦，猶令人想見名士風流，太平盛事。』

查爲義 二首

爲義，字集堂。日乾子，爲仁弟。歷官太平府通判。工詩善畫。〔一〕

按：集堂先生風期清遠，學無不窺。雖席豐履厚，有山人林下之致。善蘭竹花卉，墨筆居多，間著色，亦具簡淡蕭疏之趣。當時天津善畫者，如朱導江先生岷、胡邗江峻、惲鐵簫源濬、吴門徐雲、陳西岩元復皆與公游，伯仲其間。嘗見先生墨竹一幅，雙竿烟雨，别异逸態，雖梅花道人不是過也。詩情亦閑曠可愛。公孫彬，原名曾印，乾隆甲辰進士，河南信陽州知州。

〔一〕〔光緒〕《重修天津府志》著録有《集堂詩鈔》，〔民國〕《天津縣新志》著録有《集堂詩草》，二書今均未見。

香林院贈王煉師野鶴

琳館河堧上，青苔滿院滋。入門同佩景，把袖勝餐芝。月榭吹笙静，風簾擣藥遲。湛園遺墨在，留玩拂蛛絲。

方袍老羽士，獨誦住香林。留客翻雲笈，多年冠玉簪。亂蜂[一]環砌抱，叢柏壓檐陰。即此幽栖好[二]，何勞戲五禽？

天津問津書院始於查公集堂。《長蘆志》盧公見曾《問津書院碑記》云：『天津以百川朝宗之地，而京師左輔，感化最先，輶瀋瀋儋軒采風者之所首及。顧書院闕焉未興，余竊病之。前太平府通判查君爲義告余，家有廢宅在運署之西南隅，其地高阜而面陽，形家以爲利建學，盍筮之，筮從吉。白之總督方公觀承、署鹽院高公恒，均報可。爰庀材鳩工，位其中爲講堂，堂三間，前爲門，後山長書室，而環之以學舍，凡六十有四間。計費白金二千四百有奇。經始於乾隆十六年辛未八月，落成於十七年壬申二月。適吉公慶來視鹽政，爲延名師，立教條。入學鼓篋，宵雅肄三。賓宴禮成，客止有秩。諸生踵門謁請所以名是書院者，爰進而詔之曰：「若濱海，亦知夫海乎？孔子之道猶海也，學者蘄至乎道而止，今之制藝，其津筏也。」余姑導使問焉，而名之以問津云。』

[一]『蜂』，《國朝畿輔詩傳》作『峰』，當據改。

[二]『幽栖好』，《國朝畿輔詩傳》作『幽栖栖』。

查禮 四十首

禮，原名爲禮，又名學禮，字恂叔，號儉堂，一號鐵橋。日乾子，爲仁弟。歷官户部主事，廣西太平府知府，四川松茂道，四川按察司使、布政司使，湖南巡撫。著《銅鼓書堂詩集》。

《長蘆志·人物忠節傳》：『查禮，字恂叔。幼敏於學，十五歲即著詩名，博覽經史。官廣西太平府知府，有惠政，士民爲建生祠。歷遷四川川北道、松茂道。會金川犯順，大兵進剿。禮督運糧餉，帶卒兵擊賊，擒寨首等喇嘛斬之。開修楸坪新道，大輸帑餉，奉旨獎勵之。大兵凱旋，仍留綜理屯政。隨遷按察使，拿獲凶番噶克朗忠。歷遷湖南巡撫，赴闕謝恩，因積勞瘵發，卒於京。子淳歷官督糧道。』

節烈四婦歌[一]

序：天津舊有三婦合葬焉，一爲譚某妻陳氏，一爲阮某妻諸氏，以烈死；一爲趙某妻裘氏，以節死。乾隆元年八月十八日，金振妻丁氏無子，視夫含殮畢，旋殉柩側。里人請詣[二]當事，與三節烈并葬[三]，稱『節

[一]下二首在《銅鼓書堂遺稿》卷一丙辰。
[二]『詣』，《長蘆鹽法志》作『諸』。
[三]『并葬』，《銅鼓書堂遺稿》卷一、《長蘆鹽法志》均作『合葬』。

烈四婦』云。

君不見，文文山作《正氣歌》，津城節烈何其多！父老向予説三婦，往往涕泗爲滂沱。二婦不受强暴[一]污，秉貞浩氣還太和。一婦食貧甘苦荼，冰心鐵骨玉爲質，不羡膏粱華腴珍羞羅。凡此棱棱不可屈，堪比蘇卿持節牧羊坡。三冢纍纍一抔土，丈二碑碣字不磨。碧天霜月何皎潔，羞照人間含羞妖冶嬌翠娥。聞風起興[二]金氏婦，夫歿無子奈少何！照見古井水無波[三]，泉路匪遥矢靡他。里巷聞之各酸鼻，莫不心欽足頓手摩挲。嗚呼，從來烈節天所覽[四]，公道在人相護呵。今兹四婦合爲一，各行其志同香窩。聖世采風重節義，表厥宅里樹婆娑。豈無鬚眉愧柔骨，高風松柏同巍峨。

[一] 高氏校云：『譚應宸妻陳、阮奇玉妻諸俱以殉夫死，《縣志》所載，情節宛然，并無强暴之説，查氏詩云云，恐有誤會。』

[二] 高氏校云：『「起興」應作「興起」。』，《長蘆鹽法志》作『興起』。

[三] 『水無波』，《銅鼓書堂遺稿》《長蘆鹽法志》均作『水不波』。

[四] 『天所覽』，《銅鼓書堂遺稿》《長蘆鹽法志》均作『天所鑒』。

望海寺

殿角曈曨寒日明，憑高迢遞見蓬瀛。河分九派門前合，潮送三山檻外迎。烟靄有時浮刹影，霜天無際徹鐘聲。回瞻宸翰光華著，長使波濤晝夜平。

中元登海光寺樓寫望

署退凉初至，登樓客思清。魚簾橋外密，稻隴寺前平。雲起連潮[一]色，風過帶磬聲。佛香吹不斷，斜日射孤城。

渡子牙河 河西岸即太公祠

逝者如斯晝夜流，蒼茫百里向滄州。渭濱無復西周土，父老翻思北海儔。籠岸烟寒鮭菜艇，沉波月墮釣璜鈎。舟人指點崇祠在，不獨千秋姓氏留。

西沽晚歸

西沽水冷野風疏，艇載茶烟并束書。斜日半林秋柳外，荻花深處賣鱸魚。

石橋西畔斷霞浮，豆子坑邊晚市收。獨坐船頭看雁過，數聲啼破海門秋。

[一]『潮』，《長蘆鹽法志》卷十六作『湖』。

正月十日海光寺放魚用東坡西湖放魚韵

水[一]底拾魚如拾塊，隔冰鞭水如鞭背。冰開水活魚拔泥，一道渾流横似帶。野翁殄物恣朵頤，便擬携歸充斫膾。可憐鬣損尾俱紅，更惜鱗殘首并碎。呼童鬻取全其生，脱命庖厨入淵瀨。駭鹿仍歸豐草間，羈禽重出雕籠外。雲[二]消南郭閑相逐，舊事西湖偶成會。漁人曬網趁斜陽，月吐寒光照東海。

殷貞女哀辭[三]

序：女本天津貧家女，幼孤，依兄母。[四]年十六，嫁爲邢文貴妻。邢母趙與文貴逼女倚門，不從。[五]

[一]高氏校云：『「水」字原作「冰」。』《長蘆鹽法志》作『冰』，是，當據改。

[二]高氏校云：『「雲」應作「雪」。』《長蘆鹽法志》作『雪』。

[三]高氏校云：『哀辭爲文體之一，原附集末，與雜文并列，不應移此。序文删節甚多，或有初稿改稿之别。』

[四]『女本天津貧家女，幼孤，依兄母。』《長蘆鹽法志》卷十八、《湖海詩傳》卷六十七均作：『自古節烈之婦，往往臨患難際，煢獨以一死完其身。若夫遇人不淑，遭其凌暴，雖志芳行潔，不以爲德，反以爲仇。其遇尤可憫，而其心之難白，有百倍於患難煢獨者。若天津貞女殷女可哀焉。殷氏本貧家女，幼失父，惟兄母是依。』

[五]『邢母趙與文貴逼女倚門，不從。』《長蘆鹽法志》作：『文貴素無行，其母趙氏以淫佚聞。初文貴娶于氏，以貞慎故出之。聞殷氏孤且美，以計復爲文貴娶之，而殷氏堅貞逾于氏，趙氏怒甚，乃與文貴。』

日加捶楚，以沸湯沃之，燔灼其體，體盡潰爛。郡守劉公聞知訊驗，女絕口不言夫姑之惡[一]。欲驗其創，不得[二]。未幾，死[三]。邑令張公[四]置趙、邢於法，傾城往觀稱快，爰作哀辭[五]。

清且貞[六]兮，白河之流。高城岩岩兮，峙河之洲。有女食貧兮，深源之裔。負郭而居兮，甘心疏糲。惟鴆媒之無良兮，栖鸞翼於荆榛。播桑中之餘波兮，將貞者而胥淪。羌惟賣珠以牽蘿兮，知市門之不可倚也。寧焦灼而焚如兮，亦何悔乎九死也。行路爲之涕泣兮，鄰里爲之輟歡。喜父母之孔邇兮，邑魯恭而郡袁安。嗟守禮之獨嚴兮，愧呈身而謝面。蓼食辛而自知兮，忍中冓之外煽。魂冥冥而長逝兮，從婺女與靈妃。雖髮膚之毀傷兮，完禮義而全歸。嗟輕塵之栖草兮，誰抱貞於空谷。

[一]『聞知訊驗，女絕口不言夫姑之惡』，《長蘆鹽法志》卷十八作：『知縣知其事，委邑尉訊驗，而氏絕口不言夫姑之惡，且守禮甚焉。』

[二]『不得』，《長蘆鹽法志》作『不可得』。

[三]『死』，《長蘆鹽法志》作『氏卒』。

[四]『張公』，《長蘆鹽法志》下有『歸自上谷，躬爲推訊，盡得其情，即置趙氏、文貴於法，而氏之節始著』。

[五]『往觀稱快，爰作哀辭』，《長蘆鹽法志》作：『無不誦郡邑二公之廉明，而慶殷氏之作貞得以不朽也。余謂氏之遭遇，爲世人之至不幸而郡邑二公爲之表揚其事，其亦可以無憾矣，爰作哀辭以哀之。』

[六]高氏校云：『「貞」應作「直」。』《長蘆鹽法志》作『直』。

植污泥而不染兮，宛青蓮之馥郁。登荒丘而憑吊兮，慨葬玉之深深。聊陳辭於遺躅兮，庶千載之下得以識匪石之芳[一]心。

天津城南冰泛歌

陸行利用車，水行利用舟。水陸用各异，功力兩不謀。朔風一夜關南至，河水吹高作平地。處處牽船岸上居，乘輿亦見中流濟。漂榆城邊寒月明，石田萬頃霜棱生。晶瑩倒射天影白，七十二沽無水聲。篙工楫師繞堤住，伐木丁丁作床渡。或橫或直俱堅良，不琢不雕守淳素。索綯纍纍煩携持，織葦平平任分布。獨行可學企脚眠，并坐何妨交臂聚。綠蟻既新篘，招我同心儔。參差出城闕，共作南郊游。鹿鹿冰床繞湖側，凌風卧看破璃色。勁急群鶩鐵箭飛，往來如倩金梭織。須臾忽近招提境，樓閣岧嶢動幡影。怪我初從蛟室來，滿身猶帶珠光冷。觥籌雜遝催，笑語聲喧陻。不知銀漢淺，惟見玉山頽。八蜡祠前鳴社鼓，聳身疑入清虚府。翻喜今年臘日長，不須早喚春風舞。斜洲有落暉，烏鳥東西飛。良時不可失，奚惜秉燭歸？復有輕雷鳴澗壑，瑶天忽散銀花落。此夜馮夷應不眠，舉頭應羨人間樂。人間何事無歡

[一] 高氏校云：『「芳」應作「貞」。』《長蘆鹽法志》作『良』。

愉，探奇選勝隨所如。他時莫忘冰行路，須記城南舊酒壚。

過水西莊[一]

小築臨春水，風光宛若耶。碧圍三徑柳，紅間一籬花。拂座雲生牖，開門鶴到家。機心從此息，抱瓮入桑麻。

訪周月東秀才

暇日訪高士，扁舟泛緑水。春花依岸開，眠柳因風起。閑禽向客吟，馴犬迎人喜。剥啄叩柴荆，應門走童子。茶鐺咽松風，塵談嚼宫徵。窈若空山中，嗒然忘城市。昔聞周彦倫，俯仰隨行止。歌嘯載籍酣，籌畫萃名理。今君磊落懷，處處[二]同風旨。時或彈素琴，時或憑古几，時或酒盈杯，時或書透紙。玩弄秦漢章，點竄南北史。把卷一室内，户外常滿履。流連藴真趣，瀟瀟[三]絶塵滓。幽情堅寸抱，不逐浮華徙。余敢謂忘形，相對無彼此。茆檐挂斜曛，清興殊未已。醉歌徐返棹，月照波心裏。

[一]下三首在《銅鼓書堂遺稿》卷一甲寅。

[二]『處處』，《銅鼓書堂遺稿》卷一作『出處』，是，當據改。

[三]高氏校云：『「瀟瀟」應作「瀟灑」。』

五月晦日攬翠軒納凉

避暑無奇策，開樽水竹間。香清紅藕密，波静白蘋閑。蟬聚聲如雨，林深翠似山。石床斜照外，欹枕聽潺潺。

春暮散步城東渡河過香林院小憩田舍晚歸[一]

撥醅新水滿塘坳，瀲灧晴光浸柳梢。三月海螯初上市，一春江燕未歸巢。澄懷豈必常高卧，遠眺無妨出近郊。寂歷紺園人不到，隔墻閑聽梵鐘敲。

未夏先思籧笛徒，耕樵相對日忘晡。舁書盡可懸牛角，長劍休教佩鹿盧。浦口炊烟雲際密，渡頭漁艇暮還呼。何時得就山中宅，自剪荒榛闢芋區。

楊青驛馬上口占

閑雲靉靆野蒼茫，路入烟村客思狂。萬頃桃花千樹柳，一鞭收拾在詩囊。

［一］下五首在《銅鼓書堂遺稿》卷一乙卯。

漢氏成園丞印歌

延陵茂草[一]千秋荒，土中掘得古印章。印文屈曲摹印體，大小篆法殊雲陽。奉園宫人理妝具，上飯朝朝隨服御。大官送物誰典司，園令食鹽專所務。二十五祠廟祭繁，四時祠祭惟陵園。駿奔趨走寅夙夜，職卑亦得親脤膰。尚方精鑄龜爲鼻，綰繫何人亡姓字。翁仲爲守并忘年，玉雁金魚同弃置。當時飛燕啄皇孫，淵默空言望若神。一抔黄土歸耕牧，何如此印同貞珉？摩挲翠色堪人愛，《金石録》中惜未載[二]。香簾[三]夜静生古香，肘後奚須如斗大。

追和心穀伯兄賞菊詩原韵

序：丙辰榜後，竟日杜門，心穀兄飲余淡宜書屋。酒闌夜静，談及丙申秋賞菊唱和諸詩，因出見示。其中名士騷人雜以瞿曇羽士，亦盛事也。回憶其時，余尚在襁褓，閲今二十年矣。紅友匾題，白駒過隙，由今追昔，感慨係之。謹依前韵聊自抒懷。

[一]『茂草』，《銅鼓書堂遺稿》卷一作『蔓草』。
[二]『惜未載』，《銅鼓書堂遺稿》卷一、《國朝畿輔詩傳》均作『昔未載』。
[三]『香簾』，《銅鼓書堂遺稿》卷一、《國朝畿輔詩傳》均作『重簾』。

東籬佳色傲霜秋，共想幽人韵獨悠。雅集宜增高士傳，殘箋未掃惜花愁。廿年仍此重陽節，三徑曾誰信宿留。收拾青燈燒蠟燭[一]，今宵對酒不能酬。

房山道上

草枯沙見磧，馬過雪留痕。殘照明山縣，寒雲護小村。玉塘應有米，石竇尚如門。欲就樵人宿，岩深景易昏。

正月六日高五雲孝廉汪西顥徵君胡文錫秀才家天來侄集味古廬對雪分賦得花字[二]

曉看庭霰映窗紗，艷雪争春潤物華。舊約仍穿三徑入，早梅初放一枝斜。詩人不在功名列，風味依然處士家。來日無妨同剪勝，諸君誰更筆生花。

送符幼魯主事歸錢塘

東風吹柳碧毵毵，惜别樽前意那堪。儘可吟情同硯北，如何帆影指江南。梨花

[一]『蠟燭』，《銅鼓書堂遺稿》卷一作『蠟炬』。
[二]下四首在《銅鼓書堂遺稿》卷二丁巳。

夜落三更雨，桃塢春生百尺潭。想到西湖携屐好，亂峰深處笋抽簪。

三月十七日汪西顥携酒招同汪惇士胡文錫過水西莊予不果往簡詩一絶

芳草如雲倦蝶魂，春風幾度拂清樽。愁腸百結花無語，開遍丁香未出門。

水西莊秋日雨中[一]

西莊辟自信安灣，竹筧茆檐屋數間。習静不驚風雨驟，蓼花[二]深處釣翁閑。

雨趁凉飆透户欞，重簾不捲晝冥冥。焚香掃地無多事，二百簽餘小品經。

碧水迢迢漾淺沙，幾重修竹野人家。最憐秋滿疏籬外，帶雨斜開扁豆花。

送杭大宗歸仁和

一曲驪歌[三]醉濁醪，南園欲別首頻搔。從來身價文章重，此去湖山品望高。

[一]《銅鼓書堂遺稿》卷二凡八首，此其一、二、四。

[二]『蓼花』，《銅鼓書堂遺稿》卷二作『蓼汀』。

[三]『驪歌』，《銅鼓書堂遺稿》卷五癸亥作『離歌』。

滿屋詩書饑永日，六橋烟柳泊輕舫。歸程莫自嫌蕭瑟，白眼科頭興正豪。

苔花館獨坐漫成[一]

苔館無人日漸長，年光鼎鼎去何忙。半窗鳥語春初暖，一屋梅花雨後香。書爲貪看多强記，酒因易醉怯頻嘗。年來自是情懷惡，翰墨緣疏詩思荒。

得許渭符佩璜淮南訃音[二]

回憶題襟日，清言臭若蘭。初心違捧檄，永别在之官。有母編遺集，無兒拜冥餐。尺書前遞去，病目可曾看？

王生吟[三]

序：王生名御天，桐鄉人。父客死天津，生未知所在，聞信徒步走三千里。嚙指出血，遍覓於津城西荒冢間，竟得父骨，遂負以歸。嗚呼！西郊之原，客冢纍纍，其不得首邱者，可勝道哉！豈盡無子者哉！若王生者，

[一]下二首在《銅鼓書堂遺稿》卷五甲子。

[二]《銅鼓書堂遺稿》卷五題作《得許渭符邑淮寧訃音》。高氏校亦云：『「南」原作「寧」。』

[三]下三首在《銅鼓書堂遺稿》卷五乙丑。

可以風矣！

河邊白骨紛如雪，河上旅魂泣霜月。誰人半夜聲悲哀，浙西王生尋父骨。王生家在梧桐鄉，團圞父子安耕桑。父兮遠游子在舍，歷歷不復知存亡。一旦客自津門至，與父同游鄉各异。問父今年在何地，謂父形骸空寵寄。王生哽絶徐復蘇，麻衣竹杖行崎嶇。角飛楲邊盡荒冢，泣尋[一]枯骨春模糊。割兒指頭血，滴親原上骨。骨朽尚有苔，血深光不滅。千山萬水負骨歸，肌膚慘黑容顔摧。兒呼兒哭父不應，白楊風起聲凄悲。嗚呼！漢王陵，晋温嶠，伏劍絶裾慚[二]不少。何似王生負骨返松楸，寒食年年一祭掃？

悼亡妻李安人

十六年相共，兹晨影忽孤。凄凉帷畔影，仿佛病中呼。舊物諸般在，遺言一句無。盈堂皆縞素，痛定復長吁。

庭草含愁色，林花帶泪開。還疑經日别，猶望暫時來。藥裹紛難拾，衣襦亂作

[一]『泣尋』，《銅鼓書堂遺稿》卷五作『欲尋』。
[二]『慚』，《銅鼓書堂遺稿》卷五作『愁』。

前途已蓋棺。後事惟同穴，憔悴畏人看。倉皇勞客慰，春衫淚不乾。夜枕神無定，驚顧不知哀。尤悲小兒女，堆。

老親頻涕泪[一]，何術與承歡。

誡女

今朝門内言誰命，昔日燈前課最周。當窗不解自梳頭。臨几正須人教綉，嬌女詩成記室愁。空床長見暗塵浮，七誡無忘勤誦讀，西園回首感松楸。

曝書日招劉紫仙高五雲惲哲長潘廷簡周月東吴驥調陳江皋陳東麓朱秋亭萬循初集隱書樓分賦天津古迹得逆河

大禹疏九河，八支一爲幹。入海復同流，奔騰勢雄悍。石城有故道，風雨久淪漫。或云在浮陽，長波尚輸灌。經生好聚訟，畫地少成案。千年紙上言，贏我望洋嘆。桑《經》不可續，酈《注》誰能贊？歷陽化作湖，長水没無畔。盈虚理豈無，得失自兹判。復觀《溝洫志》，迎逆字改竄。新莽好讖符，百度棼絲亂。忌諱到河

［一］『涕泪』，《銅鼓書堂遺稿》卷五作『涕泣』。高氏校亦云：『「泪」原作「泣」。』

流，愚陋資笑粲。端居閉一室，塵事脱羈絆。源流溯夏殷，典故考秦漢。鈎盤迹未淹[一]，徒駭身堪按。空憐袁本初，猶憶公孫瓚。即今興水利，稽古得條貫。芻蕘可獻言，廊廟有勝算。平湖通浦溆，斥鹵生葭亂。安能溯洄尋，一辨南北岸？

春夜苕花館聽楊天益彈琴[二]

戚戚復戚戚，空階夜岑寂。山人抱琴同月來，月光入户琴聲哀。起如十二峰頭雲乍散，孤猿三叫悲腸斷。止如十八灘頭水潺湲，落雁一聲念離群。我琴無弦桐梓緑，化作孤生嶰谷竹。感君慰我良宵愁，更奏人間別離曲。吁嗟乎，山人爾琴誠太悲，慎勿再彈《烏夜啼》！慎勿再彈《雉朝飛》！

送萬循初光泰之陽山[三]

春寒夜静同剪燭，濁酒一杯歌一曲。曲終未終愁復愁，離情別恨聲斷續。丈夫意氣重慨慷，肯因離別生悲傷？無如萬里客他鄉，五穀無味花不香。同行誰是舊時

[一]高氏校云：『「淹」原作「湮」。』

[二]在《銅鼓書堂遺稿》卷四丙寅。

[三]下三首在《銅鼓書堂遺稿》卷四丁卯。

友，一身一僕劍一口。嶺樹蠻烟路正遥，泪落春風馬回首。

寒食過水西莊雨中作

歲月侵尋嘆擲梭，身同泡影感滄波。水西寒食烟猶冷[一]，門外梨花雨正多。悶檢殘書人懶讀，喜添新漲客須過。可堪載酒呼魚[二]艇，獨把魚竿濕短蓑。

題錢舜舉《明皇幸蜀圖》卷子

延秋門外夜烏啼，翠輦平明已向西。不比驪山游十月，年年彩仗簇鞍齊。
玉貌騎驢緩更嬌，君王回首尚魂銷。佛堂梨樹逡巡到，可惜南陽[三]路不遥。
汾水秋風旅雁飛，聞歌想亦共沾衣。鈴聞閣道淒涼雨，彈指圖中伴侣非。
天寶繁華一夢中，空將遺傳付陳鴻。金釵錦襪供黄土，愁絶傳神習懶翁。

[一]『烟猶冷』，《銅鼓書堂遺稿》卷七、《國朝畿輔詩傳》均作『烟尤冷』。
[二]高氏校云：『「魚」應作「漁」。』《國朝畿輔詩傳》作『漁』。
[三]『南陽』，《銅鼓書堂遺稿》卷七作『咸陽』。高氏校亦云：『「南」原作「咸」。』

津門詩鈔校箋卷八

查禮 三十五首

八月一日早發萍鄉江流淺涸灘石嶙峋小舟盡倒行二十里泊矮子橋[一]

磷磷石齒下灘難，半尺清流消漸乾。小艇盡將頭作尾[二]，好山多得背先看。林間樵徑秋聲細，江上漁磯夕照殘。矮子橋邊停棹客，夜深倚枕聽驚湍。

龍頭磯[三]

風土此間惡，中多疾苦民。懸崖連虎穴，繞壑住猺人。髮落黃茆瘴，頭纏白氎巾。陰霾山鬼泣，磯石冷江濱。

冬日灘江舟中

灘江水淺灘聲嘩，灘石齒齒如犬牙。山徑盤紆曲似蛇，陰岩紅葉飛作花。澄潭

[一]在《銅鼓書堂遺稿》卷九己巳。

[二]《銅鼓書堂遺稿》卷八注：『湖湘間小船盡倒行，名「倒扒子」。』

[三]下三首在《銅鼓書堂遺稿》卷五十九庚午。

回溜寒魚蝦，黄蘆苦竹映白沙。居人茆屋傍水涯，猺女赤脚髻分丫。蠻兒腰鼓争相撾，笑余萬里遠攜家。

潯州府

青峰幾點帶晴霞，二水争流捲白沙。繞郭猎人多種桂，近山蠻女半栽茶。斷藤峽口西風急，銅鼓灘頭夕照斜。視榷此邦初問俗，春來應及課桑麻。

曉過石門山懷古［一］

風起石門舟不遲［二］，沉香浦外早潮時。艑郎指點貪泉處，猶有吴君舊日祠。

夏日武義民州牧招同杭大宗編修全紹衣庶常胡惠嘉孝廉游梅氏園即席分韵得十五刪

梅氏園林竹石間，忻同舊友叩柴關。侵簾［三］蠻鳥依人下，壓檻洋花負日閑。

［一］下二首在《銅鼓書堂遺稿》卷十壬申。
［二］『舟不遲』，《銅鼓書堂遺稿》卷十作『舟下遲』，誤。高氏校云：『「不」原作「下」。』
［三］高氏校云：『「簾」原作「檐」。』

地迥近連禪院樹，臺孤遥控海門山。幾年嶺表愁中過，今此銜杯一解顔。

石龍江[一]

序：江源發興安縣西南三白蕩大嶺中，西北流二十里至趙家堰，入靈渠，江中有石梁，狀若游龍，長六十丈[二]，水從梁下過，梁脊石紋，宛然鱗甲，因以石龍名江。余尋乳洞過此，携杖履其上，徘徊久之，真奇觀也。

一江淙淙來，兩山作水口。源發三白蕩，下達秦渠陡。石龍亘江中，撇波舞靈湫。造化何怪奇，宛出斧鑿手。飛躍具神形，見尾不見首。石上流石紋，蒼鱗排九九。龍腹如環橋，怒濤穿腹走。龍脊爲通津，人迹卯至酉。或恐上晴空，雷雨隨其後。倒捲天潢聲，滆瀑破岡阜。

夜過衡山縣舟中對月懷張雲澍司馬

岳色空濛夜色昏，棹歌聲起客銷魂。烟中燈火臨山縣，樹裏茅茨近水村。小艇載人還載月，寒宵聞雁復聞猿。澳門司馬無消息，愁絶篷窗酒一樽。

[一] 下二首在《銅鼓書堂遺稿》卷十二甲戌。

[二] 『六十丈』，《銅鼓書堂遺稿》卷十二作『六十尺』。

午睡[一]

幾竿瘦竹倚墻栽，艷艷蠻花向日開。鳥語數聲書一卷，緑陰窗裏夢初回。

横雲峺

群山奔麓如怒馬，截我前途横曠野。雲中瓣瓣獻青蓮，奇峰高托蠻中天。巨石開劈一綫入，磴道盤旋七十級。風回峺口冬日殘，鷓鴣一聲人膽寒。崎嶇蹩躃下峺去，鼓興還吟過峺句。

曉雨舟過蒼梧寄姚南青編修

雲水蒼茫塔影浮，牂牁江上放孤舟。斜風紐雨嚴關曉，翠竹紅蕉古郡秋。一夕詩成離别泪，十年書斷往來郵。直沽聞道君初住，鴻爪天涯動舊愁。

感沽上舊游

沽上題襟亦有年，不堪燈下讀殘編。昔與同人梓有《沽上題襟集》。誰能采得長生藥？

[一]在《銅鼓書堂遺稿》卷十三丙子。

同住高山流水邊。

太平紳士部民數百人拏舟不遠千里追送至南寧以詩止之[一]

山山水水遠經過，千里同人送逝波。歸奉晨昏情最切，歌余父母愧如何？尋游有夢來踪少，聚首無期去日多。各返太平安舊業，不須別泪灑滂沱。

王琴德吏部由滇南來川以詩遥寄子月六日偕趙損之中翰抵汶川留榻行館作竟夜談因次原韻以答[二]

拂盧[三]連壘結氈鄉，雪片封山冷夕陽。徼外烏啼邊草白，關前馬踏陣雲黄。短兵西向如飛礮，上將南來定破羌。報導故人[四]聯騎至，盾邊籌筆助疆場。

峻谷巒江作塹壕，斑斕山勢接天高。裹糧計可爲三覆，掃穴謀須用《六韜》。絶域烽烟征雁避，殘年孤月野狐號。凱旋屈指無多日，古句先期咏《大刀》。

[一]在《銅鼓書堂遺稿》卷十五壬午。

[二]下二首在《銅鼓書堂遺稿》卷十七辛卯，詩凡三，此其一、二。

[三]高氏校云：『「盧」應作「廬」。』《國朝畿輔詩傳》作『廬』。

[四]『故人』，《國朝畿輔詩傳》作『故山』。

宿雜谷不寐寄斑爛山軍營諸吟侶

寒夜披裘聽碉聲，逡巡戎馬擁關城。後先將相同衝壘，謂前相國阿、前將軍阿、今相國定邊將軍温。西北旌旗各占營。衰草嚮陽荒徼路，亂山積雪故交情。邊亭處處餘烽火，待灑吟壇雨洗兵。

宿向陽坪新館［一］

日落停鞭馬倦嘶，風來颯颯滿山蹊。石城帶碉兵堪駐，板屋成營客共栖。沙磧横尸蠻鬼哭，雪坑驚礮野狐啼。斑爛高峙青天外，賊退碉殘正可梯。

恤蠻篇

春深行徼外，山雪白曜天。沙磧盡戰地，碉寨臨通川。礮擊半凋敗，破碎無完磚。不惟人絶迹，亦且炊少烟。老鵶飛上下，野火燒崖巔。積尸遍溝壑，觸目生慘憐。急呼問蠻長，泪落如涌泉。泣云小金酋，攻圍非一年。掠我倉中粟，踐我溪邊田。我男婦被殺，我牛羊被牽。受困將七月，守義誓不遷。去臘董軍門，援救師則

［一］在《銅鼓書堂遺稿》卷十七壬辰。

偏。遠由木坪出，作勢如兩甄。重圍得以解，民命得以全。聞言心淒惻，賞恤文官錢。無罪故恤爾，有罪寧舍旃。

熱耳寨軍營

滿目悲凉地，天寒草未萌。壞硐行避石，空寨度鳴鉦。日淡風逾緊，雲濃雨易成。番番檢礟子，兵集廢春耕。

自熱耳寨移營阿喀木丫

峨峨熱耳已摧平，飛騎紛紛更拔營。月白一天真不夜，燈紅萬帳寂無聲。溪流汩汩隨春去，山色茫茫向客迎。遍歷蜀西奇險境，蠻鄉何日罷刀兵？

聞明守亭於山溪得魚以簡

山雲纔起雨纖纖，春漲溪流出斷岩。聞説得魚清浪裏，腹中曾否獲兵鈐？

約王琴德王丹仁趙損之明守亭過行帳小飲

萬馬西來塞草荒，連山積雪少春光。弓刀隊裏藏身健，風雨聲中感話長。羽檄頻催疲轉粟，烽烟高起强傳觴。相逢盡説籌邊事，嘯咏誰堪靖戰場？

首夏守亭招飲行帳對新移山牡丹花

高架枯松倚斷崖，縈成曲磴小闌斜。戰場早醒繁華夢，絶域偏開富貴花。艷影净於初過雨，香光濃似漸蒸霞。杯殘詩就人同醉，搔首風前咽暮笳。

從軍行

木蘭壩前鳴戍鼓，萬馬西征群發弩。礮石轟轟響震雷，山中鳥獸避無所。健兒撲碉猛於虎，短衣挾槊逞其武。登高攘臂擒賊蠻，九重錫號巴圖魯。金蠻據寨如黠鼠，計窮穿穴潛居土。有死無降固守之，埋頭不出形踽旅。氈廬連塹陣雲濃，烽火燒空驚逆虜。將軍下令督師行，諸將揚威振毛羽。歷險衝寒士卒勞，仰攻俯掠多謀取。殺氣横霄[一]血地污，横尸遍野洵難數。沙磧人傳老戰場，此間白骨留今古。舊鬼悲愁[二]新鬼啼，林深夜黑凄風雨。相逢莫説從軍苦，書劍争看腐儒腐。分門持籌寧足伍，神來得句榮袞黼。酒酣耳熱還起舞，舞罷歌聲達天府。誰憐鬢髮霜縷

[一]「横霄」，《銅鼓書堂遺稿》卷十七作「騰霄」，高氏校亦云：「『横』應作『騰』。」

[二]「悲愁」，《銅鼓書堂遺稿》卷十七作「悲啾」，當據改，高氏校亦云：「『愁』應作『啾』。」

縷？歌意低昂音激楚，峰頭月上光吞吐。

五月五日夜雨達旦雨霽軍營紀事

午日聊聚飲，賦詩應良辰。賓客盡酣醉，別去雨浥巾。氈廬燈又上，長劍倚吟身。檢點無吏事，暫與枕簟親。側聞夜來賊，掠我北山垠。火槍聲震耳，戈矛走踆踆。營中兵氣寂，天黑不見人。心驚少思睡，繁雨喧蹄輪。曉起出帳望，濕霧埋荒榛。風吹須臾散，岩岫仍嶙峋。頹然一碉破，云是賊所淪。士卒被殘戮，諸將徒怒嗔。

曉霽軍帳獨坐

昨夜氈廬雨净埃，鑾花曉看趁晴開。浮雲已自山頭去，得句翻從意外來。蘭壩懸軍人磊落，草坡歸路夢徘徊。凉生五月披裘坐，礟石聲喧塞上臺。

軍中送式文抱病回成都

客裏驚心白髮催，書生愁聽角聲哀。詩嗟風雨鑾鄉別，人過斑斕病眼開。雲壓敵營騰黑氣，寨連芳草踏青回。帳邊羌笛離情起，驛路迢迢歸去來。

哭杭大宗編修

嘆息西湖老，蒼顏十載違。著書隱几卧，理釣倚帆歸。紅樹秋雲冷，荒山夕雨飛。死生今异地，相見夢依稀。

自博和壩至砍竹溝

霜風颯颯雪嶺華，振衣佩劍趨天涯。山山落葉飛已盡，樹梢白子如梅花。塞鴉紅觜復紅脚，成群連陣啼啞啞。灘頭泊泊急流響，荒灣敗葦烟横沙。高峰結寨乏鄰户，時聞鼉鼓喧蠻家。蕃經插竿若林立，危碉孤聳參雲霞。三年遍走西陲路，直孤險峻過木丫。土性瘠薄少物産，陸少鹿麂川無蝦。幾番出入歷艱苦，蒼凉滿目空嗟呀。浮名誤人竟乃爾，生還异域今猶賒。形枯力倦氣尚健，此間覓句真堪誇。行行我又陟岡去，前軍屯處吹悲笳。

入砍竹溝歷烟篷塞草木多諸站止筰馬作

深溝冷雲合，蕭蕭[一]危碉長。漸入人迹少，萬象增蒼凉。盤紆徑欹仄，填徑

[一] 高氏校云：『「蕭蕭」，原作「肅肅」。』

生蒼筤。披之左且右，亂石險非常。蔽天灌木陰，稀見曦日光。小株間大株，幾無路可行。流水澌澗底，陰氣散坡岡。枯草埋凍雪，叢荆黏嚴霜。死竹梢已禿，森矗宛戟槍。朽株卧横途，質巨如垣墻。溪惡不可渡，獨木爲橋梁。結屋覆樹皮，聊避風雨狂。曳杖艱履蹈，衝寒十指僵。足蹇喘息急，力乏兩目張。負米多茂民，紛紛雜蠻娘。婦女混投營，軍中氣不揚。給資驅之去，欲去翻自傷。温語解其惑，强勉回故鄉。余方立山頂，列嶂危斜陽。終歲烽火赤，千里征塵黄。

筰馬山營

紆回筰馬嶺，峻險似環城。地絶豺狼迹，天驕鸛爵聲。山空堆古雪，徑阻闢新程。挽運洵艱苦，何時議息兵？

秋日登卧龍關樓寄懷程魚門銓部[一]

與髯作別六經年，幾度相思玉壘邊。極目錦城雲外棧，驚心丹徼雪中山。時八月，徼外雪已封山。風流舊社憑君占，烽火餘生獨我延。烟樹千重山萬叠，京華何日醉樽前？

[一]以下在《銅鼓書堂遺稿》卷十八癸巳。

登臨無那數離程，老去無才學請纓。沙草磧荒悲逝侶，謂損之户部、鑒南大牧，時皆被難。寒葭潭冷憶吟聲。君舊寓寒葭潭。蕭蕭短髮逢場戲，漠漠浮雲逐處生。腸斷邊庭頻灑泪，天涯長望倚關城。

慰忠祠吊西征殉難諸臣

序：祠在浣花溪上、工部草堂之西偏，乾隆癸巳秋七月建。祠[一]户部主事上海趙文哲、刑部主事滿州[二]特音布、無錫王日杏、重慶府知府新建吴一嵩、潼州府通判休寧汪時、崇慶州知州承德常紀、漢州知州漢陽徐諗、新繁縣知縣陽湖徐瓚、大竹縣知縣仁和程蔭桂、酆都縣知縣無錫楊夢槎、内江縣知縣嘉善許椿、布政司照磨臨榆倪鵬、西昌縣丞仁和倪霖、合州吏目宛平羅載堂、秀山縣巡檢臨桂郭良相、營山[三]典吏光州吴鉞、納溪縣典史東安許濟、秀山縣典史寧河周國衡、候補鹽運同知靈石王如玉、府同知舒城鍾邦任、直隸州知州會稽吴璜、知州南昌彭元瑋、知縣宛平孫維龍、渭南張世永、原任越雋通判浦城吴景、納溪縣知縣貴築章世珍。

從來天道本好生，殺機忽自金酋萌。東蹂西躪及同類，皇用討罪旋加兵。陣圖

[一]「祠」，《銅鼓書堂遺稿》卷十八作「祀」。高氏校云：「『祠』應作『祀』。」

[二]高氏校云：「『洲』誤『州』。」

[三]高氏校云：「『營山下遺「縣」字。」

堂堂旗正正，六師迅發銜詔令。荷戈帶甲十萬人，丞[一]徒個個稱雄勁。蛾賊負固宛負嵎，破碉獻馘終獻俘。壬辰冬，獲小金土司澤旺，解京。攢拉小金自號已平攻赤展金川自號，空卡昔嶺雪片粗。巒氛瘴濕苦難耐，三軍瘵病筋力憊。前敵勢怯後路寬，夾霸羌語，猶言劫奪也如雲涌荒界。癸巳之夏六月初，四山暗襲乘腹虛。提帥陣亡將軍殞，連營兵潰焚穹廬。在事群公忽罹難，後先雜遝賫遐恨。其中二十六文臣，義不受辱死不憚。尸填溝壑磷火昏，煩冤夜泣千秋魂。朝廷議恤受上賞，蔭及子息邀殊恩。金匱顧公時秉臬，倡建一祠表臣節。率錢度地誼懇誠，設座設位崇義烈。浣花溪畔草堂邊，春月年年啼血鵑。雲紆廟貌真嚴肅，砌草風回捲暮烟。我來却值公亡夕，六月初十、十一兩日，爲諸公殉難先後之辰。石火光陰一期隔。兩泪盈襟慟失聲，從頭細向游人白。徘徊更擬買祀田，蘋蘩歆享籌萬全。要使靈祠妥毅魄，如山藏玉珠含淵。祠成，無祀田，且恐日久遂廢。余捐廉，檄成都令急置祀田，以垂永久。嗟余同事不同死，今日衣冠還拜此。隻鷄斗酒薦長筵，泉下有靈呼欲起。惜余未死不同堂，諸公何樂我何傷。生者無緣死者活，芳名百世留餘香。人生吉凶固有命，所遭不幸轉有慶[二]。紅顏盡節臣盡忠，

[一]高氏校云：「『丞』應作『烝』。」

[二]『轉有慶』，《銅鼓書堂遺稿》卷十八作『轉可慶』。

青史留傳書礪行。

風雪中過小直固山[一]

上下幾千尋，盤旋數十里。人行向雲端，馬行在雪裏。不識山徑高，惟見寒光起。長林白滿溝，空谷響凍水。糧夫肩肩來，如蟻轉磨齒。俯驚萬丈坑，一墮駭無底。我方仗輿丁，兩肩托生死。皇天本大慈，兵事會當止。

恂叔梓有《沽上題襟集》。及閲《銅鼓書堂集》，見有《沽上題襟集叙》，附録於此：『友朋之樂，自古以詩而傳，南皮之游，山陰之會，千載以爲勝談。然旬日流連，相從即别，其易竟也。予拙於賦咏，尤不善閉户苦吟。數年以來，三五同志，晨夕必俱。酒坐琴言，各相贈答。而余詩亦遂以多。較之昔賢一時之聚，其久暫遲速，不啻百倍過之。庚申冬，同志八九人，取津門唱酬之作，每年簡擇數章，各成一卷，名曰《沽上題襟集》，而此卷一百三首，則予不揣荒學，附於諸君之後者也。少陵云：「把臂有多日，開懷無愧辭。」日則多矣，其敢也無愧乎哉！』

公《銅鼓書堂集》，杭大宗編修爲之序云：『查君儉堂莅蜀之三年，盡裒其己丑以前之作，走使徵序。余戢影蘧廬，發書而讀，如見儉堂萬里之外。頭白知交，惟兩人在。儉堂之詩，舍余孰爲元晏哉？儉堂難兄曰蓮坡先生，耽嗜風雅，狎主齊盟，海内詞人，靡不向風景慕。同時廣陵馬氏，遥遥相望。余南北往來，兩家園林，必留信宿，親致師摩壘其間。而蓮坡繼以婚姻之好，故余弟畜儉堂，亦不余嗔也。今上龍飛，廷試鴻博之士，得十五人，餘

[一]在《銅鼓書堂遺稿》卷十九甲午。

皆報罷，然輦轂人才，於斯爲盛。其時水西山莊之賓客，亦視前後爲最盛。刻燭分題，藏鬮斗酒，蓮坡應接無倦容。而儉堂甫弱冠，肩隨秦晋，才情騰踔，出示一篇，則已驚其夙素。猶憶史館下直，苦吟無俚，饋問來自，尺五城南。安成之食，潘園之果，堆案盈几，喜動家人。而儉堂蠆尾細書，緘詩投贈，意殷摯如其兄。自丙辰至癸亥，首尾八年。一旦余以言事罷斥，忍痛别去。常恐前死無相見之期。乃隔廿餘年，余猶幸存，不見蓮坡，而兩見儉堂焉。儉堂以戊辰歲官農部郎，尋外擢，單車赴嶺表，取道與余相見於西湖，會余膺羔雁之聘，主講粤秀書院，儉堂自慶遠來，則又相見於五羊城，蓋在壬申夏五。時蓮坡下世未久，見儉堂，且痛蓮坡也。蓮坡與余談藝最洽。儉堂之詩，杼軸性靈，原本忠孝，猶蓮坡之教也。今披其全集，少作已自可傳，而傳儉堂者，尤在服官以後之作。重葺黄文節公祠，探湘漓二水發源處，浚靈渠，修秦郡監史禄遺迹，美政藉藉人口。杜拾遺一代詩史，未歷方州；元道州諮嗟民瘼，治具無所恢張。儉堂身際清時，有猷有爲，不肯以虚聲竊盗。一編治譜，見於盈寸之詩。前賢對之有餘愧矣。而乃仕優則學，自視欿然。歸裝載石，清風動林。余不見儉堂而見儉堂之詩，匪惟競爽蓮坡，詩之有用於世，此其明效大驗矣。儉堂具方圓可施之才，今觀察川北，以六條計吏，行且駸駸大用矣。有方召之臣，必有方召之詩，如《江漢》《常武》者，豈以一官一邑之治，爲足衡量吾儉堂耶？姑就其所已編者而論之，如此。蜀道遠在天上，繼見無日，余髮種種，猶思揮魯陽之戈，延景桑榆，序儉堂他日未見之詩也。』

儉堂《跋張杞園紀年印存》云：『丁巳秋，予讀書水西莊，朱君導江過訪，持《有相印軒印存》一卷見貽。開閲知爲渠丘張貞杞園所篆。雲垂岳峙，魚頡鳥眄，有松雪、三橋遺意。古之論摹印者，不貴美麗，專尚樸拙。杞園惟古是師，不趨時好，洵得篆家之三昧也。秦漢來有官、私二印。上自帝璽，下及王侯以暨伯長三老等，皆有官印。餘若署記姓名者，皆稱私印。後人踵事增華，品目益廣，遂有按甲子作印者，是編獨歷紀行年開秩之數，亦譜中之一種耳。予昔見新城尚書答荆庵禪人書中稱，荆庵石塔，必屬杞園之手，知爲新城所推重，予竊心冀久之。今得其手刻，毫髮無憾，恍親見奏刀時也。因跋而藏之。』

《題〈秋莊夜雨讀書圖〉卷子》：『予家水西莊，在津城之西十里而近，面臨衛水，背枕郊野，花竹環繞亭樹，一往清曠，於以適志怡情，致足樂也。丁巳七月，秋霖不止，七十二沽之水，雲奔電激，會於三岔之口。昔之支流斷港，絲分而縷析者，無不充塞洋溢，混茫浩渺，合爲一水。於是水西之水，去莊數百步者，竟達於莊之墻下。登數帆臺，一望瀰漫。漁舟客艇，出没於烟波之中，亦一奇觀也。重陽後，予讀書莊内，時餘水未退，殘雨猶零，檐鐸花鈴，互相應答。梧桐之葉，芭蕉之林，蕭疏滴瀝之聲，永夜不絶。而農歌起於前浦，釣笛咽於中洲，驚鳧宿雁，拍拉於叢蒲密葦中。予於此時，自謂駕求仙之舟，周游於麟洲翠水之間，不是過也。夫天壤最愁者莫如雨，故張孟陽有苦雨之作，杜少陵有今雨之思，莫不感物懷人，驚時序之遷流，傷居處之寂寞。然以之佐三餘課，擁萬卷書，優焉游焉，世間之榮辱得失，無擾於中，則於雨也亦宜。昔邢子才以天下無事，惟以山水宴游爲娱。會霖雨，乃讀《漢書》五日。則雨之助人，亦何可少哉！適朱君侖仲見訪，遂請聚其景而圖之，他日卧游，猶覺秋風之襲我襟袂也。』[一]

公長君名淳，字葆之，號篆仙。官江西督糧道、江西按察使、湖北按察使，改大理寺少卿。性仁厚闊大，禮賢愛士之風與儉堂同，壽八十九，卒於京。孫咸勤，道光辛巳順天解元。篆仙子森，號花農[二]，亦能詩。

[一]《紅豆樹館詩話》：『蓬坡居士闢水西莊，館大江南北之彦。時恂叔甫弱冠，每有倡和，出語已驚一座。洎官京曹，輦下名士，咸與攬環結佩，文酒之讌，無日無之。《銅鼓堂集》清新婉約，出入王、孟、章、柳間者，出守粤西以前作也。登山臨水，慷慨振刷，駸駸乎闖杜陵之室者，滇蜀軍興馳驅戎馬同作也。清而能腴，雄而不肆，誠與蓬坡居士异曲同工，而驅役卷籍，刻畫性靈之處，殆欲突過伯氏。』

[二]高氏校云：『花農名林。作森，誤。』

查善長 四首

善長，字樹初，號鐵雲，蓮坡老人長子。乾隆甲戌進士，歷官刑科給事中，巡視天津，瓜儀漕務，里閈以爲榮，終江西□□府知府[一]。詩見《長蘆志》[二]。

雨晴登環水樓即景

夜雨酣如夢，愔愔到五更。曉來登水閣，凉意滿秋城。茶葉同人瘦，葦花生遠情。痴雲飛不動，角角學山行。

青縣道上

閱盡高低路，霜痕復草痕。寒烟平似水，叢樹遠疑村。野店無多席，荒庵總閉門。殘陽衰柳外，指點戍樓存。

[一] 高氏校云：『查善長官知府，查氏族譜不載。』

[二][民國]《天津縣新志》、[光緒]《重修天津府志》均著録《鐵雲詩稿》。《光緒順天府志》謂此書見查氏譜。

家大人水西莊築成命賦敬步原韵

小圃仍依衛水西，趨庭此日快存栖。風來葉裏秋聲細，影落亭前夕照低。三月桃花流曲岸，一行衰柳蔭長堤。清幽不數平泉古，險韵時邀過客題。別院風光不厭過，花龕朝影伴𥠖摩。禪參半偈聊存意，屋架三間已覺多。野外爨烟籠樹碧，吟邊酒盞照顔酡。起居喜奉堂前壽，剥啄還來曹與何。

查善和 八首

善和，字用咸，號東軒。蓮坡老人子，鐵雲侍御弟。著《東軒詩草》。[一]

按：查氏至東軒已中衰。公沈潜多術，學問博雅，效陶朱公致富，重振其業，資甲一郡。善自韜晦，布衣脱粟。古好吟咏，喜陶石簣體。所著甚多，後遭散逸。所録得諸梅園先生馬世槩所藏廢書中。梅園、東軒爲中表戚。古體二首見《長蘆志》。

[一]［民國］《天津縣新志》：『善和没後，詩集散逸，其戚馬世槩藏近體數首，《長蘆鹽法志》存古體二首。』

初夏[一]與顧方來羅近齋晚登玉皇閣

昔聞古刹城之東，中有高閣凌天風。二客携手相呼引，足履危梯雙晴朦[二]。攀援有如猱升木，轉輾不异鳥入籠。須臾山河大地見，如駕鵬翼騰[三]虚空。是時昏黄冰魄涌，金波尚弄海水紅。長河繞郭千里瀉，高城枕水百雉雄。俯視廣厦千萬列，謂是大賈五侯[四]同。吁嗟此身一稊米，蟻穴富貴如轉蓬。登閣足令須彌小，牛角何必相戰攻？持此欲問泰山叟，奚事驅車諮龜筮？

行宫初竣恭賦

七十二沽古水鄉，東連巨浸波濤長。間有池館開道旁，參天萬柳秋蒼蒼。潞河日下遥相望，舳艫千里銜帆檣。清波一棹隨風颺，濯纓令我思滄浪。天子重念薄海疆，詔疏禹績傾倉箱。視民所在如有傷，翠華親駐臨康莊。百工子來畚鍤忙，平蕪不日

[一]〔同治〕《續天津縣志》無『初夏』二字。
[二]『朦』，《長蘆鹽法志》、〔同治〕《續天津縣志》均作『矇』。
[三]『騰』，〔同治〕《續天津縣志》同，《長蘆鹽法志》作『憑』。
[四]『五侯』，〔同治〕《續天津縣志》同，《長蘆鹽法志》作『王侯』。

起畫梁。温官[一]窈窕達洞房，曲院掩映通修廊。闌干鏤玉栖鴛鴦，殿閣錯金蹲鳳凰。其西緑竹交琳琅，清飇細細水榭涼。萬絲烟雨垂弱楊，俯瞰十畝方池塘。松濤過耳同笙簧，飛樓仰視雲中翔。中卧古柳山之陽，癰腫何止千歲强。海棠一染天藻香，有御書『海棠廳』。春風特地驕紅妝。遥憶來年時省方，水蒐三月魚龍藏。河伯不敢恣狂猖，御舸中流飛蓋黄。羽林雲屯鷹隼揚，森立豹尾輝旂常。比來經始雜士商，觀者不禁如堵墻。徘徊徙倚等望洋，神飛色動空徬徨。扁舟歸去興未央，霜天新月烟蒼茫。

書懷

衰病耽禪一味閑，隨緣無事可相關。轉頭祸福甘身賤，屈指存亡喜鬢斑。家在貧猶未貧處，人居材與不材間。未能免俗差堪笑，尚摭詩書學孔顔。

眺水

海津一夜雨，澤國望中浮。帆近疑侵市，城高早得秋。塵緣悲櫪馬，生計笑沙鷗。我欲乘風去，扁舟破濁流。

[一]『温官』，《長蘆鹽法志》作『温宫』。

雨聲

輕陰細雨作新凉，點滴閑階引興長。决計[一]明年北窗下，緑蕉斜種兩三行。

雨中同杭藕溪夜話

一榻翛然許暫留，空階夜雨雜更籌。老諳世故機鋒鈍，貧狎人情氣骨遒。同似棋殘思斂手，休思甑破再回頭。王孫知爲飢驅貫[二]，書劍無端又薄游。

偶書

朝旭無端又夕陽，壯懷其奈鬢毛蒼。流光自古無情極，斷送英雄上北邙。
春雛草草初成壘，夜合茸茸又作花。我固欲歸君亦去，無如何去是年華？

[一]『决計』，《國朝畿輔詩傳》卷四十三作『準擬』。
[二]高氏校云：『「貫」應作「慣」。』

查誠 十三首

誠，字衛中〔一〕，號静岩，一號海漚，善和子。乾隆丁酉舉人，候選員外郎。著有《海漚詩鈔》〔二〕。

按：海漚平淡閑易，詩酒自娱，有蓮坡遺風。東軒卒後，家起小園，疊石蒔花，殆無虚日。積書萬卷，無不披覽，所作卷軸之色甚華。然不事生産，資業半爲人乾没，未幾蕩然。妾程君，亦能詩，君卒後，猶收拾餘燼，課子讀書，閲歲亦卒。今其宅已易爲常平倉，過者每慨纍世清華，一朝零落云。

初抵山房作

紅葉窺軒竹没欄，郭熙村落巨然巒。撲眉山色看無厭，聒耳灘聲夢亦安。魚不畏人稀網罟，民多喜獵走豺貛。殘營廢堡都成市，十里朝墟趁一餐。

見諸兒游椒山

平橋纖月墮潺湲，林莽深昏水曲彎。夜半諸兒猶載酒，馬蹄人語過前山。

〔一〕〔民國〕《天津縣新志》作『偉中』，蓋誤，又謂『一字静岩』。

〔二〕〔民國〕《天津縣新志》卷二十三著録有《天游閣詩鈔》，《光緒順天府志》著録《天游閣雜著》，謂此書『見查氏譜』，《國朝畿輔詩傳》引查揆題詩，是此集其時仍見存也。

讀儉堂叔祖《銅鼓書堂遺稿》

讀罷長篇涕泪沱，唾壺一擊一悲歌。少陵身向蠶叢老，新息魂驚薏苡訛。百戰場中三史熟，半生詩裏萬山多。瘴鄉蠻洞英風在，老去應輕甲乙科。

北石渠遇宋禮堂大尹

別後相思詩幾首，九年懶寄一書緘。吴中弟子行荒業，江下諸侯新晋銜。斜雨顛風人握手，荒山岐路泪横衫。相看祖逖籠鞭去，重攬君鬚笑不凡。

無題

卍字欄干九曲通，密[一]脾香裊畫簾櫳。養成猧子擒黄蝶，教熟鸚哥念《國風》。十五畫眉成八字，初三待月費雙弓。無人到處偏相見，笑問西園花可紅。

和梅樹君孝廉憶柳八首録六首

賦柳吟成紅豆詩，紅橋處處最相思。鞭絲帽影斜陽外，添得悲歌幾竹枝。

[一] 高氏校云：「『密』應作『蜜』。」

記得春寒二月天，懶開露眼慣籠烟。穠桃猶自供脂粉，痴想纖腰尚早眠。
青青楊柳尚名村，隔岸音塵春夢痕。偶拾道旁枝半折，青溪姑去一簪存。
休尋百囀流鶯夢，夢憶烏啼夜匝三。往事閑愁思不了，與君一樣夢柯南。
好歸天上白榆旁，却省風灾到處防。八萬二千修月手，要君仔細避吴剛。
飛花飄絮歲蹉跎，使盡風流奈老何。削迹不須憐瘦影，後來張緒少年多。

哭以文孫

賀生悲死太欺儂，三歲何曾識汝容！唤祖人傳聲漸熟，哭孫我恨涕無從。巢中雛墮迷歸燕，頷下珠亡兀睡龍。昨日寄書猶問訊，可憐晨報墓田封。
未省人間半點愁，床頭可有片言留。行尊一代推宗子，禮殺中殤占小邱。病婦衣前空漬泪，老人夢中暗回頭。方知道力全無據，悲到宵深囈不休。

查訥勤 六首

訥勤，字簡庵，號雲舟。嘉慶戊午舉人，辛酉進士，翰林院檢討，終陝西督糧道。海漚孝廉長子。

八里橋途中

雙輪轣轆出京華，柳拂宫堤[一]日已斜。長笛凄清催月上，亂蟬聲裏雜鳴蛙。

烟雲縹緲路迢遥，策馬方過八里橋。長短離亭淺深水，一時和月助魂銷。

家冰如上舍適晋逾年昨來自絳州小聚數日聞有津門之役燈下秋雨滴階凉風入户離思黯然爲詩送别

十年小别屬神州，燕晋分馗客刺投。蛩距[二]形勞甘負蟨，驥騏途窘任呼牛。

水雲暗藹丁沽月，風雨凄清子夜秋。莫悵驚飆飛落葉，春光指顧不須愁。

舟中對月

誰云河廣亦容刀？尺幅飛帆溯雪濤。爲愛窗開收月色，夜深凉露透官袍。

舟中寄内

欸乃聲催晝槳移，飛鷗群度夕陽西。閨中未卜行人到，還計今朝侍鳳池。

[一]『宫堤』，《國朝畿輔詩傳》作『官堤』，是形近而訛，當據改。

[二]高氏校云：『「距」應作「駏」。』

不須兩地共離愁，畫舫還爲津水游。料得碧窗明月夜，夢魂天際識歸舟。

查昌業 五十四首

昌業，字立功，號次齋，別號松亭。

按：次齋祖籍海寧，以事譴戍濟南，遇赦，家天津。[一]與舅氏金芥舟先生唱和最多。松亭少負雋才，與萬征君光泰、余征君懋檣馳逐文壇，爲英夢堂相國所推許。格調近漁洋而較凄咽，式微自傷故也。所著《箖箊館集》，未刻[二]。所摘之詩，皆得諸金氏家存手迹。

[一]《長蘆鹽法志》謂『先世浙之海寧人，昌業業鹽鹺，遂家天津』；[民國]《天津縣新志》説與《津門詩鈔》同。

[二]次齋之時，今見北京大學圖書館有藏清乾隆四十二年（一七七七）海昌查氏抄本《林於館詩草》七卷、《詩餘》一卷，天津圖書館藏清抄本《林於館詩草》二卷。另民國二十五年（一九三六）金氏刻《天津詩人小集十二種》亦有《林於館詩集》二卷，末有辛酉（一九二一）高凌雯識語，謂：『梅樹君輯鄉人詩，謂次齋林於館集未刊行，所録詩俱得之金氏家集，而此卷前有梅樹君手書題詞，集中又多加點墨，蓋《津門詩鈔》既成，始得見此本也。』高氏[民國]《天津縣新志》卷二十三《藝文》著録查昌業『《林於館詩集》二卷，鈔本』，謂：『是集前有梅成棟手書題詞，集内又有所注字甚多。案，《津門詩鈔》所選昌業詩，云得諸金氏家藏，是棟選詩時尚未知有此本，後乃得見之金氏所藏者。有古體數首，而此集僅五、七言詩各一卷，恐非全稿也。』

沽上游春詞

翩翩游騎出春堤，馬上花枝壓帽低。轉過緑楊人不見，時聞花裏一長嘶。
酒旆招摇解唤人，踏青歸去盡微醺。誰家楊柳秋千院，新緑陰中血色裙。

雨中同杜又陵過杞園主人留飲題壁

春入東鄰草作茵，風風雨雨趁閑身。到來一盞梨花酒，傾倒西園舊友人。
桃花艷艷海棠紅，燕子來時落絮風。小向荼蘼香裏醉，助人吟思雨空濛。

即景

尋芳步步踏青來，柳外何人築釣臺。七十二沽春水活，午鷄聲裏野桃開。

小園春日

杏花開後玉梨開，庭砌深閑長緑苔。遲日簾櫳低柳院，過墻蝶抱异香來。

歸與草堂梅花爲芥舟舅氏作

却憶孤山頂上開，香清露冷獨徘徊。半杯濁酒澆荒土，月轉吟魂一個來。

荷蕩泛月而歸

舟分漁籪出，碧瑶湛湛流。平湖未歸雁，一聲長笛秋。濯足藕塘客，芙蓉亂裹頭。誰知天地外，此身等浮鷗？

行行三十里，日落前湖白。夜氣入花香，美人烟霧隔。卧看水雲盡，翠擎摇空碧。歸興櫓聲中，溪月曳長帛。

秋草

憶昔駐歌舞，芳菲踏晚晴。如何秋色亂，不共夕陽明。驕馬湖邊路，輕帆江上城。萋萋猶似舊，衹覺太憐生。

秋蛩

行行秋寂寞，薄暮亂蛩多。野店荒籬落，空山老薜蘿。露凉聲斷續，宵静苦吟哦。吴女寒塘夢，疑聽《子夜歌》。

十月十三日蚤起促裝北上途中遇雪感事

十月促行裝，凌晨霜氣肅。敗葉走空階，朔風響檐竹。强起理衣裳，囊縢成一束。登堂拜華髮，欲去還躑躅。家人進酒漿，殷勤供薄粥。貧賤多離別，亂絲縈中曲。珍重感妻孥，慰勞到僮僕。秣馬始出門，堅冰罥輪輻。寒雲壓馬耳，肆虐來滕六。幨帷敝不完，撲面生寒粟。軋軋度浮梁，轔轔出林麓。豁然眼界開[一]，光景失回矚。廣漠折高枝，飛霙沈大陸。鷄鳴日旁午，一飯就茅屋。瓦缶當圍爐，村釀敵醽醁。抱膝忽長吟，回首見銀鹿。破絮聳雙肩，手足爲蜷局。使我心惻然，欲歌不知續。吁嗟我此行，所營升斗禄。豈因兒女謀，親老食無肉。自憐弱且愚，不堪服版築。石田不可耕，蠹簡不能讀。蹙蹙風雪中，致爾身無告。舉酒爲澆寒，黽勉前村宿。

題蔣雲壑先生《斯友堂文集》後

序：雲壑先生，明會稽諸生。鼎革後，抱道不仕，隱於柯山之陽。平生著作甚富，手輯明史百餘卷，俱毀於火。其孫伯持搜羅散失，得詩文若干卷付劂。

對酒莫思颦，當歌莫思哭。世代久陳湮，遺編不可讀。當時兵氣滿關河，血戰玄黃坤上六。柯西有客獨歸來，埋頭肯羨荆山玉？開君古錦囊，使我心彷徨。東都澤國南都荒，後車載筆無班楊。阿誰畫轂車，朝馳燕山陽。何人錦韉馬，暮宿金臺

[一]『眼界開』，清乾隆四十二年（一七七七）海昌查氏抄本《林於館詩草》卷一作『眼境明』。

旁？金臺旁，多茂草，爲鼠爲虎滿前道，桃開李謝春明早。河南河北杜鵑春，馬逸龍眠白下門。帝子乘槎去海濱，勝國衣冠餘幾人？伏生傳經不傳史，司馬書成麟再死。一編辛苦采實録，焚餘書草知何是。嗟我懷思思君子，采澧蘭兮擷湘芷。開篋文孫髮已絲，慷慨爲君一誦之。

杞園夜坐[一]

静是空山裏，山空夜色澄[二]。鐘敲[三]樓上月，人語竹間燈。風静來花氣，潭明動石棱。茆堂塵不到，應住雪庵僧。[四]

病馬[五]

歷盡崎嶇志未殘，羈金絡月憶長安。十年苜蓿經秋淡，午夜風霜入耳酸。西去

[一]《天津詩人小集》本《林於館詩集》卷上題作《陪芥舟舅杞園夜坐》。

[二]『静是空山裏，山空夜色澄』，《林於館詩集》作『天漢直如繩，風潭動石棱』。

[三]『鐘敲』，《林於館詩集》作『鐘聲』。

[四]末二聯，《林於館詩集》作：『鼻觀花香淡，襟懷露氣澄。會心忘主客，相對静如僧。』

[五]據《林於館詩集》卷下，此詩係《和方澹希客燕四咏》之二。

昆侖應計日[一]，北來沙漠不勝寒。瘦餘猶是千金骨，敢作尋常駑鈍看。

瘦鶴[二]

骨相清癯老更侵，那堪毛羽委秋陰[三]？身經泰岱巢方覆，思入蓬萊力不禁。明月幾回羞見影，瑤琴一度是知音[四]。却憐未遇仙鄉客，短夢華亭歲[五]又深。

擬閑情書

趙女銀箏別院聞，當窗聽罷獨黃昏。池塘新草和烟淡，露井飛花向月翻。不見鳴環開洞户，空披軟綉入芳園。斑騅未許墻陰駐，催送人歸早閉門。

赤闌干外柳垂絲，簾額生波下砌時。一見雲英憐最小，重來杜牧悔教遲。玉釵琢就留持贈，鳳紙裁成綴遠思。寄語夭桃須自愛，隨風莫放出墻枝。

[一]『應計日』，《林於館詩集》作『空計日』。
[二]據《林於館詩集》，此詩係《和方澹希客燕四咏》之三。
[三]『秋陰』，《林於館詩集》作『清陰』。
[四]『知音』，《林於館詩集》作『知心』。
[五]『歲』，《林於館詩集》作『秋』。

經年惜别感春宵，綉被薰籠鎮寂寥。朱邸競傳迎小駟，緑窗誰見試輕綃？洞庭水長魚游少，江浦沙明雁去遥。消息無端托鴂鳥，賺人清夢自朝朝。等閑花草盡風流，未卜瑶琴諧白頭。避客有時還下幕，憶人無日不登樓。巢成紫燕傳新語，夢破銀塘失舊游。十斛珍珠求玉笛，月明吹出别離愁。

答儉堂叔病中見寄

倦馬初從日下歸，巷南書札款荆扉。騷人善病知吟苦，遷客多愁感物非。幾度看花孤[一]勝日，三年問路向斜暉。何當爲掃苔花榻，共卧東軒看鳥飛。

秋日携酒堤上

時方起行殿於東[二]

樹隱河流翠作堆[三]，長堤東望鬱樓臺，白雲時向林端出，黄葉還從天際來。望闕心情杯底見，懷人詩句醉中裁。争知此水通江澥，欲障回瀾瀉緑醅。

[一]『孤』，《林於館詩集》卷下作『辜』。
[二]《林於館詩草》卷四題作《秋日携酒西堤》，下注『時有行殿在東』。
[三]『樹隱河流翠作堆』，《林於館詩草》卷四作『泯泯河流去不回』。

凌家莊村居

三間茆屋不遮籬，十畝荒田隔水西。秋雨足時官道廢，高春落處野禽啼。隴頭[一]驅鴉見歸艇，柳下鳴橰誰灌畦。便與老農借鋤錨，忍教妻子[二]色凄迷。

小至前四日叔儉堂招同周元木萬循初高季治李放亭四徵君兄堯卿集借舫用少陵韵[三]

刻燭飛箋次第催，盍簪好共唱酬來。當年[四]世事真流電，終古[五]文章豈劫灰？走馬君聽官舍鼓，探時我憶嶺頭梅[六]。春明門外冰霜客[七]，且進澆寒酒一杯。

[一]『隴頭』，《林於館詩集》卷下同，《林於館詩草》卷四作『河邊』。

[二]『妻子』，《林於館詩集》作『稚子』。

[三]《林於館詩草》卷四『叔儉堂』作『儉堂叔』，《林於館詩草》《林於館詩集》并無『四徵君』三字。

[四]『當年』，《林於館詩草》卷四、《林於館詩集》卷下均作『百年』。

[五]『終古』，《林於館詩集》同，《林於館詩草》作『一代』。

[六]『嶺頭梅』，《林於館詩集》同，《林於館詩草》卷四作『故園梅』。

[七]『冰霜客』，《林於館詩集》同，《林於館詩草》卷四作『冰霜重』。

寄金西昆舅[一]

憶昨西園夜坐時，箖箊[二]風動月參差。商量仲雅酬新雨，檢點奚囊補舊詩。籬菊開殘人早别，江楓落盡水流澌。東華卧雪[三]羊裘冷，剪燭深窗却對誰？

雲根抱屋水澄潭，茗椀香爐處士庵。深雪庭中邀鶴步，朔風林下閉書龕。買山五岳心同切[四]，索米長安事未諳。此日梅花消息動，可能無句乞羊曇。

游子情懷莫更論[五]，銅街日日逐風塵[六]。五城車馬紛難避，雙闕雲烟望未真。歲晚思歸猶躑躅，交疏干進自逡巡。悲來苦憶[七]西窗竹，呵護頻煩[八]過比鄰。

[一]《林於館詩集》卷下題作《寄金西昆舅》，并僅三首，無其四。

[二]『箖箊』，《林於館詩集》作『林於』。

[三]『卧雪』，《林於館詩集》作『雪卧』。

[四]『心同切』，《林於館詩集》同，《林於館詩草》卷四作『心何切』。

[五]『游子情懷莫更論』，《林於館詩草》卷四作『客舍朝來臘鼓頻』。

[六]『日日逐風塵』，《林於館詩草》卷四作『曉日動風塵』。

[七]『悲來苦憶』，《林於館詩草》卷四作『苦來最憶』。

[八]『頻煩』，《林於館詩草》卷四作『應煩』。

送宣門叔罷舉赴河南工次

東武傳書近百函，鳳城良覿破愁緘。都來日下停征騎，又望河干送去帆。一第難憑療赤骨，十年不偶耐青衫[一]。明春[二]鯉躍桃花水，莫寫窮途報阿咸。

都門留别四首

萬循初徵君光泰

時方著《算學指南》[三]并點定余詩

香雨苔花得舊朋[四]，揭來西第[五]共吟燈。一林瘦石看[六]高笋，十樣蠻箋擘古藤。下第窮年探洛數，上乘纍月叩南能[七]。夜爐寒火添惆悵，明日别君踏曉冰。

[一]『十年不偶耐青衫』，《林於館詩草》卷四作『十年不耐東青衫』，《林於館詩集》作『十年不遇耐青衫』。高氏校亦云：『「偶」，集作「遇」。』

[二]『明春』，《林於館詩集》同，《林於館詩草》卷四作『從今』。

[三]『算學指南』，《林於館詩草》卷四、《林於館詩集》卷下均作『算學指微』。

[四]『得舊朋』，《林於館詩集》作『舊得朋』。

[五]『西第』，《林於館詩集》同，《林於館詩草》卷四作『都下』。

[六]『看』，《林於館詩集》同，《林於館詩草》卷四作『攢』。

[七]『下第』，《林於館詩集》卷下作『下算』，當以『下算』爲是。此聯《林於館詩草》卷四作『握算誰知探洛數，叩禪人喜見南能』。

高季野[一]處士

沽水招摇是後期，論交今日倍堪思。傭書終古無長策，問字新年有故知。家世憐君中落後，栖遲似我獨存時。相逢好事休辜負[二]，莫欠城南看雪詩。

叔儉堂農部 今夏[三]補官，别余入都。十月余來京，今又别去[四]

官鼓迢遥戍鼓頻，更端離合轉傷神。往來無候慚陽鳥，寒暑安居羡逸民[五]。空橐易韜青簡策[六]，敝裘難拂玉階[七]塵。窮途剩有[八]東平在，臘去枯條漸向春[九]。

[一]『季野』，《林於館詩草》卷四、《林於館詩集》卷下作『季冶』。

[二]『辜負』，《林於館詩草》卷四同，《林於館詩集》卷下作『孤負』。

[三]『今夏』，《林於館詩集》下有『叔』字。

[四]《林於館詩草》卷四作『今春叔補官，别余入都。十月余來京，兹復别去』。

[五]『逸民』，《林於館詩集》同，《林於館詩草》卷四作『野人』。

[六]『空橐易韜青簡策』，《林於館詩集》同，《林於館詩草》卷四作『空橐易勝羸馬載』。

[七]『玉階』，《林於館詩草》卷四、《林於館詩集》均作『玉街』。高氏校亦云：『「階」，集作「街」。』

[八]『剩有』，《林於館詩草》卷四、《林於館詩集》均作『仗有』。

[九]『漸向春』，《林於館詩集》同，《林於館詩草》卷四作『暫向春』。

兄堯卿上舍

謝家群從各天涯，回首[一]鹽官道里賒。兩月浮踪聯借舫，一時離恨上征車。雪泥到處鴻留迹，萍水何年客到家[二]？相約故園歸去好[三]，與君同看[四]隴頭花。

咏雪塑僧

真如頂相總非真，隨意天花見化身[五]。雲窟[六]今爲常定客，雪山曾是過來人。大千震旦原無我，三界琉璃始入因。會向[七]峨嵋參白足，登車西去[八]白牛馴。

[一]「回首」，《林於館詩集》同，《林於館詩草》卷四作「矯首」。
[二]「客到家」，《林於館詩草》卷四、《林於館詩集》均作「客定家」。
[三]「相約故園歸去好」，《林於館詩集》同，《林於館詩草》卷四作「有約故園不歸去」。
[四]「與君同看」，《林於館詩集》同，《林於館詩草》卷四作「春風憔悴」。
[五]「見化身」，《林於館詩草》卷四作「現幻身」，《林於館詩集》卷下作「見幻身」。
[六]「雲窟」，《林於館詩集》同，《林於館詩草》卷四作「雲水」。
[七]「會向」，《林於館詩集》同，《林於館詩草》卷四作「西去」。
[八]「西去」，《林於館詩集》同，《林於館詩草》卷四作「早見」。

春郊

帶郭春流曲曲通，平原新碧遠[一]成叢。社前社後桃花雨，村北村南燕子風。游屐遥來[二]芳草外，酒旗斜颭[三]夕陽中。水西莊畔宫門路，堤柳何人繫玉驄？

西昆舅初度賦呈

小住邱樊老一廛，遺榮早歲自全天[四]。游山囊重添詩草，乞畫人來得酒錢。别墅堂懸招隱榻，鄰家池引灌花泉。何須更覓丹砂穴，移竹栽松可駐年。

蘇家橋

石溝西去接蘇橋，隱隱風帆出葦蕭。兩岸墟烟千樹柳，幾聲漁唱十分潮。前

[一]『遠』，《林於館詩集》同，《林於館詩草》卷四作『已』。
[二]『遥來』，《林於館詩集》同，《林於館詩草》卷四作『遠回』。
[三]『颭』，《林於館詩集》同，《林於館詩草》卷四作『颺』。
[四]『全天』，《林於館詩集》卷下作『天全』。

村[一]薄暮人争渡，别路[二]先秋客聽蜩。欲問紅橋何處所[三]，蒼茫無迹認前朝。

苑口晚眺

三港迷離水接烟，趁墟[四]人去晚來天。斷橋雜樹碧雲[五]外，落日亂凫紅渡邊。野寺無燈聞遠磬，空山[六]有月見歸船。勞君西指長安近，遷客多應住輞川。

苑口放船曉望蘇橋雲水一帶如圖畫[七]

曉來掘鯉淀西頭，平展江南一幅秋。緑樹中間懸碧瓦，白雲斷處[八]出朱樓。

[一]『前村』，《林於館詩集》同，《林於館詩草》卷四作『水村』。
[二]『别路』，《林於館詩集》同，《林於館詩草》卷四作『驛路』。
[三]『欲問紅橋何處所』，《林於館詩草》卷四作『欲問卧虹何處是』，《林於館詩集》作『欲問卧虹何處所』。高氏校亦云：『「紅橋」，集作「卧虹」。』
[四]『趁墟』，《林於館詩集》同，《林於館詩草》卷四作『市廛』。
[五]『碧雲』，原校本作『碧天』。
[六]『空山』，《林於館詩草》卷四、《林於館詩集》卷下均作『空村』。
[七]『一帶如圖畫』，《林於館詩草》卷四、《林於館詩集》卷下均作『蒼茫儼然圖畫』。
[八]『斷處』，《林於館詩草》同，《林於館詩集》卷下均作『横斷』。

天邊鷄犬皆千古，身外烟霞即十洲。遮莫名園傳水繪，請看圖畫[一]入扁舟。

舟過左溝莊[二]

紅妝脉脉碧波[三]斜，十里香風似若耶。床載琴書高士舫，籬牽瓜豆野人家。水村有約[四]重相過，藕蕩經年再看花[五]。六月陰晴如轉[六]舍，幾番[七]風雨出蒹葭。

老槐[八]

庇此高堂不記年，南柯未許蟻盤旋。長松老杞堪[九]爲友，弱柳新檉莫并肩。

［一］『圖畫』，《林於館詩草》卷四、《林於館詩集》卷下均作『罨畫』。
［二］《林於館詩草》卷四、《林於館詩集》卷下，『舟』上均有『歸』字。
［三］『碧波』，《林於館詩草》卷四、《林於館詩集》卷下均作『翠檗』。
［四］『有約』，《林於館詩集》同，《林於館詩草》卷四作『烟浦』。
［五］『藕蕩』句，《林於館詩草》作『菱刺鷄頭不礙槎』，《林於館詩集》作『藕蕩經年再著花』。
［六］『轉』，《林於館詩草》卷四、《林於館詩集》卷下均作『傳』。
［七］『幾番』，《林於館詩草》卷四、《林於館詩集》卷下均作『幾回』。
［八］《林於館詩草》卷四題作《杞園老槐》。
［九］『堪』，《林於館詩集》同，《林於館詩草》卷四作『争』。

七月看花多俊士，三階藉蔭有名賢。須知枝葉如雲處，孤幹曾經霜雪堅。

與同學韓景忠話舊

垂髮與君過柳塘，時誇[一]蹺捷上漁梁。同擎密[二]傘招蜂去，旋浥[三]河珠[四]到水旁。東海播遷留鄭谷，下邦[五]戲弄感韋莊。小樓夜雨藏鈎處，可有臨街舊板床[六]？

濟南雜詩六首録一首[七]

仲冬雲水蕩虛屏，懷古人來歷下亭。坐想菰蘆吹獵獵，卧看鴻雁去冥冥。樽罍

［一］『時誇』，《林於館詩集》同，《林於館詩草》卷四作『争誇』。

［二］『密』，《林於館詩集》卷下作『蜜』，高氏校云：『「密」，應作「蜜」。』當據改。

［三］『浥』，《林於館詩集》卷下作『挹』。

［四］『河珠』，《林於館詩草》卷四作『荷珠』，當據改。高氏校亦云：『「河」，應作「荷」。』

［五］『下邦』，《林於館詩草》卷四、《林於館詩集》卷下均作『下邽』。高氏校亦云：『「邦」，應作「邽」。』當據改。

［六］『可有臨街舊板床』，《林於館詩集》同，《林於館詩草》卷四作『誰省重來坐板床』。

［七］此其六。

舊守多名士，笭箵湖前[一]有客星。如此烟波不深住，更從何處[二]逐流萍。

和兄四孚春日書懷

角飛城下水漫漫，海國春來尚薄寒。爭看千門桃李色，能忘十月雪霜嘆[三]。路經秦棧途皆坦，交得洪崖道未難。不向東山藏遠志，謝公何事久泥蟠？

春晴[四]

玉簫吹徹賣餳天，綺陌風和[五]柳脱綿。花外平橋過腰[六]褭，樹中深院貯鞦韆。踏青多入鴛鴦浦，鬥草輕遺翡翠鈿。斜日登樓凝遠望，含情却避錦連錢[七]。

[一]『湖前』，《林於館詩集》卷下作『前湖』，高氏校亦云：『「湖前」，應作「前湖」。』

[二]『何處』，《林於館詩草》卷四作『江海』。

[三]『嘆』，《林於館詩草》卷四作『團』。

[四]《林於館詩草》卷四題作《春情》，《林於館詩集》卷下題作《春晴戲作艷體》。

[五]『風和』，《林於館詩集》同，《林於館詩草》卷四作『風來』。

[六]『腰』，《林於館詩集》卷下作『騕』，高氏校云：『「腰」，應作「騕」。』

[七]『錢』，《林於館詩草》卷四作『乾』。

和高壹田先生雨中對雙桐樹詩

軒外青桐雨洗柯，石床長簟對婆娑。檐邊古色雙株净，檻外泉聲百衲和。瑟瑟交枝聽戛玉，涓涓密葉注懸波。使君高咏誰能繼，翹首龍門古意多。

榜後送兄虞弦侄檜林歸里[一]

大阮風流小阮賢，相携同上楚江船。功名已被懷鉛誤[二]，姓字羞從賣賦傳。良驥馳驅仍數蹶，候禽辛苦又三年。蘭臺有路終期到，他日相須共著鞭。

陳受明詩來留别次韵送之[三]

滿地蘆花海國秋，蕭條楊柳驛邊樓。馬來空谷生芻長，客去河梁落日愁。下

[一]《林於館詩草》卷四『榜』上有『丁卯』二字。

[二]『功名』句，《林於館詩集》同，《林於館詩草》卷四作『生涯空有傭書計』。

[三]《林於館詩草》卷四凡二首，此其一。

第[一]心傷丹桂籍，懷人共上[二]木蘭舟。東南到處多佳勝，回首江南是舊游。[三]

叔儉堂招同人近圃看荷小飲[四]

出郭看花遠市囂，步兵後乘載春醪。宰官自昔稱通隱，詞客於今例酒豪。争把碧筒歌水調，不須紅袖擫檀槽。林塘清宴歸途晚，扶醉登車月已高。

送金西昆舅氏游山[五]

奚囊有句帶禪薰，瘦骨真同猿鶴群。遁世未隨南郭子，探奇特訪武夷君。覺

[一]『下第』，《林於館詩集》同，《林於館詩草》卷四作『不遇』。

[二]『懷人共上』，《林於館詩草》卷四、《林於館詩集》卷下均作『同懷人共』。高氏亦校云：『「懷人共上」應作「同懷人共」。』

[三]『東南』一聯，《林於館詩集》同，《林於館詩草》卷四作『吴山秀出群峰表，早晚登臨散百憂』。

[四]《林於館詩草》卷四題作《叔集堂招同人集近圃看荷》。《林於館詩集》，『儉堂』亦作『集堂』，高氏校亦云：『「儉」，應作「集」。』當據改。

[五]《林於館詩草》卷四、《林於館詩集》卷下均題作《送西昆舅山游》。

餘[一]好夢身俱幻，老去名山志倍殷。一兩[二]芒鞋一竹杖，從今踏遍萬峰雲。

秋來多感[三]聞章絅夫亦卧疴不出戲簡

閑情愁寄逝東波，瘦比黄花似[四]更過。倦翼省他鳹鷃笑，枯禪聽彼[五]鈍頑呵[六]。書城有檄驅窮鬼，藥裹無權制病魔。底事感秋同沈約，欲將消息問維摩。

送兄四乎

貧賤誰能不離群[七]，鴒原落葉白紛紛[八]。東山泪盡十年戍，南浦心懸

[一]『覺餘』，《林於館詩草》卷四同，《林於館詩集》卷下作『覺來』。
[二]『兩』，《林於館詩草》卷四、《林於館詩集》卷下均『緉』。當據改。
[三]『秋來多感』，《林於館詩草》卷四作『連句多感且病』，《林於館詩集》卷下作『秋來多感且病』。
[四]『似』，《林於館詩集》卷下同，《林於館詩草》卷四作『却』。
[五]『聽彼』，《林於館詩集》卷下同，《林於館詩草》卷四作『甘受』。
[六]『呵』，《林於館詩集》卷下作『訶』。
[七]『不離群』，《林於館詩集》卷下同，《林於館詩草》卷四作『常樂群』。
[八]『白紛紛』，《林於館詩集》卷下同，《林於館詩草》卷四作『曉紛紛』。

更送君。

萬里雲。落日蒲帆成悵望[一]，涼秋邊雁不堪聞。可憐兄弟同爲客，衰柳河亭

家母五十初度同人褒揚苦節以詩爲壽敬答三首

膏澤方蘇涸轍魚，爭知潛德播芳譽。新詩感慨悲歌下，舊事蒼涼涕泪餘。六月

風塵懷國夢，五更燈火課兒書。羈魂望斷青門路，苦雨霾雲久覆車[二]。

詔許生還感國恩，遥瞻北極拜楓宸。勞薪歷下回初轍，短棹飄榆[三]問故津。

華髮盈梳身瘦損，霜賫一筋[四]日酸辛。閑居未遂[五]高衢步，慚愧輕軒御老親。

鴻篇今日重[六]鄉賢，敢望他時太史傳。憂患半生完苦節，詩歌一帙慰餘年。

[一]『落日蒲帆成悵望』，《林於館詩集》卷下同，《林於館詩草》卷四作『斜日蒲帆空極目』。

[二]『苦雨霾雲久覆車』，《林於館詩集》卷下同，《林於館詩草》卷四作『暴雨驚飆憶覆車』。

[三]『飄榆』，《林於館詩草》卷四、《林於館詩集》卷下、高氏校、原校本校均作『漂渝』。按：原校本謂《晋書·石季龍載記》作『漂渝津』，當據改。

[四]『筋』，《林於館詩集》卷下作『箸』，高氏校亦云：『「筋」應作「箸」。』

[五]『未遂』，《林於館詩草》卷四、《林於館詩集》卷下均作『未振』。

[六]『重』，《林於館詩集》卷下同，《林於館詩草》卷四作『錫』。

叨裁[一]鳳紙書銀管，勝雪[二]冰桃薦綺筵。珍重琳琅藏古錦，翠珉留付子孫鐫。

[一]「叨裁」，《林於館詩集》卷下同，《林於館詩草》卷四作「長叨」。

[二]「勝雪」，《林於館詩集》卷下同，《林於館詩草》卷四作「不數」。

津門詩鈔校箋卷九

金平 一首

平，字子昇。原籍山陰[一]，游天津，遂家焉。著有《致遠堂詩集》[二]四卷。

案，子昇先生起家鹽筴，禮賢右士。與張魯庵方伯、查天行封君，同時以風雅相高。起嶺南軒，拓園亭以館南北之彥。輕財好施，親族樂其睦姻，閭里高其任恤，子姓遂以昌大。

次葛沽

十年懷此地，百里未能游。一夕隨潮至，千門向水流。橋横村樹静，蟬響稻粳秋。何日期沮溺，耕烟卧壟頭。[三]

[一] 高氏校云：『金氏原籍會稽。』清抄本《致遠堂金氏家集詩略》云：『金平字子昇，號惺園。』民国戊午（一九一八）刻本《金氏家集·世系表》注：『子昇公，諱平，由浙江會稽始遷直隸天津衛。』《致遠堂集》金鉞庚申八月跋：『八世祖子昇公，諱平，號惺園，浙江會稽人，游天津，遂家焉。』又謂：『公生於崇禎十六年癸未，卒於雍正四年丙午。』

[二] 《金氏家集》謂『有《家訓》一卷、《致遠堂詩集》四卷』。《家集》之卷一僅收金平詩六十一首，附詞十四首。按：民国庚申（一九二〇）金鉞刻金氏家集四种本《致遠堂集》凡三卷，上卷收古體詩四十九，中卷收近體詩一百七十一首，下卷收詞十四、文一，附家訓一。金鉞庚申八月跋謂《致遠堂集》：『原稿久佚，此本乃輾轉傳鈔者，非完帙也。』係『校訂重編，厘爲三卷』者。『是集刊成越六年』，丙寅（一九二六）秋、癸酉（一九三三）凡兩經校正。《家訓》即癸酉所增者。

[三] 此联《致遠堂金氏家集詩略》卷一、《金氏家集》卷一、《致遠堂集》卷中均作『願結知心侶，同垂月下鈎』。

金大中 一首

大中，字馭東，號名山。子昇長子。河間府學生[一]。

案《天津文苑志》：『大中少工制藝，數奇不遇。性豪邁慷爽，能急人難，遠近稱之。尤工詩古文，有《可亭集》四卷[二]，爲世所傳。』公女至元，少才敏，工詩，適查蓮坡解元，一時有雙璧之稱。

直沽罛師歌

丁字沽邊春水生，桃花渡口暮烟平。年年嫁娶漁船裏，不用前溪打槳迎。

金玉岡 九十七首

玉岡，字西昆，號芥舟，又號黃竹老人。平孫，大中從子。以布衣終。著有《黃

[一]《致遠堂金氏家集詩略》云：『後授内閣中書。品格調鬯，性情豪爽。少工制藝，數奇不遇，遂弃舉業，佐理事務。而子昇公起家，公力與焉。工詩古，著有《可亭集》，已傳於世。』

[二]《致遠堂金氏家集詩略》收《直沽罛師歌》《可亭夜月》《題上臣侄秋景行樂圖》《藕川閑居》四詩。《金氏家集》收一首，即《直沽罛師歌》。

竹山房詩鈔》。

案：芥舟先生高淡性成，沉淵於學，慕陶宏景、林和靖之爲人，寄心霞外。工詩善畫，自成一家。所繪尺幅，片紙人以爲寶。築『杞園』，結『蒼筤亭』『黄竹山房』，與張竹房、徐文山、金金門、高蕫田兩太守結社聯吟。游屐遍天下，名山邃谷，縋險鑿幽，俱留題咏。晚游羅浮，卒於邑前輩鄭公熊佳電白縣署。死有异徵，人謂仙去。所著《黄竹山房詩》三十卷、《田盤記游草》一卷、《天臺雁宕記游》一卷、《粤游草》一卷。［二］

［二］《金氏家集·世系表》謂：『著有《黄竹山房詩》三十卷、《田盤記游草》一卷、《天臺雁宕記游》一卷、《粤游草》一卷。』清道光二十六年（一八四六）金漢刻本《黄竹山房詩鈔》十二卷，末有金漢（杏林）跋，謂：『公之孫芥叔曰：「予游食四方，先人遺稿悉付麗江兄藏之。」時亦未及請而讀也，越數年。從梅樹君師游，始得讀其選本。師嘗謂漢曰：「君家芥舟翁爲吾津一大詩人，予輯《津門》《畿輔》兩詩鈔，未能盡登所作，子异日當繼予之志焉。」漢謹識之不敢忘。丙申春試後，漢將就官河南，師亦將司訓永平，會湘門兄以送漕便，相聚津門。師謂之曰：「予老矣，將遠就苜蓿，敬以稿付二君。」湘門兄携之湘南糧署，囑友校訂，友竟負所托而失之。戊戌，漢請假赴禮闈，致師書告以前稿已失。師答曰：「予尚有副本，較前本少闕，今寄諸子，此外無寸楮矣。他日見老人於地下，當告以一付湘門，一付杏林，子其慎之。」』《致遠堂金氏家集詩略》内有金玉岡之孫芥孫、麗江倩王希曾、蘇寧阿、王履謙所作之序，蓋其實尚有三十卷之《黄竹山房詩》。而道光二十六年金漢所刻本《黄竹山房詩鈔》十二卷係梅成棟選勘，其凡例謂：『先生之詩不下二千首，樹君梅先生選摘之，僅存七百餘首，不知所往，録爲上下册，蓋吉光之片羽，不敢復有所去，俟有可查，再當補刻。』按：此本係出《津門詩鈔》之後，與《詩鈔》『字句互有不同，今擇其文義優長者從之』。又《金氏家集》卷二收詩一百八十五首，謂：『公有詩集行世，此編皆集外詩。』高凌雯［民國］《天津縣新志》卷二十三《藝文》謂：『玉岡詩卷甚富，分年編録，各爲小集，此統名黄竹山房者，蓋成棟選録時所定也。今各小集已不全，其存者尚藏於家。』

棟爲輯其遺集，别爲立傳。〔二〕嘗論沽上詩人，前有張舍人笨山，後有黄竹老人，遥遥相接。天然清氣，獨往獨來。爲宇宙不可没之人，爲國朝垂必不朽之作者，二公有焉。先生風期高曠，信義自許。金金門太守謫戍遼東，無人偕往，公慨然同行，因探長白鴨緑之勝，積詩一卷而回。嘗游都門，於騾馬市街閑吟曰：『雪嶺界空天際白，無人回首望兩山。』後一叟拍公肩曰：『君得毋仙乎？』蓋英夢堂相國也。相與酒肆，定交而去。〔三〕

題《東坡赤壁圖》

臨皋亭畔楚江頭，記得當年壬戌秋。有客吹簫來赤壁，與君載酒出黄州。他時孤鶴猶同夢，終古何人繼此游？水月依然塵世换，至今水月屬沙鷗。

〔一〕《致遠堂金氏家集詩略》卷二、清道光本《黄竹山房詩鈔》卷首均有梅成棟所作《金芥舟先生傳》。云：『迨余娶婦金氏，爲先生之侄孫女，始於外家從觀先生平生著作，益知先生之爲人。』

〔二〕《紅豆樹館詩話》云：『芥舟野服幅巾，江游海覽，所至佳山水，輒流遵不去。津門人士至今高之。五言佳句如「殘燈秋雨驛，衰柳夕陽橋」「老傷親故盡，貧厭子孫多」「衰顔殘蘿裹，孤影亂山中」「枯藤寒繫月，遠火夜燒雲」「林鴉猶未起，旅客已先行」「花陰封蝶繭，草色染蛙衣」「秋遞蟬聲苦，風梳柳意凉」「春深山寺雨，夜坐石樓燈」「捲簾通燕壘，掬米散禽糧」，俱清切新逸，不失晚唐人家數。』

梅花絶句[一]

叢篠嘶風嚮晚寒，暝禽飛去復飛還。破塘野水無人處，獨自低頭一照顔。
閑從畫裏寫横枝，寄想江村歲暮時。一樹寒花三尺雪，夜深止有凍禽知。
花枝有影水無波，梅影清寒奈爾何。小艇坐移吟望久，前溪落月已無多。

登天台山頂

襟袖高臨上界寒，杖頭試撥白雲看。浮空滄海成杯水，磨洗神州一彈丸。

曉至黄岩

海舟如鳥欲浮空，望見扶桑一點紅。孤嶂晴開青漢裏，石城曉没白雲中。松寒未作歸巢鶴，地遠還爲踏雪鴻。衹是名山緣未了，天涯孤影與誰同。

石梁瀑布

澗户中分四五峰，石梁仰視與天通。一條雪浪垂青漢，萬壑風雷走白虹。

[一] 清道光本《黄竹山房詩鈔》僅録其一。

雪中獨至孤山拜林處士墳

老梅花樹古莓苔，三尺邱墳一碣埋。我是孤山曾放鶴，此生風雪爲君來。

游平陽

寒流縈石竇，幽響静中聞。梅塢數峰雪，松根一杖雲。茶留僧舍煮，泉自竹溪分。處處山蘭發，無人氣自芬。

曉過紹興城出都泗門

故家簾幕舊樓臺，岩壑分明向北開。水市留人嘗酒去，碧山迎我過江來。門遮冷翠家家竹，窗吸空明岸岸苔。怪底當年元九説，謫居猶得住蓬萊。

乙亥七月十六日屠蘇閣留竹房主人酌酒食蟹[一]賦詩志之雖隙景匆匆於石火漚泡中頗少記刹那耳

小閣臨秋色，疏黄一葉飄。西風下蘿薜，冷雨碎芭蕉。地僻延幽思，窗虚養寂

[一]『食蟹』，《清代詩文集彙編》影印民國金氏刻本《黄竹山房詩鈔》作『持蟹』。

寥。留君供樽酒，應不負持螯。

八月八日留竹房小飲

碧花紅穗一枝枝，黯黯秋陰雨似絲。葉底蟲如人嘆息，窗間樹學鬼離奇。百城高擁書盈榻，萬事能忘酒滿卮。漫惜龍池生壁虱，爲彈沙上雁來時。時九弟鼓《平沙曲》。

園中養病

杖笠歸來萬里游，閉門隨分賦三休。愁絲早白非關老，病葉先黄不待秋。枕上黑甜催短夢，杯中滄海寄浮漚。藥爐禪榻西風裏，日伴吟蟲不自由。

園中白鶴其一忽化去瘞於蒼筤亭下湖石之右以破琴殉其葬挽之以詩

亭邊親瘞九皋禽，誰痛青霄萬里心。清唳已無聞碧落，遺毛猶自在深林。雲邊信斷空華表，地下相從但破琴。更剪苔花重奠汝，故山猿鳥共沾襟。

西山極目幾回招，白石青苔共寂寥。松月影移陰暗暗，海山魂斷碧迢迢。排雲有夢天何遠，警露無聲夜轉遥。慚愧華陽留片石，鏤銘今古對金焦。

夜泊念坨嘴

犬吠沙村夜，寒潮静自流。月沉荒岸下，人在小船頭。有客同茶竈，無兒製釣鈎。蟲聲吟愈苦，凄切野田秋。

過青縣

一夜孤篷雨，新潮漲舊痕。野航輕似葉，小縣冷如村。貼水編茅屋，沿堤抱柳根。又隨萍梗伴，暫過酒家門。

四女祠

風急孤篷夜，秋深四女祠。潛同鷗鷺宿，靈有水雲知。歲月荒珠館，星辰冷桂旗。殘碑如幼婦，使我愧鬚眉。

過佟蔗村艷雪樓故居

蔗村津邑名士，樓在西門外芥園之東，今蕪廢矣

共沿流水到籬根，烏雀喧喧最小村。幾點紅芳遮破屋，滿庭青草閉閑門。縹緗散盡殘書帙，樵牧惟餘舊子孫。艷雪猶名樓已廢，海棠一樹最銷魂。

題周大迂草堂

俯仰乾坤一草堂，小窗真可傲羲皇。塵封古竈常無火，席斷青蒲不滿床。萬卷破書殘映雪，幾枝寒菊瘦迎霜。妻炊瓦釜兒隨課，風過簞瓢亦自香。

簡查松亭

蒙茸花竹繞貧家，庭户寥寥日又斜。燕子不來簾似水，遲君小院踏槐花。

郊行

二月郊原烟雨多，斜風觸處皺微波。家家門外生春水，草緑池塘泛白鵝。

清明

寒食分燈後，家家烟火新。花飛村落雨，草怨墓門春。一滴杯中酒，千秋泉下人。欲澆埋玉處，惟見北邙塵。

憶江南

長堤無限緑楊風，十里蓮香亂粉紅。一曲新聲人不見，畫橈移入藕花中。

城外青山畫不如，嵐光得似美人無。妝樓春曉研青黛，山與修眉一樣塗。

看牡丹不果[一]

錦幃綉被夢初殘，欲訪名花竟杳然。不信生涯寒到此[二]，略沾富貴便無緣。

過佟蔗村舊園 園有冷香亭，主人有妾名艷雪，今已他去。其池臺半爲蔬園[三]

舊日樓臺一半空，轆轤宛轉井泉通。冷泉尚浸當年月，艷雪輕飛别院風。細草已聞[四]歌扇緑，名花曾鬥舞衣紅。游人若問開筵處，指與瓜苗豆葉中。

喜聞張經略廣泗平蕩黔苗

百苗魂魄哭吴鈎，從此西南戰始休。斬首不知三萬級，軍中夜數血髑髏。

[一] 清道光本《黄竹山房詩鈔》卷一題作《友人約看牡丹不果感而咏此》，民國本《黄竹山房詩鈔》卷一題作《與友人約看牡丹不果感而賦此》。

[二] 『到此』，清道光本、民國本《黄竹山房詩鈔》卷一均作『至此』。

[三] 『蔬園』，清道光本、民國本《黄竹山房詩鈔》卷一均作『蔬圃』。

[四] 『已聞』，清道光本《黄竹山房詩鈔》卷一作『已忘』。

哭老婢

裘馬年來盡，貧居處處移。諸奴輕竄去，惟汝苦相隨。帚擁三更雪，壚當六月時。一朝同物化[一]，能不哭成詩？

即事

飛來野鳥不知名，忽向窗前叫一聲[二]。似報山桃紅欲綻，半梢春日雨初晴。

邵公村[三]

何處啼黄鳥，水村二月時。酒旗遮破屋，漁網挂疏籬。數里花相接，九衢塵未知。草堂當此際[四]，常以醉爲期。

[一]『同物化』，清道光本、民國本《黄竹山房詩鈔》卷一均作『嗟物化』。
[二]『叫一聲』，清道光本《黄竹山房詩鈔》卷二、民國本卷一均作『喚一聲』。
[三]清道光本《黄竹山房詩鈔》卷二、民國本卷一均作《題邵公村》。
[四]『當此際』，清道光本《黄竹山房詩鈔》卷二、民國本卷一均作『春日永』。

破書箱[一]

妻孥休笑我空箱，斷簡殘編歲月長。[二]黠鼠偶窺紅蠟暗，蠹魚恒戀綠芸香。十年窗下頻開看，六尺床邊久秘藏。[三]金革近來零落甚，腐儒相對老山房。[四]

二月念九夜與家人閑話[五]

竹壚火盡散茶烟，擁被春寒聽雨眠。山客吟殘高枕上，家人團聚短檠前。好春香稻長腰米，去買紅鱗縮項鯿。我欲對花謀一醉，夜深閑話已垂涎。

[一] 清道光本《黄竹山房詩鈔》卷二、民國本卷一均題作《破書篋》。
[二]『妻孥』一聯，清道光本《黄竹山房詩鈔》卷二、民國本卷一均作『休將殘破笑空箱，與我相依數十霜』。
[三]『十年』一聯，清道光本《黄竹山房詩鈔》卷二、民國本卷一均作『零星詩稿憑投貯，今古雄文此秘藏』。
[四]『金革』一聯，清道光本《黄竹山房詩鈔》卷二、民國本卷一均作『故物會須囑兒輩，青氈世守要綿長』。
[五] 清道光本《黄竹山房詩鈔》卷二、民國本卷一均徑題作《與家人閑話》。

咏蛙

秧田冉冉[一]緑無窮，車轉清流[二]處處通。鷗散潛登蓮葉上，人來驚入浪花中。日斜争唤烟村雨，夜静聲傳水巷風。誰向池塘閑聽久，鼓吹一部[三]可相同？

廢園

殘日昏昏下破籬，黄藤白草晚萋萋。野禽不見人來慣，驚上寒梢不住啼。

醉行野田

惆悵荒原路，鴉啼廢冢邊。酒濃今日醉，泉冷古人眠。破艇沉春水，遥鐘下暮烟。放歌行獨遠，野月共凄然。

[一]『冉冉』，清道光本《黄竹山房詩鈔》卷二作『苒苒』。

[二]『清流』，清道光本《黄竹山房詩鈔》卷二作『青流』。

[三]『鼓吹一部』，清道光本《黄竹山房詩鈔》同，民國卷一作『官衙鼓吹』。

白羊褥

霜威又向暮天生，新製柔毛萬縷成[一]。三尺素雲鋪夜月，一堆暖雪卧春風。醒疑柳絮成棉後，夢入梨花落瓣中。幾欲揮刀裁半幅，寒宵分與故人同。

過漂母祠

略開老眼識英雄，胸次曾無一飯功。憐取王孫惟阿母，項王空自號重瞳。

獨游維揚

繁華在昔説維揚，十里珠簾護晚妝。隔扇聽歌金縷膩，沿堤吊古玉鈎凉。月迎細馬誰家去？春入雙蛾各自長。掉臂九衢吟欲遍，更無人與話行藏。

至大通鎮自秣陵發舟一路江行寫懷[二]

潮打金陵二水分，寒濤如雪下江濆。片帆遠挂三山雨，獨鶴閑飛九澤雲。菱葉

[一]清道光本《黄竹山房詩鈔》卷二注。『按：生成二字均非東韵，不知先生一時之誤，抑係後人傳寫之訛，姑闕疑以俟考。』民國本注同。

[二]清道光本《黄竹山房詩鈔》卷三、民國本卷二均題作《由大通鎮至秣陵江行寫懷》。

牽波風細細，葦花吹浪白紛紛。角聲嗚咽孤城晚，客夢悲凉到曉聞。

病餘口占

短籬低屋道人家，沙罐[一]添泉自煮茶。樹影吹圓[二]天欲午，海榴紅著兩三花。

又

倩得西鄰幼女郎，尋常眉眼舊衣裳。蒲葵[三]小扇松枝火，雲子煨來粒粒香。

病中小飲

杯酒寥寥瘦影寒，山妻强爲具盤餐。錢分子母團圞少，藥論君臣際會難。青鬢自知隨日減，緑醑[四]聊作及時歡。此身終是支離物，爲爾悲吟自不甘[五]。

[一]『沙罐』，清道光本《黄竹山房詩鈔》卷三、民國本卷二均作『瓦罐』。
[二]『吹圓』，清道光本《黄竹山房詩鈔》卷三、民國本卷二均作『欲圓』。
[三]『蒲葵』，清道光本《黄竹山房詩鈔》卷三、民國本卷二均作『葵蒲』。
[四]『緑醑』，清道光本《黄竹山房詩鈔》卷三、民國本卷二均作『緑醅』。
[五]『爲爾悲吟自不甘』，清道光本《黄竹山房詩鈔》卷三、民國本卷二均作『底事悲吟感百端』。

豆棚

豆棚低架近瓜田，數尺清陰我獨憐。幾點碎紅新著雨，一方冷緑自成天。犀初生[一]角紋猶淺，蚌尚[二]含珠粒未圓。料得宫詹嫌此味，秋來時薦[三]野人筵。

玉簪花

琢玉鎸冰思已深，秋園和露挹清芬。鶴翎墮月遥難認，粉蝶[四]沾花兩不分。簾外拈來三寸雪，鏡中掠斷一窩雲。飛瓊扶醉驂鸞去，昨夜遺簪竟不聞。

夜聞笛

何人吹笛破黄昏？踏月來聽未掩門。恍憶片帆秋水隔，一聲寒雁小江村。

[一]『初生』，清道光本《黄竹山房詩鈔》卷三、民國本卷二均作『纔露』。
[二]『尚』，清道光本《黄竹山房詩鈔》卷三、民國本卷二均作『已』。
[三]『時薦』，清道光本《黄竹山房詩鈔》卷三、民國本卷二均作『祇薦』。
[四]『粉蝶』，清道光本《黄竹山房詩鈔》卷三、民國本卷二均作『蝶粉』。

草笠

草絲烟縷幾銖輕，任爾貂蟬滿廟廷。深掩鬢毛千點雪，圓垂天影一遭青。若行赤日塵中道，恍坐清風水面亭。釣罷空江頻自照，貴人頭上不曾經。[一]

小樓

風風雨雨清明後，點點梨花欲雪時。三丈小樓一尊酒，月明閑唱踏青詩[二]。

暮春

燕子泥乾杏子酸，暖風吹作暮春天。莫將[三]好事期來日，已爲閑愁負少年。匣裏可無三尺劍，杖頭須有[四]百文錢。醉中踏到紅稀處，野水西流緑滿川[五]。

[一] 清道光本、民國本《黄竹山房詩鈔》均無此詩，另有一《草笠》詩：『閑將草笠賦新詩，消盡炎涼兩鬢知。冷雨幾絲吹不到，春雲一片去何遲。車前舊好相逢日，頂上圓光乍滿時。把釣江天頻照影，老漁衹欠一蓑披。』

[二] 『青詩』，清道光本《黄竹山房詩鈔》卷三作『青詞』。

[三] 『莫將』，清道光本《黄竹山房詩鈔》卷三、民國本卷二均作『空將』。

[四] 『須有』，清道光本《黄竹山房詩鈔》卷三、民國本卷二均作『須挂』。

[五] 此句清道光本《黄竹山房詩鈔》卷三、民國本卷二均作『爲惜韶華感逝川』。

櫻桃杯

珊瑚爲粒玉爲漿，燭影摇摇漸有光。赤日欲沉波上下，火星飛入月中央。半甌乳汁須憐惜[一]，一點嬌紅不忍[二]嘗。幾度誤將樊素唤[三]，醉時頻接口脂香[四]。

生日[五]

蝶與莊生兩未真，百年哀樂等浮塵。偶來寄迹原無定，必欲長生亦累人。閑想便成衾底夢，久留終是客中身。不如暫對花前酒，五尺紅葵照眼新。

吊殷烈婦鳳娘

墓草蒼凉日又曛，閭閻重語不堪聞。如何華岳千層雪，肯化巫山一片雲。自有松筠歌舊里，莫教桃李傍新墳。年年洲渚生春水，點點蘋花欲薦君。

[一]『須憐惜』，清道光本《黄竹山房詩鈔》卷三、民國本卷二均作『頻教惜』。

[二]『不忍』，清道光本《黄竹山房詩鈔》卷三、民國本卷二均作『未忍』。

[三]『唤』，清道光本《黄竹山房詩鈔》卷三、民國本卷二均作『認』。

[四]『醉時頻接口脂香』，清道光本《黄竹山房詩鈔》卷三、民國本卷二均作『銜杯定亦口生香』。

[五]清道光本《黄竹山房詩鈔》卷三、民國本卷二均題作《生辰》。

塵網牽縈漸違初志因感舊游慨然有作

夜夜烟巒入夢青，書裁元[一]鳥已難憑。一笻奔日知無分[二]，雙舄穿雲去未能。誰爲破籠飛海鶴？重來聞磬對山僧。結茆直在芙蓉頂，高卧松霞最上層。

姑蘇懷古

寒雨蕭蕭畫角哀，闔閭城上[三]獨徘徊。方看[四]夫婦行成去，轉見[五]君臣傾國來。金虎氣銷空霸業，水犀軍勁到[六]蘇臺。五湖烟景吴宫[七]月，何日扁舟載得回？

[一]『元』，清道光本《黄竹山房詩鈔》卷三、民國本卷二均作『猿』，是，當據改。

[二]『無分』，清道光本《黄竹山房詩鈔》卷三、民國本卷二均作『無力』。

[三]『城上』，清道光本《黄竹山房詩鈔》卷四、民國本卷二均作『城下』。

[四]『方看』，清道光本《黄竹山房詩鈔》卷四、民國本卷二均作『才看』。

[五]『轉見』，清道光本《黄竹山房詩鈔》卷四、民國本卷二均作『又見』。

[六]『勁到』，清道光本《黄竹山房詩鈔》卷四作『盡到』。

[七]『吴宫』，清道光本《黄竹山房詩鈔》卷四作『蘇堤』。

洛中懷古

荆棘茫茫霜月新，銅駝卧處轉傷神。水邊野祭言終驗，雲際嵩呼事未真。幾度看花常負我，一時逐鹿竟何人？天津橋上鵑啼後，叫破中原萬里春。

楚中懷古

故國芳洲草又新，騷魂吟斷楚江春。澧蘭沅芷思公子，峽雨巫雲夢美人。終古微詞誇宋玉，何時哀怨返靈均。賈生更向長沙去，湘水投書共愴神。

金陵懷古

石城王氣没蒿萊，結綺臨春又劫灰。六代戰酣龍虎地，一人吟上鳳凰臺。大江浩渺寒流去，故壘悲凉野月來。太息蒼生誰再起，年年王謝燕飛回。

維揚懷古

木鵝浮處不勝愁，黄篾牙檣快此游。十里珠簾通曲巷，二分明月照揚州。普天戰伐無歸處，永夜笙歌到此留。廢苑流螢飛不去，一星青火墮迷樓。

鄴中懷古

穗帳低垂掩暮雲，笙歌西望可重臨。分香不爲銅臺妓，作賦非誇洛水神。漢室未歸[一]曹父子，魏廷已有晉君臣。三分天意[二]緣何事，却把中原付此人？

述懷

仰對青天笑不休，青驢席帽自風流。未隨野鶴千年别，且伴孤雲萬里游。今古浮沉皆付酒，江山清曠獨登樓。他時更欲蓬瀛去，擬向珊瑚繫釣舟。

深秋早寒

黄雀飛時秋又深，鯉魚吹浪海天昏。寒搜病葉霜催菊，風壓枯籬雨打門。桑落水香村酒熟，木棉花好布袍温。貧家一醉猶堪得，注玉傾銀老瓦盆。

[一]『未歸』，清道光本《黄竹山房詩鈔》卷四、民國本卷二均作『方歸』。

[二]『天意』，清道光本《黄竹山房詩鈔》卷四、民國本卷二均作『天下』。

自製橘杯

劈破霜林一粒丹，驀然驚散橘中仙。任君玉局金瓢裏，輸我清燈濁酒前。半殼冷香秋氣苦，滿浮紅露火珠圓。洞庭有味春長在，不羨瑶觴玳瑁筵。

慕仙

莫待朱顏易白頭，幾年拋擲好春秋。塵緣未滿三千劫[一]，碧海虚傳十二樓。金鼎夜寒烟欲盡，玉壺春暖雪争流。空懷九轉長生訣，百役驅人死不休。

彈琴

危坐忘言久，焚香理素琴。自疑枯木裏，中有古人心。情共秋雲遠，聲隨江水深。興來時一曲，不必有知音。

閲《金經》有感

塵網縈綿去未能[二]，望中彼岸幾時登。迷途我是重來客，法界曾爲過去僧。

[一]『三千劫』，清道光本《黄竹山房詩鈔》卷四、民國本卷二作『三千界』。
[二]『塵網縈綿去未能』，清道光本《黄竹山房詩鈔》卷四、民國本卷二作『塵網縈纏脱未能』。

浩浩洪波修寶筏，漫漫長夜撥禪燈。何時解脱諸緣後，火宅寒如澗底冰？

咏初出小草

低叢淺碧未成烟，欲擬西堂夢阿連。微露眉痕藏扇底，略將春色惹裙邊。半鈎蓮步休輕踏，一寸芳心正可憐。小雨如酥風力軟，柔懷幽思共綿綿。

盤山雜咏

小石潭

小結[一]魚龍窟，真成玉女盆。一泓明鏡地，幾點亂雲根。石蓄山川氣，波沉日月魂。星河流足底，俯首踏天門。

天成寺

叠澗重泉落，危橋石上横。雙峰開鳥道，萬壑起松聲。旭日霞爲閣，春雲翠作屏。六龍應駐蹕，頻欲幸天成。

[一]『小結』，清道光本《黄竹山房詩鈔》卷四、民國本卷二作『小鑿』。

正法寺［一］

層巒森古翠，時有白雲封。澗壑最深處，烟霞第幾重？僧栖一片石，龍卧五株松。到此塵緣絶，空山叩午鐘。

少林寺

青霄明玉笋，隔嶺見浮屠。漱石泉初響，穿花徑欲無。鶴栖雙樹老，雲去一僧孤。坐眺東峰好，何時共結廬。

中盤寺

碧巘危將墮，寒泉斷不流。石蹲疑虎豹，僧老類獮猴。卧雪枯松樹，埋雲破寺樓。到來毫髮逼，蕭肅萬山秋。

東竺庵

盤盤入深谷，峰高碧漢低。董林山種杏，張谷錦爲梨。紅樹留鶯語，青泥印虎蹄。有僧選名勝，於此卜幽栖。

雲净寺

繞寺明佳果，丹黄鳳卵垂。峰堆美女髻，雪壓老僧眉。渡嶺欄干側，干霄殿閣

［一］清道光本《黄竹山房詩鈔》卷四、民國本卷二同，《國朝畿輔詩傳》卷四十三題作《法藏寺》。

危。眼看雲盡去，如坐敬亭時。

東甘澗

孤松雲共掩，片石月同圓。箬笠思垂釣，蒲團憶坐禪。編籬斜繞澗，剖竹細通泉。錦堂梨更好，欲賦已垂涎。

天井石

仙泉藏小竇，一脉古今長。冷比冰壺汁，清含瀣露香。雲濃添石液，月滿瀉天漿。點滴神龍竊，爲霖濟萬方。

述懷

松風岳雪蕩疏襟，日對幽蘭與素琴。筆底溪山思換酒，囊中詩句惜如金。數聲寒磬清塵夢，一片孤雲出世心。擬寫金經消宿孽[一]，半龕投老向空林。

哭舅氏丁名揚先生

公諱時顯，甫捷南宫，以未入詞垣，懊惱而死

萬事悲狸首，空餘雁塔名。人間金榜後，天上玉樓成。東壁光初暗，西州忍再

[一]『宿孽』，清道光本《黄竹山房詩鈔》卷四、民國本卷二均作『宿業』。

行。令威應化鶴，何日返遼城？

過母舅故居

燈火青熒照寢門，片時好夢便三春。窗間風月悲無主，架上詩書散與人。詞賦已成梁苑雪，榮華盡委洛陽塵。羊曇無限山邱感，一過西州一愴神。

踏燈詞

南鄰北里各娟娟，何處相逢不可憐？祇恐踏殘橋板月，千金一刻美人天。

清明前三日飲冢上

日暖芹芽滿釣濱，風吹淺水欲生鱗。茸茸細草閑争路，點點疏花冷笑人。半枕濃華金谷夢，一抔新土墓門春。浮生到處堪行樂，笑對重泉酒入脣。

梨花

臨風的的好容華，粉膩珠[一]圍雪滿杈。祇恐斷魂迷柳絮，錯教清夢到梅花。

[一]『珠』，清道光本《黄竹山房詩鈔》卷五、民國本卷三均作『朱』。

一聲玉笛人何處？幾點芹泥燕有家。好把芳樽澆恨去，板橋春瓮正堪賒。

題倪元鎮詩卷後

濁世君偏潔[一]，囊琴[二]避鼓鼙。有山堪畫處，無地可耕時。舟小鷗同遠，香清鶴下遲。五湖閑泛泛，終古兩鴟夷。

有閣藏清秘，纖塵欲到難。養雲金鴨暖，洗玉碧梧寒。冰雪歸詩卷，溪山上筆端。所嗟[三]逢末世，垂老未能安。

再看佟園海棠枝已半朽

小墳烟草緑茫茫，又向佟家[四]看海棠。樹底重來花未放，檐前依舊燕初忙。吟餘自喜門臨水，坐久何嫌塵滿床。彈指春風二十度，年年來此一徜徉。

［一］『濁世君偏潔』，清道光本《黄竹山房詩鈔》卷五、民國本卷三均作『一往成孤潔』。
［二］『囊琴』，清道光本《黄竹山房詩鈔》卷五、民國本卷三均作『餘生』。
［三］『所嗟』，清道光本《黄竹山房詩鈔》卷五、民國本卷三均作『嗟君』。
［四］『佟家』，清道光本《黄竹山房詩鈔》卷五、民國本卷三均作『佟園』。

黑姑娘廟

小姑那得黑如鴉，匿笑叢祠日又斜。風過自添塵作粉，雲鬆誰插紙爲花？已隨侍女藏青鎖，長奉元君禮碧霞。應哂[一]高唐行雨客，枉將幽夢[二]污清華。

荷包花

石竇新抽紫玉叢，翩翩細葉静摇風。軟羅密摺兜春露，綉出香囊一串紅。

九日畫菊一枝酒一尊以寄意

持螯把酒悲無分，老去垂涎自不禁。寫朵黄花畫樽酒，昏燈影裏一人吟。

來牛氏園

長林豐草際，狐[三]嘯鳥呼群。樹老逃繩墨，人閑坐水雲。波光摇日落，秋色

[一]『哂』，清道光本《黄竹山房詩鈔》卷五、民國本卷三均作『笑』。
[二]『幽夢』，清道光本《黄竹山房詩鈔》卷五、民國本卷三均作『幻夢』。
[三]『狐』，清道光本、民國本《黄竹山房詩鈔》均作『孤』。

隔河分。嚮晚傳清響，衰〔一〕蟬斷續聞。

七夕有雨〔二〕

喜聞靈鵲一橋橫，坐對流螢〔三〕小扇輕。天上尚能期此日〔四〕，人間何處卜他生。好雲常護機頭石，密雨偏爲枕上聲。惆悵歲時星又轉，年年七夕一含情。

偶得

隔檐風細柳毿毿，瓦枕桃笙睡未〔五〕甘。正是雕籠新浴後，畫眉聲裏夢江南。

正月十二日邀王鹿峰查松亭章試可杜蓮友小齋賞梅

喜我同情兼比鄰，自應沽酒不辭貧。敢將竹葉邀君子，惟有梅花作主人。階下

〔一〕高氏校云：『「衰」恐是「哀」。』按：清道光本、民國本《黃竹山房詩鈔》均作『衰』。
〔二〕清道光本《黃竹山房詩鈔》卷五、民國本卷三均題作『七夕夜有雨』。
〔三〕『流螢』，民國本《黃竹山房詩鈔》卷三作『頻揮』。
〔四〕『此日』，民國本《黃竹山房詩鈔》卷三作『此夜』。
〔五〕『未』，民國本《黃竹山房詩鈔》卷三作『味』。

亂堆三尺雪，尊中濃著十分春。鄙夫四十慚年少，甘傍寒枝白髮新。

二十三日於梅花下設和靖先生像把酒祀之

看到梅花更憶君，一尊酒吊一枝春。不知千百年餘後，似我同情更幾人？

二十五日把酒祀亡舅名揚亡友徐文山〔一〕**詩卷於梅花下**

清尊雪卷兩堪憐，我與寒梅共黯然。不分同情藏地下〔二〕，還邀〔三〕幽賞到花前。令威應有重歸鶴，徐庶曾聞已得仙。惆悵暗香疏影處，伊人如在夜綿綿。

二月十一夜月松亭留飲西園

月上西園夜，人閑月更孤。胸中萬慮盡，天上片雲無。既展花間席，還行竹裏廚。清光不常好，莫惜酒頻沽。

〔一〕『亡舅名揚亡友徐文山』，清道光本《黄竹山房詩鈔》卷六作『先舅名揚暨亡友徐文山』。

〔二〕『不分同情藏地下』，清道光本《黄竹山房詩鈔》卷六、民國本卷三均作『不怨吟魂歸地下』。

〔三〕『還邀』，清道光本《黄竹山房詩鈔》卷六、民國本卷三均作『祇期』。

十九日送徐文山葬永豐里 文山名雲，工書畫

送君隨處好，愁説北邙行。水逝人長没，春歸草尚生。白衣空濺泪，黄土自無情。地下誰同侣，孤魂嘯月明。

自畫蘆雁三四隻題絶句一章以寄意[一]

水碧沙明作伴行，一聲聲應一聲聲。相呼相唤排雲去，恰是誰家[二]好弟兄。

五月十日余四十歲生日爰賦詩以自慰

偶來小住亦流連，惟願知非早十年。袖手愧無匡世力，舉頭喜有看山緣。不求勾漏丹砂令，但乞柴桑白酒錢。寄語蓬瀛應一笑，要於平地作神仙。

[一] 清道光本《黄竹山房詩鈔》卷六題作《自畫蘆雁三四隻復題七絶一章以寄意》，民國本《黄竹山房詩鈔》卷三題作《自畫蘆雁三四隻復題七絶句一章以寄意》。

[二] 『恰是誰家』，清道光本《黄竹山房詩鈔》卷六作『恰似誰家』，民國本卷三作『恰似人家』。

津門詩鈔校箋卷十

金玉岡 六十首

和高薑田老人綱懶詩

俗病須醫懶莫醫，原唱有『懶病年深莫可醫』句。此身大與懶相宜。手慵漸少披書日，心遠常多閉户時。蟻陣正酣眠獨穩，蜂衙已放枕猶支。睡中滋味無人説，祇有南園蝴蝶知。

觀水

閑隨鷗鷺立汀洲，獨把衰顔照碧流。白鳥見人時聚散，破船無主自沉浮。葦花風起灘灘雪，蘋末凉生岸岸秋。好脱塵韁從此去，一航終作五湖游。

同戴七表弟過水西小築花影庵 乃查蓮坡老人别業

半樓寒照半橋冰，携手危闌最上層。偶立共[一]如臨水鶴，舉頭同是[二]望雲僧。

[一]『共』，清道光本《黄竹山房詩鈔》卷六、民國本卷三均作『渾』。

[二]『是』，清道光本《黄竹山房詩鈔》卷六、民國本卷三均作『似』。

數竿好竹留誰看，一點閑亭任客登。花影已空庵尚在，影中人去更無憑。時蓮坡庵主已歿。

清明前二日行丘壟間得句

邱壟橫斜野水濱，年年來此一沾巾。舊墳土作新墳土，未死人悲已死人。青布小旗村店酒，白楊高樹墓門春。年華有分須行樂，一盞先澆九陌塵。

厚庵表弟惠紗帳寄謝

縠紋含霧竹含風，舒捲如堆幾葉篷。一榻冷雲吹不去，四圍秋水映平空[一]。試呼莊叟應同隱，欲訪華胥自此通。夢裏題詩塵不到，勞君遠寄碧紗籠。

夏得三河石十餘片自堆假山一兩處山成製詩志之

幾點他山石，星列小園圃。獨掉巨靈臂，措置心良苦。嵯峨竹樹間，睥睨傲今古。平生丘壑心，於焉寄庭廡。不獨怡我情，天亦賴汝補。何時石復破？天驚逗秋雨。頹者若崩雲，怒者欲跋扈。下負如贔屓，上踞如虓虎。相嚮各礪角，相垂各滴乳。或仰如匏尊，或覆如石鼓。別有肖形者，一叟僂而俯。斑剥古苔花，風烟自吞

[一]『平空』，清道光本《黄竹山房詩鈔》卷六、民國本卷三均作『當空』。

吐。他年如化羊，亡去恐無數。從此藩籬間，呼兒常閉户。

咏竹邊新砌假山厥形痀僂因命其名曰老人峰

有石自西來，凌晨觸我屋。蹣跚入我門，以人代其足。掉首不肯行，愛我墻陰竹。兀立叢篁中，臨風吸寒露。[一]厥貌如老人，肖形亦何酷。有背何時鮐，有頂何年禿？似將謦欬時，吭喉頸復縮。石竇風颼飀，瞠然若深目。閱彼蠢動者，來去如轉轂。古意入洪濛，古貌自清肅。相對兩忘言，相視情已屬。寥寥荒園中，與我共幽獨。寄語米襄陽，見之應匍匐。

蘆花

蘆荻花開水國秋，揖風拜雨滿汀洲。有聲凄切同誰語[二]，不禁蕭疏自點頭。晚帶殘霞明雁渚，夜憐清夢覆漁舟。一灘晴雪吹無際，驚起寒沙數點鷗。

[一] 清道光本《黄竹山房詩鈔》卷六注。『按：「露」字不列屋韵，從原抄本，存以俟考。』民國本注同。

[二] 『同誰語』，清道光本《黄竹山房詩鈔》卷六作『誰同語』。

葡萄

垂簾馬乳露華圓，緑玉新鋪數尺天。仰視碧雲最深處，驪龍終日抱珠眠。

黄竹道人生挽詩

戊寅初夏，親故中染疫亡者比比見，吊者幾人，哭者幾人。然吊者哭者甚多，其有動於中者誰耶？因自製挽詩。每獨飲時，唱以侑觴，亦如淵明預賦挽詩以自挽耳[一]。嗚呼！他時人縱哭我，何若我預哭我之爲得耶！[二]

舉世何人暫得閑？先生高枕北邙山。臨風吟嘯還如舊，衹在松聲竹影間。

女手卷兮[三]狸首斑，痴兒登木唱歌難。一生閉户無人問，此日誰知爾蓋棺？

小窗鶴夢夜沉沉，碧海青天未可尋。夜半月明階似水，更無人出草堂吟。

[一]「淵明預賦挽詩以自挽耳」，清道光本《黄竹山房詩鈔》卷六、民國本卷三均作「淵明之自挽耳」。

[二]《津門詩鈔》原以此段爲詩題，按：《黄竹山房詩鈔》清道光本卷十、民國本卷三均題作《黄竹道人生挽詩》，以此段爲序，今據改。另，清道光本凡十絶，無「白髮」一詩，有「清明小雨郭門西，記得當年此杖藜。今夜春墳誰伴汝，棠梨花下踏黄泥」。民國本凡十一絶，此其一至十。

[三]「卷兮」，清道光本《黄竹山房詩鈔》卷十、民國本卷三均作「拳然」。

白髮垂垂遁世翁，孤猿清嘯鶴臨風。巢居更在千峰裏，一杖寒雲萬木中。

萬里孤游迹已陳，一瓢一笠苦吟身。自今猿鳥長相憶，誰向[一]名山作主人？

寸書點墨惜如金，嗜好由來自不禁[二]。付與酸風兼苦雨，可憐辜負一生心。

寫幅溪山賣亦難，囊中那得一錢看。誰憐小榻塵埋處？身後惟餘墨半丸。

一點春墳月一痕，棠梨花下漫銷魂。[三]紙灰風散清明夜[四]，墓繞[五]狐狸當子孫。

墓門風過雨[六]蕭蕭，漫向重泉嘆寂寥。十萬貫無纏鶴背，三千首已壯牛腰。

一眉[七]殘月照荒灣[八]，此地高眠好是閑。猶有吟魂消不得，一星青火有無間。

[一]「向」，清道光本《黄竹山房詩鈔》卷十、民國本卷三作「與」。

[二]「嗜好由來自不禁」，清道光本《黄竹山房詩鈔》卷十、民國本卷三作「痼癖原由嗜好深」。

[三]「一點」聯，清道光本《黄竹山房詩鈔》卷十、民國本卷三作「芳草離離長舊痕，每逢春盡最銷魂」。

[四]「清明夜」，清道光本《黄竹山房詩鈔》卷十、民國本卷三作「游人去」。

[五]「墓繞」，清道光本《黄竹山房詩鈔》卷十、民國本卷三作「繞墓」。

[六]「雨」，清道光本《黄竹山房詩鈔》卷十、民國本卷三作「草」。

[七]「一眉」，清道光本《黄竹山房詩鈔》卷十、民國本卷三作「朦朧」。

[八]「荒灣」，清道光本《黄竹山房詩鈔》卷十、民國本卷三作「荒山」。

河西塢曉行

又别殘燈去，青熒一夜情。林鴉猶未起，旅客已先行。不信沙村白，還疑野月明。板車〔一〕殘夢覺，初日照安平。

賈島故里

黯黯吟魂處〔二〕，斯人不再聞。空餘深巷月，凄斷古城雲。骨已輕如鶴，詩難瘦似君。長安從此去，落葉幾紛紛。

拜賈浪仙墓

獨來賈島墓，先欲哭昌黎。佛骨干天怒，詩才愛子奇。若非當道遇，那得後人知？終古吟懷在，詩魂瘦不支。

〔一〕『板車』，清道光本《黄竹山房詩鈔》卷十一、民國本卷三作『中途』。
〔二〕『處』，清道光本《黄竹山房詩鈔》卷十一作『在』。

過墳[一]莊訪超覺老僧書贈

僧豫人

萬事無憑兩鬢霜，一庵投老伴空王。九年面壁思嵩岳，半載辭家滯範陽。抱瓮丈人分菜圃，授書童子拜禪床。不嫌破寺荒雲裏，瓦礫堆中是道場。

北正寺看古檜

冷雲堆裏莽林樾，中有雙檜各虬曲。其中一株形倍奇，礌砢遍體桑皮裂。鬱勃雲烟不計[二]年，根如怒石枝如鐵。一枝一葉森向人，猬毛短竪髮鬅鬙。宛是旌陽舊縛龍，鎖痕黝黑何時滅。蹙鱗張甲潜欲逃，雷霆呵禁驚雷掣。側看一柯屈欲伸，羅刹轉臂生鐵折。臨風作勢若攫拏，老狐宵竄蒼猿逸。我欲中誅一茅檐[三]，放個蒲團事禪悦。老袖婆娑翠影寒，仰吸碧雲卧蒼雪。

[一]『墳』，清道光本《黄竹山房詩鈔》卷十、民國本卷五均作『故』，是，當據改。

[二]『計』，清道光本《黄竹山房詩鈔》卷十一作『記』。

[三]『我欲中誅一茅檐』，清道光本《黄竹山房詩鈔》卷十、民國本卷五均作『我欲就中誅一茅』。

哭余荆帆先生

荆帆名懋檣，號楓溪，行八，有《楓溪垂釣圖》

自落[一]楓溪罷釣綸，寒皋獨鶴想精神。冥搜天地吟常[二]苦，飽嚼風霜老更深[三]。肯爲拈鬚商個字，也應没齒感斯人。寢門一痛無由得，空對千峰泪滿巾。

煤黑謡

序：上房山長溝峪柴廠諸産煤處，居人俱以駝煤爲業。男子面黝，女子重施脂粉，既喜其黑白之偶，又憫其有猛虎之厄焉。

煤黑樂，煤黑得婦偏如玉。煤黑苦，煤黑遇著西山虎。煤黑方自煤窑回，不見煤黑衹見煤。鄕人倍覺雙睛白，軒然[四]一笑齒如雪。煤黑駝煤如駝錢，一煤一錢錢盈千。朝出駝煤鈴郎當，暮歸駝煤鈴郎當。煤婦聞鈴争理妝，敷粉恨不如曉霜。手持扇鼓迎煤郎，出門擊鼓身低昂。此時黑白爲一雙，烏鴉鷺鷥如鴛鴦。燈前不覺

[一]『自落』，清道光本《黄竹山房詩鈔》卷十一作『月落』，是，當據改。
[二]『常』，清道光本《黄竹山房詩鈔》卷十一作『長』。
[三]『深』，清道光本《黄竹山房詩鈔》卷十一作『貧』。
[四]『軒然』，清道光本《黄竹山房詩鈔》卷十一作『軒渠』。

煤郎黑，常恐鏡中顏未白。宛如棋子在楸枰，黑白未分相紐劫。昨朝白額[一]下西山，額白還如粉一般。雄吞煤黑如吞墨，墨汁淋漓書太惡。煤黑遇著西山虎，煤黑不樂煤黑苦。

張竹房於琴書筆硯中與余頗有夙契朝夕相對共坐小亭靡不竟日爰賦詩爲贈

蕭然相對有鳴琴，欲語都成弦上音。偶到悟時同一笑，兩忘言處但微吟。寒泉碧澗他年約，瘦竹疏花此日心。共坐小亭天地闊，與君無日不登臨。

過少林寺

寺門遥對九華峰，不記烟巒第幾層。黛色尚存前代樹，白頭幾换向來僧。看雲久立松間雪，吹火閑燒澗底冰。誰與道人常作伴？相隨自有一枝藤。

留别盤山

茫茫塵土一嗟吁，折脚鐺邊去自遲。臨别重登孤塔拜，再來有約萬峰知。僧雛

[一]『白額』，清道光本《黄竹山房詩鈔》卷十一、民國本卷五均作『猛虎』。

笑指溪頭路，猿鳥悲看壁上詩。澗水松風成眷屬，出山還似別家時。

雲栖竹徑

蒼蒼雲栖徑，中有佳竹林。一碧净如拭，抽玉皆千尋。抱霜多密節，細密散清芬。風過撼筠粉，竹香人亦聞。下覆青苔黑，石徑杳幽深。白烟滿虛谷，終歲如秋陰。鳴泉出道右，繞竹如流雲。泉聲與竹籟，時雜鐘魚音。平生看竹興，於此飽幽襟。念我岨峽輩，曾否見此君？所期客不至，一嘯誰同群？來往竹林下，日暮猶獨吟。

自黄泥［一］橋渡溪逾重嶺於嶺上遥望東南諸峰聳秀盡出雲中是爲雁蕩乎喜而有作［二］

半嶺松風笠子斜，竹兜遍插野桃花。坐看八九峰如畫，獨訪名山過永嘉。爲避天風鶴背寒，捲書穩向竹兜眠。閑游祇在人間世，幾是仙源洞裏天。

［一］高氏校云：『「泥」應作「岩」。』

［二］清道光本《黄竹山房詩鈔》卷九按語：『《天臺紀游》皆有序，因篇幅浩繁，恐閲者起倒，附刊於後，以便詳覽。序中多缺字，想係當日鈔者之誤，姑仍之以俟考。』按：此本較清道光本相近，然小异不在少數，相形確見清道光本多有缺字。《致遠堂金氏家集本》則較接近。

大荆有矮石城，臨溪上，城中多武弁，自黄岩水營至大荆一路，兵卒俱修長雄健，非若浙紹諸兵黄瘦有一種乾菜氣；即其雄壯者，不過西北等地學署中一門斗耳。自大荆南去，渡大溪，溪中石子大如髑髏，小如芋栗，俱壘壘可數。過溪約七八里，至老僧崖。老僧崖者，乃山麓一峰，高可千餘丈，低眉偏袒，面壁而立，酷似老僧狀，再近則側手環睛外視，頷下緑蘿捲如虬須，又如胡僧。過此山，約行三里許，仰見層崖峭石，突兀岩際，是爲石梁洞。由崖之左，迂松竹，踏石而上，崖縫中忽有小石門，自石門入，折而右，至石梁洞矣。石梁隆然中起，約有十丈，環於洞門之外。去洞不數武，高過於前，如洞之有重户者。其上扶留女蘿，垂垂下控，如蒼髯老龍飲澗，作攫拿之勢，亦一奇境也。然自崖下望之，爲蒼翠所掩，無甚异，不若天臺石梁，亘天一綫，垂虹千尺之豁人心目也。洞中可容百餘人，洞上有泉滴落，泠泠有聲，一二僧人同一老嫗居住。時寺僧方弄一鶴而戲，見客，不少接。余持其鉢掬泉飲而去。别石梁洞，折而右去，爲謝公嶺。嶺，高里許，盤盤數曲。嶺外猶山門户，逾嶺方屬雁山堂奥。余扶僕夫，擔夫荷擔，相隨下嶺，度大澗，躡危石，約里許。左望諸峰，猶少有負土戴茅者，右視澗上樹石，則皆蒼翠一色，群峰俱青削刻露，蒼翠中拔起，各聳立數千仞，别開天地矣。石徑緣諸峰下，過小石橋，見二三僧塔高低道左。溪水自澗上瀉落，聲如殷雷，穿橋去，徊徘者久之。更盤而上，夾徑皆修竹，青烟冥冥，高蔽雲日，於竹林中得古寺。寺曰靈峰，惟佛宇四五楹，别無僧寮，周以亂石，叠爲短垣。忽有僧名一航者，自寺後洞中出迎。余嚮在天臺曾遇雁山僧，有信乞致，兹得之，尤欣然。因携余寺後，登石臺，臺上有小石亭臨溪壁下。壁上刊『雁蕩』兩字，字徑丈。與僧共坐石亭中，乃縱眺群峰，如重城百雉，如劍如槊，如華表如芝菌，如旗初展，如笋方抽，如猛獸伏，如鷙鳥起，或如人拱立，或如坐而合掌。

其奇幻詭怪之狀，何可殫述？寺名靈峰，誠不虛也。自靈峰寺後，僧一航導至靈峰〔一〕，緣壁環崖去，忽一峰，寒瘦孤立青霄，如兩峰合而爲一者，上闔而下開，開處是爲洞口，洞口高數十尺，闊不數丈，自外望之亦然，洞空之尤异者〔二〕。繞洞多鶴頂茶，樹皆合抱，花作重樓，照耀山谷間。由洞口拾級而登，凡歷數百級，始達洞中之深奥。周視石色黝碧，覺洪濛之氣，尚藴於此上。有乳泉滴落，下石池承之，淙淙不絶。洞中寬廣，倍於洞口，而其闊亦較石梁爲倍焉。洞内叠石臺三層，支板屋於其上。回視洞外，青天一片，上鋭下闊，三峰恰當其間，如大野中望見遠山者。忽嵐氣青鬱，白雲自岩而下，懸拄洞口，如簾幕然，恍與人世隔絶矣。惟一航居，出山蔬爲食，食餘，洞漸瞑黑，僧供一燈於佛前，溟涣孤焰，熒熒如深林中見青磷一點耳。復經咒喃喃。坐蒲團中，冥然聽之。至夜半，忽聞洪鐘撞擊，聲自洞外入，余詢僧曰：『近無鄰寺，鐘何至？』僧曰：『此山堯聲。』乃與僧一航宿。

龍鼻洞

獨到乘龍洞裏天，蒼鱗倒挂鼻珠懸。萬方若有蒼生渴，願乞靈淵一滴泉。

題靈岩寺

僧居高與鳥同巢，夜夜仙岩礙斗杓。石化冷雲偎翠竹，峰抽春笋上青霄。倒垂

〔一〕高氏校云：『「導至靈峰」，下脱「洞」字。』

〔二〕高氏校云：『「洞空之尤异者」，應作「空明皺瘦，亦洞穴至尤异者」。』

絶壁虹千尺，下挂飛泉雪一條。知是洞天最深處，山回雁陣百靈朝。

別靈岩寺，至澗門，隨溪去，左右皆崇山，多負土戴茅，不似嚮之刻削矣。約數里，至馬鞍嶺，嶺脊没入雲中，凡三十六盤。其脊闊尺餘，酷肖馬鞍。逾嶺多重岩邃谷，蹊徑横斜，四顧蒼然，屢迷不得路。命擔夫登高巔呼叫，聞有樵人應者。隨其聲去，得遇一僧牽牛飲澗中。余詢所來，至其庵。庵曰『龍湫』，僧曰：『沿溪去，見有异峰，折而入，爲瑞鹿庵，挈庵主，可覓大龍湫矣。』別龍湫庵，逆溪流約二三里，其負土戴茅諸峰，忽如靈壁研山，則皆脱沙而出，峰下松竹鬱然，中露草庵一角，是必瑞鹿矣。命擔夫先往，余緣急往大龍湫，見溪，溪愈壯，皆漫溢大石上，與嚮歷溪澗迥异。意謂是必源自龍湫[一]來者，乃不待庵主，竟扶僕踏流去。亂石磊磊，争出清湍中，相去不二三尺，俱可接步[二]，溪漸深而壁愈高，下喧水石，上罥葛藤，仰之不見[三]日，冥冥然如在深箐中。苔蘚積至尺餘，蒲根皆一寸數十節，似終古無人至者，覺自歷劫以來，熱惱俱從此盡矣。忽聞崖際有大聲相呼招者，余疑不能進，且水將斷，石復無徑可出，乃就壁間短竹攀援，久之始得上。蓋呼者，即瑞鹿庵主前來導余也。岩上閣王鼻，石紋慘惡，斯有是名。岩下自磵底崛起一峰，上稍開，曰『剪刀[四]峰』。

［一］高氏校云：『「龍湫」上脱「大」字。』

［二］高氏校云：『「步」應作「武」。』

［三］高氏校云：『「見」下脱「天」字。』

［四］高氏校云：『「刀」原作「子」。』

再過，則峰勢斜張，曰『石帆峰』。再折，則卓然孤勢[一]，曰『天柱峰』。一峰凡三變焉。由岩後下，至谷中始驚見大龍湫，自天際挂落，岩如蒼鐵一片，亦自天削下，無叠石斷痕，又斜環如城郭然。曾見前人記云崖高五千仞。乃携僧共坐石上，仰觀瀑布自崖際吐出，初如白虹，再下爲天風所逼，斜飛如流雲，再下如積雪初傾，再下如白雨驟至，其聲亦類風雨。《清异録》云『雁蕩瀑布無聲』，是未到時語耶？第雁蕩瀑布聲，較他處似稍弱耳。瀑下爲大潭，溢而爲溪，潭廣五畝，周環石蒲。谷中爲瀑所濺，常如霧雨，游者緣懸崖下行，可至瀑之後，望之如在玉壺中。第寒氣襲人，不久立，衣袖盡濕。尤奇异者，仰天一嘯，岩谷俱震，瀑布似畏而少縮者。縮後復憤而起，其勢愈壯矣。乃與僧相嘯爲戲。瀑左爲天柱峰，右爲閻王鼻，瀑上爲龍背，湫之水自此出焉。

觀大龍湫作

寒瀑垂空萬仞懸，白虹吐處有龍眠。飛來陰嶺千秋雪，挂落東甌半壁天。絶頂曾聞惟雁過，名山得到亦仙緣。芒鞋幾破探靈异，不使匡廬匹練傳。

至龍湫[二]回，至瑞鹿庵。庵低掩峰下，惟茆棚三楹，周無垣籬。僧出蔬爲食，因詢龍背徑。僧云：『徑陡絶罕至者，昨惟天柱師一登，可令其導而登。有白雲師獨居龍背四十年，今老，尚負重行危壁上，能召致雷雨。』試訪之，天柱師敝衣垢面，忽自竈下出，其客師也，欣然導余往。自瑞鹿右折至後岩，行黄茅中，茅長與身等。

[一]高氏校云：『「勢」應作「峙」。』

[二]高氏校云：『「至龍湫」應作「自大龍湫」。』

行里許，漸歷岩上，徑險仄，闊不盈尺，依稀藤葛間，自此無善步矣。約二里許，凡歷四五岩，至岩折處，徑忽削絶，隔岩出一樹，以木横插過岩樹之背，如一橋然，然木非此樹不能架，人非此木不能渡，因憶開闢來，無此樹時，竟不能通人世耶？抑洪濛乍破，即生此樹，以接來人耶？天下事固皆偶然，實不偶然也。又里許，徑復鏟削，於[一]壁上有西五鑿痕，每痕容半迹，聳息以身貼壁過，如此凡三四處。苟不戒，必[二]粉矣！過此，於巉巉中，始得徑。下視之，嚮之天柱峰，澗中一立石耳，所歷更在閻王鼻之上。復緣壁約二里許，始達龍背。瀑流水石相格，自峰頭[三]鬥落，喧奔至岩際。岩際結一潭，大屋許，瀑流投潭中，於潭中復激而起，仰射噴出，崖門化爲大龍湫矣。崖際大石障外，惟崖門一處可以下視。崖臨潭口，繞潭叢生异葉及尺許萬年松，俱滑不受足，惟臨崖一古柏可攀，而一俯未及，再視已喪魄，幾墮潭中。僧掖余坐石[四]脱履襪，喘定久之，乃喜曰：『我於大龍湫，可謂窮其顛末，無遺憾矣！』白雲庵去龍潭不數武，踞龍背上，純以黄茅結屋二間，反闔扉，户外插農器一二，事於大石上，供瓦香爐、一小破磬。自户竇望之，内無他物，不識白雲師所在。天柱僧登高巔四叫，久，僧曰[五]：『誤矣，師耳重聽。』再試諸險而返。

［一］高氏校云：『「於」字衍。』

［二］高氏校云：『「必」原作「癮」。』

［三］高氏校云：『「頭」原作「頂」。』

［四］高氏校云：『「石」下脱「上」字。』

［五］高氏校云：『「久，僧曰」原作「久之，忽悟曰」。』

登龍背兼訪白雲老僧

獨尋靈异上天梯，雲重巒深步步疑。絶壁已無飛鳥過，緣崖喜見挂猿枝。雲中老衲尋難見，潭底痴龍睡未知。萬仞危岩寒瀑上，風雷鬥處坐移時。

夜返瑞鹿庵，僧出蔬爲食，於佛前支一草榻，以竹簟障佛而宿焉。僧云：『夜來窗外，時有虎卧至曉，叱之便去。』翌日曉，雲霧四塞，欲重過大龍湫，徑崄滑，不得往，乃與瑞鹿别。僧送雁山茶一斤。别瑞鹿，冒雨登馬鞍嶺。嶺上豁然晴朗，無點濕，回視所歷，谷中雲霧盤鬱，想下獨雨[一]也。復過靈岩寺，妙聞師欣然出所藏茶，就泉煮嘗，再至龍鼻洞題名。小龍湫在靈岩右最幽嶴[二]處，瀑自岩際懸落千餘尺，垂如玉柱，然非若大龍湫，能横空飛灑凌風夭矯也。蓋此峰壑嚴密，天風不易下耳。瀑墮澗中，穿卓筆，過玉女，繞天柱而下。當水壯時，瀑聲鼓動，諸峰俱振。當瀑峰石奇麗，隨游者一步一變，方俯仰間，而峰巒又迥异矣。惜不能狀一言，惟强以關、荆、范寬等筆擬之，亦諸公得意筆也。於[三]龍鼻下面諸峰，有巨石一片，上鎸『天開圖畫』字者，名已剥落不可識，意前人對此，其果不能一言狀其奇乎？而亦以圖畫擬耶？是以古今异時，其寄[四]興寄懷，

[一]高氏校云：『「下獨雨」應作「下方犹雨也」。』

[二]高氏校云：『「嶼」應作「奥」。』

[三]高氏校云：『「於」字衍。』

[四]高氏校云：『「寄」字應作「托」。』

有上下相同[一]如一日者，亦猶此耳。有僧云石上字爲朱晦翁題，餘未之信。夜宿靈岩小閣上，閣半藏岩内，環閣皆鷹隼巢，時有大鳥飛至床下，略不畏人。

夜宿靈岩寺作

老僧栖處約安禪，煮米欣同折脚緣。片榻共支猿竇裹，小窗祇在鶻巢邊。雲霓下視疑無地，星斗知爲第幾天。三十年來諸夢斷，夜深敢與毒龍眠。閣與龍鼻洞近。

至翌日曉，煮棗爲食，吐核時，多异鳥飛下争食。時與清明日近，恐失鄉中祭掃，於大士前發願，願此生再游此地，供香資百文，乃與雁山别，妙聞師送余下岩。别去吋，余雙履已穿，劈棕葉裹脚行。妙聞復追至，贈余蒲鞋一雙、雁山茶少許、乾柿一餅。復過净名寺，悵立久，過靈峰洞。余未及再游，復逾謝公嶺，遥望石洞[二]，亦未重往。至老僧岩，自此竟出雁蕩矣。仰望老僧石久之，稽首者再，曰：『此吾師也。』旁有笑者曰：『此頑石耳。』余曰：『惟頑，乃吾師，余第師其頑足矣。曾聞古德云：「瓦礫不异丈六金身，片片俱能説無上法。」况此老僧乎？』石之不動者質也，其所以不動者，吾與石祇是一個。

望老僧岩作

老僧已了石頭禪，願乞吾師一點頑。如此無言如此坐，便能消受白雲間。

[一]高氏校云：『「相同」上脱「千載」。』

[二]高氏校云：『「石洞」應作「石梁洞」。』

至大荆回望雁蕩

小石城下酒壚邊，回首仙山洞裏天。惆悵片雲從此去，何時更與片雲還。

雁蕩者，爲山極頂，有數處，雁常栖此[一]。池中水草滿塞，以竹探之，不能測其底。草上復可履，徑爲枳棘所斷，山中僧經世罕有至者，妙聞惟於數年前，從寧督陳裹糧伐木一登焉。

明嘉靖倭亂，凡山中金鐵，俱爲所有[二]，惟能仁寺大釜顯异，不能携去。凡温台有勇敢死倭難者，於道旁時有碑記。

雁山諸刹，初毁於倭。再討耿逆時，由此進兵，復灾於火。所謂寺多半棚[三]耳，惟能仁寺稍勝。

雁山壁下題志多明人，宋人石已大半剥落，題石者又何堪回首。余於龍鼻洞題名，亦雪中偶印鴻爪耳。雪難留鴻，亦冥冥矣。

［一］高氏校云：『「有數處，雁常栖此」原作「有池数處，雁常栖其中」。』

［二］高氏校云：『「所有」原作「所獲」。』

［三］高氏校云：『「棚」上脱「茅」字。』

夜至清溪題壁[一]

山轎冲雲[二]石徑斜，啼鳩聲裏客天涯。冷烟疏雨清明信，矮屋新泥燕子家。楊柳別來身似絮，杜鵑開處血爲花。故園四月方能到，已熟青門五月瓜。

即景

雨餘開遍小村花，花底低藏一兩家。何處可通花下徑，斷橋流水自横斜。

秋葵花

斜倚西風不自持，池邊顧影小低垂。金尊自側[三]無人勸，一寸檀心吐向誰？

題周大迂草龕

一束黄茅覆短檐，大無十笏小於庵。然臍見説金爲塢，容膝何如草作龕？倚枕夢隨枝上蝶，閉門身似繭中蠶。但能放得蒲團地，彌勒還須一處參。

[一] 清道光本《黄竹山房詩鈔》卷九題作《清溪題壁》。

[二]『山轎冲雲』，清道光本《黄竹山房詩鈔》卷九作『獨坐籃輿』。

[三] 高氏校云：『「側」應是「倒」。』清道光本《黄竹山房詩鈔》卷八作『仄』。

再入盤山

茫茫人事負清緣，不到三盤又幾年。祇恐青山能笑我，這回來更老於前。

夜宿上方呈天如師

小結黄茅不數椽，唐時種柏已千年。一峰掉臂支天上，萬壑虚心拜榻前。雨過春泥留虎迹，雲生泉竇有龍眠。擬分半座隨師住，煮米長同折脚緣。

山樓獨坐

天碧雲尤白，山空日愈遲。數峰春雨後，一瓣妙香時。有會期誰説？無言祇自知。小瓶閑晤對，紅到海棠枝。

山樓夜雨

寒磬初沉後，擁衾睡未能。春深山寺雨，夜坐石樓燈。静覺松杪語，遥聞澗谷應。一宵清沁耳，夢冷萬緣冰。

贈童二樹

鳶肩鳩面苦吟身，酒滿丹瓢處處春。多少名山歸杖底，相逢祇有一詩人。

過房山賈浪仙墓

旅魂何日返？孤冢萬峰寒。驢背吟偏好，鰲頭占獨難。未能終老衲，且莫嘆微官。我亦長安客，推敲不遇韓。石樓村畔路，孤冢倚殘碑。身後誰埋骨？生前自祭詩。可無雙鶴吊，曾有一人知。异世憐同調，停驂去每遲。

重九前夕作

雨雨風風亦自知[一]，此生俱是[二]九秋時。空餘白髮三千丈，常負黄花一兩枝。

[一]『亦自知』，清道光本《黄竹山房詩鈔》卷十二、民國本卷六均作『冷不支』。

[二]『此生俱是』，清道光本《黄竹山房詩鈔》卷十二、民國本卷六均作『最難忘是』。

孤鶴近人閑吊影，亂蟲[一]學我苦吟詩。登高來日惟高枕[二]，誰送陶潛酒滿卮？

哭張止山先生礨 天津人，甲辰進士

伯道無兒漫自愁，免教身後有遺憂。任他細雨清明候，青草茫茫土一邱。

老木寒鴉感舊群，等閑便有死生分。自嗟身後知誰哭，因向生前倍哭君。

送别金金門太守文淳謫戍

清蟬聲細柳蕭蕭，極目輕帆一葉遥。剩有夕陽歸去路，獨携[三]瘦影過河橋。

過石龍望羅浮

石龍在博羅縣境，爲入羅浮捷徑。諺云有約不到羅浮，而[四]余屢約屢不果到，誠如諺云。然山靈亦愚矣，[五]感而賦此。

[一]「亂蟲」，清道光本《黄竹山房詩鈔》卷十二、民國本卷六均作「亂蛩」。

[二]「登高」句，清道光本《黄竹山房詩鈔》卷十二、民國本卷六作「遺懷也做登高想」。

[三]「携」，清道光本《黄竹山房詩鈔》卷十二作「随」。

[四]清道光本《黄竹山房詩鈔》卷十二、民國本卷六均無「諺云有約不到羅浮，而」九字。

[五]清道光本《黄竹山房詩鈔》卷十二、民國本卷六均無「誠如諺云。然山靈亦愚矣」十字。

依舊蒲帆去不停[一]，可憐仍負向山程[二]。與君有約空相憶，阻我來游似[三]不情。海外三山猶欲往，寰中五岳亦知名。[四]如何不使[五]烟霞叟，一到羅浮頂上行？

和查松亭雪僧詩

冰壺欲現出塵姿，一點禪心月滿池。銀海寒生雲作衲，祇園春到玉爲枝。冷腸欲訴憑誰語？皓首空修祇自知。可許袁安爲弟子，雪山深處奉吾師。

自挽詩

旅櫬荒庵寄此身，阿誰肯送出城闉。哭惟怪鳥如悲我，吊有青蠅不見人。一縷

案：公[六]時在粤東惠來縣署，未幾遂卒。

[一]『不停』，清道光本《黄竹山房詩鈔》卷十二、民國本卷六均作『莫停』。

[二]『可憐仍負向山程』，清道光本《黄竹山房詩鈔》卷十二、民國本卷六均作『可憐無計問山程』。

[三]『似』，清道光本《黄竹山房詩鈔》卷十二、民國本卷六均作『太』。

[四]『海外』一聯，清道光本《黄竹山房詩鈔》卷十二、民國本卷六均作『難豈天邊尋蜀道，渺如海上隔蓬瀛』。

[五]『如何不使』，清道光本《黄竹山房詩鈔》卷十二、民國本卷六均作『何時得使』。

[六]『公』，清道光本《黄竹山房詩鈔》卷十二作『先生』。

斷魂消[一]不得，百年惡夢亦非真。那知尺土歸何處，卧聽鐘魚更幾春？

一函枯骨白棱棱，枉費平生愛與憎。露冷蚓吹泉下笛，夜深螢點草間燈。偶然道及衙齋友，了不相關野寺僧。萬里終歸鄉井夢，夢中兒女唤難應。

浮生修短總堪哀，今古茫茫去復來。一任魚龍吞濁浪，不嫌蟲蟻卧蒼苔。烏歌薤露臨風咽，花薦芳筵踏地[二]開。何事伯倫行荷鍤，劇言一死便須埋。

乾坤浩浩任長眠，大塊初歸返自然。漫説壑藏舟不見，可知薪盡火應[三]傳。青蕪自掩無歸客，白骨今爲過去仙。暮雨蕭蕭寒食候，也應杜宇哭年年。

金永 二首

永[四]，字永和，號蓮塘。芥舟先生季子。布衣。著《歸與草堂集》。

[一]『消』，清道光本《黄竹山房詩鈔》卷十二作『銷』。

[二]『踏地』，清道光本《黄竹山房詩鈔》卷十二、民國本卷六均作『特地』。

[三]『應』，清道光本《黄竹山房詩鈔》卷十二作『仍』。

[四]《國朝畿輔詩傳》卷四十七亦作『金永』。高氏校云：『金永，《家譜》作「昶」。』《家集·世系表》：『永和公，諱昶。』《致遠堂金氏家集詩略》：『金昶，字永和，號蓮塘。愚若公孫，芥舟公少子。』當從。

按：永和敦孺慕，急家難，不避艱險。芥舟老人卒於粤東，隻身往返萬餘里，奉柩旋葬，歷盡顛危。畫得芥舟遺意，能寫溪山小景，有逸態。

題畫

楓葉初丹黄葦秋，扁舟獨倚釣磯頭。沙平水遠無人過，坐對波心數點鷗[一]。秋來倍覺憶江鄉，記得携書上野航[二]。坐待蘆灘諸釣侶，阿誰吹笛隔滄浪。

金勇 三首

勇，字果亭[三]，芥舟先生從子[四]。乾隆丙子副榜，終鉅鹿縣訓導。

按：果亭先生少放曠不羈，托於詩酒。而天資超邁，機趣旁流，有石曼卿、唐子畏之風。老來落拓，一官非其志也。詩多流散。

[一]『數點鷗』，《國朝畿輔詩傳》卷四十七同，《致遠堂金氏家集詩略》卷三作『數白鷗』。

[二]『野航』，《致遠堂金氏家集詩略》卷三作『野塘』。

[三]《致遠堂金氏家集詩略》：『金勇，字尚雲，號果亭。』當從。

[四]高氏校云：『金勇爲芥舟從弟子。』據《家集·世系表》，金勇係金玉淵（起潜）子，金介藩孫，金平之重孫。芥舟係若愚公子，金平之孫。

三明寺題壁

古木蕭蕭傍短楹，祇園誰以法門名？香花早散雲旗影，風雨猶傳梵唄聲。半榻支離僧夢穩，一龕寥落佛燈明。莊嚴自古同灰劫，臺砌秋深草又生。

漳橋晝望

落日〔一〕漳橋望，秋原動黍禾。平蕪〔二〕歸棹緩，衰柳暮鴉多。遠火明殘戍，疏鐘度晚波。重懷沽上水〔三〕，風景近如何？

爲寄公説偈

風來花滿枝，風去花滿地。開落自尋常，吹嘘本無事。風上花枝覺風好，風吹花落爲春惱。愛河苦海自家尋，天若有情天亦老。

〔一〕『落日』，《致遠堂金氏家集詩略》卷三同，《國朝畿輔詩傳》卷四十三作『落目』。

〔二〕『平蕪』，《致遠堂金氏家集詩略》卷三同，《國朝畿輔詩傳》卷四十三作『平橋』。

〔三〕『沽上水』，《致遠堂金氏家集詩略》卷三作『沽水上』。

金勝 五首

勝，字嶺雲。芥舟先生從子[一]，果亭弟。甘肅古浪縣尉。

按：嶺雲先生善畫山水，得芥舟家傳。主於氣韵，秉志衝淡，風格翛然。嘗馳驅營壘之間，軍書旁午，不廢詩畫。退舍後，橐餘數百金，傾散族人，嘯歌一室，晏如也。

感舊

新詞曾付雪兒歌，聽撥金槽喚奈何。狂態[二]不堪今日憶，春風衫袖酒痕多。

鶺鷂[三]鵬飛逐曉烟，旗亭觀伎是何年。紫雲散盡巢民老，忽漫聞歌一悵然。

題畫

樹藏修竹竹藏門，門外清流幾派分。行過板橋人不見，背陰花氣隔墻聞。

[一] 高氏校云：『「芥舟先生從子」可删。』《致遠堂金氏家集詩略》《家集·世系表》均謂有《田盤記》一卷、《隴頭小草》一卷。

[二] 『狂態』，《家集》卷三作『狂熊』，蓋誤。

[三] 『鶺鷂』，《家集》卷三作『鶚鷂』。

爲華麓堂寫《泛湖圖》題句

年來相看鬢堆霜，爲寫秋心一段涼。會載扁舟如畫裏，五湖烟水任茫茫。

偶憶

記得淮揚道，渾忘第幾橋。祇今魂夢裏，烟水碧迢迢。

棟與嶺雲先生雖翁婿[一]，相得似朋友，每過從，話至夜分，猶不放行。迨余遭家難，避居先生家一柳園，無夕不談，無談不暢。余不能飲，先生爲設一空杯，曰：『寄意焉而已！』先生故後，哭以長句四章。附記於此，以見先生一斑：『鷗鷺無端痛失群，蒿藟霜霰墜紛紛。賞音有數惟憐我，知己無多又哭君。在日湖山曾訂約，從今筆札竟須焚。隴頭誰種梅千樹，留指寒香高士墳。』『記曾掃榻借前軒，琴酒追陪一柳園。道味清於蘭吐馥，世情淡到菊無言。與人落落交疑冷，煦我温温意最暄。洗竹品花成往事，更誰東海吊虞翻？』『騎鶴飄然悵所之，閑雲瘦石費相思。人非求异風偏古，行不矜奇世豈知？一騎馳從多壘日，千金散在罷官時。青山隨筆能消遣，自寫平生磊落姿。』『虎口歸來自閉關，心清何處不雲山？雪花白處懷風骨，霜葉紅時憶酒顔。出世誰爲瓢笠友？論心猶記竹梅間。七弦挂壁塵空滿，古調思彈泪雨潸。』

[一] 高氏校云：『梅先生爲嶺雲從子婿。』

金思義 三首

思義，號曉岩[一]。乾隆戊子舉人，辛丑進士，陝西宜川縣知縣[二]。

按：公少以時文負重名，陶成後進。及仕宦，嘉慶甲子、丁卯鄉試陝西分房，與曹寅谷先生子昇同榜同寅，文名并駕，所拔皆秦中之秀。引疾旋里，卒年七十餘。

李烈婦王氏殉夫歌 大興明經李松軒之妻，夫死自殉

蒼烏啼月霜天老，酸風吹折鴛鴦草。婺女星懸烈婦心，一點紅熒長不槁。李家婦，王家嫒，尺帛殉夫夜將半。雪作骨，冰作面，走向黄泉教夫看。并蒂之花不獨榮，連理之木不孤生。鼎可烹，山可傾，歷劫難銷方寸誠。殉夫殉國無殊致，烈魄忠魂共此情。青陵臺，高百尺，臺不在人間，築向人心裏。人爲烈婦悲，天爲烈婦喜。人生百年終須已，泰山鴻毛决在己。君不見，褚淵生，何如袁粲死？覥顔能幾時，竟抱千秋耻。少此勇斷情，彼獨非男子。

[一]《致遠堂金氏家集詩略》卷三謂「字曉岩」。
[二]《致遠堂金氏家集詩略》卷三後謂「調署南鄭縣知縣」。

竹床詩

序：乙未，爲張楚山先生賦竹床詩二[一]。秋九月，乃爲先生書册。一落筆間，似有數存，而況其他乎。

先生本是鳳池人，爲帝綏猷牧楚民。自有蒲鞭爲吏事，何妨竹榻寄閑身？蘆簾起處清風滿，紙帳開時夜月新。遥想南州徐孺子，多應屢宿豫章春。

拂袖歸來鬢有華，一床相伴足爲家。携將江右高眠日[二]，坐對河東照眼花。掃榻正堪招六逸，睡心差勝覓三車。他時載向新城去，肯爲無氈更怨嗟。

金驤 三首

驤，字野航。芥舟先生從孫[三]，果亭先生子，文學。

按：野航直樸率真，不羈世味，以詩酒自娱，世其家風。

[一]「二」，《家集》卷三、《致遠堂金氏家集詩略》卷三均作「二首」。

[二]「眠日」，《致遠堂金氏家集詩略》同，《家集》卷三作「眠月」。

[三]高氏校云：「『芥舟先生從孫』可删。」

和王鹿埜見贈原韻[一]

久别嗟猶健，相携[二]滿座春。青雲誰得路，白髮自增親[三]。零落陶潛菊，凄凉張翰蒓。所欣惟舊雨，沽酒莫辭貧[四]。

贈鹿埜[五]

髫齔知交更幾人，相逢心事不堪論。篝燈夜雨秋蕭瑟，回首芸窗[六]一愴神。

[一]《家集》卷三題作《和王鹿埜表兄原韻》，《國朝畿輔詩傳》卷五十九題作《和王鹿埜見贈韻》。
[二]『相携』，《國朝畿輔詩傳》卷五十九作『相逢』。
[三]『自增親』，《國朝畿輔詩傳》卷五十九作『自相親』。
[四]『貧』，《家集》卷三作『頻』。
[五]《家集》卷三題作《復成一絶》。
[六]『芸窗』，《家集》卷三作『當年』。

與鹿埜小酌詩以慰之[一]

十載飢驅[二]兩地同，衹今相顧尚飄篷[三]。騷人自昔招窮鬼[四]，遷客何須感塞鴻？寒日一林魚市晚，秋容滿地酒缸紅。與君且盡杯中物，老去襟懷頗自雄。

金銓 七首

銓，字鈞衡，號野田。[五]芥舟老人族孫。諸生。著有《野田存草》[六]。

按：先生書法鐘、王，詩宗陶、阮。貧居委巷，罕與人通，崇懷高淡，不慕榮顯。阿雨窗制軍林保都轉長

[一]《家集》卷三題作《與鹿埜小酌談心詩以慰之》。

[二]『飢驅』，《家集》卷三作『飢馳』。

[三]高氏校云：『「蓬」誤「篷」。』《家集》卷三作『蓬』。

[四]『招窮鬼』，《家集》卷三作『説窮鬼』。

[五]《致遠堂金氏家集詩略》卷四：『又字汝衡』，『別號青田』。

[六]梅成棟撰有《金野田先生傳》，見《津門徵獻詩》。《家集》卷三收詩七首，即此七首。[民國]《天津縣新志》卷二十三謂《野田存草》：『梅成棟輯《津門詩鈔》時已散佚，故僅存七首。』

蘆，聞名造訪，凡數顧，始與訂交。李海門符清宰天津，時步訪清談竟日[一]，贈句云：『六書褚登善，五字韋蘇州。有道貧何病，無田菊是秋。』[二]風概可想。與康達夫、郝石臞、查次齋、周大迂結社聯吟，人多慕之。卒年七十餘，詩多散失。

述懷

閲遍人情轉自嘲，身何擾擾口譊譊。殘書破硯游閑業，暑雨寒風寄舊巢。静裏無難尋樂事，貧中未易得心交。偶然賣字錢盈百，村酒行沽醉遠郊。

簡梅樹君

硯作僧家鉢，隨方結世緣。那知逢歲儉，難得買書錢。遇賞聲名重，醫貧翰墨傳。老來師智永，推許仰高賢。

[一]《善吾廬詩存》有《李海門明府過訪適偕友尋菊郊飲敬賦五律書程》《李海門明府過訪不值》等。

[二]《善吾廬詩存》附録有李符清《贈沽上金野田先生》：『沽上知名士，如君第一流。六書褚登善，五字韋蘇州。有道貧何病，無田菊是秋。我懷風勵意，文酒訂交游。』

九日同人郊飲[一]

遼海深秋[二]落葉多，移樽[三]原野共婆娑。憑他[四]繫馬[五]臨高會，不對飛鴻嘆逝波。好句滿囊貧裹得，佳晨[六]幾度客中過。茱萸酒盡君彈鋏，一和狂夫醉後歌。

寄芥舟先生[七]

別是初春夏又過，陰陰庭樹鳥慵歌。貧中世慮消難盡，靜裏離愁感更多。沽上傭書今復爾，長安賣畫近如何？倘逢斯道堪容處，願負奚囊出薜蘿。

［一］《善吾廬詩存》題作《九日携友人郊飲》。
［二］「深秋」，《善吾廬詩存》作「秋深」。
［三］「移樽」，《善吾廬詩存》作「携尊」。
［四］「憑他」，《善吾廬詩存》作「任他」。
［五］「繫馬」，《善吾廬詩存》作「戲馬」。
［六］「佳晨」，《善吾廬詩存》作「佳辰」，當據改。
［七］《善吾廬詩存》題作《寄家芥舟老人》。

春郊[一]

佳色自相招，閑吟過石橋。昨朝足春雨，一夜長青苗[二]。岸柳依殘照[三]，壚烟帶晚潮。興闌歸步緩，處處見漁樵。

春日閑居

大道展春色[四]，茅檐氣亦新。青錢方賣字，濁酒暫留賓。香爇爐中火，簾封户外塵。談言共今計，多半是清貧。

送阿都轉雨窗先生

林保[五]

良辰遇欣賞，無如風雨何。委巷讀書人，曾紆車馬過。使之捐塵勞，庶以養天

[一]《善吾廬詩存》題作『野望』。

[二] 原誤作『笛』，《金氏家集》卷三、《善吾廬詩存》均作『苗』，高氏校亦云：『「苗」誤「苗」。』

[三]『岸柳依殘照』，《善吾廬詩存》作『堤柳明殘照』。

[四]『大道展春色』，《善吾廬詩存》作『古道回春色』。

[五]《金氏家集》卷三題作《送阿雨窗都轉林保》。《善吾廬詩存》題作《送阿雨窗都轉未獲面别悵然有作》。

欲言未能達[四]，離愁空自多[五]。

和。[一]深致澹難忘，扶筇出薜蘿。[二]侵曉踏霜華，沽水生寒波。[三]

金觀智 三首

觀智，字若水[六]。原籍會稽，家天津。布衣。著《沽上羈游草》[七]。

按：若水爲野田先生叔父，爲人寒而有骨。家沽上三十年，與同游者爲查次齋、周大迂及野田，爲竹林之游。詩多散佚，乃孫樸亭茂才爲藏一卷。

［一］『使之』一聯，《善吾廬詩存》作『寬以塵世勞，居貧庶養和』。

［二］『深致』一聯，《善吾廬詩存》作『亮懷重儒田，由來未許多』。

［三］『侵曉』一聯，《善吾廬詩存》作『侵曉一相送，扶筇夜渡河』，下有『古木著霜華，沽水生寒波』。

［四］『欲言未能達』，《善吾廬詩存》作『伫看行輿遠』。

［五］『多』，《善吾廬詩存》作『歌』。

［六］《致遠堂金氏家集詩略》卷四：『號也溪。』

［七］《金氏家集》之《世系表》謂《沽上羈游草》一卷，《家集》卷三收八首。高凌雯［民國］《天津縣新志》卷二十三《藝文》著録金觀智《沽上羈游草》一卷，謂『詩多散佚，此集爲其孫淳所藏』。

秋日過查次齋小飲

皓魄當窗净，蕭齋小酌時。語真存至性，人老動秋思。花氣熏簾静，書聲繞座遲。時次老課子讀書。形骸堪放浪，坦率復何疑？

思歸未遂賦以自傷

功名無分此生休，何事津沽久滯留？空覺簿書勞鞅掌，那堪霜雪已盈頭？五更鄉思天邊雁，半世浮生海上鷗。一别故園三十載，關山何日返扁舟？

秋日憶藕蕩讀書樓

小樓幽築大堤邊，每到凉秋喜獨眠。千里湖光來枕上，一痕山影到窗前。藕花香遠人歸浦，竹籟清喧月滿川。此景何堪回首憶，老年倍覺夢魂牽。

按：若水祖名貞吉[一]，字子牧。一生游覽。樸亭家藏遺集一卷，内有《石城下與劉使君話别》云：『客路一千里，交情三十年。滔滔大江水，忽忽去人船。别泪今宵盡，鄉心此日懸。獨憐衰鈍士，無計復遷延。』又，《老病將歸買舟未遂》云：『杖策秋郊外，扁舟惜未還。瘦僧黄葉寺，孤客白門山。有病憐枯草，多愁望故關，

[一] 高氏校云：『「貞」應作「謙」，據《族譜》。』

天公非困我，人世總多艱。』氣骨頗高。

又，芥舟先生長子名方，字勉之。《夜雨舟中》句云：『布被横攤數尺冰，抛書燈火對熒熒。那堪風雨孤篷下，卧聽人家兒女聲。』得客中之真景。人言金氏多才，良不虚也。

津門詩鈔校箋卷十一

于揚獻 一首

揚獻，字濯溪[一]。諸生。

過明陵

北山林麓掩紅墻，曲折行來輦路荒。錯落金磚摧鷟鷟[二]，參差玉瓦亂鴛鴦。春深階砌埋青草，風過樓臺泣緑楊。[三]幸賴熙朝多曠典，恩封遺蔭薦蒸嘗[四]。

于豹文 一百五十五首

豹文，字虹亭。揚獻子[五]。乾隆戊午舉人，壬申進士，未仕。著有《南岡詩草》。

[一]［光緒］《重修天津府志》謂：『字萬峰，號棹溪。庠生，邑中義舉多賴以成。有《燕平存草》《閩游記》等稿。』高氏校云：『擢溪，誤「濯」。』［民國］《天津縣新志》亦作『濯溪』。

[二]『錯落金磚摧鷟鷟』，《國朝畿輔詩傳》卷三十一作『攲側豐碑摧贔屓』。

[三]『春深』一聯，《國朝畿輔詩傳》卷三十一作『春深玉砌埋荒草，日落珠宮黯緑楊』。

[四]『恩封遺蔭薦蒸嘗』，《國朝畿輔詩傳》卷三十一作『祠官歲歲薦蘋香』。

[五]高氏校云：『于豹文，揚獻從子。據《于氏家譜》。』

按：虹亭先生短身貌陋，口能自容其拳。天才警敏，目下十行，博通今古，無所不讀。借人書，一覽即歸之，終身成誦。壬申會闈中，三藝已成，又易三藝爲短篇。主試者獲公卷，如得拱璧，登上選。後歸班，鬱鬱病膝而没。里人痛惜公奇才未竟，有名士青山之恨。

公族弟静海于巨樹［一］序公詩云：『歲在著雍困敦之端陽，吾兄虹亭先生遺詩鈔竣，蓋距先生之没，忽忽六年矣，共計詩一千五百四首，次爲十六卷，繇是斷簡殘編，始有完本；半生心血，弗致銷亡。藏之家塾，貽之後輩，而長逝者恨其或有窮乎？昔漁洋山人訂其兄西樵《考功集》成，備述海内耆宿評論之語，以冠簡端，而第自贅一言，以附於末，明其不敢序也。余何人而敢序吾兄之詩，然而不能已於言者，誠以悲從中來，情難自禁也。余性譾陋，酷喜咏歌，讀書津門，學步數載，先生不憚口授指畫，以示詩家三昧，是以風前月夕，酒闌燈灺之間，凡有所作，余輒得録而讀之。辛壬病膝，卧床經年，猶自口不絶吟，手不停筆，悲歌慷慨，鬱陶莫釋，一往蒼凉。蕭摵恇憏無憀之音，與夫伏枕呼天呻吟欲死之聲，若斷若續。易簀之前，含泪握手而訣余曰：「吾生平詩草，久思繕寫成帙，郵致長洲，就正於年友沈歸愚先生，而刊以問世。今賫志不果，吾弟爲有心人，願相屬，或者可俟於异日乎？兄則夜臺望之矣！」嗚呼！言猶在耳，琴不成聲，春草池塘，徒增悼嘆。而余學亦遂不復進也，將何以報命於地下哉！先生詩凡數變，總期清峻遥深，一歸於情性之正。昔王西樵題《孟山人集》曰：「一從時世矜高唱，誰識襄陽孟浩然？」而先生題《考功集》云：「連珠共信寒於水，獨鶴何心解向人？」微旨所寄，亦可知其詩格之自命矣。爰以鈔録之顛末，略爲序述，以俟論定。嗟夫！日月幾何，風流頓盡。吊

［一］高氏校云：『于巨澍，作「樹」誤，見《南岡詩草》。』《國朝畿輔詩傳》卷四十亦誤作『樹』。按：《南岡詩草序》末署『受業弟巨澍謹序』，作『澍』爲是，當據改。

村落之荒邱，攀墓門之秀樹。讀茲遺編，而不禁潸然出涕也。』

文章

文章本小技，况乃失其真。纖濃逐時好，淡泊誰更陳？人競恥白腹，捃摭空云云。讀書供獺祭，萬卷寧有神。君看六經後，西漢號最醇。鴻裁脱羈靮，匪徒形體存。异代挺韓豪，自爲猶比鄰。

讀朱買臣傳

翁子潦倒士，栖栖困采樵。飢寒憚負荷，行吟慘不驕。往厭溪水深，歸厭岩風饕。遥期五十至，坐起紛鬱陶。一婦俄已去，故人方見招。咄哉三長吏，恩怨何嘵嘵。

古悲歌

人言鄉井好，而我謂不然[一]。結髮事遠征，萬里共一天。伏波拔大羅，都護勒燕然。丈夫騁長步，寧爲妻子牽。所嗟乏貴托，衛霍多攀緣。封侯困百戰，幕府

[一]『謂不然』，清于巨澍抄本《南岡詩草》卷一作『不謂然』。

誰見憐。坐令飛將軍，俯首斲養前。何如歸南山，射獵秋草連[一]。功名勿復道，吾年今已全。

秋圃

寒花媚秋圃，不知桃李春。晚風含微霜，因之久逡巡。影瘦香逾好，幽賞發氤氳。持問越溪女，芳華安足云？

晚眺

積靄被長澤，悵然秋氣深。四序無停晷，奄忽及茲晨[二]。自昔有彼美，日夕斑竹林。思之不可見，烟波空我心。

雜感八首

余本燕趙士，迂怪世共嗤。以茲多齟齬，寸心良自知。側聞聰明子，精魂蕩遺規。鑿竅者誰與，二帝空爾爲。

[一]『秋草連』，《南岡詩草》同，《國朝畿輔詩傳》卷四十作『秋草邊』。

[二]『茲晨』，《南岡詩草》卷一作『茲侵』。高氏校亦云：『「晨」應作「侵」。』

羲和無停御，長繩安可繫？冉冉百年中，修短隨所際。爾精苟内摇，金石有時敝。達觀幸及壯，不朽用自勵。

庭前有桃李，艷冶發春姿。争妍欣所托，顧盼生光輝。下士多後悟，哲人重先知。外榮中已枯，坐怨秋風吹。

大梁有死友，古誼[一]敦監門。一朝握兵符，睥睨無兩尊。傷哉泜水上，刎頸聲自吞。張陳尚復爾，孫龐安足論？

新霜有歸雁，飛飛凌大河。非不戀沙磧，秋風捲蓬科。避寒心獨苦，謀食意無他。稻粱知正好，雲羅當奈何。

多泣楊朱子，凄然傷路歧。逼仄匪世途，神理日希微。耽進咎斯積，息鞅庶無疵。腹中勝[二]鱗甲，誰知險與夷？

征鴻來古塞，飛飛渡江潯。我有一書札，因之寄遠音。窈窕二妃駕，日夕湘中深。下女不可貽，雲陰愁暮心。

東海有貧士，終歲一製衣。遺榮諧夙好，行歌無是非。盛服人所指，不稱况貽

[一]『古誼』，《國朝畿輔詩傳》卷四十同，《南岡詩草》卷一作『古義』。

[二]『勝』，《南岡詩草》卷一作『盛』。高氏校亦云：『「勝」應作「盛」。』

譏。回視里中兒，裘馬何輕肥。

讀《范滂傳》

孟博丁漢季，攬轡多苦心[一]。澄清志未就，閹寺相侵尋。生不愧李杜，死與夷齊鄰。一朝成決絶，千載爲傷心。

李鄴侯

鄴侯濩落質，逸翮長翩翾。衣白哄軍中，勉爲圭組牽。佐唐功再造，調護猶[二]稱賢。屢回衡山御，輒云好神仙。史臣工讆語，因之多雕鎸。咄哉藪澤視，相去毋乃懸。世主意叵測，以智幸自全。寥寥辟穀者，尚友當其然。

東方曼倩

曼倩本直諒，滑稽乃爾爲。一笑輕萬乘，金門秉良規。武帝多猜忌，意見終無

[一] 高氏校云：『「心」應作「辛」。』

[二] 『猶』，《南岡詩草》卷一作『尤』。

差。勿因優徘[一]弄，而忘辟戟時。

石守道

徂徠古遺直，一代號詩史。能使奸諛人，讀之纇有泚。睚眦知必報，况乃撩蠆尾。先見仰明復，子禍從此始。

游水月庵

時全真武陽春募葺

大士化人也，水月多因緣。偶然居落伽，變滅風中烟。好事自誰氏，創寺城東偏？罘罳淹歲紀，俯仰失華鮮。何來痴道士，苦募黄金錢？木魚共朝暮，破衲雜裘旃。赤足冰雪中，午夜聲便聯。坐令布地資，磈礧[二]竹林邊。我見重嘆息，此物衆所天。不如構大厦，千間同衮延。園開給孤獨[三]，匪云福成田。誦經無甘露，説偈無青蓮。而有粗糲食，疲癃各歡然。却爲聚檀越，舉酒彌勒前。賤子樂復樂，四座俱萬年。

[一]『優徘』，《南岡詩草》卷一作『徘優』。

[二]『磈礧』，《南岡詩草》卷一作『礧磈』。

[三]『給孤獨』，《南岡詩草》卷一作『擬給孤』。

邯鄲才人嫁爲厮養卒婦

妾本小家女，誤承君王顧。一入崇臺宮，光儀隔烟霧。蹉跎竟歲年，歌舞竟誰慕[一]？詔賜厮養卒，清泪滴紈素。妾雖寡言笑，守身視重璐。何似樛氏女，往來猶客寓。朝事陽翟賈，暮騁秦宮步。眄睞逐流波，鴛衾宿野鶩。偕老得同心，妾願良已足。榮華能幾時，人生若朝露。

涌泉寺廢井歌

銅瓶半墜凋青蒲，土花漠漠寒泉枯。黯慘遥連白玉砌，風箏無語檐牙孤。老僧向我泪沾臆，苦憶前朝神瀵出。一時金帛積如山，道玄[二]妙手張顛筆。轉眼於今三百年，鴿王座暗琉璃失。安得大雄疏地脉，銀派珠源重可識。我聞但一笑，休嗟神力遐。瓦棺留遺迹，曾吐青蓮花。伊昔有异僧，咒鉢芬奇葩。如何擲梵夾，堆案空法華。况復化人無定止，琳宫瓊户猶駢指。如潮如汐非舊觀，即色即空何自始？再造還須象數功，一勺曹溪亦爾耳。我欲從君更下石，禪燈夜静波瀾死。

[一]「竟誰慕」，《南岡詩草》卷一作「誰更慕」。

[二]原諱作「元」，據《南岡詩草》卷二改回。

病中題《鍾馗圖》

世間鬼神果有無？盲左乃載桑田巫。昏夜不見白晝見，南面之後空嗟吁。鍾馗曾居鍾南山[一]，席帽麻衣多士間。當庭貌陋紅勒帛，階前觸死血朱殷。唐皇病瘧卧寢殿，夢驚二鬼雜神奸。一鬼獰狰一鬼小，怒驅抉目僵堅頑。呼之却稱前進士，桂花入手還多艱。語罷不覺意凄惻，至今圖畫無歡顏。嗚呼此事真渺茫，大内深沈連洞房。九重虎豹怒相嚮，么麽何敢潛張惶。細思依然成夢幻，神摇目炫來酣戰。一切變化盡虛無，聰明正直何由見。君不見，唐皇晚嬖楊氏女，月窟霓裳稱絶技。廣陵宵見轉荒唐，申師盡道真仙子。後來更有楊通幽，魂游三島復十洲。金釵鈿盒誰問取，七月七日祝牽牛。乃知前夢總支離，後夢仍同蜀道迷。昭陽禍水但孤寢，閹道淋鈴孰并啼？我今卧病減夜眠，家人取圖中堂懸。競言鍾馗多顯赫，君疾見此應脱然。我聞含笑一點頷，古心古貌殊清妍。我生有命傳自昔，擁戈揚盾胡爲焉？所喜閉户人事絶，坐對仿佛睹雙顴。不須更假驅除力，前輩風流自可憐。

［一］高氏校云：『「鍾南山」，應作「終」。』

黄雲篇

黄雲横天風捲沙，駕鵝力弱聲交加。將軍擁戈夜出塞，陰山路斷迷悲笳。此時軍中鼓聲死，萬馬齊喑風轉駛。鹵兒含笑誇白題，冒頓曾圍漢天子。兵家勝負總難憑，蹵踘〔一〕還須〔二〕一將能。試上天山看片石，磨崖書績累誰登？

燒香曲

鳳蠟停宵〔三〕麝月黄，玉釵挹露雲鬟香。羅衣欲褪還結束，窗紗半啓風飄揚。侍兒解事焚都梁，博山烟裊噴蘭芳。遼陽春盡夢何長，郎乎郎乎空斷腸。

拜月曲

簾幕微寒春料峭，銀釭斜背迷清照。麝蘭半掩月昏黄，曲檻迴廊魂悄悄。深閨寂寞夜何長，姮娥泣露鳴風篁。妾啼妾怨應相惜，裙帶微飄入洞房。

〔一〕『蹵踘』，《南岡詩草》卷二作『蹴踘』。按：《封氏聞見記》，『蹴鞠』即作『蹵踘』。

〔二〕『還須』，《南岡詩草》卷二作『還推』。

〔三〕『停宵』，《南岡詩草》卷二作『宵停』。

紀變

八月下澣天無雲，斗杓插漢環星辰。霞光如燭西北至，恍疑烈火焚昆侖。今年夏秋苦淫雨，陰霾艱[一]辨朝與昏。二氣愆伏遞衰旺，蓄泄乖迕憑高雯[二]。或云今宵上帝出，紅雲捧輿縈翔鵾。或云祝融久匿焰，怒與屏翳揚奇氛。瞽説種種且莫道，五行有志尋其根。今當秋仲白帝出，金爲水母相因循。四郊澎湃病昏墊，乘勢再振誰能嗔。或者火潛轉一奮，天之示警良已諄。衆聞此言猶河漢，老者捧腹少者奔。灾祲之來若桴鼓，轉盼夜半聞驚喧。黑風吹雲江海立，鵑啼鬼嘯同煩冤。波翻浪涌走平陸，魚游釜底絶攀援。布衾漂没肘捬水，棟折壓股餘頹垣。可憐繞郭半异物，浮尸纍纍忘朝餐。有備無患古所重，不幸言中舌奚捫。作詩戒後當提耳，慎毋遺此空招魂。

秋草

朝來南浦上，客望轉萋迷。無復埋芳徑，依然襯馬蹄。意中流水盡，愁外暮山

［一］高氏校云：『「艱」應作「難」。』
［二］高氏校云：『「雯」應作「旻」。』

低。曾送王孫去，秋風滿故蹊。

感懷[一]

四十年來事，凄然暮雨中。飛騰慚去鳥，蕭瑟近衰翁。敢謂詩書誤，羞云篆刻工。寥寥千載上，此意竟誰同？

歸人[二]

歸人渺何處，落日五湖東。舊宅臨秋水，頽垣隱竹叢。閑雲心自遠，倦鳥意還同。生計依場圃，空餘半畝宮。

雨後葺舍

風雨欺貧窶，蕭蕭祇敝廬。苔侵曾不改，茅捲更何如？一哭[三]傷鄰婦，羈栖愧老漁。殷勤圬者意，未忍獨安居。

[一]《國朝畿輔詩傳》卷四十題同，《南岡詩草》卷三題作《秋雨感懷二首》，此其二。高氏校亦云之。

[二]《南岡詩草》卷三題作《賦得五湖三畝宅》。

[三]『一哭』，《南岡詩草》卷三同，《國朝畿輔詩傳》卷四十作『痛哭』。

北窗

一徑入花塢，當窗午氣薰。林深微漏日，溪暑欲蒸雲。劇飲非吾事，攤書多异聞。苔痕與草色，高卧更誰分？

定州覽古四首

陽道州墓

牢落陽司諫，孤墳异代看。有花聯棣萼，無地著危冠。酒盡烏臺閉，霜飛吏牘寒。不知韓吏部，何事重譏彈？

蘇文忠祠

髯公天下士，出守避詞垣。慶歷[一]文章在，熙寧紹述煩。官閑虚燕寢，祠古怨溪蘩。片石仍遺愛，摩挲識舊痕。

衆春園

魏公曾出牧，鎮撫在中山。暇日邀賓從，名園集珮環。雲霞依畫棟，虎豹扼雄關。征虜投壺趣，遥遥千載間。

［一］「慶歷」，《南岡詩草》卷二作「慶曆」，是，當據改。

料敵塔

宋代饒戎馬，雄邊殺氣孤。遥看烟羃䍥，似帶血模糊。歲遠枝撑暗，時清虎豹驅。即今游覽意，不復問雕弧。

幽栖［一］

幽栖無一事，日夕戀匡床。過眼遺時好，開囊嗅古香。從今須用拙，前此爲誰忙？欲辨何勞辨，休教鬢易霜。

憶遠

臨歧曾握手，一去竟忘歸。白社誰前侣？青山空落暉。艱難逢旅食，辛苦著征衣。猿鶴休輕怨，相期定不違。

［一］《南岡詩草》卷三題作《幽栖追次放翁韵二首》，此其二。高氏校亦云之。

無客[一]

閉門無客到，掃徑轉多閑。苔碧窗生暈，蟫紅書有斑。藏名應莫忘[二]，求富任從慳。過眼窺生理，夕陽山外山。

汲井女[三]

轆轤轉盡小蠻腰，霜覆梧桐度冷宵。月魄倒含凝翠黛，鏡花回照上雲翹[四]。身依苔甃何曾誤，夢入銀床不可招。一樣露桃井畔路，宮娥偏覺最嬌嬈。

負薪女

芳心無那對連蜷，伐木丁丁側鬢蟬。惹恨何如翁子傳，斷腸争奈杜陵篇。袖沾紅杏山前霧，釵傍垂楊雨後烟。月下負薪來往慣，素娥倚桂爲娟娟。

[一]《南岡詩草》卷三題作《無客追次放翁韵》。高氏校亦云之。

[二]高氏校云：『「忘」，原作「忌」。』

[三]按：據《南岡詩草》卷五，《汲井女》《負薪女》係《貧女八咏》之七、八。

[四]『鏡花回照上雲翹』，《南岡詩草》卷五作『鏡光回照上花翹』。

有懷

隴坂迢遥隔暮烟，邇來消息轉凄然。一身[一]作吏逢笳吹，萬里籌邊過酒泉。可是鉛刀無一割，不容馬腹競長鞭。歸來莫負山靈約，松菊依依[二]似往年。

題王西樵《考功集》

清詩句句孟家鄰，宗仰誰云但後塵？天遠雲沙供位置，夜深竹露洗精神。連珠共信寒於水，獨鶴何心解向人。篇號長齋無限好，山妻諸弟總難親。

不信

不信吹齏計可捐，宦游歷後歉身全。季倫枉自呼奴輩，子幼何曾解種田。火入空齋遺故帙，草荒别院憶平泉。華亭鶴唳東門犬，千古傷心涕泪漣。

河決

濁流萬里莽寒雲，紫陌青疇浩不分。浪涌近銜廣武驛，波回遥帶賀蘭軍。宣

[一]『一身』，《南岡詩草》卷五同，《國朝畿輔詩傳》卷四十作『一行』。

[二]『依依』，《南岡詩草》卷五同，《國朝畿輔詩傳》卷四十作『依然』。

防[一]莫漫營丹竈，涬水由來警放勛。鴻雁哀鳴何處所，其鳩端仰聖明君。

閉門

閉門不羡鶴書頻，魚鳥閑同萬物春。小草曾嗤謝安石，大招無奈楚靈均。江湖廊廟誰高下，白髮黄金有故新。却笑折腰彭澤宰，歸來始號葛天民。

咏史

祖龍梟鷙古難齊，郡縣無端禍已梯。采藥欲尋滄海外，築城直過大荒西。讖成遽爾驚山鬼，運去空教祀寶鷄。爲問滈池君在否，草荒軹道晚萋迷。

偶成

迷陽却曲欲何之，樗散惟應大木宜。不怨[二]騷人傷左轉，也知莊叟羡支離。黄塵碧海須臾事，布襪青鞋指顧期。南燭可能駐金景[三]，争教霜鬢一絲絲。

[一]『宣防』，《南岡詩草》卷五作『宣房』。

[二]『不怨』，《國朝畿輔詩傳》卷四十同，《南岡詩草》卷五作『不忿』。

[三]『駐金景』，《國朝畿輔詩傳》卷四十作『常駐景』。

支頤

支頤猶憶少年場，縱酒於今總濫觴。教伎樓空風細細，落花天遠月茫茫。《楞嚴》閑譯生疏字，奩鏡羞談時世妝。白傅可能歌一曲，楊枝雖好已飛香。

古意[一]

海燕飛飛傍玉樓，檀槽無語按涼州。風塵遠道征夫泪，楊柳三春少婦愁。門掩葳蕤還白晝，夢驚屈戌[二]總清秋。金微一去空回首，爭似黃河入塞流。

小園漫興[三]

賦憶蘭成百感生，曩來踪迹總營營。晚菘早韭尋常味，椎髻蓬頭自在行。素業河邊惟半畝，故人天上有雙旌。閉門幸謝塵中客，二仲頻來犬不驚。

[一]《國朝畿輔詩傳》卷四十題同，《南岡詩草》卷五題作《古意次韵》。

[二]『戌』，原誤作『戍』。高氏校云：『「戍」應作「戌」。』

[三]《南岡詩草》卷五凡二首，此其二。

秋柳十首録三首

淺碧輕黄曉日烘，芳華轉盼又西風。閨人遥憶飛花盡，邊馬初驚踠地空。弄影尚疑三月半，垂條争奈九秋中。朝來溪畔重回首，樹裏依微認去鴻。

落日秦淮鎖斷烟，六朝往事重凄然。折來南院空流水，種向華林更幾年。秋序頓驚人代速，芳姿翻益泪痕鮮。江關饒有蘭成恨，賦裏重尋枯樹篇。

摇曳章臺近酒壚，如塵如夢色模糊。蕭條似愧紅襟燕，冷淡偏宜白項烏。姿致當年寧遽減，風情此日未全辜。高樓繫馬看眉翠，記取狂奴故態無。

書中乾蝴蝶四首録一首

探花探得浣花箋，謝客芳魂入簡編。展卷尚餘形栩栩，循章長此致翩翩。香尋字裏幽蘭馥，艷逐行間紅藥鮮。逸態依然浮紙上，却嫌書蠹費鑽研。

春宫怨

春至啼鶯滿，羊車幾日過。緣何[一]芳草色，偏傍玉階多？

[一]『緣何』，《國朝畿輔詩傳》卷四十作『青青』。

讀《明史》詩一百首 并序

自古亡國之史，類成於興朝，語嫌觸忌，實録爲難。惟我大清發祥遼海，疆域攸殊。世祖皇帝順天人之應，入平寇亂。蓋得天下於逆闖，非得天下於朱氏，與漢之高帝、明之孝陵异世同符，匪唐宋覬覦者比。其於勝朝不獨罔事剪除，所以矜恤之者至優且渥，宗社靈長，有自來矣。聖祖皇帝復於萬幾之暇，特命文學諸臣纂修《明史》，詳加睿定。天語重申，務存實録。積數十年之久，更歷兩聖，始克告竣。故能明并皎日，細盡秋毫，大書特書，一無回護，洵前史所未有也。不揣固陋，竊從授徒餘隙，恭深翻閲，逾歲乃周。前後三百年事，犁然在目。因成七言絶句[一]一百首，用以表章先民而導揚盛烈。即偶參管蠡，要期發《明史》意，一切瑣務，有史所不載者，兼采他帙，間爲補入。雖挂漏尚多，而治亂之源流，賢奸之梗概，略具於斯，是亦讀史之一助云。

鄉號紅羅啓瑞符，風塵一劍謝追趨。張陳已事休重問，鍾阜由來擁帝圖。
沙漠晨驅舊祀綿，遠優崇禮過居延。更垂遺制高千古，花蕊無勞聽杜鵑。
帷幄桓桓盛虎臣，居臨[二]濠泗拱星辰。退朝宴語天顔霽，共識南陽有故人。
履聲橐橐彩毫鮮，廟祀[三]曾勞國史傳。曉日潼關馳露布，一時免賀愧青田。

[一]《南岡詩草》卷十六『句』下有『詩』字。
[二]『臨』，《南岡詩草》卷十六作『鄰』。
[三]『祀』，《南岡詩草》卷十六作『祝』。高氏校亦云：『「祀」應作「祝」。』

孝陵恩渥首崇儒，帝訓重申典禮殊。不獨薦紳羞反面，并教節義遍東湖。

胡藍遺党劇連鷄，排擊無煩嘆噬臍。褒鄂勛名長已矣，最憐遺戍到潛溪。

雄藩并建立恩洪，冢嫡親傳仰至公。逐燕高飛嗟已驗，却教同氣盡湘東。

維城重寄首王畿，削奪誰云是禍機。力盡齊黄寧有恨，幾曾東市裹朝衣。

幽薊年來苦戰攻，衝人無語泣飛鴻。先皇介弟休輕犯，白袷横馳萬弩中。

濟南戰血怯高皇，鐵騎晨摧尸半僵。破壁幸乘風驟至，恰如雷雨助昆陽。

燕旦雄謀蹶未休，金川事去水空流。一時帷幄皆文士，不學曾嗤博望[一]侯。

忠良培植幾經時，瓜蔓誅夷悔較遲。莫怨匆匆胎卵盡，吾皇親爲剪連枝。

讀書真種渺難攀，十族傷心血色殷。阿弟休言華表柱，先生原不念家山。

羅刹磯頭落日懸，侍中遺恨滿江天。更流[二]血影青溪上，風雨年年怨杜鵑。

擷來[三]秋實盡家丞，調護多煩舊股肱。却怪天威仍叵測，有人側目似秋鷹。

内臣干政始文皇，觴濫當年多中傷。一任家奴稱有詔，漫勞朝士説無將。

[一]「博望」，《南岡詩草》卷十六作「博陸」。高氏校亦云：「『望』應作『陸』。」

[二]「流」，《南岡詩草》卷十六作「留」。

[三]「來」，《南岡詩草》卷十六作「采」。

海運艱危不易供，天儲遥給大司農。平江首事通淮濟，博得功名上景鐘。

性調緩急別韋弦，道在重光并蓋愆。休息恰當成祖後，寬文[一]欲據漢文前。

曈曨旭日映迴廊，密勿同參帝語詳。内侍開函齊下拜，沉香盒裏燦銀章。

腋下龍鱗釀禍胎，重看叔父横燕臺。爲憐瓮底埋殘骨，争及黔中老佛回。遜國事，正史不載，不敢復贅，茲特旁見。

南交遞[二]帶似駢枝，椎髻難邀去後思。征戍俄停仰睿斷，非關待詔有捐之。

暇日筵開萬歲山，觥籌遥泛翠微間。侍臣半醉天顔喜，仙舞從教禮數删。

白羽新[三]調劈塞雲，雄姿逸出舊從軍。六師迤邐邊功盛，土木龍旂誤嗣君。

三楊夾輔冠三朝，松柏森森老不凋。却乞中宫寬内豎，似忘衝主正垂髫。

周公王振嘗自稱周公輔成王勛績大差池[四]，誤盡官家北狩時。南内龍飛空有恨，臨衢更起報功祠。

[一]『寬文』，《南岡詩草》卷十六作『寬仁』。高氏校亦云：『「文」應作「仁」。』

[二]『遞』，《南岡詩草》卷十六作『遥』。

[三]『新』，《南岡詩草》卷十六作『親』。

[四]『大差池』，《南岡詩草》卷十六作『太差池』。高氏校亦云：『「大」應作「太」。』

景皇決策中囂日，少保扶傾外潰時。一自宵人誇翊戴，陰雲千里叫寒鴟。
錢塘司馬果人豪，談笑能令黠寇逃。太息裕陵輕賜劍，長留怒氣上胥濤。
儒將風流郭定襄，此門虎卧偃西羌。無端黑水傷懷抱，回首雲霄泣數行。
文達勛庸勒鼎鐘，奪門功叙轉汹汹。不緣一語回天聽，曹石還應用[一]蟄龍。
一峰疏奏耀龍墀，萬古綱常儼在兹。再世有人攻太岳，應稱吉水是吾師。
穹廬加腹景猶新，戲語無嫌比故人。貝錦雖工休遽信，可曾腋足賴袁彬？
有明家法禮椒闈，萬鄭獨隆兩貴妃。猶有乾綱裁衽席，不教容易混翬衣。
威寧將略震羌渾，偶近中涓貽衆論。千載汾陽同此意，也曾款語悦朝恩。
石城謫去渺天涯，望裏浮雲日易遮。爲語横江賈太傅，從今不必怨長沙。
文莊相業無多子，著作平生號最繁。大杖怒驅空死後，無端排擠到三原。
函中秘術手親裁，蔭借椒風炫草萊。甌卜已堪光象緯，却勞夜夜望三臺。
孝廟温恭重典型，英謀密語共叮嚀。莫忘毓德勞覃吉，袖裏曾藏萬里經。
主情客意兩相諳，論思休云白髮毿。從此老臣甘死職，湖山不復憶江南。
壽寧驕并武安侯，北地彈章動玉旒。明主自持三尺法，誰言張氏有私仇。

[一]『用』，《南岡詩草》卷十六作『困』。高氏校亦云：『「用」應作「困」。』

御榻彌留顧命新，臺衡環侍語重申。劇憐劉謝匆匆去，無那茶陵是老臣。

遠道青騾落照孤，華容氣節古今無。中書伴食惟[一]遺老，不向東山司馬堂名聽鷓鴣。

對山俠氣儼青蓮，勉禮驃騎好友全。一自渼陂王九思同斥後，但憑腰鼓慰衰年。

楊公奇計清君側，幹濟當時盡不如。却怪晚年甘進取[二]，漫同寇相附天書。

五等榮分曉日暾，當年揖盜舊開門。黃衣灑掃由來事，休語邊功媚至尊。

豹房虎圈走風霆，邊吏如雲哄内庭。昨日應州新捷至，至尊親爲斬降丁。

文成講學遍諸生，媒孽無端鈎距精。我不負師妻倍[三]我，何人得似冀元亨？

發蒙振落遍堂皇，二被謀成更中傷。差喜鉛山費相國，獨持勁節抗寧王。

几杖翻教覬御屏，陸完外應内錢寧。孝廉劉養正此日懵騰甚，江漢中宵辨帝星。

威武將軍[四]晝夜嘩，江城霧合厭悲笳。不容樞府旌三捷，却聽綸巾入九華。

[一]『惟』，《南岡詩草》卷十六作『仍』。

[二]『甘進取』，《南岡詩草》卷十六作『耽進取』。

[三]『倍』，《南岡詩草》卷十六作『信』。

[四]『將軍』，《南岡詩草》卷十六作『新軍』。

空同勁骨奮華年，晚縶潯陽亦可憐。怪底許由工竊屨，青蠅白璧總淒然。

驀來羅織訐迍邅，獄借陽春魑魅連。湔洗重煩林待用，雌黃無奈馬東田。謂《中山狼傳》。

新都名與相州連，定策匆匆國本全。屈指有明三百載，中書應屬相公賢。

祥開興府日初升，張桂乘時意氣增。大禮已成還大獄，怪他毛鷙逾秋鷹。

廟謚紛紛辨莫勝，承天門下泪沾膺。何如詔遣金牌日，懿旨先傳嗣泰陵。

偶題雁塔至公存，金齒才華孰并論？萬里傷心嚴譴日，白頭猶説泰陵園。

姚宋聲華孰與并，鈐山清寂念年[一]情。劇憐枚卜紛紜甚，不及匆匆唱渭城。

丹心耿耿迴難磨，後補空悲戰馬多[二]。截竹曾聞師宛洛，有人夢裏撫雲和。

青霞怨魄委邊城，欲覓頭顱沙磧横。差喜季倫西市日，招魂還有舊門生。

東樓蔽日曉崔嵬，弧矢横飛勢半摧。瀦室幸逢林御史，并揮餘蔭付蒼苔。

壇開西苑禮穹窿，碧檻雕甍華蓋同。操技有人干象緯，昨朝新拜大司空。

四相青詞迴异倫，直廬簪筆動星辰。昨宵詔起虬龍冢，羨殺文榮語最新。

[一]「念年」，《南岡詩草》卷十六作「廿年」。高氏校亦云：「『念』應作『廿』。」

[二]「戰馬多」，《南岡詩草》卷十六作「依馬多」。高氏校亦云：「『戰』應作『仗』。」

龍圖歿後直臣少，重見剛峰出海南。封事夜陳奴已去，醮壇依舊整金函。

竭來奇貨珥豐貂，謀協方王絶内囂。封貢有規忠順至，笑他馬市誤先朝。

名獵白麻内降新，黄門抨擊果私人。漫矜新鄭同前輩，却與南充作後塵。

中書作[一]鎮氣崢嶸，十載鈞樞絶送迎。身後玄黄遽如許，一生恩怨大分明。

鼎鼐頻聞訌内庭，貴溪死去又華亭。張馮比黨尤傾覆，噩夢何人得乍醒。

投金政府意倉皇，決勝功宜歸廟堂。間隙早彌李太慰，勛名獨愛郭汾陽。

萬里河流閭尾盈，患瀰[二]中葉瀫文生。共驚風雨遺龍首，身後推恩闕易名。

神皇晚歲耽游晏，剝削驚聞[三]遍草萊。一騎黄塵齊下泪，遥知礦使日邊來。

掖庭恩重罷朝參，章奏紛綸總廢談。好語諸臣且斂喙，官家原自不開函。

申時行王錫爵意見任西東，得慰皇心即至公。不是諸臣憂危議，淮陽先已位春官。

奇冤誰辨皦生光，俠氣深憐郭侍郎。爲問蛟門老相國，可曾偃月費參詳。

積成禍水隱蕭墻，梃擊倉皇鋭莫當。斷獄無人宗社震，幸將調護問高陽。

[一]「作」，《南岡詩草》卷十六作「坐」，高氏校云：「『作』應作『坐』。」

[二]「瀰」，《南岡詩草》卷十六作「彌」。

[三]「驚聞」，《南岡詩草》卷十六作「驚傳」。

纔驚梃擊又紅丸，選侍牽衣欲語難。不是大言楊給事，定教嗣子掌中看。

從厚忽來賈繼春，巇鸞宮火重逡巡。倉皇入井何人道，奄豎他時更反脣。

三案輕翻記黨魁，芝焚蕙嘆共疑猜。黄門此寺多鉗網，緹騎俄空御史臺。

新成《要典》繼麟經，天語親頒敞御屏。不獨鴟鸞禦魑魅，雲中兼隕少微星。

巧牽贓賄陷清流，楊左紛紛犴狴投。推刃依然周之夔阮輩，縉紳也自有牢修。

重臣襆被走兼程，繞榻驚呼移帝情。反結預聞飛詔下，一時望斷竇游平。

銀鐺朝哄撼江天，駕帖呼名黨錮連。最愛吴中周吏部，笑酬僧意墨痕鮮。

勢同炙手效呼嵩，奄豎居然號上公。爲語諸兒勤供奉，姓名自有碧紗籠。

東林復社總紛綸，厨顧名高鈎黨新。一網盡歸點將簿，得持清議更何人？

吏部趙忠毅文章總憲高忠憲詩，嶙峋風骨儼如斯。清操不改神皇日，皓首偏逢板蕩時。

秉謙名與廣微俱，調燮無功日供諛。可是中丞允貞工知子，當年早識僨轅駒。

龍飛信邸甫童年，手剪凶璫太阿懸。愧殺諸臣同首鼠，翻教常侍困平泉。

上虞危論聳經筵，《要典》持焚善類全。七載重陰迷日月，手揮雲霧見青天。

劍敕朦朧出尚方，血横雙島泣危疆。可憐飛語重貽誤，從此無人嚮白狼。

福清罷政倚烏程，片語能令帝意傾。乞得温綸歸卧後，山中却愧老書生。

中朝水火困樞衡，推轂無人喚莫應。太息長城君自壞，高陽死後更宜興。

長白真人奮帝圖，龍文彩結焕宸居。紛紛闖獻多名號，紫色蛙聲供掃除。

諸臣泄泄半家肥，念載[一]憂勤國事非。鐘虡已移龍馭遠，應憐晋代兩青衣。謂懷、愍。

節高信國并岧嶢，兩地同歸冠百僚。南渡應推史閣部，北都先數范吴橋。

石齋名與念臺清[二]，千載孤臣涕泪瑩。合傳非關班馬意，士林宿號兩先生。

中酒心期孰與同，過江人物半冬烘。可憐此日南薰殿，不問軍書問樂工。

閹兒遺毒暗江天，樂府新呈《燕子箋》。説起名流成一笑，烏闌筆格更翩翩。

坂子磯邊戰血殷，荆襄勁旅撼江關。天教聖主清南服，故遣墻陰鬥觸蠻。

黄公自是奇男子，一木難將大厦支。奪駕稱駕從靖南志也有人臣力盡，千年遺恨滿鳩兹。

多士稱兵遍近郊，痛深苦塊整弓弰。聖恩不許搜遺黨，蜂蠆何妨大度包。

青犢群驅帝業徂，詔存廟祀續前謨。鑾輿更繞恩陵樹，泪灑荒原泣玉鳧。

[一]『念載』，《南岡詩草》卷十六作『廿載』。高氏校亦云：『「念」應作「廿」。』

[二]『清』，《南岡詩草》卷十六作『并』。高氏校亦云：『「清」原作「并」。』

旌忠典禮逮前朝，定謚疑聞賦大招。泉壤有知應下泪，如天聖制迥雲霄。

天后會四十韵 爲期在三月二十日及二十二日

神光縹渺隔滄瀛，士女歡娛解送迎。霧隱七閩潮上下，雲開三島畫分明。翔鷗低映蛟宫水，綉蜺遥連赤嵌城。三月二十三日爲天后誕辰，赤嵌城在臺灣。萬古郊禖同享祀，世廟時特諭春秋致祭。一時向若共飛聲。澄鮮惠逮鮫人伏，祝頌便聯珠户傾。壽域枝交桃捧日，華筵香滿巷吹餳。東皇乍啓催鸞輅，少女微飄展翠旌。戲衍魚龍誰後至，曲傳鐃吹競先鳴。承蜩技妙胸頻按，走索身輕體半裎。盎運竿頭形的的，蓮生足下態盈盈。謂寸蹺。妝偷鱗齒姿偏麗，鍔閃純鈎目盡瞠。有擲刀之戲。前導莊嚴七寶聚，中權爛漫五花擎。雲梯月殿空濛合，鬼斧神工指顧成。豈是樓臺重晚照，但憑般翟迸心精。大千眷屬參差見，小有因緣次第縈。高出層霄鄰窅窱，響和流水助鏗鍧。冶游試就黄金勒，仙子謫來白玉京。選妓臨風多詭嫿，修羅揚盾太狰獰。廣眉壓額龍頭困，巨臂連尻豕腹亨。幻憶鵝籠聞魄格，變驚鬼國認花黥。錦欄花名鳳尾蕉名紛前後，芝蓋雲旗儼縱横。鶴篆翩翩裊玉箸，瓊漿馥馥瀉金莖。崆峒駐蹕鈎陳列，紫府回車彩仗輕。天后乘輦，儀仗森嚴，制問王者。信有天吴森羽衛，無勞巴女薦湘蘅。佐觴細捬成君磬，尚食微調子晋笙。焰吐龍銜星照户，翠騰麟脯露垂罌。元宵興劇由來諳，祓禊歡濃此日并。贈芍那愁波共遠，湔裙差喜雨初晴。蹣跚步自依豚栅，鬧掃妝宜對豆棚。游人疊肩蹋臂，雜以鄉中婦女。踏遍香塵應有迹，乞殘新火倍多情。采桑筐置遺春繭，叱犢鞭停罷曉耕。桃葉渡邊呼畫舫，外至者，旅舍不能容，則夜宿舟中。棗花簾外頓華纓。偕行翼趁雙飛燕，有夫婦同游者。辨色喉憐百囀鶯。觀者半侵晨而起。幾處樓頭窺盼盼，何人陌上唤卿卿。趙家姊艷文鴛競，楊氏姨驕綉隊呈。傾城出觀，雖大户亦不能禁。柳桁一旗傾桂釀，藥欄三爵饜侯鯖。游人以醉飽爲樂。擁來車戲神恒眩，望去金支意轉誠。肩矗光摇浮彩鷁，婆娑影動偃長鯨。春回慈御千塍潤，風避皇威萬國清。測海定當球共至，更將歌舞答升平。

虹亭先生弟峨文[一]，字鎮川。乾隆庚午舉人，歷任山東嘉祥縣、魚臺縣知縣，終直隸蠡縣教諭。著有《雉翔齋詩草》二卷。

[一]高氏校云：『于莪文，乾隆庚辰舉人，「庚午」誤。』按：《敬鄉筆記》亦謂。『《選舉録》：「于莪文，乾隆庚辰舉人。」《詩鈔》作「庚午」，誤。』

津門詩鈔校箋卷十二

徐金楷 四首

金楷，字端叔，號春卿。乾隆戊午科副榜[一]。著有《步青堂餘草》。

按：春卿先生少年英俊，文名推一時，青雲自許，以中副車憤惋而卒。無嗣，取任午園先生輝爲繼。同邑青蜺居士丁時顯與公爲文字至交，俱早折。

書馬文毅公《彙草辨疑》後

魯公碑碣光千古，筆鋒奔放丹心吐。勁節崚嶒未易攀，惟公忠烈堪儔伍。桂陽群孽逞咆哮，平踏樞臺列刀斧。索篆遺冠勒使降，嘈嘈沸沸紛如雨。鐵石肝腸那可摇，罵賊聲厲雙睛努。闔室幽囚四載餘，文山《正氣歌》同譜。大筆高題擊笏樓，草書讎校消艱苦。侍人慘怛注簪花，十金一字足揚詡。被縶不屈終殞身，精魂蓬勃鳴鐘鼓。一時百口盡捐軀，從容慷慨聞畿輔。龍章叠沛粤西來，香風脉脉生皋滸。廟貌巍峨祀不衰，淋漓青史欣追數。剩稿猶餘翰墨輝，蛟螭呵護光難腐。至今寶焰每干霄，雲霞五色迷江浦。

[一]《長蘆鹽法志》卷十七謂「商籍」。《晚晴簃詩匯》卷七十五：「余家自鄞縣北遷京師，再徙天津，遂著籍焉。四傳至公，實爲余六世祖。博學多文，爲時所重，乃僅以副車，終遇不竟才，積而彌厚。」

晚泊桃花口紀事

洪流八月猶添漲，輕舠上下隨波浪。晚泊桃花岸口間，驚雷惡雨齊奔放。風吼長空更助威，妖鯨怪鰐恣排漾。燒殘寶炬地天昏，同舟行旅皆惆悵。無端動地起喧呼，乞命祈天聲轉壯。暗中摸索遠難窺，礮礰一耀真魂喪。斷維巨艦上浮横，直壓吾舟殊不讓。危乎來勢若山崩，四圍浩淼無屏障。陡崖百尺既崚嶒，如此深宵誰得上。或携襆被走泥中，或奮攀援相弃攘。我聞生死由來總係天，吕梁蜀坂何無恙？平生忠信仗無虧，今日臨危豈悽妄？所嗟存敬遜無心，難空夷險諸塵相。但謹周行坦巨波，應驅颶母離漭沆。衝風果激怒濤開，洄流捩舵走斜偎。艨艟不礙小檣桅，鼓柑凌空亦怪哉。約略中流勢愈乖，迢遞飛鶩又幾回。長年三老盡疑猜，誰弄波濤戲吾儕？轉瞬雲收雨電弛，移舟且復沽清醅。平明打鼓乘風去，一嘯南溟振八垓。

貞烈殷氏行

余讀魯泓如《小傳》曰：『殷氏女年十六，邢氏媾媒，誑其母，娶爲婦。入門以穢行逼焉。母聞之，抱恨死。氏益孤，堅自矢。姑嫂備極慘虐，加以炮烙之刑，終不屈事。聞於府，剖於縣，氏垂歿，究無一言自表。』噫，難矣！謚法清白守節曰貞，正而固曰貞，女稱曰烈，氏則可謂貞烈矣！不稱婦，不子其夫也；系其氏，爲殷姓榮也；削其室，不爲邢姓辱也。

扶輿正氣凝津水，巴臺十丈雲中起。慘絶千秋殷氏操，西風一哭崩垣壘。十六梳頭麗且莊，芰荷製佩芙蓉裳。楚楚蓁蓁花下萼，紛紛人説鬱金堂。施衿何意遭嚚惡，穿墉穿屋紛相度。擊碎珊瑚心不渝，炙燔任肆千般虐。爆爆炖炖肌盡殘，屹然勁節無盤跚。衆憤徵歌寫幽恨，香風脉脉透琅玕。卓哉太守真英灼，亟遣官司訊帷箔。爛額焦頭衽席間，九死餘生猶婉若。漫爲好語謝長官，鷃羽籧篨終諱却。八龍蜿蜿扶雲車，幾日升皇別城郭。我聞古來貞烈焕壇壝，惟拼一死全綱維。誰復夜夜深閨月，灑遍殘紅泣子規。嘆息氏年方弱小，珠輝玉潔全貞皎。鉗口珍談淋烙凶，從容完璞歸青杳。不須哭赴海門潮，不須憤藉新城帩。不須七首[一]覓夫人，不須鴆羽藏清醥。但冀吾生釋罪愆，忍令尊親逢指眺。終始孤芳秘自珍，亭亭凈植出泥沼。凄其一片泣幽明，輕寒五月燕山繞。姓氏從教麗泰華，參天偉節中逵表。郡符一夜到城來，裁詩結伴相喧豗。或欲陳芻瞻外椁，或欲鐫石樹瑶臺。我思風化從來起閨廡，拍案爲呼真節苦。仁厚存心鐵石腸，大白不涅誰能伍？窈忽精魂鬱森碧，蟠天匝地鳴金

[一]『七首』，《晚晴簃詩匯》卷七十五、原校本均作『匕首』，是，當據改。

鼓。輿論蓬蓬塞太虛，廣陵調絶哀言譜。神鏡尤憑司牧賢，寒江月冷香魂吐。青冢烟迷貞不埋，劍花彈放春花腐。含毫灑泪寫幽光，悲歌屢起酬清酤。極目殊恩沛自天，特表芳徽傳萬古。

讀《蔣安頤先生傳》因紀此歌 并序

先生諱嶟，字子岩。浙東山陰人也。幼含慧邁，長擅温恭。年十七舉秀才，校學使者滇陽許豸覽其文，召進謂曰：『逸常之器也，達則爲珪爲璋，令聞令望，不然鴻其飛乎，螭其游乎？其曠世而獨清者乎？』由是芳稱愈流，嘉貺載遠。咸寫崔寔之作，争束王符之帶，先生蓋恬然也。明烈皇帝之末，兔舞周京，蚔垂漢殿。冠裳濟濟，或摧夏馥之形容；衿佩青青，致托杜根之傭保。先生遂誓先墓，絶吏車。練味玄澹，研幾寥廓，殫思六籍，暢厥微旨。然後舉束脩之訓，敞待扣之教。皤皤焉，觥觥焉。劉瓛檀橋之館，恍帶清溪；王通汾曲之堂，翻回疏裁章礑壁者，未可得而稱也。世祖定鼎初，有勸仕進者。喟然曰：『通塞，命也；用否，時也。獨善求志，斯固可矣。』乃益盤桓松菊，膏肓泉石。賴壁爲屏，紺崖作几。讀《易》之處，即號浯溪；頮硯之餘，固成績水。靈溪合沓，如通勾曲之門；雲術幽修，似俯嫮宫之樹。於以寄徜徉，酬風月，雖屢空晏如，可謂樂道而忘身者矣。卒年九十有四。嗟動遐邇，學士諸公共謚曰『安頤先生』，禮也。先生性淳簡，尤篤孝友，雖在妻子，不窺怠容。純乎蒸洽，化行閭里。李仲元居西蜀，管幼安在遼東，無以過也。常以《明史》未就，著述歷年。將光宣室之丹青，香騷人之蘅茝。義例已就，卒毀於火。束生十志，無復略存；謝監百篇，并從煬歿。今其在者，目録數帙，文集二三卷而已矣。夫纏林宗之德行，載勒清文；經鄭泉而流連，寧虛穆頌。非能亮幽居之悶光，亦聊唱瓌潔之憂武云爾。

鯨室珠，荆門玉，含輝韞璞全高躅。雄才屹嵂兮氣拔俗，清聲蘭蕙兮詞飛瀑。遭時不造兮懷綸穀，力葵茹藿天倫篤。有峰千仞兮溪數曲，風雨楦橋恣講讀。興朝布化兮升遺伏，蒼生霖雨東山卜，長揖故人無我辱。錦函香，奇文緑，陶情鉛槧撫松菊。養天德者九十秋，訂鴻編兮三百軸。嗟罹祝融之虐兮，徒見燼飛而焰逐。螭游兮真神燭，鑒亡兮慘萬斛。肖潛光兮謚安頤，爲報後昆之式穀。

徐炘 八首

炘，號晴圃［一］。金楷從子。乾隆壬子舉人，乙卯會試薦卷，挑中書，軍機章京，升内閣侍讀。歷官江南河庫道，江西、浙南按察使，陝西、山東、福建布政使，署

［一］《樞垣記略》卷十八謂『字晴圃』。《晚晴簃詩匯》卷一百九謂『字吟香，號晴圃』。

山東、福建巡撫，改官内閣侍讀學士。［一］

岳麓書院紀事

序：嘉慶乙亥三月二日，承善圃觀察治具，招翁鳳西方伯與余赴岳麓書院，訪袁峴岡侍講，遂同游岳麓寺，盡一日之歡。簿書叢雜，未暇以詩紀也。嗣書院諸子賦詩見貽，裒然成帙，詞多溢美，愧未克當。補作七律八章，質諸同游諸君，即以答賦詩諸子。［二］

萬疊青峰壓緑濤，勝游逸興托同袍。尋山客集春三月，問渡舟摇水一篙。秀毓楚材饒杞梓，詞擒藝圃續風騷。懸知屈宋遺徽在，爲觸吟情試彩毫。

記訪烟蘿踏紫雯，春山如笑草如熏。源桃紅帶催花雨，宿麥青連渡水雲。静裏光陰存太古，風前蘭芷吐清芬。下帷知有文星聚，隱隱書聲隔竹聞。

四壁晴嵐護講堂，璇題照耀影輝煌。人瞻至聖衣冠肅，地托名儒草木香。馬氏

［一］高氏校云：『徐炘非薦卷挑中書。所載歷官不全，且多誤，以「護理」爲「署理」，應改，乙卯會試，後，上命覆校落卷，賞内閣中書，官至山西巡撫，降級内調，終無禄寺卿。』

［二］高氏校云。『《題林午橋溥黎嶺現身圖時嘉慶壬申上元後五日》：「曼殊花雨影沉沉，四十年過叩法音。一夢幾忘聞見悟，三生重證去來今。前因未了前期定，慧業能修慧海深。要識皆空無我相，漫言彈指即旃林。」晴圃徐炘。』

紗帷春靄靄，唐家玉笋秀行行。宛然觸我前塵夢，禮佛横經迄未忘。余嚮在問津書院肄業六載。

紅塵不到白雲根，古佛南朝寺獨尊。衡岳送青當户牖，瀟湘飛緑上山門。混茫一氣同閶闔，興廢千年費討論。殘缺泰和留片石，幾番剔蘚手親捫。

路轉山梯境轉幽，無邊新緑擁危樓。半房山鎖僧寮住，百道臯穿樹杪浮。水上難聞仙鶴語，烟中應有羽人游。方壺未必能過此，惜少茅庵結一邱。

名齊山岳仰前賢，古迹微茫落照間。青簡易迷千載事，蒼松猶帶六朝烟。難拼柱杖窮雲壑，尚抱塵心愧石泉。神往岩頭蟲鳥篆，待攀絶頂細摩研。是日未及觀禹碑。

小息雲房四座春，青山緑酒采蘭辰。天開勝地無今古，客到同心忘主賓。好鳥自調弦外韵，修篁替掃檻邊塵。諸君此會休輕視，觴咏何曾讓昔人？

森森群彦盡英髦，倒峽才思鬱怒濤。豈有珊瑚搜鐵網，漫將金玉飾鉛刀。青雲鵠起期蓬閬，碧海鵬摶藉羽毛。好假詩書爲麴蘗，名山風雨莫辭勞。

徐基 五首

基，字立山。金楷公孫。國學生。著《立山詩草》一卷。

按：立山少困童場，艱於一衿，弃舉業隨尊公午園先生宰江右廬陵縣，引拔士類，多所勗贊，教子侄輩皆成名下。同邑沈存圃先生評其集云：『中有精意，非堆垛以求工者。不盡唐音，却殊宋派，其品故高。』

己巳七月昌邑途中遇水以車作舟行三十里賦詩紀事

少年尚意氣，到處學游仙。見險不知止，旺暮猶加鞭。破浪江湖裏，獨泛木蘭船。壯志凌山岳，雄襟貫百川。古人難行路，我意殊不然。策馬走山左，平坦可安眠。秋雨忽淋漓，墟社成深淵。茫茫圍天住，浩浩渺無邊。征車息古寺，借榻且遷延。寺僧爲我説，前流難尋沿。五龍新决口，柳溝勢相連。五龍、柳溝俱河名。欲渡無舟楫，不如且言旋。躊躇正乏策，夜雨復連綿。點點滴心上，客況倍憂煎。秋蟲聲唧唧，若亦爲予憐。輾轉不成寐，起坐看雲天。朝聚土人謀，不惜杖頭錢。沽酒供一醉，聊作歡喜緣。士人俱踴躍，願共涉淪漣。旋即駕我車，驅之入清泉。或者推其尾，或者挽其前。馬亦奮兩耳，努力渡雲烟。以車代舟筏，居然行之便。途長馬力乏，車內水涓涓。喘息復前征，飄飄到陌阡。僕人長嘆息，此行尚勉旃。我唯顧之笑，水下盡原田。并無蛟龍窟，何必畏其顛。吁嗟乎人世風波險十倍，兀坐尚可被拘牽。似此清流殊不惡，相對長吟《秋水篇》。

曉起

曉起渾無事，茫然負此生。漸隨池硯老，仍逐羽毛輕。久約心方坦，思艱氣自平。他鄉常作客，管子代春耕。

即事

日落天光净，披襟放浪吟。雲邊來鶴影，風裏度蟬音。竹瘦同詩骨，山青繫客心。此衷原不昧，物欲漫相侵。

庚午中秋書懷

月色明如畫，溶溶照客窗。弄花堪作伴，對影喜成雙。壯志隨時易，雄心借酒降。所思千萬種，全數付滄江。

恨婦詞

天道未可測，人事未可知。豐歉數所定，施報庶無私。山左逢凶歲，我正游不其。哀鴻鳴四野，窮黎日苦疲。有司勤撫恤，縉紳效驅馳。就食四萬口，開廠日午時。畫地分男女，奔走俱淹遲。城東王氏婦，扶姑抱女兒。冀得三人糧，聊以解朝飢。粟米未到囊，老母已傾欹。側身援以手，幼孩復見遺。肝腸已痛絶，那堪踐踏隨。勢如萬蠶趨，兩肱難護持。輾轉人叢裏，捐軀盡孝慈。可憐三女子，頃刻無完尸。士民長太息，行路泪亦垂。救荒無善策，古人曾言之。天乎彼何辜，所遭竟如斯。此理殊不解，漫成《恨婦詞》。

立山好句如『買書添睡料，識字種愁根』『古城生蔓草，野店覆空盆』『披襟風在抱，舉首月當天』『古今誰大覺，風月有餘清』，皆快人口。

徐大鏞 四首

大鏞，字序東，號蘭生。金楷曾孫，立山子。道光壬午舉人[一]。著有《見真

[一]［光緒］《重修天津府志》卷十八：『官河南杞縣知縣。』［民國］《天津縣新志》卷二十：『河南偃師縣、杞縣知縣，署唐縣、鹿邑縣、安陽縣、柘城縣知縣、禹州知州。』按：徐氏道光壬午恩科舉人，已是道光二年（一八二二），故其仕履，梅氏未載，此亦不必補。

吾齋詩草》〔一〕。

按：蘭生家世詩書，天姿穎异，髫年爲文，秀出班行。早游黌序，屢試高等，爲杜石樵、吴美存諸學使所器賞。數困京兆，鬱不自聊。集中《妾薄命》《落葉》諸什，情見乎辭。

閑齋獨坐

涼信雨中至，曉來暑漸收。花痕香入硯，人意瘦於秋。室小堪容懶，詩多或却愁。偷閑能半日，夢已到神洲。

王孝女割臂事父邑人徵詩爲賦長句

巾幗何能解禮文，縱然愚孝亦希聞。黄泉有泪應憐女，青史無名待補君。五夜悲風吹幻夢，一剜殘血斷慈雲。誰無父母誰非子，愧煞鬚眉大雅群。

〔一〕天津圖書館藏有高凌雯跋清抄本《見真吾齋詩草》十卷，未見。又復旦大學圖書館有藏民國十四年（一九二五）徐氏退耕堂鉛印本《見真吾齋詩鈔》同治乙丑（一八六五）自序，稱：『至庚戌入關後，忽忽又二十餘載矣。青雲日遠，白髮日增，更有不能已於言者，因取篋中諸稿重加删訂，自嘉慶庚辰迄同治己巳，五十年中，共存詩一千餘首，釐爲十卷，非敢出而問世，欲使後世子孫知余一生梗概，迨無日不在憂患中也。夫詩根於性，發於情，吟咏之間，聊以理性情耳，工拙非所計也。爰序而刊之。』此序當是自十卷本録出。

五龜行

鄭君摹古神妙手，爲我琢石作龜鈕。一龜當中四龜馱，玲瓏節角仍樸厚。我聞制器必象物，惟妙惟肖全神出。携來此石心竊疑，捉刀未免太離奇。龜形上下勢鈎連，安得一氣無拘犖？宇宙豈有此物狀，鄭君笑言憑意匠。興之所到信手成，磨礱翻個新花樣。石農先生擅淹博，通貫古今無差錯。鄭君無心作五龜，馮君石農有心爲考核。先時漳州孫儒理[一]，曾泛琉球親見此。萬里乘風巨浪奔，忽有一龜海岸蹲。四小龜作一龜趾，蝸動相連無少痕。大龜欲前示以意，小龜昂首無殊迹。居然同體不隔形，世間竟有此奇异。歸向周君櫟園言，因之采入《閩小紀》。此鈕何幸得此徵，安置妥貼非不經。鄭君聞言喜且驚，金繩鐵索手中擎。人巧疑有天工成，援筆衍作《五龜行》。

題梅樹君先生《欲起竹間樓詩稿》

人生才力不相下，藝林各各稱雄霸。不有健將立文壇，坐井誰知天地寬？鰕生豈有阿好意，一説先生頭俯地。憶昔髫年授讀時，已解心傾七字師。一箋一紙

[一] 高氏校云：『孫儒理，《集》作「孫孺理」。』

藏如寶，到處逢人誇翰藻。爾時我尚未弱冠，先生英氣方浩瀚。五百人中擁綉虎，此余應童子試時，先生見贈之句。持來爭向同儕舞。即今捧卷讀琳琅，回首當年已斷腸。春風念載不相惜，盧綸兩鬢霜痕積。高情欲起竹間樓，人與瘦竹同清秋。著詩盈尺不知倦，百家出入開生面。津沽自昔萃人文，賴有先生扶其輪。一枝玉尺光梓里，多少詩魂齊不死。時先生輯《津門詩鈔》。我欲焚取心頭香，朝朝供奉長吉囊。我欲斷取珊瑚質，妝成特架文通筆。教余滿腹烟火人，飽餐仙液换凡身。

蘭生《蘆花詩》好句如『一痕秋水人何處，九月霜華影共飛』『光陰竟日拋如我，心緒年來亂似君』『半塘衰柳枯荷路，一幅寒鴉冷雁圖』，其《秋千》句有云『春雨一條寒食路，斜陽十里杏花村』，頗傳士林。蘭生酷愛搜求前輩詩文，嘗得同邑張笨山先生遺草，以重價購之於零星拆裂之中。閑窗燈下，補綴年餘，得成完卷，裝潢六册，藏以錦帙，亦可謂好古情深，憐才若命者矣。

趙松 五首

松，字泰瞻，號雲圃。世居天津，歲貢生。著有《偶存草堂集》。

早春珠鳳閣[一]觀梅雅集

相看總不似陳人，但覺風光繞坐新。齊向梅花開笑口，杯前各占一枝春。

春日王從先太史回籍西園招飲

勝友今良覿，開樽水一涯。砌花猶灼灼，林鳥正喈喈。别久情偏厚，交新語亦諧。方知敦古道，不愧是吾儕。

春日查慕園水西莊招飲

名園新踐約，策杖午風微。杏萼紅初破，楊枝緑漸肥。尊開依曲徑，詩就出重闈。不減蘭亭意，斜陽未忍歸。

聞水西莊山桃盛開

風入名園春正深，沿溪廊外好行吟。已聞堤柳緑新染，又報山桃紅滿林。載酒豈無前度興，看花竟負去年心。幾時閑共漁郎約，一棹咿啞擬再尋。

[一]『珠鳳閣』，疑應作『珠風閣』。

吊烈女張懷清

豈不惜沉璧，此心誠許君。仰天已失所，入地復何云？一瓮香泉水，千秋烈女墳。風謡知慕義，咸爲播清芬。

《長蘆志》：『張女名懷清，訓導廷錡女。字王某，未嫁而壻死。女潛製素衣，閉門投瓮死。合葬於壻墓。』河間紀文達公《遺集·張烈女詩》，序云：『烈女，天津人，未嫁夫死，自溺以殉。乾隆十二年事，追賦此。烈女生時，嘗以木蘭、曹娥自比。』『去年三月二十日，我自天津泛舟出。海雲東北生，烏鳶鳴噪急。舟人收柁驚相呼，惡風白浪來天末。黿鼉盤擲四塞昏，魚龍潑剌長河溢。羲和日車不敢行，六螭飄忽愁相失。三百六十軸，大地疑汩没。杳杳冥冥中，鬼神泣嗚咽。未測造物心，何事驚倉卒。誰知烈女命，正以斯時畢。吁嗟乎！不爲木蘭，即爲曹娥。憂來傷人泪滂沱。妾身雖未嫁，一言既許安有他。但愁黄泉下，未曾相識其如何。我感其事，爲悲且歌。今夕何夕，愴懷實多。簾幃舒捲，戛戛聲磨。孤燈忽暗毛髮立，精靈彷佛雲中過。悄然神悚不敢坐，空庭颯颯生風波。夜半開門望天地，盲風暗雨如翻河。』

趙大啓 一首

大啓，字西田。文學。

商城晚眺

落日天涯近，秋城草木黄。雲開高閣迥，月出野風涼。去國人千里，征南雁數行。吴山連楚水，翹首意茫茫。

趙治平 二首

治平，號曉香。雲圃先生孫。

曉發因村見山雲奇態有作

朝暾初起處，山色映偏真。化境如參佛，奇觀暫許人。千峰千色相，一變一精神。此遇應非偶，吟鞭指顧頻。

李博士莊觀白蓮即事

白羽風摇面面開，一蓮花上一如來。杖藜老叟殷勤甚，笑指芙蓉是我栽。

張湘 二十三首

湘，字楚山[一]，又號礎珊。乾隆癸酉甲戌聯捷進士。知江西餘干縣事。改教授，秉鐸新城縣。著有《大雅堂詩集》一卷[二]。

按：公少負雋姿，有文名，書法最工，住邑城西永豐屯，時與汪公舟、紀公春，有『永豐屯三小才子』之稱。

［一］［民國］《天津縣新志》作『楚三』。

［二］高凌雯［民國］《天津縣新志》卷二十三《藝文》著録張湘『《大雅堂詩草》一卷，刻本』，謂：『（湘）既而卒，家人客中州，文籍蕩失。至道光己丑，刊此集，復求序於成棟。成棟再讀之，則較昔之所見，不過十存二三矣。』按：《欲起竹間樓文集》卷一存有梅氏道光己丑（一八二九）所作《大雅堂詩草叙》，可窺其事本末：『余家與同邑張楚山先生兩代交游，先生孫魯瞻孝廉與余少字交，尤稱莫逆。嘉慶甲戌，余寓居於外家之一柳園，魯瞻風雨過從，談輒竟夕。嘗袖楚山先生詩，屬餘編次。得縱觀全集，五七言古體，芳源青蓮，奇氣奔放。如九折洪流，汪洋屈注，動宕萬象，毫無涯涘。爲談之，經月不置。已而魯瞻中年殞逝，聞先生遺籍蕩失殆盡，太夫人就養中州，從此杳無音耗。今年春，魯瞻仲弟松崖自中州回，携一卷闖然來，曰：「先君子遺集已蒙同人付梓矣，而未有序。先君子梗概，惟君知之詳，曷爲一言弁首？」余受而讀之。凡昔魯瞻之相示者卷中，已不存二三焉。爲悵然久之。問之松崖，曰：「余家之所藏者盡於此矣。」嗟乎！傳世之難也，箸之祖父，得賢子孫之寶襲也難；知寶之矣，而能免播遷蕩析也難；不蕩析矣，或以貧而得授梓也難；及授梓矣，而或僅存其膚，未使其精粹者不得與焉，則甚矣傳，世之難也。以先生鴻篇巨製，其氣魄光偉，足以雄視古人，當推一代作手，而所傳乃不過如斯，誰知其挂漏哉？故爲識數言歸之，以質諸讀者，知先生之詩固不止此，幸勿窺管一斑，而遂訾全豹焉，可耳。』

題思源莊

重築金吾舊日莊，紅菱白芡護山堂。丁寧河上銜泥燕，還向烏衣覓畫梁。

暮捲珠簾暑氣收，臨河亭子坐來幽。照人一片空明水，風滿垂楊月滿樓。

樓月

小院不貯月，月如一綫長。不解月何意，獨我慳其光。浩然登岑樓，素手携相將。羅列小兒女，嬉戲笑余旁。人月共皎潔，瓊瑶差足方。掀髯一長嘯，呼婢進霞觴。白墮頗不惡，倒榼盈巨觥。舉杯一吸盡，萬里清蒼茫。仰見明月中，嫦娥笑余狂。年來飢不死，胡乃樂未央。余痴若不聞，顛倒醉郎當。潛鱗不貪餌，天馬不受繮。人生貴適意，何須佩鏗鏘？

挽高孝女

南村先生忠且篤，大兒小兒比鸞鵠。山川靈秀萃一門，有女娟好如雪玉。無端狂焰夜中來，救母不得身已灰。玉骨那隨狂焰盡，依然孺慕相依偎。歷觀千古興亡史，多少不殉君父死。可以無死死殉親，嗟嗟此女愧男子。踞山之鳥何茫茫，銜火無術空斷腸。幅巾何日郴陽道，爲束生芻拜堂皇。

題唐虎臣《山居賣[一]卜圖》

毗陵唐子天下才，讀書萬卷天人該。獨棹一楫横江來，壯心欲上黄金臺。秋風蕭瑟芙蓉老，功名偃蹇同秋草。不如歸去舊湖山，編茅結葦[二]屋數椽。蔭以修竹環流水[三]，聊寄嘯傲於其間。也同君平學下簾，得錢買酒恣一酣。泉水解燥吻，竹風吹醉顔。灑然骨節都[四]珊珊。吁嗟乎！山居之樂樂如此，人生何必更羡蓬壺仙。

銅硯歌爲吴念湖進士作[五]

序：易州農人耕田，獲古錢盈釜，石硯一，背飾以銅，石佳而製古，不知何代物也。友人吴念湖[六]購得之，

[一]『賣』，《國朝畿輔詩傳》卷四十作『買』。

[二]『編茅結葦』，《國朝畿輔詩傳》卷四十作『結葦編茅』。

[三]『流水』，《國朝畿輔詩傳》卷四十作『流泉』。

[四]『都』，《國朝畿輔詩傳》卷四十作『鳴』。

[五]《國朝畿輔詩傳》卷四十題作『銅硯歌』。

[六]《國朝畿輔詩傳》卷四十『吴念湖』下有『進士』二字。

余爲作是歌。

煉銅裹硯古無聞，龍尾鳳咮名紛紛。兹石埋藏幾千春，一旦[一]拂拭標清新。中有五銖同見瘞，蒼茫不解當年意。文貝都作蝴蝶飛，土花半蝕蟾蜍輝。野人相顧識不得，延陵公子携持歸。歸來傳玩嘆烏有[二]，式[三]取松烟蕩磨久。濡染大筆何淋漓[四]，夜夜墨光[五]寒射斗，玉裝錦襲[六]傳不朽。我聞叩門乞一見，端溪果有赤雲現[七]。九原萬古氣氤氲[八]，紫石青銅相吐吞，有如蚌珠璞玉分胚渾。石之潤兮栗而温，光陸離兮燦星辰。摩挲令我驚心魂，先生寶之壽子孫。

[一]『一旦』，《國朝畿輔詩傳》卷四十作『一朝』。

[二]『烏有』，《國朝畿輔詩傳》卷四十作『希有』。

[三]『式』，《國朝畿輔詩傳》卷四十作『試』，當據改。

[四]『濡染大筆何淋漓』，《國朝畿輔詩傳》卷四十作『霜毫濡染墨淋漓』。

[五]『墨光』，《國朝畿輔詩傳》卷四十作『虹光』。

[六]『玉裝錦襲』，《國朝畿輔詩傳》卷四十作『錦襲玉裝』。

[七]『果有赤雲現』，《國朝畿輔詩傳》卷四十作『雪浪鋪寒練』。

[八]『萬古氣氤氲』，《國朝畿輔詩傳》卷四十作『古氣鬱氤氲』。

早行張灣道中

羸騎淩晨發，遥山吐月新。平沙寒似雪，遠塔立如人。薄俸悲游子，高堂念老親。蕭條從此別，萬里一孤臣。

歲癸巳臘月十日雪夜訪吴六念湖朱四藍溪即携過崔明府

酒酣逸興發，愛此冰天月。萬頃琉璃堆，一鈎白玉玦。忽憶兩詩豪，夜寒應未歇。被我鷫鸘裘，來踏山陰雪。開門一笑迎，茗飲何清冽。高談興未已，舊雨情脉脉。博陵崔州平，逸才衆所折。冰車轉轆轤，兒童笑手拍。何以王子猷，而今有三客。坐久戀青燈，不覺衣如鐵。良會古人難，今夕安可忽。

題《野田圖》

富貴如朝露，流光似過鳥。所以古之人，但覺灌園好。達哉野田子，聞道亦何早。雅懷擬雲鶴，遐踪媲綺皓。寫作鹿門圖，甘向野田老。閑開十畝田，皆令種秫稻。手把一張犁，曠然天地小。豈必事耕耘，聊以托懷抱。我昔尚意氣，高情屬縹緲。三年薄宦身，萬里黄塵道。一旦垂翅歸，翻喜謝煩惱。歸途見農夫，揮鋤理荒草。勞逸隨所適，寵辱都不曉。自顧與之較，不知誰拙巧。昔聞先生名，今識先生表。先生隴上時，想見余蹺蹺。

城西門

步出城西門，聊以當娛樂。往來者肩摩，錦衣馬纓絡。亦多識名姓，相視殊落落。悵然返柴門，黃耳向我躍。遥見主人來，意態何磅礴。似識豢養恩，牽衣不嫌惡。似識余悲酸，盤辟慰寂寞。還坐深嘆息，始悟非於昨。養爾不識爾，對之慚且愕。達哉古之人，抱犬卧山閣。聞者詫斯言，先生一大噱。此中有至理，言錯者真錯。

奉陪吴念湖進士訪高琅村廣文是日大風

序：念湖爲琅村設帳地，於朔風震蕩中，往商其事。噫，今之古人哉！爲賦長句。

撲面風沙作勢騰，苦寒念子踏層冰。世間骨肉或如此，今日交游恐未能。自是情深投縞帶，非緣人共嚼紅綾。高、吴先後成進士。何人誤廣《絕交論》，可見延陵季子曾？

和高琅村七夕微雨用東坡聚星韵即效其體

君不見，美人如花命如葉，柔情一點紅爐雪。千恩萬愛有時休，翻是神仙情難絶。年年歲歲共今夕，不同瓶沉與簪折。怪煞微雨知應時，每逢此夕無生滅。俗傳泪灑作雨飛，惱被蒼天酷鉗掣。相思相見不須悲，破涕好拭魚子纈。天長地久寧怨違，下視塵凡應不屑。塵凡縱有百年緣，石爛海枯祇一瞥。須臾月上花枝明，嫦娥不妒争喜悦。盈階兒女何紛紛，白水金盤一綫鐵。

竹床吟

三年作宦玉亭中，餘千古名。曾繼煎茶處士踪。陸羽烹茶處。但飲琵琶洲上水，誰憐無袖貯清風？

歸來携得緑筠床，夏日移陰好趁凉。繞膝諸孫争笑語，分甘先盡老夫嘗。

竹舍茅籬也賃居，數椽好是野人廬。恰容一榻撑揞穩，趺坐焚香讀道書。

種秫山田手自鋤，新醅差勝市中沽。丁寧稚子村頭望，有客來時酒滿壺。

風味當年已寂寥，而今惟愛酒盈瓢。朦朧一枕華胥夢，仿佛揚州廿四橋。

按：楚山先生性倜儻，風骨崚峻，而疏狂玩世。官餘於時，郡守某公寡廉隅，公薄之。其所諉諈，一概不應，銜公久矣。然頗愛公書，求之甚諄，公曰：『我書非大醉不工也。』一日，郡守置盛筵招公，酒酣出絹素，謂公曰：『子當爲我書矣。』公舉杯大笑曰：『公亦求我書乎？非惟筆之工拙，非公所知，并句讀恐亦非公所識。徒費筆墨，奚爲哉？』時同僚滿座，太守顔變頰赤，怒斥公曰：『我必參子！』公擲杯於地曰：『我三年於此如羈囚，待子參久矣。』拂袖出，因是罷官。囊無一錢，僅携一竹床旋里。姚公應龍爲公繪圖，同時題咏甚夥，如吴公人驥曰：『楚山先生磊落人，謫官歸來窮坎軻。一錢未肯留看囊，一床剩足支高卧。』馮公璋曰：『爲愛閑眠重此君，相將一榻趁婦人。不教鄉月應窺户，儘使山花滿布茵。』金公思義云：『拂袖歸來鬢有華，一床相伴足爲家。』金公銓云：『時卧北窗下，忘懷聽鳴禽。會逢故人來，分榻酒共斟。』崔公振緒[一]云：『數卷殘書客拂塵，黑甜一枕紗巾墮。』周公人騏[二]云：『蕭然一榻劈霜筠，上有西江舊酒痕。』徐公瀾云：『自得此床真閑曠，月夜梅花冷紙帳。』高公喆云：『祇有此床依舊在，伴我閑身無價買。』藝林韵事，至今稱道勿衰，視今日之但持多金，焜燿閭里者，不勝人往風微之慨。

將赴新城學舍留贈朱四藍溪兼呈同社諸子

我識君時君十七，醉眼驚見凌雲筆。至今年華過半百，尚須讓子居第一。憶昔共弄秦樓月，吴歌趙舞清風拂。年去年來烏若飛，無限風流成倏忽。爾兄我兄玉已埋，

[一] 高氏校云：『「振緒」，應作「緒振」。（據原册。）』

[二] 高氏校云：『「騏」，應作「麒」。』

傷心同賦鶺鴒哀。憐君愛我如兄弟，時時歡笑杯復杯。把君新詩飲且豪，爛醉那復惜酕醄。更開三徑招賓客，座中盡是雲霞交。吳髯長句文中虎念湖，長劍大戟張旗鼓。高公五字如堅城琅村，細意熨貼良工苦。臨風玉樹崔州平初庵，天然標格腴而清。我何人哉濫其側，猥誦佳句邀垂青。飢來驅我餐苜蓿，依然先生飯不足。盡道瀟灑無俗氛，琅玕之竹多於肉。無肉大嚼已可憐，慎勿更少杯中渌。七月八月天氣和，秋風放盡淀中荷。蕩舟中流漾晴波，翠蓋畫槳[一]相婆娑。中有一人衣薜蘿，滿浮大白朱顏酡。醉後起舞望鄉國，空明一片停雲多。新邑去津二百里，茲景不賞真蹉跎。會得釀酒復采荷，君幸携來聽狂歌。遲君來兮君不來，名花與我空徘徊。

高琅村邀陪崔初庵市樓小飲

冰河流澌夜有聲，北風吹衣衣生稜。玉樓亭亭高且寒，安得酒陣出奇兵。高子愛我雲霞客，邀余市樓泛濃碧。逸氣如虹四筵驚，坐客千人都辟易。襄陽小兒笑山公，長安市上醉太白。我亦高陽酒徒耳，流水行雲惟所適。曾把芙蓉揖太清，欲覓大藥煉精魄。方丈蓬壺安在哉，何處神仙有窟宅？五十年來一夢醒，六州鑄錯真可

[一]原誤作『漿』。高氏校云：『「漿」，應作「槳」。』

惜。飲[一]君大戴醉君酒，玉真仙人吾何有。

將赴新城學舍高琅村吴念湖兩進士同社諸子醵飲賦詩爲余作餞即席得長句二

莫唱驪歌折柳枝，此中心緒倩誰知？情關舊雨添愁恨，人到中年惜别離。總爲飢驅甘作客，敢辭薄俸患爲師。一竿遲我西沽上，他日重來理釣絲。

風動蒲帆不可留，垂垂楊柳送行舟。坐中名士皆青眼，河上離人已白頭。鳥去故林頻返顧，猿鳴空谷不勝愁。可能一葉來相訪，苜蓿盤餐敵五侯。

先生家藏《沽上題襟畫册》吴太守人驥《送楚山先生之新城學博任詩序》云：『先生人間傲吏，天上謫仙。偶以遷謫之臣，重繫堂階之馬。文人失職，泪濕青衫；好友傷離，情深舊雨。宜有贈行之句，以慰望遠之愁。嗟乎，憐才被放，遇合且復由人；梗泛萍飄，聚散全難自主。樹皆秋色，帆送斜陽；水盡離聲，夢依南浦。且盡樽前之醽醁，别意黯然，若泣江上之琵琶，先生休矣。人分一韵，詩各一章。言情則擬陽關，罰例亦如金谷。是爲序。是日與會者，有高進士濬谷、馮孝廉玉璋[二]、朱上舍藍溪、崔孝廉初庵、董孝廉青岳、李上舍淡村、徐孝廉東川、楊上舍贊華、金孝廉曉岩，偕余共十人焉。以「江邊無數柳，落我酒杯中」分韵。』馮公璋句云：

[一]高氏校云：『「飲」恐作「飫」。』

[二]高氏校云：『「玉璋」，應作「玉章」。』

『津水秋，津水秋入思源柳，同人折柳贈君行，離愁一片西風陡。』徐公瀾云：『飄然一去歸幾時，欲別未別水一涯。君不見七十二沽烟漠漠，明朝何處孤帆落。』念湖得『數』字，《滿江紅》詞云：『磊落文豪，使作蟲魚記注。嘆人世紛紛輕薄，誰堪比數。詩法律嚴雲鳥陣，筆鋒力敵錢塘弩。奈何屈首作經師，新城路場五兩風，西津渡，一樽酒，青山暮。念臨歧握手，君須小住。羡爾情懷原不惡，從今肝膽憑誰吐。勸狂奴故態，再休蔭，娥眉妒。』前輩風流，於數行遺墨間，令人想見。

茅屋

茅屋築城下，柴門對城塢。屋中有一士，笑傲凌今古。浩蕩胸懷間，不識湫隘苦。比鄰起新宅，連楹未可數。邇來十五年，聞已三易主。更有袁家宅，高樓礙飛羽。一旦阿爺亡，阿兒拆爲土。寥寥高士廬，至今蔽風雨。

劉貞女詩

澄澄潭中水，清洌無泥滓。亭亭山上松，青翠直到死。盈盈太守女，許字淮南士。悠悠五十年，兩不知踪趾。太守云殂謝，兄亡姊嫁矣。生者散如星，死者逝如水。嗟嗟女兒身，煢煢當誰倚。滄海一大壑，碧落殊空闊。羽翮任飛翔，鱗甲從潛躍。茫茫天地間，此女竟無托。殷勤謝老尼，引我到蘭若。亦欲寄空門，素髮未忍銼。

三生舊精魂，有情應不磨。雁來亦頻頻，消息總無因。風帆恰相值，吹落津水濱。
津邑之賢侯，願爲畢良姻。不惜金錢費，却遭貞女嗔。再拜侯致詞，爲郎述苦辛。
木非效連理，杯酒澆孤墳。今幸兩存之，何以東西分？我侯舌雖敝，無媒羞自婚。
聞女有寡嫂，招之來具陳。阿嫂大歡喜，携兒入庵門。相見各悲泣，姑智今何昏。
待郎誓不嫁，郎今已來村。老死尼庵裏，無乃愴親魂。嚬蛾默無言，盈腮有泪痕。
叱兒辦奩去，兒女街頭奔。東頭市羅襦，西頭市綉裳。南頭市翡翠，北頭市明鐺。
雜繒三十匹，一一盛篚筐。携來呼阿母，羅列陳高堂。阿母大歡喜，却爲小姑忙。
拂拭青銅鏡，結構時樣妝。鬐橫玉搔頭，鬟壓金鳳凰。膏沐久不事，又聞脂粉香。
青驄導彩輿，喧騰雜笙簧。人言夫婿殊，馬上真昂藏。兩行燈火紅，四髯居然蒼。
觀者如墻堵，嘆息泪千行。鴛鴦雙飛去，於止淮之陽。江南賢幕府，動色起傍徨。
飛章叩九閽，天子坐明堂。詔下亟崇獎，爲我邦家光。南山伐大石，磨礱樹高坊。
坊高三千丈，字大百尺强。金碧爛雲錦，宸藻何輝煌。不須泚筆頌，史臣有褒揚。

《秋坪新語》：『蒲州太守劉登庸，平谷人也。生女秀姑，端慧絶倫。需次京邸時，與山陽孝廉捐道銜程光奎之子允元締姻。未幾，允元隨父南歸，音問遂絶。劉罷官，自平谷遷津之北倉。卒，家計日窘，以三百金質其屋，轉僦以居。閱二歲，不克償僦值，遂鬻之。女與庶母、姊、妹、嫂、侄及弟清善八口，徙存於李氏破屋。其四弟崇善館南倉，所入饘粥，不能給。冬無衣，姊妹互相依背坐。逾年崇善死，貧益甚，或二三日不舉火也。夏連雨，屋壞，相聚於屋旁草棚中，雨涔涔下不已。北倉有好義張、趙、翁三人，謀救之，知準提庵尼照震頗好善，告以意，尼曰：「此吾志也。」潔一室，往迎之，老弱乃扶携冒雨踏泥來，然無食也。三人復醵於市，得數千，付之。日糴倉米二升，供一餐，不能飽也。無何，女之妹、侄、一姊先後死。居半歲，其庶母與嫂病疫又死。女遂孑然一身矣。幸工針黹，藉以糊口。依尼居準提庵者十六年，復移居津城之接引庵，又十四年。外人無得見其面者。庵中有醮事，婦女紛來，知女名，争欲識之，女閉户不聽，人皆敬羡而去。初，女之弟宗善者，入贅武清範瓮口李氏，生子永安，八月宗善之楚游，不返。永安既長，歲一輦其母來省視，欲迎之往，女堅不可，曰：「俟過六十，徐議之耳。」而程允元歸後，其父下世，家亦落。每欲北上就婚，其兄不聽。往有傳劉女物故者，勸程别娶，程義不負劉，曰：「即死必酬其墓，然後議。」迍邅坎坷，遷延者三十年。乾隆丁酉春，始附漕艘來，過北倉訪女墓，咸不知。至楊村，遇操撥船王福功，北倉人也，問之，曰：「良有，然而苦矣。劉公之殁也，其子壯者遠出不返，婦子幼者多死，惟女第四尚存，曾許字淮上程姓，聞程已古人，而女誓不别嫁，先寓吾倉準提庵，後遷津城尼庵，不知何名矣。」程躍然曰：「予即程某也。謂女已死，此行特欲杯酒澆孤墓耳，今尚在乎？顧訪之，當何從？」曰：「若有啞僕，義人也。女在誠時節必往候。前數年，聞庵有嫁女事憤絶，覓尼拳毆之。既知嫁者爲尼侄，乃已。君得導引，宜可達。」程急回訪啞僕，得之，欣然拉程行。至接引庵，叩門，尼照震出。具白原委，尼曰：「子之來，無左驗，真耶僞耶？曩有新選大尹少年喪耦，俾其戚托尼道意。女愠，不食二日，累我謝罪，誓不復言，乃已，不可以重污我貞女耳！」閉門入，程惆悵久之，去。至船，語其表侄旗丁楊吴增。楊乃約衆以男義女貞，公籲成全，連名具呈於運弁，遂移文津令。金公之忠訪之確。遣巡司吴喻尼勸嫁。女以無父母主婚辭。吴曰：「縣父母，真父母也。且女之所以守者，爲程也。程已至，而猶不嫁，將何謂乎？」宗善妻弟文學李文燦聞之，亦來勸，謁金公。公立擇吉，出數十金付吏，備婚嫁資，并目李曰：「可共酌之。」又別出十金，曰：「妝奩細碎，吾輩有必不能詳者，持此補不足可也。」李退，語其姊及尼照震。女聞泫然泣下，於是乃許，時六月之八日。金侯爲潔館，備彩輿夫馬，具兩姓官銜儀仗，特書「義男貞女」[一]金字牌。執役數百人，衛程親迎於接引庵。是日觀者塞途，無不咨嗟嘆賞，嘖嘖一詞也。既而金贈以資斧，爲具關文，送之南旋。淮陽吴恒宣作《義貞記傳奇》，以演其事。』天津周太史人麒曰：『以女艱難困苦，祝髮空門，長齋綉佛，其苦節之貞，已不可及。乃猶以父母髮膚不敢毁傷，獨安庸行之常，不染异端之習，其超卓更爲何如哉。而程君年將周甲，誓不輕娶，殷殷以酬墓爲心，修身立命，發情止義，何兩賢之適合耶！然非金侯成人之美，程劉雖賢，亦烏能名顯當時，聲施後世歟？』荆蔭南郡伯如棠爲賦《貞義行》云：『猗嗟夫婦人倫首，男義女貞古無有。彼蒼作合終有時，白首依然成匹偶。岑川程氏家山陽，好客人呼小孟嘗。需次京華名藉甚，殷勤爲子擇齊姜。蒲州太守衣冠族，有女深閨舉中玉。一見傾心縞紵投，百年願把絲羅續。佳兒嬌女甫髫齡，一語纔通締好盟。銀河有待雙星渡，未届魚軒百輛迎。從來世事有消歇，富貴榮華如轉睫。雁羽終成南北阻，燕飛竟作東西别。弱冠乘龍願未諧，

[一]高氏云王先謙《東華續録》載：『乾隆四十二年十一月乙丑，禮部議奏義夫貞女例，准請旌建坊。歷年來各省題報義夫既不概見貞女係夫亡守志，循例辦理。至幼年聘定，彼此隔絶，經數十載至久，守義懷貞，各矢前盟，卒償所願者，實從來所未有。今據大學士管兩江總督高晋奏稱山陽縣監生程允元與直隸平谷縣劉氏婦締姻，後隔絶五十餘年，各守前盟，終偕伉儷，事奇理正，應請旌表，給銀共建一坊，以奬節義。從之。』

相思何處問鸞釵？堂前空有宜男祝，牖下曾無季女齋。矯首浮雲暗於邑，迢遥京洛無消息。夜夜思縈寡鵠愁，年年祇抱鰥魚泣。之子伶仃立路隅，蒲東歸櫬返鄉閭。家園蕩盡凄涼甚，一僕扶携到直沽。腸斷同懷諸姊妹，空門寄迹甘憔悴。隻影煢煢綉佛幢，臨妝剩有烏雲在。妾意君心各自留，斷蓬飛絮兩悠悠。任他鄰女誇紅袖，望我良人矢白頭。苦志貞操神所佑，分明暗室朝曦透。偶逐蒲帆直北行，其中自有機緣湊。繫纜延回一水濱，征車僕僕擁飛塵。路旁争説劉貞女，觸撥羈人記憶真。叩門尋訪深深語，罷織停針聽覼縷。莫認浮游蜂蝶踪，須知本是鸞鳳侣。風流令尹畫堂開，五色花封手自裁。豆蔻梢頭春已去，合歡枝上月方來。同心結綰無差异，上如青天下如地。蘋藻思將婦職修，結縭不負先人意。裙布相莊食案邊，一經追憶轉凄然。赤繩繫足三千里，皦日盟心五十年。輕裝結束回南鶩，魚水新歡艷行路。卜築枚皋舊宅邊，親操井臼相依住。唱隨琴瑟有和聲，一日賢名遍楚城。好共青燈酬絡緯，羡伊黄髮警鷄鳴。肩輿迎到黄堂側，舉止幽閑大家則。貞義長昭彤管輝，作歌示我邦人式。』

棟按：貞女南旋時，宰山陽者爲金公顯揚，天津人也，爲之鳩金鬻宅，兼謀糊口之費。故演劇時，有『兩金太爺』之稱。貞女之事始於金，終於金，始於天津地，終於天津人也，亦奇。

張梓蔭 二首

梓蔭，字敬之，號春園。楚山先生湘子。乾隆丁酉科舉人，未仕。

按：公主講中州書院，爲畢秋帆中丞所契重。公性疏放，以詩灑自豪，有楚山先生遺風。公家詩書之澤甚遠，祖光第，康熙甲午舉人，父湘，甲戌進士，公子岩，嘉慶丁卯舉人。

虎邱

斜風吹雨入船凉，驚破離人午夢長。兩岸雕欄千樹柳，又吟烟景過山塘。應與湖山有夙因，到來風景尚如新。莫言獨醉無相識，幾樹梅花是故人。

張岩 一首

岩，字魯瞻。楚山先生孫，梓蔭子。嘉慶丁卯舉人。

按：魯瞻貌不逾中人，伉俠[一]有奇氣，不可於意，能面折之。勤苦於學，與棟兩世交游，契分最深。嘗有『落花覆地胭脂雪，芳草粘天翡翠雲』句。數困公車，侘傺以死，不勝玉摧蘭折之痛。

并蒂牡丹

七寶欄杆試舞腰，一般肥瘦影難描。生成交頸春風艷，綰就同心夜月嬌。趙女容顏誇二麗，楊家姊妹許雙挑。尹邢誰謂常相妒，聯袂歸來喜見招。

[一] 原校本謂『俠』疑應作『俠』。

魯瞻曾述津門前輩《觀子弟入試》詩云：『年少親提玉轆轤，蛾眉争笑氣豪粗。芙蓉慘澹英雄老，自合持將擊唾壺。』『三條官燭五更風，回首當年况味同。愛爾平時花樣好，金針看度綉芙蓉。』二詩豪氣無敵，當時述之猶識其名，今渺不記憶，因録孝廉詩，爰識於此。

李玉樹 一首

玉樹，字淡村。詩見《張楚山先生竹床記》。

竹床引

序：楚山先生令餘干歸，兩袖清風外，惟携一床而已。縉紳先生相與咏歌其事。余不揣固陋，爲獻一詩。時未識先生，繼於思園識之，遂成莫逆。

海上多奇士，惟君尤昂藏。讀書破萬卷，與古相頡頏。高空翔野鶴，矰繳漫相將。百里非所志，解組旋歸鄉。布帆挂秋風，蕭然剩一床。床以竹爲之，昔曾栖鳳凰。清風高節在，何地不瀟湘？廉吏對空山，竹床在草堂。我未識君面，我欲進君觴。君不見，彭澤縣令陶淵明，慨然歸田躬農桑。北窗日高卧，世代追羲皇。又不見，成都太守趙清獻，飄然一去何徜徉。一琴一鶴隨，琴鶴生輝光。

朱玉鄰 一首

玉鄰，字澗庵。詩見《張楚山先生竹床記》。[一]

題吳念湖金野田合畫竹蘭時喬五橋在側因囑書之

幽人各有興，相對寫清芬。孤節依芳草，忘言伴此君。一莖初帶雨，三徑欲生雲。詩罷增惆悵，揮毫囑右軍。

[一]高氏校云：『朱玉鄰咏竹床詩未鈔。』

津門詩鈔校箋卷十三

汪舟 四首

舟，字楫之，號木堂。乾隆庚午舉人。著有《桐陰山房稿》。

按：先生於乾隆乙未年大挑一等，引見時，以科分最久，蒙上顧問，分發陝西，需次一年卒。先生少知力學，童子時，以『柳岸纔登鷺白鳥，花村欲入問紅橋』句知名。受詩學於朱陸槎先生函夏。朱公《谷齋集》存先生家，臨終猶以未梓爲恨。

蒲口題壁

西風颯颯暮雲生，驢背長驅古北平。渡口桃花三十里[一]，半林黄葉作秋聲。

題《夢萱圖》

序：圖爲香河張孝子荷宇所著。荷宇襁褓失恃，以思慕之誠，形諸夢寐，爰繪爲圖。

洛鐘應銅山，子母一氣通。嗟乎張孝子，樹静悲長風。無母何所恃，襁褓罹憫凶。何當見顔色，乃在魂夢中。誠積以相感，天性非虚空。不見𧮪假者，洋洋接雙瞳。左右亦烏有，思慕無終窮。無形竭其明，無聲竭其聰。思親夢見之，此理將無

［一］『三十里』，《國朝畿輔詩傳》卷三十八作『三千里』。

同。饒舌説慈悲，何處問天龍。

長清曾孝女詩

惟漢有曹娥，殉父溺於水。碑留絶妙詞，至今娥未死。遥遥兩千年，流風嗣曾氏。有女名衍倫，少小耽書史。所生眷掌珠，珍於丈夫子。母也嬰沈疴，湯藥必自己。隨任間關山，未嘗一日已。云胡宦署中，祝融爲禍始。孝女覺獨先，求生在舉趾。哀哀病母床，輾轉不能起。更兼小侄女，獨活意所鄙。所以蕭艾生，烈焰焚蘭芷。死猶抱母尸，生更可知矣。孝爲百行先，慈亦難與比。試問年幾何，正當三五耳。回憶沉瓜人，然否能相擬？流傳藝苑間，姓名芬人齒。

周衣亭先生齋中山茶花用劉后村集中韵

寶珠何忍弃山空，喜托龍門艶一叢。十笏齋中培老幹，百花頭上放殷紅。還憐野卉經霜隕，生笑唐花待火烘。最喜尋芳春不遠，錦囊端欲倩奚僮。

汪挹芳 八首

挹芳［一］，字經圃，號蘭階，又號夜泉。楫之先生子。諸生。

按：公性平淡，克守先人清業，讀書稽古以終。庭翳花竹，蕭然有隱君子風。

追凉

亭午苦炎熱，鬱鬱如不禁。晚坐高樹下，清風襲我襟。可以息衆慮，可以理素琴。本自不成調，何恨無知音。

傅昆老應京兆試秋雨連朝不勝索居之感

經秋三日雨凄凄，雲去雲來拂樹低。頗有時花開可意，恨無好友倒偏提。病蟬抱葉和烟墮，飢鳥當檐斂翅栖。蓬户於今人迹少，鄰童漫爲鏟新泥。

石橋晚望

市廛盡歷是晴皋，白石橋頭緑柳條。秋去秋來駒過隙，堤南堤北水平篙。紛紛

［一］［民國］《天津縣新志》卷十一之二作『藝芳，字經圃』。

客艇投遥浦，泛泛沙鷗下碧濤。記得當年停棹處，不堪指點向兒曹。

夜雨書懷

月黑虚窗暗，宵長秋欲中。夢回深夜雨，衾薄五更風。髮短心難壯，才疏途易窮。法華真諦在，立地萬緣空。

短歌行與友人飲酒作

昨日之日憂思多，今日之日君當歌。功名自是少年事，我輩視之浮雲過。明月當頭正三五，有酒不飲奈月何？陰蟲切切依户牖，白露皓皓下庭柯。虬枝上窗狀夭矯，菊影鋪地致婆娑。白首同人喜相對，瓦盆絶勝金叵羅。詩人酒人俱千古，豪華富貴同逝波。從今不作懊惱懷，豈不聞青蓮浣花皆以奇才名世非高科。

哭女孫淑慧

五十寧非老，孫枝見未嘗。賴兹聊自慰，念此轉堪傷。斜日荒荒白，輕雲淡淡黄。南郊相送罷，一步一凄凉。

茂樹

坐來終日未嘗疲，仰首階前碧萬枝。鳥去鳥來長不見，蟬鳴蟬歇每先知。羲輪自轉晴輝隔，微雨頻過落點遲。此是先人親手植，清陰留到子孫時。

舊書

名批細注宛相連，手澤雖存多未全。午枕輕翻風入牖，雪幃朗誦暖從天。卷藏同載三千里，歲月經消四十年。秘本琅函雖不是，飢寒詎忍質金錢？

鄭熊佳 二十首

熊佳，號蓬山[一]。乾隆丙子舉人，庚辰進士，廣東惠來縣知縣，調電白縣知縣。

按：公篤交游，重文墨，與金芥舟先生契分最深。延館署中，供先生壺榼，恣其眺覽，凡數年不倦。迄卒，營身後事，罔勿周備，一棺約值數百金，逮先生嗣迎柩於粵，大感慟。公之好義皆此類。與芥舟先生唱和甚多，有《山舟草》一卷，謂蓬山、芥舟合集也。

[一][同治]《續天津縣志》卷十七梅成棟作《鄭熊佳小傳》：『字南翔，號蓬山。……知廣東惠來事，移知電白縣，歷署瓊山、樂昌知縣，欽州知州。』[光緒]《重修天津府志》卷四十三亦謂其『字南翔』。

和金芥舟先生東郊踏青元韵[一]

山郭雲村繞白沙，欲從郊外問烟霞。炎荒儘有無名樹，殘臘偏開別種花。一笑顛狂纓屢絶，七言險仄手頻叉。歸來燈火沿溪上，望見城南賣酒家。

電白署西園叠石偶成

槎峨兼碌確，意匠備搜求。片石開生面，旁人代點頭。似曾何處見，或向此中游。漫説蓬瀛遠，憑軒便十洲。

哭金芥舟先生 并序[二]

先生祖居會稽，後遷天津。名玉岡，晚年改名舟，又改名介，字西昆，號芥舟。[三]少時家計豐饒，好讀書飲酒，彈琴作畫，不樂仕進。及壯，薄游四方，凡天臺、雁蕩、黄山、九華、嵩高、太華、泰岱[四]、天山、

[一]清咸豐元年（一八五一）金陵顧晴崖家刻本《蓬山詩存》《嶺海酬唱集》題作《和芥舟東郊踏青至書院得叉字韵》。後附金氏原作：《國朝畿輔詩傳》題作《和金芥舟先生東郊踏青韵》。

[二]清咸豐元年顧晴崖家刻本《蓬山詩存》《南翔集》題作《哭金芥舟先生詩四首并序》。

[三]《蓬山詩存》無『名玉岡，晚年改名舟，又改名介，字西昆，號芥舟』。

[四]『泰岱』二字，《蓬山詩存》在『九華』下。

西藏，無不探奇縋險，窮[一]其勝而後已。繼又浮南海，至普陀，瞻謁大士像，鬚眉逼現。壬午癸未間，輕身航海，由瀋京至姑蘇往復，數見海中龍出，涌浪如山，幾瀕於險[二]。要其志在壯游，非爲蠅頭利也。歸來，偕金質夫太守出塞外。固先生篤宗誼，而一生耽情山水，亦可慨見[三]矣。戊子秋，余銓選粤東，先生因羅浮未游，慨然同來[四]。由閘河出儀徵，溯大江而南抵羊城，路遇名勝無弗有作，積日既久，遂成卷帙，名《粤游草》。己丑至惠來，辛卯又移電白。五年之久，未嘗相離。佳晨令序，月夕花天，無不各有吟咏。余鞅掌簿書，靡暇搦管。每先生首唱，余勉步和[五]，爲《山舟草》[六]。去年冬，余於役會城，三月歸，先生卧疾在床[七]，余戚然憂之，未幾愈。今年春夏之交，屢發屢止，精神稍減。八月十四日，聞先生寓齋有大聲雷[八]，視之，

[一]『窮』，《蓬山詩存》上有『必』字。
[二]『險』，《蓬山詩存》作『危』。
[三]『慨見』，《蓬山詩存》作『概見』。
[四]『同來』，《蓬山詩存》作『同行』。
[五]『每先生首唱，余勉步和』，《蓬山詩存》作『先生常首唱，余次韵步和』。
[六]『爲《山舟草》』，《蓬山詩存》下有『一卷』二字。
[七]『卧疾在床』，《蓬山詩存》上有『已』字。
[八]『大聲雷』，《蓬山詩存》作『大聲如雷』。

已坦[一]化去。嗚呼！可傷也已！歿前五日，猶吟《絶命詞》在床褥間，殮後搜得之。詩甚清麗，去來了了，似有前知者[二]。先生與余二十年忘年之友，近十餘年益親密。生平不設城府，好飲酒，慕劉伶、阮籍之爲人，醉則清礦不羈。然衝淡恬和，從未使酒駡座。[三]詩喜放翁[四]，畫仿倪雲林，書法得鐘、王遺意。精於考證，一字未得其解，無不遍覽書史，務求詳確。易簀日，猶手一編弗輟也。嗚呼，先生芳行若此，而客死天涯，豈不痛哉！爰賦四章，以志先生顛末云耳[五]。

草草輕裝五岳游，無端賫志在羅浮。先生游羅浮，終未果。詩情似有江山助，畫筆能傳林壑幽。身後遠拋孫若子，生前不解怨兼仇。與君風義兼師友，不禁天涯泪迸流。

無可如何酹一觴，回思杖履更神傷。七年詩酒同官舍，六十形骸委异鄉。從此鶯花無好興，早知琴鶴付斜陽。八千里外吟魂渺，長使憑棺痛斷腸。

一病何期老態增，玉樓歸去月華清。千岩萬壑山陰道，紅樹蒼松薊北城。浙東

[一]『坦』，《蓬山詩存》作『怛』，高氏校亦云：『「坦」應是「怛」。』
[二]《蓬山詩存》無『者』字。
[三]《蓬山詩存》下有『游覽名山大川及京北田盤上房西峪戒臺壇柘，俱游屐數經』。
[四]『詩喜放翁』，《蓬山詩存》作『詩學放翁』。
[五]《蓬山詩存》無『耳』字。

及盤田，皆先生每歲必游之地。［一］行處尋常多酒債，醉餘放曠足詩情。竹林老輩全消歇，金門師及樸亭［二］、楓溪、薑田諸前輩。仰企［三］芳型百感生。

忘年昔日早論交，疏冷［四］相親等漆膠。竹笠［五］長安陪酒肆，梅花小舫［六］泊江皋。賓朋半去［七］君猶在，色相全空影并拋。惆悵空齋秋柳［八］外，不堪夜雨滴林梢。

次顧襄臣韵簡高濬谷進士喆

與子俱出門，追之及河梁。聞子已早歸，而我還周行。及歸握手語，慘慘

［一］《蓬山詩存》作『浙東爲先生故里，每歲一至，盤山爲薊北名勝，常往游焉』。

［二］『樸亭』《蓬山詩存》作『樸庭』。

［三］『仰企』《蓬山詩存》作『仰止』。

［四］『疏冷』，《蓬山詩存》卷一、《國朝畿輔詩傳》卷四十四均作『冷澹』。

［五］『竹笠』，《蓬山詩存》卷一、《國朝畿輔詩傳》卷四十四均作『笠屐』。

［六］『小舫』，《國朝畿輔詩傳》卷四十四作『小艇』。

［七］『賓朋半去』，《蓬山詩存》卷一、《國朝畿輔詩傳》卷四十四均作『朋儕零落』。

［八］『秋柳』，《國朝畿輔詩傳》卷四十四同，《蓬山詩存》卷一作『疏柳』。

神不揚。乃知遘宿疾，支體傷郎當。願子加珍重，韶序方堂堂。子才洵超卓，千尋木豫章。我嘗資論討，風議直[一]明詳。同事木門師，期許無相忘。先後各登第，名姓升明光。低回[二]目前事，爾我堪回腸。目前何足道，所貴晚節香。男兒志氣盛，功業垂邊疆。縱勿圖麟閣，亦應重廟廊。况子堂上人，白髮猶相將。豐城埋劍氣，光華寧久藏。善保千金軀，雲途萬里長。擬賦遂初後，林壑偕徜徉。

游夕照寺贈文柏上人 在都城東南隅[三]

薄游帝城東，霽景澄圓蓋[四]。蕭蕭萬柳疏，洗出莊嚴界。入門軒宇清，野菊雜蕭艾。文柏慧心人，留賓倒玉瀣。四座淡無言，宛若芝蘭藹。戛然清磬鳴，飄飄響天籟。

[一]『直』，《蓬山詩存》作『真』。

[二]『低回』，《蓬山詩存》作『低徊』。

[三]《蓬山詩存》無此注。

[四]『圓蓋』，《蓬山詩存》卷一、《國朝畿輔詩傳》卷四十四均作『圜蓋』。

次韵贈王介山先生又樸[一]

欲向沽西再卜鄰，重來鷗鷺益相親。退閑歲月都忘老，略分交情始見真。耆宿衣冠風近古，典墳著述筆通神。耄年不輟名山業，玉軸牙籤觸手新。

題賀鼬山師《山水清音小照》并送南歸

訪勝山川結契深，欲將登眺索清音。真機忽向弦中語，天籟遥從紙上尋。兩晋風流餘再鼓，一時才俊屬高吟。岩間定有幽栖侣，搏拊焦桐遇賞心。

白蘋紅蓼碧天秋，一棹飄然返客舟。祇願携樽聯洛下，不須騎鶴過揚州。芝蘭争茁傳家美，松菊猶存卜宅幽。他日江山經北固，追隨琴笛共清游。

送朱秋亭入都

武家臺畔水盈盈，雲樹蒼茫隔去程。雁陣排空三寒冷[二]，烏亭入暮一燈明。人經秋日難爲别，節近黄花易有情。屈指回鞭無幾日，重陽風雨滿津城。

[一]《蓬山詩存》題作《贈王介山先生又樸》。

[二]「三寒冷」，《蓬山詩存》卷一作「三塞冷」。

題高薑田太守遺囑詩後

太守名綱，鐵嶺人，且園尚書子，僑寓津門

顏訓崔銘舊制存，更憑詩句賦招魂。一經紹述承先業，百畝荒蕪戒後昆。奇骨那堪埋土壤？遺書真足上輶軒。於今掩卷還垂泪，恨未相從哭寢門。

題《風月草圖》送顧晴沙師出守寧夏[一]

東風淡宕草芊綿，不待披圖别恨牽。布德定教春意滿，含生真覺受恩偏。角聲曉落三城外，旆影晴翻五馬前。計日甘霖遍秦隴，被郊禾黍兆豐年。

搴帷行部净無塵，翠織征袍色共新。近水相遭濃濯錦，催花有信軟鋪茵。誰言烏府三秋肅，宛若鱣堂一月春。桃李成蹊吹植遍，幾時載酒得重親。

送金金門師赴北臺效力

茫茫荒塞走風塵，遷謫何堪白髮新。千里草連斜日景，三年霜轉塞垣春。漸看霽色回天上，永憶棠陰樹海濱。行矣東門開祖帳，攀轅多半是貧民。

[一]《蓬山詩存》題作《春風芳草圖送顧晴沙師出守寧夏》。

金芥舟山人[一]以菮蒿菜[二]浸火酒中味苦色淡出以飲余錫名醽醁作詩紀之

醽醁名佳醞，芳醪昔未聞。倶删西字畔，留待卯時醺。山人謂醽醁西畔非古[三]。世味杯中見，春波座上分。菜根嚼已遍，清淡孰如君？

金金門師新成東井書屋招飲分賦

追陪高會得重叨，緑野堂[四]成泛玉醪。琴笛何妨同子弟[五]，簿書原不礙游遨。庾樓明月陪[六]清賞，海國晴烟動素毫。下里詩壇蕪廢久，待公鴻筆振風騷。

[一]『山人』，《蓬山詩存》作『處士』。

[二]『菮蒿菜』，《蓬山詩存》作『苣菜』。

[三]《蓬山詩存》作『芥舟謂靈录從酉字非古，宜删之』。

[四]『緑野堂』，《蓬山詩存》卷一作『書錦堂』。

[五]『子弟』，《蓬山詩存》卷一作『弟子』。

[六]『陪』，《蓬山詩存》卷一作『邀』。

別熱水 在雹白縣[一]

一規如鑒絶埃塵，洗却炎氛豈厭頻。陽氣居然回黍谷，春風直欲到沂濱。任教冷眼常窺我，猶有清泉不負人。活水源頭來汩汩，一番浴後一番新。

次答孫蔚齋送行原韵

地接西園翰墨香，臨池揮灑[二]意非常。换鵝書重山陰道，載鶴人歸硯北堂。不定浮踪隨聚散，無邊别恨轉蒼凉。暮雲春樹相思切，萬里天涯各一方。

曹雲昇 一首

雲昇，字慕庭，號履平。雍正丙午舉人，乾隆丁巳進士。寄籍通州[三]，歷官湖南安化縣、保靖縣知縣。子召南，乾隆甲午舉人。孫泳，嘉慶甲子舉人。俱登天

[一]《蓬山詩存》之《出嶺集》無此注。

[二]「揮灑」，《蓬山詩存》作「渾灑」。

[三]《長蘆鹽法志》卷十七：「會稽人，順天通州籍。」《知足齋文集》卷五、[民國]《天津縣新志》卷二十四朱珪撰墓志銘謂「曹氏由會稽遷順天通州，入籍大興」。

津籍。著有《芳谷詩草》一卷。

徐飛山舅索梅花詩帖嘲之[一]

寒燈寂寂照清愁，蕭灑詩人小竹樓。爲愛梅花歸思苦，空飛清夢到羅浮。

會稽潘汝炯公小傳云：『公生而穎悟，年六歲，讀書數行下。父明遠公去世，年十二，居喪如禮。十五補博士弟子員。督學使者爲長洲吴荆山先生，最器賞之。登鄉書出常熟相國蔣文肅，成進士出桐城相國張文和二公之門。歸班需次。於天津授徒，一時名人多出門下，如山東巡撫徐公績、翰林積公善、武定府知府徐公觀孫，其尤顯也。宰安化時，弭盜治民，政聲卓卓。有吴姓弟兄九人，以析産訟而暮夜饋金者，公曰：「吾雖不及古人，然曾讀數行書，豈忘楊氏四知之訓乎？」却之，判令式好如初，九人感泣。雍正六年，改土歸流，熟苗之點者，多緣屯目[二]爲奸，欺生苗不識漢文，稍犯法，輒陷以重辟，公超雪數百人。鴻臚寺卿羅公典丁卯分校，公所取士也，中湖南第一名。方公卒於保靖時，徐孺人扶柩携諸孤，舟行至武昌漢陽關，羅公丁憂歸楚，邂逅登舟，蒲伏柩前，大呼恩師，放聲痛哭，蓋師生之誼篤矣。』

[一]《國朝畿輔詩傳》卷三十五題作《徐飛山舅索梅花詩帖》。

[二] 原誤作『䇺』。高氏校云：『「䇺」係「屯」「目」二字之誤。』

高喆 四首

喆，字濬谷，號琅村。乾隆庚辰辛巳聯捷進士，宣化府教授。

按：公天才機警，學復深邃，文名重於一時，出趙鹿泉、王蘭泉兩先生門下。嘆賞其文，自謂莫及。目偏眇，流覽絶速，過輒不忘，與邵二雲先生齊名。著作甚多，卒後諸子相繼殂逝，未知流落何所，四詩得諸公書便面。公晚年主講三取書院，裁成後進，必以法律，每成一藝，人盡傳抄，其見重如此。

喜周衣亭太史見過

除君誰肯顧[一]，柴户[二]合常扃。入世成迂怪[三]，言詩喜性靈。苔滋春雨緑，院匝[四]舊年青。玄草從頭注，相期共此亭。

[一]「肯顧」，《國朝畿輔詩傳》卷四十四作「枉顧」。
[二]「柴户」，《國朝畿輔詩傳》卷四十四作「蓬户」。
[三]「迂怪」，《國朝畿輔詩傳》卷四十四作「疏闊」。
[四]「院匝」，《國朝畿輔詩傳》卷四十四作「樹匝」。

閑居

不逐時人好，無端得隱名。斯文望補救，吾道本和平。霽喜重陰後，花從薄暖生。蝸廬容偃息，竹石等閑情。

居庸道中

寒石自嶕嶢，空山馬迹銷。黃花秋草路，流水夕陽橋。遼壘通邊險，秦垣入海遥。更無烽火警，清唱聽霜樵。

竹床引爲張楚山進士作

先生一齋餘四壁，竹床六尺當户側。床頭有酒壺自傾，床頭有書手不釋。客來即與拂竹座，客去時復栖床息。問君坐息幾經年，照眼琉璃光欲滴。君言壯歲令餘干，餘干修竹多於椽。衙齋器用半出此，夜寢兀兀支琅玕。平生愛竹本天性，見此忽忽思當年。當年家住沽水西，門前秋水連長堤。蒹葭交横藻荇亂，安得萬個栽水湄。平生清興托虚想，今來作吏還鞅掌。淇澳關情那可諼，山林裏足何曾往？知味空參玉版禪，尋幽誰縱丹陽賞。可憐三徑遠踟躕，剩有一床供偃仰。一床那便得安眠，十日九日空復閑。自從拂袖理歸柂，穩載不愁風浪大。一路名山卧裏游，三年薄宦夢初破。幻境盧生枕上同，萍踪海客槎邊過。鄉國歸來八九春，途窮阮籍更清貧。盡典篋衣緣易米，半抽籬棘爲添薪。祇有此床依舊在，伴我閑身無價買。冬藉青氈薄冷收，夏施疏簟煩熇擺。高歌扣出玉泠泠，薄醉移當風灑灑。嗟乎此床安可無，窮通壯老與我俱。即今更歷幾年所，物有成毁心難渝。惟心難渝事非偶，先生愛床床亦壽。古來不没鬱林石，至今如見陶潛柳。絶代風流托興長，爲賢爲逸任平章。定知桃李春風座，不擁皋比擁竹床。時先生將赴新城學博任。

跋：平生自諸試卷外，未嘗作楷，以藏拙也。兹病十日手頗顫，一涉行草便不止。春蚓秋蛇，恐無醜不備矣。不得已，賴心少閑，輒復以頽筆作此。回憶太和殿下，坐小凳，臨小几，寫對策時，忽忽已十餘年，今又出此一場醜也。書罷不禁自笑。

王禄朋[一] 九首

禄朋，字翼雲，號秋坪。乾隆己卯舉人，己丑進士，歷官兵部員外郎，山東登

[一]《國朝畿輔詩傳》卷四十五、《長蘆鹽法志》卷十七、《清代文字獄檔·劉遴宗譜案》及《高宗實録》均作『禄朋』；惟[光緒]《重修天津府志》卷十七『乾隆二十四年己卯科舉人』條案：『《傳》作禄鵬，應是。』

州府、兗州府，江西饒州府知府，廣西蒼梧道，雲南迤東道。著有《秋坪吟草》〔一〕。

按：秋坪先生少負才名，與吴念湖太守齊驅并駕，馳譽一時。工行、楷、篆、隸諸書，爲翁覃溪先生所稱。詩主晚唐，嘗有『生計一篙春水外，宦情三月落花前』之句，爲鄉人所咏。棟嘗求其遺集，苦不得。崔念堂識其嗣君，求索再三，始出所藏。念堂僅抄數首，遽匆匆携去。念堂以貽余。非念堂，幾無以傳秋坪已。

答翁覃溪學使

序：丁酉九秋，禄朋出守登州，攝郡事者爲北平曹雪坪銘，得與周覽蓬萊閣之勝，及量移東魯，而雪坪即領登郡，因貽以齋額，遂有小蓬萊之號。今守饒州，宋丞相洪文惠公故里也。戊申季冬，覃溪先生按試此邦，適當《石經殘字》鎸成，語及洪相曾刻石經於會稽蓬萊閣，而小蓬萊之號，先生夙亦有之，且言錢塘黄秋盦易亦有之，不謀而合，亦一奇也。賦長歌以惠示，謹依元韵奉和〔二〕。

仙閣誰與尋仙盟，我先我後皆雪坪。同上蓬萊踐夙約，顔之齋壁欣同聲。我别東牟守東魯，結構小築軒窗明。東方雲海在胸臆，如凌萬頃波澄泓。會逢秋盦嗜古

〔一〕高氏校云：『應作《秋坪學吟草》，據原集。』高凌雯〔民國〕《天津縣新志》卷二十三《藝文》著録王禄朋『《秋坪學吟草》二卷，抄本』，謂：『昔梅成棟求禄朋詩，其家秘之不可得，慶雲崔旭嘗從其子借鈔數首，匆匆索去。《津門詩鈔》所録殆即旭所詒者。原稿固未嘗見也。是集今仍藏王氏家，惟兩册紙墨新舊不同，且多訛脱，似是散佚之後復行搜輯者，非原本也。』

〔二〕『賦長歌以惠示，謹依元韵奉和』，《國朝畿輔詩傳》卷四十五作『賦長歌以示，依韵奉和』。

刻，石經殘字摹盤庚。幾年搜考得就正，北平宗匠功集成。自今洪都寶四石，何异石鼓留神京？方諸洪相舊鎸刻，事半功倍惟先生。曰殘非殘散者聚，後先輝映尤光晶。今朝恰在文惠里，欣欣桃李争相榮。不遺樗櫟念桑梓，剪燭心已馳東瀛。小閣同名亦奇事，登州越州兩地并。洋洋灑灑發閎議，春風披拂來江城。爲臨篆法邀賞識，自慚小技况未精。示我古墨洵至寶，得見一字勝瑶瑛。安得昕夕侍几席，辨别僞體聆真評。

游靈岩寺

岱北山無數，層岩此地靈。塔飛千丈白，松涌四圍青。古寺盤空闊，奇峰入杳冥。石橋行過處，草木動芳馨。絶頂難攀越，盤來第幾層？到門從二客，入殿對孤僧。福地欣常住，靈山喜乍登。漫言游興盡，歸路暮雲增。

晤同年陸耳山學士舟中夜話 松江人，時方居憂

三年遥判袂，一夕喜談心。日下文名重，雲間孝思深。蘭言風馥馥，燭影夜沉

沉。握手難爲别，幽懷把素琴。

讀覃溪翁學使《石經殘字考》

考古求殘字，尊經勒斷編。西江新石立，東漢舊書傳。論説諸家富，摩挲獨力堅。六經徵確鑿，一紀費磨研。昔刻分三體，今摹定四篇。事雖洪相半，功已議郎全。再睹熹平迹，重輝乾道鐫。鴻都名自後，太學實居先。缺簡毫厘辨，豐碑丈尺權。黌宫欣璧合，藝圃慶珠聯。欲出張圖龍王玉晋右，能超顧亭林萬季野前。北京推斧藻，南國荷陶甄。石墨高樓客，蓬萊小閣仙。鳳麟洵兆瑞，桃李共呈妍。寶氣騰齋廡，精光映豆籩。折衝崇實學，六籍正中天。

題慶雨林《水石清娱圖》

欲從峰頂快登臨，且向鳴泉豁素襟。瀟灑果然如海岳，聽松拜石有同心。

過大姑山

高峰獨聳碧嵯峨，鷁首焚香始可過。七級塔盤千仞壁，一拳山控九江波。崖懸古寺游人少，徑繞寒雲過雁多。相望小姑剛百里，水中雲髻對雙螺。

少陵臺即事柬嘯崖山長

少陵臨眺舊樓傾，尚有荒臺擅古名。風雨久湮秦相篆，草花空長魯王城。詩亭翠聳雲烟上，講幄香飛檜柏清。今日絳帷霏玉屑，南金聲價動諸生。

將之饒州留別津門諸友

自是儒生故態寒，不求温飽但求安。鄉風領略欣徒步，故友追隨喜脱冠。三郡愧稱窮太守，九年追憶舊郎官。西江不似東山近，梓里低回欲去難。

暫寄名園已十旬，耕夫牧豎亦相親。無端又被清風引，有目還看野鳥馴。亭外遠帆忙似我，檻邊黄菊瘦於人。眼前秋水長天去，一曲離琴倍愴神。

吴總憲省欽《白華前稿》有《題王别駕禄朋左手篆書却寄》：『弩牙所發猿臂舒，盡斂薑芽詑且姝。天生此手工斫輪，困苦牽攣見神術。入陣能期挾虜雄，當杯豈憚持螯眍。少年習慣成自然，左之右之破天桎。翻疑搦管通彈弦[一]，琵琶譜法試窮詰[二]。曹綱右手興奴左，左者斯優右者絀。大梁布衣王左手，磅礴解衣用專壹。以君書訣參御理，舍拔逐禽百不失。』云云。

[一]『彈弦』，清乾隆刻本《白華前稿》卷四十七作『彈絲』。

[二]『窮詰』，《白華前稿》及原校本作『窮詰』，當據改。

吴人驥 五首

人驥，字念湖。乾隆乙酉丙戌聯捷進士，歷官山東，終萊州府知府。

按：公性倜儻，修髯偉幹。工畫竹，旁及詞曲，人號風流太守，又有吴髯之稱。公幼年喜徵逐，廣交游。書則歌場綺席，到處逢迎；夜必讀書，每侵晨，先拈題爲文一首，然後盥沐見客。及登仕籍，慷慨揮霍，好獎引後進。即家居，文酒之宴無虚日，有孔北海風概。家遭回禄，所藏珍秘圖籍并詩集，盡毁於火，無從采輯。數詩得之欒飛泉先生《津門詩彙》，似非公得意作也。

葛沽道上

海門東望葛沽堤，一路春風入馬蹄。水上桃花村外柳，紅妝多在畫樓西。

虞美人

引劍當年謝楚王，空餘殘魄吊斜陽。豈緣金粉傾人國，不向春風作漢妝。騅馬數聲長躑躅，美人一去幾興亡。獨憐歌席猶能舞，唱到江東夜月凉。

春日遣興

海棠西畔杏花東，簾外鶯聲趁曉風。書到會心無甚解，詩緣寫意不求工。偶臨流水魚同樂，爲惜芳春酒不空。一笠滄浪堪放棹，幾時江上伴漁翁？

自題畫竹

愧無買犢勤東作，羨煞東風釀雪寒。二月小園春笋瘦，亦堪養作釣魚竿。

竹床引

序：同邑張楚山先生以進士令餘干，既罷官，惟携一竹床歸。雪後過訪，因爲賦《竹床引》。

楚山先生磊落人，罷官歸來窮坎軻。一錢未肯留看囊，一床剩足支高卧。自言昔日登東山，曾向峰巔踞此坐。想當詞源倒峽時，高浪直衝九江破。名士由來半左遷，到門松菊猶依然。眼前長物但餘此，清風左右生孤寒。那嫌酷署夏無簟？但苦坐客冬無氈。載來江國四千里，夢老空山又一年。昨夜雪花大於掌，我來訪君沽水上。入門但聞長嘯聲，琅琅似答風竹響。世上未有如公貧，意氣居然籠罩人。天生君才應大用，慎勿坐嘯終其身。

邵玉清 四首

玉清，字履潔，號朗岩。乾隆壬午舉人，甲辰探花。丙午山東副主考，己酉、庚戌會試分校，上書房供奉，終國子監司業。

按：公奉母至孝。捷南宫之歲，有人於元旦夢觀天榜，見第三人邵玉清，旁署云『孝行可嘉』。工楷書，嘗爲母跪書《金剛經》一百本。子粱，諸生，以書名，早歿。棻，登賢書，官知縣。

謁于忠肅公祠

誰將孤注擲挪顔，輕重身持社稷間。鐘室恨餘靈黯黯，夜臺入夢碧斑斑。居奇解破天驕策，返正偏輸國老奸。較勝鄂王留一事，魂歸猶識舊湖山。

題《緑陰春泛圖》

最愛風光好，江南二月天。波平楊柳岸，人上木蘭船。樹近層樓隱，雲低遠嶂連。勝游成往事，夢想已多年。

咫尺橫塘路，披圖逸興遥。春深鶯語滑，風軟柳容嬌。款[一]乃聞柔櫓，依稀渡小橋。雙柑携酒客，畫裏坐相招。

題顧愚山《寄梅圖》

平蕪遠望碧迢迢，客裏逢春別思饒。天地無心梅數點，關山有路雪初消。馬蹄芳草秦中道，人影斜陽溪上橋。聊寄一枝憑驛使，春風飛渡玉門遥。

李湜 五首

湜，字懷芳。乾隆壬申科舉人，撫寧縣教諭，河南閿鄉縣知縣。年八十，計典注以年老。自以不甘廢弃，赴部呈請引見。仍發河南，以知縣用。未補缺，卒。著有《海天書屋詩草》一卷。

按：公性豪放，善談論。嘗自署門帖云：『天津衛八十三齡鐵漢子，侯家后五百餘載舊人家。』

[一]『款』，應作『欵』，《國朝畿輔詩傳》作『欵』，高氏校亦云『「款」應作「欵」』，當據改。

六十有一驪城初度

才作元亭吏，重逢乙未秋。又開新甲子，漸少舊朋儔。人淡難如菊，身閑不是鷗。天空遼海闊，何處問歸舟。

雨化堂盆菊

不是[一]黄花瘦，渾忘[二]白髮稠。故園三徑廢，寸土[三]一枝秋。有骨存吾傲，無言淡所求。非關[四]偕吏隱，祇爲[五]寄籬羞。

聞張五楚山進士就廣文

不信看花上苑人，也甘辭富且居貧。蒼天許子閑如此，大造知余懶是真。丁過開樽兩季醉，俸來贖被一床春。冷官清況渾餘事，桃李當風仔細珍。

［一］『不是』，《國朝畿輔詩傳》卷四十作『坐對』。
［二］『渾忘』，《國朝畿輔詩傳》卷四十作『新添』。
［三］『寸土』，《國朝畿輔詩傳》卷四十作『老圃』。
［四］『非關』，《國朝畿輔詩傳》卷四十作『喜君』。
［五］『祇爲』，《國朝畿輔詩傳》卷四十作『吟賞』。

檢讀壬辰遺卷有感

文歸平淡受知難，十上公車興未闌。寒瘦何曾追孟賈，海潮真是愧蘇韓。馬牛順逆風相反，鑿枘方圓入莫安。落拓不愁老將至，春花尚許白頭看。

學宫樹李戲題

驪城宫墻地，見桃不見李。種李李廣文，有之自今始。李樹樹桃旁，桃李成知己。從兹秀面實，和露倚雲起。李實廣文去，李生生不已。説與後來人，但取李之子。愛樹不忍傷，種樹人不死。也知樹李不若棠，無如宫墻合樹此。

李珠光 七首

珠光，字夢崖。懷芳先生孫。嘉慶丁卯副貢生，戊辰恩科舉人。著有《夢崖草》。

津門棹歌八首録二首

西淀烟迷處處蛙，小舟蕩槳韵相斜。荷花雨裏閑拈笛，吹得香風遍水涯。

錦衣橋枕巨門濤，白鷺沙灘曬羽毛。漁唱一聲烟雨霽，半船紅日海風高。

午晴

新晴小立院西廊，數盡歸鴉數雁行。猶憶夢回聞角鼓，一簾微雨杏花香。

夜雨枕上

雲葉風翻淡墨濡，夢魂仿佛到西湖。春窗一夜芭蕉雨，觸動騷人詩思無？

燈下

磨穿袖底爲傭書，燈下裁縫思有餘。身在故園猶似客，不知作客又何如？

病中口占

何處覓生涯，匡床一枕斜。久貧[一]裘盡敝，多病藥難賒。破屋晴飛雪，寒風夜走沙。蹉跎三十載，空負鬢毛華[二]。

[一]『久貧』，《國朝畿輔詩傳》卷四十作『長貧』。

[二]『鬢毛華』，《國朝畿輔詩傳》卷四十作『鬢雙華』。

對雨

連朝微雨濕黄昏，料峭春寒入酒樽。紅滴杜鵑花上泪，香銷蝴蝶夢中魂。幾株弱柳青飄瓦，一徑新苔緑到門。裁句不知天已霽，月鈎透入碧窗痕。

李宗城 二首

宗城，字小江。夢崖孝廉珠光子，諸生。

按：小江嗜吟咏，有父風。夢崖卒，受學於張公廷選。張卒，爲藏其詩。

有感

夢到華胥夢已過，年來閲歷竟如何。時逢失路英雄少，人有微長責備多。交道幾時真刎頸，世情何處不張羅。青氈家有殘編在，一任飛紅委逝波。

斗室

室小竇如斗，人多妙不寒。容身何畏窄，懸磬尚嫌寬。天地此中大，風波世上看。吾廬吾自愛，促膝便相安。

胡振維 一首

振維，字帆亭。天津人。見《表孝詩鈔》。

挽沈孝子殉親詩册

使君仍剖竹，知己自當年。莫作西河痛，應看獨行傳。焚如誰早筮，歸去定生天。一語聊相慰，曾聞季子賢。

邵大業 一首

大業，字厚庵。天津人。見《表孝詩鈔》。[一]

挽沈孝子

豸斧驅清風，牖民教孝始。教孝不徒言，儀型在公子。公子天下才，遥遥采江

[一]高氏校亦云：『邵大業，字厚庵，大興人，雍正進士，官至知府。與此是否一人，待考。據《畿輔詩傳》。』檢大興邵大業厚庵有《謙受堂集》，清嘉庆二年（一七九七）刻本，未載此詩。

芷。至性醇又醇，纏綿陟岵屺。萱花摧春榮，長號哀且毀。泣血依空帷，祝融煽堂所。公子劇旁皇，魄動額爲泚。大呼母勿驚，挺身直嚮邇。撲滅終無期，麻衣倏如毀。衣盡遂及身，燔燎入膚理。可憐毛髮焦，猶呼兒萬死。火烈兒竟亡，兒亡火亦止。吾聞孝子廬，風反焰不起。又聞地涌泉，清流飲而旨。孝悌通神明，往往錫之祉。胡乃占焚如，慘酷真若此。殘魂歸青燐，全神付丹史。但得我母安，何惜我身否。不爲千秋名，祇求一心是。膚體雖毀傷，全受全歸耳。一往得自然，芳踪邁前軌。海内奉人倫，豈獨光梓里？

按：李亭午茂才家藏《表孝詩鈔》一卷。孝子國初時吴興人，沈姓，號存禮。父爲觀察。母殁，靈帳被火，孝子救之，周身俱燼，火滅而孝子九日後死。其事與吾鄉韓孝子、繆孝子、李孝子相同，附記於此，以彰奇行。他年續修邑志，可備采録。

李孝子名長清，棟爲之立傳曰：『李長清，天津人，充鹽運署隸。粗給衣食，事母綦謹。年四十餘，妻王氏，甫生一子。三日，招戚眷作湯餅會，以室湫隘，院起蘆棚。夜半，火起於厨。李驚起，出呼救，四鄰畢至。火騰於棚，院如火城。孝子聞母在室中呼，突舟入。鄰人牽曳之曰：「入俱死矣。」李躍地號曰：「天乎！人有立視母死不救者乎！」絶衣騰身入。共見其負母出，甫至天井，棚塌覆焉，一院作慘碧色。迄撲滅，闔宅俱燼，掘見二尸，焦爛伏地，負母如故。觀者識與不識，争爲泣下。嗟乎！忠臣死忠，孝子死孝，根乎天性，非學成也。士大夫讀書覽古，津津談節義甚悉。一朝臨君父大難，逡巡畏縮，袖手不前，致身敗名虧，貽百世羞者，所學安在！孝子一隸耳，詩書明訓，知爲何物，乃臨難决然，奮不顧命。此與血濺帝衣，身蹈油沸者，豈有异哉？豈有异哉？方火熾時，門已不可入。一有力者持鈎破其室後壁，有呻吟聲，掖出，乃其妻也。烟逼垂絶，子猶在抱中無恙。嗚呼！獨留其嗣，以延其宗，天與孝子寧無意哉！事在嘉慶十七年四月間。』

韓孝子尚未入《縣志》。《秋坪新語》：『津門韓大珮，瓊州都督柯亭公之庶子。都督卒於任，方四歲。旋里後，遭生母常之喪，哀毁骨立，其篤孝蓋天性也。乾隆甲午四月六日，家遭火變，時夜已半，大珮驚覺，急呼家人起，自鳴鑾走街巷呼救。復出城，至其嫡母王夫人家告變，旋奔返。是時，火灼家祠，闔巷喧騰鼎沸，拉雜崩摧，烟焰蔽天。火中有無人在，不及見，不及聞，亦不暇問也。既而火稍息，家人俱集，大珮獨不見。衆議嘩然。謂既出門，豈有復入火以死者。其從兄立三曰：「不然，弟之歸在火起家祠時，得母[二]以救家祠故捐其生耶？」因命人掘之，數處不獲，最後得諸敗檻下。周身衣俱燼，尸黝如鐵，蒲伏蠖屈，若有所獲者。方移置間，而先人影像與木主俱在懷抱中。見者無不慘痛揮涕曰：「真孝子！真孝子！」先是火熾時，有傭媪在内院，救者曳之出，業已頭焦額爛矣，述大珮見火起時，冒烟突入家祠，呼之不應。俄頃，於火光中抱卷軸奔出，甫及門，忽一火梁從空下，遂遭而踣。第見烈焰旋繞其身，兩足起躍，其慘不可形狀，而上身之獲持者如故。數爲呼救，奈喧聲羹沸，不得聞，遂立而視其死也。死時，孝子年十七。浮槎散人曰：「見禍必避，士大夫往往托於明哲之保身。彼童子何知，乃親而忘身如此。况夫木主影像較之其親之身，亦有間矣，輒冒死救取，甘蹈烈焰而不悔。使异日當大任、犯大難，而或有後其君遺其親者哉！惜乎，至性過人，竟夭慘禍，天之報施何如耶？然不

[二]高氏校云：『「母」應作「毋」。』作『毋』爲是，當據改。

慘不足以見其節，則所謂殺身成仁固如是，而見義不爲者當知所勇矣。」』

繆孝子未入志。同邑周南橋先生自邠曰：『繆公文壁者，字焕庭，文學，諱大超公仲子也。幼孤，事母傅孺人至孝。入塾端坐，誦讀無惰容。年既長，補博士弟子員。思博一第，以彰母節。益攻苦，數困棘闈，不獲售。乾隆戊寅，繆母下世，焕庭日夜號泣，幾喪明。貧不能葬，至己卯夏四月六日，家人不戒，致薪火起牖前，將及柩，呼水不至，咸徬徨號叫。焕庭大呼曰：「母柩苟焚，焉用生爲！」遂奮身躍火中，俯抱熾薪，毛髮俱燼，烘然出屋，柩得以全，而焕庭已皮膚迸烈，昏絶於地，醫家咸謂不救。入夜，焕庭於僵卧中，覺胸膈間若有撫摩之者，越日稍蘇。創痕腐五十餘日，乃結痂，綢眉復生。其後二十五年甲辰，繆母奉旨旌奬入祠。明年焕庭製巨册，書母事迹征詩。』

樹君氏曰：是三君者，或死或不死，有幸有不幸，要處心立志，其純於孝一也。天道大矣，生以彰孝子之報，死以安孝子之心，亦理之并存不悖者與？

董岱 四首

岱，字青岳，號松崖。乾隆己卯舉人，景州孝正，湖北荊門州州同、遠安縣知縣。

按：公致仕家居，善著鄉閭，享年八十有九，嘉慶己卯重預鹿鳴，五世同堂，里人榮之。

己卯重與鹿鳴筵宴詩以志幸

解組歸田二十秋，慣扶鳩杖效衢謳。自憐衰老八旬外，虚占科名一甲周。京兆堂前尋指爪，郎君隊裏預觥籌。回思前度三條燭，試帖新添句費搜。鄉試易表判以詩，自乾隆己卯科始。

廣川薄宦又荆襄，碌碌風塵兩鬢霜。水利民田修職業，短衣匹馬事戎行。督築小江湖塘堰，丙辰創修鄭家潭堤，值教匪據當陽，奉檄率鄉勇巡卡堵禦。撫循不憚千山遠，顛蹶俄驚一足傷。因辦撫恤至鄖陽，墜馬傷足，告病回籍。未竭菲才酬薦牘，登場草草便收場。

此身已分百無能，强飯空教歲月增。釁序重修愧宗祖，七世祖八世祖，先後同新介休文廟，從祀鄉賢，事載邑志。余於丙子又捐修津學，并置祭田學田。學田初置立孫曾。有官不赴嗟餘子，子啓祥，丙午副榜，戊申舉人，曾任吉林學正，保舉知縣，循例侍養。得酒翻愁乏老朋。尚賴山妻同健在，余年八十有四，元配洪氏八十有三。昔年辛苦話寒燈。

淛水師門已斷雲，還從令子瓣香分。己卯梁薌林師、觀補亭師同主秋闈。梁嗣君山舟侍講，先於丁卯重宴鹿鳴，有紀事詩。詩成丁卯書兼盛，美擅東南樂有群。老我軟塵重插脚，看他新桂喜含芬。前賢時彦吾何及，同沐恩光拜聖君。

江南庚午科趙耘菘觀察[一]、姚姬傳比部、天津金竹坡學博俱重宴鹿鳴，耘菘因叙自康熙庚午至乾隆庚午、嘉慶丁卯、庚午，重宴鹿鳴者八人，并録阮吾山少寇《茶餘客話》所紀者十三人，内惟黄昆圃少宰、翁覃溪閣學順天籍，又施太守奕學漢軍籍，餘多南省人，見耘菘所著《檐曝雜記》。山舟與耘菘、姬傳，皆江浙名宿，龎眉皓首，輝映一時，洵升平佳話也。

按：董滄曉孝廉啓祥爲尊公松崖先生《行狀》云：『公歸里後，閉門却掃，課孫曾讀書以自娱，不交當事。辛酉、丁卯，前邑侯以監賑粥、濬城濠相諉，皆以病謝。丙子春，程邑侯倡修學宫，屬府君勸捐，公曰：「昔七世祖曾於明末重修介休文廟，事載邑志。吾今不可不殫竭心力。」於是紳商樂輸，再閱歲而畢工。又念兩學宫現雖修整，而土脉素鹹，風雨剥蝕，易致摧殘。又募制錢一千五百貫，生息以爲歲修之費。乙丑年，立祭田於東郊，并捐義冢地一區，報縣存案。居恒儉於自奉，人有急難，佽助之不吝。中表劉某，五十未婚，爲完娶，綿其嗣。』

[一]高氏校云：『趙翼，乾隆庚午冒天津顧姓舉順天鄉試，非江南榜也。後復姓改籍，成進士。據年譜。』

津門詩鈔校箋卷十四

王希曾 二十三首

希曾，字省三，號愚山，晚年更號勤齋。乾隆庚辰恩科舉人，歷任河南武安、安陽、魯山，浙江壽昌、秀水知縣，升湖北蘄州知州，署漢陽府知府。[一] 著《一梧齋詩草》[二]。

按：公歷宰繁劇，所到皆有治績。能斷大事，發奸懲蠹，無所畏避。孝感大姓活埋飢民十一人，守令憚其事，莫敢發。公署漢陽，立雪斯冤。大府入奏，上以爲能。籌辦軍儲，羽書旁午，積勞成疾，卒於廣西象州牧任。士民懷之。公少已廢學，至二十歲，發憤讀書，府試第一，入泮食餼，兩赴鄉闈，一薦一售。課弟啓元入學，嘗主陝州召南書院，及門五人登賢書，前此數十年不發科矣。歷任必振興書院，教誨飲食，視諸生如子弟，故士林尤佩慕云。

武安縣齋雜咏四首

青衫染遍軟紅塵，墨綬初逢洛下春。但使閭閻安厥業，敢期民吏號如神。千聲

[一] 高氏校云：『歷官補廣西象州知州。』

[二]《續修四庫總目提要》著録有清嘉慶十三年（一八〇八）刻五卷本，謂：『是集凡詩三百餘首，樂府、歌行、五七言古今體各體均備，詩氣味視古略近，風雅兼備，字句平淡而意境甚精，實得唐人之佳處也。』

敲樸[一]徒煩苦，一日飢寒定有因。寄語鼓山童叟者，爲誰怨讟爲誰親？

斗城睥睨萬峰開，形勝[二]中原一氣回。洛水夾流陰壑動，太行左顧怒濤來。築宫虚擬興王地，高歡避暑宫，今無所考。積粟猶傳上將才。粟山相傳秦白起拒趙積粟所。知否清時無險固，繭絲保障重低徊。

紫金樓勢入高寒，公退登臨俯仰寬。春麥青葱山雪霽，人烟深隱穴居安。燕京直望一千里，晋嶺西横十八盤。邑與遼州分界處。羽獵鼓笳聞近塞，草間狐兔漫傷殘。

曉衙散罷憩庭柯，一任虚堂鳥雀過。山近俗聾風自昔，歲枵食饉困如何？腐儒豈繫蒼生望，長吏偏憂民隱多。思補有亭勤記取，不教撫字并催科。

相州謁韓魏公晝錦堂兼呈景翼堂進士 堂今爲書院翼堂主講席

偉人不世出，天地留光芒。元氣一以鐘，出以世道昌。有宋重經術，名賢鬱相望。韓范富歐陽，同時登廟廊。經綸扶日月，威德流河湟。魏國大丞相，得君道彌光。兩朝預顧命，三后資匡襄。功業在天下，節旄歸故鄉。相民若父母，尸祝遍稚

[一]高氏校云："「樸」應作「撲」。"是，當據改。
[二]「形勝」，《國朝畿輔詩傳》卷四十四作「形勢」。

狂。築堂志榮遇，翁子何足方。文忠大手筆，記出光焰長。可謂社稷臣，贊頌非揄揚。少小讀萬遍，喜慕走且僵。摳衣肅瞻拜，翩然思大荒。山雲冉冉至，疑煥五色章。四聞弦誦聲，後賢宜不忘。

湯陰岳武穆廟

夾馬營空餘王氣，中興天特間精英。十年轉戰和難決，三字寒心獄竟成。白屋曾傳鳴大鵠，公生時有大禽至。冬青他日哭燈檠。祠堂獨少西湖樹，風動陰沙怒未平。

寄童二樹山人索畫墨梅長句

世間筆墨最奇絶，天秘其靈不輕擲。得其靈者自愛持，肯與凡夫寫真格。會稽山人號二樹，畫梅筆吐孤山霧。興酣揮灑滿墻壁，不爾手裂千縑素。銅章初綰來鼓山，鄒臺一識蒼鬚顔。丹砂凫舄我何有，意欲有請不敢言。士間陡見清容詩，清容十載僕舊知。恨不識君見君畫，見詩我更心神馳。見君見畫各不同，我欲兼之還問公。吟肩高聳雪花舞，折枝爲作冰霜容。

壬子夏四月余將偕計北行再題一梧齋册子絶句四首

昔人種柳滿江鄉，秋雨秋風觸斷腸。争似吾家小梧樹，七年添取北窗凉。

從知綺語亦干訶，净課頻書般若多。最喜秋階拾墮葉，臨池消遣病維摩。

雲居古寺青梧子，九十山僧話劫灰。此日披圖尋舊夢，題詩應有白公來。

感事三槐莫浪傳，七松高躅邈難攀。驅車又抗塵容去，留下濃陽覆破椽。

乾隆甲寅余牧象州柳城李少鶴明府惠寄訂交詩一章并手録舊作一册見示因次來韵答二首[一]

鑿枘不相入，冰炭豈同言？紛紜世俗交，握手笑言温[二]。奚知古所尚，義比金石敦。卓哉李少鶴，力欲挽頽奔。吾生求直友，惟遇君季昆。乃兄[三]西園司馬，鄴下舊好也。兼喜吏事暇，馳騁翰墨園。載讀訂交詩，味之如蘭蓀。

[一]《國朝畿輔詩傳》卷四十四題作《乾隆甲寅余牧象州柳城李少鶴明府惠寄訂交詩一章并手録舊作一册見示因次韵奉答》。

[二]『笑言温』，《國朝畿輔詩傳》卷四十四作『笑語温』。

[三]『乃兄』，《國朝畿輔詩傳》卷四十四作『令兄』。

李侯有佳句，忽憶杜老言。一讀再三嘆，大弦何春温。書不阿時好，古器［一］鬱龐敦。當代有籍湜，應使汗流奔。衮衮臺省客，下視真仍昆。奇才屈作吏，著書擬漆園。何當脱塵網，言采澗溪蓀。

題鄭玉峰太守《金川從軍詩》卷後

紇䩉城頭喧鼙鼓，將軍血戰功難數。淮西文藻紀山游，塞上風雲宜劍舞。柳江種柳柳垂烟，太守娱賓繫酒船。忽憶往時紅靺鞈，雪山萬馬夜窺邊。

甲寅九月六十初度

一梧齋裏一繩床，七載江臯鬢有霜。不道行年周甲子，更教游迹過瀟湘。三刀懶作阿龍夢，八桂來尋范子堂。把酒燈前成一笑，爲誰作戲又逢場。

洛南百里久洄沿，公廨題詩人尚傳。惟願閭閻勤本業，敢將筋力惜衰年。西湖夜月回舟處，南國秋風落葉前。回首升沉無限感，長檠焰照短檠捐。

喧喧絲竹敞華筵，舊事思量獨惘然。灞滻别纔如昨日，靈和人已憶當年。余於

［一］『古器』，《國朝畿輔詩傳》卷四十四作『古氣』。

客臘出都，今年五月途次聞家弟問渠侍御、同邑張嘯崖宗政，相繼殂謝。茱萸插處誰同在？去年九日同人集龍泉寺，問渠尚無恙也。醽醁斟時轉自憐。試檢篋中新樂府，不堪重頌《北邙篇》。

秋深草色緑還勻，暖意差宜病後身。歸去曾無容膝處，老來猶作折腰人。幸因僻地稀公事，喜見文身盡子民。猺獞之人，椎髻文身。何意更營三畝宅，劍鋌山接海瀛濱。

題鶴道人小照

少鶴自題云：『道人不知何許人，亦不知其年歲，或云住衡山五百年。』

岱岳雲連衡岳雲，數聲清唳九天聞。當年幻入臨皋夢，調笑坡公或是君。

三防之役備極險阻羅城令孫顧崖別有詩述之詳矣然彼岨矣歧有夷之行此中有心得不盡在境也更綴五十六字爲顧崖進一解云

井陘休説馮明道，太華還羞韓退之。平等觀來寧有閡，物情齊處自無疑。捫參歷井容誰并，踐蠱披茅轉自怡。净掃妖氛亦如此，聊將題作障邊詩。

少鶴壯行至潯江以詩寄別作二詩送之［一］

近得潯川札，知君指桂林。江流去不轉，離恨與同深。望斷雲帆影，空傳越客

［一］《國朝畿輔詩傳》卷四十四題作《李少鶴行至潯江以詩別之》。

吟。挑燈幾回讀，風雨夜沉沉。作吏甘人後，論文與俗殊。天涯欣執手，吾道未全孤。舊榻榕陰在，清霄鶴夢無。蘋花思共采，逸興滿江湖。

九節菖蒲蟠根於石承以瓷盎清水注之置几案間數年未見有花今春忽發三十一枝纍纍兩叢如粟粒而小有香氣乃古人所不常見者詩以記之〔一〕

山邑〔二〕多公餘，閑情寄花木。携來數盆蘭，添種數竿竹。偃仰數日間，頗謂生意足。青青菖蒲草，偶移自山麓。位置水石清，紛映几筵緑。乍剪翠毯齊，時引名泉沃。新葉已屢抽，芳莖倏争馥。繁英碎錦攢，密蕊圓珠簇。回枝浪盈盈，掉尾風謖謖。我聞四方〔三〕國，黄金布坤軸。色相妙莊嚴，十方成一屋。天女散空花，

〔一〕《國朝畿輔詩傳》卷四十四題無『詩以記之』四字。

〔二〕『山邑』，《國朝畿輔詩傳》卷四十四作『山縣』。

〔三〕『四方』，《國朝畿輔詩傳》卷四十四作『西方』，當據改。

如來燦金粟。海上遺纖苗，厥名自然穀。此花[一]毋乃是，瑞擬豐年玉。穎濱茁九花，乃以嘉祥目。今且[二]數十朵，兩叢開又續。安期與洪涯，得食升真籙。檢閱古今書，延年宜采服。自念白頭翁，一官猶拘束。神仙渺難憑，敢期非分福？得之亦偶然，歸功在亭毒。物常聚所好，相對渾忘俗。

《一梧齋記》：『一梧齋者，江城客寓之西齋也。余自甲辰牧蘄，繼權漢陽，先後奔走會垣，强半僦居此舍。丁未左官後，遂挈家居焉。計七年於兹矣。齋前青梧一株，初僅及肩，輒嘆宦海茫茫，如萍無定，待緑葉成陰，未知此身又在何處。因誦白傅「十年結子知誰在」之語爲一慨然。比歲以需次北行，旋膺瘡痏，全家寄此，竈突幾不黔，愁呻痛吟，日鬱鬱不自得。時見墻陰嫩碧，颯颯吟風，則如對忘年小友，令人心境灑然。年來鳳條垂蔭，彌緑庭軒，非復拱把之觀矣。回憶七年中，波光電影，夢境迷離，如歷華嚴一小劫，而欣戚與同者，惟此一梧而已。同里陳子青立作圖齋壁。王子建中復繪此册，而肘余記其顛末。聊以江上青陰，資爲宦途游歷韵爾。乾隆辛亥七月既望，愚山記。』

《於役三防苗峒記》：『乙卯如月，黔楚有苗民之變，大帥駐辰州，公相駐銅仁剿討。余奉檄赴羅城之三防寨交界堵禦。凡山之宫羅者，皆坳也。始抵牛鼻，有歸安、都宿二坳，路已崎嶇，然籃輿尚可行。越縣治而西，有楊梅坳，土人云自此至三防，約二百六十里，實計三百里而遥。黄金嶺以西，皆高山仄嶠，輿馬不能通，

[一]『此花』，《國朝畿輔詩傳》卷四十四作『此名』。
[二]『今且』，《國朝畿輔詩傳》卷四十四作『今兹』。

人坐竹兜，以便登躡折旋。有所謂鐵石山者，上聳峭壁，下臨深潭，初無徑行。高下盤曲，皆在峰巒上。跬步間，足垂二分在外，一失跌，則爲潭中魚矣。至冷水坳，路僅一綫，飛淙噴石，聲砰訇如窗。緣山而下，稍有平窪處匯池，瀏然而清。仰視巉岩如削，横矗排空，上有瀑布千仞，猿猱在旁，掬水而飲，若悠然自得其樂者。因坐石上觀之，恍到匡廬、天台諸勝境，不復知有苗峒之險矣。再行數十里，登大小磨盤山，牽挽上下，約皆三十里，至山頂，忽陰雨，四望茫茫，山川草木，皆化爲雲，直如飛錫躡虚，塵念都消，意取法華緣覺無上法門一證之。余此來，殆有前因耶？信宿咸在苗樓牛欄中，仲春天氣，猶似隆冬。逾磨盤山，行二十五里，即三防主簿分駐處也。蠻烟瘴雨，冷日愁雲，氣候之陰寒，水土之惡劣，無有過於此者。由三防而進一百六十里，抵黔省交界處，名曰因峒。山更高，路更險，并無樹木。由因峒至琴峒，又一百餘里，皆此類也。日行三四十里，輒覓苗寨而居。中間或駕天橋，或登雲梯。攀藤而上，牽絙而下。行路之難，生其土者尚怖之，矧余自邦畿來絶徼，不特爲生平所未經，亦夢寐所不到。土人云此地交三月，瘴氣甚盛，中者必危。今幸邊隘寧貼，苗民涵濡聖化，耕鑿相安。且距銅仁鎮箄甚遠，即黔苗弗用靈，亦指日底定。此地共事文武官弁皆可倚，鎮撫十有五日，邊境晏然。遂於閏二月九日言旋。天氣晴霽，度大小磨盤及冷水諸坳，高下草樹，了了可數。誦東坡臨城道中「退之衡山」語，履險如夷，不啻生入玉門也。爰就所涉歷者記之。」

附《題一梧齋畫册》詩。『婺源人大理寺卿王友亮葑蜓：「指日分符漢上過，重尋大樹感婆娑。當檐一桁花如雪，應比先生兩鬢多。」高密人歸順知州李憲喬少鶴：「寧飲建業水，不食武昌魚。如何來象郡，却憶武昌居？漢陽有遺愛，争趨爲結廬。晴川樹歷歷，孤木表一梧。爾時方罷郡，闔扉還著書。人事浮雲過，俯仰十載餘。此來牧蠻民，豈以楚粤殊。不種柳州柳，自比愚溪愚。我當如元結，作銘非峿浯。獨許王漢陽，可與游梠湖。」石門人兵部侍郎陳萬全梅垞：「鄂渚烟波溯渺漫，使君高閣倍清寒。自憐疏雨吟長夜，未抵龍門百尺看。」惠民人無爲州同李寶裔監榆：「晴川閣上經年住，檣燕沙鷗日日過。冀野淮空伯樂馬，山陰新養右軍鵝。梧桐夜雨三年病，楊柳春風萬里波。爲問純齋老宗匠，借園修禊更如何？」愚山刺史以舊墨一丸見餉，屬書「一梧齋」字，且云監司劉純齋先生有修禊第二圖，亦欲作隸，爲寫意，兼綴一律志别，末句因復及之。」

王翼淳 十二首

翼淳，號句香，晚號戢翁。愚山先生子。國學生。著有《味古齋詩草》一卷[一]。

棟幼時在王蔭山先生壁間見其『人從花外老，春何酒邊回』句，絶愛之。讀其《味古齋稿》又喜其《苦寒》云：『一爐常對通紅火，三月猶多未緑枝。』爲之題詞有『論境各無如意事，攤詩似對賞心花』句，爲崔念堂所取。

漫興四首寄梅樹君

序：憶自甲戌嘉平嬰先慈大故，繼而病痏交侵。丁丑三月，次女年已及笄，又復夭謝，感慟之餘，益致委頓。

[一]《續修四庫全書總目提要》著録清道光間刻本，謂：『是集古近體詩各體均備，其詩不拾六朝餘習，亦耻尋聲唐人，大率根抵六經，命意遣詞，一以自然爲宗。當其得意疾書，不知有工拙毀譽，如山之出雲，如風之鼓浪，如草木之聞雷而怒生，期於畢寫胸臆而止……高懷雅致，時見天真，宜其自成一家矣。』

孔北海所云『憂能傷生』，豈不信然！重九日，力疾過大悲禪院，蒲團僧話，藉以遣懷，歸來漫成四律，録請指正。

憂患餘生患更多，長時示疾學維摩。醫方計日笥堪弃，藥草稱星手不訛。珍攝早經辭麯糵，心情無復事吟哦。今朝有興且乘興，水北精藍試一過。

門對長河背遠皋，西風荻葦響蕭騷。人情倦極惟思静，世味嘗深敢自高。雲去雲來心與淡，舟南舟北客殊勞。瞿曇爲講無生旨，從此枯禪我欲逃。

兄弟飢驅聚每慳，匆匆萸節會今年。已衰門户危如髮，漸老筋骸累尚肩。名利難憑嗟陸海，兒孫善守是心田。秋深一雨無消息，米價騰騰斛萬錢。

空花解悟萬緣休，如此年華逝水流。風月自閑人卧病，燕鴻無次夢驚秋。欲游五岳終遺恨，未舉三喪詎解憂。每向硯池饒涕泪，辛勤丙舍憶鍾繇。

赤壁

嘉魚南屏山有武侯拜風臺，國朝鄧旭題額曰『羽扇風生』，并祀昭烈、壯繆、桓侯、常山

縱横怒石截江流，萬艦東來一炬收。此地千年存赤壁，誰成二賦在黃州。南屏翠擁風雲合，羽扇人高管樂儔。笑煞老瞞横槊處，至今山色爲含羞。

梧州冰井寺爲唐容州刺史元次山遺迹今歸順刺史李少鶴題壁七言古風一首墨色猶新而其人又作古矣因留一詩其後寺在大雲山麓

漫叟昔作冰井銘，少鶴今作冰井詩。冰井之名永不寂，二公落落騎長箕。士生不患千載後，惟賢與賢名相追。大雲山色摇佛頂，寒泉静照枯僧影。我來不爲學參禪，爲仰前踪一濡穎。

歸舟和少鶴先生題壁韵

先生詩豪即太白，先生書勁即陽冰。梧州作詩表往哲，戈矛舞壁寒鋒棱。自古直道不容世，造物所忌凡所憎。漫叟當日此荒謫，先生今復死炎蒸。老鳳丹山掩葆羽，翠梧槁盡烟空凝。獨有寒泉照幽魄，神與元老同完貞。此詩他日當深刻，往來争拓聲淜冰。冰井之旁有隙地，我欲價買托山僧。因樹築祠祀漫叟，以公配食志服膺。後生非敢妄述作，使知直道猶堪憑。

入硤

云近昭平縣，山重水復湍。到灘風力勁，入硤雨聲寒。客路誠多險，浮生獨寡歡。江潮迹已遍，又向海波寬。

廣州作

花發倚欄干，嫣紅取次看。春來天地外，客忘歲時闌。小閣誰研粉，閑情日染丹。殊方風景异，底用畫消寒？

題畫

門前七十二沽水，一片烟波兩岸風。不去故鄉尋釣侶，却來炎海泛征篷。雙紅橋柳圍應長，三岔河魚箸又空。忽見扁舟圖畫裹，令人傾倒陸龜蒙。七十二沽、大小紅橋，皆吾津地名。

吾邑劉君韵湖騷壇樹幟文戰争先辛巳七夕以駢四儷六之文作插竹垂綏之會廣招同志各賦新詩余苦煩熇未與斯約應蠡莊囑成詩一首

此夕相傳度女牛，却將瓜果會名流。賦詩人更來袁浦，袁蠡莊潔，淮安人。乞巧文誰似柳州？銀漢欲教清泪減，丁沽合有瓣香留。自慚拙態兼衰態，難共當筵月一鈎。

題梅樹君詩册

借君詩卷讀，一讀一神傾。小幅閑花草，深杯古性情。唐衢饒涕泪，杜甫擅歌行。大筆淋漓處，還將世道擎。

王際清 二首

際清，字曉川，號習静居士。愚山先生季子。著有《味古齋吟稿》。

蘆花

秋風蘆荻影茫茫，野水飄殘夜有霜。一樣花飛同柳絮，恰無人道汝顛狂。

嫁女偶成

吾女逾笄年，遣嫁不爲早。我髮且蒼蒼，行年已云老。貧家奩具薄，未免山妻惱。如儉腹行文，如老荒赴考。即此荆布飾，囊篋罄如掃。吾女頗賢淑，宜家必稱好。吾婿喜詩書，疏曠出塵表。异日早發達，歡喜俱傾倒。綉襦珍珠簾，末俗以爲寶。

五言有『孤村回遠水，野寺出高原』句，頗快於人口。

殷希文 十五首

希文，字憲之，號蘭亭。乾隆壬午科舉人。著有《和樂堂詩鈔》。鄭公炯爲之傳云：『公六歲時，讀書[一]日數十行。稍長，即好詩，從同邑汪木堂先生學。汪故朱陸槎[二]先生高弟子。谷齋詩，周衣亭太史序而刻之。先生師事汪八年，因盡得其淵源。年十七，補弟子員。二十三，舉於鄉。選清豐縣教諭[三]，再[四]借補鷄澤縣訓導。先生先世，家比猗頓。祖仗義輕資，多所存恤。父官邳宿通判，擢司馬[五]，

[一]『讀書』，清嘉慶二十一年（一八一六）和樂堂刻本《和樂堂詩鈔》卷首《本傳》作『誦書』。
[二]『朱陸槎』，《本傳》作『朱谷齋』。
[三]『選清豐縣教諭』，《本傳》作『以大挑選清豐縣教諭』。
[四]『再』，《本傳》作『丁外艱，去，旋丁内艱。服闋』十字。
[五]『擢司馬』，《本傳》作『候補同知』。

尤慷慨好施。家業中落[一]，公[二]官廣文二十餘年，寒氈清苦，而吟興不衰[三]。後[四]選授山西長治縣令，政不紛更[五]，民甚便之。以疾挂冠[六]，明年五月卒。天懷坦白[七]，故爲詩不假雕刻[八]，而自然意遠。先生長嗣君秉鏞，乾隆壬子鄉榜[九]第三人，官河南南陽太守，蓋世德之報云[一〇]。」

泛海

我居東海濱，未識東海狀。八月乘風潮，慨然泛巨舫。初驚浩無涯，漸添魄力王。

[一]「尤慷慨好施。家業中落」，《本傳》作「尤慷慨好施與，用是家業中落」。

[二]「公」，《本傳》作「先生既懷才，屢轗軻於文戰，乃益陶情於詩前，後」。

[三]「吟興不衰」，《本傳》作「吟咏興致不少衰」。

[四]「後」，《本傳》作「丙辰歲，先生五十有九，始以本班截取，選授山西長治縣令」。

[五]「不紛更」，《本傳》作「明年春之官，爲政不喜紛更」。

[六]《本傳》「以疾挂冠」上有「己未冬」三字，下有「猶寓長治調理」六字。

[七]《本傳》「天懷坦白」上有「先生」二字，下有「胸次悠然」四字。

[八]「雕刻」，《本傳》作「刻雕」。

[九]「乾隆壬子鄉榜」，《本傳》作「壬子順天鄉榜」。

[一〇]「官河南南陽太守，蓋世德之報云」，《本傳》無此十三字，作：「與予先後同受知於陳春溆夫子，現任河南扶溝縣令，次秉銛庠生，援例府經試用山西，三秉録庠生，援例縣丞試用江西。」

晝試鉛丸行，夜憑斗柄望。行次灣河[一]嘴，石尤阻去嚮。天輪怒激轉，地軸駭奔蕩。船隨浪低昂，人共船俯仰。蹴破黿鼉宮，聚族與舟抗。奇形紛嚇人，自分魚腹葬。須臾静鯨波，挂席無礙障。萬頃雲濤堆，一葉恣奔放。江陵一夜[二]還，何似此快暢！晚泊没溝營，故人詫孟浪。孝子不臨深，此言君豈忘。我亦垂堂凛，何敢詡膽量。因事破拘墟[三]，心目殊開曠。

奉和張楚山表舅客保陽夜雨感懷

翳翳客窗燈，瀏瀏夢中雨。唧唧者何人？語語出肺腑。上言愧子平，貧病多兒女。下言苜蓿盤，不救北門窶。時少蘇司業，酒錢倩誰與？我聞長太息，大笑掌爲鼓。人生傀儡場，登降何足數。憶昔靈和殿，風流至尊許。公於甲戌捷南宫。三載令餘干，弦歌澈[四]江渚。一蹶亦尋常，底事愁萬縷？况復謝階前，玉樹臨風舞。大兒雄騷壇，

[一]『灣河』，《和樂堂詩鈔》卷一作『灤河』，蓋亦形近而訛。

[二]『一夜』，《和樂堂詩鈔》作『一日』。

[三]『墟』，《和樂堂詩鈔》作『虚』。

[四]高氏校云：『「澈」應作「徹」。』

小兒秀眉宇。彈指三五年，聯翩看鳳舉。廣文俸雖薄，何如傭書苦。莫謂此官賤，向人免傴僂。莫謂此官貧，丁胙佐香醹。官冷飯不足，杜陵乃戲語。我亦就青氈，秋風轉柔櫓。[一]

古杏歌

宮墻有古杏，負質龍天矯。其根嶄頭角，其癭燦鱗爪。膨脝腹已空，歷落花猶繞。怒盤戟門外，半禿半顛倒[二]。雖非松柏性，久經風霜飽。欲詢何年物，無人記酉卯。緬者講經壇，濃陰伴幽討。茲或其苗裔，流寓此間老。我時謁廟堂，低回窮品藻。有如觀鼎彝，摩挲莫名寶。人生七尺軀，疇能長壽考。猗歟古杏春，千載榮大造。

黌宮古槐歌

宮墻百尺高峨峨，中翳老樹遮羲娥。一槐最古枝無多，膨脝空腹群蜂窠。夏緑森森雲影拖，黄花秋綻疏羅羅。欲尋年代充吟哦，斷碑文字讀易訛。我聞勝朝末葉此地叢妖魔，白晝殺人如刈莎。無端殃及孔與軻，經閣一碣殘斧柯。馬殷陳義懸星河，

[一]《和樂堂詩鈔》卷一下原有注：『擬秋初買棹赴清豐學博任。』

[二]『顛倒』，《和樂堂詩鈔》卷一作『傾倒』。

頸血乃與刃相磨。[一]爾時古槐坦坦過，全生未污賊之戈。神物應爲神護呵，不然何以人罹屠毒兮此保天和？彈指五百[二]年如梭，叨逢聖世慶有那！屢豐人保[三]玉山禾，鳥獸草木無札瘥。我來槐市勤摩挲，低回躑躅繼以歌。槐兮槐兮汝與我，偃仰太平即邵窩，長此老壽樂云何。

旅思

旅邸日何事？神閑心亦空。蟬聲隔墻柳，花氣入簾風。兩仲不相過，一樽誰與同？悠悠鄉思遠，時注海門東。

獨坐

薄暮堪清坐，移床嚮晚風。日殘花影外，秋寄樹聲中。客久心如繫，鄉遥信未通。接羅隨意倒，直欲學山公。

[一]《和樂堂詩鈔》卷二下原有注：『明季甲申，邑有流寇，廣文馬公騰龍，諸生殷君淵俱以倡義討賊，事敗遇害。』

[二]『五百』，《和樂堂詩鈔》卷二作『百五』。

[三]『人保』，《和樂堂詩鈔》卷二作『人飽』。

題南將軍廟入 將軍頓邱人，名霽雲

昔讀昌黎序，曾欽颯爽姿。視身輕若指，履險信如夷。百戰英雄盡，千秋俎豆思。賀蘭今已矣，誰似此男兒？

鷄城晚眺[一]

斗大一危城，憑高野眺清。風將殘雪捲，人帶夕陽行。薄宦謀身拙，思歸望眼横。東瀛何處是，魚蟹久關情。

津邸遣懷

倥偬底事滯津門，古寺蕭然旦復昏。鳥語不妨僧語静，蛙聲常雜雨聲喧。渾忘署在[二]憑書卷，無奈閑何仗酒樽。最是客懷孤迥處，故園花竹那堪論？

[一]《和樂堂詩鈔》卷三題作《鷄城晚眺次張實拙韵》。
[二]『署在』，《和樂堂詩鈔》卷四作『暑在』。

和張寶拙郊游懷歸[一]

徘徊與子立汀沙，牽我離情亦[二]憶家。杯泛霜螯朋舊酒，爐敲夜火弟兄茶。一官今飽鷄邱雪，千里難尋海國花。幸有東皋供游目，綠楊深處斷橋斜。

河間旅夜[三]

旅館夜初長，無人伴孤絶。門掩半床燈，風吹一簾雪。

水車

引水何須挽轆轤，笑他抱瓮亦勤劬。秋蛇脱骨鴉銜尾，絶妙形容記大蘇。

望昌黎山

渺渺孤舟水四環，曉風杯酒浪花間。船頭數點青如許，知是昌黎百里山。

[一]《和樂堂詩鈔》卷四題作《叠前韵和張寶拙郊游懷歸二首》，此其二。

[二]『亦』，《和樂堂詩鈔》卷四作『也』。

[三]《和樂堂詩鈔》卷五題作《河間旅夜對雪五首》，此其一。

春雪戲作

玉塵飛處静無嘩〔一〕，料峭春風逼冷衙。戲問兒曹衣厚薄，東風吹遍木棉花。

花神小祠

數椽如斗附垣低，俎豆花神小有祠。最愛留題佳句在，碧雲紅雨耐人思。祠中有『硯池花落磨紅雨，石徑蕉封鎖緑雲』之句。

按：殷氏，天津世族，代有名人。《名宦志》：『殷尚質，嘉靖十四年襲指揮僉事，掌衛事，以勤能被薦，進都指揮僉事，歷太原、大同參將。三十二年，督軍解巡撫侯鉞圍，擢遼東副總兵，就近署都僉事、充總兵官。三十五年十月，打來孫以十萬餘騎入廣寧，尚質急率游擊閻懋官等禦之塔兒山。寇先突，懋官營不爲動，乃馳攻尚質，殊死戰，力屈死之，懋官馳救，亦戰死。事聞，詔贈尚質少保左都督，謚忠愍，蔭子立祠。按：《明史稿》稱謚『忠愍』，而《天津衛志》謂謚『忠勇』，今從《史稿》。〔二〕

〔一〕『無嘩』，《和樂堂詩鈔》卷五作『無瑕』。

〔二〕高氏校云：『殷尚質謚「忠勇」，據墓碑，《明史稿》誤。』高氏《志餘随笔》云：『《縣志·殷尚質傳》亦録衛志，其死綏一節，則采《明史稿》。公亦有墓碑，且近在城西，人亦未之知也。最奇者，《殷氏族譜》開首即録碑文，大書「予謚忠勇」，而縣志沿《明史稿》之訛，作「忠湣」，殷氏子孫又沿縣志之訛，亦改稱「忠湣」。頃者，殷氏修墓以坊額求書，餘爲定「明殷忠勇公墓」六字，倩張君壽分書，已鐫之矣，而塋内先有一坊，仍書「忠湣」，不自知其兩歧也。』

牛克敬 十八首

克敬，字聚堂，號眠雲山人，諸生，著有《眠雲山人詩稿》[一]。

按：聚堂父名琳，乾隆丁巳進士，入詞館。聚堂纍世縹緗，以名諸生困於棘闈。半生侘傺，見之於詩，盛年以歿。嘗有《書感》句云：『才因自見閑時少，人到無情樂處多。』人皆誦之。又《自嘆》句云：『愁催白髮身先老，花隕青霜菊較遲。』其心迹可想。又曰：『浮沉世事歸萍水，慷慨功名入酒杯。』其感愴可見。所著有《臨風》《絶花》《聽雪》《玩月》等集，不下千餘首，七言長句最多。是善學大歷十子者。棟覓聚堂詩久不得。一日寇君蘭臯携一帙相示，書手甚工，完好如新。問知牛氏寶之已近六十餘年。寇與牛氏姻親，故得見其藏本，亦可謂文字有緣矣。

秋晚村居

石徑蒼苔落葉封，藜床斜卧夕陽中[二]。連朝病酒情猶壯，一日無詩興不濃。

[一]《畿輔藝文志》《畿輔通志》徑作《眠云詩稿》。《續修四庫總目提要》著録清同治刻本，凡《臨風集》《坐花集》《聽雪集》《玩月集》四卷，詩八百餘首，而以七言近體爲最多，其詩沉酣漢魏，枕藉三唐，善學大歷諸子，其所作平曠高遠，絶出町畦巉岩，若不求勝於人者，而蕭然衝適，自有不可攀躋之處。

[二]『藜床』句，《國朝畿輔詩傳》卷四十八作『夕陽屋角轉高舂』。

稼納倉箱堪卒歲，園收棗栗可防冬。南溪新得忘機友，差擬詞人陸士龍。

即事

懶坐齋頭書硯銘，啓關撥竹繞溪行。爲燒寶鴨收蓮殼，因訪圍棋話豆棚。殘蝶悠揚依草過，寒鴻嘹唳傍人鳴。秋風總有炎涼態，難向黄花作世情。

漫興

窮通何用苦嗟呀，白夾芒鞋興亦賒。有盡賓筵歸熱客，無邊風月入詩家。青苔浥露嬌於黛，紅葉撩人艷似花。雪淡雲浮情冷落，晚來山角燦明霞。

羲皇風景是吾廬，秋近江南陶隱居。踏遍黄花晴雨後，吟殘紅葉醉眼餘。窗侵水岸全齋冷，心似禪僧一世疏。先達朱門如顧問，生涯笑指類樵漁。

溪居

潺潺溪水繞柴扉，略與塵寰機事違。孤鶩自沉紅日遠，片帆遥指白雲歸。夏畦雨足閑農少，野寺無僧晚磬稀。祇有釣翁明月下，十千沽酒錦鱗肥。

別墅早春

繞舍鳩鳴陌上桑，醉從驕馬踏烟塘。緑楊風捲香芹水，紅杏春歸燕子堂。別墅差同山谷静，浮雲好是世人忙。陽和高籠溪沙暖，鳧雁濃眠蕙草芳。

和友人寓李處士村舍送別見寄原韵

返照河梁嘶馬愁，遥憐夢斷北山游。落霞晚別楊朱路，殘雪晴回李白樓。金穴鶴歸紅日遠，劍津龍在碧雲浮。臨歧莫更添惆悵，故國相思總白頭。

杜門

閑居多樂趣，流水供詩情。春酒花溪暖，秋香菊圃清。人心自曲折，世路本寬平。我亦莊周蝶，逍遥過此生。

訓齋允吉夏日見惠新茶

久憶雲英劍外鮮，封緘遥惠向山泉。兔毫帶露當春曉，蘭蕊含香摘雨前。煎處愧無三峽水，品來疑對九華山。清神爽口兼宜署，習習風生六月天。

可嘆楸枰上，閑争一局雄。不知身世内，尚在有無中。緑洗荷亭雨，紅飄桃檻風。悶傾三五盞，所樂正無窮。

對棋局偶吟

可嘆楸枰上，閑争一局雄。不知身世内，尚在有無中。緑洗荷亭雨，紅飄桃檻風。悶傾三五盞，所樂正無窮。

寄祖海上人

吟寂松岩夜對燈，鐘聲初罷虎聽經。不知别後青山裏，身在梅花第幾層？青松遥對曝經臺，洗鉢泉香野菊開。秋夜正深説法後，滿山風雨鶴聲來。

步嘯蘇雨餘即景原韵

地近禪林多梵襟，深潭往往怪龍吟。一團荒草皆經雨，百尺高桐未作琴。可嘆交親萍聚散，不知身世水浮沉。生平如厭千杯緑，省却囊中换賦金。

和箬谷四弟近圃韵

酒近高亭悵水流，望中帆影半沉浮。甘蕉花落風霜裏，野藺絲成槲橡秋。蟬噪暮烟憐夕景，蝶栖衰草不知愁。池邊自有鴛鴦樂，雙宿雙飛波際頭。

雨夜王曜華孫虛舟山窗話舊

此夕荒園手重攜，寒窗同聽雨凄凄。半生名利歸霜鬢，十載光陰送馬蹄。世路斷難平似水，人情惟有醉如泥。秋荷未老清波在，欲濯塵纓意已迷。

秋圃寄興

海棠風落桂花天，卯酒烹葵帶露鮮。徐福勝游三島路，邵平逸興一瓜田。低搴蓬梗愁飄蕩，高摘葫蘆解倒懸。野藺已成紅女恨，爲他人織不遑眠。

再游近圃

林邊閣子枕河干，把酒重來一再看。帆向渡頭沉落日，雲從城上起層巒。橋迷野水孤舟絶，砧搗荒村古木寒。曲檻高憑蕭寺暮，餘霞輕照醉顔丹。

書舍口占

誰家畫棟燕喃喃，好夢驚殘恨自銜。梅雨一軒滋藥榻，松風滿椀落茶帆。深慚銀瓮新醅酒，未换鸞宫舊著衫。惆悵人歸孤館後，月明無語挂西岩。

牛稔文 八首

稔文，字用餘[一]，號師竹。乾隆乙酉拔貢生，乙酉舉人[二]。内閣中書，雲南澄江、開化、普洱知府。終湖南督糧道。

和汪劍潭學博自鋤明月種梅花元韵

愛爾清標竹外斜，種來豈僅爲風華？空山有月留孤影，塵世無人識冷花。且向村前尋水畔，不妨霜裏傍山涯。荷鋤自具清高意，莫認黄昏處士家。

疏影清光一色新，孤高偶合作比鄰。能於淡處彌求淡，恰到春時自占春。斜正不妨隨我意，栽培何必仗他人。此身應是虚靈種，月窟移來悟夙因。

非同雲雨待犁耕，别有幽香一往情。花影滿身人未倦，霜華墮地月初行。高風唯有今宵好，清夢應從此地成。如水天光如玉樹，孤山斜帶晚烟平。

高人無力起樓臺，自覓辛勤爲愛梅。繞屋雲林移鶴步，一泓銀海散冰苔。恍疑

[一]〔同治〕《續天津縣志》卷十二：『字春隱。』

[二]高氏校云：『「乙酉舉人」，應改「本科舉人」。』

凉夜銜笙訪，也趁疏籬送酒來。雅興自宜白雪咏，對他名下愧仙才。

訪帽園小坐

五五行年滿鬢霜，那堪去日正堂堂。書纔能讀偏吾老，字不成家任筆荒。鳥語漸稠風乍暖，花枝欲軟日初長。莫教退食歸來晚，誤却狂吟一兩行。

偶向清齋賦索居，静追[一]三五少年餘。乍嘗宦味新茶似，久歷名場鈍硯如。談舊每思從老輩，看花又喜到春初。奚僮怪我三更坐[二]，貪讀平生未見書。

重九携子侄輩天寧寺看菊

古寺尋秋日欲闌，東山勝概勉追歡。青年但覺花光好，白首方知晚節難。佛舍燈明幢影直，禪房僧静梵音殘。暢懷不厭回車晚，菊酒新醅佐薄餐。

長安花事到秋闌，珍重人逢此節歡。曾傍錦叢同爛漫，却能霜下歷艱難。喜看汝輩年方壯，幸值吾身老未殘。三作佳游慰雅興，黄花好把代盤餐。

[一]『静追』，《國朝畿輔詩傳》卷四十五作『回頭』。
[二]『坐』，《國朝畿輔詩傳》卷四十五作『後』。

牛坤 五首

坤，號次原[一]。觀察稔文子。乾隆丙午舉人，嘉慶己未進士，户部主事，雲南學政，升郎中，保舉京卿。[二]

按：公性倜儻，不拘拘細節，卓朗自喜，雖肆應無窮，而積學不倦。督學雲南時，因尊公宦游舊地，加意士林，宣幽達滯，殷殷以培養風化爲己任，滇人口碑載道，可謂克紹先緒者矣。嘗以咏簾鈎得名，有句云：『影分玉宇初三月，名傍銀河第九星。』又有『二月河魨八月蟹，故鄉雖好我無家』[三]之句，爲人所傳。

庚辰四月三次留部有感長律四首

三入農曹宦海寬，長官青眼又彈冠。病蠶作繭抽絲少，拙婢調羹適口難。黍穀

[一]［光緒］《重修天津府志》、［民國］《天津縣新志》均謂『字次原』。

[二]高氏校云：『牛坤，官至内閣侍讀學士。』

[三]《敬鄉筆述》卷三『牛次原太樸』條，徐氏引梅成棟《吟齋筆存》：『邑前輩牛次原先生《憶津門》詩曰「三月河豚八月蟹，故鄉雖好我無家」，蓋先生父師游宦四方，家居日少，故多蓴鱸之思，然性伉爽豪俊，不可一世，最重氣誼。』『後於嘉慶己未成進士，官至閣學。』又引《津門選舉録》注：『内閣侍讀學士三品卿銜，太僕寺少卿。』高凌雯按：『次原出内閣侍讀學士，獲遺見《續東華録》。及放歸，年已老，不復起用。所謂太僕寺少卿，未知在何時。三品卿銜，或係陵工保。案，閣學係内閣學士之簡稱，非謂内閣侍讀學士也。』

春回應自暖，瓊樓高處久知寒。舊時省吏無多在，笑我鯰魚上竹竿。

磨蝎宫中甲子雌，干將補履不如錐。多情小草逢春早，無力寒花得雨遲。握髮有賢能好事，折肱何藥試良醫。月明繞樹憐烏鵲，未解巢成第幾枝。

鶴俸虚靡[一]廿二年，案頭陳牘似韋編。敢云注籍名皆後，祇覺登堂足不前。脉望化空難識字，蟠桃竊慣未成仙。上林人柳如相見，歲歲春風任起眠。

鷄犬淮南事有無，人嗤桑下宿浮屠。歌經屢疊聲難繼，路引分叉迹轉孤。陶令思歸尋菊徑，劉郎幾度賦玄都。堂前洗手羹湯熟，厨下何須問小姑？

懷人

仲子别吾去，於今已八年。天涯一回首，日暮更蒼然。捧檄思毛義，窮官類鄭虔。從容樽酒會，何日到幽燕？

牛堉 十一首

堉，字静涵。稔文從子。嘉慶戊午舉人，知山西平魯縣事。

[一]高氏校云：『「靡」應改「縻」。』

自豫旋都重過趙州橋

我來楊柳正飛花，客裏逢春感物華。今日又過橋畔路，麥黄風暖緑陰斜。

憫伎十首

無聊鎮日傍青樓，草草姻緣過不留。似水韶[一]華容易逝，紅顔白髮不勝愁。
過客曾無把臂盟，當年若個誤卿卿？傷心二八如花女，殢雨尤雲了一生。
知他何處是根株，漫説人人盡是夫。話到雙親俱墮泪，憶來真姓已模糊。
朝聞弦板夜聞歌，春草秋花怨若何。鷄唱曉風揮手去，往來原自負心多。
弱質何堪暴客侵，玉顔曾不抵黄金。似嫌造物無公道，一樣花枝抱苦心。
劇憐磨折太無端，獨卧茅檐月影殘。病漸添時容漸減，阿娘原不管飢寒。
相逢最易使魂銷，作意撩人體態饒。羞惡未忘真意露，一時雙頰上紅潮。
花月應憐妾命非，荷紅滿地惜芳菲。何如早結鴛鴦侣，碧海長空任爾飛。
個中屬意倍相親，待字年華弱小身。也是世間好兒女，含羞日侍路旁人。
嫁得劉郎勝阮郎，年來枉自説從良。閑情久廢哀重寫，爲爾題詩一斷腸。

[一]原誤作『韵』，高氏校亦云：『「韵」應改「韶」。』

《念堂詩話》：『牛孝廉堉事繼母以孝聞。銓福建知縣，親老告近，簽掣山西平魯縣，甚不自得。以聚頭扇索贈，余有句云「武功開別派，在縣豈蹉跎」，爲其好詩也。』

牛堃 一首

堃，號小竹。國學生[一]。徐州太守翊祖子，稔文從子。

送友

相見何遲別何早，一年一別催人老。天涯游子昨歸來，今日送君鄢陵道。道旁楊柳不成絲，送盡行人折盡枝。明年柳發仍如故，送去行人不知處。

周光裕 四首

光裕，字衣谷，號春帆[二]。乾隆庚寅舉人，乙未召試[三]一等，陝西大荔縣知縣。

[一] 高氏校云：『牛堃，嘉慶戊寅舉人。』
[二] 〔民國〕《天津縣新志》：『字啓人，號衣谷。』
[三] 高氏校云：『周光裕，乾隆四十一年丙申召試，「乙未」誤。』

歷任湖北按察使、山西布政使，署理〔一〕山西巡撫，内轉鴻臚寺正卿。著有《蒓猗山房詩草》。〔二〕

喜金曉岩明府自宜川來晤

總角交難得，彈冠先後時。舊痕衣上酒，新影鬢邊絲。宦久情逾怯，情深遇恨遲。妖氛猶未掃，努力在今兹。

王小竹入都感而賦此

豈料重逢日，徒驚歲月更。罄懸千卷在，匏繫一身輕。結習非前輩，無才是老成。風光津淀好，難禁故園情。

賀董青岳先生己卯重宴鹿鳴

扶鳩選勝到春明，恰報秋風賦鹿鳴。蕊榜重來千佛會，華宴齊拜萬年觥。群英

〔一〕高氏校云：『「署理」應作「護理」。』

〔二〕高凌雯〔民國〕《天津縣新志》卷二十三《藝文》著録周光裕《蒓猗山房詩草》，謂：『是集載古近體七十餘首，多紀事詩，蓋擇有關身世者録之。』

簇隊看新樣，老將登壇主舊盟。占得科名兼福壽，争傳佳話冠時榮。

問津曾共讀書堂，風雨回思五十霜。壯歲文章推董子，少時意氣笑周郎。青山合供枌榆樂，白髮還瞻日月光。堪羡桓榮真老健，姓名常帶御爐香。

陳居敬 三首

居敬，字惺園。乾隆丁酉科舉人，宣化府西寧縣教諭，江南奉賢縣知縣。著有《映奎堂稿》。

按：惺園先生與先君子金蘭之交，誼敦孝弟。衣冠古樸，謹慎和平，爲一鄉所重。晚膺民社，未竟所施，士論惜之。公父雅亭先生，名風，乾隆庚辰恩科舉人，學品重一時。

將赴西寧旅舍書意

征衣蕭颯逐鳴鷄，迢遞關山路嚮西。苜蓿官寒叨薄俸，桑榆景晚嘆卑栖。望雲空切梁公痛，負米聊同仲子凄。膝下竟成千里别，承歡惟有托萊妻。

西寧道上

巉岩人道古沙陀，到此疑聞《敕勒歌》。萬樹參天青似髮，千峰插縣碧於螺。

時平不恃長城險，塞遠猶屯戰馬多。峻坂回頭雲疊疊，故園何處問津波？

懷先賢張星燦先生 公名有光，明水部員外郎，甲申盡難，其靈爲神

節義公推百世師，愧垂青盼號相知。寒厨杞菊頻邀至，冷眼滄桑悵所之。毅魄有靈原不隔，新詩欲寄豈無詞？雲山千里如相過，薄暮焚香慰我思。

徐瀾 二首

瀾，字東川，乾隆戊子舉人〔一〕，庚子進士。刑部主事，升郎中，總理秋讞，以勞致疾，卒於京邸。著有《硯北草》。

按：公性沈敏，豐神朗秀。湯厚田嘗云：『津門前輩所羨仰者二人，一爲金竹坡先生，氣骨高逸，如不食人間烟火；一爲徐公東川，天然名貴，履綦所至，如荀令座席，三日猶香，皆仙品也。』公官西曹，廉静不苛，案牘山積，游刃有餘。相國阿文成公、大司寇胡雲坡公咸倚重之，聞殁，深以爲惜。又，公官京師，敦鄉誼，邑人至者，罔弗延款，情意藹然，有所囑，必力爲謀。待士林誼尤深，鄉、會試售者到京，填三代脚色，備同

〔一〕徐士鑾《敬鄉筆述》卷三：『《選舉録》，徐瀾，乾隆乙酉副榜，庚寅舉。《詩鈔》作「戊子」，誤。』高氏校云：『徐瀾，庚寅舉人，「戊子」誤。』

鄉官印結送之，不俟往求也。

竹床引

序：同邑張楚山先生湘令餘干三年。歸携一竹床，囑余賦，勉爲轉韵，用博一粲，時乙未秋八月。

楚山先生予所識，餘干作吏今辭職。歸帆千里一身輕，但載竹床架窗北。竹床之竹圓且堅，蒼皮闊節無雕鎸。棕文錯落檀心死，剥膚剥足徒紛然。自得此床真閑曠，月夜梅花冷紙帳。據鞍顧盼復何時，矍鑠老翁卧其上。余本南州一布衣，陳榻未掃將安依。君當爲余分尺席，來往從君扣君扉。

吴念湖太守招集思源莊餞張楚山先生之新城分體七古

張侯大才莫高攀，九天唾瀉珠璣圓。秃毫一掃蕉葉黑，淋漓不數君家顛。致身自許青雲路，誰知[一]徒供折腰具。百里弦歌單父琴，三年鵩鳥長沙賦。祇今歸卧如縣[二]匏，石田茅屋荒蓬蒿。大隱非山亦非市，膠庠足以營其巢。秋花照溪溪水紅，蘆蒲瑟瑟摇悲風。林塘野樹松榆暮，亂蟬聲咽天邊鴻。此時坐客慘無色，青衫欲濕

[一]「誰知」，《國朝畿輔詩傳》卷四十八作「誰復」。

[二]「縣」，原校本改作「懸」，古今字，蓋可兩存。

酒行急。眼底壺觴不盡歡，他日相思難再得。筑亦不擊高漸離，璧亦不饋僖負羈。憐君揮手從此辭，飄然一去歸幾時？欲别未别水之涯，君不見，七十二沽烟漠漠，明朝何處孤帆落？

時乾隆乙未七月，吴人驥繪《思源莊送别圖》，王學海題籤。

按：王學海，號問渠，字觀濤。乾隆壬午舉人，己丑中正榜。由中書莅官御史、軍機章京。字法《十三行》，詩無傳，附記於此。

楊廷烈 一首

廷烈，字贊華，號虚舟。上舍。詩見《沽上題襟集》[一]。

念湖吴君招集思源莊公餞張楚山先生赴新城得我字分體五古

五斗不折腰，五升豈腹果？吾道有污隆，意行無不可。廣文雖冷宫，青氈猶故我。低頭誦經史，日月任瀟灑。閑庭羅松菊，筠管長蜾蠃。退飽苜蓿盤，出跨款段馬。

[一]高氏校云：『《沽上題襟集》刊行在乾隆五年，張楚山改教新城學在乾隆二十年以後。《題襟集》八家未聞有楊廷烈之詩。《沽上題襟集》應改《沽上題襟畫册》。』

即此意已足，寧論知音寡？送君錦衣橋，水碧秋光瀉。臨流酌君酒，香浥秋蓮朵。此水經我廬，浩森連平野。送君一帆風，直至新城下。他日倘思君，沿流掉輕舸。

姚逢年 四首

逢年，榜名永年，字華山[一]，號蔗田。乾隆辛丑進士，任安徽太平府江防廳同知，署廬州府事。得民心，卒於江南。

步陳江洲吊韓郡伯祠元韵

惆悵西風不忍看，荒祠常對大江寒。孤城獨守言何易，大節能全死正難。遺貌空留千載恨，忠魂衹顧一心安。憑人説盡興亡事，皖水龍山夕照殘。

江寧同舟

山色波光相對明，中流穩渡片帆輕。宕開萬里清凉界，滌盡浮生冷熱情。隱約

［一］『華山』，《國朝畿輔詩傳》同，［光緒］《重修天津府志》卷十七、［民國］《天津縣新志》卷二十一均作『華三』。

荻邊來漁火，依稀村裏聽龙聲。俗塵自笑盈三斗，欲挽銀河一洗清。

皖江舟行

片帆載月渡中流，烟水蒼茫暮靄收。幾點雁聲催客夢，數行衰柳挂清愁。向平有願官偏累，榆景無多志亦休。一領絮袍三畝宅，何時海上狎浮鷗？

舟行遇雨

薄寒侵古岸，風雨夜交加。遠浦愁雲重，孤帆片影斜。病衰難恃藥，官久已無家。不覺重陽近，悠悠感歲華。

姚承謙 五首

承謙，字季光，號岳峰。逢年子。諸生。

按：季光幼讀書江南，詞華贍雅。賦《秋笳》詩，爲學使陳荔峰所賞。三赴京兆未售，遂卒。

留別鳩兹

梨花楊柳認前溪，盡日春風逐馬蹄。竹裏杜鵑啼不住，别離人在板橋西。

花木周環十笏居，而今相别意凄如。碧紗窗下蘭燈裏，知有何人夜讀書。

道中紀事

柳岸花汀處處明，鞭絲低漾馬啼輕。江南江北風光好，添得農歌三兩聲。

桑陰鳩語遍郊疇[一]，人爲桃花小逗留。山外畫樓溪外樹，春風二月到廬州。

塞下曲

刁斗升沉曙色微，將軍出獵雪花飛。仰天欲射關門雁，祇恐征人望信歸。

[一]『郊疇』，《國朝畿輔詩傳》卷六十作『青疇』。

津門詩鈔校箋卷十五

沈嶧 二十首

嶧，字東岩，號簡庵。乾隆丙午登鄉魁。著有《鶯[一]鳴集》一卷。

按：公三十始讀書，文名噪一時。清癯善病，人有東陽之目。嘗以『桂樹小山招隱士，桃花流水憶秦人』二句得名。早卒。

見賣芍藥者有感

四月東風尚嫩寒，不教紅紫怨香殘。錦幃絳蠟知無分，贏得春光擔上看。
枝枝帶露不勝愁，小市初逢憶舊游。南北幸多經眼處，獨憐寒雨過揚州。
何必豐臺縱玉鞭，深紅淺暈[二]總堪憐。偶然步屧由他住，消我風懷又一年。

[一] 稿本同，高氏校云：『「鶯」應作「嚶」。』按：[同治]《續天津縣新志》謂：『著有《嚶鳴集》《虚百齋詩鈔》。』[民國]《天津縣新志》卷二十三：『少與弟峻隨宦江西，與諸暨陳法乾游，詩學大進，著有斯集。其從子沈兆澐謂其集已久佚，僅傳一聯云「桂樹小山招隱士，桃花流水憶秦人」。梅成棟亦謂嶧以此句得名，其所輯《津門詩鈔》載嶧詩二十首，當選自他集者。』

[二]『暈』字稿本空。

紅粉纔勻翠袖低，憑將金剪斷香泥。若教䭾儈腥[一]膻涴，不及飄零委舊畦。[二]

長日遣悶[三]

繭縛真無解脱方，欠伸聊復倚藤床。夢回唤侣鷗沿瀨，目送尋花蝶過墻。藜杖人稀思舊雨，葛衣風好待新凉。茶甌書帙消長日，差似鐘魚古佛旁。

節序催人又一時，磚花簾影對迷離。生憎俗物隨蠅集，稍喜炎風爲閏遲。楊柳被堤烟淡沱，荻蘆揺水碧参差。年年[四]空負題詩處，瘦盡腰圍祇自知。

四十初度

眼中梨棗記兒時，鹿鹿如今自笑痴。坐遣流光添馬齒，懶將新樣鬥蛾眉。姓名敢望江湖識，草木真叨雨露私。榮悴不須頻攬鏡，鬢間猶喜未成絲。

悠忽年光四十秋，行藏都與俗沉浮。往來筋力輸黄犢，浩蕩心情愛白鷗。閣下

[一]『腥』，稿本作『膯』，誤。

[二]稿本後有《閏七夕》詩二首。

[三]《國朝畿輔詩傳》卷四十九題作《長日遣懷》。

[四]『年年』，稿本作『年來』。

三書難自薦，懷中一刺欲誰投。從今一任多芳草，善病文園本倦游。

頭顱如許一儒巾，黄菊花前笑此身。但得當歌仍對酒，休論墜溷與飄茵。蝸廬列住聯諸弟，鳩杖同扶視老親。學語兒痴萊婦拙，不妨小隱共清貧。[一]

與齊秋帆次韵

近市門常掩，安閑歲屢遷。瓶空元亮粟，囊乏少陵錢。白石歌良苦，青雲老益堅。試看垂翅鶴，豈受俗人憐？[二]

荆軻

仿佛悲歌日，衣冠落照前。骨甘縻虎豹，魂不返幽燕。激烈千年在，恩仇一笑捐。爲君重舉足，髮指向寒烟。

[一] 稿本後有《與徐朗齋夜話》詩。

[二] 稿本後有《蜀葵》《石竹》《虞美人》詩。《虞美人》後有《嘆古詩序》：『嘆古之爲古不得志者也。古英才壯士或蹶於時，或厄於命，足爲後人慨嘆者何限，寥寥篇什安足盡之？偶舉數人，亦見其凡而已。雖然古人遠已千載而上，其亦聞此長嘆否耶？』

屈原

芳草忽云晏，胡爲君獨醒。蛾眉愁衆女，幽怨寫湘靈。郢路知何事，哀歌不可聽。《大招》空有作，魂寂楚山青。[一]

李廣

氣壓匈奴壘，魂傳大漠軍。死虚猿臂健，生异虎頭勛。此日悲遺史，當年慘塞雲。英名終古在，李蔡復誰聞。

李白

金馬風流客，滄江放逐臣。霜蹄悲一蹶，仙骨忽千春。白日昭陽晚，青山小謝鄰。文章與明月，寂寞爲沾巾。

《板橋雜記》題詞六首

紅粉成灰怨未消，香魂無數哭前朝。低回却憶江南夢，巷[二]裏分明舊板橋。

[一] 稿本後有《項羽》詩。
[二] 『巷』，稿本誤作『卷』。

烟柳含愁斂翠蛾，長淮流恨咽清歌。新詞訴盡興亡意，好向棠梨聽奈何。
金釵紅袖兩茫茫，誰踏青泥吊夕陽。腸斷詩成寄幽咽，不須雁柱十三行。
羅裙都作彩[一]雲飛，往事何由問板扉。泉路若聞哀怨曲，那無紅泪染香衣。
小字書來喚欲應，依稀貌出砑繚綾。曲中舊路能來否，唱澈[二]秋墳半夜燈。
杜牧風懷宋玉詞，詩人例許惜蛾眉。樽[三]前試與秋娘唱，凄絶雲昏月暗時。

沈峻 十首

峻，字存圃。[四]東岩先生弟。乾隆甲午副榜，廣東吴川縣知縣。著有《粤游小草》

[一]『彩』，稿本原作『新』，旁記『彩』字。
[二]『澈』，稿本作『徹』。
[三]『樽』，稿本作『尊』。
[四]《國朝畿輔詩傳》卷四十七謂『字存圃，號丹涯』；清道光十一年（一八三一）沈兆澐刻本《欣遇齋詩鈔》卷端亦題作『天津沈峻丹崖』。

《出關入關詩草》。〔一〕

按：公謫戍新疆，釋還家居，鬻書自給，顏所居曰「隨緣」，自署曰：「陶令歸來惟乞米，鄭虔老去尚箋詩。」敦友愛，重氣誼。教子雲巢成進士，登詞垣，人謂循良之報。

簡徐午園烺齋兄弟

坐破繩床懶出門，偶因行藥到前村。客來不見人如玉，小疊紅箋剩墨痕。

《玉臺》佳句邁黄初，瘦盡東陽恐不如。他日思君當載酒，紫荆花下擁殘書。

〔一〕《國朝畿輔詩傳》引《紅豆樹館詩話》：「先生謫官塞外，與大興龍雨樵倡和，詩名藉甚，人稱「龍沈」。旋里後，手訂其詩，分少作、宦游、塞外、歸田，總名《欣遇齋集》，令子雲巢太守先刻《宦游》《塞外》二集，餘刻未竟。兹所録皆已刊本也。先生詩出入漢魏唐宋諸名家，而不襲其貌。渾厚宕逸，於少陵、東坡爲尤近。其自序云「宦游旅寓，足迹半天下；登臨酬答，感懷紀事之什遂盈卷軸，而咏物無與焉」。觀此可知其取境之高，造詣之邃，非摹擬纖巧家所得儷也。書法王趙，端凝有骨，嘗拓墨刻行世，當與韵語并傳。」按：今清道光本《欣遇齋詩鈔》卷五《粤游集》、卷六《羊城集》，係丁未（一八四七）至壬子（一八五二）所作，二卷卷端題作《欣遇齋宦游詩鈔》；卷七至十四《巾車集》《幻雲集》《瓠餘集》《倦游集》《閱耕集》《獨笑集》，係壬子至丁巳（一八五七）所作，卷端題作《欣遇齋塞外詩鈔》，與陶氏所謂「《宦游》《塞外》二集」相合。清道光本末之沈兆澐跋，謂此本係沈峻「歸田後手自編輯，未竟即逝，兆澐敬檢遺篋，得詩若干首，校付剞劂」者。另有清乾隆五十六年（一七九二）沈氏刻《粤游詩草》二卷單行世云。

嶺南雜詩［一］

幾年蒸鬱奈何天，消受端溪紫玉研［二］。寄遠巧逢千里馬，牽愁多在六篷船。

嘉魚佐酒真堪憶，丹荔生香劇可憐。婆律貝多持獻佛，夜燈初學小乘船［三］。

黄木灣頭鷩見日，飛來洞外嘆無山。珠蘭香好羞言媚，么鳳聲清總帶蠻。南漢

樓臺原夢幻，東坡詞賦且江關。便應歸領祠官長，叢桂何因得再攀？［四］

群盜寧知［五］釜幕哀，傳呼節相按行來。沿江戰艦吹笳集，幾處軍書插羽回。

大抵蕭曹留治譜，不須表餌炫奇才。自憐命薄猶爲吏，東望滄溟奠一杯。

曾過梅嶺逢梅市，仙尉風流尚有無。幾見吴兒能解水［六］，還聞姹女慣當壚。清

［一］清道光十一年（一八三一）沈兆澐刻本《欣遇齋詩鈔》卷五《粵游集（丁未至辛亥）》、《國朝畿輔詩傳》卷四十六均題作《嶺南雜感》。

［二］『研』，稿本、清乾隆本《粵游詩草》卷下、清道光本《欣遇齋詩鈔》均作『妍』。

［三］『船』，稿本、清乾隆本《粵游詩草》卷下、清道光本《欣遇齋詩鈔》均作『禅』。高氏校亦云：『「船」應作「禪」。』當據改。

［四］清乾隆本《粵游詩草》卷下注：『余以甲午中副榜，嗣是三赴秋闈，皆薦卷，惜不與正榜爲歉耳。』

［五］『寧知』，清乾隆本《粵游詩草》同，清道光本《欣遇齋詩鈔》作『安知』。

［六］清乾隆本《粵游詩草》注有杜詩：『幾見吴兒能解水。』

齋朝試桄榔麵[一]，小幔[二]春披蛺蝶圖[三]。南極何因依北斗，東風吹夢到西沽。

秋懷寄東岩兄[四]

銅刻初驚玉[五]管留，看山曾不到羅浮。敢期禽父三年最，恥伴平原十日游。心爲多愁如怖鴿，事因無定笑牽牛。謝公哀樂情偏至，莫羨車前擁八騶。

圖南今日付蓬心，葆髮年來雪漸侵。老至轉憐兒女樂，詩粗空負水雲深。孤城夜足風濤響，四壁秋添蜥蜴吟。莫是長沙容賈誼，月明天遠雁聲沉。

枌榆風景近何如，歲歉頻聞蟹稻[六]虛。倦客病來真止酒，故人別後久無書。

[一]清乾隆本《粵游詩草》注：『桄榔，實可溲作麵，韓文卉衣麵朩即此。』

[二]『幔』，稿本、清乾隆本《粵游詩草》、清道光本《欣遇齋詩鈔》均作『幌』，高氏校亦云：『「幔」應作「幌」。』

[三]清乾隆本《粵游詩草》注：『予未見羅浮蝶倩畫師圖其形於枕屏。』

[四]清道光本《欣遇齋詩鈔》卷五《粵游集》凡八首，此其一、五、七。

[五]『玉』，稿本、清道光本《欣遇齋詩鈔》、《國朝畿輔詩傳》卷四十六均作『五』，高氏校亦云：『「玉」應作「五」。』當據改。

[六]『蟹稻』，稿本、清道光本《欣遇齋詩鈔》均同，《國朝畿輔詩傳》作『稻蟹』。

一經課罷遺兒業，十笏堂成奉母居。此志倘酬吾事畢，不妨稗野著新疏。[一]

又如『可憐謗牘盈三篋，猶爲蒼生策久安』[二]，皆儒者之音。[三]

贈譚子受[四]

山公愛客屢銜杯，幕府何勞阮瑀陪。參佛已知無礙諦，論文真有不羈才。閨中妙侶瑶箋擘，沽上離情錢[五]笛催。他日逢君何處好，春風攜手步金臺。[六]

[一] 清道光本《欣遇齋詩鈔》下注：『謂《廣東新書》。』。

[二] 此《秋懷》詩其二之尾聯。

[三] 稿本後有《述懷》詩。

[四] 稿本二首，此其二。

[五] 『錢』，稿本作『鐵』，高氏校亦云：『「錢」應作「鐵」。』是，當據改。

[六] 稿本後有《憶柳》詩。

沈兆澐 十四首

兆澐，字瑩川，號雲巢。存圃先生子。嘉慶庚午舉人，丁丑進士，翰林院編修。[一]

按：雲巢少負才名，爲學使陳公嵩慶所賞，拔置第一。詩梓入《三輔采風録》。

塞下曲

征人六月據征鞍[二]，無定河邊曉尚寒。馬上不須回首望，如今薊[三]北是長安。

小游仙

紫府真人玉局床，侍臣獨曳藕絲裳。通明昨夜傳宣急，碧落新除沈侍郎。

[一]高凌雯［民國］《天津縣新志》卷二十三《藝文》著録沈兆澐『《織簾書屋詩鈔》十二卷』，謂：『其初集刻於陳臬河南時。及引退以後，就養山東糧道署中，復刻續集，凡存詩一千二百首。』

[二]『征鞍』，清咸豐二年（一八五二）刻本《織簾書屋詩鈔》卷一（戊午至丙子）作『雕鞍』。高氏校云：『「征」字應作「雕」。』

[三]『薊』，稿本、《織簾書屋詩鈔》卷一均作『冀』，高氏校云：『「薊」應作「冀」。』

康達夫先生挽詞

記得詩人丁卯橋，曾披佳句仰清標。何堪未識先生面，空向雲山賦《大招》。

塵世何能識謫仙，一生詩酒興陶然。多應天上芙蓉主，游戲人間六十年。

悲風獵獵映[一]朝暾，欲訪高風悵鹿門。一葉離騷琴幾尺，梅花深處奠吟魂，

和梅樹君寒夜一首

自理殘編一夜中，頭顱如許笑冬烘。空山古調難逢賞，廉吏家風不厭窮。雲徑梅開千樹白，紙窗人對一燈紅。眼前冷淡皆佳趣，却愧吟詩苦未工。[二]

[一]『映』，稿本作『暄』，高氏校云：『「映」應作「失」。』

[二] 稿本後有《懷張佩庚》詩。

送婁生淦之正定[一]

憐君纔弱歲，千里事[二]長征。風冷滹沱渡[三]，山圍獲鹿城[四]。壯游原素志[五]，作客識人情。努力前途去[六]，無須別恨生。

張灣道中[七]

策馬荒城外，秋光滿目前。[八]樹多平似薺，山遠淡於烟。場滌嗟年歉，人歸讓雁先。最欣良友共，好句客中聯。[九]

[一]《織簾書屋詩鈔》卷一題作《送婁生淦之正定》。
[二]『事』，《織簾書屋詩鈔》卷一作『獨』。
[三]『風冷滹沱渡』，《織簾書屋詩鈔》卷一作『馬亂滹沱水』。
[四]『獲鹿城』，《織簾書屋詩鈔》卷一作『鼓子城』。
[五]『壯游原素志』，《織簾書屋詩鈔》卷一作『抛書違夙好』。
[六]『努力前途去』，《織簾書屋詩鈔》卷一作『負米服勞事』。
[七]《織簾書屋詩鈔》卷二（丁丑至庚辰）題作《張灣示張生瑛》。
[八]『策馬』一聯，《織簾書屋詩鈔》卷二作『蒼莽暮秋天，燕都并轡旋』。
[九]『最欣』一聯，《織簾書屋詩鈔》卷二作『一時集韓孟，詩句客中聯』。

都中送汪小舫之天津

樽前惆悵[一]聽驪歌，小聚匆匆奈别何。二十五年尋舊夢，桃花渡口晚烟[二]多。鞭絲[三]斜拂淡烟[四]痕，風景江南村又村[五]。一路鶯聲啼不住[六]，垂楊緑到帶河門。

迢迢七十二沽西，岸上[七]飛花趁[八]馬蹄。我亦客中偏送别[九]，春深怕聽子規啼。[一〇]

[一]『惆悵』，稿本同，《織簾書屋詩鈔》卷二作『懊恼』。

[二]『晚烟』，稿本同，《織簾書屋詩鈔》卷二作『夕阳』。

[三]『鞭絲』，稿本同，《織簾書屋詩鈔》卷二作『吟鞭』。

[四]『淡烟』，稿本同，《織簾書屋詩鈔》卷二作『晚烟』。

[五]『村又村』，稿本、《織簾書屋詩鈔》卷二均作『村外村』。

[六]『不住』，稿本同，《織簾書屋詩鈔》卷二作『不断』。

[七]『岸上』，稿本同，《織簾書屋詩鈔》卷二作『沽上』。

[八]『趁』，稿本同，《織簾書屋詩鈔》卷二作『逐』。

[九]『我亦客中偏送别』，稿本同，《織簾書屋詩鈔》卷二作『我在客中偏送客』。

[一〇]稿本後有《雄縣道中》詩。

阜城道中[一]

霽色挂鞭絲，長堤日暮時。淡烟漁父艇，疏柳酒家旗。秋老鴻飛急，途遥馬去遲。故園一回首，千里晚雲垂。

景州早發[二]

草草凌晨發，征途爾許忙。微名競蝸角，歧路繞羊腸。時大水[三]迷途。塔影霧中失，野花田畔香。前村人語處[四]，烟樹隔茫茫[五]。[六]

和家大人秋懷示兒輩原韵

秋雨灑然至，庭竹滴新緑。凉氣逼重檐，風鐸戛碎玉。幽人喜閉關，郊原罷遠矚。

[一]《織簾書屋詩鈔》卷二題作《曉行》。

[二]《織簾書屋詩鈔》卷二題作《景州曉發》。

[三]『大水』，稿本作『大小』，誤。《織簾書屋詩鈔》無此注。

[四]『前村』句，《織簾書屋詩鈔》卷二作『書臺尋董里』。

[五]『茫茫』，稿本同，《織簾書屋詩鈔》卷二作『微茫』。

[六]稿本後有《咏史》一題四首。

床前酒一樽[一]，架上書幾束。陶然適性情，天懷淡自足。常留千載名，百歲豈憂促。[二]高才任捷足[三]，多榮亦多辱。處世得兩全[四]，和介不隨俗。趨庭詩禮訓，幸承再三告。家風緬南岡，奕世[五]庶能續。

周自邰 五首

自邰，字景洛，號大迂。歲貢生。著有《草龕詩集》[六]。

按：公與康達夫、郝石臞、金野田、查次齋諸公同時唱和。勸人爲詩五言以高青邱入手，後學往往宗之。余童年輒聞人稱大迂先生，未見其詩也[七]，所録得之余階升孝廉，惜非[八]先生得意作，姑存之，

[一]『一樽』，《織簾書屋詩鈔》卷一作『一壺』。

[二]『常留』一聯，《織簾書屋詩鈔》卷一作『常作千秋想，百歲猶局促』。

[三]『捷足』，《織簾書屋詩鈔》卷一作『捷得』。

[四]『處世得兩全』，《織簾書屋詩鈔》卷一作『處己夷惠間』。

[五]『奕世』，《織簾書屋詩鈔》卷一作『後世』。

[六]『草龕詩集』，稿本作『□□詩集』。

[七]『未見其詩也』，稿本作『公之詩未見也』。

[八]『非』，稿本上有『皆』字。

俟再搜輯。

踏燈詞

上元燈火富豪誇，士女聲喧競麗華。誰解無私一片月，也曾隨我到貧家。

九日登清虛閣

此日無風雨，清虛閣上游。天寒欺短髮，地闊豁雙眸。萬井魚鱗屋，千帆鷁彩舟。登臨情未已，不負菊花秋。

綠牡丹

別有名葩出洛中，恰如么鳳繞花叢。嬌生國色聯娟黛，妒殺芳姿一捻紅。萼重不驚蕉葉雨，顔開獨占柳絲風。休言回首春光老，晚翠烟中態不同。

題畫

桃花紅到野僧庵，雲影山光共蔚藍。水抱綠楊城一角，依稀風景在江南。

游盤山未果賦詩寄意呈金若水先生

咫尺烟霞近，三盤結想濃。溪聲兩澗水，樹色萬株松。勝境空縈夢，仙緣不易逢。何時攀桂月，長嘯最高峰。

《念堂詩活》云：『周大迂先生自郃，天津人，貌甚陋，刻意爲詩，以右丞爲宗，津門談詩者多宗之。《鯨鏗二集》載《杏花春雨江南》試律一首，中聯[一]云：「一旗沽酒路[二]，雨屐看花人。」又《臘梅》云：「林家老婦應無妒，不禁孤山納小妻。」乾隆甲辰，余應童子試，館其家。先生拈題試同寓生，特蒙許可，遂出所批唐詩，指授法律。後至津門，輒以詩相質。殁後，稿亦不傳。先生受詩法於周七峰，亦天津人，有《卜硯山房詩鈔》行世。』

[一]『中聯』，稿本作『中一聯』。

[二]『路』，稿本作『樹』。

康堯衢 十五首

堯衢，字道平，號達夫。歲貢生。所著有《海上樵人稿》十二卷、《津門風物詩》四卷、《雲構詩談》四卷[一]、《節録女戒》一卷。

按：公舊族[二]，有別墅在城南曰『康園』，今蕪廢。公少吟詩，博稽今古。於津門詩學絶續之交，力爲講求，厥功甚巨。孤介伉直，人不可意，面詆[三]之無所避，亦以是坐困。年六十餘卒。余別爲立傳。[四]

過薊門

山色曉蒼蒼，官橋落日黄。鄉心懸馬首，秋色老漁陽。身世愁無賴，飄零道不

[一]高凌雯[民國]《天津縣新志》卷二十三《藝文》著録康堯衢『《海上樵人稿》十二卷』。又『《蕉石山房詩草》一卷，抄本』，謂：『是集存古近體一百五十五首，中有與周自邰、查昌業諸人倡酬之作，其迎鑾詞云「兩年恩蹕臨茲地」，則此集脱稿當在乾隆中葉也。《海上樵人稿》今已不可見，此爲其集外詩，抑十二卷之一，無得而知，史樂善曾見其《春及軒詩》一卷，而《雨汀詩話》所采録多爲此集所有。《春及軒詩》與此集是一是二，亦不可知也。』

[二]稿本『舊族』上有『津門』二字。

[三]『詆』，稿本作『詆呵』。

[四]稿本按語在『歲貢生』後。又高凌雯跋《蕉石山房詩草》云：『梅樹君爲康達夫作傳，但云卒年六十二。而沈文和《織簾書屋集》有《挽康道平明經》詩，脱稿於嘉慶甲子，由其卒以溯其生，當在乾隆癸亥。』

忘。今宵何處宿，前路已燈光。

懷房楚箴表弟

時謫戍[一]

天山聞説近天低，况在天山西復西。鄉泪幾行催塞曲[二]，離思萬里入霜鼙。虛傳角長窮邊馬，實恨聲聞報夜鷄。拭目望君歸未得，玉門關外草萋萋。[三]

山行

驅馬下石梁，落日峰巒碧。山家早閉門，惆悵虎行迹。[四]

沽上竹枝

酒旗風影向人斜，畫意猶存點點霞。醉裏不知村樹盡，尚逢牧豎問桃花。桃花口。

欞星門外藻流芬，泮水徵祥有舊聞。魚化橋進雙鯉出，至今甲第已如雲。泮池魚化橋，

[一]稿本二首，此其二。

[二]『曲』，稿本作『笛』。

[三]稿本下有《石橋道中懷同社子》一詩。

[四]稿本下有《魏宮詞》《燕郊題壁》二詩。

傳有雙鯉躍出，科名遂盛。

琵琶池上起龍臺，曲曲迴廊近水開。每到紫藤花發處，游人都問芥園來。芥園。

隔河遥指尹兒灣，殘夢樓傾一水間。黄卷有兒酬素志，青燈不惜老紅顔。佟蔗村弟婦孀居此樓，教子成進士。

水村西望淀河中，菱芡菰蒲種不同。更買扁舟衝浪去，亂紅香醉藕花風。西淀。

曲沼荒涼慨勝游，一聯堂上集名流。舍南舍北皆春水，微雨微風入畫樓。曲水園又名康園，廳聯集句所書。

劉貞女詩

序：平谷劉登庸太守女秀石，許字江南程氏。劉既罷官，程亦中落，兩家不通音問者數十年。秀石流寓津門尼庵，封髮矢志。乾隆丁酉夏，程附漕舟北上，訪得之。貞女已六十矣。鳴於官。金明府主其婚，資送南旋。津人義之。周衣亭太史爲之立傳。

貞女生，貞女生時貌俜停[一]，秀石錫嘉名。秀以畜靈氣，石以固堅貞。曩許程家子，兩家門第清。中道俱淪落，婿遠家零丁。吁嗟女兮將何成！一解。貞女苦，

[一]高氏校云：『「俜停」應作「娉婷」。』

無處栖身寄梵宇。親戚憐女貧，邀歸心不許；富家憐女貧，求聘日旁午。自矢非前盟，終老死牖户。二解。貞女奇，貞女匪奇，守分安時，尼庵三十載，相依不拔緇。重以啞僕義，行乞不相離。吴水燕山幾千里，死别生離兩不知。三解。貞女泣，貞女至嫁，年將周甲。夫婿不曾婚，邑侯爲作合。持贈銀多羅，安排新氈氍。垂老伉儷偕，此生念不及。貞義在人心，觀者塞途嘆息聲相接。四解。

正月十六日雪

佳節今猶是，雲凝雪意酣。閑庭飄落絮，春酒罷傳柑。燈減千家興，梅輸一笑探。懷人結遥想，清夢在江南。

壽内

屈指年來伉儷盟，共謀身計硯田耕。奉親替進焦鐺飯，愛叔曾無櫟釜羹。堪卧牛衣人六秩，曾陪螢火夜三更。膝前諸子稱觴日，不負辛勤過此生。

思源莊 張魯庵塋園

芍藥池南柳色邊，小橋橫鎖墓門烟。幾時不到思源望，細雨春深種麥田。

姜家園

柳樹[一]荷池事已休，外家别業感春游。惟餘一片荒園地，冷雨寒烟衹牧牛。

挽同邑張止山先生辰 壘甲辰進士

解組心猶壯，談詩老益深。如何雙樹下，不復聽流禽。文藻空鄉國，悲風起故林。斯人今已殁，誰更繼高吟？

摘句如《野游》云：『杏林人問紅簾酒，麥壟春濃緑罫田。』《秋草》云：『南浦空傷魂斷日，西堂徒憶夢來時。』《雁字》云：『霞裁箋好揮無盡，蘆作筆銜力最遒。』《橋上》云：『細雨春帆占客舫，晚烟蕭寺海門鐘。』《京邸》云：『鄉夢老疏蟲語切，客窗秋逼雨聲寒。』五言如：『茗香滋道味，雲意息人心。』『花重可憐色，人争不朽名。』『三月曉猶雪，一春天正寒。』先生赴京兆試者十二，終不售，晚年益肆於酒。《念堂詩話》云：『康達夫堯衡，天津詩人。乾隆乙卯同埸矮屋中談詩良久。後至津門，以詩卷示余，《春日石橋晚步》云：「行吟忘日暮，橋外踏平蕪。水漫東西淀，春生大小沽。好風吹不定，高柳意全蘇。歸路頻

［一］『柳樹』，《國朝畿輔詩傳》卷五十四作『柳墅』。

回首，斜陽淡欲無。」《九日同郝石臞登芥園樓》云：「即目高樓上，闌干倚大河。歲華秋又老，風雨夜來過。遠色碧山暮，寒聲黃葉多。愁心向朋侶，不醉欲如何？」聲色臭味俱好。』

崔念堂《津門雜記》云。『康達夫堯衢《曲水園詩》自注云：「余家別業，易姓後名。近南溪，池蓮開并蒂，時人以爲瑞。次年曾大父暨從祖父偕殁，家遂貧。」詩云：「別業家聲舊，津門衆口傳。春光沿岸柳，异兆滿池蓮。到此拋雙泪，於今過百年。望中空佇立，懷舊夕陽前。」按：曲水園在城東南隅，今仍名康家花園。又，老夫村在閘口下，乃東溟山人龍震別業，今亦廢。』

康鈞 二首

鈞，字掌卿。諸生。道平子。著有《石斧集》。

按：掌卿嗜吟咏，有父風。每試輒高等，未酬其志而殁。

秋罾

瑟瑟寒蘆葉葉舟，西風吹入一罾秋。懸當紅樹斜陽外，挂向凉雲古渡頭。笭箵已隨桃葉去，蒓鱸誰共蓼花愁。江干小立情何限，日暮漁人影亂收。

秋蓼［一］

也染［二］燕支古岸頭，零星開到蓼花幽。疏籬月白誰家院，水國風凉幾處秋。簇簇冷紅低曉日，蕭蕭淺緑傍漁舟［三］。江村小幅徐熙畫，瘦蟹鉗枝在遠洲。

卜維吉 三首

維吉，［四］號椒塢，乾隆乙酉科副榜，戊子科舉人。挑取中書，改授國子監學正，升助教，［五］四庫館提調，湖北施南府通判［六］。

按：公少有至性。父緣乾隆十五年承領變賣天津水師營戰船，拖欠銀兩，發配陝西汧陽縣十六年。時家無

［一］稿本同，《國朝畿輔詩傳》卷六十題作《蓼花》。

［二］『也染』，稿本作『亦染』，《國朝畿輔詩傳》卷六十作『匀染』。

［三］『傍漁舟』，《國朝畿輔詩傳》同，稿本作『出漁舟』。

［四］稿本下有『字□□』，《國朝畿輔詩傳》則作『字椒塢』。

［五］稿本上有『助』字。

［六］『湖北施南府通判』，稿本作『江南□□通判』。按：［同治］《增補施南府志》卷十九載其乾隆五十三年（一七八八）至嘉慶三年（一七九八）任通判。

片椽，依母課讀，晝夜泣思，立志攻苦。早歲成名，官助教，時頗以學品見賞於相國劉文正公統勛。公念父情切，籲求相國，乞爲援手[一]。適當金川告平之時，乃代爲[二]陳奏，願捐俸以贖父罪，蒙恩允准[三]。而公實赤貧[四]。同寮争助金以資所費[五]，遂得旋里，一時[六]津人多有題咏。

内邱夜雨

簾捲凉雲外，秋聲到五更。殘燈挑夢斷，寒雨滴愁生。水鳥來[七]檐宿，泥蛙[八]入户鳴。萱堂當此夜，倍結望兒情[九]。

[一]「乞爲援手」，稿本作「乞爲爰免」。
[二]「乃代爲」，稿本作「遂爲」。
[三]「允准」，稿本作「俞准」。
[四]「而公實赤貧」，稿本作「時赤貧」。
[五]「同寮争助金以資所費」，稿本作「同寮義其事，争助金」。
[六]稿本無「一時」二字。
[七]「來」，稿本同，《國朝畿輔詩傳》卷六十作「依」。
[八]「泥蛙」，稿本同，《國朝畿輔詩傳》卷六十作「凉蛩」。
[九]「倍結望兒情」，稿本同，《國朝畿輔詩傳》卷六十作「多少依閭情」。

贈吴客 時同舟

古渡寒烟[一]起，長河下小舟。樹連青嶂隱，水帶白雲流。貧路知交少，秋宵客子愁。多憐鷄黍意。把酒話滄洲。

晉州即贈念湖學長

策馬津門特地來，沿途翹首望樓臺。沙迷殘照荒城古，柳簇寒烟[二]野店開。半世聲華甘落拓，十年情事委塵埃。知君雅抱多豪興，明月梨花酒一杯。

金坤 六首

坤，字一寧，號霽岩。[三]乾隆己亥副榜[四]。

按：公天姿雋朗，少負重名，一時巨公許以遠大。三中乙科，未償所學。性孤介剛方，廉隅甚峻。然獎掖

[一]『寒烟』，稿本作『烟寒』。

[二]『烟』，稿本字原空。

[三]『字一寧，號霽岩』，稿本、《國朝畿輔詩傳》均作『字霽岩』。

[四]高氏校云：『金坤副榜一次，三中乙科，未解。』

後學，情辭深厚，惟恐不及。家無擔石，悠然自得。教嗣君湘門太守。嘉慶乙丑[一]成進士。早著循聲，頌騰三楚，人謂淵源有自。

和張晴溪先生偶成長句原韵

庭際迴廊[二]曲檻斜，檢書空復攬精華[三]。蘧廬雖陋堪邀月，粉蝶何知亦戀花。愛誦《離騷》閑[四]永晝，細參詩句有專家。追隨且喜依函丈，爲咏陽春興獨賒。

此詩得之《問津書院吟草》。時主講者爲宛平張晴溪先生模。一才人才萃集，風雅丕振。如周公光裕，佟公大有，徐公瀾，金公思義，張公覺民、俊民、治民兄弟，李公玉溪，查公奕俊，馮公際盛，王公啓科，吴公鳳儀，包公豫觀，牛公遵祖，吴公廷玫[五]，楊公廷瑛，争自琢磨，互建旗鼓。未數年間，昂翥青雲。獨公鬱鬱未就，人盡惜之。不知昌大之報，乃在奕葉，天意詎可測哉！

[一]高氏校云：『金開第嘉慶丁丑進士，乙丑誤。』

[二]『迴廊』，稿本作『廊迴』。

[三]『攬精華』，稿本作『學咀華』。

[四]『閑』，稿本作『消』。

[五]『廷玫』，稿本作『廷致』。

白丁香

一片玲瓏花映空，欄邊月下影朦朧。愁心不展梢梢結，盡日無人向晚風。

一枝摇曳暗香浮，洗盡鉛華韵自幽。最是珠簾初捲後，晚妝斜倚[一]玉搔頭。

坐月

有月何曾夜，攤書不覺疲。影寒人意淡，霜重露華滋。身世原無著，行藏衹自知。緬懷彭澤令，寄趣在東籬。

旅夜有懷

空堂倚枕到三更，病擾鄉懷夢不成。千里家書遲旅雁，一聲邊角起孤城。長貧入世真無術，遠道懷人自有情。事業文章兩寂莫，破窗愁看月華[二]明。

[一]『斜倚』，稿本作『斜鏡』。

[二]『華』，《國朝畿輔詩傳》同，稿本字原空。

贈巡漕侍御周棟才先生 名元良，後官總憲[一]

金石之交心不變，何曾貴賤交情見。莫言管鮑世無人，給諫高標堪作傳。戊子秋闈初識面，論文許共紅絲硯。及公翔步到天衢，僕猶席帽隨蓬轉。公來送我棘闈前，諄囑名場期鶚薦。豈知射目乃中眉，結契殷懷終勿倦。登堂拜嫂若至親，往往傾尊飫芳饌。歸來教授卧衡門，卅載流光疾於電。京華咫尺等雲霄，尺素雖勤約難踐。喜聞奉職有餘閑，獎掖人才開講院。菁莪樂育答宸衷，退直丹鉛評課卷。諸生奮激果成名，韓柳賢聲動畿甸。今年銜命來津門，糧艘矗矗如雲屯。旗丁受約牽挽速，感公厚德逾春温。瓜期將届洪水至，九河下注狂流奔。高城半没村舍毁，十室略有三家存。公率官吏防晝夜，堤防畚鍤如王尊。飛章入告蒙賑恤，灾黎幸免爲魚黿。觸忤同寮堅不顧，便宜從事非邀恩。昔公侍禦真鐵漢，及此再見排昆侖。風高露白寒雨歇，單騎謁帝依九閽。面奏民隱褫懦吏，務行所學何足論。僕叨厚德無可報，願書嘉績鐫瑶琨。綸扉參贊還教子，即看鸞鵠同飛騫。

[一] 稿本無此詩。

郝仁 七首

仁，字壽朋，號石臞。諸生。

按：公奉親至孝。詩以樂府擅長。與康達夫、金野田、周大迂諸公同社。抱志未遂。教子芝山成進士，宰河南湯陰縣，迎養署中，壽八十餘卒。

擣衣曲

擣衣復擣衣，擣衣爲潔素。豈無新衣裳，新衣不如故。

哭康達夫

拈毫泪先垂，悲君赴泉路。平生一片心，此後更誰訴？自我與君交，流光四十度。白首訂一言，同心金石固。年來君稍衰，微病安足慮。突聞凶信真，疾趨不成步。入門遥便哭，面貌儼然素。聞君易簀時，猶題斷腸句。達音何用深，道味及時喻。此味與此音，誰復解其故。連朝心抑鬱，神魂若失據。惝恍夢寐間，見君隔烟霧。即之不可得，挽之溘然去。夢回燈火昏，痴坐久如塑。同社八九人，一一歸大暮。

我雖延殘喘，了無生人趣。詩成和泪書，鐘鳴天未曙。落月滿屋梁，空庭獨老樹。

過喬五看菊

流水沽村外，秋風落日斜。閑尋幽士宅，來看傲霜花。抛管書方罷，銜杯興又賒。餘芬倘贈我，相伴老烟霞。

送喬五赴都

朔風吹暮雪，之子去長安。出郭遠相送，臨歧欲别難。單車沙磧迴，荒店夜燈寒。此後遥相憶，孤雲西北看。

津門自金芥舟、查松亭兩先生，紹帆齋、東溟、漢客、月東諸公之後，丕振詩風，吟壇互樹，至乾隆五十餘年之後，其風稍衰。維時遥接其踪而起者，爲康公達夫、郝公石臞、金公野田、喬氏五橋六橋兄弟[一]、馮公西莊、周公大迂諸人。立社聯吟，講明聲律，維持詩教。一時慕其風者，争自琢磨，願附其列。絶續之交，厥功甚巨。[二]

[一] 稿本無『氏』字。

[二] 稿本下有『棟識』二字。

城南大悲庵喜晤慶天和尚

自別西林寺，三乘久不談。那知廿餘載，又見老瞿曇。去住師無著，滄桑我自慚。城南聞卓錫，禪悦好重參。

次和康侶雲花朝之作

二月月之半，年年此日嘉。老知春易去，貧喜酒能賒。九曲幽人宅，侶雲居巷名九棹灣。一枝山杏花。齋中有李氏築杏館春風之景[一]。非君動高咏，詩思更誰家？

甲寅移居之作書示馮前村孝廉

卜居在東郭，忽忽近十年。今春復移居，仍此閭巷間。數椽亦無幾，寸心覺稍寬。昨朝微雨來，瀟灑鳴檐端。檐前老桐樹，青翠如琅玕。捲簾一延佇，我心生静歡。鳥栖無定枝，魚游無定淵。人生貴適意，何地不翛然。嗟余近七十，踪迹乃屢遷。回首嚮西村，自顧殊厚[二]顔。

[一]『之景』，稿本作『之一景』。

[二]『厚』，稿本字原空。

湯承功 五首

承功，字熙載，號贊廷。乾隆己亥舉人，内邱訓導[一]。

按：公詩多自焚，其《咏菊》詩[二]嘗以『四時花木皆非友，九日風霜却是春』得名，所録皆令子厚田孝廉所述。

同友人臨河晚眺[三]

開尊臨野市，秋色滿長河。不雨雲猶在，無風水自波。沙鷗機事少，烟柳夕陽多。幸與清溪會，能忘白雪歌。

郊行見桃花

幾樹殘紅映緑池，無言獨自惜芳姿。東風莫便飄零盡，留贈行人一兩枝。

[一] 高氏校云。『湯承功，《縣志》：「教諭。」』按：[同治]《續天津縣志》、[光緒]《重修天津府志》均作『教諭』。

[二] 『公詩多自焚，其《咏菊》詩』，稿本作『公詩多自焚其稿，《咏菊》詩』。

[三] 稿本前有《蜀相》《中秋玩月》二詩。

和朱梅岩半畝園小飲元韵

半畝幽栖地，幽人結小園。栽花從梓澤，移石自昆侖。窗静蜂彈紙，簾開燕入門。武陵何處覓，到此即仙村。

題《菜羹圖》

飲食由來嗜欲深，幽人轉得寄芳心。挑來野菜和根煮，至味還從淡處尋。

十畝菘花隴外芳，田家况味遜膏粱。誰知一入高人手，別有山風野露香。

其斷句有：『吟詩花自落，携酒月同行。』『露濯松間月，風飄石上雲。』

陳大年 七首

大年，原名永齡，號松崖，一號萊峰子。布衣。著有《閑情集》一卷、《松崖草》一卷。

按：松崖鬚眉蒼古，詩樸老如其人。善畫松石、人物，得吴小仙、張平山之遺意。久游甘陝之間，愛縋幽蹈險，以討山水之樂。卒迍邅不遇，歸老津門，以醫自給。酒壘歌筵，猶清興不衰。年七十餘納姬，生一子。[一]

[一] 稿本下有『公卒後移交久不相聞』九字。

田家苦[一]

田家老人語，麥熟三月雨。五月滴點無，麥枯歸黄土。更期秋穡成，七月水灾普。廪中歲月空，餓死壁間鼠。一年復一年，官租何日補？

河湟聞雁三章章四句

三月塞上降玉霜，梨花開時柳未黄。邊城春老風光昇，一片歸心寄雁行。

雁行隊隊出長空，哀音飄飄夢魂中。夢魂有意結鴻伴，衹恐歸飛路不同。

不勞裂帛寄雲程，囑爾先飛到薊城。薊門兄弟如相問，滿道霜花不可行。

費宫人歌[二]

太白東出明夜月，欃槍横斗精光發。内臣歌舞宴春宵，將軍劍戟沙場没。龍避長蛇上青天，鼠變猛虎入金闕。此時汾陽剩碑碣，眼中秋雨空流血。欲雪國耻者爲誰？宫中有女心如鐵。恨非男子握兵權，但憑短劍補天缺。傷哉天缺人難補，空持

[一] 稿本前有《春遣》《登北原三清閣》二詩，後有《秋閨云》《偶成》《盤山憶友七律一首》三詩。

[二] 稿本後有《贈郝石臞先生（名仁）》一首。

短劍尋蛇虎。猛虎長蛇巢穴深，碎肝裂膽殺一鼠。滿腔熱血盡已傾，再無一計復王土。仰天大哭雙眼[一]枯，決意泉下侍明主。大義不是壯士心[二]，獨與龐蛾比千古。

春閨[三]

窗前子規啼不住，風送落花掃不去。花鳥催人眠未眠，空庭簾幕斜陽度。

贈陳少室穎[四]

松竹與梅花，世上稱三友。松竹老節根，梅花百花首。清香發陽春，惜不經年有。不如松竹心，千年堅不朽。少室乃蒼松，青青耐寒久。生涯有硯田，方寸抵千畝。古琴撫無弦，寶劍閑不吼。雪月與風花，長嘯一杯酒。貧乃士之恒，況不露衿肘[五]。所可恃者何，天憐人意厚。蒼松抱天真，緑竹虛心守。相約看梅花，對酌

[一]『雙眼』，稿本作『雙泣』。
[二]『心』，原校本作『志』。
[三]稿本後有《采蓮曲》《古意》二首。
[四]稿本後有《題寒江釣圖》《中秋次日對月餞友》二首。
[五]『衿肘』，稿本作『衿時』。

三大斗。

孫鳴鐸 十五首

鳴鐸，字木齋。諸生。著有《木齋小草》。

按：公與弟鳴鑾俱能詩，年俱登大耋。自號木齋老人。

秋夜雨

高館凄凄冷畫屏，西風吹雨打疏櫺。挑燈欲展悲秋賦，滴碎殘荷不忍聽。

丹楓零落雁初回，閣外雲陰護緑苔。廿載牢騷今夜恨，和風和雨上心來。

月夜獨步

一天冥霧散，片月出高林。水色明如練，星芒渺似針。橋垂人影小，樹暗鳥栖深。舉目多清曠，菘香助我吟。

移居[一]

幾年株守意踟躕，忽見[二]華堂換敝廬。閱盡世人還是我，賣殘先業但存書。愁顔昔共花争艷，瘦鬢今隨鶴并疏。幸有多情明月在，又尋懸磬照空除。

丁巳除夕　時年七十有三

忙忙碌碌老來身，又值椒盤薦五辛。一夜即分新舊歲，百年送盡古今人。家無甑石難言活，腹有詩書始足貧[三]。自笑未能全脱俗，也裁紅紙寫宜春。

暮春

海天春早與春遲，人在忙中總不知。忽見桃花零落甚，眼前便是暮春時。

[一]稿本後有《和王天抒見訪不遇詩》一首。
[二]『忽見』，稿本作『忽見』，疑是。
[三]『腹有詩書始足貧』，稿本作『腹少詩書始是貧』。

寄張天樞貢士[一]

掃來黃葉已燒殘，爨下餘灰竟日寒。寄語東君知得否？梅花凍倒在闌杆。

過兗州城

蕭條行李欲何游，今日飄蓬到兗州。不敢題詩向東郡，杜公佳句在南樓。

冬日兗州道上

古道斜陽晚，輪蹄莫暫停。沙旋雙岸樹，風聚一河冰。[二]草盡堤全白，山枯石不青。試尋投宿處，前路有旗亭。

戊辰書懷

堪嘆年來百事休，老年人更欲何求。燈前影對寒梅瘦，夢裏身隨野鶴游。閱盡風霜銷傲骨，見多興廢失閑愁。但餘一念貪難捨，尚有新詩日日留。

[一] 稿本後有《七十自嘲》《綉球花》二首。

[二]『沙旋』一聯，稿本同，《國朝畿輔詩傳》卷五十三作『沙痕圍老樹，冰壘坼回汀。』

重陽口占[一]

老來詩思轉頹唐，扶杖東籬怯晚凉。不是黄花開爛漫，幾忘今日是重陽。
對酒吟詩興轉狂，老人幸未負重陽。折來黄菊羞簪鬢，恐惹星星髮上霜。

八十述懷

蹉跎已過杖朝年，閲盡炎凉守益堅。花可耐寒方見賞，人非[二]有骨不能傳。
既無福命何須壽，豈爲孤貧轉見憐。此語問天天亦笑，羞逢人説地行仙。

張自波牛聚堂張陰三雅集秋光小築

新晴靸屐趁斜暉，少長携壺坐翠微。負郭人家依水住，繞堤兒女帶花歸。詩人自嘆青春速，芳樹如傷緑葉稀。幾度停杯懷往事，當年風景已全非。

[一]稿本後有《看花作》一首。
[二]『人非』，稿本作『士非』。

冬夜獨吟

瓦爐火冷更添香，玉漏沉沉月轉廊。身老病隨年共至，愁多心與夜爭長。人憐傲骨同梅瘦，自笑衰顏抵菜黃。往日閑情緣底事，一燈空對髮蒼蒼。

津門詩鈔校箋卷十六

朱光覲 一首

先母舅仰文夫子，楝受業師也。乾隆庚子舉人。

勵志詩示從學諸子

天地既生我，天地事已畢。父母既生我，父母事已畢。堂堂七尺軀，何以踐厥實？爾其不自愛，誰其將爾恤？毋矜凌雲才，毋捧畫日筆。無愧天與親，一一在心術。維彼古聖賢，戒欺在幽室。一部四子書，千秋三尺律。繩身非過嚴，不嚴益其疾。持慮非過勞，勿勞敗於逸。玩彼損益文，遷改懲窒吉。慎勿百年勤，終隳一念失。

《仰文夫子家傳》，楝謹撰云：『先生姓朱，諱光覲，仰文其字也。父導江公諱岷，本江南常州之無錫縣人，以書畫擅絶一時。來游於津，遂家焉。先生七歲孤，有至性，事寡母孟太孺人極孝。時先慈方九歲，姊弟煢煢，依母居，破屋數椽，鬻導江公所遺書畫以糊口。先生穎慧，績學不倦。時勿[一]能炊，夜守一燈，讀不輟。夏月霪雨穿屋，涔濕遍地，支敗板自障，兩足貯破瓮中，手披目覽，若忘其苦。年十九補弟子員。次年補增。又次年食餼。遂授徒，獲修儀，上以供母。數年，願從者衆，太孺人得享甘旨。已而太孺人卒，先生哀毁勿[二]勝，

[一] 高氏校云：『「勿」恐誤，或是「弗」字。』

[二] 高氏校云：『「勿」恐誤，或是「弗」字。』

至於咯血，竭力營葬。服闋。乾隆庚子科領鄉薦，是日，先生往哭於墓上。初，導江公曾贅於山東德州張氏，張孺人殂，遂葬於德。來天津，繼娶孟太孺人，生先生在暮年，及導江公謝世，家貧路遠，未及合葬。一日先生設祭，對木主嘆曰：「生母、嫡母，同我母也，豈有母骨抛置异鄉，可爲人子者乎？」於是决然尋去。時嚴冬大風雪，先生徒步赴山東，奔波抵德。訪張氏族人，已無在者。且以事隔四十餘年，無從覓其墓處。先生晝行於野，夜宿破廟中，逢人輒諮，憂慘形於色。一日至棗林村，遇一老人，咤曰：「汝張姑子耶？怪事怪事！汝何由至此？僕年近九十，應死久矣。所不死者，天豈留以待君來耶？僕張氏佃，葬張姑時，我目睹，猶仿佛識其處。」引至數里外，寒烟枯草，馬鬛杳然。先生仰天號泣，不知所措。老人云：「速焚紙錢，視風所旋，灰落處當必有兆。」如其言掘焉，未三尺有朱棺見，木雖朽敗，粉書猶可辨，不誤也。先生哭，行路皆泣。謝老人，扶柩歸，合窆父穴。乾隆丁未年，山東饑，流亡來津，道殣相望，先生罄其資，施粥於邑城之西，就食者如蟻。力不支，聞其風者，踴躍助施，用穀數千石，全活無算。先生孤介剛方，不苟言笑，其教人也，不專文藝，先氣識，後功名，務敦實行，造就極多。游邑庠，登賢書，成進士而莅民社者數十人。居恒儉約，飯脱粟。樂與輕施，無吝無倦。津邑聖廟告頹，先生倡修殿廡，不日成之。所立善會十餘，則踵而行者，數十年未絶。蓋惟先生積修立行至誠，有以感人，故信從者如此也。嘉慶丁巳十一月，無疾卒，年四十五。《儒行》云：「夙夜强學以待問，懷忠信以待舉，力行以待取，自立有如此者，夫子何愧焉！」』

孫瑞郊兆麟曰：『仰文夫子，亦麟受業師也。先生一生好學爲善，事親孝行，實足感動人天。乃不再傳而不祀，族中人亦杳無通問者。豈真如釋氏云「盡生天上，不留人間」耶？捧讀斯傳，不勝梁木之痛。』

朱維翰 一首

維翰，字憲百。仰文先生子。廩膳生。

按：憲百文思贍富，每試高等。戴可亭相國督學時，天津科試題爲『愛厥妃』，喜憲百文，嘆曰：『風華典雅，逼近農山。』拔置第一。屢困京兆，侘傺以死，士林惜之。無嗣。著有《展蕉軒草》。

讀《青蓮集》題詞

才調空今古，飄然憶李生。片言留大將，薄醉賦《清平》。五岳胸中氣，千秋身後名。浣花最知己，天末繫幽情。

張樹之 一首

樹之，字德滋，號津槎。乾隆戊申經魁[一]，官河南魯山縣知縣[二]。著有《津槎集》。

[一]『乾隆戊申經魁』，稿本作『天津人，乾隆戊申第四名經魁』。

[二]稿本下有『卒於任』三字。

王貞女詩

吾師古循吏，美錦鄭之僑。膝上有佳兒，少年意興豪。二竪忽來侵，藏在肓與膏。一病遂不起，有魂誰爲招[一]？貞女名門媛，鈒鏤焕金貂。父乃觀察公，鄉黨令聞昭。貞女有异質，幽香生蘭皋。或比隱者戴，或比大家曹，或謂謝之才，或謂左之嬌。家門多不幸，靈椿已先凋。萱花雖云茂，白髮復蕭蕭。阿母聞婿死，戒婢言毋譟。貞女竊聞之，哽咽不敢號。羞顔請奔喪，阿母心愈焦[二]。『汝未見婿面，掌珠豈忍拋。女子衹三從，禮經有明條。從死三從無，况汝未同牢。勿彈寡女絲，别有琴瑟調。當思母衰老，當念母劬勞。速歸綉閣去，勿使我心怓。』貞女前致詞：『説禮勿柱膠。婿死服斬衰，名分不可逃。既已膺凶服，出嫁難免嘲。不入别家門，願矢冰雪操。』阿母語忽塞，聽其上立軺。傳呼新婦來，喪家亂嘈嘈。新婦驟下車，有燭不及燒。吉拜向姑嫜，泪下綆縻交。轉身入子舍，相見魂魄銷。與郎百年期，相見衹今朝。布總剪笄髽，素衣易朱綃。歸房不出户，户限北山高[三]。數月坐化去，

[一]『誰爲招』，稿本作『誰能招』。
[二]『阿母心愈焦』，稿本作『母心愈焚焦』。
[三]『北山高』，稿本作『比山高』，當從。

貞魂歸碧霄。是如烈丈夫，氣烈無阻撓。异香從何來，儼如焚芳椒。地下小比肩，攜手天津橋。新鬼與故鬼，嘖嘖羡丰標。化作雙蝴蝶，花間共游遨。化作雙鴛鴦，水上相浮飄。此事傳藝林，人人獻長謡。况我弟子行，敢辭心塞茅？風雲月露詩，其詩輕鴻毛。惟有表節烈，落筆山岳摇。貞女藉傳余，余反幸所遭。

跋云：『貞女，乃天津王秋坪觀察禄朋女。番禺莊栗園先生官天津運同，聘爲次君婦。婚有期矣，而次君病殁。貞女聞之，請奔喪，母禁之不可，乃吉服往。旋易素服，哭於儀床，悲咽不自勝。觀者皆哭失聲，聞者亦感動泣下也。使婢告姑嫜曰：「朝夕禮讓，先後爲之。喪次人衆，含殮不復視。」從此不出户矣。居數月，無疾坐化去。先生哭貞女，甚於哭子也，爲之徵詩。先生前宰天津，與樹之有師弟誼，詩先成，先生以爲工，取以壓卷。此嘉慶七年事，迄今已十年矣。樹之宰魯山，簿書期會之暇，愛看前輩文字。偶閱勞餘山先生文，謂未婚守志者，爲仁之至，義之盡。快論發前人所未發。因憶及貞女事，撿篋中舊稿尚存，命工刻出，非謂詩工，冀傳其事。惜當時所徵之詩數百首，先生携回粤東，未刻同作爲歉耳。嘉慶十七年端陽日，天津張樹之題并書。』

潛山熊象階[一]序云：『番禺莊相國未遇時，與先大父交好。及官江蘇巡撫，大父官徐州知府，雅相愛重。相國群從栗園，又官天津運同。從子延裕游天津，栗園念舊，留署中且二年。歸來述栗園聘婦有殉節事，而不得其詳。余承乏汝州，天津張津槎官魯山縣。一日出王貞女詩見示，乃秋坪觀察女，即莊之聘婦，欲求其事而未得者忽得之，甚欣然也。未婚殉身，人皆以爲可以不必。援《曾子問》：「某之子有父母之喪，不得嗣爲兄弟，

[一]『潛山熊象階』五字，稿本無。

使某致命，女氏許諾而不敢嫁，禮也。」婿免喪，女之父母使人請，婿弗許而後嫁之，是婿尚在且嫁，況婿已死乎？明羅文莊公謂此事與義理人情皆不合，安有婚姻之約已定，徒以喪故，需之三年之久，舍其夫而嫁人，古人無此荒謬之禮。説見《困知録》。家大人謂嫁之者，仍嫁於其夫，非他族也，不敢過婿家，不敢幸其服之闋之意，故辭之，所謂禮辭也。辭也，非絶之也。發文莊所未盡，禮明則殉身事不爲過。詩中「既已膺凶服，出嫁難免嘲」直截了當，説禮勃窣窣地。貞女可謂烈而文矣。津槎跋中引勞餘山語。余在河内謁右署張叔舉太守。偶然談及餘山太守，喟然曰：「吾師桑韜甫出餘山先生門下。吾在翰林十餘年，吾師尚有人知之，至於餘山，雖浙人不能舉其姓氏。」乃知才人無名位，即有奇文妙論，名不出里巷，可勝嘆哉！聲聞俱寂之後，忽有能引其説者，見之令人神往。其詩又筆力雄健，引據精博，風行海内無疑。是才人反藉女子以傳，東坡所以致慨於齊魯大臣黄四娘也。津槎勤政愛民，循聲懋著，好表揚人物，爲元次山立墓碑，今又梓此詩。余久荒筆硯，焉敢爲元宴？謹述過庭時所聞，與覃懷舊游於弁首。［一］』

吟齋氏曰：『天津風俗，閨門最重節義。尋常士庶之家，輕易無改適者。固國朝化教所先，亦此方水土風氣使然。如卷中所載程德輝、殷鳳娘、張懷清，固卓卓可傳。此外尚有謝貞女、劉貞女、丁貞女、陳貞女，俱未婚矢節，皎然冰霜，光於閭里。』棟爲陳貞女募啓云：『貞女陳氏者，乃津門處士德楷公之季女，乾隆戊子舉人延津令德言公之胞侄女，而雍正己卯副車署雲南大理太守邵公滋之兒媳也。生長名門，夙嫻禮則。結縭有日，忽殞所天。聞訃懷冰，相從無地。姑從母訓，效嬰兒事親之文；往吊婿門，矢共姜靡他之義。向慈姑而展拜，

［一］稿本下有『潛山熊象階』五字。

泪血空零；對群姒以無言，周親聚泣。瑱環宵撤，榛髻以即靈帷；梡嶡親供，蘋薦而尸祭牖。是時也，邵恭人衰年多病，轉側須人。家况清寒，魚菽莫繼。而貞女一心孝奉，五夜倥偬。燒痂捫垢，含辛茹蘖之餘；湯液扶持，溽霧清霜之候。歷廿年而不懈，仰十指以承歡。婢媪莫聞其聲，戚族罕識其面。忽於去歲尊嫜溘逝，詧窀穸而力盡重泉；已而諸伯拋分，吊形影而心摧孤立。貧無以養，苦竟誰依？縱奉繡佛以清齋，蒲團奚設；即誦菩提以終老，笋蔬安資？栖迹絶少片椽，糊口真乏半菽。所賴戚里，各抒仁懷。憫厥蓍葹之心，成其松筠之節。用維風化，以勸孀清。不吝解囊，有問助鉢。謹啓。』

又《長蘆志·梁貞女》：『富國場灶户梁進忠者，負薪河干，有抱女自貸船下者，授進忠曰：「此女生八月矣。其父之官，卒於舟，母繼殞，可善撫之。」進忠遂哺以爲女。進忠有長女已嫁，夫家貧不能存活，復歸母家。性悍而險，虐遇女，父母弗能禁。及女年十三，見女貌端好，陰與媒氏謀，將鬻之。女知之忽然曰：「奈何賤置我耶？疇買我，當以尸畀之！」姊益銜之。有袁進舉者，亦業煮鹽，落魄無偶，且年將三十。姊慫恿父母許婚進舉，將娶，又陰阻之。越三年，進舉外出，不知其踪迹，有傳其已死者。姊遂謀絶於袁，袁母持婚書來。女閉户遥語曰：「吾志已定，欲以不義迫我，處今日者，惟死而已。」袁母知其不可奪而返。姊赫然怒捽女髮，加棰掠，鄰之來救者皆罵絶。尋進忠來，不忍視，毆長女，長女赴水投繯，擾不已，父母愈不敢争。女受楚毒，無悔怨。年二十八，父脛生疽，危甚。女刲股以進，竟痊。家人皆不知。是時，姊虐之愈甚，動絶飲食。袁母感女之志，且憐之也，遂迎歸焉。越月，父病，姊亦病。女歸事之如常。父姊相繼殁，女極力營葬之。舅殁，姑老，夫弟幼弱，女殫力針黹，償負債，佐饘粥，舉家賴以存活。復迎梁母來同居，袁母年八十四，梁母年七十七，生養死葬，皆從女十指出。姊有子流離，復召而鞠之。爲夫弟娶婦，又爲姊子娶婦，撫夫弟子紹安爲嗣。乾隆四十五年旌。五十六年，女以夫既有後，己志既遂，竟自經死。有司葬之天津西門外五烈墳側。』

戴思灝 三首

思灝，字虛舟。布衣。著有《虛舟草》一卷[一]。

按：金野田先生《日録》云：『吾津[二]有老人戴思灝，年八十餘，應童子試，終未售[三]。愛吟咏，學中晚唐人之詩。[四]蔣雄甫出其集一卷，佳句甚多。[五]《緑牡丹》云：「墜樓人去東風冷，青冢魂歸塞月寒。」《白梅》云：「移來冷帶孤山雪，落處飄疑庾嶺雲。」《燈花》云：「頻敲棋子先愁落，試卜金錢[六]好兆開。」』

[一]徐士鑾《敬鄉筆述》：『惜金、蔣两先生家極寒素，而當日竟無一好事尚義者，或捐資，或集資，所費無幾，刊此一卷之詩以傳虛舟老人，良可慨也。』

[二]『吾津』，稿本作『吾鄉』。

[三]『售』，稿本上有『獲』字。

[四]『愛吟咏，學中晚唐人之詩』，稿本作『不知其時藝若何，而詩句頗近風雅』。

[五]『蔣雄甫出其集一卷，佳句甚多』，稿本作『辛酉夏日蔣雄甫公出其著作一卷，囑選入詩話，其賦物詩頗近工麗，其七古亦饒蒼勁。其集中佳句如』。

[六]『錢』，稿本字原空。

皆有致[二]。耄年力學，未博一衿，可憫也。』

佛手柑[二]

氣壓芳蘭色比金，天然纖素出雙林。屈伸象現拈花意，濃淡香傳摩頂心。葉底輕摇雲衲拂，枝頭微露月燈尋。嫩黄滿盒非仙術，總是薰風海上臨。

虞美人[三]

精魂曾貯楚王宫，垓下芳傳到處紅。此日漢家無宿草，好花今古屬重瞳。

贈吴念湖銅硯七古一首

念湖先生有硯癖，見石即拜拜即取。羅致床頭品玩多，物因好聚非虚語。更求

[一]『有致』，稿本作『可致』。
[二]稿本後有《咏蟹硯》一首。
[三]稿本後有《晚菊》一首。

三洞自知難，總有萬錢誰肯與。秋去每憐落[一]葉風，春來空對[二]梨花雨。布穀催耕易水春，老農鑿井獲异珍。文房故物遭淪落，原野蕭條少徒鄰[三]。銅裏寶泓已罕聞[四]，况今銅石兩難分。清泉滌去舊污痕，小朵烟霞拂紫雲。天地有物各有主，不使珍奇弃如土[五]。何人購之贈髯翁，爲感髯翁性嗜古。揮毫細摩右軍書，潑墨生龍跳活虎。寢食與共日摩挲，世間瓦石何足數？昨宵夢到漢王殿，片片鴛鴦色陸離。萬里神馳端水曲，層層鳥目映琉璃。可憐今古心空痴，對此如何不賦詩？明年君又牧民去，人乎硯乎，使我長相思！[六]

[一]『落』，稿本作『花』。

[二]『空對』，稿本作『定對』。

[三]『徒鄰』，稿本作『結鄰』。

[四]『罕聞』，稿本作『罕問』。

[五]『不使珍奇弃如土』，稿本作『得者不珍弃歸土』。

[六]稿本後有《貞女篇》一首。

史鑒 一首

鑒，字晋狐，號鏡湖。歲貢生。

按：鏡湖先生工楷書。性方正，以古道勉後學。内兄高春江孝廉潮，少受業於公。公折紙課書，遂成寫家。師弟相得如父子。公卒無嗣，春江葬之。

棟童年讀書朱仰文夫子家。公一見期許，時公寫《四庫全書》[一]，每來必袖筆數枝見賜，勉以學書，至今猶感其意。

雨天即事

睡起渾無事，庭前得自如。野花三徑滿，村酒一杯餘。詩逐層雲起，人緣積雨疏。眼看[二]秋又到，搔首獨踟躕。[三]

[一]『《四庫全書》』，稿本作『四庫書』。

[二]『眼看』，稿本同，《國朝畿輔詩傳》卷五十三作『荒園』。

[三]稿本後有《不倒翁》《杜鵑花》二首。

魯鍔 二首

鍔，字健庵，號泓如，布衣。著有《耕心堂删餘草》一卷[一]。

按：公嘗請學詩於黄竹老[二]人。以『冷烟瘦鎖孤僧寺，春草寒依遠客槎』句得名。

題書室

茅廬不擇地，適意便爲家。愛貯書連屋，閑鋤草礙花。琴調清晝永，藥煉午烟斜。更喜柴門外，堪停問字車。

對友

夙喜同青鬢，於今嘆白頭。江湖一夢老，牛馬半生休。遲暮憐衰草，低回憶故丘。感君情意重，又復訂重游。

[一] 稿本『著有《耕心堂删餘草》一卷』十字在按語後。

[二] 『老』，稿本字原空。

高景先 一首

無考。[一]

春草

燒殘野火不須憐，二月江南碧似烟。萬里情根初麗穀，六朝舊夢[二]又纏綿。
花飄紅雨悲今日，人對青袍感昔年。我爲春來愁易長，那堪踏遍大堤邊。

沈銓 二首

銓，字季掌，號青來。著有《六琴十硯山房詩草》[三]。

[一] 高氏校云：『高景先，字澄園，號仰山，恩貢生，候選州判。』按：[民國]《天津縣新志》卷十九《科舉》載其爲『同治九年庚午科恩貢生』，已在同治間，於高氏例亦不必補。

[二]『舊夢』，稿本作『舊恨』。

[三]『《六琴十硯山房詩草》』，《國朝畿輔詩傳》作《六琴十硯齋詩草》。按：今中國國家圖書館藏鄭振鐸舊藏清稿本《青來館吟稿》十二卷，《文稿》一卷。

按：青來[一]善繪事，著色花卉，得張桂岩所傳，當時重之[二]。

題畫册贈程亦園中翰[三]

萬木飛黄葉，霜風酸客心。關山無伴侣，驢背自孤吟。
遠人歸有期，幽意轉難慰。日日問梅花，春回得信未？

高邁倫 三首

邁倫，字漱石，諸生。

按：公草書習山谷、真卿，與喬五橋齊名。詩不多見，得於所書便面，未知是其所作否也。

燕巢軍幕[四]

非關憐翠幕，不是厭朱樓。故來呈燕頷，報道欲封侯。

[一]『青來』，稿本作『公』。
[二]『得張桂岩所傳，當時重之』，稿本作『得之張賜寧桂岩所傳，爲時所重』。
[三]此詩稿本凡三，此其一、二。
[四]稿本前有《墻下葵花》一首。

摘芙蓉

摘取芙蓉花，莫摘芙蓉葉。將歸夫婿看，顔色何如妾。

官亭道

細[一]道繞平疇，四處農歌起。回頭不見人，聲在禾麻[二]裏。[三]

華蘭 十二首

蘭，字省香，[四]號春浦。乾隆庚子科舉人，四庫館謄録，官安徽含山、五河、全椒縣知縣，卒於任。善畫。[五]

[一]『細』，稿本字原空。

[二]『禾麻』，稿本作『木麻』。

[三]稿本後有《金橘》一首。

[四]稿本無『字省香』三字。

[五]《國朝畿輔詩傳》卷四十八：『有《皖城集》一卷。』又按：『詩多散佚，《皖城集》一卷爲其孫梅莊孝廉長卿摭拾奇零寄來，清拔詞逸，屏絶藻績。』[民國]《天津縣新志》著録『《皖城集》一卷，抄本，存』；謂『其元孫鐸孫輯其家四代詩，遂以此集居首』。

按：春浦先生與徐公朗齋、齊公秋帆、沈公東岩、張公嘯崖同時唱和。後官江南，詩經散軼，陳古漁《所知集》刻有公詩。

渡河[一]

一曲流千里，黄河盡向東。帆飛烟樹外，山峙雪濤中。岸遠歸雲白，天低落日紅。船頭長立處，志欲效乘風。

夜過徐州

歌風臺上緑楊秋，雲暗天低泗水流。燈火篷窗蘆葦夜，半帆飛雨[二]下徐州。

江行夜[三]

征帆幅幅認模糊，夜泊紅橋月影孤。一片荻花秋水[四]闊，隔江燈火是蕪湖。

[一]稿本題作《渡黄河》。按：清光緒九年（一八八三）刻華氏家集本《皖城集詩存》即作《渡黄河》。

[二]『飛雨』，稿本同，《國朝畿輔詩傳》卷四十八作『風雨』。

[三]稿本、《皖城集詩存》均題作《江行夜泊》。原校本亦據此補『泊』字。當據補。

[四]『秋水』，《皖城集詩存》同，稿本蓋涉下而訛作『秋火』。

游定夫祠 祠在車轅嶺定夫講學故處

祠老斷碑横，名儒游廣平。春風欣滿座，夜雪立三更。講貫尋中派，淵源繼大程。至今過高嶺，恍聽讀書聲。

自適

新茗半甌人醉後，好香一炷夢醒時。官閑門少膏粱客，家遠書無唱和詩。老屋孤燈披舊畫，寒床[一]夜雨譜秋棋。登盤小饌餘佳[二]味，聊把來其當肉糜[三]。

江鄉初夏即景

翩翩蝴蝶麥花[四]黄，十里長堤秀女桑。纔出新蠶將飼葉，村村争祀馬頭娘。三間茅屋傍江居，椿繫輕舟認老漁。細雨新晴斜日好，柳花橋畔賣鰣魚。

[一]『寒床』，稿本同，《皖城集詩存》作『寒窗』。

[二]『佳』，稿本字原空。

[三]『糜』，稿本同，《皖城集詩存》作『糜』，當據改。

[四]『麥花』，稿本同，《皖城集詩存》《國朝畿輔詩傳》均作『菜花』。

麥風梅雨緑楊烟，正是江南四月天。一抹粉墻聞笑語，葡萄[一]架底戲鞦韆。斜陽獨自上江樓，緑是鴛鴦白是鷗。最愛新荷初放候，沿堤來去木蘭舟。

送竇相山還鄉[二]

送客含山道，沿堤柳色青。多情花外鳥，無迹水中萍。鄉夢路千里，歸心草一汀。夕陽挂帆去，惆悵短長亭。[三]

送陳静山[四]之杭州

送君芳草路，花落西泠渡。情遠路迢迢，斜陽半江樹。

[一]『葡萄』，稿本同，《皖城集詩存》作『蒲萄』。

[二]稿本題作《送竇桐山還鄉》，《皖城集詩存》題作《送竇桐山（熙）還鄉》。按：竇熙，順天府大興縣舉人，直隸龍門縣教諭，光緒七年（一八八一）任廣東高州府茂名縣知縣（見《清代官員履歷檔案全編》，［光緒］《惠州府志》惠州府志卷二十）。作『桐山』爲是，當據改。

[三]稿本後有《濡須塢懷古》一首。

[四]《皖城集詩存》原注『一章』。

自安慶之全椒

蒲帆[一]我又[二]乘風去，江北江南落日時。一岸荻蘆一岸樹，[三]半船書畫半船詩。荒岑落雁撐孤塔，[四]野渡寒鴉[五]露古祠。何處有人吹短笛，無邊烟水月生遲。

馮智 九首

智，字坤三，號前村，又號野梅。乾隆庚子舉人。著有《梅墅吟存》一卷。

按：梅墅先生與康達夫、周大迂、金野田諸公，爲同社友，唱和之章最多，接武前賢，詩風一振，論者以爲猶有七峰、陸槎諸老輩遺緒云。

［一］『蒲帆』，稿本同，《皖城集詩存》作『挂帆』。

［二］『又』，稿本同，《皖城集詩存》作『獨』。

［三］『一岸』句，稿本同，《皖城集詩存》作『千里關山千里夢』。

［四］『荒岑』句，稿本同，《皖城集詩存》作『奇峰突兀吞孤塔』。

［五］『寒鴉』，稿本同，《皖城集詩存》作『崎嶇』。

題康侶雲表兄《春及圖》

寒盡定生春，披圖念此人。性堅惟愛石，吟苦不知貧。雅意閑因運，天心許出塵。君看東陌上，桃柳幾枝春。

擬右丞春中園田作

時禽啅晴檐，東皋融殘雪。野叟纔報春，忽已穀雨節。植杖出柴門，耘田自怡悦。好風拂人來，隴歌吟不輟。

題周大迂先生《獨坐圖》

老至倦形役，蕭然世味除。一編吟獨静，片石坐長舒。憶昔逢良夜，談詩過敝廬。畫圖添寫我，相對更何如？

寄贈雪笠上人

城南普陀寺，近日得詩僧。細讀禪餘咏，從知道味澄。空林寒釀雪〔一〕，丈室

〔一〕『釀雪』，稿本作『對雪』。

夜挑燈。了澈觀心義，清吟最上乘。

一水環門静，雙幡照眼開。遥情念齊己，清興結寒梅。謂湘南上人。舊集流湘曲，傳燈續善財。堅冰空阻絶，早晚問禪來。

和雪笠庵居詩

石壇松徑夜含香，丈室維摩坐不狂。海畔結庵真寂静，天涯行脚太匆忙。數間小憩臨秋水，一隙空明透遠光。朝貴那須頻過問，前溪送客惜殘芳。

題解竹岩表弟小照

我有梅村興，丹青寫畫圖。編茆存半畝，種樹得雙株。他日沾微禄，歸田掃敝廬。柴門[一]風雪夜，共話識夷塗。

和郝石臞翁移居之作

賃屋就城郭，一住十年餘。昨聞卜[二]新舍，仍近舊時居。喧囂豈不厭，静者

[一]『柴門』，稿本二字原空。

[二]『卜』，稿本作『已』。

乃魚魚。君看青桐樹，相伴還扶疏。

過浣烟樓懷蓮洋先生 樓爲張方伯故居，蓮洋曾館於此[一]

大雅不復見，危樓尚嵯峨。當年詩酒地，人散空流波。招邀有別駕，風雨無虚過。嗟彼蓮洋老，清興托槃阿。

馮晋 一首

晋，字西莊。梅墅先生弟。國學生。著有《夢陶山人學吟稿》。

按：西莊修髯偉幹。善談論，能説前輩遺事，有晋人風[二]。所咏荷珠詩，有『所遇皆能合，無行不是圓』句，寓言最婉。

春日送弟

服賈真何事，馳驅累爾身。寒家失耕讀，[三]弱冠走風塵。征旆邯鄲道，離

[一] 稿本後有《和康道平庭竹詩》。
[二]『風』，稿本作下有『味』字。
[三]『寒家』句，稿本同，《國朝畿輔詩傳》卷六十作『清門無事業』。

亭[一]渤海濱。臨歧共惆悵，楊柳路旁春。

馮相芬 六首

相芬[二]，字石農。坤三先生智子。嘉慶庚午副榜。著有《南游草》。

旅次戲成

倦極思投宿，狂風起日斜。馬疲輪有角，雪凝地生牙[三]。破店仙人宅，妖姬鬼面花。客心貪少憩，不願聽琵琶。

過恩縣有平原君故里[四]

寥落人烟斗大城，低回公子不勝情。士如肯相纔須得，客到無能尚與行。畢竟

[一]『離亭』，稿本同，《國朝畿輔詩傳》卷六十作『郵亭』。
[二]高氏校云：『「芬」應作「棻」，據家譜。』
[三]『牙』，稿本作『芽』，蓋誤。
[四]稿本下有《宿□平》《舊縣道中覆車》二首。

囊中收實效，何曾門下盡虛名。買絲欲綉成千古，一例金臺市駿誠。

望泰山

巍巍泰岳雄山東，拔地直起撑鴻蒙。眼前可望不可即，千岩萬壑懸胸中。我思造化未分始，大爐鼓鑄先陶熔。女媧煉石地有骨，群山支脉潜相通。作鎮青州俯巨海，餘氣直達蓬萊宫。兩處仙人便來往，駕橋萬丈横長虹。蒼虬夭矯護翠蓋，隱隱儀仗多青童。七十二代何其陋，封禪培土徒崇嶐。東坡先生見海市，樓閣隱現驚奇逢。我今仰瞻百里外，烟雲出没將毋同，恨吾車馬行匆匆。

次仲興

蘆葦爲墻麥蓋棚，風來四壁盡[一]争鳴。民多菜色逢荒歲，縣號桃源負美名。繞屋亂墳人鬼聚，噪檐凍雀雪霜清[二]。行來此地逾旬日，總是黄河送客程。

[一]『盡』，稿本作『畫』。
[二]『清』，稿本作『情』。

舟中雜咏

傍水人家竹作籬，波平風軟放舟遲。江南殘臘猶如此，想到桃花夾岸時。

平望食銀魚

鶯脰湖，春水生，澄波千畝琉璃明。小魚洋洋銀苗茁，蛛絲密網收晶瑩。疑是自古藍田地，種玉往往有芽萌。一寸二寸浮水面，天工游戲予物情。又疑冰柱久不消，東風作意吹成形。不然龍宮水晶筆，年深破碎堆滿盈。偶隨長流飄蕩出，墨痕兩點爲其睛。呼僮買取供晨饌，鮮美嫩潔腴且清。我來江南四十日，泥螺蟛蜞皆虚名。嗚呼！虎丘山，闔閭城，何嫌平望平。鼓棹今又西湖去[一]，湖邊再訪五嫂羹。

徐通復 六首

通復，字體誠。乾隆丙午舉人，内閣中書。

[一]『去』，稿本作『游』。

按：公家居不仕，性愛菊，自號菊圃[一]。崇尚高逸，花時偃仰菊中以爲樂。好善樂施，嘗獨力捐修郡學，立恤嫠會，種種義舉甚多。六十自壽云：『深恨此生未修到梅花地位，但求轉世仍號爲菊圃[二]主人。』越年遂卒，若讖語云。

紙鳶

獵獵乘時扇碧霄，憑誰振羽快扶搖？偶然傍日人争仰，莫便拿雲自逞驕。得勢翻嫌一綫短，居高尚怨九天遥。愁君騰上鳶肩速，鎩翮罡風欲墮樵。[三]

秋夜聞蟋蟀[四]

切切深更未肯休，階除寂歷雨初收。半庭黄葉月無色，一點昏燈人正愁。爾即有情何善怨，僕原多恨况經秋。年來漸覺難回首，竟夕沈吟欲白頭。

[一]『菊圃』，稿本作『鞠圃』。
[二]『菊圃』，稿本作『鞠圃』。
[三]稿本後有《項王》一首。
[四]稿本二首，此其二。

短垣

蕭然數尺稱清貧，聊拒堂前撲棗人。薜荔霜空多得月，薔薇花亞見[一]窺鄰。李生居後猶嫌隔，宋玉登來未厭頻。廿載不堪回首處，棘垣風雨夢中身。

金竹坡先生庚午重宴鹿鳴

耆英堂裹孰居先，獨淪清冷種壽泉。年八十一。故里早歸文學掾，秋風重泛[二]孝廉船。傳家先澤藏雕錦，尊人翰林學士。娱老生涯剩硯田。同輩半非身健在，天留碩果桂林邊。

題沈存圃丈《雪泥鴻爪》卷子

漫勞昔友慰還嗟，收拾殘編護碧紗。衮衮諸公憐腐草，皤皤一老笑空花。葆真不信無肝鼠，樂育非添有足蛇。紙上知交零落盡，青衫濕透付琵琶。

[一]『見』，稿本作『易』。

[二]『泛』，稿本作『放』。

歷[一]盡艱危苦自禁，迷陽未礙楚狂吟。足非經刖輕和玉，尾到將焦識蔡琴。今日我心寧轉石，當年衆口枉銷金。讀公自注增嗟嘆，惆悵[二]秋空氣鬱森。

按：鞠圃種菊，津門一絶，棟嘗爲之賦《鞠圃主人種菊歌》云：菊圃主人號菊聖，愛菊真以菊爲命。雪裏培[三]根春日分，四時顛倒通花性。忽聞异種産杭州，翩然一笑東南游。寸芽抱持四千里，護若愛子置胸頭。六月隆隆日如火，手把鴉鐮立花左。深鋤淺築古苔盆，背炙肩燔四體裸。夜半怪雲海上來，驚風驟雨聲歴歴。赤脚冒雨夢中起，淋漓運菊上石臺。百十三種誰賓主，收拾寒英注寒譜[四]。陰晴風雨未能閑，久亦相安忘其苦。木稚香殘天氣凉，主人盼菊到重陽。蒼紅艷紫遞開放，配合五色羅書堂。枝枝疏影弄横斜，主人四面圍寒花。位置霜姿作清供，竹几紙帳生烟霞。菊高八尺朵如斗，萬花俯首看花叟。相顧怡然淡不言，古味相償一杯酒。年年我爲看花行，主人倒屣歡顔生。請吟瘦句酬花意，謂我同多菊性情。我愧無從下筆處，胡爲君逐陶潜去。從此東籬花事荒，冷烟化作飛飛絮。昨聞返葬杭州墓，此是君曾抱菊路。魂來自有菊花知，菊解含悲泣秋露。人生癖好每[五]不同，心事學問寓其中。林逋梅花周子蓮，主人千古并高風。

[一]『歷』，稿本字原空。
[二]『惆悵』，稿本作『悵惘』。
[三]『培』，稿本字原空。
[四]『寒譜』，稿本作『花譜』，疑是。
[五]『每』，稿本字原空。

楊一昆 五首

一昆，字二愚。乾隆戊申科舉人。著有《二愚文稿》《尚書眉詩集》若干卷[一]。

按：公天才警敏，學自成家。時文法尤西堂，詩法徐天池，書法王孟津。人多怪之，因自號無怪。所起鳳樓書社，造就多人。子恒占，[二]余庚申同年，公教之成進士。

謝貞女詩册

蕭郎不識面，墳前拜高樹。所以聖賢心，一念遂千古。

題邢野航老人已然亭

郭橐行時多緑陰，那無一日遂成林。茅亭結構惟期樸，似我年來種樹心。

曠懷何有不平鳴，且憩胸中數萬兵。鼓吹一庭[三]明月下，蘆花蕭瑟貯秋聲。

[一]『著有《二愚文稿》《尚書眉詩集》若干卷』，稿本在按語後。
[二]稿本下有『字補拙』三字。
[三]『鼓吹一庭』，稿本作『一部鼓吹』。

竟日奔波十丈塵，幾能花鳥得相親。莫嫌廊宇無多少，丘壑林泉視主人。

惱人俗眼竟難青，作畫敲詩酒一瓶。滿腹雲烟揮不盡，聊成小幅已然亭。[一]

楊恒占 二首

恒占，字仲鍾[二]，號補拙[三]。無怪先生[四]子。嘉慶庚申舉人，辛未進士，山西襄陵縣知縣。

自題《紅粉催詩圖》

嬌嬈紅粉正催詩，斗室安閑且自嬉。逆水功名應有限，應鄉薦十年，始捷南宮，歸班後，又將十年。廬山面目止如斯。才緣太鈍多疑懶，情不能忘合是痴。家計書傭心兩用，拈毫幾度費吟思。

[一] 稿本後有《贈種痘曹醫》一首。

[二]『鍾』，稿本字原空。

[三]『補拙』，稿本作『卜拙』。

[四] 稿本『先生』下有『一昆』二字。

一枝争羡杏花春，徒有浮名伴此身。舊日圖書千百卷，先君子惟遺圖書一篋。小星參昴二三人。俗知難免風塵[一]吏，業未全荒翰墨因。歲月蹉跎傷老大，滿頭華髮白如銀。

按：楝與補拙[二]鄉同年中情最契。其人多内寵，如夫人者三，而尊配不妒也。嘉慶庚辰年，出其《紅粉催詩圖》，浼余題書以短古。後又聞其納妾，尊配爲之理妝，因戲作《開面詞》贈之云：『紅絲緑絲結成雙，配合彩縷爲鴛鴦。銀窗日暖蘭房閉，金釵界畫合歡妝。美人面嚮美人面，端相春顔銜彩綫。朱櫻半啓瓠犀[三]前，柔絲[四]繚繞桃花片。含嚬蹙黛嬌復嬌，似就不就[五]回纖腰。約束雙蛾入修鬢，偃月細剪長眉梢。陡覺春腮熱如火，海棠艷吐紅兩朵。背臉露出蝤蠐長，低頭側理雲鬢嚲。素手從容收綫時，戲言如此好花枝。整理汝顔忘我倦，是誰歡喜汝心知。美人下床自窺鏡，龐兒果較生輝映。重點胭脂[六]著綉裙，檀郎笑觀[七]新妝靚。

[一]『風塵』，稿本作『□風』。
[二]『補拙』，稿本作『卜拙』。
[三]『瓠犀』，稿本作『玉齒』。
[四]『柔絲』，稿本作『桑絲』。
[五]『不就』，稿本作『又嚲』。
[六]『胭脂』，稿本作『鉛脂』。
[七]『觀』，稿本作『覰』。

楊郎楊郎聽我言，人生艷福難得全。常看笑面無啼面，應謝詩人出酒錢。』

余大煒 三首

大煒，字耀庭。元平徵君孫，階升孝廉父。入籍天津，廩膳生。卒年三十四。詩多散佚。

悼亡妻徐氏八首録三首

往事悲來不自持，萬千愁緒亂如絲。可憐比翼乖前路，無復鷄鳴戒旦時。

數載勞勞盡是空，此生那得再相逢。也知結念終無益，争奈難忘德耀風。

弱質何緣遽便亡，零丁幼女索空房。含凄恐被哀親覺，一度吞聲一斷腸。

余堂 八首

堂，字階升，號葺園。大煒子。嘉慶癸酉舉人[一]。著有《思誠書屋吟草》[二]。

按：階升曾祖元平徵君崢詩，入《寓賢》。君少孤，鞠於乃祖千子先生。幼有至性，孝義端謹，力學不倦。與余文字交三十年，情好如一日。君少時，咏月云：『静當風露夜，閑閲古今愁。』爲黄春園所稱。戊辰秋日，葬春園後，階升大病幾殆。余日奔波往視，酌其醫藥，數月始痊。蒙贈詩云：『同游經十載，今日見君心。人愛文章老，誰知意氣深。解推空四壁，然諾重千金。赤骨貧雖在，寒香滿舊林。』

惲如娥畫牡丹 如娥鐵簫先生元孫女，十二齡善畫

慧筆憑教麗彩加，緑雲影裏燦紅霞。鳳毛合字神仙婿，富貴他年似此花。

[一]高氏校云：『選詩時，余堂尚未出仕。應另加案：官至廣東陽春縣知縣，署廣州府佛山同知。』

[二]高凌雯〔民國〕《天津縣新志》卷二十三《藝文》著録余堂『《思誠書屋吟草》四卷，抄本』，謂：『是集録其未達時詩一卷，筮仕嶺海詩二卷，歸田以後詩一卷。梅成棟嘗采其詩，編入《津門詩鈔》，慶雲崔旭題其集有「人好詩亦好，篇篇俱老成」句。然皆僅見其第一卷，非全豹也。』

憶故友黄春園孝廉

琴劍論交密，林塘逐賞頻。高談忘燭燼，薄飲愜醪醇。格老遺文在，墳荒宿草湮。杏花重放後，春園亡後，其家杏樹經秋再花。旋生遺腹兒，後亦夭殤。無復小園春。

石硯銅盆歌

日來典此二物以繼饔飱，戲作長歌排悶

石硯手經磨，銅盆面待洗。一朝俱典盡，聊爲易薪米。不是藍田玉化烟，真同飢來煮白石。不是破鏡飛上天，權作真人餐銅液。吁嗟乎！十餘食指莫成炊，磨穿青鐵復奚爲。衆口嗷嗷徒枵腹，縱不垢面少光儀。豈意石能言，戴盆且仰欣：『行常倚余爲良田，今仍責我急旦暮。』銅亦發其聲，激石鳴不平：『主人愛爾憑我浴，我今穢濁誰獨清？』主人微聞笑不止，物情揶揄有如此。暫時各蒙三斗塵，會當贖爾卜珠還，團圞共濯十斛水。

秋日漫興

蓬廬坐嘯又秋闌，昨夜風吹竹影寒。哀雁一聲殘月墮，吟蛩四壁曉霜溥。書城慣隱孤懷客，愁國虚懸壯歲冠。酒盞茶爐閑自遣，且欹苔石看芳蘭。

白衣蒼狗任無端，棐几青燈亦自安。老至世情更變久，貧來交道萬全難。蕭疏木葉空流水，零落秋花尚倚欄。手把一編新著草，冷吟渾忘布衣單。

生憎標榜在風塵，清絶情懷境轉真。但有可傳非易事，果能知己豈多人？西沽柳色三秋月，東浙潮音萬里津。是我半生神往處，駐仙橋外好垂綸。

蘆花和葉筠潭都轉韵

緑烟忽作白紛紛，掩映漁莊路未分。人訝三秋飛柳絮，花驚一夢到梨雲。歌殘黄葉應憐若，吟到華顛欲問君。點染霜痕凉不覺，淡紅影裏逗微曛。

又『迷離舊字憑誰畫，零落寒花聽自飛』『飛白可憐秋雪冷，軟紅不到點塵無』，皆能自抒懷抱，不粘不脱。

有爲余謀非所謀者慨然有作

此軀遺父母，豈易受人恩[一]。愛我宜惟德，關情豈在言？利圖羞近市，儒行敢逾樊。卧雪懷高士，清風獨滿門。

慶雲崔念堂旭題階升《集》云：『人好詩亦好，篇篇俱老成。庭幃有餘感，冰雪與同清。昨讀徵君作，深知捧硯情。最難孤露後，努力繼家聲。』當時以爲知言。

［一］『恩』字原空，高氏校云：『空格補「恩」字，據原集。』

于秉鈞 三首

秉鈞，字禹和。歲貢生。

按：禹和先生立心制行，一遵孔孟程朱之學。父早逝，事寡母長兄維謹。爲文守先輩程律，以明理爲本。躬自刻苦。一姊適何姓，生子女各一而寡，貧無所依。時公方弱冠，慨然迎姊歸。姊曰：『弟貧不自給，姊何忍累以多口。』公泣請益堅，遂全家依焉。公之兄佐人貿易，猶堪分力，未數年卒，一子亦卒。嫂守志甚堅。嫂之母，凶悍人也，逼女嫁。公婉阻，遽遭其辱。嫂無如何，投繯焉。媪率多人，將肆其毒。公迎門膝立，流涕覆面，曰：『阻嫂嫁者，我也，棰楚甘之，毋傷老母。』凶凶者釋杖太息而去。遂鬻宅以葬。從此家益困。公之室，以忽懟忤母意，公嘆曰：『古人出妻，不顯其惡，我窮儒，力僅養母耳，未足贍妻子，幸勿相累。』遂離昏。吊影煢煢，不以爲苦，以得專力奉母。爲母多病，一燈侍榻，先意承志，竟夜扶持，如此數十年。甥男女婚嫁，皆身任之。甥年壯，營生頗裕，甥媳頗以公爲憎，時加聲色。公俟姊卒，始遣之析居。公有從弟，析箸久矣，病歿，亦遺子女各一，貧如洗。公謂弟妻曰：『汝欲嫁也，我不阻；能守也，我養之。』遂携幼來依，公繼其子爲兄嗣，撫養教誨，使能成立。其孝友類如此。年五十九卒。危篤中，神識不亂，處分井井，沐浴更衣，弟子環侍，舉手含笑而逝。鄉中無賢愚，莫不尊而呼之曰『于先生』云。

贈寇露滋蘭皋

寇君古君子，家無擔石儲。一點陽春心，能將萬物舒。精通草木性，日檢活人書。良相與良醫，窮達竟何如？

贈陳位端鼎元

陳君諳性理，業儒求真儒。製品存其芳，爲文芟其蕪。一卷聖賢書，寒門可自娱。辱蒙立雪意，愧余老且愚。

贈蔣雄甫玉虹

蔣君柳下風，處世無其和。禿盡萬枝筆，金石資搜羅。津門留掌故，秘笈藏金科。三日或不食，風雨聞高歌。

問津文庫

津沽名家詩文叢刊第十五種
主编　王振良

津門詩鈔校箋

〔清〕梅成棟　編纂
楊　鵬　校箋

下册

天津出版傳媒集團
天津古籍出版社

下册目録

津門詩鈔校箋卷十七

津門詩鈔校箋卷十八

津門詩鈔校箋卷十九

津門詩鈔校箋卷二十

津門詩鈔校箋卷二十一

津門詩鈔校箋卷二十二

津門詩鈔校箋卷二十三

津門詩鈔校箋卷二十四

津門詩鈔校箋卷二十五

津門詩鈔校箋卷二十六

津門詩鈔校箋卷二十七

津門詩鈔校箋卷二十八

津門詩鈔校箋卷三十

津門詩鈔校箋卷十七

沈士熀 二十二首

士熀，字階三，號秋瀛[一]。乾隆壬子舉人，嘉慶己未進士，歷官山東昌邑縣、福建上杭縣知縣。著有《閩海詩存》[二]。

按：階三與余髫年共筆硯，同受業於朱仰文夫子。師奇其才，課最嚴，望成大器。階三少穎慧，日讀百行。弱冠騰文譽，爲邑侯李海門先生所重，釋褐最早。莅官時，好闡揚幽潛，士民懷之。問邑周大迂先生選《趨是集》以唐賢少陵、右丞、襄陽、明高青邱四家爲宗。階三詩學得其指授，擅長近體，清潔可喜。幼時雅愛温李，好作無題詩。中年以後，頗變其習。湯厚田嘗愛其『十年客思催花老，一枕春愁付月明』句。

過連城縣

昨日別長汀，今來此暫停。宦途南北轍，人事短長亭。稻熟連村白，山圍一縣青。歲豐民氣静，花落滿公庭。

[一]『秋瀛』，《國朝畿輔詩傳》作『秋嬴』；[民國]《天津縣新志》、[民國]《上杭縣志》均作『秋瀛』。

[二]《續修四庫全書總目提要》著録清刻本一卷。謂：『是集共詩三十首，疑爲後人選刻之本，卷中無序跋之文，故不知何人所選也。』

過閩清縣令蘇君名瀚[一]

瀟灑閩清縣，都無城市喧。官宜今玉局，地似古桃源。江静群漁[二]出，峰高一塔尊。山童無個事，當午散鷄豚。

早發金沙

霞綺散紛紛，凌晨似夕曛。灘聲猶帶雨，山氣欲成雲。水驛停宵柝，沙田看早耘。鳴鉦方理棹，驚起亂鴉群。

舟中喜晴

棹轉[三]浪花圓，舟移古岸邊。遠山晴愈瘦，叢樹暖生烟。水落萍留石，江空[四]燕避船。一杯還一曲，清興稱詩天[五]。

[一]《國朝畿輔詩傳》題作《閩清》。

[二]『漁』，原校本作『魚』，於義爲勝，當據改。

[三]『棹轉』，《國朝畿輔詩傳》作『轉棹』。

[四]『江空』，《國朝畿輔詩傳》作『風斜』。

[五]『詩天』，《國朝畿輔詩傳》作『江天』。

早發黄臺

清曉[一]事長征，緣山一問程。野花隨意坼，山鳥不知名。石涌龍蛇勢，灘回風雨聲。幾回[二]嗟試險，不道客舟輕。

早發江汜

客寒方擁被，舟子已征橈。雲薄猶通日，風生[三]欲上潮。遠山青不斷，積霧靄連朝[四]。寂寞無他遺，空江酒一瓢。

過橋孔灘

磊砢疑無路，灣環[五]又一灘。石棱森絶壑，風勢挾奔湍。古有登舟戒，今知

[一]『清曉』，《國朝畿輔詩傳》作『秋曉』。
[二]『幾回』，《國朝畿輔詩傳》作『幾番』。
[三]『風生』，《國朝畿輔詩傳》作『風回』。
[四]『靄連朝』，《國朝畿輔詩傳》作『白連朝』。
[五]『灣環』，《國朝畿輔詩傳》作『彎環』。

行路難。扶危憑衆力，回首地天［一］寬。

丙子孟夏奉檄赴楚采辦京鉛邑人士治酒旌額以寵余行率成四律留別志愧

半生迂拙負儒冠，强束支離説入官。漸悟登場原傀儡，深慚學步太蹣跚。情歧誰道治民易，弊幻方知曉事難。五載金豐空小住，不知多少怨祈寒。

已分荒陬作弃檠，恰膺王事促行程。暫拋簿領欣違俗，久住雲山亦有情。父老誰期登樂壽，菑畬莫忘事深耕。佇看熏德胥良善，全賴城鄉幾滅明。

多謝諸君挽去車，慚無惠愛及窮廬。地當孔道難藏拙，官有餘閑再讀書。聊爲瘠民寬手足，羞矜廉吏察淵魚。循良首重培元氣，仍藉名賢善起予。

且盡驪駒酒一觴，敢嗟於役驛途長。但期輪挽無虧餉，敢爲妻孥計宿糧。北去船衝楚水霧，南歸衣帶薊門霜。到家一展松楸壟，轉望杭川是故鄉。

驛舍見菊花

江干黄菊幾枝横，水驛初逢眼便明。南國峭寒當九月，東籬疏影稱三更。人於

［一］『地天』，《國朝畿輔詩傳》作『海天』。

客裏偏多感，花到秋深倍有情。酒畔燈前看仔細，怕從風雨問殘英。

黄州城外阻雪

黯黯天容滚滚江，黄州城外泊吴艭。客心愁絶詩難遣，節候寒深酒未降。亂雪因風穿艇户，凍雲和夢罥篷窗。時平闤闠如村落，不聽山城夜吠龍。

登黄鶴樓

危樓夕照遠山銜，水影山光[一]鏡啓函。人語亂喧連夜市，江風不斷四來帆。仙隨黄鶴去何久，詩有青蓮句可芟。今古蒼茫空一望[二]，烟檣如草露[三]纖纖。

過金陵

不見秦淮舊板橋，但聽野市賣餳簫。鶯花約略宜三月，金粉依稀認六朝。風定露滋梁苑草，月明江静石城潮。何勞玉輦收王氣，虎踞龍蟠焰久銷。

[一]『山光』，《國朝畿輔詩傳》作『空明』。

[二]『空一望』，《國朝畿輔詩傳》作『搔首望』。

[三]『草露』，《國朝畿輔詩傳》作『薺露』。

過揚州

江通瓜步落潮平，江北初行第一程。曉日市門春浩浩，畫橋花影水盈盈。人經板渚偏無那，天到揚州亦有情。欲問迷樓樓畔路，月明何處玉簫聲？

途中書感

經年於役守孤篷，轉羨居人柳市東。夜雨魚蝦瓜蔓水，朝烟[一]蜂蝶麥花風。盟心空許連城璧，問舍曾無半畝宮。多少雲烟供白眼，幾回身世感鷄蟲。

憶杭川

最好[二]汀南[三]四月天，滿街梅笋不論錢。稻畦雨過聞啼蛤，榕院宵深叫杜鵑。暖日誰家和酒藥，香風幾縷焙茶烟。六年簿領匆匆過，回首依稀在目前。

[一]『朝烟』，《國朝畿輔詩傳》作『曉烟』。

[二]『最好』，《國朝畿輔詩傳》作『最憶』。

[三]『汀南』，《國朝畿輔詩傳》作『江南』。是，蓋形近而訛，當據改。

邳宿饑

我行邳宿間，深春氣轉肅。行者少完衣，居者少完屋。征橈偶一停，岸丐雜號哭。問何以至然，欲語泪如瀆。『地瘠生事微，本自無積蓄。况當去秋潦，高下田如沐。萬頃歸洪波，五穀無一熟。溲簸及糠粃，采摘遍草木。牲雛括已盡，衣械[一]無門鬻。嚴風裂肢膚，空腸聲轉轂。皮骨委支離，垢面儼鶖鶬。哀哀小兒女，誰不念顧復。勢亟思兩全，含悲與他族。爲救眼前飢，剜却心頭肉。春來漸陽和，河提興版築。稍稍見糧艘，提閘攬官舳。日博數文錢，豆餅充枵腹。有時力不加，間或遭鞭撲。内灴與外鑠，何异陷鋒鏑。幸值達官來，遮道群趨伏。活我一方民，祈求申反復。官亦計權宜，施餌與施粥。散給日有程，廪支較斗斛。比到飢民口，每人不盈掬。歲歉人命輕，親鄰失姻睦。不必有失德，乾糇起怨讟。未被賑恤恩，積疲已枯髑。』聞言心骨悲，駭汗幾頻蹙。同居覆載中，偏汝罹慘毒。一飯且相賙，聊延登鬼録。欲以活多人，大權在當軸。出則擁八騶，入則食厚禄。彼亦具人心，豈不慚覆餗。稍安待溥澤，且無泪蒲遬。

[一] 高氏校云：『「械」疑是「褫」。』

過七里灘

上有高山下深谷，中起一灘浪如屋。欲問此灘是何名，舟人摇手顔觳觫。舉頭仰視天無光，舟底石聲如轉轂。一綫長繩天外牮，榜人力盡巉岩麓。騰空作勢似飛猱，走險狂奔儼驚鹿。岩上舟中兩叫號，半似人聲半鬼哭。力爭駭浪過灘來，共慶重生免魚旗。吁嗟我生命在天，胡爲曰與憂患還？一棹蒓鱸未必非，老守鄉園那知福。

過黄州

哀雁枕邊幽，寒江雨不休。嘔啞數聲櫓，摇夢過黄州。

湖邊廢寺

茫茫何處問金容，剩有山門碧蘚封。一片殘陽半邊樹，更無僧打破樓鐘。

沈樂善 三首

樂善，字戢山，號秋雯。乾隆壬子舉人，乙卯進士，授庶吉士，歷官翰林院編修、監察御史、嘉慶庚申科福建副主考、壬戌會試分校禮闈、貴州黎平府知府、貴東道。著有《黔中草》。

按：公幼讀書攻苦，步趨方正，善言論，里人有沈夫子之稱。及仕宦，敦名節，飭廉隅，風操介然。歷官二十年，家無擔石，敝廬如故，從未求田問舍，汲汲勢禄之榮，鄉論以此高之。精於識拔，邱中丞樹棠爲公壬戌所取士。奉諱家居時，凡讀書後進，識與不識，罔不造門款論，殷殷獎勸，有古風焉。卒於黔，無嗣，士林悼惜。

夜宿雲母山

一徑緣松脚，岩扉鎖石清。溪雲釀花氣，山雨入泉聲。筍蕨僧人味[一]，壺瓢旅客情。薄眠空翠裏，竹月夜深明。

讀《景御史傳》

景清碧血類荆卿，天佑凶人事不成。未死已教寒破膽，千秋討賊是書生。

黎平署中

猺猓安淳化，吟情到薜蘿。官閑覺日永，樹老得秋多。巾幘容蕭散，風塵畏網羅。山光安一席，聊醉此行窩。

[一]「僧人味」，《國朝畿輔詩傳》卷五十二作「僧厨味」。

金紹驥 五首

紹驥，字竹村。乾隆壬子舉人，文安縣訓導。著有《竹村吟稿》。

按：竹村書法董香光，得其秀逸。爲人静默少言，風度閑遠。中年病痿，自傷沉廢。爲余書詩册，如《病馬》云：『此日縱教生虎脊，幾人更信是龍文？迎風無力嘶邊月，伏櫪何心踏寒雲。』《病鶴》云：『莫嫌憔悴精神减，依舊清標异衆禽。』《落花》云：『未了心情依敗絮，無聊踪迹傍浮萍。』其寄意亦可傷矣。未幾卒。

病中述事

日午猶虚爨下烟，早知囊底已蕭然。敝裘欲典還惆悵，已是寒風釀雪天。

鶴

仙姿合在上清家，飛到人間步已差。愛逐寒雲投遠嶼，閑臨秋水立平沙。祇因警露聲頻唳，不待乘軒品自嘉。嚮晚獨巢松頂上，肯隨鷗鷺宿蒹葭？

鷺

愛爾霜毛雪羽豐，生涯占盡水田中。碧荷池畔鳴寒雨，紅蓼灘頭立晚風。浪静不驚攜棹女，月明常伴釣魚翁。忘機一種閑情好，除却沙鷗孰與同。

秋日送友

萬樹起涼颸，離亭酒一卮。可憐人別處，正是雁來時。風雨重陽近，雲山匹馬遲。應知看菊日，兩地動相思。

早發蔡村

五更風露冷，客子最銷魂。馬迹黄沙路，鷄聲緑樹村。驛樓殘月小，溪岸曉烟昏。頻聽疏鐘度，經過野寺門。

張樹萱 五首

樹萱，原名炳，字研莊。國學生，由謄録館任江西布政司理問。

按：研莊爲人疏宕自喜，歌場酒地徵逐無虚日。與同邑吴念湖太守、王建中茂才俱善謳歌，風流傾動一時。

問春

二月輕寒尚擁爐，冰澌未解雪還鋪。不知江畔春消息，緑到垂楊第幾株？

梨花

重門半掩夜昏黄，認取亭亭淺淡妝。寂寞文君春去矣，冰綃衫子坐銀床。

寄憩園弟

聞説雙青鬢，年來亦漸絲。與君成老大，况我尚奔馳。驛口梅花早，天邊雁信遲。殷勘無復道，共此好支持。

鈐山草堂 嚴分宜讀書處

依然清寂此鈐岡，十二年中舊草堂。妻没都忘中饋語，客來多與小兒商。豪華已逐雲歸岫，寥落惟看竹映廊。却怪讀書留故址，也隨名勝表珂鄉。

謁岳忠武祠

黄龍未抵痛英雄，十載樊襄戰血紅。閫外將軍肯惜死？朝中宰相忌成功。久甘西浙爲東汴，獨拗南枝背北風。今日一尊澆殿宇，還聽父老話精忠。

蔣玉虹 一首

玉虹，字雄甫。廩生。著有《雄甫詩草》[一]、《天津志》數十卷、《長蘆志》數十卷、《幽冥録》十餘卷、雜體文數卷。

按：雄甫學問該通，博稽今古。初受學於同邑高濬谷先生喆，再受經於楊無怪先生一昆。有願修《天津志》，采輯二十餘年不倦。風天雪夕，袖一筆一硯，遍覓荒庵野寺間，無論數十里之遠，有殘碑斷碣、廢鼎卧鐘，必爲掘土梲苔，摩挲辨識，於金石漫漶之餘，且讀且録，積年既久，考核精詳。聞津門之忠孝節烈事，及鴻才逸品之彦，必求遺老，詳詢顛末，爲立傳志。所著詩古文詞盈篋。卒後，其孫秘不示人[二]。楝求公詩不得，寇君蘭皋口述其除夜一首，姑録之，以存先生之爲人。俟大集流傳，必有能見之者。

除夕述懷

年逾四十半成翁，除夕更深兀坐中。伴我燈花消永夜，惱人爆竹鬧春風。且斟

[一] 高凌雯[民國]《天津縣新志》卷二十三《藝文》著録蔣玉虹《雄甫詩草》，謂『玉虹遺集，其孫藏之，秘不示人。梅成楝輯《津門詩鈔》僅從友人口述得《除夕述懷》一首，《飲河樓得句》《北平道中各》各斷句而已。又謂玉虹有雜體文數卷，而不載集名，姑附此，其文今惟存《瘞骨記》一首』。

[二] [光緒]《重修天津府志》卷三十七按語：『此《天津縣志》未成書，《續志》間有標注「蔣稿」者，即是。可知《長蘆志》亦必相同。』又卷三十七『續天津縣志』條：『嘉慶間邑士蔣玉虹，博采旁搜，爲續志，未成而卒，同治九年邑人吳惠元復網羅散失，以續成之，凡二十卷名《續天津縣志》。』

歆枕陶情酒，不送衡門自在窮。憑仗素心消百障，桃符何借一時紅。

陳君鼎元述雄甫《飲河樓得句》云：『大笑驚飛霄漢月，半酣喝退海門潮。』又《北平道中》雲：『去路依微村落小，前林濃密大堤灣。』楝少時曾見雄甫《津門救火行》七古，極奇肆，隔廿餘年，全不記憶矣。

王昭 三首

昭，字建中，號鹿野。文學。著有《臥隱齋詩草》。

按：鹿野少負文聲，工填詞，善度曲。與吴念湖太守并有風流之目，金樽檀板之場，跌宕自喜。數困京兆，絶意進取，同劉觀察錫嘏遠游楚北，覽勝湖湘，益肆豪放。

與野航夜話

白日又西匿，柴門我獨敲。到家餘客氣，話舊覓童交。天地容吾懶，飢寒儘世嘲。與君永今夕，莫漫出蓬茅。

約野航樽酒宵夜比野航來而余已入醉鄉酣卧矣余醒野航去詩以謝罪且訂後約［一］

蓬門開處半緣君，有約翻忘迓子雲。短榻暫時稱卧隱，余室額曰『卧隱』。醉鄉直欲與平分。野航無飲不醉，因憶謝方山致漁洋有『醉鄉風味欲平分』，故云。夢回破屋勞仙枕，棹返寒溪冷練裙。明日定移東郭履，黄花白酒共論文［二］。

卧隱齋聯句

四十老友如嘉耦，貧來翻得常聚首。晴窗一榻各箕踞，攤錢狂叫連進酒。鹿野。醉時苦少醒苦多，傾壺莫問卯與酉。高歌直作金石聲，不見履穿衣露肘。野航。人生何异虱處褌，擾擾鷄蟲信堪醜。放懷且進眼前歡，柳下盗跖同衰朽。鹿野。

喬耿甫 十二首

耿甫，字默公，號五橋，又號沽上僑樵。諸生。著有《僑樵稿》。

［一］《國朝畿輔詩傳》卷五十二題作《約野航飲酒比來而余已醉醒後以詩謝之且訂後約》。

［二］『共論文』，《國朝畿輔詩傳》卷五十二作『細論文』。

按：五橋善草書。沽上自朱導江先生、徐文山諸公後，善書者推金、喬。金謂野田，但金專摹顏、柳，喬則神於《淳化閣帖》，肆放之中，含秀絶之致。能以綿濡墨作擘窩大字，人以爲奇。名馳閩粤間，海外人争購之。性疏狂，不拘行檢。年六十餘，貧瘠以死，無嗣。

題李氏半舫齋

小屋何妨似小船，醉眠往往夢江天。覺來竹影侵窗暗，疑在蘆花淺水邊。

寄王會川明府

時任天門縣，有政聲

即遠何須惜别離，聞君不愧峴山碑。廿年雲水三千里，早晚衡陽雁到時。

觀尹公壯圖錢公灃兩侍御遺事

二子豈同調，傳聞姓字香。讜言摇大吏，尸諫動天王。買棹辭丹闕，悲歌過楚鄉。回看京國遠，宦海正茫茫。

懶

偶向[一]舍南立，西風吹颯然。斜陽半村水，高樹一聲蟬。近與村夫約，言耕

[一]『偶向』，《國朝畿輔詩傳》卷五十二作『倚杖』。

隴上田。侵尋成懶病，搔首愧華顛。

秋日過王大侍御故居感賦

門對城隅落照開，王郎驄馬幾曾來？廿年前事猶能記，小院黄花共舉杯。

秋日懷徐二井陘廣文弟

廣文官舍倚山城，登眺遥憐百感生。繫馬韓侯祠外樹，可堪葉葉作秋聲。

食連展

五月堆盤連展香，田家風味得先嘗。飽餘不讀名山記，卧聽新蟬噪夕陽。

嘆春一絶句

風雪衡門老薜蘿，春深春淺待如何。園花岸柳争晴暖，春到寒家剩幾多？

冬日偶成

土墻茆屋便爲家，一任妻孥笑語嘩。寒竹小瓶三五葉，試憑引夢到梅花。

王員外故宅

去年樓上美人多，今年樓下行人過。美人去盡樓空鎖，烟浪重重三岔河。

得鮮鰕值送酒者未至戲成二絶句

認得河干結網家，日供魚舅與魚爺。今朝食品稱佳絶，兼味堆盤生熟鰕。
右軍鵝與大蘇羊，今古相傳翰墨光。聞説籾溪新釀碧，銀瓶未送老夫嘗。

喬樹勛 五首

樹勛，字六橋。諸生。著有《六橋詩鈔》。

按：六橋與兄五橋，俱有才名。五橋以書，六橋以詩，一時津門有『二喬』之稱。六橋鬚眉含古趣，人戲謂之寫意山水，言面貌略具彷彿也。嗜酒，往往醉不知人，睡卧河干大木上，霜華滿髭，過者笑之，自若也。詩多散失。

泛舟遇雨

繫纜呼舟子，西南天氣寒。雷霆行樹杪，雲雨羃河幹。酒力他鄉薄，燈花半夜殘。何當風浪定，移泊石橋灣。

遠聽村人語，雲濤逐岸流。一灣楊柳曙，五月荻蘆秋。世事泱泱水，人情片片鷗。平生書劍在，不必話鄉愁。

淀行口號

身外皆白雲，眼前盡滄海。薄酒不醉人，秋風吹欸乃。

思歸

河干不覺暑，雨過杏花[一]香。雲影下平楚，潮痕帶夕陽。摘瓜秋令近，驅犢牧人忙。去去吾何事，行吟到故鄉。

與汪蘭階夜話

黃葉落空庭，西風下二更。古人不可作，我輩尚勞生。白眼他年[二]癖，青燈此夜情。還須各努力，且莫賦秋聲。

[一]『杏花』，《國朝畿輔詩傳》卷五十二作『藕花』。
[二]『他年』，《國朝畿輔詩傳》卷五十二作『當年』。

張廷選 十九首

廷選，字治堂。世天津人。廪貢生，嘉慶戊辰召試二等一名，入文穎館，報滿，選浙江鹽課大使[一]。

按：治堂少負才名，疏宕不羈，受知於鹽使李怡庵先生如枚，與繆星池、李夢涯爲詩酒交。志在遠大，屈於下吏，居官未久，鬱鬱而卒。著有《簪花小録》[二]一卷、《西湖雜咏》一卷、《冶堂草》一卷。[三]

游上房山

嵐光水氣藹難分，高處鍾[四]聲低處聞。滿眼是山山不見，一層紅樹一層雲。

[一]高氏校云：『張廷選，官浙江横浦場鹽課大使。』

[二]《簪花小録》，[民國]《天津縣新志》作《簪花小記》，謂：『此書已佚，惟《冶堂詩集》存其題辭七律四首，玩其詞旨，感傷懺悔，蓋亦余懷《板橋雜記》之屬也。』

[三][民國]《天津縣新志》載『《冶堂詩集》一卷，抄本，存』，謂：『是集多與鄉人馮相棻、繆共位、李珠光輩拈題倡和。又有旅邸題壁，客旅寫景諸詩，蓋其家居讀書及游晋客都門之作，凡存古體一百五十首。藏於家。』

[四]『鍾』，應作『鐘』。高氏校亦云『「鍾」，應作「鐘」』，當據改。

過張氏思源莊墓園

隔斷芳菲六尺垣，揭來空聽鳥聲喧。湖山春至無人管，楊柳一枝青到門。

小齋

門掩潞河邊，蕭齋正午眠。漁歌來枕畔，帆影過窗前。地潤宜花竹，檐低受雨烟。何當開水閣，潮上看江船。

酒旗

一竿青影出村籬，酒熟蘭陵展布旗。尺幅春風楊柳外，幾家茆屋杏花時。葫蘆巷口人停步，栲栳檐前客有詩。更是岳陽樓畔路，醉仙尋到日遲遲。

虎丘題句

吴山高瞰萬家烟，儘力鋪排錦綉天。争似西湖風景好，梅花深處一停船。

自述

敢矜傲骨素嶙峋，悔煞風塵擲此身。從此折腰爲升斗，低頭羞見古詩人。

西湖雜咏

湖上輕舟蕩碧霞，小桃花外有人家。緣堤一帶垂垂柳，遮住雷峰夕照斜。
十頃湖波一畫橈，清游況復近花朝。最憐人是江南柳，淡雨疏烟鎖六橋。
清波如鏡滿池塘，照見仙人别樣妝。一縷東風吹面過，隔船送到玉蘭香。
南屏本是[一]最高峰，樹木陰森烟雨濃。知有山僧雲外立，半空飛下一聲鐘。
樓臺全住水中央，湖上春風二月凉。遮莫游人歌采采，堤邊新種女兒桑。
阿誰不是夢中人，又向西湖祈夢頻。二月杏花八月桂，階前緑草卧成茵。
祠堂遍種梅千樹，道是蘇公手自栽。畢竟詩人遺愛遠，滿湖士女擁船來。
不知蘇小葬何年，黄土青山兩泫然。豈爲青樓標艷質，詩人要藉美人傳。
剋日山河又返新，誰知君相主和親。金牌十二忠魂盡，偏是秦家有後人。
春到西湖暖不波，香風吹處好花多。觀魚那及魚兒樂，三月浮萍六月荷。
一雙石筍茁平湖，翠影扶摇入畫圖。爲問碧雲高插處，不知雲外有峰無？

[一]『本是』，《國朝畿輔詩傳》卷六十作『巘業』。

謁蘇公祠看梅花

玉局千年不曾死，公在西湖有住址。芒鞋竹笠自尋常，髯也超群猶若此。年年湖上報春回，千樹萬樹梅花開。游人踏遍西湖路，争向蘇公祠上來。我來謁公兼看花，公含笑貌花凝霞。白白紅紅不知數，公之心血凝精華。公雖無言喜我至，特遣梅花香滿寺。明月當空照錦城，春風一過留香市。飲公之酒食公魚，湖上新開五柳居。更從粉壁見詩句，知公平日之所題。所題盡是梅花詩，字字飛翔龍鳳姿。一味清香不可覓，沁人骨髓縈心脾。醉來更向花中看，大聲呼公公不見。不見坡仙不肯歸，梅花萬點香撲面。游人但愛梅花紅，衹看梅花不看公。游船日暮争歸去，獨我吟詩香雪中。

月下老人歌

老人老人何郎當，終古月下爲人忙。袖中紅絲千萬縷，朝朝縈繫雙鴛鴦。鴛鴦自有天然偶，何用老人多藉手？得意不曾配瓣香，失意還將憎多口。我笑老人心太痴，老人笑我無情思。人生誰不惜伉儷？暗中舉合須主持。我有一言今反詰，世上幾人諧錦瑟？自應名士匹佳人，彩鳳隨鴉誰之失？明妃胡爲出漢關，蕭蕭青冢葬紅顔？文君不早嫁司馬，遂使私奔笑新寡？甄后何不配陳思，玉枕空留身後悲？更有仳傶傷粉黛，竇滔斷絶蘇蘭愛。凄凉燕燕與鶯鶯，比翼分飛西復東。銀河一綫隔千里，天上人間兩相憶。老人曾不一牽絲，空有相思何處寄。我問老人何解説，老人閉口結其舌。忽然抬頭指向天：君能令月時時圓，我亦令人間配偶皆奇緣。

郭敬源 二首

敬源，字念紹。廩貢生。

按：念紹爲同邑高濬谷先生之婿，詩得其傳，多清寒自喜之意。有硯癖，嘗赴京兆試，於都肆見一硯，絶愛之，遂傾資斧買焉。幾不能歸，撫玩自若。卒後無嗣，遺集不知流落何所。二詩非公佳構，聊傳其人。

清虛閣九日登高視江左五日競渡嘯吟贈答俗成舊例余老矣倦於登臨爲良友所迫眺望竟日以豁愁顔歸吟七律二書示王訪舟

躡足飄摇百尺樓，危闌倚遍爲遲留。海門淼淼清天外，帆影依依古渡頭。豈有雲山堪放眼，縱無風雨亦驚秋。獨憐南北東西客，望斷飛鴻起暮愁。

層軒四面敞高樓，繞柱清光古意留。沽上人家丁有尾，海邊鹽市馬平頭。坨上積鹽曰鹽馬。三生鈴語雕甍角，九點烟痕落葉秋。南浦漁舟人唱晚，一聲野笛散閑愁。

陳汝杰 二首

汝杰，字東華。諸生。著有《楚游小草》〔一〕。

按：東華，余姨表兄，問受業於朱仰文舅氏。年長於余，以弟畜我，而相契最深。弱冠入泮。爲文孤秀有姿，戛戛深造，不喜時趨。屢試屢躓，憤然舍去。游於楚者數年，縱覽名勝，其詩益進。與余唱和甚多。後遭奇疾，廢卧經年，鬱憏以死。時有八旬老父，聞者哀之。其詩盡歸散亡，并筆墨亦不獲吐氣人間，其遇可謂窮矣。録其一二小詩，庶幾不没姓氏云爾。

自荆門寄梅樹君表弟

風雪五更徹骨寒，誰憐扶病上征鞍？去年一片離君泪，袍上餘痕尚未幹。

留鬚

更將何事告諸君，長短新鬚半蓋脣。攬鏡自梳還自嘆，從今不作少年人。

棟與東華曾秋日同游西沽，東華得句云：『秋約黄花來蟹市，人隨紅葉上漁船。』且吟且行。適有魚舟，遂登之，幾失足落水，賴榜人扶救。東華仍吟不輟，風趣如此。

〔一〕高凌雯〔民國〕《天津縣新志》卷二十三《藝文》著録陳汝杰《楚游小草》，謂：『屢試不第，决然舍去，游楚數年，縱覽名勝，詩境大進。後遭病廢以卒，稿帙散失。』

諸遜 八首

遜，號竹泉。諸生。著有《竹泉詩草》。

按：竹泉風懷疏宕，人在愚慧之間，人呼『諸痴』，笑而受之。詼諧善駡，沉酣詩酒，未四十卒。卒之日得句云：『酒闌昨日事，夢醒過來人。』酒尚温，氣已絶。繆君星池視其含殮，哭以詩三十首，内有句云：『於今未必無黄祖，君已狂如禰正平。』蓋言其實。

踏青詞

芳草碧於烟，行來又似氈。致聲同伴者，仔細墜花鈿。
行到垂楊下，紅妝鬥杏花。緑衣何處子，偷眼覷兒家。
郎到春湖邊，流連湖上景。湖水本無香，是奴水面影。
遠山碧四圍，歛入眉痕翠。郎莫愛遠山，歸去恐憔悴。

冶春詞

春風送暖到平湖，無數樓臺映緑蕪。愛此芳菲人不足，碧挑花下醉行厨。

尋春不上酒家樓，拾翠偏宜小徑游。最是落花深淺處，踏青人去印雙釣[一]。

猇亭敗

昨夜荆南隕大星，君王懷憤進猇亭。六師壓境軍旗素，一炬連營鬼火青。管樂先時空慮敗，關張此日竟無靈。江流有恨雄圖盡，白帝雲寒付杳冥。

赤壁敗

百萬軍中一槊横，臨江釃酒劇驕盈。山川准擬全歸握，風火誰知太不情。岸上旌旗空魏壘，烟中絲管宴吴營。二喬含笑紅燈下，告捷軍書夜入城。

猶記己巳秋間，與竹泉賦吊古詩。至赤壁結句，竹泉拍案自爲叫絶，至於掀硯墨污其衣。今狂態如昨，而墳已宿草，能無黯然。

毛凌皋 二首

凌皋，字一峰，號鶴泉。嘉慶庚申科舉人，辛酉會試，挑取謄録。著有《鶴泉

[一]高氏校云：『「釣」應作「鈎」。』按：當做『鈎』。

草》一卷。

按：鶴泉與楝同張船山夫子門下士，原薦於趙笛樓先生未彤，是科詩題『師克在和』，船山師喜其卷中『勝氣曾圍絞，矜情遂小羅』句，謂能切用本經，撥入本房。其人沉默少言，登賢書，閱三年遂卒，船山師深惜其才。

題《罷釣圖》

世路風波不易行，兩人心事話分明。於今暫斂垂綸手，不釣人間僥幸名。

雪夜

朔風獵獵漏遲遲，人下書幃冷不知。夜半雪花深一尺，更誰門外立多時？

按：鶴泉易簀之前，妻朱孺人侍湯藥，禱天求代，先割左腕以進，稍愈復作，又割右腕以進，卒不起。朱誓以身殉。鶴泉弟秩皋勸嫂撫孤爲前，曲從之。越數年，一子一女先後殤，朱哭之痛，勢將垂絶。太夫人曰：『我老矣，俟我巨年後，汝死不遲。』朱遂留身奉姑，孝順臻至。道光四年五月二十四日，太夫人病殁，朱周視含殮，哭奠盡禮。取侄爲嗣，處分身後事井然。自縊於姑之柩旁，年五十。可謂孝義節烈兼備者矣。津人士莫不嘆息，爲聯名請旌。邑侯沈公蓮生勘辭云：『查得已故庚申科舉人候補内廷謄録毛凌皋之妻朱氏，世傳儒素，性秉幽貞。及笄而賦於歸，宜家致美；視膳而能盡禮，主饋稱賢。讀佐中宵，竊冀青雲布路；藥調午夜，何期丹竈無靈。痛十年釵鳳分飛，奚須獨活。念一室杖鳩無奉，聊復偷生。用乃忍涕承歡，克盡茝蘭之養，含辛俯育，惟期瓜瓞之滋。詎知璋瓦空携，後先隕折；猶復庭幃相慰，旦夕扶持。廿載柏貞，備凛冰霜之操；一朝萱萎，誓同泉壤之依。躬含殮以盡誠，麻衣血染；了心懷而畢命，羅帶魂飛。孝義無虧，既協鄉評於蔀屋；烈貞尤著，宜邀旌典於楓宸。』郡伯林公培厚勘辭云『朱氏質本柔嘉，性偏節烈。始傷席草，賦寡鵠而銜悲；繼痛階蘭，等童烏之早喪。猶幸菽還可啜，占鶴喜於高堂。豈料萱不忘憂，又蜕形於一室。念宿盟於鴛冢，因赴義而雉經。斯真貞烈可嘉，孝慈兼盡』云云。

馮嘉蘭 一首

嘉蘭，字耕竹。布衣。著有《愛竹山房詩草》[一]。

按：耕竹少孤失學，年五十餘始刻苦於詩，敦友誼。常[二]積千金，爲人乾没。後聞負心者貧且死，委骨异鄉，耕竹仍買地葬之，其長厚多此類。卒後，王句香爲裒其集，序而藏之，其和張船山夫子《驛柳》有『可憐人對三秋老，如此銷魂樹一行』句，余最賞之。

趙北口

趙北燕南地，秋風舊板橋。人家烟寂寂，村落水迢迢。估舶依荒岸，漁罾

[一]中國科學院大學圖書館有藏稿本《磊砢餘情》不分卷，《愛竹山房時草》不分卷。

[二]『常』，應作『嘗』，[光緒]《重修天津府志》亦作『嘗』，當據改。

泛[一]暮潮。長堤殘照處[二]，柳色正飄揺。

其句如『摘來花片堆情字，又被東風吹亂飛』又『春風吹透閑階草，零亂齊開紫芥花』皆可喜。

按：耕竹子鳳超，字桐仙，號古愚，少歿。著有《惜陰山房草》一卷，其《津門棹歌》云：『桃花口畔最銷魂，畦灑秧針嚙水痕。鰕舍漁莊通菜圃，家家曬網挂籬門。』

鄭樸 二首

樸，字笠艇。布衣。著有《哀吟集》一卷。

按：笠艇幼孤失學，中年游幕南北，始折節讀書，喜爲小詩，以言其志。貌極清癯，而孤潔有至性。事孀姊盡禮，四十餘年如一日，歿後竭力葬之。老無嗣而鰥，貧甚，嘗絶炊旬日，閉門不屑乞請。有顧公者，義而養之，夜宿章姓家，如是半載。值顧婦死，公嘆曰：『窮老依人，乃累及良友，天絶我矣！』遂投河死。先是余求其詩，謙不肯予，死前一日，袖所著投余，不虞其來告別也。聞其死，慘怛纍日。

[一]『泛』，《國朝畿輔詩傳》卷六十作『挂』。

[二]『殘照處』，《國朝畿輔詩傳》卷六十作『殘照冷』。

歸家

幾載江關作客身，歸來今日洗風塵。蓬居莫笑無三徑，亦有黄花作主人。

淮陰

我來惆悵釣臺前，却笑淮陰未遇年。縱使千金酬一飯，英雄早已受人憐。

樊宗澄 一首

宗澄，字鑒塘。廩膳生。著有《寒竿[一]集》。

常州晚發

霏微細雨暮春天，江柳低垂軟欲眠。一帶紅燈依緑水，靚妝人在畫樓邊。

[一]［光緒］《重修天津府志》亦作「寒竿」。高氏校云：『「竿」應作「竽」，據樊小舫。』按：此當用蘇軾《將往終南和子由見寄》詩『我今廢學如寒竽』典，則「寒竿」蓋形近而訛誤，《光緒志》或沿《詩鈔》之訛。

樊宗浩 二首

宗浩，字曉齋[一]。乾隆丙午副貢。著有《硯圃山房遺集》。

滴水棚

南游多异境，兹棚尤奇絶。片石横山腰，蒼崖忽中裂。上有車馬行，下有蛟龍穴。大壑陰風寒，流泉聲幽咽。涓涓一滴水，終古常不竭。

醮婦嘆

鄰有醮婦，老而無依[二]，一旦遇其故夫之子，呼而不應，遂得瘋疾[三]，日夕長號，感而有作。

[一]清道光十四年（一八三四）信都學署刻本《硯圃山房遺稿》卷端題「天津樊宗浩涵輝」，當字「涵輝」，曉齋其號。

[二]「老而無依」，《硯圃山房遺稿》作「貧老無依」。

[三]「瘋疾」，《硯圃山房遺稿》作「狂疾」。

黄昏風雨正淒淒，有婦呼兒高復低。哭聲一何苦，呼聲又何淒[一]？出門問鄰叟，鄰叟前致辭：婦昔少年日，曾咏《柏舟》詩。撫此藐諸孤，誓將守空幃。一旦易所守，重理嫁時衣。上堂别姑嫜，下堂弃諸兒。兒啼不放母，長跪牽其裾。[二]母去不復顧，兒啼不可支[三]。出門成闊絶，荏苒十年餘。婦貧夫又死，孑然無所依。門前見所生，目動[四]心乍悲。呼兒兒不應，記取出門時。一痛復一悔，從此成痴迷。思兒不可見，呼兒無盡期。我聞此語重嘆息，《凱風》之詩信有之。自古母出與廟絶，白也母爲伋也妻。嗚呼，君子立身一有失，萬事瓦裂一如斯[五]！君不見，呼兒婦，中夜長號何可追？

[一]「又何淒」，《硯圃山房遺稿》作「一何淒」。
[二]「兒啼不放母，長跪牽其裾」，《硯圃山房遺稿》作「兒啼跪母前，牽裾不忍離」。
[三]「不可支」，《硯圃山房遺稿》作「誰復知」。
[四]「目動」，《硯圃山房遺稿》作「目觸」。
[五]「一如斯」，《硯圃山房遺稿》作「正如斯」。

樊彬 六首

彬，字文卿［一］。廩膳生。著有《文卿吟稿》［二］。

按：文卿咏《驛柳》詩有『誰將短笛吹三弄，客共飛花忙一春』句，余絶賞之。其佳句如《獸炭》云：『未必焚身因齒累，獨含奇氣肯心灰。』又：『豈有文章占炳蔚，可憐頭腦近冬烘。』俱有寄托。

放歌

太瘦生！汝既不能學鵬鵠高飛摩雲漢，胡不慷慨焚筆硯？半生碌碌走馬牛，秋風

［一］［光緒］《重修天津府志》、［民國］《天津縣新志》均謂『字賓夫，號文卿』。又，中國科學院大學圖書館所藏清道光刻本《問青閣詩集》卷端有樊彬白文印，作『字賓夫號文卿』，是當據正。

［二］《敬鄉筆述》卷四『樊文卿二尹』條：『《津門詩鈔》所選，尚是先生諸生時作，《文卿吟稿》，聞早刊傳。先生并著有《津門小令》百首，仿吴梅村祭酒《望江南》之作，余曾索有刻本。先生學問淹博，性嗜吟咏，耄年不倦。華文珊《津門徵獻詩》有先生一序，同治三年甲子所作，自注時年六十九。光緒辛巳始歸道山，年已八十六矣。』高氏校云：『選詩時，樊彬尚未出仕，應另加案：「廩貢生，冀州訓導，湖北鍾祥縣丞署遠安知縣。著有《問青閣詩集》。」』高凌雯［民國］《天津縣新志》卷二十三《藝文》著録樊彬『《問青閣詩集》十卷，刻本』，謂：『彬詩名最早，又享大年，故積稿頗富。是集録其出仕以前及司訓冀州之作，其師葉紹本爲之序，紹本於詩學素持，雄深雅健，不事險怪，綺靡之論。彬詩格悉與之合，契分極深。集中師生唱和之作，亦最夥，彬没京師，文物散失，生平所著詩文稿帙，大半就湮。惟此以刊本獨存也。』

吹老黄塵面。衣非露肘不知窮，鬢雖未雪年逾冠。贏得頭銜弟子員，屈指四敗[一]文闈戰。年來家事轉紛紜，米鹽也勞博士算。女苦冬號寒，妻告晨無爨。舊戚頻來促解囊，良朋新殁須告奠。廡下書聲喧亂蛙[二]，兔園册子堆盈案。敲門纔避客催租，俗子又來評月旦。高軒既過片刻閑，開卷欲讀神已倦。旁觀見之笑且譏，何不奮飛甘貧賤？我愧無以辭，空教紅過面[三]。惟有案頭[四]玉蟾蜍，替我泪滴常不斷。

壬午畿輔大水偶出西郊流民滿道惻然有作[五]

終歲居城市，未知[六]年饑豐。偶出郭門行，流離[七]滿目中。男婦行絡

[一]『四敗』，《問青閣詩集》卷一作『四度』。

[二]『蛙』，《問青閣詩集》卷一同，原校本作『娃』。

[三]『紅過面』，《問青閣詩集》卷一作『浹顔汗』。

[四]『案頭』，《問青閣詩集》卷一作『几頭』。

[五]《問青閣詩集》卷一題作《今年畿輔大水偶出西郊流民滿道惻然有作》。

[六]『未知』，《問青閣詩集》卷一作『不知』。

[七]『流離』，《問青閣詩集》卷一作『荒凉』。

繹[一]，長號臨北風。面目何黧黑，鶉衣不敝躬。妻孥尚未散[二]，携抱扶短筇。向人通里貫，家世昔[三]爲農。今年河伯怒，禾黎游魚龍。欲適樂郊去，全家赴遼東[四]。關吏不放出，嗷嗷成哀鴻。再復[五]還鄉里，路遠囊已空[六]。一錢乞過客，老幼慟擗膺[七]。嗟彼司牧者[八]，焉識斯人窮[九]？我愧家壁立，更無山鞠藭。安得[一〇]鄭監門，圖寫流民工。安得香山裘，萬里周帡幪。

[一]『男婦行絡繹』，《問青閣詩集》卷一作『乞兒逢絡繹』。

[二]『尚未散』，《問青閣詩集》卷一作『未離散』。

[三]『昔』，《問青閣詩集》卷一作『恒』。

[四]『全家赴遼東』，《問青閣詩集》卷一作『盡室之遼東』。

[五]『再復』，《問青閣詩集》卷一作『復思』。

[六]『囊已空』，《問青閣詩集》卷一作『囊橐空』。

[七]『老幼慟擗膺』，《問青閣詩集》卷一作『低首含羞容』。

[八]『嗟彼司牧者』，《問青閣詩集》卷一作『憶彼富家子』。

[九]下有『畫閣圍爐坐，歌舞猶未終』。

[一〇]『安得』，《問青閣詩集》卷一作『聊學』。

英宗[一]

母后垂廉治具張，大阿忽倒任貂璫。[二]北人未敢輕孤注，南面原宜讓上皇。半夜黃袍宵小進，千年碧血老臣亡。應知內苑幽拘苦，建庶先教出鳳陽。

孝宗

水旱全殷宵旰憂，珠涯黛斛罷徵求。元言不采飛仙去，禮器新陳闕里修。周室臣工思補衮，晉家主德志焚裘。山河收拾金甌固，好付[三]佳兒作治游。

擬武夷君賓雲曲仿李長吉體

蟾蜍跳月秋宵清，金莖盤冷珍珠傾。風姨剪斷銀雲明，流入星河學水聲。仙子吹簫乘紫鸞，層樓十二青琅玕。一聲吹徹碧海寬，飛香夜墮金粟丹。玉斧吳剛斫不止，寂寞嫦娥乍驚起。喝破青天鋪一紙，萬疊魚鱗散秋水。人間倘有凌風翰，排雲

[一]《英宗》《孝宗》二詩係《讀明史十六首》之六、之九。

[二]「垂廉」，《問青閣詩集》卷一作「垂簾」；「大阿」，《問青閣詩集》卷一作「太阿」。高氏校亦云：「『廉』應作『簾』，『大』應作『太』。」原校本「大」亦作「太」。

[三]「好付」，《問青閣詩集》卷一作「付與」。

直上游汗漫。逍遥長住白榆岸，星斗如瓜摘夜半。

擬太白襄陽曲

漢江波净碧玻璃，携壺來訪習家池。銅鞮坊傾堆瓦礫，遺聲猶唱襄陽兒。歸去接羅慣倒著，笑殺山公百不知。黄鶴樓，野鷹臺，人世浮雲幻蒼狗。醉中長嘯天爲開，斜日側落峴山頂。光瑩仿佛黄金罍，此山若教麯蘖築。糟丘便擬移家來。水濱綽約遇仙子，明眸笑靨方徘徊。親贈珮環爲酒費，一雙珠换三百杯。酒庫步兵吾舊友，百年先後相追陪。君不見，古稱杜康善造酒，至今丘壟生莓苔。白日不能爲退舍，黄壚再過徒心摧。天有酒星地有酒泉郡，人生不飲真愚哉！清者聖，濁者賢，終身願與相周旋。浮梁樂趣春長駐，莫問朝雲暮雨年。

津門詩鈔校箋卷十八

黄新泰 二首

新泰，號春園。世天津人。嘉慶甲子舉人。著有《春園文稿》。〔一〕

按：春園余同硯友，共讀書幾二十年。爲文攻苦，一字嘔心。最工制藝，入名大家之室。詩賦非其專長。貌絶陋而訶鋒犀利，妙談論，偶標雋語，滿座傾靡。所居曰『慎獨軒』，院有紅杏一株，花時醵飲樹下，各舉古人軼事或名句以爲笑樂。落英繽紛，語香四溢。春園没後不數年，故宅鬻去。人往風微，此景遂如隔世。

偶作

不會吟詩亦會魔，夢中得句醒時哦。擁毫責比八州督，濃墨銷於十斛螺。自悔多言慚石丈，人憐學語類鸜哥。書成小幅誰堪寄，閑對梅花唤奈何？

與梅樹君余階升讀書作

知己三人喜得朋，一窗寒日映疏藤。苦吟各似低眉佛，趺坐真成入定僧。爐火夜灰縈作篆，硯池宿墨結成冰。笑看我輩真痴絶，磨破青氈又幾層。

〔一〕高氏校云：『《春園文稿》當是制藝，可删。』

周梓 七首

梓，字尺木，本名世淳。諸生。著有《詩巢存稿》四卷。

按：尺木力追漢魏，一掃輕薄，隱以詩學源流自任。性疏宕，篤交游，能濟人緩急，傾其家。壯游南北。

客愁七首録一首

放舟郭門外，一拜橫山墓。千樹凋松杉，四野走狐兔。石馬泣風楊，白草慘孤露。冢中慨長眠，孫子守寒素。玉棺海天隔，海天生烟霧。何日得來歸，佳城卧牛處。

夜發菱湖

疏星墜明水，波面點螢火。舟子呼舟行，攬衣舟中坐。秋夜發清興，蟋蟀鳴四野。四野何寥廓，柔櫓聲咿啞。少焉殘月上，嫦娥影婀娜。一見月中人，珠泪盈一把。病體莫禁愁，細檢威蕤鎖。習習生微飔，乘風且鼓柁。不如不相見，長嘯金風下。

舟行

野鷺飛湖堧，秋深氣漭漭。一月舟中坐，悵然心悒怏。濁露一片迷，空結蜃樓想。棹歌唱遠浦，鷄犬荒原上。村叟斫蘆茭，茆檐話抵掌。何日學歸田，風波任震蕩。

久雨

久雨但閉户，趺坐朝與昏。華屋亦滲漏，墻壁生苔痕。朋好不往來，枯寂飛吟魂。熒熒燭何明，淅瀝聲何繁。漢魏三四卷，清酒一二尊。隨分且相安，河决浸高原。蒼天信有極，快睹東方暾。

孝婦養姑行

東鄰有賢女，生長華膴族。少小識禮義，賦性本貞淑。四德本一身，不教紈褲縛。雖未嫻詩書，纖手工織素。是宜匹鴛鴦，豈料群鷄鶩。朱輪覆錦帷，十六方於歸。於歸直沽口，海燕誇雙飛。車載千金裝，箱盈一斛珠。帷撒青銅錢，衣被綉羅襦。繞膝有小弟，堂上兩孀姑。結縭情孔嘉，良人困摴蒱。素好詎能改，旦暮呼雉盧。合歡六十日，典質妝奩無。蕩子有靦顔，宵遁游湘湖。行人去不返，賢女空閨吁。

兩姑老且病，小弟門止應。貧家异素封，每易塵生甑。三旬僅九食，努力彌夙興。清晨理機杼，織布二丈五。兩日織一匹，遣弟市中賈。得錢備饔飧，孑身甘荼苦。養姑以旨蓄，飼弟以餅脯。自奉秕與糠，嫁衣時縫補。爲婦已十年，足未逾庭户。雪夜績苧麻，秋風響砧杵。手足雖凍皴，猶自漚絺紵。姑憐使再嫁，投環趨義府。破鏡合有期，烈魄還環堵。素心倍堅貞，斯人敦古處。鄰里口嘖嘖，女伴孰步武。門外馬聲嘶，云是行人回。朱纓絡馬頭，黄白充囊垂。上堂拜兩母，兩母呼語兒：『兒自背鄉井，無一音書來。老幼痛失依，全賴閨中妻。一身衣與食，賢婦機中絲。嚮非婦支持，三口成枯骸。生子弗克養，似續其奚爲？』蕩子愧無言，稽首北堂萱。十載離親闈，一日歸蓬門。幸免喪溝渠，侍養資媾婚。再拜閨人側，閨人無德色：『奉姑及撫弟，辛勤乃婦職。隕越未遺羞，差以慰君意。』表彰我輩事，橐筆紀其美。書竟示張子，用俟輶軒采。

乳燕行

梁間巢燕甫出觳，飛去不歸，感而賦此

鴟鴞食其母，母昔食其母。慈烏哺其母，母昔哺其母。仁忍性不同，良莠非其偶。如何乳燕子，羽翼成便走？一去不復來，空巢雌雄守。憶昔營巢時，嘵音更喑口。抱卵成五雛，哺子分先後。泉水飲渴吻，小白爲飯糗。風塵養子難，調護心悠久。日防佛奴窺，夜禦毒蛇掊。滿擬弱羽健，一巢相授受。海天一何寬，乳燕配牝牡。父母望子歸，子别緝户牖。乳燕有家室，轉眴亦抱彀。昔日待親心，今朝汝是母。

易孝子歌

富貴事親易，貧賤事親難。古風渺渺今日寒，孝子不見我心酸。宜陽孝廉鄒曉江，真孝真廉真無雙。一日爲述易孝子，臨川龍溪農人耳。名石字鋭宗，少孤奉母氏，事母以孝聞。母死哭哀毁，廬墓終其身。距家十餘里，墓場遥遥隔河干，晨夕奔走雨風裏。孝思一點格皇天，馴虺稀桐异事傳。孝子真性不求稱，表彰幽光我輩權。吁嗟乎！朱門衣食相炫耀，日與妻孥索歡笑。縱不飢餓其親身，衣之食之豈即孝？空房零落老年人，孤燈獨對誰相吊。宦家其弊爲更多，主人往往襲其貌。孝子不著富貴家，蔀屋茆檐誰則教？天性篤厚赤子心，自然流露非規箴。賢哉易鋭宗，足以厲偷風。偷風倘可變，我願執鞭從。歸帆路出羊城去，停舟好訪龍溪農。

高潮 二首

潮，字春江。嘉慶癸酉舉人。

按：春江少穎悟能文。髫年應試冠一郡。科歲試無不優等。甫登賢書，年未三十卒，里人惜之。

同梅樹君妹丈過張氏思源莊感賦

此地多名士，蒼涼我輩來。水流花外寺，人上柳邊臺。勝事百年盡。高風一代開。頹垣見竹石，覓句拂荒苔。

丁丑春闈罷歸途次馬頭[一]

雨餘生薄暖，沙岸上桃紅。烟絮一村柳，雲帆十里風。日斜人影外，春去馬蹄中。吟興隨年減，空嗟類轉蓬。

[一]《國朝畿輔詩傳》卷五十六題作《丁丑下第道中作》。

朱裳 四首

裳，字蔭江。嘉慶癸酉經魁，國史館謄録，議叙知縣。

按：蔭江爲己亥舉人朱鳳山先生書[一]之子，與弟式璟俱少馳文譽，人比之雙丁、二陸，負一時才望。而蔭江尤端謹衡雅，士林稱其不失口於人，不失色於人。道光丙戌應禮闈試，輿疾歸，遂歿。未酬金榜，遽赴玉樓，鄉黨争惋惜焉。詩不多賦，觀《送香初》五律四章，亦足見仁人之言藹如也。

送王香初明府枚需次山左

仲實别吾去，之官歷下行。那堪二十載，相與暮朝情。舊雨今將遠，秋風昨又生。黯然思往事，離緒數回縈。

壯志平生在，榮名昔所期。有懷杳何許，此後苦相思。秋水人千里，斜陽酒一卮。臨歧重握手，忍折緑楊枝。

東國比多潦，秋荒困未伸。閭閻同赤子，利濟屬儒臣。邑待賢良急，君當拔擢新。莫辭勤撫字，好答九重仁。

[一] 高氏校云：『朱書，乾隆癸卯舉人，己亥誤。』按：《長蘆鹽法志》卷十七：『朱書，乾隆癸卯科，官邢臺縣訓導。』

花滿河陽縣，琴横單父堂。通經資吏治，報國是文章。惠雨懷劉寵，清風羡李常。循良行奏績，引領日相望。

王有慶 十首

有慶，字善舟[一]。嘉慶辛酉舉人，覺羅教習。十八年，軍營投效，議叙知縣，選江蘇豐縣知縣。調蘇州元和縣，升泰州知州、太倉州、直隸州。道光丙戌，奏派協辦海運事，來駐天津。[二]著有《善舟吟稿》。

按：善舟刺史長身修幹，襟度和雅。少清貧，以文學受知於周棟材、初頤園兩先生。敦孝友，重交游，加意故舊，多所存恤。莅宫以慈惠化民，去後人輒懷之。在泰州時，麥秀雙歧，紳士製聯頌之曰：『是儒吏，是廉吏，是循吏，名達楓宸，行作公卿大吏；能安民，能養民，能教民，恩周蔀屋，允宜父母斯民。』

甲申除日接牛次原信以甲申元旦自嘲詩見寄作此奉答

蔽裘不换耐春寒，瘦骨能支興未闌。自昔憮書甘下士，豈今作吏嘆微官。時當

[一]〔民國〕《天津縣新志》：『字餘齋，號善舟。』

[二]高氏校云：『選詩時王有慶尚在太倉州任。應另加案：「由江蘇豐縣知縣升至淮安府知府，署蘇州府知府。」』

極盛常思返，事到曾經轉慮難。數載分離頻記念，思君不見取書看。

冷榻孤衾似老僧，盈箱案牘亦堪憎。梅因臘盡開將滿，雪到春融積幾層。除日猶傳聽訟鼓，五更不息夜巡燈。年來勉力加餐飯，欲省吾身愧未能。

解事知音憐少子，榮兒六歲，能辨四聲。談心論世對良朋。茅檐曉散將雛雀，老樹寒栖覓食鷹。十載官貧常負債，一生骨傲自磨棱。開箋千里如相見，數首新詩法右丞。

老健知君善養生，笑余世俗太多情。買山漫説離家易，書中有欲弃家之意。浮海誰能去世輕？暮夜蠅聲須有備，來書有日在蛇蠍堆中之語。中宵蝶夢總難成。江南到處園林好，何日偕來畫舫横。

留別吴陵

纔賦離歌墨未乾，西風楊柳促征鞍。人因惜別詩情淡，客爲傷秋酒興闌。騎竹兒童猶鼓舞，躋堂父老暫盤桓。來牟遺我原非偶，德薄深慚頌長官。

掌故原應備一方，捐輸采訪衆謀臧。况逢聖治光無外，難得諸賢聚有常。爲護芝蘭傷秀草，欣栽桃李滿宫墻。所期多士掄魁手，月滿銀蟾桂早芳。

六守祠前迹已陳，瓣香曾記祝申申。羌無洽行書南國，寧有循聲澈北辰。袖滿清風壯行李，囊無好句答陽春。嶺梅開後霜華冷，返棹江城訪故人。

留别蘇州

韋白風流望已遥，自將澹泊勵中宵。褚珍笠傘皆粗質，劉曠門庭最寂寥。静裏幾曾拋禿筆，尊前從未奏清簫。一年又爲災黎絆，勉訂《周官》十二條。敢説中年涉歷深，座間時復置宮箴。拊循祇守三章法，臨履惟持一寸心。秋澤雁鴻初得所，春風桃李乍成陰。者番揮手差堪慰，不作當時苦雨吟。虚堂凉月墮嬋娟，無限離情起暮烟。勝景徘徊餘夢想，行裝檢點有詩篇。看看庭樹添嘉蔭，漸漸村禾兆瑞年。駝嶺他時回首望，吴淞一幅隔江天。

趙堥 二十一首

堥，原名夢庚，字堯春，號雪蘿。諸生。

按：雪蘿，津之北倉人，邃學不仕。貌清癯，内介外和，與人無所忤，風期高曠。詩主性情，所著《天籟集》《板扉吟》《蓼蟲集》[一]，奇趣旁出，姿態横生，慶雲崔念堂嘗稱之曰：『體近歐蘇，時闖玉川之藩。』人謂知音。

洋貨街

洋貨街頭百貨集，穿農大鏡當門立。入門一揖衆粲然，真成我與我周旋。回家説向妻與子，一室粲然猶一市。無心總被有心笑，我以無心任顛倒。安得相逢盡是鏡中人，相視而笑了無心。

待月

庚子，時年二十

待月月不出，夕露沾我裳。舉頭望銀河，銀河慘無光。攬衣還入室，滅燭强就床。輾轉忽成夢，夢苦更復長。醒後不能憶，但餘悲與傷。倦童睡於地，鳴蟲聲在墻。出門看明月，明月已滿廊。重重花陰碎，清清夜氣凉。對此重徘[二]徊，何自已愁腸？

[一] 高凌雯［民國］《天津縣新志》卷二十三《藝文》著録趙埜《天籟集》《板扉集》《蓼蟲集》。謂：『埜詩集今已不傳，《津門詩鈔》標其所著詩集凡三種而選詩二十一首，不云出自何集，《津門征獻詩》注别存一首，則得諸口述，亦不知爲何集所有也。』

[二] 原誤作『排』，高氏校云：『「排」應作「徘」。』原校本亦改作『徘』。

友人以印譜相贈報以長句

好音自好太古音，枯木千載乃有神。伯牙不作鍾期死，誰與解者無其人。槁梧但作壁間玩，藉口昭氏皆天真。弦徽不具更少趣，不及連瑣聲悲沉。圖書萬卷擬鄴架，亦如坊肆誇嶙峋。奇精玩雅供客具，人爲木偶徒逡巡。習尚如出一丘貉，秕糠眯目難具陳。倜儻論交閲十載，解脱此見無如君。憶昔邂逅兩傾絶，愧無寸善邀青顰。搜羅奇字性所癖，雕蟲小技安足論。蒙君責我輕以約，謂成一藝吾亦親。感此益力事刀削，左擁倉籀右説文。心追手摹苦不似，邕徒在漢斯在秦。時賢但知填密體，割裂古法惟宜今。維坻有賢芮夫子，忠孝大節吾素欽。敦倫嗜古出天性，正氣流露寄石金。大雅久爲帝司籍，人間片石等貞瑨。邑人習見不解重，遺書散逸嗟埋塵。偶屬物色亦聊爾，千金一諾何肫肫。至寶已猶喜無寐，走書相遺夜扣門。良玉在璞人莫辨，卞和一顧價倍珍。定心無物自免俗，以琴易譜理亦均。仇池幹馬各持重，焚圖碎石煩解紛。何如鄉老胸坦蕩，人我兩忘擾不侵。此譜久作覆瓿具，手爲補綴重完新。凡物貴令得其所，即此已見仁山仁。鄉邵一字仁山。小齋得此光焕發，朝披暮覽寐寐殷。恍若置我鼎彝側，矜心躁氣無由存。深思静悟妙領會，晴窗磨石時一臨。有如操縵學古調，指法變拗難遽馴。我聞聽江進筆法，洶涌澎湃勢莫禁。物理相感盡如此，我則得譜誰得琴？他時便道徑相訪，海上同謁方子春。絶弦入木偷腕力，寸石分刃盤千鈞。特恐仍是無弦操，譜雖知感琴怨深。吁嗟乎！譜雖知感琴怨深，狂言相詆君莫嗔。

此夕 丁巳

此夕有餘適，燈下與影偶。左手一卷詩，右手一杯酒。唇與杯接時，吟詩猶在口。舌根酒味濃，喉間詩味厚。同沁入心脾，不辨孰先後。陶然歸醉鄉，歌呼還擊缶。

河溢即事有述 辛酉年

村人夜半走相呼，水勢直下奔津沽。訛言异説一時作，職司不守昆明湖。汪洋横溢數百里，洪濤濁浪獮田廬。須臾東方赤日上，水天不辨光模糊。出没巨艇泛凫雁，微茫遠樹翻菰蒲。孤村勢危欲浮動，人如群蟻緣漂莩。高者防守具畚鍤，下者逃竄牽襟裾。老弱負薪壯荷土，鳴鉦伐鼓紛來趨。堰高過頂水仍怒，力與之敵争斯須。忽然日色慘不見，濃雲四合風雷俱。電光在天如在水，雨聲不與濤聲殊。外水未殺内水滿，通衢隘巷皆溝渠。人生遇變急生勇，災當切近忘肌膚。淋漓被體尚攘臂，縈濘没骭寧縮跗。蹶者轉側趨者繼，一一無异豕負塗。聲嘶盡嗄面色墨，猶聞共勉無次且。俄頃風定雨脚斷，雲開月到西南隅。既免回憶轉凶懼，咫尺若潰全村魚。附近諸村多失守，扶老襁幼來僦居。日增豈止三百户，投親覓舊充門閭。驚魂甫定益惆悵，薪遽如桂米如珠。豐年倏忽變飢饉，良民倉猝懷覬覦。一日之間百憂集，白髮曾見此災無？我述此事匪無意，一村即是千村模。九重宵旰切撫恤，據此可繪災黎圖。懷之徑欲謁當路，自傷卑賤終躊躕。詩成自咏仰天嘆，彼蒼仁愛民何辜。噫吁嘻，彼蒼仁愛民何辜，儒生軫念徒區區！

秋八月收拾各村禾田余分得宜興埠作五言二首 甲子

宜興魚稻鄉，地腴宜禾麥。年年夏秋交，水溢連阡陌。所以春播種，十歲九不獲。兹乃荷天賜，雨暘允時若。麥既小有秋，禾田又藝熟。諸村各分任，此鄉我之責。勤惰課佃人，狡黠防莊客。晨興星猶爛，暮歸路已黑。斗室雜農具，蚊蚤卧不得。夜久群囂寂，起坐自嘆息。頻年家計非，廢書事刈割。嗟彼窮鄉農，各自食其力。揆以欲得心，與我亦無别。豈無少匿藏，奚忍遽加罰？巧偷彼則貪，苛察吾亦虐。況視以彼蒼，有口皆得食。持之苟太急，均平變攘奪。萬事無不然，此理參自昔。輾轉念不釋，鷄鳴窗又白。

築場依埠坡，環抱漚麻水。農人納禾忙，來往一約耳。日夕地潤生，溝氣四圍起。土膏雜草露，諸穢聚村址。粉飾作畫圖，人説村景美。匪徒供卧游，并願居圖裏。豈知入其中，趨避不停晷。我讀田家詩，陶韋各妙旨。以彼冲淡心，托此村俗理。大都古人詞，舒寫性情止。亦如巨郭筆，畫雅不畫俚。我無古人懷，即事任所止。但取野境真，不泥詩家體。誦以問野人，置彼而取此。

八月二十八日自宜興埠至小書巢初五日還埠前一夕留別楊六湘曉同硯 乙丑

我來小書巢，萬事不挂意。中有素心人，脱略忘猜忌。不見亦猶見，見祇一把臂。大開雕龍口，細認穿牛鼻。印辨漢魏真，詩決晉唐秘。禪分大小乘，道取參同契。語多互雜沓，暫亦及家累。嗟我十年來，瑣屑塞肝胃。憶昨大醉夕，快吐俗腸壘。空心三日卧，忽反最初地。如彼始生兒，縮體待綳繫。如彼新嫁娘，凝睇任調戲。起來猶作惡，對食餲無味。所欣宿垢除，胸膈漾清思。君看壁上詩，盡是生新字。明朝又將別，燈下重握袂。不惜別離難，正苦鄙吝易。譬之初醒人，旋復遭魘魅。殷勤定後約，此語君必記。多釀菊花酒，再至先謀醉。

賦小園花木

昨七月，有咏秋花二種，思猶乙乙，即來刈禾，比登場佃人且秋耕種麥。讀書之暇，取園中花木，比事屬辭，遥憶而賦之。無問時節，故不叙次，合十二首。丁卯九月初二日識於宜興埠之寄詩廬，録八首。

苕苕牽牛花，宛轉上竹籬。到頭無所附，衆蔓相抱持。既結不可解，欲斷不忍施。因憐頃刻花，不期亂如斯。

粲粲金錢花，輪廓一何好。涼風五更來，個個脱形巧。花神富有權，撒手猶未了。君看委地餘，許拾不許掃。

右二首七月賦

孤松不盈尺，培養三十年。盤屈出人力，歲久得自然。醜幹學偃蹇，怪枝肖蜿蜓。墳土見枯根，漬雨成禿顛。縱使産茯苓，大不逾雷丸。亦令冒女蘿，長可及石卷。每當日色冷，青翠絶可憐。安得縮身小，撫之恣盤桓。

翡翠戲蘭苕，佳麗詩人比。如何蒿艾間，而得群栖止。栖止復栖止，低昂嗟神似。

蘇詩：『低昂枝上雀。』未開栖已安，已開栖復起。不惟雙翼張，略亦具頭尾。翩翩態欲活，點點目如視。吾聞致生翠，南海實産此。祇以世態奢，一簪窮華靡。况是近今風，言之令人耻。新式出優人，闔閣競相擬。我家重儉樸，裙布釵荆杞。摘此即華簪，何心飾旖旎。

新得海棠花，娟娟若好女。蚤起趨往視，昨夜風兼雨。幽懷已愁絶，見我頭不舉。的皪宿泪痕，縱横折釵股。此意何可忘，忙書入吟楮。坡公倘見之，其許爲佳語。用東坡書簿所畫折枝鄢陵王主第二首韵。

忍冬好名色，其蔓乃左纏。一左無一左，如我處身然。世方競趨進，我獨甘迍邅。同學多不賤，我獨守青氈。采花漬一杯，攀條咏一篇。時遭俗眼白，冀得同心憐。知是至左計，天性拗不還。請看柔脆質，何亦耐歲寒。

謂造物好奇，有實先有朵。造物不好奇，無花亦有果。尋思此物理，垂首花間坐。老妻抱兒來，丙寅春過嗣繩兒。一笑瓠犀瑳。君胡不釋然，寫照專因我。

野卉不知名，雜出衆草間。當春綴紫英，蓓蕾何鮮妍。一花結一實，一緑一珠懸。實成花復繁，花實相蟬聯。秋陽無私照，纍纍皆朱丹。舉以問社老，目瞠而舌捲。《爾雅》既不注，藥譜亦未傳。杜陵偶見之，無從下解箋。或紅如丹砂，載在

《北征》篇。

舊滄州破鐵獅子歌

滄州廢治瓦礫場，舊有獅子屹中央。半生耳熟無由見，側身空向西南望。故老傳説辭互异，亦如菩薩來東光。或云三代以後物，考其年月殊茫茫。又云近海此作鎮，昔人曾效銅牛禳。更云神龍經此吼，欲鬥雷火下擊屑因亡。我疑祖龍銷兵鑄爲金人十有二，餘者熔作此獸形質龐。自知終是以臆斷，古迹安可任之吾鋪張。痴心每欲核實據，但有見者問之惟恐其弗詳。任子滄南好奇士，昔年曾至親較量。祇能言其色與狀，陸離光怪高過房。詢以字迹曰或有，仰視不見徒徬徨。我今來此詫不意，古物已作僵尸僵。僕夫停驂爲我指點説异事，歲在乙丑五月之交狂風黄。攝之入空擲而下，請看舊迹成穴存其旁。巨頭抛弃五步外，横視尚可七尺强。尤奇背上寶盆不下千鈞重，位置平穩無低昂。我聞下車自考驗，撫摩戛繫聲鏜鐄。項左有文帶綉[一]澀，二字左讀曰師王。其書不古語亦陋，想見當年造此乃是傖父行。思以膨亨誇後世，所見尤劣秦始皇。不然自古神物鬼神尚呵護，胡爲風雷屢見

[一] 高氏校云：『「綉」，當作「銹」。』

戕？頃始見之嗟來晚，不睹完質增悲凉。誰知風伯若有意，預期我至早爲翻轉俾余細考將。乃悟自來談靈説异多傅會，付之一笑皆荒唐。

雨後平度道中看石晚宿店坡酒間作

客子犯曉過平度，昨日西風吹暮雨。從此東之少坦途，下下高高石雜土。馬蹄蹩躠車輪膠，礌聲硠磕泥沮洳。沙行偶似冰床平，坎隔旋成浪舟鼓。岡嶺回環即忽離，村墟掩映翳仍吐。烟消日出四野間，遠山如沐清可數。車前磈礌争獻奇，似與行人相媚嫵。有磐有磛有坡坨，爲峭爲哺爲嵷巃。立爲帆幢偃爲蓋，直或昂藏曲或傴。或欹或峙或峛崺，如集如翔如率舞。前揖後拱旁磬折，右赴左奔中拒阻。赤者爲嵰黑者翳，班者鸕鴣緑鸚鵡。爛白群聚初平羊，遥黄獨卧李廣虎。苔綉[一]皴爲小斧劈，雪凝點作渴筆補。州以西雨，以東則雪。叫絶那顧旅人驚，呼停屢受僕夫侮。畫家祇解工遠勢，景在眼前乃不取。冷心得酒丘壑生，油脚昏燈照毫楮。歸家持以示居人，不須饒舌已如睹。

[一] 高氏校云：『「綉」，當作「銹」。』

臨潼温泉

此泉何以温，應是山心血。洗身不洗心，枉費山心熱。

宜君道中得句

乳兒畏生客，既畏又屢視。人行澗上山，形神亦如是。

御騾行爲甘泉女郎桂香作

騾夫御騾勝御馬，上坡先上下先下。逢歧故把騾口鬆，遇險偏將騾後打。愛惜熟騾爲性命，馴擾生騾同戲耍[一]。來往甘泉清澗間，路熟識得好紅顔。提燈引我訪佳麗，一夕繞遍甘泉山。甘泉女郎曰桂香，烏帕青衫時世妝。妝成鎮日熏香坐，聽得騾綱通夕忙。與余初見若曾識，謂余遠自京華至。長途歷盡好風霜，暫解征鞍免愁思。我怪騾夫預以報，騾夫叫冤美人笑。語音宛然是上都，難道兒家不知道。喜得騾夫呼桂姑，終日詩聲出笋輿。聰明既識京華客，能否抛顔一索書？聲聲促婢啓銀鎖，檢取濤箋還拂坐。冷硯鏗聞約腕金，凍毫暖借供唇火。一笑燈前爲作歌，

[一]高氏校云：『「打」，俗音。「耍」，俗字。此首似近打油歌，可删。』

即從騾上生文波。騾夫騾夫莫自多，桂香御爾如御騾。

雪蘿意態，如閑林野水，片石孤雲，胸無溪壑，而自然逸遠。門臨白水，草堂數楹，花娟竹秀，日嘯咏其中。工金石篆刻之文，得其鐵筆，如獲秘寶。李石農觀察鑾宣、陳竹香河督鳳翔官天津時，皆慕名締交，得其石刻爲快。公父乾隆庚寅舉人，名盼，讀書汲古，凡三十年不下床。管幼安木榻皆穿，不是過也。後官陝西府谷縣知縣，致仕，卒於家。

陳靖 十首

靖，字青立，號雨峰。布衣，工山水。著有《讀石山房小草》[一]。

按：雨峰山人畫嘗受學於羅克昭，羅學於張宗蒼，張學於黄尊古鼎，黄學於王麓臺原祁，學有淵源。得太倉之嫡派。所畫千岩萬壑，一樹一丘，無不各入天然妙境。烟姿雨態，清蒼古秀。間繪花卉，蕭疏生動，得白雲外史之神。嘗游於楚，爲畢秋帆制軍推賞。劉純齋觀察錫嘏品公畫在文衡山、沈石田之間。南游十餘年歸，覽江山之秀，學益大進。其人如長松瘦石，落落寡言，鬻畫自給，尺幅片紙，争購不得。所居曰『讀石山房』，有齋曰『振雅軒』。棟嘗有句云：『寫幅雲山當卧游，梅花香繞夢魂幽。怪來紙帳凉於水，一夜西風雪滿樓。』君愛之，爲繪其意於册，爲里人所稱。

[一]《續修四庫全書總目提要》著録清咸豐刻本一卷，謂：『是集古今絶律共數十首，其詩格清華秀麗，風流有味，千變萬態，組織天然，减盡針綫痕迹，而未嘗不奪當時風雅之幟也。』

沽上以畫名者，本朝郭崑曾入畫苑，其後如金公芥舟之山水、查公集堂之蘭石、惲公鐵簫之著色花卉。其時先外祖朱導江先生，與胡崧廬峻同自江南來，先外祖以繪事讓崧廬，而專名於六法。有人索畫，則亂頭粗服，寫科木陂陀以應之，蓋不欲以兼工掩崧廬之長。後嗣音者，先府君蘭竹梅菊，信筆揮灑，而規矩緊嚴，似勝於鄭板橋之偏峰[一]，一時人咸重之。人物則李桐圃紱麟，工秀得龍眠之遺。金嶺雲勝，一丘一壑，繼武黄竹。沈青來銓暨滄州張桂岩賜寧，各極精妙，與雨峰鼎足而三。其得雨峰之傳者，又有王訪舟成烈、畢硯農紹棠，皆藝苑之翹楚也。

題畫

生涯贏得雪盈鬚，瓦竈常薰酒半壺。摹取雲林瀟灑意，一痕山影淡如無。

題畫贈畢硯農 時爲歙縣尉

舊雨情深老硯農，官銜無事可從容[二]。寄將一幅離披畫，可似黄山第幾峰？

和畢硯農見贈原韵

回首分襟與子期，雲霄無計可相隨。秋風桃葉江干渡，春水梨花沽上詞。白社

[一]高氏校云：『「峰」，應作「鋒」。』原校本作『鋒』。

[二]『可從容』，《國朝畿輔詩傳》卷五十九作『儘從容』。

三年懷舊雨，青山一幅寄離思。君來笑訪烟霞客，依舊閑吟守故籬。

風霜未改舊顔紅，清減歸裝廉吏風。遠水一船携瘦鶴，故園三徑有孤桐。才人作宦貧原好，畫手題詩景最工。多少蒼生須子活，豈容沽上作漁翁？

題畫

遠岫重重隔暮烟，鷗波偏送野人船。他年我欲移家去，即此山邊與水邊。

茅廬小築兩三間，亦有[一]琴書伴我閑[二]。一局棋殘人去後，推窗紅滿夕陽山。

青山突兀叠重重，來往惟支一短筇。不慣雲嵐常礙眼，欲窮千里上高峰。

題《黄鶴樓圖》和梅樹君韵

高倚磯頭百尺樓，仙人弄笛幾千秋。圖成試咏崔郎句，江漢波聲筆底流。

題《江城春色圖》和樹君韵

一堤烟柳護茆庵，水繞花城拖蔚藍。雲裏樓冶雲外岫，媚人春色似江南。

[一]『亦有』，《國朝畿輔詩傳》卷五十九作『瀟灑』。

[二]『伴我閑』，《國朝畿輔詩傳》卷五十九作『伴客閑』。

偶題

荆扉依深竹，幾樹村容古。歸鴉已滿林，泉聲緑秋雨。

王成烈 七首

成烈，字訪舟，號倉南小笠。布衣。

按：訪舟學畫於陳公青立，自出手眼，别具面目。好用粗毫濃墨，肆横盡態而不乖南宗正派。閑吟小詩，主風趣，多軼其稿。性孤逸，雖家城市，恒闔户讀書，罕與人交。

舟中即目

秋風秋草水生波，寒雁低飛遠渡河。紅葉半林横緑樹，晚村倍覺夕陽多。

疏林一帶斷還連，茅屋深藏一兩間。架上豆花籬下竹，天然圖畫與人看。

題畫贈梅樹君表哥

半角秋山景物幽，窗開四面水心樓。樓中絶少尋幽者，添個幽人在裏頭。

題畫

秋水没石根，亂雲迷古路。常見此翁來，不知何處去。
瀟瀟一徑竹，曲曲隱茅屋。行盡不見人，但聞聲朗讀。
遮水數層雲，繞亭幾株樹。日日有幽人，亭間立何故？
偶然過溪來，一步山一面。却疑門外山，不似樓中見。

王履謙 四首

履謙，字益齋，號香汀。嘉慶庚午辛未聯捷進士，官河南通許縣知縣[一]。著《游豫雜咏》一卷。

過張氏花圃

子羽之墓旁，張氏有花塢。距此僅數武，林陬隱衡宇。停輿聊小憩，幽况時一睹。時已婪尾春，春尚貯庭户。海棠雖漸謝，花事非難補。牡丹東西池，却欣花競

[一] 高氏校云：『選詩時王履謙尚在河南。應另加案：「福建長樂縣知縣。」』

吐。大如蒲葵扇，百柄齊撑拄。東風猶未别，稱此態紛舞。魏紫與姚黄，君家名并數。室内别無物，藏書最好古。字參赤緑文，簽排甲乙部。人以書爲鄰，書與花相伍。既不荒經畬，群芳兼成譜。主人風雅儔，意味頗不腐。笑我風塵吏，鹿鹿驅此土。暫假半日閑，領略烟霞主。詰以種花事，愧不如老圃。

哭喬筆珊夫子四首録一首

隻手凌霄造鳳樓，京華名宿有誰儔。卅年官秩貧如舊，一硯生涯老未休。典盡衣裘空舊笥，存將書籍載歸舟。燕臺悵望雲山斷，未得憑棺血涕流。

又，『刊來諫草除時盡，贈得吟箋蘊古香』亦可通。

雨行東平州山道中

嘗患世途險，竭蹶怵予衷。及入深山裏，嶮巇亦竟同。東平六十里，逶迤山争雄。怪或如虎踞，碎或如鼊叢。中開紆回道，蜒蜿一綫通。驅車纔到此，小雨忽濛濛。苔磴經雨滑，石如受磨硃。馬足畏不前，蹀躞步難工。欲進仄徑逼，欲退歸路窮。悵望頓失據，亂確迷荒叢。安得振高翮，輕舉若飛鴻。俄頃下坦道，豁然心宇空。化險以爲夷，伊誰斡旋功。須知平與陂，往復理相融。惟在慎諸始，乃不躓於終。庶幾居易者，履蹈防厥躬。

禹王臺

大梁西南隅，崇臺屹然峙。聞説元圭在，神禹留故址。憶昔治水時，聖躬九州履。山檋與泥橇，勞勞靡所已。足迹滿天下，圭奚獨留此。想因河洛區，中原據勝址。龍蟠嵩山環，虎踞崤邑邇。二語見《天禄閣外史》。特爲留寶圭，黄流鎮萬里。存之作砥柱，金堤無傾圮。微禹吾其魚，至今梁民喜。惜未陟其巔，細爲訪源委。器存耶亡耶[一]，試詢采風史。

劉熙敬 三首

熙敬，字嘯山。郡廩生。

按：嘯山慨直仗義，雖貧無立錐，見人緩急，能力救之。與朋友勸善規過，侃侃無回護，人亦以此重之。

[一]「器存耶亡耶」，《國朝畿輔詩傳》卷五十六「神器今在亡」。

送别徐蘭生孝廉之山右

折柳丁沽愴别魂，征途一帶艷陽痕。長吟買盡春三月，指點雲山到雁門。
鶯谷同遷萬里春，壺關化雨一番新。三更罷講挑燈候，惟有詩書是故人。

題梅樹君元配金孺人問梅遺照

羅浮夢醒萬緣休，難解冰魂世外愁。一縷幽香埋不住，幻爲清影畫中留。

繆共位 二十四首

共位，字星池。諸生。著有《青棠書屋詩稿》一卷。

按：星池少失怙恃，讀書最晚，天資通敏，一歲而畢七經。行文多奇思，不拘拘行墨。數困名場，嵚崎歷落之氣，往往發之於詩。篤交游，敦友愛，性清疏不羈，往往與俗勿諧，不顧也。

題張船山太守詩稿

家近峨嵋萬仞青，蠶叢西去路冥冥。浣花溪傍青蓮水，始信生才地有靈。
眼前風月即詩才，格律無憑我自開。奇氣蟠胸奇語出，一枝健筆破空來。

過嵇[一]侍中祠

緑樹陰陰愴客情，荒祠猶認侍中名。夕陽一帶紅墻影，猶是當年血染成。

挽諸竹泉絶句三十首録六首

澹泊親朋音問稀，况君生出不生歸。料來門徑清於水。冷落寒家白板扉。

傲骨棱棱與世殊，主人忘客客忘吾。而今蒿里荒烟外，曾有青蠅吊也無？

東風昨夜子規啼，夢裏尋君路欲迷。醒後方知成永訣，半窗殘月影栖栖。

新詩幾度又逢春，好句相傳似寫真。深淺落花依舊在，更無人咏踏青人。諸有『踏青人去印雙鈎』句。

英雄埋没已堪傷，海上無端等看羊。竹老柯亭風雨暗，知音那有蔡中郎？

見説無魚爲水清，生前議論太縱横。於今未必無黄祖，君已狂如禰正平。

即事

税宅居何定，清愁記不全。子痴妨廢學，妻病遂逃禪。已事傷弓鳥，前籌上水

[一]原誤作『稽』，高氏校云：『「稽」應作「嵇」。』

船。酒酣時一笑，不醉亦徒然。

大雪懷梅樹君

時赴北平奔喪，扶柩道上

大雪無邊壓古村，扶棺人正返津門。冰花萬丈征人夢，前是，樹君夢行萬里冰天，遂遭大故。草屩三冬孽子魂。跋躓關河新涕泪，凄凉途路冷乾坤。餘生可定還鄉里，殘燈麻衣瘦骨存。

挽張治堂廷選

時卒於浙江鹽課大使任

江上浮槎去住輕，功名草草夢初成。微宫豈遂風雲志？薄俸聊抒菽水情。義氣不知誰可讓，聰明難與命相争。生前黑白經心判，一局殘棋尚在枰。

巨鹿懷古

刎頸情兼父子情，購金秦氏久知名。富家有女争憐婿，豪士逢時各起兵。里畔依然桑葉緑，泜邊空吊水波清。角哀竟爲良朋死，俠客於今尚結盟。

與郭小陶縱談詩以暢之四首録一首

追憶平生物我緣，聚如花月散如烟。蜂因課食纔成蜜，蠶豈須衣亦作綿。形尚非真何論影，規今無定况於圓。史家盡遇春秋筆，赫赫傳人或不傳。

讀《明史》十首録八首[一]

誰道金陵王氣空，漢高以後一英雄。中原馳逐收全局，近代章程慕古風。漫學商湯傳太甲，那知重耳逐懷公？西山老佛無封樹，南望江天恨不窮。

月暗滹沱戰力酣，肯教保保擅奇男。王封不分功成帝，北斗何妨夜嚮南。燕地經營新事業，孝陵淒慘舊峰嵐[二]。三吾一語平生誤，回首金川永抱慚。

武定佳名改樂安，劍鋒犀利水波寒。先型曲沃傳心易，家學周公繼志難。鐵鉉無衣油凛烈，銅缸有火血闌干。重泉道衍如相遇，王不出頭法力殘。

清曉倉皇點禁兵，轟傳天子欲親征。星辰摇動臣無氣，土木淒凉血有聲。不

[一]《國朝畿輔詩傳》卷六十題作《明史雜咏》。

[二]『舊峰嵐』，《國朝畿輔詩傳》卷六十作『舊雲嵐』。

是[一]唐宗戡塞北，辱於[二]漢祖困平城。邊營若夢徽欽鬼，應怨南朝誤此生。西内鑾烟入想頻，桃花結子詫爲神。重逢漢室傳鈎弋，竟遇楊家字太真。前鑒有車偏共乘，後宫無夢可徵麟。茂陵賫恨仍同穴，安樂堂空慘不春。寧王甲胄色飛揚，鎮國將軍出豹房。一例親征非薛禄，數行露布奏南康。火攻獻捷周公瑾，水戰成功武穆王。憑吊當年陳友諒，鄱陽湖景尚茫茫。争名結習未銷沈，遂使庸流取禍深。爲尚清談誤典午，難將理學救徽欽。人方逐逐張羅網，我反瞢瞢作羽禽。讀罷前朝高士傳，千秋遺恨在東林。中興氣象太從容，一樣長星對酒鍾。輔弼昏昏惟指鹿，功名草草説從龍。三江界畫傳堪守，六代消亡此最庸。鴻業居然如敗絮，英雄竟讓宋高宗。

題同邑于虹亭先生《南岡詩草》

聰明有本學有源，發而爲詩皆名言。字亘長城古意存，使我讀竟欲尋苦無垠。但覺破空清氣相吐吞，中有奇形异彩精靈光怪隨放奔。神女之針不見紉，鋙鋙之刀

[一]『不是』，《國朝畿輔詩傳》卷六十作『事异』。
[二]『辱於』，《國朝畿輔詩傳》卷六十作『辱同』。

不見痕。在一邑則一邑尊，乃無負乎三江五湖九河之水赴津門。

打雁行爲梅樹君作

序：津門四面環水，雁來往往栖止。射利之徒用火器傷之，驚飛滿天，慘不忍聞，每死輒無算。梅樹君爲請於縣，嚴禁之，此患遂絶。因賦之。

津門環城水爲淀，冬月紛紛聚鴻雁。惡人潛將殺機辦，佛浪機火器名發水之畔。死者遍野生者散，生者猶爲死者唤。星黑風高逢夜半，雲中哀鳴心膽戰。杞婦哭夫聲一片，仲卿哭妻聲凄斷。長平坑後趙民亂，兄弟失行誰吊唁。慘澹之音空裏現，縱有忍人聞不慣。日死數千與數萬，此數何可以長算。仁者無術惟浩嘆。孝廉梅君剛且健，一紙仁言投於縣，不戢火器令何慢？大干憲典恐爲患。邑令聞之顔色變，速行禁止勉爲善。從此陽鳥得自便，此是道光甲申十月案。

津門詩鈔校箋卷十九

王枚 四首

枚，字仲實，號香初。道光辛巳科舉人。實録館議叙，分發山東，署諸城縣知縣。

按：香初人閑静，善言論，詩清婉有致。

癸未春將即需次留别鎖院二絶句

弩末功名兩鬢霜，敢將得失論文章？而今我是辭巢燕，不再銜泥向畫梁。

須知矮屋亦前緣，秋月春風領略全。二十五年纔一嫁，將登車去復留連。

半程旅舍見辛巳夏題壁舊句和者已滿感而再賦

風塵閲歴幾山川，輪鐵消磨歲月遷。客裏光陰纔一瞬，壁間詩句又三年。行程自記都如夢，驛館重來亦有緣。却喜和章盈粉壁，天涯知己重流連。

山中夜行

役車[一]伊軋遠聞聲，石徑盤紆載燧行。目斷寒星深樹暝，心驚野火半山明。

［一］「役車」，《國朝畿輔詩傳》卷五十八作「征車」。

避人狐兔衝林過，拔地岡巒傍馬生。吠犬聲中山驛近〔一〕，數家燈火已嚴更。

王權 三首

權，字彦通，號虎卿。嘉慶丁卯副榜。

按：虎卿，仲實明府之弟，與兄并有詩才，極塤篪唱和之雅。

和香初仲兄寄途中雜詩原韵

有專函寄東，茲接正月底來書，知尚未遞到。

長清道中

别來單葛换重裘，詩到吴門得意收。却笑一揮十萬盡，又騎羸鶴過揚州。

離情千尺比春潭，歷下山青水又藍。怪煞鵲華橋上雁，隔年飛不到東南。去臘

山中夜行

莫厭車輪馬足聲，江天有約買舟行。乍離案牘神應遠，再歷湖山眼更清。東土

〔一〕『吠犬聲中山驛近』，《國朝畿輔詩傳》卷五十八作『村犬吠人知驛近』。

新歌賢令尹，吴娘還識舊書生。遥思客路吟詩夜，我正挑燈坐到明。

孫兆麟 二首

兆麟，字瑞郊。諸生。

按：瑞郊與楝，總角受業於朱仰文夫子。天資俊朗，學力精粹，年幾五旬未獲一售。其《感懷》句云：『廿年人盡鞭先着，十上書仍説未行。』遇亦可慨。

塞下曲

極目渾無際[一]，邊陰入戍樓。草埋弓月道，河出木刀溝。幕遠烟逾直，旗翻雪未收。仍聞投筆者，已拜冠軍侯。

小游仙詞

已向名山結静緣，偶乘明月弄漁船。一枝鐵笛滄江上，驚起魚龍夜不眠。

[一]『渾無際』，《國朝畿輔詩傳》卷六十作『秋無際』。

袁浩 三首

浩，字養源。工書善醫。著有《懷古齋學詩草》［一］。

與馮桐山夜話歸途即目

縱談無嫌猜，形骸欣脱略。夜闌緩步歸，泬寥天宇廓。長衢寂無人，秋城響寒柝。忽過豪門旁，墻下如囊橐。氣息微有聞，瞥見足驚愕。審視一野僧，趺坐獨寞寞。棕笠覆垂眉，敝衲一身著。世有飛錫山，堪解四禪縛。胡爲來此間，檐風逼顐落。冀得營浮屠，豪門欣有托。豈知豪門子，原自恣揮霍。朝傾纏頭資，暮取樗蒱樂。委身聲色場，頗覺勞酬酢。斯時醉已眠，高卧芙蓉幕。

卜宅

卜宅城西地，居然近市廛。到門惟舊識，出户認新鄰。書外無他物，人應笑我貧。借居雖陋巷，聊可貯吾身。

［一］［民國］《天津縣新志》同，［光緒］《重修天津府志》作《懷古齋詩草》。

過查氏水西莊故址

斷井頹垣剩野塘，故家風景劇蒼凉。夕陽鴉背今猶昔，不見題詩查儉堂。『鴉背夕陽留不住』，儉堂中丞舊句。

邢元植 七首

元植，字野航。處士。

按：邢山人工畫山水。性喜游，遇佳勝處，輒留連，經數月。築若野園，顔所居曰『岸舟』，吟嘯其中。慕同邑芥舟先生之爲人，晚避居於津南之邢家塾，耕以自食。著《緑柳山房詩草》。

偶作

日日秫米粥，兩餐無更變。多賴香山詩，滋味勝珍膳。朝夕供吾食，性定無他羨。慵鄙逢凶年，享此已歡忭。每聞賢士家，烟火常不見。

除夕

爆竹不勝繁，家家除殘穢。更兼索債者，處處敲門碎。聲與爆相敵，人共犬同吠。

此穢最難除，嘵嘵不善退。夫以婦代辭，婦以夫出對。索債人去遠，夫婦相詬誶。

東里大夫祠

刑乃國之典，伏罪不爲濫。市恩生奸宄，遺害禍良善。大夫治以猛，聖人獨稱羡。諄諄必曰中，恐爲後人煽。腐儒亂用寬，不知何所見。

答友

癖性生成游性偏，蕭條襆被已三年。愁來還是看山去，醉後無非抱月眠。詩苦每驚增白髮，畫多無處換青錢。故人若問心何似，難了烟霞一段緣。

灣頭村

十年未到此村幽，柳自青青水自流。記得主人曾有約，茆亭結在蓼花溝。

游山

少不登山老奈何，五旬游興不虛過。竹笻半折憑身健，草屩纔穿得力多。浴手泉邊常煮茗，問樵石上每聞歌。行來偶憩松根下，萬鳥聲喧逐睡魔。

水村雜興[一]

清齋疑對大江頭，每到斜陽景漸幽。六七里遥[二]人曬網，兩三門外月停舟[三]。荒蘆半没高沙屋[四]，衰柳多圍古寺樓。漁父高歌入烟去，無邊沙雁落芳洲。

摘句如：『文章讀去無非舊，世事經來盡是新。』『籬下有花能獨賞，瓶中無酒得長醒。』皆有致。

杜兆斗 四首

兆斗，字味拙。處士。著有《酣夢山房詩草》。

渡易水

易水蕭蕭岸草黄，悲歌人自去咸陽。龍驚白帝千年後，虹吐青天一道長。擊築

[一]《國朝畿輔詩傳》卷五十九題作《水村自興》。

[二]『六七里遥』，《國朝畿輔詩傳》卷五十九作『秋冷鷗波』。

[三]『兩三門外月停舟』，《國朝畿輔詩傳》卷五十九作『帆回鷺渚客停舟』。

[四]『高沙屋』，《國朝畿輔詩傳》卷五十九作『高堤屋』。

當時留古調，嗚橈今日渡輕航。壯心如在英雄死，對此寒流欲斷腸。

啜茗

雨前雀舌采新茶，石鼎寒泉煮露芽。一卷道書林下讀，竹烟驚散滿林鴉。

柳

我亦同秋老，相看柳色黃。西風自寥落，殘月挂蒼凉。緑岸蟬千樹，紅橋雨數行。獨憐征戍意，攀折欲沾裳。

睡起

竟日坐無事，窗前色已暮。枕上一迷離，秋燈落寒炷。我有七尺軀，枵然五石瓠。文章祇虛名，昂藏困如故。昔聞班定遠，不作揚雄賦。賈生王佐才，鬱鬱長沙傅。憤來學荆卿，寶劍干將鑄。行歌燕市中，十年無人顧。天地何寥寥，雙翼未能翥。江水何盈盈，方舟不能渡。含愁懷遠人，裁成一尺素。願借長風吹，殷勤寄將去。去去何所之？遠人無定處。雲山縹緲間，當有吾知遇。

劉維祺 九首

維祺，字介圃。諸生。著有《晋游集》一卷、《延夢録》四卷。

按：介圃攻苦，於文造詣極深。爲同邑黄碩人先生成彦高弟，與黄春園新泰相頡頏。文幽峭，絶類王墻東。數困名場，絶意進取，隨弟宦游秦晋之間[一]，以琴酒自娱。教從子韵湖、聲於，俱成名下。所著《延夢録》[二]，爲時所傳。棟與介圃爲文字至交。喜縱談今古，最慕晋人嵇阮風味，故嘗以劉伯倫目之。

自太原赴大同途中作

二月尚如冬，關山更幾重。春寒欺病體，夕照戀高峰。曠野無新樹，孤村有暮鐘。微吟羸馬上，天地一寒蛩。

酒後度曲

白髮較前多，人生嘆幾何。三杯爲樂國，一曲當悲歌。富貴尋常事，榮華瞬息過。閑中真趣在，不必怨蹉跎。

[一]［民國］《天津縣新志》卷二十三『《晋游集》一卷』條：『隨弟宦游，故有是集。』

[二]［民國］《天津縣新志》卷二十三『《延夢録》四卷』條：『《欲起竹間樓集》有《題延夢録》詩云「寓言八九堪傷處，似我年來費苦吟」，蓋維祺感懷往事，抑鬱牢騷之作也。』

自嘲

無寵無驚寄此身，半生嘗慣是艱辛。逢游山水才傷病，遇買詩書始恨貧。好友多疏緣作客，中懷易感不因春。年來一事真堪笑，故我依然白髮新。

寧武即事兼懷夢齡侄

自別前村樹，獨居天一涯。有詩都補壁，無夢不歸家。四月猶飛雪，三春未見花。登高舒望眼，山外夕陽斜。

接家書

官衙尺帛易郵傳，連日窗前展素箋。書少問安惟告急，貧當樂歲亦凶年。翻嫌厚積皆書笥，難得豐收是硯田。無術謀身原憲似，季倫應復笑黃泉。

春日山居

寄迹深山裏，幽居似太初。不知塵世事，但讀古人書。風暖茶烟静，窗閑日影徐。未知春幾許，草色到階除。

清明

清明游女走香車，欲去尋芳日已斜。翁仲無言都傲我，也曾觀遍洛陽花。

晚眺

好景隨時得，閑行趁晚晴。無風雲亦活，有水月添明。息影寒禽去，登高遠客情。思鄉聊北望，天際海烟横。

春日池上

春晝微陰好，臨池午睡餘。柳嬌時顧影，花落偶驚魚。止水如斯静，煩襟到此除。蕭然吾素志，不必賦閑居。

劉錫 二十一首

錫，字夢齡，號韵湖。維祺從子。候補縣尉。著有《寫梅閣詩草》一卷[一]、《題

[一]《國朝畿輔詩傳》卷五十九作「一卷」。

畫詩》一卷。［一］

按：韵湖生而聰穎，天姿清粹，長身玉立，幼便能文，超拔不俗。工行草書，善畫梅，兼通音律，笛賦琴心，罔不絶妙。性任俠，推解不倦。袁玉堂遣戍西行，韵湖病垂危，猶典衣裘遣人饋贐。儷伉甚篤，年未三十喪偶，遂義不娶，卒年三十四，無嗣。乃弟錞捷南宫之日，即韵湖赴大羅之時，故温東川哭之詩云云：『嗜飲長庚鯨化早，看花小宋馬歸遲。』蓋紀實也。

韵湖《傳略》云：『幼從外祖周方伯光裕及尊公悟川宦游秦楚，往來名山大川，胸臆開拓，才思縱横。所著《寫梅閣集》，或凄如曉風殘月，或韵如芳草嬌花，或幽如古樹荒臺，或幻如長峰怪嶺，真足雄視一時。』

［一］高凌雯［民國］《天津縣新志》卷二十三《藝文》著録劉錫『《韵湖詩集》二卷，抄本』，謂：『其卒之前一月，嘗以稿就，正成棟所謂《寫梅閣詩草》也。兹别有一卷，曰《韵湖偶吟》，考其年月，當爲二十以前往來晋秦所作，復從其家得詩二卷，一即《韵湖偶吟》之稿本，而有集後詩若干首；其一則録由秦之楚諸詩，而題中有謂孔峻峰、温東川、袁玉堂皆歸里以後之作，匯録一帙，名《韵湖詩集》。至《寫梅閣稿》，與此是一是二，詢於其家，則謂先世宦游山左、右，琴書漂泊，百不一存，無得而知之矣。』按：《天津詩人小集本》之《韵湖偶吟》末高凌雯丁酉（一八九七）《韵湖偶吟》跋：『年三十有六，竟卒，生平所著有《寫梅閣集》二卷、《題畫詩》二卷，今俱不傳。此集囊藏楊子若家，志局徵書，物色得之，考其年月，當爲韵湖二十以前之作，雖羽毛未豐，已有衝天之志矣。因録副藏之。』《韵湖偶吟後集》末民國丁巳（一九一七）高氏跋：『劉培致芝復出兩册。視余曰：「此吾家《寫梅閣詩草》也。」字迹繚亂，紙亦殘脱，諦視之，殆即《韵湖偶吟》之稿，而集後所作。兩册連續書之，韵湖由秦而晋而楚，以至歸里，皆有吟咏，得此似略備矣。《津門詩鈔》載韵湖詩二十餘首，無不才氣縱横，筆勢飄忽，而此卷僅有其一，以是推之，則此卷以外，韵湖得意之作，當不少也。』

少華道上

驅車少華道，農事課鷄豚。布穀一聲喚，槐花黃滿村。斜陽明水面，遠樹護山根。渾忘風塵苦，高吟曉至昏。

靈石道中

有水山皆活，無塵景即新。長堤千里樹，小渡一船人。日曉峰描黛，溪清柳照顰。仙鄰如可結，願住武陵津。

五月廿一日寧武紀灾

五月午後風怒吼，黑雲如墨穿城走。冰雹亂下雨暴來，雨點初來大如手。始疑海市蛟龍豪，錯落亂把珍珠抛。繼疑銀河岸决水倒瀉，自上而下滚波濤。雷聲轟轟電光紫，蛇龍震怒鬥不已。翻盆傾注無移時，四圍山水驟發矣。勢如十萬火牛踏連營，捲風掣電咆哮奔騰走不停。聲如海漲颶風至，千船萬船齊鳴鉦。既能摧石復拔木，滿城天翻與地覆。可憐東郭居下流，霎聞十萬人聲哭。人聲不及水聲高，滿耳但聞水滔滔。峻墻大厦皆飄蕩，闤闠旋成魚龍巢。一浪未平一浪起，一樓相繼一樓圮。滔天巨勢人難防，排闥盡作隨波鯉。斯時我正居寧武，乍聞慘變心怚怚。言者咋舌聞者驚，何堪當時身遭苦。須臾水勢退荒疇，千百家無片瓦留。月明夜静東門路，新墳舊墳鬼聲哭啾啾。

寧化道上

沙起亂雲隈，迎風過嶺來。春深雪雜雨，山遠樹疑苔。泉夾雙峰落，花争四月開。登高翹首處，柳外半樓臺。

同羅膺三登寧化山頂望蘆芽諸山

望山之妙如望水，一層未已一層起。層層不已各争奇，十萬亂劍青天倚。當空飛下一朵青蓮花，遠有筦涔近蘆芽；槃薄亘貫數百里，紫峰黄華面面遮。攀援猿嘯峰，躡躋蛇盤洞。屈曲蟻穿珠，展轉虱緣縫。南昌公子數摇手，彳亍不敢向高走。攀藤附葛獨尋奇，風吹白雲亂入口。怪石坳垤路蜿蜒，一登再登登絶巔。四面烟雲生足下，萬山青翠落胸前。諸峰知有人高望，層巒叠嶂争相嚮。嶄岁各逞奇詭形，公然不覺天在上。若避祖龍鞭，蹲踞藏伏相鈎連。若被巨靈辟，凌空十丈斬然碧。

又若鍛煉女媧爐，斑斑駁駁元黄紫青朱。材者用去頑者在，至今晦明烟霧蒸空虚。吾聞盤古開胚渾，鑱劖錐鋸辟石根。若謂俶詭不可據，何以林木澗壑見匠心之巧，嵚寄突兀留斧鑿之痕？倏然風起景頓變，雲霧彭濞飛如箭。惟見紅日圓滚黄金盆，青山厚裹白玉練。是有真仙靈，吾欲嘗其胡麻與青精。果否生神怪，吾欲看其飛騰幻化技狡獪。天不荅而冥冥，山不應而青青，但聞千林萬壑風濤聲。天公嫌我太饒舌，罡風倒吹令我别。狂嘯一聲山下來，幾點夕陽山回凸。

寧化署中偶成

荷酒携書下小庭[一]，窗間[二]霽色正新晴。一年訟牘[三]多臨帖，四面青山[四]半當城。紅杏夢酣[五]春弄笛，緑楊風細曉看耕。無端閑恨難消處，避署宫前蔓草生。城南有煬帝避暑舊宫。

[一]『荷酒』句，《國朝畿輔詩傳》卷五十九作『携酒懷書上小亭』。
[二]『窗間』，《國朝畿輔詩傳》作『松窗』。
[三]『訟牘』，《國朝畿輔詩傳》作『牘尾』。
[四]『青山』，《國朝畿輔詩傳》作『山岡』。
[五]『夢酣』，《國朝畿輔詩傳》作『雨酣』。

送友之寧武

楊柳花，飛如雪，日日江亭送離别。既傷離别復傷春，可憐柳條君莫折。雲樹蒼蒼白日凉，欲别不别心旁皇。無計留君奈若何，挽君之袂進君觴。惜君别，人生朝露從來説。留君坐，聽我歌，恐君重來白髮多。君不見，塞外沙石滿地走，六月雪花大如斗。

春暮同諸友携尊城北寺中看牡丹歸遲幾爲司門所阻

大呼諸公隨我走，城北牡丹開如斗。况逢如此好風日，閉置不出何酸醜。諸公較我興愈豪，一時衣冠聚八九。僧來迎客灑掃忙，雲作圍屏竹作帚。對此名花量宜宏，一枝花賞一斗酒。諸公豪氣如長虹，一吸百川鯨鯢吼。盡注汾酒入酒尊，欲取浮圖作瓿甊。我量雖狹心頗雄，勉把寒漿不放手。彌勒尊者笑我狂，向我捧腹大開口。鳩摩羅什嗔我頑，怒目獰狰光黝黝。惟有牡丹憐我痴，妙舞迎風亂點首。生平愛酒復愛花，祇願花酒常相守。况此名花窺我笑，敢將大醉辭吐嘔。流連花酒不願歸，忘却城頭漏催久。重關直俟鷄鳴開，鐵門未許詩人扣。諸人相視成大笑，無計能將秦關誘。鎖鑰聲驚門忽開，胥吏相將迎道右。道是不知諸長官，昏夜未能辨某某。急命駕車各争驅，御人精神亦抖擻。入門我更問司門，再來看花還開否？

晚眺

日落衆山晦，乘閑登古原。夕陽紅半樹，暝色暗孤村。臨水風生竹，隨人月到門。偶然遇田叟，坐石話黄昏。

題《黄筠軒先生小照》

楊柳春深花亂飛，有客持竿坐釣磯。斜風細雨不歸去，柳絮楊花落滿衣。夕陽影裏烟光暮，波紋漯漾垂綸處。情同魚鳥共忘機，身似閑鷗自來去。先生之志寄江湖，别有深意知者疏。若謂衹争魚得失，先生豈真是釣徒？先生鼓掌笑不已，點頭許我爲知己。千點桃花尺半魚，同向春江釣烟水。

喜雪歌

誰將大帚向天掃，亂掃天花飛素縞。散漫交錯無移時，山川失色乾坤老。始如昆明臺上春風來，紛紛藉藉飛劫灰。又如倚天長劍脱鋒穎，萬仞鐵花飄空冷。元陰晦冥記空桑，銀雲四垂光茫茫。可憐千里一色白，歡樂疾苦雲泥隔。君不見深屋重簾活火紅，圍爐擁妓酃醁濃。又不見袒衣露寢高卧者，下無寸氈上無瓦。卧者亦何高，樂者亦何豪。二者不可見，一時但聞萬民歡聲嘈。天公有意憐赤子，不雨珠玉利莫比。試看茅屋編户中，十萬傴農一齊起。墨濃磨兮酒滿斟，志吾喜兮發長吟。因知道旁車轂下，應無負薪痛哭人。

謁淮陰侯墓

王可封，不可求，封得真王斫去頭[一]。古今多少豪杰士[二]，七尺半爲[三]虚名休[四]。如何國士稱無雙，亦屬昧昧無遠謀[五]。況君絳灌羞與伍，等而下之不足數。焉知身後躡足人，疑嫌不由凌折取。君生疑，友生忌，危則用之安則弃。

[一]《天津詩人小集》本《韵湖偶吟》無「真」字。

[二]「士」，《韵湖偶吟》作「子」。

[三]「半爲」，《韵湖偶吟》作「多爲」。

[四]「休」，《韵湖偶吟》作「死」。

[五]「無遠謀」，《韵湖偶吟》作「保身理」，下有：「功乃疑之媒，重其權者深其猜。不然成皋失守趙壁趨，何以卧内奪兵符。」

公不負人人負公，功成竟無立身地。[一]我今過嶺前，來拜君侯墓。愛君復惜君，瓣香展誠慕。吁嗟乎，英雄高冢尚巍巍，吕雉骸骨今何處？

過雁門

擾攘風塵客，摇鞭過漢關。白沙春水渡，紅樹夕陽山。途短輕裝減，天長羸馬閑。孤村烟幾縷，遥雜暮雲間。

望華山

萬古蒼然黛色濃，嶄嶄仙掌削芙蓉。飛來雨氣倏成雪，除却雲踪都是峰。可許乖崖分一半，欲從元仲踏千重。我來不敢拾紅葉，恐向懷中化冷龍。

車中吟

序：丁丑春，自秦之楚。長道無聊，凡有見聞，輒歸吟咏，無題可名，名曰『車中吟』。

朝渡伊水河，暮上白沙坡。闊落林木絶，蕭蕭黄草多。狂飆起天半，沙石走岩

[一]『公不負人人負公，功成竟無立身地』，《韵湖偶吟》作『不求真王求假王，剁顯使之以駭异』，下有：『漢高天性多忌猜，良弓走狗皆成灰。不聽蒯生見者大艷王之假號胡爲哉？』

阿。白日黯不見，陰氣相蕩磨。格磔笑山鬼，威蕤生女蘿。不必逢窮途，嗣宗唤奈何。嗟嗟行路者，胡爲向此過？

老牛旋石磨，小犢飲溪水。老牛愛犢深，時時側目視。犢亦愛老牛，對母雙竪耳。意曰母勞瘁，胡不且休止？母曰食主粟，力盡繼以死。小犢泪滂滂，跪前鞭不起。老牛怒且悲，角牴舌復舓。

汝陽題壁

我愁自西來，挂在東山樹。樹枯愁不開，隨風成烟霧。霧濃愁益深，明月照我心。明月自今古，我心何其苦。去年帝京游，投策不見收。今歲之楚北，奔走衣食謀。在天不可知，在人不可必。魂夢未忘家，辭家已十日。朝渡函谷關，暮上龍門山。山上有白雲，摇曳清虚門。豈不懷故岫，蕭蕭風雨寒。雲兮汝奈何，使我心悲酸。行行重行行，一步一回首。莫折洛陽花，莫飲魯陽酒。酒氣醉我心，花刺傷我手。豈沽儒者名，貧愈自待厚。我聞黄鶴樓，建立大江濱。高出與雲齊，登之望無垠。所謀不必遂，且作眺游身。囊携碧玉笛，横吹江城春。一曲恐未了，烟波愁殺人。

太行山中

路自蠶叢心自平，盤磐石磴誦詩行。人無壯志難忘險，山有奇峰始得名。何處更看紅日近，至今猶見紫雲生。回頭不辨塵間世，烟霧蒼茫空澗聲。

曉發

一覺不知曙，輿人催促起。曉色透笭箵，襆被篝燈裏。惝怳驅車出，野風寒入髓。宿烟濃似錦，曉月薄於紙。殘夢猶在衾，問程已數里。霜重箭樜寒，聳肩袖掩耳。客路酒旗親，一竿露沙背。

題吴惠棠《邵存詩集》

一別東陽兩度春，冰壺玉樹憶丰神。能言肺腹[一]才知己，自古聰明是恨人。昭諫文章悲抑鬱，杜陵詩卷慰沉淪。不須更下窮途泪，陸海潘江已問津。

山行曉成

東方一綫紅，頓覺萬壑曉。馬蹄不住催，車輪度林杪。峰回路轉出山前，鷓鴣

[一] 高氏校云：『「腹」應作「腑」。』

一聲村影小。

劉錞 二首

錞，字聲於，號巇田。韵湖之弟。嘉慶己卯鄉魁，道光癸未進士。著有《巇田初稿》。

秋雨

雲上青山外，陰陰没夕陽。水深三寸雨，秋劇幾分凉。葉落空階寂，蛩吟午夜長。可知開霽後，砧杵數家忙。

春日同韵湖兄小飲

薔薇四面曳藤梢，一架香雲弄玉簫。春得鶯花纔有興，人非詩酒竟無聊。斜陽影逐溪烟暖，村雨聲收燕語嬌。暫放形骸人莫笑，謝庭風味本逍遥。

王廷樾 六首

廷樾，字藹人，本名汝楫，字作舟。諸生。

按：藹人性孤逸，刻苦自立，一介不輕取與。貌寒陋而品誼絶高，所歷坎坷，人不堪憂，處之泊如也。嘗館於一家，居停嫌其衣冠敝垢，將不終局。良朋請易之，堅持不可，遂謝去。至不能炊，無憾色。雖古賢繩樞肘見之風，何以异之。其詩頗具超逸之致。

送春

紅香滿徑惜芳菲，幾樹閑庭挂落暉。底事緑楊千萬縷，繫留不住任春歸。

昨夜東風分外增，飛紅無力墮層層。多情最是湘江水，直送桃花到武陵。

春思

春深庭院寂無嘩，竹影移窗日漸斜。蝴蝶自驚紈扇影，雙雙飛去過鄰家。

老伎

未了青樓夢，相思總是痴。新聲猶在耳，舊恨未離眉。白髮花間[一]落，紅顔

[一] 高氏校云：『「間」恐是「開」。』

月滿虧。夜深商婦泪，衹有四弦知。

偶成

一望銀河浸影微，淡雲風送住還飛。夜深恐有遲歸燕，月上疏窗未掩扉。

夏日雨中漫成[一]

侵曉簾開乍倚樓，無端詩思最關愁。白楊樹外蕭蕭雨，未到西風已作秋。

李芳田 二首

芳田，字甸之。布衣。

按：甸之父名炎，乾隆庚子舉人，宰陝西涇陽縣，升任知州。甸之少爲貴游，一擲萬錢，不事舉業。中年落拓，游大江南北，浪迹二十年，喜爲章句。所覽名勝，輒流連光景，發爲詩歌，往往有奇句，與一時名士畸人，唱酬甚夥。

[一]《國朝畿輔詩傳》卷六十題作《夏日雨中》。

月蝕詩道光六年四月望夜月蝕既感之而賦

晦顯原無定，今宵月尚然。珠胎才半缺，鏡面已翻懸。詎意光明夜，旋成混沌天。任他風露冷，坐待五更圓。

冰床

冰床安卧處，河路走平川。却笑山難倚，居然榻可眠。廣寒魂夢裏，銀漢斗牛邊。回首江湖險，風波十四年。

甸之乃詩人郝石臞老人之甥孫，嘗述石腰《秋海棠詩》云：『凉月移嬌影，西風動弱枝。可憐傾國色，未及早春時。腸斷却誰語，花開空自悲。聊將一杯酒，與爾話秋思。』前采石臞詩未得之，故附記於此。又，甸之於其家墓門上書聯云：『莫求棺椁之美，但全身體髮膚入土中，人人無非厚葬；休信風水者言，惟積德行陰功於世上，處處盡是佳城。』

王樹門 七首

樹門，名失考。

按：同邑張青立先生《漫抄》云：『王子樹門，津門舊族也。其《游秦晋草》中，悲壯淋漓偉句不可枚舉，如《次陘山驛》云：「官槐驛路秋聲滿，野草宫墻夕照閑。」《安邑途巾》云：「陶唐田井三千載，夏后提封四西年。」《過驪山》云：「豐樹夕陽連渭水，灞陵秋色近長安。」《華青[一]宫》云：「一自飛塵驚玉輦，遂教湯殿掩金沙。」等句，皆可誦。』所載詩甚多，惜不詳其名。嘻！津邑二百餘年來，湮没奇士多矣，僅一樹門也哉？

風陵渡河宿潼關

擊楫黄河夜度關，滿川明月滿城山。帝王都會藩籬處，秦晋封疆指顧間。烽火不驚金鎖固，魚龍潛伏水波閑。五更官燭消紅盡，千里鄉心逐夢還。

春雨分韵

盡日霏霏盡夜長，隔簾草色帶泥香。春城薄暮千家暗，邊地重陰二月凉。池水細生新鴨緑，柳條輕染淡鵝黄。驚心物候悲游子，雲樹蒼茫憶故鄉。

登代州譙樓

舜廟空山石磴迂，趙王城堞久榛蕪。雲間峻嶺飛狐隘，天外奇峰過雁孤。邊略至今思李牧，河聲終古笑扶蘇。雄圖霸業銷沉盡，黯淡秋陰下野烏。

[一]『青』，《國朝畿輔詩傳》卷五十三作『清』，高氏校云：『「青」應作「清」。』原校本亦作『清』，當據改。

一自陳豨據朔方，漢家始辟雁門疆。金笳細柳調征馬，玉碗蒲萄醉戰場。周衛功勛餘故壘，李程營陣付斜陽。燕支塞遠人千古，青冢魂歸夜月凉。

漫言魏晋與齊梁，近代君儲宋繼唐。武德奇功宗李段，太平名將説曹楊。三州舊壘黄雲暗，九字豐碑碧蘚荒。盛世不須防禦險，邊陲無警地無疆。

古柏蕭蕭望晋陵，殘唐帝業一人興。沙陀龍起回青海，朔漠鷹揚振白登。百戰軍中遺宿恨，三垂岡上見風棱。於今絶塞餘抔土，落日荒原蔓草藤[一]。

山外浮雲雲外山，不關興廢事循環。雨昏雁塞荒烟斷，草没龍沙秋景閑。卜肆君平何處問，登樓王粲幾時還。白楊原上西風急，旅恨鄉心鬢欲斑。

又如《游曲江》云：『雲樓珠翠空流水，御苑芙蓉剩夕陽。』《客中感懷》云：『三晋雲山鄉夢遠，五陵裘馬故人稀。』皆有七子遺音。

梅履端 八首

先君子，字雅村，號三渠釣叟，晚自號拙石老人，布衣。[二]

[一]『草藤』，《國朝畿輔詩傳》作『野藤』。

[二]《國朝畿輔詩傳》卷五十三謂『有《拙石山房詩草》一卷』。

舅氏中年學畫，遂成絶藝。竹法文與可，蘭法鄭所南，梅法梅花道人。尺幅片紙，争購爲寶。游迹半海内，卒不遇。甥王成烈填諱。

遣懷

時乖何所托，老屋且埋頭。儘有書中味，能消静裏愁。竹寒雙屐雨，菊瘦一瓶秋。往事條條悟[一]，休言志未酬。

閑步

閑來著屐步長堤，柳簇花深徑欲迷。詩在眼前吟不得，雨鳩啼過水塘西。

窗間梅花[二]

瓷瓶[三]閑插小梅花，移映書窗月影[四]斜。骨格雖寒風味古，自宜相賞在貧家。

[一]『條條悟』，《國朝畿輔詩傳》卷五十三作『今全悟』。
[二]《國朝畿輔詩傳》卷五十三題作《瓶梅》。
[三]『瓷瓶』，《國朝畿輔詩傳》卷五十三作『膽瓶』。
[四]『月影』，《國朝畿輔詩傳》卷五十三作『日影』。

獨酌

獨酌復獨嘆，嘆此一生愁。少年成孤露，負重爲馬牛。中歲命迍邅，東西紛營投。徒以供人役，何嘗遂我求。瘠田無半畝，寸硯資秋收。破屋無半椽，賃宅等浮舟。匆匆六十年，未獲隱一邱。多男信多累，教養無時休。諸孫依次長，哺乳聲啾啾。人誇子孫福，我耽子孫憂。豈不作達觀，聊此寄泡漚。孫女摘菊來，將花簪白頭。嬉笑爲開顔，對之傾一甌。

鎮江道中

客途車馬殆，所畏是黄昏。溪影斜陽樹，墟烟遠陌村。簪花人映竹，扶杖叟依門。對此懷鄉土，歸家玩幼孫。

題畫菊

西風蕭颯動寒林，耐盡清寒秋氣深。却笑繁華都落魄，讓他遍地點黄金。

郊外偶步時在鎮江

緑樹家家黄鳥鳴，水村風景近清明。春來春去花開落，人哭人歌草死生。過眼興亡原是夢，委心榮辱豈關情。耽閑不爲尋僧話，竹外荒庵偶一行。

游花隱庵

竹密無行徑，桂花香滿樓。自憐孤客意，惟愛古庵秋。何日偕僧隱，長貧對佛愁。石欄閑坐久，松翠落茶甌。

《登岱岳》云：『雲根鴛坼陰崖黑，石上松留太古青。』《望華山》云：『一峰天外矗五指，日邊擎嘗在金陵。』《隱仙庵得句》云：『獨酌一杯就竹影，閑吟雙屐入梅花。』爲時所賞。船山師題先君子《友蘭圖》云：『奕世相傳翰墨尊，南昌仙尉舊兒孫。畫中逸品詩中伯，名士真難在一門。』周尺木爲先君子著《拙石老人歌》云：『拙石老人性孤潔，不愛家居走風雪。老而益壯向山游，窮且益堅磨硯鐵。九州岩壑半登攀，三晋碑版齊鉤探。晚年復税長安駕，舊友難逢庾子山。黄塵十丈飛人海，金臺五色韜文彩。美玉有時儕碔砆，魚目如何雜珠琲。長鳴轅下厄良駒，五都市上無方觚。真眼不來牝牡外，奇材誰撥雲泥途。故園三徑荒松菊，健筆一枝賣蘭竹。樽盈自喜酒學陶，囊空不顧金羞陸。手揮蘭竹皆仙品，碎石零花綴苔錦。墨氣吐成栴檀香，一手揮毫一手飲。畫就神飛脱敝裘，醉餘逸興開吟眸。人間倪黄度瀟灑，天邊角亢光觺觩。慨余濩落同瓦缶，逢君擲筆貽瓊玖。有情相對增長嘆，我儀圖之進一斗。高林明月老人來，仙風玉骨何皚皚。饒他萬卉爭凡艷，歲寒自有羅浮梅。』

梅嶺 四首

嶺，字庾仙，號剛峰，別號鶴窗。諸生。

按：剛峰制藝胎息大家，困於名場。著《自鏡閣詩草》，李海門先生符清宰天津，最蒙推賞。

題王訪舟畫

丈夫以墨爲游戲，夜半忽聞山鬼泣。造化在胸筆在手，鞭驅峰巒風雨集。晴日芸窗寫畫圖，淋漓墨瀋紙模糊。草木精靈石之魂，眼看變化在須臾。吁嗟顧陸不可再，此事誰能傾儕輩？天根月窟探幽奇，碎雨零雲穿紙背。君家妙筆擅江東，右軍翰墨奪天工。豈惟六書世罕匹，畫法不與前人同。邇來太倉鍾人杰，五岳三山留真訣。誰知沽水有宗風，世人未敢名優劣。尺幅寫就共傳觀，六月江天挂壁寒。安得畫出匡廬千尺雪，著我棕鞋箬笠看飛湍。

重有感

銷盡雄心閲歷多，不堪重唱莫愁歌。管城誰借三千筆，寫遍人間可奈何？

自嘆

七度槐黄志未償，始知雲路遠茫茫。前身應是衡文客，曾把文章錯校量。

題《蕭參軍小照》

西川名士秦淮客，四十鬢眉森如戟。年來漸覺面龐非，少小丰姿殊堪憶。我今披君之畫圖，芒鞋倒趿頭不梳。長松蜿蜒千尺落天際，丹樓箬檻雲模糊。中有一美女，抱琴獨不語。凝睇送飛花，花落如紅雨。花落春深三月天，緑溝春水響涓涓。琴聲半逐泉聲起，一曲流水爲君傳。今君作吏來燕地，三年寄迹同蕭寺。春深江國繫遐思，故園花柳爲誰媚？二分明月小揚州，玉管金箏畫鷁頭。春漲一篙津水闊，片帆又向畫圖收。

津門詩鈔校箋卷二十

閨秀

程德輝 二首

德輝，天津人。父鑰。適孫洪，殉節死。

《秋坪新語》載：『程德輝，其先紹興人，鑰之女也，從其父來天津，家焉。幼沉敏，書一二過輒成誦。嘗取殘燭藏之，以佐夜讀。既長，明麗絶倫，而幽閑貞静，出自性生。雖工於詞翰，秘不示人。隨父客懷慶，得故人子孫洪，亦津人也，見其文秀翩翩，遂妻之。初婚之夕，夢吟「梨花空自落」之句，意以爲不祥。久之，洪客夷門，歲或一二返。相莊一室，往復古今，嚴師友不翅也。已而，洪病殁，無子。程誓死相從，滴水不入口。既而起曰：「夫子未有子，我再死，誰爲繼嗣者？是絶吾夫也。」於是復强飲食。方洪之未殁也，與程依父居懷慶。至是以舅在津，宜奉養，遂返津門。朝夕進甘旨，無不先意承志。綱紀家政，咸有禮法，舅若忘無子也者，鄉黨翕然稱之。後六年，洪弟明生子紹賢，程以爲己子。逾年夢夫來迎，乃作書告舅，自明從死之志。其略曰：「兒生不辰，壞墻賫恨，藐若寡鵠，上累椿庭，始以白首無期，黄泉可卜。顧殤子不嗣，恐若敖餒，而昔人言，就死易，立孤難，兒何人，斯敢圖其易哉？今幸螟蛉類我，勿遺夫以伯道之憾；菽水承歡，漫致親有史雲之憂。羹湯洗手，恩酬爱日，分合常依。獨是生者托奉色笑於彤幃，死者誰驅螻蟻於黄壤。舉案挽鹿之謂何，而竟以幽明异視哉！况梨花空落，夢讖初婚，命薄自天，分應早謝。倘欲未亡人同穴，俟白首而後，不且貽夫子泉臺有懸望之鰥耶？與言及斯，食息都廢。所願慈幃鞏同山岳，兒雖九泉埋骨，三生含笑矣。」遂闔户雉經，時年三十有三也。其夕室中白氣竟丈觸窗而出，一鳥赤如火，回翔户内，良久乃去。生平所爲詩甚多，卒前一日，盡焚之，存者《雨霽》《幽竺》等數章而已。」

雨霽

雨餘晴自好，暮色藹林端。斜景淡相媚，小窗空復寒。花明如欲語，鳩逐不成歡。滿徑蒼苔滑，含情獨倚欄。

幽蘭

紉佩相參欲怨誰，國香原不要人知。祇應空谷佳人共，翠袖天寒日暮時。

浮槎散人曰：『人樂則願生，苦則思死。節完嗣立，奉舅終身，誰復捨身爲快哉？乃從容就義，視死如歸。視夫一時激烈，慷慨捐軀者，不尤爲難之難歟！正誼明道，古大賢事也，猗歟巾幗，日月争光矣！』

按：德輝父善詩，余物色其集，數年不得。《天津縣人物志·流寓》載其傳，附記於此，聊傳其人：『程鑰，字北堅，晚年更字果庵。浙江山陰人。年十六來天津，遂家焉。少孤，事母以孝著，長而博極群籍，撰有《斑管録》七十餘種、《豹隱齋詩文集》若干卷。生平好施濟，遇匱乏者，雖旅邸，傾囊贈之。從兄無子者，代之置姬侍，親爲奉養。客粤西，有挈妻子而病於逆旅者，鑰爲資給之，幾[一]數年。有女名德輝，以節烈著。』

[一]高氏校云：『「幾」，應作「凡」。』當據改。

許雪棠 一首

雪棠，字失考。

《蓮坡詩話》云：『余有別業在曲州[一]。庭前海棠，忽於十月間雪中盛開。大尹張若岩，桐城耆宿也，賦七律一首，甚佳。和者雖多，津門閨秀許雪棠爲最。許過時不嫁，工詩文，閟不示人，傳播人間者，惟此詩而已。』汪西顥《津門雜事詩》有云：『不櫛書生不畫眉，傳來艷絶海棠詩。若教玉秤稱才子，壓倒樓頭舊婉兒。』正指雪棠也。

雪中海棠和韵

移從香國種無雙，幾見淩寒意不降。日映輕紅嬌帶泪，風扶弱質笑迎窗。朱門舊許宜春睡，冷院新看伴玉缸。却恨杜公無好句，空教十月渡寒江。

吟齋氏曰：『才而不嫁，與學而不仕者何异？雪棠非具過人之識，烏能協不字之貞如是。若雪棠者，謂巾幗中之子陵也可。』

[一]《蓮坡詩話》作『周』，原校本亦改作『周』，是也，當據改。

趙恭人 一首

恭人，佟莘湄太守鍈配。著有《殘夢樓草》。

《蓮坡詩話》：『平樂太守佟鍈妻趙恭人，早寡，依兄公 僑居天捽，鞠子濬成進士。生平作詩甚富，不輕示人，而絕無脂粉之態。其《祀竈》詩云：「再拜東厨司命神，聊將清水餞行樽。年年破屋多塵土，須恕夫亡子幼人。」』爲世傳誦。所居樓曰『殘夢』，因號殘夢主人。

題《邊塞圖》

黄沙漠漠迥無垠，萬古關河不度春。今見畫圖腸欲斷，可知當日戍邊人。

按：佟氏樂浪人，世家閥閱。其僑寓天津者，蔗村最著，一門風雅。蔗村妾名艷雪，亦有詩名，所居曰艷雪樓。今雖園林蕪没，人猶指其遺址曰佟家樓。金芥舟先生詩云：『小墳烟草緑茫茫，又向佟家看海棠。』即謂此也。《蓮坡詩話》：『辛丑仲春，余遭炊臼之痛，同人和《悼亡詩》甚多。中有佟蔗村姬人艷雪七絶更佳，其結句云：「美人自古如名將，不許人間見白頭。」用意新异。』

欒安人王氏 五首

安人，天津詩人欒樹堂先生樟妻，飛泉先生立本之母。著《南游草》。

舟行

曉風捲雨透窗紗，雨板長排悶倍加。獨坐舟床無個事，隔將簾隙辨山花。

咏岸上土牛

兩岸成群斷復連，不牽繮索不耕田。生來自合中央築，用去難從逝水捐。赤夏炎蒸寧喘月，洪濤澎湃自防川。牧童短笛知何處，留得長堤伴柳眠。

食鱸魚

四顋鱸魚躍錦鱗，聲聞遠地作奇珍。烹來不過尋常味，莫把虛名誑北人。

除夕

欲舒梅蕊臘將過，惆悵鄉關可奈何。舟子不知人意醉，滿江來往唱吴歌。

虎邱

舟泊吴江岸，乘春玩虎邱。懸崖通小徑，密樹隱高樓。劍石痕猶在，墳池血尚留。相傳池血，吴王殺築墳者血渠。浮言誰與辨，取路過溪頭。

欒飛泉先生《愍思録》載《安人行略》曰：『母姓王氏，世居静海縣。外曾祖諱璧，康熙丁卯科武亞元。外祖諱麟，乾隆丙辰恩科副榜。徙居天津。外祖母牛孺人，静海進士諱天宿公胞妹。母秉性寬和，慈祥温厚，無偏倚私曲之見。自言生平無他學，衹是朱子格言，未敢一句忽過。生平雖善詩，恒不欲人知。曰：「婦道無成，何敢操觚染翰，與文人學士争名？」於歸之前，居南城内，城樓中火藥忽灼，黑烟如瓮，人家墻壁俱飛，舉家狂奔，母倉卒出户。旋自止曰：「蹂躪中，吾豈可以身與耶？」入室閉門，負墻而立。俄有石壞窗入，著榻而陷，母竪立不動。越日火始息，亦竟無恙。吾父壯年頗嗜吟咏，每與親朋相酬，然於母之能詩未及知也。後於弃紙中得《刺窗詩》一首云：「蓬窗何用碧紗籠，聊度金針一望通。寄語小蟲休漫入，此間止許透清風。」固詰之，始知爲母作。族姑某室徙遠方久矣，一日偕其季子來，出數百金托父代營生理，父爲覓一廛居焉。貨甫聚，有伊戚李某者陰唆之，蓋因父曾鄙其人，而峻絶之也。姑果變，遽索厚資，父急爲收之，已折百金，姑遂大肆詈辱。每晨興輒詈，或身僵地，髮蓬蓬若死人。其從子尤狠悖，多逞無禮，一語不周，則頭相觸索食，非母手治，則傾覆之。時祖母卧病，日須十餘餐，母方在妊，夏酷暑，母日營饌餌，侍祖母，且周旋姑，而姑之虐戾益甚，父漸不能堪，母力勸。歷數月完其資而去。母已焦勞積爲終身之病。辛酉歲，吾父謝舉子業，客柳州。有言粤省山川之險者，母憂思成絶句云：「寒夜凄凄夢不成，關山險阻憶長征。却憐兒女無愁思，枕側惟聞鼾睡聲。」父適粤，久無音信，母歷艱辛，嘗作長律《書懷》云：「匆匆百粤去，鹿鹿遠驅馳。途險勞相念，家貧止自持。但求平是福，偏遇事多歧。區畫親難倚，經營子不知。逃亡奴婢盡，傾倒住居移。爲病女工輟，因貧兒課遲。門庭真寂寞，里巷任凌欺。路遠魚書斷，心懸噩夢奇。三年曾有約，一日豈忘思。惟祝康寧返，從容話别離。」父自粤歸，課不孝等讀書最嚴，時加鞭責，母爲勸救，遂致詬訶，母心傷之。見壁畫織屨婦，因題一絶云：「十指緝麻屨在旁，想求活計爲兒郎。世間痛癢非關母，何苦勞勞晝夜忙。」父見之，怒少解。張廣文廷錡女名懷清，幼字王室，年將及笄，忽聞婿歿，女變色入厨，自投於瓮，訛傳氣猶未絶，母曰：「此不必救，以成其志可也。」俄言已死。母曰：「得之矣。」爲詩以吊之曰：「嗚呼張氏女，未婚夫已殤。剛[一]常存血性，節烈凛冰霜。氣禀乾坤正，名傳遠近香。舍生取大義，青史可增光。」外祖下世之明年，母將除服，作詩二首以志慟。詩曰：「一脱麻衣泪與并，斬衰降作一年輕。即今换服依常禮，脉脉衷情何日更。」又云：「除服親丁二十人，哀哉獨我倍傷神。生前鍾愛嗟尤甚，何忍今朝與衆均。」從堂姑行二，適於，常饔飧不繼，母時饋問。一日姑來曰：「吾承嫂惠多矣，然每賜必當吾匱，是誰告之耶？」吾母泫然曰：「子不見吾常使寬兒往戲乎？暗捫爾竈耳，竈冷故知不飯。」姑聞而泣。父如秦，母課不孝等，作《勉學詩》曰：「閉户讀書常自拘，心田嗟爾任荒蕪。文章也覺多爲貴，筆墨翻憐有若無。孫子家貧猶映雪，路公身牧尚編蒲。困中勤勉皆通顯，過隙光陰未可辜。」丙戌年，不孝敬爲武昌衛千總，母南游居武昌館署，《聞雁思鄉詩》曰：「回雁排行叫碧天，忽驚兒女隔終年。倚門空悵音書渺，遥指鄉關在日邊。庚子年六月十五日，母病痢五六日，自知不起，即屏藥餌，曰：「吾逾七旬，三子無白丁，一女爲太守婦，濟濟五孫，吾願足矣。」病篤時，天熱甚，孫女輩爲啓窗簾納風，摇手止之曰：「外供竈神，捲此則卧相嚮，非敬也。」口不能言。午後，呼不孝本執筆，口述云：「問予何故得奇殃，百藥全無救我方。若使輪回真有數，一生勤儉訴冥王。」遂絶筆。』

按：安人懿行甚多，兹特截録十之一二。長子名立寬，庠生。次子名立敬，壬午科武舉，衛千總。三子名

[一]原校本作『綱』。

立本，乾隆癸卯舉人。女適同邑江濤，任廣西思恩府知府。《長蘆節孝志》：『王氏静海人，副榜麟女。幼穎慧端静，精女工，博綜衆藝，而性喜文。五歲時，聞兄輩讀書，即往竊聽，父問曰：「女讀書何爲？」對曰：「學作好人耳。」授以經，過目輒成誦。所居近城。一日譙樓火，瓦石飛迸，家人皆狂奔。呼之走，甫出户，曰：「倉卒蹂躪中，吾女子豈可以身與耶？」返閉户。有巨石壞窗入，不爲動。長適生員欒樟。姑没，厝於郊。夫粤游不得歸，氏乃日刻半餐之資納撲滿，盈則埋之。積得若干錢，買地以葬。吟咏甚夥，不存稿，惟《南游草》一卷行世，如「夜静風鳴竹，春寒雨笑花」之句，膾炙人口。』

金至元 九首

至元，字載振，一字含英。解元查爲仁妻。著《芸書閣集》。

《天津列女志·陳公鵬年金氏傳》云：『至元，字含英。府學生大中女，適天津查氏[一]。夙嫻内則，不苟訾笑。性極孝，事父母及舅姑皆得其歡。幼讀書，通大義，穎慧絶人。女紅之外，書算琴管，無不精妙入神[二]。尤工於詩，著有《芸書閣集》二卷[三]，清拔孤秀，不染粉黛習氣。平素閟不示人，既殁，世争誦之，濟南趙宫贊執信爲序，以傳。』

[一]『天津查氏』，《天津金氏家集》四種本《芸書閣剩稿》前陳序作『宛平查君爲仁』。

[二]『精妙入神』，《天津金氏家集》四種本《芸書閣剩稿》前陳序作『精擅』。

[三]『《芸書閣集》二卷』，《天津金氏家集》四種本《芸書閣剩稿》前陳序題作《芸書閣稿》。

按：含英詩人金子升平孫女，查蓮坡居士配。幼穎悟嗜學，閨秀中，秉家傳，已能詩。蓮坡以事下請室，九年出，始成婚禮。琴瑟綦諧，没後遍徵題吟，佟蔗村先生姬人艷霄雪挽句云『美人自古如名將，不許人間見白頭』，爲士林所艷稱，梓入《蓮坡詩話》并《隨園詩話》。與蓮坡唱和成帙，號《松陵集》，見欒飛泉先生《津門詩彙》。

春日

午窗寂歷聽啼鶯[一]，澮沱春光畫不成。坐擁熏爐寒尚峭，旋移花埒雨初晴。鈎簾乳燕多尋壘，隔巷吹簫已賣餳。忽見侍兒來插柳，始知節物近清明。

過草亭作

屈曲草亭入，蕭疏遠市嘩。畫欄斜抱石，翠幌薄籠紗。境僻蝸粘壁，林香蝶[二]報衙。此間塵事少，一卷補[三]《楞伽》。

[一]『啼鶯』，《天津金氏家集》四種本《芸書閣剩稿》作『鶯啼』。
[二]『蝶』，《蔗塘外集》本、《天津金氏家集》四種本《芸書閣剩稿》均作『蜂』。
[三]『補』，《天津金氏家集》四種本《芸書閣剩稿》作『誦』。

古意

倚熏[一]籠兮倦綉，日遲遲兮春晝。步庭除兮延佇，折花枝兮獨齅。鶯百囀兮將闌，柳飛花兮欲殘。恨流光兮難綰，掩羅袖兮汍瀾。

春盡日

九十春光劇可憐，難追羲轡夕陽邊。桃花不識東風换，猶弄妖紅幾朵妍。

重過水西園[二]

一番雨過釀輕寒，七月南塘水半竿。最是重來好風景，秋光如染隔林看。

初夏

柳葉毵毵覆屋低，緑陰初滿小軒西。沿堤[三]碧草茸茸長，坐樹黄鶯[四]恰恰啼。

［一］『熏』，《天津金氏家集》四種本《芸書閣剩稿》作『薰』。

［二］《蔗塘外集》本、《天津金氏家集》四種本《芸書閣剩稿》均題作《重過郊外園林》。高氏校亦云：『《重過水西園》，集作《重過郊外園林》。』

［三］『堤』，《蔗塘外集》本、《天津金氏家集》四種本《芸書閣剩稿》均作『階』。高氏校亦云：『「堤」應作「階」。』

［四］『黄鶯』，《蔗塘外集》本、《天津金氏家集》四種本《芸書閣剩稿》均作『黄鸝』。

須識人生皆有定，自來物理本難齊。紅閨久誦斑[一]姬誡，未敢拈毫著意題。

催妝詩次韵

句好如仙絶點塵，青蓮原是謫來身。詩傳彩扇歌偕老，籍記丹臺署侍晨。《松陵集》注：『執蓋侍晨仙官貴侶。』四照花開融瑞色，九微燈飆[二]締良因。牽蘿補屋休嫌陋，得貯珠璣敢道貧。

百和[三]香濃結綺筵，雲璈如奏大羅天。龍泉那肯豐城掩，冰彩依然桂殿圓。此日授綏休論晚，他時委畚計當先。試看歐碧鞓紅種，留取春光分外妍。[四]

[一]『斑』，《蔗塘外集》本、《天津金氏家集》四種本《芸書閣剩稿》均作『班』。高氏校亦云：『「斑」應作「班」。』當據改。

[二]『飆』，《蔗塘外集》本、《天津金氏家集》四種本《芸書閣剩稿》均作『颭』。

[三]『百和』，《天津金氏家集》四種本《芸書閣剩稿》作『百合』。

[四]《芸書閣剩稿》後注有『附蓮坡《催妝詩》：「十年香靄攬情塵，留的霜華百煉身。此夕星光盈錦幄，向來春色阻花晨。誰言蔗境甘無比，久識蓮心苦有因。差喜高堂稱具慶，鹿門偕隱莫辭貧。紅燭雙行照玳筵，鳳簫吹徹下瑶天。璧存敢詡連城貴，珠在還欣合浦圓。賦就桃夭期覺後，迎來鵲駕路争先。夢中欲乞生花管，待寫春山滿鏡妍。」』

夜話和蓮坡主人韵

人生大抵游仙枕，已出邯鄲君莫疑。世事浮沉無定著，流光劫火漫尋思。試香午院宜煎茗，門墨晴窗好賦詩。終卧牛衣吾不悔，祇憑清課愜心期。［一］

查調鳳 二首

調鳳，字鳴祥。蓮坡老人爲仁次女。

按：於斯堂查氏一門風雅，纍業縹緗。閨閣之秀，咸工文翰。白含英金夫人提唱於先，以後蘭房嗣響，率多咏絮之風，他族罕有及者。

水西山莊落成家嚴慈游賞命賦敬步原韵

草草新成小水西，疏籬茅屋稱安栖。無多山水供人賞，有點烟雲著樹低。曲院詩篇吟滿壁，半園花竹抱長堤。老年但得怡情地，隨處皆堪自品題。

邃館蕭閑帶雪過，深深落葉曉風摩。庭虛遮莫游人少，禪定何妨轉語多。郊外

［一］《芸書閣剩稿》後注有『附蓮坡《與内子夜話》：「此生已分難重見，今日相看轉自疑。噩夢十年誰唤醒，離愁兩地渺相思。冬釭夏簟通宵泪，悶翠慵紅滿篋詩。鄭重與君栖歲晚，莫將清賞負幽期。」』

寒光宜野趣，酒邊白髮帶微酡。開筵此日歸來晚，還喜嘉賓有范何。

查容端 二首

容端，字淑正。蓮坡老人第三女。

水西莊落成敬步家大人原韵

小圃新成復嚮西，一家逸興愛幽栖。竹烟半隱迴廊曲，花影斜看偃月低。渡口遠帆凝碧水，門前疏柳卧長堤。分明寫出雲林意，展卷雲泉盡可題。

勝地欣聞尚未過，披圖曾不賞描摩。數椽亭閣春風貯，半畝林塘秋水多。裙屐詩成人未散，壺觴酒釃頗常酡。園成正值懸弧慶，月白如兹良夜何。

查綺文 二首

綺文，字麗言。蓮坡老人第五女。

水西莊落成敬步家大人原韵

潑墨圖成小水西，此中清遠足幽栖。數間竹屋臨溪静，半架蘿陰覆檻低。玉骨含香藏暖窨，冰魂瀉影罨長堤。卷開便是登臨處，親拭花箋著意題。

枕溪溪畔每相過，月地花天費揣摩。一片烟霞流水外，四時亭館好風多。鳥穿垂柳聲如剪[二]，春入夭桃色半酡。今日擬將和靖宅，玉梅清韵更如何。

嚴月瑶 二首

月瑶，字閬娟。蓮坡老人長君鐵雲給諫之配。

水西莊落成應堂上命題敬步原韵

結構初成野水西，閑門風景可依栖。繞檐凍雀聲如碎，隔岸村簾影自低。寒吐玉梅香入屋，烟含霜柳遠横堤。看花猶記當年事，攬翠軒頭捉筆題。余家舊有攬翠軒。

悵未追隨别墅過，相看圖畫費心摩。一園好景池塘曲，滿壁高賢詩句多。璧月

［二］高氏校云：『「聲如剪」，待考。』

乍明痕似練，金樽半瀉頰微酡。更欣眉壽如松柏，添取風光興若何。

宋貞娘 二首

貞娘，字草亭。蓮坡老人侍女。

奉主人命吟小水西莊時乾隆丁卯長至月中浣之一日

園東草樹接園西，小築亭臺合静栖。池竹斜行穿石罅，盆梅横出壓窗低。暖檐花匠薰新窨，凍網漁人曬午堤。遥憶主人吟玩處，詩應無地不堪題。

得過林亭且共過，敢云天女伴維摩。青山白石人難老，紅樹霜天景更多。半枕黄梁[一]醒後覺，一杯桑落晚來酡。願君樂事同無量，不向人間較若何。

以上詩俱見《澹宜書屋六咏詩册》，友人王任庵所收藏。

按：《蓮坡詩集》載有杜麗春，江西吉水縣人，父某世襲指揮，明萬曆間携女過津，舟次被溺，女謁碧霞元君，受職琅苑，攝天津水府事。康熙丙申年十月，青城道士董守素扶乩，仙降，自言始末，見案上有蓮坡賞菊詩，因和二律云：『瞬息春風瞬息秋，塵寰猶認歲悠悠。無知花草自開落，底事心情易喜愁。紅粉已消肌玉

[一]高氏校云：『「梁」應作「粱」。』

冷，青春難挽鬢絲留。何如早覓還丹訣，逝水年華尚可酬。』『説與詩人莫費猜，閑中親見轉輪來。蕣華逞艷纔堪種，槿樹旋枯不復栽。有限精神休浪擲，無情烏兔遞相催。春蘭秋菊尋常物，須看蟠桃池上開。』

又，趙瓊英《和蓮坡賞菊詩》云：『宴賞詩傳帝里秋，江流如綫悵悠悠。海棠開後從凝望，籬菊逢時更惹愁。錦纜牽霞辭我去，金鞍踏月向誰留？浣花箋紙書頻寫，數盡飛鴻復一酬。』『吴雲燕樹儘疑猜，耽入詩壇不省來。佳句空縈千里夢，仙葩誰徙上林栽。鷓哥簾底將伊唤，杜宇枝頭向客催。莫負維揚好明月，瓊花一朵未全開。』亦見《蓮坡詩集》，無注，不知瓊英爲何許人。

金烈婦 二首

烈婦章氏，金允恭[一]妻。夫疾，割股二次。夫卒，自縊獲救。未幾，絶粒死。

見雁

此身孤寄似浮雲，忍見泥金舊嫁裙。春雁又來人不返，一天泪雨哭離群。

未知鴻雁爲誰來，嘹唳聲中百種哀。祇恐有書將不去，雙飛何日到泉臺。

《金烈婦殉夫傳略》云：『嗚呼！人之有奇節者，恃有奇氣；抱奇氣者，始完奇行。是在男子爲難，況求

[一] 高氏校云：『金讓，字允恭。據《金氏家譜》。』

之巾幗中哉！棟聞金烈婦事，不禁心爲之悲，涕爲之墮也。道光壬午十一月二十日，會飲於外氏，酒間談古節義事。內兄金麗江忽慨然太息曰：「我家有奇人，湮没近五十年矣，惜無有文而傳之者。余家十二叔名允恭，年二十聘章氏，南皮縣人，嫻禮則，通文墨，與叔情好綦篤。生一女，名小玉。未幾，叔病瘵危篤，章侍之辛勤備至，醫巫俱無驗。一日流涕跪大士前，割右臂肉，雜藥瀋以進，叔飲之而愈。叔生母陳察知之，泫然告叔曰：兒活矣，幸善調攝，汝妻割肉啖汝矣。叔聞之泣，歸室問章，驗視不可。强之，解裹相示，創痕訌潰，覽之驚怛，病又作加劇。章悲悼，又割左臂以進，卒不起。含殮之日，哀哭踴擗，悶絶移時。抵暮，托言浴，遣婢媪抱女出，自縊於室。族人來吊，見寢户闔，怪之，窺窗得狀，驚呼。有言弗救以成其志者。姑不可，以首觸扉，痛欲俱死。叔有嫡兄破門解救，甫蘇，顧問左右曰：孰解我者？曰：阿家大爺。曰：夫兄迫於母命，義固當救耳。自是晝夜防閑之。迄葬盡禮，以奉其姑。居半載，姑勸歸寧，以寬其哀。歸南皮數日，女病殤，復返於金。一日立中庭，聞雁聲，仰天嘆曰：雁有歸時，人無返日，我何生爲？賦詩粘壁間，諦而視之，血泪如雨。遂不食，六日死。」嗚呼，視死如歸，從容就義，此古偉男子之所爲，竟出於紅閨弱質耶？闡氏嫛婧柔婉，而輕捷能跨獰馬。性明悟，無書不覽。父孝廉也，官江南某州刺史，薄書錢穀，佐之綜理甚悉。父殁扶柩歸，次旅店中。盗十餘人夜來劫，氏居樓上，叱問盗曰：「汝等利吾財物耳。勿犯吾母，行囊盡以予汝。」舉數箱，樓上擲下之，盗哄然去。臨事毅然得决舍之義，與不顧破甑者同，此何等器識耶！得非人奇，必其氣奇，氣奇故其節奇耶？古來之虧名辱節者，類由奄奄無氣之所致，其視章氏何如哉？』

棟因書金烈婦，又有感於趙烈婦，尤女子中之奇絶者也。天津東沽村民張起，趕車爲生，外出，母爲人傭，妻趙氏獨居，一子甫襁褓。嘉慶十一年十二月念[一]九日夜，氏爲人勒斃，鄰告其姑，往視見尸遍身戳傷，一剪刀在旁，訊之同院張守亮云：『是夜外出，不知也。』覓其孫，人言在同村田科家，田科者，凶狡無賴之尤者也。兄田會亦無賴，憑科之焰，肆虐一村。姑往伊家察問，會妻云：『早見兒啼於岸，憐而哺之，不知誰氏子也？姥來甚善，可便携去。』姑問伊媳死狀，田兄弟嗔目叱曰：『活汝家幼兒不謝，誰知爾婦死耶？』姑抱兒歸，迄無端緒。十二年二月，張起歸，欲鳴之官，地保云仰泉阻之曰：『事無主名，鳴官徒累無辜，且汝有何資斧持訟耶？』田科兄弟恐累及之，托息其事，許布二匹，錢五千，并爲代娶一室，張允之，有成説矣。氏舅許獨不可，拉張起入城，鳴縣宰往驗，拘張守亮、田會、田科、云仰泉質訊。云已逸去，許指名田科爲凶手，宰難之，許曰：『兒在科家，科又浼云寢訟，非科而誰？』科悍不承訊。守亮云：『此事或云仰泉知之，小人不知也。』行文捕仰泉，數月無迹，將科收禁，餘押帶，已成游案。科之兄田會憫弟在獄，赴都察院控冤，時英煦齋夫子和奉旨來鞫。公初訊，固疑科之凶頑，而極口稱冤，又少確證，因熟思，問田會曰：『幼兒孰得之河岸者？』曰：『小人子得祥早出溺，見兒啼於岸，抱歸。』公曰：『爾子年幾何？』曰：『十餘齡矣。』公喜曰：『得之矣。』拘田得祥至，隔别訊之，食以果餌，曰：『此案汝父與叔俱承矣，爾曷詳言之？』得祥曰：『此事胥我叔所爲。叔與張起有隙，起婦有姿，偵起出，飲張守亮以酒曰：「夜啓門，事諧謝汝。」是夜五更，叔歸，身帶血迹，告父曰：「我已殺張起婦矣。」父大懼，適張守亮來與叔耳語，移時去，旋抱幼兒來，付我母，其詳乞問張守亮。』嚴鞫之，亮曰：『小人開門，科入婦室。婦業屨燈下，科調之，啖以利，婦怒詈科，推按

[一]高氏校云：『「念」，应作「廿」。』

欲行强污，婦大聲呼，科持剪刀威嚇，詈愈厲，遂連戳之，血涌愈喊，科提其兒付我曰：「伊不從，速擲諸河。」小人擲之，婦慘呼益詈，科命取繩，適壁有車繩，遂環其頸勒斃，科拖其尸，踢而擲之冰上。科去，小人懼，往科家商之。復拖尸回置諸室中。此實情也。』衆皆讋服，而科獨堅執，公加熬問，或哭，或笑，或叫駡萬端。會云仰泉自關東捕獲，質之，所供同。公毅然申奏曰：『此案田科起意，圖奸斃命，張守亮貪賄加功，而該犯狡展，凶頑殊甚。祈速正典刑，以慰烈魄。』奏下，田科梟示，守亮擬絞，氏旌獎。郡民稱快。嗚呼，氏之烈也！聞勘驗時嚴冬單衣，百結如鶉，床間堆敗絮纍纍。貧孱若此，驟遭凶暴。誘以利，劫以威，以爲無有不從者。乃動以賄不污，戕其軀不污，殺其子不污，保身完名，卒以死殉，抑何偉哉！葬氏之日，吊者遠近數千人，莫不唏噓泣下，嘆氏之烈，而又祝公之仁也。

道光四年五月，同年毛一峰孝廉配朱氏殉姑，棟爲具請旌獎略云：『孝烈孀媛毛朱氏者，本縣嘉慶申舉人、内廷謄録毛凌皋之妻，處士朱浩之女也。秉懷淑慎，賢名早著於娛親。賦性幽閑，禮則更聞於作婦。儒門淡泊，頗高荆布之風；貧室辛勤，足辦虀鹽之素。欽讀書之可貴，五夜分燈；樂孝享之多儀，三餐敬饋。既博高堂之愛，復聯闔族之歡。無何，孝廉中年覯癘，伏枕長呻，孺人湯液扶持，湔腧擱垢。股凡再割，争知莫救其生；禱有千番，豈料難回其命。當是時也，泪漬寢帷之血，情摧綿惙之聲。孺人心懷皦日，誓赴義於重泉；志殉所天，務捐身以同穴。家人莫不垂泣，親串爲之酸心。幸而慈姑悲挽，囑相伴以殘年。更因夫弟哀留，謂撫孤之事重。低回攬涕，謹遵萱草之言；憔悴哺兒，甘抱蘭心之痛。從此清齋茹素，强笑承歡。如母女之相依，絶周親之請見。無奈蒼蒼者偏摧所愛，呱呱者相繼而殤。形隻影單，凄絶一場春夢；風凄雨慘，蕭然廿載寒冰。氏之所遇，可謂窮哉！斯時欲遽踐夫前言，恐重傷乎母意。姑含荼而茹蘖，轉愉色以和顔。論者謂氏之孝也。倘從此歿世，嵩簪已可副所期於靈匹；既畢生髽髻，未足酬素志於賢雄乎？詎於本年五月二十四日孝廉母倪安人病殁。孺人椎心一痛，久切摧肝；絶粒三朝，深悲刺骨。然猶躬親含殮，附於身者罔勿周；手製壺觴，哭於靈而伏莫起。任苦口以無聞，知冰腸之早決。嗚呼！青綾三尺，霜殘貞女之花；碧血千年，月冷常娥之石。此即烈士無此從容，通儒遜茲詳審者矣。蓋氏完其節，完其孝，百行無虧；殉其夫，殉其姑，一誠不泯。某等風聞既確，月旦非誣。理合恭詞，具情陳請云云。』

許氏 三首

氏詩，見《津門詩彙》，未詳家世。

題畫

細草幽香滿路生，仙源景物逼人清。桃花爛熳[一]江村午，時聽鷄鳴一兩聲。

閑居

砧聲催暖散栖鴉，庭院風清帶柳斜。春酒熟時天氣好，滿園開遍蜀葵花。

[一] 高氏校云：『「熳」，應作「漫」。』

尋春

芳草蒙茸小徑通，人家多在緑楊東。花香引入前溪去，一片碧桃隔水紅。

丐婦 一首

姓氏無考。

題南門城壁

滴滴青衫濕泪痕，不堪回首舊朱門。相將剩有伶仃女，行過前村又後村。

《秋坪新語》載：『乾隆乙酉，天津有婦人携一幼女，行乞於市。年三十許，衣甚襤褸，而舉止嫻雅，有大家風。其女約五六歲，亦娟潔。人叩其姓氏里居，不肯言，但眉痕慘黛，泪落連珠而已。久之，題一絶句於城南門上，不知所往，一時和者甚衆，詩曰：「滴滴青衫濕泪痕，不堪回首舊朱門。相將剩有伶仃女，行過前村又後村。」[二]讀者悲之，卒莫知其爲何如人。』

［二］高氏校云：『詩應删。』

佛女 一首

女，天津人。

楝爲之記云：『佛女者，津邑望族，以詩書世其家。父善畫，筆墨爲生。母氏朱好善茹素，妊女時夢大士持金環一，授諸懷曰：「寶之，此孤環也，世無其偶。」已而生女。幼明慧，甫三齡，日已識數百字。長而玉貌花韵，秀骨珊珊，望類仙人，皎然若冰雪。兩親珍愛深至。性嗜潔，誓不嫁。親強之，女曰：「兒非敢梗親命也。女之嫁，猶男子之仕也，士不盡仕，女豈盡嫁乎？親不見仕者乎？熱中屈己，奴顔婢膝，所甘未償所苦。兒有异性，不樂與俗人居。且親老矣，兒無兄弟，適人後，堂上益寂寥無歡。倘誤適匪人，且重爲兩親憂。曷留兒綉佛相伴，娱二老餘年乎？」親重違其意，姑且聽之。里人問名者麕至，胥擯勿許。喜讀書，父故愛積書，家藏多卷，女靡不披覽。久而能文，最工詩。治父母晨夕二炊外，輒閉户謳吟，拈題選韵，評論今古。積成卷軸，秘自緘藏，不肯炫示。嘗有句云：「新詩草就無人贈，閑向梅花窗下吟。」其風旨可想。已而，兩親先後病殂，女湯液扶持，燒痂湔垢，銜酸茹泣，含殮絞衾，罔勿慎備，縗麻臨葬，哀踴盡禮。里人觀者唏嘘泣下，嘆有子者勿如也。終喪後，女曰：「余事畢矣，行將自料理耳。」父始稍有所積，摒擋既罄，難以存活，遂賣綉自給，親舊罕睹其面。家留一乳媪，持所綉出鬻，人争購之，恐不能得。所刺花鳥如生，間刺所自爲詩句，視所資足數日餐，惟翻經趺坐，焚香垂簾而已。楝重女之名，浼媪以詩囊求刺，兼丐詩句，女曰：「梅孝廉老於詩龕久矣，勿留其值。我爲綉之。」得絶句二，喜過望。一日，女晨起靚妝，膜拜大士前，取所著詩卷爇火焚之。徐謂媪曰：「我去矣，家什盡以付汝，幸瘞我兩親旁。」語畢端坐，逝。闔室聞旃檀氣。嘻！其在女子，則屯之六二，而協不字之貞者也。即方諸男子，其蠱之上九，不事王侯，而高尚其志者歟？』

詩囊

紡得春雲一綫長，包羅風月入絲囊。他年補衮朝天上，探取明霞五色章。
驢背尋詩竹杖挑，天涯吟遍路迢迢。定知風雪梅花裏，獨負寒香過灞橋。

紀玘文 九首

玘文，字藴山。文安紀秋槎先生女。適静海人乾隆己酉拔貢生李煌。著有《近月亭詩鈔》。

按：藴山父官湖北，藴山隨父遍游江山之勝。秉父教，能詩，與夫孟檀，極閨房唱和之雅。

咏史

六經灰燼恨難平，禍首端由李客卿。黄犬東門何足嘆，九原含愧是苟生。
郿塢焚身義所當，何緣太息有中郎。謗書應乏南狐筆，還笑株連到子長。
百戰誰令道濟亡，石頭城上劇倉皇。長城自壞無多日，戎馬紛紛向建康。

洗氏奇謀竹帛垂，可憐巾幗勝男兒。休誇江統文才好，盡是南朝脂粉姿。漁陽金鼓起塵烟，水綠山青儘可憐。抛却玉環難兩顧，皇心始信九齡賢。東南花石日紛紛，艮岳高峰半入雲。斷送風光真可惜，至今猶恨二陵君。零丁洋裏嘆零丁，丞相詩篇不忍聽。還有遺民懷故國，一甌麥飯拜冬青。底事齊黄建議多，晁謀弗善起干戈。捐軀信有芳名在，十族沉冤可奈何！

銅雀臺

高臺聳翠出木杪，畫閣朱樓在雲表。魏王此日營菟裘，隱囊綉榻珠翠繞。珠翠繞膝宛轉歌，雙蛾皓齒流盼多。君王尋歡興未已，落月西逝如金波。一從典午滄桑改，分香賣履人難待。炎精當塗俱消沉，衹有鄴中荒臺在。荒臺在眼霸業空，斜風細雨上牧童。美人一代化塵土，空餘疑冢埋奸雄。

《郡賢集》内未及博采閨秀，得玘文詩，附載於此。〔一〕

〔一〕高氏校云：『紀玘文父母家文安，夫家静海，又非天津詩，云屬閨秀，當不止此一人，未免罣漏，似可删。』

趙酉姑 一首

酉姑，詩人趙雪蘿埜女。幼敏慧，數歲能讀《千字文》《續千字文》，《毛詩》古樂府皆成誦。好吟咏，有父風。未聘，卒於家，雪蘿惜之。

灌花詩

美人葬處花，其香益芳烈。所以灌溉方，未可蒙不潔。

張筠 二首

筠，字竹方。文學繆星池共位配。詩人張青立先生靖女。

按：竹方少知書，耽文墨。歸星池後，舉古評今，閨閣中，如良友。青立先生無子，選授浙江浦江令，隨之任。未幾殁，隨從雨散，筠綜理雜務，親視含殮，隻身三千里扶父柩返葬。孤舟往返錢塘江中，大風雪，幾遭覆溺，毅然不懼。亦釵裙中奇士也。嘗繪《長江風雨圖》，津人遍有題咏。

藕花亭坐月 亭在浦江縣署中

一亭花影晚風凉，竹裏流螢碧有光。爲愛濃香貪坐久，月華冷到水中央。

雪夜渡錢塘江

四圍山裹三更雪，萬頃波中一點燈。到岸不堪回首望，江天寒氣已交凝。

金沅 十二首

棟嫡室金孺人，字芷汀，號問梅女史。天津人，金芥舟先生從孫女[一]。

按：孺人幼未學，歸余後，始讀書爲文，著《問梅草》一卷。性婉順，通禮則，奉尊嫜以孝，得先妣朱太君歡，葬姑後隨亡。余悼亡詩有：『良友交情知己泪，丈夫風格女兒身。』蓋道其實。

霜葉四首

霜落淮南秋色深，緑雲消瘦失濃陰。無邊春夢拋流水，一片秋心在晚林。蘆雪乍凉辭遠浦，梅花相約守孤岑。丹黄染遍江村路，有客停車對此吟。

東風回首惜年華，送盡流鶯伴暮鴉。自感多愁猶戀樹，人憐薄命竟同花。秋深古驛瀟瀟雨，影亂空山漠漠霞。密處不如空處好，數枝紅到野僧家。

［一］高氏校云：『金沅爲芥舟從弟之孫。』

才轉山腰一抹痕，西陽偏映酒家門。已同柳絮輕飛影，猶認桃花再返魂。寒蝶忽來橋北路，鱸魚聽賣水南村。漫言老樹無顏色，耐盡炎凉晚節存。

江干楓栢[一]井邊桐，深淺胭脂畫不同。已分魏零衰草外，倍添憔悴晚烟中。繁陰空惜三春緑，冷艷猶争二月紅。老去濃華惟自信，此生原未借春風。

梅花四首

流水空山夢渺茫，玉樓十二舞霓裳。飛來白雪魂原冷，墮向紅塵姓亦香。有筆難描空外影，幾人肯愛古時妝。紛紛桃李休相妒，不借春風衹自芳。

瘦影蕭疏劇可憐，一枝寫出妙明天。開能爲我何妨淡，修到如君定是仙。道意自含雲水外，春心獨抱雪霜前。紙窗幾夜相思苦，撩撥詩情未得眠。

竹籬茅舍好風姿，嫁與寒家品更奇。清瘦自來惟本色，孤高原不解逢時。花中甚少同心侶，世外難求稱意詩。寂寞久甘空谷隱，芬芳何必有人知。

悟徹前因與後因，淡雲明月此花身。品緣太潔應消福，色不能嬌爲遠塵。暖日忽逢三徑雪，寒山偶吐一枝春。最憐濁世無真賞，或把飛仙當美人。

[一] 高氏校云：『「栢」應作「柏」。』

病中不寐

清秋伏枕睡難成，瘦骨生寒覺被輕。觸緒不堪懷往事，閑愁竟是欠前生。燈摇菊帳昏昏影，雨打蕉窗碎碎聲。小榻誰憐人卧病，百回輾轉數殘更。

曉起

碧窗輕捲透春寒，料峭東風翠袖單。昨夜海棠經雨放，一枝紅玉壓欄杆。

病中留題小像 擬畫《問梅圖》

空留片影挂帷前，料得人生豈百年。一縷殘香半杯酒，凄凉是汝後時緣。

是卿是我兩心知，幻影空花更幾時。對汝自憐還自嘆，他年人嘆亦如斯。

亡妻病篤時，吟此二絶句。臨危，諄囑爲繪遺照代題之。隔十年，始煩李君桐圃爲摹《問梅圖》，一時題詠甚夥。余階升孝廉詩云：『十載蘭窗夢裏魂，依然荆布舊丰神。未知冰雪三分瘦，人似梅花花似人。』『蕙帷風颭夜迢迢，菱鏡臺前黛影銷。花爲并頭偏早謝，難將辛苦畫中描。』葉筠潭督轉題云：『羅浮仙夢證瑶京，修到今生定幾生？自是難教塵世住，步虚容易返墉城。』『春風長簟繫悲思，憔悴潘郎感鬢絲。猶喜苔花能璧合，浮雲唱和有柔之。』澹音王孺人縕[一]徽云：『祇合羅浮證夙因，縞衣約略是前身。分明一枕游仙夢，謫向塵寰幾度春？』『翠

[一] 高氏校云：『「縕」應作「韞」。』

帷蕭索晚風寒，月地雲階路杳漫。一炷爐香烟裊裊，素琴幽怨不成彈。』『玉化烟消悵莫存，疏窗冷月照黄昏。夢醒紙帳人何在，難遣幽香爲返魂。』郭小陶配宋小琴云：『嫁作林家婦，清寒直到今。拈來應解語，相對自沈吟。』郭稚山配王佩蘭云：『一縷香魂幻後身，梅花應減舊精神。月明草閣今猶昔，不復清光照玉人。』『半生清苦著清詞，手搦寒香費索思。幾度問花花不語，料應花也斷腸時。』崔念堂同門《憶秦娥》詞云：『長離别，壁間遺挂花間月。花間月，拈花細問，百端凄咽，個中消息憑誰説？牛衣舊恨渾難絶。渾難絶，殘香冷酒，伴君幽潔。』繼配夢秋女史高菊窗題云：『浮雲難解去來因，隔世閑緣到此身。盞酒瓶花晨夕供，替君常作瓣香人。』『紅塵來早與來遲，共此虀鹽命可知。卿愛梅花儂愛菊，一般清瘦不宜時。』余爲跋其卷末云：『紙閣蘆簾宛目前，芳魂果否幻爲烟。繪圖僅了生前願，痛隔埋香已十年。』『冷蕊幽芳豈化身，欲呼小影問前塵。似卿結子酸心者，自有梅花更幾人？』『幾多憔悴鬢成絲，冷暖年來衹自知。蔽冢蓬蒿今又緑，斯腸花謝已多時。』

附：天津詩話

紀文達公《灤陽消夏録》：『天津孟生文熺，有俊才，張石粼先生最愛之。一日掃墓歸，遇孟於路旁酒市，見其壁上新寫一詩曰：「東風剪剪漾春衣，信步尋芳信步歸。紅映桃花人一笑，緑遮楊柳燕雙飛。徘徊曲徑憐香草，惆悵喬林挂落暉。記取今朝延佇處，酒樓西畔是柴扉。」詰其所以，諱不言。固詰之，始云：「適於道側見麗女，其容絶代，故坐此，冀其再出。」張問其處，孟手指之。張大駭曰：「是某家墳院，荒廢久矣，安得有是？」同往尋之，果見馬鬣蓬科，杳無人迹。』

《蓮坡詩話》：『天津城南，地勢窪下，夏潦[一]，汪洋彌望，冬則冰膠如鏡，居民以凌床往來，其行如飛。魯存弟邀同人作冰泛之游。魯存得長歌一篇，内有句云：「晶瑩倒射天影白，七十二沽無水聲。」極爲儕輩推許。西顥有句云：「到鈒回頭都是庠，從今托足不須波。」頗足禪味。姜西溟編修游天津時，曾有《冰車》詩[二]。』

近日，辛文學濤，亦有冰床詩云：『蘆絮身邊雪，梅花夢裏情。』爲凌謙齋邑侯所許。

表兄刺東華汝杰云：『天津顧孝廉贊，字襄臣。攻苦於學。幼有句云：「敝裘典去朝爲爨，殘燭移來夜讀書。」後宰山西長治縣，詩無存。』

[一]『夏潦』，《蓮坡詩話》一〇六條作『夏潦秋霖』，當據補。

[二]《蓮坡詩話》下有云：『大氣有屈伸，長河白皛皛。千里共積纍，篙工失栗矯。此物遂桅行，連繩在纏繳。平行枕席上，凌厲樹木杪。水居仍非舟，空鶩疾於鳥。頓失波濤寬，坐哂艅艎小。利涉有所須，取濟本易了。東風俄司令，萬物變枯藁。流澌一朝盡，百川競奔流。之時爾何爲，弃置亦何渺。刳木昔王典，出坎理則肇。江湖豈終極，萬古流浩浩。』

袁潔《蠡莊詩話》載：『香雪王廷椿，天津諸生，鄉闈屢薦不售，以縣貳分發山東。性耽風雅，《送春》云：「落花片片委蒼苔，幾度鶯聲喚不回。莫怪東君情太促，明年還送好春來。」又《咏罌粟花》云：「未誇南國雙弓米，先借東君十日糧。」』

天津武孝廉沈毓德，其兄爲仇所毆。孝廉聞之，持刀赴救，得生。仇勢衆，環數十人刺之，孝廉潰圍出，衆復圍之，自背後刺而死。事在嘉慶庚午年，棣哀之，爲賦《義弟行》：『橋北喧聲喧不止，衆手毆兄兄欲死。壯哉有弟氣縱横，隻手握刀飛出城。觀者如山齊道好，弟救兄來人盡倒。義弟驅賊賊亦凶，作勢團團聚似蜂。萬手撥刀刀更緊，梨花落處寒芒滚。鼠子争看不敢前，紛紛竄走避如烟。一賊高呼勾以鈎，長竿齊舉如長矛。可憐力盡英雄蹶，猛虎無端遭鼠齕。玉山委地英風高，雖死猶然手握刀。千秋義烈何凛凛，令人涕泪增同袍[一]。君不見，羊角哀，范巨卿，异姓猶敦手足情。此道於今久不行，有人謂子過輕生。嗚呼！吾聞兄弟之仇不返兵。』

陳荔峰學使《三輔采風録》：『《塞下曲》。天津楊廷詔云：「簫勺布陽和，休歌企喻歌。暖風融白雪，春水下金河。柳色闗前嫩，梅花笛裏多。無勞老蒲類，

[一] 高氏校云：『「增同袍」，《同袍集》作「思同袍」。』

萬里更横戈。」天津王雄云：「爲覓封侯去國遥，少年衣錦玉花嬌。皐蘭秋静無刁斗，日向平原看射雕。」沈潤田兆沽云：「青剛嶺頭風亂吹，黄花川下水流時。剿兒身手殊輕利，獰馬牽來袛騙騎。」姚承謙《秋笳》云：「何處秋笳拍始成？臨邊景色共凄清。氈廬匝野西風利，鐵甲環山夜月明。調迥鄉關增别恨，曲終天地變秋聲。驚心大有隨陽雁，不待參横盡遠征。」王雄《小游仙詞》云：「十二層城護曲闌，瓊花開遍不勝寒。朝朝點筆鈔唐韵，疑是人間吴彩鸞。」「笞鳳鞭鸞上紫臺，此身原是散仙才。醉中檢得元都印，擲向張星换酒來。」高欣齋仰之云：「銅芝縹緲結祥烟，絳帔黄絁控鶴還。碧奈花開忉利市，紫霞宫近夜摩天。」沈潤田兆沽云：「枝上清霜凍玉鸞，窗前明月浸瑶壇。素娥青女私嘲笑，不道仙家似此寒。瓊宫内法已潛修，喜跨斑龍汗漫游。閑煞銅蠡鎖春晝，碧桃花下小紅樓」楊廷詔云：「金榜璇樓署玉虚，落花如雨濕瓊居。五雲閣史蕭閑甚，素腕教臨碧落書。」」

及門李静亭和春，嘉慶丙子舉人。詩愛劍南一路，其《雪天》句云：『破窗一縷香風入，應有梅花雪裏開。』頗有清致。又如：『閲歷每從難處悟，功名半是苦中成。』又如：『屋外黑雲生一角，水晶簾動雨聲來。』皆可喜。其《秋晉》句云：『小艇幾家吹荻火，寒星數點上漁燈。』其《楊花》云：『多情送客縈征轡，無意隨風點畫紗。』俱得宋元人遺意，著有《一得録詩草》。

静亭初受業於故友黄春園新泰，黄故後始從余。其《過春園慎獨軒》云：『吞聲又過草堂西，紙閣凄凉月色低。書榻依然塵迹滿，秋花零落鳥空啼。』其《哭春園子黄鍾麟》云：『茫茫天道竟難論，乍聽凶言泪暗吞。祇道祥麟應有種，那知靈草竟無根？墓前飣餖從兹絶，架上詩書不再存。回憶寒氈開講日，泫然一慟報師恩。』二詩俱有凄咽之音。

及門董茂才懷新《蘆花詩》云：『九月霜痕落秋水，一年花事老西風。』爲學使杜石樵先生所賞。詩工香奩，愛明人王次回《疑雨集》。

李静亭《過芥園》絶句云：『朱門静鎖對寒流，一片蟬聲古院秋。風日蕭閑人迹少，緑楊空抱水邊樓。』

及門金樸亭茂才淳，詩筆爽健，其《重陽前四日李静亭過書齋夜話》云：『冷巷相過有故人，蕭然一介笑吾身。應時才短難投俗，插架書多不濟貧。往事話餘燈影碧，清詞吟就月痕新。十年賴是知心侶，猶向寒窗氣味親。』《贈車指南孝廉》云：『三年風雨訂交游，相契幽懷冷若秋。骨格我慚林外鶴，襟懷君擬水中鷗。淡於松菊情方古，嗜在詩書味始投。一硯共磨窗下久，何時同步鳳池頭。』其秋夜和余《過雙樹軒原韵》云：『身外謀何益？蕭齋且静居。漸嘗書味永，翻笑世情疏。燈暗秋涼後，茶香夢醒餘。百年原一瞬，長嘆竟何如？』樸亭留心文獻，凡邑前輩之殘編剩稿，無不收存。有時余有遺忘，問之，輒能記憶，或即鈔録，以待采輯，亦後學中有心人也。余少年著詩話一卷，久爲人携去，茫不記憶，幸樸亭鈔有副本，及今歲輯詩鈔，頗得其用，亦樸亭力也。

朴亭又爲及門陸蓮圃書便面二絶句云：『浮雲流水悟今生，多少衷懷寄短情。無可奈何翻舊業，茶烟燈影道心清。』『東城小住復西遷，風雨蕭齋倏五年。記得夜深寒雪白，小窗燈火理殘編。』二詩亦輕脱有致。

張也痴茂才延祐《自感》句云：『愁中覓句吟常苦，客久思家夢轉無。』思最沈摯。客金陵十餘年，境亦潦倒。其《送王香雪之楚》句云：『鴉噪斜陽殘樹外，馬嘶秋柳大河濱。』亦雄曠可喜。

故友蔣雄甫茂才玉虹著《幽冥録》十餘卷，采輯鬼神報應事兹博，以寓勸懲。嘗有笑其迂誕者，輒毅然争之曰：『《大易》言「知鬼神之情狀」，是鬼神不惟有情，并有其狀，聖言豈欺妄者？』公七歲上塾，讀《三字經》，至『孝於親』句，舉筆書其旁曰：『人不如此，便非人。』師重之。爲諸生，敦孝友，博洽多聞。撰輯邑志若干卷，藏於家。嘗云：『天津城南地窪，舊多水患。邑前輩某公詩曰：「兩行新種將軍樹，十里初開太史河。」則在乾隆中年宋觀察宗元開墾南鄉稻田時也，似是于虹亭先生句。』

楊茂才慎恭弱冠詠《紙鳶》句云：『明知片紙因風起，偏有多人仰面看。』最有思致。所著《醉六吟草》，五絶甚佳，余爲摘其雜詩數首，如：『獨立孤村頭，即目欣所遇。勞勞遠行人，走入風塵去。』『浮雲本無根，彌天握何術。一滴亦難哉，猶詡山川出。』『十年宦吴越，十年宦齊晋。斂盡天下才，卓异標聲聞。』『避熱上山來，畏寒下山去。上山與下山，同此一條路。』『東家善種麥，西家善種花。紛紛城中人，到處誇西家。』『吐出十萬絲，蜘蛛何巧弄。那知成功時，衹作網羅用。』『豪家弃粱肉，乞兒眼所見。乞兒號飢寒，豪家不肯看。』『天無十日晴，亦無十日雨。人無百年歡，豈有百年苦？』『耕田蹄欲脱，駕車喘不息。勞勞無已時，猶惹屠刀逼。』『對客彈素琴，宫商亦屢换。四座悄無言，臨風獨三嘆。』節短音長，寄托不少。

其《漫述》一首云：『暖風潛入座，幽土夢初回。静室客全散，閑庭花適開。倚窗偶吟嘯，鳴鳥不疑猜。真意於茲寄，呼童啓舊醅。』其《無題》句云：『警鶴露聲和泪滴，困人天氣抱愁眠。』又：『砌平鋪蘚色，院小聚花香。陋巷無人訪，閑身覺日長。久晴方苦熱，微雨頓生涼。遥聽農歌起，憑軒喜欲狂。』又如：『静掩蓬扉滌硯塵，蕭然琴几一閑身。清癯自是書生相，笑煞飛而食肉人。』俱可誦。

津門詩鈔校箋卷二十一

郡賢［一］

陳耀 二首

耀，字德孚。静海人。嘉靖乙酉、丙戌聯捷進士，歷任刑部主事、山西冀寧道、河南廉使、大同巡撫。

《天津府志》：『耀弱冠舉於鄉，未婚，明年登進士。生而穎异，十歲工文，日記千言。爲文暢朗有古氣。歷升刑部員外郎中，勘斷明决，尚書唐龍常謂諸司曰：「獄必經陳郎中手，無枉縱也。」恤刑河南數十年，疑獄一語立剖，老吏吐舌，以神明呼之。太宰張孚敬兼經筵，重耀文學，令編摩《進講語録》，多用諷諫語。尋升湖廣副使，復除冀南兵備。以詿誤謫萊州府同知，復纍升山西督糧參政。時邊餉缺乏，耀轉運有方，不至告匱。再升河南按察使，政簡刑清，民爲之謡曰：「前有鄭廉後陳廉，同起静海，并清中原。」會推大同巡撫、僉都御史。』

［一］高氏云：『《天津詩鈔》當以天津人爲限，若寫寓賢及同郡人，未嘗不可附録，但仍當以天津詩爲限，將來再纂續鈔，似應嚴守此例。』

靜海大水［一］

一自凋殘二十秋，眼中風物不勝愁。千村萬落如江海，不見人烟見水流。

窮民嘆

破屋葺蓬茅，麻衫鬢髮焦。到門惟有水，顧地絶無毛。野菜和根煮，生柴帶葉燒。已看貧到骨，無計避征徭。

蕭汝默 一首

汝默，字潛齋。靜海人。嘉靖庚子舉人，丁未進士。

表周孝子

慕孝頻臨孝子廬，可憐貧士敝齋疏。傳家獨訂新城禮，輯録閑翻舊讀書。幾載

［一］［康熙］《靜海縣志》題作《傷靜海大水》。

交游期附鳳，終宵聯榻勝焚魚。知君點點[一]思親泪，灑向《長江暮雨圖》[二]。

元默[三] 一首

默，字中象。静海人。萬曆戊午、己未聯捷進士，初仕河南懷慶府推官，行取吏科給事中，終河南巡撫。

《明史・列傳》：『元默，字中象。静海人。萬曆四十七年進士。除懷慶推官，擢吏科給事中。魏忠賢焰方熾，以鄉里欲招致之，默謝不可。言路承忠賢意，刻[四]罷歸。崇禎初復官，歷遷太常卿。六年春，以僉都御史巡撫河南。流賊由均州犯河内，默率左良玉、湯九州、李卑、鄧玘兵待境上，復率九州乘雪夜薄吴城賊營，大破之。嵩洛以北各城[五]數十，賊避勿敢攻。時陳奇瑜既失李自成於車箱峽，默自汝州移駐盧氏，檄良玉、九州各陳兵要害，得稍寧者數月。當是時，賊勢張，良玉等承督師檄，守備尚固。默率諸將斬獲多賊，賊多趨

[一]『點點』，［康熙］《静海縣志》、［民國］《静海縣志》均作『灑灑』。
[二]『灑向《長江暮雨圖》』，［康熙］《静海縣志》、［民國］《静海縣志》均作『應向長江作雨且』，疑誤。
[三]［康熙］《静海縣志》、《畿輔通志》、［光緒］《重修天津府志》均作『鉉默』，此『元默』蓋係諱改，當據正。
[四]『刻』，原校本謂當作『劾』，當據改。
[五]『各城』，原校本謂當作『名城』。

秦楚境。已分爲三，自潁州犯鳳陽皇陵，中州所在告急。八年夏，默被逮去，久之得釋歸。八年卒。』

《静海縣志·名臣傳》：『默任推官，擢給諫，以不附逆璫回籍。崇禎時復起爲吏部給事中。時有巨奸陳雲漢假名屯田，增賦害民，合縣束手無策，默獨經畫多方，以紓其害，勞怨不恤，士民尸祝。歷太常，旋推河南巡撫，清忠亮節，公舉崇祀鄉賢。』

村居即事

寒雲漠漠月初彎，村舍無人户早關。十二樓中愁積雪，不知人在賀蘭山。

邊維新 二首

維新，字鉉鑒。静海人。萬曆庚子舉人，鞏縣知縣。

《静海縣志·介節傳》：『公性耿介，有節操。知鞏縣，廷無冤獄，野無追呼，鞏人戴之。後擢邠州知州，以痼疾告歸。時要人欲致之爲聲援，歆以大用，不應。每謂諸子曰：「余欲使汝輩爲清白吏子孫，冰山安可恃乎？」封文林郎，崇祀鞏縣名宦。』

抵鞏縣寄里門親友[一]

分袂南來感歲華，風塵極目阻天涯。故人家落琴爲友，宦況蕭條夢是家。別緒漫隨春草亂，離懷[二]時傍暮雲斜。鱗鴻兩地傳相憶，何日門迎長者車？

飲邑西浣園聞蟬

隔林蟬韵似催詩，謝汝殷勤勸酒卮。飲到夕陽還斷續，吟空明月共清奇。傳來秋意生庭樹[三]，曳得殘聲過別枝[四]。幾度飛觴人盡醉[五]，又聞蟲語[六]代淒其。

［一］［康熙］《静海縣志》題作《任鞏縣令寄里門親友》。
［二］『離懷』，［康熙］《静海縣志》作『抱懷』。
［三］『秋意生庭樹』，［康熙］《静海縣志》卷三作『新調集庭樹』。
［四］『曳得殘聲過別枝』，［康熙］《静海縣志》卷三作『揺曳殘聲過晚枝』。
［五］『飛觴人盡醉』，［康熙］《静海縣志》卷三作『流觴客盡醉』。
［六］『又聞蟲語』，［康熙］《静海縣志》卷三作『蛩音振響』。

王正志 一首

正志，字逢源。静海人。天啓甲子舉人，戊辰進士，任延綏巡撫。

《畿輔通志·忠臣傳》：『王正志，静海人，崇禎進士，順治初以都御史巡撫延綏，軍政修明，邊境乂安。姜壤[一]叛，正志檄諸將固守，參將王永强開門延賊，正志死之。贈左都御史，廕一子。』

燕山雜咏

病起愁容減，長貧不問錢。看花紅滿袖，削草緑生烟。拭劍杯前壯，翻書倦後眠。自慚成懶癖，未許受人憐。

李枝長 一首

枝長，字失考。静海人。順治甲午舉人，戊戌進士，官潼關衛教授，宜賓縣知縣。

[一]『壤』，原校本謂當作『瓖』。

官貧

本是宦情拙，敢因苜蓿嫌。家貧難放利，官冷易[一]爲廉。佐食無魚設，烹茶有渭添。曾聞尼父訓[二]，飲水[三]自[四]安恬。

宮夢仁 二首

夢仁，字待考[五]。静海人。康熙己酉科亞魁，庚戌會元，癸丑二甲五名，授

［一］『易』，［同治］《静海縣志》卷八、［民國］《静海縣志》戌集均作『豈』，［康熙］《静海縣志》卷三字殘。

［二］『訓』，［同治］《静海縣志》、［民國］《静海縣志》均作『語』，［康熙］《静海縣志》字殘。

［三］『飲水』，［同治］《静海縣志》、［民國］《静海縣志》均作『疏水』，［康熙］《静海縣志》字殘。

［四］『自』，［康熙］《静海縣志》、［同治］《静海縣志》、［民國］《静海縣志》均作『亦』。

［五］《詞綜》卷五載：『宮夢仁，字宗衮，泰州人。康熙九年會試第一，歷官福建巡撫。』又，［嘉慶］《重修揚州府志》卷之四十八據《泰州志》，謂『宮夢仁字宗衮，泰州人，偉鏐子。十歲善屬文，長益博極群書。康熙九年會試第一，改庶吉士授御史。』均謂泰州人，而生平歷官則與《國朝畿輔詩傳》卷十八所載『夢仁字宗衮，號定庵，静海人，康熙九年進士，歷官禮部尚書，有《齊魯詩》』相合。檢［道光］《泰州志》卷二十三，謂宮氏係『以静海祖籍舉順天庚戌會試第一』，是宮氏泰州人，以祖籍静海應順天會試者。又《國朝畿輔詩傳》所言之《齊魯詩》今未見。另，中國國家圖書館藏有清康熙刻《宮侍御奏疏》《讀書紀數略》《文苑英華選》三書，其《文苑英華選》卷首題作『瀛洲宮夢仁定山手訂』。再檢夢仁父偉鏐之《春雨草堂集》，卷端題『海陵宮偉繆紫陽著，男夢仁定山重訂』。

翰林院庶吉士，終禮部尚書。

甲辰出都酬贈行諸子

八月秋如水，清風冱素商。木葉辭庭柯，孤雁日南翔。渺渺征途子，隔歲謁天閶。天閶高以遠，願言還故鄉。同好三五輩，念我空昂藏。人年難滿百，况值别離長。置酒城西隅，綺筵鳴珮瑲。手奉金屈卮，相勸纍十觴。蘭釭何熒熒，歌聲更激揚。愴焉情未極〔一〕，月出夜已央。驪駒列户外，僕夫當路旁。揖君前致語〔二〕，攬轡復停裝。陸生曾入洛，司馬尚游梁。胡不戀闕廷，而乃懷榆枋。譬彼蛾眉姿，少小務明妝。得侍昭陽者，惟恐進君王。譬彼華文鳥，熠耀山之岡。矰繳布於阿〔三〕，引項縱四方。窮達會有時，捲舒安其常。顧盼發慷慨，遲暮詎云傷。歸矣草堂隈，望望燕雲黄。應期保令名，努力愛景光。

〔一〕『愴焉情未極』，《國朝畿輔詩傳》卷十八作『中情未及半』。
〔二〕『致語』，《國朝畿輔詩傳》作『致謝』。
〔三〕『布於阿』，《國朝畿輔詩傳》作『布山阿』。

長安秋月篇

碧梧宫井葉初飛，桂影扶疏香正稀[一]。西山返照峰紋紫，北闕繩河浪影微。廣寒迢遞彩雲幕，海嶠金波未盈勺。常儀眠遲含幽思，玉杵匀霜搗靈藥。流光却射長安城，長安一片冰輪横。黄户[二]蝦鬚捲澄潔，千門雉堞多峥嶸。朱邸紅樓紛夕宴，四顧玲瓏水晶現。霓裳羽舞互争妍，九枝燈火相映遍。邊馬行嘶出塞秋，閨中錦字盼雙鈎。仙客應乘牛渚棹，才人擬上庾公樓。芸臺閴寂清如水，藜杖常燃堪對峙。倚樹還將兔魄窺，攤書時作龍吟比。芙蓉仗外照參差，插漢莖盤掌露移。至尊垂拱廑宵旰，風風[三]尹日曰其咨。愛爾娟娟懸清夜，親披章牘不遑暇。早朝晏罷修令名，鬱章[四]之駕望舒迓。手握乾符瘴霧清，太陰效職分效明。但願君心常似月，八荒

[一]『稀』，[康熙]《静海縣志》卷三作『希』。

[二]『黄户』，[康熙]《静海縣志》作『萬户』。按：『萬户』『千門』對舉，是，當據改。

[三]『風風』，[康熙]《静海縣志》作『民風』。

[四]『鬱章』，[康熙]《静海縣志》作『鬱華』。按：鬱華，日之神；『鬱華之駕』『望舒』則日月之駕，作『華』是也。蓋『華』『章』形近而訛，當據改。

普照[一]乾坤亨。

高爾儼 一十一首

爾儼，字岱輿。静海人。崇禎庚辰探花及第，歷官光禄大夫、太子少保、内院大學士，謚文端。

《天津府志》：『爾儼，字中孚。崇禎十三年進士及第，授編修。入國朝，纍遷吏部尚書、弘文院大學士。秉銓四載，奉公守法，時論歸之。所著有《西銘衍義》《孝經釋略》諸書[二]。卒贈少保，謚文端。』

寄趙子凝

初時馬首分春色，又遣秋風動别思。此意憑人傳不得，却教明月與君知。

絶句

梨花庭院月娟娟，梅蕊枝頭雪宛然。風韵一般看欲錯，不知春在阿誰邊。

[一]『普照』，[康熙]《静海縣志》作『普燭』。

[二]清康熙三年（一六六四）高勵昌刻有《古處堂集》四卷，首康熙三年宋琬序謂：『康熙甲辰，公之子勵昌刻公詩文若干卷。』《孝經釋略》《西銘衍義》二書亦收入其中。

古意

人去[一]遼陽妾未行，朦朧欲到怯孤城。無端夢裏誰驚破，却是金釵落枕聲。

閨思

翠翹欲上又還休，舊事思量一段愁。記得雙眉剛畫却，唤郎爲整玉搔頭。

明妃

理罷新妝出漢城，蛾眉顰蹙倍嬌生。當時錯怨[二]毛延壽，豈有丹青畫得成？

元日同顒侯致虚諸昆弟過子一齋中

春風纔度臘初收，此日聯鑣作勝游。名輩滿前皆舊識，無人爲覓孟江州。

[一]『人去』，《古處堂集》卷四作『婿在』。
[二]『錯怨』，《古處堂集》卷四作『錯恨』。

秋夜

雨韵經秋碎，風聲入夜清。凄凉惟一燭，冷落恰三更。几硯[一]餘閑况，關河動別情。此時不寂寞，愁緒正[二]縱横。

送倪相如先生之任營邱[三]

天津人，名光薦

難將好雨挽千旌，一片濃雲似別情。霎𩆍幾層遮望眼，廉纖祇自送春聲。淵明禄薄原如寄，司馬才優豈[四]市名。百里可能煩卧治，琅琊從此播餘清[五]。

春陰[六]

春陰深院閉門時，憑几焚香有所思。黯淡小窗敲凍雪，零星黄雀抱寒枝。尋

[一]『几硯』，《古處堂集》卷四作『几榻』。
[二]『正』，《古處堂集》卷四作『乱』。
[三]《古處堂集》卷四題作《贈倪相如老伯之任營邱》。高氏云：『高爾儼《送倪相如》一首可存。』
[四]『豈』，《古處堂集》卷四作『但』。
[五]《古處堂集》卷四缺末一字『清』。
[六]《古處堂集》卷四題作《春陰偶成》。

芳[一]無計非關懶，説夢憑誰總是痴。獨座不堪閑悵悵，幾回强讀少陵詩。

雨後游浣園觀奕晚棹而歸

驟雨過秋林，河漢爲傾倒。雨歇碧天空，微雲澹縹緲。興高不畏濕，緩步沙洲道。遥望緑叢陰，物象皆可了。深林一徑微，輕風亂啼鳥。轉曲不見人，但聞新蟬繞。稍前樹作屏，堂上二三老。棋聲落[二]清寂，蕭散人語杳。開樽後院宜，薄潤晴偏好。[三]鬱葱帶雨痕，殘陽[四]明樹杪。交枝覆堂陰，暑氣静如掃。携酒上琴臺，脱幘觀林表。俯眺碧流暗，孤帆宿歸早[五]。酒酣出林岡，樵歌來幽窈[六]。晚烟歸棹急[七]，明月落川皎。

[一]『尋芳』，《古處堂集》卷四作『尋春』。

[二]『落』，《古處堂集》卷四作『響』。

[三]『開樽』一聯，《古處堂集》卷四作『清樽雨後宜，色潤晴偏好』。

[四]『殘陽』，《古處堂集》卷四作『日光』。

[五]『歸早』，《古處堂集》卷四作『獨早』。

[六]『樵歌來幽窈』，《古處堂集》卷四作『清歌達幽窈』。

[七]『急』，《古處堂集》卷四作『疾』。

吕公歌行

東瀛之水何蒼蒼！雲烟葱鬱澹微茫，凛然皎月寒秋霜。中有司李才具長[一]，玉皇香案謫仙郎，初來佐職帝南鄉。手懸明鏡夜有光，妖魅潛形狐兔藏，老猾對之如負芒。水晶宫裹澤且長，春來雨露湛汪洋。田間老叟康且强。捧腹植杖遥相將，歡然對語田疇旁，賢哉我公不可忘。

高恒懋 一首

恒懋，字勵昌，號乾甫。少保爾儼子。康熙辛卯舉人，己卯進士[二]，官奉天教授。有《山雨樓文稿》行世。

《天津府志·孝友傳》：『恒懋總角即善屬文。侍少保京邸。世祖諭公卿子入侍，將備輔弼方面之選，

[一]『才具長』，《古處堂集》卷四作『才且良』。

[二]按：康熙辛卯（一七一一）在五十年，己卯（一六九九）則三十八年，進士在前，於理不合。按：［康熙］《静海縣志》、《國朝畿輔詩傳》、［光緒］《重修天津府志》均謂高氏順治八年（一六五一）辛卯舉人，順治十六年（一六五九）己亥進士。又，《盛京通志》卷十四載高氏改奉天府教授在康熙四年（一六六五），是其科第亦當在順治朝。唯後引之［乾隆］《天津府志》作『己卯舉進士』，梅氏蓋承此，并誤作康熙云。

少保以侄恒豫失恃，撫愛若己出，恒懋承父志，遂以恒豫應焉。辛卯，恒懋舉鄉薦。少保公卒，朝廷恩蔭一子，恒懋復讓恒豫。己卯舉進士，以祖老須養，遂改大寧教諭，奉天教授。』

同友人過華藏庵

長夏蕭疏倦倚樓，相將蘭若慰沉浮。午鐘敲醒十年夢，溪水流殘半世愁。塔影斜侵竹院冷，茶烟不斷白雲流。徘徊竟日風塵外，話到無生意未休。

高緝睿 二十三首

緝睿，字堯臣，號鏡庭。少保爾儼孫，恒懋子。蔭生，西城兵馬司指揮，歷官福建布政使司。有《崇古堂詩》行世[一]。

《天津府志·循吏傳》：『堯臣爲文有奇思，善詩及古文詞，不作常語。居官輦下時，知多無賴，其尤者置諸法，都城肅然。有貧民欲鬻其妻，誣以奸，鞫得實，杖之，賑以錢布。民有不能殮者，丐所親弗應，訟於官，緝睿以酷暑即賜以棺資，命急殮之，遠近無不傳誦。』

[一]《國朝畿輔詩傳》卷十七謂有《鏡山閣偶存》，未見。

自三韓歸静海山行有感

芙蓉千叠勢逶迤，行逐春光去欲遲。水落雲根風送響，烟浮柳岸緑垂絲。人家半在青巒[一]外，芳草平臨夕照時。路入鄉園聊計日，到來客思轉迷離。

憶浣園梅花

疏窗殘雪夜悠悠，小苑梅花憶舊游。短笛幾人吹塞曲，停杯有客動鄉愁。寒烟淡鎖光凝户，斜月低垂香滿樓。近日關河無驛使，一枝誰寄慰淹留？

黄河

直分銀漢下滄洲，浪説昆侖是盡頭。摩蕩九區開禹甸，縱横五岳奠金甌。洪濤坼岸風雲壯，雪浪排空日月浮。若使龍門長不鑿，朝宗也自向東流。

登西岳廟萬壽閣望太華

杰閣憑虚白帝闉，登臨金體見嶙峋。蓮花高潔真名士，玉女輕盈是美人。羅列

[一]「青巒」，[康熙]《静海縣志》卷三作「晴巒」。

諸峰臣百二，盡收八水奠三秦。久知仙掌凝金液，慚愧書生不問津。

冬夜書懷

篝燈培火坐更闌，短榻微吟强自寬。未悉世精多快論，不干己事悔旁觀。青蔬白飯尋常有，烟艇漁簑寤寐安。我本忘機隨造物，憂天杞老總無端。

正月二日書事

濃雲重霧釀春寒，冷雨無情滴夜闌。撥悶圍爐群酌酒，昨宵剩得五辛盤。

雙燒蓮炬倍分明，油炸餦餭豆煮羹。近日兒曹來萬里，團圞閑話到三更。

説奇説怪説神仙，妄志齊諧各粲然。但得耳根不寂寞，何妨鄒衍再談天？

遠游携得袖中珍，松雪山川仲穆人。鄭重歲時看一過，不教容易惹浮塵。

酒罷焚香唤點茶，江流新汲煮蘭芽。要他醒睡濃煎飲，客夢連宵苦憶家。

寶篆摩挲二十春，辟邪覆斗仿先秦。籀斯新印誰傳得，我愛江南垢道人。

愁損精神病損顔，十分減却八分頑。猶存年少烟霞癖，啓户欣看四面山。

斗帳垂鈎深貯香，薄醺小倦卧匡床。拈書引睡無心檢，却是《南華》第二章。

謁杜少陵草堂

杜陵老子辟洪濛，樂奏鈞天凡響空。草堂之下頻稽首，泰山之上無峿嶁。崔顥題詩黄鶴樓，古人有句且不留。燕雀自著佛頭糞，班門之斧何足問。先生詩聖比尼山，蘇黄范陸配曾顔。十哲自應推何李，濟南太倉七十子。紛然雜起漢諸儒，羽翼金石推程朱。竟陵學人等荀卿，淺識未能窺大成。近代更出三千士，人各有是有不是。我亦鑽研二十年，就裏高深幾喟然。先生念我老專壹，夢中或賜江郎筆。殫思畢力無怠荒，不求入室願登堂。

驚老

壯歲先驚老，年加更若何。病憐涉世早，貧悔浪游多。紫府仙難遇，丹砂事半訛。敢云同弃置，疏賤足恩波。

憶故鄉

去歲渾如昨，居諸旅夢間。雁行愁落日，馬首戀家山。時易春將半，花開客未還。故園歸去好，明月滿秦關。

錦江舟中［一］

上灘宜散步，倚岸數游魚。小圃［二］花容折，僧房壁許書。青帘村酒肆［三］，修竹野人居。牧笛來何處，騎牛涉碧渠。千里俱蕭索，村鷄喜乍鳴。桑麻粗種植，廬舍小經營。分水群安磑，修渠各聚泓。戎州凋敝甚，孤堞枕江聲。小醉三杯酒，閑情一局棋。驚濤翔白鷺，深樹坐黄鸝。琢句須空斷，封侯骨欠奇。夢蕉偏得鹿，終是古人痴。

戎州感興

孤城斗大石如林，蜀日無多竹樹侵。不定蠻烟原慘淡，常飛瘴雨自蕭森。五更苦憶當年事，萬里難傳故國音。野寺寒鐘天際落，客愁喚起泪沾襟。晝鼓三聲散早衙，公庭無事聚群鴉。荆榛礙路叢叢出，虎豹窺人處處嘩。婦子

［一］《國朝畿輔詩傳》卷十七題作《鏡江舟中》。

［二］『小圃』，《國朝畿輔詩傳》卷十七作『小圖』。

［三］『酒肆』，《國朝畿輔詩傳》卷十七作『市酒』。

偶存撑户口，干戈飽歷廢桑麻。春風也自來邊徼，小苑寒梅解放花。

水亭結構愛臨埼，面面窗開擁翠微。繞砌閑花多解語，近人白鷺總忘機。消除褊性看流水，洗滌塵襟對落暉。耽禄自慚無寸補，素餐真與素心違。

南溪舊俗尚豪雄，畫棟雕梁映碧空。一自點蒼傳堠火，獨留涪水耐春風。夔龍事業荒烟裏，螺黛峰巒冷雨中。惟有合江樓上月，清輝還與昔年同。

桐城張相國跋公詩云：『游笻所到，探幽尋勝，烟雲林壑，盡入筆端，領异標新，絶似陸魯望諸詩。』同邑勵少司寇杜訥跋云：『興會所至，抒寫山川，流連景物，綽有悠然自得之趣，無一粉飾飽飣字句溷其筆端。』

高荀僑 八首

荀僑，字毅齋。文端公曾孫。康熙乙未進士，翰林院檢討，兵部郎中。

題楊覺庵小像

高柳寒花映碧苔，青溪曲處斷塵埃。披圖一笑如相識，似向蘇門晤對來。

送鮑冠亭令吳興

條條楊柳正西風，直接江頭楓樹紅。驄馬使君多韵事，詩題先咏陸龜蒙。

卞梅溪納姬戲贈

紈扇交風玉簟清，抱衾人是許飛瓊。君家金屋原多麗，珠箔潛聽淺笑聲。
饞燈影裏絳紗籠，塞北胭脂上頰紅。卸却雲鬟羞問夜，畏人斜靠錦屏風。
五銖絲細紫霞襦，香汗懵騰透雪膚。深閣無人親掃黛，暗抛星眼看檀奴。
紅情緑意蕩芳魂，一捻香脂嚙臂痕。袖裏玉簫春笋滑，鳳仙花露搗金盆。

春日

畢竟山家勝事兼，名花取次放茆檐。愛他柳色朝含翠，偃卧呼童捲布簾。

滄屹侄婦率諸孫隨任金山縣臨行拜别賦此勉之

系本出名門，家風敦大古。嗟此十餘年，操勞難悉數。夫膺百里封，天意酬辛苦。再拜欲登程，臨行爲致語。世態薄秋雲，炎涼爾目睹。祖夫著賢聲，揚眉繩祖武。

外事非所干，中饋爾爲主。飲食盡民膏，毋忘舊鷄黍。戒旦古稱賢，勷贊非小補。
官身家事疏，課兒還賴汝。盡禮敬嚴師，動止閑規矩。繼續振前輝，芳聲布寰宇。

高澤泓 六首

澤泓，字静涵。文端公爾儼玄孫。康熙壬辰進士，候補主事。

立秋

年華驚過半，碌碌復空忙。小菊[一]臨窗緑，殘荷墜露香。無才甘守拙，學忍是微長。且盡今宵酒，羅衣透體凉。

鄉居夜坐

地僻無更漏，宵深獨坐時。月明來柏院，風細度梅枝。小閣紅爐火，新春緑酒卮。村鷄聲漸起，就枕未嫌遲。

[一]『小菊』，《國朝畿輔詩傳》卷十七作『野菊』。

月望後四日村居詩

荒村閑歲月，庭院寂無聲。門斷衣冠客，人同鷗鷺盟。殘梅零碎雪，倦鳥戀新晴。東作方興日，農夫祝歲成。

小園 時年七十有五

茅屋疏籬草創成，扶笻朝暮任游行。敢言身具烟霞骨，天許閑人寄别情。

貧居

無顔壯士愧床頭，自古黄金不可求。貸米候炊難耐午，典衣未贖怯經秋。詩情更覺貧來減，愁境誰言醉即休。辜負風清與月白，勞勞終日爲生謀。

丁丑除夕

寒盡驚心歲易馳，皤然鬢髮竟如斯。久無鼎俎承先祀，贏得屠蘇醉淺卮。柳眼皆知迎日暖，梅花亦解笑人痴。滿城爆竹門常静，珍重今宵一首詩。

牛天宿 三首

天宿，字戴薇，號青延。静海人。康熙丁卯舉人，癸未進士。廣西柳州府融縣知縣，吏部主事，河南同知。著有《謙受堂詩草》。

雪夜遣懷

善世奇方衹閉門，無邊[一]心事向誰論？逢人竟厭鬚眉古，到處虚推行輩尊。送臘可無瓶内酒，迎年自有栅中豚。老夫卒歲惟需此，别樣[二]經營任子孫。

白髮高堂正九旬，猶能起拜不扶人。一官蹭蹬憐兒老，百口經營嘆婦貧。隔别雲山悲往歲，團圞觴豆愛良辰。懸金如斗尋常事，萊舞庭前富貴真。

愛文習氣與年增，團坐諸孫共一燈。辨字老如知路馬，開宗儀比放參僧。詩緣抱病閑三日，酒爲衝寒加半升。自笑書痴痴到底，百無求處百無能。

[一]『無邊』，《國朝畿輔詩傳》卷二十八作『無窮』。
[二]『别樣』，《國朝畿輔詩傳》卷十七作『此外』。

牛思任 二首

思任，字鉅膺，號伊仲。康熙甲午乙未聯捷進士。歷官江西南城縣、河南尉氏縣知縣。

和高毅齋重陽後十日同元允修游西山喜遇阿雲舉作

官散多暇日，秋光牽我情。鬱彼西山側，峰嵐互縱横。重陽去未遠，天地亦寥清。折簡招名流，携壺出鳳城。杳杳翠微巔，沈沈落雁聲。芸閣香案吏，异境恰相逢。〔一〕把袂尋幽討，偏覺步履輕。漱齒青石澗，摩崖自記名。登高乘酒興，一嘯谷風生。真源何處是，爲我問崆峒。〔二〕

恭賦御製岸柳溪聲月照階

簾鈎初捲御屏香，水殿偏宜納晚凉。樹影千層含雨露，泉聲十里奏笙簧。華檐

〔一〕『芸閣香案吏，异境恰相逢』，《國朝畿輔詩傳》卷三十無此聯。
〔二〕『真源何處是，爲我問崆峒』，《國朝畿輔詩傳》卷三十無此聯。

高并銀蟾冷，素魄斜生玉陛光。遥憶宸襟欣對景，揮毫酬月五雲章。

牛思凝 十首

思凝，字方岩。乾隆丙辰舉人，乙丑進士，由山東知縣任貴州正安州、普安州知州、黎平府同知、太定府知府。著有《謙受堂詩草》。

仲夏望四更得月

每逢月望望月出，但見蠻烟不見月。屈指朦朧十二旬，自分此生與月别。况值長夏氣炎蒸，仰見彤雲如積雪。夜深無語坐闌干，不若夢中游廣寒。欹枕翩然來赤壁，携酒與魚上激湍。扁舟一葉十三人，彷彿東武坐團圞。正欲舉觴灘聲急，醒聞鼠嚙坡仙集。卧呼家僮速驅之，明月隨人排闥入。滿室清輝喜欲狂，倒履出户扱不及。梧枝怪有影横斜，螢火驚無光耀熠。是誰掃盡萬層雲，揭得夜珠碧空立。半載鬱思今頓開，細窺皓魄復徘徊。人道嬋娟千里共，不知曾照故鄉來。故鄉見月祇尋常，誰解更闌看月光？曉得黔中今夜月，也應見月九回腸。

楠木行

離宫方興作，穹棟恣采伐。天使揮汗走，蜀山倏已兀。巨木塞江行，斧斤猶未歇。深箐搜不足，西入夜郎窟。我來鶴州岑，聞此正疑猜。忽見大楠木，乃在黄連臺。匠者去不顧，再至空徘徊。鳥道一綫通，天際競崔嵬。以兹轉輸難，抛荒埒樗材。歲久根已圯，仆於溪之隈。琅璫礙人行，樵豎相折摧。老幹四十圍，霜皮還不頽。吁嗟乎，天家待爾供禦廬，爾豈辭榮愛僻居。相須胡爲相遇疏，誰顛倒之長唏嘘？翹首問天天無言，茫茫烟霧眇愁余。

仲冬山行紀事

凌晨驅馬過西楓，四面嵐光積翠中。蠻鳥不知冬過半，尚依黄葉叫秋風。
峻嶺寒烟三兩家，天風吹動草堂斜。行人正苦重裘薄，袒臂苗娘汲水花。
遥望平岡一抹紅，天餘秋色嚮寒風。誰將萬顆珊瑚豆，抛在深深碧緑中？
老樹凌霜葉未凋，儼如松柏勵清標。争知蠻女懷春約，解向山間贈翠翹。

者那山行 從普安赴鄉

暮起炊烟一縷斜，萬重深樹有人家。崎嶇撥草尋荒徑，踏遍山山黄玉花。

昭通道中

三年踏遍夜郎溪，又向滇南聽曉鷄。秋水乍漂紅葉冷，寒山自繞白雲低。人逢曠野初開眼，馬到平沙欲放蹄。萬里飄蓬燕市客，故鄉風景動栖迷[一]。過威寧，已交雲南界，平沙衰草，大類北省。

古櫟歌

序：擢白山中有櫟樹，一幹甚古，出枝倒垂入地，又生根株，望之若瓜瓣然，奇而歌之。

水西接大荒，曩爲安氏窟。一自苗疆開，率酋依化日。童婦入編户，草木皆含茁。獨有箐之櫟，恣態近狂橘。霜皮五十圍，高與丈咫匹。秃頹不起幹，而非經斧鑕。凌頂抽嫩條，垂垂皆下出。排列若鬼造，均不毫厘失。入地復生根，根株結爲一。异哉瓜蔓形，撼之聲瑟瑟。古有嚮南枝，誓不北屈膝。爾意何所嫉？羞與天日

[一]『栖迷』，《國朝畿輔詩傳》卷三十六作『凄迷』。

昵。首尾自團聚，成此混沌質。

送李云卜同門

十年蘭譜秘魚箋，東武初攀翰墨仙。國手醫余張仲景，醇醪醉汝李青蓮。夾香書舍留詩草，半月山房列綺筵。回首衹今成往事，當時同在大羅天。

杜依中 一十一首

依中，字遁公，號致虛，静海人。明諸生。著有《雨花詩集》。

昆山徐立齋先生文元《雨花詩集叙》：『杜征君依中，前延安守龍墀公之文孫。生而穎异。十六七，文聲大噪，補諸生，每科歲試，輒冠一軍。當有明之末，公嘗叩闕陳書，所獻十七策，皆關天下大計，利害鑿鑿。懷廟嗟异，手署紙尾曰「賈陸重生」，鋭意欲大用之，爲當塗所沮。公以此，賢名震天下。甲申以後，乃弃功名，縱情丘壑。公忠義剛正，篤於彝倫，目擊不平，以危言繩之，爲人敬憚。國初，召用遺才，陳百史相國薦公宿儒高行，公以疾力辭者三，竟不應，故稱征君。』

董思白曰：『讀《花雨集》，真如幽燕老將，如許沉雄。』

陳百史曰：『詞成廉鍔，英發十指。』吴次尾曰：『讀遁公詩作，知北地之才，不獨崆峒。』

熊次侯曰：『公不獨以詩名海内，余造其廬，輒作隆中之想。』

王或庵曰：『含酸茹苦，其時其地然也，故説詩必論世。』

陳子翽曰：『「十年殘故壘，一劍老風塵。」何等骨力！「新法已經殘海内，清談自是誤蒼生。」何等深遠！真拾遺後身。』

祭竈

亂後值今夕，清香訴竈神。十年殘故壘，一劍老風塵。啼笑皆成過，妻孥亦厭貧。蒼蒼煩寄問，何以拯[一]愁人？

游華藏庵

百年塵劫裏，過眼一風燈。解脱人皆佛，清閑我亦僧。升沉原有故，夢覺果何憑？借得蒲團力，消磨障幾層？

春日言懷用少陵秦州雜咏韵鈔四首

人方曳杖至，我已看花回。鳥語逐風去，雷聲送雨來。民窮無計食，河斷仗誰

[一]『拯』，《國朝畿輔詩傳》卷十五作『慰』。

開？時黄河已阻。滿眼滄桑淚，聞猿處處哀。其八

閑來無俗事，潑墨寫蘭亭。太息心全熱，高狂眼半青。猶逢洗耳世，未隕故人星。門外多春色，呼僮步野坰。其九

雲氣生虛際，園林花正繁。譚兵尊渭水，遁世憶桃源。斷井疑非路，荒烟間有村。人情多冷暖，誰叩小蓬門。其十

志豈隨人老，蹉跎兵火間。黎民思樂土，盜賊滿深山。攬轡登車去，高風薄禄還。林幽無迹至，石蘚緑斑斑。其十五

舟次河北自飲

好月隨舟轉，相看醉影斜。雄心非藉酒，清淚豈聞笳。城廢連年水，民荒何處家。同人各努力，莫待鬢毛華。

偶成

窮有千年恨，詩無一字工。心存生死外，身老亂離中。劍氣衝星動，琴聲帶月空。交游零落盡，賴得夢魂通。

夏日村居

今古紛紜未易評，松間石上暫移情。驅愁任我排棋陣，破恨同人共酒兵。新法已經殘海内，清談自是誤蒼生。近來司馬多征戰，曾否當年細柳營？

壬午應歲辟都門外遇警

西山遠望隱嵯峨，匹馬蕭蕭聽野歌。抱膝尚嫌十畝累，出門已覺一囊多。浮名暖眼聊如此，老態驚心可奈何。惆悵豺狼當道立，青天白日敢横戈。

和黄石齋《洗心詩》［一］

一片荒凉萬里沙，詩書誰是鄴侯家？空知民困黄河急，愁看天文北斗斜。雲暗深山龍唤雨，香來古寺鹿銜花。當前過去渾如夢，半榻松風聽《法華》。

［一］《國朝畿輔詩傳》卷十五題作《和黄石齋》。

杜其旋 六首

其旋，字考之，號雪窗。依中子。諸生。著有《咏雲齋詩集》〔一〕。

長洲韓元少先生菼《咏雪齋詩集叙》云：『公優於德行，不爲世用，退而肆意於鶯花棋酒之間。故其爲詩也，和平澹遠之中，寄托感慨，雖未能嗣音開室，而格律神髓擬諸李從一儔，差相仿佛。公中子蔚游吾門，因得昭公於家，具大儒氣象。别後十年，而公乃下世。余以辛未北征過津門，吊而哭之，因讀遺集而爲之序。』燕山朱崙《雪窗先生傳》云：『雪窗守致虚公家學，善屬文，爲同里高岱輿先生所稱。浮沉諸生間，意不自得。築小屋三楹，雜植花竹、槐棗數株，一琴一簫，酒卮茶竈，閉户哦詩。臨終語諸子曰：「殯我中庭花竹間，每夕以薄酒酹奠我。古琴一、古陶壺一，葬以爲殉。」引鏡自照而殁。』

夏日咏懷

野草自〔二〕萋萋，閑來一杖藜。泉飛疑海近，雲擁覺天低。此日傷飢饉，何年

〔一〕《續修四庫全書總目提要》著録清道光刻本一卷，謂：『是集古今絶律共數十首，卷端有韓菼序……今按其旋詩之至處妙在含蓄無垠，思致微渺，具寄托在可言不可言之間，其指歸在可解不可解之會。言在此而意在彼，泯端倪而離形象，絶議論而窮思維，引人於冥漠恍惚之境，可謂至矣。』

〔二〕『自』，《國朝畿輔詩傳》卷二十六作『緑』。

罷鼓鼙？桃源無見處[一]，夢入武陵溪。

夜坐有感

焚香生静悟，揮筆寫蘭箋。未許人前哭，寧甘世上憐。貪書疑解病，縱酒似忘年。嗟我風塵久，栖遲憶乳泉。

夜坐

干戈何日定，不敢易言家。客思憐征雁，鄉心泣晚笳。消愁花力薄，破悶酒功賒。夜永柴門静，相看燈影斜。

閑居

閑居宜嘯卧，何日不三餘？竹雨滴心碎，松風入夢疏。愁思元亮酒，病廢鄴侯書。晚眺平沙外，閑雲覆草廬。

[一]『見處』，《國朝畿輔詩傳》卷二十六作『覓處』，疑作『覓』，是，當據改。

和黄石齋先生

野墅容吾樂，蟲吟入夢時。疏狂非縱酒，悲憤始鳴詩。遠遁謀三窟，幽栖借一枝。伯牙琴碎後，無復望心知。

早起

鶴唳空庭自覺清，依稀遠寺遞鐘聲。看來世態金能語，説到人情劍欲鳴。遍地風烟吹鬢濕，一天霜雪上衣輕。此時别有關心事，惆悵中原未罷兵。

杜正灼 三十一首

正灼，字蔭宇，號叔華。致虚征君之裔。歲貢生。著有《卧鵬樓詩草》。

按：公五言古體，神骨蒼勁，直接陳伯玉。近體得王孟之髓。七言近體，清微高古。絶似宋元人手筆。詩品之逸，幽香冷韵，其氣如梅，與吾邑金芥舟、張念藝兩先生，可稱异曲同工。

述志詩四首

山陰多殘雪，河水流浩浩。東風一夜還，緑滿原頭草。我來復幾時，眷言傷懷抱。

龍變在丈夫，致身苦不早。桃李媚韶陽，逢時以爲寶。師事黄石公，焉用栖遲老？

綆短難爲汲，燭短難爲明。栖栖陋巷士，爲善無近名。順風呼自急，要津推挽并。季孟纍世貴，金張奕葉榮。不見賦鶚者，一言擠公卿。所以海底珠，沉耀寂無聲。

槿花開已落，孤松或不凋。遥遥千載人，菀枯藐一朝。君子大居易，韞櫝多良璧。嘆老而嗟卑，嚓嚓誠何益？

孤鶴海上來，戛然唳清音。朝食田間稻，暮宿水中雲。瓦雀得其巢，翩翩鳴檐際。主人倉困多，昏飽宵復繼。清濁本殊途，貴賤忽更例。乃知羽毛微，要亦乘時勢。矧彼淡泊人，規矩守其真。無鹽登齊輦，西子長負薪。市馬不市骨，相人空相面。布裙無美姝，布袍無俊彦。家世少朱輪，囊錐難自薦。

咏史

臧孫不爲知，苟變不成貪。區區皮相輩，豈足辨奸賢。邇來卜夜長，剪燭觀遺史。千載莽紛紜，鉛泪滴如水。爲龍與爲虺，用舍樞其機。自非功名箸，誰知烈士微？

宋村行

吾生辛苦真有債，求禍辭福嗟自賣。渠渠夏屋不肯住，思棹小舟弄輕快。時當六月天正晴，人烟四望如圖畫。無端風雨海東來，龍飛霆走恣光怪。檣楫傾摧艇欲糜，襦褲淋漓氣空噫。永朝永夕飢腸鳴，大似滹沱甚矣憊。宋村主人厥姓甯，賢哉高義復高興。暖湯剪紙趣燈火，臨崖扶我出泥濘。蓬頭一揖素不識，酒漿滿斗盤羅飣。昔似囚牢今大賓，風流意態恣傾罄。我老豈如粥飯僧，冷炙殘杯感亦增。進食王孫不望報，不知所報其奚能？佩無瓊玖可畀予，題詩聊亦記吾曾。燈前讀罷忽狂叫，事類彭衙杜少陵。

雁來

疏雨滴將斷，孤燈耿不明。羈人正無寐，歸雁起寒聲。

雪後即事

濕雲如夢寐，積雪未飄殘。小蹇探梅去，詩人骨本寒。

弄孫

弄孫知老近，我乃弄玄曾。却憶衣斑日，龍鐘感倍增。

問雨

霽色射東窗，禽聲亂高柳。昨宵風雨多，打折花枝否？

坐嘯

劃然寫隱憂，狂與蘇門擬。齒豁不成聲，空驚梁燕起。

對畫

鳥道真無地，桃源自有天。溪山如可借，舉室上漁船。

題文安紀可亭詩後

束髮耽佳句，清新老更多。曉風殘月調，惟許雪兒歌。

幼識荆州面，悠然過卅春。荒墳翁仲立，何處訪詩人。

柳

一樹烟絲萬縷情，才留鸝語又蟬聲。何須疏影霏凉露，想到秋風意已驚。

旅情

一樹鶯啼又過春，空齋仍閉未陽身。經年細憶家間事，半數生辰半忌辰。

時雨時止排悶

樹礙低窗月不明，雨餘蒿莠繞門生。時將好語來檐側，信道山禽不世情。

春行

人家如織水東西，草碧雲晴入望迷。春冷未成紅映緑，樹梢先有好禽啼。

雜咏

人生容易負東風，經歲空枝數日紅。更立片時真痛語，歡場即在可憐中。

舟行

扁舟西上路逶遲，一路風絲帶雨絲。惆悵將秋河畔柳，更無青眼似前時。

半醉

寂寂三家聚，茫茫百感俱。生涯看寶劍，心事問冰壺。村迥難爲夜，林深易得晡。壯懷來半醉，年未入桑榆。

春夜宴集答諸知己

詩手推元白，清流接綺園。溪花供酒令，山月冷琴言。禮樂知吾短，聲華世正喧。不才兼病懶，遂欲老邱樊。

登禪閣

團蒲追舊約，病起强憑欄。秋色青山遠，人烟白雨寒。蝸中鬥蠻觸，炊裏記邯鄲。花影空華偈，《楞伽》静處看。

聞鐘

山寺遠盤盤，鐘聲嚮晚寒。春容留雨外，斷續落雲端。初月人憑閣，扁舟客泊灘。各懷千里思，回首感彌漫。

寒食日欲尋張承厚以阻風不果

欲覓張三影，風濤怯水深。柳橋塵漠漠，花市靄沉沉。興至誰酬酒，愁來獨寄琴。詰朝應接膝，不用夢相尋。

逆旅題壁

悔不衡門卧，孤征天一涯。斷虹何處雨，野水滿村花。鄉國尋時夢[一]，舟車是處[二]家。桑麻十畝在，别汝負春華。

[一]「尋時夢」，《國朝畿輔詩傳》卷四十七作「隨時夢」。
[二]「是處」，《國朝畿輔詩傳》卷四十七作「到處」。

過故司寇勵公信天别業

謝公池館鎖殘春，下馬披尋一愴神。風約山桃空暈頰，露垂水柳自含顰。祇從簪組辭華屋，無復笙歌簇畫輪。舊燕重來門客散，西州痛哭更何人？

寒食日感懷和元敬符表兄

寒食鶯花事事妍，却從登眺一凄然。短籬雨重桃初坼，小榭風多柳再眠。鷄肋功名虚左券，羊腸世路怯先鞭。此情真是難消遣，更起劉伶問醉禪。

村行

詩骨清寒減舊圍，騎驢郊外撿芳菲。落花門巷鷄公唱，暖絮園林燕子飛。月夜呼烏胸塊壘，雪天射鹿夢依稀。春風三十無媒客，擊劍傭書事總非。

天津秋望［一］

風烟莽互接幽燕，立馬回看興颯然。秋老津南波撼地，日斜冀北草粘天。三杯

［一］［光緒］《重修天津府志》卷十七『乾隆四十八年癸卯科舉人』條下注作『己亥進士』，卷十八《選舉表》亦載在『嘉慶四年己未科進士』下。

對菊輸元亮，一鏃飛書憶仲連。紅樹離離節又晚，自慚瓠落度流年。

披衣夜坐

散懶江湖一布袍，飄然浪迹比輕舠。流年似水回瀾少，世事如棋不劫高。木落空墻風颯颯，月沉深院犬嘷嘷。元龍老去無名士，百尺樓頭若個豪？

杜剛 二首

剛，字近齋，號鳳山，別號泮宫。正灼從子。乾隆癸卯舉人，嘉慶丙辰進士[一]，奉天錦州府教授。著有《以文庫詩集》。

己酉下第留別劉永安

鄉心直接海門東，垂翼何須嘆技窮。雁塔無名同蹀足，鵬程有路未摶風。匡床舊雨三年外，樽酒新詩一夜中。此別天涯同努力，來年猶可看花紅。

[一] 高氏云：『杜正灼《天津秋望》可存。』

乙卯下第

氈毾歸來嘆路難，吹簫市上海風寒。無才亦灑劉蕡泪，有志空彈貢禹冠。季子金裘拼我擲，左徒面目怯人看。皋比愧擁談經座，退鷁何稱息羽翰。

杜昌言 一十八首

昌言，字諤堂。歲貢生。著有《浣花庫詩集》。

和于説岩書中乾蝴蝶

金谷繁華事已空，年來踪迹壁魚同。即看褪粉蒲編上，轉憶探花蘚徑中。消受三生書味永，沉潛千載夢魂通。却愁展卷還飛去，珍重開帷一片風。

橢腹纖鬚兩兩犖，芸臺老去轉蘧然。嗅香陸子辭條上，采艷蕭郎意蕊邊。好伴丹良拼乾死，相逢脉望證游仙。阿嬌小字真堪贈，贏得黄金屋裏眠。

殘香冷落舊籬根，高卧蓬廬獨閉門。仿佛林間寒葉影，依稀臺下腐衣痕。幅裁粉本滕王畫，紙染桃花謝女魂。自是文園多勝境，笑他紅雨數家村。

昔日花郎今墨兵，可憐風度太憨生。似耽吟咏髭全斷，不曝詩書腹自横。紙上飄飄家萬里，帷中栩栩夜三更。揭來洗却狂奴謗，枯槁何妨若性成。

説岩又索和再以四律酬之

春駒抛却賞花天，拼命相期文字緣。謝逸幾年埋藝苑，莊生一夢入芸編。蛾眉合伴才人老，墨禬渾疑妙筆傳。記取都官席上句，輕隨書幌劇堪憐。

兔園想爲倦游來，尋艷尋香興已摧。自有浪猜彝麥朽，也當錯認紙錢灰，翅慵若宿行間草，魂斷寧探譜上梅。破爛詩書真誤爾，春風桃李向誰開？

峽中鬼蝶舊知名，一死還將姓字争。何必開編隨蠹走，徒然鑽紙共蠅營。丰姿不減韓郎少，憔悴應知魏子輕。倘若當年變金玉，貧兒暴富是儒生。

不趁蓮香鬢髮馨，却來篋底伴枯螢。似將倦眼看千古，合是痴魂醉六經。花草連篇真有托，文章爲友已忘形。此身漫説空埋没，留取芳心照汗青。

旅病偶吟[一]

忍啜雙弓不療飢，鵝籠附去涴征衣。江州草木儔驅使，別有回腸咏自歸。
年來蟻鬥作牛鳴，病骨逢秋夢亦驚。杯底吞蛇應有誤，憑誰一語破愁城。
欲著袈裟證上禪，周妻何肉苦相牽。幾時打破風幡諦，枯坐蒲團誦妙蓮。
彈鋏匆匆已爛柯，班門有斧不堪磨。可憐嫁衛人垂老，蠟炬灰時泪更多。
優鳳慚居劣豹先，眼中看慣祖生鞭。黄金臺畔斜陽路，不踏槐花已六年。
伴我[二]龕燈不耐挑，心旗[三]摩壘正摇摇。鯉魚風起音書斷，一掬新愁傍夜潮。
笑面如靴唾自甘，依然平地起狂瀾。箭張酒趙粗豪甚，世路羊腸可是難。
漫説經年壓綫遲，嫁衣辛苦短檠知。子才饒舌嘲箕斗，掂起天花付阿誰？
吴簫吹徹又三秋，枰友相逢不掉頭。飯顆山前新舊雨，可曾一灑仲宣樓。
孤進還丹米粒無，賣蛙販鼠太區區。西涯投老才名減，擬向江干聽鷓鴣。

[一]《國朝畿輔詩傳》卷四十三選其六一首，題作《旅病》。
[二]『伴我』，《國朝畿輔詩傳》卷四十三作『挂壁』。
[三]『心旗』，《國朝畿輔詩傳》卷四十三作『心旌』。

勵廷儀 二十一首

廷儀，字衣園，號南湖。静海人。文恪公杜訥子。康熙庚辰進士，歷官刑部尚書，謚文恭。著有《雙清閣詩稿》[一]，大學士張公廷玉爲之序。

《静海縣志·名臣傳》：『南湖由進士入翰林，父子相繼直内廷二十餘年，誠敬慎密，纍遷内閣學士，兼禮部侍郎。世宗憲皇帝御極，授翰林院掌院學士，大功大典，多所贊勷。纍遷刑部尚書十年，咸推明允，御書「矜慎平恕」額賜褒之。加太子少傅，晋吏部尚書，仍掌司寇。前後陳奏，悉關大體，遇事無巨細，一本小心。而廷議侃侃，不避怨，不辭勞，公直自矢。與人交，胸無城府。每薦士類，惟賢與能。年六十四卒，祭葬如例，奉特恩加祭一次，謚文恭。』『公父杜訥，字近公。其先浙江人，祖弘，遷静海，家焉。年十九爲諸生，學問淵通，尤工書法。以繕寫《世祖實録》叙勞，除福寧州同知。未赴，賜食六品俸入直内廷。尋舉博學鴻詞，授翰林院編修。纍遷刑部右侍郎，出入禁闥二十餘年，小心慎密，前後疏奏，多所建白。卒謚文恪。雍正九年追贈禮部尚書，祀賢良祠。』

升天行

浮邱跨白鳳，招邀玉女扉。海山復何有，仙閣高巍巍。飲我以流霞，衣我以羽

[一]有清乾隆三年（一七三八）牛思凝、董邦達等刻本《雙清閣詩稿》八卷，首有乾隆元年（一七三六）張廷玉序。

衣。王喬顧之笑，此樂世所稀。朝騎黄麟游，暮倚青鸞飛。千載但瞬息，令威姑一歸。城郭雖如舊，人間常苦飢。

陽春曲

睡鴨爐熏噴鈿車，海棠障錦醉琵琶。金鈴小犬能遲客，雪色鸚哥解唤茶。花榭酣春眉月曉，水亭試舞甲煎燎。阿侯睡去柳依依，流鶯囀過人悄悄。

憶昔

憶昔生長城市間，蓄眼未識青山面。聞説林巒愜素心，眠食那遑希一見。岩壑邂逅如故人，信宿欲去增留戀。於今日走邊山路，年年半在山中住。嶺烟嶂雨枕上看，翠巘晴峰馬首聚。朅來停驂八月中，却對霜林千萬樹。丹黄青緑畫不如，變態極妍窮旦暮。不謂落葉風偏早，轉息之間山色老。昨夜纔誇錦綉堆，枯株今已空如掃。朱顔未幾二毛新，青山爛熳依舊春。春去秋來山不改，看山争似昔年人。

熱河紀事十首次陳乾齋撫軍元韵

蜿蜒環翠嶺，高下建宮垣。拱極千山伏，朝宗萬壑尊。邊陲天遠亘[一]，民物日孳蕃。總被陽和澤，冬泉水自温。

地占佳山水，離宫辟一隅。花繁憐溜暖，穀稔喜田腴。宵旰祇民事，官曹必汝俞。孰云萬方遠，呼吸念肥癯。

風土敦龐地，天教界兩京。湖山據勝景，圖繪[二]錫嘉名。花比蜀中錦，鳥欺隴上鸎。幾回登島嶼，不復羨昆瀛。

好景帝開先，從游逾十年。鹿鳴窺舞鶴，魚躍狎飛鳶。船舫回蘭棹，驊騮立錦韉。會邀天一盻，萬象解登仙。

屋斜無定嚮，隨意築林丘。城市千峰逼，山村萬井稠。有居仍逆旅，無客是閑游。伏署祟朝雨，凄然敵九秋。

物萃東南美，人無入塞情。歌樓終日在，市酒得泉清。野菌家家食，山花處處

[一]『天遠亘』，《雙清閣詩稿》作『天廣大』。

[二]『圖繪』，《雙清閣詩稿》作『圖繢』。

生。此間洵樂土，羈緒罷懸旌。

清切依山殿，宏文啓㢠廬[一]。溪雲沾硯席，岩翠滴衣裾。既愜烟霞性，重栖鸞鳳居。自慚還自喜，故舊得應徐。

數來山厭熟，屢僦愛居新。行闕羅群彦[二]，晨星數舊臣。合圍規樹影，刺眼嘆花身。珥筆人垂老，重番扈北巡。

雲歸山雨足，風泛藥苗香。退食從容候[三]，時鮮次第嘗。南榮施翠箔，北户展書床。一卷真消受，翛然六月凉。

入覲憐耆舊，恩深避暑來。劉盧敦夙好，殿閣喜追陪。賜食聯茵坐，看花并馬回。微嫌詩思健，酬唱日相催。

[一]『㢠廬』，《雙清閣詩稿》卷五作『别廬』。
[二]『群彦』，《雙清閣詩稿》卷五作『英彦』。
[三]『候』，《雙清閣詩稿》卷五作『後』。

題座主姜西溟夫子[一]書册後

千金懸腕運鋒豪，遺迹重披格愈高。筆陣幾能埋巨闕，墨林何苦御鉛刀。傳燈弟子將三紀，學字師門巳二毛。自嘆人書今并老，但遵古法教兒曹。

甲辰除夕和鄒慎齋編修元韵[二]

輕寒料峭日初長，餞臘迎春盡此觴。拙宦老夫門似水，耽吟佳客夜思鄉。數枝花報東風暖，一夕閑酬終歲忙。誰道辛盤無俊味，黄柑分賜剖清香。

題楊石湖少司馬泛月小照

澄波一片溶溶月，未抵胸中萬頃寬。欲向塞窗[三]親海馬，無須香餌插魚竿。詩瓢茗碗閑中得，浪蕊浮花座上看。漫説湖鄉無限好，濟川舟楫泛湖難。

[一]『夫子』，《雙清閣詩稿》卷七作『先生』。
[二]《雙清閣詩稿》卷七凡二首，此其一。
[三]『塞窗』，《雙清閣詩稿》卷七作『蓬窗』。

過蘆溝橋

風沙暫借水雲收，滿眼烟巒憶舊游。紅杏緑楊村店酒，疏林蕭寺野塘秋。塵心自絶青山面，佳日空抛古陌頭。争得昔年驢背好，一鞭吟興渡蘆溝。

踏青詞

花映春山柳映堤[一]，鞦韆架在畫橋西。高樓深鎖誰家院，聽得黄鸝鎮日啼。小閣輕寒掩綉幃，熏籠猶自怯春衣。多情不及南窗燕，也向妝臺故故飛。

題杜紫綸小照

樊川才美[二]比璠瑜，旅食[三]金門貌轉癯。閑對落花思往事，十年情緒似今無。譜出新聲楊柳枝，姓名吹向[四]九重知。長安花好連鑣看，莫憶江南夢雨時。

按：公父文恪公杜訥，生平遭逢之奇與高澹人、方敏恪二公相同。阮吾山司寇《茶餘客話》載：『三殿三

[一]『花映』，《雙清閣詩稿》卷八作『花作』；『柳映』，作『柳作』。
[二]『才美』，《國朝畿輔詩傳》卷二十八作『詩價』。
[三]『旅食』，《國朝畿輔詩傳》卷二十八作『索米』。
[四]『姓名吹向』，《國朝畿輔詩傳》卷二十八作『才名争羨』。

門禁匾。勵文恪六十外，以恩貢給事史局，議叙四川州同。將之官，會殿門易額，史官翰林書皆不合式，人薦書匾，稱旨，授編修。至七十二歲開坊，歷刑部侍郎，贈尚書，予謚。子文恭廷儀，强仕入詞館，十年不遷。後洊升刑部尚書，予謚。孫宗萬，十七歲入翰林，亦官刑部侍郎。又宗萬子守謙，亦入翰林。」

《錢香樹先生詩集·白海棠詩序》云：『静海勵文恭公家居時手植也。壬子九月公櫬歸里程，花復開，色白如雪，見者异之，繪圖傳都下。』

又《茶餘客話》載：『康熙庚辰科，仁和翁嵩年本房得張廷玉大學士、勵廷儀刑部尚書。』

王句香云：『杜訥本姓厲，冒静海杜氏入籍，由實録館授州同，後以書内殿額，入南書房供奉。奏明歸宗，仁廟於厲字旁加力字，後遂姓勵。舉鴻博一説則未之考。南湖先生書法，繼武文恪。尤敦鄉誼，雖官至尚書，同郡人至都者，即負販菜傭，延見坐談，有所謀，必代擘畫，乏資則傾助，各如其意以去。一日有鎮標兩兵目投文兵部，批回遲，未領取，往求微助。正坐談，而大司馬適來，兵目暫避内室，先生即司馬代索批回。司馬重公之高誼，於批回外，加一札致津帥。二兵銷差，内傳各賞外委，則司馬爲之關説也。一時佳話，少時咎聞之於老輩云。』

又，南湖先生子宗萬，少年入翰林，任山西學政，又爲山西觀風正俗使，性豪放，一變家風。宗萬子守謙，亦少年入翰林，放雲南試差，不待揭曉回京，自後遂不録用。

毛士 一首

士，字譽斯，號一瓢子。静海人。

《念堂詩話》載：『静海毛譽斯士，負异稟，浪游於外，至於乞食，終身不娶。著有《睡生閑筆》[一]。其改香山食櫻桃詩戲占云：「元劉對手擅詩名，漫把佳章幾字更。可笑粗才不自量，欲收白老作門生。」又句云：「村村佛殿古，任我作行窩。」』

讀放翁和淵明《乞食》詩有感

事經閱歷語方新，約略説來恐未真。乞食須留儕輩和，先生豈是個中人。

《秋坪新語》載：『一瓢子，畸士，亦高人也。隨所游歷，祇將一瓢，故咸稱爲一瓢子云。而天才聰穎，風骨岸异。經史子集，一覽不再讀。或有叩及，隨所舉似，窮源溯委，貫串該洽，風雨集而江河流也。幼應童子試，學使業録入邑庠，復試到偶遲，大被申飭。以聞報晚對，而申飭倍厲。一瓢子慨然曰：「某不急要者秀才。」學使大怒，立行扣除。皆代爲惋惜，而自處之泰然。自是絶意功名矣。時已聘某氏女，呼其父而語之曰：

[一]［光緒］《重修天津府志》卷四十四載：『毛士字若人，一字夢蝶，性好學，年十六補諸生。』又卷三十七載毛士有《一瓢子詩草》《夢蝶集》《説陶》。

「我將遨游四海，雲無定踪，其何可誤人終身，别爲擇適可也。」於是浮江漢，杭[一]兩浙，陟巴蜀，越甘陝，歷甌閩，下豫章。所過名山大川，無不窮探其勝。初不賫糧，托一瓢以糊口。或數日不得食，而氣色温潤，光采充溢，絶無飢渴態，蓋其天全而性定也。他無枕蓆，惟寓目於竹素碑版文字以自娱。父卒，奔喪歸，以不獲親含殮，爲終身之憾，仍著白衣冠。或怪之，曰：「服以章身，亦以章其可章耳。子不入城市，不見官府，挂瓢於樹，尚嫌有聲。身之隱矣，文將焉用？何妨我行我意，以申有懷之慕哉？」言者謝而去。四十以後，流寓正定間。偶宿古廟，有數乞人至，蹴之去，略無忤，起而結跏香臺畔，吟詩自若。時大寒，群乞意其必死，平旦視之，帽已霜覆，而面色紅潤，無寒栗，由是奇之。訓蒙平山之蒲北村茹姓數年，鍵户不出，村人希睹其面。館餐一以樸素，不責繁文，不受脩脯。衣竟歲不易，亦不浣。門人爲製新者，必弃其舊敝乃衣之。嘗問先生欲何書籍可代購也，曰：「典墳邱索，半由僞作，而坊肆所有，大抵皆吾弃餘，雖欲覓之，其何從而覓之。」乃已。所在縉紳先生，欽如山斗，争先睹爲快。乃求一面，往往不可得。惟靈壽傅鴻漸，雅相往來。傅沉静貞毅人也，以故意氣契合。嘗爲《評靖節集》以寓志，所著述甚夥，而好自焚其稿。欲以書籍求點評者，潛置案頭。不問所從來，旬日已畢。乘其不見而藏之，不然則取焚之矣。平山商擬瑚得所評班范兩《漢書》，手筆突出前人，見者轉相鈔閲，珍逾球圖。他所撰著，正定王氏鈔存獨多。鴻漸嘗鈔其詩、古文全集，先生囑曰：「名山其人，蓋棺乃定，勿令他人見也。」淵默冲謙而不務名，又如此。游靈壽、平山年最久。愛楸山幽邃深窅，殆有終焉之志。今約其年，蓋七十餘耳。一時識與不識，無不知有一瓢子云。」

[一]『杭』，原校本疑作『航』。

浮槎散人曰：『一瓢子，可謂有道之士也乎！觀夫飢渴自若，霜雪不侵，非有道烏至此。然索隱行怪，聖人弗貴，即其絶嗜欲，篤孺慕，歷窮約困頓，沉潛淵默，所謂至人無名者，殆庶幾乎？若夫淵洽廣博，以著文章自娱，又其餘事矣。號曰一瓢，毋亦簞瓢陋巷，不改其樂者歟？』

吟齋氏曰：『觀其一衿被黜，不甘呵斥，殆所謂皎然自命，不辱其身者也。故寧徜徉終身，任情自適。其内度之於心，計已熟矣。謂以其才，掇金紫不難，然即登廊岩，何時能免此呵斥者？奚如青山白雲，優游千古乎？嘻，高矣！』

高肇培 八首

肇培，字翼風，號嶧峰。静海人。乾隆己亥舉人。著有《菜香齋詩草》。

案：嶧峰天資俊邁，恃才傲物。爲邑豪所中，被黜，益放肆，落魄以終。

紀事詩

貞女王氏，静海唐官屯民女也。字獨流某氏子。夫於乾隆戊戌九月溺水死，女以身殉，投水瓮中，時年十六歲

九月西風波浪惡，有客北來言鑿鑿。獨流市上弄潮兒，倏忽隕滅風掃籜。樂府空傳《無渡河》，麗玉箜篌不復作。吾鄉河之湄，有女方及笄。夜半瓮中死，視死

真如飴。前死者夫後死婦，是耶非耶爲怨耦。夫以不戒隕厥身，妻以靡他貞厥守。憶昔此女十二齡，就食夫家迫阿母。俯首依稀拜姑嫜，靦面然疑奉箕帚。兩髦已墮碧波潯，化石山頭非我心。年來久已共牢食，同穴何必生同衾。獨憐牽挽來鄉里，未得相隨一處死。爲渠三賦《柏舟》篇，天隻胡不諒人隻？朔風淅瀝冰膠舟，瓮底餘波聲啾啾。請將瓮水傾河水，因風直向東北流。流到良人身死處，新鬼舊鬼同抱憂。不願爲韓家冢邊連理樹，不願爲徐州城外燕子樓，願得明年三月桃花發，化作比目相夷猶。書生那得如椽力，邑史搜羅聊載筆。欲知赴節在何年？乾隆戊戌仲冬初三日。

無題絶句

道藴青紗學解圍，墻東舊路未全非。重門滴瓣人何處，惟有空庭蝙蝠飛。
蘭香似解幽人恨，萱草難忘壯士憂。多少淚痕消不得，結成片血在心頭。
品概須争第一流，輕塵弱草亦千秋。昭君青冢文姬拍，不及徐州燕子樓。
萬卷牙籤兩石弓，書生投筆即從戎。功成不取封侯印，惟向人間覓次翁。

嚴先生

桐江東去任瀰漫，獨卧羊裘耐歲寒。烟水孤踪雙鳥翼，興亡滿眼一漁竿。故人還憶劉文叔，後起應推管幼安。何日登臺酬樽酒，祇今望斷澧中蘭。

陶徵士

披草歸來露滿身，更堪九食度三旬。孤雲自昔曾爲令，流水於今不是秦。疏柳數行天外影，黄花幾點個中人。山阿托體秋風杳，誰見東籬漉葛巾？

孟山人

鴻毛軒冕振風騷，四十餘年已二毛。詩入梅香驢背穩，窗含松影鹿門高。洞庭五字休相問，千里潯陽興自豪。摩詰齊名嫌未允，依稀人説鬱輪袍。

施德寧 二首

德寧，字静遠，號致園。静海人。乾隆丙午副榜，甲寅舉人。著有《致園詩草》。

題《彈琴圖》

伯牙遇鍾期，乃目爲知音。訂交古良難，况復到而今。當軒玩此畫，感我生平心。非分不可幸，逍遥由此身。携我一樽酒，抱我七弦琴。徙倚山之側，遨游水之濱。飛泉望雲際，匹練挂如銀。群峰列天表，玉筍何森森。寫作巍巍曲，彈作洋洋吟。和鳴俟同調，豈徒娱泉林？

題《對奕圖》

天净山氣佳，林閑雲意懶。二叟對一枰，興趣何蕭散。侍側垂髫人，衣帶亦輕緩。終局幾千年，柯爛都不管。思昔巴丘橘，剖破鬚眉展。青城索玉塵，蠅語差可辨。俄化雙龍飛，一去不復返。踪迹留壁間，令我穆然遠。

楊繼曾 二首

繼曾，字目軒。静海人。增廣生。著有《拂雲軒詩草拾遺》[一]。

[一]《國朝畿輔詩傳》卷六十作《拂雲軒詩草》。

别陳漢老

舊友非萍水，新交衹泛常。官貧君自得，用拙我何傷。傲吏寧嫌老，詩家[一]不礙狂。相親不相惜，暫别亦難忘[二]。

送戚朗岩

識君何太遲，送君何太速。相見縱非遥，我心終蹙蹙。交接尚知音，奚事矜粱肉。車笠可同游，遑言飛與伏。君行躋高臺，我行履蔀屋。且訂忘情交，他年同把菊。

[一]『詩家』，《國朝畿輔詩傳》卷六十作『詩人』。
[二]『相親不相惜，暫别亦難忘』，《國朝畿輔詩傳》卷六十作『相逢愁話别，離緒苦難忘』。

津門詩鈔校箋卷二十二

李乾淑 一首

乾淑，字清仲。青縣人。恩貢生。

《青縣志·文學傳》：『乾淑十二歲就童子試，輒冠其軍。文宗左滄嶼先生光斗稱爲才子第一，聘閱卷。緣制藝過奇，數困棘闈。著有《白華詩稿》。』

再入山中偕友人飲

不向山椒久，翻疑主也賓。遥溪水咽石，隔岸鳥窺人。樵徑行將隱，漁歌唱欲新。習池醉未已，倒著白綸巾。

姚思虞 一首

思虞，字失考[一]。青縣人。萬曆壬子舉人，臨洮府同知。

《青縣志·政事傳》：『思虞以舉人授蘭陽縣知縣，值流寇屢犯，曾炮斃渠魁，孤城保全。鄰封有大疑獄，上臺每委推勘，咸服明決，讞語精確。巡撫李以公博學能文，委修兩河文獻。』

[一]［康熙］《青縣志》卷三、［乾隆］《天津府志》卷二十八均謂『字元遜』。

同王直卿起部孫莫之徐青來兩山人謁盤古祠

古宮深積翠，尋討欲忘還。四壁雲難破，千巒秀可搴。碑殘全没地，樹老盡參天。行矣君休問，神游太古前〔一〕。

馬鳴蕭 十首

鳴蕭，字和鑾，號子乾，又號乾若。青縣人。順治丁亥進士，歷官浙江湖州府推官、辛卯科鄉試問考官、工部都水司主事、提督蕪湖關抽分、工部營繕司員外郎。著有《惕齋詩草》一卷。

按：乾若先生任事勤敏，官主政時，監修乾清宫，暴身烈日中，上見，憫之，賜以御用雨蓋，工竣，賜表裏銀馬有差。任蕪湖鈔關，溢額二萬一千六百餘兩，部題紀録，民懷之，立去思碑。任員外三年，告歸，優游林泉，不言榮禄，惟嗜吟咏，人服其清尚。

〔一〕『神游太古前』，〔康熙〕《青縣志》卷三作『總游太始前』；〔民國〕《青縣志》卷四《輿地志》引作『神游太始前』。

咏懷五首

投畚去南畝，羲皇入北窗。相將重彝鼎，何敢問旌幢。淡蕩雲中樹，委蛇天際諏。悠然別有得，一壑與長江。

空谷得高士，栖遲守敝帷。鳴禽饒夕氣，流水静朝暉。評史存疑信，尊經識指歸。客來深柳下，相對製荷衣。

小卧不成睡，掩關檢舊題[一]。調飢田百畝，扶病藥千畦。虚牖雲來往[二]，閑階鳥嘯啼[三]。黄花姿正好，愛客且相携。

静坐冥生事，麃麃麋鹿群。江山元邃穆，風雨自紛紜。遠馭傳三略，長林驚一軍。春晴已昨日，得酒便成醺。

肥遁壑丘异，獨醒十畝間。深雲逐杖履，小鳥弄間關。谷口月初上，嚴陵漁未還。桃源何處所，經歲水潺潺。

[一]『檢舊題』，《國朝畿輔詩傳》卷八作『尋舊題』。

[二]『雲來往』，《國朝畿輔詩傳》卷八作『雲初往』。

[三]『嘯啼』，《國朝畿輔詩傳》卷八作『亂啼』。

聞説

疏慵衹合抱雲根，多病那堪更耐煩。丹壑關情空偃卧，緑蘿何意自偏翻？神疲早厭茶鐺沸，形老惟餘藥裹存。聞説神仙不曾見，淼茫却笑武陵源。

惕齋用東坡韵八首録二首

四時無休歇，過去那堪數？二氣自升降，天地亦何語？獨坐望雲烟，波鳥時高舉。爲憐衰謝人，白髪剩幾縷？支離嘆此身，短笻難爲拄。况復人間世，霜雪雜風雨。故園棗栗熟，剥落動盈筥。不定若飛蓬，飄欻及黄土。隱几澹無營，壑丘倘相許。

野處逢歲稔，延賞因時適。君子不素餐，饘粥猶戰栗。微尚夙有心，粒食無陳乞。肅穆耽松徑，烟霞滿石室。魂夢頗云安，肯教魚鳥逸。俯仰易爲陳，遑論處與出。寥寥此天地，語笑或可必。

案：二詩頗似霜紅龕意徑。

早春用僧齊己韵

柳岸冰初解，數聲雁北還。青波縈古渡，黄鳥囀深山。春草春風裏，一詩一酒間。是非都不問，興至但開顔。

故園

將詩尋古意，呼酒散幽情。日逐黄塵遠，風吹緑水明。地偏堪獨坐，人老慎多營。好在故園裏，行耽野鳥聲。

馬仲琛 六首

仲琛，字佩韋。馬工部鳴蕭之孫。歲貢生，鄉飲大賓，官奉天府開原縣訓導。著有《樂儀堂稿》。

案：佩韋五言清淡，得乃祖風味。

咏懷三首録二首

落落謝塵寰，遂意寄空谷。地偏心愈遠，物外愜幽獨。山光凝竹窗，雲影帶茅屋。

耽此雲山趣，世路任反覆。或當松徑間，或傍花陰[一]宿。愛謝復愛陶，好句供我讀。一唱三嘆息，朗朗[二]振林麓。

晝永冥生事，北窗睡起初。性自耽幽寂，時亦嗟索居。野客解余意，抱琴過草廬。聆彼山水音，疏散我心娛。殷勤謀諸婦，斗酒對庭除。相與恣笑談，清意正徐徐[三]。

讀書閑夜[四]

獨無外物牽，况復門深閉。晚景斂殘霞，光寒日初泄。寥寥空齋中，把卷消寒夜。燃燈對古人，相對還相悦。道由潛心通，坐久塵消滅。落葉響長林，碧井寒泉冽。萬象滙其中，古今一冷熱。人生天地間，百年一夢結。孤影伴殘編，幽心趣自别。

咏懷四首録二首

大道無隱現，取携惟所尚。真趣非外得，心遠神自曠。緬彼太虚化，聲色且萬狀。

［一］「花陰」，《國朝畿輔詩傳》卷三十一作「花影」。
［二］「朗朗」，《國朝畿輔詩傳》卷三十一作「琅琅」。
［三］「清意正徐徐」，《國朝畿輔詩傳》卷三十一作「清風來徐徐」。
［四］《國朝畿輔詩傳》卷三十一題作《讀書》。

觸境皆妙緒，天地無盡藏。俯仰興悠悠，澹爾袪群妄。吾性并吾情，近在青苔上。

我生原杳杳，挺然鑄此形。大冶陶萬物，我亦邀仙靈。有才貴適用，何取窮一經。邊庭羽檄馳，秦塞聚飛蠅。皎皎白日麗，天際陰霏興。何不擁長帚，直入斗間横。一掃風塵色，萬里浮雲平。終軍當弱歲，長嘯效明廷。竊慕古人志，無路請長纓。

江干晚步

落日滿寒流，波光蕩野渡。渡頭晚不喧，來此一散步。依違對野雲，明滅看遠樹。時逢物外人，行吟發奇句。因之傍水隈，談笑已忘慮。握手又成别，明月照歸路。

劉天義 十首

天義，字戒庵。青縣人。歲貢生。

南皮咏古六首

百雉岩城峙，千秋古縣雄。河流猶衛水，土俗忽齊風。邑在春秋爲齊境。比户弦歌盛，原田菽麥豐。相傳多勝迹，搜訪興無窮。

斷獄推京兆，依經議絶群。何疑故太子，足服大將軍。威信懷前政，荒凉剩舊墳。有誰携絜酒，一酹日斜曛。城外東隅有漢雋不疑墓。

城北朝京路，南皮北門額曰『朝京』。當塗射雉鄉。在南皮射雉，一日獲三十六頭，見陳壽《魏志·武帝紀》。心原工弋篡，智亦任機張。詭遇矜多獲，雄才喜擅場。所嗟陵谷异，傳説幾荒唐。或誤以射雉爲齊桓事。

前日之游樂，人猶説子桓。一時誇燕友，魏文帝燕友臺遺址在城内。此地共追歡。瓜李銷天署，文章耐歲寒。詞林多繼起，可續賦騷壇。

何人多好事，貧富使争喧。巧取萊蕪甑，來形金谷園。南皮城有石崇宅，明人更造爲范丹居之説，以與之對。財爲奴輩利，名祇黨人尊。奢儉同奄忽，空留後代論。

偃蹇聞張我，時來賈相門。無求驢背穩，難屈布衣尊。張我，唐時人，見人無貴賤，惟自稱我，人因目爲張我。賈相即耽也。名紙誠多事，歸鞭稍避喧。寧知同魏勃，代掃夜初昏。

杜林將軍墓 在鎮西北里許，相傳墓地即陣亡處

出游至西原，携友相散步。頹然見荒丘，云是將軍墓。翁仲漫弗存，豐碑無尋處。芻牧來牛羊，孔穴走狐兔。生前位將軍，墓自崇制度。而此殊草草，竊疑傳聞

誤。友人顧而嘻，嗤我實膠固。今人際升平，得備飾終具。元黄龍戰時，原隰裒誰顧。矧彼武勇人，馬革夙所慕。碧血灑戰場，暴骨心何懼？家國同銷亡，紀載闕竹素。僅餘故遺民，姓名相傳付。偶至田隴間，憑吊日將暮。軼事重流連，低回不忍去。直道存人心，非事透好惡。禮失尚野求，口碑即掌故。不見多生祠，勒石遍道路。里老昧莫知，誰爲甘棠樹？

題同野堂二首

榜題同野識吾廬，野趣天然亦自如。小座時遨風浩蕩，短垣不隔樹扶疏。家資一硯難投筆，酒載雙鴟那借書？慚愧吾門二三子，一區漫比子雲居。

野堂真作野人居，長物惟多兩篋書。窗草不除生意在，門扉常掩舊交疏。長卿賣賦文難似，劉向傳經學弗如。詎爲名高甘隱逸，菲材本合處蓬廬。

李潤圃夫子分訓廣昌詩以奉懷

三年薄宦近如何？每值西風悵望多。聞道官厨猶苜蓿，所欣邊士亦弦歌。成文應勒飛狐嶺，覓句常臨拒馬河。偶過燕秦來去路，知將劍術笑荆軻。師兼工武技。

李成謨 八首

成謨，字爾嘉。青縣人。道光乙酉拔貢生。

案：爾嘉受學於曲阜孔峻峰昭辰，詩才清妙，每試高等，爲學使毛公式郇所器。

題高寄泉孝廉《柳橋晴絮圖》

序：寄泉名璿潢，寶坻人。癸未下第，鬱不自得，繪《柳橋圖》，徵人題咏。

東風蹴起軟紅塵，多少看花得意人。試問青青楊柳樹，者番旖旎爲誰春？

仿佛風光似灞橋，行人到此幾魂消。高車駟馬重過日，好認臨風碧玉條。

梅花飛過柳花香，漫把飄零惹懷長。宛跨蹇驢來踏雪，教人錯喚孟襄陽。

浮生踪迹半如萍，愁向勞勞問舊亭。借得香山好詩句，大家唱作渭城聽。

離情一語一躊躇，况復將情入畫圖。此去三沾風景好，夕陽飛絮亂平蕪。

行行幾欲嘆途窮，下第情懷似酒中。寄語劉蕡休懊惱，鯫生幾度哭秋風。

眼前風物又殘秋，蘆絮渾如柳絮稠。想像紅橋佳麗地，詩人合住小揚州。

自慚不是謫仙才，敢向騷壇奪槊來。黃鶴樓高搥不得，我今去咏鳳凰臺。

王公弼 二首

公弼，字直卿，號梅和。滄州人。萬曆丙辰進士，本朝户部侍郎、都察院都御史。著有《景慶堂詩文選》[一]。

朗吟樓 在滄州

仙人黄鶴舞婆娑[二]，飲吸長鯨[三]醉踏歌。乾坤何處著雙眼？乘風偶爾來滄波。滄波江上看明月，劍星夜半寒光發。飛劍長空落鴻[四]影，斷蛟剸兕戲溟渤。爲問靈砂果可傳，願借仙人丹九還。仙人得道寸心裏，點石恐誤三千年。瓊臺紫府

[一]《滄州詩鈔》卷二：『有《蓼窗詩稿》一卷、《抱琴居集》《撲塵居集》各五卷。』又引戴明説《王公墓志》：『有《景慶堂文選》《詩歌》《兵樞樂府》等集行世。』今臺灣『國家』圖書館藏有明崇禎刻《撲塵居集》四卷。

[二]『黄鶴舞婆娑』，《滄州詩鈔》作『鶴背翳鵡螺』。

[三]『飲吸長鯨』，《滄州詩鈔》作『長鯨吸海』。

[四]『鴻』，《滄州詩鈔》作『虹』。

仙乎
尋洞宅，如此樓居高百尺。大笑不知宇宙寬，[一]朗吟樓下多漁船。烹鮮浮白醉神仙，醉後詩狂欲上天。上天下地何所有，醉夢醒時仍問酒。閑來樓上才仙迹[二]，仙乎仙乎吾與友。

朗吟樓呂祖祠[三]

丹梯插碧枕河流，可是仙人居好樓[四]？雲住乍疑蓬島近，月明還憶楚江秋。洞庭西放[五]雙鳧去，沧海今隨一劍游。夜静[六]波澄聽唳鶴，醉驚珠斗豁吟眸。

《秋坪新語》：「滄州王侍郎公弼，其太翁殁後乃生。既貴，思慕不已。公故善扶鬫帝鸞，有扣必應。一日欲乞帝追寫其太翁像。乩書曰：「吾固不解此，然念子孝思之誠，當覓道元[七]來爲之，子但懸筆几上，研

[一]《滄州詩鈔》下有『伸卧尚嫌天地窄。黄公壚畔酒如泉』十四字，蓋脱，當據補。

[二]『迹』，《滄州詩鈔》作『踪』。

[三]《滄州詩鈔》題作《朗吟樓吕仙洞》，《國朝畿輔詩傳》卷七題作《朗吟樓吕仙祠》。

[四]『居好樓』，《滄州詩鈔》作『在上頭』。

[五]『西放』，《國朝畿輔詩傳》同，《滄州詩鈔》作『昔放』。按：『昔放』『今隨』對偶，作『昔』爲是，此蓋同音而訛，當據改。

[六]『夜静』，《滄州詩鈔》同，《國朝畿輔詩傳》卷七作『夜盡』。

[七]『道元』，《滄州詩鈔》作『道子』。

濃墨於几，伸紙焚香，閉户静伺，室中無留一人，隔户聽之，筆停不動，可開視也。」公敬如神教，屏息以俟，食頃，聞紙沙沙起落，疾於風雨。久之無聲，亟啓扉[一]入，筆忽落所寫真面上，遂墨污一點。蓋啓扉少速，有收領一筆未完也。公亦不知其似否，持視太夫人。一見泣拜，謂爲神肖。其畫僅一頭面，寥寥數筆，無多煊染也，至今仍收藏王氏子孫家。」

戴明説 九首

明説，字道默，號岩犖，晚號定圃。滄州人。崇禎甲戌進士，本朝官至户部尚書。工詩善畫，著有《定圃詩集》[二]。《詩觀》及《百家詩鈔》俱入選。

魏憲云：『岩犖詩淵乎其神，蔚乎其彩，如王新齋初見新建時，冠則有虞，服則老萊，攝衣上座，儼若懷葛間人。』陳遇堯爲作傳云：『曾拜教孫鍾元先生門，以閑邪存誠之義相質。先生嘆曰：「定圃入眼出手，皆有確據，可謂脚踏實地矣。」博學能悟，公餘苦心風雅，爲詩與王覺斯、吴駿公、范箕生齊名，兼善書畫，

[一]『啓扉』，《滄州詩鈔》作『闢扉』。

[二]今有清康熙六年（一六六七）序戴氏平山在東閣刻本《定園詩集》十一卷，《文集》一卷。孫承澤序謂：『道默戴子集新舊詩，手自訂正，質於王覺斯諸前輩，咸許可，乃鐫成帙。』此本各卷末有輯、校者題署，係戴王綸、王縉輯，毛褒、毛表、毛扆，子戴王綸、王縉、王綏、王絜、王純及孫戴晏、曇、昴等校。又，《滄州詩鈔》另載《定圃未刻草》，今未見。

特受世廟之知，賜銀圖章，勒：「米芾畫禪，烟巒如覯。明説克傳，圖蓋用錫。」著述有六朝及明《歷朝詩家》兩集[一]，《唐詩類苑選》[二]、《篆書正》《禮記提綱廣注》等書，晚年有《定圃近集》《鄒鹿合編》《偶見録》。」

龔芝麓尚書云：『高者極蒼旻，深者入重淵，沉鬱精堅，匪古勿法，而孤心刻畫，正恨古不見我。』吴天章《蓮洋集·題滄州戴尚書竹》云：『湖州太守貧方善，協律郎官老更工。惟有尚書最尊寵，閑中寫出葛陂龍。』

《天津府志·儒林傳》：『戴明説，滄州人，初官太僕寺卿，丁艱歸，盡屏聲色，閉户治心，力究《大易》「閑邪存誠」之旨，與黄岡曹本榮簡討時相印證。又延容城孫征君於家，授《傳習録》，身體實踐，務爲有體有用之學。其共切劘者有明經陳奉敕、諸生趙時泰，一時如王廷鏈、李玉鼎、王滋、孫晏曇等，皆從講焉。遠近稱曰「定圃先生」云。仕至户部尚書，封太子少保。』

[一]上海圖書館藏清順治十三年（一六五六）毛氏汲古閣刻本《歷朝詩家》，題『滄州戴明説、定興范士楫、上穀魏允升輯』。

[二]上海圖書館藏清順治十六年（一六五九）紀元刻本《唐詩類苑選》，題『明張之象輯，清滄州戴明説等選』。

十一月風[一]

身世驚風裏，客心向[二]夜闌。黄河東海下，貧日[三]薊門寒。歲短詩書大[四]，年加故舊殘。忽憐陰積[五]雪，漢幟可能乾。

謫豫州別高中孚太宰[六]

風雪驅孤客，單車出上林。於君誰苦口，如負[七]亦甘心。河洛徵求急，江湖戰氣深。憂思懸痦寐，星迸夜沉沉。

[一]《定園詩集》五律上凡三首，此其一。

[二]『向』，《定園詩集》五律上同，《滄州詩鈔》作『愁』。

[三]『貧日』，《定園詩集》五律上、《滄州詩鈔》均作『貧白』。

[四]『詩書大』，《定園詩集》五律上同，《滄州詩鈔》作『塵勞逼』。

[五]『積雪』，《定園詩集》五律上、《滄州詩鈔》均作『磧雪』，蓋形近而訛，似作『磧雪』爲是。

[六]《定園詩集》五律下凡四首，此其一。

[七]『如負』，《定園詩集》五律上、《國朝畿輔詩傳》卷七均作『如我』，疑作『我』是，或當據改。

西沽小住[一]

長風摇海氣，日在大河西。詩老鶩駝背，途窮妒雁泥。柳營村牧避，桃口曉沙迷。誰寄文房夢，河間認舊溪。

天津

十載津門路，歸憐古道斜。日平三面海[二]，人雜五方家。蝴蝶荒耕壁，蛟龍怒戰艖。猶留遺老在，聚米話囊沙。

滄州故里

生聚十年事，悲凉一邑孤。田圈思茂草[三]，艖滯困長蘆。門巷干戈異，鷹雕風雨呼。升平應有望，携醖待山隅。

[一]『小住』，《定園詩集》五律下作『小駐』。又，高氏云：『《西沽小住》一首、《天津》一首可存。』

[二]『三面海』，《定園詩集》五律下作『三海面』。

[三]『思茂草』，《定園詩集》五律下作『失秀穗』。

題王西樵年丈小像

鹿寨今將問[一]，能封草徑無？岳摇驚句老[二]，月定愛禪枯。爾我千秋外，曹劉一代孤。平山遺[三]落照，莫誤洗桐圖。

五月即事

薊門積旱晝沙鳴[四]，憔悴榴花不肯明。脾濕今難親酒氣，魂勞昨已厭茶聲。旌旗柳帳千笳月，鷄犬桃源一笛晴。隋苑唐堤何處是，曲江野老嘆蓬瀛。

又送張虎别中翰[五]

半樵鐵樹香山裏，一釣晴雲滄水西。短劍荒山[六]哀鼠盜，孤舟涼雨病荆妻。

[一]『問』，《滄州詩鈔》、《國朝畿輔詩傳》卷七均作『老』。
[二]『老』，《滄州詩鈔》《國朝畿輔詩傳》均作『健』。
[三]『遺』，《定園詩集》五律下作『貽』。
[四]『晝沙鳴』，《滄州詩鈔》作『晝沙鳴』，是，當據改。
[五]《定園詩集》七律上、清康熙二十四年（一六八五）魏氏枕江堂刻《百名家詩選》本《戴道默詩》均題作《又送虎别》，《滄州詩鈔》題作《送張虎别中翰》。
[六]『荒山』，《國朝畿輔詩傳》卷七作『荒村』。

鬟緣心拙三江老，天許文窮五岳栖。爲擬歸來秋滿帳，玄經緑綺正堪携。

題顧夫人蘭卷

孤根耿耿護陽春，許伴三閭問鬼神[一]。多少須眉不敢畫，香烟清照管夫人。[二]

戴王綸 二首

王綸，字經碧，號一齋[三]。明説長子。康熙乙未[四]榜眼，翰林院編修，江西糧驛道。

《天津府志》：『一齋工文善書，歸里後，每晨起，書《心經》一通，人争寶之。晚年詩益進，能畫蘭。』

[一]『鬼神』，《滄州詩鈔》、《國朝畿輔詩傳》卷七均作『夙因』。

[二]『多少』一聯，《滄州詩鈔》《國朝畿輔詩傳》均作『仿佛鷗波亭子上，湘烟清照管夫人』。

[三]《滄州詩鈔》卷三：『號彣極，别號一齋。』

[四]『康熙乙未』，《滄州詩鈔》、［乾隆］《滄州志》均作『順治乙未』。按：戴明説崇禎七年（一六三四）甲戌進士，康熙乙未（一七一五）則已在康熙五十四年，以明説、王綸父子推之，此似應作『順治乙未』爲是。又，［乾隆］《滄州志》載『戴王缙，順治戊戌科，明説子』，亦可佐證。

滄州鐵獅歌

誰埴蓬渤金博山，乾坤冶鞲陰陽煎。狻猊日走五百里，鎔鐵一蹲瀛州水。西海格狸東海鯨，千載臣服濤浪清。金鋪綴日蜃樓市，魚沫秦橋鞭石處。茂陵心事本豪雄，望仙城苑起秋風。青天蓋高黄地厚，玉壺擊碎伏驥瘦。滄溟禹穴探靈書，髀肉復生重趑趄。誰效雲中騎白驢，嗚呼，誰效雲中騎白驢？

朗吟樓九日登高

候氣協〔一〕陽律，披襟憶遠游。貞元旬甲子，運會毓春秋。青鳥天中巘，雲旗象外悠。傳經存古道，携酒上高樓。菱芡烟霞迥，管弦松竹幽。萸囊繫綉臂，菊實茹丹丘。鳳嶺何人眺，龍沙逐水流。紫桃園裏摘，玉杵月中求。孺子功難并，黄公履可收。何年吹鐵笛，長嘯跨山頭。

〔一〕『協』，《滄州詩鈔》作『叶』，同。

呂纘祖 一首

纘祖，字峻發，號修祉。滄州人。順治丙戌榜眼及第。歷官編修、國子監司業、文院侍講學[一]。

案：學士博學工書。夜視，兩目炯炯有光。少年文學大蘇，晚年歸於平淡。有《几園集》若干卷。

過僧舍

林端梵影插秋天[二]，正在長流夾岸邊。散步莫疑因病酒，偶來非是爲逃禪。塵門[三]不禁貧人屐，僧榻偏酣高士眠。檐際松風波底月，久忘身世隔塵烟。

劉慶藻 一首

慶藻，字虛中，號佑申。滄州人。順治乙未進士，任江南虹縣知縣，事迹載郡志。

[一]原校本以『文院』上脱一『弘』字，補之。又引《畿輔藝文志》：『歷官弘文院侍讀學士。』

[二]『林端』句，《滄州詩鈔》作『林端塔影夕陽天』。

[三]『塵門』，《滄州詩鈔》作『鹿門』，是，當據改。

九日謝郭道人送菊

窮秋九月荷葉黄，北風驅雁天雨霜。老翁悶坐空齋裏，無花無酒對重陽。南園道士解人意，移來數種堪佐觴。質酒[一]黄公博一醉，主人脱却舊鸘鷞。滿堂坎坎擊鼉鼓，楊妃亂醉[二]西施舞。爾皆絶代之佳人，齊捧瑶觴向我舉。寄語阿嬌莫嬌妒，風雨颯颯愁日暮。茂陵司馬正苦貧，好將黄金買詞賦。

劉果實 一首

果實，字師退，號提因[三]。佑申公子。康熙己未進士，官編修。[四]

[一]『質酒』，《滄州詩鈔》卷三、《國朝畿輔詩傳》卷十三均作『貰酒』，是，當據改。

[二]『亂醉』，《國朝畿輔詩傳》同，《滄州詩鈔》作『爛醉』。

[三]《滄州詩鈔》卷四謂『别號大旅陳人』。

[四]《滄州詩鈔》謂『有《提因太史遺稿》』。《念堂詩話》卷四：『劉提因詩，選《津門詩鈔》時，屢求不可得，及王侶樵采訪滄州詩，得數十篇，皆雅正可觀。』

秋日城西訪友

葡萄熟後已無瓜，楊柳蕭疏村逕斜。一樹當窗門静掩，豆花紅處是君家。

《天津府志·義行傳》：『劉果實，字師退，號提因居士。滄州人。進士慶藻子。讀書十行俱下，一過成誦。十三補諸生，十七舉於鄉，二十一成進士，翰林院編修。性孝友，父没，遺産盡讓於兄。妻亡不再娶，每曰：「夫死改適爲喪節，妻亡再娶獨非失義耶？」子弘烈，康熙丁酉舉人。』

趙秋谷《飴山集·懷舊詩序》云：『滄州劉果實提因，與余同康熙己未榜，長余四歲。……其於世味了無繫戀，三十喪妻，竟不娶[一]，其[二]前身蓋高僧也。詩文恢詭雄辨，菲薄迂儒，不可以法度求之。』

紀文達公《如是我聞》：『滄州劉太史果實襟懷夷曠，有晋人風，與飴山老人、蓮洋山人皆友善，而意趣各殊。晚歲家居以授徒自給，然必孤貧之士乃容。執贄修、脯[三]皆無幾，簞瓢屢空，晏如也。嘗買米斗餘，貯罌中，食月餘不盡，意甚怪之，忽聞檐際語曰：「僕是天狐，慕公雅操，日日私益之耳，勿訝也。」劉詰曰：「君意誠善，然君必不耕，此粟何來？吾不飲盗泉也，後勿復爾。」狐嘆息而去。』

案：提因先生五歲受書，目數行，復閲成誦。弱冠時，督學王公奇其文，有趙大洲、顧東橋之目。既與講經史，博洽淹貫，題試院堂楹曰：『瀛海人材真第一，燕臺國士更無雙。』逾年乙卯登賢書，韓公慕廬嘆爲曠

[一]清乾隆本《飴山詩集》《秋谷詩鈔》『娶』上有『復』字。
[二]清乾隆本《飴山詩集》《秋谷詩鈔》『其』上有『意』字。
[三]原校本『脯』上補一『降』字。

代逸才。己未成進士八名，授庶常。旋丁外艱，服闋授編修。父易簀囑曰：『吾不憂子以貧易節，惟憂子以直賈禍。』公憶遺訓，解組歸里。年三十餘，元配王氏故，遺子一女二，終身不復娶。安溪李公撫直隸，修幣聘曰：『首善千里，德行文學，無愧先賢者，先生一人而已。』迎至署，講先後天槼日，安溪公出書策一函投諸火曰：『此素著易講，聞公論至高，愧膚末不足存，當更著之。』欲薦公，公力辭，贈饋不受。鄉居四十年，安貧守道，課後進以正，不欲其弋獵蟲術。文章直追兩漢，著《檀弓》《公穀》及《南華》諸評選。

李之崥 一十二首

之崥[一]，號恬齋。滄州人。雍正癸卯進士，歷官潞安府同知。有《秦役草》《旋晉草》《即山房》諸集梓行。

登龍尾山

臯蘭西繞[二]掉修尾，摇曳[三]欲蕩黄河水。銀川百里白雲外[四]，金城萬户

[一]《滄州詩鈔》卷五：『字鋭巔。』

[二]『西繞』，《滄州詩鈔》卷五作『如龍』。

[三]『摇曳』，《滄州詩鈔》卷五作『西行』。

[四]『白雲外』，《滄州詩鈔》卷五作『白云邊』。

蒼烟裏。渤海有客探奇來[一]，躡屐層巒决雙眦[二]。同游好事爲開樽，更上危樓向西指[三]。五泉噴玉澗聲寒，緑楊紅杏[四]間白李。和風吹面神欲飛，樹杪青簾風蕩起。方畦翠擁麥增波[五]，細路紅迷桃綻蕊。西望亂峰雪色解[六]，晶笋插天難逼視。况經返照映遥空，廣寒宫闕琉璃世。醉裏不知臨絶塞，滿目鶯花届[七]上巳。

車道嶺

車道嶺，何迢迢，四十里上[八]鬱岧嶢。人家穴處隱官澗，危峰細路見歸樵。

[一]「探奇來」，《滄州詩鈔》作「來探奇」。
[二]「决雙眦」，《滄州詩鈔》作「抉雙眦」。
[三]「向西指」，《滄州詩鈔》作「笑且指」。
[四]「緑楊紅杏」，《滄州詩鈔》作「紅杏緑楊」。
[五]「增波」，《滄州詩鈔》作「生波」。
[六]「西望」句，《滄州詩鈔》作「亂峰西望雪色鮮」。按：作「鮮」爲是，當據改。
[七]「届」，《滄州詩鈔》作「逢」。
[八]「四十里上」，《滄州詩鈔》卷五作「亘四十里」。

杏雨柳烟青色[一]動，深山四月如花朝。劃然長嘯陟絶巘，一川烟樹等薺蒿。稠疊亂山何所擬，恍如長風涌江濤[二]。

秤鈎灣發清凉山

秤鈎灣畔又脂車[三]，亂峰東望帶[四]朝霞。深溝邃壑路盤折，幾縷炊烟[五]穴處家。暮春紅杏未見花[六]，溪中素石兼白沙[七]，跨溪古木一橋[八]斜。四十里外定安縣，山城午市人語嘩。清凉山在白雲外，留客[九]宿宿月初華。

[一]『青色』，《滄州詩鈔》作『春色』。
[二]『恍如長風涌江濤』，《滄州詩鈔》作『長風萬里來江濤』。
[三]『又脂車』，《滄州詩鈔》作『脂我車』。
[四]『帶』，《滄州詩鈔》作『生』。
[五]『幾縷炊烟』，《滄州詩鈔》作『炊烟幾縷』。
[六]『未見花』，《滄州詩鈔》作『寒未花』。
[七]『白沙』，《滄州詩鈔》作『明沙』。
[八]『古木一橋』，《滄州詩鈔》作『一橋古木』。
[九]『客』，《滄州詩鈔》作『安』，疑誤。

自白水發涇州途中漫興

白水東來風光別，青嶂兩岸如屏列。紅桃白李竟鬥春[一]，麥隴增波[二]皋鳴咽。緑陰[三]深處鳥聲幽，似與勞人宛轉説：九十春光已過矣[四]，屈指欲屆端陽節[五]。勸君行樂須及時，無故而憂何爲之[六]？君不見，回中山青巒，杳靄白雲[七]間。紫茸花發香滿岩[八]，王母一去何時還？百年幾度春光好，鶯花過眼春已老。勸君行樂須及時，對景不樂終爲痴。願君酌酒并作歌，及時不樂奈

[一]『竟鬥春』，《滄州詩鈔》作『鬥芳春』。
[二]『增波』，《滄州詩鈔》作『浪生』。
[三]『緑陰』，《滄州詩鈔》作『緑林』。
[四]『已過矣』，《滄州詩鈔》作『倏已過』。
[五]『屈指欲屆端陽節』，《滄州詩鈔》作『屈指端陽近佳節』。
[六]『何爲之』，《滄州詩鈔》作『毋乃痴』。
[七]『白雲』，《滄州詩鈔》作『雲霞』。
[八]『岩』，《滄州詩鈔》作『壇』。

老何！[一]

咸陽道中

咸陽古道塵撲面，過眼韶光驚掣電。去時宿麥猶含隴[二]，歸來蒲葦已揮劍。路旁何代冢，纍纍高可辨。遥想當年松楸林，翁仲石馬侈陳遍。今日犁爲田[三]，油油麥浪風翻燕。牧兒樵子冢上卧，香風習習野花燦。

渡渭河

渡渭河，宿雨曉風水增波[四]。桃花零亂梨花多[五]，芳春[六]一瞬若擲

[一]《滄州詩鈔》無末三聯四十二字。

[二]『含隴』，《滄州詩鈔》作『伏隴』。

[三]『今日犁爲田』，《滄州詩鈔》作『今無主人犁爲田』。

[四]『增波』，《滄州詩鈔》作『欲波』。

[五]『多』，《滄州詩鈔》作『飛』。

[六]『芳春』，《滄州詩鈔》作『芳華』。

梭[一]。若擲梭，可奈何！當年造舟曾爲梁，悲歌[二]幾度變[三]滄桑。歷周而秦而漢唐[四]，干戈禮樂互[五]興亡。我今渡此復三嘆，後人不見前人面。後人亦復等前人[六]，渭水東流去如箭。

渭南發赤水

渭北春樹鬱森森[七]，萬里橋頭萬里心。太寧宮裏曉[八]鐘音，喚起游人發浩吟。

[一]『若擲梭』，《滄州詩鈔》作『烏擲梭』，下同。
[二]『悲歌』，《滄州詩鈔》作『悲歡』。
[三]『變』，《滄州詩鈔》作『成』。
[四]『歷周而秦而漢唐』，《滄州詩鈔》作『溯自周秦歷漢唐』。
[五]『互』，《滄州詩鈔》作『多』。
[六]『亦復等前人』句，《滄州詩鈔》作『异日即前人』。
[七]『渭北』句，《滄州詩鈔》作『渭南樹色春森森』。
[八]『曉』，《滄州詩鈔》作『晨』。

發浩吟，懷古[一]意河[二]深！樂游原上春光晚，梨花雪盡桃粉減。阿房焦土麥青青，今日朝歌[三]昔簫管。

赤水曉經華州

殘月朦朧[四]烟樹低，赤水橋邊草萋萋[五]。竹間野寺竹鷄啼[六]，知是當年古西溪[七]。五公[八]别墅松已老，車中遥望華峰曉。磅礴間氣鬱蒼蒼，森然茂樹帶修篁。古來賢達不可數，路人艷稱郭汾陽。

[一]《滄州詩鈔》無『懷古』二字。
[二]『河』，《滄州詩鈔》作『何』，原校本亦改作『何』。
[三]『朝歌』，《滄州詩鈔》作『樵歌』。
[四]『殘月朦朧』，《滄州詩鈔》作『朦朧殘月』。
[五]『赤水』句，《滄州詩鈔》作『橋横赤水草滿堤』。
[六]『竹鷄啼』，《滄州詩鈔》作『啼竹鷄』。
[七]『知是』句，《滄州詩鈔》作『當年此地名西溪』。
[八]『五公』，《滄州詩鈔》作『王公』，誤。

望華岳

少華崒嵂已可愛，太華更在白雲外。參差亂樹欲迷天，况經初日氣靉靆。遥憶靈秀間鐘奇，萬壑千峰呈詭態。身未及歷神已飛，籃輿應在谷口待。欲陟玉女摘明星，通天箭括一門在。千秋人共嘆昌黎，[一]我今莫被山靈怪。更欲洗耳并洗心，[二]静聽松濤答石瀨[三]。

潼關渡河

東北中條若龍蟠，[四]西南華岳[五]如鵬奮。中穿一水是黄河[六]，嶄然[七]天

[一]『千秋』句，《滄州詩鈔》作『好奇曾來昌黎游』。
[二]『更欲』句，《滄州詩鈔》作『不妨洗耳兼洗心』。
[三]『石瀨』，《滄州詩鈔》作『泉瀨』。
[四]『東北』句，《滄州詩鈔》作『中條東北如龍蟠』。
[五]『西南華岳』，《滄州詩鈔》作『華岳西南』。
[六]『一水是黄河』，《滄州詩鈔》作『一綫走黄河』。
[七]『嶄然』，《滄州詩鈔》作『嶄然』，疑誤。

塹分秦晋。關河極目望中收，侈哉造物何所吝？行人不復動旅愁，俯仰各欲抒所藴。山光洽我情，河聲滌我耳。函關紫氣曾[一]東來，五千言乃傳尹喜。迄今經過緬遺徽，衆妙之門從此啓。

南關曉發經分水嶺小憩雷音寺

入山百里山益邃，分水嶺分水爲二。其北瀉入盤陀村，其南直注雷音寺。雷音寺在山之椒，下臨深澗沸激濤[二]。我欲結個山半亭[三]，滿岩花樹風蕭騷。溪號愚翁亭稱醉[四]，千古風流頗相類。潞州司馬今何如，雙眉具有[五]烟霞氣。每過

[一]『曾』，《滄州詩鈔》作『自』。
[二]『沸激濤』，《滄州詩鈔》作『激沸濤』。
[三]『結個山半亭』，《滄州詩鈔》作『半山誅枯茅』。
[四]『溪號愚翁亭稱醉』，《滄州詩鈔》作『溪可愚亭可醉』。
[五]『具有』，《滄州詩鈔》作『未脱』。

此地輒駐騶[一]，有雲可卧不可儔[二]。何必王官谷裏始[三]休休，千年[四]同契柳與歐。

河岸樹

河中寒泉流，河岸樹垂泣。[五]當日托根非不牢，日削月朘遂孤立。語不及終崩崖壁[六]，命委泥沙悔何益？

案：恬齋先生游山諸詩，靈氣盤空，脱去凡骨，自成一家，直欲上奪唐賢之席。集中美不勝收，姑擇數首，當祥麟一角。後來紹其美者，惟南皮張公大復，或可把臂入林。

［一］『輒駐騶』，《滄州詩鈔》作『必一留』。

［二］『有雲可卧不可儔』，《滄州詩鈔》作『松篁静愛山中秋』。

［三］『始』，《滄州詩鈔》作『題』。

［四］『千年』，《滄州詩鈔》作『高懷』。

［五］『河中寒泉流，河岸樹垂泣』，《滄州詩鈔》作『河水流，岸樹泣』。

［六］『語不及終崩崖壁』，《滄州詩鈔》作『語未及已危崖崩』。

吕鐘蓮 一首

鐘蓮，字範溪。滄州人。歲貢生。著有《德輝堂集》[一]。

小庭閑咏

寂寞盼閑庭，庭花紅[二]已老。落紅飄緑苔，歷亂無人掃。四壁静無聲，鳥飛惟[三]自好。飛飛逐落花，銜上墻頭草。

[一]《滄州詩鈔》卷七：『有《德華堂詩集》二卷。按：先生性耿介，精理學，著有《學》《庸》講義及文稿若干卷。』[光緒]《重修天津府志》卷三十七謂『《德華堂文集》三卷，《德華堂詩集》二卷』，是《德輝堂集》當作《德華堂集》爲是。又[光緒]《重修天津府志》卷四十四小傳謂『著有《海華堂詩文集》五卷』，疑誤。

[二]『紅』，《滄州詩鈔》作『春』。

[三]『惟』，《滄州詩鈔》作『空』。

王桐 八首

桐，字毓東，號怡園，一號澹圃。滄州人。歲貢生〔一〕。

擬子夜四時歌八首

春歌〔二〕

春風太無賴，吹我庭前花。不將所歡人，吹來到儂家。

階前桃李枝〔三〕，芳時成寂寞。自起〔四〕下簾帷，不忍見零落。

夏歌

歡來到門前，自起促華饌。煩熱不復知，遺却白團扇。

〔一〕《滄州詩鈔》謂『有《怡園詩集》』，〔光緒〕《重修天津府志》卷三十七作『《怡園詩文集》二卷』。又《滄州詩鈔》有按語云『善古文，尤長詩歌，晚年愛摹漢魏古樂府，著述最多。嘉慶丁丑，公病歿無子，所遺書籍及零箋斷楮，家人輩盡付於火。後從其外孫張協唐家僅得《韵語學步》一卷，乃四十以前未定之稿，亦甚寥寥』云云。《滄州詩鈔》所選係自《韵語學步》者，今據校。

〔二〕《滄州詩鈔》無《春》《夏》《秋》《冬》四小題。

〔三〕『枝』，《國朝畿輔詩傳》卷六十作『花』。

〔四〕『自起』，《滄州詩鈔》卷八、《國朝畿輔詩傳》卷六十作『親手』。

與郎上小閣，池水近[一]窗前。君看池中花，盡是[二]并頭蓮。

秋歌

倚欄看華月[三]，秋來[四]月皓皓。笑指嫦娥孤，本是人間好。[五]

置酒郎不飲，俯首愁欲眠[六]。有何未足處，此時月正圓。[七]

冬歌

雪裏兩株梅，一心共作花。時時香不飲，此時郎即誇。[八]

[一]『近』，《滄州詩鈔》作『明』。

[二]『盡是』，《滄州詩鈔》作『枝枝』。

[三]『華月』，《滄州詩鈔》作『明月』。

[四]『秋來』，《滄州詩鈔》作『歡來』。

[五]『笑指』一聯，《滄州詩鈔》作『笑問月中人，何似阿儂好』。

[六]『俯首愁欲眠』，《滄州詩鈔》作『低頭愁未眠』。

[七]『有何』一聯，《滄州詩鈔》作：『心中有何事，當頭月正圓』。

[八]此詩《滄州詩鈔》作：『槎枒梅兩株，雪中齊作花。暗香吹不斷，此際郎須夸。』

君愛桃李花[一]，祇解春來盛[二]。獨抱歲寒心[三]，此是[四]松柏性。

李廷敬 一十四首

廷敬，字寧圃，號味莊[五]。滄州人。乾隆召試，欽賜舉人，乙未進士，歷官常州、江寧知府，上海道，江蘇按察使。著有《平遠山房詩鈔》。

秦郵

萬頃湖光秋水平，文游臺下暮雲横。詞高鮑庾無前輩，圖寫蘇秦有後生。明月何時還甓社，寒潮終古落盂城。山山晚照思無盡[六]，又聽遥天一雁聲。

[一]『花』，《滄州詩鈔》作『姿』。
[二]『祇解』句，《滄州詩鈔》作『春來花四映』。
[三]『歲寒心』，《滄州詩鈔》作『歲寒操』。
[四]『此是』，《滄州詩鈔》作『祇此』。
[五]吴錫麒《有正味齋駢體文續集》卷八《李味莊同年誄》：『字景叔，號寧園，又號味莊。』
[六]『思無盡』，《滄州詩鈔》卷七作『生愁思』。

揚州

一堤楊柳鎮銷魂，簫鼓常縻[一]月二分。舊苑流螢行處有，寥天歸鶴幾人聞？烟霏白舫潮初上，薜綉紅橋日又曛。路入淮南多古意，嵚崎已見隔江雲。

紅橋感舊

月暗蓬窗夜寂寥，平山烟樹接紅橋。十年誰識曾游客，剩對寒松憶六朝。

潤州

射虎亭荒漫寂寥，城傳鐵瓮日[二]岧嶢。雲歸北顧[三]餘蕭寺，月涌西津落晚潮。勝事[四]每愁聞鼓角，游人祇解話金焦。何當海岳烟雲筆，細對江山畫[五]六朝。

[一]『縻』，《滄州詩鈔》作『留』。
[二]『日』，《滄州詩鈔》作『峙』。
[三]『北顧』，《滄州詩鈔》、《國朝畿輔詩傳》卷四十八均作『北固』，蕭寺。
[四]『勝事』，《滄州詩鈔》作『往事』。
[五]『畫』，《滄州詩鈔》作『話』。

晋陵

楚越干戈瞥眼空，此邦仁讓有高風。蓉湖水咽延陵墓，梅嶺[一]春藏泰伯宫。陵谷暗隨人代變，雲山應許古今同。不緣萬里舟難繫，擬向桃溪學釣翁。[二]

姑蘇

金湯規畫古無倫，破楚門高復向秦。松柏纔封埋劍地，河山已委[三]浣紗人。千年城郭飛黄鵠，十里笙歌漾紫鱗[四]。不識會稽爲郡後，鴟夷何處復沾巾？

張嘯崖舍人思源莊

莊在津門[五]

客路渺何極，幽居喜乍尋。水雲三畝宅，堂構百年心。溪徑隨欄曲，房櫳隱樹深。真慚游迹少，咫尺未登臨。

［一］『梅嶺』，《平遠山房詩鈔》卷一作『梅里』。

［二］《平遠山房詩鈔》卷一下注『荆溪有任公釣』。

［三］『委』，《滄州詩鈔》作『付』。

［四］『紫鱗』，《平遠山房詩鈔》卷一作『錦鱗』。

［五］高氏云：『《思源莊》一首、《北倉夜泊》一首可存。』

竹杪垂雲樹，舟中款月堂。故人隔烟市，旅夢入江鄉。蔣徑憑誰剪？陶籬恐就荒。歸心還鬱鬱，把酒對方塘。

北倉夜泊

澄鮮秋水接東溟，遠浦潮回夜有聲。晴雨未知[一]雲太幻，滄桑一照月無情。漁人艇自爲村落，野戍樓還揚旆旌。催放扁舟沽酒去，笙歌遥認柳邊城。

泊濟寧訪吳曉山太守故居不可[二]得感而有作

凍雲壓水水欲冰，風窗颯颯摇寒燈。一樽魯酒照蒼鬢，將飲不飲棐几憑。君不見，屠沽冶鐵紛崛起，畫閣如雲門列戟[三]。又不見，賢豪福澤不相屬，彭澤歸來酒不足。飄飄仙骨延陵季，結客平生盡英异。推解常忘來日難，雄談不畏達官[四]忌。伯道

[一]「未知」，《滄州詩鈔》作「幾番」。
[二]《滄州詩鈔》無「可」字。
[三]「畫閣如雲門列戟」，《滄州詩鈔》作「甲第如雲遍城市」。
[四]「不畏達官」，《滄州詩鈔》作「不顧豪官」。

無兒益達觀，太冲有女偏爲累。誰信三年作郡歸，未謀八口[一]立錐地。我來繫纜訪柴桑[二]，鄭公何處留故鄉。東衢郅氏西雍伯，答非所問空斷腸。文章憎命古如此，樂天永叔堪屈指[三]。管城清瘦毛穎禿，倚棹寒吟聊復爾[四]。鄰舟。

珠誨閘竹枝五首録二首

蘆荻蕭蕭秋暮天，鄰人相喚刺湖船。携將脆白千枝藕，換取温柔萬朵棉。

野花如露上釵頭[五]，貧女臨風亦識愁。欲向柁樓行復止[六]，似聞夫婿在鄰舟。

[一]『未謀八口』，《滄州詩鈔》作『八口竟無』。
[二]『繫纜訪柴桑』，《滄州詩鈔》作『濟上停客航』。
[三]『堪屈指』，《滄州詩鈔》作『皆知己』。
[四]『聊復爾』，《滄州詩鈔》作『悲不已』。
[五]『如露上釵頭』，《滄州詩鈔》作『插鬢乍梳頭』。
[六]『欲向柁樓行復止』，《滄州詩鈔》作『船上嬌娃臉帶羞』。

宿遷候關

勞人今忽似雲閑，小舫徐移竹樹間。風涌人聲喧野市，舟排雁齒抱嚴關。驟寒魚伏白蘋水，殘照鳥争紅葉山。過眼林泉堪入畫，每行沽處一開顔。

魏工隨埽歌爲康茂園方伯賦

河流未到東海頭，奪汴與泗兼淮流。百年汹汹向東走，明嘉靖後，河口東移。意欲穿湖奪清口。去年決睢州，今年決淮安。若非廟算精任使，數郡或恐隨奔淪。河堤使者今方伯，十載治河尤稱職。酉春三月水勢狂，千里直下難周防。防河屹立當河罅，埽決挺身隨埽下。飄然踏水若踏空，水若壁立身居中。是時倒捲海風急，百萬魚龍水頭立。隨流巨木飄若萍，兩臂屹立如半壁。惟公治河真河神，入水不溺身常蹲。右手揮扇扇如輪，左手挽木如千鈞。忽然身隨墻頭涌，仍立岸頭顔[一]不動。金堤千尺尚欲奔，屹立不動[二]惟公身。口吞雲夢可八九，一滴不入黄流渾。昔聞漢王尊，

[一]『顔』，《滄州詩鈔》作『色』。

[二]『屹立不動』，《滄州詩鈔》作『屹然山立』。

勇决善治河。距水三尺當衝波，白馬三老曾謳歌。兩公勛積[一]前人少，一立金提一隨埽。就中難易若較量，今方伯勝昔京兆。

葉汝蘭 六首

汝蘭，字香浦，號退庵，滄州人。乾隆丁酉科拔貢，四庫館議叙中書科中書，歷官廣東廣州同知、瓊州知府、督糧道，以親老，内用户部廣西司郎中。

接絳[二]州家信知仲田弟保舉堪勝知府遂成[三]七律四首

阿弟真能上考書，開緘百慮一時攄。使君喜見頭銜换，國士應非賞識虚。早歲名場憐善病，中年宦海感離居。而今總作烟雲過，已結連床聽雨廬。

[一]『勛積』，《滄州詩鈔》作『勛績』。是，當據改。

[二]『絳』，《滄州詩鈔》作『絳』，原校本亦改作『絳』，形近而訛，當據改。

[三]『保舉堪勝知府遂成』，《滄州詩鈔》作『保舉守郡遂成』。

明春屈指杏花前，雁羽乘風一旦還[一]。椿蔭倘能移就日，萊衣佇待[二]舞隨肩。言歸幸藉瞻天路，失恃當悲墮地年。早把一樽澆墓道，憑傳佳耗到重泉。

憶從寸草謝春温，姜被同眠弟與昆。我甫婉孌寧自信，汝猶襁褓更無論。雲霄詎意能聯步[三]，雨露何期屢沛恩[四]。且借鶺鴒一枝穩，圖南都付北溟鯤。

廿載循聲遠近知，上游冰鑒本無私。早傳潘岳花爲縣，行望張堪麥有歧。作吏但能清若[五]水，承歡莫慮[六]酒盈卮。老兄[七]勉效慈烏養，定見嚴親百歲時。

[一]『雁羽』句，《滄州詩鈔》作『佇望西堂見阿連』。

[二]『佇待』，《滄州詩鈔》作『待看』。

[三]『能聯步』，《滄州詩鈔》作『聯鸞步』。

[四]『雨露』句，《滄州詩鈔》作『開府還期大駟門』。

[五]『若』，《滄州詩鈔》作『如』。

[六]『莫慮』，《滄州詩鈔》作『不在』。

[七]『老兄』，《滄州詩鈔》作『阿兄』。

古藤書屋落成茹古香姚秋農兩先生見贈以詩依韵酬之［一］

寄迹鑾陬十八年，故園回首路綿綿。望雲欲補南陔咏，戀闕長依北斗邊。豈謂歸來成小築，何妨客至借高眠。古香學士曾來此留宿。不須錯擬楊雄宅，略似張融岸上船。詩人曾此建騷壇，一代風流屬筆端。寓宅即朱竹坨先生故居。又見曹劉樹旗幟，合教屈宋作衙官。趨庭佇遂斑衣願，挂壁先欣斗室寬。吟興倘能詩一續，横窗莫負老梅寒。

張賜寧 六首

賜寧，字桂岩，號坤一［二］。由貢士考職議叙分發南河，歷任寶應、甘泉主簿，江都、丹徒縣丞，通州州判。

案：公工繪事，游京師，與羅兩峰山人聘齊名。紀文達公昀、法大司成式善深契重之。尤篤友於，蓄諸弟侄終其身。

［一］《滄州詩鈔》《國朝畿輔詩傳》均無「見」「以」二字。

［二］《滄州詩鈔》卷八謂「字坤一，號桂岩」，［光緒］《重修天津府志》同。

晚年罷官，僑居揚州，傳畫法於其長子百禄。著有《黄花吟館詩集》[一]，散失無存，因其侄百揆抄録數首存之。

紅橋夜泛用温飛卿蘭塘詞韵

湖草沉沉魚喋喋，丹桂引風鼓蘭檝。琉璃翡翠倒晴光，珠斗葳蕤雜雲葉。晶瑩荷露珍珠圓，芙蓉夢繞藕絲纏。彩炬光分黛痕淺，歌聲輕滑頳頰鮮。東船西船一回首，纖纖嫩玉擎巵酒。相勸殷勤莫暫停，青青月照當年柳。

灤邸七夕看巧雲作[二]

娟娟月影碧雲環，淡淡銀潢半隱山。不見雙星清夜迥，鵲橋疑在翠微間。

春日游湖

繞郭青山翡翠叢，軟琉璃上坐春風。更憐十里堤邊路，嫩草鋪來襯落紅。

[一]《滄州詩鈔》：『有《黄花吟館詩集》《十三峰草堂詩草》各一卷。』《續修四庫全書總目提要》著録清咸豐刻本二卷，謂：『是集之詩近體及絶律凡百餘首，中多咏花木之作也。……考李兆元《十二筆舫雜記》云：「桂岩工寫生，潑墨淋漓，饒有逸致。」《瑶華道咏百合》詩云：「瓦注何妨種玉姿，如蘭芳韵兩三枝。天然太素無人識，寄語滄州老畫師。」今觀此詩，可悟賜寧用筆之妙也。』

[二]《滄州詩鈔》無『看巧雲作』四字。

靈隱道上

翠濤萬派潑長松，幽崦横茅複幾重。不解清泉何處注[一]，深山送出午時鐘。

花朝後十日由真州放船至金陵大江中流偶占

新柳如雲接遠天，參差緑滿大江邊。凌晨挂席披襟望，山色隨人欲上船。

爲林廣泉畫《瀑布圖》

劈空直下三千丈，透壁穿雲幾萬重。旋向人間滋畝畝，終歸滄海護蛟龍。

朱煌 一首

煌，字勿軒[二]。滄州人。嘉慶甲子科舉人。

[一]『注』，《滄州詩鈔》作『落』。

[二]［光緒］《重修天津府志》卷四十四謂：『朱煌，字煇甫，號勿軒。嘉慶九年舉人，道光六年大挑知縣，官浙江，知景寧、遂昌二縣。十四年以承修海塘調蕭山，再調平湖，升玉環同知。杭守缺，出大吏，破格薦。煌有幹才，部議不可，宣宗違部議授之。擢甘肅寧夏道，革鹽商陋規浸，將大用，入都。行至西安，遘疾卒，年七十八。著有《勿軒詩鈔》，許乃普撰墓志銘。』

移居

家近滹沱稍復西，小園地僻草萋萋。緑楊烟裏村如畫，丹棗林中徑欲迷。比屋編茅六七舍，當門種菜兩三畦。等閑且注幽居賦，駟馬橋邊懶再題。

王國維 二首

國維，字一樵[一]。滄州人。道光辛巳科舉人。

草

西風晚照最蒼茫，往日紆青又變黄。檢點庭前舊書帶，莫因秋雨化迷陽。

和戈德庵主政蕭家橋晚眺韵

聞道老黄河，此焉當其衝。土名老黄河。近海想奔放，遺迹尚禹功。長橋自何年，南北亘飛虹。烟柳被長堤，曲折束奔洪。我來一登眺，浩歌凌清風。蕩然開胸臆，

[一]《滄州詩鈔》卷十一：『先兄字彰廷，號一樵，别號畏庵。有《松花軒詩草》。』又按語云：『惜隨作隨弃，不自收拾。兄殁後，檢遺篋僅得散詩數十首，揮泪鈔之。』

俯仰豁雙瞳。禾黍連村墟，匝野青濛濛。遠水净天色，一綫入遥空。慷慨懷伊人，翹首嘆豪雄。不見萬里橋，相如留奇踪。以彼未遇時，杰士亦云窮。還來題橋柱，駟馬何雍容。人生貴勵志，今古將毋同。

津門詩鈔校箋卷二十三

李騰鵬 一首

騰鵬，字時遠，號槐亭。南皮人。明萬曆[一]丁卯舉人，官江南鳳陽府通判。著有《墨鳴集》[二]八卷、《蛩鳴樂府》二卷、選集《明詩統》四十二卷。

《南皮縣志·文苑傳》：『槐亭少穎邁，爲文奇麗横溢，變化百端。抑且氣宇軒昂，有高世絶塵之概。隆慶丁卯舉於鄉，凡七上公車不第。因闢地城西曰「小隱」，亭曰「澹然」，吟嘯自適，若將終身。親知勉之，始仕爲潞安節推，燭奸决獄，咸稱明允。遷鳳陽别駕，委疏漕河，殫厥心力，以勞瘁卒於官。鵬才高藝苑，長於詩詞，善草書，工點染。所選集《明詩統》，搜羅幾遍，鑒别尤精，迄今傳布海内，一代詞宗非侫也。曾創修《南皮縣志》，身後散軼。』

《秋坪新語》云：『邑先輩李槐亭先生嘗感太監馮保事，賦《馮瑠行》，方援筆構思，几上墨忽腷剥作聲，賓友聞其奇，咸來觀，墨猶鳴不已，良久乃寂。偶以他事作答，即用前墨，殊無聲。及操觚復續前篇，又咋咋鳴。故平生所爲詩集，以「墨鳴」名焉。所賦《馮瑠行》，風格不減長慶，所謂言者無罪，聞者足戒也。』

[一] 原校本謂『萬曆』應爲『隆慶』。按：後所録《南皮縣志·文苑傳》亦謂隆慶丁卯（一五六七），[光緒]《重修天津府志》亦同。

[二]《千傾堂書目》作『善鳴集』，《明史·藝文志》亦沿之。若據《秋坪新語》，則當作『墨鳴』爲是。

馮璫行

序：萬曆癸未，予以計偕至京，適有旨收巨璫馮保，籍其家，都人歡呼。一日飲友人齋，賓客雜遝，内一校尉蓋有事於籍産之役者，因道馮怙寵豪奢狀，四座傾聽，聽罷諮嗟。予感正德中，諸君子各咏元明宫、馬嵬廟之作，因述爲長篇，以垂將來。

四座且停聲，聽歌《馮璫行》。當朝寺人誰最盛？惟有馮璫竊國柄。保護未必似覃吉，文章亦不及蕭敬。祇緣天子在衝年，狐媚鴟張得擅權。炙手手可熱，氣焰欲熏天。衛霍勛名應莫比，金張枉自稱戚里。黄閣三公但受成，銓部唯唯仰風旨。饋獻一或不當意，都護九邊憑易置。摧山轉海瞬息間，排良擠善尋常事。勢分威嚴擬至尊，等閑誰敢爲通閽。重寶欲充馮相第，厚賂先來徐氏門。問君徐氏爲誰者？都人共號徐樵野。樵野早年爲屠酤，以罪戍邊居行伍。反覆世事誰能料，一旦峥嶸據顯要。依社憑城難灌熏，招權納賄日紛紛。自恃狡獪足謀智，忽在人間忽入雲。雲間宫闕入多年，不待持麻敕使宣。夜裏金吾不敢問，天明意氣揚揚還。厮養常騎内厩馬，長鬚擅用水衡錢。馮璫有弟稱馮五，性侈擇金如糞土。董家郿塢未足多，鄧氏銅陵何足數。散列通衢開甲第，朱門複道森虧蔽。霍納旃檀擬内庭，臨春結綺非佳麗。運來錦石萬夫僵，載將大木千牛敝。别有深州稱梓里，參差樓觀中天起。

城外田園絶四鄰，城裏商廛遍九市。日長炎炎轉恣肆，閭里誰人敢忤視。姻婭夤緣濫縉紳，假子莊奴辱長吏。長吏低顔還諛詞，貨利重結延歲時。年來貨利心亦厭，不惜黄金惜翠眉。朝進美人價值千，嚮暮官職得美遷。暮進美人價無算，明朝驟見階級换。吴姬越女艷花叢，曲户交窗宛轉通。黄昏院院歌鐘起，四時之序長春風。舊姬見慣意嫌頻，新人寵愛一番新。閑房多少皆幽閉，五五三三蛾黛顰。新人恃寵競豪華，衣剪春雲裳剪霞。夜夜陽臺七寶帳，朝朝韋杜七香車。自是豪門得春早，結伴須乘風日好。或調鸚鵡傍雕籠，或向曲闌閑鬥草。鬥草尋花日未足，夜裏餘歡燭下續。琵琶按譜换新聲，厭唱梨園舊法曲。朝來殢酒嬌不起，日射綺疏春夢裏。侍婢潛行不敢喧，金盆屢進薔薇水。薔薇洛水已頻更，日午凝妝尚未成。麟脯駝峰不下咽，海錯山珍先解酲。舊酲未解仍復醉，醉來再逞藏鈎戲。妒寵争憐未肯休，愈到妝殘添嫵媚。無奈主人性最賒，雕鞍又去宿誰家？别有妖童矜婉孌，檢將玉色鬥夭斜。自矜富貴古無有，自謂天長共地久。倚伏乘除頃刻間，世事從來反覆手。天象重重示顯怒，聖主英明亦漸悟。柱史糾彈九月鷹，雷霆震擊三窟兔。錦衣校尉氣如虎，被命窮搜亂風雨。入門瞠目屢驚嗟，知是人間是洞府？可憐美人何所弃，泪眼愁眉各喪魂。誰是感恩墜樓女，葉零星散類驚豚。庫藏連雲旋啓鑰，蟒玉層層光爛爍。睛璟猶將綴褻衣，溺器妝成金錯落。希世更多珍器玩，内家見之亦驚嘆。人巧天工兩奇絶，眴目奪晴色璀璨。冰山萬仞一時傾，遍滿皇都歌誦聲。當陽天子信神武，億萬斯年皇路清。嗚呼，億萬斯年皇路清！

白汝霖 一首

汝霖，號既沾。南皮人。歲貢生。

村居

三家落落亦成村，盡日凝然坐小軒。避燕移床泥滿地，灌荷注水葉盈盆。茶翻細浪湯仍嫩，香裊餘絲火尚温。一首新詩敲未就，自吟自咏到黄昏。

張太復 三十二首

太復，原名景運，字静旃，改名太復，號春岩[一]。拔貢生。南皮人。太平縣知縣，

［一］《國朝畿輔詩傳》卷四十八：『一號秋坪。』

遷安縣學博。著有《因樹山房詩鈔》[一]《秋坪新語》。

《念堂詩話》云：『南皮張静旃，以詩自雄。五言如「荒鷄醒客夢，殘月逐人行」「萬山隨地涌，一水抱城流」，七言如『作宰原來非熱客，出山依舊是閑雲』，俱老到。所著《因樹山房詩》，有吴白華、洪稚存、張船山諸公評。

延慶寺看牡丹[二]

百寶欄邊憶舊家，梵王前殿散殘霞。憑教飛盡深紅片，終是人間富貴花。

爲李載園孝廉符清題《西川海棠圖》圖爲伶人陳銀作

細腰千載説横陳，俗艷休争别樣春。可是霓裳泥沉醉，華清宫外月如銀。

[一]《大清畿輔先哲傳》：『著有《因樹山房詩鈔》二卷，《西齋小稿》四卷，《令支集》四卷、《餘集》一卷，《北村集》二卷、《後集》一卷，《岫雲集》一卷、《後集》一卷，《南浮集》一卷、《續集》一卷。又《北上集》《晋游集》《曆下游集》《賜錦集》《瀛館校書集》《益津集》《金台集》《横湖集》《北歸集》《居京集》《知非集》《沽上集》《鹿城游集》《觀瀾集》《京邸集》《吟鳳集》各一卷。又有《秋坪新語》《續新語》《田盤紀游》諸書。』

[二]《晋游草》題作《延慶寺牡丹開已後時感題》，凡二首，此其二。

覺生寺大鐘

巍巍覺生寺，隆隆帶岡阜。岧岧百尺[一]閣，巨鐘赫獅紐。垂疑懸崖高，壓恐裂坤厚。陰陽侈爐炭，成此事非偶。千石誇上林，無射鑄周后。當時驕世人，見茲或驚走。姚師初監製，大冶廣翕受。萬佛勒净名，學士揮巨手。鐘爲姚廣孝監造，其上佛經，傳是沈度筆。金剛自不壞，寧煩巨靈守？我來重摩挲，歷劫已雲久。閲人恒河沙，更憶千載後。晨夕演梵唄，蒲牢發巨吼。曾聞避白虎，幾載金緘口。大界浩茫茫，紅塵紛雜糅。群愚蔽其聰，聾聵待善叩。茲鐘固云巨，安能遍九有？空憐萬鈞姿，寸莛等任咎。即色而即空，不净亦不垢。須彌山納芥，大千孔藏耦。徑欲掃聲聞，默養無量壽。

石夫人歌

太平縣城東五龍山下臨横湖，相傳昔人久客海上，其妻登望，遂化爲石，因名

五龍何岧嶢，蒼翠鎖[二]髻鬟。上有石夫人，亭亭白雲間。白雲影落横湖水，照見衣裳明鏡裏。當時擁袂泣無聲，地久天長扶不起。風疏石髮森緑苔，雲羅静斂

[一]『百尺』，《因樹山房詩鈔》卷上作『百丈』。
[二]『鎖』，《因樹山房詩鈔》卷上作『聳』。

菱花開。盈盈漫道不能語，環珮凌霄疑下來。石夫人，爾何苦？纍纍同化七子女。携其子女七人一時同化。奚不奮飛歸樂土，陵谷變遷經幾時，不轉貞心自今古。我思鞭山到海東，喚爾良人轉飛蓬。山頭之石復人化，笑臉相對朝霞紅。碧虛携手共飛去，一洗萬古煩寃空。霧鬟烟鬢竟難改，青冥迥立年年在。待夫君兮何時還，日送雲帆向滄海。石夫人，恨休歇，精衛銜石女化蟬。宇宙由來常[一]多闕，望夫之山更何人，與爾迢迢競突兀。天荒地老同此心，泣向姮娥訴明月。

舟過山陰

雲容水態逼秋清，迤邐青山入越城。十里回塘樓兩岸，夕陽無數畫船行。

關索嶺[二]

翠壁千尋合，青天一綫開。行人隔雲路，飛瀑破空來。不逐回車客，翻思作賦才。赤霞看蔚起，奇境入天台。

[一]『常』，《因樹山房詩鈔》卷上作『事』。

[二]《因樹山房詩鈔》卷上題作《關嶺》。

蘇小小墓

西泠終古水潺潺，此地蕭條閟玉顔。水珮風裳原絶代，野花蔓草自人間。窗紗夢斷梅時雨，柳色春空湖上山。留有蒼蒼松柏在，同心漫托月如環。

磷火行

良鄉道中所見

赤焰騰騰緑焰墜，上不在天，下不在地，惝苊閃爍，似有人至，倏東倏西無定形，乍明乍滅如奔星。陰風倒吹光愈熾，黮黮影射幽林青。咄爾磷兮胡爲乎來哉？毋乃古戰場，此地壓陣黑雲摧。殺人如麻不知數，千年恨血沉莓苔。化爲[一]冤磷出游戲，霍眢弓刀戛觸聲喧豗。我聞牛馬骨，亦有光熠耀[二]。風雨晦冥夜，熻赩同一照。爲人爲物誰復知，但見滿地炎炎肆騰掉，赤烏當陽，爝火何光？然犀照水，妖魔遁藏。沉沉永夜陰氣盛[三]，老魅敢爾呈精芒。新鬼故鬼不可辨，聚木摶沙雨絲散[四]。

[一]『化爲』，《因樹山房詩鈔》卷上作『化作』。
[二]『熠耀』，《因樹山房詩鈔》作『煜耀』。
[三]『陰氣盛』，《因樹山房詩鈔》作『盛陰氣』。
[四]『雨絲散』，《因樹山房詩鈔》作『散雨散』。

祇餘萬古不死心，追逐游光，魂[一]逞怪變。榑桑枝外天鷄號，衆星亂落明星高。東溟生曉白，薄霧沉林皋。迷離一片，磷火不見。

臨清懷謝山人茂秦

休嗤優孟嘉隆際，自有聲華天地間。一代詩名成七子，千秋知己獨雙鬟。竹枝詞已迷新曲，寶塔灣猶認故山。豈少薦雄文似者，當時終是布衣還。

岳武穆王墓二十韵

一代人無敵，千秋業不終。南枝餘積恨，古墓表精忠。地占湖山舊，人欽氣象雄。群奸交縛外，鐵鑄四奸像[二]。冢嗣一丘中。左即岳雲墓。當日傳麻札，崇朝破鐵驄。兀術[三]惟救死，張魏敢論功。遂欲黄龍抵，同傾琥珀紅。捷書三輔望，金令兩河空。豈意天心弃，由來宋祚窮。金牌飛亟亟，手詔忘匆匆。有恨沉三矢，何心返二

[一]《因樹山房詩鈔》無『魂』字，『游光』下注『鬼名』。蓋『鬼名』訛作魂字，是二句作『追逐游光逞怪變』，當據改。

[二]『鐵鑄四奸像』，《因樹山房詩鈔》卷上上有『墓前』二字。

[三]『兀術』，《因樹山房詩鈔》卷上作『兀珠』。

宫。一人貪據位，群小暢交訌。甘任城爲壞，非關帝不聰。兵多翻借寇，鳥在竟藏弓。萬口冤難白，全家禍已蒙。哀銜群父老，氣奪舊元戎。奇獄莫須有，高墳空自崇。於今肅禋祀，終古颯悲風。鑄鐵寧知錯，分尸亦罔恫。墓前有分尸檜。人心非盡死，天道若無公。湖上騎驢客，忠良事不同。

夏日漫興[一]

温風蒸與膩相兼，褦襶形容亦自嫌。裸豈不恭聊爾爾，熱非求附亦炎炎。劉褌有願慚浮蟻，莊蝶何心覓黑甜？余不飲，亦不晝卧。遮莫晚凉遲獨坐，槐花如雨撲疏簾。

陰陰竹樹間榴芳，盡日無人一草堂。晷昃坐忘臨帖久，身閑翻覺種花忙。趨炎争奈腸如雪，忍事還捫腹似囊。多少紅塵逐長道，十年前已笑郎當。

不同騎省賦閑居，休道羲皇上古如。愛樹呼童頻逐雀，臨池伴影静觀魚。苔生怕惹人投足，市近何妨我讀書。坐到檐端明月上，縱横花影印階除。

驚風挾雨忽蕭蕭，風細仍看雨勢驕。密葉争喧一蟬急，飛流倒注萬蟆跳。不嫌餘潤沾衫葛，却恐連陰敗黍苗。聞道長河添雪浪，莫教永夜更狂飆。

［一］《因樹山房詩鈔》卷上題作《夏日漫興八首》，此其一至其四。

辛酉六月感事二首

驚聞西北水連空，正及穰穰稼既同。共恨猪龍翻厚地，永定河俗名猪龍河。可能瓠子待秋風。何人先事籌三策，計口灾黎役萬工。時堵築漫口，以工代賑。祇恐寒冰歌栗烈，嗷嗷中澤起哀鴻。

蒼皇何處覓輕槎，妻女呼天子喚爺。但看馬牛紛入市，灾民紛紛驅牲畜[一]。可知鷄犬亦無家。國門驚見飛鴻集，京師寺宇，灾民遍集。[二]內帑先聞急賑加。指日龍門看底績，蒼黔飄泊已無涯。

潞河舟中

風浪去悠悠，天將水共流。遥村孤樹没，殘照亂帆秋。往事十年夢，浮生一葉舟。機心慚未盡，飛不下群鷗。

鐵公祠 祠明兵部尚書鉉

噫嚱乎！鐵尚書，真鐵漢。保濟南，敵靖難。燕軍薄，守且戰。城堅如鐵不可撼。

[一]《因樹山房詩鈔》卷上注作：『被水灾民紛紛驅牲畜賤售。』

[二]《因樹山房詩鈔》卷上注作：『京師寺宇，灾民集者殆遍。』

燕軍憤怒掘水灌，刀截魚龍鱗甲斷。巨礮轟城城欲摧，太祖高皇位當面。燕人内恧縮手回，出奇一擊紛鼠竄。寧意蒼蒼局忽變，篡者居然膺帝眷。尚書一旦繫機〔一〕來，立罵不屈烹以炭。須臾鐵身黑如鐵，身黑成鐵骨愈煉。鐵杖挾持使對面，沸釜怒噴手糜爛。鐵身轉背旋若風，死猶爲厲驚雷電。我謁公祠湖北堧，欲采湖蘋向公薦。凛凛英風四百載，鐵心不逐滄桑换。吁嗟乎，鐵尚書，真鐵漢！

庭前鳳仙花冬初猶開而哀紅慘緑凄艷動人矣爰賦兹篇

秋雲瘦漏秋梧碧，美人夜抱緑烟泣。霧〔二〕冷苔沉鳳不來，玉階一片啼紅濕。齊女叫空月滿天，莎鷄弄風破晴烟。金盆如火搗麗日，鸚嘴飛上十三弦。火藏金伏速飛鳥，鈴沉替戾疏星晶。剩有青陵臺畔魂，翩翩獨傍花枝裊。瘦影竛竮寒自立，唾餘紺碧誰能拾。不惜紅芳爲晚開，可憐一夜繁霜入。

從侄芝仙爲貧出游以詩見投即用其韵

事莫先孝親，行莫貴有耻。賤莫過辱身，哀莫大心死。特立天地間，不在取青

〔一〕『繫機』，《因樹山房詩鈔》卷上作『機繫』。
〔二〕『霧』，《因樹山房詩鈔》卷下作『露』。

紫。落落侄阿仙，庶可語此理。少爲貴公子，頗喜弄文史。所遭仍不偶，榮華一彈指。寧夏守從兄楚垣，侄父也，以事籍没，謫戍黑龍江[一]。隨父謫卜魁，困苦奉甘旨。妻子甘遠抛，六年塞垣裏。生養死則葬，歸櫬四千里。重任荷仔肩，孑身而已矣。比年更飢驅，京洛走不已。叩門言辭拙，義不忘素履。其身寒如冰，其心淡如水。其意恐辱親，其志在修己。愁時吟新詩，沈鬱力透紙。飢來字難煮，又將戒行李。飛不定北南，雲樹勞我企。茫茫六合中，誰是真名士。遇合自一時，萬里風雲起。短歌當驪駒，願子竟終始。

費宫人刺虎歌[二]

宫人殺賊如殺虎，半夜燈前血飛雨。宫人刺虎乃刺狗，一寸丹心恨萬古。當時帝后殉國家，六宫鼠竄紛亂麻。連袂争投玉河水，潔身已自殊凡[三]葩。費家女子志奇絶，報主不徒爲主節。深心貴主托穠華，一意擒王誅闖賊。誰知别配一隻虎，

[一]《因樹山房詩鈔》卷下注「黑龍江」，下有「城」字。

[二]高氏云：「《費宫人》一首可存。」

[三]「殊凡」，《因樹山房詩鈔》卷下作「非凡」。

可憐辜負滿腔血。給人一醉顔如花，報國三尺刀如雪。直入虎穴殲虎子，不共賊生共賊死。男兒殉身功無成，漸離荆卿徒冷齒。秦氏之休趙家娥，貫日精誠類如此。吁嗟乎，費宫人！位不及充華尊，力不敵賁育倫。一時公卿多獻身，紛紛迎降盡將軍。慷慨行其志，忠烈出幗巾。姓氏昭青史[一]，里居竟不聞。傳是天津人。令我懷古思[二]酸辛。吁嗟乎，費宫人！

秋咏四首次陳荔峰學士韵

何似莊生曉夢邊，菜籬黄老感流年。穿花幾浥三霄露，依草還飛八月天。瘦影拓來疑落月，故枝飛上憶春眠。新寒紈扇休相撲，綉向羅衣欲化仙。秋蝶

哀吟漸是授衣時，白露凉風黯自知。斷續遥天思婦杵，低迷斜月豆花籬。擁將絮薄人孤坐，咽到更深緒萬絲。階下聆蛢誰劃襪，半爲惆悵半尋思。秋蛩

誰捲寒蘆吹曉昏，饒他壯士亦驚魂。一聲毳帳月當午，萬里龍沙霜有痕。瑟鼓清湘愁帝子，笛翻黄鶴怨王孫。何如落盡征夫泪，沾灑刀弓滿塞門。秋笳

[一]『青史』，《因樹山房詩鈔》卷下作『青天』。
[二]『思』，《因樹山房詩鈔》卷下作『增』。

故撩幽人静不眠，瀟湘吹徹月方圓。魚龍潛躍三秋浪，鸛鶴驚飛萬里天。銀漢横空微有影，碧虚如水浩無烟。妙高臺上人同倚，想像風流五百年。秋笛

龍公路

明泰昌元年大同兵備武陵龍公某鑿

石勢詰屈山巃嵸，奔流貫注相撞衝。馬足蹩躠石齒中，晴空一道凌白虹。失脚偶落幾千丈，龍公路險如蟠龍。蟠龍蟠蟠轉無數，龍背行人走朝暮。祇見穿雲渡水來，不見乘風擘天去。當年錐斫役萬工，青玉峽劈龍騰空。劃開混沌飛霹靂，直以人力回天功。譬之蜀道非五丁，秦塞[一]不與人烟通。一時之勞萬世利，争躡龍路稱龍公。龍公一往人難駐，駭浪驚風滿高樹。一鞭斜照獨徘徊，誰知有此[二]龍公路。

上陽武

亦足稱天險，樓煩此問程。馬隨磬石轉，人逐亂流行。市遠聊成聚，山頑不辨名。幸能陪二妙，辛苦慰西征。

［一］『秦塞』，《晋游草》作『秦寨』。

［二］『有此』，《晋游草》作『我到』。

謁忠武祠吊周將軍遇吉[一]

鸞弧誰使授天狼，跳蕩仍看戰裹創。援河南[二]大破闖獻，招降安世王、鏊世王等賊。援山東生擒賊朱連、李青山等，獻俘於闕下。幾載東南摧賊膽，一時關塞落星芒。不辭援絶長城壞，翻恨身同故國亡。將軍以甲申二月二十二日殉城，逾月明亡。生氣干霄凛如在，雲旗猶[三]爲掃欃槍。

飛焰盈城白晝昏，全家若個與招魂。書生抗節堅交道，謂幕客賈三元[四]。庸子無能負國恩。兵備王允懋不聽出戰，以土實城門，公憤曰：『如此，是死城矣。』先軫喪元生不忝，公死四日，標下財官侯郊義[五]殮公，面如生。睢陽嚼齒死猶存。賊初得公，以禮勸降，公大駡，賊怒恨，遂磔死。英風不逐河流散，怒涌層岡護墓門。公墓在郡東山麓，往往河流衝嚙，一夜風怒雷

[一]《晋游草》凡四首，此其二、三。

[二]『援河南』，《晋游草》作『援剿河南』。

[三]『猶』，《晋游草》作『還』。

[四]『三元』，《晋游草》作『三光』。按：《寧武縣志》卷十二《國朝錢之青忠武周公崇祀记》：『幕友賈三光等九人。』當據改。

[五]『侯郊義』，《晋游草》作『侯效義』。

吼[一]，墓前涌出二小山，水遂外徙，此乾隆乙巳年七月十九夜事。

節烈劉夫人墓歌

周忠武公配

總鎮衙中震大鼓，夫人墻頭箭如雨。一發一殪紛猰貐，救援不來心獨苦。力竭飛焰照天宇，萬古長留一抔土。一抔土，孤岧嶢，當時氣與雲天高。將軍被矢如猬毛，夫人射賊亦伏韜。闔門縱火志益豪，肯使一人沾[二]賊刀。君不見，錦傘善戰高凉洗，唾夫負國馮妻李[三]。鄧艾入陰平，守將馮邈不爲備，歸與妻圍爐[四]，李怪問，邈曰：『兵至，吾直降耳。』李唾其面曰：『負國如此，吾將[五]何面目共立耶？』邈降，遂自縊。能兵不聞爲國死，徒死誰加賊一矢？巾幗英雄那有此，撑拄乾坤照青史。我來謁墓城東偏，綉旗仿佛回風烟。大書節烈綽楔鎸，忠武之祠恰比肩。在墓左數武。將軍高墳屹東阡，隔城遥望雄祁連。與兹不崩亦不騫，對峙熊耳當中天。嗚呼！笑伊化鶴歸千年。

[一]『風怒雷吼』，《晋游草》作『風雷怒吼』。

[二]『沾』，《晋游草》作『污』，原校本疑作『沾』。

[三]『唾夫負國馮妻李』，《晋游草》上有『君不見』三字。

[四]『與妻圍爐』，《晋游草》作『與妻李擁爐』。

[五]《晋游草》無『將』字。

夷齊廟古松

我昔游晋祠，周柏瞻嶙峋。前一偃蓋松，排空却横陳。柏直穿白雲，松曲走雷輪。當時托奇觀，欲去還逡巡。兹松態離奇，怪變尤絶倫。拔地不竟丈，斗下垂其身。倒走欲及根，奮爪而張鱗。一折忽上去，怒尾捎青雯[一]。翠鬣陰蔽畝，蚪卵實結蘋。不知所種年，毋乃先封秦。觀其狀則屈，蓄其勢則伸。殆如夷齊傳[二]，獨行無比鄰。不學周頑民，不作周嘉賓。一諫不得當，去去稱逸民。其身甘屈蠖，其志高絶塵。樹木而樹人，萬古相依因。我來重摩挲，頑懦同一振。颯然風雨來，如在黄虞春。

落星石十六韵 在北平郡庠

何代星精落，拳然此一方。卧苔仍磦砢，懸象本輝光。淪謫千秋感，堅貞歷劫忘。墜來猶射斗，叱去豈成羊？隕宋知奚似，支機未可量。怪疑蹲虎豹，變不共滄桑。却想九天外，流輝萬丈長。臺階鄰輔弼，奎壁接文昌。照合通南極，高原近太陽。幾年沉下土，閟彩向平罡。《三國志·田疇傳》：『舊北平郡治在平岡道，出盧龍，達於柳城。』

[一]『雯』，《令支游覽集》作『旻』。

[二]『傳』，《令支游覽集》作『儔』。

『岡』亦作『罡』。礪角曾經否，埋塵轉可傷。波淩憶河漢，榆白感風霜。已隔三霄路，還依數仞墻。夢應迷太白，奇或拜元章。迥异昆明岸，難歸帝座傍。秋風懷五丈，化石亦光芒。

紀文達公《灤陽續録》云：『南皮張浮槎，名景運，即著《秋坪新語》者。有一子，早亡，其婦縊以殉。縊壁上有其子小像，高尺餘，眉目如生。其迹似畫非畫，似墨非墨。婦固不解畫，又無人能爲追寫，且寢室亦非人所能到。是時，親党畢集，均莫測所自來。張氏、紀氏爲世姻，紀氏之女適張者數十人，張氏之女適紀者亦數十人，衆目同觀，咸詫爲异。余謂此烈婦精誠之至極，不爲异也。蓋神之所注，氣即聚焉；氣之所聚，神亦凝焉；神氣凝聚，象即生焉；象之所麗，迹即著焉。生者之神氣動乎此，亡者之神氣應乎彼。兩相翕合，遂結此形。故曰「緣心生象」，又曰「至誠則金石爲開也」。浮槎録其事迹，徵士大夫之歌咏。余擬爲一詩，而其理精微，筆力不足以闡發，凡易數稿，皆不自愜，至今耿耿於心。姑録於此，以昭幽明之感。詩則期諸异日焉。』

按：太復《因樹山房詩》，張船山夫子跋云：『春岩先生曠懷逸氣，高出一時。其爲詩跌宕深穩，神味淵永。至於吊古咏懷，雄放之筆，沉煉之氣，句如鐵、篇如鑄之處，殊覺有此題竟不可無此詩也。奇絶奇絶！』夫子以詩雄視一時，而推獎如此，定非阿諛。

洪稚存先生跋云：『氣如怒馬之奔，筆如牛弩之勁，蘊蓄深厚，美兼以長。』

張恪 六首

恪，字佩庚。南皮人。嘉慶戊辰科舉人。著有《防躁軒詩草》。[一]

按：佩庚少負文譽，每試輒冠其曹，曾以《秋蝶詩》見知於陳荔峰學使。其句曰：『年華回首春無價，花事關心鬢有霜。』時沈雲巢太史與同優等，戲呼爲張年華。紙庚自鎸其印曰：『十年辛苦一聯詩。』余最愛佩庚『世事無常新舊雨，故人何處短長亭』句，令人情深一往。

諸同人招飲沽上匯芳園即席呈梅樹君

萬緑叢中捲幔紗，酒星聚會隱仙家。客無代步多寒士，座有名香吐异花。觴咏

[一]天津圖書館藏有清嘉慶二十一年（一八一六）刻本《防躁軒詩》一卷，未見。另有民國石印本《防躁軒詩》，係李濬之選輯，末有跋：『外曾祖諱恪，字佩庚，先世自南皮邑城徙居古卨津河上之蕭家橋，因自號南橋居士。嘉慶戊辰，舉於鄉，道光丙戌大挑以知縣分山左。歷任博興博平冠高苑館陶等縣。賢能政績載畿辅先哲傳。初在津門，入梅花詩社，與梅树君崔念堂諸先生唱和，以秋蝶詩得名，時稱張秋蝶。著有防躁軒詩草，寫意陶情，不尚雕飾，曾刊於歷下，敝笥舊藏三册，其二爲達生表兄携之。澠池任所。今僅存孤本流傳既少，晚晴移詩匯故未選入，濬曩於册扇畫幅見輒摭鈔，擬刊一集，未獲如願，恐日久散佚，謹節録五十餘首，先付石印，以存老人遺著一斑，緬懷已往，曾幾何时，而兩家之興替，禮教之存廢厚薄，習俗之儉奢勤惰，不可以道里計。公詩温柔敦厚，與吾黨群彦三復披誦，或有所觀感興起焉。彌甥濬之謹識。』

最宜城市外，栖遲恰近水雲涯。秋風亦愛園亭好，吹起河干一片霞。

洗盞重斟琥珀紅，何人低唱玉玲瓏。全删邊幅真名士，尚有風情老樂工。新喜詩壇開北地，能添秋色仗西風。寫生座賴王摩詰，人地都應入畫中。時王訪舟能畫，欲繪爲雅集圖。

喜雨

枯旱愁春盡，嗷嗷雁屢鳴。快逢三日雨，歡合四鄰聲。悦目花枝長，寬心米價平。腐儒兩餐足，環顧恰多情。

哭潘薌林一桂

忽傳凶信到三津，客裏驚心倍愴神。十載篇章同考訂，百年事業竟沉淪。無緣何爲生斯世，不第豈應喪此身？寡婦孤兒已慘絶，慈幃尚有白頭人。

如此清才竟喪亡，荒齋誰與壯門墻。三科應試曾爲伴，一桂標名竟不祥。貧有熱腸賢弟子，幻留真面舊文章。蠶書細注三橋印，觸目何能不斷腸？

一賦傳觀電母琴，潘以《電母琴賦》受知於杜石樵學使，拔置第一名。幾番涕泪感知音。

斯才似可居芸館，之子何曾入杏林。死若修文無俗筆，生非虛度有清吟。泉臺不必重悲咽，號汝潘江慰汝心。

張炳墀 十首

炳墀，原名愷，字子諒。恪弟。諸生。官永平府教諭。

按：子諒賦才既美，天性清尚，不屑濫交，嘗語葉曉江云：『我佩庚家兄務廣結納，殊不快人意。我在津門相交，惟一梅樹君耳，他何知哉！』蒙其傾愛如此，余實愧之。甲申之冬，以所著詩草見寄，并贈句云：『聞君操選政，七邑費旁求。我有詩盈卷，偕梅寄隴頭。得師從一字，作想竟千秋。或有零金在，披沙幸細搜。』喜其卷中頗有淋漓大作。録之，非阿好也。

雋不疑墓

寒烟衰草城南路，細讀殘碑識古墳。禁暴官爲京兆尹，知音人是大將軍。寧辭冰玉違權貴，肯把車旗誤嗣君。我爲墓田頻護惜，不教松柏縱樵斤。

董廣川故里

贔屓[一]蟠烟卧里門，先賢曾此托音塵。大廷論治留三策，漢代傳經第一人。目不窺園真刻苦，書名繁露自翻新。伯才[二]管晏休相擬，游夏高風邁等倫。

雨霽

久雨初開霽，炎蒸忽爽然。風傳秋信息，日印樹團圓。鋤草清心地，培花養性天。墻頭雙粉蝶，相對共翩躚。

岳忠武墨莊石刻軸陸枚叔屬韵

金戈鐵馬戰場聲，八百曾摧十萬兵。偶有餘閑時染翰，須知名將本儒生。軍容遠出張韓上，墨妙應教米蔡驚。片石流傳人寶惜，牙籤錦軸護瑶瓊。

袁紹墓

冀州城北

能謀寡斷少成功，州牧威權擬上公。末路勛名歸滅裂，少年氣概自英雄。春濃

[一]『贔屓』，《國朝畿輔詩傳》卷六十作『斷碣』。

[二]『伯才』，《國朝畿輔詩傳》卷六十作『霸才』。

官渡花千樹，秋老祁連月一弓。憑吊已無華表在，時聞樵牧唱西風。

哭潘薌林一桂

南皮人，己卯科舉人

幾回搔首重凄然，如此才華不永年。天上修文應有分，人間享壽竟無緣。消除福氣登科早，藉甚聲名衆口傳。剩有知交數行泪，可能抛灑到重泉。半世祚薄丁單事可憂，泉臺賫恨定難休。膝前孺子猶黄口，堂上雙親已白頭。文章成畫餅，十年家計累清修。遺孤從此無庭訓，誰與傳經續遠謀？已分日昨緘書到鬲津，郵筒檢點墨痕新。經時不見纔三月，知我如君有幾人？存亡原定數，怪來夭折竟何因？參苓絶少回生效，便爾驂鸞脱世塵。憶昔馳驅翰墨場，峨嵋曾築小山房。歲丙子，與薌林及蘇眉岩同肄業於小峨嵋山房。潘江蘇海爲三友，崔曉林先生謂眉岩爲蘇海，薌林爲潘江。秋雨春風共一堂。榻上圖書消歲月，園中花木共平章。於今君死眉岩去，落日殘暉照屋梁。彼蒼豈果喪斯人，消息傳來倘未真。壯志難酬慳一第，盛年誰靳到三旬。門墻冷落生徒散，穗帳凄凉涕泪新。把酒臨風空告奠，欲從何處爲招魂。

張端誠[一] 四首

端誠，號硯溪。南皮人。乾隆甲辰進士，歷官江蘇按察司，内用順天府丞。

西園即事

端居人迹少，檻外日初長。春雨不成點，桃花紅過墻。閑雲停作片，虚空静生香。自笑從前拙，輪蹄爲底忙。

和崔曉林孝廉憶天津[二]

彈指津門歲月流，當時文戰富春秋。一灣緑水呼漁艇，幾處青帘認酒樓。薄俸漫疑同杜牧，受知初得識荆州。羅南川先生。而今白髮蕭蕭日，聽唱陽春感昔游。

題慶雲崔道源先生《寒宵煮豆圖》遺照應曉林囑

爐爇疑然掌，天寒類剖冰。豆同羊棗嗜，人以孟宗稱。候火湯千沸，凝霜月半

[一]『端誠』，《國朝畿輔詩傳》卷四十九作『端成』。

[二]高氏云：『《和崔曉林》一首可存。』

棱。含悲寫先德，一卷畫圖憑。

五夜一燈寒，爐烟尚未殘。秋風無定樹，菽水有餘歡。庸行談何易，婉容畫恐難。蓼莪長已矣，留待後人看。

丙戌禮闈後，念堂自都中携來硯溪先生詩一卷，内多佳句，如：『人家烟雨外，鳥道石橋西。』『峰勢隨雲活，鐘聲過澗遲。』『遠烟迷碣石，細雨見蘆溝。』『孤雲生絶巘，飛鳥戀斜陽。』俱有唐音。其《香界寺贈興上人》云：『老僧年八十，貌似古松寒。自道無憂慮，悠然得静觀。我猶嬰世網，念不脱悲歡。欲學無生法，仍求惠遠安。』樸老有致。其《送念堂》詩云：『賓主剛三月，胡爲馬首東？鬚眉同賈島，詩句似崔峒。涿鹿征馱穩，津門水驛通。到家如有賦，風便寄來鴻。』《送念堂》即類念堂之詩。自注『友人見閬仙小照云酷似崔念堂』云。

張丙震　四首

丙震，字乾輝，號鑒庵[一]，又號岸樵。南皮人。乾隆辛丑進士，兵部員外郎，寶慶府、嚴州府知府。著有《悟蘭室詩草》[二]。

吴穀人錫麒《張公傳略》云：『抱負素奇，嘗鎸私印，取李供奉「天生我才必將用」之句，塾師見而异之。

[一]『字乾輝，號鑒庵』，《國朝畿輔詩傳》卷四十八作『字鑒庵』。

[二]《悟蘭室詩草》，《國朝畿輔詩傳》卷四十八作《悟蘭室詩稿》。

守嚴州，以簡静治之，案牘不留，苞苴盡絶。有「百姓唤菩薩，吏胥活餓殺」之謡。無他嗜好，惟究心六書，能辨金石真贋。年五十有七卒於官。」

次張管城聞棋韵

落拓天涯似轉更，秋闈月影入懷輕。身無長物心何累，奕到傳神子有聲。琴鶴北軒閑太守，圖書東壁老經生。與君同作蕭閑侣，勝負尋常未許驚。

進湖口[一]

行雲已過古潭州，江上雙橈不暫留。一夜清風真愛客，月凉飛過[二]洞庭秋。

題家穆庵都轉《湖樓論畫圖》

天公老筆如范寬，隨手布置皆雲烟。似於西湖尤著意，青螺擁出白玉盤。湖邊鱗鱗鋪萬瓦，蕭寺酒樓盡瀟灑。孫郎本自湖海人，獨置一莊石室下。興來折簡邀佳賓，窗櫺盡拓無纖塵。都籃載茶榼載酒，牛腰卷軸仍隨身。倪黄已往荆關遠，妙迹

[一]《國朝畿輔詩傳》卷四十八題作《進洞庭湖口》。

[二]「飛過」，《國朝畿輔詩傳》卷四十八作「飛送」。

居然紛在眼。浮嵐暖翠忽當風，眩緑回紅恣開捲。是時風日殊清妍，屏開十頃琉璃天。案頭粉本樓外嶺，疑有雲氣相鈎連。我家都轉賞鑒精，入手可辨宋元明。家藏墨寶比金薤，論畫豈復拘神形？座中看我同讀此，略識朱繇非道子。酒酣戲語愁主人，豪奪巧偷亦免矣。主人好事真絶奇，作圖遨客同作詩。不知此圖更歷三百年，何人携向江山勝處争品題？

鄉林

且把江湖酒，消將日月梭。文章成怒駡，世事入高歌。官富親朋集，家貧陌路多。老心平似水，本自不生波。

楊文卿 三首

文卿，字鷗海。鹽山人。嘉靖辛卯舉人，初授稷山縣知縣，升南京都察院經歷。所著有《鷗海集》《秣陵吟》行世。

《天津郡志》：『文卿淹貫經史，邃於詩學。邑初無志，志自文卿始。』

明許言詩《詩人鷗海楊先生墓志》云：『州大夫張公曰鹽山，蓋有楊鷗海云。鷗海故令稷山，是時承齋梁公未解也，鷗海輒識承齋公，列爲异等。已果發解，登進士，既貴，稱鷗海公不替，嘗檄鹽山令，訊鷗海：「公歿也，優其後；泯也，彰其名。」其庶幾稱厚道哉。是時河南許言詩令鹽山，廉鷗海公故實，蓋十得一二焉。乃拊手嘆曰：「夫今不傳，誰爲白鷗海者。」遂以張公所資鏹易石，樹於墓表曰：公名文卿，字子質。其先灤州人也，徙居鹽山者名和，和生軏，軏生公。公幼穎异，無童心，十五爲庠士，再十年舉於鄉。當是時已厭博士家言，冥搜奇索，志氣凌代。以故不合春官式，纍舉輒不第，鷗海亦不以一第芥蒂也。乃其性則純孝，於是以父母官稷山。其任稷山時，詞訟簿書若泉溢而流，豪奸大猾槁振而落也。顧獨重文藝，暇則較諸士而上下之，録其特异，誘掖其不及。於是稷山士無不才者，先後以科第稱，是鷗海首事也。嘉靖己酉，以校士入棘闈，一時同事者飲酒賦詩，鷗海搦管摛辭，則雷電馳，旁若無人，人亦嘆服欣羡，莫能措手。及放榜，鷗海得士爲最著，則愈益推轂鷗海。公已轉南都經憲，鷗海素癖山水，乃振袂揚眉，自快曰：「吾不喜遷官，喜得南都，得縱吾詩魔也。」至則遐僻極陬，凡佳山水莫不携酒操觚游，游即題咏，墨迹殆遍焉。是時大中丞翁公與人少許可，獨重朱射陂詩，後鷗海至，射陂名不無少减。人亦謂：「金陵佳麗，以雄稱二，君一品題，增色矣。」今觀其所爲詩，如曰：「瀚海雲飛心共遠，中條山色眼同春。」「二水分帆懸夕照，九衢烟樹帶晴嵐。」即王摩詰、李太白不過也。如：「夾路笙簧山鳥弄，向人顰笑野花開。」「菟園繚繞朱門别，鴛瓦參差碧殿高。」則於鵠、許渾可并駕也。《山行》云：「二月欲盡春事微，紅樓紫蕨眼中稀。半吐未吐野花發，欲鳴不鳴山鳥飛。雙屐每衝石齒齒，長鞭直破烟霏霏。不得公暇下山去，坐受天風吹客衣。」此皆非時所尚，鷗海乃能造其閫域，宜其絶塵於拘方之外也。時方期大用，鷗海以思親故得疾，疾且不起，則嘆曰：「代馬依北風，越鳥巢南枝。奈何舍老親在外乎！」作書寄鄉園舊好而歿。歿於嘉靖三十七年八月，壽五十二，無嗣，貧不能歸。至四十三年獲歸，會梁公督儲天津，賻之，始克葬。』

舊滄州鐵獅

草埋金馬没銅駝，到處遺踪麥秀歌。鑄鐵何人成錯誤，長年見汝欲摩挲。吼風泣雨縈愁劇，負燕冠鴉受侮多。我意轉銷作農器，買牛耕稼夕陽坡。

讀書福泉寺

竹帛相携訪道林，暫依未敢結同心。日浮香篆生蘭佩，風遞琴弦雜梵音。掃徑不妨三益入，隔墻習聽一蟬吟。揮毫擬作《長門賦》，獨自悲歌不賣金。

謁王忠肅祠

遺像岩岩并華嵩，高勛舊德百年空。九天劍履標儀正，三路山川控制雄。汗簡有聲懸白日，荒祠無力戰秋風。墓碑南峙莓苔古，讀罷長吟落照紅。

褚爽 一十七首

爽，字西山，號澄嵐[一]。鹽山人。諸生。工詩善畫。著有《南村草》。

天津張霔《弋蟲軒集·題褚澄嵐山水詩》云：『山光具遠致，遠處見澄嵐。一派空靈意，都爲性所耽。有峰皆六六，無徑不三三。指顧雲何事，彈琴宜澗南。』

慶雲崔曉林云：『《南村草》百餘首，蓋褚殁後，其婿趙兩爲觀城令，屬竹西老人李璿點定刻行。趙跋云：「公十科不獲售，嘗遨游齊、趙、瀛、渤間，領袖群英，名噪一時。晚居南藝黍種豆，隨感成詩，曰《南村草》。」』

按：澄嵐先生畫品極高，數來天津，主遂閑堂張氏，與笨山先生多有唱和，至今張氏猶有藏收墨迹，蓋與徐芝仙、張西岩相頏頡云。

澄嵐先生父號笠叟，亦一時名流，能敦實行。吴天章《蓮洋集》有《奉題笠叟褚先生行實後兼示令嗣澄嵐》云：『丈夫墮地氣魁梧，豈但鬑鬑頗有鬚。山澤老來臞轉甚，百年想見列仙儒。』『銘字争傳九節藤，太山晚歲必親登。祇難封禪無遺稿，不使求書到茂陵。』『肯將升斗便違親，八節灘頭自在身。快意一經傳纍葉，遠過五柳後無人。』『一官飄泊悵全非，辛苦孤兒何所歸？不忍脊令傷地下，仕風獨有謝宏微。』『季野風流備四時，期生又得謝公知。獨憐論士輸江左，依舊荒齋倒接䍦。』『祖德家風述未休，一廬宛爾識蝸牛。殷勤更不忘先友，尤愛慈明似柳州。』《蓮洋集》爲《褚澄嵐題畫》三首云：『萬古青蒼黛色濃，溪橋横亘水淙淙。

[一]《國朝畿輔詩傳》同，[光緒]《重修天津府志》謂『字澄嵐，號衢庵』。

眼前好個讀書處，知是天台第幾峰？』『生平結想國清奇，未得超然度石梁。日把《寒山詩》一卷，問君何處肉芝香。』『寒岩寂歷願經行，招隱難期世外情。念爾金華緣分在，龍門傳後褚先生。』

南村雜詩

薄田百餘畝，茅屋三四椽。去去不復顧，游屐從所遷。屢上賈生策，帝閽遠若天。荏苒五十載，霜雪盈我顛。太息返故廬，衡宇已非前。族黨喜相過，大半皆少年。相對不相識，話舊各茫然。人生重經濟，豈遂耽高眠？奈此駑駘質，進退總迍邅。悔不早秉耒，力耕原上田。

其二

東風吹未已，青青柳鬱榮。時携雙黄柑，聽此林間鶯。村酒雖淡薄，多飲醉亦成。偃卧恣所覩，海雲時縱横。僕僕風塵士，薄暮尚遄征。

其三

凌晨驅牝[一]牛，就食向南谷。牛飽我已飢，還歸餟糜粥。粥罷就枕眠，心閑

[一]『牝』，《國朝畿輔詩傳》卷二十六作『牸』。

睡亦熟。覺來茗一杯，重取《離騷》讀。

秋杪寄及門趙鶴齋㣧

一自居南村，遂與故人别。每因念舊游，使我心如結。遥遥候雁飛，唧唧寒蛩咽。秋懷益凄惻，况過菊花節。葭水隔伊人，清吟霏白雪。褰裳欲從之，病久足已蹩。落葉滿柴門，窮巷無車轍。草草百年身，咄咄三寸舌。盱目望停雲，幽情不可説。

贈馮五雲

我向瀛州來，垂髫今白首。論交五十年，惟君最耐久。憶昔試長安，邂逅一握手。相期各有心，君邇我獨否。高翀破青冥，綰符分齊右。沂水淡且薄，飲之如醇酒。折腰曾不慣，一官弃如帚。歸來卧北窗，時或課南畝。我來一再過，常剪林宗韭。請看貴游人，幾携平生友。况余老且貧，猶與諸生偶。感君千古心，酌君以大斗。

有所思

我思在黄農，渾噩俗獨厚。飲食安耕鑿，器用無雕鏤。廷生指佞草，野有華封祝。曾不辨士農，何自分貧富。遐哉太古風，漢唐何能遘？

我思在圖書，象數無文字。四聖遞有作，遂爲六經始。嬴秦作卜筮，漢書言災异。附會滋詭譎，術數生趨避。豈知河洛心，至理原簡易。

我思在澗瀍，疆理自晝然。八家同一井，千耦共一川。鄉舉而里選，孝弟與力田。一自闢阡陌，漸至啓懋遷。限田議不行，徒嘆賈生賢。

我思在周魯，斯文照今古。大綱標其三，常性列其五。纂修與定删，述作推鼻祖。文字日以煩，遂爲道德蠹。《論語》數千言，孰能逾其矩？

我思在李杜，實爲風雅主。唐室重科名，何意弃勿取？供奉與拾遺，祇自傷貧窶。嗟哉功名士，要亦有天數。摩詰鬱輪袍，終與令名迕。

和天津黄六吉詩［一］

我亦因詩瘦，痴情負墨香。背人翻舊帙，引月坐秋光。家計貧爲素，羈身老更狂。永懷同調者，得句步西堂。

［一］高氏云：『《和黄六吉》以下六首可存。』

春日放舟游天津張氏問津園即事

百事花前好，千愁醉後輕。不知春已暮，却喜月方明。鼓枻回潮穩，酣歌宿鷺驚。仙舟幸得附，到處有逢迎。

和答張笨山[一]

平生詩酒興，入眼幾能兼。對影杯邀月，裁歌響振檐。古人思太白，今日見文潛。酬唱無塵迹，粗疏我自嫌。

賦別張笨山

六年津海客，心事已全非。赤紱原無分，白頭知所歸。雨零開藥圃，水長坐漁磯。他日茅檐下，高軒肯扣扉。

村居雜咏

怕向城中住，歸來愛此村。誅茆旋葺屋，編枳遂成門。愁爲安貧減，身緣避地

[一]《國朝畿輔詩傳》卷二十六題作《答張笨山》。

尊。攤書獨自喜，燒燭坐黄昏。

登塘口山

萬樹夾微徑，參差緑到巔。披雲山洞出，穿竇石泉懸。蝶舞花間影，鴉鳴竹外烟。塵緣苦未了，惆悵過長川。

夜

寂寥坐聽短長更，肝膽從前悔浪傾。露下草香蛩共語，床頭金盡劍空横。歲華自逐流雲度，皓月猶隨老眼明。裳製芰荷遲未就，隔鄰已送搗衣聲。

趙炯 三首

炯，字子藏，號鶴齋。鹽山人。康熙辛未進士，官廣西來賓縣知縣。著有《香魚山房詩草》。

天津張笨山《弋蟲軒詩集》有《用趙鶴齋韵贈褚瞿庵令郎長源詩》云：『策蹇天津道，携來故國詩。多因阿父老，未得遂栖遲。桃李三春夢，風塵一劍知。歸來嵇阮輩，細雨説相思。』

崔曉林《念堂詩話》云：『鹽山趙鶴齋先生烔，號半僧老人。康熙進士。能詩，工草書。嘗館於吾邑劉氏。《縣志》載其詩。又嘗修《鹽山志》。李静山存其七十七歲手書詩草一册，有云：「不放杯空真達者，能留春駐是神仙。逢世拙來存傲骨，吟詩老去澹名心。」《自嘲》云：「萬事何能足，臞然一病夫。爲農遭歲旱，學古耻書奴。好雨狂風妒，高秋老命蘇。揮毫時自笑，臣法二王無？」皆能獨抒胸臆。』

春耕者［一］

好春當二月，膏雨潤新阡。花放疏林裏［二］，人耕落照前。野雲常到地，遠水欲成烟。多少梁園客，栖栖覺汝賢。

拜卧庵舅氏墓托楊在用修理

片石欹猶在，孤墳漸欲無。生前高自命，地下近誰呼？才大今詩伯，神依古大夫。墓近楊元藜先生，公之志也。吾衰難似舅，此道久荒蕪。

［一］《國朝畿輔詩傳》卷二十五作《春耕》。
［二］『林裏』，《國朝畿輔詩傳》卷二十六作『林外』。

磁州懷楊元藜先生同鄉

安陽橋下水湯湯，野渡敲冰到滏陽。此日廢官來粤嶺，當年良牧憶同鄉。名傳河朔祠猶在，家冠平津業已荒。賴有諸孫看鵲起，雄文入薦繼前芳。

趙東元 三首

東元，字旭林。鹽山人。歲貢生，官井陘訓導。著有《洛川草》《陘山草》。

范文正

致主陳堯舜，培風在治安。异懷悲吕許，同志有歐韓。海岳高深并，龍鸞羽翼看。天章上言處，歷歷寸心丹。

歐陽文忠

道繼昌黎後，文追太史前。立朝明大節，守郡著遺編。入綱皆英俊，同懷半古賢。真成三不朽，翻以醉翁傳。

蘇文定

少小功名盛，同懷慶匯[一]連。臨文獨澹宕，考古更精研。報國東隅失，歸休穎水邊。風期良可挹，不藉父兄傳。

趙董 五首

董，字醇庵，號桂岩。鹽山人。康熙己卯舉人。著有《修書樓詩草》。

水李鋪曉發

四野鷄聲發，驛亭人度關。輕鞭摇落月，疲馬踏荒山。情寄遥天外，詩成亂石間。可憐霜後樹，映得鬢毛斑。

延陵挂劍臺

有臺名挂劍，坡路仰清風。樹老寒烟裏，碑殘蔓草中。寸心元不死，千古自相通。嘆想賢公子，嗟今鮮始終。

[一]『匯』，原校本謂『疑作「惠」』，是也，當從。

李元度下第詩以慰之

飄泊經年客，來尋下第人。憐君泣白璧，嗟我走紅塵。落落都無合，冥冥或有因。困窮原我輩，何必祇酸辛？

冬夜馬上

匹馬衝寒帶月行，星臨四野悄無聲。林間露氣侵鞭濕，空裏流霜撲面生。傲骨由來偏耐冷，詩魂到處便留情。宵殘野曠天如幕，驟喜紅霞海上橫。

苦濘

應知斯世漫輕游，堪笑征人苦未休。踏雪小溪身帶病，衝泥瘦馬步多愁。石橋欹仄冰偏滑，野澗回環水亂流。拚把風霜都歷盡，好將世味一囊收。

趙思 二首

思，字五疇，號補堂。鹽山人。諸生。著有《崠澝集》。

按：補堂《集》取東南多山水之意。乾隆甲戌自序云：『時年八十有九，一生游覽名山川甚多。』

餞郝坦中北歸

明日揚帆去[一]，孤舟一水輕。野花分早暮，山氣辨陰晴。遣興仍須酒，乘風或晚行。[二]計程五月半[三]，安穩到高城。

寄内

五更殘月夢回初，幾許離情憶故廬。歲歉先償新結債，兒痴代守舊藏書。村居草創三分陋，先業荒蕪半就墟。應念遠人懸望處，堂前杖履近何如？

[一]『明日揚帆去』，《國朝畿輔詩傳》卷四十三作『揮手送君去』。
[二]『遣興』一聯，《國朝畿輔詩傳》卷四十三作『别路應呼酒，殘春自聽鶯』。
[三]『計程五月半』，《國朝畿輔詩傳》卷四十三作『布帆無恙在』。

津門詩鈔校箋卷二十四

楊州鶴 三首

州鶴，字友松。慶雲人。明歲貢生，官天長縣知縣。

《慶雲文學志傳》：『持正不阿，人勿敢犯。體恤民隱，如慈父母愛子。能文章，著有《天長縣志》《慶雲縣志》。』

登長城嶺望頫河灘

一上荒城眼界賒，寒雲衰草浩無涯。河邊水落群灘小，天外風高一雁斜。紅減野棠驚落葉，白殘渚葦正飛花。清時[一]却喜無他事，日向烟波理釣艖。

地藏寺

坐久空門興倍清，沉沉法鼓兩三聲。老槐綴子翻新雨，蕎麥開花趁晚晴。邂逅偶聆塵外語，依稀不似世間情。從今我欲閑來往，惠遠無勞更送迎。

過無棣古城

不見當年丁令威，纍纍高郭帶斜暉。春深廢堞妖狐走，秋暮平壕野雉飛。百畝

[一]『清時』，劉希愈《慶雲詩鈔》卷一作『明時』。

桑田更舊主，幾家村落敞新扉。西風禾黍郊原外，多少寒鴉接翅歸。

陳喜 一首

喜，號瀛海。慶雲人。[一]官金華副將。府縣志有傳。

偕杜子濂少參游雙龍洞用趙松雪韵

山城迤邐帶朝暉，携客[二]探幽意未歸。鐵騎度峰千鏡列，銀箏鳴水一虹飛。尺航臥入真仙宅，斗帳深屯老魅圍。欲捉雙龍看龍鼻，怒鱗吹雪滿征衣。

陳士雅 一首

士雅，字伯彦。喜子。順治八年選貢。[三]

[一]劉希愈《慶雲詩鈔》卷一云『武生』，并按：『公以武功著，不以文名顯，此詩乃念堂先生於鹽邑傅氏屏障間得之，一斑之窺，亦可想見其文采風流矣。』

[二]『携客』，劉希愈《慶雲詩鈔》卷一作『有客』。

[三]劉希愈《慶雲詩鈔》卷一云『拔貢生』，并按：『所交皆一時名士，舍後有寄青閣，規模閎整，奇花异草，芬馥襲人，日與二三之際宴飲其中，此唱彼和，頗爲時人欣慕。』

《縣志》略云：『究心理學，不以夷險易操。詩宗唐人，草書得旭、素之體。』

再北上

輕舟蕩漾客驚心，俯仰情多酒慢斟。風送天邊群雁過，月明水底一龍吟。重游梁苑知才淺，獨對滄波念歲深。潦倒十年何所就，臨流中夜理瑶琴。

陳良弼 五首

良弼，字夢築，號岩叟。歲貢生。慶雲人。銓内邱縣訓導，未赴。有手書詩稿藏於家。縣志有傳。

蠟梅

越羅衫子鬱金裳，傲雪淩霜宫樣妝。怪得來從真蠟國，芳名合號小黄香。

簡河春眺

夾岸桃花照眼明，杖藜曳屐一身輕。愁心寄與東流水，誰復乘風破浪行？

送季宣弟之京

平明上馬意遲遲，一曲驪歌付酒卮。擬到龍門通姓字，懷中應有閬仙詩。
白雲碧樹兩茫茫，匹馬關山望帝鄉。但去莫愁甘旨缺，長安豈少范睢陽？

過李仙都墓

憶昔松岩摧玉芝，素車白馬不勝悲。祇今楄柎埋荒草，誰爲君刊第二碑？

陳良翰 三首

良翰，字季宣。良弼弟。康熙丙寅拔貢生。有手書詩草藏於家。府、縣志有傳。

按：季宣善書，工詩文，學政熊公伯龍亟賞之。[一]

[一] 劉希愈《慶雲詩鈔》卷一按：『先生特見知遇於學使熊公伯龍，錫之聯曰「渤海文章推第一，燕門國士實無雙」。至今人猶傳誦焉。』

次李濯江贈别韵

君尚留燕市，我歸瀛海東。連床頻對雨，一散忽飄風。别恨隨津水，遥音寄塞鴻。臨歧情不禁，去住此心同。

送王方鄴歸里

燕市相逢玉露寒，梁園千里共征鞍。六朝門第推江左，七子才名盛建安。霜雪關河經歲暮，鶯花風雨又春殘。登樓賦就先歸去，樽酒離亭欲别難。

留别諸友

知己相逢足笑歌，客中歲月易消磨。一燈風雨連床話，萬疊雲山并馬過。青眼相看情自洽，紅亭分手恨偏多。謾云不灑臨歧泪，已自遥添漳水波。

胡惟一 一首

惟一，字貞生。慶雲人。拔貢生。詩載縣志，有《藥餘草》。

石佛寺

百寶光明照水濱，法輪東轉説前因。曹溪自有諸天路，塵劫仍逢不壞身。精聚龍華荒歲月，錫飛鶴麓喜嶙峋。而今存否[一]王居士，我欲蒲團一問津。

劉元宰 二首

元宰，字襄哉，號拙庵。[二]慶雲人。諸生。府、縣志有傳。有《慎餘堂草》。

按：黄公叔琳《拙庵劉公墓志》云：『日以吟咏爲樂，皆抒寫性靈，不事雕飾，卒年九十九歲。』[三]

秋日書懷

寄身天地内，願逐百年游。磊落平生事，蹉跎歲月秋。荒烟迷大野，孤棹入洪

[一]『存否』，《國朝畿輔詩傳慶》卷二十六作『可有』。

[二]劉希愈《慶雲詩鈔》卷一：『鄉謚恭毅，諸生，有《桐隱小草》《志苦草》《億俠草》。』

[三]劉希愈《慶雲詩鈔》卷一按：『先七世祖恭毅公，少歲避難中州，受業於徐恭士先生之門，甚相器重。嘗與侯朝宗、賈静子諸名士結爲詩社，萬年倡修臨津樓，徵四方名公巨卿詩甚夥，邑不發科者六十年，斯樓建而繩繩不斷，尤我公之大有益於吾邑者也。』

流。說向人間世，堪同萬古愁。

懷徐恭士夫子

春風吹處水痕香，滄海龍門倒影長。儒雅當年師宋玉，文章千古認歐陽。傳經有客隨藜杖，載酒何人問草堂？傲煞青蓮天下士，荆州無地吐詩狂。

劉敏 一首

敏，字子遜。元宰子。歲貢生。府、縣志有傳。有《意庵小草》[一]。

按：子遜十歲能草書，名聞日下，墨迹留傳至今，人猶寶之。[二]

戊午冬夜感懷

黑雲黯黯起長空，極目蕭條此夜中。天際鴉鳴昏見月，庭邊樹吼暗摇風。漫言

[一] 劉希愈《慶雲詩鈔》卷一：『温郡王賜號稚仙。』『有《十二歲詩稿》并《意庵小草》藏於家。』

[二] 劉希愈《慶雲詩鈔》卷一按：『先太高祖殁日，白叟黄童，聞者莫不流涕。邑侯吴公親赴吊，所錫之聯曰：「遠邇重君名，孝友傳家真國士；後先立人極，衣冠世守進鄉賢。」舅陳公良弼有「哭向蒼天泪滿衣」之句，蓋一時望之如山斗云。』

星宿纏天狗，試看寰區集塞鴻。仰首蒼穹垂聽否，乾坤到處説兵戎。

胡淳 一首

淳，字葛民，號厚庵[一]。慶雲人。雍正丙辰進士[二]，銓蒙自知縣。《縣志·文學傳》：『性疏曠，不飾邊幅。鍵户讀書，積十餘年而成進士，鄰邑争延致之。及門多登高第。』[三]

繩還繩

斜柯三丈不可登，誰躡其杪如猱升？諦而視之兒倒綳，背題字曰『繩還繩』。問何以敵心懵騰，恍然忽悟蹶然興。束縛阿紫當日曾，舊事過眼如風燈。誰期狹路遭其朋！吁嗟乎！人妖异路炭與冰，爾胡肆暴先侵凌，使銜怨毒伺隙乘！吁嗟乎！

［一］劉希愈《慶雲詩鈔》卷一謂『字厚庵』。

［二］劉希愈《慶雲詩鈔》卷一謂『雍正壬子举人，乾隆丙辰進士』，按：雍正无丙辰，知《慶雲詩鈔》是也，當據改。

［三］劉希愈《慶雲詩鈔》卷一按：『先生才不甚敏，而志獨甚堅，每一藝成，則終身不忘，著作甚夥，惜皆失傳，所講《學》《庸》尚有存者。梅樹君先生選《津門詩鈔》自紀文達公説部采一首入之，兹亦無可增焉。』

無爲禍首茲可懲！

紀文達公昀《如是我聞》：『慶雲、鹽山間，有夜過墟墓者，爲群狐所遮，裸體反接，倒懸樹杪。天曉，人熗見之，揺梯解下，視背上大書三字曰「繩還繩」，莫喻其意，久乃悟。二十年前，曾捕一狐，倒懸之，今修怨也。胡厚庵先生仿西涯新樂府中，有《繩還繩》一篇，即此事也。』

鄧樾 四首

樾，字修五，號黄庭。慶雲人。廪生。

按：修五幼孤，力學不倦，工書。乾隆丙午，例貢成均，老病不能赴考，尋卒，詩散佚。其祖父鏻，從王公餘佑游，見《五公山人集》。［一］

和韓馨園廣文賞春韵

粥香餳白杏花天，百五清明又一年。老去無能爲跼蹐，興來猶欲看鞦韆。聽鶯柳陌塵隨屐，沽酒芳村杖挂錢。寄語春游同志侶，好從晴晝過前川。

［一］劉希愈《慶雲詩鈔》卷一按：『先生幼孤，力學不倦，教授生徒，循循善誘，鄰邑争延致之。人俱稱爲黄庭先生。工書，得之咸以爲寶。乾隆丙午例貢成均，老病不能考，尋卒，詩草散佚。』

題蘇羨烏《河陰草》

河流夾岸兩蒼茫，中有人同荇杜芳。得句高吟雲水外，忘機鷗鳥共相羊。
懷人賦物興無窮，一縷吟情入化工。爲問瓣香知遠近，峨嵋山在翠微中。

贈崔紫極罷官歸里

行盡江程又陸程，歸來兩袖好風輕。雲山滿壁皆堪賞，瑣屑何心擬向平。

馮福星 二首

福星，字聚五。諸生。慶雲人。有《囊草》。[一]

[一] 劉希愈《慶雲詩鈔》卷一按：『先生性好吟咏，至老不輟，嘗與家此園、燦章、魯齋并鄧黄庭諸公結爲詩社，更唱遞和，亦美談也。』

辛巳九日自天津赴都[一]

逆旅重陽節，登高一望[二]家。心隨南去雁，目斷故園花。雨濕單衣重[三]，風吹破帽斜。津門從此別[四]，回首是天涯。

寫懷

一燈苦守耐窗寒，白首羞從鏡裏看。六十餘年文字債，至今償得不曾完。

解培垍 三首

培垍，字築岩。慶雲人。諸生。有《鬲南詩草》[五]。

［一］《國朝畿輔詩傳》卷四十七題作《辛巳九月自天津赴都》，劉希愈《慶雲詩鈔》卷一題作《庚辰九日自天津赴都》。且係五絶二首，非一五律。高氏云：『《自天津赴都》一首可存。』

［二］『一望』，《國朝畿輔詩傳》卷四十七作『不見』。

［三］『雨濕單衣重』，劉希愈《慶雲詩鈔》卷一作『露濕殘襦冷』。

［四］『從此別』，劉希愈《慶雲詩鈔》卷一作『從此去』。

［五］劉希愈《慶雲詩鈔》卷一：『有《云暉堂詩草》。』并按念堂先生序：『先生嘗潛心舉業，屢試不售，乃肆力於詩，遇之坎坷，情之悲感，悉於詩發至。大抵據事直陳，信而有徵，至於一景一物，體會之工，又其餘耳。』云云。

秋夜感懷

竟日無佳緒，清宵更若何。條鳴窗紙裂，壁鬥鼠聲多。衾薄[一]天難曉，時乖性不阿。可堪飄泊久，夢寐總風波。

十載

十載無家客，風塵欲白頭。漸離燕市築，王粲楚江樓。賣賦金難剩，傭書筆未投。昂藏丈夫志，且付釣詩鈎。

睡醒

八尺桃笙午睡遲，夢醒花影好敲詩。東陵瓜鎮心頭渴，最是浮生自在時。

劉煦 一首

煦，字曦若，號魯齋。敏孫。[二]乾隆辛卯進士，歷任順天府教授，昌邑縣知縣。

[一]『衾薄』，劉希愈《慶雲詩鈔》卷一作『衾冷』。

[二]劉希愈《慶雲詩鈔》卷一：『夢梅第三子。』

《縣志傳》略云：『知昌邑，士民多蒙其惠。解組後，教授鄉里，從游甚衆。善行書，作墨蘭，有逸致。』[一]

去昌邑口占

數處離筵送遠行，慚無遺澤副輿情。清樽未飲心先醉，別緒頻牽泪欲傾。自是俗淳多古處，可堪吏拙負群生。避賢有願今方遂，幾度停鞭綣此誠。

王孫蘭 一首

孫蘭，字紫畹。諸生。慶雲人。有《晴雨軒詩草》。[二]

即事

舍南舍北盡清渠，半種來牟半種蔬。踏罷桔槔無一事，緑楊影裏自翻書。

[一] 劉希愈《慶雲詩鈔》卷一按：『公文譽早著，遠近碑銘傳志咸取裁焉。官教授時，成就人才甚多，知昌邑縣，治獄多所平反，人以青天呼之。慶邑爲山左孔道，致仕後有自昌邑來者，仍饋問不絕。』

[二] 劉希愈《慶雲詩鈔》卷一按：『先生史學甚深，與念堂公爲忘年交，《天津詩鈔》《畿輔詩傳》《念堂詩話》俱經采入，惜未多見，仍録舊所鈔而已。』

劉廣恕 四首

廣恕，字可亭，號耐泉。乾隆丁未進士第二人，官工部都水司員外郎。有《如心堂吟草》。

按：可亭先生制藝稱專家，丁未會試，闈中得公卷，大奇之，已擬會元，有謂直隸無會元者，遂移置第二，然公之文名已噪天下。居官清正，居家孝友，足以表舉士林，不以名第之甲乙爲輕重也。[一]

贈別石東庵

芳草天涯慰旅愁，如何南浦有歸舟。君悲十載歌長鋏，我愧三冬擁敝裘。縱飲誰憐步兵酒，多情獨上仲宣樓。欲知別後相思恨[二]，千里滔滔濟水流。

[一] 劉希愈《慶雲詩鈔》卷一按：『公成人入邑庠後二十餘年，始舉於鄉。仍安硯古寺中，靜養深思，每晨自課一藝，雖薪米不給，力不少輟。遂成進士。性至孝，在官守正不阿，有門下士與權貴相善，勸公往謁，願爲先容。公峻拒之，節介率如此。文章屢變，而自成一體。詩自抒性情，素不多作。論者亦謂非淺學所及云。』

[二]『恨』，劉希愈《慶雲詩鈔》卷一作『處』。

次李雅堂雨中偶成韵

空齋積雨全消署，正擬清樽趁晚凉。古調忽傳騷客怨，狂歌便醉玉醪香。蝸粘墻壁真枯寂，鴻踏東西更渺茫。落拓天涯疑故我，至今魂夢繞霓裳。

出都寄懷諸同人

垂髫搦管愧能文，幾度圜橋鼓大昕。獻璞敢隨和氏泣，焦桐曾感蔡邕聞。美人共抱芳時恨，愁緒誰憐夜雨紛？却憶琅槐一樽酒，縱横意氣尚凌雲。

敝車羸馬正途窮，偏覺雙眸四望空。未免有情懷舊雨，不堪回首向寒風。黄梁夢斷紅塵裏，蒼鬢人歸白社中。他日燕南勞問訊，太平時節信天會。

劉因矩 三首

因矩，字絜方，號雪村。廣恕弟。歲貢生。[一]

[一] 劉希愈《慶雲詩鈔》卷一：『有《戊辰吟草》。』

不寐

寒夜不成寐，披衣起立頻。秋風吹敗草，明月照愁人。文字工何益，詩書老更親。白頭今已矣，是地可栖身。

自嘆

自幼長爲客，艱難直到今。窮年成底事，積泪滿衣襟。身似孤篷轉，心隨落日沉。何當終了却，山水覓知音。

村館冬夜

窮冬爲客日，眼看又黄昏[一]。蕭瑟風留樹，清寒月到門。犬聲來遠巷，人語静荒村。幽寂憑誰破，新醪試一温。

劉東里 十六首

東里，字也僑。慶雲人。乾隆癸卯舉人，試用山東，署博山、費縣知縣。

[一]「眼看又黄昏」，《國朝畿輔詩傳》卷五十三作「孤館易黄昏」。

重建顔魯公祠即題碑陰

誓擬麾戈掃逆氛，獨將風烈動天聞。當時祗説難爲弟，却有平原不愧君。

附碑陰文：『《唐書》紀李希烈反，四使誘顔文忠公降。公叱曰：「汝知有罵安禄山而死者顔杲卿乎？乃吾兄也。」是魯公忠烈，顔忠節公實先之。宋楊君元永爲文忠公請建祠而不及忠節公，其故何哉？然費之人不知始於何時，亦附忠節公於祠，謂之雙忠，良有以也。因重建魯公祠，綴以俚句而記之。』

丙寅秋過諸滿顔魯公故里

蔓草斜陽吊故居，平原一旅戰功餘。如何勛業成閑事，祗解争傳紙背書。

秋柳四首録二首

幾日長條杏院東，餞紅送緑又西風。舞殘腰力疑隋苑，淡盡眉痕憶漢宫。橋畔維舟牽客恨，堤邊透月欠春工。年年何事堪惆悵，祗在寒烟瘦雨中。

陌頭幾縷淡烟横，又感登樓少婦驚。凉月郵亭楊子驛，西風甲帳亞夫營。鶯迷寒食春前夢，蟬曳殘陽恨裏聲。回想依依江上路，緑橋金勒尚分明。

落花四首録二首

如許繁華少主張，猶將餘媚艷春陽。每羞孫壽折腰舞，慣作徐妃半面妝。不共流鶯啼自在，偏同飛絮斗輕狂。可憐幾片隨流水，無復枝頭往日香。

絶代才華遇賞難，相憐多是際春殘。降來帝子愁湘渚，嫁去明妃怯綉鞍。自古紅顔偏易妒，衹今青眼又誰看？零香碎艷還珍護，留共仙霞露并餐。

題王松岩畫山水

十里春江寫碧痕，疏林遠岫夕陽村。山人不解繁華事，過盡韶光獨掩門。

抵蘭州

十八坡前過九溝，華林山下認蘭州。如何盡説封侯路，獨讓班超是虎頭？

題《蠶箔圖》

女桑采滿趁花晨，眠起三三亦太頻。到得成絲身便老，一生辛苦爲他人。

即事漫成

譽毀悠悠何足辭，呼牛呼馬姑聽之。還金不有賢同舍，屈煞當年直不疑。

重過壺口故關

驅馬壺關道，踟蹰動客情。日依寒塞晚，風傍亂雲生。野鳥如相識，山村不記名。感懷千古事，獨有舊秦城。

費邑城南公餘小憩

見説城南好，來停使者車。塵音清野寺，古俗見人家。岸斷通樵路，溪香落澗花。歸遲欣有月，不借護燈紗。

蒙陰道中

歲晚蒙陰道，崎嶇翠靄間。野泉流廢路，黄葉染秋山。村酒留人醉，清風送客還。寒雲遥望處，疑是穆陵關。

崤函懷古

兩峰高矗鬱蒼蒼，舊説山河百二强。天轉星辰迎夏后，山排風雨扈周王。神皋東據《西都賦》，鬼哭今留《古戰場》。欲吊興亡千載事，淡烟衰草又斜陽。

五十述懷

流光彈指信堪憐，碌碌名場又幾年。漸老欲籌歸隱地，雖貧猶辦買書錢。怕聽衙鼓敲清夢，喜訪山僧話舊禪。莫怪晚來頗好道，浮雲多見是虚緣。

送友人入都戲贈

先生此去步仙踪，好醜端因悦己容。齊國本非求贋鼎，葉公偏不好真龍。由他畫餅嗤名士，恃我談禪有正宗。自古文章兼有命，漫將時樣卜違從。

自陳喜以下十餘人，多得之同門崔曉林旭所刻《慶雲詩鈔》。采輯之功，已不爲小。乃且自悔當日授梓之速，前後次第，復加更訂，兹俱照列。其一門詩，即爲附録於後。

崔允貞 一首

允貞，字介石，號訥庵。慶雲人。歲貢生。

李百源《介石崔君墓志》云：『幼負异姿，性耽博洽。兄郡丞公官秦中，君代理簿書。覽勝所歷，奚囊恒滿。匯其藏稿數帙，令予校閲，足以傳世。』

按：同門崔曉林旭《慶雲詩鈔》注云：『先高祖康熙中再修縣志，《天津府志》有傳。』

總題慶雲八景

疏烟微雨棣城紛，棣城烟雨。春際月沽生水紋。月沽春漲。夜静鬲河横野渡，鬲河夜泊。曉封杏岸障浮雲。杏岸曉雲。鐘敲東岳晨光爛，東岳晨鐘。笛弄西山日暮聞。西山暮笛。雁和漁歌聲亂處，雁灘漁歌。會看岡上見龍雯。龍岡晴嵐。

崔大本 四首

大本，字道源，號溪亭。允貞曾孫。增廣生。

劉可亭先生廣恕云：『舅氏道源先生，詩才明秀，素不多作。曉林表弟刻《慶雲詩鈔》，余爲録四首入鈔，

并填諱。』[一]

按：道源先生七歲而孤，事母至孝。没後，曉林爲尊人浼許大江繪《寒宵煮豆圖》，一時多題咏。南皮張硯溪端城少京兆詩云：『秋風無定樹，菽水有餘歡。庸行談何易，婉容畫恐難。』蓋道其實。曉林、時林并登賢書，曉林賢嗣光弟、光笏并膺鄉舉，一門輝映。人謂孝德所致。

游華不注山[二]

閑游山下路，緩步到禪林。院落新花發，庭階古木深。石橋横野水，香閣映遥岑。塵外逢僧話，悠然起遠心[三]。

田家

茅廬臨水近，樹裏隱蓬門。閑坐聽蟬噪，新晴見屐痕。牧童吹竹笛，饁婦餉壺飧。太古風猶在，牛羊散野村。

[一]劉希愈《慶雲詩鈔》卷一按：『公賦性謙抑，能忍人所不能忍，爲人所不能爲，鬻田救兄，時人共决後日之必昌，愈兒時猶及見之。』

[二]《國朝畿輔詩傳》詩題同，劉希愈《慶雲詩鈔》卷一題作《游華不注山寺》。

[三]『遠心』，《國朝畿輔詩傳》同，劉希愈《慶雲詩鈔》卷一作『道心』。

秋夜

秋來暑退漸清凉，一夕微風透葛裳。明月當窗人静坐，晚風帶露入簾香。

晚晴

雨過荒村却有情，一灣清水送蛙聲。披襟閑步蒼苔望，月上林梢正晚晴。

崔旭 二十九首

旭，字曉林，號念堂。大本長子。嘉慶庚申科舉人。[一]著有《念堂詩草》十二卷[二]、《念堂詩話》《津門雜記》《津門百咏》《讀書隨筆》各數卷，《慶雲詩鈔》一卷。

按：曉林與棟同出張船山夫子門下。爲人静細平淡，沉潛於學，出入百家，詩格清嚴雅正。船山師重之，嘗曰：『此我之崔不雕也。』贈句有：『魁梧真面目，古樸舊衣冠。』故念堂寄師詩云：『呼我崔黄葉，幽居似直塘。』棟於丁丑年寄之句云：『一編詩草逢人説，沽上争傳崔慶雲。』道光甲申來寓津門，見過之日，適

[一] 劉希愈《慶雲詩鈔》卷二：『官山西蒲縣知縣。』

[二] 今見有清道光刻本《念堂詩草》五卷，民國癸酉（一九三三）重印本附《念堂詩話》四卷。

有人送瓶梅一枝，余有句云：『詩傳黄葉三津滿，人與梅花一日來。』爲人所傳。［一］

過西沽［二］

一路通春水，春風漾緑波。過橋人影亂，夾岸櫓聲多。客子匆匆去，漁家緩緩過［三］。壚頭新酒熟，未暇醉顔酡。

［一］劉希愈《慶雲詩鈔》卷二按：『先生八歲既能詩，家宗岳公激賞之，弱冠入泮，後以古取受知於學使金公士松與陽信宿儒勞敬師先生。爾業相切磋勖以遠道，後值家計中落，漸至貧乏，乃憤游塞北。越二年歸，親勸以專摹舉業，遂將詩古封錮篋笥，潛心爲文章，小試屢冠群英，旋登賢書，得張船山先生賞識，聲譽頓起。掌教古棣書院十二年，門内濟濟，從游日衆。每小試，歌采芹者，不一而足。食餼，領鄉薦者亦指不勝屈。得人之盛，未有能及者也。年六十，始爲蒲縣令，愛民如子，仍日事吟咏，手不釋卷。比歸里，閉户讀書，足迹不如公門。秋日村居，與野老課晴雨話桑麻。翛然自適。其季子正甫公守松江，得遂南游之志。歷觀諸勝迹，皆有詩以紀。歸里三年，無疾而殁。一生甘苦備嘗，依然自守。所作詩不下數千首。陶凫薌先生《晚香堂唱和集》以公詩壓卷。袁玉堂《蠡莊詩話》《習静軒筆記》及謝問山《十家詩選》，梅樹君《津門詩鈔》皆采入焉。公殁後，愈哭以詩，有「風流頓盡成千古，二百年來此一人」之句，非過譽也。蓋敦品立行，吾邑先輩誠不乏人，而著作之富，名望之隆，則不能不能不首推此老也。』

［二］高氏云：『《過西沽》以下七首、《津門百咏》之十四首可存。』

［三］『過』，清道光刻本《念堂詩草》卷一作『歌』。

津門春望

河流曲似九迴腸，城郭彎環水一方。接岸帆檣連渤澥，泥人簫鼓比維揚。大堤夜雨蘼蕪緑，小陌春風豆蔻香。四十年前游賞地，幾回惆悵立斜陽。

寄天津梅樹君同門

京兆當時同領薦，蘇門紛遝集群彦。姚龔瞿查各宦達，苦吟賤子仍貧賤。奈何似君抱奇才，亦十餘年北文戰。君如野鶴居郡國，我類井蛙處鄉縣。君能鏗鏗説遺經，我惟草草磨破硯。君初頰畔見髭生，我已鏡中看髮變。豈獨窮達判鵬鳩，塌翅定亦分鴻燕。雲水蒼茫大小沽，烟波浩渺東西淀。筆端收拾入吟卷，遠道相隔無由見。可笑詩名等畫餅，堪嘆年光如激箭。付書兒輩報知交，君其勉旃吾已倦。

梅吟齋同門邀看海棠明日有作却寄

名花綽約如静女，窈窕幽閨祇深處。畫樓綺閣隔重重，想望風流但延佇。名花縹緲如飛仙，有時向我來翩翩。恍惚引入天台路，世人會與仙有緣。作客津門春欲暮，尋花不見花開處。故人招我來西園，嫣然一笑海棠樹。迴欄小閣映風姿，正是將開未開時。懶慢無心睡初起，娉婷自措嫁偏遲。嬌紅滴滴嬌無那，嬌影在地不忍唾。詩人權作花主人，舉手應爲詩人賀。詩情花態兩銷魂，半日行痕與坐痕。夢到昨朝曾到處，春雨春風深閉門。

過天津悼劉韵湖[一]

浮生識面竟無期，幾度聽人説項斯。命駕何曾千里遠，來游真悔一年遲。百篇遺稿傳何益，三尺孤墳吊豈知？欲向荒郊[二]酹杯酒，春風野草正離離。

風流裙屐雜屠沽，此輩何堪爲作奴。却想生甫雙眼白，轉憐曙後一星孤。遺一女。交情灑落存書札，墨迹淋漓剩畫圖。手寫梅花曾寄我，當君遺照對狂呼。

懷梅樹君[三]

秋風摇落大河濱，索漠臨風憶子真[四]。世有君才甘硯食[五]，天教我輩老吟

[一]《燕南二俊詩鈔》本《念堂詩鈔》題作《悼劉韵湖》。
[二]『荒郊』，《燕南二俊詩鈔》本《念堂詩鈔》作『荒原』。
[三]《念堂詩草》卷二題作《懷梅樹君却寄》。
[四]『索漠臨風憶子真』，《念堂詩草》卷二作『忽憶端居梅子真』。
[五]『甘硯食』，《念堂詩草》卷二作『還落魄』。

身。百年如意[一]無多事，四海知心不數人。幾許相思同衛水，滔滔日夜嚮天津。

燒酒

粟貴生齒繁，靡穀[二]更燒酒。一燒穀[三]數石，麯用麥幾斗。乾柴動盈車，工食飽游手。若作三月糧，可養人八九。養老及娛賓[四]，此禮傳已久。奈何無賴徒，朝朝常濡首。漸染及齊民，提壺邀儕偶。寧使炊無米，争雄醉朋友。此毒中愚氓，豪黠爲利藪。薪米止此數，一半歸腐朽。焉得價不昂，貧者難糊口。念此爲感傷，痛斷掃愁帚。所補固涓滴，此意庶無咎。

歕壺

製器奪天工，陶人巧合土。形類塞口瓶，狀侔細腰鼓。鋭上長比槊，豐下圓如鬴。豕腹脹且團，鵝項直難俯。頂疑混沌鑿，心訝比干剖。有如藕出泥，中斷竅可數。

［一］『如意』，《念堂詩草》卷二作『稱意』。
［二］『靡穀』，《燕南二俊詩鈔》本、《晚香唱和集》本《念堂詩鈔》均作『靡粟』。
［三］『穀』，《燕南二俊詩鈔》本、《晚香唱和集》本《念堂詩鈔》均作『粟』。
［四］『娛賓』，《燕南二俊詩鈔》本、《晚香唱和集》本《念堂詩鈔》均作『燕賓』。

又若剥蓮蓬，子抽空見腹[一]。孔露蜂仰窠，穴攢蟻開户。一口能翕受，衆竅恣噴吐。欹器注方盈，漏卮泄難杜。盛夏天氣熱，赤日燒園圃。花苗旱欲枯，蔬芽屈未努。舉瓢猛易傷，抱瓮拙尤苦。園丁摙水來，持柄爲酌取。滿腹貯清泉，覆手成甘雨。高傾細濺珠，密灑膩潑乳。挹注桶兩三，沾濡畦四五。坐看醍醐灌，頓使沉屙愈。參差掩映間，新緑争媚嫵。膏澤天縱屯，造化器能補。俯仰暫隨人，出納終自主。勺合不自私，盆盎羞爲伍。功成身自退[二]，待用澤仍普。此物足珍重，圖形續博古。

聞船山夫子凶問

忽得江東信，流傳倘未真。天如有此事，吾竟仰何人？詩酒難償債，功名未了因。峨嵋山上月，萬古爲傳神。

半世誰相賞，猖狂衹自吟。時人多俗目，夫子是知音。乖隔五年別，悲凉千古心。成連終不至，慟哭欲燒琴。

[一]『腹』，《念堂詩鈔》、《晚香唱和集》本《念堂詩鈔》、劉希愈《慶雲詩鈔》卷二均作『腑』。

[二]『自退』，《念堂詩鈔》、《晚香唱和集》本《念堂詩鈔》、劉希愈《慶雲詩鈔》卷二均作『且退』。

閑居雜興

世態寧禁冷眼看，磨驢笑我自團團。身如無累貧原好，事到因人易亦難。青史一編供涕笑，黄粱千載偶悲歡。鬲津河漲秋風起，且領兒曹把釣竿。

題《鐵船詩鈔》

方元鵾著

孤燈夜雨讀新編，一見傾心憶往年。淡泊宦情惟縱酒，蒼茫身事却歸禪。學如用武真無地，詩到窮人竟有天。博得文章名後世，千秋寂寞讓君傳。

憶舊

浮生如此太匆匆，往事思量昨夢同。春雨騎驢村樹緑，秋霜擘蟹酒燈紅。詩成草色花香裏，人醉歌聲笛韵中。忽憶舊游消散盡，歡場回首嘆西風。

丁丑春闈報罷出京作

爲戀清時隱未能，可堪禄命薄如冰。三場又避英年入，九榜頻看故友登。空有文章説遼海，最難慟哭别昭陵。明春花發長安陌，老態龍鍾恐又增。

棟與曉林同出船山夫子門，時同薦者十餘人，不數年，皆就貴顯，稱得士最盛。憶戊辰春闈，謁吾師，師曰：『及門諸人，皆就騰達，鬱鬱未遇，惟念堂與子兩詩人耳。』吁嗟久之。故棟寄崔君句云：『同受船山夫子恩，座間曾嘆兩詩人。虚名竟折書生福，潦倒名場十六春。』嗚呼，又逾十年，吾師於甲戌下世，返葬遂寧，吾與念堂亦竟頽然老矣。讀念堂出都詩，又何以爲情耶？

津門百咏録十四首

往日鑾輿曾此臨，津東勝地柳成林。宮門深閉花千樹，應抱春風望幸心。柳墅行宮在海河岸邊。[一]

芥園高傍衛河旁，樓閣參差映緑楊。曾是當年詩酒地，行人猶説[二]水西莊。芥園嚮傳爲水西莊，乃查蓮坡别業。[三]

幾家茅屋各西東，想見桃花照水紅[四]。剩有一灣春水[五]碧，桃花何處笑春風。

[一]清道光六年（一八二六）慶雲崔氏刻《念堂竹枝詞》本、民國二十七年（一九三八）雙肇樓排印《京津風土叢書》本《津門百咏》均作：『行宮，在城東南柳樹林中，多海棠。』

[二]『猶説』，《念堂竹枝詞》本、《京津風土叢書》本《津門百咏》均作『猶指』。

[三]《念堂竹枝詞》本作：『芥園。查天行水西莊故址。』《京津風土叢書》本《津門百咏》作：『芥園。查天行水西莊。』

[四]『想見桃花照水紅』，《念堂竹枝詞》本、《京津風土叢書》本《津門百咏》均作『見説桃花夾岸紅』。

[五]『春水』，《念堂竹枝詞》本、《京津風土叢書》本《津門百咏》均作『流水』。

桃花口。[一]

滿林桃杏壓黄柑，紫蟹香粳飽食堪。最是海濱風味好[二]，葛沽原號[三]小江南。

葛沽。

大悲舊院幾重修，朱記竹詫[四]初碑可尚留。欲向[五]窑窪尋故迹，蘆花野水四圍秋。大悲院。[六]

大覺庵前野徑斜[七]，千畦錦綉燦朝霞[八]。游人漫説豐臺好，百畝風開[九]

[一]《念堂竹枝詞》本、《京津風土叢書》本《津門百咏》均作『桃花口。地名已見元人揭傒斯詩』。

[二]『風味好』，《念堂竹枝詞》本、《京津風土叢書》本《津門百咏》均作『好風味』。

[三]『原號』，《念堂竹枝詞》本、《京津風土叢書》本《津門百咏》均作『合號』。

[四]《念堂竹枝詞》本、《京津風土叢書》本《津門百咏》均無『竹詫』注。

[五]『欲向』，《念堂竹枝詞》本、《京津風土叢書》本《津門百咏》均作『呼渡』。

[六]《京津風土叢書》本《津門百咏》作：『大悲院。僧世高建，朱竹詫有《修大悲院記》。』

[七]『野徑斜』，《念堂竹枝詞》本、《京津風土叢書》本《津門百咏》均作『艷彩霞』。

[八]『燦朝霞』，《念堂竹枝詞》本、《京津風土叢書》本《津門百咏》均作『屬僧家』。

[九]『百畝風開』，《念堂竹枝詞》本、《京津風土叢書》本《津門百咏》均作『佛地春開』。

芍藥花。大覺庵。[一]

玉山遺韻[二]昔猶存，過往名流每到門。近日[三]風流消歇盡，更無人闢問津園。

問津園，張方伯魯庵別業。[四]

墓前石碣一行分，憑吊城西烈女墳。雪虐風饕松柏樹，敢將蔓草比羅裙。

西門外嚮有四烈墳，謂裘、金、諸、丁也，載在邑志。自葬殷烈婦後，名曰五烈墳。今自嘉慶年間，又添葬梁、謝、趙三貞烈，後呼爲八烈墳。[五]

天津科第好文風，二百年來運大通[六]。癸未春闈尤鼎盛，五人一榜[七]捷南宮。

津門科第自有明以來，已聯翩而發，其最盛者，乾隆己未捷南宮者四人，爲沈公弘模、周公人騏、王公緯、張公文運；嘉慶辛未捷南宮者三人，爲楊公恒占、王公履謙、王公鳳翥；至道光癸未同會榜者五人，爲梁公寶

[一]《念堂竹枝詞》本、《京津風土叢書》本《津門百咏》均作：『大覺庵。在芥園河北，庵外種芍藥甚多。』

[二]『遺韻』，《念堂竹枝詞》本、《京津風土叢書》本《津門百咏》均作『韵事』。

[三]『近日』，《念堂竹枝詞》本、《京津風土叢書》本《津門百咏》均作『結客』。

[四]《念堂竹枝詞》本、《京津風土叢書》本《津門百咏》下均有『久廢』二字。

[五]《念堂竹枝詞》本、《京津風土叢書》本《津門百咏》注均作『烈女墳，在城西，初名四烈墳，今七墓』。

[六]『二百年來運大通』，《念堂竹枝詞》本、《京津風土叢書》本《津門百咏》均作『周氏一家稱四雄』。

[七]『一榜』，《念堂竹枝詞》本、《京津風土叢書》本《津門百咏》均作『同榜』。

常、王公用賓、張公映幃[一]、郝公善、劉公錞。[二]

津門名勝足詩家[三]，《沽上題襟》事已賒。前輩風流摇落[四]後，獨留清韵在梅花。

津門詩風最著，國初有張笨山、龍東溟、黄六吉、梁芠梁諸公，繼有周月東、朱陸槎、王介山、查蓮坡、金芥舟、于虹亭、張楚山諸公，至乾隆末年，尚有周大迂、康達夫、郝石臞、金野田諸公，今尚有同門友梅樹君在。[五]

一紙端能[六]博白鵝，流傳墨迹五橋多。野田蒼勁金聲老，風韵應須讓竹坡[七]。

[一]高氏校云：『「幃」應作「暐」。』按：是，當據改。

[二]《念堂竹枝詞》本、《京津風土叢書》本《津門百咏》注均作『科名。周人龍與弟人驥人騏皆進士，人鳳舉人』。

[三]『津門名勝足詩家』，《念堂竹枝詞》本、《京津風土叢書》本《津門百咏》作『津門搜集衆詩家』。

[四]『摇落』，《念堂竹枝詞》本、《京津風土叢書》本《津門百咏》作『寥落』。

[五]《念堂竹枝詞》本、《京津風土叢書》本《津門百咏》注作『詩家。謂梅樹君同門。八十年前查儉堂兄弟與吴東壁諸人酬和，刻爲《沽上題襟集》，今樹君選《津門詩鈔》』。

[六]『端能』，《念堂竹枝詞》本、《京津風土叢書》本《津門百咏》均作『誰能』。

[七]『風韵應須讓竹坡』，《念堂竹枝詞》本、《京津風土叢書》本《津門百咏》均作『風致翩翩屬竹坡』。

喬耿甫、金鈞衡、鄭金聲、金世熊，俱以善書稱。[一]

墨竹昔稱吳念湖，雅村健筆近來無。訪舟青立工山水，迥與尋常畫史殊。

津門畫手，嚮推查集堂之竹蘭，金芥舟之山水，自吳念湖太守繼其風後，擅竹蘭者，惟梅樹君尊公雅村先生爲最，而陳公青立、王公訪舟之山水，俱得南宗正派。[二]

水患年來多難民，紛紛蒙袂聚三津。捐金爲粥[三]延殘命，四廠分沾五萬人。

道光壬午、癸未二年水患，飢民就食來津，侯公肇安倡義捐金煮賑，四門立廠，每日男婦五萬餘人。[四]

結社同防回禄灾，登時撲滅剩殘灰。鑼聲幾道[五]如軍令，什伍[六]争先奮勇來。

津門防火灾最慎，設立水局數十處，遇有被灾之家，信鑼一鳴，救者數千人登時赴集，各分隊伍，如禦敵然。

[一]《念堂竹枝詞》本、《京津風土叢書》本《津門百咏》注均作：『書家。喬五橋、金野田、金聲、金竹坡皆以能書稱。』

[二]《念堂竹枝詞》本、《京津風土叢書》本《津門百咏》注均作『畫家。吳湖觀察、梅雅村丈俱工竹，今陳青立、王訪舟工山水』。

[三]『爲粥』，《念堂竹枝詞》本、《京津風土叢書》本《津門百咏均》作『施粥』。

[四]《念堂竹枝詞》本、《京津風土叢書》本《津門百咏》注均作『粥廠，侯、韓諸公倡捐施粥，全活無算，奉旨賜爵有差。道光四年春夏間也』。

[五]『鑼聲幾道』，《念堂竹枝詞》本、《京津風土叢書》本《津門百咏》均作『鳴鑼傳號』。

[六]『什伍』，《念堂竹枝詞》本、《京津風土叢書》本《津門百咏》均作『隊隊』。

崔暘 七首

暘，字時林，號月沽。旭弟。嘉慶己卯舉人。[一]著有《月沽詩草》[二]。

按：時林與兄曉林，俱有才名，數困鄉闈，詩多落寞之感，中年以後，始登賢書。[三]

飢民行

蒙袂復輯屨，飢民卧道旁。不食問幾日，欲語泪千行。去年河水漲，河西秋稼傷。嚴冬寒且飢[四]，老幼多死亡[五]。殘喘延至春，乞食來此方。昨日過朱門，

[一]劉希愈《慶雲詩鈔》卷二：『官甘肅玉門知縣。』

[二]今有清咸豐四年（一八五四）刻本《月沽詩草》四卷，前崔氏自序云：『予幼歲不曉聲律，弱冠後偶有吟咏，念堂兄見之，以爲詩才清而不俗，大可造就，將來吾兄弟三人應刻一合稿存於家。』『丁未秋，署大通縣篆，地僻民淳，公事多暇，因憶予兄詩早已刊行，柳橋弟遺草猶子光笏又爲之梓於都中，眷懷疇昔，感慨繫之也，爰將篋中所藏新舊作檢出付之剞劂，非敢敝帚自享，聊以踐予兄弟三人合刻之肯言云爾。』

[三]劉希愈《慶雲詩鈔》卷二按：『先生賦性謙抑，自卑尊人，自少下幃，攻若遠大自期，以古取受知於學使吴公煊，名譽甚著。年六十以保舉官甘肅安化縣知縣，旋調玉門縣，所在有聲，足所到處，皆有題咏，一時詩人咸結納焉。』

[四]『飢』，《月沽詩草》卷一作『餓』。

[五]『死亡』，《月沽詩草》卷一作『流亡』。

爪牙如虎狼。今朝叩蓬户，十家九絶糧。命已懸旦夕，恨不死故鄉。低頭不復語，面目色凄凉[一]。欲救無寸柄，徘徊空斷腸。

聞曙林弟北上

聞説畿南去，連宵意未安。憐渠爲客早，似我别家難。無棣荒城遠，滹沱古渡寒。老萊衣在笥[二]，歸日好承歡[三]。

人定

人定垂簾坐，風清月亦清。宵深秋氣到，静極道心生。僻處忘名利，耽吟適性情。孳孳爲善者，何必待鷄鳴？

檢篋中舊物悼亡室楊氏

兒女從卿死，衣裳一篋留。偶然尋舊迹，頓覺觸新愁。物在人何往，心傷淚自

[一]『色凄凉』，《月沽詩草》卷一作『何凄凉』。
[二]『笥』，《月沽詩草》卷一作『篋』。
[三]『好承歡』，《月沽詩草》作『共承歡』。

流。再來疑有日，檢點爲藏收。

村居即事

似覺幽栖好，年來寄遠村。寒蟬吟古木，野水抱秋園。風入開書卷，花殘帶日痕。欲尋高隱處，此地即衡門。

館中憶亡女

骨肉情難割，春來憶更悲。牽衣將別日，向母問還期。已入重泉下，終無再見時。歸家應益恨，誰誦《木蘭詩》？五歲殤，能誦此詩。

梅樹君先生索余吟草作此奉寄[一]

悲哉秋氣最愁余，鬲水津門嘆索居。命駕豈同千里遠，别君竟過十年餘。堯臣得句人争誦，亭伯傷時恨未舒。此日先生[二]高月旦，新詩也欲[三]問何如。

[一]《月沽詩草》卷一題作《梅樹君先生索余吟草》。

[二]『先生』，《月沽詩草》作『宛陵』。

[三]『也欲』，《月沽詩草》作『我亦』。

時林詩清寒得郊島之神，與乃兄可謂同枝之籍、湜。其他佳句如『三秋悲又過，萬卷笑徒忙。』『雁鳴無月夜，燈暗欲風天。』『雪後風生樹，雲開月滿樓。』『路遠村偏少，天寒雪正深。』俱極淡遠。

崔晨 一十一首

晨，字曙林。旭弟。著有《柳橋詩草》〔一〕一卷。

按：曙林讀書不多，而性嗜吟咏，自鐫其印曰『布衣崔三』，所著《柳橋詩》，五言清堅，不讓乃兄。〔二〕

咏白丁香

不識丁香發，盈盈一樹霜。素同春月影，淡學美人妝。柳色須争翠，桃花暗讓芳。今朝蝴蝶夢，可問白雲鄉。

〔一〕清道光二十五年（一八四五）崔氏海雲書屋刻民國十二年（一九二三）印本《柳橋詩草》，首有崔旭道光乙巳序，謂此本係崔暘鈔録，崔旭删定者。

〔二〕劉希愈《慶雲詩鈔》卷二按：『先生早弃儒業，以吟咏爲事，紙墨之多，所梓僅十之一耳。余與先生爲忘年交，二十餘年，倡和不下百餘首。癸卯，余赴秋闈，先生竟作仙游。報罷後，余哭以詩，有「此日劉蕡仍下第，秋風酒泪哭詩人」之句，深感之也。』

城樓晚眺

初夏閑無事，偶登城上樓。雲從東海起，河背夕陽流。緑樹烟初合[一]，紅橋網未收。憑欄開眼界[二]，疑是夢中游[三]。

書懷

閉户清吟接古歡，囊中衹有一錢看。詩能出俗原非易，人到安貧亦大難。纍世傳家留舊硯，凡年謀食弃儒冠。我生三十仍飄泊，可但心如梅子酸。

旅況

行路難如此，家貧可奈何！有村憐樹少，無馬恨泥多。荒店思求飲，斜陽問渡河。前程知不遠，遥聽弄船歌。

[一]『初合』，清道光二十五年（一八四五）崔氏海雲書屋刻民國十二年（一九二三）印本《柳橋詩草》作『纔合』。

[二]『開眼界』，《柳橋詩草》作『堪望遠』。

[三]『疑是夢中游』，《柳橋詩草》作『振觸昔年游』。

訪家華甫

此地尋同姓，河邊獨一家。徑隨高岸曲，門對夕陽斜。簾外生秋草，檐前煮晚茶。問君竟何有，濃淡幾盆花。

鹽山早發

霧氣隱城郭，水光沿路明。一天無月色，遍地是蛙聲。寺遠鐘初動，泥深客早行。前村在何處，隔樹有鷄鳴。

秋日晚行

此地亦堪憐，西風八月天。人來斜日外，秋冷野林邊。老樹已無葉，深枝尚有蟬。愁聲聞過耳，回首但荒烟。

秋夜懷念堂家兄

愁心思遠客，分手各他鄉。聞雁疑書到，經秋嘆葉黄。砧聲千户急，月色一村凉。遥憶當今夕，思家泪滿裳。

村景

偶步村邊路，詩情忽在西。夕陽秋巷杵，茅屋晚天鷄。紅葉花盈樹，黃芽菜滿畦。眼前成小景，隔水有烏蹄[一]。

過新開口

野水迷人眼，路難如上天。遥村知有岸，此地竟無船。遠望多秋樹，愁看起暮烟。不知何處宿，旅况亦堪憐！

小村

夕陽聞犬吠，近水見籬門。一樹飛殘葉，三家聚小村。場空餘鳥在，廟廢有鐘存。又是驚心處，秋烟帶晚痕。

[一]高氏校云：『「蹄」應作「啼」。』按：是，當據改。

崔光第 三首

光第，字振甫，號洗涯。旭長子。嘉慶己卯舉人。〔一〕

按：振甫應螢試，《塞下曲》最爲陳荔峰學使所賞，拔置第一。與乃弟俱有詩名。〔二〕

塞下曲

塞下經秋早，霜飛八月天。笳聲鳴五夜，烽火入三邊。戰馬追風立，征人帶甲眠。還家如有夢，應計歷多年。

朔風〔三〕吹大漠，寒色入邊城。白草交河接，黄雲瀚海平。秦關終夜閉，漢月至今明。千里傳刁斗，惟聞出塞聲。

天山多積雪，邊地祇生寒。苦戰寧辭瘁，征衣自怯單。風霜持漢節，寢食據雕

〔一〕劉希愈《慶雲詩鈔》卷二：『由教諭官河南獲嘉知縣，有《愛蓮館詩草》。』

〔二〕劉希愈《慶雲詩鈔》卷二按：『先生爲余先祖姑所出，自幼失恃，奮志讀書，縣試冠軍，院試以《塞下曲》受知於學使陳公嵩慶，取古學第一，其舉鄉時與叔時林先生同榜，一時傳爲盛事。官教諭時，訓課諸生，立教嚴明，任縣令時，清理庶獄，除暴安良，未幾，因案被議歸里，卒於家。生平不多作詩，亦不輕以示人，鈔存數首，猶之吉光片羽而已。』

〔三〕『朔風』，劉希愈《慶雲詩鈔》卷二作『溯風』。

鞍。今喜盧龍塞，桑麻萬里寬。

崔光箕 四首

光箕，字雅甫。旭子。諸生。

按：雅甫髫年出口成句，得之天授，船山夫子見其詩，寄書奬之，呼爲小詩人。少長，遂不多作，曉林勖之云：『莫負老船奬許[一]意，封題呼爾「小詩人」。』

蘆花和朱虹舫學士韵

潦清波碧水平鋪，荻繞篷窗客夢孤。秋氣蕭蕭聲不斷，鷗群片片影全無。零星偶露叉魚火，點綴新成落雁圖。幾陣西風凉似雨，輕舠載酒泛晴湖。

飄飄如絮糝江船，作被蒙頭曉尚眠。霜落全迷秋士鬢，風吹齊上旅人鞭。者番花事拋流水，無限心情付逝川。擬問潯陽留客處，琵琶遺曲已千年。

長堤遠岸卧紛紛，鷺隱圓沙色不分。幾處紅橋明夕照，數行白雁點凉雲。蕭條

[一]『奬許』，清道光刻本《念堂詩草》卷一《勖箕兒學詩》其二作『奬勸』。

況味偏憐我，冷落年華欲問君。獨立蒼茫烟水外，一帆寒影送斜曛。

桃花荻笋景全非，一片寒雲拂釣磯。宿霧淡烟秋月上，斷橋淺水夜霜飛。蕭蕭戰壘輕舟過，點點漁村短棹依。信有伊人今在否，遥知零落白蓮衣。

崔光笏 五首

光笏，字正甫，號蕙田。旭季子。道光壬午舉人[一]。著有《蕙田草》[二]。

按：蕙田年二十登賢書，侍尊甫客津門，以年家子，常過從談藝。慶雲一邑，而崔氏一門父子兄弟軿芳聯蕚，成孝廉者四人，論者謂道源先生孝行之報，亦藝林之美談也。[三]

[一] 劉希愈《慶雲詩鈔》卷三：『道光己丑進士，官至雲南糧儲道。』

[二] 有清道光二十年（一八四〇）海雲書屋刻本《慧田詩草》一卷，《詩鈔》所録四首，不見於其中。

[三] 劉希愈《慶雲詩鈔》卷三按：『公自幼聰慧，七歲即能詩，年十七以古取受知於學使杜公堮入泮，二十七歲成進士，由縣令官至觀察，其生平經濟才略不可枚舉，大抵有膽有識，實力實心，除暴安良，崇正除邪，不聽人言，不惑無議，即當干戈擾攘之際，亦確有定見。卒能挫諸安全，其報負异人也。事父母以孝，處兄弟以和，待親友以厚，所得廉俸自作縣令時寄來分送，由親及疏，權其輕重，率以爲常。而令鰥寡孤獨尤爲加厚焉。所刻有《慧田制藝》《慧田試律》，自同籍後，周歷十一省，凡海岱之勝，山水之奇，登臨殆遍。皆有詩以紀之。其詩氣象闊大，聲調發揚，卓然成家，才人之稱，公真無愧矣。』

早行

野店無更鼓，烏啼夜欲闌。遠鐘催客起，斜月照人寒。樹密知村近，沙平覺路寬。行行天欲曙，曉日出林端。

津門早泊[一]

一夜津門宿，揚帆趁曉風。水烟連岸白，海日照船紅。北郭人聲外，西沽柳色中。棹歌聽不盡，安穩送烏篷。

過舊滄州

昔日清池縣，今來感客情。坡陀餘古廟，瓦礫滿空城。路僻行人少，碑殘野草生。幾家寒郭外，時有午鷄鳴。

鹽山道中

猶記來時路，辭家月再圓。客心懷故里，秋色上歸鞭。野稼緑無地，高林青到

[一] 高氏云：『《津門早泊》一首可存。』

天。前村知不遠，幾縷上炊烟。

旅懷

久坐如僧定，書簾晝不開。日藏雲影去，秋逐雨聲來。失意仍他縣，遭時愧捷才。故園歸未得，閣筆一徘徊。

蕙田《咏蘆花》句云：『霜冷欲留歸雁住，月明可隱釣船無？』又：『半江寒雨秋如夢，一岸輕霜夜不飛。』皆清空有味。

王句香云：『諸崔詩，格律俱穩，清雋有致，不愧家風。』

附：同郡詩話

《念堂詩話》載津郡人詩最多，附録之，以爲同郡詩話云。

表兄劉可亭先生廣恕，未第時有句云：『常恨勞勞耕硯北，逢年不及上農夫。』又：『十年况味愁中盡，八口團圞夢裏多。』情詞凄惻，杜明府群玉極稱之。後官都中，招杜飲，酬以詩云：『詩因味好常能記，酒爲情多更易醺。』

慶雲劉文曦若煦，未第時，有《屋漏詩》，記半律云：『矮小三間起草堂，半爲書室半閨房。營巢已自憐鳩拙，封穴那能逐蟻忙？』

陳季宣良翰，慶雲康熙中名士也。《旅懷》云：『長安何事此栖遲，伏枕長懷越客思。千里白雲遥望處，一簾明月夢回時。』半律頗近隨州。余題其卷云：『百年舊迹思前輩，一代知音屬後生。』

又，慶雲王紫畹先生孫蘭《崮山詩》云：『山色明初日，天風下梵聲。』《宿良王莊》云：『柝聲敲月落，水氣逼人寒。』《述懷》云：『白首水雲居，孤高任所如。雨荒三徑草，日上半床書。料理丁年志，渾忘丙穴魚。兒曹應怪我，底事弃耕漁？』《偶步》云：『平林纔著葉，遠水又鳴蛙。』所著《晴雨軒草》。旭自弱冠與先生交，至今二十年，年已七十，吾邑前輩講此道者，爲碩果僅存矣。先生子健圃雄、逸園隽，皆能詩。

又，明萬曆間，慶雲拔貢楊羽墀州鶴修邑志，宰柯公一泉序而刻之。楊公學問博雅，詩亦老健，《藝文志》載十八首。《鬲津河》云：『一聲水笛銀河浄，兩岸漁歌花縣秋。』《閑眺》云：『河邊水落群灘小，天外風高一雁斜。』《地藏寺》云：『老槐綴子翻新雨，蕎麥開花趁晚晴。』《無棣古城》云：『春深廢堞妖狐走，秋暮平濠野雉飛。』《觀瀾樓》云：『古今不改山川秀，天地能容我輩狂。』又有陳彦伯士雅，胡貞生惟一二公詩，陳爲金華副將喜子，胡爲進士澹庵清伯父。

又，胡貞生能八分書，陳季宣善行書，劉子遜先生允善草書，名噪一時。詩刻數首，有云：『幾株殘杏抱村紅，陌上游人坐晚風。漫道斜陽疲馬力，宛然身在畫圖中。』

又，解媚蒼鎬録其先人築岩先生詩，問序於余，卷中贈某云：『醉神張旭墨，吟苦浪仙驢。懷古金臺上，風烟吊望諸。』又，《途中》云：『鹵田稀樹木，野鳥自飛鳴。』皆雅健可喜。余題云：『開卷不能讀，秋窗泪自彈。時流知我少，老輩似君難。寂寞空遺草，凄涼竟蓋棺。論文猶昨日，已作古人看。』余好近老成，如先生及周大迂、康達夫、勞敬思、王紫畹，皆年過一倍，而以詩交好，故不禁情之深也。

又，解紫垣先生《送伯父之江南詩》：『杖履從此別，輕車離故關。春風嘶去馬，遲日照蒼顔。金斗標城竣，巢湖擁浪閑。登臨思小阮，情逐野雲還。』弟東陽先生，吾友韵圃先人也。有《和蘇步耿柳枝詞全韵》其《元韵》云：『開春葉葉接遥村，玉笛吹來總斷魂。豈是無端眉懶放，妝樓舞榭易黄昏。』

又，慶雲劉君升堂自南中歸，得詩一卷，示余，有《大雨登望江樓見懷七古》

長篇特佳。《晚泊》云：『寂寂寒山月，清光傍水涯。荒村生野霧，歸雁落平沙。綠樹停舟處，紅燈賣酒家。何人吹短笛？一曲落梅花。』《揚州憶舊》云：『楓冷吳江客路遲，笛聲雁影雨絲絲。重來又入揚州夢，不似春風被酒時。』『一曲紅橋隱釣船，數行楊柳尚含烟。隔溪又聽吳娘曲，自别江南已二年。』《憶家》云：『香瓜棗子皆摇落，正是蘋婆上市時。』《平山堂》云：『堪笑文名屬江孔，更無才調繼歐蘇。』五言如：『狼山數點紫，鴉舅一林丹。』皆佳句也。後改名楓宸，又改名庚。

王健圃句云：『暝色來天地，猶爲數里行。風寒知水近，夜白覺霜清。』神力完足。又，『秋隨風葉盡，寒逐水雲生。』《悼亡》云：『游興竟從今日絶，離愁那似此番長？』情至語也。

王逸園，健圃弟也。《在津門》有句云『一天凉雨賣黄花』，余戲呼爲王黄花。

又，鹽山張孝廉詮攝篆鞏縣，時楚寇平，歸兵過境，舊有兵棚，折價取給民間。張除之作《兵棚行》云：『西南民力已告竭，拆屋作薪茅俱缺。我既無千間萬間之廣廈爲爾庇家室，又無千幅萬幅之長幃爲爾流離覆風雪。剥剔髑髏架我幕，無乃帷幄腥污鬼眼血。私册誰注殃民例，猾吏延禍何其烈！劉寵不選造孽錢，兵棚之價那忍折！嗚呼，兵棚爲爾永斷絶！』竟忤當路，以事離任。又有《驛豆》《飼猫魚》諸篇，皆此類也。邑民保留，不許。爲刻《東周詩草》一卷。

慶雲劉守戎揮戰殁秦中，樂陵有薛君名佋者，挽之云：『人稱南八是男兒。』守戎行八，用典尤切。

魏禹平坤《倚晴閣詩鈔》有《偶得玻璃眼鏡二以一贈鄧公遴爲詩報謝依韵答之》一首。鄧名鏻，吾邑修五先生懋之祖父，從五公山人學。魏號水村，康熙時名士。陳其年序其詩，又入《别裁集》。

陳宗師嵩慶，乙丑歲試，獎勵古學，門人張咸五以《塞下曲》取闔屬第二。光第兒應童子試，亦以《塞下曲》冠一郡。張句有：『關塞阻歸夢，風霜老别顔。驛路笳聲苦，沙場馬步艱。旅雁征人泪，秋笳老將心。』光第詩原批云：『風骨甚遒，體裁亦密。』及刻所取詩爲《三輔采風録》，他作多就删改，惟王健圃『皋蘭秋静無刁斗，日向平原看射雕』立言得體。

張頌亭，名咸五。近體頗入格。《柳絮》云：『暖風盈小院，春思繞晴窗。』『院静望如雪，風微香入簾。』渾融淡雅，咏物上乘。《雨聲》云：『三更蟋蟀騷人夢，一院芭蕉旅客心。』《秋夜病中》云：『滿院啼螿身是客，一窗冷雨夜如年。』從余游五年。

門人趙虎文，字炳岩。鹽山人。《送王静山歸阜平》云：『鬼谷留遺事，棋盤萬古傳。送君還故里，令我憶先賢。野曠雲横樹，風寒雪滿天。登城西望處，恨不逐歸鞭。』

趙豹文，字蔚岩。炳岩兄。和余《秋海棠》云：『露冷三更侵睡影，風凉一夜結情根。』

《五公山人集》有《贈慶雲胡聖與十歲工草書》詩。後閱《天津府志·節孝》有胡點妻。點爲諸生，早亡，即聖與也。重修邑志遂采詩入《藝文》，以傳其人。

慶雲前輩詩，胡貞生、陳季宣兩先生七律頗有家數，他如劉子遜之草書，釋隆庵之大字，皆可存者。陳彦伯、陳季宣、陳提顯、鄧公遴諸公，皆堪羽翼。厥後鄧黄庭、劉魯齋兩先生，往往留人屏幛間。又聞周殿阿善畫蘆雁，胡澹庵清、厚庵淳，皆名進士，工時藝，未聞其能詩也。又，姚逢原資治善卜，姚重華際唐精韵學，王夢錫元弼善講《四書》，王其長發祥，皆博雅能文。

天津北三十里地名桃花口，揭溪斯《楊柳謡》云『販魚桃花口』是也。明楊夢山巍，亦有《桃花口》詩，《天津志》俱未載。

又，南皮張佩庚孝廉恪，工詩。爲諸生時，見賞於學使陳荔峰先生。甲戌八月，忽寄書并詩十二首，有句云：『不逢崔顥恨如何！』『未曾一刺到崔駰。』又：『君爲渤海吟壇長，不數江南崔不雕。』其見許如此。佩庚有《防躁軒詩鈔》，五言如：『秋光三尺水，暮色滿城烟。』『衣冠寒士古，談笑老農真。』七言如：『世事無常新舊雨，故人何處短長亭。』『書千百卷閑中福，竹兩三竿世外交。』俱大有意境。

《秋坪新語》載静海文學吕惟精妻某氏，風雅善吟咏。葉敬亭進士治，與文學交最善，頻聞誦其細君所作，嘗爲余述《戲咏長烟筒詩》一絶云：『者筒長烟袋，妝臺放不開。伸時窗紙破，鈎進月光來。』風趣盎然。

陳學使荔峰督學順天時，輯《三輔采風録》。慶雲張冠庭《塞下曲》云：『七月飛霜八月雪，怒馬如龍四蹄熱。十十五五帶腰刀，綉澀胭脂戰場血。材官彍騎空紛紛，眼前誰是飛將軍？金微道遠玉關暗，美人夢隔燕山雲。夜夜天南看北斗，狼烟不動銷烽久。閑却當年射雕手，尊前且醉蒲桃酒。』慶雲王名蕩云：『隴頭聽流水，水咽不得止。少年結衩衣，内顧心獨喜。烽烟久銷歇，塞外無壁壘。更番出屯邊，受命聽驅使。努力向前去，毋愧羽林子。泣賦《兵車行》，薄俗殊可鄙。白崖高無極，榆幕同邐迤。回首望關門，天高幕雲紫。』慶雲張咸五《秋笳》云：『邊外朔風哀，邊笳動地來。幾聲催落葉，一夜遍荒臺。漠北馬頻駐，江南雁却回。關前有衰草，暗接白龍堆。』王名蕩《秋蝶》云：『小名仍喚玉腰奴，心悵南園遍緑蕪。狂似酒懷三日減，瘦憐花影一枝扶。翻飛故欲穿墻去，冷淡還能入夢無？留得後堂春色在，江州榻本試新橅。』張芝郁《秋笛》云：『横玉叫雲夕，楓林迥自秋。西風驚獨客，明月滿高樓。旅思多如此，空烟淡不收。調高諸籟寂，餘怨入江頭。』

青縣黄中榜《小游仙》云：『自參瓊笈得真詮，不向邯鄲市上眠。消受黄粱纔一夢，榑桑椹熟已多年。』『肖是天孫感宿因，支機親贈指迷律。從今歲歲乘槎去，不訪成都賣卜人。』

鹽山門人張江峰，館於東沽，詩中有句云：『出門惟見水，掃徑不逢人。』『人稀難問路，野曠不逢春。』『風簾春看燕，海屋夜聽潮。』『海近求魚便，庭空得月多。』『頭顱到白無多日，眼色能青有幾人？』

又，鹽山李霽峰裕霈有句云：『白雲閑似我，紅葉冷於人。』『婢能談藥性，僕解敬詩人。』『病多詩漸少，夜短夢偏長。』『雀喧無葉樹，人碎有魚冰。』袁玉堂云有新致。

學使陳公考古，光第兒《塞下曲》用『探馬』字，批云：『元史有探馬赤卒，乃蒙古峭騎之稱，不可入詩。』按：《元史・兵志》有探馬赤軍。探馬赤，蒙古語，謂諸部族爲探馬也。唐顧非熊有『探馬一條塵』句。江爲《塞下曲》有『雪路時聞探馬歸』句。

張江峰有聯云：『久客家隨夢，深秋夜似年。』上句尤沉著。

鹽山趙五疇思著有《崠滳集》，蓋游浙閩所作，取東南多山水之意也。有聯云：『犬吠孤村裏，人呼古渡頭。』『風雨三秋夜，雲山萬里程。』『昏明窗上月，斷續樹間聲。』

滄州白蘭芳先生，工岐黄，留心内典。年近八旬，貌癯而神足。其《秋晚》云：『秋深終日閉柴關，素性清痴適自閑。明月團團隨意滿，好風脉脉稱心還。識超舍利觀空海，夢斷須彌憶舊山。爲學蓮花塵事静，時來法雨滌朱顔。』

又，鹽山諸生劉曾墉，携子村居，同患瘧疾。《志慨》一律云：『寥落今生事，天涯一病身。世儒多建白，吾道獨艱辛。燈影昏成霧，兒童哭向人。愁懷空自解，未敢達雙親。』情深筆健，所造未可量也。

又，滄州劉雲衢，性耽吟咏。《宿楊柳青古刹》有聯云：『殿深群鼠嘯，人静一燈微。』《過邊務廢園》云：『草徑蕭條滿碧苔，寒雲秋色暗相催。荒蒿滿地酸風起，疏柳摇空淡月來。林鳥不隨歌舞散，野花曾傍綺羅開。古來興廢盡如此，幾度銷沉共此哀。』又，《雜興》云：『但能藏酒如蘇婦，安得生兒似仲謀。』《讀史》云：『絳帳玄亭多恨事，賣繒屠狗得奇人。』

又，李霽峰《偶成》云：『新有知音舊有盟，逍遥正好樂生平。樽中酒薄重開瓮，花下棋殘再整枰。處世莫言須富貴，讀書豈盡爲功名？從來不少賢豪士，高卧林丘面百城。』

又，滄州孫懋園德有著《春草軒草》，寄余評點。其《津門竹枝詞》有云：『秋風泛泛動秋蒲，冷意蕭疏入畫圖。欸乃一聲漁唱晚，滿天明月照西沽。』自是雅音。

又，張佩庚《栽竹詩》：『入我胸中應快意，出人頭地亦虚心。』

津門詩鈔校箋卷二十五

流寓

元人[一]

成始終[二] 一首

見顧星橋《梁溪詩鈔》。

發桃花口直沽舟中述懷

直沽洋裏白沙村，百丈牽船日未昏。楊柳人家翻海燕[三]，桃花春水上河魨。

[一]高氏校云：『第二十五卷俱天津詩，可存。』

[二]天津圖書館藏清嘉慶元年（一七九六）雙橋草堂刻本《梁溪詩鈔》卷四注：『字敬之，号淡庵，己未进士，使蜀僉楚臬，著有《蓬萊觀光紀行》等集。僉事受業於張思安，登第歸，盛輿服往謁，五日不得見，徒步負荆，始集群弟子，見而訓之。見《西神叢話》。僉事壯歲投簪，歸築二楹於金匱山間，曰「錦江舲」，曰「海岳軒」，志所歷也。既而隱居横山别墅，嘯傲湖山風月間，一洗冠纓習氣，卒祀鄉賢祠。』清陳氏聽詩齋刻本《明詩紀事》乙籤卷十七注：『始終，字敬之，無錫人，正統己未進士，除御史，出爲湖廣按察僉事，有《蓬庵觀光紀行》等集。』

[三]『翻海燕』，《梁溪詩鈔》卷四、《明詩紀事》均作『飛海燕』。

養高無計尋韋曲，援老[一]何妨[二]覓謝墩。衹待干戈平定了[三]，草堂歸隱[四]獨山門。

臧夢解 一首

以下俱見《天津縣志》。

直沽謡

雛還東入海，歸來幾人在？紛紛道路覓亭衢，笑我蓬門絶冠蓋。虎不食，堂上肉；狼不驚，里中婦。風塵出門即險阻，何況茫茫海如許？去年吴人赴燕薊，北風[五]

[一]『援老』，《梁溪詩鈔》《明詩紀事》均作『投老』。
[二]『何妨』，《梁溪詩鈔》《明詩紀事》均作『何方』。
[三]『平定了』，《梁溪詩鈔》《明詩紀事》作『平定後』。
[四]『歸隱』，《明詩紀事》作『歸飲』。
[五]『北風』，《全元詩》據明宋公傳《元詩體要》卷七所録、《石倉歷代詩選》卷二七九、《元詩選》癸集、《宋元詩會》卷七十作『南風』。

吹人浪如砥。一時輸粟得官歸，殺馬椎牛宴閭里。今年吴兒求高遷，復禱天妃上海船[一]。北風吹兒[二]墮[三]黑水，始知溟渤皆墓田。勸君陸行莫忘萊州道，水行莫忘沙門島。豺狼當路蛟龍争，寧論他人致身早？君不見，賈胡剖腹葬明珠[四]，後來無人鑒復車[五]。明年五月南風起，更有[六]行人問直沽。

[一]『上海船』，《津門詩鈔》卷二十九蔣詩《沽河雜咏》注所引同，《石倉歷代詩選》《宋元詩會》均作『海上船』。

[二]『吹兒』，《沽河雜咏》注所引、《元詩體要》《石倉歷代詩選》《元詩選》《宋元詩會》均作『吹魂』。

[三]『墮』，《沽河雜咏》注引作『渡』。

[四]『葬明珠』，《元詩體要》《石倉歷代詩選》《元詩選》《宋元詩會》均作『藏明珠』。

[五]『復車』，《元詩體要》《石倉歷代詩選》《元詩選》《宋元詩會》均作『覆車』。

[六]『更有』，《元詩體要》《石倉歷代詩選》《元詩選》《宋元詩會》均作『猶有』。

袁桷 一首

直沽口

二水赴滄海，客行殊未休。長堤連古戍，歧棹起輕鷗。[一]雨重雲光濕，天低樹色浮。京塵今已洗，從此問菟裘。

黄鎮成 一首

直沽客行[二]

直沽客，作客江南又江北。自從兵甲滿中原，道路艱難來不得。今年却趁直沽船，黑洋大海波連天。順風半月到閩海，祇與七州通賣買。嗚呼，江南江北不可通，祇有海船來海中。海中多風少賊徒[三]，未知明年來得無？

[一]『長堤』一聯，楊亮《袁桷集校注》卷九作『漁舟維病鶴，歸棹起輕鷗』。

[二]《元詩選》初集題作《直沽客》。

[三]『少賊徒』，四庫本黄鎮成《秋聲集》卷一、《元詩選》初集、《日下舊聞考》卷一一二作『多賊徒』。

傅若金 二首

直沽口

遠漕通諸島，深流會兩河。鳥依沙樹少，魚傍海潮多。轉粟春秋入，行舟日夜過。兵民雜居久，一半解吴歌。

海戍沙爲堡，人家葦織簾。使收[一]通漕米，兵捕入京鹽。蟹憶霜時賤，蚊愁夏夜添。南人[二]倚船坐，閑愛草纖纖。

[一]『使收』，民國嘉業堂叢書本《傅與礪詩集》卷四作『使催』。
[二]『南人』，民國嘉業堂叢書本《傅與礪詩集》卷四作『歸人』。

王懋德 一首

直沽

極目滄溟浸碧天，蓬萊樓閣遠相連。東吴轉海輸粳稻，一夕潮來[一]集萬船。

張翥 一首

代祀天妃廟次直沽作

曉日三叉口，連檣集萬艘。普天均雨露，大海静波濤。入廟靈風肅，焚香瑞氣高。使臣三奠畢，喜色滿宫袍。

[一]『一夕潮來』，《元詩選》三集卷四、《日下舊聞考》卷一一二同，明嘉靖四十四年（一五六五）刻本《蓬窗日録》卷三作『一汐潮回』。

明人

宋訥 一首

直沽舟中

旅思摇摇嗜晝眠，舟人報是直沽前。夕陽晚飯[一]烹魚釜，秋水蒲帆賣蟹船。詩有白鷗沙上興[二]，書[三]無青鳥海東傳。老爲聲利閑驅遣，少讀《南華》四五篇。

[一]『晚飯』，《津門詩鈔》卷二十九《沽河雜咏》引作『野飯』。
[二]『興』，《津門詩鈔》卷二十九《沽河雜咏》引作『宿』。
[三]『書』，《津門詩鈔》卷二十九《沽河雜咏》引作『更』。

瞿佑 一首

次直沽

長川波浪去漫漫，直指東南送客還。潮水[一]四時來海上，天河一派落人間。挂帆商舶秋風順，曬網漁翁夕照閑。暫倚船窗高處望[二]，青螺數點見前山。

張以寧 一首

直沽[三]

野濼天低水，人家見[四]兩三。雁聲連漠北，魚味勝江南。雪擁蘆芽短，寒禁

[一]『潮水』，明嘉靖刻本樊深《河間府志》卷一同，《長蘆鹽法志》附編援證作『湖水』。

[二]『高處望』，《河間府志》《長蘆鹽法志》附編援證作『遥望處』。

[三]中國國家圖書館藏明成化十六年（一四八〇）张淮刻本、北京大學圖書館藏影抄明成化本《翠屏詩集》卷二均題作《至直沽》；中國國家圖書館藏汪閬源舊藏抄本《翠屏詩集》卷二、《列朝詩集》甲集卷十三題作《八月至直沽》。明嘉靖刻本樊深《河間府志》卷一作『元翰林學士張寧至直沽詩』，《日下舊聞考》謂『張以寧《直沽》詩』。

[四]『見』，《翠屏詩集》卷二、《河間府志》卷一、《石倉歷代詩選》卷二八二、《列朝詩集》甲集卷十三、《日下舊聞考》卷一一二作『時』。

柳眼纖[一]。持竿吾欲往，挫宦[二]爾何堪？

曾棨 一首

過直沽

近海嚴烽戍，孤城雉堞雄。河流千派合，舟楫萬方通。島嶼鯨波外，樓臺蜃氣中。春來疑是錦，烟緑曉霜紅。

王洪 一首

過直沽城

水出漁陽地，山横薊北天。高樓瞰海日，遠嶼入江烟。市集諸番[三]舶，軍屯

[一]『纖』，《翠屏詩集》《石倉歷代詩選》《日下舊聞考》作『緘』。

[二]『挫宦』，《翠屏詩集》《石倉歷代詩選》《日下舊聞考》作『拙宦』。高氏校云：『「挫」，應作「拙」。』

[三]『諸番』，《日下舊聞考》同，四庫本《毅齋集》卷三作『諸蕃』。

列郡田。風高擊刁斗，露重[一]濕旌旃。匪獨關河壯，由來節概全。精兵亘雲朔，勁騎控[二]幽燕。大漠黄塵外，三韓落照前。將持定懷策[三]，不用繞朝鞭。

邱浚 一首

舟次直沽簡彭彦寶

潞河澄澈衛河渾，二水交流下海門。直北回看龍闕迥，極東遥望蜃樓昏。孤城近水舟多泊，列戍分耕野盡屯。我有好懷無處寫，欲沽樽酒對君論。

[一]『露重』，《日下舊聞考》同，《毅齋集》作『霧重』。
[二]『控』，《日下舊聞考》《毅齋集》均作『出』。
[三]『定懷策』，《日下舊聞考》《毅齋集》均作『定遠策』。

李東陽 十首

拱北遥岑 直沽八景[一]

百尺高樓拱帝庭，北山秋望入空冥。太行西帶烟城碧，碣石東連海樹青。吟客放懷朝柱笏[二]，使游翘首夜占星。監司正屬埋輪地，一夜朝天夢幾醒。

鎮東晴旭

五夜城頭聽早鷄，海東紅日上雲梯。飛烏曉颭珠簾[三]影，舞燕晴翻畫棟泥。千里帆檣天遠近，萬家村市屋高低。客來不用愁風雨，無限風光[四]入品題。

安西烟樹

安西門外碧參差，緑樹層烟曉更宜。縹緲不知天盡處，霏微疑是雨來時。林間

[一] 清康熙刻本《懷麓堂集》卷十八《天津八景》詩。
[二] 『柱笏』，《懷麓堂集》作『拄笏』，高氏校云：『「柱」應作「拄」。』
[三] 『珠簾』，《懷麓堂集》作『朱簾』。
[四] 『無限風光』，《懷麓堂集》作『無數風光』。

暝色聞香杳[一]，野外寒光見日遲。睡起鈎簾看午霽，一川花鳥正離離。

定南禾風[二]

層軒南向坐薰風，極目平疇遠近同。萬里黄雲吹不斷，一天翠浪捲還空。阜財正借驅煩力，飽士新成偃武功。殿閣微凉天上句，擬將餘興續坡翁。

吴粳萬艘

盛朝供奉出三吴，白粲千鐘[三]轉舳艫。款乃[四]歌連明月夜，參差帆指紫雲衢。萬年壯麗留畿甸，千里清香上御厨。聖主憂勤先稼穡，子來應未有稽逋。[五]

［一］『香杳』，《懷麓堂集》作『鐘杳』。

［二］『定南禾風』，《懷麓堂集》清康熙刻本同，四庫本作『淀南和風』。

［三］高氏校云：『「鐘」，應作「鍾」。』

［四］高氏校云：『「款」，應作「欸」。』

［五］《懷麓堂集》作『長江西上接天津，萬艦吴粳入貢新。漕卒嘯風前後應，篙師乘月往來頻。千年國計須民力，百里山靈護水神。秸銍古來先甸服，萬方無處不堯仁』。

天驥連營

龍媒首在渥窪川，寄牧三沽近九天。目瑩月精懸夾鏡，毛分雲錦動連錢。千金骨市燕昭日，九逸歌成漢武年。好把車攻獻真主，周宣不廢四時田[一]。[二]

百沽平潮

海門晴雪浸金鰲，百道沽來涌暗濤。望極遠空知岸闊，卧欹殘夢覺船高。遥疑夢澤相吞吐，不似胥江狂[三]怒號。時有海舟隨上下[四]，往來沙口不辭勞。

海門夜月

海門東望極空明，月裏山河影乍晴。萬里滄波天一色，數聲靈籟夜三更。水晶

[一]高氏校云：『「田」，應作「畋」。』

[二]《懷麓堂集》作『危闌一曲俯平川，萬驥聯營下九天。沙地雨肥青苜蓿，日華晴散錦連錢。使宛枉作開邊計，歸華真傳定鼎年。白髮奚官無一事，太平天子罷游畋』。

[三]高氏校云：『「狂」，疑作「任」。』

[四]『上下』，《懷麓堂集》作『下上』。高氏校云：『「上下」原作「下上」。』

宫浸[一]魚龍冷，白玉城高鸖鶴輕。不用扁舟泛寥闊，已看[二]奇絶冠平生[三]。

舟次直沽與寶慶謝太守[四]

二水斜通海，孤村合抱城。夜窗明月過，春浦暗潮生。憂國身將遠，還家夢不驚。留歡有親舊，羈旅見真情。

過天津

玉帛都來萬國朝，梯航南去接天遥。千家市遠晨分集，兩岸河平[五]夜退

[一]『水晶宫浸』，《懷麓堂集》作『水精宫闕』。
[二]『已看』，《懷麓堂集》作『且看』。
[三]『冠平生』，《懷麓堂集》作『盡平生』。
[四]《長蘆鹽法志》所題同，《懷麓堂集》卷九十一題作《直沽夜泊》，《河間府志》卷一題作《舟次直沽與寶慶太守黄岩謝氏》。
[五]『河平』，《懷麓堂集》卷九十六、《石倉歷代詩選》卷三九六作『沙平』。

潮。貢賦舊通滄海運，星辰還象[一]洛陽橋。何由[二]四塞襟喉[三]地，重鎮還須借[四]使軺。

謝遷　一首

楊柳青

直沽南頭楊柳青，昔時楊柳今凋零。霜風滿地散黄葉，河邊寂寞[五]雙郵亭。人道垂楊綰離别[六]，北往南來[七]競攀折。我來袖手憐枯枝，躑躅臨河駐旌節。

[一]「還象」，《懷麓堂集》《石倉歷代詩選》均作「高象」。
[二]「何由」，《懷麓堂集》《河間府志》均作「河山」。
[三]「襟喉」，《懷麓堂集》《石倉歷代詩選》《河間府志》均作「喉襟」。
[四]「借」，《懷麓堂集》《石倉歷代詩選》《河間府志》均作「擁」。
[五]「寂寞」，四庫本《歸田稿》卷八作「索寞」，蓋誤。
[六]「綰離别」，《歸田稿》、《日下舊聞考》卷一一三引《歸田稿》均作「管離别」。
[七]「北往南來」，《歸田稿》作「南來北往」。

五雲回首懷漢宫，丹楓轉眼經霜空。梅李[一]冬實豈佳味，垂涎奔走嗤狂童。陽回萬物自生色，斡旋造物[二]慚無力。百年心迹歲寒同，却憶南山舊松柏。

何景明 一首

送杭憲副備兵天津

天津橋北望京樓，金鼓東行節使舟。日月晝懸滄海樹，龍蛇春壓九河流。百年貢篚通南極，萬里旌旄屬上游。莫笑譚兵樽俎上，書生元不爲封侯。

[一]『梅李』，《歸田稿》《日下舊聞考》引均作『李梅』。

[二]『造物』，《歸田稿》《日下舊聞考》引均作『造化』。

汪必東 一首

天津歌[一]

壯燕游兮癯楚人，乘天風兮泊天津。[二]渺渺兮[三]不可以極目，但見波光凌亂，一望四際如摇銀。左黄河之一綫兮，分遠近於昆侖。右帝橋之金水兮，自西山而潞濱。[四]滄瀛溟渤，合沓澎湃，日夕東注而不舍兮，有如[五]天河下上，轂轉而環循。逆潮汐以漲岸兮，高百尺之嶙峋。[六]商舶浮海兮杳杳，漁舟聚沽兮鱗鱗。楚艘吴

[一]中國社會科學院圖書館明嘉靖二十年（一五四一）傅鳳翱刻《南雋集詩類》卷三題作《天津歌正德丁丑户曹分署作》。

[二]『壯燕游兮癯楚人，乘天風兮泊天津』，《南雋集詩類》卷三作『肆燕游兮楚人，覽地維兮天津』。

[三]『渺渺兮』，《南雋集詩類》作『天津渺兮』。

[四]『左黄河之一綫兮』，《南雋集詩類》作『左帝橋之金水兮，自西山而潞濱。右輿腹之九河兮，分遠派於昆侖』。高氏校云：『「近」，應作「派」。』

[五]『有如』，《南雋集詩類》作『有若』。

[六]《南雋集詩類》下有『散蒹葭以鳴籟兮，遠九空之聲聞』十三字。

艦，檣簇樹而帆排雲兮，仍仍而頻頻。[一]或瞻星於月夕，或號風於雨晨。或包茅而[二]裹玉，或彈冠而搢紳。皆揚衡而含笑，言振步於京塵。[三]仰天樞於北辰兮，陋星橋於西洛。顧瀛洲[四]之[五]在瞻兮，邇蓬萊於東閣。[六]游吾魂兮汗漫，采童謡兮村落[七]。恨野詞兮荑稗，愧翰香兮蘭蘂。景皇風而波立[八]，搜枯腸而吟噱。安得排峰涸海之筆硯[九]兮，繼大雅而有作。

[一]『楚艘吴艦，檣簇樹而帆排雲兮，仍仍而頻頻。』《南雋集詩類》作：『楚艘兮吴艦，檣簇樹兮帆排雲。』

[二]『而』，《南雋集詩類》作『以』。

[三]《南雋集詩類》下有『惟真龍之渡江兮，自金陵而都朔。得形勝於要害兮，載神禹其開鑿。重首津而名天兮，嚴矜喉之關鑰。驅天厩熊虎之三軍兮，臨海隅而城析。壯城堞百雉之巍峨兮，并蜃樓而回薄。鎮憲臣而署曹郎兮，曰惟兵食之裁度。幸同寀而和衷兮，恣觀游之一樂。時躡危以憑虚兮，交心神之喜愕』一百一十字，爲之删略。

[四]《南雋集詩類》下有『瓊島』。

[五]『之』，《南雋集詩類》作『其』。

[六]《南雋集詩類》下有『嗟宋業之偏安兮，俟我明而始拓。大漢唐之輿圖兮，遠四夷於四壑。熊虎閑而啼鵑寂兮，净風塵於沙漠』四十字，爲之删略。

[七]『村落』，《南雋集詩類》作『荒落』。

[八]『波立』，《南雋集詩類》作『披立』。

[九]『筆硯』，《南雋集詩類》作『筆研』。

徐中行 一首

九月八日登天津城樓遲謝茂秦山人李于鱗比部賦

摇落千山客思哀，城樓面面海雲開。漁陽秋色三邊近[一]，碣石悲風萬里來。南北烽烟聊對酒，古今懷抱此登臺。明朝更有龍山約，羌笛胡笳莫漫催。

李三才 一首

送友之天津

送子維舟潞水濱，沙光柳色弄晴春。向來朋輩驚誰在，此去琴樽祇獨親。何事牙籌煩傲吏，却教黄鳥怨騷人。殷勤斗酒應辭醉[二]，不爲陽關泪滿巾。

[一]『近』，明刻本《天目先生集集》卷七作『盡』。高氏校云：『「近」，原作「盡」。』

[二]『應辭醉』，［雍正］《畿輔通志》卷一一九作『休辭醉』。

申用懋 一首

登天津拱北樓

樓閣居然表翠微，開樽春色净烟霏。峰排萬堞窗中吐，浪踘[一]千帆樹杪飛。不禁天風吹墮幘，何來雲氣上征衣。瞻天莫謂長安遠，直北關河是帝畿。

徐石麟[二] 四首

夜發静海抵直沽

禾黍高低弄夕曛，檣燈零亂破黄昏。樹蒸夜氣三分雨，帆挂秋風[三]一葉雲。静海

[一]高氏校云：『「踘」，原作「蹴」。』

[二]清順治可經堂刻本《可經堂集》題名作『嘉禾徐石麒寶摩甫著 男柱臣校』。

[三]『帆挂秋風』，《可經堂集》卷五、《明詩綜》卷七十六、《静志居詩話》卷二十均作『帆裹秋烟』。

金鉦傳[一]古戍，直沽牙闕駐新軍。援遼[二]已竭東南力，何日辰韓[三]始策勛[四]？

直沽棹歌

按：朱竹垞《明詩綜》載此三首，曰無名氏。《縣志》載入徐公作[五]，未知何據，姑從之。

天妃廟對直沽開，津鼓連船柳下催。釀酒[六]未終舟子報，柁樓黃蝶早飛來。舟人以黃蝶卜神來饗。

雲帆十幅下津門，日落潮平不見痕。葦甸茫茫何處宿[七]，一燈明滅見

[一]『傳』，《津門詩鈔》卷二十九《沽河雜咏》注引同，《可經堂集》《明詩綜》《静志居詩話》作『鳴』。

[二]『援遼』，《日下舊聞考》卷一一二作『飛芻』。

[三]『辰韓』，《日下舊聞考》作『天山』。

[四]『始策勛』，《可經堂集》作『捷策勛』，《明詩綜》《静志居詩話》作『報策勛』。

[五]高氏校云：『旧縣志此三首署無名氏。』《日下舊聞考》卷一一二在徐石麒條後，引《黄圖雜志》，題無名氏。《明詩綜》卷九十六、《静志居詩話》卷二十四係在《黄圖雜志》下。

[六]『釀酒』，《明詩綜》《静志居詩話》均作『釃酒』。

[七]『何處宿』，《日下舊聞考》作『何處泊』，《明詩綜》《静志居詩話》均作『何路泊』。高氏校云：『「宿」原作「泊」，「泊」校勝。』

漁村[一]。

蘼蕪楊柳緑依依，檣燕檣烏立又飛。賺得南人鄉思[二]緩，白魚紫蟹四時肥。

國朝人

朱彝尊 四首

驄馬行送任御史[三]視鹺長蘆

春明門東驄馬嘶，奚官新鑿碧玉蹄。紫茸鞦鞘錦障泥，使者衣綉行長堤。寒花露草烟凄凄，千樹萬樹楊柳低。津門此去三百里，來朝定指西沽西。長蘆鹽筴通青齊，

[一]『明滅見漁村』，《日下舊聞考》《明詩綜》《静志居詩話》均作『明處有魚村』。高氏校云：『「見」原作「有」，「有」校勝。』

[二]『鄉思』，《日下舊聞考》《明詩綜》《静志居詩話》均作『歸思』。

[三]四部叢刊景清康熙本《曝書亭集》卷十三、《長蘆鹽法志》卷十八『御史』下有『玥』字，高氏校亦云：『「御史」下原有「玥」字。』

君今乘驄按左海，章綬[一]不殊還會稽。我歌驄馬行，君騎驄馬去。明年策馬來春明，應記今朝送行處。

八月十五日夜集天津曹武備斌官舍分韵得床字

北里商歌倚笛床，層樓[二]秋色轉蒼凉。關河西望猶千里，烏鵲南飛更幾行。冷露自零叢桂樹，深杯無奈鬱金香。習池不改山容[三]興，倒載還同舊葛疆。

雲中客舍曹武備自天津以銀魚筐蟹見寄賦謝二首

千里三沽使，傾筐异味傳。霜螯初入手，臘月更須憐。重馬愁官吏，香粳憶野田。江鄉好風物，罷酒數歸年。

水族殊鄉至，明燈夜不孤。雪花寒意減，玉碗近看無。反厭流匙滑，宜將剩酒沽。遥憐垂釣客，白首向江湖。

[一]「綬」疑誤，《曝書亭集》《長蘆鹽法志》均作「綬」，當據改。高氏校云：「『綬』應作『綬』。」

[二]「層樓」，《曝書亭集》卷六作「層城」。高氏校云：「『樓』原作『城』。」

[三]「山容」，《曝書亭集》卷六作「山翁」。高氏校云：「『山容』應作『山翁』。」

邵長蘅 四首

天津張魯庵水部招飲一畝居群賢畢集斐然有作[一]

我病索居久，招尋有數君。名流煩折簡[二]，水部况能文。散帙烏皮几，臨池白練裙。淹留歡竟日，屋角靄餘曛。

坐愛林泉勝，爲園一畝餘。磴危仍綴菊，澗仄亦游魚。老樹侵霜禿，寒藤挂石疏。到來幽興集[三]，誰更憶吾廬？

此會帝京少，故人蒼鬢多。醉醒渾感慨，出處各蹉跎。味憶江瑶柱[四]，杯行鸜鵒螺。酒酣誰斫地，吾亦欲悲歌。

華燈高樹亂，石氣晚來青。正喜看人飲，誰言愛獨醒？余病肺，止酒。紞紞[五]急

[一]清康熙刻本《邵子湘全集》《青門集》卷一題作《張魯庵水部招飲一畝居群賢畢集斐然有作四首》。

[二]『折簡』，清康熙刻本《邵子湘全集》卷一作『折柬』。

[三]『集』，《邵子湘全集》作『極』。

[四]『江瑶柱』，《邵子湘全集》作『江鰩柱』。

[五]『紞紞』，《邵子湘全集》作『紞如』。

街鼓，睒睒下寒星[一]。明日還來過，新詩許更聽。

佘縉 一首

天津晚眺

秋原鳴絡緯，落日照黃花。渡口喧津樹，漁舟動遠沙。草深常鬥鵲，檐際尚留瓜。河渚中流穩[二]，孤城[三]雨後斜。[四]

[一]『睒睒下寒星』，《邵子湘全集》作『榈際睒寒星』。

[二]『穩』，清康熙三十八年（一六九九）刻本《大觀堂文集》卷十、《長蘆鹽法志》卷十八作『隱』。

[三]『孤城』，《大觀堂文集》作『蕪城』。

[四]《大觀堂文集》《長蘆鹽法志》所收爲排律，下有『田家三四媪，負子話桑麻』一聯。高氏校云：『佘縉詩原是五韵，遺「田家三四媪，負子話桑麻」二句。』按：清康熙三十八年刻本《大觀堂文集》行二十字。則四聯恰滿兩行。至『田家』聯則轉在下行，或爲遺脱之因。

沈一揆 五首

大悲院次馮序珍韵

水落津門隔上方，千秋寒玉尚如僵。沙浮古渡晴吹雪，鹵積平疇暖似霜。放下春愁心更闊，拈來花片指還香。相看直是廬山社，欲就松陰結草堂。

集張氏問津園分賦時余有楚行

小築池亭傍北郊，雙扉時許故人敲。庭前不種閑花草，手植雙松待鶴巢。

垂楊四面小窗低，春到枝頭緑未齊。冰泮玉河新水漲，一灣直過草堂西。

宛洛分泥栽芍藥，海門引水種芙蕖。李家樓閣吴家樹，誰道君園尚不如。

半篙春水一扁舟，祇載斜陽不載愁。我到瀟湘還妒汝，緑楊堤畔控驊騮。

查慎行 四首

白廟

一院槎枒樹，居僧守鵲巢。俗貧稀賽社，瓦缺衹編茅。暗處蟲絲結[一]，塵邊鼠迹交。漁人來寄網，時有一船梢。

天津關用薛文清舊韵

地勢東來一掌平，忽開官閣起崢嶸。風腥小市[二]知魚賤，客過嚴關喜篋輕。暮雨暗添丁字水，春陰低壓直沽城。雲帆轉海非難事，誰念東南物力傾。

[一]『結』，四部叢刊影清康熙本《敬業堂詩集》卷九《春帆集》作『接』。

[二]『小市』，《敬業堂詩集》卷九作『曉市』。高氏校云：『「小」應作「曉」。』

天津別姜西溟次韵

同是春風失意時，送君真是[一]拙言詞。杜陵旅食濟年[二]久，熙甫才名一第遲。青鏡從渠增算髮，白身輸客賭殘棋。老來別緒師兼友[三]，那得并刀剪亂絲？

桃花寺

已過桃花口，再問桃花寺。獨客叩門來，老僧方坐睡。欲知春淺深，但看花開未。

曹鑒平 一首

舟次天津

春月辭家出，津門入夏過。從知燕市近，還見海雲多。萬堞臨高阜，千帆蕩濁

[一]『真是』，《敬業堂詩集》卷十八《冗奇集》作『真覺』。
[二]『濟年』，《敬業堂詩集》卷十八作『經年』。
[三]『師兼友』，《敬業堂詩集》卷十八作『兼師友』。

河。幾回哀雁度，鄉思更如何？

周綸 一首

天津夜泊次季友韵寄方回赤城[一]

搖落悲秋擬問天，夜鐘岑寂纜行船。銀河無路看垂盡，碧月長空照自圓。京洛弟兄憑短札，鄉園風物憶殘年。津河[二]一綫通瀛海，遮莫仙山隔暮烟。

張志奇 八首

三水中分

風帆葉葉下津門，亂水縱橫海氣昏。合處那從辨源委，分流終自見清渾。

［一］清康熙千山草堂刻本《柯齋選稿》卷六題作《天津夜泊次季友韵》，《長蘆鹽法志》卷十八題作《天津夜泊》。
［二］『津河』，《柯齋選稿》作『津門』。

七臺環嚮

畿輔岩疆有駐師，七臺棋布自匯廲。時清無復驚烽火，盡日靈風捲畫旗。

溟波浴日

海門東望拱神京，萬里鯨波静不驚。極浦方看騰紫氣，樹頭倏已挂金鉦。

洋艘駢津

一水淼茫浪拍天，吴儂畫舫蛋人[一]船。聖朝何意通蠻貨，祇爲[二]觀光近日邊。

浮梁馳渡

萬國輪蹄盡此經，方舟鐵鎖壯金城。澤梁無禁行人歇，閑聽關門鼓角聲。

廣廈舟屯

亭亭依岸艤龍舸，碧瓦參差照緑波。玉輦不來春樹長，游鱗争比舊時多。

［一］『蛋人』，《長蘆鹽法志》卷十八作『蜑人』。

［二］『祇爲』，《長蘆鹽法志》作『自爲』。

南原樵影

城中鴛瓦碧粼粼，極目平原遠市塵。古徑寒林樵擔出，分明摩詰畫中人。

西淀漁歌

彌漫野水集漁舟，網得銀鱗[一]發棹謳。斜日微風吹過岸，一聲聲出白蘋洲。

錢陳群 四首

夏日游查氏水西園次海昌師相原韵[二]

長河北下獨當門，笭箵先生署此園[三]。是日[四]停車逢夏五，年時繫艇正黃昏。

[一]『銀鱗』，《長蘆鹽法志》作『金鱗』。
[二]清乾隆刻本《香樹齋詩集》卷八題作《夏日游水西園次韵》。
[三]『此園』，《香樹齋詩集》卷八、《長蘆鹽法志》卷十八作『作園』。
[四]『是日』，《香樹齋詩集》卷八、《長蘆鹽法志》卷十八作『此日』。

閑情未要鳴騶進[一]，小坐惟聞乳雀喧。最愛公餘成往復，藥欄曲徑一開樽。

將去心情欲少留，海天景物望中收。百年那得千場會，一飲真當三日休。桃李無言成過眼，水雲有約話從頭。舊游緩步尋詩地，歷歷猶能記某丘。

奉使津門過龍山人震玉虹草堂感舊[二]

逝水風流不可尋，幾回立馬泪沾巾[三]。野航恰受惟携鶴，古寺同游爲拂琴。斗酒未澆高士墓，停雲猶識故人心。宋纖已老重樓在，清節應標獨行林。

孫孝子尋親骸詩

汾州屬縣有汾陽，嗟哉孝子孫懋昌。六歲失恃[四]何郎當，父滯津水如秋蓬。旋死於客遺道旁，誰其葬之鄉人張。懋昌稍長痛父亡，日夜啼哭走且僵。走尋父骸

[一]『進』，《香樹齋詩集》《長蘆鹽法志》作『近』。
[二]《香樹齋詩集》卷八題作《過龍山人玉紅草堂感舊》。高氏校云：『「虹」應作「紅」。』
[三]『巾』，《香樹齋詩集》作『襟』。
[四]『失恃』，《香樹齋詩集》卷九、《兩浙輶軒録》作『失母』。

跋[一]而望，枯骨遍地春草長。仰天不見[二]如瞽盲，又歸叩其[三]鄉人張。云有津人古萬蒼，爾往詢之庶得詳。千里徒步跣踏霜，一步一跌一稽顙。萬蒼[四]曰何容易詳[五]：城西官地古北邙。汝父昔葬破廟旁[六]，瘞時淺土復滿筐。今也水浸流浪浪，瘞時近棺容車廂。今也纍纍如瓜瓤，我今行年六十强。但見新墳狐兔房，不見舊骨還其鄉。懋昌一哭欲斷腸，始識其處不易方。時當王政舉瘞藏，官於此者肅令章[七]。近前數棺[八]小者殤，最後一棺骸骨黄[九]。嚙臂取血血交汪[一〇]，以

[一]『跋』疑誤，《香樹齋詩集》《兩浙輶軒録》作『跂』，當據改。
[二]『仰天不見』，《香樹齋詩集》《兩浙輶軒録》作『仰不見天』。
[三]『叩其』，《香樹齋詩集》《兩浙輶軒録》作『叩泣』。
[四]『萬倉』，《香樹齋詩集》《兩浙輶軒録》作『古蒼』。
[五]『詳』，《香樹齋詩集》《兩浙輶軒録》作『談』。
[六]『旁』，《香樹齋詩集》《兩浙輶軒録》作『東』。
[七]『令章』，《香樹齋詩集》《兩浙輶軒録》作『公令』。
[八]『數棺』，《兩浙輶軒録》卷十四作『數者』。
[九]『黄』，《香樹齋詩集》《兩浙輶軒録》作『完』。
[一〇]『汪』，《香樹齋詩集》《兩浙輶軒録》作『横』。

血沁骨如沁霜[一]。天乎吾父非渺茫[二]，朝辭津水歸太行。孝之至誠敦天綱[三]，鬼神布護昭其光[四]。作詩紀事明倫常[五]，買繩理竿表里坊[六]。

胡作柄 一首

題吴中林《查氏九烈辯》

勝國王氣猝沉湮，欃槍閃爍粉紅巾。九門不守懷宗死，屈膝逆賊多名臣。綱常已倒節操泠，誰其主持撑天垠。不謂乾坤鬱正氣，乃在窈窕閨中人。查氏閨中有偉烈，五女四婦知大節。查國英妻周氏。冢婦謂我宜捐軀，介婦欣然同永訣。查國才妻張氏。詎

[一]『如沁霜』，《香樹齋詩集》《兩浙輶軒録》作『入不停』。
[二]『天乎』句，《香樹齋詩集》《兩浙輶軒録》作『曰今見父吾得生』。
[三]『孝之』句，《香樹齋詩集》《兩浙輶軒録》作『於乎皇天感其誠』。
[四]『昭其光』，《香樹齋詩集》《兩浙輶軒録》作『曜晦冥』。
[五]『明倫常』，《香樹齋詩集》《兩浙輶軒録》作『化下民』。
[六]『里坊』，《香樹齋詩集》作『里端』，《兩浙輶軒録》作『里門』。

料四女正少年，周氏女二姑，張氏女三姑、四姑，暨國才妹所生女黄三姑。約之姑母甘夭折。姑母爲國才妹黄。更有側室及廉媪，誓登鬼籙心如鐵。國才妾廉氏，廉媪，妾之母也。就中幼女與側室，奄奄一息命未畢。四姑廉氏已死一晝夜矣，復蘇。天意命瞻聖世光，縊者九人死者七。七人已死二人生，生死雖殊志則一。海内喧傳七烈事，吾愛延陵能據實。千古所争在頃刻，頃刻即判貞與忒。水心之輩豈無心，宛轉低回成國賊。猗歟鬟髻勝鬚眉，一時了然無回惑。直欲抗論古丈夫，睢陽常山與信國。

張晉生 一首

挽貞婦殷氏鳳娘

君不見，百尺樓中身一擲，又不見，望夫山頭化爲石。從來貞節亦有人，殷氏心迹光竹帛。命不逢辰自幼孤，秉性端莊家清白。結縭誤中媒氏賺，姑趙淫穢苦促迫。里中[一]憤懣氣不平，作爲歌謡傳街陌。太守劉公素精明，遴員委婉核其真。絶口不言夫姑惡，含冤隱忍屈莫伸。弱質村閭正氣存，不愛繁華便貪生。折磨縱苦

[一]『里中』，《長蘆鹽法志》卷十八作『里巷』。

身何玷，矢志靡他命亦輕。越日身死畢此志，捨生取義邁等倫。十七春光隨逝水，魂依杜宇潛悲辛。賴有賢明張明府，秦鏡高懸盡得情。觀者如堵共稱快，從今草木亦知名。天乎蒼蒼日月黄，如何私照激烈旁[一]。凛若冰霜潔如雪，特申大義明綱常。昔年殉節慕衣冠，今日完名巾幗香。噫！人生百歲皆有死，此婦獨與天地相久長。

陳元龍 四首

查翁天行新築一園曰水西莊辱招游賞停舟竟日賦謝[二]

衆流歸海下津門，攬勝名區萃一園。林木千章藏曲折，烟波萬頃變朝昏。棹歌帆影穿雲度，田舍村墟擊壤喧。山徑登高叢菊滿，茱萸重插爲開樽。[三]

[一]『旁』，《長蘆鹽法志》卷十八作『傍』。

[二]清乾隆刻本《愛日堂詩集》卷二十七《黄屏集三（壬子四月至癸丑十月）》題作《新安查翁天行久客天津年七十一矣新構一園曰水西園辱招游賞停舟竟日賦謝》。查爲仁《蓮坡詩話》卷中：『海寧陳文貞公元龍與家大人爲總角交，康熙癸丑秋予告歸里，過水西莊，置酒徵歌，流連竟日，留贈詩云……詩載《爱曰堂集》。』《全浙詩話》卷四十四亦引此條。

[三]《愛日堂詩集》下有注：『時值重九次日。』

停舟話舊暫淹留，把臂相看兩白頭。湖海寓公成大隱，冰霜勞客遂三休。徵歌曲罷聞吴咏，投轄情殷滯衛流。坐[一]倚軒窗還惜别，鳳城不遠有丹邱。

坐攬翠軒與天行述舊

乘興三沽[二]路，秋帆下白波。高風循蕙畮，令德表松柯。韋杜名家著，羊求舊侣多。莫嫌俱白髮，把酒共長歌。

憶昔干戈日，君家祖德長。閨房明大節，冰雪凛清光。七烈聲名遠，崇禎甲申國變，君祖母周氏、叔祖母張氏共烈者九人，蘇者二人，前輩陳檢討維崧、姜編修宸英爲賦七烈詩甚富。千秋鼎俎香。承平懷世澤，回首感蒼茫。

江羽青 一首

天津

茫茫滄海路，此日悵浮家。縹緲淩蛟窟，虚疑入斗槎。天空潮似馬，船到市如

[一]『坐』，《愛日堂詩集》同，《蓮坡詩話》《全浙詩話》作『共』。

[二]高氏校云：『「沽」原作「津」。』《愛日堂詩集》未檢得此詩。

車。惟有關門倅，辛勤問纛牙。

顧永年

壬申七月十三日津門旅舍生子善長[二]

一首[一]

旅店荒荒宿，朝來舉一兒。暫時差撥悶，過後轉縈思。辛苦烏哺始，艱難襁負隨。家書四千里，含泪報親知。

[一] 高氏校云：『顧永年子孫入籍。』高凌雯［民國］《天津縣新志》卷二十三《藝文》著録顧永年『《梅東草堂詩稿》四卷』，謂：『是集板既零散，庚子兵劫，書亦遺失。』

[二] 清康熙刻《梅東草堂詩集》卷二詩凡二，題《壬申七月十三津門旅舍生一子善長口占》，此其一。

顧瓊 二首

寓居海潮庵［一］

古寺空廊静，凉秋悵瑟居。奚奴鋤徑草，野客饋園蔬。尋水朝看稻，披帷夜讀書。由來四方志，隨處即吾廬。

地僻人來少，清秋客自吟。將軍同逸興，車馬到荒林。厨冷茶烟細，階空木葉深。城隅三兩户，薄暮動疏砧。

段如蕙 一首

陪莽使君祀海神廟恭紀十二韵

睿德三靈協，符功九有同。懷柔先岳瀆，秩望遍西東。祝册傳中使，親牲職巨公。旌旗明海上，鐃吹噪晴空。越宿齋方暮，牽牛夜正中。内香擎寶炷，

［一］楊鍾羲《雪橋詩話》餘集卷四：『顧用方《寓居海潮庵》詩……又有「萬事意何愜。三更潮自生」之句，當是乾隆二年由蘇撫歸，辦畿輔河堤時作，前此以御史巡視長蘆鹽政，以太常卿授直隸總河。後此再任河道均與詩中情境不類。』

沉璧奠河宗。俎豆容儀古，衣冠贊拜隆。精英昭祀典，豐潔報神功。余忝趨承後，叨陪禮數崇。愧無明信達，敢望悃誠通。瑞獻風飆息，祥呈歲事豐。神人共嘉悦，歸報未央宮。

章琦 一首

天津

海氣忽吞城，朝來[一]破浪行。到門舟上下，繞軸水縱横。天意歸秋色，鄉心隔雁聲。載歌欸乃曲，别浦暮烟生。

[一]『朝來』，《長蘆鹽法志》卷十八作『潮來』。

沈儼 一首

題環水樓 在鹽使署中

百尺烏臺俯碧湍，登臨每向静中看。怒濤聲振疑排闥，駭浪飛花[一]欲繞欄。地近滄溟思煮海，時逢熙皞慶安瀾。波臣退舍皆膏壤，一望平疇眼界寬。

符曾[二] 一首

天津城西觀水

高下人家住水村，屋山都傍夕陽昏。七旬憂潦[三]成秋潦，百里津門接海門。霜柳露茅横渡口，風帆沙鳥亂城根。不堪回首瀛洲遠[四]，望斷荒原没漲痕。

[一]高氏校云：『「飛花」應作「花飛」。』

[二]原誤作『曾符』。高氏校云：『「曾符」應作「符曾」。』原校本亦改之。

[三]高氏校云：『「憂潦」應作「夏潦」。』當據改。

[四]高氏校云：『「遠」原作「地」。』

胡忠楨[一] 一首

過西沽戍臺

客路蒼茫外，殘陽隱堞樓。崇基接大野，孤影鎮長流。海氣蛟龍静[二]，人烟草木[三]稠。太平無戍角，牧笛入清秋。

田同之 一首

放舟三會口

西風吹落日，解纜出津門。龍捲秋雲黑，鷗翻海浪昏。三汊分水色[四]，萬艪

[一]高氏校云：『胡忠楨子孫入籍。』

[二]『静』，《長蘆鹽法志》卷十八作『靖』。高氏校云：『「静」原作「靖」。』

[三]『草木』，《長蘆鹽法志》卷十八作『草樹』。

[四]『水色』，清乾隆刻本《硯思集》作『水派』。

急雷奔。吟望蓬窗下，茫茫溯大源[一]。

張坦熊 一首

春早渡西沽浮橋即目

農起方興作，鳴騶出郭聯。馬蹄波影上，人語曙光前。薹笠東菑雨，笭箵西浦烟。太平原有象，休説長官賢。

楊灝 一首

謁怡親賢王祠恭賦

九派安流三岔河，賢王祠外泛輕波。恩承憲廟千秋祭，功在津門五穗禾。旗捲南帆輸玉粒，靈依北闕佩金珂。一卮拜手椒漿奠，難忘當年提命多。

[一]『溯大源』，清乾隆刻本《硯思集》作『溯大渾』。

博爾和 一首

天津賑恤行

乾隆二年夏之半，時雨稍違聖憂旱。捐租鳳詔頻下頒，復求[一]賑恤勤宵旰。欲溥甘霖潤枯槁，敬宿齋宮誠致禱。宮懸雅奏撤咸英，大官御膳辭珍好。七省軍儲飛轉舳，截散天庾百萬斛。喜氣歡聲宇宙盈，大地生民全比屋。入秋泛水溢河流，更須府藏修村塾。巷户堅完釜有糧，荒年更比豐年足。小臣奉命出京師，監理漕儲適睹之。不知普遍承恩者，此生何以報無私？

[一]『復求』，《長蘆鹽法志》卷十八作『復籌』。

王士禎 一首

送吴僧秋皋之津門

愛君殘雪句，宛似碧雲篇。原注：上人有句云『鳥啼殘雪樹，人語夕陽山』[一]。獨向中峰住，深參不二禪[二]。直沽春水岸，通潞夕陽船。乞食王城去，遥聞袒右肩。

趙方頤[三] 二首

五月二日游懷園有作

野岸潮初長，輕舟似浴鳧。到門風舶棹[四]，入竹鳥提壺。古蔓緣墻上，圓荷

[一] 四部叢刊影印清林佶寫刻本《漁洋山人精華録》卷八、清康熙五十年（一七一一）程哲七略書堂刻本《帶經堂集》卷三十四此注均在題下。

[二]『不二禪』，《帶經堂集》同，《漁洋山人精華録》作『五味禪』。

[三] 高氏校云：『趙方頤疑是北倉趙氏。』

[四] 高氏校云：『「舶棹」原作「迫棹」。』

接檻鋪。居然三伏過，蒼翠滿菰蒲。

褫帶眠磐石，扶闌過峭岑。野翁參奕旨，童子發華音。日炙絺衣重，風和酒盞深。晚來雲雨黑，歸棹莫侵尋。

惲源濬 一首

玉皇閣春望

海色通群象，晴雲旦夕浮。高城千雉出，遠渚一帆收。星散空陳迹，鶯啼感昔游。津河芳樹密，日暮起離愁。

朱奎揚 四首

戊午夏秋之交霪雨爲患河淀四溢津門地當下衝受淹偏重與丁巳秋澇相埒爰志憫灾四章[一]

利盡漁鹽[二]說水鄉，力田何事每逢荒？漏天十日懸蛟室，破峽千尋瀉呂梁。未雨拙謀殘牖户，逾年驚睹兩滄桑。金穰火旱原無據，莫漫踟躕問彼蒼。

非緣萬壑未安流，南北争趨匯下游。是處窪田同仰釜，去年陸地早行舟。占文寧謂偏私畢，辨土難期大有秋。凉德小臣慚負職，海疆兩廑九重憂。

一片波光望渺然，巨區撮壤可能填。頓消地力無毛土，群仰天儲續爨烟。八載神功空禹迹，九河霸術擴齊田。祇今疏瀹如堪仿，敢憚胼胝說距川。

滔滔四野嘆淪胥，帝澤汪洋更有餘。截粟[三]纔南籌緩急，先奉截漕數十萬於津倉，以備需用。商通關左劑盈虚。偏灾叠歲何堪命，大賚回天奠厥居。慶爾生逢聖明世，

[一]《長蘆鹽法志》卷十八題作《重與丁巳秋澇相埒爰志憫灾四章》。

[二]『漁鹽』，《長蘆鹽法志》作『魚鹽』。高氏校云：『「漁」應作「魚」。』

[三]『截粟』，《長蘆鹽法志》作『粟截』。

不教嬴弱轉溝渠。

施士鑒 一首

西沽

停瀦郡西畔，渤澥水東隅。横帶五千淀，遥連七十沽。上游收灤涫，南泊瀉葫蘆。合作朝宗勢，平成溯禹謨。

俞啓文 一首〔一〕

九日泛舟直沽

不爲登高去，翻成破浪行。帆從雲際落，舟向樹頭撑。萍梗心無定，風波夢亦驚。故園在何處，菊酒總關情。

〔一〕『一首』二字原脱。

童國松 一首

葛沽看桃花

人面相看渾欲醉，不須沽酒借朱顔。布帆一片雲如錦，島上來尋度索山。

李源 一首

寄湘南上人海光寺

草色黏天碧四圍，粥魚聲裏掩雙扉。茶香禪榻無人到，齋罷經臺有鴿飛。一徑落花初入定，半窗明月可忘機。三間我憶葡萄屋，細葉陰陰結翠微。

武宏彦［一］ 一首

辛丑中元同人泛舟觀燈

暑散河邊爽，潮來岸更平。波光涵月色，海氣淡雲情。緩緩摇輕櫓，迢迢上太清。長空秋色遠，天水永無聲。

武啓圖 一首

丁巳秋夜天津防汛與同事勘工

行行相與到津頭，兩岸垂楊映水浮。暑色漸消開静境，河源可探定同游。一時清氣通閶闔，永夜精誠貫斗牛。歲月不妨隨俯仰，冰輪先照海天秋。

以上五十五家，除元人成始終外，下俱仍《天津縣志》，故未立傳。此後寓賢共四十八家，俱重采摭，爰立傳以别之。

［一］高氏校云：『武宏彦爲武廷豫子，啓圖又是宏彦子。《縣志》廷豫收入「人物」，子孫入籍。』

津門詩鈔校箋卷二十六

佟鈜 二首

鈜，字蔗村，又號空谷山人。漢軍。

《天津縣志》傳略云：『鈜字蔗村，已而道人其别號也。長白人。父某，官河南布政使。兄弟六人，皆通籍仕路。鈜以國學生，例授别駕，不願謁選，絕意華膴，卜居天津城西，門臨流水，榜其居曰「滄浪考槃」。布衣葛屨，忘其爲貴介也。性嗜山水，耽吟咏，早年詩學蘇陸，一變而入大曆貞元之室。』

冬日過海光寺

斜徑紆徐指梵宫，板橋村落畫難同。微冰[一]積凍溪頭雪，枯樹狂號野外風。十里籃輿冬日暖，孤城蕭寺海天空。到來爲覓湯休話，人在茶烟窗影中。

過張魯庵方伯一畝園感舊

金谷全非昔日春，不堪惆悵駐征輪。鴛鴦空自縈新草，鸚鵡猶聞唤舊人。風月依然誰作主，池亭如故獨傷神。畫欄設有檀床在，笛枕琴囊滿簟塵。

《蓮坡詩話》云：『空谷山人佟蔗村鈜，家世顯貴，不樂仕進。僑居天津尹兒灣，以詩酒自娱。有妾亦能

［一］『微冰』，《長蘆鹽法志》卷十八作『微水』。

詩，蔗村築樓居之，名曰「艷雪」。蔗村詩各體擅長，而尤精五言。一日傅閬林王露[一]請假南旋，路由津門。余邀張眉洲坦及蔗村同游王氏依緑園，蔗村詩云：「折簡呼溪叟，携童上野航。閑情抛筆硯，老興逐杯觴。短棹辭塵境，名園問醉鄉。到門秋正好，花竹滿軒廊。許傍文星座，雄談酒共傳。柳摇秋水浪，花醉夕陽天。修竹寒高館，殘荷對綺筵。丹青圖畫集[二]，人似飲中仙。新月初浮水，潮平影似鈎。溪邊猶鬥酒，燭下未登舟。風露吹衣冷，星河入夜流。小留鷗鳥狎，詎是戀糟邱。」』

佟鍈 四首

鍈，字莘湄。鍈弟。官知府。著有《沓渚詩集》八卷，梓行。

按：莘湄先生學力深厚，詩入中唐之室，長於咏古，集中如《比干墓》《太昊陵》《泰伯廟》諸作，卓卓可傳。與嶺南三家陳元孝諸詩人唱和最多。余以百文得先生集於書肆中，愛而藏之，嘗恨《雅頌集》未得入采。

暮登天津城樓

向夕樓虚倚，茫茫望漸迷。鳥遲平野闊，雲下暮天低。市燭春爲夜，船燈星在

[一] 清乾隆刻《蔗塘外集》本作『玉露』。
[二] 清乾隆刻《蔗塘外集》本作『雅集』。

堤。無窮京國客，憶路待鳴鷄。

聞雁寄所思

幾聲雲裏雁，又復向南飛。人滿三年别，家惟一夢歸。悲將霜入鬢，泪向月沾衣。空憶閨中貌，應知今亦非。

蝗灾行

己卯夏五月，久旱蝗生羽。五日育子污萊間，十日食苗將及土。噌吰北渡天津水，天津水闊全無阻。京城朝啓不見天，飛蝗四野如風雨。野人無食復無襦，身上行衣不蔽股。老死溝中少四方，顛連直爲飛蝗苦。小兒誰家弃道旁，抱頸向人呼父母。愚夫求活須臾生，遣妻更作他人婦。值此凶年可奈何，那識催科更如虎。晝夜捉人執笞棰，怒語公庭少庾釜。百户凋殘一人存，豈有金錢輸官府？深宫九門門九閽，漸漸傳聞驚聖主。下詔即免今年租，復使太倉散紅腐。太倉纔半散已周，尚餘粟粒無人取。死喪流亡日日多，食粟之人無幾許。

大梁送別家三兄之津門

人間那有此離衷，入洛機雲姜被同。羈旅尚嫌無故舊，弟兄何事又西東？鞭捎紅葉平原外，帆閃黄河落日中。引領津門千里遠，一行鴻雁斷秋風。其《津門别兄句》云：『離心一行雁，愁緒萬重雲。』亦佳。

佟鉞 一首

鉞，字秉虔，一字鈍三，鋐兄。官陝西葭州知州，有《爾爾齋詩存》，見《熙朝雅頌集》。

秋日同郎涵白郁南州游津門之宜亭

策馬城西去，遥從古渡頭。小畦藏路僻，深柳抱亭幽。海接天津闊，雲歸大野浮。登樓一長望，風起荻花秋。

馬長海 四首

長海，字匯川，號清痴，又號婁山農。海州人[一]。漢軍那蘭氏。初僑寓天津，後移居滄洲，以布衣終。著有《雷溪草堂詩集》四卷梓行。

《熙朝雅頌集》：『清痴性高逸，生於勛舊，高爵厚禄，其所自有，乃以布衣終。』

李鐵君鍇《馬山人傳》略云：『山人衝遠任真趣，囊括一切，了無容心。遇佳客，每亹亹談，再扣之，則忘之矣。杖笠有所如，行輒遺之，不覺也。博古多識，辨金石器往往而中。酷嗜畫，當意則傾篋購之。嘗襲裘[二]往吊所親劉氏，貧不辦[三]，山人濟之，解其裘。歸途見未見書，買之，解其衣。由是中寒疾，乃夷然伏枕曰：「獲多矣。」』其落落任放如此。

鄂文端公爾泰《馬山人詩序》云：『胸際浩浩，不知有王公大人，亦不知山農石隱，蓋皭然不滓之懷，魁杰崛宕，擅秀孕奇，發於流峙之間，球鍠激韵，露生以靈，衝襟以曠，有自得其爲匯川者。』

宗室塞公爾赫跋其集曰：『先生身後無長物，惟有遺稿若干卷，懼其散失，而寧郡王殿下乃收而付之梓，西林相國爲序。李隱君眉山嘗贈詩云：「二月清寒擁鹿皮，人間獨少馬清痴。夜來竈底無烟火，自咏梅花絶調

[一]《清詩別裁集》卷二十九謂『遼陽人』。

[二]清光緒甘棠精舍刻本《天咫偶聞》卷五作『衣裘』。

[三]《雷溪草堂詩》嘉業堂刻本、法式善《八旗詩話》、震鈞《天咫偶聞》均作『往吊所親劉氏喪，劉氏貧，事不辦』。

時。」爲世所推重如此。』

按：匯川先生與滄州劉果實、天津查漢客同時交好，查氏藏公墨迹最多。書法遒逸，鐵畫銀鈎。詩格秀逸。王清淮文潛公寓天津時多與唱和。

友人葉曉江孝廉齋壁懸横看書二詩，乃清痴手迹，云得之查漢客先生家藏，後附王清淮詩四首，亦文潛手迹也，爰爲采録，以見老輩風流云。

次見訪東園韵

跋：漢客先生謬題荒野，情見乎詞，不虚王裴柳市之感也。王清淮詩近孟襄陽，不博藍田曲江之賞，栖栖不及襄陽矣，惟君憐之，清淮之幸也。統求教正。

茅堂遥背鳳凰城，常向花間曳杖行。紅散笑蕖新水碧，翠侵衣屨曉山清。望雲每喜幽人駕，種柳誰希處士名？白髮相看樽酒緑，津門重憶昔年情。

閑居荒墅謝塵氛，世事年來絶不聞。潞水清流村外樹，香山翠滴檻前雲。窗書萬卷隨僧借，畦稻三餐許鶴分。更喜君憐王粲老謂清淮，當期呼取共論文。

東滄州劉思退先生

海澤蠶耕覺晏如，農家亦自有三餘。缺墻密補淇泉[一]竹，敗絮[二]閑抄竺國書。豈謂登龍能綉虎，自非緣木强求魚。真靈位業原無分，烏目仙人號慧車。儒修梵行未能如，渤海吟詩十載餘。世重三都元晏序，人輕兩傳馬遷書。桐花若許眠么鳳，仙字容當飽蠹魚。野僻窮居今白拜[三]，誰憐下澤少游車？

王文潜 四首

文潜，號清淮。廣東南海人。布衣。

《國朝别裁集》：『清淮流寓吴中，落拓不偶，詩成隨手散去，他人襲之，亦不知爲己作也。客死，同人葬於虎丘之半塘。詩一首，從友人册子中録出。《丙申歲春留别松蘿》：「驛路梅開春正芳，歸心偶動問輕航。經年半醉湖田上，何日重携虎阜旁？烟水夢魂千里月，乾坤吟嘯一頭霜。同懷莫訝輕離别，難遣羅浮業盡荒。」』

按：公久寓天津，與查漢客、張笨山、龍東溟公締交。工畫寫意，人物、花鳥、樹石，古逸天趣，在黄癭

[一]『淇泉』，《雪橋詩話》同，《雷溪草堂詩》作『淇園』。

[二]『敗絮』，《雪橋詩話》同，《雷溪草堂詩》作『敗架』。

[三]『白拜』，《雷溪草堂詩》作『白髮』。

瓢、苦瓜和尚之間。余在郝石臞老人家見其畫册十二葉，娟娟古秀，無不絶妙。先君子華仿數幅，嘆其超絶。然性孤峭，不諧於俗。富貴者索其畫，往往出重資不能得。卒困餓以没，亦可慘已。

丙戌春日送馬匯川移居滄州奉次秋木先生原韵

昔爲華省客，今作苦吟人。掃迹千官隊，還山百卷新。深杯消世累，高唱縱天真。惆悵甘泉樹，花開誰與春？

浮生適意耳，是處可爲家。相見楊雄宅，行看潘岳花。鳩啼梅雨急，燕舞柳風斜。歸夢隨君去，春雲遍水涯。

垂白耽文事，於君愧不如。早蕪諸謝體，再逼右軍書。誰謂年方壯，飄然賦遂初。明堂知有作，爲問子雲居。

鶯花二月暖，宛似洛陽時。對酒不能飲，明朝空有思。卜期心惻惻，攬轡語遲遲。莫爲神仙誤，山中衹看棋。

四詩見於葉曉江家壁，帖在馬山人詩後，乃其自書。詩格古談，逼似王孟。山人評，不妄也。

宋繩武 十首

繩武，字文修，號鷺山。鳩江人[一]。著有《和平集》，梓行。

按：鷺山詩一卷，得之馮石農家，遺其名。據石農云：『邑前輩言鷺山久客天津，與佟蔗村、莘湄兄弟相唱和，詩境清淳，長於咏古。』後於友人家得其《和平集》一卷，證之石農藏本，其詩具在，然後知鷺山名繩武，其集有錢塘沈方舟先生用濟爲序。

西湖感舊

典衣不惜醉春朝，無限春山似見招。隔柳聞鶯來小艇，賣花隨蝶過平橋。錢王舊業潮空射，忠武荒祠恨未消。多少游人争貰酒，偏從蘇小墓前澆。

江樓

峰影當窗立，濤聲直上樓。潮生千里夢，帆落一江秋。多病耽高卧，長吟寄遠愁。地偏人事少，日日狎沙鷗。

[一]清乾隆刻本《南州詩略》卷五謂『蕪湖人』，并録其《静海旅次》詩一首。

晚宿

遠山銜落日，老材暗荒村。下馬欲投宿，揮瓣頻叩門。燈光出茅屋，人影亂黄昏。野老相延入，殷勤酒一樽。

夷齊墓

義不食周粟，登山采白雲。三仁空抱恨，二子獨存殷。兄弟同時盡，君臣此地分。年年春雨後，薇蕨長高墳。

清明

白日黄泉感慨同，一年一度拜東風。古人泪盡今人哭，新鬼錢多故鬼窮。芳草緑迷碑碣外，桃花紅落酒杯中。若教死後空相吊，何似生前飲不空？

過武城

蒼茫古邑枕長河，千里驅車試一過。古道有人由坦白，荒城無處聽弦歌。民逢饑歲炊烟少，客到窮途慨嘆多。猶有聖賢遺迹在，殘碑風雨任銷磨。

甓社湖早發

湖堤一望暗驚魂，草長年年舊緑痕。曉日漸生天外樹，殘星半落水中村。幾家烟火人猶在，千里江淮勢欲吞。從古東南多水患，賈生無策上金門。

偕佟莘湄入都〔一〕

海門秋水正茫茫，野草全枯柳更黄。烏鵲啼殘千樹月，塞鴻衝破一天霜。村邊問酒心先醉，馬上還家夢不長。莫向西風頻下泪，長安原是别離鄉。

招屈亭

洞庭南岸望荆門，千古《離騒》酒一樽。無地可埋空吊水，有天難問衹招魂。三閭墓在江魚腹，《九辯》歌沉楚國冤。遷客憐才頻墮泪，瀟湘潮落盡啼痕。

閨詞

衆草緑已齊，繁花紅不歇。美人醉春風，春心化蝴蝶。

〔一〕高氏校云：『武《佟莘湄》一首可存，餘與天津無關。』

徐蘭 一首

蘭，字芬若，號芝仙[一]。江南常熟人。著《出塞詩鈔》[二]。

《天津縣志·寓賢傳》：『芝仙以詩名吴越間。中年走長安，王公貴人争延致之。閑游天津，遂占籍焉。』

[一]清康熙刻王漁洋批點本《出塞詩》首王士禛序謂：『虞山徐生蘭，字芝仙。』卷首題作『芝仙徐蘭芬若』，道光本題作『常熟徐蘭芬若甫』。《清詩別裁集》卷二十五：『徐蘭字芬若，江南常熟人，流寓北通州以終。著有《出塞詩》。芬若亦字芝仙。』《海虞詩苑》謂：『蘭，字芬若，號芝仙。』

[二]今存本皆題作《出塞詩》。按：清康熙本《出塞詩》姜宸英序云：『前年王師北征，芝仙亦以書生衣短後，躍馬出關。』《帶經堂詩話》卷二十一：『從安郡王出塞，嘗見祁連山中花十數種皆艷絶，不知名，中土所未有也，曾畫便面貽余。又有出塞詩數十篇，聞見詭异，足備塞外風物考證云。』又，清道光六年（一八二六）琅嬛仙館刻本《出塞詩》前孫原湘序云：『《出塞集》一卷，蓋隨安郡王北征而作。芝仙工繪事，當時以匹南田。過祁連山見花數十種，一一圖之，於戎馬倥傯間風趣如此，人奇宜詩益奇也。』孫原湘序謂徐氏『自少至老，游於燕，卒於燕』。《海虞詩苑》謂：『君年甫弱冠，即出游京師，淹滯既久，遂占籍焉。歷數十年僅一歸里，故邑中罕有能舉其姓氏者。雍正三年，君年已六十餘矣，以訟事牽連，編管天津衛，不許在外行走。又越數年而卒。』另，《帶經堂詩話》卷二十一云：『芬若詩已付梓者有《芝仙書屋集》一卷，計計二百三十餘首。』《芝仙書屋集》未見，清康熙刻《出塞詩》僅六十四首，清道光本雖係於清康熙本再行補遺，『此卷借諸鮑吉卿曾爲校其舛訛，録成副本。張君子謙見而愛之。爲壽諸梓。又從《海虞詩苑》《秋坪新語》兩書掇拾十餘首附於後，曰《遺詩》』（孫原湘序），難匹二百三十之數，《芝仙書屋集》蓋另有所指。

生平工集唐，《打鬼》《蒙古象棋》等六歌[二]，尤爲世所傳誦，新城尚書極爲賞譽。後卒於津[三]。」

王司寇《漁洋詩話》：「虞山徐芬若，詩格雄健，有《出居庸關》詩「馬後桃花」云云，此尤膾炙人口者也。芬若又有《蒙古象棋》《打鬼》等六歌，皆集前人句爲之，組織天然，滅盡針綫之迹，刻《出塞詩鈔》內。」

送人出居庸關[三]

憑山伏海古邊州，旆影風翻見戍樓。[四]馬後桃花馬前雪，出關争得不回頭。

查蓮坡《詩話》：「徐芬若從軍沙漠，路經青冢，徘徊競日[五]，屬虞山黄尊古鼎繪其圖以歸。都下名士，

[一]蓋即《出塞詩》前王士禛序稱「六鏡詩」，序謂：「初余見其所作六鏡詩而賞之。游余門者五稔矣。嗣是讀書城北，過從甚稀。去年冬，以《出塞詩》一通來質，且請序。」云云。

[二]《柳南隨筆》卷一：「雍正三年，芬若年已六十餘矣，久占籍天津，以紅蘭主人事牽累，勒令家居，不許在外行走。又幾年卒。」

[三]清康熙本、道光本《出塞詩》及《蓮坡詩話》卷上、《海虞詩苑》均題作《出居庸關》。《清詩别裁集》卷二十五題作《出關》。

[四]『憑山』一聯，《清詩别裁集》作『憑山俯海古邊州，旆影風翻見戍樓』。清康熙本《出塞詩》、《海虞詩苑》、［光緒］《重修天津府志》卷四十三均作：『將軍此去必封侯，士卒何心肯逗遛。』清道光本《出塞詩》《蓮坡詩話》『遛』作『留』。梅氏蓋從《别裁集》。

[五]清乾隆刻《蔗塘外集》本《蓮坡詩話》卷中無『徘徊競日』四字。

以爲奇觀，競賦詩咏之。竟陵唐赤子建中詩曰：「咄哉徐君真好奇[一]，邀客爲作青冢詩。自言邊地盡飛狐，青冢猶在邊西陲。世人但聞圖經説，我昔從軍親見之。前臨黑水[二]後祁連，黄沙千里胡馬迷。其地萬古無春風，但見白草長離離[三]。一抔獨戴中華土，青青之色長不萎。我時往拜值寒食，繫馬冢前古柳枝。此柳亦疑漢宫物，枝枝葉葉皆南垂。下有無名之石獸，上有無主之荒祠。獸腹依稀青冢字，刻畫認是唐人爲。祠中絡繹獻捫酪，碧眼倒地呼閼氏。至今牧兒不敢上，飛鳥絶聲馬不嘶。却爲奇迹人罕見，擅場畫手黄生宜。請看慘澹經營處，山川粉墨無參差。按圖一一爲指點，百口稱快含嗟諮。有客引滿前致問，先生圖斯焉取斯？嗚呼噫嘻，先生之意客豈知！男子有才女有色，往往自愛如山鷄。王嬙本是良家子，對鏡顧影常矜持。一朝選入深宫裏，風流不數西家施。誰知承恩亦在貌，君王莫辨妍與媸。媸逢寵幸妍弃置[四]，妾辭遠嫁呼韓邪。所以喟然越席起，仰天不復揮涕洟。五鼎生烹主父肉，馬革死裹伏波尸。古之烈士多如此，高山河水當怨誰！此意天地爲感動，墳草四時回春姿。徐君之才滿一石，白首著書十指胝。新詩句句在人口，清如珊瑚敲玻瓈。可憐三載飢臣朔，文章酷召命數[五]奇。雖從王門掌書記，時平不須投毛錐。非無要路與捷徑，丈夫致身羞以資。正如明妃恃其貌，倔强不肯賂畫師。人生遭遇有不一，侘傺豈即非良時。假使明妃宫中死，安得香名流天涯？披圖知君心獨苦，

［一］《蔗塘外集》本《蓮坡詩話》下有『勸客一飲連十卮，酒酣手持青冢圖』十四字，當據補。

［二］『黑水』，《蔗塘外集》本《蓮坡詩話》作『黑河』。

［三］『長離離』，《蔗塘外集》本《蓮坡詩話》作『常離離』。

［四］『媸逢寵幸妍弃置』，《蔗塘外集》本《蓮坡詩話》作『但願君王辨妍媸』。

［五］『命數』，《蔗塘外集》本《蓮坡詩話》作『數命』。

別有塊壘非蛾眉。不見[一]杜陵《咏懷》生長明妃村，乃與庾信、宋玉、蜀主、諸葛同傷悲。」

吴雯 二十一首

雯，字天章，號蓮洋。先世遼陽人，父官山西蒲州，遂家焉。康熙戊午、己未詔舉博學宏詞，在舉中。[二]著有《蓮洋詩鈔》。

新城王大司寇序其集云：『吴生家永樂，讀書奉母，耕牧河山之陽。家苦貧，數數出游，走燕、趙、齊、魯、梁、宋、吴、越之墟，所至與仁賢游處，歸而有詩數百篇，古澹宏肆，得古作者精意，自成一家言，灼然可傳。』

黄昆圃先生叔琳序略云：『征君詩骨力清拔，波瀾老成，五言得唐人三昧，在右丞、襄陽之間。其奇逸之致則太白、長吉也。』

沈歸愚先生德潛序略云：『征君詩，不使才，不逞博，不尚聲華，不求娟好，而清峻微遠，自露天真。』

陳檢討崧維序云：『才性英奇，辭鋒卓犖。楯邊磨墨，彌工變徵之聲；驛裏題詩，大有陽春之調。』

漁洋《墓志》云：『詔鴻博，海内名士鱗集闕下，君獨耽寂守素，不與他走[三]。健僕囊巨軸，宛顔低眉，

[一]『不見』，《蔗塘外集》本《蓮坡詩話》作『君不見』。

[二]稿本『康熙戊午、己未詔舉博學宏詞，在舉中』爲按語，無王漁洋、黄叔琳、沈德潛、陳維崧諸條。下有：『來京師，大爲王漁洋司寇所賞重其詩，嘆曰仙才，卒不遇。』按：此處語意未完，當據稿本補之。

[三]《帶經堂集》卷八十九《吴征君天章墓志銘》作『不與他人走』。

望門求知[一]。門有雀羅[二]，余以是益重之。臨朐馮相國知君名，以扇索其詩，大書二絶句答，其坦率如此。』

按：蓮洋與天津張魯庵方伯交莫逆，館於其家。與姜公西溟、趙公秋谷，邑前輩中如黃六吉、梁崇此、李大拙、龍東溟文酒盤桓，唱咏無虚日。[三]

前輩傳聞蓮洋[四]與魯庵言志曰：『我家中條山下，環以玉溪之水，倘買圃鄭谷之口，構草堂十餘間，有樓眺遠，有亭納爽，有屋貯書；院種竹數百挺，黃梅數十株，面雷首，肘太華，徜徉終老足矣。』魯庵笑不言。[五]居數年，吴[六]告别，張不留，比抵門[七]，見廬舍頓改，皆張公爲構植，一如其所述[八]，故漁洋《墓志》[九]

[一]《吴征君天章墓志銘》『望門求知』下有『者競馳逐』四字。

[二]《吴征君天章墓志銘》『門有雀羅』上有『膠牢澹泊』四字。

[三]稿本作『與天津張魯庵方伯霖交莫逆，館於其家。爲遂閑堂上客，與姜公西溟、趙公秋谷同時唱咏，天津名宿如黃六吉謙、梁崇此洪、李大拙友泰文酒盤桓無虚日，稱風雅之盛。』

[四]『前輩傳聞蓮洋』，稿本作『公閑時』。

[五]『魯庵笑不言』，稿本作『魯庵曰：「此亦非難。」』

[六]『吴』，稿本作『君』。

[七]『門』，稿本上有『里』字。

[八]『皆張公爲構植，一如其所述』，稿本作『嚮所述如張者，一一如志構植』。下有『噫，此風豈能再見』七字。

[九]『漁洋《墓志》』，稿本作『王漁洋撰《吴征君墓志》』。

云：『君晚訪舊天津。』又云：『君詩一刻於吳中，再刻於都，三刻於天津。』蓋謂此云[一]。

爲天津張魯庵水部書扇

神仙窟宅稱武夷，珍味南天推荔枝。幾回夢中著屐齒，徒爾海畔增朵頤。先生奇福世稀[二]有，尋常到處緣相隨。白雲遠窮蒼翠窟，纈囊細剥輕紅肌。岩洞側身霧杳冥，醍醐入口漿淋漓。緊余潦倒處藪澤，久食莪菽何由肥。側聞侈談益嚮往，恨不幔亭高據盈筐持。先生聞言轉大笑，何不歸去丹臺石室飲靈芝？[三]

之津門遂留送陸天濤

去住皆鴻爪，淋漓酒滿襟。車[四]來瞻海氣，南下憶江陰。日暖魚蝦市，霜高

[一]『蓋謂此云』，稿本作『蓋君寓天津最久，而與魯庵念藝昆弟最契云』。

[二]『稀』，稿本作『希』。

[三]稿本其後有《題徐之仙爲笨山舍人繪三大士像》《放歌寄趙秋谷太史（秋谷罷官余在山海未能走送特寄此奉慰兼寓勉望云爾）》二詩。

[四]『車』，稿本作『東』，《山西文華》本《吴雯集》卷四所校各本均作『東』。高氏校云：『「車」，應作「東」。』按：此與『南』相對，作『東』爲是，蓋是形近之訛，當據改。

橘柚林。相思各珍重，同保歲寒心。

張魯庵水部招集一畝居即事

一載京華坐寂寥，天涯琴酒尚蘭皋。誰能無事同犀首，君已辭官似馬曹。樹杪星辰霜後近，池邊燈火夜深高。醉來客悵封侯夢，斜插蓮花照寶刀。[一]

過大悲院訪世高上人

一鳥下蒼烟，當門海日圓。厨香貽笋蕨，時水部移茗饌往寺。[二]港白憶蒲蓮。待索環中趣，仍求世外緣。拈花方一笑，剛到[三]早梅邊。[四]

贈天津黄六吉謙[五]

十年令望嘆無雙，親見風流意益降。的有公才比東漢，更開詩派振西江。青春

[一] 稿本其後有《天津城下二首》。
[二] 稿本注作：『時張水部移茗饌往。』《吴雯集》卷四各本注亦同。
[三] 『到』，稿本作『在』。
[四] 稿本其後有《雪中再過大悲院二首》《津門上元》《天津水魚》三題。
[五] 《吴雯集》卷四各本題作《贈黄六吉》。

索句王孫草，遲日攤書玉女窗。最感天涯知己在，莫辭沉醉續蘭缸。［一］

之葛沽舟中雜詩［二］

曉日籠嵷近直沽，遥遥帆影出平蕪。眼前芳草衡湘色，衹少春山叫鷓鴣。

雲母窗開水上樓，依依楊柳送［三］行舟。無端載酒彈筝過，都捲珠簾看不休。

短蒲沙帶退潮痕，花裏樓臺柳外村。暫歇吹簫倚雙槳，閑看絲網摘河豚。

海上［四］人家沙上居，長河東下又分渠。紛紛曬網斜陽裏，可有仙人孫賣魚。［五］

［一］稿本其後有《春初過問津園》《簡孫郁舒》《題滄州戴尚書竹》三詩。

［二］清乾隆二十九年（一七六四）山東孫謂望雲樓刻本《蓮洋詩鈔》下有小注『刻《和鳴集》』。

［三］『送』，稿本同，《吴雯集》卷四各本作『拂』。

［四］『海上』，稿本及《吴雯集》卷四各本均作『海畔』。

［五］稿本其後有《海上兩憶葛沽杏花》《贈武建侯（天津人）》《送張子白之濟南省覲（名晳山西人善書久客遂閑堂）》《謝黄六吉》《津門喜逢劉子方》《同振宣健一海若過大悲院訪退老人》《登樓次木斥韵即簡甜雪二首》《山雪感懷和甜雪韵簡木斥》《雪中游懸陽（洞在撫寧縣角山寺近山海關）》《津門喜逢徐師魯即送之山東》《寄張魯庵方伯》《憶圃》《題梅淵公黄山畫册八首爲陳子文》《題張振宣行人小照》《集笨山青雨山房咏几案二物》（《小匡廬》《湘竹筆床》）《潞河遇江魚依水部》《到津柬張振宣》十七題。

春日[一]同旦復元彦笨山叔敏過退居老人

海畔寒猶此，春風不易來。偶過雙樹底，喜見一花開。飽客伊蒲饌，攢眉柳瘿杯。默然參半偈，同聽語如雷。

却憶江南路，裙腰草色斜。篷遮三月雨，舟載半塘花。浪迹猶如夢，浮生更去家。低回三十載，隨處惜年華。[二]

簡梁崇此[三]

青嶼連朝雪尚凝，林塘草樹秃如僧。春風似過神鰲力，頓解長河五尺冰。

水村

林葉蕭蕭欲暮天，人家烟火夕陽邊。寒瓜引蔓垂茅屋，野水生波入稻田。

[一]『春日』，稿本、《吴雯集》卷六各本均作『春初』。

[二]稿本其後有《一畝居同王幔亭飲酒》《笨山舍人忽登太華驚詫記寔并示梁子芰梁》《柬張逸峰孝廉（魯庵公子）》三題。

[三]稿本、《吴雯集》卷七凡二首，此其一。稿本題作《簡梁崇此洪二首》，清乾隆三十九年（一七七四）荆圃草堂本《蓮洋集》題作《簡梁生崇此二首》。

漁[一]網懸來晴樹外，釣車牽過晚洲前。圓沙鷗鷺忘機甚，隊隊菰蒲自在眠。[二]

送姜西溟南歸[三]

之子江南去，河冰苦未開。榜人遲畫鷁，苑牧候龍媒。舊好日以遠，素心期再來。水鄉春較早，相望甬東梅。

世態悠悠甚，君猶古性情。風前頻酌酒，花裏再吹笙。入道即無事，忘機何所爭。試看希有鳥，原出紫霄行。

漸覺閑名謝，交游喜日疏。爲君置杯酒，不醉復何如。驛路誰知己，名山好著書。相尋鑒湖曲，爲我饌鱸魚。[四]

[一]『漁』，稿本作『演』，誤。

[二]稿本其後有《七夕同斐然旦復集張水部一畝山池得河字（中夜大雷雨）》《送魯庵之黔西》《大悲院禮懺》《欸乃書屋爲筓山作》《喜世高禪師過欸乃書屋》《龍在田粱芰荷叔敏兄同集欸乃書屋》《聞魯庵移節關中》《送韓馨若之天津》八題。

[三]稿本題作《送西溟南歸》。《吴雯集》卷八凡四首，此其一、二、三。

[四]稿本其後有《送張典簿賁之之津門》《坐看》《逢王秋史蘋》三詩。

贈梅勿齋[一]

天津人

我愛梅夫子，高懷無古今。著書已白首，舉世誰知音。偶以觀流水，因之彈素琴。茫茫烟海曲[二]，千樹碧桃深。[三]

嘯竹軒爲梁崇此作[四]

近海苦無竹，君移何處陰。爲看清影好，不覺落花深。掩映琴書色，消融去住心。琅玕方結實，迅發鳳凰音。[五]

[一]荆圃草堂刻本《蓮洋集》卷九題作《寄梅勿齋》。

[二]『烟海曲』，荆圃草堂刻本《蓮洋集》作『春色裏』。

[三]稿本其後有《梅尉》《次静海》《次青縣題壁》《次東光》四詩。

[四]『作』，稿本作『賦』。

[五]稿本其後有《題念藝舍人緇染小照》《飲丁荷峰參軍署齋時同元彦笨山芰梁部山諸子》《答張逸峰孝廉見慰》《寄吴江陸石麒陸煩笨山舍人以問至》《奉陪張魯庵觀察游慈恩寺》《寄津門張别駕四首》《大悲院呈世公》《晚别世公》《逢秋谷趙太史》《阮翁處見梅耦長畫册》《題遂閑堂趙松雪畫圖》《題張魯庵方伯清潭印月圖》數首。

寄張汝作兄霖[一]

最愛王官谷[二]，勞勞托興長。人家讓西宅，風景輞川莊。慷慨成高隱，艱難就草堂。買山原所自，高誼不能忘。[三]

張念藝舍人霔初度[四]

落雁風高正對門，秋懷玉女洗頭盆。迢迢[五]東海重携手，坐識當年[六]子尾樽。

小別匆匆已一年，相逢又近菊花天。到門先訪讀書處，篆水樓西暫泊船。[七]

[一]稿本題作《寄張汝作兄（即魯庵）》。《吴雯集》卷十二各本題作《寄汝作兄》。

[二]稿本誤作『五官谷』。按：王官谷，地在中条山麓。

[三]稿本其後有《七夕同斐然旦復集魯庵水部一畝山池之一》《送魯庵水部出鎮黔西之二》《張念藝生日》三題。

[四]稿本、徐昆本、荆圃草堂刻本《蓮洋集》卷二十題作《念一舍人初度》。

[五]『迢迢』，稿本、荆圃草堂本《蓮洋集》卷二十作『迢遥』。

[六]『當年』，稿本、荆圃草堂本《蓮洋集》卷二十作『當筵』，當據改。

[七]稿本其後有《寄天津黃六吉謙》《即席戲和魯庵》二詩。

趙執信 一十六首

執信，字秋谷[一]。山東益都縣人。康熙己未進士，官宫贊。著有《飴山詩集》《文集》。

按：飴山以非日觀演劇罷官，遨游南北。嘗主天津張方伯家，魯庵公子逸峰從之學書，與吴征君天章同時。其《涓流集》，古詩有：『走訪吴先生，因識張公子。能爲詩人作主人，此士定知不凡矣。』又《去天津留别魯庵》句云：『經歲忘歸客，今朝獨去身。可憐相送者，一一最相親。』又聞故老言，秋谷先生嘗歲暮薄游津西之楊柳青，忽慨然謂同游曰：『日久，須歸家矣。』同游怪之，秋谷曰：『受恩深處便爲家，歸遂閑堂耳。』

天津喜晤老友吴天章兼贈所主張君

走訪吴先生，因識張公子。能爲詩人[二]作主人，此士定知不凡矣。况復接

[一]清乾隆三十二年（一七六七）詒燕樓刻《國朝六家詩鈔》本《秋谷詩鈔》謂『字仲符，號秋谷』。

[二]『詩人』，上海圖書館藏清雍正抄本《飴山詩集》卷九《涓流集》作『詩□』。

座[一]來，觸事皆可喜。開軒解衣裳，留客披圖史。海氣曖曖横度除[二]，古色斑斑盈案几。杯盤既雜陳，談辨遂蜂起。剔抉六義微，錯互八法旨。門外喧闐南北塵，共洗清心照[三]秋水。老我數年來，袖手復掩耳。謗多固可畏，才盡亦可耻[四]。胡然此相見，馬逸不能止。蓮洋詩格如蓮花，引我亭亭出泥滓。請君高咏結交行，和我狂歌從此始。

贈門人張逸峰坦因呈其尊人魯庵[五]且以爲别四首

携手望秋旻，此行欣識君。誰知滄海月，近接太山[六]雲。雅意黄花澹，浮踪白雁分。空慚向衰暮，何以答殷勤？

[一]『座』，清雍正抄本、清乾隆十七年（一七五二）因園刻本《飴山詩集》卷九《涓流集》均作『坐』。
[二]『度除』疑誤，《飴山詩集》卷九《涓流集》、四庫本《因園集》卷六《涓流集》均作『庭除』。
[三]『照』，清雍正抄本《飴山詩集》作『老』。
[四]『可耻』，清雍正抄本、清乾隆刻本《飴山詩集》《因園集》作『知耻』。
[五]清雍正抄本、清乾隆刻本《飴山詩集》『魯庵』下有『霖』字。
[六]『太山』，清乾隆刻本《飴山詩集》同，《因園集》作『泰山』。

憶與尊君友，重逢念[一]載遥。甘輸才不世，豈謂謗同招。對酒海空闊，吟詩秋寂寥。眼中賢子在[二]，愧我豈[三]無聊。魯庵亦罷官家居。

書舍静偏宜，邀歡爾許時。忘形信杯斝，善謔入風詩。退秃[四]欺傖父，新妝玩雪兒。殘秋足風雨，别路不堪思。

努力家門重，清時事業優。潛鱗且寒水，健翮有高秋。青紫君如拾，方蓬我可求。相期各珍重，鶴背與螭頭。

篆水樓夜飲

游日[五]偏宜傍海天，高樓夜上更悠然。流波遥作方圓折，明月全收上下弦。客似閑雲信來往，杯將清漏共留連。主人肯借匡床卧，坐遣蓬壺到枕邊。

[一]『念』，清雍正抄本、清乾隆刻本《飴山詩集》作『廿』。

[二]『在』，清雍正抄本《飴山詩集》空。

[三]『豈』，清雍正抄本、清乾隆刻本《飴山詩集》《因園集》均作『益』。

[四]『退秃』，清雍正抄本、清乾隆刻本《飴山詩集》《因園集》均作『退筆』。

[五]『游日』，清雍正抄本、清乾隆刻本《飴山詩集》《因園集》均作『游目』。

問津園即事

閑園有約幾回空，逸興無端趁海風。緑樹自隨人遠近，斜陽不隔[一]水西東。槐陰老屋宜清簟，蓮葉新陂待碧筩。便與諸君常倒載，兒童一任笑山公。

聞魯庵自河北移竹種於垂虹榭後奉題十八韵

愛君池上榭，六月如寒廳。連朝坐新雨，倒盡雙玉瓶。小山當户矗，孤雲藹亭亭。微風香池荷，跳魚響清泠。四圍雜樹色，參差翠成屏。猶嫌未濃陰，不蔽白日形。衛水二千里，水濱竹青青。深叢積霧雨，新籜抽雷霆。一舸衣帶流，千竿鳳凰翎。遂使尋丈姿，入此方寸庭。君真好事者，迴斡動地靈。劚象起嶔岑，排空生杳冥。凄凄[二]高士廬，縹緲仙人扃。正賴琅玕佳[三]，一洗魚肉腥。潦倒王子猷，長日煩居停。追凉應更數，嘯咏或可聽。娟娟海天月，照人易飄零。與君即嵇阮，

[一]『隔』，清雍正抄本《飴山詩集》作『禁』。

[二]『凄凄』，清雍正抄本、清乾隆刻本《飴山詩集》《因園集》均作『凄清』。

[三]『佳』，清雍正抄本、清乾隆刻本《飴山詩集》同，《因園集》作『景』。按：清雍正抄本止九卷，以下此本無。

但醉不用醒。

與王[一]南村及陸生萊臣安期話津門昨事感懷四首 去年俱客於彼

荷香淡泊月無情，金谷樓危逼太清。誰向九天傳一笑，人間始信有傾城。

人去朱門事事空，堂間蠟泪帶輕紅[二]。啼烏與喚圜扉月，莫遣笙歌赴夢中。

地當滄海易揚塵，世半交游但愴神。從此令人輕郭解，黄金散盡不關身。

怕逢酒伴説歡場，花月參差又一鄉。君去江頭見陽雁，應憐猶帶北來霜。

玩詩意，似在遂閑堂遭故籍没以後，故言之愴楚。按：魯庵先生輕財好士，是其所長，而任俠豪奢，終以致禍。非令德克長，未易至今日尚詩書不墜也。

得天津書知滄州同年劉師退健在 師退幼學禪觀

童稚親情五十年，浮沉踪迹兩茫然。經過初見霜生鬢，相望常如月在川。貧

[一]『王』，清乾隆本《飴山詩集》卷十《葑溪集》無，徑稱南村。

[二]『輕紅』，清乾隆本《飴山詩集》作『塵紅』。

在[一]原思兼抱病，醒多蘇晋本逃禪。海山他日相[二]携手，何必求歸兜率天。

書又云王南村自知亡日沐浴具衣冠拜母無病而逝

迷漫欲界隔仙都，老向烟霞憶舊逋。赢得倏然揮手去，得如輔嗣守門無。

懷舊詩十首人各一小傳録二首[三]

滄州劉果實提因，與余同康熙己未榜，榜下相見，長余四歲。後同入翰林，相於如同氣，并以疏狂爲時所嫌。居數月假歸。甲子授編修，明年被謫[四]去，遂不出。提因貌白皙秀异，行動如鶴，坐必跏趺。幼精内典，其於世味了無所繫戀。三十喪妻，竟不復娶，其[五]前身蓋高僧也。詩文恢詭雄辨，菲薄迂儒，不可以法度求之。

[一]『貧在』，清乾隆本《飴山詩集》卷十六《磺庵集》作『貧久』。

[二]『相』，清乾隆本《飴山詩集》作『期』。

[三]清乾隆本《飴山詩集》卷十八《懷舊集》、清乾隆三十二年（一七六七）詒燕樓刻《國朝六家詩鈔》本《秋谷詩鈔》均題作《懷舊詩十首人各一小傳以相識之歲月爲先後爾》。

[四]『謫』，清乾隆本《飴山詩集》《因園集》《秋谷詩鈔》均作『調』。

[五]清乾隆本《飴山詩集》《秋谷詩鈔》『其』上有『意』字。

余於甲申冬過其家，滄酒［一］共飲，詞色古淡，使人意消，余甚愧之，近聞尚無恙。

倏然野鶴姿，不著世塵垢。借問何處來，夕陽一回首。三年出游戲，璞玉偶然剖。畢世歸沉冥，落月不可取。拂衣尚朱顔，扃户遂黄耇。隱居大小間，道在夷惠後。昔傍集靈臺，歲星昵爲友。近訪華陽洞，壺公沃以酒。嘲弄人盡亡，酣放吾何有。相待净居天，無言［二］開笑口。

蒲州吴雯蓮洋，拙於時藝，困躓場屋中。體貌粗醜，衣冠垢敝，或經歲不盥浴，人咸笑之。而詩才特超妙。余嘗比之温飛卿云。與漁村同薦，既試報罷。其父故與阮翁同年，始入都，以詩謁［三］，阮翁心折，極口爲延譽。而其性迂僻寡合，遂淪弃終身。與余甫一見，如舊相識。余好用馮氏法攻人之短，惟蓮洋不以爲忤。其作字用馮法，粗知間架，然不能工也。晚相值於津門，出詩卷見示曰：『曩之所攻，悉删改矣。』乃知其非名輩所及也。屬余論定，請俟异日。蓋其時正逢［四］阮翁之怒，不敢闌入詩壇故耳。又數年，蓮洋卒於家，卒後，其集聞送新城，阮翁爲作墓志，且删定其集。迄今將二十年矣，而未行於世。意其時，阮翁耄而多忘，未幾遂亡，未及歸諸吴

［一］清乾隆本《飴山詩集》《秋谷詩鈔》『滄酒』上有『出』字。
［二］『無言』，清乾隆本《飴山詩集》《秋谷詩鈔》同，《因園集》作『無顔』，蓋誤。
［三］清乾隆本《飴山詩集》《秋谷詩鈔》『謁』上有『投』字。
［四］《因園集》無『正逢』二字。

氏耶？若然，池北藏書，散失殆盡，《蓮洋集》從可知矣！

築室中條山，招手玉女峰。黄河繞門前，滌蕩萬古胸。埋頭試牘中，啼號羞秋蟲。風騷適榛蕪，揮刃倖神工。脱弃范陸習，踐履岑高[一]踪。貌似温方城，才與遇并同。詩老性護前，於君禮獨隆。貴游負販豪，交臂來趨風。聲名天可假，時命人能窮。護落王官谷，穿冢連司空。遺文寄硯北[二]，飄散如[三]萍蓬。追維平生言，使我心忡忡。虚疑玉溪底，匣劍藏芙蓉。終當沉大網[四]，大索蛟龍宫。當飴山在日，吴集猶未行，故有此慨也。[五]

按：秋谷晚年放浪，好北里游。雷曉峰《漁磯漫鈔》云：『蕊枝者，天津西郭妓也。秋谷於康熙辛巳之秋客津門，寒夕濃陰，紅燈深屋，翩然而來，明艷奪目，相與爲詩品題。時蕊枝適有所避徙，兩遇之情殊厚。會趙東歸，逮再至，則已爲有力者所主。乃相期於他所，叙舊傷離，數語而别。猶持趙前所書便面，容色憔悴，

[一]『岑高』，清乾隆本《秋谷詩鈔》作『高岑』。

[二]『硯北』，清乾隆本《飴山詩集》《秋谷詩鈔》《因園集》均作『池北』，當據改。

[三]『如』，清乾隆本《飴山詩集》《秋谷詩鈔》《因園集》均作『隨』。

[四]『大網』，清乾隆本《飴山詩集》《秋谷詩鈔》《因園集》均作『鐵網』。

[五]清乾隆本《飴山詩集》《因園集》下注『王官谷、玉溪皆在中條』。《秋谷詩鈔》則分注『王官谷在中條』『玉溪亦在中條』。

非復曩態。先是有向[一]趙者曰：「蕊枝何如？」答曰：「新荷出水，飛鳥依人。」聞者莫不惝怳自失。及是，趙又自失矣。爲二絶句云：「烏鵲秋前報好音，人間不信月終沉。如何兩度臨滄海，不見輕泥蘸客襟。」「照水閑花偏有艷，先霜病葉已難支。三年好在青春夢，悔作重尋杜牧之。」其便面《留别蝶戀花》詞云：「秋老家山紅萬叠，何意淹留，斷送重陽節。醉裏情懷空自結，彎環低盡湘簾月。總爲相逢教惜别。明日風帆，亂落霜林葉。暮雨迷離天外歇，寒花付與紛紛蝶。」』

[一] 高氏校云：『「向」應是「問」。』當據改。

津門詩鈔校箋卷二十七

寓賢

趙永齡 四首

永齡，字待五，號後山。里居失考。[一]

讀查氏心穀無題詩集

亞字欄杆丁字簾，畫樓人静雨如烟。怪他江令才無敵，又費南朝十幅箋。

走馬蘭臺意緒慵，玉溪一集耐人評。叢臺南國春如許，酒市誰疑阮步兵。周李商隱自序語。

當時韓渥[二]盛香奩，檀板紅芽次第傳。塞北銷魂漢宫女，江南愁煞李龜年。

海寧文字振江河，集集都强畫壁歌。又[三]誦梧桐疏雨句，妒君才子一門多。

[一]此注稿本無。按：[同治]《韶州府志》卷五《職官表·韶州府知府》有『趙永齡鑲紅旗人監生六十一年任』，未知是否一人。

[二]『渥』誤，稿本作『偓』，當據改。

[三]『又』，稿本空。

吴廷華 五首

廷華，字東壁，號中林。浙江仁和人。進士，官内翰。著有《漂榆集》。

按：東壁久居天津，與蓮坡查氏昆季結文酒之交。邑侯朱公奎揚聘修《天津縣志》。

閏重九集香雨山房看菊分賦得七言古體一首

古人飲興應時發，春秋佳日醉兀兀。陶令愛惜重九名，白傅更誇閏九月。自我放艇直沽東，不及孟嘉落帽風。白衣空致王刺史，綺筵辜負韓魏公。香雨先生游汗漫，都門傾蓋秋過半。瀕行珍重訂後期，閏秋行集商飆館。昨過澹宜晚停車，入座共醉黃菊花。二難高雅方飽茹，一之已甚望敢奢。朝來折筒更治具，爲申前約作快聚。洋花周匝二千枝，滄産搜羅廿三務。趙珣熙寧酒課，惟滄州二十三務。明簪一一皆素心，飲致不翅深杯深。醉侯達伯席相接，大户録事人如林。始把清尊各徐引，好整以暇戒步窘。未幾剔燭哄聲作，射覆分曹殊域畛。酒兵錯落紛戰争，握機布壘縱復横。鄭昭宋聾互相誚，齊强楚霸頃刻更。雲間少年謂染香子更跋扈，將將將兵雜旗鼓。諸豪群起思中之，出奇恃有左右拒。老夫偃蹇愧醒狂，隨衆高揭北斗漿。好花在覆强欲攫，自顧雙鬢羞蒼蒼。酒酣人倦夜漸永，殘月堂西漏花影。離席前請作止爵，天際一聲塞鴻冷。忽聞人語雙扉開，長公方自城南回。復呼大斗洗更酌，四座仍若春轟雷。停杯爲説水西地，霜葉一株破林出。藕花池沼方流紅，不獨高軒能攬翠。攬翠軒、數帆臺，皆水西莊最勝處。寒山詩意群依依。座客聞語興欲飛，謂此佳樹北海稀。請繼黄花作勝賞，一笑强扶殘醉起，樹頭已挂初日晷。竭來徙倚數帆臺，大河猶泛登高水。宋《河渠志》：『九月登高，水至。』

次日游水西莊作二十二韵

勝賞不辭晝夜卜，出城尚帶酒氣宿。迷離醉眼豁然明，樹影行行泛清渌。停車急叩水西莊，入門掃盡塵萬斛。籬落周遭百畝强，三分亭臺七林麓。呀者爲池突者丘，花徑盤囷若轉軸。一回一顧出生面，不壓山重與水復。園林勝處草堂開，如據上游俯群族。秀野横通攬翠軒，無數秋光上修竹。登樓帆影接地來，剪霧排雲千百幅。臨流還憶藕花時，香氣回環紅一簇。惟有山南地更幽，水田習静登新穀。茅庵一架倚緑陰，棟宇天然綴曲木。我來高坐彌勒龕，降盡野狐睡蛇伏。興酣回首問丹楓，如火一株高壓屋。孤清肯擬二月花，恰好東籬伴黄菊。低回未已日又沉，候月舫邊光熤熤。重傾五斗酲解酲，紫蟹朱鱗出水澳。昨宵飲興笑依然，酒兵頓若新括鏃。佳辰原是小重陽，良會遠逾古金谷。獨憐詩力近頽唐，唱和松林筆欲秃。乘醉歸來夜色深，雪白蘆花風謖謖。

染香子

序：蘇州陸蔡，少孤苦貧，幾致淪落，蓮坡昆弟置之家塾，一年通文翰，所作染香齋詩，清雋可觀。

李白采瑶草，葛洪譜靈芝。佳植固自超，終賴識拔奇。二查風雅壇，筆陣樹大旗。得子極珍賞，勉使就師資。二十習書卷，一年風華滋。隨分作揮霍，都是絶妙詞。聰明浄冰雪，拂拭光羽儀。少年意氣佳，名輩不難追。漸染登古香，高接青松枝。珍重大賢門，努力答厚期。庶幾百年身，不負雲間兒。

義騾行［一］

高沙嶺頭霧四塞，北風森森殘月黑。野店有客挾重資，跨騾出門未辨色。長鞭

［一］清乾隆五十七年（一七九二）汪氏飛鴻堂刻本汪啓淑《水曹清暇録》卷四謂：『仁和吴司馬廷華《義騾行》蓋感王一位事而作也。一位，鹽山縣人，乾隆二年閏九月於賨坻貿易歸，經天津，挾重資早行。至高沙嶺，爲盗所害，劫資去。一位所乘騾急歸宿店，以首擊門。店主啓户視之，騾哀嘶若訴，牽置厩中，不食芻豆，因疑之，曰爾如有冤可導我去。騾隨躍出户，奔至一位尸所。店主共鳴之。官懸賞，購得真盗，繩以法。』

策騾騾不行，騾有戒心難自明。荒鷄聲裏强就道，暗中忽有金鐵聲。客素能兵力稱最，不料危機伏意外。抽刀擊賊身忽顛，賊鋒已中客要害。囊資席捲剩客尸，客尸卧雪[一]紛淋漓。陰房鬼火慘林木，舊鬼歡迎新鬼哭。新鬼哭，人不聞，義騾怨氣欲遏雲。衛主[二]愧乏侍中血，口不能語心如焚。報仇須向賊巢去，恐爲賊拘不敢遽。道旁四顧重躊躇，忽記昨宵曾宿處。回頭[三]走撞宿處門，主人驚起燈燭昏。開門認得前客騎，胡乃背主獨反奔。懷疑姑令暫入廊，廊下[四]尚存昨棧豆。騾方滴泪堅不食，怒嘶不翅獅子吼。朝來吼聲驚四鄰，對騾無策相諮詢。就中鄉老號有識，知騾當有怨欲伸。謂騾此豆爾且啜，爾冤我當爲爾雪。轉呼同伴走前途，途遇客尸認模糊。先是客家夢客報，尋踪[五]至此逢鄉老。入邑急啓大令知，大令已若神之告。懸賞大索不旬日，爲客獲盜歸其資。家人語騾騾得意，飽食欲隨客入地。一時圜阜

［一］「卧雪」，《水曹清暇録》作「卧血」，其事在九月，則作「卧血」或是。
［二］「衛主」，《水曹清暇録》作「衞主」。
［三］「回頭」，《水曹清暇録》作「回來」。
［四］「暫入廊」「廊下」，《水曹清暇録》作「暫入厩」「厩下」，按：作「厩」是，當據改。
［五］「尋踪」，《水曹清暇録》作「尋迹」。

控勒嚴，雙睛尚灑臨歧[一]淚。嗚呼噫嘻此義騾，與人一心久不磨！昔聞蘆臺有義犬，與騾毋乃稱同科。老夫執筆重大義，敢擬玉臺龍友之雅歌。

志局爲學使者校士地其西積水成窪廣可里許長堤中亘通以平橋與同人游而樂之分賦得十一隊二十四韵

海津械隅闢草萊，呀窪乃作衆水匯。規圓明鏡豁然開，溶溶眼波泛青睞。平堤中亘彩虹長，小橋低架靈鼉背。城中如此水凡五，皆濁獨清絶點穢。何人曾借龍門鑿，一時竟偃鷄鳴埭。此地雲漢最末流，天一精氣滋大塊。七十二沽水潛盤，九十九淀流汪濊。更從新邑浚文瀾，校士場開潤筆采。我來剛值使節移，劇知講肆非馬隊。昨朝入局出輿圖，海志水經搜紀載。行篋無多腹笥虚，硯田借此一沾溉。閑來擲筆涉成趣，臨崖小立呼儕輩。一泓静影天宇涵，四面微風藻紋碎。有時叠浪作屑霏，如瀉龍池珠百琲。有時輕靄隔岸横，女床方丈依稀在。朝暉夕陰晴雨宜，里許清波千萬態。吾儂家住金牛湖，水染青螺山點黛。更憶清河功甫家，白洋地水淵泉汐。地在艮山城西，張功甫故園也。較此疇分軽與軒，敢謂潢污不足采。况看風水簇成文，掩

[一]『臨歧』，《水曹清暇録》作『臨風』。

映騷壇雲霞霮。淵映堂邊溯風雅，洗硯池頭效采繢。獨惜幽情地最偏，賞奇不足邀襪襶。作詩聊以志勝區，嗚咽水聲若長慨。

汪沆 四十七首

沆，字西顥，號槐塘。錢塘人。舉博學灣詞。邑侯朱公奎揚聘修郡志。

按：西顥與萬征君光泰、吴内翰廷華、劉雪柯文煊主於斯堂查氏最久。著《津門雜事百首》，杭大宗先生爲之序云：『直沽七十二水發源於狐奴，釃渠、猪野，環注數縣。其南與河通，北濱大海，茭葦蠃蟹之利，甲乎幾甸。以形勝計，亦一大都會也。吾友汪君西顥滯淫是邦，載離寒暑。有南湖賢令君以爲之囊橐，而搜討有藉；有水西查氏以恣其游息，而酬唱不孤。參稽地乘，溢爲聲詩，意主於揚厲風騷，表章士女，正習俗之訛，著土風之异，蓋以詩傳事，非以事爲詩也。津門地非阻僻，當前修既往，壑簡就湮之會，其緒積數百年而未出。西顥一客卿耳，一旦抽妍騁秘，抉發之而無餘，豈非談藝者之權輿，省方者之惇史乎？』

津門雜事百首録四十七首

桃花寺外桃花樹，春去猶迎鑾輅開。莫訝天公機杼巧，紅雲要護翠華來。

聖祖仁皇帝御制《前過浙江桃花已放今回鑾至津門復見桃花盛開調寄點絳唇》詞：『再見桃花，津門紅映依然好。回鑾纔到，疑似兩春報。錦纜仙舟，星夜眄辰曉。情飄渺，艷陽時裊，不是垂楊老。』桃花寺在城北二十里。

下杜鶯花二月稠，白頭父老感宸游。承恩不獨黄衣貴，親拜天厨出鳳舟。

天津爲三輔重地，屢邀駐蹕。康熙四十四年，聖祖南巡，舟次陽[一]青驛，道旁士民咸賜食[二]。

朱欄粉堞切雲端，如練河流繞郭蟠。兩字衛安頒睿藻，從今不類[三]賽淮安。

天津城歲久傾圮，雍正三年重葺，西門『衛安』，乃[四]憲廟欽定名。前明衛城，永樂間工部尚書黄福、平江伯陳瑄等築，時稱賽淮安城。

天津名自長陵錫，三衛新軍駐羽旗。却怪後人多傅會，紛紛耳食是耶非。

明成祖永樂二年，設天津三衛，始有天津名。按：天津本關名，在良鄉北，或云永樂設衛後，因將天津關名移直沽。《静海志》云：『《金史》有天津河，故名。成祖駐蹕於此，因名。姚廣孝謂女宿上有天津九星，占應小直沽，以此得名。』

海津作鎮劇蒼凉，七姓殘元始啓疆。爲問咬兒同朵罕，阿誰數典不曾忘。

《元史》：『延祐三年，置海津鎮於直沽。』舊志稱天津初止七姓，李咬兒、只朵罕，皆設衛時所徙官籍。

[一]『陽』，誤，清乾隆四年（一七三九）刻本《津門雜事詩》作『楊』，當據改。

[二]『食』，《津門雜事詩》上有『克』字。

[三]『類』，《津門雜事詩》作『數』，當從。

[四]『乃』，《津門雜事詩》無。

豆子䲨邊夜射魚，潮痕初上柳風疏。千年劉格芟夷後，金鏃猶耕出廢墟。

《地里[一]今釋》：『豆子䲨，今咸水沽。』《隋書》：『豆子䲨負海帶河，地形深阻。大業七年，劉霸道聚衆於此。』《方輿紀要》：『大業十二年，賊帥格謙據豆子䲨，稱燕王，王世充擊斬之。』

帕手靴刀意氣雄，小侯衹愛説從戎。百年文教成鄒魯，繞郭書聲燈火中。

明三衛子弟并習武備，設有武學。國朝改府設縣以後，人文蔚興。

藍田雨過稻花香，吠蛤聲中趁夕陽[二]。唤作小江南也稱，僧衣一帶抱回塘。

藍田在城南五里。康熙間，總兵藍理所開水田也。河渠圩岸，周數十里，召浙閩農人課種其間，得田二百餘頃，車戽之聲，相聞遍野，士人[三]號爲小江南云，今蕪。

橹楯頻垂度土功，嘉禾雙穗報年豐。議勛自合崇禋祀，不爲天潢私剪桐。

賢王祠在三岔河口香林苑側，中祀怡親王，雍正十三年奉敕建。先是，三年，賢王承旨查修畿輔水利，奏開滄州、青縣減水二河，并各建滚水石壩，由是衛河入直沽者，其勢少殺。四年，復奉命營田天津賀家口、何家圈、白唐口[四]、葛沽、泥沽等處，共營成稻田六百二十三頃八十七畝，逾年所營稻田或一莖三穗雙穗不等，

[一]『里』，《津門雜事詩》作『理』，當從。原校本亦作『理』。

[二]『陽』，《津門雜事詩》作『凉』。

[三]『士人』，《津門雜事詩》作『土人』。

[四]『白唐口』，《津門雜事詩》作『白塘口』。

特疏進呈。

天后宫前泊賈船，相呼郎罷禱神筵。穹碑剔蘚從頭讀，署字都無泰定年。

《元史·泰定帝本紀》：『泰定三年八月，作天妃宫於海津鎮。』此天津立廟之始[一]。

秋草離離魚化橋，科名盛事記前朝。一枝仙桂重攀掇，赤鯉蘭舟潑刺跳。

魚化橋在舊衛學泮池上，明成化乙酉，有雙鯉躍過，是年劉鈺、衛林同領鄉薦，故名。雍正丙午，金庶子相入都秋試，途次有鯉躍入舟中，是年登[二]解第一。

中春積雪一灘明，好趁東風蕩槳行。試問熬波人在否，暝禽啼上角飛城。

《水經注·趙記》：『石勒使王述煮鹽於角飛城，即漂榆故城[三]，在天津府東。』

浣俗亭開十畝池，傍池雜樹帶花移。軟紅百丈都抛却，清絶吾家金部詩。

汪必東，崇陽人。正德十一年，由户部郎中出任天津户部分司，構有浣俗亭，賦詩云：『十畝清池一堁臺，病夫親與剪蒿萊。泉通海汲應難涸，樹帶花移亦漸開。小借江南留客坐，遠疑林下伴人來。方亭曲檻雖無補，也稱繁曹浣俗埃。』

道人降筆小游戲，六草三真妙入神。不用石榴皮作字，家家屏帳墨痕新。

[一]《津門雜事詩》下有『舊志及碑碣皆不詳』八字。
[二]『登』，《津門雜事詩》作『發』。
[三]《津門雜事詩》作『角飛城即漂榆故城』。

張某，江南人，寓天津，扶鸞得虎卧老人[一]，自言工八法，流傳真迹甚多。

少海東環斥鹵區，空倉翔貴米如珠。殊恩特詔弛洋禁，齊樹雙桅出大沽。

天津地界少海，左盛京，右登萊。邑介南北之濱，[二]雨暘偶愆，每特二處米石接濟[三]。乾隆元年，狼山鎮以閩粤大洋，請嚴偷運之禁。時部議内港近地，仍不在禁例。而天津少海，未有明文，山海關將軍等概行查禁。二年夏旱秋霖，兩麥歉收，前制府李敏達公及總鎮黄公，准天津朱南湖使君暫通海運條議，先後具題，奉旨俞允，民賴以生[四]。

宜亭如笠倚斜陽，堤上青青柳萬行。爲囑行人莫攀折，長條多是召公棠。

宜亭在城西演武場月堤上，康熙間朱觀察士杰建，繞亭夾植楊柳，行者忘暑，今廢。

幽蘭夕萎芸書閣，缺月秋寒殘夢樓。留得玉臺詩本在，不教謝女擅風流。

《芸書詩集[五]》，予友查蓮坡室人金氏遺稿也。金諱至元，字含英。詩格清拔孤秀，不墮脂粉習氣。濟

[一]『虎卧老人』，《津門雜事詩》作『虎卧道人』。

[二]《津門雜事詩》下有『土瘠民貧』四字。

[三]《津門雜事詩》『接濟』上有『相』字。

[四]『民賴以生』，《津門雜事詩》作：『百萬飢民并歌康阜矣。』下有：『雙桅單桅，海舟大小名，大沽口，河流入海處也。』

[五]『芸書詩集』，《津門雜事詩》作『芸書閣詩集』，是，當據改。

南趙秋谷宫贊爲序以傳。平樂府知府佟鋏配趙氏二十六而寡，獨處一樓，惟耽吟咏，有《祀竈》及《題邊塞圖》二詩，爲世所傳，晚號殘夢主人，因以名樓。

柳棉脱盡水初肥，雁齒紅橋指錦衣。七尺烏篷三尺筱，樹愔愔的坐忘歸。

金吾橋，舊錦衣衛橋也，在香林苑側，垂楊接岸，游人多釣於此。

惹烟籠月影檀欒，綉野簃前竹萬竿。寄語錦绷來歲脱，莫忘燒笋鬥春盤。

津門少竹，水西莊綉野簃前栽竹數畝，蓊鬱深翠，不減江南。

重紅復翠接村畦，比屋都居花太醫。劇愛小園蜂蝶鬧，籃輿日日挂偏提。

小園，村名，在城西，與大園相鄰[一]，人多[二]藝花爲業。

秋漲黏天迴不分，青蒲獵獵水沄沄。一坏知屬陽侯護，煎斷銀濤[三]四烈墳。

秋霖浹旬，積潦彌望，獨四烈墳孤峙水中不没。四烈者，謂陳、諸、裘、金四氏也。

花天月地鬥觥籌，占盡風流[四]紅墜樓。今日重尋園一畝，燕泥無賴涴簾鈎。

紅墜樓，在一畝園魯庵張氏别墅。

[一]『鄰』，《津門雜事詩》下有『居』字。

[二]『多』，《津門雜事詩》作『皆以』。

[三]『濤』，《津門雜事詩》作『波』。

[四]『風流』，《津門雜事詩》作『春風』。

樓頭艷雪瑩於玉，每課新詩到日西。不及尚書有盼盼[一]，白楊作柱背燈啼。

佟鉉，字蔗村。長白人。家世貴顯，獨脱屣軒冕，放情山水[二]間，僑居津門西郭外。妾趙氏，字艷雪。色藝兼擅，築樓貯之，名艷雪樓。鉉早年詩學蘇陸，一變而入大曆、貞元之室，惜稿散失無傳矣。

入室漁洋詩弟子，六歌聲價六街喧。誰教渴葬棠梨下，腸斷西風温序魂。

徐蘭，字芝仙。紹興人，後家常熟。暮年緣事謫死天津，著有《出塞詩》及集唐《蒙古象棋》等六歌，極爲新城尚書賞譽。

誰似七峰居士好，堆林金薤觸琳琅。橋亭卜硯新藏弆，玉帶生呼錦雁行。

周月東焯，號七峰。藏有橋亭卜卦硯，修一尺餘，廣五寸，宋謝文節公物，背程雪樓銘。

吾愛詩人張笨山，帆齋高卧屋三間。阿兄枉自稱豪舉，垂老何曾得遂閑？

張笨山，名霔，字念藝。工詩古文。帆齋，其讀書處。兄霖，字汝作。官福建布政。園亭聲伎之盛，甲於津門。構有問津園及遂閑堂，晚年被劾破家。

千年魚腹恨難消，想像金支踏暮潮。回首麗春松兩樹，夜深風雨撼靈濤。

明江西盧杜氏女名麗春，隨父宦游，過天津，墮水死。女工詩，生時於卧閣前手植稚松二株。既殁，母思

[一]『盼盼』，《津門雜事詩》作『盻盻』，當據改。

[二]『山水』，《津門雜事詩》上有『詩酒』二字。

女不置，因呼松爲麗春。土人言女死後，時出水面，華裾織衽[一]，如世所畫洛神狀。後又降乩，自言始末甚詳，并留《海天詞》十首、《和蓮坡賞菊》二首。

湘公禪藻清無敵，語帶烟霞自捲舒。壓架葡萄延舊緑，草堂人去渺愁余。

釋湘南，名成衡。嘉興人。工詩畫，著有《一笠集[二]》。葡萄草堂在寺西偏。

卧松閣畔秋蛩絮，慎雅堂前暮雨繁。欲唤詩人魂不起，簷聲凄絶老夫村。

卧松館，笨山張氏別業。慎雅堂，芰粱粱氏舊宅。老夫村，舊名甯園，後爲東溟龍氏別墅。三君皆津門詩人。今得見者，惟龍氏《玉紅草堂集》。

摹印昔年數李老，窺蝸匾析秋毫。有時謝客還自秘，不是解人不奏刀。

李釗，字所其，號勉庵。文安人，流寓天津。工摹印。性孤介，有不當意者，雖千金不應也。

東海聖人矜獨步，磨丹漬墨秀才村。縱教桂子落墳上，仍是清門一品孫。

相傳曩時海下無讀書者，數十年來，補得博士弟子員者，惟鄭某一人，俗稱曰『東海聖人』。

麻衣如雪泣松楸，丙舍天寒睫血流。墓外雙頭荷早謝，鄰人猶指舊虚舟。

宋舊山，名真儒。江南蕪湖人，僑居天津。親死，廬墓三年，過者無日不聞哀號也。墓前池内，荷開并蒂，人謂孝感所致。虚舟，墓旁屋名。

[一]『衽』，《津門雜事詩》作『袿』。

[二]『一笠集』，《津門雜事詩》作『一笠等集』。

鶴去緱山杳不還，乘雲知控紫烟班。聳肩舊説清吟苦，抱瓮園中獨閉關。

道士王聰，字玉笈，號野鶴。住香林院。能詩畫。抱瓮園、若樓居、玉笈山房，并在苑中。

吴老彈棋品第一，柳朱繪事技殊工。黄圖他日編方技，掌録人才半寓公。

吴來儀，江南人。柳維新，浙江人。朱錫鬯，江南人。皆流寓天津以老。

門外河流燕尾叉，門前楊柳萬行斜。拾遺分取雲孫住，從此村呼小浣花。

浣花村，在城西五里，前臨大河，杜氏所居。

宋元墨妙貯千幀，溢目古香散客襟。沽水草堂風日好，自攤《書譜》硬黄臨。

沽水草堂，麓村安氏别墅，今廢。麓村蓄書畫極富，唐孫過庭《書譜》墨迹，以三千金購得之，重摹上石，神氣不失累絫黍，陳香泉太守爲書釋文一卷，附鍥其後。

出郭嬉春花事繁，康園才過又懷園。二分修竹三分水，畢竟終推攬翠軒。

慕園老人構園城西，號水西莊，中有攬翠軒、枕溪廊、數帆臺、候月舫、綉野簃、碧海浮螺亭、藕香榭、花影庵[一]諸勝。康園在城外東南隅，今歸牛氏，名南溪。懷園，王氏别業，城東五里。

吴綾灑遍湛園墨姜編修宸英，越紵歌殘秋谷詞。趙宫贊[二]。更有蓮洋老徵士吴雯，垂虹榭上日題詩。

[一]「花影庵」，《津門雜事詩》下有「課晴問雨」四字。

[二]「趙宫贊」，《津門雜事詩》下有「執信」二字。

垂虹榭，在張氏一畝園。張氏傾資結客，前輩若梅定九、朱竹垞、查初白[一]、朱字緑及姜、趙、吴[二]諸公，咸主其家，時人有小玉山之目。

渟泓七井何年湫，擔水人憐赬兩肩。争似楊家岑畔住，煮茶日汲馬蹄泉。

异泉井、甜水井、文井、兩山井、雙眼井、鎮署井[三]、普濟庵井，城中七井也，俱廢。馬蹄泉，在楊家岑沙陵旁，深尺許，周二丈餘，甘美可飲。

宋[四]分北秀與南能，不見瀛堧傳一燈。除却草堂開白社，緇廬半是啞羊僧。

大悲院，釋世高與梁芰粱、佟蔗村、龍東溟、張念藝、黄六吉諸前輩共結草堂詩社。

自昔名園關盛衰，兔葵燕麥重徘徊。李家臺閣[五]吴家樹，過眼風花付劫灰。

『李家樓閣吴家樹，誰道君園尚不如。』沈通政一揆《過問津園》句。

不櫛書生不畫眉，傳來艷絶海棠詩。若教玉秤稱才子，壓倒樓頭舊婉兒。

閨秀許雪棠，過時不嫁。工詩文，秘不示人，傳播人間者，惟《十月海棠》二首而已。

[一]『查初白』，《津門雜事詩》下有『查浦』二字。

[二]『吴』，《津門雜事詩》無。

[三]『鎮署井』，《津門雜事詩》作『總鎮署井』。

[四]『宋』，疑誤，《津門雜事詩》作『宗』，當據改。

[五]『臺閣』，《津門雜事詩》作『樓閣』。

仿佛魚梁竟渡喧，行人争入帶河門。市樓次第明燈上，飛盡群鴉烟水昏。

天津城東西北三面瀕河，各建浮橋。『帶河』，北門名。

青竹幾叢誇庾信，芳蘭夾徑擬羅含。城中不少連雲第，可有清閑似屋南？

蓮坡昆季新辟小園於道南，顔曰『屋南小築』，夕膳晨羞，以賦白華之養。午晴樓、花香石潤之堂、送青軒、小丹梯、玉笠亭、若查讀畫月明擫笛臺、萱蘇徑，皆小築中勝處也。

鸕鷀艓子小於萍，販得鮮回盡入城。青鯽白鰕充饌好，登盤須遜女兒鯉。

裙帶鯉、女兒鯉，俱[一]産泥沽、葛沽等處。

生計惟憑舊釣車，魯魚網罷網羊魚。更臨葦岸烹回網，便啖西施乳不如。

回網魚不受釣餌[二]，遇網即回，漁人以叉得之，味腴美冠水族[三]。

故人多感促南轅，旅味緘書僂指論。二月河豚十月蟹，兩般也合住津門。

『津門蟹肥美甲天下』[四]。蘆芽茁岸，河魨壓擔，長安貴人每急致[五]之。

[一]『俱』，《津門雜事詩》作『并』。

[二]《津門雜事詩》上有『魯魚羊魚并出天津，見《畿輔通志》』一句。

[三]《津門雜事詩》下有『俗誤鮰鰉』四字。

[四]《津門雜事詩》上有『《天津衛志》：』四字。

[五]『致』，《津門雜事詩》作『遞致』。

按：徵士此作，隨意摭拾，雖無足觀，截録之，以備考據邑中故實，亦藝林之助。［二］

劉文煊 一十七首

文煊，字紫仙，號雪柯。山陰人。貢生，乾隆丙辰舉博學鴻詞。著有《雪柯詩鈔》。

按：雪柯居日下最久，當道重其文名，多思招致門下。公性峭峻，不屑干謁。且落落少所許可，耻詭遇取榮。以是遭忌，凡七中副車，而卒未酬其志，投老纔爲末吏。交游皆一時名士，如周蘭坡、萬循初、余元平諸征君，時共吟和。商寶意先生爲公之甥。晚年與查蓮坡老人交最契，贈答最多，壽八十余，卒於天津。［三］

丁巳六月終與山陰余元平征君峥相别經兩月中秋對月漫成二絶却寄

百里關山尺五天，相思秋月兩回圓。乾坤既有盈虚象，爾我徒分上下弦。

君似上弦我下弦，兩心相合總難圓。冰輪未滿何妨待，秋老嬋娟不復妍。

［一］高氏云：『汪沆之《津門雜事詩》實勝於蔣詩之《沽河雜咏》，去彼存此可也。』

［二］高氏云：『劉文煊詩得諸余氏家，陳皋、萬光泰各詩采自《題襟》，皆在天津之作，故可存。惟劉文煊《平泉》一首可删。』

中秋對月懷笠山

尋常三五尚如規，豈到中秋魄反虧？風雨他鄉難得見，關山何處不相思。要知徐福懷歸日，正是吴剛被謫時。直待浮雲澄碧落，刀環無限惜分離。

寄懷王柳東

三年惜别忽三年，瘦馬春山又策鞭。皂帽虚懸斑旅鬢，青衫無恙聳吟肩。折腰且學陶彭澤，多病纔歸孟浩然。寄語風流王内史，漫誇負郭有瓜田。

周蘭坡調廣文由鴻博復館職丁艱歸里慨然有寄

三翰詞壇顛倒過，五雲流處復鳴珂。起眠何似隋堤柳，又聽傷心廢蓼莪。

余平野一别三年丁巳夏杪來津相訪留住十日雖厨餐寒素而交在忘形彼此均不覺也因賦志事

人生白髮幾心知？客裏猶堪此别離。百里關河雖在目，三年魂夢自相思。單衫策蹇津門路，茅屋聯床夏雨時。且喜墻頭過鷄酒，老妻十日得成炊。

晚晴和余元平原韵

雲漏清輝鑒復明，園亭更喜晚來晴。三更尚覺青氈冷，曲徑還須紅屐輕。烟織柳絲無俗態，珠傾蓮葉有餘聲。流光頃刻成今昔，杜老空懷舊雨情。

立秋日和余元平韵

歸雁與賓鴻，更番度太空。往來謀禄食，南朔頌王風。壯志灰顔觸，丹心邁左雄。高堂有母在，七十諱稱翁。

己巳歲暮病中柬余千子二絶

望八年華號更生，通家兩世話交情。可鄰聚散猶萍梗，歲暮孤征一雁鳴。

思慮傷脾死復蘇，天涯回首故人無。雷陳膠漆當年事，老病誰雲德不孤？

書懷二律

人間誰道遍風波，好履平途莫近魔。百歲生涯閑日少，三春陰雨悶懷多。狙緣伐巧弓相難，魚不貪求餌奈何？試看高飛雲外鳥，小山南北任張羅。

四海茫茫寄一身，月中花影幻中身。同心寧論人今古，合眼須參夢假真。陋巷時尋顔子樂，穹廬遠避庾公塵。未能盡化騷人態，朝日吟聲聒比鄰。

平泉 在八溝

山肝地肺腫邊荒，劃破平原漲碧潢。腥起浴龍連夜雨，寒沾洗月五更霜。雲拖柳艷交山色，風度書聲上水光。一綫遠從天際落，應教流育到遐方。

自題《坐隱圖照册》

斯人蕭散不知憂，八九光陰似水流。那得駐顔能久視，松風吹我一秤秋。坐隱松陰已六年，不知黑白讓誰先？贏輸漫向楸枰博，無限榮枯在眼前。

按：雪柯先生後裔式微，所遺詩編，都歸散落，數詩俱得諸余階升孝廉家藏。與其曾大父元平征君唱和之作，并《坐隱圖》亦在孝廉家。蓋四代通家，因劉氏無人，代爲寶存，其風誼可謂近古矣。棟識。

送朱稼翁徵士還秀水

木葉下亭皋，西風吹紵袍。九衢淹旅食，三板急歸艘。芸閣遺書在，菏池結屋牢。還家一杯酒，揮手謝群豪。

商寶意先生盤選《越風》評云：『舅氏雪柯先生，工詩善畫，筆墨絶塵，兼倪黄之勝。年登大耋，神明不衰。昔人謂畫家得山水烟雲供養，如沈石田、文衡山輩，多享遐齡。晚歲僑居津門，與查澹宜、萬柘坡、汪師李爲文酒之交，有《沽上題襟集》行世。』

齋夜得汪西顥札知以五月當抵津門喜而有作

鳴鳥各就栖，乃知群動歇。徑竹隱疏星，林花上新月。素書千里來，西泠夢中越。命駕云不遥，披衣待明發。

陳皋 六首

皋，字江皋。錢塘人。詩見《沽上題襟集》。

初夏游水西莊和查魯存《秋日雨中雜咏》

暮烟已斂夕陽樓，襆被還期信宿留。無限青蘆吟似雨，麥寒也作十分秋。

疊石疏泉就淺沙，山亭小樣勝倪家。竭來尚帶春風眼，看遍梢頭薊粟花。

門外清流艇可呼，渺然客思動江湖。他時三板裝書畫，寫我《歸帆天際圖》。

屋南小築落成次查心穀韵

蘭草新移翠影含，板輿時奉到陔南。柳遮屋角張風幔，蘚剔雲根簇畫嵐。午枕覺時呼茗椀，衆香薰處坐芸函。年來更得逃禪味，綉佛長齋醉裏參。

觀打棗

秋光如水啼畫胡，隔墻紅皺垂扶疏。群兒歡躍集其下，長竿裊裊摇庭隅。撲撲簌簌擾樹影，須臾亂落紛階除。草根糞壤已遍及，餘散鄰瓦猶跳珠。小童却走大者疾，强者劫奪弱者呼。當門中婦抱兒立，懷間出手聲呱呱。藤筐竹簍盡盈積，手提肩舁争收儲。全家婦子有娱色，嬉嬉相告無艱虞。賓至可以供盤飣，報祭猶堪修籩腰。來朝摒擋入城市，易以錢刀輸其租。餘者亦可助釀用，醉飽今歲稱樂胥。聞之頗爲三嘆息，倚樹翹首心踟蹰。我無寸田并尺塊，終歲碌碌風塵驅。焉得安邑三百户，不羡江陵千木奴。

夏日澹宜書屋觀黄遵古仿沈石田爲陳醒庵作《廬山高圖》

石田藝事世無匹，有明一代稱第一。零縑片紙人争藏，异世繼者江夏黄。空齋六月熯如火，白汗翻漿無一可。主人爲掃青琅玕，招我東廂搴幔坐。牙籤溢目重錦韜，中懸大幅廬山高。淋漓墨瀋尚帶濕，似法黄鶴皴牛毛。嵯峨五老插天際，香爐雲氣騰神躍。玉龍直下濺飛雪，堂上不合生波濤。松林颯沓風怒號，老者於思稚者羔。瑣屑雜出花藥嬌，參差一一紛纖毫。澗邊二老疑有語，自是當年蓮社侶。對畫令我開心脾，白苧生凉不知暑。平生看畫如嗜漿，看山更得山之强。二者一夕落吾手，不啻扁舟彭蠡杭。此幅始自沈長洲，作與吾宗醒庵老。流傳二百有餘年，復起廬山重脱稿。想見經營慘淡時，五日十日窗間掃。唐摹褉帖肖逼真，神品真堪爲世寶。觀之不足心如抽，以火相繼窮雙眸。安得日夕卧其下，又向吾家百尺樓。

萬光泰 六首

光泰，字循初。浙江秀水縣人。乾隆丙辰舉博學鴻詞。

按：萬征君久客於斯堂查氏，與蓮坡、儉堂兄弟，劉公雪柯、周公月東結社聯吟，詞章最富。津門旗鼓相當者，惟查公次齋爲一時瑜亮。

橋亭卜卦硯歌爲周月東賦硯係宋謝文節公物有程雪樓題字

寶峰山下兵如蟻，赤羽無光鼓聲死。天塹長江渡若飛，何况弋陽半溪水。疊山先生飲聲泣，麻衣草屨空城裏。賣卜聊從季主謀，食薇不索長安米。一代冰霜兩巨臣，信州信國東西峙。天跳地踔頻翻覆，虎困龍疲幾終始。遺石模糊世不磨，貞魂鬱栗呼難起。周君愛古搜奇僻，野廟荒凉憩游屐。手拾空壇一片磚，中含南宋千年碧。行押書多半莫辨，楚公題處猶堪識。聞道蒲輪下詔初，薦章實自楚公迫。却聘書成命已孤，受辛碑在憂誰釋。周君愛硯勤藏弆，不寫風雲寫經籍。什襲文綈扃鐍深，三楹草屋莓苔積。由來正氣難銷黯，隨處榮光滿山澤。臨池勿寫《卜居》篇，恐有蟾蜍泪長滴。

紅毛劍子歌

秋螢如磷夜月静，凉露侵衣薄羅冷。罷酒思爲斫地歌，吹燈忽嘯飛龍影。苾布之裝翠毛疊，蒯緱不學馮歡鋏。疑是空山霧雨中，一莖折得紅蘭葉。鯷海風波歲不揚，諸蠻入貢受冠裳。櫜弓卧鼓鯋潯静，佩犢驅牛龍户良。蠻君拊劍重三嘆，未忍銷鋒付鍾鍛。偶隨賈客上樓船，載得星文燦雲漢。精華不竭至今明，挂壁時聞風雨聲。群道儒生能説劍，敢邀豪士共論兵。紅毛之國白丹穴，海水遥遥積如雪。當時赤堇無遺金，此日生鼉有殘血。劍影收光斂篋中，土痕蝕綉春花融。由來遠物稱難得，莫遣餘威吐焰紅。

都盧曲

高臺簇簇層雲高，連床叠案如山牢。紅妝女兒逞身手，捷於飛猱健於柳。五五三三聯雅步，不縛長裾縛窮褲。烟綃霧縠飄輕颺，錦襪丹鞋束裝固。翻身伏地還嚮天，須臾已出高臺巔。爬沙兩手秋菰植，却月雙趺倒鏡懸。小瓮團團易輕重，抛來恰受祥雲涌。下阪群疑金彈空，回空仍屬驪龍捧。忽看擁背有昭儀，十二重樓轉柘枝。蜻蜓翼小頻教展，蛺蝶風多不自持。周遭欄楣相鈎帶，東躍西跳俱迅邁。魚戲蓮池出没多，蛇盤斗栱迴旋快。别有長竿百尺長，跂跂脉脉如緣墻。竿頭進步禪堪味，木末騰空劍欲揚。下來静立雲階畔，檀靨微渦無點汗。多少牽裾持履人，愁他飛去昭陽殿。聲價直堪百琲珠，無須重買石家姝。瞢騰春夢羅窗晚，纏臂金曾壓扁無。

合子燈詞

春湖畫釀青葡萄，春樓夜值燈竿高。白玉簫停擊連鼓，杖輕鼓急燈如雨。始訝輕冰膈膊鳴，旋看列宿縱横明。也知彙玉駢珠裏，大有叢鈴碎佩聲。看場壓倒人如綺，十二闌干簾盡起。映竹么鳳挂緑毛，開屏孔雀拖紅尾。人間火樹水中龍，水底人間一色同。誰將牛渚文犀燭，照徹馮夷珠貝宫。櫻桃風緊迎春小，百五韶光疾於鳥。翻憶當年水暖初，舊痕緑到横塘草。夜深重啓藏春塢，蓓蕾叢叢花楚楚。蝴蝶成團宿芳雨，小鬟私致花前語。願留白日停天末，願買黄金鑄花骨。莫學燈前一餉紅，酒闌但剩三更月。

三月三日游稽古寺登藏經閣晚過查氏水西莊飲丁香花下

采蘭拾翠芳洲暄，江南此日嬉游繁。天津塵高没馬首，亦有韶光在楊柳。東家西家争早出，細綺輕紈嬌滹質。不能免俗聊復然，不使山花笑遲日。稽古寺前春鳥鳴，駛騃丹閣高傾城。貝多葉細如山叠，《寶積》《阿含》紛四楹。頭陀晏坐同飢鶴，清磬數聲花雨落。多少魚須玉佩聲，清幽不到檐間鐸。回首西園咫尺餘，丁香幾樹又芳腴。蘭亭少長咸來集，何似風凉出舞雩。京華昨歲聽春雨，撥火添香喧夜語。座客俱能唱越吟，少年尤屬袁臨汝。雙輪輾轉還一年，置身猶在瀛海邊。江南路長歸不得，酒闌數視珊瑚鞭。舍前緑水明浮蟻，蓮葉舟輕蕩洲尾。笋芽穿泥荇葉紫，明歲春歸吾歸矣。

過慶國寺 商寶意《越風》作柴育孝詩

去國無百里，河流何滔滔。午風既云息，晚潮亦已高。精藍濱水涘，訪古恣搜撈。山僧不解事，斷石填墻濠。呼群曳碑出，春蚓迷秋毫。聱牙交口讀，汨淈澄泉淘。嗟嗟古遺籍，幾輩埋蓬蒿。唐宗昔雄武，跨海横征艘。寺係唐太宗征高麗回息士處，俗名挂甲寺。青萊沸雷鼓，平壤鳴霜刀。幸也得勝返，虎旅辭伏弢。不然亡隋續，世事紛牛毛。國家耀文德，箭箙弓亦櫜。不懸魚門胄，寧試楚練袍。寄語太平民，無弃耕桑勞。

余尚炳 一首

尚炳，字犀若。號月樵。原籍紹興，後家天津。

按：犀若詩見《沽上題襟集》，與查蓮坡、茶垞昆弟同社詩人。工繪事，沈苑游先生《誦芬堂詩稿》有犀若題詞。

正月四日飲查氏香雨庳梅花下以『竹外一枝斜更好』分韵得外字與吴中林内翰同作

歲首塵事閑，置酒日高會。朝來風雪晴，頗厭絲竹汰。摳衣走高齋，入户聚宿靄。始知枯梅開，孤幹如折帶。稀疏點晨星，歷落綴文貝。宛憶江南時，横枝出籬外。座中褎衣士，一一南國最。擘箋賦新詩，捷若船下瀨。宏聲大吕奏，清思秋蟬蜕。同調忝及余，芝蘭雜蕭艾。飲酣杯不釂，回首向花酹。明日斜川游，還來萃飛蓋。

附：厲太鴻鶚《沽上題襟集序》云：『查君心穀、魯存昆弟，詩品皆清警拔俗。負郭有水西莊，軒欞虚敞，坐挹風帆雲樹於無際。主其家者，若劉紫仙、胡文錫、萬循初、吴中林、陳江皋、汪西顥，各張一軍，合晨夕往還之作，厘爲八卷，目之曰「沽上題襟集」。夫《漢上題襟粲》者，唐段成式、温庭筠、周繇、余知古輩，幕府追游之作也。觀花狎燕，僅步齊梁之後塵，以視是集，粲如球貝，和若笙簧，如松風澗水之相答者，爲近古乎？』王戢翁云：『章襄華比部云「查君心穀殁，月樵題挽額云『詩卷常留』，蓋不無隱辭焉」。』襄華先生名錦，乾隆癸酉拔貢，庚寅舉人，由廣西定明知州升刑部員外郎，卒。亦能詩。

余峥 四首

峥，字元平，號高妙[一]。浙江山陰人。[二]乾隆丙辰舉博學鴻詞。著有《清風草堂詩集》[三]。

胡竹岩先生峻《清風堂詩序》云：『胸羅星斗，不受埃塵；腕脱典墳，妙空諸有。讀荒經於玉鸞舞戚，何妨别景之扶疏；識古器於銅馬懸莖，不障高情之蕭散。』

查儉堂中丞爲之序云：『近體如百寶流蘇，千絲鐵網；古體如屈注天潢，倒連滄海。』皆可謂知公深際者矣。

商寶意先生盤選《越風》，采先生《西荆門》詩，其評云：『山人性情如寒岩枯木，詩肖其人，當其思入

[一]『高妙』，稿本二字原空。

[二]稿本作：『原籍山陰，後家天津，階升孝廉堂曾祖，與征君懋樀中丞文儀皆同宗。』高氏云：『余峥、余杰，若依張霖、張坦例，編入「邑賢」，録其所作，爲天津人之詩，固無不可。若因尚未入籍，屏居「寓賢」之例，則其詩與天津無關，俱可删去。』

[三]『著有《清風草堂詩集》』，稿本無。按：清道光四年（一八二四）廣東刻本《清風草堂詩鈔》卷首有余杰乾隆甲辰（一七八四）十一月冬至日志語，謂：『父元平府君先有《蒹葭亭詩》之刻，後毁於火。是集多追録舊詩，雜以晚年之作。』高凌雯[民國]《天津縣新志》卷二十三《藝文》著録余峥『《清風草堂詩鈔》八卷，刻本』，謂：『初有蒹葭亭刻稿，板毁於火，是集多追録舊詩，續以晚年之作，由其子杰編輯而藏於家，迨道光間，曾孫堂官廣東，始以堂子作恭手鈔工楷本付諸剞劂。前有查禮、梅成棟各序，蓋峥居天津，與查禮兄爲仁相識，爲水西莊賓客，成棟則與堂最稱莫逆者也。』

杳冥，遂覺迹無畦町。劉彥和云：「詩有恒裁，思無定位。」若山人豈有恒裁耶？』[一]

按：征君爲余階升孝廉堂之曾祖，與征君懋檣、司寇文儀問宗。就舉來京，[二]才名騰於日下。少作鴻麗奇肆，浩無涯際。晚年詩骨一歸清堅，蹊徑幽遠[三]，不落言筌[四]。初刻《蒹葭亭詩稿》毁於火[五]。

銅雀臺[六]

水渾土埴久難夷，數里連綿有舊基。棘刺秋深[七]狐兔窟，楊花吹入鷓鴣詞。

[一]此條稿本在《西荆門》詩後。

[二]『爲余階升孝廉堂之曾祖，與征君懋檣、司寇文儀問宗。就舉來京』，稿本在小傳中，見注二。

[三]『蹊徑幽遠』，稿本作『取徑閑遠』。

[四]稿本下有『境在遺山涪水之間』。

[五]『《蒹葭亭詩稿》毁於火』，稿本作『《蒹葭亭詩稿》鋟板毁於火，後著《清風草堂詩》』。

[六]《清風草堂詩鈔》卷五凡四首，此其四。稿本前有《古詩》《邀何斐齋過姜蘭皋因和其韵》《渡東橋先從祖武貞公赴水處》《除夕》《東江題曹孝女祠》《東郊倚樓》《七夕和華岡》《客裏清明》《分水西樓》《曉色》《過揚子江》《上金山》《杜鵑老人北游數年年就邁矣余與遇於雪柯邸舍歸計已成述此贈别》《同劉雪柯出南西門》《秦良玉歌》《七夕》《中秋》《泪》《曉發良鄉道中却寄胡希張徐立山沈宗之周蘭坡諸襄七范氏叔侄諸同旅》《漳河行》《楓江者酒名也自梁宋以東有此一種客途無聊往往爲之下騎此詩因以寄意》《同孟藥山巨源泛舟入桐塢》《秋夜吴八師半野堂》《揚州雜詩》《黄笠河》《蟂磯孫夫人廟》《雷塘》《露筋祠》《淮陰》。

[七]『秋深』，稿本同，《清風草堂詩鈔》作『交加』。

泉臺直取蛟宫穩，金碗争教獵客知。柳季無非[一]三尺壟，一生坦率更無疑。[二]

西荆門

蒼山對峙夾青霄，獨放江流萬里遥。中夜猿聲連石隕，九秋樹色禁霜凋。寒村無主明妃别，荒壘多年白起燒。誰見一方烟月裏，商舟數點度清寥。[三]

觀造洪鐘

霜降木脱天氣清，來觀大林無射成。應有景陽好結構，正待千古[四]懸高明。是日駢闐荒皋右，幾歲采儲若耶英。胚胎已結元資土，蒲牢無種安托生。是惟橐籥闢噫氣，鑠堅流金赴谷阬。此時土上無所見，不知絪緼已受形。此時土上[五]無所聞，

[一]『無非』，稿本同，《清風草堂詩鈔》作『非無』，當據改。
[二]稿本下有《樊城吊古》一首。
[三]稿本下有《桃花夫人祠》《延陵季子墓》《題商寶意鏡湖載書圖》《秋杪同楊孝稚尚茶洋徐純如登陶然亭》四首。
[四]『千古』，稿本作『千石』。
[五]『土上』，稿本、《清風草堂詩鈔》均作『土中』。

不知鼓舞方用情。精液既貫神自足，要使罅隙疵類瑩。頃之刨土劃然出，氣挾洪纖含其鳴。即如古鼎與法物，積年沉埋今始升。又如蚊龍蟄泉壤，當春躍起烟雲并。宜并[一]椎牛爲高會，一泄底藴摐華鯨。乃者徒讀皀氏文，未就物曲觀經營。甄陶自可通大造，推暨顯晦無徑庭。不官不器誰鑄我，祇今袖手空征行。天風矯矯吹廣莫，可復閶䦧滿都城。夜闌有夢在千里，江天[二]一葉歸渠能。[三]

醫院銅人歌

元氣一嘘萬流形，歷歷不煩點次成。我有衆竅不自鳴，金人示我無隱情。天然儀表含至精，少壯已閱幾千齡。爲解霞衣見珠瓔，摩放頂踵猶列星[四]。其間節節字且名，合符一部《靈樞經》。五百餘穴身發明，十二經絡豈無徵。試爇綫香觀烟

[一]『宜并』，稿本同，《清風草堂詩鈔》作『宜復』。

[二]『江天』，稿本、《清風草堂詩鈔》均作『江頭』。

[三]稿本後有《咏芙蓉城》一首。

[四]『列星』，稿本作『烈星』，蓋訛。

縈，表出條理河漢清。始知中臟[一]劇玲瓏[二]，力彈毫髮妙枝撑。位置似有真宰憑，思議不得惟嘆興。古人壽世心靡勝，南山石滅艾草零。知君兀立獨哀矜，直憂造物無[三]典型。我欲久視宗黄庭，羞與草木争枯榮。渾沌難存意冥冥，詎得不死亦不靈。何如返觀契無聲，子我修短終姈娉[四]。要知分寸無妄呈，中有一點可與貞。[五]

余杰 四首

杰，字千子，號松崖。山陰人。元平征君季子，階升孝廉祖。著有《夢裏吟詩

[一]『中臟』，稿本、《清風草堂詩鈔》卷七均作『中藏』。
[二]『玲瓏』，稿本、《清風草堂詩鈔》均作『瓏玲』。
[三]『無』，稿本、《清風草堂詩鈔》均作『罔』。
[四]『姈娉』，稿本同，《清風草堂詩鈔》卷七作『伶俜』。
[五]稿本後有《登古順州臺》《居庸》《錦屏山》《魚河》《眺古北》《出塞送客》《一片石》《出右北平》《無定河》《行次遼水》《碣石》《關頭答客》《津門訪劉雪柯（文煊）》《飲於查蔗塘》《雨後查氏水西莊看荷應蓮坡典三雪柯諸君命》《楊村阻雨却寄雪柯蔗塘昆季》《太昊陵》《和高中丞守汴城詩即韵八首應伊孫今雷州郡守名淑》《南宫墨池》《吊秣陵四首》。

草》一卷[一]。

按：松崖先生少隨征君北來，締姻徐氏，遂家津門[二]，與劉雪柯、金[三]芥舟、周大迂諸前輩[四]，多有賡和，樹品清潔，力敦古處。

黄金臺

燕地雄圖遠，荒郊剩舊臺。招賢先市駿，謀國敢遺才？壯士悲歌去，風塵蒼莽[五]回。依然易水在，樂毅不重來。

[一]高凌雯〔民國〕《天津縣新志》卷二十三《藝文》著録余杰『《夢裏吟詩鈔》一卷，抄本』，謂：『少隨父自山陰徙天津，故集中多旅居思鄉之作。晚年嘗主徐浩家，與金玉岡、玉珽、徐汝槐、周自郎、浙人劉文煊往來酬答。其末章爲其恭遇千叟宴紀恩，雖存詩無多，實全集也。集後附其子大煒詩。』

[二]『津門』，稿本作『天津』。

[三]『金』字稿本脱。

[四]『諸前輩』，稿本作『諸公』。

[五]『蒼莽』，稿本作『愴莽』。

過周蘭坡太史看芍藥

得閑蠟屐偶尋芳，風度瑶階小試[一]妝。金帶匝圍開曉靨[二]，檀心輕點[三]暈深黃。水邊鄭[四]女誰持贈，天末離人孰寄將。却喜先生能慰我[五]，北[六]窗茶話足清狂。[七]

己巳夏杪出古北口至八溝途次

塞上群峰歷歷觀，青梁紅石二山名入龍蟠。重烟疊翠千[八]山道，霪雨微風六月寒。暮過荒村人影少，危登峭壁馬蹄難。滄江回首家何在，數載風塵指一彈。

[一]『試』，稿本字原空。
[二]『靨』，稿本字原空。
[三]『檀心輕點』，稿本字原空。
[四]『水邊鄭』，稿本字原空。
[五]『生能慰我』，稿本字原空。
[六]『北』，稿本字原空。
[七]稿本後有《冬夜書懷》。
[八]『千』，稿本字原空。

會州城

在八溝東南三十里，建自遼，圍十數里，今僅存土垣，無人烟矣

參破興亡一色空，誰言基業古今同？繁華想像荒城裏，殿宇虚無敗黍[一]中。緑水長流深淺渡，青山環抱往來通。行人爲問前朝事，草長邊林颯颯風。

余懋檣

二首

懋檣，字荆帆，號楓溪。浙江諸暨人。以布衣舉鴻博。

按：楓溪與月樵俱久客天津，後[二]又移居滄州。與劉雪柯、萬柘坡、陳香泉、查蓮坡兄弟[三]，爲嵇阮之游。壽登大耋。金芥舟先生猶及與之[四]唱和焉。

[一]『敗黍』，稿本作『□寥』。

[二]『按：楓溪與月樵俱久客天津，後』，稿本無。

[三]『兄弟』，稿本無。

[四]『與之』，稿本作『與公』。

五月二十七日同集水西莊看荷

蓮花山水[一]自亭亭，沽柳欹風列翠屏。賤子不歸頭已白，先生相對眼常青[二]。筆追秦漢留生氣，詩學蘇韓適性靈。醉卧北窗堪送暑[三]，五千道德有真經。[四]

吊白鸚鵡

那能再問上皇安，一夕形銷玉鏡寒。魂向隴山空色相，客從易水借[五]衣冠。靈心已化隨黄鶴，素性何曾逐彩鸞？腸斷雪娘無覓處，空餘香稻倚欄干。

[一]『山水』，稿本作『出水』，稿本爲是，當據改。
[二]『常青』，稿本作『終青』。
[三]『送暑』，稿本作『避暑』。
[四]稿本後有《舟過淀河》。
[五]『借』，稿本字原空。

朱岷 五首

先外祖，字導江，號客亭，又號七橋。〔一〕原籍江蘇武進縣人，查蓮坡居士延請來津，遂家焉。著有《懷南草堂詩稿》《田盤紀游》《唱和詩鈔》。

按：公少孤廢學，稍長肆力於書畫。隸摹中郎，草摹懷索，行書學黄庭堅，無不追其神骨。畫在陳白陽、籃蝶叟之間。竹石花木，濃奇蒼秀，各盡其致。尤善指寫鍾馗，意態如生。同時以畫游津門者如邗江胡峻、吴門徐雲、高南村鳳翰、劉雪柯文煊、陳方來元復、惲鐵簫源濬、紅薑和尚，胥推尊公爲畫中禪伯。公性恬淡，如秋林寒菊，絶情聲利，與一時名宿結社聯吟。清聲馳著，遠近求書者絡繹踵門。最精賞鑒，金石圖軸收藏皆希世之珍。所居曰『展蕉軒』、曰『懷南草堂』，人比之雲林，石田一流。生女八人，先慈爲公之最幼女。

潘秋田世仁《正月二十七日朱七橋先生招飲展蕉軒詩》云：『春色正澹宕，入門簾影重。古香浮曲几，雪壁生奇峰。交聚常情友，酒傾不落鍾。清吟猶未已，歸路晚烟封。』

胡炅齋睿烈《人日立春同人集午晴樓調寄一萼紅呈朱七橋先生顧誤》云：『峭寒天，有含枝殘雪，晴壓畫樓偏。竹葉分杯，芹芽改席，宜春帖子頻粘。憶此日，鏤金人瘦，綴釵梁錦石小如錢。最是關心，何堪重賦，雁後花前！羯鼓聲聲清晝，漫情留湘管，調寄紅弦。積水雲輕，嬖絲風細，早又深院祈蠶。悵倚遍闌干十二，溯往事都付夢中烟。欲譜新詞折柳，怕到啼鵑。』

劉秋埜文煊《甲子初春同人集飲朱七橋展蕉軒》云：『春入幽齋裏，朋簪盍素心。梅飄羈旅色，雁度欲歸

〔一〕高氏云：『朱岷子孫入籍。朱岷，一字侖仲，屢見查氏兄弟集中，似應補。』

音。觴咏輸蘭渚，情懷勝竹林。故人遺墨在，展卷一登臨。』

陳香泉奕禧《春日同朱七橋飲季氏池亭》云：『百樹高雲拂雉墻，一泓碧沼即滄浪。幾人自得寰中趣？此會寧知客裏觴。紅泛小桃含宿雨，緑迎荷葉透斜陽。當前有景渾忘俗，暫放狂夫半日狂。』玩諸公詩，則當日水酌山斟，文酒之宴，其盛可想。

僧房即事

藤榻足堪放，松窗月不扃。試茶烹石乳，把酒著山經。花事通幽澗，泉聲達草庭。心清塵夢少，竟夜聽風鈴。

與蓮坡游西山玉皇寺

山寺蕭蕭古木存，重尋舊侶到僧門。一源活水流蒼砌，數點幽花上古垣。地僻久知人迹少，岩深惟聽鳥聲喧。携樽不負春來約，踏破茅堂碧蘚痕。

初到津門

潞衛交流入海平，丁沽風物久聞名。京南花月無雙地，薊北繁華第一城。柳外樓臺明雨後，水邊魚蟹逐潮輕。分明小幅吴江畫，我欲移家過此生。

夢純陽祖師爲繪像題句

藍巾珠履淡黄裳，瀟灑鬚眉璧月光。相顧斯須應有意，可能垂擲大丹方。

半畝園感書

風流回首歇繁華，酒國詩場謝傅家。數點海棠秋院閉，無人愛惜尚開花。

查心穀《蓮坡詩話》云：『計甫草東自海陵歸，渡江，會大風雨雪，舟不得發，同行者垂首嘆惋。計坐舵樓下，手阮亭詩讀之。至論鄭少谷絶句，哭失聲。既乃大喜，拭涕起坐雪中，觀江濤澎湃，吟嘯自樂。阮亭論少谷山人死，獨有平生王子衡。王廷相子衡鋭意詩文，見善如不及。少谷山人鄭繼之與王未謀面，乃有詩云：「海内談詩王子衡，春風坐遍魯諸生。」王見之有知己之感，于鄭死後，數千里入閩經紀其喪。甫草生平奇事最多，余友朱導江岷久居江左，備述其顛末。』

查恂叔《銅鼓書堂集》《人日過周月東卜硯山房觀鄭簠八分小篆册子歌》云：『春蓂初報布七葉，春冰漸薄如秋雲。盡説今年春暖早，疏梅已放香三分。呼朋共走卜硯宅，主人好古徵博聞。叢聚蟲書似蝌蚪，眼明贋本留其真。就中篆隸擅造化，夜應泣鬼晝駭神。開函已識谷口筆，徐觀愈覺心魂親。想當揮灑日，特立無與鄰。風流既往不復得，至今縑帛思其人。近來嗜好多皮相，燕瘦環肥异趨嚮。莫若吾友衡鑒精，是否加之項誰强？直沽水黑孰并肩，朱大導江墨迹壯。二子風力咸豪宕，與鄭誠堪稱輩行。斜陽忽在户，飲酒還高歌。歌成聊復就君問，問我詩中意如何？』

導江先生與河間紀文達公爲文字交，《閲微草堂筆記》載先生語數則：

一、王崑霞作《雁宕游記》一卷，朱導江爲余書挂幅，摘其中一條云：『四月十七日晚，出小石門，至北磵，耽玩忘返，坐樹下，待月上，倦欲微眠，山風吹衣，栗然忽醒。微聞人語曰：「夜氣澄清，尤爲幽絶，勝罨畫圖中，看金碧山水，以爲同游者夜至也。」俄又曰：「《古琴銘》云，山虚水深，萬籟蕭蕭，古無人迹，惟石嶕嶢。真妙寫難狀之景。嘗乞洪谷子畫此意，竟不能下筆。竊訝斯是何人？乃見荆浩。起坐聽之。」又曰：「頃東坡爲畫竹半壁，分柯布葉，如春雲出岫，疏疏密密，意態自然，無杈椏怒張之狀。」又一人曰：「近見其《西天目》詩，如空見秋凈，烟水渺然，老鶴長泪，清飆遠引，亦消盡縱横之氣。緣才子之筆，務殫心巧，飛仙之筆，妙出天然。境界故不同耳。」知爲仙人，立起仰視，忽撲簌一聲，山花飛落，奮二鳥衝雲去。』其詩有『躡屐頻笑謝康樂，化鶴親見徐左卿』句，即記此事也。

萬樵坡光泰《題朱客亭先生新居》詩云：『朱君與我别來久，我至天津重聚首。興酣落筆起雲烟，顔貌依然惟戒酒。數椽老屋遷已三，石橋之巷南復南。昨朝邀我坐長晝，石榴繞室紅堪簪。自言思作一幀畫，便當移居圖子挂。畫中轆轆驅三年，一車載花一載書。其外一車載醇酒，滿堂賓客樽無虚。我謂先生恐烏有，戒酒焉能飲人酒。昨朝忽遭長須來，偏請同人共濡首。人生痛飲亦自奇，淵明止飲何其痴。歸來乘醉作長句，句好還以醉得之。却聞群書藏宛委，何年載出王充市。君能堂下老斫輪，我亦思爲執鞭士。』

高五雲藹《朱導江先生移居詩》云：『我聞雲海六六峰，倚天叵匝青芙蓉。又聞沽水七十二，倒挽銀潢瀉平地。地北天南有异人，胸中丘壑生奇致。我昔頻游過直沽，見君逢掖稱潛夫。畫擗書聖兩無敵，解頤折角驚群儒。子雲草閣懷鉛槧，公超霧市趨生徒。一别津門逾七載，重來賈勇摩詩壘。碧柳門前徑已荒，青楊巷裏人斯在？冶竹佳花自灌園，牙籤湘帙環稗海。歷落嵚崟千丈松，古色蒼顔渾未改。相逢握手問何如，烏有先生嘲子虚。君胡不效鴟夷子，君胡不畜廣柳車？胡爲足躡處士屩，未窺濠濮徒睢盱。君言此中有真樂，子固非我安知魚？東方自昔工長嘯，南郭當年亦濫竽。腰間況有鹿盧劍，篋中尚有驢唇書。以頭蘸墨指爲筆，天地大文從此舒。山長水遠袛方幅，攖身碧落騎蟾蜍。坐久不聞地上語，吾忘吾答徒區區。』

棟嘗於及門陸蓮浦家，見先外祖所繪《八椿圖》，樹石蒼秀，生氣淋漓，雖石田復生，無以過之。又嘗於朱啓堂家，見畫石八幅，塊塊具有奇致，一石全以濃墨烘染，略以淡筆鉤勒，題曰『老僧半間雲半間』，真有天然之妙。

津門詩鈔校箋卷二十八

高綱 四首

綱，號薑田，鐵嶺人。且園尚書其佩子。歷官湖北、廣東知府。

按：公解組後，即僑居天津，與金金門太守文淳、劉公雪柯、查公次齋、金公芥舟聯詩酒之歡，提唱風雅，一時沽上老輩如耆英社故事，壺榼樽罍，從無虛日。公清廉有守，卒後室如懸磬。因事籍没，邑侯入公家時，見兩公子方醉吟，案無長物，塵卷蕭然，嘆息而去。

題劉雪柯征君《坐隱圖》

奉饒天下漫矜誇，袖手何如静勝嘩。且省累妻頻畫紙，底須敲子落梅花。披圖却訝垂垂老，引興偏能日日嘉。此味坡公渾不解，祇輸詩膽與劉叉。

鰲山燈

初疑月上萬峰巔，轉訝嵐光夜燭天。太乙山寧無捷徑，芙蓉城果有群仙。蜃樓嘘氣驚殘夢，雪嶺征鞍憶往年。浮焰須臾看變滅，何如常對野雲烟？

春日汪學長兄隨令師朱陸槎先生過訪

陸槎先生門下士，汪君舟名楫之字。先生孤槎竟陸沉，君之舟楫浮蹄涔。要皆載道能行者，長風遠浪誰堪假？几杖操從到城北，相對無言惟嘆息。君不見，鐵舟老高炎海還，柴扉晝掩春雨寒，日暮屋上無炊烟。

題周七峰先生小照

問渡空勞夢，披圖益愴神。可憐沽水上，不見讀書人。玉鏡仍埋照，霜松漫托身。有生皆有死，惜直死於貧。

程可式 十六首

可式，字廷儀，號松村[一]。康熙辛卯舉人。内閣中書，河内縣知縣。

按：松村先生本香河人，因先生教授天津，遂家焉，届四十年。仕宦之後，復還原籍。著《來山堂集詩鈔》行世，集中詩大半賦於津門。

[一]《國朝畿輔詩傳》卷二十九作「字松村」。

哭座主趙恭毅公

兩楹入夢劇增悲，天下蒼生失望時。夏日照殘人尚畏，夜香焚罷帝應知。紫宸鄭重頒恩誄，青史芬芳著令儀。甚欲勒銘難殫述，千秋無字謝安碑。

送殿輝還陳州

纔唱驪歌意已馳，桐山如黛柳如絲。安排後夜高人榻，好誦蓮艭聽雨詩。

蘭陽懷古

蘭陽傳是[一]古東昏，萬壑奔騰赴海門。漢相已無留舄在，秦皇空有舊臺存。荒烟野樹迷韓冢，零雨凄風暗馬村。爲憶興衰千載事，白雲山下一銷魂。

舟次衛源

衛源今日始經過，解纜揚舲景若何？兩岸柳陰春雨細，四圍山色暮雲多。行瞻緑竹思風雅，地近蘇門憶薜蘿。徙倚扁舟無限意，傷心千載説朝歌。

[一]「傳是」，《國朝畿輔詩傳》卷二十九作「自是」。

朱導江先生移居

名岷，工書善畫[一]

杜甫歸舟曾卜宅，陶潛栗里亦移居。鶯緣出谷聲偏滑，花爲分畦葉乍舒。槖載數升高鳳米，車堆幾卷鄴侯書。舊時鄰叟休相惜，衹在前村半里餘。

津城夜雨不寐

滴瀝聲中卧未安，一更更數到更殘。花疑雨急飄芳徑，春爲風多釀峭寒。已覺世情含藥苦，那堪人事入梅酸。三津檐景空濛外，何處青山捲幔看？

昌平寄内

憶自清和催上道，秋來轉眼薄寒侵。半生苦味嘗應遍，一種離懷繫轉深。壁立徒勞無米婦，箱空猶費寄衣心。雙魚爲報西風急，白髮新添午夜吟。

贈傅子清隱士

荆北嵩南水一灣，投歡禮數已全删。吟成疏雨微雲裏，人在希夷靖節間。老我

[一] 高氏校云：『程可式詩，《朱導江移居》《津城夜雨》《留别查集堂》《感舊》俱可存，餘與天津無關。』

半生空碌碌，多君十畝自閑閑。從兹擬結耆英社，任是無錢亦買山。

留别查集堂

憶得論文總角時，長安幾載共敲詩。君逃宦海能將母，我向深林祇課兒。夢感元方春有恨，謂令兄蓮坡即世。神傷德曜泪空垂。集堂新有悼亡之痛。年過半百頭俱白，珍重耆英後會期。

葛明府爲葺山齋賦二絶句謝之

朝市樊邱總不如，數行烟柳映清渠。近來筆硯全無用，短咏長吟漸漸除。

湖山屏迹已三年，秋月春花盡可憐。好是東溪新卜築，鄭公親饋草堂錢。

感舊詩百韵

由來重衿契，終古憶心知。天壤無須計，雕傷劇可悲。舊溪常泛梗，前路每臨歧。塵世餘膠葛，浮生足嶮巇。愁多填我臆，快少解人頤。遺興憑僚友，聞非藉耆耆。已甘居寂寞，祇恐蹈瑕疵。念厥泉臺侣，縈將噩夢思。避人牢鍵户，剪燭悵題詩。瀛海瞻豪俊，陳生談麗詞。五車容易盡，一第最難期。陳翼侯。縹渺濂溪裔，繽紛繪事奇。雲山增氣象，花草見葳蕤。周治臣。炳蔚關西彦，騰驤冀北騏。賢書初薦達，蹇運竟阽危。楊次躬。難弟騎千里，雕章玉一枝。可憐虛校閲，未得綰綸絲。楊聘來。劍水津門選，文名藝苑垂。其誰齊幕府，所到列賓師。于劍水。怪得求仙伴，飄然赴小湄。弃家經歲月，隱迹痛妻兒。莊鑾音。事業東山重，忠誠北海披。半生依輦下，薄宦各天涯。謝式南。粤海神明宰，居庸冑子司。論懷傾肺腑，跬步慎威儀。馮玉圃。戚誼符生最，孩提里巷隨。聯吟毫燦爛，共飲袖淋漓。符又虞。好是雲龍契，頻通蘗石規。洛陽花滿境，沽水柳遮籬。王舜臣。子野風騷主，觀津絳帳宜。法書青玉案，聲價碧琉璃。張儀伯。積學功常礪，修身志不欺。科名三世繼，喬梓一時摧。丁楚材，子名揚。瀟灑年華盛，清閑官職卑。詩書供夜讀，苜蓿備晨炊。方又增。淡墨題名日，瓊林赴宴時。鳴騶辭魏闕，指旆到荆夷。于用允。弱冠登三事，高才借一麾。大河占浪静，臨邑覺風移。孫亞封。有客稱雙鳳，何人比六彝。六場嗟敗績，令子喜搴旗。孫稼升，弟紫垣。觀察來青瑣，臺垣待赤墀。滇南萬里夢，江右一帆馳。周雲上、王完璞。幽境回青靄，深山問紫芝。著書聊自賞，失志總難追。查心轂。供奉清華望，元方行省推。花村懷士庶，櫟社静狐狸。不負君恩渥，寧嫌衆論訾。松楸看茀鬱，風雨助凄其。李佩五、陳密山。子美詩盈篋，蘭陵酒滿巵。登臨行近癖，嘯傲性成痴。杜紫綸。

廣武才堪羨，青雲志不隳。明刑司職重，退食直廬遲。馮次南。慧業騰三省，賢聲達九逵。問年同李賀，抒藻似湘纍。舒子展。冠冕凌多士，瓊瑤擅美姿。經筵榮與講，學使恨偏賫。王寶傳。落紙珠璀燦，驚人彩陸離。汾陶曾佐部，綿上舊褰帷。楊渭夫。轉運籌輸納，梯航盡悦怡。不教人淡食，賴有政平劑。陳賡載。州牧趨鰲禁，文衡久鳳池。掄才元有鑒，拔俊在無私。潔白連城璧，廉平萬口碑。居然分美刺，到底是塤箎。俞尹恩，弟麟一。公子箕裘拔，承明翰墨摛。論交方總角，懷友數登陴。王能四。毗郡饒鱗甲，瀛津聚虎螭。登科羅美譽，考績占優資。黄舜山。人憶霓裳曲，家居潞水陂。胸襟真磊落，嗜好豈參差。錢雨滄。季劄雲礽系，州來父母慈。去思翻輾轉，游憩却逶迤。吴季朗。太守施霖雨，中丞照赫曦。南溪穿行徑，西域駐茆茨。汪千波，弟荇洲。鰲首文争耀，螢窗樂不疲。同朝應共許，聖主復奚疑。吟咏青龍闥，經行玄菟陲。監司能繼述，裕後有根基。趙侯赤。徵士推何遜，宗工數項斯。河渠勞幹濟，廩餼戒虚縻。筆陣千言就，名場十載羈。孝廉通史鏡，仙吏念民脂。萬循初、許謂符。醇酒犀杯飲，寒飆雁序吹。詩篇七子續，鈎畫二王遺。淮上林皐好，梁園絲竹嬉。旗槍浮玉碗，華萼映文櫰。周嘉令、家風衣。硯席髫年接，宮墻共日窺。一官猷未展，萬事老何爲。陳萬求。群益多淹泊，吾生半阻飢。梅山横靉靆，湖水浴鸕鷀。消夏開三徑，登高矚四維。花能醒眼界，泉可沁心脾。雨歇栽新竹，吟成對病梨。彩雲時聚散，皓月幾盈虧。悶極惟搔首，憂來自蹙眉。芝蘭諳臭味，道義約肩仔。訣別今如是，傷懷夙在兹。幽明暌爾我，賞晰向伊誰。賦就西風裏，閑居灑涕洟。桑調元跋云：『抽思糾結，吐韵纏綿，郢上禮魂之篇，山陽懷舊之賦，不啻過之。其工麗警拔，有目所共賞，亦有心所同悲也。』

感懷四首

陳蔡栖遲久，常吟行路難。三冬愁敝絮，八口計朝餐。木石憐岑寂，風花笑懶殘。前宵寒釀雪，僵卧效袁安。長夜難成寐，消閑借一燈。起予人絶少，開卷益何曾？閲世思行恕，平生未去矜。放懷吾計得，濁酒任懵騰。零落停雲侣，於今憶晤言。拈杯同綺席，分韵在名園。余同年友查心穀昆季各擅詩才，往年與傅閬林、吴東壁、萬循初、張眉洲諸名宿，屢集水西莊墓園，今一追憶，不勝聚散存亡之感。把臂情無間，忘年義自敦。京華兼故國，白髮幾人存？高樓時眺遠，雲氣淡長空。潦水經霜白，雕林帶日紅。愁多人易老，病慣藥無功。忽憶回文錦，青天碧海風。内子殁十三年矣，不覺憶及。

徐雲 一首

雲，字稼若，號文山。蘇州人。[一]

按：先生行草書得晋唐人筆意，每書必署吴門徐雲，不忘其本之意也。間畫花卉竹石，皆生動有逸趣。津門廟刹楹帖匾額，往往是公手筆。與金芥舟、張竹房、查次齋結詩酒交，津人高之，稱曰徐四先生。

題黄竹山房

一座草亭裏，烟霞與世忘。簾垂竹影暗，花夢蝶魂香。酒意饒春興，棋聲動夜涼。月明人静後，幽怨起瀟湘。

金芥舟《黄竹山房稿》有《哭徐文山詩》序云：『乾隆十四年十二月二十八日戌時逝世，壽五十一歲。名雲，字稼若，又號宿岩居士。其貌如柴門霜月，其意如野水閑雲。詩曰：「黑首相知鬢已霜，孤雲病鶴嘆行藏。庸兒温飽渾閑事，浮世饑寒喜備嘗。斑管已消文字業，瓦盆猶在墨花香。清樽共吃黄精夜，月落松枯未敢忘。」文山嘗以瓦盆代硯，以供揮翰。與余初訂交時，坐雪中松樹根下，共吃黄精酌緑酒，樂甚。今此松已枯，而此意未忘也。』

[一] 高氏校云：『徐雲子孫入籍。』

謝周 九首

周，字仲源，號默夫。江西南昌人，布衣。著《南沙草》一卷。

按：仲源主天津徐鞠圃孝廉家，孝廉叙其詩云：『先生幼失怙，家貧無以養母，未弱冠即謀食四方。兄弟九人皆糊口於外，不獲相見。娶未數年，遽賦悼亡。人世骨肉之慘無如之者。宜先生以窮愁抑鬱之思，發之於詩。人悲其詩，不知其遇之窮也。』

徐梅塍延閣序之云：『先生嘗之楚、之粤、之黔、之滇，凡其所歷，發之於詩，勃如崒如，如魯公筆法，鋒銛意正。其自題《南沙草》云：「羈離易老苦吟身，敢説推敲句有神。留得《南沙》詩一卷，他年誰是揀金人。」其意亦可慨矣。』

信陵君

戰國誰堪第一流？信陵傾士冠千秋。指揮再落秦軍膽，涕泣終傷晉鄙頭。蠶食幾年悲社稷，龍興他日護松楸。輕裝欲問夷門道，何處從君執轡游？

酇侯

相國崇班冠列侯，淮陰疑案慨千秋。何人解畫全身策，有客徒陳相背謀。第一功臣原不忝，無雙國士故難求。增封不在追亡後，鐘室偏酬恨血流。

金陵咏古

百戰經營郟鄏同，孱王又見弃吴宫。曾誇峻堞金甌固，不道長江鐵鎖空。王氣湮沉餘閑氣，大風銷歇剩悲風。興亡浪涌年三百，欲向寒潮問始終。

高陽咏古

短褐曾經碣石秋，蕭蕭殘壘訪前猷。登壇再變風雲色，露布重銷社稷憂。四海烟塵清有志，兩朝煬蔽破無謀。歸來正繫蒼生望，浪説廉頗老欲休。

絶塞空屯大將營，海東戈戟漫縱横。全家碧血淋漓濺，萬里長城取次傾。石表秋高無鶴語，金臺春盡有鵑聲。滄桑誰致千年恨，魚水相逢九地情。

成仁取義慨當時，古帝城邊酹一卮。朔漠寒風來獵獵，西莊殘照下遲遲。空拳已恨徒穿爪，朽草猶悲未裹尸。誰使大弓藏貝錦，任他鵬變到天池。孫公故里在西莊。

祠門欲拜又逡巡，鼎甲坊前問後人。慘黷至今餘涕泪，雲霄終古想精神。禹糧無復耕耘舊，孔思猶藏著作新。一自塵飛滄海後，雲礽奕葉晢沉淪。

題吴念湖太守畫秋海棠[一]

有女懷人重感傷，遺春八月麗南墻。血凝碧葉絲絲艷，腸斷紅冰薄薄妝。鬟亂釵横憐舊夢，烟愁雨泣怨秋陽。柔情幸托徐熙筆，寫得棱心别有香。

古意

緑窗人静怨無端，一曲思歸不忍彈。鸚䳇教成聊共語，鴛鴦綉出竟誰看。雲鬟艷菊專秋色，翠袖疏筠倚暮寒。半臂重添眉淡掃，素娥青女待盤桓。

聞仲源卒於天津，徐鞠圃孝廉葬之。爲藏其《南沙集》，屢索觀不得。孝廉故後，賢嗣聲仲出孝廉詩并《南沙集》囑人鈔，得周覽一過。咏古詩雄肆悲壯，美不勝收，并取其《古意》一首。讀之者，味其詩，亦可想見其自命矣。

徐壽保 五首

壽保，字鏡堂。原鐵嶺人，久寓天津。諸生。[二]

[一] 高氏校云：『《題吴念湖畫》一首可存。《古意》自明身世，亦可存。』

[二] 高氏校云：『徐壽保詩與天津無關。』

按：公子鍇，乾隆壬[一]子舉人，貴州銅仁縣知縣，以軍功升同知，卒。[二]鏡堂家居，以詩自娛，壽七十餘。

冬夜感懷 時丙午下第[三]

獨抱陳編類蠹魚，平生空自惜三餘。何須富貴方行樂，且趁窮愁好著書。過眼雲烟供俯仰，填胸塊壘解消除。鷄蟲莫漫争無已，得失紛紛總是虛。[四]

客中書懷

路轉川原曠[五]，斜陽散遠暉。岩花隨意折，山蝶近人飛。景物塵[六]懷遣，間關客思違。林丘成久别，心憶故園薇。

[一]『壬』，稿本字原空。
[二]『貴州銅仁縣知縣，以軍功升同知，卒』，稿本作『官雲南知縣，升貴州通判』。
[三]稿本原四首，此其一。
[四]稿本後有《盧生詞》《落花》《落葉》三首。
[五]『路』『川』『原』，稿本三字原空。
[六]『塵』，稿本字原空。

山中早行

凉秋看物候，楓葉尚如丹。嶺峻日遲上，林深風早寒。嵐烟蒸遠岫，澗石漱奔湍。吾老能加飯，何勞撫劍難。[一]

馬嵬絶句[二]

無端辭輦[三]驛亭荒，尺組匆匆忍賜將。一騎飛來人不見，可憐腸斷荔枝香。[四]

游牛頭寺 在西安城南

山含遠翠樹含烟，平野坡田間水田。走馬不知蘭若近，松陰滿徑但聞蟬。[五]

[一] 稿本後有《漫成》一首。

[二] 稿本題作《馬嵬三絶句》，此其二。

[三] 『辭輦』，稿本作『驛輦』，蓋涉下而訛。

[四] 稿本後有《光道中》一首。

[五] 稿本後有《過函谷關》一首。

李承鴻 二首

承鴻，字雲亭，號秋帆，别號三一老人。浙江山陰人。州同知。［一］

按：雲亭老人自浙來津，起家鹽筴，耽詩好客，築寓游園，有半舫軒、聽月樓、棗香書屋諸勝。康達夫館其家，創興詩社，一時如郝石耀、金野田、吴念湖、馮昆山諸先輩，文酒之會，爲一郡提唱。公之侄泉，乾隆乙卯進士，山西屯留令；源，乙卯副車，廣西太平府；孫雲楣，道光乙酉舉人，皆公培養之澤所致。

咏園中十景録一首

半舫迎秋

不作升沉計，胡爲半舫名？山陰思放棹，詰上嘆浮萍。紅蓼窗前色，黄花檻外英。五湖秋景好，坐此若遥迎。

構寓游園成同人以十景詩見貽賦此爲答

删草開三徑，成園未許寬。故山遥寄興，异地老追歡。花柳天然合，回環地勢難。何期來妙咏，爲我壯奇觀。

［一］高氏校云：『李承鴻子孫入籍。』按：［光緒］《重修天津府志》卷四十三僅謂其『以鹽筴起家，耽詩好客，築寓游園，有半舫軒、聽月樓、棗香書屋諸勝，名士皆館其家』，未載『州同知』事。

李雲楣 一十三首

雲楣，字采仙。雲亭老人孫，入籍天津。道光乙酉科舉人。[一]著有《及時書屋集》《黔游集》[二]。

按：采仙少受學於同邑康達夫先生，得其詩傳。時乃祖雲亭老人起築寓游園於城東，集沽上詞人，聯吟結社。采仙親炙其風，夙具磊落不羈之概。喜縱談先輩風流，人反呼以『李痴』。然詩主性靈，邑侯凌謙齋最優賞之。吴雲樵、吴簡庵、杜石樵諸學使古試，無不優等。後遭式微，鬱鬱不自得，遂浪游大江之南，窮幽探奇，遍歷楚黔山水，其識愈廣，其詩亦愈進，實後學中翹楚也。其童試《咏梅花》詩云：『何人橋畔騎驢過，有客山中抱雪眠。冷月半簾香半榻，不須修到亦神仙。』往往爲人傳誦。

登岱

石闕天門撲面迎，登山人似禦風行。嵐光不斷趨東海，浩氣無邊接太清。但覺此身依日月，頓忘下界有陰晴。何當掃却閑雲霧，歷歷青徐指掌明。

[一] 高氏校云：『李雲楣既入籍中舉，不應在「寓賢」之列。』

[二] [光緒]《重修天津府志》卷三十七《藝文》著録李雲楣有《瓣香齋遺集》。

秦淮

緑楊橋畔夕陽沉，王謝風流何處尋？畢竟美人名不没，渡餘桃葉到於今。

輕舟來往夜將分，水上歌聲十里聞。一片清溪明月裏，更於何處覓香君？

次北固山下

容行日暮暫收篷，獨坐船頭愛晚楓。歸雁一聲江月白，老漁幾處夜燈紅。何人吹笛高樓上，有客思鄉短棹中。惆悵不堪頻北望，燕磯山下遠烟籠。

金山

不識山中寺，遥瞻水上樓。鐘敲京口月，勢控海門秋。孤塔烟雲上，長江日夜流。亂帆深泊處，仿佛見瓜州。

解嘲

予性粗疏，人皆目爲傻，世皆智者，予烏得而不傻，故作解嘲

尊有酒兮案有詩，人生不樂復奚疑。有客自安於樸拙，性情不與時人宜。食不希粱肉，衣不希帛絲。有時乘興步郊野，雖風雪而不辭；有時兀自坐一室，雖寂寞

而神怡；有時樽酒對良朋，高談不問夜何其；有時興酣摇筆自揮灑，坦然任意長歌短句匪夷思。仰天長嘯對今古，其間作者何離奇！我聞在昔顔子自得簞瓢樂，不違尚待省其私；又聞柳州自爲愚溪集，一切山亭泉石樹木皆愚之。古人之智豈不翅後世，誠以智者鑿水不如愚者之愚山可移。吁嗟乎，德不如皋陶，知不若貢螽！富貴窮達皆有命，而乃奔走名場利地欲何爲？腐鼠銜何嚇，雕蟲技可嗤。我無人詐，人無我欺。黄鵠一舉，見笑蹲鴟。既不合乎時宜尚如之何勿痴！

梅花

梅花夙世有前緣，静對幽姿一灑然。茆舍春寒新破笑，紙窗日暖淡横烟。何人橋畔騎驢過，有客山中抱雪眠。冷月半簾香半榻，不須修到亦神仙。

梨花

幽香馥馥繞回闌，疑雪疑雲夢裏看。最是閉門人獨坐，一庭風雨散春寒。

送張也痴延祜

極浦少人行，晴空斷雁鳴。茫茫秋色裏，之子欲長征。山盡層雲陡，灘流亂石撑。黔陽無限路，望遠不勝情。

固原道中

北風吹水河氣凉，客行不行路且長。浮雲掩㬳日凄冽，立馬四顧心茫茫。瞥見巉然廟貌古，古樹杈枒枝半腐。壞垣頹壁曠無主，老鴉啞啞作人語。

桑乾河待渡

客行行復止，日暮薄寒增。擊楫心雖壯，長河不可馮。夕陽横古岸，昏鵲啄寒冰。幾度船遥唤，前村已上燈。

寄懷趙二川

憑几思無限，蕭蕭夜雨零。西風曾幾日，秋色滿中庭。之子三千里，雲山入望青。何當重翦燭，共向小窗聽。

二川和詩云：『半載新離别，相思泪欲零。西風吹落葉，蕭瑟滿空庭。舉世無相識，斯人眼獨青。陽關歌一曲，凄切不堪聽。』

雨後晚歸

一雨忽然止，言歸趁晚晴。濕雲昏野色，流水壯溪聲。路自崎嶇轉，人因彳亍行。斜陽收不住，隔岸一村明。

其他五言如：『輕沙沉曉露，初日隱遥山。』七言如：『事無足怪聊從俗，人縱忘形莫妄淡。』二語深於閲歷，誰謂采仙痴哉！

李雲章 一首

雲章，字子文。嘉慶戊寅科舉人。〔一〕

題李思訓《海天落照圖》

虚堂白晝生天風，眼前顥氣飛青紅。驚濤浴日十萬里，置身突倒扶桑東。小李將軍富丘壑，大筆一洗乾坤空。海天落照見遺畫，使我氣吞衡華嵩。茫茫一碧

〔一〕〔光緒〕《重修天津府志》卷十八『嘉慶二十三年戊寅恩科舉人』：『李雲章，天津，改歸大興，原籍官撫寧教諭。』高氏云：『李雲章應補撫寧教諭，著《咫聞齋詩集》。雲章實由天津籍中舉，不應在寓賢之列。（改籍大興，與牛坤同。牛在邑賢，李在寓賢，未能一律。）』

不知處，半規浸入中流中。雲霞鬱蒸海水沸，萬火迸發燒鴻濛。斯時大地不敢夜，百靈拜舞驅魚龍。尺幅巨觀乃有此，傾聽似覺聲洶洶。我家丁沽連渤澥，奇景瞥見稱豪雄。愧無壯句寫瑰异，豈知古人造化填心胸？安得跨鰲飛上蓬萊宫，手捧赤日開天聰。

傅有光 二首

有光，初名昀，字在東。原籍金華縣人。國學生。[一]

按：在東與李采仙、康掌卿、王在廷爲同社友，吟興最豪。卒年二十七，同人葬城南海光寺旁，爲樹碣冢，標曰『詩人之墓』。

秋塘

秋風秋雨過秋塘，秋水盈盈劇渺茫。犀弩千年成往事，菱歌一曲起中央。近來尋夢無春草，前度垂綸有緑楊。消減蓮花與蓮葉，空餘三十六鴦鴦。

［一］高氏校云：『傅有光詩采自《秋吟集》，可存。』

秋浦

送君南浦最淒凉，舊地重來足斷腸。日暮幾人歸洛下，霜高有雁到衡陽。詩情極目楓初落，風味關心橘半黄。欲寄相思隔秋水，蒹葭惆悵已蒼蒼。

黄掌綸 一首

掌綸，字吟川。福建閩縣人，入籍順天。學博，署天津府教授。[一]

按：吟川工書畫。書學山谷，瘦峭多姿，求書者踵門，津人多收藏之。畫不輕作，一樹一石亦遒逸不俗，人謂似張雪鴻。纂修《長蘆志》。

題《雪中送炭圖》

清寒枯槁士常耳，肯向膏粱乞甘美？閉門僵卧守梅花，嘯歌自適而已矣。不信高情動故人，能遣春風惠知己。畫師命意自幽深，古道於今尚如此。

[一]高氏校云：『黄掌綸詩與天津無關。』黄氏入籍順天事，周亮工《飛鴻堂印人傳》卷六載：『數奇，屢躓場屋，因赴北闈，遂僑居宛平，與予寓爲北鄰，故得其所篆幾數十鈕，亦登諸《飛鴻譜》中矣。所著有《吟川詩鈔》若干卷。』又，《光緒順天府志》卷一二六《藝文志》：『黄掌綸《春倪草堂詩》一卷，存。』

崔振緒 三首[一]

振緒，字初庵。山西人。乾隆庚辰恩科舉人。詩見《張楚山先生竹床記》。

竹床引

序：楚山五兄令餘干三年，既歸而貧轉甚。暇日過訪，偶指所坐竹床，謂余曰：『此西江竹友也，相依近十年矣。』余喜爲作七言長引。

溢湖春水高接天，逐客鼓棹凌蒼烟。波濤萬里睡自穩，據此八尺青琅玕。入門便掃北窗下，位置天然自瀟灑。霜脊棱棱凛若秋，清飆直向高齋瀉。數卷殘書客拂塵，黑甜一枕紗巾墮。三載風塵了俗緣，十年安卧直天假。雁門野老性自便，懶散無事惟高眠。家人走告瓮無米，瑣屑胡爲驚游仙？時過君家下君榻，清凉爲我洗煩煎。箕踞不嫌叔夜慢，狂吟擊節聲琅然。嗟余愛睡兼愛竹，三年楚水窮林巒。坐君此榻意忽遠，恍如移我瀟湘間。瀟湘渺渺開文縠，斑竹森森戛鳴玉。昔年江上吊屈

[一] 高氏校云：『「振緒」應作「緒振」。見《竹床記》原册。』按：《長蘆鹽法志》收《丁貞女詩二首》作『崔緒振』。

平，此日海邊隨雁鶩。勸君莫怨寒無氈，勸君莫惜坐將穿。眼前萬事且休説，身後榮名亦可憐。倦來便卧茅檐下，起看門外日三竿。

丁貞女詩二首

蘭蕙期同秀，吾生何不辰。未爲比翼鳥，便作未亡人。成此百年信，來搴穗帳新。哀哉慈母別，忍泪向蒼旻。

未識夫君面，誰言恩愛榮[一]。守身惟見義，大節不關情。休道九泉隔，應憐太璞貞。清風傳海宇，萬里達蓬瀛。

《長蘆貞女志》：『丁女，父萬鐘，許字全州州同天津宋懋敬子文鳳。女幼孤，依孀母朱氏，勤針黹，嫻禮義。文鳳以攻讀積勞卒。女年十九，聞之啜泣絶粒，投繯者再。母曲諭之，不可。晝夜携持之，相對而泣。戚黨咸來相勸慰，女堅操不可奪。母無如何，乃告於宋，聞諸邑宰。宰以輿簿送歸焉。繼猶子爲嗣。女撫文鳳柩哀痛成禮[二]。日侍孀姑側，貞静寡言笑，數年不出閨闥，雖女串往來，罕覯其面。』

[一]『榮』，《長蘆鹽法志》卷十八『文藝』作『縈』。

[二]『成禮』，《長蘆鹽法志》卷十七『人物』作『成喪禮』。

潘逢元 三首

逢元，字茗庵。揚州人。選拔貢生。

按：茗庵游幕津門，擅填詞，落魄江湖，懷才不遇，嘗自鐫印石曰『不堪回首』，坎壈以終，鄉人爲返其柩。

過滄州朗吟樓

扶童携杖作閑游，楊柳風寒五月秋。瓦礫一堆墻半壁，居人説是朗吟樓。

沽上送别

丁字沽邊舊板橋，一回送别一魂銷。這回更覺傷心甚，我亦將吹市上簫。

飄蓬無計逐歸帆，綺思柔情一例芟。却怪潯陽白司馬，琵琶容易濕青衫。

楊雲珊 四首

雲珊，楊之號，逸其名。江西人。［一］

［一］高氏校云：『楊雲珊詩與天津無關。』

落花

閬苑層城五夜風，彩霞千片散西東。數聲羯鼓催凝碧，十幅蠻箋悵比紅。香霧影沉深院静，玉笙吹徹小園空。如何選佛場中品，長短亭邊似轉蓬。

細把重吟日幾回，籬間石畔已成堆。緑珠墜後春光減，絳樹歌殘客興頹。藉草忽來增景色，因風猶復上樓臺。繁英掃後成新釀，欲向花魂奠一杯。

江南草長亂鶯飛，回首園林緑漸肥。簾底艷沾詞客硯，欄邊紅上美人衣。玉驄踏去香猶在，粉蝶重來夢已非。最是酒醒驚簌簌，一窗烟雨正霏微。

休論開早與開遲，忍向東風咏别離。相送却懷前度恨，重逢須得隔年期。色香觴處都成感，菌溷飄來總未知。寂寂瑶臺春去晚，含愁欲墜夕陽時。

黄鐘山　一十四首

鐘山，字子雷。湖北江夏人。著《萍游小草》。

按：子雷久客天津，主於徐鞠圃舍人家。性好苦吟，困躓不輟。自叙其詩格凡四變，亦可謂甘苦其中者。有句如：『清磬落空翠，遠峰横夕陽。』『一路白雲多，松花滿層麓。』『山光多抱水，樹色不離村。』往往爲人所誦。瀕老境愈苦，飢寒不免，而吟卷充然，其人亦可想已。

秀州發棹

自笑浮生到處游，去留幾度仗空舟。春風又送天涯客，滿渡桃花出秀州。

惠州松風亭泛舟

領略烟波趣，春游繫我情。萬山横古翠，一棹入空明。野渡無人語，篷窗但水聲。最伶芳草色，偏惹客愁生。

午日登觀音岩

尋得謝公屐，登臨一望中。酒旗村路近，漁艇野橋通。水草蜻蜓雨，山花黄雀風。家家蒲艾節，榴火迸新紅。

白石庵

行到松深處，荒庵水一灘。雲蒸花塔古，山壓石樓寒。潭鏡空僧舍，經幡冷佛壇。得饒清净地，直覺旅懷寛。

萬安縣舟次

人唱浪花歌，風帆葉葉過。石高知水涸，木落見山多。古戍横深塢，孤亭插翠螺。扁舟一篙晚，紅日墮長波。

東昌夜泊寄懷岫屏大兄

明月動烟浦，秋風生野塘。雁聲何處到，今夜宿東昌。滄海人千里，青山泪一行。家園望不見，遥夢入蒼凉。

過揚子江

北接瀟湘路，西吞巫峽秋。斷山平野闊，落日大江流。風雨添新泪，關河憶舊游。回看放舟處，烟樹兩悠悠。

秋日曉起

開户見秋色，秋風來幾時。鴻聲過檐早，夢語出階遲。舊事雙眉覺，新凉一葉知。天涯無個事，閑讀《四愁》詩。

丁字沽閑步［一］

春風丁字水，兩派緑分聲。古寺無人到，青苔滿院生。樓頭雙燕在，村落早暾明。指點長安路，西山一望平。

村游寄友人

韶華幾度感芳菲，又過田家白板扉。楊柳山橋雙燕在，杏花春水一鷗飛。寺門種竹僧初老，石壁題詩事已非。回首故人雲外遠，昔年觴咏記依稀。

寒食郊外

韶光又到畫橋邊，景物依然似去年。野店東風寒食節，小園春雨落花天。溪頭燕剪裁新浪，柳外鶯簧破緑烟。眼底生機多活潑，竹樓深處任留連。

郊行

東風適然來，邀我出城市。宛轉送我行，迤邐過沙嘴。郊原何葱芊，春色殊旖

［一］高氏校云：『丁字沽一首可存，餘與天津無關。』

旋。花草争媚人，采之竊心喜。不意寂寥中，此處拾青紫。大化豈弄人，何戲乃爾爾。誘我以虛無，富貴等閑視。不覺心田開，性悟生至理。回頭問東風，東風吹不止。依然偕我歸，夕陽滿春水。

柳堤漫咏

天氣正清明，秋爽撲眉睫。登堤一長望，百物快交接。慮淡心自閑，興到意彌愜。漁郎一棹來，瀰瀰烟浪叠。鷄聲出紅樹，人家隱樓堞。畦圃繞籬門，野菊飛黄蝶。不覺落殘陽，歸路蹋秋葉。

立秋

萬事過如夢，一愁生到秋。有身終負累，無地可埋憂。舊雨誰青眼，新霜自白頭。砧聲聽又到，數口復何謀？

其他句如：『晚風花港笛，秋雨竹樓燈。』『落日漁家酒，青山野客詩。』『花港魚唫月，松窗鶴聽棋。』俱存逸致。

查潞 一首

潞，字笠亭。浙江海寧人。乾隆己亥舉人。

按：笠亭，查初白老人從孫。嘉慶壬戌禮闈後來津，主金亦吟家。沉默寡言笑，性耽於學。與余締交。

寄和梅樹君先生見懷之作

西沽咫尺渺瀛洲，葭蒼露白溯無舟。合離變幻海蜃氣，思君欲起竹間樓。樹君樓名。卅年物色風塵老，梅花的是仙人草。萍浮梗泛剩枯查，芙蓉賦罷平津道。模糊記得同游處，海光古刹巋然樹。片帆風順駕南湖，晴雪鷗盟謝鵷鷺。入門突兀殿宇荒，殘僧一一出兩廊。法炬初然飛錫地，清談各據局脚束。雪泥鴻爪偶然到，去住無端我何悼。懷人書到富琳琅，破曉檐前乾鵲噪。寺樓重上路非迢，詩思依稀認灞橋。天高雲净澄秋月，市遠人囂知落潮。階不鋤草[一]門種柳，人海藏身君信否？重陽風雨且登樓，指點東南空矯首。

[一] 此句原脱一字，原校本『鋤』下補一『草』字。

何埜 二首[一]

埜，字西峰。山陰人。

聞雁感懷

兄弟飄零思不禁，客懷聽此劇驚心。雖然有字來千里，未必傳書值萬金。一片寒聲秋水闊，幾行疏影暮烟沉。今宵何處樓頭笛，譜出嗷嗷哀怨音。

蘆花楓葉露爲霜，水色迷漫草色黄。對月忽聞聲歷歷，感懷自嘆髪蒼蒼。離情每易成歸夢，冷酒何堪到熱腸。愁向西風難奮翼，幾回搔首坐燈旁。

余廷霖 二首

廷霖，字竹泉，自號白頭童，又號跳笑兒，又號老孩子。山陰人。

按：竹泉嗜酒嗜硯，性酣嬉淋漓。草書出入敗家，成邸嘗見其書，贊曰『蒼老有姿，卓然成家』，詩不多

[一] 高氏校云：『何埜、余廷霖、陳詩三家詩均與天津無關。』

傳，所得僅此。

舞蝶

舞蝶翩翩花欲笑，簾垂門閉晝初長。老丈讀慣《閑居賦》，白眼看他鎮日忙。

偶書所懷

人生何事樂，最樂是知音。爨下焦桐在，中郎何處尋？

竹泉老人嘗繪《慕雁圖》，以寓思鄉之意。題咏甚多，李石農觀察鑾宣詩曰：『商飆入林戛寒筱，斜雁一繩人字小。石泉寫作琴築聲，琴築聲中秋易老。眼中之人嗟倦游，少壯出門今白頭。蒼茫落日送去鳥，顧影不覺生羈愁。羈愁萬種向誰訴，此意非關弋者慕。賓鴻歲歲有歸期，鄉夢年年無覓處。勸君勸君心莫哀，樽酒猶足供歡咍。人生百年真過客，醯鷄守瓮何爲哉！衹今雪打黄蘆折，北風敲冰冰坼裂。待得明年春雁來，重與羈人話離别。』蒼凉頓挫，最爲出色。

陳詩 七首

詩，字石生。浙江會稽人。道光壬午舉人。著有《拜石山房詩草》。

按：石生應道光癸未公車來津。見余題余竹泉老人《慕雁圖》詩愛之，因締交。與崔念堂旭、陸秋生鈞、高寄泉濬璜、李采仙雲楣，雅集於竹泉之十研廬，訂爲竹泉七友，分吟成帙，津人艷之。

晚歸駝峰

日落暝烟生，空山怯獨行。古藤纏虎穴，怪鳥變人聲。澗静泉初響，岩危石欲傾。書樓遥可指，樹杪一燈明。

山樓曉起

獨夜山樓上，鐘聲攪客眠。海明雲化水，村遠樹生烟。一鳥下空際，亂帆來日邊。倚欄頻俯仰，愁思又茫然。

南鎮春詞

巧製宫鞋爲踏青，香輿多傍柳陰停。春來到處宜男草，不上南山窆石亭。
暖鶯啼樹柳烟和，十里春山映綺羅。絶似西湖天竺路，年年二月麗人多。
野店青簾竹半藏，杏花天氣酒初香。山家少女當壚坐，親酌鵝黄勸客嘗。
絶代名姝憶浣紗，朝爲村女暮宫娃。遠峰依舊横眉黛，知有溪流近若耶。

宋六陵

鎮南築塔妖僧謀，荷鍤曉渡西陵舟。發掘攢宫利金玉，陵鬼夜哭山陵愁。一百一所成灰土，龍蜕難飛鶴罷舞。風雨崖山共愴神，魂魄何年來隧户。杰哉林唐兩義士，憤泪填膺怒嚼齒。不惜揮金召市徒，終教收骨埋山趾。自是趙家流澤深，遺民畎畝抱孤心。犬年羊月不復識，鳳巢龍窟難重尋。落日荒原竄雉兔，天章寺古冬青樹。杜宇聲聲啼血枯，我來麥飯澆何處？

陸鈞 二首

鈞，字秋生。浙江錢塘人。道光壬午舉人[一]。著有《晚香草堂詩草》。

按：秋生少年美才，在陳石生處見余題《琵琶一夢圖》七絶，愛之。介石生定交，聯竹泉七友研廬雅集之會。善畫事，因繪《研廬雅集圖》七幅，分贈同人，聯吟成卷。

[一]〔民國〕《杭州府志》卷一一三：『陸鈞，錢塘人，泰順教諭。』

簾鈎

夕陽樓畔暮秋天，小影彎彎欲上弦。雙綰漫憐纖手揭，一聲斜墜晚風牽。高籠檐角邀新月，低觸搔頭響玉鈿。多少相思抛未得，蛛絲愁罥記年年。

有贈

迢迢秋水易銷魂，丁字沽頭月有痕。爲問伊人消息好，虹橋西是舊籬門。

高濬璜 一十六首〔一〕

濬璜，字寄泉。原籍遷安，寄籍寶坻。嘉慶戊寅恩科舉人。著有《蝸寄廬草》四卷。

按：寄泉少孤，隨母太夫人鞠於舅氏寶坻王峕岩先生家。天資秀出，好學能文，早占科名。游天津，主徐鞠圃舍人家，一時沽上知名，無不締交。慶雲崔曉林稱其才力宏富，七律尤擅長。余極愛其五言《田盤雜咏》諸作。

〔一〕高氏校云：『高濬璜詩前六首與天津無關，餘可存。』

邦均道上

雲樹影蒼茫，松林漏夕陽。山如迎客笑，人爲看花忙。漸覺心塵斷，從今夙願償。一鞭風力緊，生恐負春光。

入玉石莊山口望少林寺

曲徑漸逼仄，盤旋入翠微。落紅埋客屐，新緑上人衣。佳境妙於轉，群山相合圍。宫墻環繞處，塔影認依稀。

少林寺望雨

不辨松濤韵，聲聲雨叩扃。雲拖龍尾白，山洗佛頭青。急照飛花雪，餘音雜塔鈴。扶筇知欲霽，乾雀亂梳翎。

嶢嶛峰

瘦削插天碧，田盤第一峰。何年遭劫火，煉出此芙蓉。怒茁萬株笋，倒懸千樹松。我來數膜拜，願步米顛踪。

過侯家山

小嶺通西澗，横抄一徑斜。路如螺轉轂，人似蟹爬沙。石滑常攀樹，鞋穿爲避花。買山如有日，奉母願移家。

雲净寺

怪底雲山净，危樓剩幾椽。碑經苔暈蝕，鐘就樹枝懸。地僻僧無伴，梁穿佛見天。倚欄人小憩，枯柳拂茶烟。

天津城内費家衚衕傳是前明費宫人故里感而賦之

垂楊門巷夕陽多，蕙質筠心古不磨。自數青錢沾墨露，落花風裏吊貞蛾。胸填義氣鬟揉藍，强學鴛鴦虎穴探。頸血淋漓膏匕首，至今片土壓燕南。

哭天津劉韵湖錫

説著名場心暗悲，青衫困頓骨支離。可憐阿弟凌雲去，魂斷泥金報捷時。乃弟錞癸捷未南宫日，韵湖卒。

一從錦瑟斷朱弦，忍把鸞膠續舊緣。今日鴛鴦築成家，廣陵散絶悼亡篇。韵湖喪偶後，不再娶，多悼亡詩。

寄懷天津徐筠莊孝廉瑋 時游商丘

睢陽千里繫相思，夢繞嵩雲望欲痴。憶别怕過垂柳渡，懷人最是落花時。三年真意聯鷗約，兩地深情有雁知。擬贈寒梅無覓處，且尋驛使寄將離。

去年曾作一山雲，香火緣從幾世焚。共買烏絲朝肄字，互評黄絹夜論文。蒹葭倚玉涵秋爽，蘭蕙無塵吐静芬。把臂渾忘歡聚樂，衹今空自悵離群。

遥聞講座得吾徒，桃李新陰種幾株。坐我有風開絳帳，鑄人如雪點紅爐。購材多積豐年玉，圓悟應求照夜珠。漫把光陰隨逝水，相期努力到蓬壺。

天涯一樣學依人，爲絮爲萍盡夙因。窮况備嘗青尾蔗，鄉心遥戀紫絲蒓。家如無累誰甘旅，人果多才豈患貧？記取他年蓉鏡下，低回同認舊吟身。

津門秋來多雁弋者時其宿中以佛浪機所傷既衆遂獝其群嘹唳之聲聞之酸耳梅樹君孝廉鳴於官著爲禁旅雁獲安感而賦之

鴛鴦銃發激連珠，訇磕聲中聽慘呼。鎩羽遺音殊曳櫓，避繒無術枉銜蘆。雲頽月黑埋機械，露冷風酸溷主奴。賴有詩人能造命，哀鴻十萬一齊蘇。驚魂安穩渚仍遵，護法今逢梅子真。此日一心悲塞雁，他年百堵惠烝民。漸達勢卜風毛順，集澤痕留雪爪新。我替飛鴻深感戴，羈栖同是客中身。

魏紹淦 五首

紹淦，字杏樵。通州人。文學。

將之潤州志別李夢厓孝廉〔一〕

生憎人咏少年行，心似寒潭澈底清。故國田園牽蝶夢，异鄉風浪慎鷗盟。數椽茆屋難栖迹，一葉扁舟且問程。莫説江南烟景好，杜鵑不爲客無聲。

〔一〕高氏校云：『此二首可存，餘與天津無關。』

離情惻惻寫烏絲，非是工吟折柳詞。丁字烟沽歧路酒，桃花潭水故人詩。二千里外相思重，念四橋邊結夢痴。莫對刀環傷久別，黃梅三熟不多時。

癸酉夏日自栖霞渡江北上舟中口占

旅况鄉愁一筆删，栖霞峰下買舟還。歸途既界三千里，看到燕支塞外山。

題《窗下折梅圖》

昨宵春信逗簾鈎，香夢模糊一枕收。祇爲惜花貪早起，曉窗風静不梳頭。

舟中

樓臺兩岸望參差，紅樹斜陽放棹時。記得挂帆瓜步口，一江秋色冷於詩。

郭昺曜 三首〔一〕

昺曜，字東山。山西平陽府臨汾縣人。候選運同。著有《來青閣詩鈔》一卷。

〔一〕高氏校云：『郭昺曜、郭汝騋兩家詩與天津無關。』按：郭汝騋蓋因其弟汝驄而入選。

按：東山先生少受學於襄陵盧性香、梅山夫兩先生，讀書於别業之繪聲園，有閣曰『來青』，吟咏其中，淡於榮利。乾隆庚寅辛卯間來天津，與張公拱之、牛公師竹相善，時共唱和於二氏園亭間。

秋夜繪聲園

雲移月影動，桂繞水亭香。竹密常疑雨，松高不礙墻。山光供畫活，秋思入詩涼。酒力分賢聖，吾儕飲自狂。

懷人偶賦

園林月色照清秋，夢繞淮南蘆荻州。細雨漁灣連浦暗，微風荷港抱村流。孤舟自信乾坤闊，身事何妨雲水浮。此境分明常在目，舊時儔侣遠懷愁。

阻雨晚泊

已見秋蕭瑟，那堪積雨中。水聲亂風樹，客路滿烟篷。家遠計歸日，愁多數去鴻。不眠知夜永，盼望旭升東。

郭汝騋 四首

汝騋，號稚山。山西臨汾縣人。

按：稚山世居天津，性嗜學，不利名場，嘗屬李桐圃繪《郊獵圖》以寄意。

以劍贈小陶弟

三尺青萍失路時，無人拂拭辨雄雌。贈君聊當吴剛斧，折取蟾宫桂一枝。

爲范春臯作

天涯潦倒竟何如，枯槁誰能認故吾。詞賦江淹消别恨，風流阮籍泣窮途。主恩深處憐疲馬，家運衰時出叛奴。腰下龍泉囊底筆，夜窗風雨伴狂夫。

簪花圖

靈蛇學挽曉妝妍，斜倚芙蓉寶鏡前。纖手拈花頻顧影，一輪明月兩嬋娟。

撲蝶圖

鳳子輕盈五色飄，隨風穿過美人蕉。賺人紈扇花間撲，誤墜垂珠金步摇。

郭汝驄 十首

汝驄，字小陶，一字瞿仙。稚山弟。著有《小陶吟草》。

按：小陶幼聰惠，丰度秀美，受學於陳石士侍御用光，葉筠潭廉使紹本許爲一時之秀。袁玉堂來津，聞名相結，稱小陶、韵湖爲津門後俊，比之秣高馬，先鳴鷄云。

中秋日懷梅樹君先生

對月懷高士，秋風酒一觴。病應花共瘦，時抱病。詩比姓還香。惟達能供懶，非才不解狂。停雲看咫尺，君外一蠡莊。謂袁公玉堂。

和梅樹君先生見贈原韵

薄俗相違炭與冰，疏狂甘自百無能。瘦因病堅君如鶴，悟到詩禪我亦僧。把酒磨殘三尺劍，看花倚老一枝藤。他年如遂游山約，同向峨眉嶺上登。

京邸與繆星池先生夜話因懷樹君先生

客中又送一年秋，不爲看花不遠游。知否别來三十日，夢魂夜夜到羅浮。

與星池先生言懷作

青衫一樣著如塵，同坐寒氈劇苦辛。交到忘年無世故，狂雖忤俗近天真。不諳生理多閑日，肯墮名場爲老親。知否怕聞人一語，韵光禁得幾因循。

世味初嘗真似蠟，華胥境裏暫爲家。肺將成病猶耽酒，魂豈禁銷亦愛花。不惠不夷形自放，學仙學佛計全差。何時禽向能携手，行遍天涯又水涯。

癸未春闈梅樹君先生下第詩以慰之

一第無須戀不休，任憑振作是千秋。忌才天比憐才甚，榮世名如壽世不。時有方干應共賞，遇非賀監更何尤。金風回首同摇落，曾把君詩爲破愁。

排悶步樹君韵

此身原爲讀書生，辛苦頻年據管城。敢向魚腸論劍術，可知鷄肋是詩名。飛蠅過耳成虚譽，天馬横空羨遠行。何日花前同一醉，雲中五老笑相迎。

舟中

竹籬槿舍兩三家，淺水灘頭月影斜。小艇自横人自睡，西風吹冷白蘆花。

霧槳雲帆傍岸行，苦吟人坐夜三更。歸心已順東流去，七十二沽秋月明。

贈梅樹君先生

一家風雅久傳聞，世有清才迥出群。繼起詩名歌白雪，先生令嗣《咏柳花詩》，以『素飄千點雪，白滚一團珠』句舉茂才，爲學使杜石樵先生所賞。深閨韵事典紅裙。先生有『典到紅裙事可知』句。當年蘇轍稱賢嗣，此日林逋有細君。最是賞心真樂事，梅花文草總芳芬。先生自撰《春聯》云『文草不如詩草富，梅花香到杏花時』。

温予巽 五首

予巽，字東川[一]。陝西興安府漢陰廳人。嘉慶癸酉選拔，丙子科舉人，道光丙戌大挑二等。

按：東川，關中學秀，風斯閑雅，與王篔山孝廉自策，俱以文品重於時。來津門，與袁玉堂、劉韵湖、郭小陶同締交。韵湖故後，爲悲惋不釋。自都來津，到韵湖停柩處大痛，其友誼最摯云。詩工近體。

[一] 清光緒十四年（一八八八）袁鎮嵩刻本《邃懷堂全集駢文箋注》卷十四：『温予巽，號東川，陝西漢陰廳人，道光癸巳進士。』《東華續録》道光四十七：『夏四月甲戌朔，以温予巽爲江西按察使，由河南糧道遷。』道光五十六：『癸亥，以温予巽爲直隸布政使。』道光五十九：『丁卯調温予巽爲甘肅布政使。』

癸未下第訪劉韵湖話舊聞已蓋棺數日成挽律四章聊以志痛示梅樹君孝廉

我逐春風毾㲪來，滿懷愁緒待君開。那期訪舊情偏切，忽報修文召已催。一別迥殊今古夢，相知各抱死生哀。撫棺痛灑無窮淚，造物何心總忌才。

晉嶺秦川溯壯游，一編風雨苦搜求。因耽夙好翻成癖，致起沉疴竟不瘳。爲改易前稿致病。空谷幽香經幾稔，名山遺卷足千秋。予懷渺渺丁沽水，嗚咽寒聲不斷流。

半生淪落竟如斯，不信才高竟數奇。嗜酒長庚鯨化早，看花小宋馬歸遲。時令弟仲於捷南宫，未歸。十年久抱安仁痛，時鰥居十載。一世空含伯道悲。最是傷心慈竹老，風前倚徙泪長垂。

論文三載許知音，相見無多結契深。夜月三更參妙諦，秋風七夕坐清吟。作七夕雅集，有袁玉堂、梅樹君兩先生賦詩，余亦同社。古梅閣冷芳踪絶，新笋厨開客思沈。韵湖薦同人，自署其筵曰『櫻笋』。欲話素心烟水隔，茫茫泉路泪沾巾。

甲申重過津門吊韵湖

行行且往復來斯，把酒聯吟感昔時。挂劍竟成千古恨，圍爐那得九原知。驚聞社鼓腸先斷，頻檢詩筒泪并垂。無限情懷惟一哭，經春宿草漸離離。

李佛桐 二首〔一〕

佛桐，字北痴，號琴溪〔二〕。諸生，河間縣人。著有《愈愚蓬舍詩稿》八卷。

按：北痴少負文譽，游日下者二十年，以任俠揮灑萬金，坎壈名場，未償所學。中年逃禪，悉心佛理，焚修净土，志行甚堅。蓋亦老不得志，而爲窮愁之詩者歟？

元宵遣興

對酒强排悶，停杯懶自斟。孤燈半窗影，明月一生心。春想華堂早，寒疑陋巷深。莫嗟天困我，命固有升沉。

寒食

已分閑中老，何驚歲月馳。天心無厚薄，人意有偏私。連日炊烟斷，今朝寒食

〔一〕高氏校云：『李佛桐詩與天津無關。』

〔二〕《國朝畿輔詩傳》卷五十八作『號琴川』。

宜。鶯花大漂蕩，啼笑勸吟詩。

張勤 一首

勤，字魯觀，號秋圃。白下人。布衣。著有《一葉詩鈔》。

按：秋圃《吊淮陰侯》云：『國士窮途猶乞食，英雄末路竟如斯。』道光乙酉過津，蒙其贈句云：『竹間樓説孝廉家，玉笋排班侍絳紗。高論未曾親講席，香名早已識梅花。文章預定千秋價，著述無慚一代詩。如此風裁如此筆，肯容林壑老生涯。』其《舟中有感》云：『枉説生花筆，烟波任所之。春風舟一葉，江岸柳千絲。壯歲猶如此，前途事可知。挑燈問黄卷，何處鳳凰池。』其《咏柳五絶》云：『十里春風路，柔條舞不停。江湖多白眼，獨爾尚垂青。』

寄津門梅樹君先生

飄然一葉過津門，阿里無緣暫詣君。寄贄小詩慚草草，曾吟大集拜殷殷。錦囊翰墨三生契，素業名山一代勛。倘許選樓參末座，方干榮比入青雲。

趙泌 三首

泌，字若侯。江寧府上元人。著有《瓣香軒詩集》。

按：若侯於嘉慶癸酉甲戌來受業，主李采仙家。詩才清妙，愛摹唐賢格調，與采仙唱和最多，《沽上秋吟集》多采其作。後游粵西。

晚步

老樹亂雲封，寒山露一峰。秋風黄葉徑，落日寺門鐘。霜意林端重，嵐光雨後濃。何當携白酒，江上看芙蓉。

秋日即事

楓葉落紛紛，長空雁一群。草荒難辨路，山小不生雲。漁唱喧前浦，炊烟斂夕曛。遠村吹牧笛，風送嶺頭聞。

沽上

信步踏郊畦，青青麥隴齊。池塘晴泛鴨，村落午聞鷄。芳草春三月，東風柳一堤。歸途何處好，斜日小橋西。

津門詩鈔校箋卷二十九

附見職官

李梅賓 一首

梅賓，廣西桂林人。康熙辛丑進士，官天津府知府[一]。

《秋坪新語》：『天津李太守由詞垣出守滇南，後調任天津。其初任滇省也，假館於城外龍神廟，即其中接篆任事。郡中六十年前，盛夏苦旱，禾稼盡槁，民心惶惶，太守某爲禱雨於龍神，數日無驗，守急，乃以大鐵索鎖龍神頸與己兩手，誓曰：「三日不雨，當毀其廟。」其夜即齋宿神座前，夢神謂曰：「凡雨一滴一點，皆有定數，吾非不感公誠，俾致甘澍，以不得上帝命，故不敢耳。正如公倉粟庫財，皆有管鑰，而不得君命，亦毋能擅發也。公如能不俟命，而賑貸斯民，吾亦不待玉敕，爲大霈雨澤矣。」守遂醒。翌日早，竟開倉大賑，老幼歡呼，額手稱慶。是日，日色晴瑩，嘆暍方甚；至夕，陰雲四合，甘霖大沛，四野沾足。不浹旬，而太守以不經詳報，擅發官項得罪去官矣。守處之怡然。比行李將發，乃至龍神致奠，若與告别。夜夢神來慰唁曰：「君固獲譴去矣，即某亦受天庭罰，向陰山待罪。然我與公之所以獲罪，其事同出於愛民，上帝推好生之心，終加憐憫。今乃先議罰而後議賞，甲子一周時，公爲此地神，我爲此地守，陰陽正不無輪轉耳。」至是，公果於此廟任事，士人頗有能言之者，無不嘖嘖稱奇，但未知龍神果易前守否耳。公之守天津也，不携眷屬，不延幕友，』

[一]［雍正］《畿輔通志》卷六十『天津府知府（本天津州，雍正九年改設知府）』條：『李梅賓，桂林人，進士，雍正九年任。』

惟一戚某掌書記，一童供役使，襆被蕭然，日市肉一斤，豆腐二斤，白菜三四斤、炊餅十餘枚。袖有清風，案無留牘，清介勤敏，稱天下第一。後擢山東運使。甘棠餘韵，遍滿津門云。公額中有肉突起，高寸許，腹與兩股皮粗如鱗甲，每大雷雨，輒神致飛揚，有凌空之想，神龍轉身，或不誣云。』

浮槎散人曰：『天地之大德日生，豈忍而坐視斯民之死哉？然水旱兵燹，骸骨撑拄，往往而然，毋真數不可逃，即上帝亦付之無可如何歟？卒之愛民甘罰，罪在一時，而賞延异世，帝亦何嘗不許其變通以濟物哉！彼藉詞守法，隱以自便之徒，清夜捫心，寧不愧死？』

懷舊山讀書處

翠巒峭壁簇峰齊，細草閑花隔岸迷。幾處留題存墨瀋，不堪回首憶幽溪。半林黃葉自秋色，一片白雲空鳥啼。欲買青山渾未得，明年理藕學鷄栖。

魯之裕 七首

之裕，字亮儕。鄉貫俟考[一]。

袁簡齋《小倉山房文集》[二]云：『己未冬，余謁孫文定公於保定制府，坐甫定，閽啓，清河道魯之裕白事。余避東廂，窺偉丈夫，年七十許，高眶大顙，白須彪彪然，口析水利數萬言。心异之，不能忘。後二十年，魯公卒已久，予奠於白下沈氏。縱論至於魯，坐客葛闇橋先生曰：「魯字亮儕，奇男子也。田文境督河南嚴，提鎮司道以下，受署惟謹，無游目視者。魯效力麾下，一日命摘中牟李令印，攝中牟。魯爲微行，大布之衣，草

[一] 稿本無『鄉貫俟考』四字。按：《清續文獻通考》卷二六五：『《長蘆鹽法志》十六卷，魯之裕撰。之裕，字良儕，安徽太湖籍，湖北麻城人，康熙庚子舉人，官至直隸清河道署布政使。』[同治]《太湖縣志》卷二十：『魯之裕，字亮儕。康熙庚子舉人，授内閣中書，出爲河南確山知縣。』『以直隸布政使參政致仕。』[光緒]《重修安徽通志》卷一百八十略同。又，《梧門詩話》卷七：『魯之裕，字亮儕，安徽人，少負奇節，倜儻不羈，歷官觀察，卓識遠見。自謂殊勛可立。建中間，升沉屢易，亮儕泊如也。七十外，豪氣未除。猶能於廣座籌畫細事，無不奇中。《式馨堂詩》前後集，自爲删定者，嶔嵜磊落之概，讀之如見其人。《贈僧》云：「眼中怕見榮枯事，盡把花田種芋魁。」《書歌者扇》云：「白雲最是無心者，行到歌筵也不行。」《雉梁漫興》云：「到此思到世，人情想盡然。高篁循徑曲，晴月可窗圓。笋薦離塵味，泉鳴解愠弦。鯨鐘敲午夜，頓醒俗因緣。」「山色荒荒古，泉聲脉脉微。惰禽隨樹集，貪蝶尾香飛。叠石支茶竈，編藤補竹扉。心安無不可，鎮日渾忘機。」「午磬虚游谷，朝烟澹抹山。寸心清若洗，塵事静全删。日在禪門永，人離世網間。流泉聽不厭，隔竹細琤潺。」亮儕自序其詩謂「天籟自鳴，未嘗有所規摹，以求肖何代何人風格」，其自負如此。』

[二] 見《小倉山房文集》卷九《書魯亮儕》。

若問冠騎驢入境。父老數百扶而道苦之，再拜，問訊曰：「聞有魯公來代吾令，客在開封知否？」魯謾曰：「若問云何？」曰：「吾令賢，不忍其去故也。」又數里，見儒衣冠者簇簇然，謀曰：「好官去，可惜！伺魯公來，盍訴之？」或搖手曰：「咄！田督有令，雖十魯公，奚能爲？且魯方取其官而代之，寧肯舍己從人耶？」魯心敬之而無言。至縣，見李貌温温奇雅。揖魯入曰：「印待公久矣。」魯拱手曰：「觀公狀貌被服，非豪縱者，且賢稱噪於士民，甫下車，而庫虧何耶？」李曰：「某滇南萬里外人也。别母游京師十年，得中年，借俸迎母，母至被劾，命也。」言未畢，泣。魯曰：「吾暍甚，具湯浴我。」徑詣别室。且浴且思，意不能無動。良久，擊盆水誓曰：「依凡而行者，非夫也。」具衣冠辭李，李大驚曰：「公何之？」曰：「之省。」與之印，不受。强之，曰：「毋累公。」魯擲印鏗然厲聲曰：「君非知魯亮儕者。」竟怒馬馳去，合邑士民焚香送之。至省，先謁兩司，告之故，皆曰：「汝病喪心耶？以若所爲，他督撫猶不可，况田公耶？」明早詣轅，則兩司先在，名紙未投，合轅傳呼魯令入。田公南向坐，面鐵色，盛氣迎之，旁列司道下文武十餘人，睨魯曰：「汝不理縣事，而來何也？」曰：「有所啓。」曰：「印何在？」曰：「在中牟。」曰：「交何人？」曰：「李令。」田公乾笑，左右顧曰：「天下摘印者，寧有是耶？」皆曰：「無之。」兩司起立謝曰：「某等教敕亡素，致有狂悖之員，請公并劾，魯付某等嚴訊朋黨情弊，以懲餘官。」魯免冠前叩首，大言曰：「固也，待裕言。裕一寒士，以求官故來河南，得官中牟，喜甚，恨不連夜排衙視事。不意入境時，李令之民心如是，士心如是。見其人，知虧帑故，又如是。若明公已知其然而令裕往，裕沽名譽，空手歸，裕之罪也。若明公未知其然，而令裕往，裕歸陳明，請公意旨，庶不負大君子愛才之心，與聖上孝治天下之意。公若以爲無可哀憐，則裕再往取印未遲。不然，公轅外官數十，皆求印不得者也。裕何人，敢逆公意耶？」田公默然，兩司目之退。魯不謝，走出，至屋溜外。田公變色，下階呼曰：「來！」魯入跪，又招曰：「前！」取所戴珊瑚冠覆魯頭。嘆曰：「奇男子，此冠宜汝戴也。微汝吾幾誤劾賢員。但疏去矣，奈何？」魯曰：「幾日？」曰：「五日，快馬不能追也。」魯曰：「公有恩，裕能追之。裕少時能日行三百里，公果欲追疏，請賜契箭一枝，以爲信。」公許之，遂行，五日而疏還。中年令竟無恙。以此魯名聞天下。先是亮儕父某，爲廣東提督，與三藩要盟，亮儕年七歲，爲質子於吴。吴王坐朝，亮儕黄袂衫，戴貂蟬侍側，年少豪甚。讀書畢，日與吴王帳下健兒學羸越勾卒擲塗賭跳之法，故武藝尤絶人云。』[一]

乙巳秋賞菊於顧顧齋因次蓮坡韵[二]

露菊香園[三]小院清，澹妝偎暖雪千莖[四]。延陵何必栖金谷[五]，秀色餐來眼倍明。

[一]稿本無此。

[二]清康熙刻本《式馨堂詩前集》卷十二乙巳題作《顧顧齋賞菊次主人心穀原韵三首》，無其三。

[三]『香園』，稿本、《式馨堂詩前集》均作『香圍』。

[四]『千莖』，稿本作『十莖』。

[五]『金谷』，稿本同，《式馨堂詩前集》作『甘谷』。

秋英簇簇九層臺，自是淩雲妙手栽。不厭狂如[一]詩酒後[二]，抱琴一日一回來。
坐擁花城賦好詩，詩成呼酒一酬之。花神解助詩人興，細細寒香出衆枝。
紅燈素壁影闌干，許我多情耐[三]醉看。仿佛[四]玉樓明月夜，翠屏風外[五]舞[六]端端。

津門苦雨行[七]

女媧石古天痕漏，六月愁霖失昏晝。百川匯海襄大陵，千里滔天没封堠。天津市廛[八]萬竈沉，兼日百謀一薪樉。天子命下官祈晴，秋朔金烏晃然覿。哉生魄後

[一]『狂如』疑誤，稿本、《式馨堂詩前集》均作『狂奴』，當據改。
[二]『後』，稿本同，《式馨堂詩前集》作『潑』。
[三]『耐』，稿本同，《式馨堂詩前集》作『帶』。
[四]『仿佛』，稿本同，《式馨堂詩前集》作『依約』。
[五]『風外』，稿本同，《式馨堂詩前集》作『風下』。
[六]『舞』，稿本同，《式馨堂詩前集》作『倚』。
[七]《式馨堂詩前集》卷十二乙巳題作《苦雨行》。
[八]『市廛』，《式馨堂詩前集》作『廛市』。

復傾盆，屋側[一]墻欹徑苔綉。羸瘦稚弱淪驚波，妖鯨毒鱷衝衢鬥。䱜使蒿目蒼黔魚，繪圖直向彤庭奏。捐珠釀桂療飢鴻[二]，千百殍僵什一救。江南游子對思鄉，泪眼當天濕襟袖。

玉皇閣[三]

直在雲霄上，蓬瀛望可通。萬帆風匯午，一鏡水涵空。刺目[四]談珠桂，酸心繪雁鴻。白頭當聖世，愧作囁嚅翁。

環水樓 在鹽使署[五]

鎖鑰津門柏府雄，牙旂[六]秋漾碧波中。河通大海聲彌壯，人上層樓眼

[一]『屋側』，《式馨堂詩前集》作『屋倒』。

[二]『鴻』，《式馨堂詩前集》作『鳩』。

[三]《式馨堂詩前集》卷十二乙巳題作《登天津之玉皇閣（時予監□□關東未□）》。

[四]『刺目』，《式馨堂詩前集》作『刺耳』。

[五]《式馨堂詩前集》卷十二乙巳題作《登鹽使署中環水樓》。詩末注：『時予監督天津城工。』《長蘆鹽法志》卷十八『文藝』題作《登環水樓》，無注。

[六]『牙旂』，《式馨堂詩前集》《長蘆鹽法志》均作『牙旗』。

愈空。跋浪鯨鯢驩[一]得雨，濟川舟楫快乘風。堯天猶自憂[二]昏墊，倚檻誰思度土功。

高斌 三首

斌，字東軒。滿洲人。纍官大學士，謚文定。[三]詩見《熙朝雅頌集》。

秋九日行青縣過九華庵訪恒中和尚[四]

運河東岸上人家，暮鼓晨鐘静不嘩。舊識老僧原白首，重來古寺對黄花。十年

[一]『驩』，《長蘆鹽法志》作『歡』。

[二]『猶自憂』，《式馨堂詩前集》作『可怪多』。

[三]有《固哉草亭集》七卷。按，《八旗詩話》：『高斌，字東軒，滿洲人，纍官大學士，謚文定，有《固哉草亭詩文集》。文定一生精力畢於河工，績著南北，所爲詩遠宗《擊壤》，近仿白沙。自序云：「觀語則鄙俚，或近於和平；察心則迂拙，亦鄰於忠厚。」此得失自知矣。研窮易理，居己廉静，待人以恕。與之交者，必使之得其意而去，所謂休休有容者也。』高斌官天津，《清史稿》傳八十九：『上閲永定河工……命同大學士高斌勘天津等處河工。』

[四]清乾隆二十四年（一七五九）刻本《固哉草亭詩集》卷一甲辰題作《秋九月行青縣過九華庵訪恒中和尚憶自甲午滄州之役曾於此留宿至丁酉秋重來訪舊賦詩今且十年矣相逢話别僧謂有三生石上之緣》。高氏云：『此首可删。』

幻夢經三宿，一徑清幽入九華。坐久渾忘秋夜永，半窗明月欲西斜。

秋日津門漫興

蕭蕭楓葉冷津門，曲岸潮中海氣昏。衰柳烟籠蘆荻港，潦河水浸蓼花村。凄凉夜雨霄[一]征雁，領略秋風旅客魂。紅樹白雲驚歲晚，長堤立馬默無言。

夜渡津門疊前韵[二]

輕舟一棹下[三]津門，雲净天空夜不昏。雁影横斜秋水岸，鐘聲遥度月明村。莫辭冷露侵衣袂，喜有清光醒夢魂。車馬塵氛[四]應暫遠，此中真意欲忘言。

[一]「霄」，《固哉草亭詩集》卷一甲辰作「宵」，高氏校亦云：「『霄』應是『宵』。」

[二]《固哉草亭詩集》卷一甲辰題作《乘舟夜渡津門再疊前韵》。集中與《秋日津門漫興》詩聯排，即疊其韵。

[三]「下」，《固哉草亭詩集》作「望」。

[四]「塵氛」，《固哉草亭詩集》作「塵紛」。

毓奇 二首

奇，字鐘山，一字竹溪。滿洲人。纍官漕運總督。〔一〕

舟過静海即景〔二〕

輕帆高挂雉城東，收盡殘霞片片紅〔三〕。淺水人看篙打月，逆流船與浪争風。三更入破戍樓笛，一字驚寒沙渚鴻。極目詩情最蕭散，漁燈明滅亂流中〔四〕。

九日舟泊津門〔五〕

海天秋色雨茫茫，獨坐蓬窗客夢長。半部《離騷》傷《九辯》，一帆風雨過重

〔一〕《八旗詩話》：『毓奇，字鍾山，一字竹溪，滿洲人，官至漕運總督，有《静怡軒詩集》。河漕政績懋著，身後，淮人立祠祀之。刻吳香亭所撰遺傳，其感人之深如此。詩特其餘事耳。』

〔二〕高氏云：『此首可删。』清道光五年（一八二五）薩迎阿長沙刻本《静怡軒詩草》題作《晚過静海舟中口占》。

〔三〕『收盡殘霞片片紅』，《静怡軒詩草》作『如花行舟興不窮』。

〔四〕『漁燈明滅亂流中』，《静怡軒詩草》作『秋燈漁火有無中』。

〔五〕《静怡軒詩草》題作《九日舟泊津門望鄉》。

陽。鏡中每苦繁霜落，杯底偏驚駭浪狂。回首家鄉舊游處，茱萸紅對菊花黄。

那達納 一首

氏李，字伯言。漢軍庠生，襲封三等男。詩見《熙朝雅頌集》。

天津道中夜行

匹馬長堤宵欲闌，春風吹面客衣單。柳陰杳靄疑村近，星影微茫識路難。遠港波聲來耳畔，離宫燈火隔雲端。平生壯志今差遂，不憚馳驅五夜寒。

英廉　一首

英氏馮，號夢堂。漢軍。雍正壬子舉人，纍官保和殿大學士。謚文肅。詩見鐵冶亭先生選《熙朝雅頌集》。〔一〕

按：公初仕天津海防同知，又提督長蘆鹽政。右文愛士，與黄竹老人金玉岡、查公次齋訂布衣交，嘗共宴咏。公《在津九日河橋即景》句云：『酒沽雙屐雨，菊賣一肩秋。』人多誦之。次齋中年貧困，入都，以詩上公曰：『萬間大厦連雲起，多少孤雲望庇來。』時公已大拜，念故交之誼，即薦於翰林吴公裕德，亦憐才之一端。

〔一〕《八旗通志》卷一九三人物志七十三：『英廉，内府漢軍鑲黄旗人，姓馮，雍正十年舉人，由筆帖式授内務府主事。乾隆二年，命往江南河工學習，補淮安府外河同知。六年，丁母憂，服闋補直隸天津河捕同知，十年遷大名府知府。《八旗詩話》：『英廉字計六。號夢堂，漢軍人，雍正壬子舉人，纍官保和殿大學士，謚文肅，有《夢堂詩稿》。文肅起家外吏，致位宰相。帝簡良弼，以漢軍人補滿相缺，爲政府創事。詩自漢魏以來大家名家，皆沈潛探討，掇菁遺粕，當與元之遺山、明之青邱後先較勝。錢籜石嘗謂夢堂「詩者之詩，温潤縝密，超然意象之表」。昔姜堯章論詩以不求與古人合而不能不合，不求與古人异而不能不异，其詩老之獨造而自得乎？』《蒲褐山房詩話》：『相國初通籍時，雅嗜芸緗，尤敦車笠，與樊榭及吴樸庭綸文、符幼魯曾、查蓮坡爲仁爲酬和友。詩壇酒社，翰墨飛騰，雖江左風流不是過也。既而職長六曹，殫心時務，或舉舊稿，爲言輒遜語謝之，蓋不欲以文人自命矣。先是定制内閣大學士，滿漢各二人，及于文襄公殁時，方爲户部尚書滿缺，上以其祖籍涿州本馮姓，命踐文襄之席，蓋鹽梅之用久廑聖心，故不拘常格，即司台鼎云。』

宿楊柳青

孤村倚長河，客枕臨秋浦[一]。知有南船來[二]，烟中聞吴語。

許佩璜 三首

佩璜，字渭符。浙江仁和人[三]。河南開封府同知。

贈查心穀年丈

憶昔敦盤會，交游集四方。庇人孫北海，置郵[四]鄭南陽。惠好情無極，風規志勿忘。相思歲將晏，青女正吹霜。

鑿沼通瀛海，爲山擘岳蓮。胸能貯丘壑，性本嗜林泉。家有珊瑚網，居稱書畫

[一]『秋浦』，清乾隆延福等刻本《夢堂詩稿》卷八丁卯至己巳作『秋水』。

[二]『南船來』，清嘉慶刻本《夢堂詩稿》卷八作『南來船』。

[三]《淮海英靈集》丁集卷二：『許佩璜，字渭符，江都人，迎年子，監生，官河南衛輝府管河通判，河東總督，平越王公薦博學鴻詞，旋升同知。』

[四]高氏云：『「郵」應是「驛」。』《隨園詩話》卷三、《國朝畿輔詩傳》卷二十九引作『驛』。

船。愛君吟嘯處，何异小游仙。皇覽逢初度，詩歌燕喜辰。車屯三里霧，坐列九州賓。煒矣圭璋望，環哉廊廟珍。斑衣方侍養，愛日共長春。

《秋坪新語》：『許太夫人徐德音，開封司馬佩璜之母也。家仁和，少寡，司馬讀書，即所教成。雖系出閥閲，不廢綺羅，而風神高澹，灑然有林下風。工詩善畫，尤長花鳥草蟲，著有《净緑軒詩》刻行世。所役婢十二，取名古雅，皆美儀容，善詞令。每值添香、更衣、捲簾、侍座，鳴環動珮，望若仙人。司馬官中州時，先從父兼山公守開封，爲同僚。得其所繪《芳草蝶飛》圖册，并題十絶句於上。金粉璀燦，栩栩欲活，點綴幽花小草，運筆設色，無一俗韵。其詩曰：「紅絲小硯畫眉螺，寫出青郊一幅莎。日照蝶衣齊曬粉，春寒鶯谷未聞歌。」「香須花板太風流，新倚青皇拜粉侯。取次百花都不戀，惟憐蘅社[一]在芳洲。」云云。』

周元木 二首

元木，號蘭坡。翰林改教，舉鴻博，復入坷垣。久寓天津。

[一]『蘅社』，應作『蘅杜』。

贈余元平同徵就保陽方藩伯幕聘

料峭春寒匹馬銜，魂銷南浦動離驚。千年俊[一]骨金臺老，一劍雄心玉匣封。池近蓮花邀庾杲，人如楊柳識王恭。劇憐書記翩翩去，誰共楸枰傍古松？

詩牌酒榼約東鄰，最愛嶔崎歷落人。負米心惟供白髮，鋤經身不染黃塵。那堪折柳當歧路，纔過傳柑届早春。上谷近連三輔地，相思有句托魚鱗。

金文淳 一十四首

文淳，字質夫，號金門。杭州人。乾隆己未進士，知天津府事[二]，因事罷官譴戍，後主講天津問津書院。著《埅進齋詩草》。

按：公在津惠政甚多，崇尚文士，課生童如子弟，獎勵激勸，殷殷造就，所刮目者，無勿騰達。最重金芥舟先生，誼同手足。故公譴戍時，芥舟隨之出關，作長白鴨綠之游。

[一] 高氏校云：『「俊」應是「駿」。』

[二] 〔光緒〕《重修天津府志》卷十三：『金文淳，浙江錢塘進士二十八年任。』

乾隆乙亥五月初七日五十初度詩呈津門諸公教和

流光出壑走修蛇，客路俄驚暮景斜。風暖不消髭上雪，春歸偏剩眼中花。雲迷親舍知非遠，日近長安望轉賒。留得此身恩未報，旗亭釃酒祝年華。

回首觚棱夢影徂，閑思往事一長噓。曾沾清禁金莖露，還佩留都竹虎符。日月帝鄉瞻巨麗，神仙瑶闕快承趨。而今孤負莊周蝶，春睡東坡已醒無？

杯酒何知身後名，更從惡夢悟餘生。長居覆載偏忘大，得免顛危轉自驚。有業不知何日滿，無官敢説此身輕。咏歌渥澤難終盡，遺唱睢陽亦善鳴。築城相杵者，始於梁孝王築睢陽城，後謂此爲睢陽唱，見《宋書》。

登登百堵響城闉，救度真爲版築人。輸産不留家四壁，程工敢懈日三巡。從來安笑長輿癖，到此方悲原憲貧。屈指六年糊口地，連雲雉堞一時新。自修望都城後，庚午新安，辛未唐縣，壬申定興，癸酉東安，甲戌清苑，皆奉監理。

纔離畚鍤息勞肩，復理琴書願假年。蜀日照人嗤下士，春風入座愧前賢。英才教育吾何敢，舊學商量爾共傳。待得冰寒青又謝，老夫相對更欣然。

著書伸屋願終違，握管臨文鷁退飛。才盡也隨年共逝，時移始覺事皆非。登樓作賦鄉心切，陟岵裁詩客淚揮。坐擁臯比羞博士，後堂絲竹漫成圍。

老屋東頭恨最長，墓門南望路茫茫。小池猶自春生草，細雨空孤夜對床。臣朔可憐飢竟死，次公何事醒猶狂。平生兄弟兼師友，灑盡天涯淚兩行。

折簡何人致賀書，無多長物也焚如。那堪柱腹撐腸外，盡付焦頭爛額餘。揚季一區終已矣，陶潛三徑得歸歟。西湖舊日漁兄弟，可許浮家賦卜居。

五方百貨聚紛呶，估舶帆檣遍近郊。繞郭雄風真樂土，到門今雨衹貧交。韓公《進學》憑誰解，揚子談玄[一]任客嘲。寡過未能還學易，曉來占得益初爻。

百年强半問誰同，身世難諧類敬通。歲月不回江漢水，功名相背馬牛風。挽鬚兒女催人老，把臂知交漸雨空。多謝异方群祝祜，文成十賚亦徒工。

春柳

東君欲到逗先幾，堤樹朝來緑漸肥。斜抹遠天新雨足，亂垂平野暮烟圍。何人樓上迷春夢，是處花前拂舞衣。有底風情無限恨，年年三月絮紛飛。

黛眉初染細腰横，纔裊東風便有情。蘸水碧連芳草嫩，隔花紅漏夕陽明。愁臨

[一] 原讳作『元』。

曉岸三分月，閑送清歌一曲鶯。爲問柔條千萬縷，可能長此鬥輕盈。

玉欄干外雨初收，婀娜臨風不自由。烟態一時無不〔一〕媚，畫船終日爲君留。

襯他前度桃花艷，惹得深閨少婦愁。却爲顛狂減才思，半絲輕搭在簾鈎。

小橋曲折路東西，葉葉牽風樹樹迷。垂手舞工金縷颺，畫眉人去玉驄嘶。碧天無際長留影，野水初生自拍堤。偏是冶游知愛惜，可堪妍雪易粘泥。

查儉堂中丞《銅鼓書堂集》《宿東安莊舍懷金質夫太守》云：『推户詩黏壁，誰兹訪敝廬？秋風吹樹老，殘照入窗虚。檐際城陰合，階前菊色舒。故人曾住此，踪迹近何如？』

孟淦 五首

淦，字虚舟。〔二〕山西太谷人。貢生，官長蘆分司。

按：長蘆分司，原名青州運同。雍正八年，孟周衍，山西太谷人，監生，爲青州運同。至乾隆四十四年，孟淦來莅此任，次年改爲天津分司。淦即周衍子。周衍在天津德政甚多。《長蘆志》：『鹽關浮橋，在天津城東門外鹽關口。初僅一小舟渡，海河水勢影疾，濟河者往往覆溺。青州運同孟周衍捐俸倡首，衆商捐造外大渡

〔一〕高氏云：『「不」字應是「爾」。』

〔二〕清乾隆刻本《龕山集》首乾隆戊戌（一七七八）吴省欽序謂：『伯川孟生，字靖瀾，一號虚舟。』

船一隻，人皆感之，遂呼孟公橋。』

孟公橋[一]家大人佐鹾務[二]時所創

昔年我作津門游，津門滔滔津水流。中有長橋偃波卧，夭嬌宛若游龍游。橋長水長勢摩蕩，石澗金堤光漭瀁。烟蘆水竹秋滿前，千村萬落背還向。平湖油油碧於醅，瀠洄十里横畫舫[三]。津門士女來橋頭，橋頭如市壹何壯。大車小車絡繹行，我時下馬歇[四]郵亭。試問此橋創誰氏，津門父老群誇稱。誇説此橋非從古，太谷孟公所落成。落成到今三十載，此橋即以公爲名。君不見，橋之東南崚嶒第一碑，仁風惠政誰所遺；又不見，河之西此兩岸木無縫[五]，鬱鬱葱葱誰所種。而我聞之絶不言，徘徊徙倚橋之闌。縱酒放懷游十日，二三知己從追攀。歸來登堂告我父，津門勝事從頭數。我父聞之笑不應，扶筇極目臨烟浦。

[一]《孟公橋》，《長蘆鹽法志》卷十八文藝同，《龕山集》卷一題作《天津孟公橋》。

[二]『務』，《龕山集》《長蘆鹽法志》均無。

[三]『畫舫』，《龕山集》《長蘆鹽法志》均作『歌舫』。

[四]『歇』，《龕山集》《長蘆鹽法志》均作『倚』。

[五]『無縫』，《龕山集》《長蘆鹽法志》均作『森拱』。

帶經堂自題

陋室非新構，從今額小堂。鐘聲半户月，雁迹一簾霜。石古塵封墨，書殘蠹滿囊。尚遺琴在抱，分付好收藏。堂前『亦可鳴琴』，即先大夫手額[一]。

庭樹 樹在北司墀旁，先大夫手植也

森然喬木已成林，爲愛青葱坐小岑。卅載向榮非有意，一枝庇陰到於今。漫趨庭下慚寒歲，偶過階前趁午陰。昔日鳴琴曾對此，不知果否是知音？庭即先大夫鳴琴處。

鹹水沽聞蟬

淺深沽上雨初收，特向津門放小舟。借得半帆風正好，綠陰濃處一聲秋。

孟公橋夜眺

信步浮橋上，茫茫眼界清。月殘村舍暗，風定海潮平。穩渡先公迹，安瀾赤子

[一]『額』，《帶津詩草》《長蘆鹽法志》均卷一下有『也』字。

情。坐聽垂釣者，還説舊家聲。

董元度

元度，字曲江，號寄廬。山東平原人。乾隆甲戌翰林[一]。著《舊雨草堂集》。

天津雜詩 二首

雄鎮畿南傍海涯，百年生聚競繁華。遥通漕運三千里，近集魚鹽十萬家。鈴閣夕陽喧竹肉，戍樓夜月息鐃笳。欲尋碣石當時迹，莽莽桑田漠漠沙。

角飛城外木蘭舟，丁字沽邊罨畫樓。活活街泥沾屐齒，淵淵羯鼓促歌喉。[二]河豚入市思拼命，滄酒盈樽不遣愁。一夜西風嗚蟋蟀，海門容易是驚秋。

[一]高氏云：『董元度，乾隆壬申翰林。』按，法式善《梧門詩話》卷四：『乾隆壬申通籍，年四十餘矣，旋由詞館改江西躲令，僅一年，歸秉東昌郡鐸。』《湖海詩傳》：『乾隆十七年進士，由庶吉士改官東昌府教授。』《平原縣志》：『以乾隆壬申成進士。』

[二]清乾隆四十三年（一七七八）刻本《舊雨草堂詩》《長蘆鹽法志》卷十八均下注：『衛腔以鼓爲節，不用絲竹。』

管幹珍 三首

幹珍，字松崖。〔一〕江南陽湖縣人。乾隆丙戌進士，由編修轉御史巡視津漕，歷任漕運總都〔二〕。

析津晚泊憶舊〔三〕

一帆又約雁南飛，雲水空濛暮濕衣。潮影欲沉知海近，月弦將滿入秋肥。桃花紅盡誰歸寺，楊柳青蕪自掩扉。遺事鎮尋無故老，雕梁如昔燕巢非。

楊柳青晚泊

青青楊柳拂官河，小泊輕航繫樹多。紅蓼一汀魚結隊，白蘋雙槳鴨銜波。坐窮暮雨當窗至，目送風帆竟海過。芳草王程心自凜，敢將幽意問烟蘿。

〔一〕《國朝御史題名》謂『管幹珍，號松涯』，《晚晴簃詩匯》卷九十三謂『字陽復，號松涯』。
〔二〕高氏云：『「都」應是「督」。』
〔三〕清乾隆大觀樓刻本《松涯詩鈔》在卷三十二《香雪舫剩草（壬子）》。

舟發桃花口[一]

綠齊芳草雨過時，帆落丁沽轉棹遲。恰好尺波通潞下，桃花口外碧漣漪。

其句如『樹外斜風楊柳寺，水邊寒食杏花墳』皆可誦。

錢栴 一首

栴，字讓山。婁東人。著有《鋤月樓詩》一卷。

之津門留別婁江諸子

三月東風去燕遲，薊門烟樹重迷離。紅飛水驛花千點，綠裊津亭柳萬絲。衣上舊痕清夜酒，袖中新本异鄉詩。匆匆行色憑誰語，苦憶雲停月落時。

張問陶 一首

先師字仲冶，號船山。四川遂寧縣人。大學士鵬翮之孫。乾隆戊申舉人，庚戌

[一]清乾隆大觀樓刻本《松淮詩鈔》卷三十一《補香雪集（辛亥）》題作《津門發舟至桃花口》。

進士，翰林院檢討，轉御史，左遷吏部員外郎，知山東萊州府，引疾南游，卒於蘇州。著有《船山詩草》。

懷天津舊游 [一]

記曾孤艇送殘秋，潞水盈盈繞郭流。十里魚鹽新澤國，二分烟月小揚州。衣冠誰醒繁華夢，江海遥通汗漫游。欲指三山揮手去，祇愁風力引飛舟。

吴省蘭 六首 [二]

宗師字泉之，號稷堂。江南南匯縣人。乾隆戊戌進士，由編修大考一等，歷任内閣學士，兼禮部侍郎、順天學政。

按：公博通鴻覽，取士以經籍爲先，凡所甄拔，多致騰達。楝受先生知，取入泮，蒙賜《小帆初稿》一卷，謹摘數首入鈔，以志勿忘。

[一] 清嘉慶二十年（一八一五）刻道光二十九年（一八四九）增修本《船山詩草》卷四《出山小草（己酉）》、《湖海詩傳》卷四十均題作《咏懷舊游十首》，此其五。

[二] 高氏云：『吴省蘭詩與天津無關。』

春草

江南草長怯春芳，後雁前花祇斷腸。拾翠未妨經野火，踏青容易送斜陽。馬蹄篤速平沙暖，烏夜凄迷小店香。惟有閉門張仲蔚，緑痕肥到儘蒼凉。

芊芊藹綬繞簾櫳，一種青袍妒欲同。遠映輕陰兼映水，略宜細雨不宜風。携將鶗鴂催湘畹，判與金錢賭漢宫。何以旗亭吟望好，烟光撩亂五花驄。

裙腰一道緑周遮，也傍垂楊也傍花。風信微薰游屐軟，露華匀灑酒簾斜。蘼蕪影接佳人路，苜蓿香生戍士家。掩冉春陰重回首，王孫踪迹尚天涯。

寒食棠梨火又停，雉媒嬌處舞玲竮。别當南浦濃如畫，夢近西堂暗欲青。三月鶯花新莨莕，六朝裙屐舊飄零。碧蕪易老華滋淺，愁殺勞勞送客亭。

袁將軍崧墓

滬瀆峨峨倚壁開，孫盧往事重轟豗。一身戰血霾雲入，八月飛濤帶雨來。良史有才青簡盡，將軍無樹白楊哀。李祥便是田横客，鬼火磷磷照夜臺。

題禹鴻臚《太真上馬圖》

驪山高高温泉紆，鸞旗鳳蓋紛在途。三千宮女竟無色，就中一人嬌且姝。錦韉玉勒春雲擁，控鞍無力須人扶。當日風流樂莫樂，承恩夜夜朝元閣。琵琶玉笛奏霓裳，一斛珍珠空寂寞。樂游原上冶游天，遺鈿墜舄夾城邊。犢車竟飾何都閑，銅街調馬珊瑚鞭。此時六駿來西域，五家一色齊連錢。漁陽鐵騎一朝至，暗塵隔斷明駝使。劍門迢遞走青騾，鳥啼花落傷心事。應悔歌傳得寶時，墮馬拋家由義髻。鴻臚藝事能通神，直作千秋金鑒陳。可惜開元聖天子，竟無辭輦漢宫人。

宋潢 一首

薦師小嵐夫子，山東蘭山縣人。乾隆甲寅舉人，嘉慶己未進士，辛酉補殿試，授户部主事，擢雲南司員外郎、江南廬州府知府、四府督糧道。

按：小嵐夫子，楝丁丑會試薦卷師也。闈中獲楝卷，嘆賞擊節，力薦未售，蒙批云：『其神奕奕，其光熊熊，具此才思，他年定當獨出冠時。』嗣後兩科，皆以丁憂未就公車。庚辰年，夫子領郡出京，闈前盼余一見，遣人各逆旅廟院，遍覓無踪，爲惋惜久之，不知楝實未來都也。及道光五年，夫子督運過津，始得謁見於舟中。

蒙獎借索余詩集，携之通州，周覽一過，贈以題詞。知己之感，船山師外，無過夫子。款談時，蒙以六字心法見教，曰：『立身當思「敬肆」二字，舉念當分「公私」二字，作事當辨「義利」二字。』佩服在心，恒不忘焉。

梅樹君孝廉詩集弁言

江南梅多春一色，玉照紅羅遍香國。薊北梅少遇者難，藐姑之仙冰雪寒。瑣院沉沉夜燃燭，〔一〕搴芳夢入梅花塢。彌望荒蘆卧葦中，一枝艷絶〔二〕驚人目。當時頗喜得此材，移根健步黄金臺。大官未要和羹用，拗勒東風不讓開。編珠貽我長安市，洗盡銀華謝紈綺。幽姿標領鼠姑風，如豹見斑佛現指。樹君闈中詩有『花膩鼠姑風』之句，後見貽詩集，讀之如傾萬斛珠，闈作特豹見一斑耳。清清泠泠花上鈴，磊磊落落曙天星。霜凄月冷魂魄净，恍惚中有真娉婷。廬江作吏金陵客，屈指九載空相憶。雁迷魚淰路迢迢，驛使安從寄消息？此日逢君北海濱，峭帆流水接音塵。敢與梅花爲知己，愧無東閣繼前因。前樹君寄詩，有『不是廣平憐作賦，梅花知己亦無多』之句。於何相依竹與柏，

〔一〕清道光間刻本《欲起竹間樓存稿》卷首下有注：『余丁丑分校禮闈得生卷，力薦。』

〔二〕『艷絶』，《欲起竹間樓存稿》卷首作『絶艷』。按：天津圖書館藏道光刻本此頁殘損，『移根』至『幹亭』間全損。民國天津志局本《欲起竹間樓存稿》無卷首諸弁言題贈。

老幹亭亭自貞白。夭桃穠李愛者多，梅兮梅兮奈若何。[一]

吴錫麒 三首

錫麒，號穀人。浙江錢塘人。乾隆乙未進士，翰林院編修，國子監祭酒，上書房供奉。

三岔河

衛白交流水怒盤，黄雲散盡海天寬。津門樹色三沽遠，碣石秋風萬里寒。清濁不聞歸壑异，堤防始通道河難。千年豆子䒀邊路，陳迹無多夕照殘。

津門雜咏録三首[二]

蘆雨生寒雁下汀，津門秋色好揚舲。片帆疑挂銀河水，來向天邊看女星。[三]

[一] 清道光間刻本《欲起竹間樓存稿》卷首《梅樹君孝廉詩集弁言》末題：『道光乙酉書於津門舟次。古琅邪通家弟宋濆小嵐氏拜題。』

[二] 清嘉慶十三年（一八〇八）刻有正味齋全集本《有正味齋詩集》卷八《泥爪集》凡八首，此其一、六、五。

[三] 《有正味齋詩集》集卷八下注：『女星上有天津九皇妣廣孝占應小直沽故以爲名。』

西浦清歌罷采菱，北斜暝色又收罾。一星欲滴露初白，凉殺前沽捕蟹燈。

郎去蘆臺柳又秋，妾家[一]柳口憶[二]蘆溝。柳絲若綰郎心住，共[三]守蘆花到白頭。

李鑾宣 三首[四]

鑾宣，字石農。山西静樂人。乾隆庚戌进士，庶常改部，天津兵備道，歷任雲南巡撫。

按：石農先生觀察天津，重趙雪蘿之爲人，締塵外交。雪蘿青鞋布襪，入署齋，了不拘文貌。公往往屏騶從，自提小燈叩雪蘿門，暢談竟夕。似此風概，於今少見。

［一］『家』，《有正味齋詩集》卷八作『居』。

［二］『憶』，《有正味齋詩集》卷八作『望』。

［三］『共』，《有正味齋詩集》卷八作『願』。

［四］高氏云：『李鑾宣詩與天津無關。』

崇效寺看花

丁香開後海棠開，古寺尋芳得得來。官味[一]冷於寒食火，春光爛似錦雲堆。諸天樓刹[二]多紅雨，七尺碑趺半緑苔。坐久但聞鈴鐸語，又添詩興[三]入新裁。

羅山人手寫《灤陽于役圖》送陸於石赴熱河詳校三分書

一車兩馬渡灤河，柳眼初窺杏靨酡。細檢書籤驅緑蠹，飽攜詩卷看紅螺。山名。三生文字緣重結，二月春光暑半過。輸與山人閑潑墨，閉門瀹茗伴維摩。

凉水河觀廟市作

凉水河前廟市稠，青簾低挂樹梢頭。稻孫緑後鶯初老，杏子黄時麥已秋。隔岸歌聲喧似沸，繞堤行館泊如舟。濁醪到口都成醉，愛此風光爲少留。

[一]『官味』，清嘉慶二十四年（一八一九）董斿刻本《堅白石齋詩集》卷一《白雲集》作『宦味』。
[二]『樓刹』，《堅白石齋詩集》作『樓閣』。
[三]『詩興』，《堅白石齋詩集》作『詩境』。

李符清 三首[一]

符清，字海門。廣東合浦縣人，乾隆丁酉舉人，宰天津，能制强悍。重文學。著有《海門詩文鈔》。

贈沽上金野田先生[二]

沽上知名士，如君第一流。六書褚登善，五字韋蘇州。有道貧何病，無田菊是秋。我懷存廣厲，文酒定交游。

海光寺晚眺

三津風物似南天，徙倚高樓思渺然。七十二沽秋水闊，夕陽争放打魚船。

秋日登望海樓[三]

縹緲孤城據上游，渡江人上倚江樓。三邊暮色漁陽樹，萬里悲風碣石秋。地盡

[一] 高氏云：『李符清，乾隆癸卯順天舉人。據《慤思録序》，丁酉誤。』
[二] 清嘉慶三年（一七九八）鏡古堂刻本《海門詩鈔》卷三丙午至庚戌題作《題金野田茂才》。
[三] 清嘉慶三年鏡古堂刻本《海門詩鈔》卷五辛亥題作《秋日登天津望海樓》。

魚鹽環估舶，河交衛潞赴洪流。香林重到渾如夢，憑遍回欄咏《四愁》。

楊暵昶 五首

暵昶，字米人，安徽桐城人。官長蘆分司。著有《中隱軒詩鈔》。

邑侯李載園符清《跋楊米人不易居詩集》云：『米人八歲能詩，有「寒月隱梨花，輕風落香雪」之句。年方冠應試，賦《鷺翿則露》，有「此中天似水，昨夜月初明」之句。二十三歲，刻《衍波亭初稿》二卷，又有《都門竹枝詞》百首。』

《念堂詩話》云：『楊米人《中隱軒詩鈔》有云：「官比畫師聊寫意，吏無公事可忘形。」「干卿何事風吹水，與世無争鳥在天。」「芳草緑沾游女屐，野花紅上故人墳。」似南宋人語。又「人各有能官愛冷，吾從所好富難求。」「未能免俗聊云爾，小住爲佳亦偶然。」往往以此自喜，亦「身將隱矣文焉用，人不知之味更長」之類也。』

按：棟嘗見其《吊張睢陽》云：『「健兒指墮眦猶裂，愛妾調羹血尚腥」句，何其壯！』

津門夜泊

津門形勝舊争稱，望海樓高最上層。子夜歌長迷鳳吹，丁沽水漲聚魚罾。沿堤官舫宵吹角，隔岸人家夜有燈。試揭篷窗看明月，情懷真比六朝僧。

津門絶句

魚鹽澤國繞汀洲，丁字沽前碧水流。記得船上曾有句，二分烟月小揚州。

海國波濤接杳冥，趁風番舶正揚舲。東沽水合西沽水，楊柳青邊楊柳青。

臨水人家傍岸居，門前秋水映芙蕖。臨流結得千絲網，網得雙雙比目魚。

燈火樓臺一望開，放懷那惜倒金罍。朝來飽啖西施舌，不負津門鼓棹來。

杜堮 五首〔一〕

堮，字石樵。山東濱州人。嘉慶辛酉進士，官禮部侍郎、順天學政、浙江學政。

渡白河

黍谷寒原外，漁陽古塞西。長流環似帶，綉壤劃成溪。雨過沙猶軟，林遥渡欲迷。白檀山下路，終日聽鳩啼。

〔一〕高氏云：『杜堮詩與天津無關。』

懷柔道中

昔我經行麥始芽，今年已是菜生花。鵓鳩遷樹午聲暖，蝴蝶繞畦風影斜。百日春光爲客過，一川烟景向誰誇。臨橋照見星星鬢，欲借南流送到家。

自岔道至土木驛

太古山川异，經綸草昧存。日寒春失色，沙回地無垠。白草迷人徑，紅樓識堡門。前朝遺戍壘，恐有未招魂。

度居庸關

金鴉破曉上征鞍，一一奇峰倒轉看。信有好書經百讀，從來新曲愛重彈。回頭但指雲横塞，投足真隨水下灘。春色皇州無遠近，休將函穀論泥丸。

塞上勸耕詞

嗚鳩嗚過春山觜，耕人耕過長河尾。犖犖確確十頃田，前村後村鞭牛起。却説去年雪一尺，覆地蝗種没要卜。今年雨三寸，入土麥根活。勸農使者東方來，車騎數里生塵埃。手持斗酒勸爾飲，努力官家租賦催。不見扶蘇城下路，至今猶有秦時灰。

崔曉林《念堂詩話》云：『石樵先生校士畿輔，作詩甚多。如《臨洛關》云：「去日通宵聽白雨，來朝一路省青山。」《贈張蔚州道渥》云：「作宦不離山水地，過關復見性情人。」《圓津寺》云：「滿院緑陰真供養，下堂清磬小聲聞。」』

按：先生嘉慶己卯年，視學天津，寶岩兒時年十四，應古試，先生奇之，賦題《浣花遨頭》，蓋時爲四月初旬，又值學署初落成，人士輳集，公於是日下車，見衣冠如雲，喜而以少陵自況也。場中解題者少，岩兒賦中用少陵事甚多，有句云：『覽拾遺之舊宅，慕杜老之騷吟。花徑猶存，風景依然。似昔柴門宛在，流連直到於今。』爲先生所賞，深加勸勉，亦想見先生愛惜人才之至意。

袁潔 三首

潔，字玉堂，號蠡莊。江南桃源縣人。嘉慶辛酉選拔，知山東金鄉縣事。

按：玉堂於嘉慶十八年在金鄉守城有功。因公落職，來游於津，遂締交焉。玉堂交游遍海内，所著有《蠡莊詩話》。道光三年，謫戍出關，士林惜之。

來天津喜晤梅樹君孝廉

騷壇新得上將軍，走筆能生落紙雲。此日津門非浪迹，既觀滄海又逢君。

去津舟中作

竟爾登舟去，行行別直沽。天難留節序，人易老江湖。對酒情無賴，耽吟興已孤。可憐秋柳色，憔悴似今吾。

懷人詩六首之一寄梅樹君孝廉

匆匆行色尚投詩，廉吏人才負所期。余行時，樹君遣人遺詩云：『才人命薄都成例，廉吏風高不畏寒。』料得維摩新病後，梅花傲骨益清奇。

葉紹本 四首

紹本，號筠潭。浙江歸安人。嘉慶庚申舉人，辛酉進士，翰林院編修，福建學正[一]，直隸清河道，長蘆鹽運使，廣西按察使。著有《白鶴山房詩稿》。

按：筠潭先生在長蘆，右文愛士，問津、三取兩書院整飭風教，文化蔚然。

[一]高氏校云：『「正」應是「政」。』

蘆花四首次朱虹舫學士同年韵

銀雲一片繞塘鋪，滿耳秋聲聽轉孤。淺水回汀行處有，淡烟涼月映疑無[一]。迷離好殢眠鷗夢，蕭瑟誰摹《放鴨圖》？記得扁舟掠沙尾，西風瑟瑟[二]響平湖。

亂飄埼岸撲江船，獨夜孤槎人未眠。古戍剛聞凄朔管，大堤無賴拂征鞭。天涯冉冉催塵鬢，故壘蕭蕭感逝川。曾向滄波咏秋思，韶華彈指又經年。

楓林相襯白紛紛，一色低迷了不分。有約年光吹暮雪，無邊涼意入秋雲。灘頭笭箵閑漁父，水上琵琶憶使君。客路漫生蕉萃想[三]，芙蓉塘外伴斜曛。

梨雲柳影似還非，堆去秋陰罥石磯。摇落不隨枯樹盡，飄蕭祇逐暗塵[四]飛。春江曾憶河豚上[五]，寒渚惟應野雁依。認取溯洄人在否？霜痕新點芰荷衣。

[一]『映疑無』，清道光二十一年（一八四一）刻本《白鶴山房詩鈔》卷十六作『入看無』。
[二]『瑟瑟』，《白鶴山房詩鈔》作『颯颯』。
[三]『想』，《白鶴山房詩鈔》作『慨』。
[四]『暗塵』，《白鶴山房詩鈔》作『暗潮』。
[五]『春江曾憶河豚上』，《白鶴山房詩鈔》作『月湖曾聽鶯魚竄』。

譚光祜 四首

光祜，字受之。江西南豐人。主講問津書院。著《止止室草》[一]。

春柳[二]

征袍待付侍兒薰，檢點衣香别緒紛。不信陽關真萬里，那堪春色又三分？岸餘殘月聞金縷，簾蹙輕波漾碧紋。莫上高樓偷眼望，一番攀繫一憐君。

客夢無端繞灞橋，東風吹折一條條[三]。關心絶塞歸何日[四]？回首天涯恨未

[一]清嘉慶十五年（一八一〇）刻本《鐵簫詩稿》六卷，卷一内題《止止室草》。嘉慶二年（一七九七）譚氏自記曰：『余年十一始學爲詩，十七游京師，益好作詩。顧作之多而未嘗學，不知其難也。次年與李孝廉傅杰游，乃自知其非，遂删舊作，存十數首。二十二歲再入京師，自顔所居曰「止止室」，蓋既知其難而又知其不學之不可，故廢然返也。孝廉見之則曰：「進矣，可多作矣！」比始常常作之。然旋作旋弃，未嘗編次。自乙巳至丁巳，十有三年中所存亦僅此耳。』

[二]高氏云：『葉紹本《蘆花》詩實作於天津，譚光祜《春柳》詩是否在天津之作，俟考。究之《蘆花》《春柳》均與天津無關也。』按：《鐵簫詩稿》卷一《止止室草》題作《府丞張先生百齡以春柳詩屬和時余有從軍之志不果撫時感遇用以起興云耳次韵（丙辰）》。

[三]『一條條』，《鐵簫詩稿》作『此條條』。

[四]『歸何日』，《鐵簫詩稿》作『人纔去』。

消。寸草春暉忽[一]虚負，少年心事怕重撩。氍毹醉睡花成海，悔著宮衣[二]鬥舞腰。

記得湖邊卧晚烟，樓臺深處緑陰連。半篙新水吹漁笛，幾曲長堤繫酒船。草縱忘憂聊爾爾，樹猶如此况年年。等閑送過[三]春歸去，如雪花飛亂白綿。

英雄兒女總堪悲，走馬長楊待幾時？[四]枉畫修眉對菱鏡，倦開青眼睇花枝。攀條亦覺傷春早，灑露深慚作佛遲。祇合清凉伴禪榻，三眠三起鬢成絲。

斌良 一首

良，號笠耕居士。滿洲旗人，官四府糧道。

[一]『忽』，《鐵簫詩稿》作『忍』。按：作『忍』爲是，當據改。

[二]『宮衣』，《鐵簫詩稿》作『仙衣』。

[三]『過』，《鐵簫詩稿》作『却』。

[四]《鐵簫詩稿》下有注：『余幼有請纓之志，曾屬維揚吴焯寫《壯游圖》，自題「英雄兒女」。』

庚辰八月過芥園訪僧静峰不值借經寮小坐因賦此留壁[一]

入門生静想，苔徑任欹斜。揮扇風當竹，籠詩雨暗紗。野僧[二]疏似笋，殘客淡於茶。禪榻[三]閑容借，蒲團著處家[四]。

張道渥 十九首[五]

道渥，字水屋，又自號張風子。山西浮山人。仕天津海口同知。工畫、善書、能詩。莅天津未久，罷去。

[一]清光緒五年（一八七九）湘南薇垣官署刻本《抱冲齋詩集》卷九《句吴轉漕集九》題作《芥園旁佛院》。

[二]『野僧』，《抱冲齋詩集》卷九《句吴轉漕集九》作『臨僧』。

[三]『禪榻』，《抱冲齋詩集》卷九《句吴轉漕集九》作『繩榻』。

[四]『蒲團著處家』，《抱冲齋詩集》卷九《句吴轉漕集九》作『天親本一家』。

[五]高氏云：『張道渥詩與天津無關。』

題《騎驢圖》[一]

序：余自楊州[二]夢醒，旅食京華。性憚車馬之險，出則跨一驢。舊友羅兩峰畫《張風子騎驢圖》，題詩以戲之。越數年，謫官西來，驢亦從之入蜀。一作俗吏，吟鞭便疏，驢被富兒所典，余亦即赴金門[三]之役。戊午春，余來成都，遇之[四]於途，驢見故主，長鳴不已，如泣如訴，爲之凄然動懷，爲詩十九首以志之[五]。

旅食京華七載餘，病多不患出無車。一從拋却楊州鶴[六]，祇向金臺跨蹇驢。
購得桓桓長耳公，六街來往抵追風。賺多俗子空疑訝，日雜香車寶馬叢。
何似雲中公子狂，[七]軟塵踏遍四蹄香。神仙俠客家風在，果老虬髯總姓張。
未許逃名筆墨尊，累他常繫五侯門。無端欲了妻孥債，遂使吾驢怨寡恩。

[一]清道光八年（一八二八）刻《水屋剩稿》上卷無此題，以序爲題。
[二]『楊州』，《水屋剩稿》作『揚州』。
[三]『金門』，《水屋剩稿》作『金川』。
[四]『遇之』，《水屋剩稿》作『遇驢』。
[五]『爲詩十九首以志之』，《水屋剩稿》作『得詩十九首，展兩峰畫幅題之』。
[六]『楊州鶴』，《水屋剩稿》作『揚州鶴』。
[七]《水屋剩稿》有注：『「何處狂公子，雲中騎白驢」，唐人句也。』

猶記西山策蹇回，長鳴官路晚烟開。灞橋風雪蘆溝月，一様清寒送句來。

風雅那能耐久貧，謫官蜀道共艱辛。前年經過華陰縣，不敢騎驢愧古人。

崎嶇鳥道憶同經，歷盡艱危送險亭。身帶棧雲猶似濕，有人流盼愛飛星[一]。

金作雙眸玉作毛，一鳴聲徹碧雲高。可憐若個真英物，薄福詩人誇[二]不牢。

其貌其聲本太奇，烏紗隊裏不相宜。官貧莫與鶴同瘦，且試雕鞍問[三]富兒。

莫太清高自忍飢，人知鍾愛合相依。强如爾主頭將白，到處傷心識者希。

割捨那能心不酸，須知陶令跨驢難。年來怪事無如此，爾伴商人我作官。

送我西來萬里行，劍門烟雨動詩情。一官難免書驢券，悔煞折腰太自輕。時爲簡州州判也。[四]

語必驚人我不能[五]，吟鞭久已[六]讓詩僧。騎驢仍合尊前輩，愧煞今番拜少陵。

[一]《水屋賸稿》有注：「『飛星』，神驢名。」

[二]『誇』，《水屋賸稿》作『跨』。

[三]『問』，《水屋賸稿》作『向』。

[四]《水屋賸稿》無此注。

[五]『不能』，《水屋賸稿》作『未能』。

[六]『久已』，《水屋賸稿》作『久矣』，誤。

酒國詩場仗爾尋，儘多王粲作知音。故人昨夜魚書至，問到驢兒有愧心[一]。

舊雨青山[二]喜再逢，濡毫爲我寫狂容。而今畫裏驢何在。未免無詞對兩峰。

面似子瑜猶在眼，不聽嗑草已三秋。何期陌路匆匆遇，牽過橋西尚掉頭。

不盡依依奈若何，難忘豢養舊情多。受恩僮僕今誰在，未必相逢得似他。

豈爲勛名萬古傳，者回准辦買山錢。他時贖爾同歸去，好戴黄冠續舊緣。

我又何嘗利宦途，舍驢依舊是狂徒。不愁他日齒加長，正好山林伴老夫。

李京琦 一十五首

京琦，字周麟。昆山人。諸生。[三]

按：周麟先生少受業於中憲葉嵋初、宗伯葉訪庵兩先生，深爲器重。生平寡言笑，慎交游。善病，家最貧，數奇不偶，至三十方補邑弟子員。爲文直逼古大家。教授生徒，出其門者，悉成名士。數入棘闈不售，賚志以

[一]《水屋剩稿》有注：『時京師舊友寄書，有問驢者。』

[二]『青山』，《水屋剩稿》作『燕山』。

[三]高氏云：『李京琦未至天津，雖子孫入籍，不能據寓賢之例。天津入籍之人，其先輩在原籍貫有著作者，不止李氏，遺彼録此，似乎不合。』

没，識者悼惜之。生子二：長宗揆、次攄友；矯矯出群，克副先志。所著《延古齋詩文稿》甚富，不能悉載。

青溪有高士

青溪有高士，山水愜所托。白雲指故居，朱弦縱娱樂。長髮垂兩肩，策杖出林薄。凉風散炎蒸，碧樹入秋落。偶與羽流期，日夕上高閣。零露垂明珠，空階長靈藥。不識漢與秦，安知有城郭。昨日丹邱生，偶然涉沙漠。爲言金臺人，已化遼東鶴。

簡倪少槐先生

行不踏，縣治花；渴不飲，都會酒。拼將鬚鬢向荒村，貼水低茅蔭高柳。聖僧廟後月輪生，公居聖僧廟之東偏。直放漁船到江口。歌婉轉，婉轉歌以哀。道人相見隔溪語，爲道神鼉館裏來。

懷友

散人獨不見，回首意難忘。夜月蒹葭白，秋風橘柚黄。論文歌杜若，漉酒憶柴桑。不靳登樓興，還應過草堂。

秋初吳門晚眺

金閶停棹處，長嘯氣何雄。孤鳥晴霞外，千峰夕照中。帆開村郭曉，人静水烟空。寄語吟詩伴，江頭好御風。

沈安涇晚眺因傷萬年

湖上秋風起，偏教詩思雄。草堂疏樹裏，落日亂流中。野曠雲光薄，天高霽色空。人琴還可問，蕭寺立東風。

東歸

山城初返棹，回首望吳關。樹樹烟波外，村村夕照間。雀聲喧暗竹，花氣醉春山。借問腰鐮客，誰家放白鷴？

元日次邱近夫韵

問道群公覲紫宸，京華雲物引蒲輪。如何函谷携書客，猶是荆山抱璞人。山鳥報春偏婉轉，庭梅含臘尚逡巡。文章雅負曹劉目，不敢終爲草莽臣。

元夕有懷

三五銀蟾下碧空，那堪把酒坐東風？高情合在歌吟外，離思空勞魂夢中。何處晴烟籠樹白，幾家燈火隔溪紅。年華巳是駒過隙，得失何須問塞翁。

梅花飛雪到岩阿，惆悵懷人阻嘯歌。風雪吴中書不到，烟花江上夢頻過。總無淑氣催黄鳥，剩有春光到碧蘿。欲把南華問莊子，養生消息意如何？

乙巳秋唐爾成過訪

寂歷空林一徑開，青春車馬竟誰來？忽看紫氣青牛到，報道青松白鶴回。出水芙蓉含夕照，刺天梧竹暗層臺。秋光如此莫歸去，籬下須傳濁酒杯。

送葉嵋初夫子司理貴陽

縱目黔陽萬里天，風塵裘馬亦凄然。那堪赤水平刑日，轉憶黄門待詔年。笻竿雲帆開瘴癘，牂牁晴樹隔烽烟。歸家自有蘭臺績，指顧思榮下日邊。

虞翻去後事浮沉，極目天南思不禁。江漢且隨三楚斷，海天還向百蠻陰。霜清花作深秋色，雨過雲牽薄宦心。問道吕虔刀足贈，驪駒清唱愧知音。

簡徐昭法先生

萬山深處草堂幽，嘯傲烟霞守故丘。荒草銅駝悲故國，空山石馬吊通侯。杪秋菊圃連三徑，絶壑漁燈隔一洲。却笑嚴陵爲名利，富春山下釣竿收。

大風篇

鄧尉梅花白未消，林風和夢過僧寮。若教此際居岩下，十里松聲壓暮潮。

懷葉認庵夫子

策足高臺鳥不知，萬重雲樹隔相思。修書却寄長安道，月在梧桐第一枝。

倪永清曰：『馭鹿孫子以周麟遺稿見示，余以賓從雜沓，未獲一加評騭，經今三閲月矣。昨於燈下朗讀之，清秀俊逸，仍復高華茂美，真唐音也。我聞其令嗣宗揆、攄友，仁孝性成，善承先志，行文作事，綽有父風，竟其未竟之志，有二公在，嗚呼，如周麟者何曾死哉！』

按：宗揆、攄友二公，係燾之高祖。宗揆公諱大經，少亡昆山。攄友公諱大綸，康熙年間始遷天津，改攄友字爲舒猷，行二，昆山貢生。裔孫文燾謹識。

棟與李亭午茂才文燾家，三世交游，知其纍代以忠厚相傳，而詩書之澤不絶。今年亭午聞有詩鈔之役，出其家周麟公集一卷見示。公雖未來津，而公之子孫家天津者已五代，且詩有可傳，聊爲識其世澤云爾。

蔣詩 二十八首

詩，字秋吟。浙江仁和縣人。嘉慶乙丑進士，翰林院編修，歷官侍御。著有《秋吟詩鈔》。

沽河雜咏録二十八首

石勒稱雄僅一隅，煮鹽遣使到丁沽。角飛城外煎如昔，竈户猶知王述無？

《水經注・趙記》：『石勒遣使王述煮鹽於角飛城。』

燕山府裏界河横，遼宋分疆是武清。海口叉連三女寨，古來天塹最分明。

《宋史・地理志》：『金人滅契丹，以燕京及涿、易檀、順京、薊六州來歸。宣和四年，改燕京爲燕山府。』《静海縣志》：『界河即天津河，以遼宋分界，故名。』《宋史・河渠志》：『王亞謂海口闊六七百步，深八九丈。三女寨以西闊四百步，深五六丈，此天之所以限契丹。』《方輿紀要》：『三女寨，即今小直沽。』《宋史・地理志》：『武清地有泥沽、乾符、巷姑、三女、小南河五寨。政和三年，改三女曰三河。』

司農司設至元年，《輯要農桑》户一編。至大課耕沿海口，五千軍士給屯田。

《農桑輯要》：『司農司設於至元七年，專掌農桑水利。』於是頒《農桑輯要》之書於民。《元史・帝紀》：『至大二年，摘漢軍五千，給田十萬頃於直沽，沿海口屯種。三年，市耕牛牧具，給直沽酸棗林屯田軍。』

出没波濤與鬼鄰，認來海道簇新新。金符招運江淮米，十日風帆到淀津。

《廣輿圖》：『朱清、張瑄者，海上亡命也，出没險阻，若風與鬼。伯顔建議海運，乃招二人，授以金符千户，押運糧三萬五千石。』《浩然齋視聽鈔》：『朱張海餉。自三山大洋，徑至燕京，且言自古所未嘗行，此道昉自今始。』《草木子》：『元海運自朱瑄羅璧始，歲運江淮米三百餘萬石，得便風，十數日即抵直沽交卸，朝廷以二人之功，立海運萬户府。』

海子西山衆水多，大通流自玉泉過。白桴村與黄花鎮，處處泉都入白河。

《畿輔通志》：『積水潭、西海子，西山諸水所匯，由都城東，至高麗莊入白。又通惠河，亦名大通河，源出昌平州白桴村神山，徑玉泉入都城，歷通州入白。黄花鎮川出塞外，入鎮口，經昌平入白。』

衛河源出自河南，要到蘇門山裏探。先徑漂榆纔入海，况教淇水又相參。

《畿輔通志》：『衛河源出河南衛輝府蘇門山。』《水經注》：『淇水合滹沱别瀆無棣溝，徑漂榆入海。』《禹貢錐指》：『漂榆津在鹽山縣東北百里。』

廟貌權輿泰定中，今年卜得順帆風。劉家港裏如雲艘，都禱靈慈天后宮。

《元史・本紀》：『泰定三年八月，作天妃宫於海津鎮。』《寰宇通志》。『元臧夢解《直沽謡》：「今年吴兒求高遷，復禱天妃上海船〔一〕。北風吹兒〔二〕渡〔三〕黑水，始知溟渤皆墓田。」」《玩齋集》：「萬艘如雲，畢集海濱之劉家港，於是齋戒卜吉於天妃靈慈宫。」

荒郊無復吕彭城，兵氣銷沉衹剩名。若不抗懷千載上，誰知古戍有金鉦？

《畿輔通志》：「吕彭城在縣西北二十五里，相傳吕布、彭越屯兵於此，故名。」徐石麟《可經堂集·夜發静海抵直沽詩》：「静海金鉦傳古戍，直沽牙闐駐新軍。」

津淀城西稽古寺，嵯峨高閣是鈴鐺。艤舟衹覺風鈴響，誰辨鈴聲替戾岡？

朱竹垞《曝書亭集·天津稽古寺藏經閣記》：「城之西門，有稽古寺藏經之閣峙焉。地近海多風，飛沙晦冥，歲久閣圮。浮屠含光者新之，予艤舟道此登焉。夕陽在衣，風鈴錚然。」《天津縣志》：「藏經閣，一名鈴鐺閣。」

垂楊夾岸溜潺湲，檣影波光掩映間。但覺漕河多曲折，不知身在信安灣。

《方輿紀要》：「信安灣在天津西北，即漕河曲折處也。明正德中，畿輔賊劉六等犯天津，守將賀勇遏之於此。」

十畝清池一墁臺，郎中扶病剪蒿萊。未知浣俗亭何在？空自分司署裏來。

《天津縣志》：「浣俗亭在户部分司署内，明正德間，户部郎中汪必東建。賦詩云：『十畝清池一墁臺，

〔一〕『上海船』，《津門詩鈔》卷二十五前引同，《石倉歷代詩選》《宋元詩會》均作『海上船』。

〔二〕『吹兒』，《津門詩鈔》前引同，《元詩體要》《石倉歷代詩選》《元詩選》《宋元詩會》均作『吹魂』。

〔三〕『渡』，《津門詩鈔》前引、《元詩體要》《石倉歷代詩選》《元詩選》《宋元詩會》均作『墮』。

病扶親與剪蒿萊。泉通海汲應難涸，樹帶花移亦漸開。小借江南留客坐，遠疑林下伴人來。方亭曲檻雖無補，也備繁曹浣俗埃。」」《志》又云：「必東，崇陽縣人。進士，正德十一年任。」

纔開水利復營田，廑念農桑到萬全。刈稻已多三穗瑞，北倉還備歉收年。

《天津縣志》：「查修水利，四年營田天津，成稻田六百餘頃。適年稻田内，有一莖三穗之瑞，特疏進呈。又二年，建北倉於天津，水澇截漕。」

城南二十五里近，自漢傳來孝子門。董永葬親人共識，誰知地是富家村？

《天津衛志》：「富家村在城南二十五里，俗傳漢孝子董永賣身葬親處。」

環水高樓得大觀，俯窺全郡此憑欄。眼光直到波臣舍，一望平疇分外寬。

沈儼《登環水樓》詩：「波臣退舍皆膏壤，一望平疇眼界寬。」《天津縣志》：「巡按長蘆鹽課察院公署，環水樓三間。」

大悲院在北門外，河北窑窪樓一層。幾度登樓抬眼望，開窗但見滿河燈。

《曝書亭集·大悲院記》：「僧世高結茅天津之衢。夏以水，冬以茗，施往來之人。築室三楹，題曰「大悲禪院」。」《天津縣志》：「大悲院在北門外河北窑窪，一層樓，大悲院後。」

東王公本异西王，第宅尤爲桑梓光。御馬監遷督五廠，『卧松雲』額是宸章。

《天津縣志》：「明御馬監王之俊，入國朝爲乾清宫五廠總督，家天津，都人呼爲東王公，以別於司禮監王承恩也。聖祖幸其第，賜「卧松雲」匾。」

車戽周遮響正酣，水田漠漠小江南。農人共説藍田迹，昉自將軍舊姓藍。

《天津縣志》：『藍田，康熙間，總兵藍理所開水田也。河渠污岸，周數十里，召浙閩間農人課種。插蒔之候，沾塗遍野，車戽之聲相聞，雨後新凉，水田漠漠，人號爲小江南云。』

桃花口裏桃花寺，寺裏桃花報兩春。桃爲迎鑾花特甚，枝枝紅映漂榆津。

查慎行《敬業堂集·桃花寺》詩：『已過桃花口，再過桃花寺。』余尚炳《桃花口》詩：『來宿桃花口，還尋楊柳青。』御製《點絳唇》詞：『再見桃花津門，紅映依然好。回鑾才到，疑似兩春報。』《方輿記要》：『漂榆津在鹽山縣。』

勝會連朝纔二月，刹那五月賽元侯。老嫗數典閑無事，戴七星花也出游。

《天津縣志》：『小聖廟在河東鹽坨。』《長蘆鹽法志》：『小聖，海神也。舊有廟在河西，始封平浪侯，繼封平浪元侯。每年五月初旬，游人傾城而至。二月二十一、二、三日，有勝會，閨人咸集。津門婦女戴七星花，以通草爲之。』

二十四日歲小除，家家祀竈上燈初。豆沙舊日稱農俗，好補《農桑輯要》書。

《天津縣志》：『二十四日備糕餌祀竈。』《沽上題襟集》汪西灝《小除夜祀竈》詩：『豆沙農家俗，粉餌饔人造。』

夕陽野飯烹魚釜，秋水蒲帆賣蟹船。睡起不知風浪惡，一篙撐出浪花圓。

津門漁家最夥。明宋訥《直沽舟中》詩：『旅思摇摇嗜晝眠，舟人報是直沽前。夕陽野飯[一]烹魚釜，秋水蒲帆賣蟹船。時有白鷗沙上宿[二]，更[三]無青鳥海東傳。老爲聲利閑驅遣，少讀《南華》四五篇。』

不問虹蝦與綫蝦，沙虹對對已堪誇。漁翁陪客新撈得，輸與沽西賣酒家。

《天津縣志》：『蝦有虹蝦、綫蝦、對蝦。』虹沙，蝦名。唐六如詩：『佃馭挑柴出换酒，鄰翁陪客自撈蝦。』

鯷壑移來種已難，如何洋菊滿園看。孤清標格娃娃面，漸近繁華白牡丹。

《沽上題襟集》吴東壁《澹宜書屋看洋菊分賦》云：『標格自孤清，繁華抑何憾？』查蓮坡分賦云：『有客番船來，贈我數枝菊。雲從鯷壑移，奇葩種所獨。』《天津縣志》：『菊花有娃娃面、白牡丹等名。』

客有蕪湖宋舊山，性成純孝似君難。荷池任是開雙蒂，如雪麻衣泪獨潸。

宋舊山，名真儒。江南蕪湖人。僑居天津。親死，廬墓三年，過者無日不聞哀號也。墓前池内，荷開并蒂，人謂孝感所至。

印章自昔推文氏，鐵筆於今數所其。獨得漢銅香一瓣，不隨時好格尤奇。

李釗，字所其，號勉庵。文安人，流寓天津。工摹印。性孤介，有不當意者，雖千金不應也。

閑消一局子丁丁，吴老彈棋舊有名。歌到象棋誰解得，知音衹有老新城。

[一]『野飯』，《津門詩鈔》卷二十五前引作『晚飯』。

[二]『宿』，《津門詩鈔》卷二十五前引作『興』。

[三]『更』，《津門詩鈔》卷二十五前引作『書』。

吴來儀，江南人。善彈棋。徐蘭，字芝仙。虞山人。有《象棋歌》，極爲新城尚書賞譽。

海不揚波潮自鳴，我來庵内聽潮聲。海潮庵自門臨海，未到三更潮已生。

《天津縣志》：『海潮庵在城外西北隅板橋西。』顧琮《寓居海潮庵》詩：『萬事意何愜，三更潮自生。』

城西清絶是宜亭，遺址猶留演武廳。空説丁沽多種柳，月堤無復柳條青。

《長安客話》：『楊柳青地近丁字沽，四面多植楊柳，故名。』于文定慎行詩：『楊柳青垂驛，蘼蕪緑到船。』《天津縣志》：『宜亭在西門外演武廳右月堤上。康熙間，天津道朱士杰建，四面環楊柳。』《沽上題襟集》胡炅齋《過宜亭故址》詩：『清絶城西路，繁華幾日春。』

小園相與大園鄰，艷紫嫣紅花朵新。七十二村門佳麗，相逢都是賣花人。

《天津縣志》：『七十二沽草堂在鍋店街，後門臨大河，梁氏别墅。』

昔有詩人佟蔗村，放情雲水寓津門。樓中艷雪聯吟罷，不是悲秋也斷魂。

《天津縣志》：『艷雪樓，詩人佟錢妾趙氏，字艷雪，工詩，鋐築樓貯之，因名，俗呼佟家樓。』

名流座上蔚如雲，折柬還推水部文。若使時無朱亥輩，不知誰識信陵君？

《沽上題襟集》查茶坨《過一畝園感舊》詩：『三千珠履盡能文，座上雄談蔚似雲。朱亥侯嬴俱老去，不知誰憶信陵君？』邵子湘《青門旅稿・張水部招隱一畝園》詩：『名流煩折柬，水部況能文。』

科甲潮由成化始，泮池雙鯉撇波跳。衛劉秋賦同膺薦，三百年來魚化橋。

《天津縣志》：『魚化橋在衛學櫺星門内。明成化乙酉，泮池内有雙鯉躍過，是年劉鈺、衛林中式，故名。』

按，《志》：『劉鈺，丙戌進士，入翰林，爲津門甲榜之始。』

皇船塢口是漁家，楊柳青青一路遮。絶似西湖好風景，二分烟水一分花。

《長蘆鹽法志》：『皇船塢在天津閘口水園。』

高樓臨海氣蒼蒼，百尺危梯接大荒。雲海不教心自蕩，雙眸豁處已扶桑。

《天津縣志》：『望海樓在河北望海寺前。』

縞袂仙人看試燈，黄河九曲彩霞蒸。衺延十一里然如畫，草把枝枝繫彩繒。

《沽上題襟集》吴東璧《於斯堂燈詞》：『大庾花開冷不勝，松風亭子及時登。放香最好黄昏後，縞袂仙人看試燈。』《日下舊聞》：『有黄河九曲燈，即津門草把燈也。草把燈築場數畝，縛草爲之，高下然炬如畫，盤旋可十餘里。』

携得笭箵計恐疏，若逢回網又何如？叉魚春岸中宵興，不止羊魚與魯魚。

《天津縣志》：『回網魚不受釣餌，遇網即回，魚人以叉得之，味腴美。』《畿輔通志》：『羊魚，天津出。形圓，尾似牛尾，多刺，手不可觸。魯魚，天津四月以後出海。』

津門三月便持螯，海蟹堆盤興儘豪。轉瞬又看秋稻熟，重陽時節好題糕。

《天津衛志》：『蟹，秋間肥美甲天下。』又，三月食海蟹。

魚經名號試搜羅，巨細無遺卅種過。多水紛紛誇澤國，食單還索到蜖螺。

《天津縣志》：『津邑瀕海區也，民以鹽爲業，魚利與鹽同，捕魚不下三十種。』《沽上題襟集》汪西灝

《午餐》詩：『天津古澤國，水族紛駢羅，巨細魚卅種，下逮蟶蛤螺。』

拆拆洗洗試秋聲，自自回回樹底鳴。《爾雅》蟲魚箋應補，不惟鐵甲與姑丁。

《天津縣志》：『拆拆洗洗秋蟲鳴。』《畿輔通志》：『靛雀，大似瓦雀，土人呼爲自自回回。』《天津縣志》：『姑丁、鐵甲，雀名。』

小譜鷗盟記蕊娘，新荷出水好相方。若無十月詩傳播，閨秀誰知許海棠？[一]

《海漚小譜》，趙秋谷客天津時，北里游記也。蕊枝才色冠儕輩，秋谷有『新荷出水，飛高依人』之目。又《贈蕊》句：『如何兩渡臨滄海，不見青泥蘸客襟。』許雪棠，津門閨秀，過時不嫁。工詩文，閟不示人，傳播人間者，惟十月海棠二首而已。

[一] 高氏云：『兩事連綴一首，殊覺不倫，應删。』

津門詩鈔校箋卷三十

方外仙鬼

成衡 四首

《天津縣志》：『成衡，字湘南。嘉興錢氏子。幼耽禪悦，薙染後，力參上乘。康熙丙戌，天津總兵藍理建普陀寺於城南，延衡爲主席。己亥，衡謁聖祖於西淀，書「海光寺」額給之，尋賜紫衣，恩渥甚深。衡書畫俱入逸品，所作詩不下數千首，絶類大蘇。又輯《海光寺志》八卷。晚歸天童以終。』

《國朝畫徵録》：『成衡善山水，康熙間，嘗供事内廷，上賜大臣書扇，後面多衡畫，款題「臣僧成衡謹寫」。筆亦古雅，蓋取法於王少司農。』

沽墅停帆 海光寺十景之一

海潮來屋端，沽水出檐下。喬木數百株，古藤兩三架。中有肥遁君，倚溪結茅舍。斜風細雨時，時枉高人駕。載鹺多巨商，乘風去如瀉。我廬望東南，不用矢三射。撑篙深柳灣，晒網叢蘆罅。收帆并放帆，董巨畫圖借。

葛沽宿洛迦方丈

一鞭東去海天寬，白雁横秋草樹寒。千里尋山原有約，一毛爲客太無端。裹鹽人散蒼烟淡，挂網船歸夕照殘。獨夜孤村苦無寐，時回吟首望長安。

偶過八里臺有懷藍參軍

去城官路無多里，一堠才過一堠來。深巷無人惟閉户，夕陽有我獨登臺。烟波寂寂傷今事，風雨蕭蕭感舊醅。天柱峰頭少相識，不知懷抱爲誰開？

舟行丁沽

放溜下丁沽，人家半水居。淺沙分井竈，小市集樵漁。榆柳栽成巷，茄瓜載滿輿。波光浮岸闊，星影入林疏。土釜炊紅蟹，青絲釣白魚。帆收晴過閘，燈上夜翻書。雲卧人争得，鷗閑我不如。輕烟遥拂岸，細雨不沾裾。涌沫飄行旆，狂波撼太虚。荒荒千里外，祗此亦吾廬。

元宏 六首

《天津縣志》：『元宏，字石庭。會稽人。姓姚氏，孝子諱崇明者，弘六世祖也。母嚴夢服金伽衣僧而娠。十七，祝髮大善寺，爲盟石息法嗣。越七年，遍參諸方，熟精内典，若爲則範，寒泉晝諸耆臘，皆自謂弗及也。

康熙庚辰，孝子墓爲勢家所占，弘杖錫上長安，力謀復之，安郡王及弟紅蘭主人延主彌陀寺席。霽崙永法師薦入内廷，召對暢春園，賦《初春瑞雪應制詩》，稱旨。丁亥，挂瓢天津之海光，與湘南衡鍵關結厦，箋疏楞嚴全部。乙酉，聖祖南巡，召對杭州之西湖行宫，賜御書《心經》。弘精於書畫，尤工詩。尋以不樂塵坌，歸老高雲，晚著《杜鵑集》，又號杜鵑和尚云。』

按：弘又號紅薑老人，與天津查蓮坡唱和投贈最多，蓋蓮坡在圜扉時，曾延紅薑課業三年，遂稱通品。嘗見其往來手札，師弟之情最契云。

命

命是如何物？而能顛倒人。夷齊成槁餓，顏閔各清貧。任有通天手，難逃入世身。空空思我佛，打破一微塵。

秋懷

彈指流光又一年，行踪滯我望南天。馬藏天厩難超逸，鶴出雕籠得自然。老去諸方畏後學，年來吾道失真傳。一堆殘雪無人掃，獨對空庭月正圓。

秋日將還故山留别蓮坡

檢點來時舊衲衣，秋風蕭瑟雁南飛。天涯白髮人還在，故國青山我欲歸。幾卷詩篇存漫興，百年心事且忘機。茅庵無恙從歸老，此計於今未盡非。

擬盡行期笑未成，黄花開後準將行。囊空衹剩冰霜重，人老猶難離别輕。鴻雁秋來常有信，杜鵑春去自無聲。夜深幾度還山夢，蕉雨桐風一枕清。

留别查蓮坡談半村

草衣木食分相便，懶向風塵去乞憐。佛法無憑隨造化，窮通不必問因緣。晚年書覺從新變，近日詩能得自然。衹有青山情未斷，石帆桐塢夢懸懸。

幾回清嘯自狂呼，對月高吟興未孤。清影依然留玉宇，寒光猶覺滿金樞。傷心兩度桑乾水，涸迹三年燕市徒。未了木蘭龕下夢，夜深霜落聽啼烏。

附：蓮坡和韵云：『繫舟誰許往來便，杯渡中流衹自憐。鏡水偏縈千里夢，木蘭已續再來緣。兩番留别真無奈，太上忘情却未然。從此詩篇誰印可？心旌常似夜燈懸。』『瑟居十笏向誰呼？散似晨星幾點孤。我恐波瀾無砥柱，師真風雅有機樞。打包去作翻經客，分衛難隨擊鉢徒。持帚何時參妙偈，長繩無計繫金烏。』

按：數詩俱得諸蓮坡所梓《蔗塘外集》，酬答之作甚夥，姑摘一二，見蓮坡、高雲交誼云。

録高雲致蓮坡札二則：『别來忽又七日，與雪珂念之，亦不能忘。雪晴風静，正相憶而尊伻持好詞至，亦同雪柯共談，抵掌嘆賞。雲光花影，愈令人不能去諸懷抱耳。春日遲遲，楊柳依依，此又促老僧之歸信也。《杜鵑集》可即乞長沙公一序，恐月初便趁南帆矣，囑囑。伯岳、鏡堂、雪齋三老宿，劇欲進晤，有期再爲通知。

二十七日辰刻，鴻僧合十。』『自十七日别來，冒寒淹淹至今，惟與雪老垂簾相嚮，然吾兩人之心，固無日不在白雲花影間也。接手札知動静佳勝，且知花影白雲，心亦在琉璃世界也。詩扇俱領到，讀之灑然清芬，可以出入懷袖，如同晤對。前所寄《瀟湘夜雨》詞，風韵天然，酷似淮海。老僧不自量，次原韵以博一笑，何如？極欲再拔花影，作數日歡聚，重話别懷，奈亦有臨去纏綿。江雪南行不果，老僧衹好别行一路。今結伴萬柳堂主人，彼訂初十或準在望之前後，所謂再見何時，實有同心耳。諸容晤不宣。』

盤山昭然和尚致蓮坡札云：『前雪樵入山，荷惠翰教并《花影庵詩》。讀之，覺幻境一空，竿頭更進矣，羡服羡服！知半村尚在西曹。雨先生之人品心術，豈合爲此中人哉？儒者往往有不平處、未解處，佛家所云宿業也。移形换影，此張彼李，不知此軀雖异，舊案未清，果報之説，豈盡誣哉。先生近拜高雲和尚爲師，聞之喜氣躍躍。何者？天下自有禪教以來，多少英雄豪杰信受奉行，豈盡詘於才而暗於識歟？非有實見性地，可以悟徹死生，諸君必早斥。其蔓延不絶者，可爲愚不肖者儆儆，亦可爲賢智之士另闢一洗心滌慮之境，并可爲思婦勞人、孤臣孽子不得志於時者，有托而逃焉。原不僅以制虚守寂爲了事也。朽衲已矣，一龕終老，復何所冀？憶初入山時，諸凡强制，壯心未息，時或有無名之焰，偶然觸撥，不覺泣血呼天，恨死已晚。二十年來，其氣漸平，實荷經典之力。試舉其書而讀之，自淵淵乎，咀昧甚長，知老朽之言爲不欺也。今歲昏瞶愈盛，惟有閉目念佛，潛修净土，花月情疏，詩文緣盡，即强拈之，索然似槁木死灰，以此擱筆，承台意諄切，勉爲步韵，衹可作夢囈觀，原不足以詩律之也，盤山衲明潛頓首。』

釋願來 五首

願來，號損堂。

按：金永和云：『和尚高青壽先生爲其座下高第子，手録其五言律詩數十首，英夢堂相國爲加評定。』

移菊

故園秋草遍，寒菊苦爲姿。以此移相對，因之感歲時。人能留晚節，天不死霜枝。多少東籬下，争開不自持。

閉門

閉門常不出，風雨過殘春。萬事成孤立，中年作老人。心隨流水淡，日與白雲親。大道高天在，吾生甘隱淪。

送人歸花橋

花橋歸隱處，天與一柴荆。流水發幽興，白雲生遠情。製衣荷葉嫩，午食荔枝明。自古高人趣，深居不用名。

送友返高涼

十年不相見，相見即相離。縱有重來約，殊非少壯時。流雲多逐影，落葉不歸枝。又作南飛雁，青山何處期？

蟬

樹樹寒蟬噪，空山最早聞。秋風一相送，落葉自紛紛。日月東西客，乾坤一片雲。人生竟何尚？不與爾爲群。

王聰 七首

聰，字玉笈，號野鶴。結茅三汊河之香林院，所居幽潔。老樹古藤，奇花异石，錯置庭户。與張帆齋、龍東溟、周月東諸名士過從，廊廡户壁，粘詩箋無隙地，人謂其齋曰『詩廠』。

游盤山雲罩寺

不見雲中寺，但逢雲外林。泉香知土厚，花暖覺山深。步步入嵐影，行行聞梵音。碧桃紅盡處，一衲撫孤琴。

盤山雪

一夜天如墨，萬山忽似銀。青峰全匿影，濁世竟無塵。鳥入梨花夢，人迷柳絮春。誰從雲外立，悟此不埋身。

登崆峒山

崆峒山最險，盤路亦何平。幽谷埋仙墓，高峰壓薊城。詩因采藥得，眼爲看花清。幾嚮青溝壑，烟深辨不明。

入盤山

山游將月半，纔見碧桃開。問路穿林出，折花插鬢來。沙溝平似水，峰樹碧於苔。若到中盤上，先登舞劍臺。

青溝夜同龍文雷胡致中對月兼憶草堂諸友

好是青溝月，能開衆壑烟。晴暉照素壁，冷露濕冰弦。鳥宿三盤樹，鴻歸萬里天。春山雖有句，誰寄草堂前？

天成寺

天成寺倚翠屏峰，少見嵐陰多見松。五百善蛇聞夏出，三千花雨喜春逢。涓涓泉滴佛光塔，小小僧鳴日午鐘。遍處空香皆自放，池中怪不種芙蓉。

寄答青溝老人歌

去年山游春事暮，到處山花未著樹。山中無花不覺枯，萬壑蒼松濯新露。三盤遍游逢僧多，青溝老人獨知遇。卜地結庵二十年，田盤志書始一著。年高性爽才且逸，一山名迹入詩賦。我因采芝來山中，見我喜我忘世故。留我峰頭住幾日，日日雲岩觀瀑布。别來東海栖舊廬，歲月如流馳烏兔。青溝浄院心不忘，夢魂常入山中路。山路夢中識不真，往往中途迷去處。昨喜老人遣僧來，高意殷勤感存注。他日重來叩庭柏，柏下依師結茅住。

《越風》載山陰劉雪柯文煊《游香林院憩抱瓮園贈王煉師》云：『香林院寂静，道人亦無心。應門逢老鶴，施食來山禽。循廊一徑轉，紛敷花木深。古壁剥粉堊，方池同陸沉。去來有何意，偶然遂幽尋。松風遠相贈，爲我清塵襟。』

梁芰粱先生洪《王道士松房分賦》詩云：『閉門道士自蕭然，竹几繩床歲暮天。松徑雲晴回已半，梅檐雪壓補初全。栖心衹在冰壺内，結客常於丹竈邊。世事浮沉原有定，滄溟坐對起寒烟。』又《與野鶴道士登舍利塔》詩云：『穿雲無數高低松，香林道士欣相從。拄杖來登舍利塔，看雲直接蓮花峰。中盤下盤不見寺，前嶺後嶺却聞鐘。回頭却問彌勒佛，誰教此地通人踪？』

方洗心 一首

洗心，未詳其名。香林院道士，善畫山水，多自題其詩。

題畫

上山路固難，下山亦不易。莫怖上山難，即便下山去。

按：同邑張念藝先生《方洗心簪冠序》云：『井如方翁，歙之孝弟鄉人也。挾藝北游，遂家於津垂三十年。生丈夫子三，長、次守其藝，三業儒，即洗心方子也。方子生而穎异，八九齡時，讀書過目不忘。性愛畫，每畫三山五岳、人物及瑶草琪花、青鸞白鶴之屬以自娱。嘗讀書至「富貴於我如浮雲」語，輒超然有出世之想。識者謂其身有仙骨，殆非富貴中人，乃神仙中人也。方翁聞而色喜曰：「有是哉！吾嚮夢金華山，聞揮鞭叱羊聲，驚覺，遂生是兒，兒果神仙中人耶？」當即使其垂髫時從白雲游。勿似老夫一生碌碌塵世間，求富貴不得，以至白髮蕭蕭，始有懷仙之志也。且謂童子入道，未學道先學律，津之律師無有過於香林扶陽倪尊師者。因而引拜門下。道家規例，凡童子入門，先習供承等事，必至十餘年後，觀其身心謹敕，乃議簪冠禮。今方子入香林不一年，而遽許其簪冠，居成人列，則方子之品行不凡，亦大可見矣。一時往來鄉友莫不稱慶香林得人，而屬序於余。余謂香林得人固可慶，至於方翁教子不欲其慕富貴，而欲其學神仙，而且出於自然，絶無强迫，則凡世之所希有者。何也？凡人非有大不得已於胸中，而其身斷不肯出家入道，况其愛子乎？人爲香林慶，吾爲方翁慶也。方翁嘗改服黄冠朱履，儼然一世外老仙游息香林中。每禮斗歸，即訓方子曰：「汝善事者，不惟汝師扶陽子。上而師祖就山馬先生、叔祖野鶴王先生，汝當盡孝道；下而大兄鏡心劉子、二兄友心田子，汝宜盡弟道。」方子唯唯。夫方翁孝弟人也。子在家，教以孝弟；出家，仍教以孝弟。方翁方翁！其真不愧孝弟鄉之名也與！語云「天上無不孝弟神仙」，方子其勉之哉！』

智方 五首

方，號雪笠。嘉興人。寓海光寺，圓寂。著《雪笠山人詩集》，蓬萊張振德爲之序云『智方上人夙歸淨果，獨證元言。即遁迹於桑門，猶眷情於藝苑。經行之暇，浩唱爲高』云云。道光四年梓。

幽居

柴門修竹槿園籬，芳草幽蘭自可怡。筆禿常臨摩詰畫，燈明隨讀少陵詩。籬盆種菊憐霜節，引水栽蓮愛緑漪。高卧北窗清夢醒，梅疏松冷日遲遲。

贈綉里張逸蘭先生

苦學不求名，甘貧境自清。抛書成午夢，敲句愜幽情。亭映遠山碧，窗臨秋水明。悠悠真樂在，何必覓公卿。

仲秋挽雲竹房不違槎禪師

碧蓮放盡冷幽栖，撤手飄然袛履西。露滴藥欄秋氣静，風吹禪帳白雲低。詩囊有句人難和，丹竈無烟鶴不啼。惆悵空山殘夜月，寒光寂寂照清溪。

題畫

春去風生柳岸斜，隔溪茅屋兩三家。白雲遮斷橋西路，不許人來問落花。

草閣清吟望月明，無端宿鳥滿林驚。風吹葉落寒山外，散作江城秋雨聲。

句如：『桃花流水帆千片，楊柳輕風月一林。』『霜酣楓葉蟬吟晚，風折蘆花雁報凉。』『桃花見處根源澈，梅子熟時性地圓。』皆可誦。

虎卧老人 二十八首

按：老人乩仙，不署名字，自稱五百歲。與張笨山先生唱和最多。能擘窠大書，遒肆類張二水。詩灑灑有仙氣，余最喜其『賣花小市通春水，種柳高樓背夕陽』句，清麗近樊川。故人黄藕村壽占藏有老人詩一卷，後卒於都門，不知流落何所。

中秋

銀漢無槎澹欲流，淮南招隱小山幽。搗衣聲裏團圞月，此夜誰人不倚樓？

初過張笨山居

揮毫盡日閉松關，一帶殘陽覆遠山。渡口折梅孤衲去，楓根吹火老漁還。欲憑醉眼留雙管，未許狂書見一斑。坐向清齋情更遠，高蹤能得幾人攀？

擬書

簾倦無塵入，幽閑是此家。比來春事少，潑墨自成花。

爲張緑宜書屏

斜陽亂入水邊樓，早向春山泊釣舟。看到落紅輕似雨，東風吹上老人頭。
露葉垂垂村碧苔，輕盈宜傍畫欄栽。分明江上芙蓉粉，不是春風蝶不來。
染盡濃霜樹不知，千層萬葉裹茅茨。前山一半留殘照，正是停車欲坐時。

讀笨山句有贈

晴烟和月下平蕪，得句誰知鄭鷓鴣？流水有香花有色，不知身在《輞川圖》。

歸山

敲詩過二更，歸去踏烟露。林鳥忽驚飛，青猿爲叩户。

春日過問津園贈張笨山并寄令兄甜雪

一徑斜陽樹裹橋，依稀雪鬢見歌樵。當窗積雨垂藤蔓，隔浦分烟上柳條。棋局高風裸別墅，枕函清夢逼歸潮。因君兄弟忘晨夕，不爲林園興獨饒。

山中春課

小築新泥六尺墻，亂峰過去是山房。可堪半日東風入，掃落藤花一徑香。
春日沙塵遠蔽空，張郎詩酒興相同。不知花信從何覓，二十四番都是風。

爲竹侶書屏

遲遲春日小如年，又見桃花露欲然。折向銅瓶纔貯水，山峰喧到硯池邊。

贈馮貞庵

一層松葉一層關，詩卷能銷半世閑。北地絶無游覽處，欲從腕下乞名山。

玉蘭花

蕙茝流香質不同，玲瓏素影綴春風。如何亦有冰霜性，不入《離騷》佩帶中。

題畫

千尋石壁鎖雲根，孤磬遥遥出寺門。忽有清歌隨意得，墨花吹雨上苔痕。
幾處關河雪未消，萬峰青影失岧嶤。客來爲探梅花信，帶鶴衝寒過板橋。

遠徑嵯峨駐畫輪，幽人拂石坐雲根。試看楓葉秋多少，略似桃花一兩村。
濃陰漠漠散春寒，捲幔垂楊拂畫欄。最愛此中人獨坐，日斜猶檢道書看。

白梅

二月過將半，幽香始一親。每經無意雪，不作有心春。寒許留孤鶴，清宜對野人。墨華濃似雨，爲爾助精神。

清事園

一徑迴環過小橋，構來茅屋傍城遥。林邊試火諳泉性，石上鋤雲護藥苗。長夜裁歌驚鸛鶴，短墻呼酒對漁樵。山翁亦復餘清事，早晚期聽赤海潮。

與黄六吉話舊

揮手彤扉憶隱緣，柴門歸處鎖寒烟。鐺邊海月支三足，琴上春風折一弦。漫有歌詩延落景，絶無書札報新年。白頭自昔分携日，渴馬奔濤思惘然。

贈陶訥言

門落寒濤徑剪萊，可能無夢反天臺。山中已遂懸冠志，杖下還虛運甓才。細律吟成如石髮，清懷老去比珠胎。欲尋投隱栖真訣，明月一天手自栽。

來去

來去輕如此，山藜下翠微。雲浮青綺舃，花落紫綃衣。入世杯頻把，求書客未稀。何勞謝塵網，到處便忘機。

柳色

日暗高城朔氣凉，北來春事尚微茫。縱教柳色春如許，不及山中麝草香。

口號

手種青松半嶺長，驚濤捲雨落蒼茫。他時化作窗前石，自有風吹琥珀香。

洞口

洞口春烟散石矼，長松低映碧金幢。紫姑壇上步虛處，雲舃初更第二雙。

贈王弦五

竹杖行歌到野塘，東風吹得酒人狂。賣花小市通春水，種柳高樓背夕陽。

揮毫

長爲揮毫到夕曛，半春花月紀新聞。醉來翻藉烏皮几，歸去還留白練裙。更啓松扉親古雪，爲封芝檢護晴雲。有時一笑過林外，又見松巔紫鶴群。

張有光 一首

有光，字星燦。江蘇太倉人。前明進士，官工部員外郎。甲申殉國難，史逸其名。上帝憫其忠義。現爲冥曹巡環使。嘉慶辛酉，天津大水，來護郡城。降乩於陳惺園先生家，留詩甚多。云與惺園夙世文字交。有《自述七古》一首，歷言殉國節略，其起句云：『天地由來似逆旅，誰能健翮凌雲舉？惟有正氣始無磨，聽我與君細細語。』并云：『大灾之地，神靈無算，頗煩衛護。張居於行在所。』惺園先生名居敬，乾隆丁酉舉人。

十月朔日即事

滿腔宿恨幾時消？今届冬初更寂寥。萬井風高飛木葉，三津水冷送歸橈。閑思訪友幽明隔，悶欲還鄉故舊凋。幸遇知音不我弃，殷勤杯酒又相招。

梅石道士 二首

道士不言其姓氏，住香林院，語似楚人，善畫梅石，人即以所畫呼之。終日危坐，寡言笑。後不知所終。

題畫

畫石畫其頑，寫梅寫其冷。意中所自得，尚非筆所領。問石石不言，問梅梅不省。拈筆自尋思，山窗顧寒影。

登清虛閣

高閣自清虛，神向清虛落。日日撥寒雲，天際盼歸鶴。

郭和尚 一首

名理通，字明遠。本不能詩，臨死忽作偈語，擲筆而寂。

偈語

盡力爲將去，放下無不可。那管皮囊後，事事都能妥。要得如我意，還得一個我。

棟爲郭和尚立傳云：『禪理曰空，聖學曰誠，二氏斷斷辨争，余曰，一也。空者，空其人欲，誠者，誠其天理，未有人欲勿盡而天理可純者。觀郭和尚事，此言可信。僧理通，字明遠，俗姓郭，城東南隅人也。少孤貧，手鏝力食，以養其母。性誠篤，人多傭之。年四十餘，一妻一子，先後病亡，郭毅然有出世想，以母在，未果。未幾，母卒，喪葬之費，貸人數十千，自嘆負而未償，不可行也。又鏝二年，盡償所負訖，詣親墓痛哭曰：「兒非忍絶宗緒也，妻子强壯而不獲存，非天扼我乎？」弃其家，削髮於香山卧佛寺中。居六年，受戒於都城法元寺。彼法受戒後，展拜親墓。回津。城南大悲僧，其侄行也，留之。郭念食焉而弛其力，必有天殃，况僧之食四方者乎！城南舊有一道，長數里，直通海河，水蕩没久矣。發願修之，結廬道側，持畚一、鍤一、鏟一，躬掘土培之，風雪無間。如是十二年，遂成通衢，行人便焉。道盡處結一庵，祀關帝，遂涅槃其中。嘻！僧之誠也。當其初修，人難之，咸嚄唶曰：「窪潦中突起高塗，呆和尚此何成乎？」郭不顧，日事培築，腹飢不可忍，行乞市，得數文，未飽，又築之。行脚僧有高其行與盤道者，郭曰：「我何道哉？此所築者，我道也。我勿溷公，公亦勿溷我也。」築不輟。久之，有憐而施者，遂得終其願。嗚呼！是非誠能動物，不息其心而致其行者乎？是非程功積事，久相待，遠相致，患難死生所不顧者乎？夫朝廷用人用其智，尤用其愚。惟愚故誠，誠無廢事，而致治平不難。孔子曰：「愚不可及。」僧之愚，僧之誠也，若夫食其禄而不終其事，亦有愧此僧也乎？』

按：郭和尚之爲人得之陳耕梅。道光壬午十月三日，耕梅約余訪之，時僧已病危垂絶。視之，貌偉怪，魋顏蹙顣，而語言朗朗然。余曰：『師積行若此，胡以不起？』曰：『命也！倘僧再活數年，此道加高三尺，無水患矣。願未卒而天扼之，命也！』余曰：『汝徒可承志乎？』摇首曰：『大難大難。欲得如我意，還得一個我！』微笑而罷。遲二日，遂示寂去。棟喜與僧竟有一面之緣，故約其生平而爲之記。

石僧　一首

不詳其姓氏，棟爲之立傳曰：『石僧者，學無師，居無刹，食無鉢。貌清癯玉膚。往來城市間，亦不乞化。懷持一硯，終日玩摩，似甚愛之。飢則舐硯，倦則枕硯眠。眠就潔地古樹茂陰下，冬或卧雪中。髮經年不梳，蓬如葆，積垢生虱，人憐而髡之，遂相呼爲石僧云。敝衣草履，行歌於途，罕所交言。闤闠驅僧，交手揶揄之，即至詆訶，憨然笑不休。春嬉於郊，遇花嬌柳媚處，盤桓久之。或臨流弄水，自滌其硯，硯出五色紋。風清月白，走入敗寺中。置硯於地，以敗絮濡墨，就墻壁淋漓大書。了草旁斜，迫不可省識。且書且吟，狂發叫舞，人迫而觀之，用絮塗抹，抱硯以去。人知其如此，俟伊書畢，興盡去後，徐出辨視，往往有奇句。津門梅子吟齋素好奇，物色奇士，人告之，未信。一日遇僧於途，拉歸家，與論詩，初不言，出其集示僧，僧一覽輒了然，笑曰：「君亦深於此道者。」再叩之，默然謝去。久不見。或有謂遇諸羅浮山，蓋未知終云。』

里有抄得僧詩者，率斷句不成完什。附記於左：『花影自閑風不許，流雲能走月纔孤。』又，『日月兩丸忙甚事，神仙半點不如人』。又，『寒雲怪雪無如我，冷月空山少個僧』。又『前山有雨後山月，昨日方春今又秋』。又，『舔來石滴甜於雪，齅得心香勝似花』。又，『一樓明月鐘敲去，滿口春雲硯送來』。又，『袖中月好人難見，骨裏詩香世莫聞』。又，『花隱髑髏人見笑，月藏魂魄佛耽憂』。又，『無情大地雲埋我，多事空山月照人』。如此類甚多，意超忽，多未可解。

題某寺壁

一身卧起任烟霞，天地無情那是家。流水閑雲雲外路，亂山何處不梅花。

眼覺 三首

覺，字大空，俗姓楊，青縣人。住錫楊柳青之白衣庵。

按：大空髫年落髮。性明慧，日讀百行，通儒書，遍閲梵典，學爲吟咏。自以文翰爲僧家餘事，不肯炫飾。日參禪理，貧無妄求，人欽重之。

爲静峰師敬賦

自覺從前世念輕，老來任運樂閑情。芒鞋竹杖春三月，紙帳梅花夢五更。求佛求仙皆妄想，無憂無慮即修行。松風昨夜熾然説，衹是聾人不肯聽。

酬贈慈珍上人

彼來非妄動，爲道訪名師。性地果無垢，心花開有時。斷常見俱泯，動静總相宜。惜我荒文業，難酬君賦詩。

悼均實和尚化去

曾開覺苑種奇花，賢首門中老作家。獅子騰身無定迹，從今誰是指南車。

聞法 五首

僧，滿洲人，翻譯舉人。俗名文捷。前削髮天津城南大悲庵。善填詞。

重陽前一日月夜聞雁用梅樹君孝廉韵

天邊初月挂冰痕，老衲無求静掩門。松影半笻侵草榻，雁聲一一過蘆村。

即事

預暖床頭酒半壺，照人清影月輪孤。傳神最是松窗上，絶妙《秋燈補衲圖》。

丁沽道上

茅舍小橋西，疏蘺半近堤。隔花村犬吠，栖柳野禽啼。水净魚吹浪，圃荒人灌畦。青簾謀一醉，前路晚烟迷。

山中得句

閑步空山裏，倚松枕石頭。乾坤一廬幕，天地幾春秋。短髮年華老，長溪日夜流。浮生原夢幻，且此夢中游。

庵中早秋

自隱招提絶訪尋，松榆漸漸種成林。敢云已破浮生夢，暫覺能空出世心。古竹種秋添嫩翠，曉鐘過雨發清音。蒲團坐穩無餘事，花落蒼苔任淺深。

據校書目

本書校記爲避繁複，於諸參校本之版本、館藏多所從略，今附書目於後，以便讀者查檢。

總集類

《津門詩鈔》三十卷，〔清〕梅成棟編，天津圖書館藏清道光四年（一八二四）思誠書屋刻高淩雯批校本。

《津門詩鈔》二卷，〔清〕梅成棟編，廣東省立中山圖書館藏清稿本，《四編清代稿鈔本》第一六二册影印，二〇一二年。

《國朝畿輔詩傳》六十卷，〔清〕陶樑編，清道光十九年（一八三九）紅豆樹館刻本，《續修四庫全書》第一六八一册影印，二〇〇二年。

《致遠堂金氏家集詩略》六卷附一卷，〔清〕金際泰等輯，清同治年間抄本，《清代家集叢刊續編》第五、六册影印，國家圖書館出版社二〇一八年版。

《滄州詩鈔》十二卷、《滄州明詩鈔》一卷，〔清〕王國均輯，天津圖書館藏清道光二十六年（一八四六）滄州葉氏刻本。

《慶雲詩鈔》五卷，〔清〕劉希愈輯，中國國家圖書館藏清咸豐十年（一八六〇）刻本。

别集類（以所見各卷之次序編排）

《玉紅草堂詩文》十六卷，〔清〕龍震撰，上海圖書館藏清康熙五十二年（一七一三）刻本。

《玉紅草堂詩文》十六卷《後集》散録二卷，〔清〕龍震撰，天津圖書館藏清康熙刻本。

《卜硯山房詩鈔》二卷，〔清〕周焯撰，民國二十五年（一九三六）金氏刻《天津詩人小集》本。

《卜硯山房詩鈔》一卷《後集》一卷，〔清〕周焯撰，中國科學院圖書館文獻情報中心藏清乾隆刻本。

《讀書舫詩鈔》一卷，〔清〕胡捷撰，民國二十五年金氏刻《天津詩人小集》本。

《誦芬堂詩》三卷《誦芬堂詩餘》一卷，〔清〕沈起麟撰，中國國家圖書館藏清刻本。

《詩禮堂雜咏》七卷，〔清〕王又樸撰，上海圖書館藏清刻《詩禮堂全集》本。
《青蜺居士集》一卷，〔清〕丁時顯撰，民國二十五年金氏刻《天津詩人小集》本。
《蘿村雜體詩存》一卷，〔清〕吴曰圻撰，山西大學圖書館藏清道光二十二年（一八四二）刻本。
《緑艷亭稿》十五卷，〔清〕張霔撰，中國國家圖書館藏清抄本。
《欸乃書屋詩集》二卷附一卷，〔清〕張霔撰，天津圖書館藏清光緒二十一年（一八九五）津門蝶園徐士鑾刻本。
《欸乃書屋詩乙亥詩集》一卷，〔清〕張霔撰，民國二十五年金氏刻《天津詩人小集》本。
《履閣詩集》一卷，〔清〕張坦撰，中國國家圖書館藏清康熙刻聶先百家詩抄本。
《履閣詩集》一卷，〔清〕張坦撰，民國二十五年天津金氏刻《天津詩人小集》本。
《秦游詩》一卷，〔清〕張壎撰，民國二十五年天津金氏刻《天津詩人小集》本。
《珠風閣詩草》六卷，〔清〕查曦撰，山西大學圖書館藏清雍正五年（一七二七）刻本。
《蔗堂未定稿》九卷，〔清〕查爲仁撰，中國國家圖書館藏清乾隆刻本。

《銅鼓書堂遺稿》三十二卷，〔清〕查禮撰，中國國家圖書館藏清乾隆五十三年（一七八八）查淳刻本。

《林於館詩草》七卷《詩餘》一卷，〔清〕查昌業撰，清乾隆四十二年（一七七七）海昌查氏抄本，《清代詩文集彙編》第三六二册影印，上海古籍出版社二〇一〇年版。

《林於館詩集》二卷，〔清〕查昌業撰，民國二十五年金氏刻《天津詩人小集》本。

《致遠堂集》三卷，〔清〕金平撰，《天津金氏家集》本，《清代家集叢刊》第六册影印，國家圖書館出版社二〇一五年版。

《黄竹山房詩鈔》十二卷，〔清〕金玉岡撰，天津圖書館藏清道光二十六年家刻本。

《黄竹山房詩鈔》六卷《黄竹山房詩鈔補》一卷，〔清〕金玉岡撰，《天津金氏家集》四種本，《清代詩文集彙編》第三一七册影印。

《嶺海酬唱集》一卷，〔清〕金玉岡、鄭雄佳撰，咸豐元年（一八五一）刻本《蓬山詩存》附。

《南岡詩草》十六卷，〔清〕于豹文撰，清于巨澍抄本，《天津圖書館孤本秘箋叢書》第十四册影印，國家圖書館出版社一九九九年版。

《見真吾齋詩鈔》一卷《詩餘》二卷，〔清〕徐大鏞，復旦大學圖書館藏民國十四年（一九二五）徐氏退耕堂鉛印本。

《蓬山詩存》二卷附《嶺海酬唱集》一卷，〔清〕鄭熊佳、金玉岡撰，清咸豐元年顧晴崖刻本，《天津文獻集成》影印。

《謙受堂集》十五卷，〔清〕邵大業撰，清嘉慶二年（一七九七）刻本，《清代詩文集彙編》第三一六册影印。

《和樂堂詩鈔》五卷，〔清〕殷希文撰，清嘉慶十八年（一八一三）和樂堂殷秉鏞刻本，《天津文獻集成》第四十六册影印。

《欣遇齋詩集》十六卷，〔清〕沈峻撰，清道光十一年（一八三一）沈兆澐刻本，《清代詩文集彙編》第四〇九册影印。

《粤游詩草》二卷，〔清〕沈峻撰，中國國家圖書館藏清乾隆五十六年（一七九一）刻本。

《織簾書屋詩鈔》十二卷，〔清〕沈兆澐撰，清咸豐二年（一八五二）刻本，《清代詩文集彙編》第五四六册影印。

《篷窗吟》一卷，〔清〕沈兆澐撰，中國科學院圖書館文獻情報中心藏清道光刻本。

《蕉石山房詩草》一卷，〔清〕康堯衢撰，民國二十五年天津金氏刻《天津詩人小集》本。

《皖城集詩存》一卷，〔清〕華蘭編，天津圖書館藏清光緒九年（一八八三）刻華氏家集本。

《硯圃山房遺稿》一卷，〔清〕樊宗浩撰，中國科學院圖書館文獻情報中心藏清道光十四年（一八三四）信都學署刻本。

《問青閣詩集》十卷，〔清〕樊彬撰，中國科學院圖書館文獻情報中心藏清道光刻本。

《韵湖偶吟》一卷《後集》一卷，〔清〕劉錫撰，民國二十五年天津金氏刻《天津詩人小集》本。

《芸書閣剩稿》一卷，〔清〕金沅撰，上海圖書館藏清乾隆刻《蔗塘外集》本。

《芸書閣剩稿》一卷，〔清〕金沅撰，民國二十一年（一九三二）刻《天津金氏家集》本。

《雙清閣詩稿》八卷，〔清〕勵廷儀撰，清乾隆三年（一七三八）刻本，《清代詩文集彙編》第二三四册影印。

《梁溪詩鈔》五十八卷，〔清〕顧光旭輯，天津圖書館藏清嘉慶元年（一七九六）雙橋草堂刻本。

《袁桷集校注》，〔明〕袁桷撰，楊亮校注，北京：中華書局二〇一二年版。

《秋聲集》九卷，〔元〕黄鎮成撰，《文淵閣四庫全書》第一一八七册，上海古籍出版社二〇〇九年版。

《傅與礪詩集》八卷，〔元〕傅若金撰，民國《嘉業堂叢書》本。

《蜕庵詩》四卷，〔元〕張翥撰，明刻本，《四部叢刊續編》第二五四八册影印，上海涵芬樓一九三五年版。

《翠屏詩集》四卷，〔明〕張以寧撰，明成化抄本，《明別集叢刊》第一輯第二册影印。

《翠屏集》四卷，〔明〕張以寧撰，中國國家圖書館藏明成化十六年（一四八〇）张淮刻本。

《巢睫集》五卷，〔明〕曾棨撰，明成化七年（一四七一）長清張氏刻本，《北京圖書館古籍珍本叢刊》第一〇五册影印。

《毅齋集》八卷，〔明〕王洪撰，《文淵閣四庫全書》第一二三七册。

《懷麓堂詩稿》二十卷，〔明〕李東陽撰，清康熙刻本。

《歸田稿》八卷，〔明〕謝遷撰，《文淵閣四庫全書》第一二五六册。

《南雋集詩類》二十卷，〔明〕汪必東撰，中國科學院圖書館文獻情報中心藏明嘉靖二十年（一五四一）傅鳳翱刻本。

《天目先生集》二十一卷，〔明〕徐中行撰，明刻本，《續修四庫全書》第一三四九册影印。

《可經堂集》十二卷，〔明〕徐石麒撰，清順治可經堂刻本，《四庫禁毀書叢刊》第七十二册影印。

《曝書亭集》八十卷，〔清〕朱彝尊撰，清康熙五十三年（一七一四）朱稻孫刻本，《四部叢刊》第一七〇一至一七二〇册影印，上海涵芬樓一九二二年版。

《邵子湘全集》三十卷，〔清〕邵長蘅撰，清康熙邵氏青門草堂刻本，《清代詩文集彙編》第一四五册影印。

《大觀堂文集》二十二卷首一卷，〔清〕余縉撰，清康熙三十八年（一六九九）

刻後印本，《四庫全書存目叢書》史部第六十七册影印，齊魯書社一九九五年版。

《敬業堂詩集》五十六卷，〔清〕查慎行撰，天津圖書館藏清康熙五十八年（一七一九）刻本。

《不礙雲山樓稿》二十四卷，〔清〕周綸撰，中國科學院圖書館文獻情報中心藏清康熙二十年（一六八一）序千山草堂刻本。

《香樹齋詩集》十八卷《續集》三十六卷，〔清〕錢陳群撰，清刻本，《清代詩文集彙編》第二六一册影印。

《愛日堂詩集》二十八卷，〔清〕陳元龍撰，清乾隆刻本，《四庫全書存目叢書》第二五四册影印。

《梅東草堂詩集》九卷，〔清〕顧永年撰，清康熙刻增修本，《清代詩文集彙編》第一五二册影印。

《二學亭文涘》四卷、《硯思集》六卷，〔清〕田同之撰，清乾隆刻本，《清代詩文集彙編》第二三九册影印。

《雷溪草堂詩》一卷，〔清〕馬長海撰，劉氏嘉業堂刻本，《清代詩文集彙編》第二四〇册影印。

《出塞詩》一卷，〔清〕徐蘭撰，中國國家圖書館藏清康熙三十七年（一六九八）刻本。

《出塞詩》一卷附《芝仙先生遺詩》一卷，〔清〕徐蘭撰，中國國家圖書館藏清道光六年（一八二六）瑯嬛仙館刻本。

《吴雯集》，〔清〕吴雯撰，《山西文華》整理本，三晋出版社二〇一八年版。

《飴山詩集》二十卷，〔清〕趙執信撰，清乾隆十七年（一七五二）趙氏因園刻本，《清代詩文集彙編》第二一〇册影印。

《秋谷詩鈔》一卷，〔清〕趙執信撰，中國國家圖書館藏清乾隆三十二年（一七六七）詒燕樓刻《國朝六家詩鈔》本。

《津門雜事詩》一卷，〔清〕汪沆撰，中國國家圖書館藏清乾隆四年（一七三九）刻本。

《槐塘詩稿》十六卷《文稿》四卷，〔清〕汪沆撰，清乾隆五十一年（一七八六）刻本，《清代詩文集彙編》第三〇一册影印。

《清風草堂詩鈔》八卷，〔清〕余峥撰，清道光四年廣東刻本，《清代詩文集彙編》第三〇八影印。

《式馨堂詩前集》十二卷《式馨堂詩後集》八卷，〔清〕魯之裕撰，清刻本，《清代詩文集彙編》第二一七册影印。

《固哉草亭集》七卷，〔清〕高斌撰，清乾隆二十四年（一七五九）刻本，《清代詩文集彙編》第二七三册影印。

《夢堂詩稿》十五卷，〔清〕英廉撰，清乾隆延福等刻本，《清代詩文集彙編》第三〇九册影印。

《坙進齋詩集殘存》二卷，〔清〕金文淳撰，清抄本，《清代詩文集彙編》第三〇八册影印。

《龕山集》四卷，〔清〕孟淦撰，清乾隆刻本，《清代詩文集彙編》第四〇一册影印。

《舊雨草堂詩》八卷附《詩餘》一卷，〔清〕董元度撰，清乾隆四十三年（一七七八）刻本，《清代詩文集彙編》第三一六册影印。

《松涯詩鈔》三十二卷《松涯詩鈔續集》六卷，〔清〕管幹珍撰，清乾隆大觀樓刻本，《清代詩文集彙編》第三八三册影印。

《船山詩草》二十卷《船山詩草補遺》六卷，〔清〕張問陶撰，清嘉慶刻本，

《清代詩文集彙編》第四七六册影印。

《有正味齋詩集》十六卷，〔清〕吴錫麒撰，清嘉慶《有正味齋全集》本，《清代詩文集彙編》第四七六册影印。

《堅白石齋詩集》十六卷，〔清〕李鑾宣撰，清嘉慶二十四年（一八一九）董斿刻本，《清代詩文集彙編》第四五三册影印。

《海門文鈔》一卷《海門詩鈔》十卷，〔清〕李符清撰，清嘉慶三年（一七九八）鏡古堂刻本，《清代詩文集彙編》第四一三册影印。

《白鶴山房詩鈔》二十六卷，〔清〕葉紹本撰，清道光二十一年（一八四一）刻本，《清代詩文集彙編》第四九〇册影印。

《鐵簫詩稿》六卷，〔清〕譚光祜撰，清嘉慶十五年（一八一〇）刻本，《清代詩文集彙編》第五〇六册影印。

《抱冲齋詩集》三十六卷，〔清〕斌良撰，清光緒五年（一八七九）湘南薇垣官署刻本，《清代詩文集彙編》第五四四册影印。

《水屋剩稿》二卷，〔清〕張道渥撰，中國科學院圖書館文獻情報中心藏清道光八年（一八二八）刻本。

《問津文庫》已出書目（總計一〇三種另三種）

◎天津記憶

布衣大師：允文允武的藝術名家閻道生　閻伯群著　三〇圓
口述津沽：民間語境下的堤頭與鈴鐺閣　張建著　二八圓
大地史書：地質史上的天津　侯福志著　二九圓
丹青碎影：嚴智開與天津市立美術館　齊珏編著　二八圓
立憲領袖：孫洪伊其人其事　葛培林著　三〇圓
津門開歲：徐天瑞日記解讀　王勇則著　五八圓
水産教育家張元第　張紹祖編著　三六圓
八年夢魘：抗戰時期天津人的生活　郭文杰著　二八圓
沽文化詮真　尹樹鵬著　四八圓
圈外談藝録　姜維群著　三八圓
記憶的碎片：津沽文化研究的雜述與瑣思　王振良著　三八圓
水産教育家張元第集　張紹祖編　五八圓
應得的榮譽：女醫生里昂羅拉·霍華德·金的故事
［加］瑪格麗特著/胡妍譯　三八圓
海河巡鹽：國博藏所謂《潞河督運圖》天津風物考　高偉編著　五八圓

析津聯話　章用秀著　五八圓
頂上功夫：賣坻剃頭匠的歷史記憶　甄建波著　六八圓
四當明霞：藏書目里的章鈺及其交游　李炳德著　六八圓
津沽舊事　郭鳳岐著　一九八圓
守望家園：天津市非物質文化遺産散論　李治邦著　七八圓

◎通俗文學研究集刊

望雲談屑　張元卿著　三九圓
還珠樓主前傳　倪斯霆著　三八圓
品報學叢·第一輯　張元卿、顧臻編　三八圓
云雲編：劉雲若研究論叢　張元卿編　三八圓
品報學叢·第二輯　張元卿、顧臻編　三二圓
劉雲若評傳　張元卿著　三二圓
鄭證因小説經眼録　胡立生著　七八圓
品報學叢·第三輯　張元卿、顧臻編　四八圓

◎**三津譚往**

◎**九河尋真**

九河尋真·二〇一四　萬魯建編　五九圓

九河尋真·二〇一五　萬魯建編　八八圓

九河尋真·二〇一六　萬魯建編　九八圓

九河尋真·二〇一七　萬魯建編　九八圓

九河尋真·二〇一八　萬魯建編　九八圓

九河尋真·二〇一九　萬魯建編　九八圓

◎津沽文化研究集刊

《雷雨》八十年　耿發起等編　五五圓

陳誦洛年譜　張元卿著　四八圓

碧血英魂：天津市忠烈祠抗日烈士研究　王勇則著　九八圓

都市鏡像：近代日本文學的天津書寫　李煒著　三八圓

天津楹聯述略　李志剛著　三六圓

口述津沽：民間語境下的西沽　張建著　五六圓

口述津沽：民間語境下的西于莊　張建著　一〇八圓

紫芥掇實：水西莊查氏家族文化研究　葉修成著　五八圓
蘆砂雅韵：長蘆鹽業與天津文化　高鵬著　五八圓
王南村年譜　宋健著　七八圓
國術之魂：天津中華武士會健者傳　閻伯群、李瑞林編　七八圓
來新夏著述經眼録　孫偉良編　一九八圓
舉火燒天：天津抗日殺奸團紀事　楊仲達、陶麗著　六八圓
口述津沽：民間語境下的丁字沽　張建著　一六八圓
口述津沽：南開學子語境下的公能精神　胡海龍著　一六八圓

◎津沽名家詩文叢刊

王南村集　王煐原著／宋健整理　六八圓
嚴範孫先生古近體詩存稿　嚴修原著／楊傳慶整理　四八圓
星橋詩存　蘇之鑾原著／曲振明整理　五八圓
退思齋詩文存　陳寶泉原著／鄭偉整理　八八圓
待起樓詩稿　劉雲若原著／張元卿輯注　四二圓

劉大同詩集　劉建封原著/劉自力、曲振明整理　八八圓
碧琅玕館詩鈔　楊光儀原著/趙鍵整理　五八圓
石雪齋詩稿（附遂園印稿）　徐宗浩原著/張金聲整理　六八圓
紫簫聲館詩存　丙寅天津竹枝詞　馮文洵原著/楊鵬整理　八八圓
思暗詩集　華世奎原著/閻伯群整理　三八圓
止庵詩存　周學熙原著/宋文彬整理　一二八圓
沽上梅花詩社存稿　孫愛霞整理　八八圓
天津文鈔　華光鼐編纂/石玉點校　五八圓
津沽詩集六種　侯福志整理　九九圓
津門詩鈔校箋　梅成棟編纂/楊鵬校箋　一六八圓

◎津沽筆記史料叢刊

嚴修日記（一八七六—一八九四）　嚴修原著/陳鑫整理　一三八圓
桑梓紀聞　馬鴻翱原著/侯福志整理　四二圓
天津縣鄉土志輯略　郭登浩編　九八圓

◎**梓里尋珠**

傳承與突破：近代天津小説發展綜論　李雲著　七八圓

從租界到風情區：一個中國近代殖民空間在歷史現實中的轉義

李東曄著　六八圓

趕大營研究　張博著　六八圓

屏廬鉛槧：藏書家刻書家金鉞研究　胡艷杰編著　六八圓

◎**隨藝生活**

方寸芸香：藏書票裏的書故事　李雲飛編　九八圓

問津書韵：第十三届全國讀書年會文集　杜魚編　七八圓

開卷二〇〇期　董寧文、董國和、周建新編　一六八圓